GOLDMANN

Buch

Die »jungen Löwen«, das sind die jungen Soldaten, die voll Mut, Entschlossenheit und Tatendrang auf die Schlachtfelder des Zweiten Weltkriegs ziehen, die einen für eine unmenschliche Diktatur, die anderen im Namen von Freiheit, Gerechtigkeit und Demokratie. Gemeinsam sind ihnen bald die Verzweiflung und die Angst der Kämpfe, die Gier, alles zu genießen, was das Leben in unbedrohten Augenblicken zu bieten hat, die zunehmende Illusionslosigkeit.
Am Schicksal dreier Männer stellt Irwin Shaw die Schrecken des Krieges dar. Da ist der Tiroler Christian Diestl, der, verführt von den Parolen der Nazis, an das Recht der Deutschen glaubt, Europa, ja die Welt zu beherrschen, und da sind die Amerikaner Michael Whitacre, im Zivilleben Theaterregisseur, und Noah Ackerman, seiner Herkunft nach Jude und trotz der Demütigungen, die er von seinen Kameraden erleidet, überzeugt vom Guten im Menschen.
Ackermans unerschütterlicher Glaube wird mit Whitacres intellektueller Skepsis und Diestls moralischer Verstrickung kontrastiert. Im Schlußabschnitt des Krieges kreuzt sich der Weg der beiden Amerikaner in Bayern mit dem Diestls, der sich, obwohl desillusioniert und von seiner Einheit abgeschnitten, den Siegern nicht ergeben will. Als Ackerman angesichts eines Konzentrationslagers verzweifelt seiner Hoffnung Ausdruck gibt, daß in dieser Welt zukünftig nicht Bestien, sondern Menschen regieren werden, erschießt ihn Diestl aus dem Hinterhalt. Whitacre, um seinen jüdischen Freund zu rächen, verfolgt den verwundeten Diestl und tötet ihn.

Autor

Irwin Shaw, 1913 in New York geboren und 1984 in Davos gestorben, begann früh zu schreiben. Sein in diesem Band wiederveröffentlichter Kriegsroman »Die jungen Löwen« (1948) machte ihn weltberühmt.
Von Shaw sind als Goldmann-Taschenbücher ferner erschienen:

Abreise und Heimkehr. Erzählungen (8832)
Auf Leben und Tod. Roman (8498)
Ende in Antibes. Roman (8514)
Griff nach den Sternen. Roman (6598)
Im Rückblick. Gesammelte Erzählungen (8453)
»Lucy Crown« – Im Augenblick das Leben. Roman (6733)
Paris! Paris! Mit Zeichnungen von Ronald Searle (8393)
Der Wohltäter. Roman (6644)
Zwei Wochen in einer anderen Stadt. Roman (6767)

Irwin Shaw

Die jungen Löwen

Roman

GOLDMANN VERLAG

Ungekürzte Ausgabe
Aus dem Amerikanischen von Egon Strohm
Titel der Originalausgabe: The Young Lions

Der Goldmann Verlag
ist ein Unternehmen der Verlagsgruppe Bertelsmann

Made in Germany · 1. Auflage · 1/88

Umschlagentwurf: Design Team München
Umschlagfoto: Studio Schmatz, Egmating
Druck: Elsnerdruck, Berlin
Verlagsnummer: 8932
Lektorat: Eck/MV · Herstellung: Peter Papenbrok/Wei
ISBN 3-442-08932-8

Siehe, ich will an dich, spricht der
HERR ZEBAOTH, und deine Wagen
im Rauch anzünden, und das Schwert
soll deine jungen Löwen fressen; und
will deines Raubens ein Ende machen
auf Erden, daß man deiner Boten
Stimme nicht mehr hören soll.

NAHUM 2/14

1. Kapitel

Die Stadt glitzerte im schneeigen Zwielicht des Winterabends wie ein weihnachtliches Schaufenster. Von den Lichtern der elektrischen Bahn festlich beleuchtet, schmiegte sie sich winzig an den Fuß des weißen Abhanges, eingebettet in die nebelverhangenen Berge Tirols. Fremde und Einheimische in ihrer malerischen Kleidung lächelten sich freundlich zu, wenn sie sich in den verschneiten Straßen begegneten. Die Türen und Fenster der weißbraunen Häuser waren mit Tannenreis geschmückt, denn es war Silvester, der Vorabend des neuen und hoffnungsvollen Jahres neunzehnhundertachtunddreißig.

Margret Freemantle hörte das leise Knirschen des festgetretenen Schnees unter ihren Skistiefeln, als sie den Hügel hinaufging. Sie freute sich über das milchige Dämmerlicht und den Kindergesang, der vom Dorf zu ihr heraufdrang. Als sie morgens aus Wien abgereist war, hatte es geregnet, und die Leute waren mit der düsteren Empfindung einer unerträglichen Last, die der Regen einer großen Stadt aufbürdet, durch die Straßen geeilt. Die ragenden Berge, der klare Himmel und der herrliche Schnee, dazu die robuste Gemütlichkeit des Dorfes schienen ihr daher wie ein persönliches Geschenk, denn sie war jung und hübsch und auf Urlaub.

Übermütig stieß sie kleine Schneeklumpen auf ihrem Weg vor sich her und empfand dabei ein angenehmes Gefühl der Entspannung in ihren Beinmuskeln. Sie hatte bei dem nachmittäglichen Skiausflug zwei Gläser Cherry Brandy getrunken, deren wohlige Wärme sich in prickelnden Wellen unter ihrem Sweater über Schultern und Arme ausbreitete.

»Dort oben am Berge, da wehet der Wind«, sangen die klaren, hellen Kinderstimmchen in der reinen Luft.

»Da sitzt Maria«, summte Margret vor sich hin, »und wiegt ihr Kind.« Ihr Deutsch war holprig, doch sie freute sich über Lied und Melodie und vor allem über ihren Mut, überhaupt deutsch zu singen.

Sie war ein großes, schlankes Mädchen mit schmalem Gesicht, hatte grüne Augen, und ihr Nasenrücken war, wie Joseph sich ausdrückte, mit amerikanischen Sommersprossen bedeckt. Mit dem Frühzug am nächsten Morgen würde Joseph ankommen. Sie lächelte, als sie an ihn dachte.

Vor dem Eingang zu ihrem Hotel drehte sie sich um und warf noch einen letzten Blick auf die blinkenden Lichter des Städtchens und die herrlichen Berge im Hintergrund. Dann öffnete sie die Tür und trat ein.

Der Saal des kleinen Hotels war mit Tannengrün und Stechpalmenzweigen geschmückt, und man konnte den süßlichen Duft von allerlei Backwerk wahrnehmen. Es war ein einfacher Raum, mit schweren Eichenmöbeln und Lederstühlen ausgestattet, und über allem lag die peinliche Sauberkeit, die man so häufig in Gebirgsdörfern findet. Sie gehörte zu dem Saal wie die Tische und Stühle.

Frau Langermann kam herein und trug vorsichtig eine riesige Kristallbowle vor sich her. Ihr rundes, rotbackiges Gesicht drückte höchste Geschäftigkeit aus. Als sie Margret erblickte, blieb sie stehen und stellte die Bowle auf einen Tisch.

»Guten Abend«, sagte sie in ihrem weichen Tiroler Dialekt. »Nun, wie war die Skitour?«

»Wunderbar«, sagte Margret.

»Hoffentlich sind Sie nicht zu müde.« In Frau Langermanns Augenwinkeln lag ein listiges Zwinkern. »Heute abend wird hier nämlich ein bißchen gefeiert und getanzt. Eine Menge junger Burschen kommt. Es wäre schade, wenn Sie müde wären.«

Margret lachte. »Ich werde schon tanzen können. Man muß mir nur beibringen, wie.«

»Oh, das macht keine Schwierigkeiten!« Frau Langermann hob beschwichtigend die Hände. »Hier tanzt man alles. Sie werden gut gefallen.« Dabei musterte sie Margret kritisch. »Ein bißchen dünn sind Sie ja, aber das scheint heute Mode zu sein. Kommt wohl von den amerikanischen Filmen. Wenn das so weitergeht, werden nur noch Tb-kranke Frauen beliebt sein.« Sie lächelte und hob ihre Bowleschüssel wieder vom Tisch. Und während ihr Gesicht gastfreundlich wie ein Kaminfeuer glühte, sagte sie auf dem Weg zur Küche: »Nehmen Sie sich vor meinem Sohn Friedrich in acht. Er ist furchtbar hinter den Mädchen her!« Und kichernd verschwand sie in der Küche.

Margret sog mit Behagen den starken Duft von Gewürzen und zerlassenem Schmalz ein, der aus der Küche drang, und lief trällernd die Treppe zu ihrem Zimmer hinauf.

Das Fest fing etwas steif an. Ältere Leute saßen frostig in den Ecken, und die jungen Männer standen unentschlossen in losen Gruppen herum und kosteten ernst und vorsichtig den stark gewürzten Punsch. Die Mädchen, meist groß und starkknochig, sahen unbehaglich drein und fühlten sich nicht ganz wohl in den Krausen und Rüschen ihres Sonntagsstaates. Ein Ziehharmonikaspieler machte Musik, aber nach zwei Stücken, zu denen niemand tanzte, machte er sich übellaunig über den Punsch her und überließ den musikalischen Teil des Abends einem Grammophon mit amerikanischen Platten.

Die meisten Gäste stammten aus dem Ort, Bauern, Krämer, Verwandte der Langermanns. Sie waren alle von der Gebirgssonne tiefbraun gebrannt und sahen gediegen und in ihren derben Kleidern irgendwie unsterblich aus, als könnte kein Krankheitskeim diesem strotzenden Gebirgsfleisch je etwas anhaben und keine Todesahnung je unter die braune Haut dringen. Die paar Fremden aus der Großstadt, die in Langermanns Hotel wohnten, hatten höflich ein Glas Punsch getrunken und waren dann zu den Silversterparties in den größeren Hotels gegangen. Schließlich blieb Margret als die einzige Fremde des Abends übrig. Sie trank nicht viel und hatte sich vorgenommen, früh zu Bett zu gehen und die Nacht durchzuschlafen, denn Joseph sollte am anderen Morgen mit dem 8-Uhr-30-Zug ankommen. Sie wollte frisch und ausgeruht sein, wenn sie ihn abholte. Im Laufe des Abends wurde die Gesellschaft lustiger. Margret tanzte der Reihe nach mit den jungen Männern Walzer und Foxtrott. Gegen elf Uhr, nachdem es im Saal heiß und lärmend geworden war, wurde die dritte Punschbowle serviert. Die Gesichter der Gäste hatten den einfältigen Ausdruck von Landluft und strotzender Gesundheit verloren und das verräterische Glitzern beginnender Trunkenheit angenommen. Margret versuchte, dem Sohn Friedrich den Rumba beizubringen. Die anderen standen herum, sahen zu und klatschten Beifall, als sie fertig war, worauf Vater Langermann unbedingt auch mit ihr tanzen wollte. Er war ein rundlicher, untersetzter alter Mann mit rosiger Glatze und schwitzte entsetzlich, während sie sich in ihrem mittelmäßigen Deutsch und unter großem Gelächter mühte, ihm die Geheimnisse des nachschleppenden Taktes und des raffinierten karibischen Rhythmus zu erklären.

»Ach Gott«, stöhnte der alte Mann, als das Stück zu Ende war, »ich habe offenbar mein Leben in diesen Bergen vergeudet.« Margret lachte, beugte sich zu ihm und küßte ihn. Die Gäste, die auf dem blanken Fußboden einen engen Kreis um sie gebildet hatten, klatschten laut Beifall, und Friedrich kam lachend auf sie zu und schlang seine Arme um sie. »Jetzt bin ich wieder an der Reihe, Frau Lehrerin«, sagte er.

Die Platte wurde wieder aufgelegt, und Margret mußte noch ein Glas Punsch trinken, eh sie anfingen. Friedrich war unbeholfen und schwerfällig, aber sie fühlte seinen Arm angenehm stark und beschützend um ihre Taille, als sie sich in dem warmen Wirbel des Tanzes bewegten.

Als die Platte abgelaufen war, kam der Ziehharmonikaspieler, geladen mit einem Dutzend Gläsern Punsch, wieder zum Vorschein. Er sang und begleitete sich auf dem Akkordeon, und die anderen stimmten allmählich ein. Sie standen an dem großen Kachelofen um ihn herum, und ihre Stimmen, mit den schwellenden Tönen der Harmonika vermengt, stiegen zu der hohen, von Eichenbalken durchzogenen Decke empor. Margret blieb stehen, Friedrichs Arm um ihre Taille gelegt, und sang leise mit, mehr für sich. Ihr Gesicht war erhitzt, und sie dachte, wie freundlich und kindlich doch diese Leute waren, wie reizend zu den Fremden. Jetzt singen sie das neue Jahr ein, mit ihren rauhen Gebirglerstimmen, die sich so schwer von der süßen Strenge der Melodie zügeln lassen.

»Röslein, Röslein, Röslein rot, Röslein auf der Heiden«, sangen sie, und Vater Langermanns Stimme übertönte den ganzen Chor, lächerlich klagend wie ein Stier. Margret sang mit, und ihr Blick streifte dabei das Dutzend singender Gesichter am Ofen. Nur einer im Saal schien sich nicht zu beteiligen.

Christian Diestl war ein großer, schlanker junger Mann mit ernsten, in sich gekehrten Gesichtszügen und kurzgeschnittenem Haar. Seine Haut war sonnenverbrannt, und er hatte helle Augen, die beinahe golden schimmerten, wie die gelben Flecken, die man in Tieraugen findet. Margret hatte ihn gelegentlich auf dem »Idiotenhügel« gesehen, wie er Anfängern geduldig die Elementarregeln des Skilaufens beibrachte. Sie erinnerte sich, ihn beneidet zu haben, als sie ihn in eleganten Schwüngen über den Schnee hatte sausen sehen.

Jetzt stand er im Hintergrund, etwas abseits von der Gruppe; sein offenes weißes Hemd hob sich von der dunklen Haut ab, und er beobachtete, ein Glas in der Hand, mit nachdenklichen Augen die Sänger.

Margret begegnete seinem Blick. Lächelnd rief sie ihm zu: »Singen Sie mit!« Verhalten lächelte er zurück und hob sein Glas. Dann sah sie, wie er gehorsam mitzusingen begann, doch konnte sie ihn in dem Durcheinander der Stimmen nicht heraushören.

Jetzt, in vorgeschrittener Stunde, durch den Genuß des starken Punsches und im Hinblick auf die bevorstehende Geburt des neuen Jahres war die Gesellschaft weniger zurückhaltend geworden. In dunklen Ecken sah man Paare sich küssen und drücken, die Stimmen wurden lauter und herausfordernder, und Margret konnte die Lieder nicht mehr so gut verstehen. Ihr Text schien voll geheimer Doppeldeutigkeiten und Dialektfärbungen zu sein, denn die älteren Frauen kicherten unablässig, und die Männer brüllten vor Lachen. Dann, kurz vor Mitternacht, kletterte Vater Langermann auf einen Stuhl, gebot Ruhe, gab dem Ziehharmonikaspieler ein Zeichen und sagte mit Pathos und schwerer Zunge: »Als Veteran der Westfront von neunzehnhundertfünfzehn bis achtzehn bitte ich Sie alle, mit mir ein Lied zu singen.« Er winkte dem Akkordeonmann, und dieser stimmte »Deutschland, Deutschland über alles« an. Es war das erste Mal, daß Margret das Lied in Österreich singen hörte. Sie hatte es als fünfjähriges Kind von einem deutschen Hausmädchen gelernt. Sie kannte den Text noch und sang mit und fühlte sich beschwipst und fortschrittlich und international.

Friedrich hielt sie fester und küßte sie auf die Stirn. Er war erfreut, daß sie das Lied kannte, und der alte Langermann, der immer noch auf dem Stuhl stand, erhob sein Glas und prostete ihr zu: »Hoch lebe Amerika! Hoch leben die jungen Damen aus Amerika!« Margret leerte ihr Glas und dankte. »Im Namen der jungen Damen aus Amerika«, antwortete sie förmlich, »erlauben Sie mir zu sagen, daß ich entzückt bin.«

Friedrich küßte ihren Hals, aber ehe sie sich dieser gewagten Liebkosung bewußt wurde, intonierte der Akkordeonmann ein neues Lied, und alle Stimmen sangen mit, rauh und triumphierend, im Chor. Zunächst wußte Margret nicht, was für ein Lied es war. Sie hatte es einoder zweimal in Wien gehört, heimlich gesungen oder gespielt, aber die brüllenden, vom Alkohol getrübten Stimmen machten die wirren deutschen Worte noch unverständlicher.

Friedrich preßte sie an sich. Sie fühlte, wie seine Muskeln sich unter der Leidenschaft des Gesanges strafften. Aufmerksam beobachtete sie seine Lippen, und schließlich erkannte sie das Lied.

»Die Fahne hoch, die Reihen fest geschlossen«, sang er und wurde puterrot vor Anstrengung. »SA marschiert in ruhig festem Schritt. Kameraden, die Rotfront und Reaktion erschossen...«

Margret lauschte, und das Lächeln erstarb auf ihren Zügen. Sie schloß die Augen und fühlte sich schwach und von der zermürbenden Musik halb erwürgt. Sie versuchte, sich von Friedrich loszumachen, aber sein Arm hielt sie wie in einem Schraubstock. So blieb ihr nichts anderes übrig, als stehenzubleiben und zuzuhören. Sie blickte zu dem Skilehrer hinüber. Er sang nicht mit, sondern beobachtete sie mit nachdenklichen und verständnisvollen Augen.

Lauter und lauter wurden die Stimmen, voll Drohung und Donner, und führten krachend zum Schluß des Horst-Wessel-Liedes. Die Männer standen stramm, ihre Augen blitzten stolz und gefährlich, und die Frauen sanken zusammen wie Nonnen einer Oper vor ihrem Bühnengott. Nur Margret und der dunkelhaarige junge Mann mit den gelbgefleckten Augen waren still, als das Furioso »...marschieren im Geist in unseren Reihen mit« im Saal ausklang.

Margret weinte, lautlos, schwach und wütend auf ihre Schwäche, von Friedrichs Arm umklammert, als die Glocken der Dorfkirche in dünnem, frohem Gleichklang in die Winternacht schallten und ihr Echo sich an den schneeverhangenen Bergen brach.

Vater Langermann, krebsrot und schweißtriefend, mit leuchtenden Augen, wie sie vielleicht an der Westfront geleuchtet haben mochten, als er neunzehnhundertfünfzehn dort ausgeladen wurde, Vater Langermann hob sein Glas. »Auf den Führer!« Die Gläser funkelten im Licht, und die Lippen tranken mit heiliger Ergriffenheit.

»Prosit Neujahr, ein glückliches neues Jahr! Glück und Segen im neuen Jahr!« Die patriotische Aufwallung war verebbt, man lachte, gratulierte sich und klopfte einander freundlich auf die Schulter oder küßte sich, wohlig und vertraut und völlig unkriegerisch.

Friedrich drehte Margret herum und versuchte sie zu küssen, aber sie senkte schnell den Kopf. Sie schluchzte auf, riß sich los und rannte in ihr Zimmer hinauf, das über dem Saal lag.

»Amerikanische Mädchen«, hörte sie Friedrich lachend sagen, »tun nur so, als ob sie etwas vertragen könnten.«

Die Tränen versiegten langsam. Margret kam sich schwach und dumm vor und gab sich Mühe, alles rasch zu vergessen. Sie putzte sich die Zähne, kämmte ihr Haar und wusch die geröteten Augen mit kaltem Wasser, um am Morgen zu Josephs Empfang so frisch und hübsch wie möglich auszusehen.

Dann zog sie sich in dem blitzsauberen weißgetünchten Zimmer aus. Über ihrem Bett hing ein aus braunem Holz geschnitztes Kruzifix. Sie löschte das Licht, öffnete das Fenster und kroch in das große Bett. Wind und Mondschein strömten von den verzuckerten weißen Bergen her ins Zimmer. Ein- oder zweimal fröstelte sie zwischen den klammen Laken, aber bald fühlte sie sich unter dem dicken Federbett mollig warm. Die Leinwand der Bettbezüge roch wie die frische Wäsche im Haus ihrer Großmutter drüben in Amerika, als sie noch ein Kind war, und die gestärkten weißen Vorhänge schienen vertraulich am Fensterkreuz zu flüstern. Unten spielte der Akkordeonmann leise traurige Herbstlieder von Liebe und Abschied. Es klang gedämpft und sentimental durch die vielen Türen. Und bald war sie eingeschlafen; ihr ernstes, friedliches Gesicht lag kindlich und hilflos in den Kissen.

Träume sind manchmal so: Eine Hand gleitet behutsam über deine Haut. Ein dunkler, unpersönlicher Körper liegt neben dir; ein fremder Atem streicht gegen deine Wange; ein starker Arm umklammert dich...

Und da wachte Margret auf.

»Sei still«, sagte der Mann auf deutsch. »Ich tu' dir nichts.«

Er hat Kognak getrunken, dachte Margret zerstreut. Ich rieche es.

Sie blieb einen Augenblick lang ruhig liegen und starrte in die Augen des Mannes, die sie als kleine Lichtpünktchen in der Dunkelheit der Augenhöhlen wahrnahm. Seine Hand strich zart und erfahren über ihren Leib und glitt an ihrem Bein hinunter. Sie fühlte, wie er sein Bein über das ihre schwang. Er war angezogen, der rauhe Stoff seines Anzuges kratzte ihre nackte Haut. Mit jähem Ruck warf sie sich auf die andere Seite des Bettes herum und richtete sich auf. Aber er war behend und stark und zwang sie zu sich nieder. Er legte seine Hand auf ihren Mund und lachte leise.

»Kleines Tierchen«, sagte er, »kleines, flinkes Eichhörnchen.«

Jetzt erkannte sie seine Stimme. »Ich bin's«, flüsterte Friedrich, »ich mache dir nur einen kleinen Besuch. Du brauchst keine Angst zu haben.« Er zog die Hand zögernd von ihrem Mund zurück. »Du wirst doch nicht schreien«, sagte er, ein unterdrücktes Lachen in seiner Stimme, als ob er mit einem Kind scherzte. »Es hat übrigens keinen Zweck zu schreien. Erstens sind alle betrunken. Zweitens würde ich sagen, du habest mich aufgefordert und dich irgendwie anders besonnen. Und mir würden sie glauben. Ich stehe in gutem Ansehen bei den Mädchen, und außerdem bist du Ausländerin...«

»Bitte gehen Sie!« flüsterte Margret. »Bitte! Ich sage nichts, wirklich nicht.«

Friedrich lachte in sich hinein. Er war angeheitert, aber nicht so betrunken, wie er sich stellte. »Du bist ein süßer kleiner Racker, das hübscheste Mädchen der ganzen Wintersaison.«

»Warum wollen Sie gerade mich?« fragte Margret verzweifelt, um nur etwas zu sagen. Dabei spannte sie ihren Körper in Abwehr, lag wie ein Stein unter ihm, so daß seine Hand nur noch kalte, feindliche Materie umspannte. »Es gibt genug andere, die nur zu gerne...«

»Dich will ich, Süßes.« Friedrich küßte ihren Hals, wie er offenbar glaubte, mit unwiderstehlicher Zärtlichkeit. »Du imponierst mir nämlich mächtig.«

»Ich mag Sie aber nicht«, sagte Margret. Als ob es in dem dunklen Bett, in der Umklammerung dieses großen, starken Körpers nichts Wichtigeres gäbe, ertappte sie sich bei der blödsinnigen Furcht, ihr Deutsch reiche nicht aus, Wortschatz, Grammatik, Redewendungen seien ihr entfallen, und wenn ihm sein Vorhaben gelänge, wären diese Primanerschnitzer schuld. »Ich mag Sie nicht!« wiederholte sie.

»Och, ich finde es ganz reizvoll, wenn sich ein Mädchen am Anfang ein bißchen sträubt. Es ist damenhafter, feiner.« Er war seiner Sache sehr sicher, machte sich über sie lustig. »Ich kenne viele solche.«

»Ich sag's Ihrer Mutter«, flüsterte Margret, »das schwöre ich Ihnen!«

Wieder das unterdrückte Lachen, selbstsicher und behaglich klang es in dem stillen Zimmer. »Sag's ruhig meiner Mutter«, spöttelte Friedrich. »Warum, denkst du wohl, quartiert sie immer nur hübsche junge Mädchen in diesem Zimmer ein, mit dem Schuppen draußen, so daß man leicht durchs Fenster steigen kann?«

Das ist doch unmöglich, dachte Margret. Diese rundliche, strahlende Frau mit den apfelroten Bäckchen, mit den Kruzifixen, die sie in alle Zimmer hängt, sauber, fleißig, fromm... Aber plötzlich erinnerte sie sich an Frau Langermanns Gesicht, als unten im Saal das Liedersingen in vollem Schwung war, den wilden, trotzigen Ausdruck in den Augen, das schwitzende, sinnliche Gesicht eingesponnen in das rohe Hämmern der Musik. Es *ist* möglich, sagte sich Margret, natürlich ist es möglich! Der dumme achtzehnjährige Bengel kann das nicht erfunden haben...

»Wie oft eigentlich –« fragte sie rasch, um ihn abzulenken, »wie oft sind Sie hier schon hereingeklettert?«

Er grinste; sie konnte seine Zähne im Dunkeln schimmern sehen, und seine streichelnde Hand hielt einen Augenblick still, als er prahlend antwortete: »Schon oft, mein Schätzchen. Aber man wird allmählich wählerisch. Es ist gar nicht so einfach, hier heraufzuklettern. Das schneeverharschte Dach ist verdammt glatt. Es müssen schon ausnehmend hübsche Mädchen sein, so wie du, daß sich die Kletterei auch lohnt.«

Seine Hand glitt weiter, weich, wissend und beharrlich. Ihre eigenen Hände hatte er mit seinem Arm unter ihrem Rücken zusammengeklemmt. In ihrem Innersten wühlten Haß und Schwäche, das Gefühl der Verletzung und der Auflösung wirr durcheinander. Sie bewegte Kopf und Schultern hin und her und versuchte, mit den Beinen zu stoßen, aber es nützte nichts. Friedrich hielt sie eisern fest und lächelte zufrieden über diesen schwachen, kitzelnden Widerstand.

»Du bist so hübsch«, flüsterte er, »und so schön gebaut.«

»Wenn Sie jetzt nicht aufhören, schreie ich!«

»Schrei nur«, sagte Friedrich ruhig, »es wird dir schlecht bekommen. Meine Mutter wird dir schon Bescheid geben, und das vor allen Gästen. Sie wird dich rauswerfen, weil du ihren kleinen achtzehnjährigen Sohn auf dein Zimmer gelockt hast und hinterher so tust, als ob du von Tuten und Blasen keine Ahnung hättest. Und morgen kommt dein Freund an, und die ganze Stadt wird davon reden...« Seine Stimme klang belustigt und ganz sicher. »Ich rate dir wirklich, nicht zu schreien.«

Margret schloß die Augen und lag still. Vor ihrem inneren Auge zogen auf einmal all die Gesichter drunten im Saal vorbei, grinsende, schielende Verschwörer, die hinter der Maske ihrer gesunden Gebirglerbiederkeit in ihrer Schneefestung Böses gegen sie ausheckten. Plötzlich rollte sich Friedrich herum und lag ganz auf ihr. Seine Joppe war offen, und sie fühlte die glatte, warme Haut seiner Brust. Er war massig, und sie kam sich erdrückt und verloren unter ihm vor. Tränen schossen ihr in die Augen. Vergebens versuchte sie, sie zurückzudrängen.

Langsam und methodisch zwang er ihre Beine auseinander. Dadurch wurden ihre Hände frei, und sie kratzte blitzschnell nach seinen Augen. Sie fühlte, wie seine Haut riß, und hörte den häßlichen Kratzlaut. Wieder und wieder, ehe er nach ihr greifen konnte, riß sie ihm das Gesicht auf.

»Luder!« Friedrich packte mit einer Faust ihre Hände und preßte sie an den Gelenken zusammen. Es tat sehr weh. Mit der anderen Hand schlug er sie ins Gesicht, bis sie blutete. »Du niederträchtiges kleines amerikanisches Aas!« knirschte er. Er saß mit gespreizten Beinen über ihr. Sie lag starr und blickte zu ihm hinauf, triumphierend, blutend und voll Trotz. Das Silberlicht des gleichgültigen Mondes beleuchtete friedlich die Szene.

Jetzt schlug er sie mit dem Handrücken auf den Mund. Sie spürte seine harten Knöchel an ihren Zähnen und roch den häßlichen Küchendunst, in dem er zu arbeiten pflegte.

»Wenn Sie jetzt nicht gehen«, sagte sie ganz klar, obgleich ihr der Kopf wirbelte, »werde ich Sie morgen umbringen. Mein Freund und ich töten Sie. Darauf können Sie sich verlassen!«

Er saß über ihr und hielt ihre Hände noch immer fest. Er war zerkratzt und blutete, sein langes blondes Haar hing zerzaust über die Augen. Sein Atem kam in Stößen, wie er sie von oben anstarrte. Unentschiedene Stille herrschte im Zimmer. Dann irrten seine Augen langsam ab, und er sagte wie nebensächlich: »Ach was, Mädchen, die mich nicht wollen, interessieren mich nicht. Es zahlt sich nicht aus.«

Er ließ ihre Hände fahren, schob ihr Gesicht roh mit dem Handballen beiseite und sprang aus dem Bett, wobei er sie absichtlich mit dem Knie anstieß, während er sich hinunterschwang. Dann stand er am Fenster, brachte seine Kleidung in Ordnung und leckte sich die zerkratzte Lippe. Im ruhigen Licht des Mondes sah er jungenhaft aus und wirkte ein bißchen pathetisch, wie er enttäuscht und unbeholfen seine Joppe zuknöpfte. Schließlich schritt er auf die Tür zu und sagte: »Ich gehe die Vordertreppe hinunter, ich habe ja ein Recht darauf.«

An der Tür zögerte er und überlegte sich einen möglichst effektvollen Abgang. Margret merkte, wie sein Bauernhirn arbeitete, um etwas recht Kränkendes für sie zum Abschied zu finden. Endlich knurrte er: »Alsdann, zieh ab zu deinem Wiener Juden!«

Er riß die Tür auf und ging, ohne sie zu schließen. Margret stand auf und machte sie leise zu. Sie hörte seine schweren Tritte die Treppe hinunter in Richtung der Küche. Ihr Echo brach sich an den hölzernen alten Wänden des in der Winterstille schlafenden Hauses.

Der Wind draußen hatte sich gelegt, und es war still und kalt im Zimmer. Margret fror plötzlich in ihrem zerknüllten Pyjama. Sie ging zum Fenster und schloß es. Der Mond war untergegangen, und die Nacht wich einem fahlen Grau, in dem sich Himmel und Berge als tote, geheimnisvolle Schemen abzeichneten.

Margret besah sich das Bett. Das eine Laken war zerrissen, auf dem Kopfkissen waren Blutflecke, dunkel und rätselhaft, und die Leintücher waren zerknittert und zerwühlt. Frierend begann sie, sich anzuziehen, sie fühlte sich zerschlagen und erschöpft, ihre Handgelenke schmerzten in der Kälte. Sie zog sich ihr wärmstes Skizeug an, zwei paar Wollstrümpfe und den Mantel. Immer noch zitternd und bis in die Knochen kalt, setzte sie sich in den kleinen Schaukelstuhl am Fenster und starrte zu den Bergen hinüber, die sich allmählich aus dem Dunkel hoben und an deren bleiche Spitzen sich das grünliche Licht der Morgendämmerung herantastete.

Das Grün nahm eine rosa Färbung an. Das Licht breitete sich aus und glitt die schneebedeckten Hänge hinunter, bis sie wie Diamanten glitzerten. Der Morgen war da. Margret erhob sich und verließ das Zimmer, ohne einen Blick auf das Bett zu werfen. Leise schlich sie durch das stille Treppenhaus, in dessen Ecken noch die letzten Schatten der Nacht hingen. Unten in der Diele roch es säuerlich nach den Überbleibseln der Silvesterfeier. Sie öffnete das schwere Tor und trat hinaus in das schlafende, in weißem und indigoblauem Licht anbrechende neue Jahr.

Die Straßen lagen verlassen da. Ziellos lief sie an Schneehaufen vorüber, die am Rande der Bürgersteige aufgeschaufelt waren, und fühlte die dünne Morgenluft beinahe schmerzend in ihren Lungen. Eine Tür wurde geöffnet, und eine kleine, rundliche Frau in Kopftuch und Schürze, rotwangig und vergnügt, trat heraus. »Guten Morgen, Fräulein, und ein gesegnetes neues Jahr!« rief sie.

Margret warf ihr einen Blick zu und eilte weiter. Die Frau schaute ihr verdutzt nach, dann schalt sie hinter ihr her und schlug krachend die Tür zu.

Margret bog von der Straße ab auf einen Weg, der zu den Bergen hinaufführte. Sie lief mechanisch, mit gesenktem Kopf, langsam dem Übungshügel zu, der weiß und leer und im Morgenlicht glitzernd vor ihr lag. Sie verließ den Weg und ging quer über die festgestampfte

Schneefläche zu der Skihütte hinüber, die mit ihren klobigen Balken und dem tief heruntergezogenen schneebedeckten Dach wie das Requisit eines Kindermärchens aussah.

Vor der Hütte stand eine Bank, auf die sich Margret sinken ließ. Sie fühlte sich plötzlich ausgepumpt und unfähig zu jeder weiteren Anstrengung. Teilnahmslos schaute sie zu den Hängen empor, zu den gezackten Gipfeln der Berge, die sich jetzt scharf und purpurfarben vom blauen Himmel abhoben.

Nur nicht daran denken, sagte sie sich. Nicht daran denken. Unentwegt starrte sie die sich türmenden Berge an und zwang sich, an Christianias und Stemmbögen zu denken und an fehlerlose Abfahrten. Nicht daran denken! Ihre Zunge fuhr über das getrocknete Blut auf der gesprungenen Lippe. Später vielleicht, wenn ich ruhiger geworden bin, mein Gleichgewicht wiederhabe... Am gefährlichsten waren die tiefen Schneewehen am Rand des Hohlweges rechts, denn man würde natürlich im Schuß den Hügel herunterkommen, weit ausbiegen, um dem Felsen auszuweichen und vor lauter Angst...

»Guten Morgen, Fräulein Freemantle«, sagte eine Stimme neben ihr. Sie fuhr herum. Es war der Skilehrer, der schlanke, sonnenverbrannte junge Mann, den sie angelächelt und zum Mitsingen aufgefordert hatte, als der Akkordeonmann spielte. Ohne zu antworten, stand sie auf und ging weg. Diestl lief ihr nach. »Fehlt Ihnen etwas?« fragte er. Die Stimme hinter ihr klang dunkel, höflich und mitfühlend. Sie blieb stehen und erinnerte sich, daß unter dem lauten Geschrei des vergangenen Abends, als Friedrich den Arm um ihre Taille gelegt und wie ein Stier gebrüllt hatte, nur der Skilehrer still geblieben war. Sie entsann sich des nachdenklichen Blicks, mit dem er zu ihr herüberschaute, als sie weinte, eines Blicks der Sympathie und des scheuen, gehemmten Versuchs, ihr zu zeigen, daß sie nicht allein war.

Sie drehte sich um. »Verzeihen Sie«, und sie versuchte zu lächeln, »ich war ganz in Gedanken versunken. Ich glaube, Sie haben mich ein bißchen erschreckt.«

»Fehlt Ihnen wirklich nichts?« fragte er wieder. Er stand vor ihr, ohne Kopfbedeckung, und sah noch jungenhafter und verlegener aus als am Abend zuvor.

»Nein, wirklich nicht.« Margret setzte sich. »Ich wollte nur hier sitzen und die Berge bewundern.«

»Vielleicht möchten Sie lieber allein sein?« Dabei ging er zögernd einen Schritt zurück.

»Nein, nein«, beteuerte Margret. Plötzlich wurde ihr klar, daß sie mit irgend jemand über ihr nächtliches Erlebnis sprechen mußte, um

Ordnung in ihre Gedanken zu bekommen. Joseph konnte sie auf keinen Fall einweihen, und der Skilehrer erweckte entschieden Vertrauen. Er sah sogar ein bißchen wie Joseph aus, dunkel, klug und ernst. »Bleiben Sie, bitte«, sagte sie.

Er stand da, die Beine leicht auseinandergestellt, mit offenem Kragen und ohne Handschuhe, als ob es weder Wind noch Kälte gäbe. In seinem tadellos geschnittenen Skianzug wirkte er elegant und sehnig. Seine Haut schien unter der Sonnenbräune olivenfarbig von Natur zu sein, und sein Gesicht war kräftig durchblutet.

Er zog ein Päckchen Zigaretten hervor und bot ihr eine an. Sie nahm sie, und er gab ihr Feuer, indem er flink das Streichholz mit den Händen gegen den Wind abschirmte. Dicht vor ihrem Gesicht bewegten sich diese Hände, als er sich zu ihr hinunterbeugte. Sie hatten etwas sehr Männliches, Ruhiges und Sicheres.

Sie bedankte sich, er nickte, zündete seine eigene Zigarette an und nahm neben ihr Platz. So saßen sie, an die Hüttenwand gelehnt, den Kopf bequem zurückgeneigt, und blinzelten mit halbgeschlossenen Augen zu den majestätischen Bergen empor. Der Zigarettenrauch kräuselte schräg über sie hinweg. Die Zigarette war stark. Margret schmeckte sie scharf am Gaumen.

»Wie wundervoll!« sagte sie.

»Was?«

»Die Berge.«

Er zuckte die Schultern. »Feinde«, sagte er.

»Wie bitte?« fragte sie.

»Ja, Feinde.«

Sie sah ihn an. Er hatte die Augen zusammengekniffen, und sein Mund war ein schmaler Strich. Sie wandte den Blick zu den Bergen zurück.

»Wieso Feinde?« fragte sie ihn.

»Gefängnis«, antwortete er und bewegte unruhig die Füße in seinen schicken Schnürstiefeln. »Mein Gefängnis.«

»Ist das nicht reichlich übertrieben?« fragte Margret überrascht zurück. Er lachte bitter auf. »Ist das vielleicht ein Beruf für einen Mann? Die Welt bricht zusammen, die Menschen kämpfen um das nackte Leben, und ich gebe mich damit ab, kleinen dicken Mädchen beizubringen, wie man einen Abhang hinunterfährt, ohne auf die Nase zu fallen.« Komisches Land, dachte Margret belustigt. Selbst Sportler leiden hier an Weltschmerz. »Wenn Sie so unzufrieden sind«, sagte sie, »warum suchen Sie sich keine andere Beschäftigung?«

Er lachte lautlos in sich hinein, traurig. »Ich habe es versucht. In

Wien, sieben Monate lang. Ich hielt es hier nicht mehr aus und fuhr nach Wien mit der festen Absicht, mir eine vernünftige und nützliche Tätigkeit zu suchen. Fazit: Man spare sich die Mühe, heutzutage in Wien eine vernünftige Tätigkeit zu finden. Das einzige, was ich erreichte, war eine Anstellung als Aushilfskellner in einem Restaurant. Ich hatte die Ehre, den lieben Touristen Schnitzel und Gulasch zu servieren. Als ich den Unsinn satt hatte, kehrte ich heim. Wenigstens kann ich mich hier anständig durchbringen. So sieht es heute in Österreich aus. Für irgendeine nichtsnutzige Dummheit wird man gut bezahlt.« Er schüttelte den Kopf. »Entschuldigen Sie«, sagte er.

»Weshalb entschuldigen Sie sich?«

»Weil ich so offen zu Ihnen rede. Weil ich mich beklage. Ich schäme mich ein bißchen.« Er schleuderte seine Zigarette weg und steckte die Hände in die Hosentaschen. Und während er verlegen die Schultern hochzog, fuhr er fort: »Ich weiß eigentlich nicht, weshalb ich Sie mit meinen Angelegenheiten behellige. Vielleicht, weil es noch so früh am Morgen ist und wir beide allein hier oben sind. Ich weiß nicht... komisch. Sie waren mir gleich sympathisch. Die Leute hier –« er zuckte die Schultern, »mein Gott! Ochsen! Essen, trinken und Geld verdienen, das ist alles, was sie können. Ich wollte schon gestern abend mit Ihnen sprechen.«

»Schade, daß Sie's nicht taten«, sagte Margret. Seine weiche, tiefe Stimme, seine rücksichtsvolle Art, sich für sie als Ausländerin verständlich auszudrücken, taten ihr wohl. Sie fühlte sich nicht mehr so zerschlagen, sie atmete wieder auf.

»Warum sind Sie so rasch gegangen?« fragte er. »Sie haben geweint.«

»Ja, das war dumm von mir«, sagte sie matt. »Ein Beweis, daß ich noch nicht erwachsen bin.«

»Man kann ganz und gar erwachsen sein und trotzdem weinen, bitterlich weinen.« Margret merkte, daß er ihr damit gestehen wollte, auch er weine zuweilen. »Wie alt sind Sie eigentlich?« fragte er plötzlich.

»Einundzwanzig«, antwortete sie.

Er nickte, als ob es sich um eine wichtige Tatsache handele, mit der man in der Zukunft zu rechnen habe. »Was machen Sie in Österreich?« fragte er weiter.

»Och, ich weiß nicht.« Sie zögerte. »Mein Vater starb und hinterließ mir etwas Geld. Nicht viel, aber immerhin etwas. Und da habe ich beschlossen, mir die Welt ein wenig anzusehen, ehe ich dann seßhaft werde...«

»Und da sind Sie ausgerechnet auf Österreich verfallen?«

»Tja, wissen Sie, ich habe in New York Bühnendekoration studiert, und einer meiner Bekannten, der gerade aus Wien zurückkam, erzählte mir, daß es dort eine ausgezeichnete Schule gäbe. Außerdem sei Wien eine hübsche Stadt. Auf jeden Fall sei es anders als Amerika. Und das war wohl das Entscheidende.«

»Und besuchen Sie nun in Wien diese Schule?«

»Ja.«

»Ist sie wirklich so gut?«

Sie lachte. »Nein. Ich finde, alle Schulen sind gleich. Sie nützen immer den anderen, nie mir.«

»Aber immerhin gefällt es Ihnen dort, nicht?« Dabei wandte er ihr sein Gesicht zu und blickte sie ernst an.

»O ja, sehr! Ich liebe Wien und Österreich!«

»Gestern abend schienen Sie von Österreich nicht sonderlich entzückt zu sein«, sagte er schnell.

»Nein, da haben Sie recht.« Dann fügte sie ehrlich hinzu: »Aber eigentlich handelte es sich nicht um Österreich, sondern um die Leute von gestern abend. Die gefielen mir nicht.«

»Das Lied«, murmelte er, »das Horst-Wessel-Lied.«

Sie suchte nach einer Erklärung. »Ja, das Lied. Ich war nicht darauf vorbereitet. Ich konnte mir nicht vorstellen, daß hier oben, in dieser herrlichen Gegend, so weit von allem entfernt...«

»Wir sind gar nicht so weit entfernt«, unterbrach er sie. »Durchaus nicht so weit. Verzeihung, sind Sie Jüdin?«

»Nein.« Da war sie wieder, diese Frage, die Europa in zwei Lager spaltete, dachte Margret.

»Natürlich nicht, ich wußte es gleich.« Gedankenverloren kniff er die Lippen zusammen und schielte zu den Hängen hinüber, eine charakteristische Grimasse offenbar, wenn er über etwas nachgrübelte. »Aber Ihr Freund ist Jude«, sagte er dann.

»Wie bitte?«

»Ich meine den Herrn, den Sie heute morgen erwarten.«

»Woher wissen Sie das?«

»Es ist nur eine Frage«, sagte er.

Eine Weile herrschte Schweigen. Eine merkwürdige Mischung, dieser Herr Skilehrer, dachte Margret. Teils kühn, teils schüchtern, ohne Humor und schwerfällig. Und dann wieder unerwartet feinfühlig und empfindsam.

»Ich nehme an, daß er Jude ist.« In seiner ernsten, höflichen Stimme lag keine Spur von Abneigung oder Kritik.

»Nun...« antwortete Margret und versuchte, ihm den Sachverhalt verständlich zu machen, »nach den Anschauungen hierzulande mag er als Jude gelten. An sich ist er katholisch, aber seine Mutter ist Jüdin und...« Er unterbrach sie: »Wie sieht er aus, was ist er?«

Margret erwiderte stockend: »Er ist Arzt, älter als ich natürlich, und sieht sehr gut aus. Er sieht Ihnen sogar ähnlich. Er hat eine komische Ader und bringt die Leute immer zum Lachen. Aber er kann auch ernst sein. Er kämpfte zum Beispiel in der Karl-Marx-Siedlung gegen Starhembergs Truppen und gehörte zu den letzten, die damals entkamen...« Jäh hielt sie inne.

»Aber warum erzähle ich Ihnen das alles? Vergessen Sie's. Man richtet nur Unheil an mit solchen Geschichten.«

»Gut«, sagte der Skilehrer, »erzählen Sie mir nichts mehr. Alles in allem scheint es aber ein netter Kerl zu sein. Werden Sie ihn heiraten?«

Margret zuckte die Achseln. »Wir haben natürlich darüber gesprochen. Aber... entschieden ist noch nichts. Man muß abwarten.«

»Werden Sie ihm von gestern abend berichten?«

»Vielleicht.«

»Und woher die Verletzung an Ihrer Lippe stammt?«

Unwillkürlich berührte Margrets Hand die wunde Stelle. Dabei blickte sie den Skilehrer von der Seite an. Der schielte wie unbeteiligt zu den Hängen hinüber. »Friedrich hat Ihnen gestern nacht einen Besuch abgestattet, nicht wahr?« fragte er.

»Ja«, antwortete Margret leise. »Sie scheinen über diesen Friedrich gut Bescheid zu wissen.«

»Klar. Hier weiß jeder über Friedrich Bescheid«, sagte er rauh. »Sie sind nicht die erste, die so zugerichtet aus dem Zimmer über dem Schuppen herauskommt.«

»Wenn man das im Ort so genau weiß, warum tut man nichts dagegen?« Der Skilehrer lachte verächtlich. »Naive Jugend! Es soll Mädchen geben, die das sogar lieben. Selbst solche, die sonst schwer herumzukriegen sind. Was wollen Sie? Das ist so eine Art Spezialität von Langermanns Hotel. Echt ländlich-sittlich und erdverbunden. Dienst am Kunden: eine Zahnradbahn, fünf Skilifte, vier Meter Pulverschnee und als Zugabe eine sanfte Vergewaltigung. Übrigens – ich glaube, er geht nie zu weit. Wenn sich die Dame ernstlich widersetzt, läßt er sie in Ruhe. Er ließ Sie schließlich in Ruhe, nicht?«

»Ja«, sagte Margret.

»Trotzdem, es muß eine schlimme Nacht für Sie gewesen sein. Tritt ein ins neue Jahr mit Fröhlichkeit und Gesang im guten alten Österreich.«

»Ich fürchte«, sagte sie nach kurzer Überlegung, »es paßt alles wie ein Mosaik zusammen.«

»Was paßt zusammen?«

»Das Horst-Wessel-Lied. Nazis, die gewaltsam in das Zimmer einer Frau eindringen. Die sie schlagen, wenn sie ihnen nicht zu Willen ist...«

»Unsinn!« Diestls Stimme klang laut und böse, »reden Sie doch nicht so etwas!«

»Was habe ich denn Schlimmes gesagt?« Margret fühlte auf einmal einen leisen Stich von Unbehaglichkeit und Angst.

»Friedrich ist nicht durch Ihr Fenster geklettert, weil er ein Nazi ist.« Er war wieder ruhig, sprach geduldig und dozierend, wie er etwa seinen Kursteilnehmern den Schneepflug erklärte. »Friedrich kam zu Ihnen ›fensterln‹, weil er ein Schwein ist. Er ist ein schlechter Kerl. Es ist ein reiner Zufall, daß er außerdem noch Nazi ist. Und es wird sich noch erweisen, daß er auch ein schlechter Nazi ist.«

»Und wie ist es mit Ihnen? Sind Sie Nazi?« Margret saß mäuschenstill und fixierte ihre Fußspitzen.

»Natürlich«, sagte der Skilehrer. »Natürlich bin ich Nazi. Schauen Sie mich nicht so entsetzt an. Was Sie von den Nazis wissen, stammt aus den blödsinnigen amerikanischen Zeitungen. Wir fressen kleine Kinder, zünden die Kirchen an, peitschen Nonnen nackt durch die Straßen und malen ihnen schweinische Bilder mit Lippenstift und Blut auf den Hintern; wir haben Zuchtgestüte für Menschen eingerichtet und so weiter und so weiter... Lachen könnte man über den Blödsinn, wenn es nicht so ernst wäre.«

Er schwieg. Margret wollte gehen. Aber sie fühlte sich so schwach, daß sie fürchtete, ihre Beine würden sie nicht tragen, wenn sie jetzt aufstünde. Ihre Augen brannten, und in ihren Knien war ein nervöses Kribbeln, als ob sie tagelang nicht geschlafen hätte. Sie blinzelte in die Sonne und betrachtete die stillen weißen Berge, die in dem zunehmenden Licht weniger gewaltig wirkten als in der ersten Morgenstunde.

Alles Lüge, dachte sie, diese grandiosen friedlichen Berge in der goldenen Wintersonne. Alles Lüge!

»Ich lege Wert darauf, daß Sie mich richtig verstehen...« Seine Stimme klang sanft, beschwörend und eindringlich. »Für Sie in Amerika ist es sehr leicht, uns zu verurteilen. Sie sind reich, Sie können sich jeden Luxus leisten. Sie können sich Toleranz erlauben oder Demokratie, was dasselbe ist. Sie können die Dinge von moralischen Standpunkten aus betrachten. Wir in Österreich können uns keinen moralischen Standpunkt leisten.« Er machte eine Pause, als ob er auf ihren Widerspruch warte. Aber sie sagte nichts, und er fuhr fort, leise, tonlos und schwer zu verstehen in der glitzernden Leere der sie umgebenden Bergwelt: »Natürlich haben Sie eine andere Auffassung. Ich nehme Ihnen das gar nicht übel. Ihr Freund ist Jude, und Sie müssen sich seinetwegen Sorgen machen. Das ist klar. Aber dadurch verbauen Sie sich den Überblick über das Wesentliche. Das Wesentliche...«, wiederholte er, als ob der Wortklang besonders geeignet wäre, den Sinn seiner Ausführungen zu unterstreichen. »Das Wesentliche ist für uns Österreich. Das deutsche Volk. Es ist lächerlich, zu behaupten, wir Österreicher seien keine Deutschen. Für einen Amerikaner aus fünftausend Kilometer Entfernung mag es leicht sein, uns nicht für Deutsche zu halten. Aber nicht für uns. So, wie wir jetzt leben, sind wir ein Volk von Bettlern. Sieben Millionen Menschen, die sich nicht rühren können, ohne Zukunft, der Gnade aller ausgeliefert. Eine Nation trinkgeldheischender Oberkellner. Das können die Amerikaner einfach nicht begreifen. Aber man kann nicht ewig in Erniedrigung leben. Schließlich erreicht man einen Punkt, an dem man zu allem bereit ist, wenn man nur seine Selbstachtung wiedergewinnt. Und für uns Österreicher bedeutet das – Nazis zu werden, als integraler Bestandteil in Großdeutschland aufzugehen.« Seine Stimme war lebhafter geworden, so etwas wie Erregung zitterte in ihr nach.

»Aber es gibt doch nicht nur diesen einen Weg«, wandte Margret ein und erschrak, daß sie sich zum Widerspruch hinreißen ließ. Andererseits schien er vernünftig und entgegenkommend und begründeten Argumenten durchaus zugänglich. »Es muß andere Möglichkeiten der Gesundung geben, andere als Lüge, Mord und Betrug.«

»Mein liebes Fräulein«, geduldig und betrübt schüttelte er den Kopf, »leben Sie zuerst einmal zehn Jahre in Europa und dann wollen wir sehen, ob Sie immer noch an diese anderen Möglichkeiten glauben. Ich werde Ihnen etwas sagen: Bis vor einem Jahr war ich noch Kommunist. Arbeiter der Welt, vereinigt euch! Friede für alle, jedem das Seine, Sieg der Vernunft, Verbrüderung, Verbrüderung und so weiter.« Er lachte höhnisch. »Nichts als Unsinn! Amerika kenne ich nicht, aber ich kenne Europa. Und in Europa wird niemals etwas mit Vernunft erreicht. Verbrüderung! Ein billiger Treppenwitz für unfähige Politiker zwischen einem Krieg und dem nächsten. Und wenn Sie mich fragen, so glaube ich, daß es in Amerika nicht viel anders ist. Sie reden von Lüge, Mord und Betrug. Möglich, daß das alles vorkommt. Aber in Europa sind das notwendige Verfahren. Ohne solche Mittel geht es eben nicht. Glauben Sie ja nicht, daß es mir Spaß macht, das zuzugeben. Aber es ist wahr, und nur ein Narr kann es leugnen. Später einmal, wenn die neue Ordnung funktioniert, können wir auf das, was Sie Lüge, Mord und Betrug nennen, verzichten. Später, wenn unser Volk genug zu essen und Arbeitsplätze hat, wenn es weiß, daß sein Spargroschen morgen soviel wert sein wird wie heute, und nicht etwa nur ein Zehntel; wenn seine Regierung wirklich seine eigene Regierung ist statt ein herumkommandierter Handlanger eines Haufens von Fremden! Später, wenn wir endlich Schluß machen mit Nachgeben und Niederlagen. Nachgeben bringt nie etwas ein. Höchstens Schande und Hunger. Weiter nichts. Aber stark sein, damit erreicht man etwas! Und was die Juden anlangt...« Er zuckte die Schultern. »Ein unglückseliger Zufall. Irgend jemand hat sich irgendwie eingeredet, der Weg zur Macht führe nur über den Antisemitismus. Ich behaupte nicht, daß mir dieser Leitsatz gefällt. Persönlich weiß ich, wie unsinnig Rassendiskriminierung ist. Ich weiß, daß es Juden gibt wie Friedrich und Juden, sagen wir, wie mich. Aber wenn die einzige Methode, zu einem anständigen und geordneten Europa zu kommen, in der Ausrottung der Juden besteht, dann müssen wir sie eben ausrotten. Eine kleine Ungerechtigkeit für eine große Gerechtigkeit. Das wenigstens haben die Kameraden drüben Europa gelehrt: Der Zweck heiligt die Mittel. Eine harte Lehre, ich weiß, aber ich glaube, am Ende werden selbst die Amerikaner sie annehmen.«

»Das ist furchtbar!« sagte Margret.

»Mein liebes gnädiges Fräulein«, sagte der Skilehrer, nahm ihre beiden Hände und sprach voll Wärme und Offenheit: »Was ich Ihnen jetzt sage, mag überheblich klingen. Entschuldigen Sie also. Aber ich verspreche Ihnen: Es wird nie zur Ausrottung der Juden kommen! Sagen Sie das Ihrem Freund. Ein oder zwei Jahre lang wird das Leben nicht einfach für ihn sein. Möglich, daß er Geschäft und Wohnung aufgeben muß. Aber sobald wir erreicht haben, was wir erreichen wollen; sobald dieser antisemitische Trick seinen Zweck erfüllt hat, wird man ihm das Verlorene ersetzen. Der Kampf gegen die Juden ist für uns nur ein Übergang, kein Endziel. Wenn sich alles einmal eingespielt hat, kann er an seinen früheren Platz zurückkehren. Darauf gebe ich Ihnen mein Ehrenwort. Und, bitte, glauben Sie nicht, was die amerikanischen Zeitungen schreiben! Ich war letztes Jahr in Deutschland und versichere Ihnen, daß es in den Köpfen Ihrer Journalisten viel schlimmer aussieht als in den Straßen Berlins.«

»Trotzdem hasse ich das alles«, sagte Margret.

Der Skilehrer blickte ihr in die Augen, zuckte betrübt und niedergeschlagen mit den Schultern und wandte sich ab. Gedankenvoll sah er zu den Bergen hinüber und sagte: »Schade. Sie schienen mir so vernünftig und gescheit. Ich dachte schon, hier ist einmal eine Amerikanerin, die zu Hause Gutes über uns berichten wird, die uns wenigstens einiges Verständnis entgegenbringt...« Dann stand er auf. »Tja, es ist eben zu viel verlangt.« Er drehte sich ihr zu und lächelte freundlich, einen Ausdruck der Sanftheit und Eindringlichkeit auf seinem schmalen, gut geschnittenen Gesicht: »Erlauben Sie mir wenigstens, Ihnen einen Rat zu geben. Sehen Sie zu, daß Sie bald nach Amerika zurückkommen. Ich fürchte, Sie würden in Europa sehr unglücklich werden.« Er scharrte mit den Fußspitzen im Schnee. »Heute wird es ziemlich kalt werden«, fuhr er in geschäftigem Ton fort, »falls Sie und Ihr Freund die Bretter anschnallen wollen, würde ich Sie gerne den Westhang hinunterführen. Es wäre eine ausgezeichnete Tagestour, aber es ist nicht ratsam, sie allein zu machen.«

Margret erhob sich auch. »Danke schön, aber ich glaube nicht, daß wir hierbleiben.«

»Kommt Ihr Freund mit dem Morgenzug?«

»Ja.«

Er nickte. »Aber bis drei Uhr nachmittags muß er mindestens hierbleiben. Vorher geht kein Zug.« Dann sah er sie unter seinen buschigen Augenbrauen, die an den Spitzen von der Sonne gebleicht waren, forschend an: »Sie wollen also Ihre Ferien nicht hier verleben?«

»Nein«, sagte Margret.

»Wegen gestern nacht?«

»Ja.«

»Ich verstehe. Hier –« Er zog ein Blatt Papier und einen Bleistift aus der Tasche und schrieb rasch etwas nieder. »Hier ist eine Adresse, die Sie benutzen können. Nur dreißig Kilometer entfernt. Der Drei-Uhr-Zug hält dort. Es ist ein reizender kleiner Gasthof, gutes Skigelände, alles modern angelegt, und die Leute sind sehr nett. Gänzlich unpolitisch.« Er lächelte. »Nicht so abscheulich wie wir. Keine Friedrichs. Sie werden dort sehr gut aufgehoben sein. Auch Ihr Freund.«

Margret nahm das Notizblatt und steckte es ein. »Ich danke Ihnen«, sagte sie und dachte dabei, wie anständig und gutartig dieser Mann doch sei, trotz allem. »Ich glaube, wir werden von der Adresse Gebrauch machen.«

»Schön. Dann wünsche ich Ihnen angenehme Ferien. Und danach...« sagte er lächelnd und hielt ihr die Hand hin: »Danach fahren Sie heim nach Amerika, nicht wahr?«

Sie schüttelte seine Hand. Dann ging sie. Sie stieg den Hügel hinab und schlug den Weg zum Städtchen ein. Am Fuß des Hanges blickte sie sich um und sah, daß er gerade mit seinem Anfängerkurs begonnen hatte. Er kauerte auf seinen Skiern und stellte lachend und geduldig ein siebenjähriges rotbemütztes Mädchen, das in den Schnee gefallen war, wieder auf die Beine.

Joseph sprang aus dem Zug, übersprudelnd vor Urlaubsfreude. Er küßte sie und überreichte ihr eine Schachtel Pralinen, die er mit übertriebener Sorgfalt die ganze Fahrt von Wien auf den Knien gehalten hatte. Dazu eine blaßblaue Skimütze, der er nicht widerstehen konnte, als er sie im Schaufenster gesehen hatte. Er küßte sie wieder und wieder und rief: »Ein frohes neues Jahr, Liebling!« und »Gott, guck sich bloß einer diese Sommersprossen an!« und »Ich liebe dich, ich liebe dich«, und »Du bist die schönste Amerikanerin der Welt«, und schließlich: »Wo kann man hier frühstücken, ich sterbe vor Hunger!« Dann holte er tief Atem und schaute sich um, umfaßte mit einem Blick die Kette der schneebedeckten Berge ringsum und sagte glücklich und mit Besitzerstolz, den Arm um sie gelegt: »Da, schau dir das an! Und erzähle mir bloß nicht, daß es so etwas in Amerika auch gäbe.«

Als sie dann zu weinen anfing, leise, hilflos, wurde er ernst, hielt sie an sich gepreßt, küßte ihr die Tränen von den Wangen und fragte mit seiner dunklen, vertrauten Stimme: »Was hast du, Liebling? Was ist passiert?«

Und stockend, aneinandergeschmiegt in einer Ecke des kleinen Bahnhofes und den neugierigen Blicken der Leute auf dem Bahnsteig entzogen, erzählte sie ihm alles. Das Erlebnis mit Friedrich verschwieg sie, aber von der Singerei in der Silvesternacht, und wie sie den Führer hochleben ließen, berichtete sie ihm, und daß sie keinen Tag länger bleiben würde, unter keinen Umständen. Nachdenklich küßte Joseph sie auf die Stirn und streichelte sie. Aus seinem Gesicht waren mit einemmal die Ausgelassenheit und Ferienfreude verschwunden, die sie an ihm bemerkt hatte, als er aus dem Zug gesprungen war. Es wurde spitz und hart, und seine Augen lagen tief in den Höhlen. »Also auch hier! Zu Hause, auf der Straße, in der Stadt, auf dem Land, überall…« Er schüttelte den Kopf und sagte resigniert: »Margret, Baby, ich glaube, es ist besser, du verläßt Europa. Fahr nach Hause, fahr zurück nach Amerika.«

»Nein«, sagte sie, ohne zu überlegen, »nein! Ich will hierbleiben. Ich will dich heiraten und bei dir bleiben.«

Joseph schüttelte den Kopf. Sein weiches, kurzgeschnittenes, leicht angegrautes Haar zeigte einen hellen Glanz an den Stellen, auf die einige Tropfen geschmolzenen Schnees gefallen waren. »Dieses Amerika muß ich sehen«, sagte er leise, »ich muß das Land mit eigenen Augen sehen, das Mädchen wie dich hervorbringt.«

»Ich will dich aber heiraten, hörst du?« Margret preßte seinen Arm.

»Später, Süßes«, sagte Joseph liebevoll. »Wir werden später davon reden.«

Aber sie redeten nie mehr davon. Sie gingen zurück ins Hotel Langermann und frühstückten ausgiebig. An einem schönen Fensterplatz mit den majestätischen Alpen im Hintergrund aßen sie Speck mit Ei, Kartoffeln in der Schale gebacken und Eierkuchen. Dazu tranken sie Wiener Kaffee mit einem großen Klecks Schlagsahne darauf. Friedrich bediente sie, diskret und höflich. Er rückte Margrets Stuhl zurecht, ehe sie sich setzte, und füllte rasch Josephs Tasse nach, wenn er ausgetrunken hatte.

Nach dem Frühstück packte Margret und sagte Frau Langermann, daß sie und ihr Freund abreisen müßten. Frau Langermann bedauerte unendlich. »Ach, das ist aber schade!« rief sie und überreichte die Rechnung.

Auf der Rechnung war ein Posten mit neun Schillingen aufgeführt, der Margret unklar war. »Wofür sind die neun Schillinge?« fragte sie. Sie stand neben dem glänzenden eichenen Schreibtisch in der Halle und wies auf den säuberlich mit Tinte eingetragenen Betrag. Frau Langermann, im gestärkten Krägelchen und tadellos frisiert, beugte sich kurzsichtig über die Rechnung. »Oh«, sagte sie und schaute Margret ohne jeden Ausdruck an, »das ist doch für das zerrissene Laken, liebes Fräulein.«

Margret bezahlte. Friedrich trug die Koffer hinunter. Sie gab ihm ein Trinkgeld. Er beugte sich, half ihr in das Taxi und sagte: »Hoffentlich hat es Ihnen bei uns gefallen.« Margret und Joseph gaben ihr Gepäck auf. Da ihnen noch einige Zeit bis zur Abfahrt des Zuges verblieb, schlenderten sie durch die Straßen und sahen sich die Geschäfte an.

Als der Zug abfuhr, glaubte Margret, am Ende des Bahnsteigs die dunkle, schlanke Gestalt Diestls zu erkennen. Sie winkte, aber er winkte nicht zurück. Irgendwie sieht ihm das ähnlich, dachte sie. Zum Bahnhof kommen und sie mit Joseph abfahren sehen, ohne zu grüßen.

Der von Diestl empfohlene Gasthof war klein und hübsch, und die Besitzer waren sehr liebenswürdig. In zwei von den drei Nächten, die sie dort verbrachten, schneite es, und herrlicher Neuschnee bedeckte die Hänge. Noch nie war Joseph so heiter und unbeschwert gewesen. Ruhig und warm schlief Margret, in seinen Arm gekuschelt, in dem riesigen Federbett, das eigens für Flitterwochen im Gebirge geschaffen zu sein schien. Sie sprachen über nichts Ernstes, auch der Heiratsplan wurde nicht mehr erwähnt. Während des ganzen Tages stand die strahlende Sonne am glasklaren Himmel, Tag für Tag, und die Gebirgsluft wirkte berauschend wie Wein in ihren Lungen. Abends sang Joseph im Kreise der wenigen Gäste Schubertlieder am warmen Kachelofen; seine Stimme klang innig und gefühlvoll. Das ganze Haus roch leicht nach

Zimt. Beide waren bald braungebrannt, was bewirkte, daß Margrets Sommersprossen sich unheimlich vermehrten. Margret war den Tränen sehr nahe, als sie am vierten Tag zum Bahnhof hinuntergingen, um den Zug nach Wien zu nehmen. Die Ferien waren vorüber.

2. Kapitel

Auch in New York wurde das strahlende neue Jahr 1938 willkommen geheißen. Die Taxen krochen, Stoßstange an Stoßstange, durch die nassen Straßen, und ihre Signale erfüllten die Luft, als ob sie eine neue Spezies von Tieren aus Stahl und Glas wären, die man in die Betonschächte der City gepfercht hatte. Im Innern der City drängte sich eine Million Menschen zusammen, von dem blendenden Licht der Leuchtreklamen festgenagelt, wie Sträflinge auf der Flucht im Scheinwerferlicht ihrer Wärter, und rollte und quoll langsam und ziellos stadtabwärts, gleich Ebbe und Flut. Die Nachrichten der Leuchtschrift, deren zitterndes Band nervös am Dachrand des Times-Gebäudes entlanglief, verkündeten der festtrunkenen Menge unten, daß ein Sturm im Mittelwesten sieben Leben gefordert hatte und daß Madrid in der Silvesternacht zwölfmal bombardiert worden war – eine Meldung, die die Madrider Bürger am eigenen Leibe naturgemäß einige Stunden früher erfuhren als die Leser der Times in New York. Die Polizisten an den Verkehrsknotenpunkten, für die die Neujahrsnacht nichts anderes bedeutete als mehr Einbrüche, mehr Vergewaltigungen, mehr Todesfälle, dazu mehr Schweiß und Schnee, trugen eine gekünstelte Fröhlichkeit zur Schau, aber ihre Augen waren zynisch und rotgerändert vor Müdigkeit, während sie die feiernde Herde eine Seite des Times Square hinaufjagten und die andere hinunter.

Die feiernde Herde schob sich unerbittlich wie ein Lavastrom durch den Papiermatsch auf der Straße, bewarf sich mit Konfetti, das mit den Millionen Bazillen einer großen Stadt getränkt war, ließ ununterbrochen die Autos hupen, um der Welt anzukündigen, daß sie glücklich sei und keine Angst habe, und schrie sich heisere Glückwünsche zu mit einer gekünstelten Lustigkeit, die nicht bis zum Morgen anhalten würde. Sie war zu dieser Feier aus den Nebeln Englands hergetrottet, aus dem grünlichen Dunstschleier Irlands, den Sanddünen Syriens und des Irak, aus den unter den Pogromen zitternden Gettos Polens und Rußlands, aus den Weinbergen Italiens und von den norwegischen Fjorden. Sie kamen von überall her, von jeder Insel, jeder Stadt und jedem Kontinent der Erdoberfläche. Letztlich kamen sie aus Brooklyn und der Bronx und Ost-St. Louis und Texas und Arkansas und aus Städten wie Bimiji und Jaffrey und Spirit. Alle sahen aus, als ob sie nie in ihrem Leben genug Sonne und Schlaf bekommen hätten. Sie sahen aus, als ob ihre Kleider ursprünglich für andere gemacht worden wären und man sie in diesen kalten Asphaltkäfig zur Belustigung anderer Leute geworfen hätte. Man sah ihnen an, daß in ihrem Innern das tiefe Mißtrauen lagerte, der Winter würde nie zu Ende gehen, und trotz Autogehupe und Gelächter und andächtiger Neujahrspromenade wußten sie, daß das Jahr 1938 schlimmer werden würde als das Vorjahr.

Taschendiebe, Huren, Falschspieler, Zuhälter, Schlepper, Taxichauffeure, Barmixer und Hoteliers machten gute Geschäfte, und Theaterdirektoren, Sektvertreter, Bettler und Nachtportiers standen ihnen nicht nach. Da und dort konnte man das Splittern von Glas hören, wenn Whiskyflaschen aus Hotelfenstern in die engen Schächte geworfen wurden, die dazu dienten, die Zwei-Dollar-Zimmer (fünf Dollar für die Silvesternacht), in denen das alte Jahr in falscher Heiterkeit begraben wurde, mit etwas Licht und Luft und einem Blick in die Welt zu versorgen. In der 50. Straße wurde einem Mädchen die Kehle durchgeschnitten, und die Sirene des Krankenwagens trug auf seltsame Art zu dem allgemeinen Trubel bei. Aus halbgeöffneten, gelben und hellen Fenstern in den stilleren Straßen schallte gellendes Frauenlachen, jene Sonnabendabend- und Festtagsstimmen der Großstadt, die man meist nur in den dunklen, kalten ersten Morgenstunden hören kann, heiser und voll unechter Lustigkeit.

Später dann, in der zugigen Januarluft der U-Bahn-Tunnels, feucht und flackernd eingeschlossen in dem dunklen Donner der unterirdischen Vorortzüge, würde die Menge in ihre Schlupfwinkel zurückfluten, in den Abteilen zusammengepfercht, schwankend und mit trüben Augen, still und schlaftrunken, nach allen Straßengerüchen riechend, nach Knoblauch, Zwiebeln, Schweiß, Schuhkrem, Parfüm und Arbeit. Jetzt jedoch schwärmte sie die hellerleuchteten Straßen auf und ab, lärmte mit Autosignalen, Ratschen und Trillerpfeifen und feierte in Ermangelung eines besseren Grundes eisern und standhaft, denn die Geburt des neuen Jahres lieferte zumindest den Beweis, daß sie das alte überlebt hatte und für das neue bereitstand.

Michael Whitacre schob sich durch das Gedränge. Er war sich des krampfhaften, geheuchelten Lächelns bewußt, das er aufsetzte, wenn man ihn anstieß. Er hatte sich verspätet und fand kein freies Taxi. Andererseits hatte er auch die Einladung nicht ablehnen können, in einer der Garderoben ein paar Drinks zu nehmen. Er hatte sie so hastig hinuntergestürzt, daß ihm jetzt der Kopf brummte und der Magen brannte.

Im Theater war es wild zugegangen. Das Publikum war laut und uninteressiert, und zwischen den Akten mußte die zweite Besetzung die Rolle der Großmutter übernehmen, weil Patricia Ferry zu betrunken war, sie zu Ende zu spielen. Michael hatte es schwer gehabt, alles in Ordnung zu halten. Er war der Regisseur des Stückes »Später Frühling«, das eine Besetzung von siebenunddreißig Personen hatte, einschließlich dreier Kinder, die immer erkältet waren. Dazu mußten fünf Szenenwechsel in jeweils zwanzig Sekunden vorgenommen werden. Kein Wunder, daß er nach einem solchen Abend nur den einen Wunsch hatte, nach Hause zu gehen und zu schlafen. Aber da war diese verfluchte Party drüben in der 67. Straße, und Laura war auch dort. Außerdem, wer geht schon in der Silvesternacht schlafen!

Er bahnte sich einen Weg durch das ärgste Gewühl, lief rasch zur Fifth Avenue hinüber und wandte sich dann nach Norden. In der Fifth Avenue herrschte weniger Betrieb. Die Luft, die vom Central Park herüberwehte, stärkte und erfrischte ihn. Und von hier aus war der Himmel über den verschwommenen Silhouetten der Häuser sogar dunkel genug, daß er einige blasse und kleine Sterne in dem schmalen Streifen zwischen ihnen sehen konnte.

Ich müßte draußen auf dem Land wohnen, dachte er, während er schnell dahinlief. Seine Schritte hallten gedämpft auf dem Pflaster. Ein kleines, billiges Haus mit etwas Land, für fünf-, sechstausend vielleicht. Das Geld könnte man sich leihen. Dahin könnte man sich zurückziehen, wann immer sich ein paar Tage einschieben ließen. Es wäre ruhig, und man könnte alle Sterne bei Nacht sehen und um acht Uhr schlafen gehen, wenn man Lust hätte. Aber ich muß es tun, nicht bloß daran denken.

Im Vorbeigehen sah er sich in einem schwach beleuchteten Schaufenster. Er sah schattenhaft und unwirklich in der trüben Spiegelung aus; wie immer ärgerte er sich über sein Aussehen. Seiner Mängel bewußt, zog er die Schultern zurück. Ich muß mich geradehalten, dachte er, und mindestens vierzehn Pfund abnehmen. Ich sehe aus wie ein fetter Gemüsehändler.

Als er um eine Ecke bog, hielt ein freies Taxi dicht neben ihm. Er nahm es nicht. Bewegung, dachte er, und keinen Tropfen Alkohol mindestens einen Monat. Daher kommt's. Vom Trinken: Bier, Martinis, nehmen Sie noch einen? Und am andern Morgen hat man einen Brummschädel und ist zu nichts zu gebrauchen bis Mittag. Aber dann sitzt man schon wieder beim Lunch, mit einem Glas in der Hand, versteht sich. Jetzt, am Beginn eines neuen Jahres, war Gelegenheit, Abstinenzler zu werden. Außerdem wäre es eine gute Charakterprobe. Heute abend, auf der Party, würde er anfangen. Ganz unauffällig, einfach keinen Alkohol trinken. In seinem kleinen Landhaus würde es keinen Likörschrank geben, auf keinen Fall. Nach diesem Vorsatz fühlte er sich schon wohler, entschlossen und kraftvoll, obwohl sein Smoking unangenehm in der Taille spannte, als er an den luxuriösen Schaufensterauslagen vorbei nach der 67. Straße eilte.

Als er in den überfüllten Raum trat, war Mitternacht gerade vorbei. Alles sang und umarmte sich, und das zu allen Parties gehörende Mädchen, das in Ohnmacht fallen muß, fiel auch hier, in der passenden Ecke. Whitacre entdeckte seine Frau im Gewühl, wie sie einen kleinen Mann küßte, der nach Hollywood aussah. Jemand reichte ihm einen Cocktail, und ein hochgewachsenes Mädchen ließ einen Klecks Kartoffelsalat auf sein Revers fallen und sagte: »Großartiger Salat.« Sie wischte ihn oberflächlich ab, mit einer langen, wundervoll manikürten Hand, deren blutrote Nägel an die drei Zentimeter lang waren. Katherine rauschte auf ihn zu und zeigte genug Busen, um eine Fregatte durch eine Flaute zu treiben. »Mike, Liebling«, rief sie und küßte ihn hinters Ohr. »Hast du heute abend etwas vor?« Michael antwortete: »Meine Frau ist gestern von der Küste zurückgekommen.« Darauf Katherine: »Ups! Schade – glückliches neues Jahr!« Rauschte weiter und brachte mit ihrem Busen drei befrackten Harvard-Studenten Stielaugen bei. Es waren Verwandte der Gastgeberin, die die Feiertage in New York verbrachten.

Michael hob sein Glas und trank es aus. Es schmeckte nach schottischem Whisky, in den jemand Zitronenlimonade gegossen hatte. Morgen, dachte er, ist noch Zeit genug, mit der Abstinenz zu beginnen. Drei Cocktails hatte er bereits getrunken, der Abend war sowieso verpfuscht. Michael wartete, bis seine Frau mit dem Küssen des glatzköpfigen Mannes fertig war. Er trug einen Schnurrbart nach Art zaristischer Kavallerieoffiziere.

Schließlich zwängte sich Michael quer durch das Zimmer und stand hinter seiner Frau. Sie hielt den kleinen Mann an der Hand und sagte: »Sag's niemand, Harry, aber das Manuskript ist Mist.«

»Du kennst mich doch, Laura«, antwortete der kleine Mann. »Habe ich je etwas weitergesagt?«

»Frohes neues Jahr, Liebling!« Michael küßte Laura auf die Wange.

Laura drehte sich um, immer noch die Hand des Glatzkopfes haltend. Dann lächelte sie. Selbst im Lärm der Neujahrsfeier, unter den Betrunkenen und ihrem Geplärr, glitt diese Zärtlichkeit, dieses schmelzendreizende Willkommen in ihre Züge, das ihn immer wieder überraschte und betörte, wie oft er es auch erlebt hatte. Sie legte ihren Arm um ihn und zog ihn zu sich, um ihn zu küssen. Einen unmerklichen, sekundenschnellen Augenblick, als ihre Wange die seine berührte, zögerte sie, ehe sie ihn küßte, und er wußte, daß sie schnupperte, ob er getrunken hatte. Er erstarrte verärgert während des Kusses. Sie kann's nicht lassen, dachte er. Ob neues Jahr oder altes Jahr, es ist immer dasselbe.

»Ich habe mich vorhin begossen, ehe ich das Theater verließ«, sagte er, machte sich los und richtete sich auf. »Mit zwei Flaschen Chanel Fünf.«

»Sei nicht gemein zu mir im neuen Jahr«, sagte Laura, und ihre Augenlider zitterten ein wenig. »Warum kommst du so spät?«

»Ich habe mir unterwegs ein paar genehmigt.«

»Mit wem?« Der mißtrauische, inquisitorische Schatten, der immer über ihre Züge huschte, wenn sie ihn ausfragte, verdarb dieses sonst zärtliche, offene Gesicht.

»Mit ein paar Freunden«, sagte er.

»Ist das alles?« meinte sie leichthin und spielerisch, in dem Ton, in dem man in ihren Kreisen seinen Mann in der Öffentlichkeit ausfragte.

»Ach nein«, sagte er, »ich vergaß ganz, dir zu erzählen. Es waren noch sechs polynesische Tänzerinnen mit Walnüssen im Nabel dabei. Aber wir ließen sie im Stork-Klub.«

»Gott, bist du komisch«, sagte Laura und drehte sich dem Glatzkopf zu. »Ist er nicht furchtbar komisch?«

»Scheint 'ne eheliche Szene daraus zu werden«, sagte der Glatzkopf. »Zeit für mich, zu verschwinden. Ich verschwinde immer bei ehelichen Szenen.« Er winkte den Whitacres zu. »Ich liebe dich, Laura, Darling!« Sprach's und stürzte sich ins Gedränge.

»Ich habe eine grandiose Idee«, sagte Laura. »Seien wir heute abend mal nicht gemein zu den Frauen.«

Michael trank sein Glas aus und stellte es hin. »Wer war der Glatzkopf?«

»Oh, meinst du Harry?«

»Na ja, der, den du geküßt hast.«

»Harry. Ich kenne ihn schon lange. Er ist auf allen Parties.« Sie strich sich spielerisch über das Haar. »Er ist von hier, von der Küste. Keine Ahnung, was er macht. Vielleicht ist er Filmagent. Er kam her und sagte mir, ich sei in meinem letzten Film bezaubernd gewesen.«

»Hat er wirklich ›bezaubernd‹ gesagt?«

»Mhm.«

»Ist das die moderne Hollywood-Terminologie?«

»Scheint so.« Sie lächelte ihn an, aber ihre Augen wanderten unruhig hin und her und schweiften durchs Zimmer, wie immer und überall, bloß nicht zu Hause. »Und wie fandest du mich in meinem letzten Film?«

»Bezaubernd«, erwiderte Michael. »Gehen wir in die Bar etwas trinken.«

Laura stand auf, nahm seinen Arm und sagte, während sie ihre Wange sanft an seiner Schulter rieb: »Freust du dich, daß ich da bin?« Worauf Michael grinsend antwortete: »Ich bin bezaubert.« Und beide lachten und wandten sich, aneinandergeschmiegt, durch das Gewühl des großen Raumes der Bar zu.

Die Bar war im Nebenzimmer unter einem abstrakten Bild, das wahrscheinlich eine Frau mit drei blaurosa Brüsten, auf einem Parallelogramm sitzend, darstellte.

Wallace Arney war auch da, ergraut und aufgedunsen, mit einer Teetasse in der Hand. Neben ihm saß ein untersetzter, kräftiger Mann in einem blauen Cheviotanzug, der aussah, als hätte er zehn Winter hintereinander im Freien verbracht. Außerdem hockten noch zwei Mädchen da, mit ausdruckslosen, hübschen Gesichtern und den knochigen, halterlosen Hüften von Mannequins. Sie tranken Whisky pur.

»Hat er versucht, mit dir anzubändeln?« hörte Michael eine der beiden fragen.

»Nein«, sagte die andere und schüttelte ihr glattes blondes Haar.

»Warum nicht?« fragte die erste wieder.

»Augenblicklich«, sagte die Blonde, »ist er ein Yogi. Da gibt es so was nicht.«

Beide Mädchen starrten sinnend auf ihre Gläser, tranken sie aus und gingen zusammen weg, prächtig und geschmeidig, wie zwei Panther im Dschungel.

»Hast du das gehört?« fragte Michael Laura.

»Klar«, lachte sie.

Michael bestellte beim Barmixer zwei schottische Whisky und lächelte Arney zu. Arney starrte vor sich hin, sagte nichts und führte von Zeit zu Zeit die Teetasse elegant, aber unsicher zum Mund.

»K.o. war er«, sagte der Mann im blauen Cheviotanzug. »Der Schiedsrichter hätte das Gemetzel abbrechen sollen, um dem armen Kerl weitere Hiebe zu ersparen.«

Arney sah sich um, grinsend und verstohlen, und schob dann die leere Teetasse dem Barmixer zu. »Bitte«, sagte er, »noch mehr Tee.« Der Barmixer füllte die Tasse mit Whisky, und Arney schaute sich noch mal um, ehe er sie nahm. »Hallo, Whitacre«, grüßte er, »'n Abend, Mrs. Whitacre. Sie werden Felice nichts verraten, nicht wahr?«

»Nein, Wallace«, sagte Michael. »Wir verraten nichts.«

»Gott sei Dank«, sagte Arney, »hat Felice sich den Magen verdorben. Sitzt seit einer Stunde auf der Toilette. Sie erlaubt mir nicht einmal ein Bier.« Seine Stimme klang heiser und betrunken und tremolierte vor Mitleid mit sich selbst. »Nicht einmal ein Bier. Können Sie sich das vorstellen? Deshalb die Teetasse hier. Aus der Entfernung merkt man nichts. Schließlich –« sagte er trotzig und nahm einen Schluck, »schließlich bin ich erwachsen. Ich soll wieder ein Stück schreiben, erklärt sie mir jeden Tag.« Er wurde ganz traurig. »Bloß weil sie die Frau meines Produktionsdirektors ist, glaubt sie, das Recht zu haben, mir das Glas aus der Hand zu schlagen. Demütigend ist das! Ein Mann meines Alters sollte nicht so gedemütigt werden.« Er wandte sich halb zu dem Mann im blauen Cheviot. »Mr. Parrish hier säuft wie ein Loch, und kein Mensch demütigt ihn. Alle sagen sie, ist es nicht rührend, wie Felice sich dieses versoffenen Wallace Arney annimmt? Ich finde es gar nicht rührend. Mr. Parrish und ich wissen sehr genau, woher ihre rührende Sorge kommt. Nicht, Mr. Parrish?«

»Klar, alter Junge«, sagte der Mann im blauen Anzug.

»Berechnung. Wie alles andere.« Arney fuchtelte mit der Tasse in der Gegend herum und vergoß Whisky auf Michaels Ärmel. »Mr. Parrish ist Kommunist und weiß Bescheid. Es ist der Beweggrund aller menschlicher Handlungen. Habgier, nackte Habgier. Wenn die nicht hofften, aus mir ein zweites Stück herauszupressen, wäre ich ihnen vollkommen Wurscht, und wenn ich in einer Schnapsbrennerei wohnte. Ich könnte in Methylalkohol und Absinth baden, und die würden höchstens sagen: ›Leck uns am Arsch, Wallace Arney!‹ Verzeihung, Mrs. Whitacre.«

»Macht nichts«, sagte Laura.

»Sie haben eine sehr hübsche Frau, Whitacre«, bemerkte Arney. »Wirklich ausnehmend hübsch. Ich habe heute abend schon in den höchsten Tönen vor ihr reden hören.« Dabei schaute er Michael lauernd an. »In den höchsten Tönen. Es sind eine ganze Menge alter Freunde von Ihnen hier heute abend, nicht wahr, Mrs. Whitacre?«

»Ja«, sagte Laura.

»Alle haben sie eine Menge alter Freunde hier«, sagte Arney weiter. »So sind Parties heutzutage. Moderne Gesellschaft. Eine Schlangengrube, bereit zum Winterschlaf, eine um die andere gewickelt. Wäre kein schlechtes Thema für mein nächstes Stück. Nur – ich werde es nie schreiben.« Er nahm einen tiefen Schluck. »Großartiger Tee. Sagen Sie bloß nichts Felice.«

Michael nahm Lauras Arm und wollte gehen. »Bleiben Sie, Whitacre«, sagte Arney. »Ich weiß, ich langweile Sie, aber gehen Sie nicht. Ich möchte mit Ihnen reden. Worüber sollen wir reden? Über Kunst?«

»Ein andermal«, sagte Michael.

»Wie ich höre, sind Sie ein ernstzunehmender junger Mann«, sprach Arney hartnäckig weiter. »Unterhalten wir uns also über Kunst. Wie ist mein Stück heute abend gegangen?«

»Gut«, erwiderte Michael.

»Nein«, sagte Arney, »ich will jetzt nicht über mein Stück sprechen. Ich sagte Kunst, und ich weiß, was Sie von meinem Stück halten. Kein Mensch in New York ist sich im unklaren, was Sie von meinem Stück halten. Dafür reißen Sie Ihr Maul verdammt zu weit auf, und wenn es nach mir ginge, würde ich Sie rausschmeißen. Ich bin heute abend gut gelaunt, aber ehrlich gesagt, bei mir würden Sie fliegen.«

»Sie sind betrunken, Wally«, sagte Michael.

»Ich bin Ihnen nicht tiefschürfend genug«, fuhr Arney fort, seine blaßblauen Augen waren wäßrig, und seine volle, nasse Unterlippe bebte, als er weitersprach. »Werden Sie erst einmal so alt wie ich, Whitacre, und dann versuchen Sie, tiefschürfend zu sein.«

»Ich bin sicher, Michael findet Ihr Stück sehr gut«, sagte Laura besänftigend.

»Sie sind eine sehr hübsche Frau, Mrs. Whitacre«, antwortete Arney, »und Sie haben viele Freunde. Aber wollen Sie jetzt gefälligst den Mund halten?«

»Warum legen Sie sich nicht irgendwo hin?« schlug Michael vor.

»Bleiben wir beim Thema.« Arney wandte sich schwankend und streitsüchtig wieder Michael zu. »Ich weiß, was Sie auf den Parties über mich erzählen, ›Arney ist alt und passé. Schreibt über Leute, die seit 1929 überholt sind, in einem Stil, der seit 1829 überholt ist.‹ Noch nicht mal komisch. Ich habe genügend Kritiker, soll ich sie vielleicht noch selbst bezahlen? Aber junge Schnösel wie Sie mag ich nicht, Whitacre. Dabei sind Sie nicht mal mehr jung genug für Ihre Schnoddrigkeit.«

»Hören Sie mal, alter Junge...« unterbrach der Mann im blauen Cheviot.

»Sprechen Sie mit ihm«, sagte Arney zu Parrish. »Er ist auch Kommunist. Deshalb bin ich ihm nicht tiefschürfend genug. Dabei braucht man heutzutage nur die Zeitschrift ›Die neuen Massen‹ für fünfzehn Cents pro Woche zu abonnieren, um für tiefschürfend zu gelten.« Er legte den Arm liebevoll um Parrish. »Das ist die Sorte Kommunisten, die mir gefällt, Whitacre«, rief er. »Mr. Parrish, Mr. Sonnverbrannt Parrish. Holte sich im sonnigen Spanien einen Sonnenbrand. Ging nach Spanien und wurde in Madrid verwundet und geht nach Spanien zurück und wird sich dort totschießen lassen. Stimmt's, Mr. Parrish?«

»Genau, alter Junge«, sagte Parrish nickend.

»Das ist die Sorte Kommunisten, die mir gefällt«, wiederholte Arney laut.

»Mr. Parrish ist herübergekommen, um Geld aufzutreiben und Freiwillige anzuwerben. Die nimmt er nach dem sonnigen Spanien zurück, damit sie sich mit ihm totschießen lassen. Wie wär's, Whitacre: Statt so gottverdammt tiefschürfend auf den schwulen Parties in New York zu sein, warum sind Sie nicht so tiefschürfend und gehen mit Mr. Parrish nach Spanien?«

»Wenn Sie jetzt nicht still sind«, fing Michael an, aber er kam nicht weiter. Eine große, weißhaarige Frau mit einem herrschsüchtigen dunklen Gesicht kam herangefegt, drängte sich zwischen ihn und Arney und schlug ruhig und wortlos Arney die Teetasse aus der Hand. Mit einem leisen Porzellanton zerbrach sie am Boden. Arney sah die Frau einen Augenblick wütend an, grinste dann blöd, zog den Kopf ein und blickte verschlagen zu Boden. »Hallo, Felice!« sagte er.

»Mach, daß du von der Bar wegkommst!« sagte Felice.

»Habe bloß ein bißchen Tee getrunken«, sagte Arney, drehte sich um und schlurfte davon, dick und alt, die grauen Haare strähnig und verschwitzt um die hohe Stirn.

»Mr. Arney trinkt keinen Alkohol«, sagte Felice zum Barmixer.

»Sehr wohl, Madame«, sagte der Barmixer.

»Herrgott«, wandte sich Felice an Michael, »ich könnte ihn ermorden. Er macht mich wahnsinnig! Dabei ist er so ein reizender Mensch.«

»Ein entzückender Mensch«, sagte Michael trocken.

»Hat er sich sehr schlecht benommen?« fragte Felice besorgt.

»Großartig«, antwortete Michael.

»Niemand will ihn mehr einladen, und jeder schneidet ihn...« sagte Felice.

»Kann mir nicht vorstellen, warum«, sagte Michael.

»Wie immer«, sagte Felice traurig, »es ist schrecklich für ihn. Er sitzt in seinem Zimmer herum und brütet und erzählt jedem, der es hören will, daß er passé ist. Ich dachte, diese Neujahrsparty würde ihm guttun, und ich könnte auf ihn aufpassen.« Sie zuckte enttäuscht mit den Schultern und sah Arneys zerknitterter Gestalt nach. »Manchen Männern sollte man sofort die Hände abhacken, wenn sie nach ihrem ersten

Drink greifen.« Mit einer altmodischen, höfischen Geste raffte sie ihr Taftkleid und rauschte Arney nach.

»Ich glaube«, sagte Michael, »ich könnte jetzt einen Drink vertragen.«

»Ich auch«, sagte Laura.

»Gut, alter Junge«, murmelte Mr. Parrish.

Dann standen sie schweigend an der Bar und sahen zu, wie der Mixer die Gläser füllte.

»Übermäßiger Alkoholgenuß ist das einzige, was den Menschen über das Tier erhebt«, sagte Mr. Parrish mit feierlich-pastoraler Stimme und langte nach seinem Glas.

Alle lachten, und Michael prostete Mr. Parrish zu, bevor er trank.

»Auf Madrid«, sagte Parrish, als ob es ein alltäglicher Trinkspruch wäre.

»Auf Madrid«, sagte Laura tonlos, leise, und Michael zögerte zuerst, mit einem peinlichen Gefühl in der Magengrube, ehe auch er sich anschloß: »Auf Madrid.«

Sie tranken.

»Wann sind Sie angekommen?« fragte Michael und fühlte sich nicht ganz wohl bei der Frage.

»Vor vier Tagen«, antwortete Parrish und nahm noch einen Schluck. »Guten Alkohol gibt's in Amerika«, und er grinste. Er trank ohne Unterlaß, ließ sich das Glas alle fünf Minuten nachfüllen und wurde mit der Zeit nur etwas roter im Gesicht. Das war die ganze Wirkung.

»Wann sind Sie aus Spanien abgefahren?« fragte Michael weiter.

»Vor vierzehn Tagen.«

Vor vierzehn Tagen, dachte Michael, auf gefrorenen Straßen, mit den kalten Gewehren und mit den frischen Gräbern. Und jetzt steht er da in seinem blauen Anzug wie ein Lkw-Fahrer auf seiner eigenen Hochzeit und schüttelt die Eiswürfel in seinem Glas, während die Leute um ihn herum von ihrem neuesten Film reden und was die Kritik dazu meint, und was der Doktor zu der leidigen Gewohnheit des Babys meint, mit den Fäustchen in den Augen zu schlafen. Und in der Ecke des überfüllten Zimmers in dem reichen, mit schweren Teppichen ausgelegten Appartement im elften Stock des von Bomben verschonten, völlig sicheren Gebäudes, mit Ausblick auf den Park aus seinen blitzenden Fenstern, singt ein Mann zu einer Gitarre verlogene südamerikanische Balladen, und das blaurosa Mädchen mit den drei Brüsten hängt über der Bar und schaut zu. Und nach einer kleinen Weile wird er zu den Docks am Fluß, die man von hier aus sehen kann, hinunterfahren, an Bord steigen und zurückreisen. Und es ist ihm nicht anzumerken, was er durchgemacht hat, keine Anzeichen sind in seinem gutartigen Benehmen, was ihn erwartet.

Die menschliche Rasse, dachte Michael weiter, ist wahnsinnig zäh. Dieser Parrish war bedeutend älter als er selbst und hatte zweifellos ein viel schwereres Leben gehabt, und trotzdem war er nach Spanien gegangen, war auf den endlosen Straßen dieses blutigen Bodens marschiert. Er hatte getötet und riskiert, selbst getötet zu werden; und jetzt ging er zurück, um noch mehr zu erdulden. Michael senkte den Kopf und verachtete sich, als ihm zum Bewußtsein kam, daß ihm Parrishs Anwesenheit auf der Neujahrsparty unangenehm war, ein unaufdringlicher Ankläger seines eigenen Gewissens, mit rohem Gesicht und rauhen Händen.

»... Geld ist das Wichtigste«, hörte er Parrish zu Laura sagen, »und politischer Druck. Wir können genug junge Leute kriegen, die kämpfen wollen, aber die britische Regierung hat den ganzen Goldbestand der Republikaner in London beschlagnahmt, und in Washington hilft man in Wirklichkeit Franco. Wir müssen unsere Freiwilligen nach Spanien schmuggeln, und das kostet Schmiergelder, Geld für die Überfahrt und ähnliches. Also, eines Tages lagen wir in den Gräben vor dem Universitätsviertel, es war saukalt, mein Gott, war das kalt! Es hätten einem Walfisch die Brustwarzen abfrieren können. Und da sind sie zu mir gekommen und haben gesagt: ›Parrish, alter Junge, du verpulverst hier nur unsere kostbare Munition, und bis jetzt hast du noch keinen Faschisten getroffen. Wir haben daher beschlossen, da du ein wortgewandter, verlogener Scheißkerl bist, dich nach den Staaten zurückzuschicken, um denen da drüben ein paar herzzerreißende Geschichten von den Helden der unsterblichen Internationalen Brigade zu erzählen und wie sie in der vordersten Linie gegen die Faschisten kämpfen. Und komm ja mit vollen Taschen wieder!‹ Jetzt stehe ich bei Versammlungen einfach auf und lasse meiner Einbildungskraft freien Lauf. Und ehe man sich's versieht, bringen die Leute sich beinahe um vor Rührung und Großzügigkeit, und wenn man dazu noch das viele Geld rechnet, das dabei hereinkommt, und die rührseligen Mädchen – also, ich glaube, ich habe meinen wahren Beruf im Kampf für die Freiheit gefunden.« Er grinste glücklich, die blanke Reihe seiner falschen Zähne glänzte viel zu ebenmäßig, und natürlich schob er sein Glas wieder zum Nachfüllen dem Mixer zu.

»Wollen Sie ein paar blutrünstige Geschichten von dem furchtbaren Kampf um die Freiheit im gemarterten Spanien hören?«

»Nein, danke«, wehrte Michael ab, »nicht nach einer solchen Einleitung.«

Plötzlich wurde Parrish ganz nüchtern und ernst. »Die Wahrheit ist natürlich nichts für die da«, sagte er, drehte sich um und musterte den Raum. Und zum erstenmal merkte Michael an diesen kalten, harten, abschätzenden Augen etwas von Parrishs Erlebnissen. »Männer rannten um ihr Leben, junge Burschen, beinahe Kinder noch, die fünftausend Meilen weit gekommen waren, entdeckten plötzlich mit ungläubigen Augen, daß sie sterben mußten, da wo sie lagen, genau da, mit einer Kugel im eigenen verwöhnten Bauch. Die stinkenden Franzosen riegelten die Grenze ab und ließen sich seelenruhig dafür bestechen, daß unsere Männer mit blutenden Füßen mitten im Winter über die Pyrenäen laufen durften. Gauner, Betrüger und smarte Geschäftemacher überall: in den Docks, in den Schreibstuben, im Bataillonsstab, in der Kompanie, ja sogar direkt neben einem in der vordersten Linie. Die Jungs aus guter Familie, die ihre Kameraden neben sich sterben sahen und plötzlich feststellten: ›Verzeihung, ich muß mich geirrt haben. Das sieht ja ganz anders aus, als ich es mir in Dartmouth vorgestellt habe.‹«

Eine kleine, plumpe Frau von ungefähr vierzig Jahren in einem rosa Abendkleid, das zu einer Siebzehnjährigen gepaßt hätte, kam an die Bar und nahm Lauras Arm. »Laura, Darling«, sagte sie, »ich suche dich schon überall. Du bist jetzt an der Reihe.«

»Oh«, sagte Laura zu der dicken Blonden, »es tut mir leid, daß ich dich warten ließ, aber Mr. Parrish hat so interessant erzählt.«

Michael zuckte bei dem Wort »interessant« unmerklich zusammen. Mr. Parrish lächelte die beiden Frauen nur gleichmäßig faunisch an.

»Ich bin gleich wieder da«, sagte Laura zu Michael. »Cynthia hat den Frauen Karten gelegt, und jetzt legt sie sie mir.«

»Passen Sie auf«, rief Parrish, »ob nicht ein vierzigjähriger Ire mit falschen Zähnen drinliegt.«

»Ich werde dran denken«, sagte Laura lachend und ging Arm in Arm mit der Kartenlegerin weg. Michael sah ihr nach, wie sie durch den großen Raum ging, mit ihrem aufrechten, leicht sinnlichen Gang, und beobachtete dabei, wie ihr zwei andere Männer ebenfalls nachsahen. Der eine war Donald Wade, ein großer, gutaussehender Mann, und der andere hieß Talbot. Beide waren das, was Laura als ihren »Ex-Schwarm« bezeichnete. Sie wurden immer zu denselben Parties eingeladen, auf denen die Whitacres auch erschienen. An dem Ausdruck »Ex-Schwarm« rätselte Michael gelegentlich beunruhigt herum. Er konnte nur bedeuten, daß Laura mit so einem Schwarm einmal ein Verhältnis gehabt hatte und Michael glauben machen wollte, daß sie heute keines mehr hatte. Plötzlich ärgerte ihn die ganze Situation, wenn ihm auch im Augenblick klar wurde, daß vorläufig nichts dagegen zu machen war.

Mr. Parrish meldete sich wieder: »Die Frauen Amerikas«, sagte er philosophisch, »sind ein Lockruf an die Hoden der Männer.«

Michael mußte lachen, als Parrish in tiefsinniger Überlegung seinen angegrauten mächtigen Schädel schüttelte.

»Trinken wir noch einen«, sagte er.

»Alter Junge«, sagte Parrish.

»Wann fahren Sie zurück?« fragte Michael.

Parrish sah sich vorsichtig und mit einem listigen Ausdruck auf seinem groben, offenen Gesicht um. »Schwer zu sagen, alter Junge«, flüsterte er. »Ist auch nicht ratsam. Das State Department, verstehen Sie, hat überall seine faschistischen Spione. Außerdem habe ich theoretisch meine amerikanische Staatsbürgerschaft sowieso verwirkt, weil ich im Dienste einer fremden Macht stehe. Behalten Sie's für sich, alter Junge, aber ich schätze, so in einem Monat, in anderthalb Monaten... so ungefähr.«

»Fahren Sie allein zurück?«

»Glaub' ich nicht, alter Junge. Werde wohl eine ansehnliche Gruppe junger Leute mit mir nehmen.« Parrish lächelte zufrieden. »Tja, die Internationale Brigade hat Zukunft. Wird, wie alle Konzerne, immer größer.« Dabei schaute er Michael nachdenklich an, und Michael merkte, daß der Ire ihn abschätzte und sich fragte, was er in seinem schicken Smoking in diesem schicken Appartement zu suchen hatte und warum er in dieser Nacht nicht hinter einem Maschinengewehr liege, statt an der Bar herumzulungern.

»Schauen Sie mich an?« fragte Michael.

»I wo«, antwortete Parrish und fuhr sich verlegen über die Wange.

»Würden Sie Geld von mir annehmen?« fragte Michael ohne Hemmung.

»Ich nehme immer Geld, und wenn es aus den heiligen Händen von Papst Pius selbst käme«, sagte Parrish grinsend.

Michael holte seine Brieftasche hervor. Er hatte gerade seine Wochenauszahlung bekommen, und von seiner Umsatzprämie war auch noch einiges übrig. Er legte den ganzen Betrag in Parrishs Hand. Es waren fünfundsiebzig Dollar.

»Behalten Sie Kleingeld für die Taxe zurück, alter Junge.« Parrish stopfte das Geld nachlässig in eine Seitentasche und klopfte Michael auf die Schulter: »Wir werden ein paar von den Halunken für Sie umbringen.«

»Danke.« Michael steckte die Brieftasche wieder ein und spürte auf einmal keine Lust mehr, sich mit Parrish zu unterhalten. »Bleiben Sie noch an der Bar?«

»Gibt's einen guten Puff hier im Haus?« fragte Parrish.

»Nein.«

»Dann bleibe ich hier«, entschied er.

»Auf später dann«, sagte Michael. »Ich gehe mich ein bißchen umgucken.«

»In Ordnung, alter Junge.« Parrish nickte kühl. »Danke für den Zaster.«

»Vergessen Sie's«, wehrte Michael ab.

»Klar, alter Junge.« Parrish drehte sich zu seinem Drink um, und seine breiten, massigen Schultern sahen wie ein Bollwerk aus blauem Cheviot gegen eine Wolke nackter Rücken und seidener Revers aus. Langsam schlenderte Michael durch den Raum, einer Gruppe in der Ecke zu. Von weitem schon bemerkte er Louise, die ihn kommen sah und ihm zärtlich zulächelte. Louise war das, was Laura wahrscheinlich eine »alte Flamme« von ihm nennen würde. Nur hatte sie nie aufgehört zu brennen. Zwar war Louise jetzt auch verheiratet, aber, hol's der Kuckuck, von Zeit zu Zeit, auf Wochen oder Monate, fingen sie immer wieder von neuem an. Eines Tages werden wir's büßen müssen, dachte Michael unbehaglich. Aber Louise war eine der hübschesten Frauen New Yorks. Sie war zierlich, dunkel, intelligent und anspruchslos und voll fraulicher Wärme. Irgendwie liebte er sie mehr als Laura. Manchmal kam es vor, daß sie in einer von Freunden ausgeborgten Wohnung, an einem Winternachmittag, nebeneinander lagen und Louise glücklich und zufrieden gegen die Decke starrte und seufzte: »Ach, ist das herrlich! Aber eines Tages werden wir doch Schluß machen müssen.« Doch weder sie noch Michael nahmen den Vorsatz ernst. Jetzt stand sie neben Donald Wade. Michael zuckte sekundenschnell die ironische Erkenntnis von den seltsamen Verwicklungen des Lebens durch den Kopf. Aber es ging vorüber, als er sie küßte und ihr ein glückliches neues Jahr wünschte.

Dann schüttelte er Wade ernst die Hand und wunderte sich im stillen, warum die Männer immer glaubten, sie müßten zuvorkommend zu den früheren Geliebten ihrer Frauen sein.

»Hallo«, rief Louise. »Ich habe dich eine Ewigkeit nicht gesehen. Gut siehst du aus in deinem Zweireiher. Wo ist deine Frau?«

»Läßt sich die Karten legen«, antwortete Michael. »Anscheinend war die Vergangenheit nicht schlimm genug. Muß sich auch noch um die Zukunft Sorgen machen. Und wo ist dein Mann?«

»Keine Ahnung.« Louise machte eine unbestimmte Handbewegung und lächelte ihn in der halb ernsten, nur für ihn bestimmten Art an, die er so gut kannte. »Irgendwo.«

Wade verbeugte sich und ging weg. Louise sah ihm nach und fragte: »Hat der nicht mal etwas mit Laura gehabt?«

»Sei nicht so niederträchtig«, antwortete Michael.

»Och, ich wollte nur wissen...«

»Dieses Zimmer ist voll von Burschen, die mit Laura etwas gehabt haben«, sagte Michael. Und dabei musterte er die Gäste mit plötzlichem Mißbehagen. Wade, Talbot, und eben war noch ein neuer dazugekommen, ein schlaksiger Schauspieler namens Moran, der in einem Film mit Laura gespielt hatte. Beide waren in der Klatschecke einer Hollywooder Zeitung zusammen erwähnt worden, und Laura hatte Michael damals in aller Herrgottsfrühe in New York angerufen, um zu beteuern, daß es ein völlig harmloses Atelierfest gewesen sei.

»Dieses Zimmer«, sagte Louise und sah ihn schräg unter gesenkten Augenlidern an, »ist voller Frauen, die einmal mit dir etwas gehabt haben. Wobei ›gehabt haben‹ nicht ganz das Richtige ausdrückt.«

»Viel zuviel Leute auf diesen Parties«, sagte Michael. »Ich gehe nicht mehr hin. Gibt es hier denn keinen ruhigen Ort, wohin du und ich uns verziehen und Händchen halten können?«

»Wir können's versuchen«, meinte Louise, hängte sich bei ihm ein und steuerte mit ihm durch das Gewühl der Diele nach den hinteren Zimmern des Appartements. Irgendwo öffnete sie eine Tür und schaute hinein. Das Zimmer war dunkel, und sie winkte Michael, ihr zu folgen. Auf Zehenspitzen schlichen sie hinein, schlossen vorsichtig die Tür und sanken auf eine kleine Couch. Von den vielen Lichtern der anderen Zimmer geblendet, konnte Michael anfänglich nichts erkennen. Er schloß also genießerisch die Augen und fühlte, wie Louise sich an ihn schmiegte und ihn zart auf die Wange küßte.

»So, das ist besser, nicht?« sagte sie.

Aus einer Ecke des Zimmers hörten sie plötzlich eine Matratze krachen, und nachdem Michaels Augen sich an das Halbdunkel gewöhnt hatten, konnte er eine Gestalt sehen, die sich schwerfällig aus einem Doppelbett reckte und die Hand nach einem Tisch daneben ausstreckte. Dazu hörte man das unmißverständliche Klappern einer Tasse gegen eine Untertasse. Die Gestalt hob die Tasse zum Mund und trank.

»Demütigung«, sagte sie und nahm zwei große Schlucke. Und das genügte Michael, um Arney zu erkennen, der jetzt aufrecht saß und die Beine herunterhängen ließ. Arney beugte sich vor, fiel fast herunter und blickte in das Bett daneben. »Tommy«, sagte er, »bist du wach?«

»Ja, Mr. Arney«, piepste schläfrig die Stimme eines Zehnjährigen aus den Kissen. Es war der Sohn der Johnsons, denen das Appartement gehörte.

»Glückliches neues Jahr, Tommy!«

»Glückliches neues Jahr, Mr. Arney.«

»Schlaf ruhig weiter, Tommy. Ich habe die Gesellschaft der Erwachsenen satt und kam bloß herein, um der jungen Generation ein gutes neues Jahr zu wünschen.«

»Danke schön, Mr. Arney.«

»Tommy...«

»Ja, Mr. Arney?« Tommy war jetzt ganz wach und interessiert. Michael fühlte, wie Louise neben ihm ein Kichern unterdrückte. Er war halb belustigt, halb ärgerlich, daß er sich in diese peinliche Situation hineinmanövriert hatte.

»Tommy«, fragte Arney, »soll ich dir eine Geschichte erzählen?«

»O ja, bitte!« sagte Tommy.

»Wart mal...« Arney nahm einen langen Schluck aus der Tasse. Man hörte das Geschirr klirren. »Wart mal – verflixt, ich kenne gar keine Kindergeschichten!«

»Oh, mir ist jede Geschichte recht. Letzte Woche habe ich den ›Dünnen Mann‹ gelesen.«

»Schön, schön«, sagte Arney erhaben. »Ich werde dir eine Geschichte erzählen, die nicht für Kinder paßt. Meine Lebensgeschichte.«

»Sind Sie schon mal mit dem Kolben eines Colt 45 niedergeschlagen worden?«

»Unterbrich mich nicht, Tommy«, sagte der Autor irritiert. »Wenn ich mit dem Kolben eines Colt 45 niedergeschlagen worden bin, wirst du es zur rechten Zeit erfahren.«

»Verzeihung, Mr. Arney«, sagte Tommy höflich und gekränkt.

»Bis zu meinem achtundzwanzigsten Jahr war ich ein vielversprechender junger Mann«, begann Arney.

Michael rutschte unruhig hin und her. Er fand es beschämend und dämlich, sich das alles anhören zu müssen. Aber Louise drückte warnend seine Hand, und so hielt er still.

»Ich habe eine gute Schulbildung genossen, wie es in den Romanen heißt, Tommy. Ich war fleißig und kannte die Zitate aller englischen Dichter. Willst mal trinken?«

»Nein, danke.« Tommy saß aufrecht im Bett und war ganz Ohr.

»Wahrscheinlich bist du zu jung, um die Kritiken über mein erstes Stück zu kennen, Tommy. Es hieß DIE GANZE GESCHICHTE. Wie alt bist du jetzt?«

»Zehn.«

»Zu jung.« Man hörte wieder das Klappern von Tasse und Untertasse. »Ich könnte dir einiges daraus zitieren, aber es würde dich langweilen. Jedoch, es ist keine Übertreibung, wenn ich sage, daß man mich mit Strindberg und O'Neill verglichen hat. Hast du mal was von Strindberg gehört, Tommy?«

»Nein, Mr. Arney.«

»Was zum Donnerwetter bringt man den Kindern denn heutzutage in der Schule bei?« Arneys Stimme klang scharf und gereizt. Er nippte an seiner Tasse. »Also, meine Lebensgeschichte, Tommy«, fuhr er besänftigt fort. »Ich verkehrte in den ersten Häusern, meine Schecks wurden anstandslos in vier der teuersten Nachtlokale in New York City akzeptiert. Mein Bild erschien bei jeder Gelegenheit in den Zeitungen, und man lud mich ein, in allen möglichen Ausschüssen und bei künstlerischen Veranstaltungen zu sprechen. Ich fing an, meine alten Freunde zu schneiden, was eine Erholung war. Ich ging nach Hollywood und verdiente dort lange Zeit dreieinhalbtausend Dollar die Woche, und zwar vor der Einführung der Einkommensteuer, nicht zu vergessen! Dann fing ich an zu trinken, Tommy, und heiratete eine Frau mit einer Villa in Antibes an der französischen Riviera und einer Brauerei in Milwaukee. Ich habe sie 1931 mit ihrer besten Freundin betrogen, was ein Fehler war, denn die Freundin war so dürr wie eine Gebirgsforelle...«

Man hörte wieder den schlürfenden Ton aus der Tasse. Michael war sich klar, daß ihm nichts anderes übrigblieb, als still im Dunkeln zu sitzen und zu hoffen, Arney werde ihn nicht entdecken.

»Heute behaupten die Leute«, fuhr Arney mit melodischer, erinnerungsträchtiger Stimme fort, »ich hätte mein Talent in Hollywood gelassen, Tommy. Nun gibt es gar keinen Zweifel, daß, wenn man sein Talent schon irgendwo lassen muß, Hollywood der Ort ist, wo es hingehört. Aber ich glaube den Leuten nicht, Tommy, ich glaube ihnen kein Wort. Ich bin passé, und jeder geht mir aus dem Weg. Ich gehe zu keinem Arzt, weil ich genau weiß, daß er mir sagen würde, ich hätte nur noch sechs Monate zu leben. Mein letztes Stück wäre in einem anständigen und geordneten Staat nie aufgeführt worden. Aber es ist nicht Hollywoods Schuld, daß es nichts taugt. Ich bin ein gescheiter Schwächling, Tommy, und wir leben leider nicht im richtigen Zeitalter für gescheite Schwächlinge: Laß dir raten, Tommy: werd blöd. Stark und blöd.«

Arney richtete sich ächzend hoch und stand auf. Seine Silhouette schwankte undeutlich gegen das gedämpfte Licht, das durch das Fenster hereindrang. »Glaub ja nicht, Tommy, daß ich mich beklage«, fuhr er laut und streitsüchtig fort. »Ich bin ein alter Säufer, den keiner ernst nimmt. Ich habe der Reihe nach jeden meiner Freunde enttäuscht. Aber ich beklage mich nicht. Wenn ich noch mal von vorne anzufangen hätte, würde ich es wieder so machen.« Dabei fuchtelte er mit dem Arm im Halbdunkel herum und warf Tasse und Untertasse auf den Boden, wo sie zerbrachen. Aber Arney schien das nicht zu bemerken. »Nur eines, Tommy«, sagte er geheimnisvoll, »nur eine einzige Sache würde ich anders machen.« Er hielt inne und überlegte. »Ich würde...« Und dann brach er ab.

»Nein, Tommy, dazu bist du zu jung.«

Er drehte sich um und schritt majestätisch über die Scherben der Teetasse zur Tür. Tommy lag ganz still. Arney schritt an Louise und Michael vorbei und öffnete die Tür. Als das Licht von draußen hereinströmte, sah Arney sie auf der Couch sitzen. Er lächelte sie unschuldig an. »Whitacre«, sagte er, »alter Junge, wie wär's, wenn Sie einem alten Mann einen Gefallen täten? Gehen Sie doch in die Küche, Whitacre, holen Sie eine Tasse und Untertasse und bringen Sie sie mir her. Irgendein Scheißkerl hat meine zerbrochen.«

»Gern«, sagte Michael, stand auf und Louise mit ihm. »Tommy«, sagte er, als sie zusammen gingen, »schlaf jetzt.«

»Ja, Sir«, sagte Tommy mit schlaftrunkener, doch verstörter Stimme. Michael schloß seufzend die Tür und ging auf die Suche nach einer Teetasse.

An den Verlauf des restlichen Abends konnte Michael sich nicht mehr genau entsinnen. Er wußte zum Beispiel später nicht mehr, ob er sich mit Louise auf Dienstagnachmittag verabredet hatte oder nicht; oder ob Laura ihm erzählt hatte, die Kartenlegerin habe ihnen eine Scheidung prophezeit oder nicht. Aber an eines erinnerte er sich deutlich: an Arney, wie dieser auf einmal am anderen Ende des Zimmers aufgetaucht war. Er lächelte, und Whisky tropfte ihm vom Mundwinkel aufs Kinn. Den Kopf trug er etwas zur Seite geneigt, als ob er einen steifen Hals hätte. So ging er durchs Zimmer, ziemlich gerade und ohne die Umstehenden zu beachten, direkt auf Michael zu. Dann stand er, ein bißchen schwankend, vor dem bis zum Boden reichenden Fenster. Plötzlich riß er das Fenster auf und schickte sich an, hinauszusteigen. Dabei verfing sich sein Jackett an einer Lampe. Er machte sich los und wollte wieder hinaus. Michael beobachtete ihn und wußte, daß er jetzt hinspringen und ihn zurückreißen mußte. Er fühlte, wie er sich träge in Bewegung setzte, Beine und Arme wie im Traum nachschleppte, und er war sich bewußt, daß der Dichter längst elf Stockwerke tief gefallen sein würde, bis er, wenn er nicht rascher lief, das Fenster erreicht hätte.

Da hörte Michael hinter sich das Geräusch hastiger Schritte. Ein Mann sprang mit einem Satz an ihm vorbei und riß Arney vom Fenster zurück. Die beiden Gestalten schwankten gefährlich am offenen Fenster im Schein der tausend Lichter des nächtlichen New York, die sich glutrot und schwer in den Wolken widerspiegelten. Jemand schlug das Fenster zu; Arney war in Sicherheit. Dann erst sah Michael, daß es Parrish war. Parrish, der weit hinten an der Bar gestanden hatte und an ihm vorbeigesprungen war, um den Dichter zu retten.

Laura verbarg ihr Gesicht an Michaels Schulter und weinte. Er war wütend auf sie, weil sie so unnütz war und in diesem Augenblick seine Aufmerksamkeit beanspruchte. Gleichzeitig freute es ihn, daß sie ihm Grund gab, sich über sie zu ärgern, denn so hielt sie ihn davon ab, über sein eigenes Versagen nachzugrübeln; obgleich er wußte, daß er nicht darum herumkommen würde, später darüber nachzudenken.

Kurz danach gingen sie. Alles war schrecklich lustig und hemmungslos. Und alle taten sie so, als ob Arney sich nur einen Witz mit seinen Freunden erlaubt hätte. Arney lag auf dem Boden und schlief. Als man ihm vorschlug, in ein anderes Zimmer ins Bett zu gehen, lehnte er ab und rollte sich jedesmal von der Couch herunter, wenn man ihn darauflegte. Parrish, ein glückliches Lächeln auf dem runden Gesicht, hatte sich wieder an die Bar begeben. Er fragte den Mixer, welcher Gewerkschaft er angehöre.

Eigentlich wollte Michael nach Hause gehen. Aber Laura behauptete, sie habe Hunger, und auf einmal waren sie mit einem Haufen anderer Leute zusammen, und irgend jemand hatte einen Wagen, und jeder saß auf jemandes Schoß, und Michael war schließlich froh, als sie vor dem großen, prunkvollen Restaurant auf der Madison Avenue hielten und er aus dem überfüllten Wagen aussteigen konnte.

Sie saßen in einem grell orangefarbenen Raum mit Indianermalereien an den Wänden. Zwischen den Tischen schwirrten unerfahrene, für den Massenbesuch eingestellte Aushilfskellner kopflos unter den lauten, immer noch feiernden Gästen umher. Michael merkte, daß er betrunken war. Seine Augenlider hätten sich nicht einmal mit Streichhölzern offenhalten lassen. Er schwieg, denn er wußte, daß er kein Wort ohne Stottern herausgebracht hätte. Er stierte mit heruntergezogenen Mundwinkeln voll Verachtung auf die Umwelt um sich. So nebenbei stellte er fest, daß Louise auch am Tisch saß, mit ihrem Mann. Und Katherine mit den drei Harvard-Studenten. Und Wade, neben Louise, hielt ihre Hand. Michaels Kopf schmerzte und wurde gleichzeitig klarer. Er bestellte ein Hamburger-Steak und eine Flasche Bier.

Skandal, dachte er schwerfällig, Skandal! Ex-Bräute, Ex-Liebhaber, Ex-zum-Teufel! Hatte er sich eigentlich mit Louise auf Dienstnachmittag oder Mittwoch verabredet? Und an welchem Nachmittag traf Wade Laura? Eine Schlangengrube, bereit zum Winterschlaf, hatte Arney gesagt. Er war zwar ein Quatschkopf, der alte Arney; aber darin hatte er recht. Dieses Leben besaß keine Ehre, keine würdige Form... Martinis, Bier, Kognak, Whisky, nehmen Sie noch einen? Und alles verschwamm im Alkoholdunst – Anstand, Treue, Mut, Entschlossenheit. Parrish, ausgerechnet Parrish mußte Arney vom Fenster zurückreißen. Ganz automatisch. Gefahr? Also los! Während Michael direkt neben ihm gestanden hatte, am Fenster, ohne sich eigentlich zu rühren. Ein bißchen hin- und hergescharrt hatte er, weiter nichts. Er hatte dagestanden, dicklich, zu viel Alkohol im Bauch, zu viele Verhältnisse, mit einer Frau, die fast eine Fremde für ihn war und von Hollywood ab und zu schnell mal hereingeschneit kam, voll Atelier-Klatsch und voll geheimer Erinnerungen an diese verrückten orangeduftenden kalifornischen Nächte, in denen sie sich mit allen möglichen Männern in allen möglichen Situationen herumtrieb. Er vertrödelte seine Jugendjahre, in der seichten Theaterflut treibend, ein bißchen Geld verdienend, zu leicht zufrieden, niemals einen kühnen Entschluß fassend... Jetzt war er dreißig, und jetzt schrieb man 1938. Und wenn er nicht eines Tages an dasselbe Fenster getrieben werden wollte wie Arney, dann war es höchste Zeit, sich aufzuraffen.

Er stand auf, murmelte eine Entschuldigung und ging durch den überfüllten Raum in die Herrentoilette. Nimm dich zusammen, sagte er immer wieder zu sich selbst, raff dich auf. Laß dich von Laura scheiden, lebe ein männliches, nüchternes Leben! Lebe, wie du mit zwanzig gelebt hast, vor genau zehn Jahren, als noch alles sauber und ehrenhaft war und du vor keinem neuen Jahr Angst zu haben brauchtest, weil dir vor dir selbst schlecht wird, wenn du an das alte denkst.

Er ging die Stufen zur Herrentoilette hinunter. Gleich hier wollte er anfangen: den Kopf unter das Eiswasser, zehn Minuten lang. Weg mit dem ungesunden Schweiß, der versoffenen Röte auf den Wangen! Kühl und ordentlich das Haar und mit sehenden, klaren Augen ins neue Jahr!

Entschlossen öffnete er die Tür zur Toilette, stellte sich an die Waschbecken und betrachtete sich haßerfüllt im Spiegel. Dieses schlaffe Gesicht, die Tränensäcke unter den Augen, der schwache, entschlußlose Mund! Er entsann sich, wie er mit zwanzig ausgesehen hatte: drahtig, schlank, lebendig und kompromißlos... Aber, das Gesicht von damals war noch da. Er fühlte es. Es war nur unter der unsympathischen Fassade, die ihn im Spiegel anstarrte, begraben. Verdammt noch mal! Er würde es ausgraben, wie in einem Steinbruch würde er sein altes Gesicht aus der häßlichen Schicht der vergangenen Jahre herausbohren!

Er steckte den Kopf unter das eiskalte Wasser und wusch sich die

Augen und Wangen. Dann trocknete er sich ab und fühlte ein angenehmes Prickeln auf der Haut. Erfrischt ging er die Stufen hinauf, ins Restaurant zurück, an den großen Tisch in der Mitte des Raumes, wo die anderen saßen.

3. Kapitel

An der Westküste Amerikas, in Santa Monica, versank das alte Jahr in den in den Sand geduckten Straßen mit ihren zerfaserten Palmen, dem schwammigen grauen Nebel, der über den öligen Wellen heranwogte und sich von der faulen Brandung und ihren kleinen Schaumspritzern auf den nassen Strand tragen ließ, und von da über die im Winter geschlossenen Würstchenbuden und die Villen der Filmstars und über die in der Ferne sich verlierende Küstenstraße nach Mexiko und Oregon.

Einsam und im Nebel verloren lagen die Straßen des Städtchens da, als ob das bevorstehende neue Jahr eine Art Katastrophe wäre, vor der sich die Einwohner am besten dadurch schützten, daß sie sich in ihren Häusern verkrochen, bis sie vorüber war. Hin und wieder durchbrach ein Lichtstrahl die feuchte Dunkelheit, und einige Straßen an den sonst verkehrsreichen Punkten der Stadt schwammen in rosafarbenen Nebelfetzen, jenen grellen, geschminkten Effekten der Neonlampen, die das Wahrzeichen des modernen amerikanischen Nachtlebens sind. Die flimmernden roten Röhren zeigten in ihrer Farbensprache brüllend das Vorhandensein von Restaurants, Eisdielen, Kinos, Hotels und Garagen an; in Wirklichkeit verbreiteten sie eine nächtliche Atmosphäre geheimen Grauens, in der dem Menschen ein verstohlener Blick in die nebelhafte Zukunft seiner Spezies gewährt wird: blutrote Höhlenschemen hinter grauen, wogenden Schleiern.

Das Leuchtschild des Hotels »Seeblick«, von dem aus man niemals, selbst bei klarstem Wetter, auch nur einen Quadratzentimeter der See erblicken konnte, verstärkte den melancholischen Mollton des dünnen, ziehenden Nebels vor Noahs Fenster. Ein matter Schimmer fiel in das dunkle Zimmer, auf seine feuchten getünchten Wände und den billigen Druck der Yosemite-Fälle über dem Bett. Rote Lichtreflexe glitten über das schlafende Gesicht von Noahs Vater, das sich undeutlich in den Kissen abzeichnete, mit seiner großen Nase, den geblähten Nasenlöchern, den eingesunkenen Augen unter hohen, gewölbten Brauen.

Das struppige weiße Haar und der gewalttige Schnurr- und Knebelbart à la van Dyck paßten eher zu einem Film-Oberst aus Kentucky als zu einem sterbenden alten Juden in diesem dürftigen Hotelzimmer.

Noah saß in dem einzigen hartgepolsterten Stuhl und versuchte etwas zu schlafen, aber die rasselnden, ungleichmäßigen Atemzüge seines Vaters hielten ihn wach. Um zu lesen, hätte er das Licht anschalten müssen. Aber er fürchtete, den Vater damit aufzuwecken. Der Arzt hatte keinen Zweifel gelassen, daß Jakob sterben müsse. Auch die Frau, die sein Vater am Heiligen Abend fortgeschickt hatte, eine Witwe, wie hieß sie gleich... Morton – hatte dasselbe gesagt. Doch Noah weigerte sich, ihnen zu glauben. Sein Vater hatte diese Mrs. Morton beauftragt, ihm nach Chicago zu telegrafieren, er solle sofort kommen. Darauf hatte Noah seinen Mantel, die Schreibmaschine und einen alten Schrankkoffer verkauft, um die Fahrkarte für den Greyhound-Bus aufzubringen. Er war die Nacht über durchgefahren und in Santa Monica ganz erschöpft angekommen, gerade zur rechten Zeit, um für das Ende bereit zu sein.

Jakob hatte sein Haar gebürstet und den Bart gekämmt und sich im Bett aufgerichtet wie Hiob, als er mit Gott haderte. Dann hatte er Mrs. Morton, die über fünfzig war, geküßt und sie fortgeschickt: »Ich möchte in den Armen meines Sohnes sterben«, hatte er mit rollendem R und tremolierender Schauspielerstimme erklärt. »Unter meinen eigenen Glaubensgenossen will ich sterben. Lebewohl!«

So hatte Noah übrigens erfahren, daß Mrs. Morton keine Jüdin war. Sie weinte zwar, und die ganze Szene erinnerte peinlich an den Schluß des zweiten Aktes eines jiddischen Stückes auf der Second Avenue in New York, aber Jakob war hart geblieben. Mrs. Morton mußte gehen. Sie ging zu ihrer verheirateten Tochter nach San Francisco, die die weinende Witwe bei sich aufnahm. Und schließlich war Noah mit seinem Vater allein geblieben, in einem kleinen Hotelzimmer mit Einzelbett in einer Seitenstraße, eine halbe Meile von dem winterlichen Ozean entfernt.

Jeden Morgen schaute der Arzt einige Minuten herein. Außer ihm sah und kannte Noah niemand in der Stadt. Da sein Vater darauf bestand, daß er Tag und Nacht nicht von seiner Seite wich, schlief Noah auf dem Fußboden unter dem Fenster, auf einer heruntergelegenen alten Matratze, die der Hotelmanager ihm widerstrebend überlassen hatte.

Er lauschte den schweren, theatralischen Atemzügen, die die arzneigeschwängerte Luft im Zimmer erfüllten. Irgendwie hatte er den Verdacht, daß sein Vater wach sei und absichtlich röchelte, nicht weil ihm das Atmen schwerfiel, sondern weil er sich einbildete, ein im Sterben liegender Mann müsse den nahenden Tod schon im schweren Atmen anzeigen. Er starrte auf den schönen patriarchalischen Kopf auf dem Kissen neben der im Halbdunkel leicht phosphoreszierenden Sammlung von Arzneiflaschen, und ein leiser Groll stieg in ihm auf gegen dieses Chargenhaupt mit seinen buschigen Augenbrauen, der dramatisch gewellten Mähne, die sein Vater natürlich heimlich weiß färben ließ, und dem auffallend weißen Bart um die eingefallenen Wangen. Warum, dachte Noah erbittert, muß er sich ausstaffieren wie ein hebräischer König aus dem Alten Testament in diplomatischer Mission auf dem Weg nach Kalifornien? Wenn er wenigstens entsprechend gelebt hätte... Aber wenn man die vielen Weiber rechnete, die in seinem langen chaotischen Dasein immer um ihn waren, die vielen Bankrotte, das geborgte und nie zurückbezahlte Geld, die zahllosen Gläubiger von Odessa bis Honolulu, dann war es schon ein starkes Stück, in einem Aufzug herumzustolzieren, als ob man Moses wäre, der soeben mit den Gesetzestafeln vom Berg Sinai stieg.

»Eile, o Herr, eile und erlöse mich! Schicke deine lichten Boten, o Gott!« sagte Jakob und öffnete die Augen.

Das war auch so eine Manie seines Vaters, die Noah zur Weißglut brachte. Er kannte die Bibel auswendig, in Hebräisch und Englisch, obgleich er ein Atheist reinsten Wassers war, und versäumte nie eine Gelegenheit, seine Rede mit langen, eindrucksvollen Bibelzitaten zu würzen.

»Erlöse mich, o Herr, aus den Händen meiner Peiniger.« Jakob drehte den Kopf zur Wand und schloß die Augen. Noah stand auf, ging zum Bett hinüber und zog die Decke höher um die Schultern seines Vaters. Jakob schien ihn nicht zu bemerken. Noah sah einen Augenblick auf ihn hinunter und horchte auf die röchelnden Atemstöße. Dann ging er wieder zum Fenster zurück. Er öffnete es und sog die feuchte, vom Salz des nahen Meeres getränkte Nebelluft ein. Unten raste ein Wagen in gefährlichem Tempo vorbei und verschwand zwischen den hochaufragenden Palmen, und vom Nebel halb erstickt, hörte er das Silvestergehupe eines anderen Autos.

Verdammtes Drecknest zum Silvesterfeiern! dachte Noah. Ihn fröstelte in der kalten Luft, die durch das Fenster strömte, aber er ließ es trotzdem offen. Er war in der Registratur eines Warenhauses in Chicago angestellt, und wenn er ehrlich war, so mußte er sich gestehen, daß ihm selbst der Entschuldigungsgrund eines sterbenden Vaters für die Fahrt nach Kalifornien willkommen gewesen war. Er hatte sich eine sonnige Küste, einen warmen Strand und Obstbäume vorgestellt, die ihre grünen Blätter den Strahlen der südlichen Sonne entgegenstreckten; und hübsche Mädchen... Statt dessen – er blickte bitter grinsend um sich. Eine ganze Woche hatte es geregnet, und sein Vater verlängerte seine Todesstunde ins Endlose. Dazu kam, daß er nur noch sieben Dollar in der Tasche hatte. Außerdem hatte er entdeckt, daß das Fotoatelier seines Vaters von Gläubigern gepfändet war. Und selbst unter den günstigsten Umständen kamen bei einem Verkauf höchstens dreißig Prozent heraus. Noah war zu dem schäbigen kleinen »Studio« in der Nähe des Strandes hinuntergegangen und hatte durch die Scheiben der verschlossenen Glastür geschaut. Die Spezialität seines Vaters waren äußerst gekünstelte, bis zum Erbrechen retuschierte Porträtfotos junger Frauen. An die hundert einheimische Schönheiten blickten ihn mit schweren Lidern, in schwarzen Samt drapiert und mit Schatten unter den sentimentalen Augen träumerisch durch die halbblinden Scheiben an. Diese Art Geschäft hatte sein Vater sein ganzes Leben lang betrieben, in allen Ecken des Landes, und sie war auch schuld an dem frühen Tod seiner Mutter. Es war immer dasselbe: In irgendeinem verlotterten Gebäude wurde eines Tages so ein famoses Atelier eröffnet, florierte ein paar Monate, um plötzlich wieder zu verschwinden und außer einem Haufen Schulden nur altes Gerümpel, unverkäufliche Bilder und Reklameschilder zurückzulassen, die schließlich vom nächsten Mieter im Hinterhof verbrannt wurden.

Was hatte der Alte in seinem Leben schon alles verkauft! Erbbegräbnisse, Verhütungsmittel, Grundstücke, Meßwein, Reklameplakate, gebrauchte Möbel, Brautausstattungen. Und, so unglaublich es klingt, einmal hatte er in Baltimore, Maryland, einen Trödlerladen in einem Schiff aufgemacht. Und in keinem dieser Berufe war er auf einen grünen Zweig gekommen. Dagegen hatte es ihm nie an Frauen gefehlt. Seine gewandte, schnelle Zunge, seine altertümliche, mit Bibelsprüchen gespickte Rhetorik, dazu das ausdrucksvolle Gesicht und die lebhaften, ausladenden Gebärden trieben ihm Frauen zu, die ihm halfen, seine Niederlagen auf dem wirtschaftlichen Schlachtfeld wieder wettzumachen. Noah war sein einziges Kind, und Noahs Jugend war immer schlampig und unstet gewesen. Wie oft hatte man ihn irgendwo zurückgelassen, bei unsympathischen entfernten Verwandten; oder man hatte ihn, einsam und gemieden, in eine zweitklassige Schule gesteckt.

»Sie verbrennen meinen Bruder Israel im feurigen Ofen der Heiden!« klang es emphatisch vom Bett her. Noah seufzte und schloß das Fenster. Jakob lag mit weit aufgerissenen Augen da und starrte an die Decke. Noah drehte die einzige Birne im Zimmer an. Er hatte sie mit einem Stückchen rosa Seidenpapier umhüllt, um das grelle Licht abzuschirmen. Das Papier war an einigen Stellen angesengt, und der brenzlige Geruch vermischte sich nun mit dem scharfen Dunst des Krankenzimmers.

»Kann ich etwas für dich tun, Vater?« fragte Noah.

»Ich sehe die Flammen«, rief Jakob, »und ich rieche den Gestank verbrannten Fleisches. Ich sehe, wie die Gebeine meines Bruders im Feuer schrumpfen. Er stirbt durch die Hand der Fremden.«

Wieder diese Übertreibungen, dachte Noah wütend. Jakob hatte seinen Bruder in fünfunddreißig Jahren nicht einmal gesehen. Ja, er hatte ihm in Rußland ruhig die Sorge für die Eltern aufgebürdet, als er nach Amerika ausgewandert war. Nach allem, was Noah über die beiden wußte, haßte Jakob seinen Bruder. Sie waren sogar als Feinde geschieden. Aber dann, vor zwei Jahren etwa, war aus Hamburg, wo Israel seit 1919 lebte, ein Brief eingetroffen. Ein verzweifelt bittender Brief. Und Noah mußte zugeben, daß sein Vater getan hatte, was er konnte. Er hatte zahllose Briefe an die Einwanderungsbehörde geschrieben, war nach Washington gefahren und in den Korridoren des State Department herumgeirrt, eine unmögliche Figur, halb Rabbiner, halb Stromer unter den leisen, unzugänglichen jungen Herren, denen man die Erziehung in Princeton oder Harvard an der arroganten Nasenspitze ansah und die geringschätzig mit den Papieren auf ihren polierten Schreibtischen raschelten. Es war nichts dabei herausgekommen. Und nach dem einzigen wilden Hilfeschrei aus Hamburg war Stille eingetreten, die unheimliche Stille des offiziellen Deutschland. Jakob war heimgefahren zu seiner kalifornischen Sonne und seinem lächerlichen Atelier und zu der plumpen verwitweten Mrs. Morton in Santa Monica. Und von seinem Bruder hatte er nicht mehr gesprochen. Bis jetzt, in der Neujahrsnacht, mit dem rotgefärbten kitschigen Bühnennebel vor dem Fenster und dem Tod, nach des Doktors Ansicht, neben dem schäbigen Bett, der verlassene Bruder auf einmal aus dem Chaos Europa einen schrillen Schrei in das fiebrige Hirn Jakobs sandte. »Fleisch«, stöhnte Jakob mit tiefer, rollender Stimme auf seinem Sterbebett, »Fleisch von meinem Fleisch, Gebein von meinem Gebein, du leidest die Strafe für die Sünde meines Leibes und meiner Seele.«

O Gott, dachte Noah und blickte auf seinen Vater hinunter, warum muß er immer deklamieren wie ein Prophet, der seiner Sekretärin auf einem Hügel in Judäa in die Maschine diktiert?

»Lach nicht!« Jakob blitzte ihn scharf an, seine Augen lagen klar in ihren tiefen Höhlen, und er war bei vollem Bewußtsein. »Lach nicht, mein Sohn. Mein Bruder erleidet auch für dich den Tod.«

»Ich lache nicht, Vater«, sagte Noah leise und strich besänftigend über seines Vaters Stirn. Die Haut fühlte sich heiß und rauh an, und er empfand unwillkürlich einen Widerwillen in den Fingerspitzen.

Jakobs Gesicht verzerrte sich in rhetorischem Spott: »Du stehst da in deinem billigen amerikanischen Anzug, und ich weiß genau, was du denkst. Du denkst: ›Was geht mich der Bruder meines Vaters an? Er ist für mich ein Fremder, ich habe ihn nie gesehen. Und wenn er in den Lagern Europas umkommt, was bedeutet das schon! Es vergeht keine Minute, in der auf dieser Welt nicht Menschen sterben.‹ Aber laß dir sagen: Er ist kein Fremder für dich, er ist Jude, und die Welt hetzt ihn zu Tode, und auch du bist Jude, und auch dich wird die Welt zu Tode hetzen.«

Erschöpft schloß Jakob die Augen, und Noah dachte: Wenn er einfach und natürlich reden würde, könnte man Rührung und Sympathie empfinden. Denn ein im Sterben liegender Vater, voll Sorge um seinen mit Mord bedrohten Bruder, fünftausend Meilen über dem Wasser, ein einsamer Mann in seiner einsamsten Stunde, dessen irrender Geist um das Schicksal seines in der Welt verstreuten Volkes trauert, ist schließlich etwas Rührendes und Tragisches. Und wenn ihn die Ereignisse in Europa in ihrer Tragik auch nicht unmittelbar oder persönlich berührten, so fühlte er doch im Geiste ihr dunkles Gewicht. Aber die langen Jahre der väterlichen Phrasen und theatralischen Gesten hatten jede Bereitschaft in ihm abgestumpft, sich beeindrucken zu lassen. Alles, was ihm durch den Kopf ging, war der Gedanke: O Gott, der Alte spielt bis zum Schluß Theater!

»Als ich mich von ihm verabschiedete«, redete sein Vater mit geschlossenen Augen weiter, »als ich aus Odessa abfuhr, das war neunzehnhundertdrei, gab Israel mir achtzehn Rubel und sagte: ›Du taugst nichts. Gratuliere. Aber einen Rat gebe ich dir, halte dich an die Weiber. In Amerika wird es nicht viel anders sein als überall auf der Welt. Es wird auch dort dumme Weiber geben. Die werden dir durchhelfen.‹ Wir haben uns nicht die Hand gegeben, und ich ging. Eigentlich hätte er mir doch die Hand geben sollen, gleichgültig, wie wir standen, meinst du nicht auch, Noah?« Plötzlich klang Jakobs Stimme anders als sonst. Sie war schwach und klanglos und hatte nichts Theatralisches mehr an sich.

»Noah...«

»Ja, Vater?«

»Meinst du nicht, er hätte mir die Hand zum Abschied geben sollen?«

»Doch, Vater.«

»Noah...«

»Ja, Vater?«

»Gib mir die Hand, Noah.«

Nach kurzem Zögern beugte sich Noah über den Vater und ergriff dessen breite, trockene Hand. Die Haut an der Innenfläche blätterte ab, und die Nägel, sonst immer sorgfältig gepflegt und poliert, waren lang, vernachlässigt und hatten schwarze Ränder. Noah spürte den schwachen, zittrigen Druck der Finger.

»Gut, gut...« murmelte Jakob und zog rasch und mürrisch seine Hand zurück, als ob wieder eine seiner unerklärlichen Visionen über ihn gekommen wäre. »Genug.« Dabei seufzte er und starrte wieder zur Decke. »Noah...«

»Ja?«

»Nimm Papier und Bleistift.«

»Ja.«

»Schreibe, was ich dir diktiere.«

Noah setzte sich an den Tisch, nahm seinen Bleistift und einen Bogen weißes zweitklassiges Briefpapier zur Hand, auf dem das Hotel »Seeblick« in übertriebener Größe, mit riesigen Rasenflächen und herrlichen Baumgruppen umgeben, eingraviert war. Der Briefkopf hatte keine Beziehung zum wirklichen Leben, sah aber eindrucksvoll und nach Ferienstimmung aus.

»Herrn Israel Ackerman, Hamburg, Klosterstraße 29, Deutschland«, begann Jakob in nüchternem Geschäftston.

»Aber, Vater...« unterbrach Noah.

»Schreib hebräisch«, sagte Jakob, »wenn du nicht deutsch schreiben kannst. Mein Bruder ist nicht besonders gebildet, aber er wird es schon verstehen.«

»Ja, Vater.« Zwar konnte Noah weder Hebräisch noch Deutsch, aber es hatte keinen Zweck, dem Vater das zu sagen. »Mein lieber Bruder... Hast du?«

»Ja, Vater.«

»Entschuldige bitte, daß ich nicht schon früher von mir hören ließ«, begann Jakob, »aber du kannst dir kaum vorstellen, wie sehr ich beschäftigt bin. Kurz nach meiner Ankunft in Amerika... Hast du das, Noah?«

»Ja«, sagte Noah und machte ein paar sinnlose Striche aufs Papier. »Kurz nach meiner Ankunft in Amerika...« klang Jakobs Stimme voll und dunkel in dem feuchten Zimmer weiter, »trat ich in ein großes Geschäft ein. Ich arbeitete schwer – was du mir, wie ich dich kenne, nicht glauben wirst – und wurde rasch von einer hohen Stellung in die andere befördert. Nach eineinhalb Jahren hatte ich es zu dem angesehensten

Mitarbeiter der Firma gebracht. Man nahm mich als Teilhaber auf, und ich heiratete die Tochter des Seniorchefs, eines Herrn von Kramer, aus einer alteingesessenen Familie Amerikas. Es wird dich sicher freuen, zu hören, daß meine Familie aus fünf Söhnen und zwei Töchtern besteht, die die Freude und der Stolz ihrer Eltern sind. Ich habe mich vom Geschäft zurückgezogen, und wir wohnen in einem sehr vornehmen Vorort von Los Angeles, einer großen Stadt am Pazifischen Ozean, wo das ganze Jahr die Sonne scheint. Unsere Villa hat vierzehn Zimmer. Ich stehe nicht vor halb zehn auf, gehe dann in meinen Klub und spiele nachmittags Golf. Ich kann mir denken, daß dich diese Neuigkeiten in der heutigen Zeit ganz besonders interessieren...«

Noah spürte ein Würgen im Hals. Er hatte das sichere Gefühl, daß er nur den Mund aufzumachen brauchte, um herauszulachen, und daß sein Vater unter den brüllenden Lachsalven seines Sohnes unweigerlich sterben würde.

»Noah«, fragte Jakob mißtrauisch, »schreibst du das auch alles auf?«

»Ja, Vater«, brachte Noah irgendwie heraus.

»Zwar bist du der Ältere«, fuhr Jakob ruhig fort, »und du hast mir auch immer Ratschläge gegeben. Aber heutzutage haben die Begriffe ›älter‹ und ›jünger‹ keine Bedeutung mehr. Ich bin weit herumgekommen und glaube, dir wertvolle Ratschläge geben zu können. Vor allem ist es wichtig, sich als Jude richtig zu benehmen. Die Welt wimmelt von Menschen – und es werden immer mehr –, die voller Neid sind. Sie schauen sich einen Juden genau an und sagen: ›Was hat der für Tischmanieren!‹ oder ›Die Brillanten seiner Frau sind natürlich falsch‹, oder ›Warum benimmt er sich so laut im Theater?‹ oder ›Seine Waage stimmt nicht, in seinem Laden wird man betrogen.‹ Die Zeiten werden immer schwerer, und jeder Jude sollte sich so benehmen, als ob das Leben aller anderen Juden auf der Welt von seinem Verhalten abhinge. Er muß wohlerzogen essen und Messer und Gabel richtig gebrauchen. Er darf seine Frau nicht mit Brillanten behängen, vor allem nicht mit falschen. Seine Waage muß peinlichst genau funktionieren. Und er muß sich würdig zu benehmen wissen... Nein«, unterbrach Jakob sich, »streich das wieder aus. Es wird ihn nur wütend machen.«

Dann holte er tief Atem und lag eine Zeitlang still. Beunruhigt blickte Noah zu ihm hinüber, um sich zu vergewissern, daß er noch lebte.

»Lieber Bruder«, sagte Jakob schließlich mit gebrochener und heiserer, beinahe unhörbarer Stimme, »alles, was ich dir geschrieben habe, ist Lüge. Ich habe ein elendes Leben geführt, habe links und rechts betrogen und meine Frau in den Tod getrieben. Ich habe nicht sieben Kinder, sondern einen einzigen Sohn, für den ich keine Zukunft sehe. Ich bin bankrott, und alles, was du mir vorausgesagt hast, ist aufs Haar eingetroffen...« Hier hielt er inne. Er würgte und versuchte vergeblich, noch etwas zu sagen. Dann starb er.

Noah legte sein Ohr an des Vaters Brust, um den Herzschlag zu hören. Er fühlte die faltige Haut und die hervorstehenden Rippen. Aber die Stille unter der pergamentenen Haut und dem eingefallenen Brustkorb war endgültig.

Er faltete seines Vaters Hände und drückte ihm die Augen zu. So hatte er es einmal im Kino gesehen. Jakobs Mund stand weit offen, als ob er im Begriff wäre, etwas Wichtiges zu sagen. Da Noah nicht wußte, wie man ihn geschlossen halten konnte, tat er nichts dagegen. Und wie er so das Gesicht des Verstorbenen betrachtete, überkam ihn ein Gefühl der Erlösung. Es war überstanden. Die laute Befehlsstimme war endlich still, und es würde keine alttestamentarischen Gebärden mehr geben.

Noah ging im Zimmer umher und nahm eine oberflächliche Inventur des Nachlasses vor. Es war herzlich wenig: zwei abgetragene zweireihige Anzüge in geschmacklosen Farben, eine in Leder gebundene Bibel, ein Bild im Silberrahmen von ihm selbst als Siebenjährigen auf einem Shetland-Pony, ein Schächtelchen mit einem Paar Manschettenknöpfe und einer Krawattennadel aus Nickel und Glas und schließlich ein zerknitterter roter Briefumschlag, mit Bindfaden verschnürt. Noah machte ihn auf und nahm die Papiere heraus. Es waren zwanzig Aktien einer Radiofabrik, die im Jahre 1927 in Konkurs gegangen war.

Auf dem Boden des Schrankes fand Noah einen Karton, den er herausnahm und öffnete. Eine vorsichtig in Flanell gewickelte altmodische Porträtkamera mit großer Extralinse kam zum Vorschein, und es schien Noah, daß der Apparat das einzige Stück im Zimmer war, das sein Vater pfleglich und mit Sorgfalt behandelt hatte. Außerdem war er schlau genug gewesen, die Kamera vor den Gläubigern zu verstecken. Vielleicht reichte der Erlös zur Deckung der Begräbniskosten. Er strich über das abgenutzte Leder und das facettierte Glas des Apparates und überlegte, ob er ihn nicht als einziges leidlich erhaltenes Erinnerungsstück an seinen Vater behalten sollte. Aber es ging nicht; er konnte sich diesen Luxus nicht leisten. Er wickelte die Kamera wieder ein, legte sie in den Karton zurück und verstaute den Karton unter einem Haufen alter Kleider in einer Ecke des Schrankes.

Dann ging er zur Tür und schaute sich noch einmal um. Sein Blick blieb auf dem Verstorbenen haften, dessen Gesicht im kärglichen Licht der einzigen Birne einen schmerzverzerrten und verlassenen Ausdruck trug. Noah drehte das Licht aus und ging.

Langsam ging er die Straße hinunter. Die Bewegung in der frischen

Luft tat ihm wohl, nachdem er eine Woche in dem dumpfen Krankenzimmer verbracht hatte. Er atmete tief und spürte, wie seine Lungen sich füllten. Er fühlte sich jung und gesund. Seine Absätze klangen gedämpft auf dem feuchtglänzenden Trottoir. Die Seeluft roch fremdartig und rein in der einsamen Nacht, und unwillkürlich schlug er die Richtung nach dem Strand ein. Der Salzgeruch wurde stärker, je mehr er sich den Klippen näherte, die sich undeutlich gegen den dunklen Spiegel des Meeres abhoben.

In der nächtlichen Stille erklang Musik, auf- und abschwellend, je nachdem, wie der Wind stand. Noah lief den Klängen nach, und als er an eine Ecke kam, entdeckte er, daß die Musik aus einer Bar von der gegenüberliegenden Straßenseite kam. Er sah Leute unter einem Schild aus und ein gehen, das einladend verkündete: »Keine Preiserhöhung zu Silvester. Feiern Sie die Neujahrsnacht bei O'Day!«

Der Musikautomat drinnen hatte gerade eine neue Melodie begonnen, und eine dunkle Frauenstimme sang: »Tag und Nacht gedenk' ich dein, im Sonnenstrahl, im Mondenschein.« Die wohlklingende Stimme drang leidenschaftlich in die feuchte Nacht.

Noah überquerte die Straße, öffnete die Tür und betrat das Lokal. Am unteren Ende der Bar standen zwei Matrosen mit einer Blondine. Sie sahen auf einen Betrunkenen hinunter, der mit dem Kopf auf dem Bartisch schnarchte. Der Mixer schaute Noah fragend an.

»Kann man hier telefonieren?« fragte Noah.

»Da hinten«, sagte der Mixer und deutete nach dem anderen Ende des schlauchartigen Raumes. Noah ging auf die Zelle zu.

»Seid nett zu ihm, Jungs«, sagte die Blonde zu den Matrosen, als Noah vorbeiging. »Legt ihm ein Stück Eis auf den Kopf.«

Dabei lächelte sie Noah breit an. Auf ihrem Gesicht lag ein grüner Widerschein von den Lichtern des Musikautomaten. Noah nickte ihr zu und trat in die Telefonzelle. Der Doktor hatte ihm eine Karte mit der Telefonnummer eines Beerdigungsinstitutes gegeben, das Tag und Nacht geöffnet war.

Noah wählte die Nummer, hielt den Hörer ans Ohr und vernahm das monoton summende Geräusch. Dabei stellte er sich den Apparat am anderen Ende vor, wie er auf einem dunklen, glänzenden Schreibtisch, von einer einsamen Bürolampe angestrahlt, das neue Jahr einläutete. Schon wollte er aufhängen, als sich eine Stimme meldete.

»Hallo«, sagte die Stimme gleichgültig und sehr weit entfernt. »Beerdigungsinstitut Grady.«

»Ich möchte mich wegen einer Beerdigung erkundigen«, antwortete Noah, »mein Vater ist soeben gestorben.«

»Wie ist der Name, bitte?«

»Ich möchte Näheres über Ihren Tarif erfahren. Ich habe nicht viel Geld und...«

»Ich muß zuerst Ihren Namen wissen«, sagte die Stimme in offiziellem Ton.

»Ackerman.«

»Waterfield«, lallte es zurück. »Vorname, bitte...« und dann flüsternd: »Gladys, hör auf! Gladys!« Und zurück ins Telefon, mit unterdrücktem Lachen: »Vorname, bitte.«

»Ackerman«, sagte Noah, »Ackerman.«

»Ist das der Vorname?«

»Nein«, sagte Noah, »der Nachname. Der Vorname ist Jakob.«

»Können Sie nicht deutlicher sprechen?« lallte die Stimme mit alkoholischer Gespreiztheit.

Laut rief Noah in den Apparat: »Was kostet eine Einäscherung?«

»Oh, Einäscherung«, sagte die Stimme. »Ja, natürlich, auch Einäscherung, wenn's gewünscht wird.«

»Was kostet sie?« fragte Noah nochmals.

»Wie viele Wagen?«

»Wie bitte?«

»Wie viele Wagen sollen gestellt werden? Ich meine, wie viele Verwandte und sonstige Leidtragende werden erwartet?«

»Einer«, sagte Noah. »Ein Verwandter und Leidtragender.«

»Tag und Nacht« in dem Musikautomaten draußen endete mit einem Fortissimo, so daß Noah nicht verstehen konnte, was die Stimme am anderen Ende des Drahtes antwortete.

»Es muß so billig wie möglich sein«, sagte er verzweifelt. »Ich habe nicht viel Geld.«

»Verschehe, verschehe«, lallte der andere. »Eine Frage noch, wenn ich bitten darf, war der Verstorbene versichert?«

»Nein«, sagte Noah.

»Dann müssen Sie bar bezahlen, und zwar im voraus, verstehen Sie?«

»Wieviel also?« schrie Noah in die Muschel.

»Soll die Asche in einfachem Karton oder in einer versilberten Urne aufbewahrt werden?«

»In einem einfachen Karton.«

»Mein billigster Preis, lieber Freund, ist 75 Dollar und 50 Cents«, und auf einmal klang die Stimme am anderen Ende voll und deutlich.

»Fünf Minuten sind um. Fünf Cents, bitte«, unterbrach plötzlich das Amt.

»Ja, ja«, sagte Noah und steckte einen Nickel in den Apparat.

»Danke«, sagte das Amt, und Noah sprach weiter: »Gut also, 75 Dollar und 50 Cents.« Irgendwie würde er das Geld zusammenkratzen. »Übermorgen nachmittag.« Das würde ihm Zeit lassen, am 2. Januar, wenn die Geschäfte wieder geöffnet waren, in die Stadt zu gehen und die Kamera und sonst noch einiges zu verkaufen. »Die Adresse ist Hotel Seeblick. Wissen Sie, wo das ist?«

»Ja«, sagte die betrunkene Stimme, »ja, natürlich, Hotel Seeblick. Morgen schicke ich jemand hin, und dann können Sie den Vertrag unterschreiben.«

»Okay«, sagte Noah, in Schweiß gebadet, und wollte einhängen.

»Noch eins, mein Lieber«, sagte die Stimme, »noch eine Kleinigkeit! Was für ein Ritus?«

»Wieso Ritus?«

»Welche Religion hatte der Verstorbene?«

Jakob hatte gar keine Religion, aber Noah hielt es für besser, das dem Mann am anderen Ende nicht zu sagen. »Er war Jude.«

»Oh.« Jenseits des Drahtes trat Stille ein, dann hörte Noah eine kichernde und betrunkene Frauenstimme sagen: »Los, George, komm schon! Trinken wir noch einen!«

»Leider sind wir nicht für Beerdigungen von Hebräern eingerichtet!« sagte der Mann.

»Wieso nicht eingerichtet?« schrie Noah. »Der Tote war nicht orthodox. Man braucht überhaupt kein Zeremoniell.«

»Tut uns leid«, lallte die Stimme mit komischer Würde. »Wir bedienen keine Hebräer. Aber es gibt genügend andere Firmen, die israelitische Einäscherungen übernehmen.«

»Aber Dr. Fishbourne hat Sie mir empfohlen«, schrie Noah wütend. Wenn er daran dachte, daß er dasselbe Theater mit einer anderen Totengräberfirma nochmals durchmachen mußte, wurde er wahnsinnig. »Sind Sie ein Beerdigungsinstitut oder nicht?«

»Mein herzlichstes Beileid zu Ihrem schweren Verlust«, sagte die Stimme, »aber ich kann Ihnen leider nicht helfen...«

Noah hörte, wie sich jemand am anderen Ende an den Apparat drängte, und eine Frauenstimme sagte: »Laß mich mit ihm reden, Georgie.« Dann sprach die Frau in den Hörer: »Hören Sie zu«, sagte sie mit heiserer Whiskystimme, »warum lassen Sie uns nicht zufrieden? Wir sind beschäftigt, verstehen Sie? Sie haben gehört, was Georgie sagte: Er verbrennt keine Jidden. Prost Neujahr!« Und hängte auf.

Noahs Hände zitterten, und kalter Schweiß stand ihm auf der Stirn. Mit Mühe legte er den Hörer auf, öffnete die Tür der Zelle und ging langsam durchs Lokal dem Ausgang zu, an dem Musikautomaten vorbei, der gerade die Jazz-Variation eines schottischen Volksliedes spielte, vorbei an den Matrosen und ihrer Blondine und dem Betrunkenen an der Bar. Die Blonde lachte ihn an und fragte: »Was ist los, Kleiner? War sie nicht zu Hause?«

Noah hörte kaum hin, er ging wie im Schlaf, müde und schwach, zum anderen Ende der Bar in der Nähe der Tür, setzte sich auf einen der Hocker und bestellte einen Whisky. Er trank ihn pur und bestellte noch einen. Er spürte die Wirkung der beiden Drinks sofort; sie verwischten die Umrisse der Bar, trübten die Musik und die Gespräche der Gäste. So kam es auch, daß er freundlich grinste, als die Blonde in ihrem enganliegenden gelben Seidenkleid mit roten Schuhen und einem Witz von einem Hütchen mit rotem Schleier, ihre vollen Hüften wiegend, zu ihm herüberkam. »Jetzt fühlst du dich besser, was?« sagte sie und tätschelte seinen Arm.

»Prosit Neujahr«, sagte er.

»Süßer...« sagte die Blonde, setzte sich auf den Hocker neben ihn, rückte mit ihren prallen Schenkeln ein paarmal auf dem Kunstledersitz hin und her und versäumte nicht, dabei ihr Knie an dem seinen zu reiben. »Süßer, du mußt mir helfen. Ich habe mich in der Bar umgesehen und festgestellt, daß du hier der einzige Mann bist, auf den ich mich verlassen kann. – Orange Blossom«, bestellte sie beim Mixer, der hinter der Theke herangekommen war. »Wenn man Hilfe braucht«, fuhr sie fort, hielt Noah am Ellbogen fest und sah ihn durch den Schleier mit ihren kleinen blauen Augen unter geschwärzten Wimpern ernst und einladend an, »wenn man Hilfe braucht, sind Italiener die richtigen Männer. Die haben Charakter. Sie sind temperamentvoll und sympathisch. Und offen gesagt, Süßer, mir gefallen temperamentvolle Männer. Männer ohne Temperament sind nicht einmal imstande, eine Frau zehn Minuten im Jahr glücklich zu machen. Für mich braucht ein Mann zwei Dinge: einen sympathischen Charakter und volle Lippen.«

»Was?« fragte Noah erstaunt.

»Volle Lippen«, sagte die Blonde ernst. »Ich heiße Georgia, Süßer, und du?«

»Ronald Beaverbrook«, sagte Noah. »Und ich muß dich enttäuschen... ich bin kein Italiener.«

»Nicht?« fragte sie erstaunt und goß die Hälfte ihres Orange-Blossom-Cocktails hinunter. »Ich hätte schwören können. Was bist du dann, Ronald?«

»Indianer«, sagte Noah, »'n Sioux-Indianer.«

»Trotzdem«, meinte sie, »ich wette, du kannst 'ne Frau sehr glücklich machen.«

»Trink noch einen«, sagte Noah.

»Süßer«, rief sie zum Mixer hinüber, »zwei Orange Blossoms, doppelt!« Dann wandte sie sich wieder Noah zu. »Indianer mag ich auch«, sagte sie. »Die einzigen, die ich nicht mag, sind die Durchschnittsamerikaner. Die haben keine Ahnung, wie man 'ne Frau im Bett behandelt. Rein und raus und päng! sind sie schon wieder in ihren Hosen und auf'm Weg nach Hause zu ihren Weibern.« Sie leerte ihr Glas und sagte dann: »Süßer, tu mir 'n Gefallen und geh zu den beiden Blaujacken rüber und sag ihnen, du gingst mit mir heim. Nimm 'ne Bierflasche mit, falls sie was dagegen haben.«

»Bist du mit ihnen hergekommen?« fragte Noah. Er fühlte ein leichtes Schweben im Kopf und fand es lustig, daß seine Stimme mit einemmal so entfernt klang. Er streichelte zart die Hand der Frau und lächelte sie an, während er sprach. Ihre Hände waren rauh und verarbeitet, und er merkte, daß sie sich schämte.

»Das kommt vom Arbeiten in der Wäscherei«, sagte sie traurig. »Arbeite nie in einer Wäscherei, Süßer.«

»Okay«, sagte Noah.

»Ich bin mit dem da gekommen.« Sie wies kopfnickend auf den Betrunkenen, der schlafend über der Theke hing. Ihr Schleier bewegte sich in dem grünroten Licht des Musikautomaten. »Hat schon nach der ersten Runde schlappgemacht. Paß auf, ich werd' dir was erzählen.« Sie lehnte sich dicht an ihn und flüsterte auf ihn ein. Ihr Atem roch nach Gin und Zwiebeln und darüber hing der Duft eines billigen Veilchenparfüms. »Die Matrosen haben was mit ihm vor. Sie holen ihm den letzten Cent aus der Tasche. Dann wollen sie mir nachgehen und mich in einer dunklen Gasse ausrauben. Los, nimm 'ne Bierflasche, Ronald, und knöpf sie dir vor.«

Der Mixer schob ihnen ihre Drinks zu, und die Frau nahm eine Zehn-Dollar-Note aus der Tasche und bezahlte. »Das zahl' ich«, sagte sie. »Er ist ein armer, verlassener Kerl in der Neujahrsnacht.«

»Das brauchst du nicht«, wehrte Noah ab.

»Unser Wohl, Süßer.« Sie hob das Glas eine Handbreit vor seinem Gesicht und lächelte ihn durch den Schleier kokett und verführerisch an. »Was ist das Scheißgeld wert, wenn man's nicht mit seinen Freunden ausgeben kann?«

Sie tranken, und die Frau strich ihm mit der Hand über Schenkel und Knie. »Mensch, hast du Muskeln!« sagte sie. »Die müssen wir ausprobieren. Gehn wir. Mir gefällt's hier nicht mehr. Gehn wir zu mir nach Hause. Ich hab' noch 'ne Flasche Whisky, reicht gerade für uns beide. Damit feiern wir Neujahr auf unsere Weise. Gib mir 'n Kuß, Süßer.«

Sie lehnte sich wieder an ihn und schloß erwartungsvoll die Augen. Noah küßte sie. Ihre Lippen waren weich und schmeckten nach Himbeer von ihrem Lippenstift, dazu natürlich Gin und Zwiebeln. »Ich halt's nicht mehr aus, Süßer.« Sie glitt vom Hocker, ohne zu schwanken, nahm seinen Arm, und sie liefen, die Gläser in der Hand, zu den beiden Matrosen hinüber.

Die Blaujacken sahen sie kommen. Sie waren noch sehr jung und hatten einen erstaunten und enttäuschten Ausdruck in den Augen.

»Nehmt euch vor meinem Freund in acht«, sagte die Frau warnend zu ihnen. »Er ist 'n Sioux-Indianer«, und sie küßte ihren Indianer hinters Ohr. »Ich bin gleich wieder da, Süßer«, sagte sie, »ich will mich nur frischmachen, daß ich dir nachher gefalle.« Dabei kicherte sie geziert und drückte seine feuchte Hand. In der anderen Hand hielt sie immer noch ihr Glas. Damit tänzelte sie, sich übertrieben in den Hüften wiegend, so daß die Blumen im Muster ihres Seidenkleides neckisch auf ihrem Hintern wippten, der Damentoilette zu.

»Was hat sie dir denn erzählt?« fragte der jüngere der beiden Matrosen. Er hatte die Mütze abgenommen, die Haare waren so kurz geschoren, daß sie aussahen wie der erste Flaum eines Babys.

Noah, der sich stark und wachsam vorkam, antwortete: »Sie sagt, ihr wollt sie beklauen.«

Der andere, mit der Mütze auf, schnaubte: »Was, wir sie beklauen? So eine Frechheit! Genau umgekehrt ist's richtig, Junge!«

»Fünfundzwanzig Piepen!« sagte der jüngere, »fünfundzwanzig Piepen wollte sie. Behauptet, sie hätt's noch nie getan und sie sei verheiratet, und deshalb müßt' sie mehr haben, von wegen des Risikos!«

»Was denkt sie eigentlich, wer sie ist?« rief der andere mit der Mütze.

»Wieviel will sie von dir haben?«

»Nichts«, sagte Noah albern und stolz. »Sie will sogar noch 'ne Flasche Whisky spendieren.«

»Wie findst 'n das?« fragte der ältere seinen Kameraden.

»Gehst du mit ihr ins Bett?« fragte der jüngere neugierig.

Noah schüttelte den Kopf. »Nein.«

»Warum nicht?«

»Weiß nicht«, antwortete Noah achselzuckend.

»Junge, Junge«, sagte der jüngere wieder, »du mußt vielleicht gut versorgt sein!«

»Ach, was!« sagte der mit der Mütze, »machen wir, daß wir hier rauskommen. Santa Monica am Arsch!« Und dabei blickte er den andern vorwurfsvoll an. »Hätten genausogut auf Station bleiben können!«

»Wo liegt ihr?« fragte Noah.

»San Diego. Aber *der*...« und dabei deutete er verächtlich und wütend auf den Babyflaumigen, »hat alles in Santa Monica organisiert. Zwei knusprige Witwen mit eigener Wohnung... Ich werd' dich noch mal was organisieren lassen!«

»Kann ich doch nichts dafür!« sagte der Junge kleinlaut. »Wenn die mich veräppeln und 'ne falsche Adresse angeben.«

»Drei Stunden sind wir in diesem verfluchten Nebel rumgeirrt«, sagte der ältere, »um nach der falschen Adresse zu suchen. Silvester! Zum Kotzen! Schon mit sieben Jahren hab' ich bessere Neujahrsfeiern erlebt, auf 'ner Farm in Oklahoma... Los, raus hier!«

»Und der?« Noah zeigte auf den Betrunkenen an der Theke.

»Geht uns 'n Dreck an. Sache der Dame.«

Der junge Matrose stülpte seine weiße Mütze auf, und die beiden verließen das Lokal. »Fünfundzwanzig Piepen!« hörte Noah den älteren sagen, als er die Tür zuknallte.

Noah wartete noch einen Augenblick, dann klopfte er dem Betrunkenen kameradschaftlich auf die Schultern und ging auch. Vor der Tür blieb er stehen und atmete mit Behagen die feuchte Luft ein. Er fühlte, wie sie seine heiße Stirn kühlte. Im flackernden Licht einer Straßenlaterne sah er die beiden blauen Gestalten verloren im Nebel untertauchen. Er schlug die entgegengesetzte Richtung ein. Der Whisky war nicht übel gewesen. Angenehm rhythmisch hämmerte er in seinen Schläfen.

Er öffnete vorsichtig und leise die Tür und trat in das dunkle Zimmer. Es roch ekelhaft. Er hatte den Geruch ganz vergessen. Eine Mischung von Alkohol, Arzneien und etwas Süßlichem, das überall haftete. Er tastete nach dem Lichtschalter. Seine Hand zitterte, und er stolperte über den Stuhl, bis er den Schalter fand.

Starr und mager lag der Vater auf dem Bett. Der Mund stand immer noch offen, als ob er etwas sagen wollte. Noah schwankte ein bißchen und glotzte die Leiche an. Dummer, schlauer Alter mit deinem Prophetenbart und dem gefärbten Haar und der Lederbibel.

Eile, o Herr, eile! Und erlöse mich... Welche Religion hat der Verstorbene? Noah fühlte sich benommen, er konnte seine Gedanken nicht konzentrieren, es schwamm alles durcheinander, jeder Gedanke für sich, und jeder blöd. Volle Lippen. Fünfundzwanzig Dollar für die Matrosen und für ihn umsonst. Er hatte noch nie viel Glück mit Weibern gehabt, so 'n Schwein auf jeden Fall nicht. Wahrscheinlich waren's die Sorgen. 'n Mann mit Sorgen mögen die Weiber. Und sie hat's gerochen. Natürlich war sie schrecklich betrunken... Ronald Beaverbrook. Und wie die dämlichen Blumen auf ihrem Hintern wippten, als sie zur Toilette segelte! Wenn er gewartet hätte, läge er jetzt wahrscheinlich schön warm mit ihr im Bett, unter sich das weiche, runde weiße Fleisch und Zwiebeln, Gin und Himbeeren in der Nase. Einen kurzen, schmerzenden Augenblick fühlte er heftige Reue, daß er hier in dem kahlen Zimmer vor dem toten alten Mann stand... Wenn die Rollen vertauscht wären, dachte er bei sich, wenn er dort auf dem Totenbett läge und der Alte wäre gesund und munter und hätte mit dem Mädchen in der Bar gesessen – mein lieber Mann! Der alte Jakob wäre bereits mit der Blonden im Bett, und die Whiskyflasche wäre leer. Der hätte das Angebot nicht ausgeschlagen!

Was waren das für Gedanken! Noah schüttelte den Kopf. Sein eigener Vater, aus dessen Lenden er gezeugt war. Um Himmels willen! Jetzt fing er auch schon mit dieser Bibelsprache an.

Er zwang sich, das Gesicht seines toten Vaters eine Minute lang zu betrachten. Eigentlich hätte er jetzt weinen müssen. Eigentlich hatte der alte Mann, jeder Mann, so verlassen wie er dalag, am Jahresende, in einer kalten Winternacht ein Recht darauf, daß sein einziger Sohn ein paar Tränen für ihn vergoß.

Noah hatte nie viel von seinem Vater gehalten, zum mindesten seitdem er alt genug geworden war, sich überhaupt Gedanken über ihn zu machen. Er hatte im geheimen immer bittere Urteile über ihn gefällt. Als er so das fahle, zerfurchte Gesicht betrachtete, das ihn wie eine Skulptur aus Stein aus den Kissen anstarrte, edel und stolz, wie Jakob schon immer auf dem Totenbett aussehen wollte, strengte er sich ganz bewußt an, an seinen Vater zu denken. Von weit her hatte er kommen müssen, um schließlich in diesem engen Zimmer an der Küste des Pazifiks zu enden. Von den schmierigen Straßen Odessas, durch ganz Rußland, durch die Ostsee, über den Atlantik und in den Schweiß und Gestank von New York. Noah schloß die Augen und stellte sich Jakob als jungen Mann vor, quecksilbrig und schlank, mit seinem ebenmäßigen Gesicht und der Hakennase, wie er sich mit seiner instinkthaften Sprachenbegabung auf das Englische stürzte, wie er energiegeladen und voll großer Pläne durch die Straßen schritt, die Augen überall, und ein kekkes Lächeln für die Mädchen, die Teilhaber, die Kunden auf den Lippen. Jakob, furchtlos und unehrlich, auf seinen Reisen in den Südstaaten, in Atlanta und Tuscaloosa, rasch jede Chance wahrnehmend, ohne eigentliches Interesse für Geld, aber immer bereit, es sich zu erschwindeln, um es sorglos auszugeben. Dann den Kontinent hinauf nach Minnesota und Montana, immer lachend, eine schwarze Zigarre im Mund, bekannt wie ein bunter Hund in Bars und Spielklubs, mit einem unerschöpflichen Vorrat an dreckigen Witzen und Zitaten aus Jesaia im selben Atem; seine Hochzeit mit Noahs Mutter in Chicago, ernst und zärtlich und verantwortungsbewußt vielleicht einen Tag lang, ja vielleicht entschlossen, endlich seßhaft zu werden und einen anständigen bürgerlichen Beruf zu ergreifen. Denn schließlich fing das Haar an den Schläfen an grau zu werden. Und dann Jakob als Vater, wie er in seinem vollen, sentimentalen Bariton im Plüsch-Salon nach dem Sonntagsdinner dem kleinen Noah vorsang:

»Eines Tags lief durch den Park ich
Im schönen Wonnemonat Mai...«

Noah schüttelte traurig den Kopf. Irgendwie, ganz hinten aus einer verschütteten Erinnerungskammer kam das ferne Echo der jungen, kräftigen Stimme in sein Bewußtsein zurück: *»Im schönen Wonnemonat Mai!«* Und es gelang ihm nicht, es zum Schweigen zu bringen.

Und dann der unvermeidliche Zusammenbruch, wie die Jahre sich rundeten. Die schäbigen Geschäfte wurden schäbiger, der Charme nützte sich ab, die Feinde wurden zahlreicher, die Umwelt hartschalig und gegen ihn verschworen. Der Bankrott in Chicago, der Bankrott in Seattle, der Bankrott in Baltimore und das wahrhaft jämmerliche Finale in Santa Monica... »Ich habe ein elendes Leben geführt, habe links und rechts betrogen und meine Frau in den Tod getrieben. Ich habe einen einzigen Sohn, für den ich keine Zukunft sehe, und bin bankrott...« Und der belogene Bruder, dessen Gebeine in der Vision eines schlechten Gewissens im Feuer schrumpften und dessen Todesschrei ihn über Jahre und Meere hinweg in seiner letzten Stunde heimsuchte...

Mit trockenen Augen starrte Noah seinen Vater an. Jakobs Mund stand offen, der Anblick war nicht mehr zu ertragen. Noah sprang auf, schwankte zum Bett hin und versuchte, mit Gewalt den Kiefer zu schließen. Der Bart fühlte sich steif und rauh an, und die Zähne klappten mit einem lauten, geisterhaften Ton aufeinander, als er zudrückte. Aber kaum hatte Noah seine Hände zurückgezogen, fiel der Mund wieder auf, als ob der Tote sprechen wollte. Immer wieder, immer rücksichtsloser drückte Noah die Kiefer zusammen. Doch jedesmal lösten sich die Gelenke, wenn er die Hand wegnahm, und der Mund öffnete sich, und die Zähne blinkten im gelben Licht. Noah stemmte sich mit dem Knie gegen die Bettkante, um die Hebelkraft zu vergrößern. Es nützte alles nichts. Sein Vater, der immer störrisch und widerspenstig gewesen war, der Eltern, Lehrer, Bruder, Frau, sein Glück, seine Teilhaber, seine Weiber, seinen Sohn ein Leben lang tyrannisiert hatte – sein Vater änderte sich nicht mehr.

Noah trat zurück. Der Mund stand offen, jämmerlich und bleich unter dem buschigen weißen Schnurrbart und der edel geformten Stirn des toten Blenderkopfes auf dem schmutzigen Kissen.

Und jetzt endlich, und zum ersten Mal, weinte Noah.

4. Kapitel

Christian saß in dem kleinen offenen Spähwagen, den Stahlhelm auf, und kam sich wie ein Angeber vor. Seine leichte MP hatte er griffbereit über dem Knie liegen, während er mit seinem Trupp munter die von Bäumen eingefaßte französische Straße entlangfuhr. Er aß Kirschen, die sie in einem Garten bei Meaux gepflückt hatten. Paris mußte hinter den sanftgewellten blaßgrünen Hügeln vor ihnen liegen. Den Franzosen, die dem Wagen hinter den geschlossenen Läden ihrer Häuser nachspähten, erschien er wahrscheinlich als Eroberer, ein harter Krieger und Zerstörer. Dabei hatte er während des ganzen Feldzugs noch nicht einen Schuß gehört, geschweige denn einen abgefeuert. Und der Krieg war hier schon zu Ende.

Er wandte sich zu Brandt um, der auf dem Rücksitz saß. Brandt war Bildberichter in einer Propaganda-Kompanie. Er hatte sich schon in Metz Christians Vorausabteilung angeschlossen. Er wirkte schmächtig und zart wie ein Gelehrter. Vor dem Krieg war er ein mittelmäßiger Maler gewesen. Christian hatte ihn beim Skilaufen in Österreich kennengelernt und sich mit ihm angefreundet. Brandts Gesicht war von der Sonne krebsrot gebrannt, seine Augen waren vom Wind entzündet, und sein Helm war ihm viel zu groß. Wie ein kleiner Junge, der im Hof Soldat spielt, dachte Christian lachend, als er ihn so sah. Er saß eingeklemmt neben einem riesenhaften Unteroffizier aus Schlesien, der sich auf dem engen Rücksitz breitmachte und sich den Teufel um Brandts Beine und seine fotografische Ausrüstung kümmerte.

»Was lachen Sie, Feldwebel?« fragte Brandt.

»Ihre Nase«, sagte Christian.

Vorsichtig betastete Brandt die verbrannte Nase, deren Haut sich schälte. »Die Haut pellt sich ab«, sagte er. »Ist ’ne erstklassige Nase, aber nur im Haus zu tragen. Los, Feldwebel, lassen Sie Gas geben, daß wir nach Paris kommen. Ich brauch ’n anständigen Schnaps.«

»Geduld, Geduld! Wir haben immer noch Krieg«, sagte Christian.

Der schlesische Unteroffizier lachte schallend. Er war ein gutmütiger junger Bursche, und wenn er auch das Pulver nicht gerade erfunden hatte, so war er doch das Muster eines militärischen Untergebenen. Die Fahrt durch das schöne Frankreich machte ihm großen Spaß. In der vorigen Nacht, als sie in ihre Decken gewickelt irgendwo im freien Feld nebeneinander kampiert hatten, hatte er Christian in vollem Ernst erklärt, er hoffe, der Krieg daure noch eine Weile. Wenigstens einen Franzosen wolle er umlegen. Sein Vater habe 1916 bei Verdun ein Bein verloren, und er, Unteroffizier Kraus, erinnere sich noch wie heute, daß er als siebenjähriger Knirps am Heiligen Abend, als die Familie gerade aus der Kirche zurückgekommen war, vor seinem einbeinigen Vater stramm gestanden und gelobt habe: »Ich will gern sterben, wenn ich nur einen Franzosen totschießen kann.« Das war vor fünfzehn Jahren. Und jedesmal, wenn sie jetzt durch eine Stadt oder ein Dorf kamen, blickte er sich suchend um, in der Hoffnung, einen bewaffneten Franzosen zu entdecken, an dem er seinen kindlichen Rachedurst stillen konnte. Er hatte eine Mordswut bekommen, als ein französischer Leutnant vor einem Café in Chanly die weiße Fahne geschwenkt hatte und sich mit seinen sechzehn Mann gefangennehmen ließ.

Christian schaute zurück, an Brandts komischem, rotem Gesicht vorbei, nach den anderen beiden Wagen, die in Abständen von etwa fünfundsiebzig Metern auf der glatten, geraden Straße hinter ihm fuhren. Der Leutnant hatte mit dem Rest der Abteilung eine andere parallellaufende Straße gewählt; diese drei Wagen standen unter Christians Kommando. Der Befehl lautete, nach Paris durchzufahren. Paris werde nicht verteidigt. Christian empfand einen gewissen Stolz über dieses erste selbständige Kommando, das aus drei Wagen und elf Mann mit zehn Gewehren, einem leichten und einem schweren MG bestand.

Er drehte sich wieder um und beobachtete die vor ihm liegende Straße. Schönes Land, dachte er. Und gut in Schuß, die Felder mit Pappeln umsäumt, und in den schnurgeraden Furchen stand das Korn prächtig auf dem Halm.

Erstaunlich und wie am Schnürchen hatte sich alles abgespielt, sinnierte er weiter. Nach der langen Warterei im Winter war der Sturm losgebrochen, um über ganz Europa zu fegen wie eine wunderbare, unwiderstehliche Kraftwelle, die großartig organisiert und bis in die letzte Einzelheit vorbereitet worden war (in Aachen hatten sie jedem Mann drei eiserne Rationen und je ein Röhrchen Abführtabletten und Salvarsan zugeteilt, und Christian hatte sich grinsend gefragt, ob der Stabsarzt die Stärke des französischen Widerstands nicht beträchtlich überschätze). Und wie alles geklappt hatte: Jedes Depot und jede Wasserstelle befanden sich da, wo sie auf den deutschen Karten eingezeichnet waren. Die Stärke und die Widerstandsfähigkeit des Feindes waren genauestens vorausbestimmt, und der Zustand des Straßennetzes stimmte vollkommen mit dem überein, was man ihnen gesagt hatte. Nur die Deutschen konnten so etwas fertigbringen, dachte er, als er sich den Menschen- und Maschinenstrom vergegenwärtigte, der sich jetzt über Frankreich ergoß.

Ein Flieger brummte über den Spähwagen. Christian blickte empor und freute sich. Es war ein Stuka, der in zwanzig Metern Höhe über der Straße trudelte, die sie entlangfuhren. Wie selbstsicher und elegant der Kerl aussah; die Räder unter den Tragflächen glichen den vorgestreckten Krallen eines Habichts. Einen Augenblick, als Christian den schlanken Leib der Maschine im Sonnenlicht blitzen sah, ärgerte er sich, daß er sich nicht zur Luftwaffe gemeldet hatte. Kein Zweifel, sie war die Elite der Wehrmacht und der Liebling des Volkes. Die Burschen lebten wie die Halbgötter, hatten immer tadellose Unterkünfte, und wenn irgendwo ein Luxushotel in einem Seebad aufzutreiben war, konnte man sicher sein, daß die Luftwaffe es beschlagnahmt hatte. Sahen auch gut aus, prächtige Typen, jung, sorglos und voll Zuversicht. Christian hatte sie oft in den Bars gesehen und ihre Gespräche mit angehört. War gar nicht so leicht ranzukommen; die blieben immer unter sich, gaben einen Haufen Geld aus und erzählten sich, wie's in Madrid war, und damals, als es auf Warschau hagelte, und die Mädels in Barcelona, und was die neue Messerschmitt tauge. Von Tod oder Niederlage schienen sie keine Ahnung zu haben. So etwas existierte nicht in ihrer exklusiven, gefährlichen und fidelen Welt.

Jetzt brauste der Stuka ganz niedrig über sie weg. Christian konnte das lachende Gesicht des Piloten im Führersitz erkennen. Christian winkte, und der Pilot drosselte für eine Sekunde das Gas, ehe er weiterbrummte. In jugendlichem Übermut flitzte er über die Baumkronen der Straße hinweg, Paris zu.

Wie er so im Vordersitz seines Spähwagens saß, den rhythmischen Singsang des Motors im Ohr und den nach frischem Gras duftenden Wind im Haar, fiel ihm plötzlich ein Musikthema ein, das er in einem Konzert in Berlin bei seinem letzten Urlaub gehört hatte. Es war aus einem Klarinetten-Quintett von Mozart, traurig und einschmeichelnd zugleich, ein junges Mädchen am leise plätschernden Bach, das um seinen verlorenen Geliebten trauert. Christian horchte in sich hinein und spürte das Thema nach, seine halbgeschlossenen Augen ließen nur manchmal die Goldflecken seiner Pupillen aufblitzen, und jetzt entsann er sich des Klarinettenspielers. Ein kleiner, melancholisch aussehender Mann mit Glatze und herunterhängenden Schnurrbartspitzen. Er ähnelte den Karikaturen von Pantoffelhelden in den Witzblättern.

Eigentlich, dachte Christian scherzhaft, sollte ich ein Wagner-Motiv summen, in Zeiten wie diesen. Man könnte es glatt als eine Art Verrat am Großdeutschen Reich auslegen, heute nicht das Siegfried-Motiv zu singen. An sich mochte er Wagner nicht sehr, aber er nahm sich vor, sich noch einmal mit ihm zu beschäftigen, wenn er erst das Klarinetten-Quintett verdaut hatte. Auf jeden Fall würde es ihn wachhalten. Und genau in derselben Sekunde, wo er dies dachte, sank ihm der Kopf auf die Brust, und er schlief, vor sich hinlächelnd und ruhig atmend, ein. Der Fahrer schielte zu ihm hinüber, grinste und gab dem Bildberichter und dem schlesischen Korporal hinter ihm ein Zeichen, indem er mit dem Daumen in gutmütigem Spott auf Christian deutete. Der Schlesier lachte laut heraus, als ob Christian etwas ganz besonders Schlaues und Komisches angestellt hätte.

Inzwischen fuhren die drei Wagen durch die stille, im Schein der Junisonne liegende Landschaft weiter. Außer einigem Vieh, ein paar Hühnern und Enten ließ sich kein lebendes Wesen blicken. Es sah aus, als ob die Einwohner ihre Häuser abgeschlossen hätten und zu einem Jahrmarkt in die Kreisstadt gefahren wären.

Der Schuß gehörte zur Musik, nicht wahr? Aber das Klarinetten-Quintett klang doch eben noch –. Dann folgten kurz hintereinander fünf weitere Schüsse, und Christian wachte blitzschnell auf. Die Bremsen quietschten, der Wagen schleuderte und rutschte seitwärts in den Straßengraben. Noch benommen, sprang Christian mit einem Satz heraus und warf sich hinter dem Wagen in Deckung. Die anderen lagen keuchend neben ihm. Instinktiv wartete er, was sich weiter ereignen würde oder daß er einen Befehl bekäme, etwas zu unternehmen. Aber dann merkte er, daß die andern ihn erwartungsvoll anschauten. Richtig, er hatte das Kommando! Die Lage feststellen – einfache, präzise Befehle – keine Unsicherheit – Selbstvertrauen und zügiges Vorgehen. So ähnlich hieß es in der HDV.

»Jemand verwundet?« fragte er leise.

»Nein«, antwortete Kraus, der, den Finger am Abzug, aufgeregt über den Reifen des vorderen Rades spähte.

»Himmelherrgottsakrament!« fluchte Brandt und fummelte an der Sicherung seiner 08 herum, als hätte er die Waffe noch nie in der Hand gehabt.

»Lassen Sie das Ding in Ruhe«, sagte Christian scharf. »Wenn Sie es entsichern, werden Sie noch jemand totschießen.«

»Hauen wir lieber ab«, meinte Brandt. Sein Helm war ihm in den Graben gefallen, sein Haar war grau vor Staub. »Die knallen uns alle zusammen.«

»Maul halten!« zischte Christian.

Es folgte eine ganze Salve von Schüssen. Splitter klirrten gegen den Wagen, und ein Reifen platzte.

»O Gott, o Gott!« murmelte Brandt.

Christian schob sich über den Fahrer hinweg und kroch zum hinteren Ende des Wagens. Dieser Kerl, dachte er, hat seit dem Polenfeldzug nicht mehr gebadet.

»Verdammt noch mal!« sagte er wütend zu ihm, »weshalb nehmen Sie nicht mal ein Bad?«

»Verzeihung, Herr Feldwebel«, antwortete der Fahrer beschämt.

Durch das Hinterrad des Wagens gedeckt, hob Christian den Kopf. Unmittelbar vor seinem Gesicht wuchsen ein paar Margeriten. Sie wiegten sich sanft im Wind und sahen aus der Froschperspektive wie ein prähistorischer Dschungel aus. Über dem Straßendamm flimmerte die Hitze. Auf der anderen Seite der Straße ließ sich ein kleiner Vogel nieder, plusterte die Federn und piepste wie ein ungeduldiger Kunde vor einem leeren Ladentisch.

Aber hundert Meter weiter war die Straße blockiert.

Christian beobachtete die Sperre sorgfältig. Sie war gut angelegt, an einer Stelle, wo die Böschung an beiden Seiten steil anstieg. Sah aus wie ein Damm. Nichts bewegte sich, und es war nichts zu hören. Zudem lag das Ganze im tiefen Schatten der Bäume, die sich von den Böschungen her wie ein grünes Dach über die Straße wölbten. Christian blickte zurück. Die Straße machte eine Biegung, und da von den beiden anderen Wagen nichts zu sehen war, nahm er an, daß sie sofort gehalten hatten, als sie die Schüsse hörten. Was machen die eigentlich jetzt, dachte er und verfluchte sich, daß er eingedöst war und sich in diese Falle hatte locken lassen.

Offensichtlich war die Sperre in aller Eile angelegt worden. Man sah es an den beiden Bäumen, die sie an den Böschungen gefällt hatten und deren Laub noch grün war. Die Zwischenräume hatten sie mit alten Matratzen, einem umgestürzten Bauernwagen und einem Haufen Steine aufgefüllt. Trotz der Improvisation war das Hindernis sehr wirkungsvoll. Es war durch die Bäume gegen Fliegersicht geschützt und konnte eigentlich nur entdeckt werden, nun – so, wie Christian und seine Leute es entdeckt hatten, nachdem es schon beinahe zu spät war.

Ein Glück, daß die Franzosen zu früh geschossen hatten. Christian spürte einen staubigen Geschmack im Mund, seine Kehle war wie ausgedörrt. Er hatte zuviel Kirschen gegessen. Sein Mund brannte an den Stellen, die durch das viele Zigarettenrauchen wund waren. Wenn sie schlau sind, fassen sie uns in der Flanke und legen uns um. Hol's der Teufel, wie konnte ich bloß einschlafen! Er starrte wütend zu den beiden gefällten Bäumen in hundert Metern Entfernung hinüber. Daß mir das passieren mußte! Die brauchten nur einen Minenwerfer oder ein MG irgendwo im Wald eingebuddelt zu haben, und seine famose Vorausabteilung wäre in fünf Sekunden erledigt! Aber komisch, es rührte sich nichts vor ihnen. Bloß der kleine freche Vogel hüpfte vor den Margeriten auf dem Asphalt der Straße herum und piepste.

Er vernahm ein Geräusch hinter sich und fuhr herum. Es war Mäschen, einer der Leute in den beiden anderen Wagen. Er kroch vorsichtig im Unterholz heran. Er robbte, das Gewehr in der Armbeuge, wie er's in der Ausbildung gelernt hatte.

»Wie sieht's da hinten aus? Jemand verwundet?« fragte Christian.

»Nein«, keuchte Mäschen. »Die Wagen stehen auf einem Feldweg. Alles in Ordnung. Feldwebel Himmler schickt mich. Ich soll nachsehen, ob Sie noch leben.«

»Klar leben wir noch«, sagte Christian grimmig.

»Feldwebel Himmler läßt Ihnen sagen, daß er zum Bataillonsstab zurückfahren und melden will, daß Sie Feindfühlung haben. Er will zwei Panzer anfordern«, sagte Mäschen korrekt. Die langen Instruktionsstunden in der Kaserne waren nicht umsonst gewesen.

Christian schielte zu der Sperre hinüber, die flach und geheimnisvoll im grünen Schatten der Bäume lag. Ausgerechnet mir muß das passieren, dachte er wieder. Wenn es herauskommt, daß ich geschlafen habe, kann ich vors Kriegsgericht kommen. Er sah sich schon vor einem Tisch stehen, hinter dem Offiziere mit strengen Mienen in Papieren blätterten, während er in strammer Haltung das Urteil erwartete.

Sehr hilfsbereit, der Himmler, dachte er sarkastisch; geht nach hinten und holt Verstärkung. Inzwischen haben sie mich hier am Arsch. Himmler – ein dicker, lauter, freundlicher Kerl, der über jeden Dreck lachte und der geheimnisvoll schwieg, wenn man ihn fragte, ob er mit Heinrich Himmler verwandt sei. Irgendwie stand es in der Kompanie unausgesprochen fest, daß tatsächlich eine Verwandtschaft bestand, so etwas wie Onkel und Neffe. Die Folge war, daß er von den Vorgesetzten wie ein rohes Ei behandelt wurde. Und die Folge wird sein, daß er es bis zum Schluß des Krieges zum Oberst gebracht haben wird, nicht, weil er ein guter Soldat war, denn das war er nicht, sondern weil man nie wissen konnte! Und schließlich und endlich wird sich bei Kriegsende herausstellen, daß nie etwas an der Sache war, daß Himmler eben

Himmler hieß und von Verwandtschaft mit dem Reichsheini keine Rede war.

Christian schüttelte den Kopf. Er mußte sich auf seine Aufgabe konzentrieren. Verdammt schwer war das. Da hängt das Leben von der kleinsten Bewegung ab, und dein dämliches Hirn denkt an alles mögliche, bloß nicht an das, was es soll: an Himmler, den Gestank des ungewaschenen Fahrers, wie schmutzige alte Wäsche, den kleinen, frechen Pieps auf der Straße, Brandts komische Art, sich in den Sand zu drükken, als ob er sich ein Schützenloch mit den Zähnen ausgraben wollte.

Hinter der Sperre rührte sich nichts. Wie ein niedriger Maulwurfshügel lag sie immer noch da, und die Blätter an den Ästen der gefällten Bäume bewegten sich sanft im Wind.

»Bleibt in Deckung«, flüsterte er seinen Leuten zu.

»Soll ich hierbleiben?« fragte Mäschen.

»Wenn Sie so freundlich sein wollen. Um vier gibt's Kaffee und Kuchen«, sagte Christian.

Mäschen wußte nicht recht, was er mit dieser Antwort anfangen sollte, und blies den Staub vom Verschluß seines Gewehres.

Christian schob den Lauf seiner MP durch den Margeritenbusch und zielte auf die Sperre. Er holte tief Atem. Mein erster Schuß in diesem Krieg, dachte er. Dann gab er zwei kurze Feuerstöße ab. Ein lautes Krachen, wild flogen die Margeriten vor seinem Gesicht durcheinander. Irgendwo in seinem Rücken hörte er unterdrücktes Wimmern. Natürlich Brandt, dachte er, der Herr Bildberichter.

Zunächst geschah nichts. Der Vogel war verschwunden, die Margeriten hatten sich beruhigt, und das Echo der Schüsse verhallte im Wald. Natürlich sind die nicht blöd, sagte sich Christian. Die werden nicht hinter der Sperre liegen. So einfach ist das nicht.

Dann sah er plötzlich, wie sich Gewehrläufe zwischen die Äste am oberen Rand der Sperre schoben, und es knallten Schüsse, und er hörte das scheußliche, pfeifende Geräusch der Kugeln um seinen Kopf.

»O Gott, o Gott«, jammerte Brandt wieder. Was konnte man schon von einem alten Landschaftsmaler erwarten?

Während der Schießerei von drüben zwang Christian sich, die Augen aufzuhalten und die Gewehrläufe zu zählen. Sechs, höchstens sieben, mehr nicht. Und so plötzlich wie sie angefangen hatten, hörten sie auf.

Sieht zu gut aus, um wahr zu sein, dachte Christian. Wahrscheinlich ist kein Offizier dabei. Mehr als ein halbes Dutzend junger Burschen kann es nicht sein. Ihr Leutnant wird sich längst abgesetzt haben. Tun zwar ihre Pflicht, haben aber Schiß und werden sich leicht ergeben.

»Mäschen!«

»Herr Feldwebel?«

»Sie gehen zu Feldwebel Himmler zurück und melden ihm, daß ich jetzt rechts in den Wald gehe, einen Bogen schlage und versuche, von hinten an die Sperre heranzukommen. Er hat mit seinen fünf Mann dasselbe auf der anderen Seite der Straße zu tun. Hinter der Sperre können nicht mehr als sechs, sieben Mann liegen, die nur mit Gewehren bewaffnet sind. Offizier ist wahrscheinlich keiner dabei. Können Sie das behalten?«

»Jawohl, Herr Feldwebel.«

»Ich eröffne das Feuer in fünfzehn Minuten, einen Feuerstoß, und fordere sie dann zur Übergabe auf«, fuhr Christian fort. »Wenn sie merken, daß sie im Rücken beschossen werden, werden sie sich rasch ergeben. Sollten sie trotzdem weiterkämpfen, so seid ihr mit Himmler in der richtigen Position, ihnen eins auf den Pelz zu brennen. Ich lasse zur Sicherheit einen Mann hinterm Wagen, falls sie frontal angreifen. Ist das klar?«

»Jawohl, Herr Feldwebel.«

»Also los, abhauen!«

»Diestl«, meldete sich Brandt.

»Ja?« sagte Christian kühl, ohne sich umzublicken. »Wenn Sie wollen, können Sie mit Mäschen zurückgehen. Sie unterstehen nicht meinem Befehl.«

»Ich möchte mit Ihnen gehen«, sagte Brandt ruhig. »Bin wieder in Ordnung. Mußte mich erst an die Schießerei gewöhnen.« Er lachte verlegen. »Wenn Sie die da drüben zur Übergabe auffordern wollen, nehmen Sie mich lieber mit. Ihr Französisch versteht kein Schwein.«

Christian blickte auf, und beide grinsten sich an. Na, endlich hat er sich gefangen, dachte Christian. Ist in Ordnung.

»Gut«, sagte er. »Kommen Sie mit.«

Dann schlugen sie sich in das Unterholz des Waldes. Hinter Christian ging Brandt, die gesicherte Pistole in der einen Hand und die Leica in der anderen. Den Schluß machte Unteroffizier Kraus. Zuerst krochen sie durch ein Gebüsch von hohen Farnkräutern, das zu ihrer Rechten lag. Der Farn war feucht und roch muffig. Der Boden war ein bißchen morastig, so daß ihre Uniformen bald grün gefleckt waren. Dreißig Meter vor ihnen war eine kleine Anhöhe. Nachdem sie diese hinter sich hatten, konnten sie aufrecht gehen.

Im Gehölz raschelte es aus allen Richtungen. Zwei Eichhörnchen schwangen sich von einem Baum zum anderen und machten einen Heidenlärm. Wo man hintrat, verfingen sich Hosen und Stiefel im Unterholz. Vorsichtig versuchten sie, parallel zur Straße vorzugehen.

Es wird nicht klappen, dachte Christian. Wird schiefgehen. So dämlich können die nicht sein. Ist 'ne glatte Falle, und ich bin natürlich darauf reingefallen. Morgen marschiert das Bataillon in Paris ein, aber ohne mich. In diesem Dreckswald kann man zehn Jahre liegen, und kein Mensch findet einen. Die Eulen vielleicht, ja, und das Tierzeug, das hier herumkriecht. Er war vom Kriechen und der Schießerei auf der Straße in Schweiß geraten. Aber jetzt fror er, der Schweiß fühlte sich kalt auf der Haut an. Er biß die Zähne zusammen, damit sie nicht klapperten. Wahrscheinlich stak der Wald voll Franzosen, die verzweifelt und haßerfüllt hinter den Bäumen lauerten, begierig, noch vor dem Ende rasch einen Deutschen umzulegen. Dazu kannten sie sich in diesem Dickicht aus wie im eigenen Schlafzimmer. Brandt, der Großstädter, machte einen Krach wie eine Büffelherde in der Savanne.

Wieder fragte er sich, warum ihm das gerade passieren mußte. Sein erster Einsatz und die ganze Verantwortung auf seinen Schultern. Ausgerechnet heute mußte der Leutnant getrennt fahren. Bei jedem Scheißdreck war er sonst dabei, beguckte sich seine Stiefelspitzen und mekkerte höhnisch: »So gibt man keine Befehle.« Oder: »Feldwebel Diestl, ist das Ihrer Meinung nach die richtige Art, einen Requisitionsschein auszufüllen?« Oder: »Feldwebel Diestl, wenn ich befehle, daß hier zehn Mann um vier Uhr anzutreten haben, so meine ich vier Uhr, nicht vier Uhr zwei oder vier zehn oder vier fünfzehn. VIER UHR, FELDWEBEL DIESTL! Ist das klar?« Jetzt aber fuhr der Leutnant vergnügt im Panzerwagen auf einer vollkommen sicheren Straße dahin, vollgestopft mit Taktiken und Theorien und Clausewitz und Kenntnissen über Truppenverschiebungen und Ballistik und Nachtmärsche nach dem Kompaß über unbekanntes Terrain, während er doch nichts anderes brauchte als eine anständige Michelin-Karte und ein paar Liter Reservebenzin. Und hier stolperte Christian, nicht viel mehr als ein Zivilist in Uniform, in diesem gefährlichen Wald herum, in einem wahnsinnigen, völlig unvorbereiteten Einsatz gegen eine starke Feindstellung, von zwei Mann begleitet, die noch nie in ihrem Leben auf einen Menschen geschossen hatten... Verrückt. Es würde nie klappen. Woher er bloß vorhin im Straßengraben seine Zuversicht genommen hatte? »Selbstmord«, murmelte er, »glatter Selbstmord.«

»Was ist?« flüsterte Brandt, oder was Brandt so flüstern nannte. In Wirklichkeit schallte seine Stimme durch den Wald wie ein Dinnergong im Speisewagen. »Sagten Sie was?«

»Nichts. Ruhe!« befahl Christian.

Seine Augen schmerzten von der Anstrengung, jeden Grashalm und jedes Blatt beim Vorwärtsschleichen zu mustern.

»Achtung, Achtung!« brüllte Kraus plötzlich.

Christian duckte sich hinter einen Baum, Brandt prallte gegen ihn an, und das Geschoß pfiff an ihren Köpfen vorbei. Christian schaute sich nach Brandt um. Der blinzelte durch seine Brille und fingerte an seiner 08. Kraus sprang wild zur Seite und versuchte krampfhaft, seinen Gewehrriemen von den Zweigen eines Busches loszuangeln. Wieder fiel ein Schuß, und Christian fühlte einen scharfen Stich an der Schläfe. Er fiel hin, stand sofort wieder auf und schoß auf eine kniende Gestalt, die er undeutlich im wippenden Blättermeer hinter einem großen Stein ausmachen konnte. Er sah, wie seine Kugeln gegen den Stein spritzten. Dann mußte er den Ladestreifen wechseln. Er hockte sich nieder und riß an dem Verschluß, der sich festgeklemmt hatte. Links von ihm knallte ein Schuß, und er hörte Kraus wie wahnsinnig schreien: »Ich hab' ihn, ich hab' ihn!« Dabei führte er einen wahren Indianertanz auf. Den Franzosen sah Christian mit dem Gesicht nach unten ins Gras sinken. Kraus rannte hin, als ob er fürchtete, ein anderer könnte ihm den Abschuß streitig machen. Auf halbem Weg zu dem toten Franzosen krachten zwei weitere Schüsse, und Kraus stürzte in dichtes Buschwerk, in dem er fast aufrecht hängenblieb. Er schlug mit den Händen und Füßen um sich, so daß die Zweige des Busches wild durcheinanderwirbelten. Brandt hatte es endlich fertiggebracht, seine Pistole zu entsichern und schoß wie ein Verrückter in die Büsche vor ihm. Er hockte auf der Erde, die Brille schief auf der Nase und die Lippen fest zusammengepreßt, und stützte seinen rechten Arm am Ellbogen mit der linken Hand, um besser zielen zu können. Jetzt hatte Christian seinen Ladestreifen eingeschoben und schoß auch auf die Gebüschgruppe. Aber auf einmal flog ein Gewehr in hohem Bogen aus dem Gebüsch, und ein Mann kam nachgesprungen, die Hände hoch über den Kopf haltend. Sofort hörte Christian auf zu schießen. Es wurde still im Wald, und man roch den scharfen, trockenen Pulverdampf, der sich langsam zwischen den Bäumen verzog. »Venez!« rief Christian. »Venez ici!« Obgleich ihm der Kopf schwirrte und er immer noch den scharfen Knall der Schüsse im Ohr hatte, empfand Christian so etwas wie Stolz darüber, daß er soeben französisch gesprochen hatte.

Mit erhobenen Händen kam der Mann auf sie zugelaufen. Seine Uniform war schmutzig, und der Kragen stand offen. Sein Gesicht unter dem struppigen Bart war verschmiert und grün vor Furcht. Sein Mund war aufgerissen, und die Zunge leckte nervös über die trockenen Lippen.

»Legen Sie auf ihn an!« sagte Christian zu Brandt, der den herankommenden Franzosen knipste. Brandt stand auf und hielt den Lauf der 08 drohend auf den Mann. Der Mann blieb stehen. Er sah sehr erschöpft aus, als ob er jeden Augenblick hinfallen wollte. Seine Augen folgten Christian bittend und angstvoll, als dieser an ihm vorbei zu dem Busch rannte, in dem Kraus hing. Der Busch bewegte sich nicht mehr. Kraus war tot. Sein Gesicht hatte einen ungläubigen, fragenden Ausdruck. Christian legte ihn behutsam auf den Boden. Dann lief er aufgeregt zu dem von Kraus erschossenen Franzosen hinüber. Sein Kopf schmerzte von dem Streifschuß, und Blut lief ihm am Ohr herunter. Der Franzose lag auf dem Gesicht. Die Kugel saß ihm zwischen den Augen. Er war ein junger Kerl, ungefähr in Krausens Alter; das Geschoß hatte ihm das Gesicht zerfetzt. Christian hob den Leichnam ein wenig in die Höhe, ließ ihn aber schnell wieder fallen. Was diese Pfuscher anrichten konnten, dachte er. Höchstens vier Kugeln hatten sie zwischen sich gewechselt, und schon zwei Tote.

Christian griff nach der Wunde an seiner Schläfe. Sie blutete nicht mehr. Er ging zu Brandt hinüber und befahl ihm, dem Gefangenen zu sagen, er solle zur Sperre hinüberlaufen und seinen Kameraden eröffnen, sie seien umzingelt und sie sollten sich ergeben. Sonst würden sie alle ausgelöscht. Während Brandt dem Gefangenen den Befehl übersetzte, dachte Christian: Meine erste richtige Kriegshandlung, und ich stelle ein Ultimatum wie ein General. Er grinste und fühlte sich irgendwie leicht im Kopf und wie betrunken. Er war sich auch gar nicht sicher, ob er lachen oder weinen sollte. Der Franzose nickte eifrig zu allem, was Brandt ihm sagte. Er sprudelte seine Antworten so rasch heraus, daß Christians dürftige Sprachkenntnisse bei weitem nicht ausreichten, ihn zu verstehen.

»Er will es tun«, sagte Brandt.

»Schärfen Sie ihm ein, daß wir hinter ihm hergehen und ihn niederknallen, sobald er irgendwelchen Unfug macht«, sagte Christian zu ihm.

Der Franzose nickte lebhaft zu Brandts Übersetzung, als ob seine Worte die wichtigste Erklärung der Welt bedeuteten. Sie gingen los, das abschüssige Gehölz hinunter auf die Sperre zu, an dem toten Kraus vorbei. Vereinzelte Sonnenstrahlen brachen durch die Baumkronen und ließen den Stahlhelm des Gefallenen wie Gold schimmern.

Der Franzose ging zehn Schritte vor ihnen. Am Waldrand, der ungefähr drei Meter über der Straße lag und von einer niederen Steinmauer eingesäumt war, machte er halt.

»Emile«, rief er. »Emile... ich bin's, Morel.« Dann schwang er sich über die Mauer und verschwand. Christian und Brandt näherten sich vorsichtig dem Mäuerchen und knieten hinter ihm nieder. Auf der

Straße unten sahen sie ihren Gefangenen, wie er heftig gestikulierend mit seinen Kameraden sprach. Es waren sieben Soldaten, die hinter der Sperre auf der Straße kauerten und lagen. Gelegentlich schaute einer von ihnen unruhig zum Waldrand herüber, und die anderen dämpften ihre Stimmen zu einem hastigen, unhörbaren Flüstern. Trotz ihrer Uniformen und der Gewehre machten sie den Eindruck einer Bauernversammlung bei der Erörterung wichtiger Gemeindefragen. Christian fragte sich, welches letzte Aufflackern von Patriotismus oder individueller Entschlußkraft diesen Haufen verlorener, nutzloser und ungeschickter Männer ohne Offizier dazu gebracht hatte, Widerstand zu leisten. Hoffentlich würden sie sich ergeben. Er jedenfalls hatte keine Lust, die flüsternden müden Kerle in ihren schäbigen Uniformen abzuschießen.

Der Gefangene drehte sich um und winkte.

»C'est fait!« rief er. »Nous sommes finis.«

»Er sagt, es gehe in Ordnung. Sie seien erledigt«, übersetzte Brandt. Christian stand auf und gab ihnen ein Zeichen, daß sie die Waffen niederlegen sollten. In diesem Augenblick aber krachten kurz hintereinander drei Salven von der anderen Straßenseite her. Der Franzose, der als Parlamentär fungiert hatte, stürzte zu Boden, und die anderen rannten auf der Straße zurück, feuerten und verschwanden im Wald.

Das sieht Himmler ähnlich, dachte Christian bitter. Genau im falschen Augenblick. Braucht man ihn aber mal, ist er nie...

Er setzte über das Mäuerchen und rutschte die Böschung zur Sperre hinunter. Die Idioten feuerten immer noch von der anderen Seite, natürlich ohne zu treffen. Von den Franzosen war nichts mehr zu sehen, und Feldwebel Himmler mit seinen Leuten schien wenig Lust zu einer Verfolgung zu verspüren.

Als Christian auf die Straße trat, rührte sich der angeschossene Franzose und starrte ihn an. Dann streckte er sich schwerfällig zur Sperre hinüber, wo eine Kiste mit Handgranaten stand. Durch seine schwere Verwundung geschwächt, griff er ungeschickt nach einer Granate und machte sich am Abzug zu schaffen. Christian drehte sich um und sah zu, wie der Mann zu ihm aufblickte und den Abzug zu betätigen versuchte. Darauf erschoß Christian ihn. Der Mann sank in sich zusammen, und die Granate rollte auf die Straße. Christian griff blitzschnell nach ihr und schleuderte sie die Böschung hinauf in den Wald. Hinter die Sperre geduckt, neben dem toten Franzosen, wartete er auf die Explosion. Aber es erfolgte nichts. Die Granate war doch nicht scharf gewesen.

Christian richtete sich auf. »Gut«, sagte er. »Himmler, kommen Sie raus.« Während er nachdenklich auf den eben erschossenen Mann hinuntersah, kamen Himmler und seine Leute aus dem Gehölz von jenseits der Straße herangesprungen. Brandt machte Aufnahmen von dem Toten, denn Bilder gefallener Franzosen waren in Berlin damals noch eine Seltenheit.

Nun habe ich also einen Menschen getötet, dachte Christian. Merkwürdigerweise empfand er nichts Besonderes dabei.

»Na, was sagen Sie nun?« kam Himmler frohlockend heran. »So muß man's machen. Dafür gibt's das Eiserne Kreuz, worauf Sie sich verlassen können.«

»O Gott«, sagte Christian resigniert, »halten Sie's Maul.«

Er hob den Toten auf und schleppte ihn auf die Seite der Straße. Dann befahl er seinen Leuten, die Sperre niederzureißen, während er mit Brandt zu der Stelle im Wald ging, wo der tote Unteroffizier Kraus lag.

Als sie mit der Leiche zurückkehrten, war der größte Teil der Sperre bereits von der Straße entfernt. Den Franzosen, den Kraus mit so viel Hallo erschossen hatte, hatten sie im Wald liegen lassen.

Christian war jetzt voll Ungeduld, er wollte weiter. Sollte ein anderer ihm die letzte Ehre erweisen.

Kraus legten sie vorsichtig an den Straßenrand. Er sah sehr jung und wohl aus. Seine Lippen waren vom Essen der vielen Kirschen rot wie die eines Lausejungen, der sich in die Speisekammer geschlichen und von der Marmelade genascht hatte. Na ja, dachte Christian, als er den großen, einfältigen Burschen, der so dröhnend hatte lachen können, betrachtete, wenigstens ist dein sehnlichster Wunsch erfüllt worden. Deinen Franzosen hast du umgelegt. In Paris würde er an Krausens Vater schreiben und ihm mitteilen, wie sein Sohn gefallen war. Tapfer, würde er schreiben, und voll jugendlicher Begeisterung für Führer und Reich, wie der beste deutsche Soldat. In stolzer Trauer und so weiter. Nein, sagte sich Christian kopfschüttelnd. So geht das nicht. Das war genau der Tenor der blödsinnigen Briefe im letzten Weltkrieg, mit denen der Kompaniechef die Angehörigen vom Heldentod ihres Einzigen benachrichtigte. Zum Lachen, weiter nichts. Er würde sich etwas anderes ausdenken müssen, etwas Persönliches. Wir haben ihn mit Kirschflecken auf den Lippen begraben, und er war immer guter Laune, und er lachte über jeden Witz, den man machte, und wenn er nicht so ein Draufgänger gewesen wäre, lebte er womöglich heute noch. Nein, das konnte man auch nicht sagen. Na, es würde ihm schon etwas Passendes einfallen.

Inzwischen kamen die beiden anderen Wagen langsam die Straße heraufgefahren. Christian wandte sich von dem toten Kraus ab und betrachtete mit spöttischer Ungeduld die sich vorsichtig nähernden Spähwagen.

»Los, los, meine Damen«, rief er, »nur keine Angst, die Maus ist fort.«

Die Fahrer gaben Gas und fuhren die Wagen an die Sperre heran, wo sie sie mit laufendem Motor stehen ließen. Christians Fahrer war auch darunter. Sein eigener Wagen war schwer angeschlagen, der Motor wie ein Sieb durchlöchert, die Reifen geplatzt. Er war unbrauchbar geworden. Das Gesicht des Fahrers glühte, obgleich er die ganze Zeit befehlsgemäß im Straßengraben gelegen hatte. Er sprudelte seine Meldung erregt heraus, zwei, drei Worte auf einmal, dann holte er Luft und stotterte. Christian stellte erstaunt fest, daß der Mann, der während des Gefechts absolut ruhig gewesen war, erst jetzt, nachdem alles vorüber war, eine Art Nervenschock erlitt.

Christian kontrollierte bewußt seine eigene Stimme, als er neue Befehle gab: »Mäschen, Sie und Taub bleiben hier und warten auf den nachfolgenden deutschen Spähtrupp.« Klang kurz und sachlich, kein Zittern in der Stimme, stellte Christian befriedigt fest. »Und dann, Mäschen, gehen Sie in den Wald hinauf, ungefähr sechzig Meter von hier liegt ein toter Franzose. Den bringen Sie her und legen ihn zu den zwei anderen« – er deutete auf Kraus und den kleinen Mann, den er selbst erschossen hatte –, »damit man sie zusammen begraben kann. Schön. Und nun weiter, auf geht's!«

Sie stiegen in die beiden Wagen, die Fahrer schalteten den ersten Gang ein, und dann fuhren sie langsam durch die Öffnung der Sperre. Auf der Straße sah man ein paar Blutflecke und zerfetzte Matratzenteile, und zertrampelte Äste lagen herum. Sonst machte alles einen sommerlichen und friedlichen Eindruck. Sogar die beiden Toten im hohen Gras am Straßenrand sahen wie zwei Landarbeiter aus, die nach der Frühstückspause ein bißchen eingenickt waren.

Die Wagen fuhren schneller und ließen den Wald links und rechts der Straße rasch hinter sich. Von den weiten grünen Wiesen, durch die sie jetzt fuhren, drohte keine Gefahr eines Hinterhalts mehr. Die Sonne schien warm auf sie herunter, und sie schwitzten ein bißchen, was sie nach der feuchten Kühle des Waldes gar nicht unangenehm empfanden. Ich hab's geschafft, sagte sich Christian immer wieder. Zwar schämte er sich im geheimen seiner Selbstgefälligkeit, aber trotzdem dachte er mit Stolz daran, daß er eine Kampfhandlung geleitet und mit Erfolg zu Ende geführt hatte.

Vor ihnen in einer Senkung, etwa drei Kilometer entfernt, tauchte ein Städtchen auf. Sie sahen von weitem eine Anzahl Häuser, deren verwitterte Dächer von zwei schönen mittelalterlichen Kirchtürmen überragt wurden. Die Stadt machte einen wohlhabenden, gemütlichen Eindruck, als ob ganze Generationen ihrer Bürger schon immer beschaulich dort gelebt hätten. Christians Fahrer verlangsamte das Tempo, als sie sich den ersten Häusern näherten. Immer wieder schaute er Christian unruhig von der Seite an.

»Los, los, weiter«, sagte Christian ungeduldig, »kein Grund zum Stoppen.« Und gehorsam gab der Fahrer wieder Gas.

Von der Nähe sahen die Häuser nicht so sauber und gut erhalten aus wie von der Landstraße. Hier und da blätterte der Verputz von den Wänden, die Straßen waren schmutzig, und es stank. Diese Franzosen! dachte Christian. Sie sind alle dreckig.

Die Straße machte eine Biegung, und sie kamen auf den Marktplatz. Dort standen ein paar Leute auf der Kirchentreppe und vor einem Café, das erstaunlicherweise geöffnet war. »Chasseur et Pêcheur«, las Christian auf dem Schild über dem Eingang, Jäger und Fischer. Fünf, sechs Gäste saßen an den Tischen draußen, und ein Kellner brachte zweien von ihnen Getränke auf kleinen Untertassen mit den Preisen darauf. Christian lächelte: »Ich denke, es ist Krieg.«

Drei junge Mädchen in hellen Röcken und tief ausgeschnittenen Blusen standen auf den Stufen zur Kirchentür.

»Oho«, entfuhr es dem Fahrer, »olala.«

»Stopp!« befahl Christian.

»Avec plaisir, mon colonel«, antwortete der Fahrer, und Christian amüsierte sich über diese unerwartete Bildung.

Der Fahrer hielt dicht vor der Kirche und starrte die drei Mädchen unverschämt an. Eines von ihnen, ein dunkelhaariges, üppiges Geschöpf, mit einem Strauß Feldblumen in der Hand, kicherte. Die anderen beiden kicherten natürlich mit, und alle drei blickten interessiert auf die mit Soldaten beladenen Wagen.

Christian stieg aus und winkte Brandt: »Dolmetscher, kommen Sie mit.«

Brandt nahm seine Leica und folgte ihm.

Christian schritt auf die Mädchen zu und grüßte, indem er höflich die Hand an den Helm legte: *»Bonjour, Mesdemoiselles.«*

Die Mädchen kicherten wieder, und die Üppige sagte in langsamem Französisch, so daß Christian sie verstehen konnte: »Wie gut er spricht!« Christian fühlte sich geschmeichelt und fragte, Brandts Dolmetscherdienste ignorierend:

»Sagen Sie, meine Damen«, er suchte nach Worten, »sind hier vor kurzem französische Soldaten durchgekommen?«

»Nein, mein Herr«, erwiderte lächelnd die Üppige in einem Ton, der wie eine kokette Einladung klang. »Wir sind ganz schutzlos. Sie werden uns hoffentlich nichts antun?«

»Wir denken nicht daran, jemandem etwas anzutun«, versicherte Christian, »am allerwenigsten drei so hübschen jungen Damen.«

»Hat man so was schon gehört?« sagte Brandt leise auf deutsch.

»Hör sich einer das an!« Christian grinste verstohlen. Es war gar nicht so übel, hier in dieser kleinen Stadt im Morgensonnenschein vor der Kirche zu stehen, seine Augen über die vollen, von der Bluse kaum verhüllten Brüste der Dunkelhaarigen wandern zu lassen und in einer fremden Sprache zu flirten. Gar nicht so übel. An so was hatte man gar nicht gedacht, als man einrücken mußte.

»Mais c'est merveilleux«, sagte die Vollbusige und lachte ihn an. »Was man Ihnen in der Kaserne für gute Manieren beigebracht hat!«

»Der Krieg ist aus«, sagte Christian mit hölzernem Ernst. »Und bald werden Sie merken, daß wir Frankreichs beste Freunde sind.«

»Sie sind ein ausgezeichneter Propagandist«, sagte das dunkle Mädchen und sah ihn verheißungsvoll an. Christian spürte einen Augenblick ein wildes Verlangen, eine Stunde in diesem Städtchen zu bleiben.

Die Dunkle fragte: »Werden noch viele wie Sie hier durchkommen?«

»Zehn Millionen«, sagte Christian trocken.

Erschrocken warf das Mädchen die Hände in die Höhe. »O mon Dieu! Was sollen wir mit so vielen Soldaten anfangen? Da, nehmen Sie, weil Sie der erste sind.« Und sie reichte ihm die Blumen.

Überrascht schaute er auf den Strauß und nahm ihn entgegen. Was für eine reizende menschliche Geste! Und wie hoffnungsvoll...

»Mademoiselle...«, sein Französisch ließ ihn im Stich. »Ich weiß nicht, wie ich es sagen soll... aber... Brandt!«

»Der Feldwebel dankt Ihnen herzlich für die Blumen«, sprang Brandt in fließendem Französisch ein. »Er sieht diese Gabe als ein Zeichen der Verbundenheit unserer beiden Völker an.«

»Ja«, sagte Christian erleichtert und ein wenig eifersüchtig auf Brandts gutes Französisch, »genau das wollte ich sagen.«

»Ah«, sagte das Mädchen, »er ist ein Sergeant. Offizier also.« Sie lächelte Christian noch offener an, und er dachte bei sich, daß die französischen Mädchen auch nicht viel anders als die eigenen zu Hause sind.

In diesem Augenblick vernahm er hinter sich Schritte, die knapp und energisch auf dem Kopfsteinpflaster widerhallten. Als Christian, den Blumenstrauß in der Hand, sich umwandte, erhielt er einen leichten, doch scharfen Schlag auf die Hand, und die Blumen flogen im Bogen auf das schmutzige Pflaster.

Vor ihm stand ein alter Franzose in schwarzem Anzug, mit einem verbeulten grünlichen Hut auf dem Kopf und einem Spazierstock in der Hand. Er trug ein Ordensbändchen im Knopfloch und hatte ein scharfgeschnittenes, hartes Gesicht. Wütend blitzte er Christian an.

»Waren Sie das?« fragte Christian den alten Herrn.

»Ich spreche nicht mit Deutschen«, sagte der Franzose abweisend. Christian hatte das sichere Gefühl, einen alten Veteranen vor sich zu haben, der an militärische Knappheit gewöhnt war. Sein ledernes, verwittertes Gesicht verstärkte diesen Eindruck. Zu den Mädchen gewandt, rief der Alte:

»Schamloses Pack! Warum legt ihr euch nicht gleich hin? Hebt die Röcke hoch und damit basta!«

»Ach«, rief die Dunkle böse, »seien Sie doch still, Kapitän. Das ist nicht Ihr Krieg.«

Christian war das peinlich. Aber er wußte nicht, was er tun oder sagen sollte. Schließlich war das keine militärische Angelegenheit, und unmöglich konnte er gegen den alten Herrn Gewalt anwenden.

»Französische Frauen!« Der Alte spuckte aus. »Schenken Deutschen Blumen! Den Mördern eurer Brüder schenkt ihr Blumen!«

»Sind doch nur Soldaten«, antwortete das Mädchen, »fern von ihrer Heimat, und so jung und hübsch in ihren Uniformen.« Dabei lachte sie Christian und Brandt ohne Scheu an, und Christian mußte über ihre weibliche Logik lachen.

»Na ja, alter Herr«, sagte Christian begütigend, »nun sind die Blumen eben hin. Jetzt gehen Sie einen trinken, und beruhigen Sie sich.« Dabei klopfte er dem Alten freundschaftlich auf die Schulter. Der stieß Christians Hand heftig zurück.

»Rühren Sie mich nicht an! *Boche!*« schrie er.

Dann lief er steif und stolz über den Marktplatz. Seine Absätze klapperten wütend auf den Pflastersteinen. »Olala«, sagte Christians Fahrer und schüttelte tadelnd den Kopf, als der Alte an seinem Wagen vorbeikam.

Aber der Alte nahm keine Notiz von ihm. »Franzosen! Franzosen!« schrie er in die Runde, während er auf das Café zuging. »Kein Wunder, daß die *Boches* diesmal durchgestoßen sind! Kein Herz, kein Mut. Ein Schuß, und schon rennen sie wie die Hasen. Ein nettes Wort, und schon liegen sie mit der ganzen deutschen Armee im Bett. Arbeiten wollen sie nicht, beten wollen sie nicht, kämpfen wollen sie nicht! Alles, was sie können, ist – kapitulieren. Kapitulieren an der Front und kapitulieren im Schlafzimmer. Zwanzig Jahre lang hat man das bei uns praktiziert. Jetzt sind sie Meister drin.«

»Olala«, sagte Christians Fahrer wieder. Er verstand Französisch. Halb im Ernst, halb spielerisch bückte er sich, hob einen Stein auf und warf ihn über den Platz nach dem Franzosen. Statt ihn zu treffen, landete der Stein in einem der Café-Fenster hinter ihm. Man hörte das Splittern des Glases über den ganzen Platz. Dann herrschte beklemmendes Schweigen. Der alte Franzose schaute sich nicht einmal um. Er saß stumm auf seinem Stuhl, auf den Griff seines Stockes gestützt, und stierte grimmig und unglücklich zu den Deutschen hinüber.

Christian trat zu dem Fahrer. »Warum haben Sie das getan?« fragte er ruhig.

»Ach was! Der Alte soll nicht so angeben! Dem muß man Respekt vor der deutschen Wehrmacht beibringen!« sagte er. Er war ein ungeschlachter, häßlicher und unverschämter Kerl und sah aus wie ein Berliner Taxichauffeur. Christian konnte ihn nicht ausstehen. »Machen Sie so etwas nie wieder! Verstanden?« sagte Christian scharf.

Der Fahrer nahm Haltung an, antwortete aber nicht. Er starrte Christian nur stur und mit versteckter Aufsässigkeit in den Augenwinkeln an.

Christian drehte sich um und rief: »Los, aufsitzen! Zurück auf die Landstraße!«

Die Mädchen sahen ein bißchen verschüchtert aus und wagten nicht zu winken, als die Wagen den Platz überquerten und in die Straße nach Paris einbogen.

Christian war etwas enttäuscht, als sie vor dem braunen, reich verzierten Steinmassiv der Porte St. Denis ankamen und er den ganzen Platz mit Panzern und grauen Uniformen vollgestopft sah. Die Mannschaften lungerten auf dem Asphalt herum, faßten Essen aus den Feldküchen, und alles machte den Eindruck einer bayerischen Garnisonsstadt vor einer Parade. Er war noch nie in Paris gewesen und hatte es als eine Art Krönung seines Kriegseinsatzes empfunden, als erster durch die historischen Straßen zu fahren und die Armee auf ihrem Einmarsch in die sagenhafte Hauptstadt des Feindes anzuführen.

Langsam fuhr er zwischen den herumstehenden Soldaten und den zusammengesetzten Gewehren am Fuß des Denkmals hindurch und gab nach einer Weile Himmler und seinem Wagen ein Zeichen zu halten. Hier war der Platz, wo er befehlsgemäß auf die Kompanie warten sollte. Er nahm den Helm ab, holte tief Atem und räkelte sich auf seinem Sitz. Sein Auftrag war ausgeführt.

Brandt sprang aus dem Wagen und knipste links und rechts, was er vor die Linse bekam: Truppen, auf den Stufen des Denkmals aus ihrem

Feldgeschirr essend, Truppen stehend, liegend, schwatzend, lachend. Trotz der Uniform mit dem Koppel sah Brandt immer noch aus wie ein Bankbeamter auf Urlaub, der Aufnahmen für sein Familienalbum macht. Er hatte seine eigenen Theorien bei der Arbeit; möglichst blonde Jungens, Mannschaftsgrade oder höchstens Portepéeträger. »Meine Aufgabe besteht darin«, hatte er einmal Christian erklärt, »den Leuten zu Hause den Krieg schmackhaft zu machen.« Und er schien mit seinen Theorien Erfolg zu haben, denn er war bereits zur Beförderung vorgeschlagen und erhielt fortwährend Anweisungen von seiner Dienststelle im Propagandaministerium über Aufnahmen, die dort erwünscht waren.

Zwei kleine Kinder wanderten schüchtern zwischen den Soldaten herum. Sie waren die einzigen Repräsentanten der Pariser Zivilbevölkerung, die sich an diesem Nachmittag auf die Straße wagten. Brandt brachte sie an, als Christian gerade seine MP auf der Motorhaube des Spähwagens reinigte. »Tun Sie mir einen Gefallen, Diestl, und lassen Sie sich mit den beiden zusammen aufnehmen«, bat er.

»Lassen Sie mich zufrieden, und nehmen Sie ’nen anderen«, sagte Christian ablehnend. »Ich bin kein Schauspieler.«

»Na, kommen Sie schon! Ich will Sie berühmt machen«, sagte Brandt. »Beugen Sie sich zu den Kindern hinunter, und reichen Sie ihnen ein Täfelchen Schokolade.«

»Ich habe keine Schokolade«, sagte Christian. Die Kinder, ein Junge und ein Mädchen, konnten kaum fünf Jahre alt sein. Sie standen neben dem Wagen und schauten Christian mit ernsten tiefschwarzen Augen an.

»Da«, sagte Brandt, zog ein paar Riegel Schokolade aus der Tasche und gab sie Christian. »Ein Soldat muß auf alles vorbereitet sein.« Seufzend legte Christian den Lauf seiner auseinandergenommenen MP beiseite und beugte sich über die beiden ärmlich gekleideten hübschen Kinder.

Brandt kniete nieder und hob die Kamera vor die Augen: »Großartige Typen! Frankreichs Jugend, hübsch, unterernährt, traurig und zutraulich. Und hier der gutherzige, freigebige deutsche Feldwebel, eine Sportsfigur, gutaussehend und fotogen...«

»Hören Sie endlich mit dem Geschwätz auf«, sagte Christian.

»Keep smiling, Feldwebel!« Brandt ließ sich nicht stören und prüfte die Gruppe von jedem Blickwinkel aus. »Geben Sie ihnen die Täfelchen erst, wenn ich ›jetzt‹ sage. Halten Sie sie ihnen hin, damit sie danach greifen müssen.«

»Ich mache Sie darauf aufmerksam, Schütze Brandt«, sagte Christian und grinste auf die unbewegten und ernsten Gesichtchen der beiden Kleinen hinunter, »daß ich immer noch Ihr Vorgesetzter bin. Merken Sie sich das.«

»Jawohl, Herr Feldwebel.« Brandt ging auf den halbernsten Ton ein. »Aber Kunst geht vor. Schade übrigens, daß Sie nicht blond sind. Bis auf die Haarfarbe sind Sie der ideale deutsche Soldatentyp. Hart wie Kruppstahl, flink wie Windhunde und zäh wie Leder. Von Geist wenig zu merken.«

»Ich überlege mir, ob ich Sie nicht wegen Verächtlichmachung der Wehrmacht melde«, sagte Christian.

»Einen Künstler kann das nicht erschüttern«, antwortete Brandt leichthin. Nachdem alles vorbereitet war, rief er: »Jetzt!« Worauf Christian den Kleinen die Schokolade gab. Sie steckten sie schweigend in ihre zerrissenen Taschen und blickten Christian dabei gläubig an. Dann wanderten sie Hand in Hand zwischen den Panzern, Gewehrpyramiden und Soldaten davon.

Ein Panzer, von drei Spähwagen gefolgt, tauchte auf und hielt neben Christians Kolonne. Ein leiser Stich von Unbehagen durchfuhr Christian, als er seinen Leutnant erkannte. Mit dem eigenen Kommando war es nun aus. Er leistete die Ehrenbezeigung, und der Leutnant dankte. Die Art, wie er das machte, konnte nur als die vollkommenste militärische Grußform der Geschichte bezeichnet werden. Wenn er die Hand zur Mütze hob, mußte man unwillkürlich an den Donnerhall, das Schwertgeklirr und den Wogenprall aller Jahrhunderte bis zurück zu Achill und Ajax denken. Trotz der langen Fahrt war seine Uniform in untadeligem Zustand, als ob er soeben neueingekleidet von der HKK gekommen wäre. Diese pedantische, exaltierte Fehlerlosigkeit schon im Äußeren war mit ein Grund, weshalb Christian seinen Leutnant nicht mochte und sich in seiner Gegenwart immer unbehaglich fühlte. Der Leutnant war noch sehr jung, drei- oder vierundzwanzig; aber wenn er mit seinen kalten hellgrauen Fischaugen um sich blickte, schien eine ganze Welt kopflos schnatternder und unordentlicher Zivilisten seiner gnadenlosen Musterung ausgesetzt zu sein. Es gab wenige Männer, die es fertiggebracht hatten, bei Christian so etwas wie einen Minderwertigkeitskomplex hervorzurufen. Aber der Leutnant war einer von ihnen. Er sprang gewandt aus dem Wagen, und Christian stand stramm, um Meldung zu machen. Dabei ging er rasch noch einmal die einzelnen Punkte der Meldung im Gedächtnis durch und fühlte schon wieder das alberne Schuldbewußtsein und die Furcht, seine Pflicht nicht getan zu haben, in sich hochsteigen, wie immer, wenn er vor dem Leutnant stand.

»Na, Feldwebel Diestl?« fragte der Leutnant mit dem scharfen, müden Ton in der Stimme, den er sich auf der Kriegsschule angewöhnt haben mochte. Er sah sich nicht um, hatte keine Augen für die schönen, ehrwürdigen Gebäude von Paris. Er hätte sich genausogut auf einem öden Manövergelände bei Königsberg befinden können wie in der Hauptstadt Frankreichs am ersten Tag ihrer Besetzung durch feindliche Truppen seit 1871. Was für ein bewunderungswürdiger, fieser Charakter, dachte Christian. Gerade die richtige Mischung für die deutsche Wehrmacht.

»Um zehn Uhr«, meldete Christian, »bekamen wir Feindfühlung auf der Straße Meaux–Paris. Der Feind hatte quer zur Straße eine getarnte Sperre errichtet und eröffnete das Feuer auf unseren Spitzenwagen. Wir griffen mit neun Mann an, brachten dem Feind zwei Verluste bei, warfen ihn aus seiner Stellung und zerstörten diese.« Hier zögerte Christian eine Sekunde.

»Ja, und?« fragte der Leutnant gleichgültig.

»Wir selbst hatten einen Ausfall, Herr Leutnant«, fuhr Christian fort und machte sich auf Unangenehmes gefaßt. »Unteroffizier Kraus ist gefallen.«

»So? Unteroffizier Kraus. Hat er seine Pflicht getan?«

»Jawohl, Herr Leutnant.« Christian dachte an den Indianertanz, den Kraus über seinen Treffer aufgeführt hatte: ›Ich hab' ihn, ich hab' ihn!‹ »Kraus streckte einen Franzosen mit dem ersten Schuß nieder.«

»Sehr schön«, sagte der Leutnant, und ein frostiges Lachen huschte über sein Gesicht; die lange Nase schien noch länger zu werden, als er wiederholte: »Sehr schön.«

Er scheint über Krausens Tod entzückt zu sein, dachte Christian erstaunt. »Ich werde für Unteroffizier Kraus eine Auszeichnung beantragen«, sagte der Leutnant weiter.

»Man muß auch an seinen Vater schreiben. Ich wollte den Brief aufsetzen...«

»Nein, nein«, unterbrach der Leutnant. »Das ist nicht Ihre Sache. Überlassen Sie das ruhig dem Kompaniechef. Hauptmann Müller wird das erledigen. Ich werde ihm die Einzelheiten vorlegen. Der Brief muß vorschriftsmäßig abgefaßt und das Beileid in korrekter militärischer Form ausgedrückt werden. Hauptmann Müller wird genau die richtigen Worte finden.«

Natürlich, dachte Christian, genau die richtigen Worte. Wahrscheinlich haben sie im Offizierskurs besonderen Unterricht gehabt: Schriftverkehr mit Angehörigen von Gefallenen. Eine Wochenstunde.

»Feldwebel Diestl«, sagte der Leutnant schnarrend, »ich bin mit Ihnen und Ihrem Einsatzkommando sehr zufrieden. Sagen Sie das den Leuten.« »Jawohl, Herr Leutnant.« Christian schlug die Hacken zusammen. Brandt näherte sich und nahm Haltung an. Kühl erwiderte der Leutnant den Gruß. Er konnte Brandt wegen seines unmilitärischen Äußeren nicht leiden. Er verachtete Männer, die mit dem Fotoapparat Krieg führten, statt mit dem Gewehr. Aber die Befehle des OKW an die Truppe, die Bildberichter nach Möglichkeit zu unterstützen, waren deutlich genug. Man konnte sie nicht umgehen.

»Herr Leutnant«, sagte Brandt viel zu leise für eine Meldung, »ich habe Anweisung, meinen Film unverzüglich in der Sammelstelle an der Place de l'Opéra abzugeben. Von dort wird er per Flugzeug nach Berlin gebracht. Dürfte ich um einen Wagen nach der Place de l'Opéra bitten? Ich kommc sofort wieder zurück.«

»Ich lasse Ihnen Bescheid sagen, Brandt«, erwiderte der Leutnant und wandte sich um, um über den Platz zu gehen, wo Hauptmann Müller soeben in seinem Kübelwagen eingetroffen war.

»Der ist scharf auf mich«, sagte Brandt trocken. »Der Herr Leutnant.«

»Sie kriegen Ihren Wagen«, sagte Christian. »Er ist guter Laune.«

»Ich bin auch scharf auf ihn. Ich bin auf alle Leutnants scharf«, spöttelte Brandt weiter. Er ließ seine Augen umherwandern, über die großen pastellfarbenen Mietshäuser, die den Platz einsäumten, über Stahlhelme, feldgraue Uniformen und die ungeschlachten herumlungernden fremden Soldaten, die so gar nicht zu den französischen Schildern und den geschlossenen Cafés paßten. »Als ich das letzte Mal hier war«, sagte er nachdenklich, »'s ist noch nicht mal ein Jahr her, da hatte ich ein blaues Jackett und graue Flanellhosen an. Alles hielt mich für einen Engländer und war sehr freundlich zu mir. Dort drüben, gerade um die Ecke, gibt es ein fabelhaftes kleines Restaurant. Da bin ich mit der Taxe vorgefahren, es war ein ganz milder Sommerabend, und ich hatte ein süßes Mädchen mit beerschwarzem Haar bei mir. Die hatte ich gerade am Nachmittag zum ersten Mal im Bett gehabt...« Er schloß träumerisch die Augen und lehnte sich an einen großen Pkw, der neben dem Spähwagen stand. »Sie gehörte zu den Frauen, die ihre Aufgabe darin sehen, dem Mann zu gefallen. Ihre Stimme... ah, diese Stimme! Wenn man sie hörte, dunkel und verschleiert, mußte man sie umarmen, coûte que coûte. Und die Brüste! Es gab nichts Herrlicheres diesseits des Rheins. Wir tranken Champagner, und sie hatte ein dunkelblaues Kleid an. Machte sie jung und doch gesetzt. Wenn man sie ansah, vergaß man vollkommen, daß man vor einer Stunde mit ihr im Bett gelegen hatte. Wir saßen uns gegenüber und hielten Händchen, ich glaube sogar, sie hatte Tränen in den Augen, und das Omelett war großartig und die Chablis auch, und von einem Leutnant Hardenburg wußte ich noch nichts, aber daß ich in anderthalb Stunden wieder mit ihr im Bett liegen würde, das wußte ich ganz genau. Ich hätte mich umbringen können vor Glück.«

»Hören Sie auf, um Gottes willen! Mein bißchen Moral geht noch zum Teufel«, sagte Christian.

»Damals war ich noch ein schäbiger Zivilist«, fuhr Brandt, immer noch mit geschlossenen Augen, resigniert fort, »und heute habe ich die Ehre, Soldat zu sein.«

»Jetzt wird's aber Zeit, die Augen aufzumachen und schleunigst aus Ihrem famosen Bett zu klettern«, unterbrach Christian. »Da kommt nämlich der Leutnant.«

Sie standen stramm, als der Leutnant an den Wagen trat.

»In Ordnung, Sie können einen Wagen haben«, sagte er.

»Danke, Herr Leutnant.«

»Ich komme mit Ihnen und nehme Himmler und Diestl mit«, sagte der Leutnant. »Es heißt, wir sollen in der Nähe des Opernplatzes Quartier beziehen. Der Hauptmann meint, wir könnten uns die Gegend mal ansehen.« Ein verkrampftes, jovial sein sollendes Lächeln glitt über sein Gesicht. »Na, und außerdem haben wir uns 'ne kleine Rundfahrt redlich verdient. Gehn wir.«

Er ging auf einen der parkenden Wagen zu, und Christian und Brandt folgten ihm. Himmler saß schon am Steuer, und Brandt und Christian kletterten auf die Rücksitze. Der Leutnant saß vorn, kerzengerade, steif und stolz. Repräsentant der deutschen Wehrmacht und des Reichs auf den Pariser Boulevards.

Brandt verzog das Gesicht zu einer Grimasse und zuckte mit den Schultern, als sie nach der Place de l'Opéra starteten. Himmler fuhr forsch und sicher. Er kannte Paris aus der Vorkriegszeit, als er verschiedentlich seine Ferien dort verbracht hatte. Er konnte sich auch französisch verständlich machen, wenn auch mit vielen grammatikalischen Fehlern. Wie ein Fremdenführer machte er auf interessante Lokale und Cafés aufmerksam, in denen er einmal gewesen war; auf ein Kabarett, wo er den Nackttanz einer Negerin gesehen hatte; auf eine Straße, in der das besteingerichtete Bordell Europas liegen sollte. Er war ein Gemisch von Komödiant und Politiker, ein Typ, den man in allen Armeen findet. Er war Liebkind bei den Offizieren, die ihm Freiheiten durchließen, für die andere gnadenlos bestraft wurden. Der Leutnant neben ihm saß unbeweglich und ließ die Augen hungrig durch die verlassenen Straßen schweifen. Zweimal lachte er sogar über Himmlers Witze.

Die Place de l'Opéra war voll von Truppen. Es herrschte ein solches Gedränge von Uniformen auf dem riesigen Platz mit seinen Säulen und breiten Stufen, daß man zunächst das Fehlen von Frauen und Zivilisten kaum bemerkte.

Wichtigtuerisch und geschäftig verschwand Brandt mit Kamera und Film in dem Gebäude, in dem die Sammelstelle untergebracht war. Christian und der Leutnant stiegen aus und betrachteten mit großen Augen den Prachtbau der Grand Opéra.

»Hier hätte man früher herkommen sollen«, sagte der Leutnant leise. »In Friedenszeiten muß es herrlich gewesen sein.«

Christian antwortete lachend: »Herr Leutnant, genau dasselbe habe ich auch eben gedacht.«

Der Leutnant lächelte freundlich und zutraulich, und Christian wunderte sich, weshalb er sich von diesem simplen Jungen immer hatte einschüchtern lassen.

Nun kam Brandt wieder angerannt: »Alles erledigt. Vor morgen nachmittag brauche ich mich nicht mehr zu melden. Bei denen lieg' ich richtig. Die Aufnahmen haben ihnen so imponiert, daß sie mich auf der Stelle beinahe zum Oberst befördert hätten.«

»Was ich sagen wollte«, ließ sich der Leutnant vernehmen, und er hatte ein unmerkliches Zögern in der Stimme, das erste Mal seit 1935, »wäre es Ihnen möglich, eine Aufnahme von mir mit der Oper im Hintergrund zu machen? Ich möchte meiner Frau ein Bild schicken.«

»Aber gerne, Herr Leutnant«, sagte Brandt mit betonter Förmlichkeit.

»Himmler, Diestl«, rief der Leutnant, »Sie auch, wir machen ein Gruppenbild.«

»Warum denn?« fragte Christian. »Lassen Sie sich doch allein aufnehmen, Herr Leutnant. Ihre Gattin will nicht unsere Gesichter sehen, sondern Sie.« Das war, seit er vor einem Jahr zur Truppe gekommen war, das erste Mal, daß er es wagte, dem Leutnant zu widersprechen.

»Nein, nein«, der Leutnant legte seinen Arm um Christians Schulter, so daß er sich wunderte, ob er nicht einen zuviel getrunken habe, und protestierte: »Kommt gar nicht in Frage! Außerdem habe ich ihr schon viel von Ihnen geschrieben. Es wird sie sehr interessieren.«

Brandt machte einen riesigen Wirbel, um die richtige Einstellung zu finden und so viel wie möglich von der Oper auf die Platte zu bekommen. Himmler schnitt Gesichter wie Grock in der Berliner Scala, aber Christian und der Leutnant blickten todernst ins Objektiv, als handele es sich bei der Aufnahme um ein welterschütterndes Ereignis.

Nachdem sie endlich fertig waren, stiegen sie wieder in ihren Wagen und fuhren nach der Porte St. Denis. Es war später Nachmittag, und die Straßen lagen warm und verlassen im blassen Licht der Stadt. Sie fuhren durch Viertel, in denen keine Soldaten und keine Wehrmachtswagen zu sehen waren. Und zum erstenmal seit seiner Ankunft in Paris fühlte sich Christian leer und unbehaglich.

»Ein großer Tag«, bemerkte der Leutnant auf seinem Vordersitz, »ein Tag von historischer Bedeutung. Noch nach Jahren werden wir uns dieses Tages erinnern und sagen können: Auch wir waren Zeugen des Anbruchs einer neuen Ära!«

Ohne den Kopf zu wenden, stellte Christian sich vor, wie Brandt neben ihm eine versteckte spöttische Grimasse schnitt. Aber Brandt war nun einmal so. Die langen Jahre, die er in Frankreich gelebt hatte, hatten ihn gegen erhabene Gefühlsäußerungen immun gemacht.

»Mein Vater«, sprach der Leutnant weiter, »kam 1914 bis an die Marne. Nicht weiter. Paris bekam er nie zu sehen. Und wir brauchten heute ganze fünf Minuten, um die Marne zu überschreiten. Ja, ja, dieser Tag verdient, mit goldenen Lettern in das Buch der Geschichte eingeschrieben zu werden.« Während er dies sagte, blickte er angestrengt in die Seitenstraße. Christian drehte sich unruhig um, um zu sehen, was es da gäbe.

»Himmler«, fragte der Leutnant, »das ist doch die Straße?«

»Welche Straße, Herr Leutnant?«

»Na, die Straße mit dem besteingerichteten Bordell.«

Christian dachte: Ein Gedächtnis wie eine fotografische Platte hat er. Geschützstellungen, Kriegsgerichtsparagraphen, Abwehrmittel gegen die Einwirkung von Giftgas auf Metalle, die Adresse eines französischen Puffs, die man so nebenbei vor zwei Stunden erwähnte...

Als Himmler die Geschwindigkeit des Wagens unmerklich verringerte, sagte der Leutnant: »Mir scheint, nach allem, was wir durchgemacht haben, nach den Kämpfen und dem Sieg... ich glaube, wir haben uns eine kleine Entspannung redlich verdient. Ein Soldat, der sich nicht gelegentlich 'ne Frau ins Bett nimmt, ist kein richtiger Soldat... Brandt, Sie haben doch in Paris gelebt. Ist Ihnen das Haus bekannt?«

»Jawohl, Herr Leutnant«, antwortete Brandt. »Es hat einen ausgezeichneten Ruf.«

»Umkehren, Himmler!« befahl der Leutnant.

»Jawohl, Herr Leutnant«, grinste Himmler, drehte das Steuer in kühnem Schwung herum und fuhr zu der Ecke zurück, wo die Seitenstraße abging.

»Ich weiß«, sagte der Leutnant mit dienstlichem Ernst, »ich kann mich darauf verlassen, daß Sie den Mund halten.«

»Selbstverständlich, Herr Leutnant«, beeilten sich alle zu sagen.

»Dienst ist Dienst und Schnaps ist Schnaps«, sagte der Leutnant schmunzelnd. »Ist das das Haus, Himmler?«

»Jawohl, Herr Leutnant, aber es scheint geschlossen zu sein.«

»Alles mitkommen!« rief der Leutnant, kletterte aus dem Wagen und lief auf eine schwere Eichentür zu. Seine genagelten Stiefel knallten auf dem Asphalt, und die Häusermauern der stillen Straße warfen das Echo zurück, als ob eine Kompanie Landser mit Knobelbechern vorbeimarschierte.

Als er an die Tür klopfte, warfen sich Brandt und Christian belustigte Blicke zu, und Brandt flüsterte hinter der vorgehaltenen Hand: »Nächstens wird er uns noch schweinische Postkarten verkaufen.«

»Pst«, mahnte Christian.

Nach einer Weile ging die Tür auf, und der Leutnant und Himmler redeten auf jemand ein und drängten sich durch die Spalte. Sofort wurde die Tür wieder zugemacht, und Christian stand mit Brandt in der stillen Straße, in der die Schatten des beginnenden Abends langsam die Häuserfronten hinaufkrochen. Es war nichts zu hören, und alle Fenster des Hauses waren geschlossen.

»Wenn ich richtig verstanden habe, hat der Leutnant uns alle eingeladen«, meinte Brandt.

»Geduld«, sagte Christian, »er macht die Vorausabteilung.«

»Bei Frauen bin ich lieber meine eigene Vorausabteilung«, erklärte Brandt.

»Was ein guter Offizier ist«, sagte Christian mit gespieltem Ernst, »der sorgt immer zuerst für seine Leute und dann erst für sich.«

»Gehen Sie doch rauf und sagen Sie ihm das«, schlug Brandt vor.

Jetzt ging die Eichentür wieder auf, und Himmler winkte ihnen. Sie ließen den Wagen stehen und gingen mit ihm hinein. Das erste, was sie sahen, war eine maurische Lampe, die das Treppenhaus und die Gobelins an den Wänden mit einem purpurroten, schwülen Licht übergoß.

»Madame hat mich gleich wiedererkannt«, erzählte Himmler, als sie die Treppe hinaufgingen. »Gab einen Kuß und ›mon cher garçon‹ und ein Mordshallo. Was sagt ihr dazu?«

»Feldwebel Himmler«, sagte Brandt pathetisch, »der bestbekannte Hund in den Puffs von fünf Nationen. Deutschlands Beitrag zum Neuen Europa.«

»Ganz egal«, meinte Himmler grinsend. »Auf jeden Fall habe ich meine Pariser Ferien richtig angewandt. Halt... zuerst in die Bar. Die Mädchen sind noch nicht ganz fertig. Wir müssen zuerst ein paar trinken. Geht nicht alles so rasch, 's ist Krieg.«

Er stieß eine Tür auf, und da saß der Leutnant mit übereinandergeschlagenen Beinen auf einem Barstuhl, Stahlhelm und Handschuhe hatte er abgelegt, und fingerte an dem goldenen Stanniolpapier einer Sektflasche herum. Die Bar war ein winziger Raum in lavendelfarbenem Stuck mit halbmondförmigen maurischen Fenstern und quastenreichen Wandbehängen. Hinter der Bar stand eine große, üppige Frau, die wunderbar zu diesem Interieur paßte: gekräuseltes Haar, Schals mit Fransen und tiefschwarz untermalte Augen. Sie plapperte ununterbrochen auf den Leutnant ein, der mit tierischem Ernst zu ihrem französischen Gezwitscher nickte, ohne auch nur ein Wort zu verstehen.

»Amis«, sagte Himmler und legte seine Arme um Brandt und Christian, *»brave Soldaten.«*

Sie kam hinter der Bar hervor, schüttelte ihnen die Hände und begrüßte sie herzlich und entschuldigte sich, daß es so lange dauere, aber es sei ein anstrengender Tag gewesen, und die Damen würden gleich erscheinen, tout de suite, tout tout tout de suite, und wenn sie so liebenswürdig sein wollten, einen Augenblick Platz zu nehmen und ein Glas Champagner zu trinken; und das nenne sie eine demokratische Armee, wo Offiziere und Mannschaften gemeinsam zu ihrem Wein und ihrem Amüsement gingen. So was hätte es in der französischen Armee nie gegeben, und das sei wahrscheinlich der Grund, weshalb sie den Krieg verloren habe...

Als sie die dritte Flasche geleert hatten, waren die Damen immer noch nicht erschienen. Aber nun machte es nichts mehr aus.

»Die Franzosen«, proklamierte der Leutnant, steif auf seinem Barstuhl sitzend, und seine Augen waren inzwischen dunkelgrün wie Flaschenglas geworden, »die Franzosen verachte ich. Sie haben keinen Mut zum Sterben. Darum sind wir hier, trinken ihren Sekt und nehmen ihre Frauen. Weil sie nicht den Mut zum Sterben haben. Komisch...« Er fuchtelte mit dem Glas in der Luft herum, betrunken und desillusioniert. »Dieser Feldzug, zum Beispiel, etwas Lächerlicheres kann man sich gar nicht vorstellen. Da habe ich nun seit meinem achtzehnten Jahr Kriegsgeschichte studiert. Die Kunst, Krieg zu führen. Ich kannte alles aus dem Effeff: Nachschub, Verbindung, Kampfgeist, Einrichtung getarnter Befehlsstände, Angriffstaktik gegen automatische Waffen, Schockwirkung auf die Truppe. Ich hätte ein Armeekorps führen können. Fünf Jahre meines Lebens habe ich drangegeben. Und was passiert? Der große Augenblick kommt...«, er lachte bitter auf, »unsere Divisionen durchstoßen die feindliche Front und fegen alles vor sich her, was sich ihnen entgegenstellt. Und ich?« Sein Auge heftete sich böse auf Madame, die kein Wort deutsch verstand und freundlich nikkend vor ihm stand. »Ich habe keinen einzigen Schuß gehört. Ich sitze in einem Auto, fahre sechshundert Kilometer in der Gegend herum und lande in einem Puff. Die elende französische Armee hat einen Vergnügungsreisenden aus mir gemacht. Einen Kraft-durch-Freude-Urlauber. Der Krieg ist aus. Und ich habe fünf Jahre verplempert. Von Beförderung keine Spur. Ich werde noch mit fünfzig Leutnant sein. Beziehungen habe ich keine, kenne niemand in Berlin, habe keine Freunde, keine Gönner. Alles umsonst. Da hat es mein Vater besser gehabt. Er kam zwar nur bis an die Marne, aber dazwischen lagen vier Jahre Fronteinsatz. Er war mit sechsundzwanzig Jahren Major und hatte sein eigenes Bataillon an der Somme, nachdem der größte Teil des Offizierkorps längst gefallen war. – Himmler!«

»Herr Leutnant?« Himmler nahm Haltung an. Er war nicht betrunken. Auf seinem Gesicht lag ein verschlagener, hämischer Ausdruck.

»Himmler! Feldwebel Himmler! Wo bleiben die Weiber? Ich möchte endlich eine Französin haben!«

»Madame sagt, die Damen werden in zehn Minuten hier sein.«

»Ich verachte sie«, murmelte der Leutnant und nippte unsicher an seinem Glas, wobei ihm der halbe Schluck das Kinn heruntertropfte. »Ich verachte die Franzosen durch und durch.«

Dann kamen zwei Mädchen herein. Die eine war eine große, füllige Blondine mit einem breiten Lächeln auf den Lippen. Die andere war klein, schlank und dunkel. Ihr braunhäutiges Gesicht, durch viel Make-up und grelles Lippenstiftrot effektvoll unterstrichen, hatte etwas Arabisches.

»Hier sind sie endlich«, rief Madame zärtlich, »hier sind die süßen Häschen.« Dabei tätschelte sie die Blonde kennerisch wie ein Pferdehändler. »Das ist Jeanette. Der richtige Typ, n'est-ce pas? Wird große Chancen haben unter der deutschen Besatzung.«

»Ich nehme die da«, sagte der Leutnant, stand steif auf und zeigte auf das arabisch aussehende Mädchen. Es lächelte ihn professionell geheimnisvoll an, kam zu ihm herüber und hängte sich in seinen Arm. Himmler schien auch Appetit auf sie gehabt zu haben, verzichtete jedoch sofort zugunsten seines Vorgesetzten. Er legte den Arm um die vollen Hüften der Blonden und flötete: »*Chérie*, wie wär's mit einem netten, gesunden deutschen Soldaten?«

»Wo gibt es hier ein passendes Zimmer?« fragte der Leutnant auf deutsch.

»Übersetzen Sie, Brandt.«

Brandt übersetzte, und das dunkle Mädchen lächelte ihnen zu und führte den Leutnant sehr formell und höflich hinaus.

»So«, sagte Himmler und hielt die Blonde umschlungen, »jetzt bin ich an der Reihe. Wenn ihr nichts dagegen habt, Herrschaften...«

»Durchaus nicht«, meinte Christian, »lassen Sie sich nicht stören.«

»*Chérie,* was hast du für ein schickes Kleid...« grinste Himmler in seinem unmöglichen Französisch, als er mit der Blonden grinsend durch die Tür verschwand.

Madame entschuldigte sich und verließ auch das Zimmer, nicht ohne noch eine Flasche Champagner kalt zu stellen. Christian und Brandt saßen allein in dem schwülen Talmilicht der maurischen Bar und starrten nachdenklich auf die bauchige Flasche im Eiskübel. Eine Weile tranken sie schweigend. Christian griff nach der neuen Flasche, fingerte am Korken herum und erschrak, als er mit einem Knall herausfuhr. Etwas Champagner lief ihm an der Hand hinunter. Er war schaumig und wunderbar kalt.

»Waren Sie schon mal in einem Puff?« fragte Brandt.

»Nein.«

»Tja, der Krieg bringt manche Veränderung in das Leben eines Mannes«, meinte Brandt nachdenklich.

»Ja«, sagte Christian.

»Wollen Sie eine haben?«

»Ich bin nicht besonders scharf drauf.«

»Wenn Sie eine haben wollten, und Leutnant Hardenburg wollte dieselbe, was würden Sie tun?« fragte Brandt weiter.

Christian nippte langsam an seinem Glas. Dann sagte er: »Diese Frage beantworte ich nicht.«

»Kann ich verstehen«, sagte Brandt und spielte mit dem Stiel seines Glases. Und nach einer Weile: »Wie fühlen Sie sich?«

»Ich weiß nicht so recht«, sagte Christian. »Komisch, 'n bißchen komisch.«

»Mir ist elend zumute, direkt elend«, sagte Brandt leise. »Wie nannte der Leutnant den heutigen Tag?«

»Den Anbruch einer neuen Ära.«

»Mir ist miserabel bei diesem Anbruch einer neuen Ära.« Brandt schenkte sich wieder ein. »Wissen Sie eigentlich, daß ich vor zehn Monaten beinahe französischer Staatsbürger geworden wäre?«

»Nein.«

»Ich habe zehn Jahre in Frankreich gelebt, alles in allem. Bei Gelegenheit nehme ich Sie in das kleine Dorf an der Küste der Normandie mit, wo ich im Sommer immer hinging. Da malte ich den ganzen Tag, dreißig, manchmal vierzig Bilder in einem Sommer. Ich fing schon an, mir in Frankreich einen Namen zu machen. Wir müssen übrigens mal in die Galerie gehen, in der ich ausstellte. Wahrscheinlich sind noch einige Sachen von mir da, dann können Sie sich's ansehen.«

»Wird mir ein Vergnügen sein«, sagte Christian höflich.

»In Deutschland konnte ich nicht ausstellen. Abstrakte Malerei, gegenstandslose Kunst, nennen sie so was. Entartet, dekadent, sagen die Nazis.« Er zuckte mit den Schultern. »Wahrscheinlich bin ich ein bißchen dekadent. Zwar nicht so dekadent wie der Leutnant, aber immerhin. Und Sie?«

»Ich bin ein dekadenter Skiläufer«, sagte Christian.

»Jedem seine eigene Dekadenz, Prost!« lächelte Brandt.

Jetzt ging die Tür auf, und die kleine Dunkle kam herein. Sie hatte einen rosa Morgenrock mit weißem Federbesatz an. Ein spöttisches Lächeln lag auf ihrem Gesicht. »Wo ist die Chefin?« wollte sie wissen.

Brandt deutete vage nach der Tür: »Da hinten irgendwo. Kann ich etwas tun?«

»Es ist wegen Ihres Leutnants«, sagte das Mädchen. »Ich brauche einen Dolmetscher. Er will etwas Besonderes, und ich bin nicht ganz sicher, was es ist. Ich glaube, ich soll ihn schlagen. Aber ich möchte es nicht machen, solange ich nicht ganz sicher bin.«

»Mach's, Mädchen«, sagte Brandt. »Genau das will er. Ich kenn' ihn, er ist ein alter Freund von mir.«

»Sind Sie auch ganz sicher?« fragte das Mädchen und sah beide skeptisch an.

»Absolut.«

»Bien«, und sie zuckte mit den Schultern. »Ich werde es versuchen.«

An der Tür drehte sie sich um und sagte mit einem Anflug von Hohn in der Stimme: »Eigentlich ein bißchen komisch... ein siegreicher Krieger... am Tage des Sieges... läßt sich verhauen. Komische Veranlagung, meinen Sie nicht auch?«

»Wir sind eben ein komisches Volk«, meinte Brandt spöttisch. »Das wirst du bald rauskriegen. Nun geh und tu was fürs Geld.«

Sie blitzte ihn zuerst böse an, als sie seine schnoddrige Aufforderung hörte, dann lächelte sie resigniert und ging.

»Konnten Sie folgen?« fragte Brandt Christian.

»Einigermaßen.«

»Darauf müssen wir noch einen trinken«, meinte Brandt und goß ein. »Ich bin also dem Ruf des Vaterlandes gefolgt«, sagte er unvermittelt.

»Wieso?« fragte Christian und blickte ihn verständnislos an.

»Na ja, wir sind unterbrochen worden. – Alles sprach vom Krieg, und ich saß mittlerweile in meinem normannischen Dorf, malte abstrakte, entartete Landschaften und wartete auf meine französischen Papiere.« Er schloß halb die Augen und rief jene chaotischen, unheilschwangeren Augusttage 1939 in sein Gedächtnis zurück. »Die Franzosen, wissen Sie, sind die nettesten Leute auf Gottes Erde. Sie essen gut, sind Individualisten bis in die Knochen und lassen jeden malen, wie er will. Sie haben eine ruhmreiche Vergangenheit und wissen ganz genau, daß sie nie wieder die Kraft aufbringen werden, auch nur annähernd das zu leisten, was sie unter Ludwig XIV. oder Napoleon geleistet haben. Als Volk sind sie vernünftig und geizig, was einen guten Nährboden für die Kunst abgibt. Trotzdem, hol's der Henker, in letzter Minute bin ich der Schütze Brandt geworden, dessen Bilder in keiner deutschen Galerie ausgestellt werden dürfen. Wie heißt es doch gleich? Blut ist dicker als... was? Auf jeden Fall sitzen wir jetzt in Paris. Ich will Ihnen was sagen, Diestl: Wir werden verlieren. Wir müssen verlieren. Die ganze Sache ist zu unmoralisch... die Barbaren von der Elbe Würste fressend auf den Champs-Elysées!«

»Brandt«, protestierte Christian, »Brandt!«

»Der Anbruch einer neuen Ära... Masochistische Wehrmachtsoffiziere in Pariser Puffs! Morgen fresse ich meine Wurst am Etoile!«

Die Tür ging auf, und Himmler kam herein. Er war ohne Bluse, und sein Hemdkragen stand offen, und er trug grinsend das grüne Kleid des blonden Mädchens über dem Arm.

»Der nächste bitte!« rief er. »Die Dame wartet.«

»Haben Sie Lust, in Feldwebel Himmlers Bettstapfen zu treten?« fragte Brandt.

»Nicht die geringste«, winkte Christian ab. »Nicht die geringste.«

»Wenn Sie nichts dagegen haben, Himmler, so möchten wir lieber unseren Champagner in Ruhe austrinken«, sagte Brandt.

Himmler warf den beiden einen finsteren Blick zu, und der gewöhnliche Ausdruck von Schläue und guter Laune verschwand für einen Augenblick aus seinem Gesicht. »Dabei habe ich mich extra beeilt. Ich wollte meine Kameraden nicht warten lassen«, sagte er schmollend.

»Das war sehr rücksichtsvoll von Ihnen«, meinte Brandt trocken. »Sehr rücksichtsvoll. Wo wir doch Krieg haben.«

»Sie ist gar nicht übel«, lobte Himmler. »Gut durchwachsen und weich gepolstert. Also, wie ist es? Wollt ihr oder nicht?«

»Nein, wirklich nicht, Himmler«, sagte Christian.

»Gut«, meinte Himmler praktisch. »Dann mach' ich noch 'ne Nummer.«

Brandt deutete auf das Kleid, das Himmler über dem Arm trug: »Und was ist damit? Haben Sie ihr das runtergerissen?«

Himmler lachte: »I wo, ich hab's ihr abgekauft. Neunhundert Franken, sie verlangte zuerst fünfzehnhundert... Ich schick's meiner Frau, sie hat genau dieselbe Größe. Fühlen Sie mal, reine Seide...« Brandt befühlte den Stoff fachmännisch: »Reine Seide«, bestätigte er.

»Also, wirklich kein Interesse?« fragte Himmler zum letztenmal, als er schon in der Tür stand.

»Nein, wirklich nicht. Vielen Dank auf jeden Fall, Kamerad«, sagte Brandt.

»Also, gut. Wie ihr wollt.«

Christian rief ihm nach: »Himmler, wir hauen ab. Warten Sie auf den Leutnant und fahren Sie ihn ins Quartier zurück. Wir gehen zu Fuß.«

Himmler: »Halten Sie es nicht für richtiger, auf etwaige Befehle des Leutnants zu warten?«

»Nein«, entschied Christian. »Wir sind hier nicht im Dienst. Wir laufen lieber.«

Himmler zuckte die Schultern: »Ziemlich gefährlich, nachts allein auf der Straße herumzulaufen. Auf einmal kriegen Sie 'ne Kugel in den Hintern.«

»Heute nacht nicht«, sagte Brandt. »Später vielleicht, aber heute noch nicht.« Sie tranken aus, standen auf und gingen.

Draußen war es dunkel. Die Verdunklungsvorschriften schienen von der Zivilbevölkerung genauestens befolgt zu werden. Nirgends war ein Licht zu sehen. Aber der Mond warf seinen milchigen Schimmer über die Dächer und teilte jeden Häuserblock in geometrisch abgezirkelte Würfel von Licht und Schatten ein. Die Luft war mild, und es herrschte schläfrige Stille. Sie hing unauffällig über der ganzen Stadt und wurde nur gelegentlich von entferntem Motorengeräusch unterbrochen, das plötzlich irgendwo durch die Nacht dröhnte, um sofort wieder von den schwarzen Häusermassiven aufgeschluckt zu werden. Brandt machte den Führer. Er schwankte ein bißchen, aber er kannte den Weg genau und schlug ohne Zögern die Richtung nach der Porte St. Denis ein.

Keiner sprach. Sie gingen eng nebeneinander, ihre Schultern berührten sich dann und wann. Die genagelten Sohlen ihrer Knobelbecher klapperten auf dem Trottoir. Irgendwo im Dunkeln wurde ein Fenster zugeschlagen, und Christian glaubte, ein Kind schreien zu hören, unterdrückt und weit weg. Sie bogen in den breiten, menschenleeren Boulevard ein und gingen an den heruntergelassenen Rolläden und den auf dem Trottoir zusammengestellten Stühlen und Tischen der Cafés vorbei. Ganz unten, am Ende der Boulevards, sahen sie Lichter, ein Zeichen, daß die Wehrmacht sich in dieser Nacht und im Herzen Frankreichs vor Luftangriffen sicher fühlte. Durch den alles verklärenden Dunst des genossenen Alkohols hindurch empfand Christian die fernen Lichter als warme und heimische Boten, und er lächelte glücklich vor sich hin, als er, mit Brandt an der Seite, stetig und mit traumwandlerischer Sicherheit auf sie zuging.

Unter der Einwirkung dieses verzuckerten rosaroten Alkoholnebels und im silbernen Mondlicht sah Paris graziös und zerbrechlich aus, und Christian fühlte eine zärtliche Welle von Liebe zu dieser Stadt in sich aufsteigen: zu den ausgetretenen Trottoirs, den Gäßchen, die sich von den Boulevards wegschlängelten, als ob sie Zugänge zu längst vergangenen Jahrhunderten wären. Zu den Kirchen und Bars und Bordellen und Gemüseläden. Zu den spindeldürren Gartenstühlen, die in rührender Improvisation auf den Tischen unter den Marquisen der Cafés aufgetürmt waren. Zu den Menschen, die jetzt hinter den heruntergelassenen Jalousien schliefen. Er liebte die Seine, die er noch gar nicht gesehen, und die Restaurants, in denen er noch nicht gegessen hatte, und die Mädchen, die er nicht kannte, die aber sicherlich morgen aus ihren Häusern kommen würden, im Morgensonnenschein, wenn die Angst der Nacht weggewischt sein würde, um auf ihren hohen Absätzen und in aufreizenden, gutgeschnittenen Kleidern an ihm vorbeizutrippeln. Und er liebte den prickelnden Ruf dieser Stadt und die Tatsache, daß sie die einzige auf der ganzen Welt war, die den Ruf rechtfertigte, den sie sich in langen Jahrhunderten in den Herzen der Männer aller Kontinente erworben hatte. Er dachte mit Zärtlichkeit daran zurück, daß er sich den Weg in diese Stadt geradezu erkämpft hatte, daß er getötet hatte, um in ihre Mauern zu gelangen; und er liebte den kleinen, schäbigen Franzosen, den er erschossen hatte, und Unteroffizier Kraus, der tot neben ihm lag, fern seiner schlesischen Heimat und mit kirschverschmiertem Mund. Er erinnerte sich mit warmer Genugtuung, daß er sich bewährt hatte, da draußen vor der Sperre und im Wald, als die Kugeln pfiffen, und er liebte den Krieg, weil er allein einen Mann aus ihm machte. Und er war froh, daß der Krieg bald zu Ende sein würde, weil er nicht sterben wollte. Er liebte die unbekannte Zukunft, denn sie würde friedlich und voll reicher Erfüllung sein. Alle die Ideale, für die er jetzt sein Leben einsetzte, würden dann verwirklicht, würden in Gesetzesform gegossen und von Dauer sein, denn eine neue Zeit war angebrochen, eine Zeit des Wohlstandes und der Ordnung. Er liebte auch Brandt, der neben ihm durch die stille Straße trottete, beinahe korrekt und gerade, denn er hatte zuerst vor Angst gezittert, als die Schüsse knallten, und dann seine Angst besiegt und wie ein Mann neben ihm gefochten. Mit der linken Hand hatte er seinen Ellbogen gestützt, um seine Kugeln wohlgezielt durch das Blätterwerk zu jagen, gegen den Feind, der sich dahinter verbarg und Christian getötet hätte, wenn er gekonnt hätte. Und er liebte diese Stunde, diese stille, dunkle, mondüberrieselte Nachtstunde, in der sie Seite an Seite durch die menschenleeren, schönen Straßen gingen, sie, die Herren der Stadt. Und er wußte jetzt, daß sein Leben nicht vertrödelt und er nicht geboren worden war, um seine Tage damit zu verschwenden, ein paar Kindern und Erholungsurlaubern auf Tiroler Skihügeln die Langeweile zu vertreiben. Er war von Nutzen und hatte das bewiesen, und was konnte ein Mann sonst von seinem Leben verlangen?

»Da, schauen Sie mal«, sagte Brandt plötzlich, blieb stehen und deutete auf eine Kirchhofsmauer, die hell vom Mondlicht beschienen war. Christian folgte seinem Finger und las, groß mit Kreide geschrieben, die Jahreszahl 1918. Er sah noch mal hin. Dann schüttelte er den Kopf. Er wußte wohl, daß hinter dieser an die Mauer geschmierten Zahl eine geheime Bedeutung lag, wenn er sie auch im Augenblick nicht erkennen konnte.

»1918«, sagte Brandt. »Die Franzosen wissen, wie's ausgeht.«

Christian starrte die Zahl an und fühlte sich plötzlich elend und müde. Er war seit vier Uhr auf den Beinen, und der Tag war wahrhaftig anstrengend gewesen. Entschlossen ging er auf die Mauer zu und hob den Arm. Und mit seinem Ärmel wischte er langsam und gründlich die großen weißen Kreidezahlen ab.

5. Kapitel

Das Radio übertönte alles. Obgleich draußen die Sonne schien und das schöne Juniwetter die pennsylvanischen Berge frisch und grün am Horizont erstrahlen ließ, und obgleich aus dem kleinen Lautsprecher in ermüdender Eintönigkeit immer dasselbe zu hören war, blieb Michael den ganzen Tag in dem freundlich tapezierten Wohnzimmer mit seinen dünnbeinigen Kolonialstilmöbeln sitzen. Auf dem Boden, um seinen Stuhl herum, lagen Zeitungen verstreut, die Laura, wenn sie von Zeit zu Zeit mit dem Gesicht einer Märtyrerin hereinkam, seufzend auflas und ordentlich aufeinanderlegte. Aber Michael saß zusammengesunken vor dem Apparat, drehte an den Knöpfen und lauschte auf die verschiedenen Stimmen, die mit melodischer, einschmeichelnder Theatralik immer dasselbe wiederholten: »Kaufen Sie Lifeboy-Seife, sie verhindert unangenehmen Körpergeruch«, und »Zwei Teelöffel vor dem Frühstück regulieren Ihre Verdauung«, und »Aus unterrichteten Kreisen verlautet, daß Paris nicht verteidigt werden soll. Das deutsche Oberkommando hat keine Meldungen über die genaue Position der deutschen Stoßkeile gegen den abbröckelnden französischen Widerstand veröffentlicht.«

Laura stand an der Tür und sagte mit gemachter Dulderstimme: »Wir haben Tony versprochen, heute nachmittag im Garten Badminton zu spielen.«

Michael kauerte weiter am Radio und gab keine Antwort.

»Michael!« rief Laura.

»Ja?« Dabei drehte er sich nicht um.

»Badminton«, wiederholte sie, »Tony.«

»Ja, und?« gab er zurück und runzelte die Stirn vor Anstrengung, gleichzeitig ihr und dem Ansager zuhören zu müssen.

»Das Netz ist noch nicht gespannt.«

»Ich werde es später aufrichten.«

»Wann später?«

»Zum Donnerwetter, Laura«, schrie er, »wenn ich sage, ich mach' es später, dann mach' ich's.«

In Lauras Augen traten Tränen, und sie sagte eisig: »Langsam wird mir das zu dumm. Alles tust du später. In Wirklichkeit tust du gar nichts.«

»Hör endlich auf!«

»Hör du auf, mich anzuschreien!« Jetzt lösten sich die Tränen und liefen ihr die Wangen herunter. Sie tat ihm leid. Sie hatten sich diesen Erholungsaufenthalt auf dem Land genommen in der uneingestandenen Absicht, ihre alte Liebe und Harmonie wiederzufinden, die in den letzten Zigeunerjahren ihrer Ehe etwas verschüttet worden waren. Lauras Filmvertrag in Hollywood war abgelaufen; die Gesellschaft hatte keinerlei Anstalten gemacht, ihn zu verlängern, und unerklärlicherweise hatte Laura bis jetzt kein neues Engagement gefunden. Sie ließ sich zwar nichts anmerken, beklagte sich nicht und war guter Laune, aber Michael wußte sehr wohl, daß sie unter dieser beruflichen Windstille litt. Er hatte sich daher vorgenommen, während des einmonatigen Aufenthalts in dem von Freunden zur Verfügung gestellten Landhaus besonders rücksichtsvoll zu ihr zu sein. Jetzt waren sie gerade eine Woche da, und es war eine schreckliche Woche gewesen. Michael saß den ganzen Tag am Radio und konnte nachts nicht schlafen.

Er verbrachte seine Nächte damit, stundenlang im Wohnzimmer auf und ab zu laufen oder zu lesen, um am andern Tag mit rotgeränderten Augen, schlechter Laune und unrasiert wieder am Radio zu sitzen. Es fiel ihm auch nicht ein, Laura bei dem bißchen Hausarbeit zu helfen, die nötig war, um die hübsche kleine Villa in Ordnung zu halten.

»Verzeih mir, Liebling«, sagte er schuldbewußt, drückte sie an sich und küßte sie. Sie lächelte unter Tränen und schluchzte: »Ich will ja nicht aufsässig sein, aber etwas muß man doch tun.«

»Aber natürlich«, sagte Michael besänftigend.

Nun lachte sie zaghaft: »Jetzt bist du wieder vernünftig. Ich mag's gern, wenn du vernünftig bist.« Zwar lachte Michael auch, doch irgendwo stieg ein leiser Ärger in ihm auf.

»Aber jetzt mußt du mir auch beweisen, daß du dich gebessert hast«, sagte sie und blickte ihn neckisch von unten herauf an.

»Womit?« fragte Michael.

»Na, das klingt schon wieder sehr resigniert. Das habe ich nicht besonders gern.«

Michael nahm sich bewußt zusammen und sorgte dafür, daß seine Stimme höflich und gutgelaunt klang, als er fragte: »Was soll ich also tun?«

»Vor allem«, sagte Laura schnell, »dreh das verdammte Radio ab.«

Michael wollte zuerst protestieren, überlegte es sich aber. Der Nachrichtensprecher sagte gerade: »Die Lage ist immer noch ungeklärt, aber es scheint, daß es gelungen ist, den größten Teil des britischen Expeditionskorps intakt nach England zurückzubringen. Man hofft, daß Weygands Gegenoffensive sich günstig entwickeln wird...«

»Michael, Liebling!« bat Laura flehentlich.

Michael schaltete endlich ab. »Siehst du, so bin ich. Für dich tue ich alles«, sagte er schmunzelnd.

»Danke.« Lauras Augen waren wieder trocken, und sie lächelte befriedigt.

»Und jetzt, Numero zwei.«

»Und was wäre das?«

»Rasiere dich.«

Mit einem Seufzer fuhr Michael sich über seine Bartstoppeln. »Ist das wirklich nötig?« fragte er.

»Unbedingt. Du siehst aus, als ob du aus einem Nachtasyl in der Third Avenue kämst.«

»Wenn es so ist, werde ich wohl müssen«, meinte Michael unlustig.

»Und außerdem wirst du dich wohler fühlen«, sagte Laura und las zum x-tenmal die Zeitungen vom Boden auf.

»Klar«, sagte Michael, lief geistesabwesend zum Radio und streckte die Hand nach den Knöpfen aus.

»Auf keinen Fall!« rief Laura. Sie hielt die Hand vor die Tastatur und bat: »Wenigstens eine Stunde läßt du den Kasten aus. Eine Stunde nur. Ich bitte dich. Das Geschwätz macht mich noch wahnsinnig. Immer dasselbe, Stunde um Stunde.«

»Laura, Liebling, bist du dir klar, daß das die wichtigste Woche unseres Lebens ist?« fragte er.

»Ja, ich glaube. Trotzdem hat es keinen Zweck, sich von diesem Radioburschen verrückt machen zu lassen«, sagte sie mit scharfer Logik. »Damit helfen wir den Franzosen auch nicht. Übrigens, wenn du rasiert bist, dann vergiß nicht, das Badminton-Netz aufzuspannen.«

»Okay«, sagte Michael und zuckte mit den Schultern. Laura hauchte einen Kuß auf seine Wange und fuhr ihm spielerisch durchs Haar. Dann ging er nach oben.

Während er sich rasierte, hörte er die ersten Gäste kommen. Ihre Stimmen klangen vom Garten zu ihm herauf und gingen zeitweise in dem Geräusch des in das Waschbecken fließenden Wassers unter. Es waren Frauenstimmen; sie klangen melodisch und gedämpft aus der Entfernung. Laura hatte zwei Lehrerinnen aus einer Schule in der Nähe eingeladen, in die sie als Vierzehnjährige gegangen war. Es waren Französinnen, bei denen sie etwas gelernt hatte und die sie gut behandelt hatten. Während Michael mit halbem Ohr dem Gezwitscher der Frauen lauschte, dachte er, wieviel angenehmer sich doch Französinnen anhörten als die meisten Amerikanerinnen seines Bekanntenkreises. Eine gewisse Höflichkeit und Bescheidenheit kam in der Sprechweise der Französinnen zum Ausdruck, im Gegensatz zu der selbstsicheren Art der Amerikanerinnen. Und das ist eine Feststellung, die ich für mich behalten werde. Dabei schnitt er sich und ärgerte sich, daß der kleine Schnitt unter seinem Kinn nicht aufhören wollte zu bluten.

In einer Ecke des Gartens, auf einem hohen Baum, lärmte ein Schwarm Krähen. Von Zeit zu Zeit strichen sie um ihre Nester und übertönten mit ihrem Gekrächze alle anderen Geräusche der ländlichen Umgebung.

Michael ging hinunter, schlich sich ins Wohnzimmer und stellte das Radio auf kleinste Lautstärke ein. Als der Apparat warm geworden war, war nur Musik zu hören. Eine Frauenstimme sang: »I got plenty of nuthin' and nuthin's plenty for me.« Das war auf einer Station. Zwei hatte der Apparat nur. Die andere brachte die Ouvertüre zu Tannhäuser, von einer Militärkapelle gespielt. Michael schaltete ab und ging in den Garten, um die Gäste zu begrüßen.

Er erblickte Johnson in einem gelben Tennishemd mit braunen Querstreifen. Er hatte ein großes, hübsches Mädchen mit einem ernsten, intelligenten Gesicht mitgebracht. Während Michael ihr die Hand schüttelte, fragte er sich unwillkürlich, wo Johnson wohl seine Frau an diesem Nachmittag gelassen hatte.

Laura stellte vor. »Miß Margret Freemantle...« Ein langsames, konventionelles Lächeln glitt über die Züge des Mädchens, und Michael konnte sich nicht enthalten, maliziös zu denken: Wo zum Teufel kriegt dieser Johnson so ein hübsches Mädchen her?

Dann begrüßte Michael die beiden Französinnen. Sie waren Schwestern und machten den zerbrechlichen Eindruck edlen Porzellans in ihren gutgeschnittenen schwarzen Kleidern, die früher sicher einmal dernier cri gewesen sein mochten, man wußte nur nicht genau, wann. Sie waren beide über fünfzig, sehr blaß und trugen ihr Haar gelackt und hochgekämmt. Und sie hatten erstaunlich schlanke und wohlgeformte Beine. Ihre Manieren waren tadellos, und man merkte, daß sie sich während ihrer langjährigen Tätigkeit als Lehrerinnen junger Mädchen eine gute Portion geduldiger Nachsicht in den Dingen des Lebens angeeignet hatten. Michael kamen sie vor wie Besucherinnen aus dem neunzehnten Jahrhundert, deren altmodisches exquisites Benehmen, so höflich und über den Dingen stehend es war, doch die geheime Abneigung gegen die Zeit und die Umstände verriet, in die sie sich versetzt fanden. Obgleich sie sich für diesen Nachmittag in den wohlbemessenen Grenzen ihrer Gesellschaftsklasse zurechtgemacht hatten, schienen hinter dem Rouge ihrer Wangen und den hauchdünn aufgetragenen Augenschatten so etwas wie Sorge und Angst zu lauern, und manchmal schienen ihre Gedanken abzuirren, selbst mitten in der Unterhaltung.

Unauffällig beobachtete Michael die beiden Damen und begriff plötzlich, was es hieß, in diesen Tagen Franzose zu sein: die Deutschen unmittelbar vor Paris, die Riesenstadt ängstlich flüsternd auf den näherkommenden Kanonendonner lauschend, während hier die Nachrichtensprecher alle halben Stunden rigoros die Jazzmusik und Hausfrauenprogramme mit den letzten Meldungen aus Europa unterbrachen und in ihrer betont sorgfältigen amerikanischen Aussprache die so wohlbekannten Namen Reims, Soissons, Marne, Compiègne aufzählten.

Wenn ich nur mehr Takt hätte, dachte Michael, mehr Zartgefühl! Wenn ich nicht ein so schwerfälliger blöder Ochse wäre, dann würde ich die beiden jetzt beiseite nehmen und mit ihnen reden, und irgendwie würde ich die richtigen Trostworte finden. Aber so – es würde plump klingen, und es wären genau die falschen Worte, und ich würde sie nur in Verlegenheit bringen, und alles wäre schlimmer als zuvor. Darüber hatte sich im Erziehungssystem Amerikas noch niemand den Kopf zerbrochen. Alles mögliche brachten sie einem bei, bloß keinen Takt, kein Gefühl für Menschlichkeit, für die hilfreiche Geste.

»Eigentlich widerstrebt es mir, es auszusprechen...« hörte er Johnson in seiner überlegenen Art sagen, »...aber meiner Meinung nach ist die ganze Sache ein grandioser abgemachter Schwindel.«

»Was?« fragte Michael verblüfft. Johnson saß elegant auf dem Rasen, die Knie jungenhaft hochgezogen, und lächelte zu Miß Freemantle auf. Augenscheinlich machte er Eindruck auf sie, und Michael ärgerte sich, daß er Eindruck machte.

»Ein Komplott«, fuhr Johnson fort, »nichts als ein Komplott. Man kann mir doch nicht erzählen, daß die beiden stärksten Armeen der Welt einfach wie Strohhalme zusammenklappen. Das ist ein abgekartetes Spiel.«

»Wollen Sie damit sagen, daß man die Deutschen vorsätzlich nach Paris hineinläßt?« fragte Michael ungläubig.

»Natürlich will ich das sagen.«

»Haben Sie Neues über die Lage gehört, über Paris?« fragte Mlle. Boullard, die jüngere der beiden Schwestern, leise.

»Leider nein«, erwiderte Michael so mitfühlend, wie er konnte. »Noch nichts Neues.«

Die beiden Damen nickten und lächelten, als hätte er ihnen einen Blumenstrauß überreicht.

»Paris wird fallen, darauf können Sie Gift nehmen«, sagte Johnson. Warum, zum Donnerwetter, dachte Michael wütend, müssen wir eigentlich diesen Kerl hier haben?

»Der Plan funktioniert großartig«, dozierte Johnson weiter, »was augenblicklich geschieht, ist nur Sand in die Augen der französischen und englischen Zivilbevölkerung gestreut. In spätestens vierzehn Tagen marschieren die Deutschen in London ein, und vier Wochen später greifen sie alle drei die Sowjetunion an.« Das brachte er triumphierend und bissig heraus.

»Ich glaube, Sie irren sich«, meinte Michael störrisch. »So einfach liegen die Dinge nicht. Irgendwie wird es anders verlaufen, irgendwie...«

»Wie zum Beispiel?« wollte Johnson wissen.

»Das kann ich Ihnen jetzt nicht sagen. Ich habe nur das sichere Gefühl, daß es anders geht. Eben anders.« Obwohl sich Michael in den Augen Miß Freemantles ziemlich dumm vorkam, blieb er bei seiner Meinung.

»Tja, der Glaube macht's«, spöttelte Johnson. »Der Glaube, daß Vater alles in Ordnung bringt. Daß der böse Mann nicht ins Kinderzimmer gelassen wird.«

Jetzt mischte sich Laura ein: »Bitte, bitte... müssen wir dauernd davon sprechen? Wir wollten doch Badminton spielen. Miß Freemantle, spielen Sie Badminton?«

»Ja«, sagte Miß Freemantle. Sie hatte eine dunkle, belegte Stimme, wie Michael sofort bemerkte.

»Wann endlich werden die Menschen aufwachen?« fragte Johnson mit Pathos. »Wann werden sie lernen, den harten Tatsachen ins Auge zu sehen? Wir haben es mit einem riesigen Geschäft zu tun, dem Geschäft des Ausverkaufs der Welt. Abessinien, China, Spanien, Österreich, die Tschechoslowakei, Polen. Alle verkauft und geliefert...«

Ach, diese Namen! dachte Michael, diese grauen Namen. Sie sind so oft gebraucht und mißbraucht worden, daß sie jede Bedeutung verloren haben.

Johnson war nicht kleinzukriegen. Wie ein Pamphlete plärrender Automat deklamierte er: »Die herrschende Klasse der Welt konsolidiert sich. Und so wird's gemacht: Ein paar Kanonen werden abgefeuert, um die Öffentlichkeit irrezuführen, ein paar alte Generalstrottel halten patriotische Reden, und dann kommt das Geschäft, unterzeichnet, verbrieft und gesiegelt.«

Wahrscheinlich hat er recht, dachte Michael traurig. Wahrscheinlich stimmt alles, was er sagt, aufs Haar. Bloß – ein Mann mit nur einem Funken Selbstachtung kann es sich nicht leisten, daran zu glauben. Es gab so etwas wie ein Minimum an Glaubensbereitschaft, das man in Reserve halten mußte, für anständigere Thesen. Und trotz allem, wenn man Johnson so hörte, wie er mit seiner wohlmodulierten universitätsgebildeten Stimme sein politisches Credo vortrug, mit einer Stimme, wie man sie auf Theaterpremieren oder in erstklassigen Restaurants oder auf exklusiven Parties zu hören gewöhnt war, trotz allem, sagte sich Michael wütend, war alles, was er sagte, Mist. Wenn jetzt dieser Ire da wäre, der Säufer auf der Silvesterparty, wie hieß er gleich? – Parrish. Möglicherweise würde er dasselbe sagen. Denn schließlich war es mehr oder weniger das KP-Programm. Aber von Parrish konnte man sich's anhören. Von diesem Johnson nicht. Vielleicht war Parrish schon längst tot, lag grinsend irgendwo in der Nähe des Ebro begraben... Na ja, dachte Michael und maß Johnson in seinen schokoladebraunen Slacks und seinem hellgelben Hemd mit einem boshaften Blick – gleichgültig, was passiert, du wirst auf jeden Fall an keiner Front begraben sein, weder am Ebro noch sonstwo. Das ist sicher.

»Bitte, Herrschaften«, sagte Laura, »ich will endlich Badminton spielen. Darling...« und sie legte ihre Hand auf Michaels Arm, »die Pflöcke, das Netz und das andere Zeug sind hinten auf der Veranda.«

Michael seufzte und sprang auf. Laura hatte recht, Badminton an diesem schönen Nachmittag war besser als Politik.

»Ich helfe Ihnen tragen«, sagte Miß Freemantle, stand auf und folgte Michael. Aber ehe er sich zum Gehen wandte, konnte Michael nicht widerstehen, noch einen letzten Schuß auf Johnson abzufeuern. »Johnson«, sagte er, »ist es Ihnen jemals eingefallen, daß Sie sich irren könnten?«

»Klar«, sagte Johnson schnoddrig. »Aber diesmal irre ich mich nicht.«

»Irgendwo muß doch ein kleiner Rest Hoffnung bleiben«, sagte Michael.

Johnson lachte hämisch: »Woher beziehen Sie Ihre Hoffnung heutzutage? Können Sie mir auch ein paar Pfund abgeben?«

»Warum nicht?« sagte Michael.

»Und worauf hoffen Sie?«

»Ich hoffe auf den Kriegseintritt Amerikas –« dann sah er die beiden Französinnen, wie sie ihn mit ernsten Mienen anblickten.

»Die Schläger sind in der grünen Holzkiste, Michael«, warf Laura nervös ein.

»Sie wollen also, daß auch Amerikaner in diesem Schwindel ihr Leben verlieren?« fragte Johnson spöttisch. »Habe ich Sie richtig verstanden?«

»Wenn es nötig ist, ja«, sagte Michael.

»Das ist mir neu. Kriegshetzer«, meinte Johnson kalt.

»Sie werden lachen, aber ich habe eben erst darüber nachgedacht«, sagte Michael, fest auf ihn hinunterblickend.

»Aha, Leser der New York Times. Die Zivilisation ist in Gefahr«, äffte Johnson nach.

»Genau das. Die Zivilisation muß gerettet werden, sie ist in Gefahr«, sagte Michael.

Jetzt rief Laura wieder: »Wollt ihr endlich aufhören? Los jetzt, Badminton!«

»Wenn Sie so scharf darauf sind, Ihre Zivilisation zu retten, warum melden Sie sich nicht bei der britischen Armee?«

»Vielleicht tu ich's«, sagte Michael nachdenklich, »vielleicht...«

»O nein«, sagte jemand, und Michael wandte sich überrascht um. Es war Miß Freemantle. Sie stand da und hielt sich den Mund zu, als ob sie ihre Worte bereute.

»Wollten Sie etwas sagen?« fragte Michael.

»Eigentlich... eigentlich wollte ich mich nicht einmischen«, stotterte sie, und dann wurde sie sehr ernst: »Sie dürfen nicht sagen, daß wir in den Krieg eintreten sollten.« Natürlich, dachte Michael bitter, ein Mitglied der Kommunistischen Partei. Woher sollte sie Johnson auch sonst kennen? Schade, man sieht es ihr nicht an. So etwas Hübsches.

»Und wenn Rußland in den Krieg verwickelt würde, dann wäre es natürlich etwas ganz anderes, nicht wahr?« fragte Michael.

»Durchaus nicht, das würde nichts an meiner Meinung ändern«, antwortete Miß Freemantle. – Wieder falsch eingeschätzt, dachte Michael. Höchste Zeit, daß ich es aufgebe, etwas auf den ersten Eindruck zu geben.

»Es nützt ja nichts«, fuhr das Mädchen zögernd fort, »es kommt nie etwas dabei heraus. Vor allem fallen immer die besten, klügsten, nettesten jungen Männer. Meine Freunde, meine Vettern... vielleicht klingt das sehr egoistisch, aber... Ich kann es nicht ertragen, wenn Leute so reden wie Sie eben. Ich war in Europa, und die haben genauso geredet wie Sie. Wenn ich daran denke, daß die jungen Burschen, mit denen ich drüben getanzt habe oder Ski gelaufen bin, vielleicht heute schon tot sind... Ich ertrage das nicht. Wofür das Ganze? Da wird geredet und geredet und so lange geredet, bis kein anderer Ausweg mehr übrigzubleiben scheint, als sich gegenseitig umzubringen. Entschuldigen Sie«, sagte sie ruhiger, »ich wollte Ihnen keine Vorlesung halten. Wahrscheinlich kommt Ihnen meine Anschauung als dummes Frauengeschwätz vor...«

Michael wandte sich an die beiden Französinnen. »Mlle. Boullard... wie sehen Sie die Dinge, als Frau?«

»Bitte, Michael! Was soll das?« fragte Laura ärgerlich.

Die jüngere der Französinnen antwortete höflich und zurückhaltend: »Wie wir die Dinge sehen? Ich fürchte, wir können uns den Luxus einer eigenen Meinung im Augenblick nicht leisten.«

Wieder versuchte Laura, das Gespräch in andere Bahnen zu lenken: »Michael, zum Kuckuck, geh endlich und hole das Zeug!«

»Ja, gleich«, sagte Michael.

»Und Sie, Roy, hören auch auf!« sagte Laura zu Johnson.

»Zu Befehl, Madame«, antwortete Johnson grinsend. »Soll ich Ihnen zur Abwechslung den neuesten Klatsch erzählen?«

»O ja, bitte! Ich kann's kaum erwarten«, Laura ging sofort auf den frivolen, plätschernden Tee-Party-Ton ein. Michael und Miß Freemantle setzten sich inzwischen in Richtung der hinteren Veranda in Bewegung.

»Also«, begann Johnson, »Josephine hat einen Neuen. Den schlanken blonden Filmschauspieler mit dem ausdrucksvollen Gesicht, Moran heißt er.« Mit jähem Ruck blieb Michael stehen, als er den Namen hörte, so daß Miß Freemantle, die hinter ihm ging, beinahe mit ihm zusammengestoßen wäre. »Hat ihn in einer Kunstgalerie kennengelernt – sagt sie. Haben Sie nicht letztes Jahr einen Film mit ihm gemacht, Laura?«

»Doch«, sagte Laura. Michael schaute prüfend zu ihr hinüber, um herauszufinden, ob ihr Gesichtsausdruck sich bei der Erwähnung des Namens Moran veränderte. Aber nichts geschah. »Ziemlich vielversprechender Bursche«, sagte sie, »'n bißchen leichtsinnig, aber ganz gescheit!« Mit Frauen kannte man sich doch nie aus, dachte Michael. Die sind imstande, sich glatt in den Himmel zu lügen, ohne mit der Wimper zu zucken.

»Er kommt übrigens heute nachmittag her«, fuhr Johnson fort, »Moran, meine ich. Er spielt in der Premiere des Sommertheaters, und ich dachte, es wäre ganz nett, ihn mit einzuladen. Sie haben doch nichts dagegen, Laura?«

»Durchaus nicht«, sagte Laura. Michael beobachtete sie scharf und bemerkte, wie ein leichtes Zucken über ihr Gesicht huschte, nur den Bruchteil einer Sekunde lang. Dann wandte sie sich zur Seite, und Michael konnte nichts mehr sehen. Das nennt sich nun Ehe, dachte er bitter.

»Oh, Mr. John Maron«, rief die jüngere Mlle. Boullard voll Bewunderung aus. Ihre Stimme klang auf einmal lebhaft und entzückt. »Ich bin ganz aufgeregt. Ich finde ihn wundervoll, so männlich. Und das ist doch sehr wichtig bei einem Schauspieler, nicht wahr?«

»Soviel ich weiß, ist er schwul«, sagte Michael zynisch. Diese Weiber! Eben noch dem Weinen nahe, weil ihr Land die schändlichste Niederlage seiner Geschichte erlitt, und jetzt fallen sie beinahe vom Stuhl wegen 'nem hübschen Hohlkopf von Filmstar. So männlich! Daß ich nicht lache!

»Glaub' ich nicht«, sagte Johnson. »Er kann nicht schwul sein, sonst würde ich ihn nicht jedesmal mit einer anderen Frau sehen.«

»Vielleicht ist er bi«, meinte Michael trocken, »fragen Sie meine Frau. Sie hat ja mit ihm gearbeitet.« Dabei schielte er zu Laura hin und kam sich lächerlich vor und konnte es doch nicht lassen, sie zu belauern.

»Ich habe keine Ahnung«, sagte Laura kühl und gleichgültig. »Ich weiß nur, daß er Harvard-Student war.«

»Wenn er kommt, frage ich ihn«, sagte Michael. »Gehen wir das Netz holen, Miß Freemantle, sonst gibt's Krach mit meiner Frau. Los, arbeiten!« Sie liefen nebeneinander nach der Rückseite des Hauses. Das Mädchen benutzte ein frisches, unauffälliges Parfüm und hatte einen ungezwungenen, natürlichen Gang, der Michael zum Bewußtsein brachte, wie jung sie noch sein mußte.

»Wann sind Sie in Europa gewesen?« fragte er sie. Zwar interessierte es ihn nicht besonders, aber er wollte sie reden hören.

»Vor einem Jahr, vor etwas über einem Jahr«, sagte sie.

»Und wie war's?«

»Sehr schön«, sagte sie. »Und schrecklich. Denen ist nicht zu helfen. Wir können anfangen, was wir wollen.«

»Sie meinen, Johnson hat recht?« fragte er.

»O nein. Johnson redet einfach nach, was andere ihm vorerzählen. Wie ein Papagei. Er hat keinen einzigen eigenen Gedanken im Kopf.« Das gefiel Michael, und er lächelte maliziös in sich hinein.

»Natürlich ist er ein netter Kerl«, sagte sie rasch und entschuldigend, und Michael dachte, Europa hat ihr gutgetan. Sie spricht leiser und zuvorkommender als amerikanische Frauen. »Er ist anständig und großzügig und meint es gut. Aber er sieht die Dinge viel zu einfach. Wer Europa kennt, weiß, wie verzwickt alles ist. Es ist wie ein Mann, der an zwei verschiedenen Krankheiten leidet. Was Medizin ist für die eine, ist Gift für die andere. Johnson glaubt, man brauche nur frische Luft, staatliche Kinderheime und starke Gewerkschaften zu verschreiben, und schon sei der Patient gesund. Von mir sagt er, ich wisse nicht, was ich wolle«, fügte sie spöttelnd hinzu.

»Natürlich«, meinte Michael. »Wer mit den Kommunisten nicht einverstanden ist, weiß nicht, was er will. Darin liegt ihre Stärke. Sie sind so von sich überzeugt, wissen ganz genau, was sie zu tun haben. Und wenn nachher alles falsch war, so haben sie wenigstens gehandelt.«

»Ich bin nicht so sehr für Handeln um jeden Preis«, warf Miß Freemantle ein. »Ich habe einiges davon in Österreich kennengelernt.«

»Sie haben sich eben eine falsche Zeit zum Leben ausgesucht, meine Liebe«, sagte er. »Ich übrigens auch.« Sie waren an der Rückseite des Hauses angekommen und beluden sich mit den Sachen. Miß Freemantle nahm das Netz und die Schläger, und Michael trug die beiden Pflöcke über der Schulter. Dann liefen sie langsam zurück. Während sie so Seite an Seite allein unter den schattigen Ahornbäumen dahinschlenderten, hatte Michael das prickelnde Gefühl geheimer Verbundenheit mit dem Mädchen, ohne Wissen der Umwelt.

»Wissen Sie was«, sagte er. »Ich habe eine großartige Idee: Ich gründe eine neue Partei, die die Welt von allen Übeln befreit.«

»Da bin ich aber gespannt«, meinte sie ernst.

»Jawohl, die Partei der absoluten Wahrheit. Sobald ein Problem auftaucht, irgendeine Frage zu klären ist... zum Beispiel: München, oder was tut man mit Linkshändern, oder die Freiheit Madagaskars oder die Preise der New Yorker Theaterkarten... ganz egal was, sind die Führer der Partei verpflichtet, ehrlich und offen ihre persönliche Meinung zu dem Thema zu sagen. Statt wie es heute ist, wo jeder weiß, daß niemand jemals seine eigene Meinung sagt.«

»Und wie viele Mitglieder hat die Partei?«

»Eines«, sagte Michael, »mich.«

»Machen Sie zwei daraus.«

»Treten Sie bei?«

»Wenn ich darf«, sagte sie spitzbübisch.

»Mit Vergnügen«, sagte er. »Was meinen Sie, wird das Programm einschlagen?«

»Nicht die Bohne«, sagte sie.

»Ich bin ganz Ihrer Meinung. Ach, ich glaube, ich muß mit der Gründung noch ein paar Jahre warten.« Sie hatten beinahe die vordere Ecke des Hauses erreicht, und Michael dachte mit Widerwillen daran, daß er mit ihr wieder unter die fremden Leute treten und sie Gästen, Gastgebern und dem hohlen Geschwätz ausliefern mußte.

»Margret«, sagte er plötzlich.

»Ja?« Sie blieb stehen und sah ihn fragend an. Sie weiß genau, was ich sagen will, dachte Michael. Um so besser.

»Margret, darf ich Sie in New York wiedersehen?« fragte er leise.

Sie sahen sich einen Augenblick schweigend an. Sie hat Sommersprossen auf der Nase, dachte er.

»Ja«, sagte sie einfach.

»Ich kann jetzt nicht mehr sagen«, flüsterte er.

»Das Telefonbuch«, sagte sie rasch. »Mein Name steht im Telefonbuch.«

Dann wandte sie sich um und ging um die Ecke, in ihrem charakteristischen Gang, gerade und graziös, trotz der Last des Netzes und der Schläger. Ihr weiter Glockenrock schwang um ihre schlanken braunen Beine. Michael blieb einen Augenblick stehen, um seinem Gesicht einen gleichgültigen Ausdruck zu geben. Dann folgte er ihr unbefangen in den Garten.

Die anderen Gäste waren inzwischen eingetroffen. Tony und Moran und ein Mädchen mit roten Slacks und einem Strohhut, dessen Rand mindestens fünfzig Zentimeter breit war.

Moran war groß und sehr schlank und trug ein dunkelblaues Hemd mit offenem Kragen. Die Sonne hatte sein Gesicht tiefbraun gebrannt, und sein Haar fiel ihm jungenhaft ins Gesicht, als er Michael lächelnd die Hand schüttelte. Warum, zum Donnerwetter, kann ich nicht so aussehen, dachte Michael dumpf, als er den festen Händedruck fühlte. Aber ich bin ja auch kein Schauspieler.

»Ja«, hörte er sich sagen, »wir kennen uns von New York her, Silvester. Als Arney sich aus dem Fenster stürzen wollte.«

Tony sah seltsam aus. Als Michael ihn Miß Freemantle vorstellte, verzog er keine Miene. Er setzte sich zusammengekrümmt auf den Rasen, als ob er Schmerzen hätte. Sein Gesicht war blaß und verstört, und das lange dunkle Haar hing unordentlich über die hohe Stirn. Er war Lektor für französische Literatur an der Rutgers-Universität. Obwohl Italiener von Geburt, war sein Teint blasser und sein Gesichtsausdruck sehr viel ernster, als man es bei Italienern findet. Michael war mit ihm zur Schule gegangen und hatte sich im Laufe der Jahre eng mit ihm angefreundet. Er sprach immer mit scheuer, gedämpfter Stimme, wie man in einer öffentlichen Bibliothek flüstert, um andere nicht zu stören. Mit den Damen Boullard war er sehr befreundet. Er besuchte sie zwei-, dreimal wöchentlich zum Tee; höflich und zweisprachig unterhielt man sich. Aber heute schenkten sie sich keinen Blick.

Michael fing an, einen der Pflöcke aufzustellen. Während er ihn in den Rasen bohrte, hörte er das Mädchen in den roten Slacks mit affektiert hoher Stimme sagen: »Das Hotel ist unmöglich. Ein einziges Bad für das ganze Stockwerk und Betten wie Steinbrüche. Und überall idiotische Kretonne-Bezüge, die von oben bis unten verwanzt sind. Und die Preise!«

Michael sah Margret an und schüttelte übertreibend den Kopf, als ob ihn die Lamentationen des rothosigen Mädchens tief betrübten. Margret lächelte flüchtig zurück und senkte dann die Augen. Denn Laura blickte Michael scharf an. Er bemerkte es und dachte, wie sie's anstellte, ihre Augen überall zu haben. Wenn sie ihr Talent bloß für nützlichere Zwecke anwenden würde...

»Du machst das falsch«, sagte Laura, »so steht der Baum im Weg.«

»Bitte, Laura, das ist meine Sache«, protestierte er.

»Trotzdem, alles verkehrt«, wiederholte Laura halsstarrig. Michael nahm keine Notiz von ihr und bohrte den Pflock tiefer ein.

Plötzlich standen die beiden Französinnen auf und zogen ihre Handschuhe wie Marionetten mit gleichen ruckartigen Bewegungen an. »Vielen Dank für den reizenden Nachmittag«, sagte die jüngere steif, »wir bedauern außerordentlich, jetzt gehen zu müssen.«

Michael richtete sich überrascht auf. »Aber Sie sind doch eben erst gekommen«, sagte er.

»Leider hat meine Schwester gräßliche Kopfschmerzen«, sagte die jüngere wieder, wie eingelernt. Beide gingen von einem zum anderen und schüttelten jedem die Hand, nur Tony nicht. Sie übersahen ihn vollkommen, taten, als ob er Luft wäre. Tony betrachtete das Manöver mit einem befremdeten, überraschten Gesicht. Er sah irgendwie schutzlos aus und schien unter der eisigen Ablehnung der beiden Damen zu frieren.

Schließlich nahm er seinen altmodischen Strohhut, den er immer mit sich herumtrug, stand auf und sagte: »Nicht nötig, gar nicht nötig. Sie können bleiben. Ich gehe.« Peinliches Schweigen trat ein. Niemand sah Tony oder die beiden Schwestern an.

»Es hat uns sehr gefreut, Sie kennenzulernen«, sagte die jüngere Mlle. Boullard kühl zu Moran. »Wir haben Ihre Filme immer sehr bewundert.«

»Vielen Dank, Sie sind zu liebenswürdig«, sagte Moran ein bißchen linkisch und sehr sympathisch.

Schauspieler! dachte Michael. »Hören Sie auf!« schrie Tony, weiß im Gesicht. »Um Himmels willen, Hélène, hören Sie mit dem Unsinn auf!«

»Sie brauchen uns nicht zum Gartentor zu begleiten«, fuhr Mlle. Boullard unbeirrt fort, »wir finden den Weg allein.«

Tony sagte laut zu allen Anwesenden: »Ich verlange eine Erklärung. So kann man seine Freunde nicht behandeln.« Und zu Michael gewandt, der verlegen an seinem Pflock herumhantierte: »Es ist mir einfach unverständlich. Hier sind zwei Frauen, die ich seit zehn Jahren kenne. Zwei vernünftige, intelligente Frauen...« Jetzt drehten sich die Schwestern nach ihm um und maßen ihn mit eisigen, verachtungsvollen Blicken. »Das ist der Krieg, dieser verfluchte Krieg«, rief er. »Hélène, Rochelle, ich bitte Sie, seien Sie doch vernünftig, und tun Sie mir das nicht an! Ich stehe nicht vor Paris, ich schieße nicht auf Franzosen. Ich bin Amerikaner und liebe Frankreich und hasse Mussolini und bin ihr Freund...«

»Wir sprechen nicht mit Ihnen«, erklärte die jüngere Mlle. Boullard, »mit keinem Italiener.« Damit nahm sie ihre Schwester bei der Hand, beide verneigten sich leicht vor den übrigen Gästen und rauschten in ihren steifen schwarzen Teekleidern, mit ihren eleganten Handschuhen und Sommerhüten dem Gartenausgang zu.

Die Krähen machten einen Heidenlärm in dem hohen, fünfzig Meter entfernt stehenden Baum. Ihr Krächzen klang schrill und kreischend an das Ohr der schweigsamen Gesellschaft.

»Komm, Tony«, sagte Michael. »Ich schenke dir einen Drink ein.«

Wortlos und mit verkniffenen Lippen folgte Tony Michael ins Haus. In der Hand hielt er immer noch seinen Strohhut mit dem hellgestreiften Band.

Michael holte zwei Gläser, schenkte zwei doppelte Whiskys ein und reichte Tony schweigend ein Glas. Draußen lebte die Unterhaltung langsam wieder auf, und Michael hörte unter dem Lärmen der Krähen, wie Moran ernsthaft sagte: »Sind das nicht großartige Typen? Wie aus einem französischen Film von neunzehnhundertfünfundzwanzig.«

Tony nippte gedankenvoll an seinem Whisky. In der anderen Hand hielt er seinen Strohhut, und seine Augen waren sorgenvoll ins Leere gerichtet. Michael wäre gerne einem Impuls gefolgt, zu ihm hinüberzugehen und ihn zu umarmen, wie er früher Tonys Brüder sich umarmen gesehen hatte, wenn sie sich trösten wollten. Aber er hatte Hemmungen. Er drehte das Radio an und nahm einen langen Schluck, während der Apparat mit kratzendem Geräusch auf Touren kam.

»Auch Sie können schöne weiße Hände haben«, sagte eine hypnotisch-eindringliche Stimme. Dann hörte man einen Knacks, und darauf trat Stille ein. Und dann sprach eine andere, etwas heisere Stimme, die ein leichtes Zittern verriet, als sie sagte: »Wir bringen eine Sondermeldung. Wie soeben verlautet, ist Paris von den Deutschen eingenommen worden. Es wurde kein Widerstand geleistet. Die Stadt ist unbeschädigt. Weitere Nachrichten folgen in Kürze. Bleiben Sie auf dieser Welle.« Anschließend kam Orgelmusik, die ohne erkennbares Thema anschwoll und die man im allgemeinen als »leicht klassisch« bezeichnet.

Tony setzte sich und stellte sein Glas auf den Tisch. Michael starrte das Radio an. Er kannte Paris nicht. Irgendwie hatte er nie genügend Geld oder Zeit gehabt, ins Ausland zu reisen. Aber während er den kleinen nichtsnutzigen Apparat anstierte, das Echo der folgenschweren Worte im Ohr, die die heisere Stimme soeben verkündet hatte, versuchte er sich vorzustellen, wie es an diesem Nachmittag in der französischen Hauptstadt aussehen mochte: Die breiten, weltbekannten Boulevards, die Cafés, leer und geschlossen, die prunkvollen Denkmäler, stolze Zeugen vergangener Siege, im Sonnenlicht flimmernd, und die deutschen Formationen dröhnend durch die Straßen marschierend. Womöglich war diese Vorstellung ganz falsch, denn komischerweise konnte man sich deutsche Soldaten nie zu zweit oder dritt denken, sondern immer nur als zackig marschierende Kolonnen, und jede Kolonne sah wie ein rechteckiger Tausendfüßler aus. In Wirklichkeit schlichen sie sich wahrscheinlich mit äußerster Vorsicht an den Häuserwänden entlang, Gewehr im Anschlag und die geschlossenen Fensterläden im Auge und beim leisesten Geräusch bereit, in Deckung zu gehen.

Verflucht, dachte er voll Reue, warum bin ich nicht hinübergefahren, als ich Gelegenheit dazu hatte... im Sommer sechsunddreißig zum Beispiel, oder noch dieses Frühjahr. Aber natürlich schob man immer alles auf, bis es zu spät war. Und dann kommt's so. Er erinnerte sich der Bücher, die er über Paris gelesen hatte: die erregenden zwanziger Jahre in der bacchantischen Stimmung des mit knapper Not beendeten ersten Krieges. Die witzigen, illusionslosen amerikamüden Emigranten in den berühmten Bars, die schönen Frauen, die klugen, zynischen jungen Männer mit dem Pernod in der einen und dem American-Express-Scheck in der anderen Hand. Alles unwiederbringlich vorbei. Alles unter Panzerraupen zermalmt. Und er hatte es nie gesehen und würde es nie mehr sehen.

Er schaute Tony an. Der saß da und weinte. Er hatte zwei Jahre in Paris gelebt und ihm oft vorgeschwärmt, was sie alles anstellen würden, wenn sie zusammen eine Ferienreise nach Frankreich machten. Die süßen kleinen Bistros, die grünen Ufer der Marne, das alte Restaurant, wo es den wunderbaren Weißwein in Karaffen auf blanken Holztischen gab.

Michael fühlte seine Augen feucht werden und kämpfte wütend dagegen an. Ach was! sagte er sich. Nichts als Sentimentalität, billige spießige Sentimentalität. Paris ist schließlich eine Stadt wie jede andere auch. Ich war nie da und damit basta!

»Michael! Michael!« tönte es von draußen. Es war Lauras Stimme. Und immer wieder, aufdringlich und auf die Nerven gehend: »Michael!«

Michael trank sein Glas aus. Dabei sah er Tony an und hätte beinahe etwas gesagt, schwieg aber und ließ ihn sitzen. Dann ging er langsam in den Garten hinunter. Dort saßen sie steif herum, Moran, Johnson, das Mädchen, das Moran mitgebracht hatte, und Miß Freemantle, und Michael sah mit einem Blick, daß die Konversation an einem toten Punkt angelangt war. Wenn sie bloß nach Hause gingen, dachte er.

Laura trat auf ihn zu und legte ihre Hand auf seine Schulter: »Sag mal, Michael, spielen wir in diesem Sommer noch Badminton oder müssen wir bis neunzehnhundertfünfzig warten?« Und dann, mit halber Stimme zischend, nur für ihn bestimmt: »Los jetzt. Benimm dich. Du hast Gäste. Tu etwas und überlasse nicht alles mir!« Und ehe Michael antworten konnte, hatte sie sich umgewandt und lächelte Johnson an.

Langsam lief Michael zum zweiten Pflock hinüber, der immer noch nicht aufgerichtet war, und sagte trocken: »Ich weiß nicht, ob es Sie interessiert – aber Paris ist gefallen.«

»Nein!« rief Moran aus, »das ist unmöglich!«

Miß Freemantle sagte nichts. Michael sah, wie sie mit gesenkten Augen die Hände im Schoß faltete.

»War gar nicht zu vermeiden«, kommentierte Johnson. »Jeder mußte es kommen sehen.« Michael nahm den zweiten Pflock und stieß die scharfe Spitze in den Rasen.

»Das ist doch die falsche Stelle«, klang Lauras Stimme scharf und böse. »Wie oft muß ich dir noch sagen, daß er da nicht hingehört.«

Sie rannte zu Michael hinüber und riß ihm den Pflock aus der Hand. Dabei trug sie einen Schläger in der Hand und schlug ihm damit rücksichtslos über den Arm. Er blickte sie erstaunt an, seine Hände nach dem Pflock ausgestreckt. Sie heult ja, dachte er, warum heult sie eigentlich?

»Hier gehört er hin, hier!« rief sie hysterisch und stieß den Pflock wie eine Verrückte ein paarmal auf den Rasen.

Michael riß den Pflock an sich. Er wußte nicht, warum er das tat, aber er wußte ganz genau, daß er es nicht eine Minute mehr mitansehen konnte, wie seine Frau den Pflock, schreiend und wie eine Irre hin und her hantierend, in den Rasen bohrte.

»Ich habe dir schon mal gesagt, daß das meine Sache ist. Halte endlich den Mund!« sagte er bissig.

Laura schaute ihn an, und ihr hübsches Gesicht verzerrte sich in Haß. Sie hob den Arm und schleuderte den Badminton-Schläger gegen seinen Kopf. Michael traute seinen Augen nicht, als er den Schläger durch die Luft sausen sah. Es schien ihm eine Ewigkeit zu dauern, wie er heranwirbelte, mit den Bäumen und den Hecken im Hintergrund. Dann hörte er einen dumpfen, pfeifenden Laut, und das Ding fiel zu seinen Füßen nieder. Jetzt erst merkte er, daß es ihn über dem rechten Auge getroffen hatte. Das Auge tat weh, und er fühlte, wie Blut von seiner Stirn herunterrieselte. Nach einer Weile tropfte etwas davon in sein Auge, warm und dick. Laura stand immer noch da, weinend und starr, mit haßerfülltem Gesicht.

Michael legte den Pflock vorsichtig auf den Rasen, wandte sich um und ging dem Hause zu. Tony kam heraus, sie liefen aneinander vorbei, ohne etwas zu sagen.

Michael ging ins Wohnzimmer. Aus dem Radio erklang immer noch Orgelmusik. Er stellte sich gegen den Kaminsims und blickte in den darüber angebrachten Spiegel, der in einem goldenen, reich verzierten Rahmen gefaßt war. Offenbar war das Glas konvex geschliffen, denn sein Gesicht kam ihm verzerrt vor: Die Nase war länger als sonst, und Stirn und Kinn flohen nach hinten. Der rote Fleck über seinem Auge schien unbedeutend und weit weggerückt im Spiegel. Während er sich betrachtete, hörte er die Tür gehen und vernahm Lauras Schritte hinter sich. Zuerst drehte sie das Radio aus.

»Du weißt, daß ich Orgelmusik nicht leiden kann«, sagte sie mit zitternder und böser Stimme.

Er wandte sich um und blickte sie an. Sie stand da in ihrem sommerlich geblümten Kleid, blaßrosa und weiß, ihre braungebrannte Haut war zwischen Taille und Büstenhalter zu sehen, hübsch, schlank und ganz dem entsprechend, was die Modejournale für diesen Sommer vorschrieben. Sie sah wie eine Reklameseite aus der *Vogue* aus. Aber ihr bitteres, hartes Gesicht, von Tränen überströmt, zerstörte diese Harmonie.

»Das genügt«, sagte Michael. »Wir sind fertig miteinander. Das ist dir wohl klar.«

»Großartig, ganz einverstanden. Ich wüßte nicht, was mir lieber wäre.«

»Und da wir gerade reinen Tisch machen, kann ich dir ja sagen, daß ich über dich und Moran auch Bescheid weiß. Ich habe dich genau beobachtet.«

»Dann ist's ja gut. Wenn's dich beruhigt, bestätige ich dir, daß deine Beobachtungen stimmen. Sonst noch etwas?«

»Nein«, sagte er, »ich fahre mit dem Fünf-Uhr-Zug.«

»Und steh bloß nicht da wie ein gottverdammter Märtyrer!« fauchte sie ihn an. »Ich weiß auch einiges über dich. Auch ich habe Beobachtungen gemacht. Deine dämlichen Briefe, die du mir nach Hollywood schriebst – ich fühle mich so einsam ohne dich – ich habe so Sehnsucht nach dir –. Du warst gar nicht so einsam, mein Lieber! So wenig einsam, daß es mir langsam zu dumm wurde, nach New York zu kommen und mich von deinen Freundinnen bemitleiden und bespötteln zu lassen. Und auf wann hast du dich mit Miß Freemantle verabredet? Dienstag zum Lunch? Soll ich ihr sagen, daß sich dein Terminkalender geändert hat? Du kannst sie jetzt schon morgen treffen…« Ihr Gesicht wurde immer härter, ein böses Rot verbreitete sich über ihre tränenverschmierten Wangen, und hinter allem lauerten der aufgespeicherte Haß und das Elend ihrer verpfuschten Ehe.

»Sei endlich still. Ich will nichts mehr hören«, sagte Michael schuldbewußt und verbittert.

Jetzt schrie sie: »Hast du noch Fragen? Andere Männer, mit denen ich etwas gehabt habe? Am besten schreibe ich dir eine Liste auf.«

Und dann brach sie zusammen. Sie ließ sich auf die Couch sinken (ein bißchen zu graziös, dachte er kalt), vergrub ihr Gesicht in den Kissen und schluchzte. Zerbrechlich und bemitleidenswert sah sie aus. Ihr zerzaustes Haar lag wie ein seidener Fächer um den Kopf; sie wirkte wie ein kränkliches Kind auf einer Geburtstagsparty. Michael mußte sich sehr zusammennehmen, daß er nicht zu ihr ging, sie in die Arme schloß und ihr leise »Baby, Baby« ins Ohr flüsterte. Er wußte, wie sie zu trösten war.

Aber er wandte sich ab und ging hinaus. Die Gäste hatten sich diskret in die entfernteste Ecke des Gartens verzogen und standen steif und unbehaglich herum. Ihre hellen Kleider hoben sich pittoresk gegen den blättergrünen Hintergrund ab. Michael ging zu ihnen und fuhr sich dabei mit dem Handrücken über den Schnitt am Auge, um zu fühlen, ob er noch blutete.

»Heute wird es wohl nichts mehr werden mit Badminton. Ich glaube, es ist besser, Sie gehen«, sagte er. »Unsere Gartenparty war nicht gerade die erfolgreichste der pennsylvanischen Sommersaison.«

»Wir wollten eben gehen«, antwortete Johnson steif.

Michael gab niemandem die Hand. Er stand da und blickte über die Köpfe der aufbrechenden Gäste hinweg irgendwohin in die Ferne. Miß Freemantle warf ihm einen schnellen Blick zu und sah dann zu Boden, als sie ging. Michael sagte nichts. Schließlich hörte er das Gartentor hinter ihnen zufallen.

Er stand allein auf dem Rasen und spürte, wie die Sonnenstrahlen die Wunde klebrig machten. Die Krähen in den Zweigen über ihm lärmten weiter. Er haßte sie. An der Gartenmauer lagen ein paar Steine. Er ging hinüber und suchte sorgfältig einige besonders glatte, schwere aus. Dann richtete er sich auf und zielte nach einem Zweig, auf dem er mehrere Krähen bemerkte. Er schwang den Arm zurück und warf den Stein nach drei Vögeln, die in einem schwarzen Klumpen zusammenhockten. Er spürte die Muskeln in seinem Arm und warf mit Lust und Wut einen Stein nach dem anderen in das dichte Blättergestrüpp. Die Vögel flatterten mit hysterischem Gekrächz davon, und Michael warf ihnen noch einen Stein nach, ohne zu treffen. Sie verschwanden in einem nahegelegenen Gehölz. Dann herrschte Stille im Garten. Schläfrig und schwül lag er in der späten Nachmittagssonne.

6. *Kapitel*

Noah lief nervös im Zimmer auf und ab. Es war seine erste Party, und er hatte keinerlei Erfahrung, wie man so etwas arrangierte. Er ging in seinem Gedächtnis sämtliche Filme und Magazinstories durch, die er kannte und in denen Parties vorgekommen waren. Zweimal lief er in die Kleinstküche hinüber, um die drei Dutzend Eiswürfel nachzuzählen, die er und Roger im Drugstore an der Ecke gekauft hatten. Dann schaute er auf die Uhr, ohne wirklich festzustellen, wie spät es war. Hoffentlich würde Roger mit seinem Mädchen noch rechtzeitig aus Brooklyn zurückkommen, ehe die ersten Gäste eintrafen, denn er würde todsicher alles falsch machen, und zwar gerade da, wo es darauf ankam, sich überlegen und routiniert zu benehmen. Roger Cannon und er bewohnten zusammen ein Zimmer in einer Querstraße der Riverside Drive, nicht weit von der Columbia-Universität in New York City. Es war ein schöner, großer Raum mit einem Kamin, in dem man allerdings kein Feuer anmachen konnte, und wenn man sich aus dem Badezimmerfenster ein bißchen hinauslehnte, konnte man den Hudson sehen.

Nach dem Tod seines Vaters war Noah langsam von der Westküste quer durch den Kontinent gestreunt, bis er nach New York kam. New York wollte er schon immer kennenlernen, und außerdem gab es kein Fleckchen Erde auf der Welt, mit dem er etwa verwurzelt gewesen wäre. Schon zwei Tage nach seiner Ankunft hatte er eine Anstellung gefunden, und kurze Zeit später hatte er Rogers Bekanntschaft in der öffentlichen Bibliothek in der Fifth Avenue gemacht.

Kaum glaublich, daß es einmal eine Zeit gegeben hatte, in der er Roger nicht gekannt hatte, in der er tagelang durch die Straßen der großen Stadt vagabundiert war, ohne mit irgend jemand ein Wort zu sprechen, eine Zeit, in der niemand sein Freund war, keine Frau ihm einen Blick schenkte, keine Straße nach Heimat aussah und eine Stunde so langweilig war wie die andere.

Damals, in der Bibliothek, hatte er grüblerisch vor den leeren Regalen mit ihren Reihen graugebundener Bücher gestanden und – er erinnerte sich noch deutlich – gerade nach einem Band Yeats gelangt und dabei den Mann neben sich angestoßen. »Verzeihung«, hatte er gemurmelt, und so hatte es angefangen. Ein Wort gab das andere, und schließlich waren sie in angeregter Unterhaltung zusammen weggegangen, hinaus auf die regnerische Straße, und von da um den ganzen Block, diskutierend und redend. Roger lud ihn dann zu einem Bier in eine Bar in der Sixth Avenue ein, und als sie sich trennten, hatten sie sich zum Essen auf den folgenden Abend verabredet.

Noah hatte eigentlich nie einen richtigen Freund gehabt. Seine unstete, hektische Kindheit, die ewigen Aufbrüche und die Unmöglichkeit, sich irgendwo einzuleben, ließen ihn nie über das Stadium flüchtiger Bekanntschaften hinausgelangen. Dazu kam seine mimosenhafte Schüchternheit, die irgendwie in der ihm von den Erwachsenen eingeredeten Überzeugung wurzelte, er sei ein schwieriges, schlecht lenkbares Kind. Ein Komplex, der sehr wenig geeignet war, etwaige Ansätze in der Anknüpfung von Freundschaften zu fördern. Roger war vier oder fünf Jahre älter als Noah, groß und mager, mit schmalem Kopf. Das dunkle Haar trug er kurzgeschnitten. Seinen Gang und seine schlaksigen Bewegungen bewunderte Noah im geheimen. Sie galten ihm als Merkmale einer guten und teuren College-Erziehung. Zwar hatte Roger nie ein College besucht, aber er gehörte zu den jungen Leuten, deren sicheres Auftreten Selbstvertrauen und eine abgerundete Persönlichkeit verrät. Er betrachtete seine Umwelt und ihre Schwächen mit einer trockenen Art nonchalanter Ironie, die Noah übrigens begierig nachzuahmen suchte.

Aus welchen Gründen, konnte Noah nie verstehen – aber Roger mochte Noah. Wahrscheinlich, dachte sich Noah, hatte er Mitleid mit ihm, mit seiner Einsamkeit in der großen Stadt, seinem schäbigen Anzug, seinem schüchternen, unausgegorenen Wesen. Auf jeden Fall, nachdem sie sich zwei-, dreimal in den schrecklichen kleinen Bars getroffen hatten, in denen Roger merkwürdigerweise gerne herumsaß, oder zum Essen in den billigen italienischen Restaurants, fragte Roger einmal wie nebensächlich: »Gefällt dir eigentlich das möblierte Zimmer, in dem du haust?«

»Kann ich nicht behaupten«, antwortete Noah ehrlich. Es war ein dunkler, schlauchartiger Käfig in einem Mietshaus in der 28. Straße und hatte feuchte Wände und Wanzen. Und das Abflußrohr der Toilette war über der Tür.

»Hast du Lust, zu mir zu ziehen?« schlug Roger gleichgültig vor. »Mein Zimmer ist groß und hat zwei Couches. Wenn du nichts dagegen hast, daß ich in der Nacht manchmal auf dem Klavier klimpere...«

Zögernd und ungläubig, daß es in der großen, geschäftigen Stadt einen Menschen geben sollte, dem an seiner Freundschaft etwas lag, hatte er das Angebot angenommen und war eines Tages in Rogers geräumiges, verwohntes Zimmer unten am Fluß gezogen. Roger entpuppte sich beinahe als der große Musterfreund, wie ihn Kinder oft in ihren fantastischen Träumen erfinden. Er war unkompliziert, rücksichtsvoll und praktisch. Während er nichts von seiner Umgebung verlangte, schien es ihm Spaß zu machen, den jungen Freund in seiner bescheidenen, unauffälligen Art ein bißchen zu bilden. Wenn er über Bücher sprach oder über Musik, Malerei, Politik, Frauen, so geschah es auf eine nebensächliche, improvisierte Weise, die der andere nicht als Absicht erkennen konnte. Er kannte Frankreich und Italien und sprach in seinem langsamen, etwas harten Neuengland-Akzent über die antiken Städte und berühmten Kunstwerke dieser Länder so vertraut und ohne viel Aufhebens, wie man von Verwandten redet. Er hatte seine eigenen sarkastischen Theorien über das britische Empire, über die Funktionen der Demokratie in den Vereinigten Staaten, über moderne Poesie und Choreographie und den Film und den Krieg. Er war ganz und gar nicht ehrgeizig. Er arbeitete, gelegentlich und nicht sehr schwer, für eine Firma, die über die wichtigsten Industriegüter Marktanalysen aufstellte. Geld bedeutete ihm nicht viel, und er wechselte seine Mädchen mit gleichgültig-gutmütiger Häufigkeit. Alles in allem, der mit nachlässiger Eleganz gekleidete, spöttisch und reserviert lächelnde junge Mann gehörte zu den seltenen Fällen im amerikanischen Lebensrhythmus unserer Tage – er war sein eigener Herr.

Er und Noah machten lange, ziellose Spaziergänge den Fluß hinunter oder auf dem Gelände der Universität und diskutierten über Gott und alle Welt. Roger hatte Noah durch die Beziehung von Freunden einen neuen Job als Spielplatzaufseher in einer Wohnsiedlung unten an der East Side verschafft. Er verdiente sechsunddreißig Dollar die Woche, und das war mehr, als er je nach Hause gebracht hatte. Und oft schlenderten die beiden auf den nächtlich-stillen Trottoirs dahin, auf der gegenüberliegenden Seite des Flusses ragten die weißgrauen Klippen von Jersey auf, und den Fluß hinauf und hinunter blinkten die Positionslichter der Schiffe, und Noah lauschte fasziniert und begierig wie ein Horcher an der Wand den Berichten seines Freundes aus fremden Welten: »Da war dieser deprivierte Priester in dem Nest bei Antibes, der jeden Nachmittag im Café saß, einen Liter schottischen Whisky soff und dabei Baudelaire übersetzte...« oder »Die Amerikanerinnen haben alle einen Fehler: Sie wollen die Hosen anhaben, oder sie spielen nicht mit. Kommt natürlich von der völlig unberechtigten Überbewertung der Keuschheit, wie sie bei uns eingerissen ist. Wenn eine Amerikanerin dir treu bleibt, denkt sie, sie habe sich damit das Recht eingehandelt, dich an den Küchenherd zu binden. Da ist mir Europa verdammt lieber. Dort weiß jeder, daß jeder unkeusch ist, und die moralische Bewertungsskala ist dementsprechend normal. Untreue ist so eine

Art Goldstandard unter den Geschlechtern. Die Deckung wird allgemeingültig festgelegt und daran gemessen auch der Tauschwert, so daß du genau weißt, was die Ware kosten darf. Übrigens, ich persönlich habe gern nachgiebige, anpassungsfähige Frauen. Folge davon ist, daß alle Mädchen, die ich kenne, mir vorwerfen, ich gehe mit Frauen um wie ein Feudalherr im 12. Jahrhundert. Vielleicht haben sie recht. Trotzdem, mir ist es lieber, sie passen sich mir an statt umgekehrt. Es gibt nur die berühmten zwei Möglichkeiten, und ich habe keine Eile. Ich werde schon noch die Richtige finden...«

Noah ging neben ihm und war glücklich. Er konnte sich nicht vorstellen, daß sein Leben sich noch besser gestalten könnte, als es jetzt war. Er war jung, in den Straßen New Yorks zu Hause, hatte einen guten Job, verdiente sechsunddreißig Dollar die Woche, wohnte schön in einem Zimmer voller Bücher, den Fluß unter dem Fenster, und hatte Roger zum Freund, diesen großstädtischen, intelligenten, weitgereisten Roger. Nur eines fehlte ihm noch, ein Mädchen. Und Roger hatte sogar beschlossen, ihm auch dazu zu verhelfen. Das war nämlich der Grund für die Party.

Mit viel Gespött und Grinsen hatte Roger vor kurzem Stunden damit verbracht, in seinen alten Notizbüchern und im Telefonbuch zu blättern und nach möglichen Kandidatinnen für Noah Ausschau zu halten. Was an diesem Abend nun an Gästen erwartet wurde, war das Ergebnis dieser Suchaktion: sechs Mädchen, das aus Brooklyn, das Roger selbst mitbrachte, nicht eingerechnet. Natürlich waren auch junge Männer eingeladen, aber Roger war schlau genug gewesen, unter seinen Freunden nicht gerade die am besten aussehenden oder besonders intelligente auszuwählen, so daß die Konkurrenz für Noah nicht sehr groß sein würde. Noah blickte sich zum hundertsten Mal in dem anheimelnd beleuchteten Raum um, sah die schönen Blumen in den Vasen, den Druck von Braque an der Wand, die Flaschen und glänzend polierten Gläser, die im Reflex des Lampenlichts wie die Vision einer besseren Welt anmuteten, und wußte mit einer schmerzenden, tief im Innern verankerten Sicherheit, daß er an diesem Abend sein Mädchen finden würde.

Er lächelte erleichtert, als er draußen die Tür gehen hörte, denn jetzt brauchte er nicht die peinlichen Formalitäten des Empfangs allein zu durchlaufen. Roger und sein Mädchen waren gekommen. Noah half ihr aus dem Mantel und hängte ihn auf, ohne ihr dabei den Arm zu verrenken oder über seine eigenen Füße zu stolpern. Er lächelte amüsiert, als er in der Garderobe hörte, wie das Mädchen beim Betreten des Zimmers zu Roger sagte: »Was für ein hübsches Zimmer! Sieht aus, als ob seit 1750 keine Frau mehr hier gewesen wäre.«

Noah ging hinein. Roger hantierte in der Küchenecke mit dem Eis, und das Mädchen betrachtete das Bild an der Wand. Man hörte Roger leise in der kleinen Küche singen, immer dieselbe Melodie, und der Text ging ungefähr so:

»You make time and you make love dandy,
You make swell molasses candy.
But, Honey, are you makin' any money,
That's all I want to know.«

Das Mädchen hatte ein pflaumenblaues Kleid mit weitem Rock an, in dem das Lampenlicht spielte. Sie stand jetzt vor dem Kamin mit dem Rücken zum Zimmer und schien sich ganz heimisch zu fühlen. Ihre Beine waren gut geformt, etwas voll, ihre Taille war schmal und graziös. Das Haar trug sie in einem Knoten, wie eine hübsche Lehrerin im Film. Die ganze Stimmung, der Anblick des Mädchens, das Krachen der Eiswürfel, die Roger, sein dummes Lied singend, zerklopfte, der warme, festliche Raum, der Abend und die Welt, alles zusammen machte Noah glücklich und melancholisch zugleich. Jetzt drehte das Mädchen sich um, und Noah fiel plötzlich ein, daß er bei der Begrüßung viel zu aufgeregt gewesen war, sie richtig anzusehen oder sich ihren Namen zu merken. Wie sie jetzt vor ihm stand, war es ihm, als ob er sie durch ein Opernglas betrachtete, das er auf die richtige Sehschärfe eingestellt hatte.

Ihr Gesicht war dunkel und oval; sie blickte ihn mit ernsten Augen an, und Noah spürte in diesem Blick so etwas wie einen Schlag, hart und betäubend. Er hatte noch nie etwas Ähnliches erlebt und fühlte sich schuldbewußt, erregt, und der ganze Aufruhr kam ihm absurd vor.

Später erfuhr er, daß sie Hope Plowman hieß und aus einer kleinen Stadt in Vermont stammte, von wo sie vor zwei Jahren nach New York gekommen war. Jetzt wohnte sie bei einer Tante in Brooklyn. Ihre Art zu sprechen war sachlich, ernsthaft; sie benutzte kein Parfüm, und sie arbeitete als Sekretärin eines kleinen Fabrikanten von Druckerpressen in der Nähe der Canal Street. Noah war etwas enttäuscht, als er diese prosaischen Einzelheiten erfuhr, denn sie bewiesen, daß man schon sehr primitiv und abseitig geartet sein mußte, um von einem Kleinstadt-Yankee-Mädchen, das in einem langweiligen Büro Stenogramme abtippte, sich so vollkommen aus der Bahn werfen zu lassen. Wie andere schüchterne junge Männer, deren Gefühlsseligkeit aus Büchern stammte und die sich von der Liebe die übersteigerte Vorstellung machen, die der jeweilige Gedichtband in ihrer Tasche ihnen liefert, konnte er sich keine Isolde denken, die im Brighton-Expreß fuhr, oder eine Beatrice an der Theke einer Cafeteria. Nein, sagte er sich verbissen, während er die anderen Gäste begrüßte und Drinks herumreichte, nein, das wird mir nicht passieren! Und außerdem ist sie Rogers Mädchen. Und selbst wenn es ein Mädchen gäbe, das wahnsinnig genug wäre, diesen gutaussehenden, überlegenen Mann wegen eines ungelenken, unfertigen Burschen wie mich sitzenzulassen, so war es immer noch ganz ausgeschlossen, daß er imstande wäre, die vielen Beweise selbstloser Freundschaft, die Roger ihm gegeben hatte, mit dem Verrat geheimer Begierde zu vergelten.

Gleichviel: Die anderen Gäste blieben Schemen, unter denen er sich wie im Traum bewegte. Als ob sie nicht vorhanden wären, starrte er hungrig nur das Mädchen an; jede Bewegung, die sie machte, prägte sich tief in sein Gedächtnis ein, und ein jedes Wort, das sie sagte, klang wie ein reicher Akkord in seinem Ohr. Er war wie im Fieber, voll Scham und Jubel in einem, wie ein Soldat in seinem ersten Gefecht, wie ein Mann, der gerade eine Million Dollar geerbt, wie ein Tenor, der das erstemal den Tristan in der Met gesungen hat. Er fühlte sich wie ein Mann, der mit der Frau seines besten Freundes im Bett ertappt wird, wie ein General, der an der Spitze seiner Truppen in eine eroberte Stadt einzieht, wie ein Nobelpreisträger, wie ein Verbrecher auf dem Weg zum Galgen, wie ein Schwergewichtler, der soeben seinen Herausforderer knockout schlug, wie ein Schwimmer, der, vierzig Kilometer von der Küste entfernt, in der Nacht ertrinkt. Und wie ein Forscher, der das Serum des ewigen Lebens entdeckt hat.

»Miß Plowman, möchten Sie einen Drink?« fragte er.

»Nein, danke. Ich trinke nichts«, sagte sie. Worauf er in seine Ecke zurückging und darüber nachgrübelte, ob das nun gut oder schlecht, hoffnungsvoll oder vernichtend geklungen hatte.

»Miß Plowman, kennen Sie eigentlich Roger schon lange?« fragte er nach einer Weile wieder.

»O ja, fast ein Jahr.« Fast ein Jahr! Hoffnungslos, absolut hoffnungslos.

»Er hat mir viel von Ihnen erzählt«, sagte sie jetzt. Dieser offene, klare Blick und die weiche, melodische Stimme!

»Was hat er Ihnen gesagt?« – Gott, wie ärmlich das klang, wie unfein und hoffnungslos!

»Er mag Sie sehr gerne...«

Verrat, Verrat... Freund liest gestrandeten Vagabunden in Bibliothek auf, ernährt, kleidet und umsorgt ihn... Freund dort drüben, nichts ahnend, lachend inmitten seiner Gäste, am Klavier, leise einige Töne anschlagend und dazu mit seiner kräftigen Stimme singend:

»Josua stritt in der Schlacht von Jericho, Jericho, Jerichooo...«

»Er sagt«, wieder die erregende, gefährliche Stimme... »Er sagt, wenn Sie sich einmal selbst gefunden haben, werden Sie ein Mann von Format sein.«

Ach, noch schlimmer! Dieb mit der Bürgschaft seines Freundes in der Tasche. Ehebrecher, dem der ahnungslose Gatte den Zimmerschlüssel seiner Frau aushändigt.

Noah stierte sie gedankenleer und böse an. Unvernünftiger blinder Haß stieg in ihm hoch. Vor einer Stunde war er noch ein glücklicher junger Mann gewesen, sicher und optimistisch, mit Freund und Heim und Job, mit einer Vergangenheit, die weit hinter ihm lag, und einer vielversprechenden Zukunft, die er nur zu greifen brauchte. Und jetzt, um neun Uhr, blutete er aus allen Wunden, war ein keuchender Flüchtling in einem endlosen Sumpf, von Hunden gehetzt, und an jeder Litfaßsäule klebte sein Steckbrief. Und sie war schuld, nur sie, die vor ihm saß, als ob sie kein Wässerchen trüben könnte, mit ihrem sittsamen, sachlich scheinenden Gerede, die so tat, als ob sie nichts angestellt, nichts gewußt und nichts gemerkt hätte. Dieses kleine, bescheidene Farmermädchen aus den Bergen, das wahrscheinlich jeden Morgen auf dem Schoß seines Druckerpressen fabrizierenden Chefs saß, um die so wichtigen Diktate aufzunehmen.

»...und die Mauern stürzten krachend ein...« sang Roger im Fortissimo, begleitet von den donnernden Akkorden des alten Klaviers gegen die Decke des Zimmers.

Noah blickte verzweifelt um sich. Da waren die anderen sechs Mädchen im Zimmer, jung, mit pfirsichpflaumigem Teint und seidenem Haar, mit schmiegsamen Körpern und süßen, zwitschernden Stimmen... Sie waren hierhergebracht worden, damit er unter ihnen wähle. Sie hatten ihn angelächelt, voll Liebreiz und Erwartung. Und er, statt sich ihnen zuzuwenden, hatte sie behandelt, als ob sie sechs Schaufensterpuppen in einem geschlossenen Laden wären, sechs Zahlen auf einem Stück Papier, sechs Türklinken. So etwas konnte nur ihm passieren, dachte er. Es entsprach ganz seinem Lebenszuschnitt, grotesk, voll Hohn, voll angeborener Tragik.

Nein, nahm er sich zum zweitenmal vor, ich werde einen Strich machen. Und wenn es mich umbringt, wenn ich ersticke, ich rühre keine Frau mehr an, solange ich lebe. Aber er konnte es nicht ertragen, mit ihr im selben Zimmer zu bleiben, dieselbe Luft mit ihr zu atmen. Rasch lief er zum Wandschrank, in dem seine Anzüge Seite an Seite mit Rogers Sachen hingen, und nahm seinen Hut heraus. Er würde hinuntergehen und so lange in den Straßen herumlaufen, bis die Party vorüber war, die

Gäste nach Hause gegangen, das Klavier verstummt und das Mädchen sicher zu seiner Tante über die Brücke nach Brooklyn hinübergebracht worden war. Sein Hut lag in dem Fach neben Rogers Hut, und mit einem Seitenblick, halb mit Schuldgefühl, halb mit lausbübischer Zärtlichkeit, streifte er Rogers zerbeulten braunen Filz. Glücklicherweise standen sie alle um das Klavier herum, so daß er unbemerkt zur Tür gehen konnte. Was Roger anlangte, so würde er später schon eine glaubhafte Erklärung finden. Nur eine sah ihn: das Mädchen. Sie unterhielt sich mit einem anderen Mädchen und saß so, daß sie das Zimmer bis zur Tür überblicken konnte. Als sie Noah an der Tür stehen und ihr einen letzten, verzweifelten Blick zuwerfen sah, trat ein fragender Ausdruck in ihr Gesicht. Dann stand sie auf und lief zu ihm hinüber. Das Rascheln ihres Kleides klang ihm dröhnend wie Artilleriefeuer in den Ohren.

»Wo gehen Sie hin?« fragte sie.

Er stotterte: »Wir... wir... wir brauchen noch mehr Selterswasser. Ich gehe hinunter und hole welches.«

»Ich komme mit«, sagte sie schnell.

Nein! wollte er schreien. Bleiben Sie um Gottes willen, wo Sie sind, und rühren Sie sich nicht von der Stelle! Aber er blieb ganz still und beobachtete sie, wie sie ihren Mantel holte und einen ziemlich billig aussehenden Hut, der ihr gar nicht stand. Als sie ihn aufsetzte, fühlte er sich von einer Welle tiefen Mitleids für ihre ärmliche Jugend und von Zärtlichkeit erfaßt. Sie ging zu Roger, der am Klavier saß, lehnte sich über ihn hin, eine Hand auf seiner Schulter, und flüsterte ihm ins Ohr. Jetzt, dachte Noah niedergeschlagen, jetzt kommt alles heraus, jetzt ist alles zu Ende. Und beinahe wäre er allein in die Nacht hinausgestürmt. Aber Roger drehte sich um, lächelte und winkte ihm mit der Rechten zu, während er mit der Linken die Begleitung weiterspielte. Und das Mädchen kam zu ihm herüber, mit ihrem bescheidenen, unauffälligen Gang: »Ich habe es Roger gesagt«, berichtete sie einfach.

Gesagt? Was hat sie Roger gesagt? Hat sie ihm gesagt, er solle sich vor ihm vorsehen? Hat sie ihm gesagt, er solle ja kein Mitleid mit ihm haben, nie mehr großzügig zu ihm sein, seine Zuneigung zu ihm ausrotten wie Unkraut im Garten?

»Nehmen Sie lieber Ihren Mantel«, sprach sie weiter, »als ich kam, regnete es.«

Ohne zu antworten, stelzte Noah zum Schrank und nahm seinen Mantel heraus. Das Mädchen wartete vor der Tür, die sie schlossen, ohne das Licht in der kleinen Diele anzuknipsen. Der Gesang und das Gelächter drangen wie aus einer fremden Wohnung zu ihnen, während sie eng nebeneinander die Stufen hinuntergingen und auf die nasse Straße traten.

»Wohin?« fragte sie, als sie unentschlossen vor der Haustür standen.

»Wieso wohin?« fragte Noah verwirrt.

»Das Selterswasser. Der Laden, wo es das Selterswasser gibt.«

»Ach so...« Noah schaute verlegen auf das regenglitzernde Trottoir. »Ach so... keine Ahnung. Außerdem brauchen wir kein Selterswasser.«

»Aber Sie sagten doch...«

»Das war nur ein Vorwand. Die Party hing mir zum Hals heraus. Überhaupt hängen Parties mir zum Hals raus.« Während er sprach, empfand er ein geheimes Vergnügen an dem bornierten Ton seiner Stimme. Er kam sich vor wie ein Lord, dem die gesellschaftlichen Verpflichtungen seiner Klasse auf die Nerven gehen. So mußte man die Sache anpacken, dachte er frivol. Mit weltmännischer Überlegenheit. Zeige dich höflich und ein bißchen belustigt über das Mädchen...

»Ich fand die Party sehr nett«, sagte sie ernst.

»So?« sagte er leichthin. »Ich nicht.« Das war der richtige Ton, dachte er wieder böse in einer Mischung von Zynismus und Gleichgültigkeit. Ich werde sie schon kleinkriegen. Über den Dingen stehend, von eisiger Höflichkeit – so würde er zwei Fliegen auf einen Schlag treffen. Erstens würde es ihn daran hindern, seinen Freund auch nur noch mit einem Wort zu hintergehen, und zweitens – und dabei fühlte er einen Stich köstlicher Schadenfreude – und zweitens würde er diesem simplen kleinen Tippmädchen aus Brooklyn etwas Respekt vor seinen überlegenen Qualitäten beibringen.

»Entschuldigen Sie übrigens, daß ich Sie unter falschen Vorspiegelungen in den Regen gelockt habe«, sagte er.

Sie blickte sich um und streckte die Hand aus: »Es regnet nicht«, sagte sie einfach.

»Tatsächlich, Sie haben recht. Es hat aufgehört.« Das sagte er, als ob er an diesem Abend zum erstenmal das Wetter als Thema entdeckte.

»Was haben Sie jetzt vor?« fragte sie.

Zu der Rolle, die er sich zugedacht hatte, gehörte, daß er mit den Schultern zuckte. »Keine Ahnung. Ein bißchen herumstrolchen, denke ich.« Wie Galsworthys Gestalten übernahm er die aristokratischen, müden englischen Sprechunarten: »Tu ich oft. Mitten in der Nacht. Sehr friedlich allein auf den Straßen.«

»Es ist jetzt erst elf Uhr«, sagte sie.

»Tatsächlich, erst elf«, antwortete er. Jetzt mußte er aber aufpassen, dieses dämliche ›tatsächlich‹ nicht noch einmal zu gebrauchen. »Wollen Sie zu der Party zurück?«

»Nein. Ich gehe mit Ihnen spazieren.«

Sie gingen Seite an Seite, ohne sich zu berühren, die Avenue mit den drei Gehwegen hinunter, die hoch über dem Fluß parallel zu ihm verlief. Der Hudson roch nach Frühling und Salz, das die letzte Flut vom Ozean hereingespült hatte. Man sah ihn nicht, hörte nur ein dunkles Rauschen an seinen Ufern. Weit hinten im Norden blinkten die Lichter der Brücke nach Jersey wie eine Perlenkette, und über dem Fluß sah man die Konturen der »Palisades« wie eine Burg aufragen. Sie waren die einzigen Spaziergänger. Ab und zu fuhr ein Wagen vorbei. Seine Reifen machten auf dem nassen Asphalt ein saugendes, singendes Geräusch, und die Geschwindigkeit, mit der er durch die Nacht glitt, ließ das Flußufer, den jungen Mann und das Mädchen, die sich langsam unter den knospenden Zweigen der schwarz-nassen Bäume bewegten, geheimnisvoll und unwirklich erscheinen.

Sie gingen, ohne zu sprechen, den dunkel rauschenden Fluß entlang. Ihre Schritte klangen einsam und tapfer. Drei Minuten, vier Minuten, fünf Minuten, zählte Noah und blickte auf seine Schuhe. Fünf Minuten ohne ein Wort. Er wurde unruhig. Dieses Schweigen barg etwas Verschwörerisches in sich, eine sündige Vertrautheit, die sich in dem leisen Echo ihrer Schritte äußerte, dem rhythmischen Gleichmaß ihres Atems und der übertriebenen Vorsicht, sich ja nicht zu berühren, weder an den Ellbogen noch an der Schulter, noch mit den Händen. Ja, das Schweigen wurde zum Feind, zum Verräter. Noch ein paar Minuten, fürchtete er, und das stille und ihn wohl durchschauende Mädchen an seiner Seite würde alles wissen, als ob er sich auf das Ufergelände gestellt hätte und in einer Volksrede seine Liebe in die Nacht geschrien hätte.

»New York City muß eigentlich etwas Erschreckendes für ein Mädchen vom Lande haben«, sagte er mit trockener Kehle.

»Durchaus nicht«, meinte sie.

»In Wirklichkeit überschätzt man New York beträchtlich. Es gibt sich den Anschein, kosmopolitisch und verderbt zu sein, und dahinter steht fest und unverrückbar die alte provinzielle Note.«

»Das finde ich nicht«, sagte sie.

»Was finden Sie nicht?«

»Ich meine, ich finde es nicht provinzlerisch. Jedenfalls nicht im Vergleich mit Vermont.«

»Ach so, mit Vermont«, sagte er gönnerhaft lachend.

»Und wo waren Sie schon überall?« erkundigte sie sich.

»Chicago, Los Angeles, San Francisco... überall.« Dabei machte er eine Handbewegung, die andeuten sollte, daß er nur eben ein paar Namen aus dem Ärmel geschüttelt habe. Er hätte genausogut fortfahren und dann natürlich auch Paris, Budapest und Wien nennen können.

»Eines muß man allerdings sagen«, fuhr er fort, »es gibt schöne Frauen in New York. Ein bißchen auffallend, aber sehr gutaussehend.« Dabei schielte er unter halbgesenkten Lidern zu ihr hinüber. Das war die richtige Note, dachte er eitel. Nur weiter so. »Natürlich sind Amerikanerinnen am attraktivsten, solange sie jung sind. Später...« Er versuchte wieder, mit den Schultern zu zucken, und es gelang. »Was mich betrifft, ziehe ich die etwas älteren Typen, wie man sie auf dem europäischen Kontinent findet, vor. Die sind am besten, wenn die gleichaltrigen Amerikanerinnen schon längst bridgespielende Harpyien mit fetten Hintern geworden sind.« Er bekam Angst vor seinem eigenen Mut und schielte wieder hinüber. Aber auf ihrem Gesicht war nichts zu bemerken. Sie hatte einen Zweig abgebrochen und streifte beim Gehen damit an dem Steinmäuerchen entlang, als ob sie sich seine Worte genau überlegte. »Und in dem Alter haben die Europäerinnen auch gelernt, den Mann richtig zu behandeln...« Rasch ging er in seinem Gedächtnis die Ausländerinnen durch, die er kannte. Dabei fiel ihm eigentlich nur das betrunkene Weib in der Bar in Santa Monica ein, in der Silvesternacht, als sein Vater gestorben war. Sie konnte eine Polin gewesen sein. Und wenn er auch noch nie von Polen als einem sonderlich romantischen Land gehört hatte, so lag es doch wenigstens auf dem europäischen Kontinent.

Plötzlich fragte das Mädchen: »Und wie lernt eine Europäerin, den Mann richtig zu behandeln?«

»Sie lernt, sich unterzuordnen, sich anzupassen. Die Frauen, die ich kenne, behaupten von mir, ich behandle sie wie ein Feudalherr aus dem 12. Jahrhundert.« O verzeih mir, Freund am Klavier! Verzeih mir das Plagiat. Ich mach' es später wieder gut...

Jetzt kam er langsam in Fahrt: »Kunst? Was ist schon Kunst! Ich kann die moderne Meinung nicht ausstehen, daß Kunst ein Mysterium zu sein habe und der Künstler ein vom Leben unbelastetes Kind.

Ehe? Was ist die Ehe? Sie ist ganz einfach das Eingeständnis der Gesellschaft, daß Mann und Frau nicht imstande sind, in der Welt zusammen zu leben, in die sie hineingestellt wurden.

Theater? Das amerikanische Theater? Zugegeben, es hat einen Schuß jugendlicher Lebendigkeit und Frische, aber es als Kunstform des zwanzigsten Jahrhunderts ernstzunehmen...? Nein!« Und er lachte überheblich. »Da lobe ich mir Walt Disney.«

Nach einer ganzen Weile entdeckten sie, daß sie vierunddreißig Häuserblocks am Fluß entlanggelaufen waren, daß es wieder zu regnen begonnen hatte und inzwischen sehr spät geworden sein mußte. Als Noah ein Streichholz anzündete und es, mit der Hand abgeschirmt, ganz nahe vor das Gesicht des Mädchens über seine Armbanduhr hielt, um zu sehen, wie spät es war, beschloß er plötzlich, mit dem Unsinn aufzuhören. Es war zu albern, sich mit diesem bramarbasierenden Redefluß als gewiegter Kenner vor einer kleinen Dilettantin aufzuspielen.

»Es ist spät, gehen wir lieber zur Party zurück«, sagte er abrupt.

Als eine Taxe auf Kundenfang langsam an der Bordschwelle entlangfuhr, konnte er der prahlerischen Versuchung nicht widerstehen, sie anzuhalten. Es war das erstemal, daß er in New York eine Taxe nahm, und nachdem er zuerst über den Notsitz gestolpert war, kam er sich in seiner Ecke, weit genug von dem Mädchen in der anderen Ecke abgerückt, als Herr der Lage, als eleganter Gesellschafter vor. Er glaubte, Eindruck auf sie gemacht zu haben, und gab dem Fahrer, als sie angekommen waren, fünfundzwanzig Cents Trinkgeld für eine Fahrt, die nur sechzig Cents kostete. Und nun standen sie wieder vor der Tür des Hauses, in dem er wohnte. Sie schauten nach oben. Doch es brannte kein Licht mehr, und man hörte keine Unterhaltung, keine Musik und kein Gelächter hinter den geschlossenen Fenstern.

»Die Party ist aus. Es ist niemand mehr da«, sagte er niedergeschlagen, denn jetzt würde Roger mit Sicherheit annehmen, daß er ihm sein Mädchen gestohlen habe.

»Tja, es sieht so aus, nicht wahr?« meinte das Mädchen ungerührt.

»Was machen wir jetzt?« fragte er naiv.

»Es wird Ihnen nichts anderes übrigbleiben, als mich nach Hause zu bringen«, sagte sie.

Nach Brooklyn, fiel ihm schwer ein. Das bedeutete Stunden hin und Stunden zurück, und inzwischen wartete Roger bis zur Dämmerung in dem von der Party noch unaufgeräumten Zimmer, wartete mit den eisigen, vernichtenden Worten der Anklage und der endgültigen Trennung auf den Lippen. Der Abend hatte so schön angefangen, so hoffnungsvoll. Er dachte an die paar stillen Minuten zurück, als er allein in dem festlich vorbereiteten Zimmer stand und auf die ersten Gäste wartete, ehe Roger zurückkam. Mit welch warmer Vorfreude hatte er das an sich schäbige Zimmer mit seinen Bücherregalen betrachtet. Es war alles so warm und freundlich.

»Können Sie nicht allein nach Hause fahren?« fragte er brüsk. Wie sie so dastand, hübsch, aber vom Regen ein bißchen ramponiert, haßte er sie.

»Wagen Sie es nicht, so mit mir zu reden!« antwortete sie scharf und befehlend. »Es kommt nicht in Frage, daß ich allein nach Hause gehe. Kommen Sie!«

Noah seufzte. Auch das noch. Außer allem anderen war sie jetzt noch böse auf ihn. »Haben Sie sich nicht so, und seufzen Sie nicht wie ein Pantoffelheld!« sagte sie hart.

Was ist eigentlich los, dachte er verblüfft. Wie komme ich hierher? Und wie kommt dieses Mädchen dazu, in diesem Ton mit mir zu reden?

»Ich gehe«, sagte sie, wandte sich entschlossen um und lief auf die nächste U-Bahn-Station zu. Er blickte ihr zuerst ungläubig nach und eilte dann hinter ihr her.

Die Züge waren kalt und rochen nach den feuchten Kleidern der Fahrgäste, die aus dem Regen unter die Erde geflüchtet waren. Die Luft schmeckte nach Eisen, und die vollbusigen Mädchen, die auf den farbenschreienden Reklameplakaten Zahnpasta, Abführmittel und Büstenhalter anpriesen, paßten schlecht in das Dämmerlicht der staubigen Lampen im Innern der Wagen. Die paar Fahrgäste, die von ihrer unwichtigen Arbeit oder einer Verabredung kamen, wiegten sich automatisch auf ihren fleckigen Sitzen, wenn der Zug in die Kurven bog.

Das Mädchen saß mit schmalen Lippen und ohne zu reden neben ihm auf dem Sitz. Wenn sie umsteigen mußten, stand sie stumm und mit eisiger Ablehnung auf und überließ es Noah, ihr auf den Bahnsteig nachzutrotten.

Sie mußten oft umsteigen und oft auf Anschlußzüge auf den zugigen, menschenleeren Bahnsteigen warten. Die grauen Ziegelwände der U-Bahn-Tunnels tropften von dem Wasser undichter Leitungen und dem Regen, der von der Straße her heruntersickerte. Dieses verdammte Mädchen, dachte Noah dumpf, muß am Ende der Welt wohnen. Irgendwo weit draußen, wo die letzten Feldwege sich verlieren, einen halben Kilometer hinter jeder menschlichen Ansiedlung, in der Nachbarschaft von Friedhöfen und Abfallhaufen. Brooklyn, Brooklyn, wie weit reichte Brooklyn? Streckte es sich zu nachtschlafender Zeit vom East River zur Gravesend Bay, von dem öligen Wasser von Greenpoint bis zu den Abfallprahmen von Canarsie? Wie Venedig schien Brooklyn vom Meer eingeschlossen zu sein, aber sein Canale Grande war der Fourth-Avenue-Vorortzug.

Wie sicher und anmaßend dieses Mädchen war, dachte Noah weiter, während er sie verstohlen betrachtete. Es gehörte schon einiges dazu, einen Mann, den sie eben erst kennengelernt hatte, durch das kreischende, düstere Labyrinth der traurigen Munizipalbahn zu hetzen. Mein Glück! Und er sah sich schon allnächtlich auf diesen häßlichen Bahnsteigen herumstehen, einer unter den vielen Spätheimkehrern oder Früharbeitern, zwischen Putzweibern, Einbrechern und versoffenen Matrosen der Handelsmarine, aus denen sich im allgemeinen die

Passagierliste der Züge in den späten Nachtstunden oder in der grauen Frühdämmerung zusammensetzte. Mein Glück! Und dabei gab es ungefähr eine Million Frauen innerhalb eines Radius von fünfzig Wohnblocks um ihn herum, während er sich an ein schlechtgelauntes, unnachgiebiges Mädchen binden mußte, das ausgerechnet am entgegengesetzten Ende der größten Stadt der Welt wohnte.

Von Leander geht die Legende, dachte er bitter, daß er wegen eines Mädchens über den Hellespont schwamm. Alles schön und gut. Aber er hatte sie nicht spät nachts noch nach Hause zu bringen. Auch brauchte er sich nicht wartend die Füße zwischen Abfallkörben und Warnungstafeln gegen das Spucken oder Rauchen in der De-Kalb Avenue zu vertreten.

Schließlich stiegen sie an einer Endstation aus, und das Mädchen ging voran, die Treppen zur Straße hinauf.

»Gott sei Dank«, sagte er, es waren die ersten Worte, die seit einer Stunde über seine Lippen kamen, »ich dachte schon, wir würden uns für den Sommer da unten einrichten.«

An der Ecke blieb sie stehen und sagte kalt: »Und jetzt nehmen wir die Elektrische.«

»Um Himmels willen!« Dann lachte er schallend. Es klang hohl und irr über die Straßenbahnschienen hinweg und hallte gegen die schäbigen Ladenfronten und schmutzigbraunen Häusermauern.

»Wenn Sie sich wieder danebenbenehmen wollen, dann können Sie jetzt gehen«, sagte sie.

»Jetzt bin ich so weit mitgekommen, da kann ich Sie auch bis zur Haustür bringen«, antwortete er mit komischem Ernst. Und er hörte auf zu lachen. Sie standen schweigend nebeneinander unter der Straßenlaterne, während der rauhe Wind sie in wütenden, regenschweren Stößen anfuhr, der Wind, der von der atlantischen Küste und ihren schmutzigen Häfen kam, über Millionen baufälliger Häuschen, über die Ziegel- und Holzslums von Flatbush und Bensonhurst, über die Köpfe schlafender und im Schlaf verstörter Seelen von Millionen Mitmenschen, die in ihrem kurzen Erdenleben keinen besseren Platz für ihr müdes Haupt gefunden hatten.

Nach einer Viertelstunde kam die Straßenbahn angerumpelt. Ihr Scheinwerfer glomm wie ein trübes Auge in der Dunkelheit. Außer ihnen saßen nur noch drei Fahrgäste dösend auf den harten Holzbänken. Noah setzte sich steif neben das Mädchen und kam sich in dem hell beleuchteten Inneren des Wagens, der stöhnend durch die dunklen Straßen ratterte, wie ein Schiffbrüchiger vor, der mit ein paar fremden Überlebenden auf einem Floß, dem einzigen Überbleibsel eines auf nördlicher Route gesunkenen Schiffes, im Ozean treibt. Das Mädchen änderte seine ablehnende Haltung nicht. Es saß da, die Hände im Schoß gefaltet und ausdruckslos vor sich hinblickend, so daß Noah das Gefühl hatte, er kenne sie gar nicht und wenn er es ansprechen würde, würde sie einen Polizisten zu Hilfe rufen.

»Aussteigen«, sagte sie und stand auf. Wieder folgte er ihr zum Ausgang. Die Elektrische hielt, die Schiebetür ging auf, und sie stiegen auf das nasse Trottoir hinunter. Die Bahn fuhr weiter, ein Haufen quietschender, ausgeleierter Eisenteile, deren Poltern an den Nerven der Schläfer in den anliegenden Häusern zerrte. Sie bogen von den Straßenbahnschienen ab. Dann und wann stand ein Baum an der Seite, dessen sprossendes Grün überraschenderweise Zeugnis davon ablegte, daß der Frühling auch hier seinen Einzug hielt.

Jetzt ging das Mädchen auf einen kleinen asphaltierten Hof zu, eine Art zementierter Vorgarten, der mit einer eisernen Staketentür verschlossen war. Sie blieb stehen, nahm einen Schlüssel aus der Tasche und öffnete.

»So«, sagte sie, »ich bin zu Hause.« Dann drehte sie sich um und sah ihn an.

Noah nahm den Hut ab. Wie eine blasse Blume blickte ihn das Gesicht des Mädchens aus dem Halbdunkel an. Auch sie hatte ihren Hut abgenommen, ihr Haar umfloß wellig den elfenbeinfarbigen Schimmer von Wangen und Stirn. Noah stand dicht vor ihr in dem düsteren Schatten des Hauses und war dem Weinen nahe, als ob er im Begriff stünde, das Teuerste zu verlieren, das er je besessen.

»Ich... ich möchte sagen...« stotterte er flüsternd, »daß es mir nichts ausmachte... ich meine, ich habe... ich habe Sie sehr gerne nach Hause gebracht.«

»Danke«, sagte sie ebenfalls flüsternd. Aber ihre Stimme klang unnachgiebig.

»Verwickelt«, sagte er und machte eine unbestimmte Handbewegung, »wenn Sie nur wüßten, wie verwickelt alles ist. Ich... wirklich, ich bin sehr gerne mitgekommen.«

Sie war so nahe, so arm, so jung und zerbrechlich, so verlassen, tapfer und einsam... er griff zaghaft wie ein Blinder in der Dunkelheit nach ihr, nahm ihren Kopf behutsam in seine Hände und küßte sie.

Ihre Lippen waren weich und fest und noch ein bißchen feucht vom Regen.

Dann schlug sie ihn ins Gesicht. Der klatschende Hieb hallte mit niederträchtiger Deutlichkeit von den steinernen Wänden der umliegenden Häuser wider. Seine Wange fühlte sich etwas betäubt an, und er dachte: Wie kräftig sie ist, erstaunlich, bei so einem zart aussehenden Mädchen.

»Was fällt Ihnen ein, mich zu küssen?« sagte sie böse.

»Ich... ich weiß nicht«, stotterte er und fühlte seine Wange und zog sofort die Hand wieder zurück, denn er schämte sich dieses Anzeichens von Schwäche. »Ich... ich habe es eben getan.«

»Das können Sie mit anderen Mädchen machen, aber nicht mit mir!« sagte sie scharf.

»Bei anderen mache ich es nicht«, gestand er unglücklich.

»Ach, also nur mit mir«, sagte Hope. »Es tut mir leid, daß ich einen solchen Eindruck auf Sie mache!«

»Aber nein, so war's nicht gemeint!« beteuerte er. Mein Gott, wenn ich nur wüßte, wie ich es ihr erklären soll, dachte er. Jetzt hält sie mich für einen Wüstling aus dem Drugstore an der Ecke, der sich jedes Mädchen greift, das ihm unter die Finger kommt. Verlegen schluckte er und suchte verzweifelt nach Worten. Aber alles, was er hervorbrachte, war: »Ach, es tut mir so leid.«

Sie nahm keine Notiz von seiner Entschuldigung, sondern sagte schneidend: »Sie halten sich wohl für so unwiderstehlich und so klug, daß sich jedes Mädchen geehrt fühlen muß, von Ihnen betatscht zu werden?«

»Bitte, hören Sie auf!« flehte er und ging einen Schritt zurück. Dabei wäre er beinahe über die beiden Stufen gefallen, die vom Hof herunterführten. »Noch nie in meinem ganzen Leben habe ich einen solch arroganten, von sich eingenommenen und bornierten jungen Mann getroffen wie Sie«, sagte sie weiter.

»Aufhören, bitte, ich ertrage es einfach nicht mehr«, stöhnte Noah.

»Und nun gute Nacht, Mr. Ackerman!« sagte das Mädchen.

»Nein, bitte nicht. Gehen Sie noch nicht«, bat er flüsternd.

Sie öffnete die Staketentür mit einer beinahe abweisenden Bewegung, und das Quietschen der Angeln klang wie eine Drohung in Noahs Ohren.

»Bitte, hören Sie mich an!« bat er wieder.

»Gute Nacht.« Und mit einem einzigen raschen Schritt war sie hinter der Tür, schlug sie zu und schloß ab. Ohne sich umzublicken, öffnete sie die dahinterliegende Haustür und ging hinein. Noah starrte verblüfft auf die beiden geschlossenen Türen, drehte sich langsam um und ging niedergeschlagen auf die Straße hinaus.

Nachdem er zwanzig Schritte gegangen war, ohne in seiner Zerstreutheit zu merken, daß er immer noch den Hut in der Hand hielt, daß es wieder regnete und sein Haar vor Nässe tropfte, blieb er stehen.

Er blickte sich um, machte kehrt und ging zu dem Haus des Mädchens zurück. Dort war inzwischen hinter einem vergitterten Fenster im Erdgeschoß Licht gemacht worden. Die Vorhänge waren zugezogen, aber er konnte dahinter einen sich bewegenden Schatten sehen.

Er ging zum Fenster, atmete ein paarmal tief und klopfte. Sofort wurde der Vorhang zurückgezogen, und Hopes Gesicht erschien hinter dem Fenster. Er drückte sein Gesicht so nahe wie möglich von außen daran und machte unbestimmte und sinnlose Bewegungen, um anzudeuten, daß er mit ihr sprechen wolle. Sie schüttelte verärgert den Kopf und bedeutete ihm wegzugehen. Aber er sagte laut, mit seinen Lippen beinahe am Glas: »Machen Sie auf, ich muß mit Ihnen sprechen. Ich habe den Weg verloren, verloren, VERLOREN!«

Sie blickte ihn zuerst zweifelnd durch das regennasse Fenster an. Dann lächelte sie, verschwand, und einen Augenblick später hörte er, wie die Haustür geöffnet wurde. Sie kam heraus und lief zur Staketenpforte. Erleichtert seufzte er auf.

»Ach, wie froh bin ich, daß Sie herausgekommen sind!« sagte er.

»Finden Sie nicht zurück?«

»Nein«, sagte er wieder, »ich werde mich hier nie zurechtfinden.«

Jetzt lachte sie prustend. »Sie sind ein furchtbarer Dummkopf, nicht wahr?« sagte sie.

»Ja, furchtbar«, gestand er demütig.

»Passen Sie auf«, sagte sie wieder ernst auf der anderen Seite des Tores, »zuerst gehen Sie zwei Blocks links hinunter, dann warten Sie auf die Elektrische, und zwar auf die, die von links kommt und nach dem Eastern Parkway fährt. Die nehmen Sie, und dann...«

Und ihre Stimme erklärte eindringlich weiter. Er hörte nicht die Worte, nur die Stimme, die ihm wie zarte Musik klang. Und er sah nur sie, wie sie hinter den Staketen stand und auf einmal viel kleiner war als vorher. Dann entdeckte er, daß sie schon die Schuhe ausgezogen hatte, und sie schien ihm noch zerbrechlicher und noch viel liebenswerter als zuvor.

»Hören Sie eigentlich zu?« fragte sie mißtrauisch.

»Ich muß Ihnen etwas sagen«, brachte er laut hervor, »ich bin gar nicht arrogant und borniert und...«

»Ssst, meine Tante wacht auf!« warnte sie ihn.

Er dämpfte seine Stimme und sprach hastig weiter: »Ich bin im Gegenteil schüchtern, habe von nichts in der Welt eine Ahnung, und ich weiß wirklich nicht, warum ich Sie geküßt habe. Ich... mußte es einfach tun.«

»Nicht so laut, meine Tante!«

»Ich wollte Eindruck auf Sie machen. Ich kenne gar keine Europäerinnen. Ich wollte angeben, wollte gewandt und blasiert erscheinen, weil ich fürchtete, daß Sie mich so, wie ich bin, nicht einmal ansehen würden. Ach, war das ein verworrener Abend! Ich bin ganz durcheinander, wie noch nie.« Er schluckte vor Aufregung. »Und dann wollte ich Ihnen noch sagen: Sie hatten vollkommen recht, mir eine Ohrfeige zu geben. Vollkommen. Das war eine Lehre für mich«, sagte er und lehnte sich gegen die kalten Eisenstangen des Tores, ganz dicht gegen ihr Gesicht. »Eine sehr gute Lehre. Ich… kann Ihnen im Augenblick nicht schildern, welche Gefühle ich für Sie habe. Später vielleicht, aber…« Dann wie aus der Pistole geschossen: »Sind Sie Rogers Freundin?«

»Nein. Ich bin niemandes Freundin«, antwortete sie.

Nun mußte er lachen. Wie laut klang sein Gelächter in dem dunklen Hof.

»Meine Tante!« warnte sie wieder.

»Also«, sagte er leise, »die Elektrische nach dem Eastern Parkway. Gute Nacht und vielen Dank. Gute Nacht.«

Aber er rührte sich nicht von der Stelle. Beide schauten sich unter dem Schattenlicht der nahen Straßenlaterne stumm an.

»O Gott«, murmelte er qualvoll, »wenn Sie wüßten! Aber Sie können ja nicht wissen…«

Dann hörte er den Schlüssel in der Pforte gehen, die Pforte öffnete sich, und er war mit einem Schritt drinnen. Und sie küßten sich. Dieser Kuß war ganz anders als der erste. Sein Inneres war zutiefst aufgewühlt, und doch wartete er irgendwo am Rande seines Bewußtseins auf die nächste Ohrfeige. Aber sie kam nicht.

Langsam löste sie sich aus seinen Armen und sah ihn mit einem zärtlichen, vielsagenden Lächeln an. »Verfahren Sie sich nicht auf dem Weg nach Hause«, sagte sie.

»Ich weiß, die Elektrische nach dem Eastern Parkway, und dann… Ich liebe dich, ich liebe dich, ich liebe dich!« Es war ihm alles gleichgültig. Nur das eine galt.

»Gute Nacht«, sagte sie gar nicht böse, »und vielen Dank für die Begleitung.«

Er trat zurück, und die Pforte schloß sich wieder. Sie wandte sich um und tappte auf ihren Strümpfen zur Haustür, schloß auch sie, und dann war Noah allein. Er lief wie benommen zur Straßenbahnhaltestelle und stellte erst zwei Stunden später, als er endlich zu Hause angekommen war, fest, daß er in seinem ganzen einundzwanzigjährigen Leben noch nie zu jemand »ich liebe dich« gesagt hatte.

Das Zimmer war dunkel. Noah knipste das Licht nicht an. Aus der Ecke hörte er die gleichmäßigen Atemzüge Rogers. Er zog sich schnell und leise aus und schlüpfte in sein Bett, das in der entgegengesetzten Ecke stand. Aber er schlief nicht ein; er lag da, starrte ins Dunkel und dachte abwechselnd voll Glück und voll schmerzlicher Angst an das Mädchen und seine Küsse am Tor und an Roger, und was er wohl am Morgen sagen würde.

Er war gerade daran, einzuschlummern, als Roger ihn leise anrief.

»Noah?«

»Hallo, Roger«, sagte er mit heiserer Stimme.

»Alles in Ordnung?«

»Ja.«

Stille.

»Nach Hause gebracht?«

»Ja.«

Stille im dunklen Zimmer.

»Wir gingen hinunter, um Sandwiches zu holen«, sagte Roger. »Ihr müßt uns verfehlt haben.«

»Ja.«

»Roger…«

»Ja?«

»Laß mich erklären. Ich hatte nicht die Absicht, wirklich nicht… ich wollte zuerst allein gehen, und dann… ich weiß gar nicht mehr, wie es kam… Roger, bist du wach?«

»Ja.«

»Roger, sie hat mir etwas gesagt…«

»Was?«

»Daß sie nicht deine Freundin sei.«

»Wirklich?«

»Sie sagte, sie sei niemandes Freundin. Aber wenn sie *doch* deine Freundin ist, oder wenn du sie haben willst… dann… dann werde ich sie nie wieder treffen, ich schwöre dir, Roger. Bist du wach?«

»Ja. Mach dir keine Sorgen, sie ist nicht meine Freundin. Ich gebe zu, daß ich manchmal daran dachte, aber wer, zum Donnerwetter, kann dreimal in der Woche 'ne Weltreise nach Brooklyn machen?«

Noah wischte sich im Dunkeln den Schweiß von der Stirn. »Roger«, fing er wieder an.

»Ja.«

»Ich hab' dich sehr gern.«

»Quatsch mit Soße, geh schlafen!« brummte Roger belustigt aus seiner Ecke. Und dann herrschte endgültig Stille.

Innerhalb der folgenden zwei Monate schrieben sich Noah und Hope zweiundvierzig Briefe. Ihre Arbeitsstätten lagen nicht weit voneinander, so daß sie sich täglich zum Mittagessen und beinahe allabendlich zum Abendbrot treffen konnten. Außerdem schlüpften sie an sonnigen Nachmittagen, wann immer es sich machen ließ, unbemerkt aus ihren Büros und bummelten zu den Docks hinunter, um im Hafen die Schiffe aus- und einfahren zu sehen. Die lange, rumpelnde, gähnende Fahrt nach Brooklyn und zurück machte Noah in dieser Zeit zweiunddreißigmal. Aber ihr wirkliches Leben, ihr reales Zusammenwachsen kam durch die Post der Vereinigten Staaten zustande.

Wenn er neben ihr saß, gleichgültig, in welch dunkler, unbeobachteter Ecke, brachte er nie mehr über die Lippen als: »Wie hübsch du bist«, oder »Du lächelst so reizend«, oder »Kommst du Sonntagabend mit ins Kino?« Etwas ganz anderes war es mit dem Schreiben. Die grenzenlose Unbeschwertheit eines Bogens Briefpapier und die anonyme Vermittlung eines Postboten machten ihn zum wahren Dichter, und er schrieb Briefe wie diesen: »Deine Schönheit ist um mich Tag und Nacht. Wenn ich morgens das sonnenüberstrahlte Firmament betrachte, scheint es mir klarer und herrlicher, weil ich weiß, daß es auch über Dir leuchtet. Wenn ich auf der Brücke stehe und den Fluß hinaufschaue, weiß ich, daß es eine mächtigere, kühner geschwungene Brücke ist, weil Du einmal mit mir darüber gegangen bist. Sehe ich mein Gesicht im Spiegel, so bin ich beruhigt. Denn es ist ein besseres Gesicht, weil Du es in der Nacht zuvor geküßt hast.«

Und Hope, deren Wesen ihre trockene Neu-England-Herkunft nie verleugnen konnte und die selten zu mehr als den zurückhaltendsten Liebesäußerungen bereit war, Hope schrieb: »Eben bist Du gegangen, und ich denke an Dich, wie Du jetzt durch die stille Straße zur Haltestelle läufst, wie Du auf die Elektrische wartest und dann den langen Weg nach Hause fährst. Ich werde aufbleiben, während Du durch die nächtliche Stadt fährst, damit Du nicht allein bist. Liebster, jetzt sitzt Du in der Bahn, und ich wache allein in dem schlafenden Haus, nur eine Lampe brennt, und ich denke an all die guten Eigenschaften, die ich in Dir sehe. Ich glaube, daß Du gut bist und stark und gerecht, und ich weiß, daß ich Dich liebe. Ich weiß, daß Du schöne Augen hast und einen traurigen Mund und geschickte, wundervolle Hände...«

Und wenn sie sich dann wiedersahen, starrten sie sich wortlos in die Augen, aus denen das Wunder der geschriebenen Worte leuchtete, und alles, was sie sagten, war: »Ich habe zwei Karten für 'ne Revue. Wenn du heute abend nichts anderes vorhast, möchtest du gerne hingehen?«

Später, nach dem Theater, unter der Nachwirkung der gehobenen Stimmung, die die Flimmerwelt der Bühne erzeugt hatte, müde, weil sie zu wenig Schlaf hatten, und voll Liebe füreinander, standen sie in der zugigen Nacht vor Hopes Haus und umklammerten sich in immer neuer Zärtlichkeit. Sie konnten nicht hineingehen, weil der Onkel Hopes die leidige Angewohnheit hatte, halbe Nächte im Wohnzimmer zu sitzen und die Bibel zu lesen. Sie preßten sich eng aneinander und küßten sich, bis ihre Lippen wund wurden, und hier, in diesen späten Stunden, in der samtenen Geborgenheit der Nacht vereinigte sich die romantische Welt ihrer Briefe mit den Grenzen ihres wirklichen Lebens zu einem einzigen kurzen Ausbruch wütender Leidenschaft.

Sie gingen nicht zusammen schlafen. Erstens schien es in der ganzen lauten Stadt mit ihren zehn Millionen Zimmern nicht einen Fleck zu geben, den sie ihr eigen nennen und wohin sie in Würde und Ehrbarkeit gehen konnten... Und zweitens hatte Hope starke religiöse Hemmungen. Jedesmal, wenn sie sich in ihren Liebkosungen dem Punkte einer körperlichen Vereinigung gefährlich näherten, schrak Hope entsetzt zurück und flüsterte: »Später, Darling, später... nicht jetzt...«

»Eines Tages wirst du eben explodieren«, meinte Roger grinsend. »Explodieren und in Luft aufgehen. Das ist einfach unnatürlich. Was ist los mit der Kleinen? Weiß sie nicht, daß sie zur Nachkriegsgeneration gehört?«

»Ach, laß doch«, sagte Noah verlegen und schrieb einen Brief an Hope. Er saß am Schreibtisch, während Roger flach auf dem Fußboden lag, weil die Federung des Sofas seit fünf Monaten kaputt war und er es sehr unbequem fand, auf dieser Berg- und Talbahn zu liegen.

»Brooklyn«, fuhr Roger fort, »was für ein dunkles, geheimnisvolles Land!« Da er sowieso auf dem Boden lag, fiel ihm ein, er könnte ein paar Übungen für die Bauchmuskulatur machen. Er hob die gestreckten Beine über seinen Kopf hinaus und brachte sie langsam wieder nach vorn. Das machte er dreimal. »Genug, ich fühle mich schon besser«, meinte er spöttelnd. »Tja, Geschlechtsleben! Das ist so eine Sache. Es ist wie beim Schwimmen: Entweder man betreibt es hundertprozentig, oder man läßt es lieber ganz. Wenn man bloß so ein bißchen am Rande herumplätschert, kriegt man ein paar Spritzer ab, friert und wird nervös. Ich sage dir, mein Lieber: Noch so einen Monat mit der Kleinen, und du bist reif für eine Nervenheilanstalt. Schreib ihr das und schreib, daß ich's gesagt habe.«

»Klar«, murmelte Noah, »ich bin gerade dabei.«

»Übrigens, wenn du dich nicht vorsiehst, wachst du eines Morgens als verheirateter Mann auf«, sagte Roger.

Noah hörte auf zu tippen. Er hatte sich eine Schreibmaschine auf Abzahlung angeschafft. Er fand, es rentiere sich bei den vielen Briefen, die er zu schreiben hatte.

»Keine Gefahr«, sagte er. »Ich heirate nicht.« In Wirklichkeit hatte er schon wiederholt daran gedacht und in seinen Briefen an Hope auch zaghafte Andeutungen gemacht.

»Vielleicht wär's gar nicht mal so übel«, überlegte Roger. »Sie ist ein anständiges, feines Mädchen, und außerdem würdest du nicht eingezogen werden.«

Von Gestellungsbefehlen zu sprechen, hatten sie in letzter Zeit bewußt vermieden. Glücklicherweise hatte Noah eine hohe Nummer, und bis diese an die Reihe kam, konnte es noch lange dauern. Die Armee, und was damit verbunden war, lag irgendwo in weiter Ferne, wie eine dunkle Wolke am Horizont.

»Nein, ich habe eigentlich nur zwei Einwände gegen das Mädchen«, sinnierte Roger weiter vom Fußboden her. »Erstens stiehlt sie dir den Schlaf. Und zweitens, na, du weißt ja. Sonst hat sie dir sehr gutgetan.«

Noah blinzelte dankbar zu seinem Freund hinunter.

»Trotzdem sollte sie mit dir ins Bett gehen.«

»Halt's Maul.«

»Ich will dir etwas sagen: Ich verschwinde übers Wochenende, und du kannst das Zimmer für dich allein haben.« Er setzte sich auf. »Na, ist das ein faires Angebot?«

»Vielen Dank«, sagte Noah. »Ich werde bei Gelegenheit darauf zurückkommen.«

»Vielleicht ist es besser, ich spreche selbst mit ihr. So in der Rolle des besten Freundes, der um die Gesundheit seines Kameraden besorgt ist. ›Mein liebes Kind‹, werde ich sagen, ›Sie scheinen's zwar nicht zu merken, aber unser Noah ist drauf und dran, sich aus dem Fenster zu stürzen.‹ Los, gib mir 'n Zehner, ich rufe sie gleich an.«

»Laß nur, ich kann es ihr schon selbst beibringen«, sagte Noah ziemlich lahm.

»Wie wär's mit diesem Sonntag?« Roger ließ nicht locker. »Im schönen Monat Juni und so weiter. Vollmond in lauer Sommernacht...«

»Dieser Sonntag fällt sowieso flach. Wir gehen auf eine Hochzeit«, sagte Noah.

»Wessen Hochzeit? Deine?« fragte Roger.

»Aber nein. Ein Freund von Hope in Brooklyn«, sagte Noah übertrieben lustig.

»Du müßtest von der New Yorker Verkehrsgesellschaft Sonderrabatt bekommen. Fährt auch noch an Sonntagen nach Brooklyn!« Und damit legte er sich wieder auf den Rücken. »Howgh, ich habe gesprochen. Von jetzt an halte ich den Mund.«

Noah tippte weiter, und es herrschte eine Weile Stille.

»Einen Monat gebe ich dir, und dann – Nervenheilanstalt. Denk an meine Worte!« klang es wieder vom Fußboden her.

Noah schob den Stuhl zurück und stand lachend auf. »Es hat keinen Zweck. Du bist unausstehlich. Weißt du was? Gehn wir runter und trinken ein Bier. Ich spendiere eines.«

Roger sprang sofort auf. »Mit Vergnügen, mein großzügiger, jüngferlicher Freund!«

Lachend traten sie in den lauen stillen Sommerabend hinaus und gingen in die schreckliche Kneipe an der Columbus Avenue, in der sie Stammgäste waren. –

Die Hochzeit am Sonntag fand in einem großen Haus in Flatbush statt. Das Haus hatte einen Garten mit einem kleinen Rasenplatz, der sich zu der mit Bäumen bepflanzten, schattigen Straße hinunterzog. Die Braut war sehr hübsch, der Geistliche wickelte die Trauung rasch ab, und dann gab es Champagner.

Die warme, sonnige Atmosphäre schien sich allen mitzuteilen. Man war liebenswürdig und lachte viel mit der etwas zweideutigen Ausgelassenheit von Hochzeitsgästen. Das große Haus hatte genügend Ecken, in die sich die jüngeren Paare nach der Trauungszeremonie zu Flirt und neckenden Gesprächen zurückziehen konnten. Hope hatte ein neues beigefarbenes Kleid an. In der vergangenen Woche war sie viel in der Sonne gewesen, so daß ihre Haut ein gleichmäßiges Braun angenommen hatte. Noah ließ sie nicht aus den Augen. Stolz und ein bißchen besorgt beobachtete er sie, wie sie sich in der Gesellschaft bewegte. Sie trug ihr dunkles Haar in einer neuen Frisur, die einen guten Kontrast zu dem golden schimmernden Ton ihres Kleides abgab. Er stand etwas abseits, nippte an seinem Champagner, war schüchtern wie immer, unterhielt sich dann und wann mit den freundlichen Gästen, folgte Hope mit den Augen und dachte in seiner Art Liebes-Stenographie solche zusammenhanglosen Worte wie: ihr Haar, ihre Lippen, ihre Beine. Er gab der Braut den obligaten Kuß und tauchte für einen Augenblick in ein konfuses Durcheinander von weißem Satin und Spitzen und Lippenstift und Parfüm und Orangenblüten unter. Dabei blickte er an den strahlenden feuchten Augen und den halboffenen Lippen der Braut vorbei zu Hope hinüber, die auf der anderen Seite des Zimmers stand und ihn beobachtete. Und wieder schossen ihm die Stenogramm-Worte durch den Kopf: ihr Hals, ihre Taille. Als dann Hope zu ihm herüberkam, sagte er: »Ich wollte schon lange etwas tun«, und streckte seine Hände nach ihrer Taille aus, die sich schlank unter dem Gürtel ihres Kleides anfühlte. Er spürte das zarte, mädchenhafte Fleisch und die beinahe unmerkliche Bewegung ihrer Hüftknochen. Hope verstand sofort. Zärtlich beugte sie sich ihm entgegen und küßte ihn. Es war ihm gleichgültig, ob die Leute sie beobachteten, denn auf einer Hochzeitsfeier galt so etwas wie ein ungeschriebenes Gesetz, daß sich alles küssen durfte. Außerdem hatte er zum erstenmal an einem schönen Sommernachmittag Champagner getrunken.

Schließlich rückte die Stunde heran, wo das junge Paar sich verabschiedete. Alles schaute und winkte ihm nach, als der über und über mit Papierschlangen geschmückte Wagen abfuhr; auf der Straße hatte man Reis, das Zeichen für Glück und Fruchtbarkeit, gestreut, und natürlich stand die Mutter der jungen Frau leise weinend an der Tür, und der junge Ehemann winkte rot und verlegen grinsend aus der Rückscheibe des Wagens heraus. Noah schaute Hope an, und sie schaute zurück, und er wußte, daß sie beide dasselbe dachten.

»Warum wir nicht?« flüsterte er.

»Psst. Du hast zuviel Champagner getrunken«, sagte sie und legte den Finger auf seinen Mund.

Dann gingen auch sie und liefen den Garten hinunter, in dem die Rasensprüher angedreht waren, deren Wasserstrahlen in den Farben des Sonnenspektrums schillernd den grünen Duft des frischen Grases in die wehmütige Stimmung des späten Nachmittags mischten. Sie gingen langsam, Hand in Hand.

»Wo fahren die beiden hin?« fragte Noah.

»Kalifornien«, sagte Hope. »Vier Wochen, nach Monterey. Ein Vetter von ihm hat dort ein Haus.«

Sie gingen an den Springbrunnen von Flatbush vorbei und dachten an den Strand von Monterey am Pazifischen Ozean, an die weißen mexikanischen Häuser in der brennenden Sonne des Südens und an die beiden jungen Eheleute, wie sie im Grand Central ihr Schlafwagenabteil betraten und die Tür hinter sich abschlossen.

»O Gott, die tun mir leid«, sagte Noah verständnisvoll grinsend.

»Wieso?«

»Stell dir vor: in dieser Nacht. Zum erstenmal zusammen. Eine der heißesten Nächte des Jahres.«

Böse zog Hope die Hand zurück und sagte scharf: »Du bist unmöglich! Wie kannst du so etwas Unanständiges, Ordinäres sagen?«

»Aber Hope, es war doch nur Scherz«, sagte er abbittend.

»Ach was, Scherz! Ich kann diese Einstellung nicht leiden. Alles ist bei euch Scherz!« Und er bemerkte sehr erstaunt, daß sie weinte.

»Bitte, Liebling«, er legte den Arm um sie, obgleich zwei kleine Jungen und ein großer schottischer Schäferhund sie von einem der anliegenden Gärten aus betrachteten.

»Nimm deine Hände weg!« sagte sie und lief von ihm weg.

»Bitte, Hope, Darling«, bat er hinter ihr her, »laß dir erklären!«

»Schreib mir einen Brief, auf der Schreibmaschine kannst du dich anscheinend besser ausdrücken«, sagte sie unter Tränen.

Er holte sie ein und ging schweigend an ihrer Seite. Er kam sich hilflos und verloren vor, ohne Richtung und Anleitung, wie man diesem weiblichen Ansturm begegnen könnte. Er ließ sich einfach treiben wie ein Schiffbrüchiger und hoffte, in Wind und Wetter vor dem Schlimmsten bewahrt zu bleiben.

Hope blieb unnachgiebig. Auf der ganzen Fahrt nach Hause saß sie in der Straßenbahn still und abweisend, mit verkniffenen Lippen neben ihm. O Gott, dachte Noah, vorsichtig zu ihr hinüberschielend, während die Elektrische durch die Straßen ratterte, sie wird mir doch nicht den Laufpaß geben.

Aber sie hatte nichts dagegen, daß er ihr ins Haus folgte, als sie die beiden Türen geöffnet hatte.

Es war niemand zu Hause. Hopes Onkel und Tante hatten ihre beiden kleinen Kinder drei Tage aufs Land genommen, und das dunkle Haus wirkte wie ein exotischer Bungalow, der seit langem unbewohnt war.

»Hungrig?« sagte Hope kurz. Sie stand in der Mitte des Wohnzimmers, und Noah wollte sie eigentlich küssen, ließ es aber bleiben, als er ihren Gesichtsausdruck sah.

»Ich glaube, ich gehe lieber nach Hause«, sagte er.

»Auf jeden Fall kannst du essen, ich habe etwas fürs Abendbrot in den Eisschrank gestellt.«

Er lief ihr schweigend in die Küche nach und half ihr so unauffällig wie möglich mit dem Geschirr. Sie holte kaltes Huhn aus dem Eisschrank, machte Salat an und stellte einen Krug Milch dazu. Das Ganze richtete sie auf einem Tablett an und sagte befehlend wie ein Feldwebel: »Draußen.«

Er trug das Tablett in den Garten nach der Rückseite des Hauses, ein ovales Stück Rasen im Zwielicht, das auf den Längsseiten von einem hohen Bretterzaun und auf der hinteren Schmalseite von der efeuumrankten Backsteinmauer einer Garage umgeben war. Im Garten stand eine schlanke Akazie, auf einer Seite hatte Hopes Onkel sich einen kleinen Steingarten mit Beeten von Feldblumen dazwischen angelegt, und auf der anderen Seite stand ein Gartentisch mit Windlichtern, und davor schwang ein Hängesofa mit einer Markise darüber. In dem dunstig-blauen Abendlicht verschwand Brooklyn wie ein Nebelfetzen oder ein fernes Echo, und sie waren plötzlich in ein verschwiegenes Mauergärtchen in England oder Frankreich oder in den Bergen Indiens versetzt.

Hope zündete die Kerzen an, und beide setzten sich in gebührendem Abstand voneinander zum Abendbrot. Sie waren hungrig und sprachen kaum, während sie aßen. Ein paar höfliche Worte wie die Bitte um das Salz oder den Milchkrug unterbrachen die Stille. Sonst nichts. Nachdem sie gegessen hatten, falteten sie die Servietten und standen auf.

»Wir brauchen keine Kerzen«, sagte Hope. »Würdest du bitte das Licht auf deiner Seite ausblasen?«

»Gerne«, sagte Noah beflissen, beugte sich über den Glasschirm, der die Kerze auf seiner Tischseite gegen den Wind schützte, während Hope dasselbe auf ihrer Seite tat. Und während sie die Kerzen ausbliesen, ließ es sich nicht vermeiden, daß ihre Köpfe sich berührten. Plötzlich sagte Hope in der Dunkelheit: »Verzeih mir. Ich bin das mieseste Weibstück auf der ganzen Welt.«

Und dann war alles gut. Sie saßen nebeneinander auf dem Hängesofa und sahen zwischen den Zweigen des einzigen Baumes zu dem dunklen Firmament hinauf, auf dem ein Stern nach dem anderen aufzuleuchten begann. Weit weg klingelte die Elektrische, von fern klang der Straßenverkehr, hinter der Garage hörte man die Zeitungsjungen die Abendzeitungen ausrufen, entrückt und fern war die Welt in dem stillen umfriedeten Garten.

»Nein, das dürfen wir nicht...« sagte Hope leise. Und »Ich habe Angst, solche Angst...« und »Darling, Darling!« Und Noah war schüchtern und fordernd zugleich, geblendet und demütig. Und als es vorüber war, lagen sie sich schuldbewußt und von widersprechenden Empfindungen überwältigt in den Armen, und Noah fürchtete, daß sie ihn für das, was er getan, hassen würde. Jede Minute des Schweigens, das jetzt zwischen ihnen herrschte, schien ihm mit unterdrückten Vorwurfsausbrüchen geladen zu sein, bis sie auf einmal leise kicherte: »Siehst du«, sagte sie in die Dunkelheit, »es war doch nicht zu heiß. Gar nicht zu heiß.«

Sie blieben noch lange draußen. Erst sehr viel später, als es Zeit für ihn war, sich auf den Heimweg zu machen, gingen sie hinein. Das elektrische Licht blendete sie, und sie vermieden, sich anzusehen. Um etwas zu tun, schaltete Noah das Radio an. Man spielte Tschaikowskijs Klavierkonzert in b-Moll. Die Musik war voll Farbe und Traurigkeit, als ob sie extra für die beiden jungen Leute komponiert worden wäre, die, noch halbe Kinder, sich soeben zum erstenmal umarmt hatten. Als Noah über den Apparat gebeugt stand, kam Hope zu ihm und küßte ihn auf den Nacken. Er drehte sich um, um sie wieder zu küssen, als die Musik plötzlich abbrach und eine Reporterstimme sagte: »Sondermeldung der Associated Press. Der deutsche Vormarsch entlang der russischen Grenze geht an allen Punkten weiter. Frische Panzerdivisionen griffen auf der gesamten Front von Finnland bis zum Schwarzen Meer in den Kampf ein.«

»Was sagt der?« fragte Hope.

»Die Deutschen haben Rußland angegriffen«, antwortete Noah. »Das war's, was die Zeitungsjungen vorhin auf der Straße brüllten...«

»Stell ab«, sagte Hope und drehte selbst den Knopf herum. »Gerade heute abend.«

Er riß sie an sich und spürte ihre wilden Herzschläge, während er sie in den Armen hielt. Den ganzen Nachmittag, dachte er, auf der Hochzeit, als wir zusammen durch die Straßen gingen, am Abend, im Garten – diese ganze Zeit spielte es sich ab: Kanonen donnerten, und Männer starben von Finnland bis zum Schwarzen Meer. Wenn er auch nicht weiter darüber nachdachte, so nahm er doch automatisch von dem Geschehen Notiz, wie jemand Reklameplakate an der Straßenseite bemerkt, wenn er im Wagen vorbeifährt.

Sie setzten sich auf die abgenutzte Couch in dem stillen Zimmer. Draußen war es inzwischen ganz dunkel geworden, und man hörte die Zeitungsjungen von den entfernt gelegenen Straßen unverständliche Schlagzeilen brüllen.

»Was ist heute?« fragte Hope.

»Sonntag. Ruhetag«, sagte Noah lächelnd.

»Das meine ich nicht. Ich weiß, daß es Sonntag ist. Ich meine das Datum.«

»Der 22. Juni«, sagte Noah.

»Der 22. Juni«, wiederholte sie leise. »Ich muß mir das Datum gut merken. Der Tag, an dem du mich zum erstenmal geliebt hast.«

Roger war noch auf, als Noah nach Hause kam. Noah blieb im Vorplatz stehen und gab sich Mühe, seinem Gesicht einen gleichgültigen Ausdruck zu geben, der nichts von dem ahnen ließ, was sich am Abend zugetragen hatte. Von drinnen hörte er leises Klavierspiel. Es war ein trauriges Jazz-Stück, in schwermütigem Moll gespielt. Roger variierte es, so daß die Melodie schwer zu erkennen war. Nachdem Noah den verhaltenen Akkorden ein paar Minuten gelauscht hatte, öffnete er die Tür und trat ein. Wie damals auf der Party winkte ihm Roger, ohne sich umzublicken, mit der einen Hand zu und spielte mit der anderen weiter. Der große Raum war nur mit einer Lampe in der Ecke erleuchtet und sah in dem dämmrigen Spiel von Licht und Schatten geheimnisvoll aus. Noah ließ sich in den verschlissenen Ledersessel am Fenster sinken. Draußen, in den dunklen Straßen, schlief die Stadt, und ein leiser Nachtwind bauschte die Vorhänge am Fenster. Noah schloß die Augen und hörte den düsteren Läufen auf dem Klavier zu. Es war ihm, als ob er jeden Knochen im Leibe spürte, und jeder Muskel, jede Pore reagierte voll Leben und voll Müdigkeit vibrierend auf die Musik. Mitten in einer Passage brach Roger plötzlich ab, ließ seine schlanken Hände einen Augenblick auf den Tasten liegen und starrte auf das zerkratzte alte Elfenbein. Dann drehte er sich um.

»Die Wohnung gehört dir«, sagte er.

Noah riß die Augen auf: »Wie?«

»Morgen gehe ich«, sagte Roger in leisem Ton, als ob er das Schlußwort zu einer Unterhaltung mit sich selbst gesprochen hätte.

»Wieso?« fragte Noah verständnislos und schaute seinen Freund kritisch an, ob er getrunken hatte.

»Die Armee. Die Zeit ist um. Sie fangen jetzt an, einige Jahresklassen einzuziehen.«

Noah kam sich wie betäubt vor. Er verstand Roger nicht so ganz. Wenn es nicht gerade dieser Abend wäre, an dem so viel passiert war. An einem anderen Abend wäre er aufnahmefähiger gewesen.

»Ich nehme an«, sagte Roger sarkastisch, »daß die neuesten Nachrichten auch nach Brooklyn gedrungen sind.«

»Über Rußland, meinst du?«

»Ganz richtig, ich meine über Rußland.«

»Ja.«

»Ich werde den Russen zu Hilfe eilen«, sagte Roger.

»Wie willst du denn das machen?« fragte Noah verblüfft. »Willst du in die russische Armee eintreten?«

Roger lachte schallend und kam zu Noahs Fenster herüber. Er schob den Vorhang beiseite und blickte in die Nacht. »Das gerade nicht. Die Armee der Vereinigten Staaten genügt auch«, sagte er.

»Ich melde mich mit dir«, sagte Noah düster.

»Danke. Sei nicht blöd und warte, bis du an der Reihe bist«, meinte Roger.

»*Du* bist auch nicht an der Reihe«, erwiderte Noah.

»Noch nicht. Aber sie kommen, keine Angst.« Dabei knüpfte er spielerisch einen Knoten in den Vorhang, um ihn wieder aufzumachen. »Ich bin älter als du. Warte, bis sie dich holen. Sie kommen früh genug.«

»Hab dich nicht so, als ob du achtzig wärst«, sagte Noah.

Roger lachte wieder und drehte sich um. »Entschuldige, mein Junge«, sagte er. Dann wurde er ernst. »Ich habe die Geschichte so lange ignoriert, als ich irgendwie konnte. Nach den heutigen Radiomeldungen läßt sie sich nicht mehr totschweigen. Von heute ab gibt es nur noch einen Weg, meinem Leben einen Sinn zu geben, und das ist mit dem Gewehr in der Hand. Von Finnland bis zum Schwarzen Meer«, zitierte er spöttelnd, und Noah erinnerte sich an die Reporterstimme am Radio. »Von Finnland übers Schwarze Meer und den Hudson zu Roger Cannon. Auf jeden Fall werden wir bald alle drinstecken, und deshalb möchte ich rechtzeitig dabeisein. Mein ganzes Leben lang habe ich die Dinge immer auf mich zukommen lassen. Diesmal packe ich den Stier bei den Hörnern. Zum Donnerwetter, warum auch nicht. Ich stamme aus einer Soldatenfamilie.« Und jetzt grinste er. »Mein Großvater ist bei Antietam desertiert, und mein Alter hat in Soissons drei uneheliche Kinder hinterlassen.«

»Glaubst du, daß es einen Wert hat, sich freiwillig zu melden?« fragte Noah.

»Frag mich nicht, mein Junge«, sagte Roger grinsend, »so was kann man nie wissen.« Dann wurde er nachdenklich: »Vielleicht krieg' ich dadurch erst den richtigen Schliff. Bis jetzt, wie du wohl bemerkt haben wirst, habe ich kein Lebensziel. 's ist wie eine Krankheit. Am Anfang merkt man's kaum, wie 'n Pickel. Und nach drei Jahren hat der Patient Paralyse. Sehr gut möglich, daß die Armee mir endlich ein Ziel geben wird...« Und er grinste wiederum: »Zum Beispiel am Leben bleiben, oder Feldwebel werden oder Kriege gewinnen. Hast du etwas dagegen, wenn ich noch ein bißchen auf dem Klavier klimpere?«

»Natürlich nicht«, murmelte Noah. Sterben wird er, sagte eine Stimme in seinem Innern, Roger wird sterben, sie werden ihn umbringen.

Roger setzte sich wieder ans Klavier und legte seine Hände auf die Tasten. Dann spielte er etwas, was Noah noch nie gehört hatte.

Und während des Spiels sagte er so nebenbei: »Freut mich übrigens, daß du mit deinem Mädchen endlich klargekommen bist...«

»Was?« fragte Noah erstaunt und ging im Geist sämtliche Worte durch, die er mit Roger gesprochen hatte. Wodurch hatte er sich verraten? »Was meinst du eigentlich?« fragte er scheinheilig.

»Stand dir auf dem Gesicht geschrieben, mein Lieber«, lachte Roger. »Wie 'ne elektrische Reklametafel.« Und dann hämmerte er auf den Baß ein. –

Tags darauf ging Roger in die Armee. Er erlaubte Noah nicht, ihn auf das Rekrutierungsbüro zu begleiten, und schenkte ihm alles, was ihm gehörte: die Möbel, die Bücher, selbst seine Kleider, die Noah natürlich viel zu groß waren. »Kann ich alles nicht mehr brauchen«, sagte er beim Anblick der Sachen, die sich in seinem sechsundzwanzigjährigen Leben angesammelt hatten. »Ist sowieso Dreck.« Er steckte sich eine Ausgabe der NEW REPUBLIC in die Tasche, um in der U-Bahn auf dem Weg nach der Whitehall Street etwas zu lesen zu haben. Er lachte dabei, winkte mit dem Blatt zu Noah hinüber und sagte: »Mit was für zarten Waffen ich in den Krieg ziehe!« Dann stülpte er seinen alten Filzhut in dem für ihn charakteristischen Winkel auf den kurzgeschorenen Schädel und drehte dem Zimmer für immer den Rücken, in dem er fünf Jahre gehaust hatte. Noah sah ihn gehen. Er fühlte ein Würgen im Hals und war felsenfest überzeugt, daß er seinen Freund nie wiedersehen würde und daß die besten Jahre seines Lebens mit dieser Stunde vorüber seien.

Dann und wann erhielt Noah ein paar trockene, zynische Zeilen aus einem Ausbildungslager im Süden der Staaten, und einmal kam ein fotokopierter Kompaniebefehl, aus dem hervorging, daß der Soldat Roger Cannon zum Obersoldaten befördert worden war. Und dann trat eine lange Pause ein, bis eines Tages ein zwei Seiten langer Brief von den Philippinen eintraf, mit einer Karte des Puff-Viertels von Manila und dem Foto eines Mischlingsmädchens, halb Burmesin, halb Holländerin, die sich auf den Bauch *SS Texas* hatte tätowieren lassen. Am Schluß las Noah ein Postskriptum in Rogers ausladender Handschrift: »Geh ja nicht in die Armee. Sie ist nichts für menschliche Wesen.«

Natürlich hatte der Auszug Rogers einen Vorteil, und Noah fühlte manchmal schuldbewußt, wie offen er diesen Vorteil genoß. Er und Hope hatten nun einen Schlupfwinkel, in dem sie ungestört zusammensein konnten. Sie brauchten die Nächte nicht mehr draußen herumzufahren, voll Begierde aufeinander, oder in der Diele zu warten, bis der bibellesende Onkel endlich zu Bett ging. Sie gehörten nicht mehr zu den Liebespaaren ohne Bett, zu der bemitleidenswerten Schar melancholischer, enttäuschter Kinder auf den einsamen Asphaltstraßen der großen Stadt.

Eine Entdeckung machte Noah in den ersten Monaten, nachdem Roger gegangen war: Er entdeckte seinen Körper. Er war stärker, als er angenommen hatte. Und er war größerer Gefühle fähig, als er erwartet hatte. Er fing sogar an, sich hinter verschlossener Tür nackt im Spiegel zu betrachten, und mit Hopes offensichtlicher Zustimmung fand er seine Glieder viel vollkommener und nützlicher, als er je geglaubt hatte.

Gott sei Dank, dachte er, in seine eigene Nacktheit versunken, Gott sei Dank, daß ich keine Haare auf der Brust habe.

Hope wiederum, nachdem sie endlich ein eigenes Nest gefunden hatte, entwickelte ungeahnte Tiefen der Wollust im Zusammenleben mit ihrem Geliebten. In der vertrauten Dunkelheit des großstädtischen Sommers ging die Erinnerung an die kalten Berge des puritanischen Vermont in Rauch auf, und sie erwiderte hemmungslos Begierde mit Begierde, Lust mit Lust am Fleisch des anderen. In ihren trunkenen Liebesströmen, die sie wie Ebbe und Flut überspülten, trat die Umwelt und was sich in ihr abspielte wie von selbst in den Hintergrund. Ihre Welt war das verwohnte große Zimmer in der Querstraße am Fluß; die Straßengeräusche, das Geschrei an den Ecken, die Reden im Senat, der Kanonendonner in fernen Kontinenten – alles das sank zu einem Flüstern zusammen, zu einer Art Geräuschkulisse, mit Trommeln und Trompeten in den Lagern von Heeren, die weit weg über den Meeren einen fremden Krieg führten.

7. Kapitel

Es fiel Christian schwer, sich auf den Film zu konzentrieren. Er war eigentlich ganz gut: Eine deutsche Kompanie kam im Jahre 1918 auf dem Transport von der russischen Front nach dem Westen durch Berlin. Der Zug hatte einige Stunden Aufenthalt, doch der Kompanieführer, ein Leutnant, hatte strikten Befehl, seine Leute auf dem Bahnhof zusammenzuhalten. Aber er hatte ein Herz und verstand, daß die Berliner in seiner Truppe sich danach sehnten, wenigstens ein paar Stunden bei ihren Angehörigen zu sein. Wer wußte, ob sie sich je wiedersehen würden? Sie kamen aus den mörderischen Schlachten der Ostfront und waren im Begriff, in die noch härteren Kämpfe im Westen geworfen zu werden. Und so nahm der Leutnant das Risiko auf sich, vor ein Kriegsgericht gestellt und zum Tod verurteilt zu werden, und gab ihnen Urlaub auf Ehrenwort. Er machte ihnen klar, daß sein Leben verwirkt wäre, wenn auch nur einer nicht rechtzeitig zurückkäme.

Und nun folgt die Kamera den einzelnen Männern. Einige betrinken sich, andere lassen sich mit Juden und Defätisten ein, die sie zur Desertion überreden wollen. Wieder andere sind drauf und dran, sich von ihren Frauen zurückhalten zu lassen, und eine Zeitlang scheint es, als müsse der Leutnant seine Großzügigkeit mit dem Leben bezahlen. Aber im letzten Augenblick kommt der letzte Soldat zum Bahnhof gerannt und springt auf den schon anfahrenden Zug. So umschlingt sie alle das starke Band der Kameradschaft in dem neuen Einsatz gegen Frankreich. Das Vertrauen des Leutnants wird belohnt.

Der Streifen war gut gemacht. Er demonstrierte raffiniert die Dolchstoßlegende, daß der Krieg nicht militärisch, sondern durch die Drükkeberger und Verräter in der Heimat verlorenging. Es fehlten weder Humor noch Pathos.

Sogar die Soldaten, die im Truppenkino um Christian herum saßen, schienen von den Darstellern der Muschkoten des Ersten Weltkriegs beeindruckt zu sein. Die Person des Leutnants war natürlich geschmeichelt, dachte Christian nüchtern. Ihm jedenfalls war ein so idealer Offizier noch nicht begegnet. Leutnant Hardenburg zum Beispiel könnte sich eine Scheibe davon abschneiden. Dem könnte es nicht schaden, den Film ein paarmal hintereinander anzusehen. Seit dem damaligen Ausflug in das Pariser Bordell war Hardenburg immer anmaßender geworden, je länger der Krieg dauerte. Das Regiment hatte die schweren Waffen abgeben müssen und war nach Rennes verlegt worden. Dort versahen sie so eine Art Polizeidienst, seitdem der Krieg in Rußland angefangen hatte und Hardenburgs Kameraden mit dem gleichen Dienstalter im Osten Orden und Beförderungen einheimsten.

Eines Morgens las Hardenburg, daß einer der Jungen, mit denen er auf der Offiziersschule gewesen war und der wegen seiner Dummheit den Spitznamen »Ochse« trug, in der Ukraine zum Major befördert worden war. Er platzte beinahe vor Wut. Er war immer noch Leutnant. Zwar ging es ihm nicht schlecht. Er besaß ein Appartement von zwei Zimmern im besten Hotel der Stadt, hatte ein Verhältnis mit zwei Frauen, die auf dem gleichen Stockwerk wohnten, und verdiente durch Erpressungen von Schwarzmarkthändlern in Fleisch und Milchprodukten, deren Adressen ihm seine Freundinnen angaben, einen Haufen Geld. Trotzdem war Hardenburg unausstehlich. Und ein unausstehlicher Leutnant, dachte Christian grimmig, hat immer unglückliche Feldwebel unter sich.

Ein Glück für Christian, daß morgen sein Urlaub begann. Noch so eine Woche unter Hardenburgs bissig-spöttischen Schikanen, und Christian wäre nicht sicher gewesen, ob er sich nicht zu einer gefährlichen Handlung des Ungehorsams hätte hinreißen lassen. Selbst jetzt, dachte Christian voll Groll, wo er weiß, daß ich morgen früh mit dem Siebenuhrzug Richtung Heimat fahre, hat er mir noch Dienst aufgebrummt. Für Mitternacht war eine Streife eingesetzt, um junge Franzosen, die sich vor dem Arbeitsdienst in Deutschland drückten, festzunehmen. Und Hardenburg hatte natürlich weder Himmler noch Stein, noch sonst einem der anderen das Kommando übertragen, sondern ausgerechnet Christian. »Ich weiß, Feldwebel Diestl, Sie haben nichts dagegen, daß ich Sie dazu einteile«, hatte er in seiner perfiden Art gesagt. »Ich will Sie davor bewahren, sich in der letzten Nacht in Rennes noch zu langweilen. Sie brauchen sich vor Mitternacht nicht mehr zu melden.«

Der Film endete mit einer Großaufnahme des gutaussehenden jungen Leutnants, wie er seinen Männern kameradschaftlich und stolz zulächelte, während der Zug westwärts dampfte. Unter den Zuschauern erhob sich lauter Beifall.

Dann lief die Wochenschau ab. Man sah Bilder von Hitler bei einer Rede, von einem Luftangriff auf London und eine Aufnahme von Göring, wie er einem Piloten, der hundert Feindflieger abgeschossen hatte, eigenhändig das Eichenlaub zum Ritterkreuz umhängte. Schließlich kamen PK-Aufnahmen einer Infanterie-Einheit, die ein Dorf an der Straße nach Leningrad stürmte.

Unwillkürlich mußte Christian die Präzision, mit der die Leute ihre Befehle ausführten, anerkennen. Noch drei Wochen so weiter, dachte er, und die marschieren in Moskau ein, während er in Rennes saß, um sich von Hardenburg schurigeln zu lassen und schwangere Weiber wegen Beleidigung deutscher Offiziere in den Cafés festzunehmen. Bald wird über ganz Rußland tiefer Schnee liegen; er aber, einer der besten Skiläufer Europas, mußte im milden Klima Westfrankreichs Polizei spielen. Kein Zweifel, die Wehrmacht war eine großartige Maschine, aber, verdammt noch mal, sie hatte auch ihre Schwächen!

Auf der Leinwand stürzte einer der stürmenden Soldaten zu Boden. Man konnte nicht feststellen, ob er nur Deckung nahm oder getroffen worden war; auf jeden Fall stand er nicht mehr auf. Die Linse der Kamera glitt über ihn hinweg. Christian spürte seine Augen feucht werden. Er schämte sich ein bißchen, aber jedesmal, wenn er Aufnahmen von deutschen Fronteinsätzen sah, während er hier in Sicherheit und Bequemlichkeit herumsaß, war er dem Weinen nahe. Er kam sich schuldig vor, und seine Untergebenen bekamen noch tagelang hinterher seine schlechte Laune zu spüren. Andererseits war es nicht seine Schuld, daß er lebte, während andere sterben mußten. Die große Organisation eines Heeres funktionierte auf eigene Art. Und trotzdem konnte er ein Schuldgefühl nie ganz loswerden. Selbst die Vorfreude auf den vierzehntägigen Urlaub wurde ihm dadurch vergällt. Der junge

Friedrich Langermann hatte in Lettland ein Bein verloren, und beide Söhne der Kochs waren gefallen. Die Nachbarn würden ihn schön anstarren, wenn er jetzt, rund und an allen Gliedern heil, mit dem halbstündigen Gefecht vor Paris als einzigem Fronterlebnis, auf Urlaub nach Hause kam.

Seiner Ansicht nach näherte sich der Krieg dem Ende. Dann würde er heimkehren, sein Zivilleben wieder aufnehmen und seine Tage bequem und gedankenlos auf den schneebedeckten Hängen Tirols ohne einen Leutnant Hardenburg verbringen – ein süßes und unglaublich begehrenswertes Zukunftsbild. Die Russen standen kurz vor dem Zusammenbruch, dann würden die Engländer folgen, und er würde diese langweiligen, stumpfsinnigen Tage in Frankreich rasch vergessen. Acht Wochen, nachdem alles vorüber war, würden die Leute schon gar nicht mehr vom Krieg reden, und ein Schreiber, der drei Jahre lang Zahlen auf der Kommandantur in Berlin addiert hatte, würde genausoviel Achtung genießen wie ein Mann, der in Polen, Belgien und Rußland Bunker geknackt hatte. Und Hardenburg? Hahaha, dem würde er eines Tages vielleicht begegnen – immer noch als Leutnant. Oder noch besser, entlassen, abgemustert, ohne Verwendungsmöglichkeit. Dann würde er ihn allein die Hänge hinaufführen, und dann... Christian lächelte bitter über seine kindliche Träumerei. Er überlegte, wie lange es wohl dauern würde, bis man ihn nach dem Waffenstillstand entlassen würde. Denn nach Kriegsende konnte es noch recht schwierige Monate geben. Man würde herumsitzen und auf die langsame Abwicklung der Demobilisierung durch die sture Kommißbürokratie warten müssen.

Die Wochenschau war aus, die Lichter gingen an, und Christian schob sich im Gedränge der Soldaten langsam dem Ausgang zu. Besonders kräftig sahen die nicht aus, überlegte Christian. Alles Familienväter mittleren Alters, kränklich und schwächlich. Etappenhengste, die man auf ein totes Gleis schiebt, während Deutschlands Jugend Tausende von Kilometern entfernt die Entscheidungsschlachten schlägt. Christian schüttelte sorgenvoll den Kopf. Er mußte endlich mit diesen Grübeleien aufhören, sonst wurde er wie Hardenburg.

Auf den verdunkelten Straßen begegnete er dann und wann Franzosen, auch Frauen, die sofort vom Trottoir heruntergingen, wenn sie ihn kommen sahen. Das ärgerte ihn. Unterwürfigkeit war doch einer der peinlichsten Züge des menschlichen Charakters. Und dazu noch unnötige, unbegründete Unterwürfigkeit wie diese. Von ihm hatten sie bei Gott nichts zu befürchten, zumal strenger Befehl gegeben worden war, sich den Franzosen gegenüber korrekt und höflich zu benehmen. Als ein Mann, der ihm Platz machen wollte, stolperte, dachte er: Kein

Deutscher würde sich den Angehörigen einer fremden Besatzungsmacht gegenüber so würdelos benehmen. Keiner Besatzungsmacht.

Er blieb stehen: »He, alter Herr!« rief er.

»Oui, mon Colonel«, sagte der Franzose mit zitternder Stimme.

»Ich bin kein Oberst«, sagte Christian und ärgerte sich über die plumpe Schmeichelei.

»Pardon, Monsieur, in der Dunkelheit...« sagte der Franzose.

»Sie brauchen meinetwegen nicht vom Trottoir herunterzugehen«, sagte Christian.

»Jawohl, mein Herr«, sagte der Franzose. Aber er blieb unten.

»Kommen Sie herauf aufs Trottoir«, sagte Christian barsch.

»Jawohl, mein Herr«, sagte der alte Herr und trat zögernd auf den Bürgersteig. »Hier sind meine Papiere, sie sind in Ordnung.«

»Ach was, Papiere! Ich will Ihre Papiere nicht sehen.«

»Ganz wie Sie wünschen, mein Herr«, entgegnete der Franzose unterwürfig.

»Scheren Sie sich nach Hause!« sagte Christian.

»Oui, Monsieur.« Der Franzose lief davon, und Christian setzte seinen Weg fort. Spöttisch dachte er: ein neues Europa, ein mächtiger Bund kraftvoller Staaten! Mit solchem Menschenmaterial gewiß nicht. Verdammt, wenn bloß der Krieg aus wäre! Oder wenn man ihn wenigstens irgendwohin versetzen würde, wo die Kanonen donnerten. Dieses verfluchte Etappenleben machte einen Mann schlapp, nahm ihm jeden Ehrgeiz und Glauben. Schön wär's ja, wenn sein Gesuch auf Abkommandierung zu einem Offizierslehrgang endlich durchkäme. Denn wenn er erst einmal Leutnant war, würden sie ihn nach Rußland oder Afrika schicken, und die ganze Bummelei in Rennes wäre vergessen. Vor drei Monaten hatte er das Gesuch eingereicht und seither nichts mehr gehört. Womöglich lag es unter einem Stoß unerledigter Papiere auf dem Tisch eines dicken Schreibstubenbullen in Berlin.

Wie anders hatte er sich das Soldatenleben vorgestellt, als er eingezogen wurde. Auch noch damals in Paris war er voller Illusionen gewesen. Er entsann sich der Geschichten über den Ersten Weltkrieg. Die im Granatenhagel geschmiedete Kameradschaft, die strenge Dienstauffassung, das jähe Aufflammen von Begeisterung. Oder das Schlußkapitel im »Zauberberg« von Thomas Mann, wie Hans Castorp und seine Kameraden, ein Beethoven-Lied auf den Lippen, über blühende Wiesen gegen die feindlichen Gräben vorstürmten. Das Buch endete zu früh. Es fehlte noch ein Kapitel, das diesen Castorp drei Monate später beschrieben hätte, wie er im Bekleidungsamt Lüttich Stiefel, Größe zwölf, zählte. Ohne ein Lied auf den Lippen!

Die Geschichten von der treuen Kameradschaft im Krieg waren einfach Märchen. Einmal, ganz kurz, hatte er sich Brandt kameradschaftlich verbunden gefühlt, damals, auf der Fahrt nach Paris. Auch bei Hardenburg hatte er ein flüchtiges Gefühl dieser Art gehabt, als sie zusammen über den Boulevard des Italiens nach der Place de l'Opéra fuhren. Aber damit hatte sich's. Brandt war inzwischen Offizier geworden, hatte seine Wohnung in Paris und gab eine Soldaten-Illustrierte heraus. Na, und Hardenburg... Der hatte die schlimmsten Erwartungen noch übertroffen. Der Rest um ihn herum waren Schweine. Gar kein Zweifel. Sie dankten Gott morgens, mittags und abends, daß sie auf ihrem Druckposten in Rennes saßen, anstatt in einem Schützenloch bei Tripolis oder Kiew. Jeder beschäftigte sich mit allen möglichen Schwarzmarktschiebereien mit den Franzosen und ramschte so viel Geld wie möglich für die flaue Zeit nach dem Krieg zusammen. Wie konnte man sich solchen Kerlen gegenüber als Kamerad fühlen? Schieber, Drückeberger in Uniform. Wenn einer von ihnen Gefahr lief, zur Front abgestellt zu werden, setzte er alle Hebel in Bewegung, bestach den Regimentsschreiber, machte die tollsten Sachen, bloß um sein Pöstchen zu behalten. Christian war einer von zehn Millionen Soldaten der deutschen Wehrmacht, und er hatte sich noch nie so einsam gefühlt. Er nahm sich vor, wenn er in seinem Urlaub nach Berlin kam, ins OKW zu gehen. Dort kannte er einen Oberst, mit dem er vor dem Anschluß zusammengearbeitet hatte. Den würde er um ein Frontkommando bitten, selbst wenn er seinen Feldwebelrang verlieren sollte.

Er schaute auf die Uhr. Noch zwanzig Minuten bis zur Meldung im Geschäftszimmer. Das Café gegenüber war offen. Er spürte plötzlich Durst, ging über die Straße und öffnete die Tür. An einem Tisch saßen vier Soldaten und tranken Champagner. Nach ihren hochroten Gesichtern zu schließen, hatten sie schon lange getrunken. Ihre Waffenröcke standen offen, und zwei von ihnen waren unrasiert. Und dazu Champagner! Das konnte sich ein einfacher Soldat von seinem Sold natürlich gar nicht leisten. Wahrscheinlich verscherbelten sie gestohlene Waffen an die Franzosen. Wenn die Franzosen sie auch nicht benutzten, so konnte man nie wissen, was schließlich noch alles passieren würde. Selbst Franzosen konnten sich eines Tages noch einmal zu feindlichen Handlungen aufraffen. Voll Verachtung dachte Christian: ein Heer von Schiebern, Schwarzhändlern in Leder, Munition, Käse aus der Normandie und Wein und Kalbfleisch. Wenn man die noch zwei Jahre hier läßt, kann sie kein Mensch mehr von den Franzosen unterscheiden, außer durch die Uniform. So sieht der schleimige, verschlagene Sieg des gallischen Geistes aus!

»Einen Vermouth«, sagte Christian zum Patron, der sichtlich nervös hinter der Theke stand. »Nein, lieber einen Kognak.«

Er lehnte sich an die Theke und starrte zu den vier Soldaten hinüber. Wahrscheinlich war der Champagner noch nicht mal gut. Brandt hatte ihm erzählt, daß die Franzosen die tollsten Etiketten auf die Flaschen der miesesten Weine klebten. Und die Deutschen merkten den Schwindel nicht. Das war die französische Methode, Widerstand zu leisten, Patriotismus mit Profit.

Die vier Soldaten merkten, daß Christian sie beobachtete. Sie wurden unsicher und unterhielten sich nur im Flüsterton. Christian sah, wie einer der Männer sich schuldbewußt über die Bartstoppeln fuhr. Der Patron schob Christian den Kognak hin, und Christian nahm einen Schluck. Dabei starrte er unverwandt die Soldaten an. Einer von ihnen zog die Brieftasche, um eine neue Flasche Champagner zu bezahlen, und Christian sah, daß sie mit einem dicken Bündel Francscheine vollgestopft war. Für dieses Gesindel ließen sich brave deutsche Männer im Osten totschießen, für diese Schieber wurden die Stukas über London abgeschossen.

»Sie!« rief Christian zu dem Mann mit der Brieftasche hinüber, »kommen Sie mal her, der Mann.«

Der Mann sah seine Kameraden unschlüssig an. Die waren still und blickten verlegen in ihre Gläser. Der Mann stand langsam auf und steckte die Brieftasche weg.

»Na, wird's bald«, sagte Christian scharf. »Vielleicht bewegen Sie sich 'n bißchen.«

Langsam schlurfte der Mann zur Theke herüber, sein Gesicht wurde blaß unter den Bartstoppeln.

»Wie stehen Sie denn da? Stillgestanden!« herrschte Christian ihn an.

»Wie heißen Sie?« fragte Christian.

»Pionier Hans Reuter, Herr Feldwebel«, antwortete der Mann leise und unsicher.

Christian nahm Bleistift und Notizbuch aus der Tasche und schrieb den Namen auf. »Einheit?« fragte er.

Der Soldat schluckte: »147. Pionierbataillon.«

Christian schrieb auf. Dann sagte er: »Wenn Sie das nächstemal wieder Stadturlaub haben, Pionier Reuter, haben Sie sich zu rasieren und Ihren Waffenrock zugeknöpft zu tragen. Außerdem haben Sie Haltung anzunehmen, wenn Sie mit einem Vorgesetzten sprechen. Ich werde Sie zur Bestrafung melden. Verstanden?«

»Jawohl, Herr Feldwebel.«

»Wegtreten!«

Mit einem Seufzer machte Reuter kehrt und ging an seinen Tisch zurück.

»Sie da drüben, knöpfen Sie Ihre Waffenröcke zu!« rief Christian bissig.

Die Männer schlossen die oberen Knöpfe und saßen schweigend da. Christian drehte ihnen den Rücken zu und sah den Patron an.

»Noch einen Kognak, Herr Feldwebel?« fragte dieser.

»Nein.«

Christian warf das Geld für den Kognak auf den Bartisch und verließ das Lokal, ohne die vier Soldaten eines Blickes zu würdigen.

Leutnant Hardenburg saß in Mütze und Handschuhen im Geschäftszimmer. Kerzengrade, wie zu Pferd, saß er da und starrte auf eine Karte des russischen Kriegsschauplatzes, auf der der Frontverlauf nach den Meldungen vom vergangenen Dienstag mit roten und schwarzen Fähnchen abgesteckt war. Das Geschäftszimmer befand sich in einem ehemaligen französischen Polizeigebäude und roch förmlich nach kleinen Vergehen und ungewaschenen französischen Polizisten. Selbst die sprichwörtliche Reinlichkeit der Deutschen hatte den Geruch nicht entfernen können. An der Decke brannte eine einzige kleine Birne, und es war heiß und stickig im Zimmer, denn Fenster und Vorhänge waren wegen der Verdunkelung dicht geschlossen. Die Geister der kleinen Sünder, die hier einst verprügelt worden waren, schienen in den Ecken zu kauern.

Als Christian das Zimmer betrat, sah er einen kleinen, schmierigen Mann in der Uniform der französischen Hilfspolizei unbehaglich am Fenster stehen und Hardenburg unsicher anblicken. Christian nahm Haltung an, grüßte und dachte: Es kann nicht ewig so weitergehen. Einmal geht auch das zu Ende.

Hardenburg nahm keinerlei Notiz von ihm, und wenn Christian ihn nicht so genau gekannt hätte, hätte er annehmen können, Hardenburg habe sein Eintreten gar nicht bemerkt. Christian stand stramm an der Türe und betrachtete Hardenburgs Gesicht.

Und wie er ihn so ansah, wurde ihm bewußt, daß er dieses Gesicht tiefer haßte als das Gesicht irgendeines seiner Feinde. Tiefer als Churchill, mehr als Stalin, mehr als das irgendeines Panzerführers oder Minenwerfers des britischen oder russischen Heeres.

Hardenburg blickte auf seine Armbanduhr.

»Sie sind pünktlich zur Stelle, Feldwebel Diestl.«

»Jawohl, Herr Leutnant.«

Hardenburg ging zu dem mit Papieren bedeckten Schreibtisch und setzte sich: »Hier sind die Namen und Lichtbilder dreier Männer, die wir schon lange suchen«, sagte er und nahm eine Liste in die Hand. »Vorigen Monat haben sie ihre Einberufung erhalten, aber bis heute haben sie sich nicht gemeldet. Dieser Herr hier...«, dabei wies er geringschätzig auf den uniformierten Franzosen, »...dieser Herr gibt an, den Aufenthaltsort der drei Leute zu kennen.«

»Jawohl, Herr Leutnant«, sagte der Franzose dienstbeflissen, »unbedingt, Herr Leutnant.«

»Nehmen Sie fünf Mann«, befahl der Leutnant und tat, als ob der Franzose Luft wäre, »und verhaften Sie die drei Leute. Draußen steht ein Lkw mit Fahrer und Kommando.«

»Jawohl, Herr Leutnant«, sagte Christian.

»Und Sie machen, daß Sie rauskommen!« schnarrte der Leutnant den Franzosen an.

»Jawohl, Herr Leutnant«, stotterte der Franzose und verschwand.

Hardenburg studierte wieder die Wandkarte. Christian fing an, in dem warmen Zimmer zu schwitzen. Es gab so viele Leutnants in der Wehrmacht, und er mußte ausgerechnet an diesen Kerl geraten.

»Rühren, Diestl«, sagte Hardenburg, ohne die Augen von der Karte zu nehmen.

Christian rührte.

»Alles in Ordnung, Urlaubsschein ausgeschrieben?« fragte er in weniger dienstlichem Ton.

»Jawohl, Herr Leutnant.« Jetzt kommt's, dachte er grimmig. Jetzt wird er mir den Urlaub streichen. Es ist nicht mehr zum Aushalten!

»Sie fahren erst nach Berlin und anschließend in die Heimat, nicht wahr?«

»Jawohl.«

Hardenburg nickte und blickte immer noch angestrengt auf die Karte. »Beneidenswerter Mann, vierzehn Tage unter Landsleuten statt unter diesen Schweinen hier.«

Dabei machte er eine Kopfbewegung nach der Stelle hin, wo der französische Polizist gestanden hatte. »Seit vier Monaten versuche ich, Urlaub zu bekommen. Nichts zu machen. Unabkömmlich. Zu wichtig hier«, sagte er bitter und lachte beinahe. »Würden Sie mir einen Gefallen tun?«

»Selbstverständlich, Herr Leutnant«, sagte Christian und ärgerte sich über seine Bereitwilligkeit.

Hardenburg nahm ein sorgfältig eingewickeltes Päckchen aus der Schreibtischschublade und schloß wieder ab. »Für meine Frau, sie wohnt in Berlin, hier ist die Anschrift.« Er reichte Christian ein Notizblatt und deutete pedantisch auf das Päckchen: »Äh... es ist mir gelungen, ein schönes Stück Spitze aufzutreiben. Sehr schön, schwarz, aus Brüssel. Meine Frau liebt Spitze sehr. Ich hoffte, es ihr persönlich geben zu können. Aber so, wie es mit meinem Urlaub aussieht...« Er zuckte mit den Schultern. »Der Post will ich das Päckchen nicht anvertrauen. Anscheinend sind heutzutage sämtliche Diebe bei der deutschen Post angestellt«, sagte er böse. »Da müßte man mal hineinleuchten. Jedoch... ich dachte, wenn es Ihnen nicht zu viel Mühe machen würde, meine Frau wohnt nahe am Bahnhof Zoo...«

»Aber natürlich, Herr Leutnant«, sagte Christian steif.

»Danke.« Und Hardenburg gab ihm das Päckchen. »Bestellen Sie meiner Frau herzliche Grüße.« Er lächelte frostig: »Sie können ihr sagen, daß ich ständig an sie denke.«

»Jawohl.«

»Schön. Und nun wegen dieser drei Männer«, dabei tippte er mit dem Finger auf die vor ihm liegende Liste. »Ich weiß, ich kann mich auf Sie verlassen.«

»Jawohl.«

»Die neuesten Anweisungen von oben empfehlen künftig ein etwas rauheres Verfahren in solchen Dingen, als warnendes Beispiel für die anderen. Nichts Ernstes, verstehen Sie. Ein bißchen anschreien, ein Schlag mit dem Handrücken, die Gewehre zeigen...«

»Jawohl.« Christian hielt das Päckchen und fühlte seinen zarten Inhalt durch das Papier.

»Das wäre alles, Feldwebel. Viel Vergnügen in Berlin.« Und damit wandte er sich wieder der Wandkarte zu.

»Danke, Herr Leutnant. Heil Hitler!«

Aber Hardenburg war mit seinen Gedanken bereits bei den Panzern, die in der weiten russischen Ebene auf Smolensk zurollten, und er hob kaum die Hand an die Mütze, als Christian durch die Tür ging. Draußen steckte Christian das Päckchen in seinen Waffenrock und knöpfte die Tasche sorgfältig zu, damit es nicht verlorenging.

Die ersten beiden Männer, die Christian verhaften sollte, hatten sich in einer leerstehenden Garage versteckt. Sie zogen ängstliche Gesichter, als sie die Soldaten und Waffen sahen, machten aber weiter keine Schwierigkeiten.

Die nächste Stelle, zu der sie der französische Hilfspolizist führte, lag in der Arme-Leute-Gegend. Das Haus stank nach Abflußwasser und Knoblauch. Der junge Mann, den sie aus dem Bett ziehen mußten, klammerte sich an seine Mutter und beide schrien hysterisch. Die Mutter biß einen der Soldaten, worauf dieser sie in den Bauch trat und niederschlug. Am Tisch saß ein weinender alter Mann, den Kopf in die Hände gestützt. Alles in allem war die Sache so unangenehm, wie sie nur sein konnte. Außerdem war noch ein Mann in der Wohnung, der sich in einem Schrank versteckt hatte. Seinem Äußeren nach hielt Christian ihn für einen Juden. Er besaß keine gültigen Ausweise und brachte vor Angst kein Wort hervor. Einen Augenblick war Christian versucht, ihn laufenzulassen. Schließlich lautete sein Befehl nur auf die Verhaftung von drei jungen Leuten und nicht auf die anderer verdächtiger Personen. Wenn der Mann wirklich Jude war, so bedeutete die Verhaftung Konzentrationslager und womöglich Tod. Aber der französische Hilfspolizist beobachtete Christian und flüsterte ihm zu: »Jude, Jude.« Sicherlich würde der Kerl ihn bei Hardenburg denunzieren, und Hardenburg sähe es ähnlich, ihm den Urlaub zu streichen und ihn wegen Pflichtverletzung zu melden.

»Kommen Sie bitte auch mit«, forderte Christian den Mann so freundlich wie möglich auf. Der Mann war völlig angezogen. Er hatte so geschlafen, sogar mit Schuhen an, als ob er jederzeit zur Flucht bereit sein wollte. Er sah sich noch einmal im Zimmer um, sah auf die Frau, die stöhnend am Boden lag, auf den alten weinenden Mann, auf das Kruzifix in der Ecke. Man merkte seinem Blick an, daß er Abschied von seinem letzten Heim nahm und daß er den Tod erwartete, sobald er auf die Straße trat. Er wollte etwas sagen, aber sein Mund öffnete sich nur. Er bewegte die blassen Lippen, brachte aber keinen Ton hervor.

Christian war froh, zurück zu sein und die Gefangenen dem Offizier vom Dienst im Polizeigebäude übergeben zu können. Er setzte sich an Hardenburgs Schreibtisch und schrieb seinen Bericht. Es war nicht so schlimm gewesen. Die ganze Angelegenheit hatte nicht mehr als drei Stunden gedauert. Plötzlich hörte er aus einem abgelegenen Teil des Gebäudes Schreie. Ärgerlich runzelte er die Stirn. Verfluchte Barbaren, dachte er. Sowie man aus einem Mann einen Polizisten machte, machte man gleichzeitig einen Sadisten aus ihm. Er sprang auf, um einzugreifen. Dann aber überlegte er sich den Fall und blieb. Womöglich war ein Offizier dabei, und es gab Unannehmlichkeiten, wenn er sich einmischte.

Eine Abschrift seines Berichtes legte er für Hardenburg auf den Schreibtisch. Dann verließ er das Haus. Er trat in die schöne Herbstnacht hinaus. Am Himmel über den Dächern funkelten die Sterne. In der Dunkelheit machte die Stadt einen besseren Eindruck als am Tage. Der Rathausplatz wirkte sogar schön, weiträumig und gut proportioniert. Es gibt Schlimmeres, als hier zu liegen, dachte Christian, während er langsam über das Pflaster schritt. Es gibt schlechtere Plätze auf der Welt.

In der Nähe des Flusses bog er in eine Querstraße ein und läutete an dem Haus, in dem Corinne wohnte. Die schlampige und verschlafene Concierge kam murrend aus ihrem Verschlag heraus, schwieg aber sofort, als sie die Uniform sah.

Christian stieg die knarrende Treppe hinauf und klopfte an Corinnes Tür. Sofort wurde geöffnet, als ob Corinne gewacht und auf ihn gewartet hätte. Sie küßte ihn zärtlich. Sie war im Nachthemd, das beinahe durchsichtig war und ihre schweren, festen Brüste sehen ließ. Sie atmete die Wärme des Bettes, als Christian sie an sich drückte.

Corinne war die Frau eines vor zwei Jahren bei Metz in Gefangenschaft geratenen französischen Unteroffiziers, der sich zur Zeit in einem Arbeitslager in der Nähe von Königsberg befand. Sie war eine korpulente Frau mit dicken gefärbten Zöpfen. Als Christian sie vor sieben Monaten in einem Café kennengelernt hatte, hielt er sie für reizvoll und wollüstig. Aber sie entpuppte sich als eine zutrauliche, gutartige Frau mit der geruhsamen Liebestechnik der Kleinbürgerin. Manchmal, wenn er neben ihr in dem breiten Doppelbett des abwesenden Korporals lag, schien ihm, daß er nicht nach Westfrankreich hätte zu kommen brauchen, um solche Ware zu finden. In Bayern und Tirol gab es bestimmt fünf Millionen Bauernmädels, genauso fett, genauso fest, genauso tierhaft primitiv. Die wundervollen Frauen Frankreichs, schlagfertig, geschäftstüchtig, aufreizend, die die Männerherzen schneller schlagen ließen in der Erinnerung an die eleganten Straßen von Paris oder der Côte d'Azur, diesen Fabelwesen war Christian nicht begegnet. Ach, dachte er resigniert, als er seine Stiefel in dem schweren geschnitzten Nußbaumstuhl in Corinnes Schlafzimmer auszog, dazu muß man Offizier sein. Als Feldwebel kriegt man eben eine Corinne. Dabei fiel ihm sein Gesuch auf Abstellung zu einem Offizierslehrgang ein. Gott mochte wissen, wo es schlummerte. Mühsam verbarg er den Ausdruck von Widerwillen auf dem Gesicht, als er Corinne betrachtete, wie sie mit ihrem dicken Hinterteil ins Bett kroch. Er löschte das Licht. So war es besser. Dann öffnete er das Fenster, obgleich Corinne wie die meisten Französinnen die Nachtluft fürchtete. Als er neben ihr im Bett lag, schwang sie mit einem schweren, wollüstigen Seufzer eines ihrer fleischigen Beine über ihn. Das Seufzen klang erleichtert, wie das einer dicken Frau, die endlich ihr Korsett ablegen darf. Weit weg am Nachthimmel hörte er das Summen von Flugzeugmotoren.

»Chéri...« begann Corinne.

»Pst!« machte Christian. »Hörst du?«

Sie lauschten auf das Brummen der Maschinen, die vom gefährlichen Himmel über London zurückkehrten, aus den eisigen Regionen der oberen Luftschichten des britischen Himmels, aus den Kämpfen mit Sperrballons und Nachtjägern und explodierenden Flak-Granaten. Als Corinne mit der Sachkunde einer Stallmagd ihre Hand auf ihn legte, hätte er am liebsten weinen mögen, ähnlich wie vorhin, als er in der Wochenschau den Soldaten fallen sah. Er zog Corinnes Körper über sich und erstickte den kalten, blutigen Lärm der Motoren in ihrem reizlosen Fleisch.

Corinne stand auf und machte Frühstück. Er hatte schönes Weißbrot aus dem Laden mitgebracht, der für das Offizierskasino backen mußte. Es gab natürlich nur dünnen schwarzen Ersatzkaffee. Sein Mund verzog sich, als er in der dunklen Küche saß und den Kaffee schluckte. Mit ihrem ungekämmten, schweren Haar sah Corinne verschlafen und unordentlich aus. Aber sie hantierte mit gewandten Bewegungen in der Küche herum und stellte Christian das Frühstück hin. Dann setzte sie sich ihm gegenüber. Ihr Morgenrock war halb offen und ließ einen Teil ihres großen blaßhäutigen Busens sehen.

»Chéri«, sagte sie und schlürfte hörbar ihren Kaffee, »wirst du mich in Deutschland auch nicht vergessen?«

»Nein«, antwortete Christian einsilbig.

»In drei Wochen bist du wieder zurück?«

»Ja.«

»Bestimmt?«

»Bestimmt.«

»Bringst du mir auch etwas aus Berlin mit?« fragte sie mit plumper Koketterie.

»Ja, ich bringe dir etwas mit.«

Sie lachte ihn breit an. Eigentlich bat sie immer um etwas, ein neues Kleid, einen Braten vom Schwarzmarkt, Strümpfe, Parfüm oder Geld, um das Sofa neu beziehen zu lassen... Wenn der Korporal-Gatte eines Tages aus Deutschland zurückkehrt, dachte Christian unbehaglich, wird er ein paar Fragen stellen, nachdem er sich die Wohnung etwas genauer angesehen hat.

»Chéri«, begann Corinne wieder und stippte ihr Brot in den Kaffee, »ich möchte dich, wenn du zurück bist, mit meinem Schwager bekannt machen.«

»Wozu?« fragte Christian erstaunt.

»Ich habe dir von dem Bruder meines Mannes doch schon öfter erzählt«, erklärte Corinne. »Der mit dem Milch-, Eier- und Käsegeschäft. Er hat einen guten Mittelsmann in der Stadt. Wenn der Krieg lange dauert, kann er ein Vermögen verdienen.«

»Freut mich«, sagte Christian trocken, »daß es deiner Familie so gut geht.«

»Chéri...« sagte Corinne und blickte ihn mit vorwurfsvollen Kuhaugen an, »sei nicht gemein. So einfach geht es nun auch wieder nicht.«

»Was will er von mir?« fragte Christian.

»Es handelt sich darum, in die Stadt hereinzukommen«, sprach Corinne eindringlich. »Überall an den Zufahrten stehen doch Posten, die untersuchen, ob es sich um requirierte Ware handelt. Das weißt du doch.«

»Na und?«

»Mein Schwager fragte mich, ob ich vielleicht einen deutschen Offizier kennen würde...«

»Ich bin kein Offizier.«

»Feldwebel ist genauso gut, meint mein Schwager. Er braucht jemanden, der ihm Passierscheine verschafft und seinen Lkw dreimal wöchentlich nachts draußen trifft und in die Stadt fährt.« Corinne stand auf, kam um den Tisch herum und wühlte zärtlich in seinem Haar. Christian schüttelte sich und dachte, sie hat bestimmt vergessen, sich die Butter von den Fingern zu wischen.

»Er ist bereit, das Geschäft fifty-fifty mit dir zu machen«, fuhr Corinne schmeichlerisch fort. »Und später, wenn du Benzin auftreiben könntest, könnte er zwei weitere Lkw einsetzen, und du wärst in kurzer Zeit ein reicher Mann. Sie tun's doch alle. Selbst dein eigener Leutnant...«

»Was mein eigener Leutnant tut oder nicht, ist mir bekannt«, sagte Christian barsch. Das war also das anpassungsfähige französische Familienleben, dachte er grimmig: Der Mann verkommt in deutschen Lagern, und sein Bruder ist scharf darauf, mit dem Geliebten seiner Schwägerin Schwarzmarktgeschäfte zu machen.

»In Geldsachen muß man praktisch denken, Chéri«, sagte Corinne und legte ihm zärtlich den Arm um den Nacken.

»Sag deinem miserablen Schwager«, rief Christian, »daß ich Soldat und kein Schieber bin.«

Sofort zog Corinne ihren Arm zurück und sagte kühl: »Chéri, deswegen brauchst du mich nicht zu beleidigen. Die anderen sind auch Soldaten und verdienen trotzdem ein Vermögen.«

»Ich bin nicht die anderen«, rief Christian.

Jetzt fing sie an zu weinen. »Ich glaube, du liebst mich nicht mehr«, schluchzte sie.

»Ach, zum Kotzen!« Christian stand auf, zog seinen Waffenrock an, griff seine Mütze, öffnete die Tür und lief die Treppe hinunter. Draußen in der Morgendämmerung atmete er mit Behagen die frische, kühle Luft ein und fühlte, wie sein Ärger sich langsam legte. Na ja, es war schließlich 'ne nette Bleibe in dem Provinznest hier. Es gab schlimmere Bratkartoffelbräute, viel schlimmere. Jetzt ging er erst einmal auf Urlaub, und das andere konnte warten, bis er zurück war.

Er ging die stille, verschlafene Straße hinunter und freute sich von Minute zu Minute mehr bei dem Gedanken, daß er um sieben Uhr im Zug sitzen und Richtung Heimat fahren würde.

Berlin leuchtete in der Herbstsonne. Christian hatte diese Stadt nie sehr gemocht, aber heute, als er mit seinem Koffer aus dem Bahnhof trat, schien ihm eine Atmosphäre des Soliden und Tätigen, ein Schuß Keckheit und Eleganz an den Uniformen und sogar an den Kleidern der Zivilisten zu sein, ein allgemeines Bewußtsein der Energie und des Wohlstandes, das im angenehmen Gegensatz zu der Schlamperei und Langeweile der französischen Provinzstädte stand, in denen er die letzten zwölf Monate verbracht hatte.

Er nahm das Notizblatt mit Frau Hardenburgs Adresse heraus. Als er es aus der Tasche zog, fiel ihm ein, daß er vergessen hatte, den unrasierten Pionier in dem Café zur Bestrafung zu melden. Na, das hatte Zeit bis zur Rückkehr.

Er überlegte, ob er zuerst ein Hotel suchen oder das Päckchen bei Frau Hardenburg abliefern sollte. Er entschied sich für das letztere. Wenn er das Päckchen los war, gehörte die Zeit zwei Wochen lang ihm, ohne das dumpfe Gefühl der Pflichtversäumnis, ohne beunruhigende Gedanken an den Dienst in Rennes. Während er durch die sonnigen Straßen schlenderte, machte er im Kopf ein Programm für die nächsten vierzehn Tage. Vor allem Konzerte und Theater. Es gab Agenturen, wo Soldaten Karten umsonst bekommen konnten, sehr praktisch, denn er mußte mit seinem Geld haushalten. Schade übrigens, daß es fürs Skilaufen noch zu früh war. Das wäre natürlich das beste gewesen. Aber er hatte sich nicht getraut, seinen Urlaub später zu nehmen. In der Wehrmacht, das wußte er aus Erfahrung, galt das Wort: Wer hat, der hat. Ein aufgeschobener Urlaub ist meistens ein verlorener Urlaub.

Die Hardenburgsche Wohnung lag in einem neuen, imposant aussehenden Gebäude. An der Tür stand ein uniformierter Portier, und im Foyer lagen dicke Läufer. Als er auf den Aufzug wartete, fragte Christian sich, wie sich eine Leutnantsfrau eine Wohnung in diesem vornehmen und sicher teuren Haus leisten konnte.

Im vierten Stock läutete er und wartete. Die Tür öffnete sich, und eine blonde Frau mit zerzaustem Haar, die aussah, als wäre sie soeben aufgestanden, stand vor ihm. »Ja?« fragte sie brüsk und ärgerlich. »Was wollen Sie?«

»Ich bin Feldwebel Diestl«, stellte Christian sich vor und dachte: Nicht schlecht, um elf erst aufzustehen. »Aus der Kompanie von Leutnant Hardenburg.«

»Ja?« sagte die Frau wieder. Ihre Stimme klang immer noch verärgert, sie öffnete auch die Tür nicht ganz. Sie hatte einen gesteppten dunkelroten Morgenrock an und strich sich ununterbrochen mit einer graziösen, ungeduldigen Bewegung die Haare aus der Stirn. Christian dachte erstaunt: Schau mal einer an, der Herr Leutnant. Nicht übel, hätte ich ihm gar nicht zugetraut.

»Ich bin eben auf Urlaub in Berlin angekommen«, sagte Christian und sprach absichtlich langsam, daß er sie besser betrachten konnte. Sie war groß, schlank, mit vollem Busen, den der Morgenrock nicht ganz verdeckte. »Der Herr Leutnant schickt Ihnen etwas. Er hat mich beauftragt, es Ihnen zu übergeben.«

Die Frau blickte Christian einen Augenblick gedankenvoll an. Sie hatte große, kalte graue Augen. Aber zu frech, zu berechnend und abschätzend, dachte Christian. Endlich entschloß sie sich zu lächeln.

»Aber natürlich«, rief sie aus, und ihre Stimme klang plötzlich sehr warm. »Ich kenne Sie ja. Sie sind der Ernste auf der Treppe der Opéra.«

»Wie?« fragte Christian verständnislos.

»Na ja, die Fotografie«, sagte sie. »Vom Einzug in Paris.«

»Ach so«, jetzt dämmerte es auch Christian, und er lächelte sie an.

»Kommen Sie rein, kommen Sie rein!« Sie nahm seinen Arm und zog ihn herein. »Bringen Sie Ihren Koffer. Wirklich reizend, daß Sie gekommen sind. Kommen Sie, kommen Sie...«

Das Wohnzimmer war groß. Durch ein riesiges Fenster sah man auf die umliegenden Dächer. Das Zimmer war in einem Zustand völliger Unordnung: Flaschen, Gläser, Zigarren- und Zigarettenstummel lagen auf dem Boden herum, auf einem Tisch lag ein zerbrochenes Weinglas, und im ganzen Zimmer verstreut sah Christian Damenunterwäsche, Büstenhalter, Hemdchen, Schlüpfer, Strümpfe. Frau Hardenburg folgte seinem Blick und schüttelte bekümmert den Kopf.

»Ist das nicht furchtbar?« sagte sie. »Heutzutage kann man einfach kein Hausmädchen bekommen.« Sie trug eine Flasche von einem Tisch zum anderen und leerte einen Aschenbecher. Dann blickte sie sich verzweifelt im Zimmer um, seufzte und ließ sich in einen tiefen Sessel fallen. »Ich kann nicht, ich kann einfach nicht«, stöhnte sie und streckte ihre langen nackten Beine in den hochstöckligen roten Pelzpantoffeln von sich.

»Setzen Sie sich, Herr Feldwebel«, sagte sie, »und entschuldigen Sie die Unordnung. Es ist Krieg, tröste ich mich immer.« Sie lachte. »Nach dem Krieg wird alles anders. Ich werde eine tolle Hausfrau werden. Jede Nadel an ihrem Platz. Aber inzwischen müssen wir versuchen, übrigzubleiben.« Dabei zeigte sie gleichgültig auf die Unordnung. »Erzählen Sie mir etwas vom Leutnant.«

»Na ja«, fing Christian an und nahm sich zusammen, irgend etwas Nettes von Hardenburg zu erzählen und nichts von den zwei Freundinnen, die er in Rennes hatte, nichts davon, daß er einer der führenden Schwarzmarktschieber der Bretagne war. »Sie wissen ja, wie unzufrieden er ist...«

»Oh!« Sie richtete sich auf und beugte sich zu ihm hin, das Gesicht voll Neugier: »Das Geschenk, das Geschenk! Wo haben Sie's?«

Christian lachte verlegen. Er ging an seinen Koffer und nahm das Päckchen heraus. Während er sich über den Koffer beugte, fühlte er, daß Frau Hardenburg ihn abschätzend musterte. Als er sich wieder umdrehte, wandte sie den Blick nicht ab, sondern starrte ihn direkt und verwirrend an. Er ging auf sie zu und gab ihr das Päckchen. Sie sah es gar nicht an, sondern fuhr fort, ihn kalt anzustarren, ein kleines, aufreizendes Lächeln um die Lippen. Sie sieht wie eine Indianerin aus, dachte Christian, wie eine wilde Indianerin.

»Danke«, sagte sie schließlich, drehte sich um und riß das Päckchen auf. Ihre Bewegungen waren hastig und nervös, ihre langen roten Fingernägel rissen ungeduldig an dem zerdrückten braunen Papier. »Ah«, sagte sie enttäuscht, »welcher Witwe hat er das gestohlen?«

»Bitte?«

Frau Hardenburg lachte. Sie berührte Christians Schulter, als ob sie sich entschuldigen wollte. »Nichts, nichts«, sagte sie. »Ich will die Untergebenen meines Mannes nicht ihrer Illusionen berauben.« Sie legte die Spitze spielerisch um den Kopf. Sie fiel in weichen schwarzen Linien über das glatte helle Haar. »Wie steht mir das?« fragte sie. Sie brachte ihren Kopf nahe an Christians Gesicht und hatte einen Ausdruck in den Augen, den Christian nicht mißverstehen konnte. Er machte einen Schritt auf sie zu. Sie streckte ihm die Arme entgegen, und er küßte sie.

Sie riß sich los. Ohne ihn anzusehen, schritt sie vor ihm ins Schlafzimmer, die Spitze hinter sich herschleifend. Kein Zweifel, dachte Christian, als er langsam folgte, das ist besser als Corinne.

Das Bett war zerwühlt. Zwei Gläser lagen auf dem Boden, und ein lächerliches Bild mit einem nackten Schäfer und einer kräftigen Schäferin, die sich im Liebesspiel vergnügten, hing an der Wand. Aber es war immer noch besser als Corinne. Es war besser als mit irgendeiner anderen Frau, die Christian je gehabt hatte; besser als die amerikanischen Schulmädel, die nach Österreich zum Skilaufen gekommen waren; besser als die englischen Ladies, die nachts aus ihren Hotels zu schlüpfen pflegten, wenn ihre Ehemänner schliefen; besser als die vollbusigen Jungfern, die er in seiner Jugend verführt hatte; besser als die nächtlichen Kundinnen der französischen Caféhäuser; besser, als er je gedacht hatte, daß eine Frau überhaupt sein konnte. Jetzt sollte mich der Leutnant sehen, dachte er schadenfroh.

Schließlich lagen sie erschöpft Seite an Seite und betrachteten ihre Körper im Tageslicht.

»Seit ich damals dieses Foto gesehen habe«, sagte sie, »habe ich darauf gewartet, daß du einmal auftauchen würdest!« Sie beugte sich aus dem Bett und brachte eine halbvolle Flasche vom Boden herauf. »Im Badezimmer sind saubere Gläser«, sagte sie lakonisch.

Christian stand auf. Im Badezimmer roch es nach parfümierter Seife, und auf dem Boden lag ein Stück schmutziger rosa Unterwäsche. Er nahm die Gläser und kam zum Bett zurück.

»Geh mal bis zur Tür und lauf langsam zu mir zurück«, befahl Frau Hardenburg.

Christian grinste verlegen und ging langsam zur Badezimmertür zurück. Dort wandte er sich um und kam über den dicken Teppich, die Gläser tragend, zurück, und plötzlich fühlte er sich in seiner Nacktheit unter ihren kritischen Blicken sehr unbehaglich.

»In Berlin gibt es so viele dicke alte Obersten, daß man beinahe vergißt, wie ein gutgebauter Mann aussieht«, sagte sie.

Sie hob die Flasche hoch. »Wodka«, sagte sie. »Ein Freund von mir hat mir drei Flaschen aus Polen mitgebracht.«

Er setzte sich auf die Bettkante und hielt die Gläser hin, während sie sie bis zum Rande vollgoß. Ohne sie zu verkorken, stellte sie die Flasche wieder auf den Boden. Der Schnaps schmeckte scharf und stark, als er seine Gurgel hinunterrann. Die Frau trank ihr Glas mit einem einzigen Schluck aus. »Ah«, rief sie, »das tut gut.« Sie holte die Flasche wieder herauf und goß beiden nochmals ein. »Hast aber lange gebraucht, bis du endlich nach Berlin kamst«, sagte sie und stieß mit ihm an.

»Ich war ein Idiot, aber ich konnte ja nicht wissen...« sagte Christian grinsend.

Sie tranken. Die Frau warf ihr Glas auf den Boden, griff nach ihm und zog ihn zu sich herunter. »Ich habe noch eine Stunde Zeit, bevor ich gehen muß«, sagte sie heiser.

Später tranken sie die Flasche im Bett aus, und Christian stand auf und fand im Wandschrank noch eine. Im Schrank war ein ganzes Spirituosenlager: Wodka aus Polen und Rußland, schottischer Whisky, der aus dem britischen Hauptquartier in Dünkirchen 1940 erbeutet war, Champagner, Kognak und alter Burgunder in Strohhüllen, Slibowitz aus Ungarn, Aquavit, Sherry, Benediktiner und weißer Bordeaux. Er öffnete die Wodkaflasche und stellte sie in Reichweite der Frau auf den Boden. Er stand über ihr, ein wenig schwankend, und schaute den ausgestreckten wilden Körper an, schlank und doch vollbusig. Sie blickte ernst zu ihm hinauf, ihre Blicke halb hingebend, halb mit ihnen fordernd. Dieser Blick, kam ihm zum Bewußtsein, dieser Blick war das Aufregendste an ihr. Als er sich neben sie ins Bett warf, dachte er: Endlich hat mir dieser Krieg auch etwas Gutes gebracht.

»Wie lange wirst du bleiben?« fragte sie in ihrer tiefen Stimme.

»Im Bett?« fragte er lachend.

»Nein, in Berlin, Herr Feldwebel.«

»Ach so...« Er wollte ihr sagen, daß es seine Absicht war, eine Woche in Berlin zu bleiben und dann in Österreich den zweiten Teil seines Urlaubs zu verbringen. »Ungefähr vierzehn Tage«, sagte er statt dessen.

»Gut«, sagte sie träumerisch. »Aber es könnte besser sein.« Sie strich mit der Hand spielerisch über seinen Leib. »Vielleicht wäre es eine gute Idee, dich nach Berlin abstellen zu lassen. Ich könnte mit gewissen Freunden von mir im OKW sprechen. Was meinst du?«

»Eine großartige Idee«, sagte Christian langsam.

»Und jetzt trinken wir noch einen«, sagte sie. »Wenn der Krieg nicht gekommen wäre, hätte ich Wodka nie kennengelernt«, sagte sie lachend. Ihre gedämpfte Stimme vermischte sich mit dem Gluckern des Schnapses, der aus der Flasche in die Gläser floß.

»Heute nacht, kurz nach zwölf. In Ordnung?« schlug sie vor.

»Ja.«

»Hast du noch ein anderes Mädel in Berlin?«

»Ich habe nirgends ein anderes Mädel.«

»Armer Feldwebel. Armer, verlogener Feldwebel. Ich habe einen Leutnant in Leipzig, einen Oberst in Libyen, einen Hauptmann in Abbéville, noch einen Hauptmann in Prag, einen Major in Athen, einen General in der Ukraine. Meinen eigenen Mann nicht mitgerechnet, den Herrn Leutnant in Rennes. Komischer Kerl, mein Mann, nicht?«

»Kann man wohl sagen.«

»Ich bin auch komisch. Aber darüber reden wir später. Du... du bist in Ordnung. Du bist energisch, einfach, aber energisch. Du sprichst gleich an. Du reagierst sofort und bist kein Blender. Also: nach zwölf?«

»Ja.«

»Ach ja, der Krieg... Der nimmt uns armen Mädchen die Liebhaber und verstreut sie über die halbe Welt. Du bist der erste Feldwebel, den ich im Krieg kennengelernt habe. Bist du stolz darauf?«

»Kolossal!«

Sie kicherte. »Heute abend gehe ich mit einem richtigen Oberst aus. Er bringt mir einen Zobelpelz aus Rußland mit. Stell dir sein Gesicht vor, wenn ich ihm erzählen würde, ich ginge mit einem Feldwebel ins Bett.«

»Sag ihm ja nichts.«

»Eine kleine Andeutung werde ich machen. Eine ganz kleine Andeutung. Wenn ich den Pelz habe! 'ne ganz kleine, verschlagene Andeutung.« Sie kicherte wieder. »Ich glaube, ich muß dich zum Leutnant befördern lassen. Ein Mann mit deinen Fähigkeiten. Lach nicht! Kann ich. Nichts einfacher. Los, stoßen wir auf Leutnant Diestl an.«

Sie tranken auf Leutnant Diestl.

»Was machst du heute nachmittag?« fragte sie ihn.

»Nicht viel«, sagte er. »Bißchen rumbummeln und warten, bis die Uhr zwölf schlägt.«

»Zeitvergeudung«, meinte sie. »Kauf mir lieber eine Kleinigkeit.« Sie stand auf und ging zu dem Tisch, auf den sie die Spitze geworfen hatte. Sie legte die Spitze um ihren Kopf. »Eine kleine Nadel, zum Beispiel«, sagte sie und hielt die Spitze unter dem Kinn zusammen. »Oder eine Brosche für die Spitze hier vorn wäre nicht übel, meinst du nicht?«

»Doch.«

»In der Tauentzienstraße gibt es ein fabelhaftes Geschäft«, fuhr sie fort. »Ich habe da eine Granatnadel gesehen, die würde gerade passen. Geh doch einmal hin und sieh sie dir an.«

»Werd' ich tun.«

»Gut.« Sie lächelte ihm zu und kam in ihrem katzenartigen Gang nackt zum Bett. Dort kniete sie auf den Rand und küßte seinen Hals: »Es war sehr nett vom Herrn Leutnant, mir die Spitze zu schicken. Ich muß ihm schreiben, daß sie gut angekommen ist«, sagte sie in einer Mischung von Zärtlichkeit und Spott.

Christian ging in den Laden in der Tauentzienstraße und kaufte eine kleine Granatbrosche. Als er sie in der Hand hielt, stellte er sich vor, wie sie sich am Hals von Frau Hardenburg ausnehmen würde. Er lachte vor sich hin, als ihm einfiel, daß er nicht einmal ihren Vornamen wußte.

Die Brosche kostete zweihundertvierzig Mark. Von jetzt ab mußte er sehr vorsichtig wirtschaften. Er fand in der Nähe des Bahnhofs Zoo eine kleine, billige Pension und ließ seinen Koffer dort. Die Pension machte einen unsauberen Eindruck, außerdem wimmelte es von Soldaten. Aber er würde sowieso nie da sein.

Er gab ein Telegramm an seine Mutter auf und teilte ihr mit, daß er auf seinem Urlaub unmöglich nach Hause kommen könne. Er bat sie, ihm zweihundert Mark zu leihen. Zum erstenmal seit seinem sechzehnten Jahr bat er sie um Geld. Aber er wußte, daß es seiner Familie gutging und sie das Geld entbehren konnte.

Dann ging er in die Pension zurück und legte sich hin. Er versuchte zu schlafen, aber er mußte immer wieder an sein Erlebnis am Vormittag denken und konnte keinen Schlaf finden. Er rasierte sich, zog saubere Wäsche an und ging wieder fort. Es war halb sechs und noch hell. Christian fuhr mit der S-Bahn zum Bahnhof Friedrichstraße und schlenderte die Straße hinauf. Lächelnd hörte er die Gesprächsfetzen in deutscher Sprache. Wenn die Straßenmädchen an den Ecken ihn anredeten, schüttelte er nur den Kopf. Es fiel ihm auf, daß die Huren gut angezogen waren, etwas auffällig natürlich, aber sie hatten echte Pelze und elegante Mäntel an. Die Eroberung Frankreichs ist diesem Beruf zweifellos gut bekommen, dachte er.

Während er gutgelaunt dahinbummelte, empfand er eine stärkere Zuversicht als je zuvor, daß der Krieg gewonnen werden würde. Die Stadt, die ihm früher so eintönig und schwerfällig vorgekommen war, schien ihm jetzt voll Lebensfreude, Tatenlust und unverwüstlich zu sein. Die Straßen in London und Moskau, dachte er, sehen sicherlich anders aus als diese hier. Und sehr zu ihrem Nachteil. Man sollte jeden Soldaten einmal auf Urlaub nach Berlin schicken. Es würde die ganze Wehrmacht aufmöbeln. Natürlich, und er mußte unwillkürlich grinsen, müßte man jedem eine Frau Hardenburg verpassen, sobald er aus dem Zug stieg, und eine halbe Flasche Wodka. Wäre eine neue Aufgabe für den Zahlmeister.

Er kaufte sich eine Zeitung, ging in ein Café und bestellte ein Bier. Er las die Zeitung, und es kam ihm vor, als ob er einer Militärkapelle zugehörte. Siegesmeldungen über Tausende von russischen Gefangenen. Berichte von Kompanien, die ganze Bataillone aufgerieben hatten, von Igelstellungen, die, ohne Verbindung mit der eigenen Truppe, ununterbrochen die zerfallende Nachhut des Feindes störten. Dann stand da ein vorsichtig gehaltener Lagebericht eines Generals a. D., der vor allzu großem Optimismus warnte. Rußland würde noch lange nicht kapitulieren, das wilde Gerede vom Zusammenbruch der russischen Front sei schädlich für die Moral der Kampftruppe und für die Heimatfront. In einem Leitartikel wurden die USA und die Türkei im gleichen Atemzug gewarnt, und es wurde behauptet, daß trotz der Judenhetze gegen Deutschland die große Masse der amerikanischen Bevölkerung es ablehne, sich in einen Krieg hineinziehen zu lassen, der sie nichts anging. Ferner stand da ein Bericht aus Rußland, wie deutsche Soldaten von den Sowjets gefoltert und verbrannt worden waren. Christian überflog die Überschriften und las nur die ersten Zeilen der Artikel. In den kurzen vierzehn Tagen seines Urlaubs wollte er nicht dauernd an den Krieg erinnert werden.

Er trank sein Bier, leider war es dünn wie Wasser. Aber er fühlte sich wohl und angenehm müde. Gelegentlich blickte er von der Zeitung auf und musterte die anderen Gäste. Da saß ein Pilot der Luftwaffe mit zwei Auszeichnungen an der Brust und unterhielt sich mit seinem hübschen Mädchen. Einen Augenblick beneidete er ihn. Wieviel schöner mußte der Urlaub für diesen jungen Mann sein, nach den schweren Luftkämpfen, die er hinter sich hatte. Christian hatte nichts hinter sich als das Ehebett eines französischen Korporals, den Gamaschendienst unter Leutnant Hardenburg und das ewige Einerlei der Polizeikaserne von Rennes. Ich muß unbedingt mit Oberst Maier im OKW sprechen, nahm er sich vor. Vielleicht kann ich doch in eine Einheit nach Rußland kommandiert werden. Später, Ende der Woche, wenn sich die Dinge etwas geklärt haben. Er blätterte weiter in der Zeitung und las die Voranzeigen von Konzerten. An diesem Abend gab es vier Konzerte. Mit einem bittersüßen Lächeln stellte er fest, daß in einem Konzert Mozarts Klarinetten-Quintett gespielt wurde. Das werde ich mir anhören, dachte er sich. Gerade die richtige Gelegenheit, die Zeit bis Mitternacht totzuschlagen.

Der Portier des Hauses, in dem Frau Hardenburg wohnte, teilte ihm mit, daß er Anweisung habe, ihn nach oben zu bringen. Sie selbst war noch nicht zu Hause. Die beiden Männer fuhren ernst und schweigend im Fahrstuhl hinauf. Der Portier öffnete die Wohnungstür mit einem Nachschlüssel und sagte korrekt: »Gute Nacht, Herr Feldwebel.«

Christian trat langsam ein. Im Zimmer brannte Licht, die Vorhänge waren zugezogen. Man hatte inzwischen aufgeräumt. Die moderne Einrichtung machte einen behaglichen, eleganten Eindruck. Wenn man Hardenburg sah, dachte Christian, würde man nie glauben, daß er sich in einer solchen Wohnung wohl fühlen könnte. Irgendwie verband man mit Hardenburg alte, dunkel polierte Möbel, steife Stühle, Plüsch und Nußbaum.

Christian legte sich auf die Couch. Er war müde. Das Konzert hatte ihn eigentlich gelangweilt. Der Saal war zu heiß und überfüllt gewesen.

Nach dem ersten Satz, den er mit Genuß gehört hatte, mußte er sich zusammennehmen, um nicht einzuschlafen. Das Mozart-Konzert war ihm zu zart und reizlos vorgekommen. Während er mit halbgeschlossenen Augen im Saal saß, mußte er immer wieder an Frau Hardenburg denken, wie sie schlank und nackt vor ihm lag. Und diese Vorstellung ließ sich während der ganzen zwei Stunden nicht abschütteln. Er streckte sich auf der Couch aus und schlief ein. Er erwachte, als er Stimmen hörte. Vor ihm standen Frau Hardenburg und eine andere Frau. Sie blickten ihn an und lachten.

»Schau dir den müden Feldwebel an«, sagte Frau Hardenburg, beugte sich zu ihm hinunter und küßte ihn. Sie trug einen schweren Pelzmantel, und ihr Atem roch nach Alkohol. Die Pupillen ihrer Augen waren dunkel und groß in verhaltener Trunkenheit. Zärtlich legte sie ihren Kopf an seine Wange und sagte: »Ich habe meine Freundin mitgebracht, Liebling. Feldwebel Diestl – Eloise.«

Eloise lächelte Christian zu und schaute ihn verschwommen an. Dann ließ sie sich in einen Sessel fallen, ohne den Mantel abzunehmen.

»Eloise wohnt zu weit draußen, um heute nacht noch nach Hause zu fahren. Sie bleibt hier«, erklärte Frau Hardenburg. »Sie wird dir gefallen, und du gefällst ihr. Ich habe ihr alles von dir erzählt.« Frau Hardenburg stand auf. Die weiten Ärmel des Pelzmantels fielen zurück. »Wie gefällt er dir? Ist er nicht wundervoll?« fragte sie.

Christian setzte sich auf. »Wunderbar«, bestätigte er. Er fühlte sich von diesem Abenteuer verwirrt. Etwas zwang ihn, Eloise, die mit ausgestreckten Beinen im Sessel saß, zu betrachten. Eloise war auch blond, aber mollig.

»Hallo, schöner Feldwebel!« rief Eloise.

Er rieb sich mit der Hand die Augen. Vielleicht verschwinde ich lieber, dachte er. Das ist nichts für mich.

»Hast du eine Ahnung, was es mich gekostet hat, den alten Oberst loszuwerden«, kicherte Frau Hardenburg. »Er wollte unbedingt mitkommen.«

»Wenn er das nächstemal aus Rußland kommt, kriege ich auch einen Pelzmantel«, sagte Eloise.

»Wie spät ist es eigentlich?« fragte Christian.

»Zwei oder drei«, sagte Frau Hardenburg.

»Vier«, sagte Eloise, indem sie einen Blick auf ihre Armbanduhr warf. »Langsam Zeit, ins Bett zu gehen.«

Christian sagte müde: »Ich glaube, ich muß jetzt gehen.«

»Aber, Liebling, das darfst du uns nicht antun!« Vorwurfsvoll blickte Frau Hardenburg ihn an und legte ihren Arm um seinen Nakken. Er spürte die seidigen Haare des kostbaren Pelzes an seiner Haut. »Nachdem wir dem Oberst so zugesetzt haben. Er versprach, dich zum Leutnant zu befördern.«

»Zum Major«, meinte Eloise. »Ich denke, er sagte Major.«

»Leutnant«, sagte Frau Hardenburg mit Würde. »Und dem Generalstab zugeteilt. Wir haben alles abgemacht.«

»Der Oberst ist auf Greta wahnsinnig scharf. Tut alles für sie«, stellte Eloise sachlich fest.

Greta heißt sie also, dachte Christian. Greta.

»Aber jetzt müssen wir noch einen Schnaps trinken«, sagte Greta. »Heut abend sind wir auf Kognak eingestellt, Liebling, du weißt ja, wo der Likörschrank ist.« Plötzlich war sie ganz nüchtern. Sie sprach kühl und sachlich. Sie strich das Haar aus dem Gesicht und stand gerade da in ihrem wundervollen Pelz, unter dem sie ein langes weißes Abendkleid trug. Mit hungrigen Augen sah Christian sie an.

»So!« Greta lächelte und strich ihm mit den Fingerspitzen über die Lippen. »So muß der Mann eine Frau ansehen. Hol den Kognak, Liebling.«

Na schön, dachte Christian. Ein Schnaps kann nichts schaden. Er ging ins andere Zimmer und holte den Kognak aus dem Schrank. –

Er fühlte grelles Licht auf seinem Gesicht und erwachte. Er schlug die Augen auf. Durch das große Fenster schien die Sonne. Er lag allein in dem zerwühlten Bett. Er verspürte heftigen Durst und hatte Kopfschmerzen. Allmählich erinnerte er sich an die vergangene Nacht: der Pelzmantel, die beiden Frauen, der Oberst, der ihn zum Leutnant befördern sollte, das Durcheinander der sich windenden parfümierten weiblichen Körper... Gepeinigt schloß er die Augen. Gelegentlich hatte er von solchen Frauen gehört. Er erinnerte sich an Geschichten aus dem verdorbenen Berlin in der Inflationszeit. Aber wenn man es selber erlebte, war es ein bißchen anders...

Die Tür zum Badezimmer öffnete sich, und Greta kam herein. Sie war fertig angezogen und trug ein schwarzes Kostüm. Das Haar hatte sie wie ein Schulmädchen mit einem schwarzen Ripsband zusammengebunden. Die Augen waren klar und munter. Sie sah frisch und strahlend im Morgenlicht aus, lächelte Christian an und setzte sich zu ihm.

»Guten Morgen«, sagte sie. Ihre Stimme klang zurückhaltend.

»Morgen«, sagte Christian und zwang sich zu einem Lächeln. Gretas auffallender Eleganz gegenüber kam er sich schäbig und übernächtigt vor. »Und wo ist die andere Dame geblieben?«

»Eloise?« Besänftigend streichelte Greta seine Hand. »Oh, sie mußte zum Dienst. Übrigens, du gefällst ihr sehr gut.«

So, so, ich gefalle ihr, dachte Christian ergrimmt. Ich gefalle ihr, und ein anderer Mann gefällt ihr auch, und eine Frau gefällt ihr, und ihr gefallen alle Männer und Frauen und Tiere männlichen und weiblichen Geschlechts, die ihr in die Hände fallen. »Warum bist du schon angezogen?« fragte er.

»Ich muß auch in den Dienst«, sagte Greta. »Du hast doch wohl nicht angenommen, daß ich faulenze? Mitten im Krieg?« sagte sie spöttisch lächelnd.

»Und wo arbeitest du?«

»Im Propagandaministerium.« Jetzt nahm ihr Gesicht einen dienstlichen Ausdruck an, ernst und unweiblich, wie ihn Christian noch nicht an ihr gesehen hatte. »Abteilung für Frauenpropaganda.«

»Und was machst du da?« fragte er erstaunt.

»Oooch, ich schreibe Entwürfe für Vorträge, spreche im Rundfunk und so. Zur Zeit führen wir eine große Aktion durch. Du ahnst nicht, wie viele deutsche Mädchen Verhältnisse mit Ausländern haben.«

»Mit was für Ausländern?«

»Na, mit den Arbeitsdienstverpflichteten. In der Industrie, in der Landwirtschaft. Eigentlich darf ich nicht darüber reden, vor allem nicht mit Soldaten.«

Er lachte: »Macht nichts. Ich habe keine Illusionen.«

»Ja, aber das gibt dann gleich Gerüchte, und die untergraben die Moral an der Front.« Die Worte flossen ihr von den Lippen wie einem BDM-Mädchen, das seine Lektion in Staatskunde auswendig gelernt hat. »Das Ministerium Rosenberg schickt uns Geheimberichte zu dem Thema. Sehr wichtig.«

»Und was erzählt ihr den deutschen Frauen?« Langsam fing Christian an, sich für diese neue Note in Gretas Charakter zu interssieren.

»Och, das Übliche«, sagte Greta leichthin. »Es gibt wenig Neues, was man noch sagen könnte. Reinhaltung des deutschen Blutes, Rassenlehre, Stellung der Polen, Ungarn und Russen in der europäischen Geschichte. Am schwersten ist es bei den Franzosen. Unsere Mädchen sind ganz wild auf die Franzosen.«

»Was tut ihr dagegen?«

»Geschlechtskrankheiten. Wir weisen ihnen statistisch nach, wieviel Syphiliskranke allein Paris hat, und so weiter.«

»Hilft das?«

»Nicht viel«, lachte Greta.

»Was machst du heute?«

»Heute habe ich ein Rundfunkgespräch mit einer Frau, die kürzlich ihr zehntes Kind bekommen hat. Der Führer hat die Patenschaft übernommen.« Sie schaute auf die Uhr und sagte: »Jetzt muß ich aber gehen.«

Christian fragte: »Sehe ich dich heute abend?«

»Tut mir leid, Liebling. Heute abend bin ich besetzt.« Dabei stand sie vor dem Spiegel und puderte sich die Nase.

»Kannst du dich nicht freimachen?« Christian war auf sich selbst wütend, daß in seiner Frage ein bittender Unterton lag.

»Geht leider nicht. Ein alter Freund von mir. Ein Oberst, eben aus Afrika zurück. Es würde ihm das Herz brechen.«

»Und wie ist's mit später, wenn du ihn abgehängt hast?«

»Unmöglich«, sagte Greta kühl, »wird sehr spät werden. Ist 'ne große Party.«

»Also morgen dann?«

Greta überlegte und lächelte ihm zu: »Du bist sehr scharf, ja?«

»Ja.«

»Hat es dir gestern gefallen?« Dabei betrachtete sie sich wieder im Spiegel und schob ihr Haar zurück.

»Klar.«

»Bist ein netter Bursche. Die Brosche ist übrigens sehr hübsch, die du mir geschenkt hast.« Dann kam sie zu ihm herüber, beugte sich über ihn und küßte ihn flüchtig. »Sehr hübsche Brosche. Dazu würde ein hübsches Paar Ohrringe aus dem gleichen Laden passen.«

»Ich kaufe sie dir«, sagte Christian kalt und haßte sich wegen seiner Schwäche. »Morgen abend also?«

Greta berührte seine Lippen mit den Fingerspitzen, eine charakteristische Geste von ihr. »Du bist wirklich süß.« Christian hätte sie am liebsten zu sich heruntergerissen, aber er beherrschte sich. Es wäre falsch gewesen.

»Soll ich Eloise wieder mitbringen?« fragte Greta lächelnd.

Christian schloß die Augen in der Erinnerung an die wilden Orgien der vergangenen Nacht. Es war schändlich und pervers, und in normalen Zeiten hätte er sich geschämt. Aber jetzt... »Ja«, sagte er zögernd, »warum nicht?«

Greta kicherte. »Jetzt muß ich aber gehen, höchste Zeit.« Sie ging zur Tür, wandte sich noch einmal um und sagte: »Du mußt dich unbedingt rasieren. Der Apparat liegt in der Hausapotheke, und auch ein Stück amerikanische Rasierseife.« Sie lächelte maliziös. »Beides gehört meinem Mann. Wenn dich das nicht stört.« Damit winkte sie ihm zu und eilte zu dem Rundfunkinterview mit der Frau, die erfolgreich von ihrem zehnten Kind entbunden worden war.

Die nächste Woche verlebte Christian wie im Taumel. Die Großstadt mit ihrer Million hin- und herflutender Menschen, der Lärm der Straßenbahnen und Autobusse, die schreienden Plakate an den Zeitungsgebäuden, die glänzenden Uniformen der Generale und Parteifunktionäre, die in fabelhaften Wagen an ihm vorbeirauschten, die Schwärme der Soldaten im Urlaub und im Dienst, die Sondermeldungen im Rundfunk von neu eroberten Gebieten und Verlusten der Russen – alles schien ihm nebelhaft und unwirklich. Nur die Wohnung im Tiergartenviertel und der wilde, schlanke Körper Gretas bedeuteten für ihn greifbare Wirklichkeit. Er kaufte ihr die Ohrringe, ließ sich von zu Hause noch mehr Geld kommen, erstand für sie ein goldenes Armband und einen Angora-Pullover, den ein Soldat aus Amsterdam mitgebracht hatte. Es war zur Selbstverständlichkeit geworden, daß sie ihn zu jeder Tages- und Nachtzeit in der Pension anrief, wenn sie ihn sehen wollte. Nichts sonst interessierte ihn mehr, weder Theater noch Konzerte, noch das Leben in der großen Stadt. Er lag auf seinem Bett und wartete darauf, daß unten in der schmuddligen Diele das Telefon läutete und er verlangt wurde. Dann kam Leben in ihn. Er sprang auf, zog sich an und eilte zu ihr.

Ihre Wohnung wurde für ihn der einzige feste Punkt in dem schattenhaften Wirbel seines jetzigen Lebens. Manchmal, wenn er allein in ihrer Wohnung auf sie wartete, stöberte er im Zimmer herum, öffnete Schränke, zog Schubladen auf, durchwühlte die Briefschaften, sah sich Fotografien an, die er versteckt zwischen den Büchern fand. Er hatte immer einen ausgeprägten Sinn für das Private gehabt, stets hatte er die Angelegenheiten anderer Leute respektiert. Aber bei ihr war es anders. Er wollte alles von ihr haben, sie, ihre Gedanken, ihr Eigentum, ihre Laster und Wünsche.

Die Wohnung war mit Beutegut vollgestopft. Ohne Schwierigkeit hätte ein Student der Wirtschaftswissenschaften aus den gleichgültig verstauten Gegenständen in Gretas Wohnung die Geschichte der deutschen Eroberungen in Europa rekonstruieren können. Oft genug, wenn Christian hinter dem Vorhang den Hauseingang beobachtete, sah er schwere Dienstwagen mit ordengeschmückten Offizieren in blitzblanken Stiefeln und fabelhaften Uniformen halten, deren Fahrer umfangreiche Pakete für Frau Hardenburg beim Portier abgaben. Außer den vielen Flaschen, die Christian am ersten Tage gesehen hatte, waren da Käse aus Holland, fünfundsechzig Paar Strümpfe aus Frankreich, Parfüms und Prunkwaffen aus den Balkanländern, Brokatpantoffeln aus Marokko, Körbe voller Weintrauben aus Algier, drei Pelze aus Rußland, ein kleiner Tiziantisch aus Rom. Zwei Seiten geräucherter Speck aus Dänemark hingen in der Speisekammer. Ferner ein ganzes

Fach voll Pariser Hüte, obwohl Greta nie einen Hut trug. Dann eine schwer silberne Kaffeemaschine aus Belgrad, ein lederbezogener Schreibtisch, den ein geschäftstüchtiger Leutnant aus einer Villa in Belgien requiriert hatte.

Die Briefe lagen nachlässig auf dem Fußboden oder steckten unter Zeitschriften, die auf dem Tisch herumlagen. Sie kamen aus allen Ecken des neuen deutschen Imperiums und wiesen im Stil die größten Verschiedenheiten auf. Ein junger Student, der in Helsinki lag, schrieb lyrische Gedichte, oder ein steifer, alternder Offizier, der unter Rommel in Afrika kämpfte, schickte pornografische Erinnerungen. Doch alle diese Briefe trugen den Stempel der Sehnsucht und der Dankbarkeit. Und Versprechungen: einen Ballen grüner Seide aus Orléans, einen Ring aus Budapest, ein Medaillon mit Saphiren aus Tripolis...

Zuweilen wurden in den Briefen auch Eloise und andere Mädchen erwähnt, humorvoll oder sehnsüchtig in der Erinnerung an die genossenen erotischen Freuden. Christian hatte sich schon daran gewöhnt, in Eloise und den anderen Mädchen ganz normale Frauen zu sehen... oder zum mindesten normal nach Gretas Begriffen. Man durfte an sie nicht den üblichen Maßstab anlegen. Sie stand weit über dem Durchschnitt in ihrer außergewöhnlichen Schönheit, ihrem Lebenshunger und ihrer erstaunlichen Energie. Zwar hatte er bemerkt, daß sie morgens gelegentlich Pervitin oder andere Drogen nahm, um die Nachwirkungen ihrer Ausschweifungen zu überwinden und zu vertuschen. Manchmal machte sie sich auch eine Injektion mit Vitamin B, das nach ihrer Behauptung jeden Katzenjammer sofort beseitigte.

Das Erstaunlichste an ihr war, daß sie noch vor knapp drei Jahren als unscheinbare junge Lehrerin in Baden zehnjährige Kinder in Erdkunde und Rechnen unterrichtet hatte. Damals, so erzählte sie Christian, war sie schüchtern und zurückhaltend gewesen und hatte Hardenburg nicht erlaubt, vor der Hochzeitsnacht mit ihr zu schlafen. Er war der erste Mann in ihrem Leben gewesen. Kurz vor Beginn des Krieges brachte er sie nach Berlin. In einem Nachtlokal hatte sie die Bekanntschaft einer Fotografin gemacht, die sie bat, sie für irgendwelche Plakate im Auftrag des Propagandaministeriums aufnehmen zu dürfen. Die Fotografin verführte sie zunächst einmal und stellte sie dann in einer Bilderserie nach Gesichtsschnitt und Figur als Muster des modernen deutschen Mädchens heraus, wie es Überstunden in den Rüstungsfabriken macht, auf Parteiversammlungen spricht, für die Winterhilfe sammelt und schmackhafte Eintopfgerichte aus Ersatznahrungsmitteln kocht. Von da ab begann ihr Aufstieg in die unsolide Kriegsgesellschaft Berlins. Hardenburg hatte man raschestens zu einer anderen Einheit versetzt, und Christian begriff jetzt, warum der Leutnant in Rennes so wichtig war und keinen Heimaturlaub erhielt. Greta war zu allen Empfängen eingeladen, die die Bonzen veranstalteten. Hitler hatte sie zweimal gesehen, und mit Rosenberg stand sie sehr intim, wenn auch nicht ganz intim, wie sie Christian versicherte. Was bei Greta halb-intim hieß.

Daher lehnte Christian es ab, Gretas Moral oder Unmoral zu kritisieren. Manchmal, wenn er im dunklen Zimmer seiner Pension lag und auf ihren Anruf wartete, dachte er darüber nach, was seine Mutter bei Greta als Todsünde bezeichnen würde. Obwohl er schon lange aus der Kirche ausgetreten war, durchzogen gelegentlich gewisse Überbleibsel der echten Frömmigkeit, wie er sie von seiner Mutter kannte, sein Gemüt, und dann verdammte er Gretas liederlichen Lebenswandel. Aber er unterdrückte diese kindlichen, unfertigen Urteile, ehe sie ihm unbequem wurden. Greta stand über der herkömmlichen Moral, jenseits von ihr. Eine Frau mit einer solchen Vitalität, Sinnesfreude und wahnsinnigen Energie durfte man nicht nach den verstaubten Ansichten eines überholten Muckertums beurteilen. Wollte man Greta nach den Worten Christi richten, so wäre das dasselbe, wie wenn man einen Vogel nach den Maßstäben einer Schnecke beurteilte, einen Panzerhauptmann nach den Verkehrsregeln eines Dorfes und einen General nach den Mordparagraphen des Strafgesetzbuches.

Hardenburgs Briefe an seine Frau waren steife militärische Berichte, leer, kalt und ohne persönliche Note. Christian konnte beim Lesen dieser Episteln ein Lächeln nicht unterdrücken. Er wußte, daß Hardenburg, falls er heil aus dem Krieg heimkehrte, für Greta nach ihrem jetzigen wilden Lebenstanz erledigt sein mußte. Bisweilen ertappte Christian sich bei fantastischen Zukunftsplänen. Eines Nachts, zwischen einem Schnaps und dem nächsten, hatte Greta beiläufig bemerkt, daß der Krieg in etwa sechs Tagen zu Ende sein werde. Jemand, ganz oben in der Regierung, sie wollte den Namen nicht nennen, habe ihr ein schönes Angebot gemacht. Ein Gut von dreitausend Morgen in Polen mit einem Schloß aus dem siebzehnten Jahrhundert, das vom Krieg verschont geblieben war. Siebenhundert Morgen wurden sogar jetzt noch bestellt.

»Was meinst du«, hatte sie ihn halb im Scherz, auf der Couch ausgestreckt, gefragt, »hättest du nicht Lust, diesen Besitz für eine Dame zu bewirtschaften?«

»Wunderbar«, hatte er geantwortet.

Und lächelnd hatte sie hinzugefügt: »Du brauchst dich mit deinen Verwalterpflichten nicht zu Tode zu rackern.«

»Natürlich.« Er hatte sich neben sie gesetzt, seine Hand unter ihren Kopf geschoben und die schöne glatte Haut unter ihrem Haaransatz gestreichelt.

»Abwarten, abwarten, wir werden sehen...« hatte sie träumerisch gesagt. »Wäre nicht schlecht.«

Das wäre das Richtige, dachte Christian. Einen großen, in halber Wildnis gelegenen Landsitz, das Geld würde mühelos eingehen, und Greta wäre die Schloßherrin... Heiraten käme natürlich nicht in Frage. Greta zu heiraten, wäre zuviel verlangt für einen Mann. So eine Art Prinzgemahl würde man sein, mit maßgearbeiteten Reitstiefeln und zwanzig Pferden im Stall und die oberen Zehntausend des neuen Reiches als Jagdgäste übers Wochenende...

Es war der glücklichste Tag meines Lebens, dachte Christian, als Leutnant Hardenburg in Rennes die Schreibtischschublade im Polizeigebäude aufschloß und mir das Päckchen mit den Spitzen für seine Frau übergab. An Rennes dachte Christian überhaupt nicht mehr. Greta hatte ihm gesagt, daß sie mit einem Generalmajor wegen seiner Versetzung gesprochen habe und daß die Sache zum Klappen komme. Hardenburg war zu einem elenden Phantom in der Erinnerung zusammengeschrumpft. Sollte er in der Zukunft wieder einmal auftauchen, dann freute er sich jetzt schon darauf, ihn mit ein paar eiskalten Worten zum Teufel zu schicken. Der glücklichste Tag meines Lebens, dachte Christian wieder und wandte sich lächelnd zur Tür, die soeben geöffnet wurde. Da stand Greta in einem Goldlamékleid, einen Nerzschal um die Schultern und ein Willkommenlächeln auf den Lippen. Sie breitete die Arme aus und sagte: »Wie schön, jemand zu Hause zu haben, der auf einen wartet, wenn man von der Arbeit kommt!«

Christian ging zu ihr, stieß mit dem Fuß die Tür zu und küßte sie.

Und auf einmal rückte das Ende seines Urlaubs heran. Drei Tage noch. Er war zwar ruhig, denn Greta hatte ihm ja gesagt, daß alles klappen werde, aber... Da läutete das Telefon. Er eilte die Treppen hinunter, nahm den Hörer ab: »Hallo, Liebling«, sagte er und lächelte.

»Laß das!« Ihre Stimme klang rauh, obgleich sie flüsternd sprach. »Und nenne meinen Namen nicht am Telefon!«

»Was ist denn?« fragte er bestürzt.

»Ich spreche von einem Apparat im Café aus«, sagte sie. »Rufe mich zu Hause nicht an und komme ja nicht mehr in die Wohnung!«

»Aber du hast mir doch gesagt, acht Uhr heute abend.«

»Ich weiß, was ich gesagt habe. Nicht acht Uhr heute abend. Und überhaupt an keinem Abend mehr. Hast du verstanden? Laß dich nicht mehr blicken. Leb wohl!«

Er hörte, wie drüben aufgehängt wurde, und starrte den Apparat an. Langsam legte er den Hörer auf, ging in sein Zimmer zurück und warf sich aufs Bett. Dann stand er wieder auf, zog seine Uniform an und lief auf die Straße. Irgendwohin, dachte er, nur nicht in diesem Zimmer bleiben. Wie betäubt irrte er durch die Stadt. Gretas geflüsterte Worte gingen ihm im Kopf herum, und er zählte alle Gründe auf, die dazu geführt haben konnten. Nein, die letzte Nacht war wie alle Nächte gewesen. In ihrer beherrscht-fahrigen Art war sie gegen ein Uhr beschwipst nach Hause gekommen, bis zwei Uhr hatten sie weiter getrunken und waren dann ins Bett gegangen. Schön wie immer war die Nacht gewesen. Sie war in seinen Armen eingeschlafen, und um elf Uhr am nächsten Morgen hatte sie sich zärtlich wie immer mit einem Kuß von ihm verabschiedet, ehe sie in den Dienst ins Ministerium ging. »Heute abend fangen wir früher an«, hatte sie gesagt. »Komm schon um acht.«

Nichts in ihrem Benehmen hatte auf einen so jähen Gesinnungswechsel hingedeutet. Blicklos starrte Christian die Häuserwände und die Gesichter der Passanten an. Was konnte er tun? Es blieb nur die Möglichkeit, vor ihrem Haus zu warten und sie ganz offen selbst zu fragen.

Abends um sieben bezog er seine Stellung gegenüber dem Hauseingang hinter einem Baum. Es war feucht, ein feiner Sprühregen hüllte die Stadt ein. Nach einer halben Stunde vergeblichen Wartens war er durchnäßt, aber er spürte die Nässe nicht. Gegen halb elf kam ein Schupo zum drittenmal vorüber und musterte ihn mißtrauisch.

»Ich warte auf ein Mädel«, sagte Christian mit verlegenem Grinsen. »Sie muß aber erst einen Major von den Fallschirmjägern abhängen.«

Der Polizist grinste zurück und sagte: »Ja, ja, der Krieg. Ist eben alles schwierig geworden.« Er schüttelte den Kopf und entfernte sich.

Um zwei Uhr morgens kam ein Dienstwagen angebraust. Greta und ein Offizier stiegen aus. Einen Augenblick standen sie auf dem Trottoir, dann gingen sie zusammen ins Haus, und der Wagen fuhr weiter. Durch den Regen schaute Christian an der dunklen Hauswand empor und versuchte, die Fenster von Gretas Wohnung auszumachen. Aber in der Dunkelheit hatte es keinen Zweck.

Morgens gegen acht fuhr der Wagen wieder vor. Der Offizier kam heraus und stieg ein. Aha, ein Oberstleutnant, stellte Christian mechanisch fest. Es regnete immer noch.

Beinahe wäre er jetzt über die Straße ins Haus gelaufen. Aber er beherrschte sich, denn er war sich darüber klar, daß er damit alles verderben würde. Sie wäre nur noch wütender auf ihn und würde ihn hinauswerfen. Und dann wäre endgültig Schluß.

Er blieb hinter dem Baum stehen. Seine Augen brannten vor Müdigkeit, die Uniform war klatschnaß. So starrte er die hohe Hauswand hinauf, an der er jetzt Gretas Fenster im grauen Morgenlicht erkennen konnte.

Endlich, um elf Uhr, kam sie herunter. In kurzen Gummistiefeln und einem Regenmantel mit Kapuze glich sie einem Soldaten in Tarnausrüstung. Wie immer am Morgen sah sie frisch und jung wie ein Schulmädel aus. Rasch lief sie die Straße hinunter.

Als sie um die Ecke biegen wollte, hatte er sie eingeholt.

Er berührte ihren Ellbogen: »Greta«, sagte er.

Ärgerlich zuckte sie zusammen. »Laß mich in Ruhe!« zischte sie ihn an und blickte sich ängstlich um.

»Was ist eigentlich los?« fragte er in bittendem Ton. »Was habe ich denn verbrochen?«

Sie beeilte sich, aus seiner Nähe zu kommen. Er ging einen halben Schritt hinter ihr.

»Greta, Liebling«, bettelte er.

»Hör zu: Verschwinde und bleibe weg. Ist das klar?« sagte sie scharf.

»Ich will wissen, weshalb auf einmal«, sagte er.

»Ich darf nicht mit dir gesehen werden«, sagte sie, blickte geradeaus und verlangsamte ihren Schritt nicht. »Das ist alles. Und jetzt gehe. Du hast einen schönen Urlaub gehabt. Er ist sowieso in zwei Tagen zu Ende. Fahr nach Frankreich zurück und vergiß alles.«

»Kann ich nicht«, sagte er. »Ich kann einfach nicht. Ich muß mit dir sprechen. Ganz egal, wo und wann.«

Auf der anderen Straßenseite kamen zwei Männer aus einem Laden und gingen in derselben Richtung die Straße hinunter.

»Schön«, sagte Greta. »Also bei mir in der Wohnung. Heute abend um elf. Aber geh nicht durch den Vordereingang. Du kannst die Hintertreppe durch den Keller benutzen. Eingang von der anderen Straße. Ich lasse die Küchentür offen und warte auf dich.«

»Ist gut. Ich danke dir. Wunderbar«, sagte Christian.

»Und jetzt laß mich in Ruhe«, sagte sie. Er blieb stehen und sah ihr nach, wie sie sich, ohne sich umzublicken, in ihrem energischen Gang, der durch Regenmantel und Gummischuhe noch betont wurde, die Straße hinunter entfernte. Langsam ging er in seine Pension zurück, legte sich aufs Bett und versuchte zu schlafen. –

Um elf Uhr abends stieg er die dunkle Hintertreppe empor. Greta saß an einem Tisch und schrieb. Sie hielt sich sehr gerade und trug ein grünes Wollkleid. Sie wandte sich nicht um, als er ins Zimmer trat. Mein Gott, dachte er, eine Zweitausgabe von Leutnant Hardenburg!

Leise trat er hinter ihren Stuhl, küßte ihr Haar und sog das frische Parfüm ein, das ihm entgegenströmte.

Sie hörte auf zu schreiben, wandte sich auf dem Stuhl um und sagte kühl und ernst: »Das hättest du mir sagen müssen.«

»Was?«

»Du hättest mich in schwere Unannehmlichkeiten bringen können.«

Christian setzte sich mit einem Seufzer. »Willst du mir endlich sagen, was ich getan habe?«

Greta stand auf und lief im Zimmer auf und ab. Ihr Rock schwang in weiten Falten um ihre Beine.

»Es war nicht anständig gehandelt, mich da hineinzuziehen«, sagte sie.

»Dich wo hineinzuziehen?« Er fing an zu schreien. »Wovon redest du?«

»Schrei nicht so«, herrschte sie ihn an. »Man weiß nie, wer zuhört.«

In ruhigem Ton sagte Christian: »Ich möchte jetzt endlich von dir erfahren, um was sich die ganze Sache dreht.«

Greta stellte sich vor ihm auf und sagte: »Gestern nachmittag war ein Mann von der Gestapo bei mir im Büro.«

»Ja, und?«

»Die Gestapo war vorher bei General Ulrich«, sagte sie bedeutungsvoll.

Christian schüttelte verständnislos den Kopf. »Und wer zum Donnerwetter ist General Ulrich?«

»Ein Freund von mir, ein sehr guter Freund. Wahrscheinlich sitzt er jetzt deinetwegen in der Tinte«, sagte sie.

»Ich habe diesen General Ulrich noch nie in meinem Leben gesehen«, sagte er.

»Sprich leiser, wie oft soll ich dir das noch sagen!« Greta ging zum Büfett und schenkte sich einen großen Kognak ein. Christian bot sie keinen an. »Ich war eine blöde Gans, dich überhaupt in die Wohnung zu lassen.«

»Was hat General Ulrich mit mir zu tun?« wollte Christian wissen.

Greta nahm einen langen Schluck Kognak und erklärte dann langsam: »General Ulrich ist der Mann, der deine Versetzung nach hier und deine Beförderung zum Offizier durchzudrücken versuchte.«

»Und?«

»Die Gestapo hat ihm gestern mitgeteilt, daß du im Verdacht stehst, Kommunist zu sein. Außerdem wollte sie wissen, welche Beziehungen er zu dir habe und woher auf einmal sein Interesse an dir komme.«

»Was soll ich darauf sagen?« fragte Christian. »Ich bin kein Kommunist. Ich bin im Gegenteil schon 1937 in die österreichische NSDAP eingetreten und seit dieser Zeit Pg.«

»Das wissen sie alles«, schnitt Greta ihm kurz das Wort ab. »Sie wissen aber auch, daß du Mitglied der österreichischen KP von 1932 bis 1936 warst. Sie wissen weiter, daß du einem Kreisleiter namens Schwartz gleich nach dem Anschluß Schwierigkeiten machtest. Außerdem wissen sie, daß du ein Verhältnis mit einer Amerikanerin hattest, die 1937 mit einem sozialistischen Juden in Wien zusammenlebte.«

Christian lehnte sich angewidert in seinen Sessel zurück. Die Gestapo, dachte er, über jeden Dreck weiß sie Bescheid, und alles, was sie weiß, ist falsch.

Greta fuhr fort: »In deiner Kompanie stehst du unter dauernder Beobachtung. Jeden Monat geht ein Bericht über dich ab.« Jetzt grinste sie spöttisch. »Es wird dich interessieren zu erfahren, daß mein Mann dich sehr günstig beurteilt: Du bist ein tüchtiger, verläßlicher Soldat und wirst für einen Offizierslehrgang wärmstens empfohlen.«

»Ich darf nicht vergessen, ihm meinen Dank auszusprechen«, sagte Christian voll Ironie.

»Natürlich kannst du nie Offizier werden«, sagte Greta. »Sie schikken dich noch nicht einmal nach Rußland, sollte deine Einheit im Osten eingesetzt werden. Du würdest sofort an eine andere Front versetzt werden.«

Was für ein hoffnungsloser Fall, dachte Christian. Absolut verfahren.

»So sieht's aus«, sagte Greta. »Und jetzt kannst du dir denken, daß die Sache für mich kompromittierend ist. Ich arbeite im Propagandaministerium, bin mit den höchsten militärischen und Parteidienststellen befreundet, dienstlich und... auch sonst...«

Er sprang auf und unterbrach sie: »Um Gottes willen, hör auf! Hör endlich auf, wie ein Kriegsgerichtsrat zu reden!«

»Aber du mußt meine Lage verstehen...« Zum erstenmal hörte er wieder so etwas wie eine menschliche Note aus ihren Worten heraus. »Manch einer ist schon wegen viel weniger ins KZ gewandert. Du mußt meine Lage verstehen, Liebling.«

»Ich verstehe deine Lage«, rief er und kümmerte sich einen Teufel darum, daß sie ihn gebeten hatte, leise zu sprechen. »Ich verstehe die Lage der Gestapo und General Ulrichs Lage, und die ganze Sache kotzt mich an!« Dann ging er zu ihr hinüber, beugte sich wütend über sie und fragte: »Hältst du mich für einen Kommunisten?«

»Wofür ich dich halte, ist völlig unwichtig, Liebling«, sagte Greta. »Die Gestapo hält dich für einen. Darauf kommt es an. Oder zum mindesten wird vermutet, daß du nicht ganz... ganz zuverlässig bist. Meine Schuld ist das nicht, bitte!« Sie kam zu ihm, und ihre Stimme wurde sanft und bittend: »Wenn ich ein gewöhnliches Mädchen wäre in einer untergeordneten Stellung. Dann könnte ich mit dir zusammensein, wann und wo es mir paßte. Aber so ist es wirklich gefährlich. Du kannst das nicht verstehen, das glaube ich dir wohl. Du warst lange nicht in Deutschland und hast keine Ahnung, wie hier die Leute plötzlich über Nacht von der Bildfläche verschwinden. Wegen nichts. Weniger als nichts. Wirklich, bitte, schau mich nicht so böse an...«

Christian setzte sich. Er würde Zeit brauchen, das zu verdauen. Und plötzlich kam ihm zum Bewußtsein, daß er hier nicht zu Hause war, nicht in seinem Vaterland, sondern ein Ausländer, der in einem fremden Land seinen Geschäften nachging und seine Zunge hüten mußte bei jedem Wort, das er sagte. Alles hatte hier eine versteckte Bedeutung, alles war gefährlich. Er dachte an die dreitausend Morgen in Polen, die Ställe, die Jagdgesellschaften und lächelte bitter. Er konnte noch froh sein, wenn sie ihn seinen Skilehrerberuf wieder aufnehmen ließen.

»Schau nicht so... so verzweifelt drein«, sagte Greta.

»Entschuldige«, sagte er. »Ich werde gleich ein Lied singen.«

»Sei nicht so hart mit mir. Was konnte ich tun?« sagte sie kleinlaut.

»Du könntest zu ihnen gehen. Du könntest ihnen sagen, wer ich bin.«

»Ich kann nichts beweisen«, sagte sie kopfschüttelnd.

»Dann gehe ich. Ich gehe zu General Ulrich.«

»Auf keinen Fall!« sagte sie scharf. »Du würdest mich nur ins Unglück bringen. Man hat mir ausdrücklich verboten, dir etwas zu sagen. Ich darf dich nur nicht mehr sehen. Du würdest dir schaden, und Gott weiß, was sie mit mir machen würden. Versprich mir, daß du zu niemand etwas davon sagst.«

In ihren Augen saß die Angst, und er sagte sich, daß sie ja eigentlich nichts dafür konnte. »Ja, ich verspreche es dir«, sagte er langsam. Er stand auf und schaute sich noch einmal in dem Zimmer um, das auf so kurze Zeit sein Lebensinhalt gewesen war. »Na«, sagte er und zwang sich zu einem Lächeln, »ich kann nicht leugnen, daß es ein schöner Urlaub war.«

Sie schlang ihre Arme um ihn und flüsterte: »Es tut mir so leid. Du brauchst nicht gleich zu gehen, Lieber...«

Sie lächelten beide. Eine Stunde später aber glaubte sie, draußen vor der Tür ein Geräusch zu hören. Sie bat ihn, sich anzuziehen und über die Hintertreppe zu gehen, wie er gekommen war. Und als er sie fragte, wann er sie wiedersehen könne, sagte sie ihm nichts Bestimmtes.

Christian saß mit geschlossenen Augen in der Ecke des überfüllten Abteils, als sich der Zug Rennes näherte. Ein übler Dunst erfüllte das Abteil, denn wegen der Verdunkelung waren alle Fenster geschlossen und die schwarzen Rouleaus heruntergelassen. Ein häßlicher, säuerlicher Geruch entströmte den ungewaschenen Körpern der Soldaten und ihren Uniformen. Man roch die schmutzige Wäsche und merkte, daß die Männer monatelang nicht gebadet hatten. Plötzlich haßte er diesen Geruch mit einem bohrenden, unerträglichen Ekel. Ein zivilisierter Mensch dürfte nicht in einem solchen Gestank leben. Ein Mensch des zwanzigsten Jahrhunderts hatte wenigstens Anspruch auf anständige Luft. Er schlug die Augen auf und sah sich voll Widerwillen die herumliegenden Männer an. Schlaffe, versoffene, verschlafene Gesichter. In der Regel sahen schlafende Menschen friedlich und ruhig aus, manchmal nahmen ihre Züge einen kindlichen Ausdruck an. Aber hier? Hier sah man nur Abspannung, Niedertracht und Tücke. Christians Mund verzog sich vor Abscheu.

Er schloß wieder die Augen. Und er dachte: noch ein paar Stunden und dann Rennes, Leutnant Hardenburg, das dicke, reizlose Gesicht von Corinne, die Streifen durch die Stadt, die jammernden Franzosen, die in den Cafés herumlungernden Soldaten, der alte gottverfluchte Dienst... Am liebsten wäre er auf seinen Platz gestiegen und hätte aus Leibeskräften gebrüllt. Aber es war nichts zu machen. Er konnte noch nicht einmal etwas dazu tun, den Krieg zu gewinnen oder zu verlieren, ihn zu verkürzen oder auch nur um eine Minute zu verlängern. Er versuchte zu schlafen, aber Gretas Bild stieg vor ihm auf, quälend und hoffnungslos...

Sie hatte es abgelehnt, ihn nach jener letzten Nacht noch einmal zu empfangen. Liebenswürdig, etwas verängstigt hatte sie ihm am Telefon erzählt, sie würde ihn gerne noch einmal sehen, aber da sei gerade ein sehr guter alter Freund aus Norwegen eingetroffen... (der alte Freund, der ganz nach Bedarf aus Tunis, Reims oder Smolensk mit Geschenken auftauchte, die Christian sich nicht leisten konnte). Das war übrigens die einzig mögliche Methode! Das nächstemal, wenn er wieder nach Berlin kam, mußte er einen Haufen Geld haben und ihr einen Pelz, einen Lederkoffer und ein Koffergrammophon schenken, das sie sich gewünscht hatte. So würde es vielleicht gehen, dachte Christian mit geschlossenen Augen und roch die stinkenden Soldaten, hörte das Rattern des alten Waggons in der französischen Nacht. Mit Geld war alles zu machen. Er würde gleich Corinne sagen, sie solle ihn mit ihrem miserablen Schwager zusammenbringen. Zeit, daß er endlich vernünftig wurde. Was hieß hier Ehre? Das nächstemal, wenn ich nach Berlin komme, habe ich die Tasche voll Geld. Ein bißchen Benzin, hatte Corinne ihm erklärt, und ihr Schwager könnte drei Lkw laufen lassen. Der Schwager wird sein Benzin kriegen, dachte Christian, und zwar unverzüglich. Er lächelte bei dem Gedanken und kam sogar ins Dösen, während der Zug in die Bretagne hineinrollte.

Am nächsten Morgen meldete sich Christian bei Leutnant Hardenburg im Geschäftszimmer zurück. Der Leutnant sah magerer und drahtiger als gewöhnlich aus. Mit lebhaften, energischen Schritten lief er im Zimmer auf und ab. Als Christian in strammer Haltung grüßte, lächelte er freundlich, bei ihm ein Zeichen besonderen Wohlwollens.

»Na, gut amüsiert, Feldwebel Diestl?« fragte er freundlich.

»Sehr gut, Herr Leutnant.«

»Meine Frau schrieb mir, daß sie die Spitze erhalten habe.«

»Jawohl.«

»War sehr freundlich von Ihnen.«

»Nicht der Rede wert, Herr Leutnant«, sagte Christian.

Der Leutnant sah ihn forschend an und fragte zögernd: »Sah sie... gut aus?«

»Sie sah sehr wohl aus, Herr Leutnant«, beeilte sich Christian zu sagen.

»Gut, gut.« Dann machte er eine beinahe tänzerische Kehrtwendung gegen die Landkarte von Afrika hin, die jetzt an Stelle der Rußlandkarte an der Wand hing. »Freut mich, freut mich«, fuhr er fort und war mit den Gedanken offenbar ganz woanders. »Sie neigt dazu, sich zu sehr in die Arbeit zu knien. Übertreibt sehr gerne. Übrigens haben Sie Glück gehabt, Feldwebel, daß Sie Ihren Urlaub noch genommen haben.«

Christian antwortete nichts. Er hatte keine Lust, sich mit dem Leutnant in lange Unterhaltungen einzulassen. Er hatte Corinne noch nicht gesehen und wollte so rasch wie möglich mit ihr wegen des Schwagers sprechen.

»Ja«, sagte Leutnant Hardenburg wieder, »großes Glück.« Er lächelte vieldeutig und winkte Christian geheimnisvoll zu sich: »Kommen Sie mal her, Feldwebel Diestl.« Er stellte sich an das schmutzige, vergitterte Fenster und blickte hinaus. Christian baute sich neben ihm auf.

Der Leutnant begann im Flüsterton: »Alles, was ich Ihnen jetzt sage, ist streng vertraulich. Ich darf Ihnen eigentlich nichts verraten, aber wir sind nun schon so lange zusammen, und ich weiß, daß ich mich auf Sie verlassen kann.«

»Jawohl«, sagte Christian vorsichtig.

Hardenburg schaute sich prüfend um und beugte sich zu ihm: »Endlich ist es soweit«, sagte er triumphierend. »Wir kommen hier weg.« Dann drehte er sich blitzschnell nach dem Schreiber um, der zehn Meter entfernt saß und eifrig schrieb. »Afrika«, flüsterte Hardenburg so leise, daß Christian ihn kaum verstehen konnte. »Zum Afrika-Korps. In vierzehn Tagen schon. Ist das nicht fabelhaft?« Und dabei grinste er übers ganze Gesicht.

»Jawohl, Herr Leutnant«, sagte Christian Diestl nicht besonders begeistert.

»Ich wußte, daß Sie das freuen würde.«

»Jawohl, Herr Leutnant.«

»Natürlich gibt es einen Haufen zu tun in den nächsten zwei Wochen. Es wird viel an Ihnen hängen. Der Hauptmann wollte Sie eigentlich aus dem Urlaub zurückrufen, aber ich habe ihm das ausgeredet. Ich hatte das Gefühl, die Erholung würde Ihnen guttun, und Sie würden das Versäumte später um so leichter nachholen.«

»Danke sehr, Herr Leutnant.«

»Endlich«, sagte Hardenburg erleichtert und rieb sich die Hände. »Endlich.« Blicklos starrte er zum Fenster hinaus, sah im Geist die von den Panzern aufgewirbelten Staubwolken der libyschen Wüste, hörte das Donnern der Geschütze an der Küste des Mittelmeeres. Leise sagte er: »Ich hatte schon Angst, daß ich niemals eine Schlacht mitmachen würde.« Er riß sich von seinen Träumen los, schüttelte leicht den Kopf und wandte sich in dienstlichem Ton an Christian: »Also, Feldwebel Diestl, Sie melden sich in einer Stunde wieder.«

»Jawohl, Herr Leutnant.« Er machte kehrt und wollte gehen. Da fiel ihm etwas ein: »Herr Leutnant!«

»Bitte?«

»Ich möchte einen Mann von den 147er Pionieren zur Bestrafung melden.«

»Geben Sie die Meldung beim Schreiber ab. Ich werde sie weiterleiten.«

»Jawohl, Herr Leutnant.« Er ging zum Schreiber hinüber und diktierte ihm den Namen des Pioniers Hans Reuter. Wegen unsoldatischen Benehmens und Achtungsverletzung. Meldung durch: Christian Diestl, Feldwebel.

»Das kostet ihn vier Wochen Ausgangsverbot«, sagte der Schreiber dienstbeflissen.

»Möglich«, meinte Christian und verließ das Geschäftszimmer. Einen Augenblick blieb er nachdenklich vor dem Gebäude stehen, dann schlug er die Richtung nach Corinnes Haus ein. Auf halbem Wege hielt er an. Alles Unsinn, dachte er. Hat keinen Zweck mehr, sie zu besuchen. Langsam schlenderte er zurück. Er kam an einem Juwelierladen vorüber. Mehrere kleine Brillantringe und ein Halsschmuck mit einem großen Topas zogen seine Blicke an. Er dachte: Wieviel mag das Zeug kosten? Wäre etwas für Greta.

8. Kapitel

Die große Halle wimmelte von jungen Männern, die sich spuckend und rauchend in dem sehr eindeutigen Dialekt der New Yorker Straßen unterhielten. Sie lungerten in dem schmutzigen, nach kaltem Schweiß riechenden Gang herum, und einer rief: »Onkel Sam, hier ist Vincent Kelly«, ein anderer erzählte weitschweifig: »Da höre ich mir gerade den Funkbericht vom Fußballspiel an, und da unterbricht so ein Halunke die Sendung und erzählt was von den Japsen, und sie hätten Hickam Field geschnappt. Ich hab' mich so aufgeregt, daß ich gar nicht mehr zuhören konnte, und ich sagte zu meiner Frau, wo zum Teufel ist Hikkam Field? Und das sind die ersten Worte in diesem Krieg, die ich sagte.«

Und ein anderer: »Quatsch, sie holen dich später doch. Mein Motto ist, meld dich gleich. Mein Alter war in der Marine im letzten Krieg, und er sagte: Wer zuerst kommt, wird zuerst angeschissen. Dann hat er's hinter sich. Du brauchst gar kein besonderer Dollbrägen zu sein. Komm zuerst, und du kriegst dein Fett weg, und dann hast du Ruhe.«

Und: »Ich hätte gar nichts dagegen, mal auf die Inseln zu kommen. Was ich nicht vertragen kann, ist Niuu Yoook im Winter. Im Sommer müßten sie mich mit Gewalt holen. Aber ich hab' einen Freiluft-Job, Gasanstalt, versteht ihr, und keine Armee der Welt kann schlimmer sein.«

Und: »Los, heb noch einen. Der Krieg fängt großartig an. Meine Freundin sagte: ›Jessas, Jessas, die bringen unsere amerikanischen Jungens um.‹ Und ich sagte: ›Gleich morgen früh meld' ich mich, um für die Demokratie zu kämpfen, Klara‹, und dann hat sie geheult, und dann hab' ich sie aufs Kreuz gelegt, direkt in ihrem Schlafzimmer unterm Bild von ihrem Alten im Matrosenanzug. Der guckte zu. Drei Wochen lang wollte ich das Luder schon vornehmen, und jedesmal schmiß sie mich raus. Aber gestern abend war sie wie ein Käfig voll wilder Tiger, und sie war so patriotisch, daß die ganzen Bettfedern gesprungen sind.« Und: »Scheiße mit der Marine. Ich will wo hin, wo ich mir ein Loch graben kann.«

Noah stand zwischen den Patrioten und wartete auf den Aufruf des Musterungsoffiziers. Er hatte Hope spät nach Hause gebracht, und es war gar nicht einfach gewesen, ihr beizubringen, daß er sich heute melden wollte, und er hatte kaum geschlafen und wieder mal seinen alten Traum gehabt. Er sah sich an die Wand gestellt, und ein Maschinengewehr war auf ihn gerichtet. Als es noch dunkel war, war er aufgestanden, um sich so früh wie möglich in der Whitehall Street zu melden, denn er war sicher, daß das Musterungsbüro von Freiwilligen geradezu belagert sein würde. Er blickte sich um und wunderte sich, wieso die Burschen nicht schon lange eingezogen waren. Mehr Gedanken konnte sein müdes Hirn im Augenblick nicht aufbringen. Vor Pearl Harbor hatte er jede Entscheidung, was die Armee betraf, einfach von sich geschoben. Aber jetzt hatte sein Gewissen gesprochen. Wenn es Krieg gab, konnte er nicht abseits stehen. Als ehrenhafter Bürger, als Feind des Faschismus, als Jude... Er schüttelte den Kopf. Das letztere sollte gar keinen Einfluß haben. Die meisten der Männer hier waren keine Juden, und doch standen sie an diesem Wintermorgen des zweiten Kriegstages um sechs Uhr dreißig hier, um sich totschießen zu lassen. Und es waren gute Kerle, besser, als sie sich anhörten, das wußte er. Ihre rauhen Witze und zynischen Bemerkungen waren nur Fassade, stümperhafte Versuche, ihre wahren Gefühle zu verbergen. Als Amerikaner also? Ach was, er hatte jetzt keine Lust, sich in irgendeine Kategorie einzureihen. Vielleicht, dachte er, kann ich mich auf den pazifischen Kriegsschauplatz schicken lassen, nicht nach Deutschland. Das würde beweisen, daß er nicht, weil er Jude war... Unsinn, glatter Unsinn! Ich gehe dahin, wohin sie mich schicken.

Eine Tür öffnete sich, und ein dicker Feldwebel mit rotem Gesicht trat heraus. »All right, all right, Männer«, rief er, »spuckt nicht auf den Boden, das hier ist Regierungseigentum. Und hört endlich auf, hin und her zu trampeln. Ihr kommt alle dran, es bleibt keiner zurück. Die Armee hat für alle Platz. Und jetzt los, reinkommen, einer nach dem andern, durch diese Tür hier, wenn ich euch aufrufe. Und laßt eure Flaschen draußen, verflucht noch mal. Ihr seid hier in einem Gebäude der US-Armee.« –

Es dauerte den ganzen Tag. Er wurde nach Governors Island gebracht, auf einem Fährboot, das den Namen eines Generals trug. Er stand auf dem überfüllten Deck, seine Nase lief vor Kälte, und beobachtete den Schiffsverkehr auf dem schiefergrauen Wasser. Er überlegte, welche Heldentat dieser General vollbracht oder welche Beziehungen er gehabt hatte, daß ein Schiff seinen Namen trug. Auf der Insel wimmelte es von Soldaten, die mit ihren Gewehren herumfuchtelten, als ob sie im Begriff stünden, jeden Augenblick eine Landung japanischer Marinetruppen abzuschlagen. Noah hatte Hope versprochen, sie, sobald er konnte, im Büro anzurufen. Aber er wollte seinen Platz in der Schlange nicht verlieren, die sich langsam an den gelangweilten, schlechtgelaunten Ärzten vorbeischob.

»Jesus Christus«, sagte der Mann vor Noah und sah sich die lange Reihe nackter, flachbrüstiger und dickbäuchiger Rekruten an, »die wollen das Vaterland verteidigen? Jesus Christus, der Krieg ist so gut wie verloren.« Noah grinste verlegen, zog die Schultern zurück und verglich seinen nackten Körper verstohlen mit dem der anderen. Drei oder vier gutgebaute junge Männer fielen ihm auf. Sie sahen aus, als ob sie viel Football gespielt hätten. Dann war noch ein Riesenkerl da mit einer Tätowierung auf der Brust, aber sonst konnte er sich unter den mickrigen Burschen um ihn herum wohl sehen lassen. Während der letzten Monate war er sich seines Körpers sehr bewußt geworden. Die Armee wird einen noch kräftigeren Kerl aus mir machen, dachte er, während er auf die Durchleuchtung seiner Lungen wartete. Hope würde nichts dagegen haben. Er grinste in sich hinein. Aber eine sehr umständliche Methode, zu einem sportlich gestählten Körper zu kommen.

Die Ärzte schenkten ihm keine sonderliche Beachtung. Man stellte normale Sehfähigkeit fest. Er litt nicht an Hämorrhoiden, Plattfüßen, einem Bruch oder eine Gonorrhöe, auch nicht an Syphilis oder Epilepsie. Im Laufe eines Gesprächs von anderthalb Minuten entschied ein Psychiater, daß er auch geistig diensttauglich sei. Ein Generalarzt war mit der Beweglichkeit seiner Gelenke zufrieden. Seine Haut war ohne Narben und Risse, die Zähne gut genug, um den Armeefraß zu kauen.

Er zog sich zufrieden wieder an und dachte, morgen wird es eine Uniform sein. Dann schloß er sich der anderen Schlange an, die an dem Tisch eines erschöpft aussehenden Sanitätsoffiziers vorbeizog, der die Wehrpässe mit I A, Bedingt tauglich oder Untauglich stempelte.

Als der Arzt sich über seinen Paß beugte, dachte Noah, ob sie ihn wohl in ein Ausbildungscamp in der Nähe von New York schicken würden, so daß er Hope öfters sehen könnte...

Der Arzt nahm einen der vielen Stempel auf seinem Tisch und feuchtete ihn ein paarmal auf dem Kissen an. Dann stempelte er das Papier und schob es Noah hin. Noah schaute es an. UNTAUGLICH stand da in verschmierten roten Buchstaben quer über die Seite gedruckt. Noah schüttelte den Kopf und blinzelte ungläubig. Es hieß immer noch UNTAUGLICH.

»Was?« fragte er.

Der Arzt sah auf, nicht unfreundlich, und sagte: »Ihre Lungen, Junge. Das Röntgenbild zeigt vernarbte Stellen auf beiden Lungen. Wann haben Sie Tb gehabt?«

»Ich habe nie Tb gehabt.«

Der Arzt zuckte mit den Schultern: »Tut mir leid, Junge. Der nächste.«

Langsam ging Noah hinaus. Es war Abend geworden, die Dezemberkälte wehte über den Hafen, die Kaserne, den Exerzierplatz und das alte Fort. Millionen Lichter von der Stadtseite spiegelten sich in dem dunklen Wasser. Neue Rekruten und Freiwillige strömten von den Fähren herunter und formierten sich in Schlangen, um zur Untersuchung und zu ihrem roten Stempel zu kommen.

Noah fror. Er schlug seinen Kragen hoch und hielt seinen Wehrpaß fest in der Hand. Er fühlte sich überflüssig und enttäuscht, wie ein Schuljunge im Internat, der über Weihnachten nicht nach Hause fahren darf. Er schob die Hand unter den Mantel und unter das Hemd. Er betastete die Haut und seine festen Rippen. Er fühlte sich kräftig und gesund, selbst die kalten Windstöße konnten seiner Brust nichts anhaben. Er versuchte, ein bißchen zu husten. Es klang normal. Seiner Lunge fehlte nichts.

Langsam ging er an dem Posten vorbei, der mit Wintermütze, Ohrenklappen und Gewehr dastand, an Bord. Die Fähre war fast unbesetzt. Alle fahren sie in der entgegengesetzten Richtung, dachte er niedergeschlagen, während die Fähre mit dem Namen des toten Generals am Bug über den schmalen schwarzen Wasserstreifen der Stadt entgegenglitt.

Hope war nicht zu Hause, als er eintrat. Der bibellesende Onkel saß in Unterhosen in der Küche und musterte Noah übellaunig. Er mochte ihn nicht und begrüßte ihn spöttelnd: »Hallo, Sie hier? Ich dachte, Sie seien bereits zum Oberst befördert worden.«

»Haben Sie etwas dagegen, wenn ich auf Hope warte?« fragte Noah verdrossen.

»Wie Sie wollen«, sagte der Onkel und kratzte sich unter dem Arm. Die Bibel mit dem Lukas-Evangelium lag aufgeschlagen vor ihm auf dem Tisch. »Ich kann natürlich nicht sagen, wann sie heimkommt. Das Mädchen hat in der letzten Zeit allerhand moderne Gewohnheiten angenommen, was ich auch ihren Eltern nach Vermont geschrieben habe. Kommt nach Hause, wann es ihr paßt, und macht zwischen Tag und Nacht nicht den geringsten Unterschied mehr.« Er grinste Noah hämisch an: »Und da ihr Freund jetzt eingezogen wird, oder zum mindesten rechnet sie damit, wird sie vielleicht ausgegangen sein, um sich neue Jagdgründe zu suchen. Wäre doch möglich, nicht?«

Auf dem Herd stand eine Kanne Kaffee und vor ihm eine halbvolle Tasse, von deren abgestandenem Geruch Noah übel wurde. Er hatte seit Mittag nichts gegessen. Aber der Onkel bot ihm nichts an, und Noah wollte um nichts bitten.

Noah ging ins Wohnzimmer und setzte sich in den mit Velours überzogenen Sessel, den ein billiges Spitzendeckchen zierte. Ein langer Tag lag hinter ihm. Von dem schneidenden Wind schmerzte ihm das Gesicht, und er schlief ein, ohne den Onkel zu hören, der in der Küche herumhantierte, mit den Tassen klapperte und gelegentlich mit seiner näselnden, krächzenden Stimme in der Bibel las. Erst das Quietschen des Tores draußen, eines der Geräusche, die zum Hause gehörten, weckte ihn. Er blinzelte und stand in dem Augenblick auf, als Hope ins Zimmer trat. Etwas Schweres und Bedrücktes lag in ihrem Gang. Als sie ihn in der Mitte des Zimmers sah, blieb sie stehen. Dann eilte sie zu ihm, und er hielt sie in den Armen. »Hicr bist du?« sagte sie.

Der Onkel schlug laut die Tür zwischen Küche und Wohnzimmer zu, aber keiner von ihnen nahm von dem Lärm Notiz.

Noah drückte seine Wange an ihr Haar.

»Ich bin die ganze Zeit in deinem Zimmer gewesen«, murmelte Hope. »Alles habe ich noch einmal angesehen. Du hast mich nicht angerufen. Den ganzen Tag. Was ist passiert?«

»Sie haben mich zurückgewiesen«, sagte Noah dumpf. »Narben in der Lunge. Tuberkulose.«

»O Gott!« sagte Hope.

9. Kapitel

Das Klappern eines Rasenmähers weckte Michael. Einen Augenblick lag er nachdenklich in dem fremden Bett. Dann, beim Duft des frischgemähten kalifornischen Grases, entsann er sich, wo er war und was sich am Tage vorher zugetragen hatte. »Wahrscheinlich schreiben jetzt mindestens zehn Kerle an der Geschichte«, hatte der Film-Autor gestern nachmittag im Schwimmbassin von Palm Springs gesagt. »Der Diener kommt mit dem Tee in den Garten und fragt: Zitrone oder Sahne? Und das kleine, neunjährige Mädchen kommt mit seiner Puppe im Arm und sagt: Papi, bitte mach mir das Radio an, ich kann die Witzstunde nicht kriegen. Der Mann redet immer von Pearl Harbor. Vati, ist Pearl Harbor in der Nähe, wo Großmutti wohnt? Dann beugte sie die Puppe nach vorn, daß sie ›Mama‹ sagt.«

Dumm, dachte Michael, aber wahrscheinlich richtig. Große Ereignisse scheinen sich immer in den gleichen Formen anzukündigen. Das Hereinbrechen einer Weltkatastrophe in den Alltag der Menschen zeichnet sich immer auf banale Weise ab. Und ausgerechnet an einem Sonntag, mit dem überreichlichen Sonnabend-Dinner im Leib, und nachdem die Leute gerade aus der Kirche kamen, wo sie Gott pflichtgemäß um Frieden gebeten hatten. Der Feind schien sich für seine teuflischen Überfälle gerade die Sonntage auszusuchen, als ob er zeigen wollte, wie ungestraft man die christliche Welt immer wieder verhöhnen könne. Nach der obligaten Sauferei und Hurerei des Sonnabends und der heiligen Morgenandacht und der gewohnten Dosis Natron für den verkorksten Magen.

Michael hatte mit zwei Soldaten, die in March Field stationiert waren, in der tropischen Hitze Tennis gespielt. Und als die Frau aus dem Klubhaus gelaufen kam und sagte: »Kommen Sie mal rein, und hören Sie sich das Radio an; ist zwar ein Haufen atmosphärischer Störungen drin, aber ich glaube, die Japaner haben uns angegriffen«, hatten die beiden Soldaten sich kurz angeblickt, ihre Schläger weggelegt und waren ins Haus gegangen, um zu packen und sofort nach March Field zu fahren. Ball vor der Schlacht bei Waterloo, dachte Michael. Schmucke junge Offiziere tanzen und küssen zum Abschied den Damen die nackte Schulter. Adieu! Zu den Waffen! Schäumende Pferde, klappernde Hufe, klirrende Schwerter und das Schwenken von Tschakos in der flandrischen Nacht vor etwas über einem Jahrhundert. Wahrscheinlich waren es abgeklapperte alte Militärgäule, aber Byron hatte es wunderbar geschildert. Wie hätte Byron wohl den schicksalhaften Morgen in Honolulu beschrieben, ganz zu schweigen von dem darauffolgenden Morgen in Beverly Hills?

An sich wollte Michael noch drei Tage in Palm Springs bleiben, aber nach diesem Tennisspiel hatte er seine Rechnung verlangt und war in die Stadt zurückgefahren. Und zwar ohne Litewka, nur in einem gemieteten Fordkabriolett, dessen Verdeck zurückklappte, wenn man auf einen Knopf drückte. Es wartete auch keine Schlacht auf ihn, nur die wochenweise gemietete Erdgeschoßwohnung mit Blick auf das Schwimmbassin.

Das Geräusch des Rasenmähers drang zu den langen, bis zum Boden reichenden Fenstern herauf, die sich auf einen kleinen Rasen hinaus öffneten. Michael schaute hinaus und sah die Mähmaschine und den Gärtner. Der Gärtner war ein kleiner, ungefähr fünfzigjähriger Japaner. Die jahrelange Beschäftigung mit den Gärten anderer Leute hatte ihn mager gemacht und seine Gestalt gebeugt. Mechanisch schob er die Maschine vor sich her, seine dünnen, muskulösen Arme drückten auf den Grill.

Michael mußte grinsen. Bittere Ironie des Zufalls: Gestern hatte die japanische Luftwaffe die amerikanische Flotte bombardiert, und heute wachte er durch das Geräusch eines von einem Japaner bedienten Grasmähers auf! Er faßte den Japaner näher ins Auge und hörte auf zu grinsen. Er bemerkte im Gesicht des Mannes einen düsteren Ausdruck, als ob er an einer chronischen Krankheit litt. Michael erinnerte sich, daß der Mann noch vor einer Woche gutgelaunt und mit einem Lächeln im Gesicht seiner Beschäftigung nachgegangen war. Ja, er hatte sogar dann und wann vor sich hingesummt, beinahe tonlos, während er den Oleanderbusch vor dem Fenster beschnitt.

Michael entschloß sich, endgültig aufzustehen. Er knöpfte den Schlafanzug zu und trat ans Fenster. Der Morgen war klar, und die Sonne schien golden. In der Luft lag jene kühle Frische, die der Winterersatz des südlichen Kaliforniens ist. Der grüne Rasen sah noch grüner aus als sonst, und die gelben und roten Dahlien an den Rändern hoben sich wie glänzende helle Knöpfe gegen das Grün ab. Alle Linien der Beete und der Rasenfläche wurden von dem Gärtner nach uraltem östlichen Muster peinlich genau eingehalten. So bekam der Garten das Aussehen eines Billardtisches, auf dessen Ränder man bunte Teetassen gestellt hat.

»Guten Morgen«, begrüßte Michael den Gärtner. Seinen Namen wußte er nicht. Er kannte überhaupt keine japanischen Namen. Halt – einen! Sessue Hayakawa, den alten Filmstar. Was der gute alte Sessue Hayakawa wohl an diesem Morgen machte?

Der Gärtner unterbrach seine Arbeit. Wie aus einem Traum erwacht, schaute er Michael an. »Ja, Sir?« sagte er fragend. Seine Stimme war flach und hoch und klang nicht freundlich. Die kleinen dunklen Augen, die aus dem faltigen Gesicht blickten, hatten, so schien es Michael, einen traurigen, versonnenen Ausdruck. Michael wollte etwas Nettes, Tröstliches zu dem alten fleißigen Mann sagen, der schließlich im Exil lebte, sich über Nacht in Feindesland befand und womöglich noch für den niederträchtigen Angriff seiner Landsleute in einer dreitausend Meilen entfernten Gegend Vorwürfe einstecken mußte.

»Schlimm, nicht wahr?« sagte Michael.

Ausdruckslos und ohne zu verstehen, blickte ihn der Gärtner an.

»Ich meine den Krieg«, erklärte Michael.

Der Alte zuckte mit den Schultern: »Was heißt schlimm? Alle sagen böse Japan, verdammte Japan. Aber nicht so schlecht. Vorher, wenn England will, es nimmt. Wenn Amerika will, es nimmt. Jetzt Japan will.« Er starrte Michael feindselig an. »Es nimmt.«

Er wandte sich um und schob den Grasmäher langsam über den Rasen, das geschnittene Gras flog wie grüne Spreu um seine Knöchel. Michael sah ihm nach, sah den gekrümmten Rücken, die erstaunlich kräftigen Beine, die in zerknitterten und zerrissenen Kniehosen steckten, sah den sonnengebräunten Nacken aus einem verschwitzten Hemd von undefinierbarer Farbe herausragen.

Michael dachte achselzuckend, daß man als guter amerikanischer Bürger solche feindseligen Äußerungen in Kriegszeiten eigentlich anzeigen müßte. Wer garantierte ihm, daß dieser alte Gärtner in seinen Lumpen nicht ein verkleideter Admiral war, der schlau auf das Auftauchen der kaiserlich-japanischen Flotte vor dem Hafen von San Pedro wartete, ehe er sich zu erkennen gab? Michael grinste über sich selbst. Alter Filmblödsinn. Das moderne Hirn ist doch mit diesen Dummheiten unheilbar vollgepfropft. Er schloß das Fenster und rasierte sich. Während dieser Beschäftigung versuchte er, einen Plan für die nächste Zukunft zu machen. Er war mit Thomas Cahoon nach Kalifornien gekommen wegen eines neuen Theaterstücks, das Cahoon in New York herausbringen wollte. Sie wünschten von dem Autor Milton Sleeper einige Änderungen. Sleeper konnte aber nur nachts an dem Stück arbeiten, weil er tagsüber als Scriptschreiber bei Warner Brothers tätig war. »Die Kunst«, hatte Cahoon boshaft geäußert, »wird im zwanzigsten Jahrhundert kolossal hoch bewertet. Goethe arbeitete den ganzen Tag an einem Stück, genau wie Tschechow und Ibsen. Aber Milton Sleeper kann ihm nur seine Abende widmen.«

Irgendwie, dachte Michael und schabte gegen den Strich, müßte man eigentlich von einer ungeheuren Begeisterung und Betätigungswut durchdrungen sein, wenn das eigene Land in den Krieg eintritt. Ich müßte mir sofort ein Gewehr schnappen, auf das nächste Kriegsschiff laufen oder in einem Bomber zu einem Fünftausendmeilenflug aufsteigen, mit dem Fallschirm über der Hauptstadt des Feindes abspringen...

Aber da war Cahoon. Er brauchte ihn für das Stück. Und, darüber gab es gar keinen Zweifel, Michael brauchte das Geld. Wenn er sich jetzt einziehen ließe, müßten seine Eltern womöglich hungern, weil er sie nicht unterstützen könnte. Von dem Zuschuß für Laura ganz zu schweigen... Diesmal hatte ihn Cahoon prozentual am Gewinn beteiligt. Nur ein paar Prozent natürlich, aber wenn das Stück einschlug, hieß das, daß er ein, zwei Jahre lang Geld hereinbekommen würde, ohne viel dafür zu tun. Vielleicht würde der Krieg nicht länger dauern, als das Geld reichte. Wenn es natürlich ein toller Erfolg würde wie, sagen wir mal, *Irish Rose* von Abie oder *Tobacco Road,* dann könnte der Krieg ewig dauern. Eigentlich schrecklich, so etwas zu denken – ein Krieg, der so lange dauerte, wie *Tobacco Road* gegeben wurde.

Schade, verdammt noch mal, daß er das Geld nicht schon jetzt hatte! Es wäre ein beruhigendes Gefühl gewesen, sofort nach der Nachricht über Pearl Harbor zum nächsten Rekrutierungsbüro zu laufen und sich zu melden. Das wäre eine anständige, unwiderrufliche Geste gewesen, an die er sich sein ganzes Leben lang mit Stolz hätte erinnern können. Aber auf seinem Konto waren nur sechshundert Dollar, und das Finanzamt machte ihm die Hölle heiß wegen seiner Steuererklärung für 1939, und Laura hatte sich bei der Scheidung als besonders habgierig erwiesen. Zeitlebens mußte er ihr, falls sie sich nicht wiederverheiratete, wöchentlich achtzig Dollar zahlen. Außerdem hatte sie sein New Yorker Konto bis auf den letzten Cent geplündert. Was passiert eigentlich mit Alimenten und ähnlichem, wenn man eingezogen wird, dachte er spielerisch. Vielleicht tippt dir eines Tages ein Parlamentsmitglied auf die Schulter, wenn du im Dreck eines Schützengrabens irgendwo in Asien liegst, und sagt: »Los, los, Mann, Sie werden gesucht.« Grinsend erinnerte er sich an eine Geschichte, die ihm ein englischer Freund aus dem letzten Krieg erzählt hatte. Der Freund lag mit seiner Kompanie an der Somme, und nach dreitägigen Kämpfen, in denen die Einheit so große Verluste hatte, daß kaum noch jemand übriggeblieben war, und von Nachschub war auch nichts zu sehen, erhielt er einen Brief von zu Hause. Mit zitternden Händen und den Tränen nahe hatte er den Umschlag aufgerissen – und was war's? Vom Finanzamt. »Wir haben Sie vergebens und wiederholt aufgefordert, Ihre Einkommensteuer-Nachzahlung für 1914 in Höhe von dreizehn Pfund und sieben Shilling zu begleichen, und bedauern, Ihnen mitteilen zu müssen, daß dies die letzte Aufforderung ist. Sollten wir hierauf keine Antwort von Ihnen erhalten, würden wir uns leider gezwungen sehen, zur Zwangsvollstreckung zu schreiten.« Der Freund, verdreckt, übernächtigt, abgerissen und fast taub von dem ununterbrochenen Trommelfeuer, hatte auf den Briefumschlag geschrieben: »Kommen Sie, und pfänden Sie mich.

Das Oberkommando wird Ihnen mit Freude meine Adresse mitteilen.« Er hatte den Brief dem Kompanieschreiber zur Beförderung übergeben und sich wieder hinter sein Gewehr gelegt.

Während er sich anzog, versuchte Michael an anderes zu denken. Es war eine Schande, in diesem wunderlichen, nach Hollywooder Puffstil ausstaffierten Schlafzimmer mit seinen rosa Mullgardinen herumzuliegen, verkatert von der gestrigen Sauferei, und sich über Finanzen Sorgen zu machen wie ein Buchhalter, der sich fünfzig Dollar aus der Kasse klaut und Sorgen hat, wie er das Geld vor der Kassenkontrolle noch zusammenkratzen kann. Die Männer an den Geschützen in Honolulu hatten wahrscheinlich noch größere Geldsorgen, aber die zerbrachen sich heute morgen sicherlich nicht den Kopf darüber. Auf jeden Fall aber wäre es unpraktisch, sofort alles liegenzulassen und sich zu den Waffen zu melden. Lächerlich vielleicht, aber Patriotismus – wie beinahe jede andere selbstlose Handlung – war für die Reichen eine einfachere Sache als für die Armen.

Während er sein Hemd überzog, hörte er, wie der Farbige, der die Putzarbeit besorgte, in das Zimmer nebenan trat und mit den Flaschen in der kleinen Eßnische hantierte. Den hat der Krieg bis jetzt noch nicht geändert, dachte Michael. Er stiehlt den Gin nach wie vor.

Er band sich die Krawatte um und ging ins Wohnzimmer hinüber. Der Farbige reinigte gerade den Teppich mit dem Staubsauger. Er stand mitten im Zimmer, glotzte zur Decke hinauf und fuhrwerkte mit dem Staubsauger nachlässig herum, ohne bei der Sache zu sein. Die Luft im Zimmer roch deutlich nach Gin, und der Mann schwankte während der Arbeit leicht hin und her.

»Guten Morgen, Bruce«, sagte Michael freundlich. »Na, wie geht's?«

»Morgen, Mr. Whitacre«, grüßte Bruce wie abwesend. »'s geht wie immer, genau wie immer.«

»Will man Sie einziehen?« fragte Michael.

»Mich, Mr. Whitacre?« Bruce stellte den Staubsauger ab und schüttelte den Kopf. »Nicht den alten Bruce. Der Mann sagt: ›Tritt ein, Bruder‹, aber der alte Bruce tritt nicht ein. Zu alt, zu krank, zu rheumatisch. Und wenn ich jung wäre wie ein junges Fohlen und stark wie ein brüllender Löwe, keiner würde mich fangen für diesen Krieg. Für den nächsten vielleicht, aber nicht diesen. Nein, Sir!«

Michael trat einen Schritt zurück, um dem Gindunst auszuweichen, der um Bruce hing. Verwirrt schaute er den Neger an. Er fühlte sich den Farbigen gegenüber immer etwas verlegen und schuldbewußt. Irgendwie gelang es ihm nie, mit ihnen in dem üblichen alltäglichen Unterhaltungston zu sprechen.

Der schwankende Bruce fuhr fort: »Nein, Sir, für diesen bestimmt nicht. Und wenn sie mir ein Gewehr aus reinem Silber und Sporen aus Gold geben. Dies ist der Krieg der Ungerechten, von denen im Buch der Propheten geschrieben steht. Und ich würde nicht die Hand heben und meinen Mitmenschen ein Leid zufügen.«

»Aber«, versuchte Michael so einfach wie möglich zu erklären, um rasch aus der Ginwolke herauszukommen, »die bringen doch Amerikaner um, Bruce!« An einem solchen Tag mußte man diese Frage mit seinem Nachbarn diskutieren.

»Möglich. War persönlich nicht dabei. Nichts Gewisses weiß ich nicht. Nur, was ich in den weißen Zeitungen gelesen habe. Und vielleicht bringen sie wirklich Amerikaner um. Wahrscheinlich hat man sie herausgefordert. Vielleicht wollten sie ein Hotel, und die Weißen sagten, hier kommt kein Gelber rein, und die Gelben wurden langsam wütend und überlegten sich den Fall und sagten, weiße Männer lassen uns nicht ins Hotel, nehmen wir's Hotel...« Er schob den Staubsauger zweimal ruckartig über den Teppich und lehnte sich dann gegen den Griff. »Nein, Sir, das ist nicht der Krieg für mich. Der nächste, auf den warte ich.«

»Und wann wird der ausbrechen?« fragte Michael.

»1956«, antwortete Bruce prompt. »Armageddon, der Krieg der Rassen. Farbige gegen Weiße.« Trunken und fromm blickte er nach oben. »Wenn *der* Krieg ausbricht, melde ich mich am ersten Tag und sage zu dem farbigen General: ›General, hier ist mein starker rechter Arm, machen Sie Gebrauch davon!‹«

Kalifornien, dachte Michael verwirrt. Nur in Kalifornien trifft man solche Leute.

Er ließ Bruce, der sich nachdenklich auf den Griff des Staubsaugers stützte, im Zimmer stehen. –

Draußen auf der anderen Straßenseite, auf einem unbebauten Grundstück, das ein wenig höher lag, hielten zwei Heereslastwagen. Daneben stand eine Flak, und Soldaten mit Stahlhelmen gruben sich ein. Das lange Rohr, noch mit dem Mündungsschoner versehen, reckte sich gen Himmel. Geschäftig arbeiteten die Soldaten an dem Geschützstand, als ob sie bereits unter Feuer stünden. Auf Michael wirkte der Anblick komisch und unsinnig. So was mußte auch eine kalifornische Eigenart sein. Er konnte sich nicht vorstellen, daß die Armee irgendwo anders in ganz Amerika ein solches Theater machte. Wie die meisten Amerikaner hatte Michael eine instinktive Abneigung gegen das Soldatenhandwerk. Es erschien ihm als eine Art langweiligen Spiels mit Waffen, von Erwachsenen betrieben. Keinesfalls sah er es als einen Beruf an. Dieses Geschütz hier steckte sein dummes Rohr zwischen Wäscheleinen nach oben, zwischen Büstenhaltern und seidenen Strümpfen und Snappies, und auf der anderen Seite war die Hintertür eines spanischen Bungalows, und die Milchflaschen vom Morgen standen noch auf der Treppe.

Michael ging den Wilshire Boulevard hinunter zu dem Drugstore, wo er immer frühstückte. An der Ecke war ein Bankgeschäft, davor stand eine Menschenschlange und wartete, daß die Schalter geöffnet würden. Ein junger Polizist sorgte für Ordnung und sagte in ermüdender Gleichförmigkeit: »Ladies and Gentlemen, Ladies and Gentlemen. Nicht vordrängen. Keine Angst, Sie kriegen alle Ihr Geld.«

Neugierig näherte sich Michael dem Polizisten und fragte: »Was ist denn hier los?«

Der Polizist schaute ihn mürrisch an. »Hinten anstellen, Mister«, sagte er und deutete mit dem Daumen nach dem Ende der Schlange.

»Ich will nicht rein«, sagte Michael. »Ich habe auf der Bank kein Geld.« Er grinste: »Auf keiner einzigen Bank.«

Der Polizist lächelte zurück, als ob dieses Eingeständnis der Armut sie zu Freunden gemacht hätte. »Die heben alles ab, bevor die Bomben auf 'n Tresor fallen«, sagte er und deutete mit seinem Kopf auf die Leute.

Michael starrte die Schlange an, und die Leute in der Schlange starrten feindselig zurück, als ob jeder, der mit dem Polizisten sprach, ein Komplott aushecke, durch das sie um ihr Geld gebracht werden könnten. Sie waren gut gekleidet, und viele von ihnen waren Frauen.

»Nach dem Osten«, flüsterte der Polizist verächtlich und laut genug, daß die Umstehenden ihn hören konnten. »Sie fliehen alle nach dem Osten, sobald sie ihr Geld haben.« Noch lauter, daß es die ganze Schlange verstehen konnte, sagte er: »Wie ich höre, sind zehn japanische Divisionen in Santa Barbara gelandet. Von morgen ab ist die Bank das Hauptquartier des japanischen Generalstabs.«

»Ich werde Sie melden, darauf können Sie sich verlassen«, sagte eine Frau mittleren Alters in einem rosa Kleid und mit einem großrandigen blauen Strohhut böse zu dem jungen Polizisten.

»Bitte, meine Dame, ich heiße McCarty«, sagte der Polizist spöttisch.

Michael lächelte und ging weiter. Nachdenklich betrachtete er die Schaufenster der Geschäfte auf seinem Weg. Einige hatten quer über die Scheiben dicke Streifen Leukoplast geklebt, um die Auslagen, silberne Teeservice oder Abendkleider, vor der Erschütterung durch Fliegerbomben zu schützen. Die Reichen sind wieder einmal um einige Nasenlängen voraus. Die riechen das Unglück, dachte er. Sie haben mehr zu verlieren und rücken schneller aus. Nie würde es einem armen Mann von der Westküste einfallen, nach Osten zu fliehen, weil im Pazifik Krieg ist. Und zwar nicht aus Patriotismus oder Mut, sondern weil er es sich einfach nicht leisten kann. Außerdem waren die Reichen gewöhnt, sich die dreckige Arbeit von anderen machen zu lassen und sie dafür zu bezahlen. Und der Krieg war die schwerste und dreckigste Arbeit von der Welt. Der japanische Gärtner fiel Michael ein, der an die vierzig Jahre in diesem Land gelebt hatte. Und Bruce, von Gin und Prophezeiungen besoffen, dessen Großvater bis 1863 noch Sklave in Süd-Karolina gewesen war. Und er vergegenwärtigte sich die Frauen in der Schlange vor der Bank mit den giftigen, feindseligen Gesichtern, und dann dachte er an sich selbst, wie er auf seinem rosa Bettrand saß und sich über Steuern und Scheidungskosten Sorgen machte. Ist das das Volk, das Jefferson und Franklin groß gemacht haben? dachte er. Sind das die erbitterten Farmer und Jäger und Handwerker, die aus den Wäldern herbeiströmten, um für Freiheit und Gerechtigkeit zu kämpfen? Ist das die neue Welt der Riesen, die Walt Whitman besang?

Er ging in seinen Drugstore und bestellte Orangensaft, Toast und Kaffee. – Um ein Uhr traf er Cahoon in dem berühmten Restaurant in Beverly Hills. Es war ein großer, dunkler Raum, der in dem theatralischen, auffallenden Stil Hollywooder Bühnenbilder gehalten war. Michael ging zur Bar, drehte sich um und ließ seine Augen durch den überfüllten Raum wandern. Es wimmelte von Zivilisten, nur eine Uniform, ein baumlanger Infanterie-Feldwebel, hob sich wie ein Fremdkörper von den übrigen Gästen ab. Der Laden sieht aus wie ein Badezimmer, das von einer kleinen Woolworth-Verkäuferin für eine Balkankönigin entworfen wurde, dachte er. Der Vergleich gefiel ihm, und er fing an, die dicken, sonnengebräunten Männer in Tweedjacken und die glatten, wunderbar zurechtgemachten Frauen in auffallenden Hüten, die jeden Neuankömmling mit neugierigen Blicken abtasteten, sympathischer zu finden. Eine Atmosphäre festlicher Verschwendung hing über dem Raum. Die Leute klopften sich gegenseitig jovial auf den Rücken, unterhielten sich lauter als gewöhnlich und luden sich freigebig zu Drinks ein. Das Ganze erinnerte Michael an die Cocktailstunde in den eleganten New Yorker Bars am Nachmittag vor der Silvesternacht, wenn jedermann sich mit Alkohol vollpumpte, um sich für die nächtliche Feier in Stimmung zu bringen.

Schon liefen Gerüchte und Anekdoten über den Krieg um. Ernsten Gesichts durchschritt ein bekannter Direktor den Raum und flüsterte nach links und rechts, es sei natürlich streng geheim, aber er wisse aus todsicherer Quelle, daß wir kein einziges Schiff im Pazifik hätten, und dreihundert Meilen vor der Küste Oregons wäre eine Flotte gesichtet worden. Und ein Schriftsteller wußte von einem Filmproduzenten zu erzählen, der beim Friseur unter dem Schaum der Rasierseife hervorgesprudelt hatte: »Ich bin so wütend auf diese kleinen gelben Bastarde, daß ich große Lust hätte, mein Geschäft einfach sausenzulassen und nach... nach...«, er zögerte und suchte nach dem treffendsten Vergleich für seine Empörung und seinen verletzten Patriotismus. Schließlich fand er ihn, »– direkt nach Washington zu gehen!« Der Schriftsteller hatte mit dieser Geschichte einen Riesenerfolg. Er ging damit von Tisch zu Tisch, gewandt den Lachsalven ausweichend und schon wieder weiter zu neuen Zuhörern eilend.

Cahoon war still und verschlossen. Michael wußte, daß er an Magengeschwüren litt, die ihm heftige Schmerzen verursachten. Trotzdem bestand Cahoon darauf, an der Bar einen Old-fashioned zu trinken, ehe sie an ihren Tisch zum Lunch gingen. Michael war erstaunt, denn er hatte Cahoon noch nie trinken sehen.

Sie warteten in einer der Nischen auf Milton Sleeper, den Autor des Stückes, das Cahoon herausbringen wollte. Außerdem mußten sie noch Kirby Hoyt sprechen, einen Filmschauspieler, den Cahoon für eine Rolle in dem Stück haben wollte. Cahoon sagte grollend: »Es ist zum Kotzen mit dieser Stadt. Alle machen sie ihre Geschäfte im Restaurant. Man kann nicht mal mehr sein Haar geschnitten kriegen, ohne den Friseur erst mit einem Lunch vollzustopfen!«

Pharney schlenderte durch den Raum, herablassend lächelnd und die ihm entgegengestreckten Hände schüttelnd. Er war Agent für die hundertfünfzig höchstbezahlten Schauspieler, Autoren und Direktoren von Hollywood, und dieses Restaurant war sein Königreich, wo er huldvoll beim Lunch Audienzen erteilte. Er kannte Michael gut und hatte ihn schon oft überreden wollen, zu ihm zu kommen und das Geschäft zu lernen. Ruhm und Reichtum als Filmdirektor seien ihm sicher.

»Hallo«, rief Pharney, schüttelte rundum die Hand und lächelte verschmitzt-gutmütig. Mit diesem Lächeln, so hatte er herausgefunden, hypnotisierte er die Gesellschaften, mehr Geld als ursprünglich beabsichtigt für seine Kunden herauszurücken. »Na, wie gefällt's Ihnen?« fragte er, als ob der Krieg ein Film wäre, den er selbst herausgebracht hatte und auf den er stolz war.

»Der reizendste kleine Krieg, der mir je vorkam«, sagte Michael.

»Wie alt sind Sie?« fragte Pharney und blickte ihn mit zusammengekniffenen Augen abschätzend an.

»Dreiunddreißig.«

»Ich kann Ihnen zwei Streifen verschaffen«, sagte Pharney. »In der Marine. Verbindungsoffizier für Presse und Radio. Wollen Sie?«

»Himmel«, rief Cahoon dazwischen, »braucht die Marine jetzt auch schon Agenten?«

»Hab' ich von einem Freund«, sagte Pharney, ohne gekränkt zu sein, »Kapitän.« Er wandte sich wieder an Michael: »Na?«

»Noch nicht«, erwiderte Michael, »in etwa zwei, drei Monaten bin ich soweit.«

»In drei Monaten«, sagte Pharney und lächelte an ihnen vorbei zwei Schönheiten in der Nachbarnische zu, »in drei Monaten werden Sie in Yokohama Blumen gießen.«

Michael zögerte bei dem Versuch, sich möglichst unheroisch auszudrücken: »Ehrlich gestanden, ich möchte lieber als gemeiner Soldat dienen.«

»So ein Blödsinn!« rief Pharney aus. »Und warum ausgerechnet?«

»Eine lange Geschichte, ich erzähl' sie Ihnen ein andermal«, sagte Michael verlegen.

»Hamburger, Hackbraten, das ist ein einfacher Soldat in der Armee. Mehr nicht. Sie drehen ihn durch den Wolf und kümmern sich einen Dreck drum, ob 'n bißchen Fett dabei verspritzt wird. Na, viel Vergnügen. Angenehmen Krieg wünsch' ich!« Er winkte mit der Hand und war weg.

Cahoon beobachtete mit finsterem Blick zwei Schauspieler, die sich ihren Weg an die Bar bahnten und lachend nach allen Seiten Hände drückten. »Diese Saustadt«, sagte er düster, »ich würde dem japanischen Oberkommando fünfhundert Dollar und zwei Freikarten für jede Premiere in meinem Theater geben, wenn sie morgen in Grund und Boden bombardiert würde. Mike«, sagte er, ohne Michael dabei anzusehen, »jetzt werde ich dir einen sehr eigennützigen Rat geben.«

»Los«, erwiderte Michael.

»Melde dich nicht zur Armee, ehe unser Stück raus ist. Ich bin zu müde, die Arbeit allein zu bewältigen. Du hast von Anfang an mitgemacht. Sleeper ist ein schrecklich unzuverlässiger Kerl, aber das Stück ist in seinen Anlagen gut. Wir müssen's wirklich herausbringen...«

»Mach dir keine Sorgen, Cahoon, vorläufig bleibe ich hier«, sagte Michael besänftigend und schämte sich im stillen, daß er so bereitwillig nach der Entschuldigung griff, nicht Soldat sein zu müssen.

»Die werden auch ohne dich fertig, ein paar Monate wenigstens«, meinte Cahoon. »Den Krieg gewinnen wir sowieso.«

Er schwieg. Sleeper bahnte sich seinen Weg durch die Menge und kam direkt auf ihre Nische zu. Er war wie ein Sturm-und-Drang-Dichter angezogen: dunkelblaues Arbeiterhemd mit geschlungener Krawatte. Er sah gut aus, war untersetzt und arrogant. Vor Jahren hatte er zwei zündende Stücke über das Los der Arbeiterklasse geschrieben. Er setzte sich, ohne den beiden die Hand zu geben.

»Zum Kuckuck«, stöhnte er, »müssen wir uns immer in diesem Chanel-Parfümzerstäuber treffen?«

»Ihre Sekretärin hat das verabredet«, sagte Cahoon übertrieben sanft.

»Meine Sekretärin hat zwei Gedanken im Kopf«, sagte Sleeper. »Sie will einen ungarischen Produktionsdirektor von der Universal-Film ins Bett kriegen, und sie will aus mir einen Gentleman machen. Sie gehört zu der Sorte, die immer an meinen Hemden herummäkelt. Kennen Sie den Typ?«

»Mir gefallen Ihre Hemden auch nicht«, sagte Cahoon. »Sie verdienen zweitausend Dollar in der Woche. Sie könnten sich wahrhaftig etwas Besseres leisten.«

»Doppelten Scotch«, bestellte Sleeper beim Ober. Dann sagte er laut: »Na, Onkel Sam hat sich nun endlich auf die Seite der Humanität geschlagen.«

»Haben Sie die zweite Szene schon umgeschrieben?« fragte Cahoon.

»Himmelsakrament, Cahoon! Glauben Sie, ein Mann kann in diesen aufregenden Tagen arbeiten?« sagte Sleeper.

»Wollte bloß fragen«, meint Cahoon.

»Blut«, sagte Sleeper mit Stentorstimme, als ob er eine Rolle in seinem eigenen Stück spräche, »Blut an den Palmen, Blut im Radio, Blut auf den Schiffen, und der fragt nach der zweiten Szene! Wachen Sie auf, Cahoon! Ein nie wiederkehrender historischer Augenblick. Donner grollt in den Eingeweiden der Erde. Die Menschheit wälzt sich blutend und gequält in ihrem unruhigen Schlaf!«

»Heben Sie sich das für die letzte Szene auf«, meinte Cahoon trokken.

»Können Sie sich denken«, sagte Sleeper, und seine Augen glühten unter den buschigen Brauen. »Diese spritzigen Broadway-Witze. Die Zeit ist vorbei, Cahoon, endgültig vorbei. Die erste Bombe, die gestern runterkam, fiel genau aufs Hirn des letzten Klugscheißers. Wo ist der Komödiant?« Er blickte sich unruhig um und trommelte mit den Fingern auf den Tisch.

Michael antwortete: »Hoyt wird etwas später kommen, aber er kommt.«

»Ich muß ins Atelier zurück«, sagte Sleeper. »Freddy bat mich, heute nachmittag vorbeizukommen. Sie wollen einen Film über Honolulu drehen, um das amerikanische Volk aufzupulvern.«

»Und was werden Sie tun?« fragte Cahoon. »Werden Sie Zeit haben, das Stück fertigzuschreiben?«

»Klar. Ich hab' es Ihnen doch versprochen, oder nicht?« sagte Sleeper.

»Doch. Aber das war vor Beginn des Krieges. Ich dachte, vielleicht wollen Sie sich jetzt melden...«

Sleeper schnaubte: »Und wozu, wenn ich fragen darf? Um die Eisenbahnbrücke in Kansas City zu bewachen?« Er nahm einen ordentlichen Schluck von dem Whisky, den ihm der Ober eben gebracht hatte. »Ein Künstler gehört nicht in die Uniform. Der Künstler hat das Banner der Kultur hochzuhalten, dem Volk die Kriegsziele zu erklären und den Mut der Männer, die dem Tod ins Auge schauen, zu entflammen. Das ist seine Aufgabe. Alles andere ist Gefühlsduselei! In Rußland wird kein Künstler eingezogen. Schreib, spiel, male, komponiere! sagen sie zu ihm. Ein Volk mit klarem Verstand hütet sich, seine nationalen Werte an der Front zu vergeuden. Was hätten Sie gesagt, wenn die Franzosen die Mona Lisa und Cézannes Selbstporträt in die Maginot-Linie gestellt hätten? Hätten Sie sie nicht für verrückt erklärt?«

»Doch«, sagte Michael, weil Sleeper ihn anstarrte.

»Also. Warum sollten sie dann einen neuen Cézanne oder einen lebenden da Vinci in den Schützengraben schicken? Zum Donnerwetter! Sogar die Deutschen lassen ihre Künstler zu Hause. Wie mich dieses Thema ankotzt!« Er leerte sein Glas und blickte sich wütend um: »Ich kann unpünktliche Mimen nicht leiden. Ich bestelle jetzt meinen Lunch!«

Cahoon lächelte hinterhältig: »Übrigens, Pharney kann Ihnen zwei Streifen in der Marine verschaffen!«

»Zum Teufel mit Pharney, diesem Seelenverkäufer!« knurrte Sleeper. »Schinken mit Ei und Spargel mit holländischer Sauce. Und noch einen doppelten Scotch«, sagte er zum Ober.

In diesem Augenblick erschien Hoyt und ging rasch durch die Menge auf Cahoons Tisch zu. Auf dem Weg schüttelte er nur fünf Leuten die Hand. »Tut mir leid, alter Junge«, sagte Hoyt und zwängte sich auf die grüne Lederbank hinter dem Tisch. »Komme spät, ich weiß.«

»Warum, zum Teufel, können Sie nie und nirgends pünktlich sein?« fragte Sleeper streitsüchtig. »Bei einer Vorstellung dürfen Sie sich das auch nicht erlauben.«

»Toller Wirbel im Studio, alter Junge«, sagte Hoyt. »Konnte mich nicht freimachen.« Er hatte einen auffallend englischen Akzent, den er in den sieben Jahren, die er schon in Amerika war, nicht abgelegt hatte. Bei Kriegsbeginn neununddreißig, war er amerikanischer Bürger geworden, aber sonst war er noch derselbe gutaussehende, talentierte junge Draufgänger geblieben, der über die Londoner Pall Mall aus den Bristol Slums kommend eines Tages im Jahr 1934 an Land gegangen war. Er war zerstreut und nervös und bestellte nur einen sehr leichten Lunch. Zu trinken bestellte er nichts, denn er hatte einen anstrengenden Nachmittag vor sich. Er spielte einen RAF-Staffelführer und hatte eine verdammt schwere Szene in einem brennenden Fluzeug über dem Kanal mit einem Haufen Großaufnahmen.

Der Lunch war eine unerquickliche Angelegenheit. Hoyt hatte versprochen, das Manuskript über das Wochenende noch mal zu lesen und Cahoon seine endgültige Entscheidung mitzuteilen, ob er die Rolle übernehmen wolle oder nicht. Er war ein guter Schauspieler und für die Rolle wie geschaffen. Machte er nicht mit, so würde es schwerfallen, einen passenden Mann zu finden. Sleeper trank einen doppelten Scotch nach dem anderen, und Cahoon stocherte unlustig in seinem Essen herum.

Michael sah Laura an einem Tisch mit zwei anderen Frauen auf der anderen Seite des Lokals und grüßte kühl hinüber. Er sah sie zum erstenmal nach der Scheidung. Die achtzig Dollar in der Woche werden nicht lange reichen, dachte er, wenn sie in so teure Lokale geht. Er ärgerte sich über ihre Verschwendung und darüber, daß er sich ärgerte. Sie sah sehr hübsch aus, und er konnte nicht begreifen, daß er sich mit ihr verkracht hatte. Ebensowenig konnte er begreifen, daß er sie jemals geliebt hatte. Schon wieder ein Gesicht mehr, dachte er, das wehmütig stimmt und Herzklopfen verursacht, wenn man es zufällig irgendwo im Lande sieht.

Hoyt unterbrach die Stille und sagte: »Ich habe das Stück noch mal durchgelesen, Cahoon, und ich finde es nach wie vor großartig.«

»Gut«, sagte Cahoon und lächelte über das ganze Gesicht.

Hoyt fuhr eilig fort: »Aber ich kann die Rolle leider nicht übernehmen.«

Cahoons Lächeln erstarb, und Sleeper sagte: »Großer Gott!«

»Warum nicht?« fragte Cahoon.

Hoyt lächelte entschuldigend. »Durch den Krieg sind meine Pläne über den Haufen geworfen, alter Junge. Ehrlich gesagt, wenn ich in New York auftrete, habe ich Angst, die Rekrutierungsbehörde kriegt mich in ihre Krallen. Hier im Westen ist es nicht so gefährlich...« Er nahm einen Mundvoll Salat. »Hier ist es 'n bißchen anders. Im Studio meinen sie, sie können mich u. k. stellen. Sie sagen, Washington betrachte das Filmgeschäft als kriegswichtig. Unabkömmmliches Personal und so weiter, Sie verstehen... Mit der Bühne weiß ich nicht Bescheid. Ist jedenfalls noch unsicher. Möchte kein Risiko eingehen. Sie verstehen meine Lage…«

»Klar«, sagte Cahoon enttäuscht, »klar.«

»Sakrament!« sagte Sleeper und stand auf. »Muß zurück zu Burbank. Kriegswichtig, Sie verstehen…« Schwerfällig und ein bißchen schwankend entfernte er sich.

Hoyt sah ihm unruhig nach. »Konnte den Kerl nie leiden«, sagte er. »Kein Gentleman.« Dann kaute er wieder an seinem Salat.

Mit gerötetem, strahlendem Gesicht trat Rollie Vaughn an den Tisch. Er hielt ein Glas Kognak in der Hand. Er war auch Engländer, ein wenig älter als Hoyt. Er spielte einen Flugzeugführer in Hoyts Film. Da er an diesem Nachmittag frei war, durfte er trinken, soviel er wollte.

»Größter Tag in der englischen Geschichte«, sagte er glücklich und prostete Hoyt zu. »Die Tage der Niederlagen sind vorbei. Jetzt kommen die Tage der Siege. Auf Franklin Delano Roosevelt!« sagte er und hob sein Glas. Die anderen tranken höflich mit, und Michael fürchtete schon, Rollie werde sein leergetrunkenes Glas in den Kamin schmeißen, nachdem er jetzt als RAF-Offizier bei der Paramount mitwirkte. »Auf Amerika«, sagte Rollie und hob sein Glas wieder. In Wirklichkeit prostet er der japanischen Flotte und Luftwaffe zu, dachte Michael mißvergnügt, dafür, daß die uns in den Krieg gelotst haben. Jedoch, vom Standpunkt eines Engländers gesehen… »Wir werden an den Küsten kämpfen«, zitierte Rollie die Worte Churchills so laut, daß alle ihn hören konnten. »Wir werden im Gebirge kämpfen.« Dann setzte er sich. »Wir werden in den Straßen kämpfen… Kein Kreta mehr, kein Norwegen… Kein Rausschmiß aus irgendeinem Land mehr.«

»Ich würde nicht so laut herumposaunen, alter Junge«, sagte Hoyt. »Vor nicht allzu langer Zeit hatte ich eine ganz private Unterhaltung mit 'nem Jungen von der Admiralität. Würden staunen, wenn ich den Namen nennen würde. Hat mir alles über Kreta erklärt.«

»Und was hat er über Kreta erklärt?« Mit feindseligem Blick starrte Rollie ihn an.

Hoyt antwortete: »Alles geht nach Plan. Dem Feind Verluste zufügen und dann abhauen. Das Klügste, was man tun kann. Soll er Kreta behalten. Wer will schon Kreta?«

Rollie sprang auf, seine Augen blitzten, als er mit schneidender Stimme sagte: »Ich bleibe nicht länger an einem Tisch, an dem ein davongelaufener Engländer die britische Armee beleidigt.«

»Na, na«, sagte Cahoon beschwichtigend. »Setzen Sie sich wieder.«

»Was habe ich denn Schlimmes gesagt, alter Junge?« fragte Hoyt unsicher.

Rollie schlug mit der Faust auf den Tisch: »England blutet sich aus bis zum letzten Tropfen. Verzweifelt kämpft unser Land für einen Verbündeten. Tausende von guten Engländern sterben, und der da behauptet, es war alles Plan. Wer will schon Kreta! Ich habe Sie schon seit einiger Zeit beobachtet, Hoyt, und ich habe versucht, Ihnen gegenüber fair zu sein, aber ich fürchte, ich muß doch langsam glauben, was die Leute von Ihnen sagen.«

Hoyts Gesicht rötete sich, seine Stimme klang hoch und rasselnd: »Na, na, alter Junge, ich vermute, alles beruht auf einem Mordsmißverständnis.«

»Wenn Sie in England wären«, fuhr Rollie bissig fort, »würden Sie anders reden. Nach den ersten zehn Worten stünden Sie vor Gericht. Wegen Defätismus und Zersetzung der Wehrkraft. Strafbar in Kriegszeiten, wie Sie wissen.«

»Wirklich«, antwortete Hoyt niedergeschlagen, »wirklich, Rollie, alter Junge...«

»Würde mich übrigens interessieren, wer Sie bezahlt«, sagte Rollie und streckte sein Kinn herausfordernd vor. »Wirklich, würde mich interessieren. Die Sache wird weitere Kreise ziehen. Jeder Engländer hier wird davon erfahren, darauf können Sie sich verlassen. Wer will schon Kreta, hä?«

Damit knallte er sein Glas auf den Tisch und ging schleppend zur Bar zurück.

Hoyt trocknete sich mit dem Taschentuch den Schweiß von der Stirn. Ängstlich blickte er um sich, wer von den herumsitzenden Gästen den Krach gehört hatte. Dann murmelte er: »Nicht leicht heutzutage, Engländer zu sein. Eine verrückte, neurotische Bande, vor der man nicht den Mund aufmachen kann...« Er stand auf.

»Entschuldigen Sie mich, bitte«, sagte er, »aber ich muß jetzt ins Studio zurück.«

»Natürlich«, sagte Cahoon.

»Tut mir furchtbar leid wegen des Stücks«, sagte Hoyt, »aber Sie verstehen meine Lage?«

»Selbstverständlich«, meinte Cahoon.

»Tschüs«, sagte Hoyt.

»Tschüs«, sagte Cahoon mit undurchdringlichem Gesicht.

Er beobachtete mit Michael den eleganten Siebentausendfünfhundert-Dollar-Rücken des Schauspielers, wie er sich an der Bar vorbeischlängelte, an der Verteidigung von Kreta, zurück in die Paramount-Studios, um sich im brennenden Flugzeug gegen die künstliche Wolkenwand, zehn Meilen von der Hollywood-Dover-Küste entfernt, in den Filmkampf zu stürzen. Cahoon seufzte. »Wenn ich nicht schon Magengeschwüre gehabt hätte, als ich herkam, hätte ich sie jetzt«, sagte er und verlangte die Rechnung.

Dann sah Michael, wie Laura auf seinen Tisch zusteuerte. Angestrengt blickte er auf seinen Teller, aber Laura blieb vor ihm stehen.

»Willst du mich nicht auffordern, Platz zu nehmen?« fragte sie.

Michael musterte sie kalt, aber Cahoon sagte: »Bitte, Laura, setzen Sie sich.« Und sie setzte sich Michael gegenüber.

»Ich muß jetzt gehen«, sagte Cahoon, ehe Michael ihn aufhalten konnte. Er bezahlte und stand auf. »Treffen uns heute abend, Mike«, sagte er und schlenderte dem Ausgang zu. Michael sah ihm nach.

»Du könntest etwas freundlicher zu mir sein«, sagte Laura. »Wenn wir auch geschieden sind, können wir doch Freunde sein.«

Michael schaute den Feldwebel an, der an der Bar stand und trank. Er hatte Laura beobachtet, als sie an Michaels Tisch kam, und starrte jetzt hungrig und ganz offen herüber.

»Ich halte nichts von freundschaftlichen Scheidungen«, sagte Michael. »Wenn schon Scheidung, dann 'ne unanständige, unfreundliche Scheidung.«

Lauras Augenlider zitterten. O Gott, dachte Michael, sie heult immer noch bei jeder Gelegenheit.

»Ich wollte dich nur warnen«, sagte Laura mit bebender Stimme.

»Warnen, wovor?« fragte Michael verblüfft.

»Daß du nichts Unüberlegtes tust. Wegen des Krieges, meine ich.«

»Ich tue nichts Unüberlegtes.«

»Übrigens könntest du mir einen Drink anbieten«, sagte Laura leise.

»Ober«, rief Michael, »zwei Scotch mit Soda.«

»Ich hörte, daß du hier wärst«, sagte Laura.

»So?« Michael beobachtete immer noch den Feldwebel, der Laura, seitdem sie sich gesetzt hatte, nicht aus den Augen ließ.

»Ich hatte eigentlich mit einem Anruf von dir gerechnet«, sagte Laura wieder.

Die Frauen! Wie Artisten, die vom Trapez ins Netz fallen, dachte Michael. Greifen am Gerät vorbei, fallen durch die Luft, federn wieder hoch und sind vergnügt wie vorher. Er sagte: »Ich habe viel zu tun. Und wie geht's dir?«

»Och, nicht schlecht. Die Fox macht gerade Probeaufnahmen von mir für einen neuen Film.«

»Viel Glück.«

»Danke«, sagte Laura.

Jetzt drehte sich der Feldwebel an der Bar ganz herum, damit er sich nicht den Hals verrenken mußte, um Laura zu sehen. Sie sah auch wirklich sehr hübsch aus in ihrem schwarzen Kleid und mit dem kleinen Hut hinten auf dem Kopf. Michael konnte es dem Feldwebel nicht übelnehmen, daß er dauernd herüberschaute. Die Uniform unterstrich noch den Ausdruck von Verlassenheit, Einsamkeit und dumpfer Lebensgier auf seinem Gesicht. Da steht er, dachte Michael, und wer weiß, was der Krieg mit ihm vorhat. Vielleicht verschlägt er ihn schon in den nächsten Tagen auf eine wüste unbekannte Insel, auf der er sterben muß, oder Monat für Monat, Jahr für Jahr in den Klauen eines öden Gamaschendienstes versauert, ohne Frauen natürlich. Womöglich kennt er kein Mädchen zwischen hier und Dubuque, und da sieht er auf einmal einen Zivilisten, nicht viel älter als er selbst, in diesem eleganten Lokal mit einer schönen Frau sitzen. Vielleicht verbergen sich hinter dem starren Ausdruck seines Gesichts Vorstellungen über mich, wie ich mit hübschen Frauen von einer Bar zur anderen ziehe, mich jede Nacht mit ihnen in weißbezogenen Bett wälze, während er Tausende von Meilen entfernt schwitzt und Angst hat und stirbt...

Michael hatte plötzlich den verrückten Wunsch aufzustehen, zu dem Feldwebel zu gehen und zu ihm zu sagen: »Hören Sie zu, ich weiß genau, was Sie denken. Aber es ist alles falsch. Ich schlafe heute nacht nicht mit der Frau, überhaupt nie. Wenn's nach mir ginge, würde ich sie zu Ihnen schicken, Ehrenwort.« Aber das ging natürlich nicht. Er konnte nur sitzen bleiben und sich schuldig fühlen, als ob er einen Preis bekommen hätte, den jemand anderer verdiente. Das war auch so etwas Bitteres in diesen Tagen, dachte er, während er seiner hübschen Ex-Frau gegenübersaß: Jedesmal, wenn er mit einem Mädchen ein Lokal betreten und einen einsamen Soldaten sehen würde, würde er sich schuldig fühlen. Und jedesmal, wenn er eine Frau berührte, würde es ihm vorkommen, als ob sie mit dem Blut eines anderen gekauft worden wäre.

»Michael«, fragte Laura leise und sah ihn lächelnd über ihr Glas hinweg an, »was hast du heute abend vor?«

Michael wandte seine Augen von dem Feldwebel ab. »Arbeiten«, erwiderte er. »Hast du ausgetrunken? Ich muß fort.«

10. Kapitel

Ohne den Wind hätte man es aushalten können. Christian wälzte sich unruhig unter seiner Decke. Auf den aufgesprungenen Lippen fühlte er den feinen Wüstensand. Der Wind wehte den Sand von den gezackten Dünen in wilden Stößen herab.

Christian richtete sich vorsichtig auf, ohne sich aus der Decke zu wickeln. Es dämmerte, doch mitleidlos haftete die Kälte am Wüstenboden. Die Zähne klapperten ihm vor Kälte. Steif saß er da, dann versuchte er, durch Hinundherbewegen der Arme warm zu werden. Einige der Leute schliefen wie Klötze. Christian betrachtete sie mit Verwunderung und Haß. Direkt unter dem Kamm einer Düne lagen Hardenburg und fünf Mann in Deckung. Hardenburg beobachtete durch seinen Feldstecher den feindlichen Konvoi, wobei er nur ab und zu den Kopf über den Kamm hob. Trotz des dicken, schweren Mantels waren die Bewegungen seines Körpers voll federnder Wachsamkeit. Mein Gott, dachte Christian, braucht der denn überhaupt keinen Schlaf? Wäre nicht übel, wenn Hardenburg in den nächsten zehn Minuten fallen würde. Genießerisch spielte Christian einen Augenblick mit diesem Gedanken, dann seufzte er. Nichts zu machen. Und wenn der ganze Trupp an diesem Morgen draufginge, Hardenburg würde übrigbleiben. Man brauchte ihn nur anzusehen, um zu wissen, daß er den Krieg überleben würde.

Vorsichtig, um keinen Staub aufzuwirbeln, kroch Himmler aus seiner Deckung neben Hardenburg die Düne herunter. Er schüttelte die Schläfer, weckte sie und flüsterte ihnen etwas zu. Langsam begannen sich die Soldaten zu regen.

Auf Händen und Füßen kroch Himmler zu Christian heran. Er zog die Knie hoch und hockte sich neben ihn: »Sie sollen zum Leutnant kommen«, sagte er sehr leise.

»Ist gut«, antwortete Christian, ohne sich zu rühren.

»Der wird uns noch alle in den Tod jagen«, sagte Himmler. Er war mager geworden, sein Gesicht glühte unter den Bartstoppeln, und die Augen lagen tief in den Höhlen. Seitdem vor drei Monaten bei Bardia die erste Granate über ihren Köpfen geheult hatte, waren ihm die Späße vergangen. Die Witzemacherei vor den Offizieren war vorbei. Seit sie in Afrika ausgeladen worden waren, schien es, als ob ein anderer Mann, ein magerer, furchtsamer Vetter in den Körper des alten Himmler geschlüpft wäre. Der muntere Geist des früheren Himmler war offenbar in irgendeinem schattigen Hafen Europas zurückgeblieben und wartete darauf, daß er eines Tages wieder in den Leib des Feldwebels zurückfahren könnte – falls dieser zurückkehren sollte. »Da oben liegt er und beobachtet die Tommys und, Sie werden's nicht glauben: Er singt!« flüsterte Himmler.

»Wirklich, singt?« Christian schüttelte den Kopf, um festzustellen, ob er träume.

»Summt. Lacht. Nicht ein Auge hat er während der Nacht zugetan. Seit gestern abend beobachtet er ununterbrochen den feindlichen Konvoi und lächelt dauernd.« Himmler blickte feindselig zu dem Leutnant hinauf. »Gestern abend wollte er ihn nicht angreifen. Es hätte ihm ja einer der Tommys entwischen können. Zehn Stunden muß er hier herumliegen und warten, bis es hell wird, damit er ja alle kriegt. Das sieht nachher in der Meldung besser aus.« Wütend spuckte Himmler in den Sand. »Er wird uns alle in den Tod hetzen, verlassen Sie sich drauf.«

»Wie viele Tommys sind's denn?« fragte Christian, warf seine Decke ab und nahm mit vor Kälte zitternden Händen seine vorsichtig eingewickelte Maschinenpistole auf.

»Achtzig«, antwortete Himmler leise und sah sich bitter lächelnd um. »Und wir sind dreizehn Mann. Dreizehn! Bloß so einem Schweinehund kann es einfallen, dreizehn Mann auf eine Patrouille zu nehmen. Nicht zwölf, nicht vierzehn. Nein: dreizehn!«

»Sind die schon wach?« fragte Christian.

»Ja, haben überall Posten aufgestellt. Ein Wunder, daß sie uns noch nicht gesichtet haben.«

»Worauf wartet er eigentlich noch?« Christian blickte zum Leutnant hin, der wie ein kauerndes Tier, die Muskeln zum Sprung gespannt, in seiner Deckung lag.

»Fragen Sie ihn selber«, antwortete Himmler. »Vielleicht auf Rommel, damit er seine Heldentat persönlich bewundert und ihm nach dem Frühstück einen Orden anheftet.«

Der Leutnant rutschte jetzt vom Kamm der Düne herunter und winkte Christian ungeduldig zu sich. Vorsichtig kroch Christian zu ihm hin, Himmler hinterher.

»Natürlich mußte er den Minenwerfer persönlich richten«, murmelte Himmler hinter Christian. »Auf mich konnte er sich nicht verlassen, ich bin ihm nicht genug mathematisch gebildet. Während der Nacht kroch er ein paarmal hinüber und fummelte am Visier herum. Bei Gott, wenn sie den auf seinen Geisteszustand untersuchen, stecken sie ihn nach zwei Minuten in die Zwangsjacke!«

»Los, los«, flüsterte Hardenburg erregt. Seine Augen strahlten vor Glück. Er war unrasiert, und seine Mütze war voller Sand, aber er machte den Eindruck eines Mannes, der zehn Stunden geschlafen hatte.

»Aufpassen: Jeder Mann an seinen Platz, und zwar in einer Minute«, befahl Hardenburg. »Keiner rührt sich von der Stelle, bis ich den Befehl gebe. Wenn ich hier oben mit der Hand das Zeichen gebe, heißt das ›Minenwerfer Feuer‹!«

Christian, der auf Händen und Knien kauerte, nickte.

»Auf mein Signal werden die Läufe der beiden Maschinengewehre über den Kamm geschoben und feuern. Außerdem Schnellfeuer mit Handwaffen, bis ich das Kommando Halt gebe. Verstanden?«

»Jawohl«, sagte Christian.

»Wenn der Minenwerfer neu gerichtet werden muß, gebe ich allein den Befehl. Die Männer passen genau auf mich auf. Klar?«

»Jawohl«, sagte Christian. »Wann soll es losgehen?«

»Das werde ich Ihnen zur rechten Zeit sagen. Sie machen jetzt die Runde und sehen zu, daß alles klappt. Dann melden Sie sich bei mir zurück.«

»Jawohl.« Christian und Himmler robbten zu dem Minenwerfer hinüber. Die Mannschaft kniete daneben, hinter ihr die aufgestapelte Munition.

»Wenn dieser Scheißkerl heute eine Kugel in den Arsch kriegt, will ich zufrieden sterben«, murmelte Himmler.

»Seien Sie jetzt still«, sagte Christian. Himmlers Geschwätz machte ihn langsam nervös. »Tun Sie Ihre Pflicht, und lassen Sie den Leutnant Leutnant sein.«

»Um mich braucht man sich keine Sorgen zu machen«, murrte Himmler. »Niemand kann sagen, daß ich meine Pflicht nicht tue.«

»Hat auch niemand gesagt.«

»Es klang so«, erwiderte Himmler rechthaberisch. Er war froh, daß er jemand hatte, mit dem er sich herumstreiten konnte, damit er nicht immer an die achtzig Engländer dreihundert Meter vor ihnen denken mußte.

»Und jetzt halten Sie 's Maul«, sagte Christian und kontrollierte die Bedienungsmannschaft des Minenwerfers. Die Leute froren und zitterten in ihren Uniformen. Der neue Ersatzmann, Schoener, machte dauernd den Mund auf und zu und gähnte auf eine seltsame, zitternde Art. Sonst war alles in Ordnung. Christian wiederholte den Leuten die Instruktionen des Leutnants und kroch weiter. Vorsichtig, um keinen Staub aufzuwirbeln, kam er bei den drei Mann des MGs an, die an der rechten Seite der Düne lagen.

Alles war klar zum Gefecht. Die Warterei während der Nacht hatte die Leute etwas mitgenommen. Schließlich lagen in dreihundert Metern Entfernung achtzig Engländer. Die Fahrzeuge, zwei Spähwagen und ein Lkw, fanden nur mit knapper Not in der Mulde Deckung. Wenn jetzt eine RAF-Maschine auf Morgenpatrouille über ihnen erschien und das Gelände absuchte, waren sie alle verloren. Die Männer blickten wie am Tag zuvor unruhig immer wieder nach oben in den klaren, endlosen Himmel, der sich eben im Morgenlicht rötete. Glücklicherweise hatten sie die Sonne im Rücken. Sie stand tief und die Augen blendend gerade über dem Horizont. Noch eine Stunde lang würde es schwer für die Engländer sein, sie mit den Sonnenstrahlen im Gesicht zu entdecken.

Dies war der dritte Spähtrupp, den Hardenburg während der letzten fünf Wochen durch die britischen Linien geführt hatte. Christian war überzeugt, daß Hardenburg sich zu diesem Sonderkommando immer wieder freiwillig meldete. Die Linie hier, weit rechts von der eigentlichen Front, in der wasserlosen, weglosen Sand- und Buschwüste, war natürlich nur dünn besetzt. Sie bestand aus einer losen Kette kleiner Abteilungen, die durch Spähtrupps miteinander Fühlung hielten. Nicht im entferntesten war sie mit der dicht besetzten Küstenlinie zu vergleichen, mit ihrer tadellos angelegten Küstenstraße und den Wasserstellen, wo sich Tag und Nacht Artillerieduelle und Luftangriffe ablösten.

Hier lag unheilverkündende Ruhe in der Luft; eine Vorahnung von Katastrophen lagerte über der ganzen trostlosen Landschaft.

Im letzten Krieg war es eigentlich besser, dachte Christian. Das Gemetzel in den Gräben war furchtbar, aber es war alles tadellos organisiert. Das Essen kam leidlich pünktlich heran, man wußte, wann Gefahr drohte und duckte sich beizeiten. Im Schützengraben, dachte Christian, während er langsam auf Hardenburg zukroch, der wieder unter dem Kamm der Düne lag und an seinem Feldstecher klebte, im Schützengraben war man wahrscheinlich nicht solchen ruhmsüchtigen Kerlen ausgeliefert wie diesem Hardenburg. Im Jahr 1960 wird der Wahnsinnige womöglich Chef des Generalstabs sein. Und dann gnade Gott den deutschen Soldaten!

Christian legte sich neben den Leutnant in den Sand und duckte den Kopf hinter die Deckung. Der säuerliche Geruch eines vertrockneten Busches am Rande des Kammes stieg ihm in die Nase.

»Alles klar zum Gefecht, Herr Leutnant«, meldete Christian. Ohne sich zu bewegen, sagte Hardenburg: »Gut.«

Christian nahm seine Mütze ab und hob den Kopf langsam, sehr vorsichtig über den Rand des Kammes.

Die Engländer machten sich Tee. Etwa ein Dutzend kleiner Dosen, halb mit Sand gefüllt, halb mit Benzin, bildeten die Kochstellen. Blaßblau flammten die Feuer auf. In Gruppen standen die Männer herum, die Emaillegeschirre in den Händen. In der weißen Emaille spiegelte sich die Sonne, so daß die Gruppen sich dauernd zu bewegen schienen. Aus der Entfernung von dreihundert Metern wirkte alles sehr klein. Die Lastwagen und Spähwagen in ihrem Tarnanstrich nahmen sich wie ramponierte Spielzeuge aus.

An jedem Maschinengewehr, das auf einer kreisförmigen Kanzel auf jedem Wagen montiert war, stand ein Posten. Von diesem kriegerischen Anblick abgesehen machte das Ganze den Eindruck eines Picknicks, einer Herrenpartie von Städtern, die am Sonntag ihre Frauen zu Hause gelassen hatten, um sich einen guten Tag zu machen. Die Schlafdecken lagen um die Fahrzeuge herum am Boden, und Christian sah da und dort Leute, wie sie sich rasierten. Die müssen einen Haufen Wasser haben, daß sie's so verschwenden können, dachte Christian.

Die Kolonne bestand aus sechs Wagen, fünf offene waren mit Proviantkisten beladen, einer hatte ein Verdeck. Wahrscheinlich enthielt er Munition. Die Posten, Gewehr im Arm, näherten sich den Feuern. Offenbar fühlen sie sich ganz sicher, dachte Christian, fünfzig Kilometer hinter ihren eigenen Linien, die übliche Versorgungspatrouille nach den Außenposten im Süden. Löcher hatten sie keine ausgehoben, es gab auch keine Deckung, höchstens hinter den Wagen. Die Truppe benahm sich unglaublich unvorsichtig. Wenn man bedachte, daß sie direkt unter den Geschützmündungen des Feindes lag, der nur darauf wartete, sie zusammenzuschießen. Es wirkte grotesk, daß sie sich unter diesen Umständen noch rasierten und Tee tranken. Na, wenn sie erledigt werden sollten, so war das jetzt die richtige Zeit.

Christian schaute den Leutnant an. Über seinem Gesicht lag ein gefrorenes Lächeln, und er summte vor sich hin, genau wie Himmler gesagt hatte. Das Lächeln war beinahe wohlwollend, wie das Lächeln eines Erwachsenen, der die ungelenken Gehversuche eines Kindes hinter einem Spielgitter verfolgt. Hardenburg gab kein Zeichen. Christian setzte sich in den Sand, ließ die Mannschaft drunten nicht aus den Augen und wartete.

Drüben kochte das Wasser, der Wind trieb kleine Dampfschwaden in die Höhe. Christian sah, wie die Tommys, als ob sie zu Hause wären, den Tee abmaßen und Zucker aus ihren Proviantaschen und Büchsenmilch dazutaten. Wenn die wüßten, daß sie zum Mittag- und Abendessen nichts mehr brauchen, würden sie mit ihrem Proviant nicht so haushälterisch umgehen, dachte Christian.

Er sah, wie von jeder Gruppe ein Mann die Dosen und Provianttaschen zu dem Wagen zurückbrachte und dort verstaute. Die Tommys schöpften jetzt einer nach dem anderen mit ihren Bechern den dampfenden Tee aus den Kesseln. Bisweilen wehte ein Windstoß Gelächter und Gesprächsfetzen herüber. Christian leckte sich die Lippen beim Anblick der Männer, die im Kreise saßen und ihren Tee tranken. Seit zwölf Stunden hatte er nichts gegessen, und seit sie sich von ihrer Einheit entfernt hatten, hatte er nichts Warmes zu trinken bekommen. Er konnte fast den satten, schweren Geruch des Tees riechen, beinahe das wolkige, heiße Getränk schmecken.

Hardenburg rührte sich nicht. Er lächelte immer noch, summte immer noch vor sich hin. Auf was, zum Donnerwetter, wartete er noch? Wollte er entdeckt werden? Um kämpfen zu müssen, statt nur aus dem Hinterhalt zu knallen? Oder wollte er von einem Flugzeug ausgemacht werden? Christian blickte um sich. Seine Männer lagen und hockten in steifen, unnatürlichen Stellungen herum und starrten besorgt zum Leutnant hin. Der Mann rechts von Christian schluckte trocken; es klang sonderbar laut und metallisch.

Er amüsiert sich köstlich, dachte Christian und warf noch einen Blick auf Hardenburg. Solche Schweine dürften kein Kommando bekommen, der Krieg ist schlimm genug ohne Hardenburg, dachte Christian zähneknirschend.

Jetzt begannen die Engländer ihre Pfeifen zu stopfen und Zigaretten anzuzünden. Ein weiteres Zeichen für ihr Gefühl der Sicherheit und Sorglosigkeit. Christian überkam plötzlich eine wahnsinnige Gier nach einer Zigarette. Aus der Entfernung war es natürlich nicht möglich, die Leute genau nach Aussehen und Waffengattung zu erkennen, aber im Durchschnitt sahen sie, wie sie sich in ihren schweren Mänteln etwas ungelenk bewegten, klein und schmächtig aus.

Die meisten hatten ihr Frühstück inzwischen beendet und begannen sofort, das Eßgeschirr mit Sand zu reinigen. Dann gingen sie zu den Wagen hinüber und rollten ihre Decken zusammen. Die Posten an den MGs kletterten von den Wagen herunter, um jetzt auch ihr Frühstück zu fassen. So entstand eine gefährliche Lücke von zwei bis drei Minuten, in der die MGs aller Wagen unbesetzt waren. Aha, dachte Christian, darauf hatte er gewartet. Rasch blickte er sich nochmals um, ob alles in Ordnung war. Die Männer lagen nach wie vor in ihren unbequemen Stellungen im Sand.

Wieder blickte er zu Hardenburg hinüber, der sich nicht anmerken ließ, ob er gesehen hatte, daß die englischen MGs jetzt nicht bemannt waren. Immer noch dasselbe niederträchtige Lächeln, immer noch das

Liedchen. Das Häßlichste an dem Kerl sind seine Zähne, dachte Christian. Groß, breit, krumm, Lücken dazwischen. Wenn er trinkt, macht er sicher einen Heidenlärm. Und wie er sich freut! Es stand ihm auf der Stirn geschrieben, wie er hinter seinem Glas die Situation auskostete und wußte, daß jeder Mann auf ihn blickte und nur auf sein Zeichen wartete. Es machte ihm Spaß, daß seine Leute ihn nicht verstanden, ihn haßten und fürchteten. Christian zwinkerte mit den Augen und wandte sich den Engländern zu, um dem Anblick von Hardenburgs zynischem mageren Gesicht zu entgehen. Die Ablösungen standen jetzt wieder hinter den Maschinengewehren. Einer der neuen MG-Schützen war ohne Mütze. Er hatte blondes Haar und rauchte eine Zigarette. Er hatte seinen Uniformkragen geöffnet und ließ sich von der Sonne wärmen. Zufrieden lehnte er sich gegen das eiserne Geländer, die Zigarette hing zwischen den Lippen, und die Hände ruhten auf dem Gewehr, mit dem er direkt auf Christian zu zielen schien.

Nun, dachte Christian, diese gute Gelegenheit ist verpaßt. Auf was wartet er also? Ich hätte mich eigentlich bei Greta über ihn erkundigen sollen. Gelegenheit hatte ich dazu. Was steckt in ihm? Was für wahnsinnige Ziele und Pläne hat er? Wie kommt man am besten mit ihm zu Rande? Während er noch über seinen verrückten Leutnant nachdachte, erhoben sich drüben zwei Offiziere und entfernten sich mit Schaufeln und Klosettpapier vom Lager. Los jetzt, gib das Zeichen...

Aber Hardenburg tat nichts dergleichen.

Christian schluckte trocken. Ihn fror jetzt noch mehr als beim Erwachen. Seine Schultern zitterten in kurzen Abständen, ohne daß er es verhindern konnte. Seine Zunge war dick geschwollen, er fühlte den Sand auf den Lippen. Er sah auf seine Hand, die den Griff der Maschinenpistole umspannte, und versuchte, seine Finger zu bewegen. Sie bewegten sich langsam und schwer, als ob sie unter fremder Kontrolle stünden. Ich werde nicht schießen können, dachte er voll Angst. Er wird das Zeichen geben, und ich werde versuchen, die MP zu heben, und ich werde es nicht können. Die Augen brannten ihm, er zwinkerte immer wieder nervös, bis ihm die Tränen in die Augen traten und alles wie in einem Nebel verschwamm, die achtzig Mann hinter der Düne und die Wagen und die Feuerstellen.

Das war unerträglich. Einfach unerträglich! Zuzusehen, wie sie frühstückten, die Zigaretten anbrannten und austraten. Jetzt hockten schon fünfzehn bis zwanzig Mann mit heruntergelassenen Hosen hinter den Wagen. So sah der Krieg aus. Wenn man nicht in den ersten zehn Minuten nach dem Frühstück austreten ging, kam man den ganzen Tag nicht mehr dazu. Wenn man mit Trommeln und Pfeifen unter flatternden

Fahnen durch saubere Straßen in den Krieg zog, ahnte man noch nicht, was es hieß, zehn Stunden lang in der Kälte zu liegen, mitten in der Wüste an einem einsamen Fleck, den kaum je der Fuß eines Arabers betreten hatte, um zwanzig Engländer zu beobachten, die mit heruntergelassenen Hosen über kleinen Löchern im Sand der Cyrenaika hockten. Das wäre etwas für Brandt: eine PK-Aufnahme aus Afrika für den *Völkischen Beobachter*.

Christian hörte ein sonderbares Geräusch neben sich; es war Hardenburg, der leise kicherte. Er drehte sich um und schloß die Augen. Das muß aufhören, dachte er. Das verfluchte Gekicher muß aufhören, die hockenden Engländer müssen aufhören, Leutnant Hardenburg muß aufhören, Afrika, die Sonne, der Wind, der Krieg... Dann kam das Getöse hinter ihm. Er riß die Augen auf, und in demselben Augenblick sah er die Explosion der Mine. Jetzt wußte er, daß Hardenburg das Zeichen gegeben hatte. Das Geschoß traf den blonden Jungen am Maschinengewehr, der eben noch so gemütlich geraucht hatte. Der Junge löste sich in nichts auf.

Der Wagen fing Feuer. Eine Mine nach der anderen explodierte zwischen den anderen Wagen. Die Maschinengewehre wurden über den Kamm geschoben und eröffneten das Feuer auf den Konvoi. Die kleinen Gestalten schienen kopflos nach allen Seiten zu laufen. Die Männer, die gerade ihr Bedürfnis verrichteten, zogen die Hosen hoch, rannten, taumelten, fielen. Ihre entblößten Hinterteile schimmerten weiß im glitzernden Wüstensand. Ein Mann lief direkt auf die Düne zu. Er schien keine Ahnung zu haben, daß von dorther das Feuer kam. Als er auf hundert Meter herangekommen war, entdeckte er plötzlich die Maschinengewehre. Einen Augenblick stutzte er, dann, immer noch mit der Hand die Hose hochhaltend, drehte er sich um und versuchte zu entkommen. Irgend jemand legte ihn ganz nebenbei um.

Hardenburg kicherte immer wieder hämisch zwischen den Befehlen, die er dem Minenwerfer zurief. Zwei Minen trafen den Munitionswagen. Er flog in die Luft, eine gewaltige Rauchwolke stieg empor. Eine Minute lang zischten Granatsplitter über die Köpfe der Deutschen. Um die Wagen herum lagen Tote haufenweise im Sand verstreut. Ein Sergeant raffte ein Dutzend Männer zusammen und versuchte, durch den tiefen Sand die Höhe zu stürmen. Das Gewehr in der Hüfte, feuerten sie ununterbrochen. Der britische Sergeant wurde getroffen. Er sackte in eine Art Hockstellung zusammen und feuerte weiter, bis ihn eine andere Kugel erledigte. Er rollte vornüber, den Kopf im Sand. Als seine Leute dies sahen, brachen sie auseinander und versuchten, nach allen Seiten zu fliehen. Aber sie wurden alle niedergemäht, ehe sie auch nur in die Nähe der Wagen gelangten. Nach zwei Minuten schoß kein einziger Engländer mehr. Der Wind wehte den Rauch der brennenden Wagen in die Wüste hinaus. Da und dort bewegte sich noch ein Mann, mühsam, gleich einem zertretenen Käfer.

Hardenburg stand auf und hob die Hand. Das Feuer wurde eingestellt. »Diestl«, sagte er, »die MGs feuern weiter!«

Christian stand neben ihm: »Was haben Sie gesagt?« fragte er benommen.

»Die MGs feuern weiter.«

Christian blickte auf die brennenden Wagen. Nichts regte sich dort mehr. Aber er sagte: »Jawohl.«

»Streuen Sie das ganze Gebiet ab. In zwei Minuten gehen wir hinüber. Ich will nichts Lebendes mehr antreffen. Verstanden?«

»Jawohl.« Christian ging zuerst zu dem MG auf der rechten Seite und dann zum anderen links und sagte zu den Leuten: »Weiterfeuern, bis Befehl zum Einstellen gegeben wird.«

Befremdet schauten ihn die Leute an, zuckten mit den Schultern und feuerten weiter. In der Stille, in der kein Wort gesprochen wurde und keine anderen Geräusche sich mit dem Geknatter der MGs vermischten, klang das Feuer unnatürlich, aufreizend und sinnlos. Die Soldaten, die die MGs nicht bedienten, standen einer nach dem anderen auf und beobachteten, wie die Geschosse den Sand aufwirbelten und gelegentlich einen der Toten oder aufzuckenden Verwundeten trafen. Über allem wehte der scharfe Wüstenwind.

Ein Engländer lag verwundet neben einer der Frühstücksfeuerstellen. Er richtete sich hoch, riß den Kopf zurück und schrie. Seine Schreie wehten wie Windstöße zur Düne herüber und klangen im Verein mit dem MG-Geknatter beinahe rhythmisch. Die MGs hielten mit Feuern inne. Doch kaum hatte Hardenburg das bemerkt, als er ihnen zurief: »Weiterfeuern!« Und die MGs schossen weiter, Streifen um Streifen jagten sie aus den Rohren, und der Tommy wurde von unzähligen Kugeln getroffen, und sein lautes Schreien erstarb gurgelnd unter den Schüssen.

Die Männer schauten schweigend zu, und auf ihren Gesichtern lag derselbe Ausdruck von Erregung und Schrecken, den Hardenburgs Befehle so oft hervorriefen.

Nur Hardenburg hatte diesen Ausdruck nicht. Seine Lippen waren spöttisch heruntergezogen, seine häßlichen Zähne blinkten hervor, sein Atem kam in Stößen, und seine Augen waren halb geschlossen. Christian versuchte sich zu erinnern, wo er diesen Ausdruck schon gesehen hatte... irr, in perversem Vergnügen versunken. Dann erinnerte er sich: Greta, wenn er sie umarmte... Die beiden scheinen Blutsverwandte zu sein, dachte Christian, sie sehen sich verdammt ähnlich...

Die MGs feuerten weiter. Es klang wie die monotonen Geräusche einer Fabrik. Zwei der Leute auf dem Kamm zündeten sich Zigaretten an, ganz natürlich, als ob sie die Knallerei zu Tode langweilte.

Soldatenleben, dachte Christian bitter und blickte auf die von Kugeln durchsiebten toten Leiber im Sand. Wären sie in England geblieben, dann wäre ihnen das nicht passiert. Morgen konnte er an der Reihe sein. Vielleicht lag er dann im Sand, und irgendein Cockney von den Londoner Docks jagte ihm ein Pfund Blei in den Bauch. Im Augenblick überkam ihn ein Gefühl der Überlegenheit. Er fühlte sich den Polen überlegen, den Tschechen und den Russen und den Italienern. Aber am meisten fühlte er sich den Toten überlegen. Er erinnerte sich lebhaft an die gutaussehenden jungen Engländer, die zum Skilaufen regelmäßig nach Österreich kamen, in den Cafés herumsaßen und mit ihren arroganten, flachen Stimmen die Unterhaltung der anderen Gäste übertönten. Hoffentlich lag einer dieser jungen Lords unter den Leichen im Sand, den Bauch aufgerissen und das Hinterteil in der Sonne.

Hardenburg hob die Hand: »Feuer einstellen!«

Die MGs schwiegen. Der MG-Schütze neben Christian schwitzte, seufzte laut, wischte sich das Gesicht und lehnte sich erschöpft an den Lauf der Waffe.

»Diestl!«

»Herr Leutnant?«

»Fünf Mann und Sie.« Er rutschte die Düne hinunter und ging auf den totenstillen Lagerplatz der Engländer zu. Die fünf Mann und Christian folgten ihm.

Hardenburg setzte eine Miene auf, als ob es zur Parade ginge. Seine Pistole steckte im Futteral. Die Arme schwangen in zackigen Bewegungen hin und her. Dicht hinter ihm die Soldaten. Zuerst erreichten sie den Mann, der so töricht auf sie zugelaufen war. Der Körper wies mehrere Brustschüsse auf. Die Rippen waren zerfetzt. Splitter der weißen, rötlich gefärbten Knochenmasse klebten an der zerrissenen, blutgetränkten Uniform. Aber er lebte noch. Ruhig blickte er vom Sand zu ihnen empor. Hardenburg nahm seine Pistole aus dem Futteral, entsicherte sie und schoß zweimal auf den Kopf des Mannes, ohne richtig zu zielen. Das Gesicht des Tommys zerfetzte, und man hörte ein einmaliges leises Grunzen. Hardenburg steckte seine Pistole wieder in das Futteral und ging weiter.

Dann kamen sie zu einer Gruppe von sechs Mann. Sie schienen alle tot zu sein, aber Hardenburg sagte: »Erledigen.« Und Christian feuerte ein paar Schüsse in ihre Leiber hinein. Er fühlte nichts dabei. Sie gingen weiter zu den Frühstücksfeuern. Christian stellte fest, daß die kleinen Dosen sorgfältig mit Löchern für genügend Luftzufuhr versehen waren. Gott mochte wissen, wie viele Liter Tee schon mit ihrer Hilfe gebraut worden waren. Überall lagerte ein schwerer Geruch von Tee, verbrannter Wolle und verschmortem Gummi, und der häßliche Gestank angesengten Fleisches kam von den Wagen, wo mehrere Leute mitverbrannt waren. Ein Tommy war lichterloh brennend aus dem Wagen gesprungen. Er lag, halb aufrecht, auf seinen Ellbogen gestützt, der Kopf schwarz und verbrannt, mit offenen, merkwürdig wachen Augen im Sand. Hier hatten die Minen eingeschlagen. Man sah zwei entblößte, an den Hüften abgerissene Beine, die von der Explosion aus den Hosen gerissen worden waren. Um sie herum Haufen von Tee, Corned beef und Zucker.

Einem Mann, der an den Rädern lehnte, fehlte der halbe Kopf. Das Gesicht schien einem Arbeiter zu gehören mit seinen starken, muskulösen Kinnladen und dem Ausdruck schlauer Starrköpfigkeit und oberflächlicher Dienstbeflissenheit, wie es unter englischen Gesichtern so häufig war. Der Mann trug ein Gebiß, das ihm halb zum Munde heraushing. Er sah glattrasiert aus, unter den grauen Schläfenhaaren waren die Kinnladen rot und zerkratzt. Einer von denen, die sich vorhin rasierten, dachte Christian. Ordentlicher Soldat. Findet man in jeder Armee. Diesmal hätte er sich die Mühe sparen können.

Hier und da vernahm man noch ein Aufstöhnen oder ein Arm bewegte sich. Die fünf Mann verteilten sich über das Gelände, und man konnte in Abständen aus allen Richtungen Schüsse hören. Hardenburg ging zu dem Spähwagen, der offenbar von dem Führer der Abteilung benutzt worden war. Er kramte nach Papieren, fand einiges Kartenmaterial, Befehle in Maschinenschrift und die Fotografie einer blonden Frau mit zwei Kindern, die in einem Kartenfutteral steckte. Dann zündete er den Wagen an. Der Leutnant und Christian sahen zu, wie der Wagen verbrannte. Hardenburg sagte: »Wir haben Glück gehabt. Die haben genau an der richtigen Stelle geparkt.« Er lachte kurz auf, und Christian zwang sich zu einem Lächeln. Trotzdem, das war eine andere Sache als der Vormarsch auf Paris. Hier gab es keine Schwarzmarktgeschäfte à la Rennes und keine saudumme Polizeiarbeit. Hier lernte man den wahren Krieg kennen. Diese Toten um sie herum waren tatsächlich tot, sie bedeuteten etwas, waren zu zählen, waren ein Erfolg. Die Amerikaner würden diesen Tommys nicht mehr helfen können.

»Fertig«, rief Hardenburg. »Wer von den Tommys jetzt noch lebt, kann meinetwegen nach Hause laufen. Wir gehen zurück zur Düne.«

Er und Christian folgten den abrückenden Soldaten. Scharf hoben sich die Gestalten der auf dem Kamm stehenden Soldaten vom hellen Himmel ab. Wie schutzlos sie dastehen, dachte Christian, wie hilflos und einsam.

Sie kamen an der Leiche des Offiziers vorbei, der mit nacktem Hintern im Sand lag.

Hardenburg grinste: »Entsinnen Sie sich, wie er dahockte und sich Sorgen um seine Verdauung machte? Und wie er rannte, als der erste Schuß fiel? Und wie er zu winken versuchte und dabei die Hosen festhalten mußte... Ein Hauptmann in der Armee Seiner Königlich Britischen Majestät... Ich wette, für eine solche Situation hat man ihm in Sandhurst keine Verhaltensmaßregeln beigebracht!«

Er lachte. Und während er lachte, kam ihm die Sache immer komischer vor, und sein Lachen wurde zum Krampf. Schließlich mußte er stehenbleiben, die Hände auf die Knie stemmen und nach Luft schnappen. Unheimlich verlor sich das grausige Gelächter.

Auch Christian mußte lachen, wenn er es zuerst auch nicht wollte. Aber das Gelächter steckte ihn an, er hielt sich die Seiten und schwankte hin und her. Als die anderen Männer den Leutnant und seinen Feldwebel so lachen sahen, konnten auch sie sich nicht mehr beherrschen. Zunächst klang es nur zögernd und verhalten. Aber dann brach es aus. Und auch die auf dem Kamm bei den MGs stehenden Leute stimmten schließlich ein. Schauerlich hallte das Gelächter über den von Minen zerfurchten Boden, über die leblosen Körper, die verlöschenden Frühstücksfeuer, die umherliegenden Gewehre, die Schaufeln, die brennenden Wagen und den Mann, der mit halb abgerissenem Kopf am Rad lehnte und zwischen dessen grinsenden Totenlippen das Gebiß heraushing.

11. Kapitel

Langsam ratterte der Zug durch die weißen Hänge und Hügel von Vermont. Noah saß in seinen Mantel gewickelt und vor Kälte zitternd an dem gefrorenen Fenster, denn die Heizung des Zuges funktionierte nicht. Er blickte hinaus auf die langsam vorbeiziehende Landschaft, die sich grau und bewölkt aus dem dämmernden Weihnachtsmorgen schälte. Er hatte in dem überfüllten Zug keinen Schlafwagenplatz bekommen und fühlte sich steif und schmierig. Nicht einmal rasieren konnte er sich, weil das Wasser in der Herrentoilette eingefroren war. Er rieb sich die Bartstoppeln und wußte, daß er ungepflegt und häßlich aussah, daß seine Augen rot umrändert waren und sein Kragen schwarz von Ruß war. Eine sehr unvorteilhafte Art, sich Hopes Eltern als zukünftiger Schwiegersohn vorzustellen, dachte er mißvergnügt und übellaunig.

Mit jeder Meile, die der Zug zurücklegte, steigerte sich seine Unsicherheit. Auf der letzten Station, wo sie fünfzehn Minuten Aufenthalt gehabt hatten, fuhr auf dem Nebengeleise der Gegenzug nach New York ein, und er hatte ein unbändiges Verlangen gespürt, seinen Koffer zu packen, hinüberzuspringen und nach New York zurückzufahren. Die Unbehaglichkeit der Reise, die Kälte, die schnarchenden Fahrgäste, der Anblick der kalten Berge, die sich grau aus der grauen Dämmerung heraushoben, dies alles ließ seine anfängliche Sicherheit und sein Selbstvertrauen mehr und mehr schwinden. Es konnte nicht gutgehen, sagte er sich, es mußte fehlschlagen.

Hope war vorausgefahren, um die Familie vorzubereiten. Sie war schon zwei Tage daheim und mußte ihrem Vater jetzt schon mitgeteilt haben, daß sie heiraten wolle, und zwar einen Juden. Muß eigentlich gut abgelaufen sein, versuchte Noah sich optimistisch einzureden. Denn sonst hätte sie mir ein Telegramm geschickt. Sie würde mich nicht die ganze Reise hierher machen lassen, wenn nicht alles in Ordnung wäre.

Nachdem man ihn für den Heeresdienst untauglich befunden hatte, hatte Noah sich darangemacht, sein Leben neu, vernünftig und den gegebenen Umständen entsprechend einzurichten. Wöchentlich verbrachte er drei bis vier Abende in der Bibliothek und las Bücher über den Schiffbau. Schiffe, hieß es in den Zeitungen und im Radio, baut Schiffe, wir brauchen Schiffe und noch mehr Schiffe! Nun, wenn er schon nicht kämpfen konnte, so konnte er wenigstens bauen. Noch nie hatte er einen Konstruktionsbogen studiert, und von Schweißen und Nieten hatte er nicht die blasseste Ahnung. Und wenn man die Fachleute hörte, so erforderte die geringste Fertigkeit in diesen Dingen eine monatelange Ausbildung. Trotzdem arbeitete er mit zäher Verbissenheit, lernte auswendig, zeichnete Pläne aus dem Gedächtnis, immer wieder. Das Lernen aus Büchern lag ihm, und er faßte rasch auf. Noch einen Monat, dachte er, und er konnte auf eine Werft gehen, denen etwas vorschwindeln und sich seinen Lebensunterhalt auf dem Baugerüst verdienen.

In der Zwischenzeit war Hope da. Er fühlte sich ein bißchen schuldig, daß er gerade jetzt dabei war, sein Glück zu zimmern, während alle seine Freunde sich den Schrecken des Krieges in die Arme warfen. Aber wenn er Hope nicht heiratete, würde Hitler weder einen Tag früher besiegt werden, noch der Kaiser von Japan einen Tag früher kapitulieren. Außerdem hatte Hope auf einer Heirat bestanden.

Aber sie liebte ihren Vater sehr. Er war ein frommer Mann, ein trokkener, zäher presbyterianischer Kirchenältester, der sein ganzes Leben kaum aus diesem nüchternen, fleißigen Landesteil herausgekommen war. Hope wollte nicht ohne seine Zustimmung heiraten. O Gott, dachte Noah und schaute dabei den Mittelgang entlang auf einen Feldwebel, der, die Füße auf dem gegenüberliegenden Sitz, mit offenem Mund schnarchte, warum ist alles so schwierig in der Welt?

Eine Ziegelei tauchte am Bahndamm auf, der Schatten einer langweiligen weißen Straße, zwei Kirchtürme. Dann erblickte er Hope auf dem Bahnsteig, die hinter den zugefrorenen Fensterscheiben sein Gesicht zu erspähen versuchte.

Er sprang vom Zug ab, ehe er hielt, glitt auf dem harten Schnee aus und hätte beinahe seinen Reisekoffer aus Kunstleder fallen lassen, während er versuchte, das Gleichgewicht zu halten. Ein alter Mann, der einen Koffer vor sich herschob, sagte: »Eis, junger Mann, auf Eis können Sie keinen Spitzentanz ausführen.«

Hope eilte auf ihn zu. Ihr Gesicht war blaß und aufgeregt, und sie küßte ihn nicht. Sie blieb einen Meter vor ihm stehen und rief: »O Noah, du mußt dich rasieren!«

»Das Wasser war eingefroren«, sagte er verlegen.

Unsicher standen sie einander gegenüber. Noah warf einen raschen Blick um sich, um festzustellen, ob sie allein gekommen war. Nur zwei oder drei Leute waren ausgestiegen, doch wegen der frühen Morgenstunde hatte sie niemand abgeholt, und sie gingen rasch durch die Sperre. Außer dem alten Mann mit dem Koffer war niemand mehr auf dem Bahnsteig, als der Zug weiterfuhr.

Hat keinen Zweck, sich Illusionen zu machen, dachte Noah, sie haben sie allein zum Bahnhof geschickt, um mir die Ablehnung schonend beizubringen.

Gekünstelt und verlegen erkundigte sich Hope: »Hast du eine gute Reise gehabt?«

»Es ging«, erwiderte Noah. Hope erschien ihm fremd und kalt in dem alten Regenmantel und mit dem fest um den Kopf gewickelten Schal. Der Nordwind, der von den schneebedeckten Hügeln wehte, drang durch seinen Mantel, als wäre er aus dünnster Baumwolle.

»Nun, wie steht es mit Weihnachten? Bleiben wir hier?« fragte Noah.

»Noah...« sagte Hope leise, und ihre Stimme zitterte, obgleich sie sich anstrengte, ruhig zu sprechen. »Noah, ich habe ihnen nichts gesagt.«

»Was?« fragte Noah verblüfft.

»Ich habe ihnen nichts gesagt. Gar nichts. Nicht, daß du kommst, daß wir heiraten wollen, daß du Jude bist, daß es dich überhaupt gibt.«

Noah schluckte. Wie blöd und sinnlos, so Weihnachten zu feiern, dachte er und blickte zu den kahlen Hügeln empor.

»Schon gut«, sagte er und wußte eigentlich nicht, was er damit meinte. Aber Hope sah so hilflos aus, wie sie vor ihm stand in ihrem Schal und dem von der Morgenkälte angegriffenen Gesicht, daß er das Gefühl hatte, er müsse sie trösten. »Alles in Ordnung«, sagte er in dem Ton eines Gastwirts zu dem Gast, der ein Glas Wasser umgeworfen hatte, ohne besonderen Schaden anzurichten. »Reg dich nicht auf.«

»Ich hatte die feste Absicht«, sagte Hope so leise, daß er sie beinahe nicht verstand, denn der Wind wehte ihr die Worte von den Lippen. »Gestern abend habe ich es versucht, ich war gerade dabei...«, dann schüttelte sie den Kopf. »Wir kamen von der Kirche nach Hause, und ich hoffte, ich könnte mit Vater in der Küche sitzen und ihm alles erzählen. Aber dann kam mein Bruder herein, er ist mit seiner Frau und den Kindern über die Feiertage von Rutland herübergefahren, und dann fingen sie an, vom Krieg zu reden, und mein Bruder, er ist sowieso ein Idiot, sagte, es gebe nicht einen einzigen Juden in Uniform, und die Juden verdienten das ganze Geld, und mein Vater saß nur da und nickte. Ich weiß nicht, ob er zustimmte oder ob er müde war, denn um neun Uhr nickt er immer ein, und ich konnte mich einfach nicht aufraffen...«

»Schon gut, schon gut«, wiederholte Noah immer wieder albern, »schon gut.« Er bewegte die Finger in den Handschuhen, weil sie anfingen abzusterben. Er verspürte ein heftiges Verlangen nach einer Tasse Kaffee und etwas zum Essen.

»Ich kann nicht länger hier mit dir herumstehen«, sagte Hope. »Ich muß nach Hause. Alles schlief noch, als ich fortging, aber jetzt werden sie aufgestanden sein und sich wundern, wo ich bin. Außerdem ist heute Kirchgang. Nachher will ich versuchen, meinen Vater allein zu sprechen.«

»Natürlich«, sagte Noah mit blöder Zuversicht, »das ist das beste.«

»Da drüben ist ein Hotel, wo du dir ein Zimmer nehmen kannst«, sagte Hope und deutete über die Straße auf ein dreistöckiges Gebäude. »Dort kannst du dich frischmachen, rasieren und frühstücken. Gegen elf Uhr hole ich dich ab. Einverstanden?« fragte sie ängstlich.

»Ausgezeichnet. Ich werde mich rasieren«, sagte Noah und lächelte, als ob ihm ein großartiger Gedanke gekommen wäre.

»O Noah, Liebling...« Sie trat dicht an ihn heran und streichelte ungeschickt sein Gesicht. »Es tut mir alles so leid. Ich weiß, ich habe versagt.«

»Ach Unsinn!« sagte er sanft, »Unsinn.« Aber im Grunde seines Herzens wußte er, daß sie recht hatte. Diesmal jedenfalls hatte sie versagt. Er wunderte sich darüber. Sie hatte immer soviel Mut, Aufrichtigkeit, Festigkeit und ein starkes Unabhängigkeitsgefühl in allem bewiesen, was sie tat. Aber in die Enttäuschung mischte sich eine kleine Genugtuung darüber, daß auch sie einmal versagt hatte. Sicherlich hatte er sie schon oft enttäuscht und würde sie in der Zukunft wieder enttäuschen. Aber immerhin, es bestand jetzt zwischen ihnen so eine Art Ausgleich, und er hatte nun wenigstens etwas, was er ihr verzeihen konnte.

»Jetzt mach dir keine Sorgen, Liebling«, lächelte er sie an, schmutzig und müde von der Reise. »Ich bin sicher, es kommt alles noch in Ordnung. Ich warte auf dich da drüben«, dabei winkte er in der Richtung des Hotels. »Geh nur in die Kirche und bete auch ein bißchen für mich.« Und er grinste verlegen.

Sie lächelte, den Tränen nahe, wandte sich um und ging dem Ausgang zu, in ihrem munteren Gang, trotz der schweren Überschuhe und des glatten Pflasters. Er sah ihr nach, bis sie um die Ecke bog, auf ihrem Weg nach Hause, wo ein neugieriger Vater und ein redseliger Bruder auf sie warteten. Er nahm seinen Koffer auf und ging über die vereiste Straße auf das Hotel zu. Als er die Tür öffnete, blieb er einen Augenblick stehen. O Gott, fiel ihm ein, ich habe ganz vergessen, ihr frohe Weihnachten zu wünschen. –

Erst um halb eins wurde an die Tür des grauen kleinen Zimmers mit der lackierten eisernen Bettstelle und der gesprungenen Wandtoilette geklopft, das Noah für zweieinhalb Dollar genommen hatte. Nun blieben ihm noch drei Dollar fünfundsiebzig übrig, um Weihnachten zu feiern. Ein Glück, daß er sich eine Rückfahrkarte gelöst hatte. Natürlich hatte er nicht damit gerechnet, ein Zimmer bezahlen zu müssen. Trotzdem, es war nicht so schlimm. Vermont war billig. Das Frühstück hatte nur fünfunddreißig Cents gekostet, mit zwei Eiern sogar. Indem er einen Überschlag über seine Barmittel machte, stöhnte er vor sich hin. Außer den Sorgen, die man ohnehin hatte, dem Krieg, der Liebe, den grausamen Gegensätzen zwischen Juden und Ariern, die nun schon zweitausend Jahre bis zu diesem Weihnachtsmorgen bestanden, außer der üblichen Abneigung eines Vaters, seine Tochter einem Fremden auszuliefern, gab es noch die traurige mathematische Aufgabe, mit weniger als fünf Dollar in der Tasche über die Feiertage zu kommen.

Noah öffnete die Tür mit einem gefaßten Lächeln auf den Lippen, um Hope zu begrüßen. Aber es war nicht Hope. Es war ein alter Mann mit einem verrunzelten roten Gesicht, der im Hotel arbeitete.

»Herr und Dame sind drunten, in der Halle«, sagte er kurz.

Noah blickte noch einmal prüfend in den Spiegel, strich sich über die Haare, zupfte die Krawatte zurecht und ging hinunter. Wie käme ein Mann dazu, sagte er sich, als er das knarrende Treppenhaus hinunterschritt, in dem es nach Wachs und gebratenem Speck roch, wie käme ein Mann, der seine fünf Sinne beisammen hat, dazu, mir seine Tochter anzuvertrauen? Drei Dollar in der Tasche, eine fremde Religion, ein Körper, der von der Rekrutierungskommission zurückgewiesen wurde, weil er nichts taugt, kein Beruf und kein Ziel, als seine Tochter zu lieben und mit ihr zu leben. Keine Familie, keine Erfolge, keine Freunde, mit einem Gesicht, das in den Augen anderer Leute roh und ausländisch aussehen mußte, eine Sprache, die beinahe stotternd und voll ungebildeter Ausdrücke war, wie er sie in den schlechten Schulen und in der schlechten Gesellschaft von einem Ende Amerikas zum anderen gelernt hatte. Er kannte diese kleinen Städte und kannte die Geistesverfassung seiner Bewohner. Sie waren stolz, blieben unter sich und verschanzten sich hinter alten Familientraditionen, die bis in die Steinzeit zurückreichten, und sahen mit Furcht und Abneigung auf die wurzellosen Fremden aus den großen Städten. Noch nie hatte Noah sich so sehr als Fremder gefühlt wie in dem Augenblick, als er die Halle betrat und dort einen Mann und ein Mädchen sitzen sah, die angestrengt zum Fenster hinaus auf die hartgefrorene Straße blickten.

Als Noah sich ihnen näherte, erhoben sie sich. Sie ist blaß, stellte Noah mechanisch fest. Sehr blaß. Sie fühlt die Katastrophe, die uns bevorsteht. Mr. Plowman war ein großer Mann mit gebeugtem Rücken. Er sah aus wie ein Mann, der sein ganzes Leben lang mit Stein und Eisen umgegangen war und sechzig Jahre lang nie später als fünf Uhr früh aufgestanden war. Sein eckiges Gesicht zeigte hinter seiner silbergefaßten Brille müde Augen, und er tat nichts, was auf Sympathie oder Ablehnung hätte schließen lassen. Hope sagte: »Vater, das ist Noah.«

Der alte Mann streckte Noah immerhin die Hand hin. Noah schüttelte sie. Sie fühlte sich hart und schwielig an. Ich werde nicht betteln, nahm sich Noah im stillen vor. Ich werde auch nicht lügen. Ich werde nicht angeben, daß ich etwas bin, was ich nicht bin. Wenn er ja sagt, schön. Wenn er nein sagt... Hier brach sein Gedankenstrom ab.

»Freut mich sehr, Sie kennenzulernen«, sagte der Vater.

Etwas befangen standen sie da. Der Hotelportier beobachtete sie neugierig. »Ich glaube«, meinte der alte Herr, »es wäre eine gute Idee, wenn Mr. Ackerman und ich uns ein bißchen unterhielten, hm?«

»Ja«, murmelte Hope, und Noah glaubte, aus ihrer zitternden Stimme herauszuhören, daß alles verloren war.

Mr. Plowman blickte sich überlegend in der Halle um und warf einen Blick auf den neugierigen Portier. »Dies ist wohl nicht der richtige Platz dafür«, sagte er. »Könnten einen kleinen Spaziergang durch die Stadt machen. Mr. Ackerman möchte vielleicht unsere Stadt kennenlernen, hm?«

»Ja, Sir«, sagte Noah.

»Ich warte hier«, sagte Hope und setzte sich in einen der Schaukelstühle. Er quietschte aufreizend in die Stille der Halle hinein. Der Portier machte eine auffällige Grimasse bei dem Geräusch, und Noah war sicher, daß er dieses Quietschen noch viele Jahre nicht vergessen würde.

»Wir werden in ungefähr einer halben Stunde zurück sein, Tochter«, sagte Mr. Plowman.

Noah zuckte bei dem Wort Tochter leise zusammen. Es klang wie aus einem schlechten Bauernstück der Jahrhundertwende und hatte etwas Unwirkliches, Künstliches an sich, wie man es von Schmierenbühnen gewöhnt war. Er hielt beflissen die Tür für Mr. Plowman auf. Als sie auf die verschneite Straße traten, erhaschte er noch einen Blick von Hope, die am Fenster saß und ihnen besorgt und aufgeregt nachschaute. Und dann wanderten sie langsam und mit ernsten Gesichtern an den geschlossenen Geschäften vorbei durch den kalten, scharfen Wind.

Sie gingen, ohne ein Wort zu sprechen, beinahe zehn Minuten lang. Ihre Schuhe knirschten auf dem hartgetretenen Schnee, der von der Straßenreinigung auf dem Gehweg zurückgeblieben war. Dann sagte Mr. Plowman: »Was müssen Sie im Hotel bezahlen?«

»Zweifünfzig«, antwortete Noah.

»Für einen Tag?« fragte Mr. Plowman.

»Ja.«

»Diebe«, sagte Mr. Plowman. »Alle Hotelbesitzer.«

Dann schwiegen sie wieder und gingen langsam weiter. Sie kamen an Marshalls Futtermittelgeschäft vorüber, am Drugstore von F. Kinne, an J. Giffords Herrenkonfektion, dem Anwaltsbüro von Virgil Swift, an der Fleischerei von John Harding und der Bäckerei von Mrs. Walton, am Möbellager und Bestattungsinstitut von Oliver Robinson und N. Wests Lebensmittelladen.

Plowmans Gesicht blieb ausdruckslos. Noah blickte an diesem unbeweglichen Gesicht unter dem altmodischen Sonntagshut vorbei auf die Geschäftsschilder, und die einzelnen Namen prägten sich seinem Gedächtnis ein wie Nägel, die ein Zimmermann in einen Balken treibt. Jeder einzelne Name bedeutete einen Angriff auf ihn; eine Anzeige, einen Pfeil, einen Vorwurf. Vielleicht beabsichtigte der alte Mann, ihm die festgefügte Welt einfacher englischer Familiennamen, wie ihn auch seine Tochter trug, auf diese indirekte Weise vor Augen zu führen. Hierher würde kein Ackerman passen, ein Name aus dem brodelnden östlichen Europa, ein Name, einsam, lieblos, ohne Eigentum und Tradition, ein Name ohne Vater und Heimat, wurzellos und zufällig.

Es wäre besser gewesen, den Bruder an seiner Seite zu haben, dachte Noah. Der würde reden, losdonnern, mit all den bis zum Erbrechen dämlichen Argumenten. Aber es wäre besser als dieser schlaue, schweigsame Yankee mit seinem hinterhältigen Angriff.

Schweigend durchschritten sie das Geschäftsviertel. Auf der gegenüberliegenden Seite der Straße tauchte hinter einer Rasenfläche ein altes, aus roten Backsteinen gebautes Schulgebäude mit Efeuranken auf.

Mr. Plowman deutete mit einer steifen Kopfbewegung auf das Gebäude und sagte: »Ging dort in die Schule. Hope.«

Noch ein Feind, dachte Noah, als er das alte, einfache Gebäude hinter den knorrigen Eichen betrachtete, noch ein Gegner, der seit fünfundzwanzig Jahren auf mich wartet. Über dem Portal stand eine in Stein gemeißelte Inschrift, und Noah strengte seine Augen an, um sie zu entziffern. »Du sollst die Wahrheit wissen«, kündigten die verwitterten Buchstaben den Generationen der Plowmans an, die unter diesem Wahlspruch hindurchgeschritten waren, um lesen und schreiben zu lernen und von den Pilgervätern zu hören, die auf Plymouth Rock in dem stürmischen Wetter des siebzehnten Jahrhunderts gelandet waren. »Du sollst die Wahrheit wissen, und die Wahrheit soll dich frei machen.« Noah hörte geradezu seinen Vater, wie er diese Worte deklamierte, seine tote Stimme tönte aus dem Grab heraus mit theatralischer, rollender Übertreibung.

»Hat dreiundzwanzigtausend Dollar gekostet«, sagte Plowman. »1904. Wollten sie abreißen und 'ne neue bauen, 1935. Haben wir verhindert. Bloß Verschwendung von Steuergeldern. Tadellose Schule.«

Sie gingen weiter. Hundert Meter vor ihnen war eine Kirche, ihr Turm ragte schlank und streng in den Morgenhimmel. Jetzt kommt's, dachte Noah voll Verzweiflung. Das ist die schlaueste Waffe, die er sich bis jetzt aufgespart hat. Wahrscheinlich liegen sechs Dutzend Plowmans auf dem Friedhof begraben, und in ihrer Gegenwart wird er mich zusammenstauchen.

Die aus weißem Holz erbaute Kirche stand hübsch und solide auf einem abschüssigen, schneebedeckten Hügel. Sie machte einen schlichten Eindruck und protzte nicht wie die himmelhohen italienischen und französischen Kathedralen. Ihre nüchterne Architektur drückte die einfache Anbetung einfacher Kolonisten aus.

»Na, ich vermute, wir sind weit genug gegangen«, sagte Mr. Plowman, als sie sich der Kirche auf fünfzig Meter genähert hatten, »haben Sie etwas dagegen, wenn wir umkehren?«

»Durchaus nicht«, sagte Noah. Er fand Mr. Plowmans Benehmen rätselhaft. Automatisch, wie im Traum, schritt er neben ihm her, zum Hotel zurück. Noch war die Entscheidung nicht gefallen, und es gab keinerlei Anzeichen dafür, wann sie fallen würde. Einem raschen Blick in das Gesicht des alten Herrn entnahm Noah, daß jener angestrengt nachdachte und sich den Kopf zerbrach, mit welchen kalten, wohlüberlegten Worten er den Freier seiner Tochter klar und entschieden abweisen konnte.

»Sie haben da eigentlich 'ne tolle Sache angestellt, junger Mann«, sagte Mr. Plowman, und Noah biß die Zähne zusammen und bereitete sich auf den Kampf vor. »Sie stellen die Lebensregeln eines alten Mannes auf die Probe. Ich will es gar nicht leugnen, aber wenn Sie jetzt Ihren Koffer packen, den nächsten Zug nach New York nehmen und Hope nie mehr sehen würden, wäre mir das am liebsten. Aber das tun Sie natürlich nicht, was?« Dabei schaute er Noah prüfend an.

»Nein, das tu' ich nicht«, sagte Noah.

»Hab' ich auch nicht anders erwartet. Denn dann hätten Sie sich die Reise ersparen können.« Der alte Mann holte tief Atem und starrte auf das Trottoir zu seinen Füßen, während er langsam an Noahs Seite weiterging. »Entschuldigen Sie, daß ich Sie auf diesen ziemlich verdrießlichen Spaziergang durch die Stadt nahm«, fuhr er fort, »aber unsereins tut die meisten Dinge im Leben mehr oder weniger mechanisch. Spazierengehen zum Beispiel. Doch manchmal muß man eine Entscheidung treffen. Man muß sich die Frage stellen, an was glaube ich wirklich, was ist gut und was ist schlecht? Zu einer solchen Entscheidung haben Sie mich in den letzten fünfundvierzig Minuten gezwungen, wofür ich Ihnen übrigens ganz und gar nicht dankbar bin. Ich kenne keine Juden und hatte niemals etwas mit ihnen zu schaffen. Darum mußte ich Sie mir erst genau ansehen, um herauszufinden, ob Juden wilde, heulende Heiden sind oder geborene Verbrecher oder so was. Hope hält 'ne ganze Masse von Ihnen. Aber was verstehen schon junge Mädchen! Mein ganzes Leben lang war ich der Meinung, daß ein Mann so gut ist wie der andere, aber Gott sei Dank wurde mir bis zum heutigen Tag die

Entscheidung darüber erspart. Wenn heute irgend jemand anders zu mir käme und mich um die Hand meiner Tochter Hope bitten würde, würde ich sagen: Kommen Sie mit nach Haus, 's gibt Truthahn zum Mittagessen...«

Sie waren mittlerweile wieder vor dem Hotel angekommen. Noah bemerkte es kaum, da er angespannt der ernsten Stimme des alten Mannes gelauscht hatte. Nun aber öffnete sich die Tür des Hotels, und Hope trat heraus. Der Alte blieb stehen und wischte sich nachdenklich den Mund, als seine Tochter ihn fragend und sorgenvoll anblickte.

Noah hatte das Gefühl, als wäre er nach wochenlanger Krankheit das erstemal wieder aufgestanden. Die Namen der Geschäftsinhaber verfolgten ihn, die Kinnes und Wests und Swifts, und die Namen auf den Grabsteinen auf dem Friedhof und die kalte, unnachgiebige Kirche selbst, und die nachdenkliche Stimme des alten Herrn, und dazu das blasse, verhärmte Gesicht Hopes, all das wurde unerträglich. Ach, wie sehnte er sich nach seinem warmen, schlampigen Zimmer in der Nähe des Flusses, nach den Büchern und dem alten Klavier!

»Nun?« fragte Hope.

»Well«, sagte ihr Vater bedächtig, »ich habe Mr. Ackerman soeben gesagt, daß es Truthahn zum Mittagessen gibt.«

Langsam, ganz langsam verbreitete sich ein frohes Lächeln über Hopes Gesicht. Sie beugte sich vor und küßte ihren Vater. Sie fragte: »Warum in aller Welt hat es so lange gedauert?« Und jetzt wußte Noah, daß alles in Ordnung war, wenn er auch so abgekämpft war, daß er sich noch nicht recht freuen konnte.

»Nehmen Sie gleich Ihr Gepäck mit, junger Mann«, forderte Mr. Plowman ihn auf. »Kein Grund, diesen Räubern Ihr gutes Geld zu schenken.«

»Ja«, sagte Noah, »ja, natürlich.« Langsam, wie im Traum, ging er die Treppen zum Hotel hinauf. Als er die Tür öffnete, schaute er zurück. Da stand Hope und drückte den Arm ihres Vaters. Der alte Herr lächelte, etwas gezwungen und schmerzlich sah das Lächeln aus, aber er lächelte.

»Oh«, rief Noah von den Stufen herunter, »ich habe ganz vergessen: Frohe Weihnachten!«

Dann ging er nach oben und holte seinen Koffer.

12. Kapitel

Das Rekrutierungsbüro befand sich in einem großen, leeren Raum über einem griechischen Restaurant. In Wellen kamen Düfte von gebratenem Fisch und schlechtem Öl heraufgezogen. Der Boden war schmutzig. An der Decke hingen zwei schwach brennende Birnen, die ihr Licht auf die alten, hölzernen Feldstühle und die unordentlichen Schreibtische der beiden Sekretärinnen warfen, die gelangweilt Formulare ausfüllten. Eine dünne Wand trennte das Wartezimmer von dem Teil des Raumes, in dem die Kommission tagte. Von dort drang ein undeutliches Summen von Stimmen heraus. Etwa ein Dutzend ernster, gut gekleideter Männer mittleren Alters saß auf den Feldstühlen, ein junger Mann italienischer Herkunft in einer Lederjacke mit seiner Mutter, mehrere junge Paare, die sich an den Händen hielten, als wollten sie sich gegen eine Gefahr verteidigen. Sie sehen alle aus, dachte Michael, wie gestelltes Wild, bitter, rachsüchtig und voll Haß die zerknitterte amerikanische Papierfahne und die Ankündigungen an der Wand anstarrend.

Sie sitzen herum, dachte Michael weiter, als ob sie die einzigen Ernährer einer riesigen Familie wären. Oder sie täuschen körperliche Gebrechen vor. Und in den Augen ihrer Weiber, ihrer Frauen und Mütter steht die Anklage gegen alle anderen Männer: Uns könnt ihr nichts vormachen. Ihr seid nicht nur völlig gesund, sondern in euren Geldschränken habt ihr haufenweise Dollars angesammelt, und ihr wollt meinen Sohn oder meinen Mann an eurer Stelle an die Front schicken lassen. Aber – nicht mit uns! Die Tür des Kommissionsbüros öffnete sich und heraus kam ein kleiner, dunkeläugiger junger Mann mit seiner Mutter. Die Mutter weinte, und der Junge hatte ein rotes Gesicht und sah halb furchtsam, halb wütend aus. Alle Köpfe drehten sich ihnen zu, und sie schauten sie an, kalt und abschätzend, als ob sie schon im Geist die Leiche des jungen Mannes auf dem Schlachtfeld sähen, den Postboten mit dem Telegramm vor der Tür. In ihren Blicken lag kein Mitleid, sondern eher Schadenfreude, als wollten sie sagen: Na, endlich mal ein Scheißkerl, der sie nicht übers Ohr hauen konnte.

Der Hausapparat auf dem Schreibtisch der einen Sekretärin summte. Sie stand auf, blickte sich gleichgültig im Wartezimmer um und rief: »Michael Whitacre!« Ihre Stimme klang heiser und gelangweilt. Sie war häßlich, hatte eine lange Nase und benutzte zuviel Lippenstift. Außerdem bemerkte Michael, daß sie krumme Beine hatte.

»Whitacre!« rief sie wieder mit ungeduldiger Kasernenhofstimme. Er winkte und lächelte: »Augenblick, Liebling, ich komme schon.« Mit kalter Überlegenheit schaute sie ihn an. Er nahm es ihr nicht weiter übel. Zu der üblichen Unverschämtheit von Regierungsbeamten kam bei ihr wahrscheinlich noch das Bewußtsein der Macht, daß sie Männer in den Krieg schicken konnte, um für sie zu sterben, für sie, die in ihrem ganzen Leben noch nie von einem Mann beachtet worden war. Anscheinend gab es für alle unterdrückten Minderheiten einmal im Leben einen Ersatz, für Neger, Mormonen, Nudisten, ungeliebte Frauen. Man mußte schon ein Heiliger sein, um sich in einer Rekrutierungskommission anständig zu benehmen.

Als er die Tür öffnete, bemerkte Michael mit Erstaunen, daß er zitterte. Lächerlich, dachte er, mit sich selbst unzufrieden, und ging auf die sieben Männer an dem langen Tisch zu. Sie musterten ihn schweigend. Ihre Gesichter waren die andere Seite der Kriegsmedaille. Wenn draußen Angst, Anklage und Verschlagenheit Trumpf waren, so waren es hier unverhohlener Verdacht, Schläue und durch nichts zu erweichende Entschlossenheit. Unter diesen Kerlen ist nicht einer, dachte Michael, als er sich die ablehnenden, unfreundlichen Gesichter ansah, mit dem ich unter anderen Umständen auch nur ein Wort wechseln würde. Nachbarn? Daß ich nicht lache! Wo kommen sie her? Wer steckt hinter ihnen, daß sie so scharf sind, ihre Mitbürger in den Krieg zu schicken?

»Bitte, nehmen Sie Platz, Mr. Whitacre«, sagte der Vorsitzende und machte eine unbestimmte Bewegung zum anderen Ende des Tisches hin. Er war ein alter, fetter Mann mit Hängebacken und bösen, durchdringenden Augen. Sogar das Wörtchen »bitte« klang in seinem Munde herausfordernd. Und in welchem Krieg, dachte Michael, als er auf seinen Stuhl zuging, hast du gedient?

Alle übrigen Gesichter drehten sich jetzt ihm zu, gleich den Geschützen eines Kreuzers, der klar zum Gefecht macht. Erstaunlich, dachte Michael, ich habe ganz in der Nähe zehn Jahre lang gewohnt, und noch nie habe ich ein einziges dieser Gesichter hier gesehen. Sie müssen in geheimnisvollen Kellern auf der Lauer gelegen und auf diesen Augenblick gewartet haben. An der Wand hinter der Kommission hing ausgebreitet eine mächtige amerikanische Flagge. Diesmal nicht von Papier, sondern aus Baumwolle. Die einzige farbige Unterbrechung in dem kahlen Zimmer mit den Kerlen in ihren grauen und blauen Anzügen und mit ihrer gelben Gesichtsfarbe. Michael stellte sich Tausende solcher kahler Räume im ganzen Lande vor, mit Tausenden von Glatzköpfen und mißtrauischen, kalten, gelben Gesichtern unter der Flagge der Vereinigten Staaten und Tausende von mürrischen, eingefangenen jungen Männern. Das Symbol für 1942! Terror, Vergewaltigung und Hinterlist. Alles schäbig und lieblos und als einzige Gegenleistung die Garantie für ehrenvolle Verwundung oder Heldentod, um dem Ganzen einen Stempel von Adel aufzudrücken.

»Also, Mr. Whitacre«, begann der Vorsitzende und fummelte kurzsichtig in einem Aktenstück herum, »Sie haben eine 3-A-Befreiung vom Heeresdienst wegen Abhängigkeit von Familienangehörigen beantragt?« Dabei blickte er Michael böse an, als ob er gerade gesagt hätte: Wo ist dann der Revolver, mit dem Sie den Ermordeten erschossen haben?

»Ja«, sagte Michael.

»Es wurde festgestellt«, fuhr der Vorsitzende laut fort, »daß Sie von Ihrer Frau getrennt leben.« Triumphierend blickte er sich um, und mehrere Mitglieder der Kommission nickten heftig.

»Ich bin geschieden«, sagte Michael.

»Geschieden? Warum haben Sie uns das verschwiegen?« fragte der Vorsitzende.

»Passen Sie auf«, sagte Michael, »ich werde Ihnen eine Menge Zeit ersparen. Ich melde mich zum Wehrdienst.«

»Wann?«

»Sobald das Stück, an dem ich arbeite, aufgeführt wird.«

»Und wann wird das sein?« fragte ein kleiner Dicker vom anderen Ende des Tisches mit säuerlicher Stimme.

»In acht Wochen«, sagte Michael. »Ich weiß natürlich nicht, was da in Ihren Papieren steht, aber ich habe meine Eltern zu unterstützen und an meine geschiedene Frau einen Zuschuß zu zahlen...«

»Ihre geschiedene Frau«, sagte der Vorsitzende streng und blätterte in den Papieren, »verdient fünfhundertfünfzig Dollar in der Woche.«

»Ganz richtig – wenn sie arbeitet«, sagte Michael.

»Letztes Jahr hat sie dreißig Wochen gearbeitet«, sagte der Vorsitzende.

»Stimmt«, antwortete Michael angewidert, »und in diesem Jahr noch keine Woche.«

Der Vorsitzende winkte undeutlich: »Nun, wir schätzen das ungefähre Einkommen. Sie hat die letzten fünf Jahre gearbeitet, und es besteht kein Grund anzunehmen, daß sie nicht weiter Arbeit haben wird. Außerdem«, und er warf wieder einen Blick auf die Papiere vor ihm, »außerdem haben Sie Ihren Vater und Ihre Mutter als unterstützungsbedürftig angegeben.«

»Ja«, sagte Michael seufzend.

»Wir haben festgestellt, daß Ihr Vater eine Rente von achtundsechzig Dollar im Monat bezieht.«

»Ja, aber versuchen Sie einmal, zu zweit mit achtundsechzig Dollar im Monat auszukommen«, sagte Michael.

»Jeder«, sagte der Vorsitzende würdevoll, »muß Opfer bringen.«

»Ich habe nicht die Absicht, mit Ihnen zu streiten«, sagte Michael. »Ich habe Ihnen bereits erklärt, daß ich in zwei Monaten einrücke.«

»Warum?« fragte einer der Männer ganz unten am Tisch. Er blickte ihn hinter einem dicken Zwicker mißtrauisch an, als ob er entschlossen wäre, auch die letzte Ausflucht aus ihm herauszulocken.

Michael schaute in sieben erwartungsvolle Gesichter: »Warum? Ich weiß es nicht. Wissen Sie's vielleicht?«

»Das genügt, Mr. Whitacre«, sagte der Vorsitzende.

Michael stand auf und verließ den Raum. Verärgert und gekränkt richteten sich die Augen der sieben Männer auf ihn. Die fühlen sich betrogen, dachte Michael. Es wäre ihnen viel lieber gewesen, wenn sie mich in die Armee durch einen Trick hätten hineinschwindeln können. So etwas hatten sie vor.

Die Wartenden draußen schienen von seiner schnellen Abfertigung überrascht zu sein. Er grinste sie an. Eigentlich wollte er einen Witz machen, aber es wäre doch zu grausam gewesen, diesen bibbernden Jünglingen noch Witze zu erzählen.

»Guten Abend, Liebling«, sagte er zu dem häßlichen Mädchen hinter dem Schreibtisch. Das konnte er sich nicht verkneifen. Sie sah ihn mit der unangreifbaren Überlegenheit einer Person an, die dem Tod befiehlt und selbst unverletzlich ist.

Michael lächelte immer noch, als er die Treppen hinunterstieg und die Düfte der griechischen Küche einatmete. Aber in Wirklichkeit fühlte er sich bedrückt. Ich hätte mich gleich am ersten Tag melden sollen, dachte er. Am ersten Tag. Einer solch demütigenden Behandlung hätte ich mich nicht aussetzen sollen. Er fühlte sich beschmutzt und verdächtigt, während er langsam durch den milden Winterabend schritt, an spazierengehenden Paaren vorbei, die keine Ahnung von dem schäbigen, hinterhältigen Krieg zwischen einer Seele und der anderen hatten, der in ihrem Namen in dem dreckigen Stockwerk über dem griechischen Restaurant ausgefochten wurde.

Zwei Tage später fand er unter der Post eine Karte vom Rekrutierungsbüro. »Ihr Antrag ist bewilligt. Sie sind per 15. Mai in Klasse 1...A eingeteilt worden.« Er lachte. Da haben sie also doch noch einen Sieg aus ihrer Niederlage gemacht, dachte er. Aber er fühlte sich erleichtert. Jetzt war alles klar. Die Würfel waren gefallen.

13. Kapitel

Noah öffnete die Augen in dem weichen Dämmerlicht und schaute auf seine Frau. Sie schläft, als hüte sie ein Geheimnis, dachte er. Er wiederholte im stillen ihren Namen: Hope, Hope, Hope. Sie mußte eines dieser nachdenklichen kleinen Mädchen gewesen sein, die durch die sauberen Straßen der kleinen Stadt liefen und immer aussahen, als ob sie zu einer wichtigen Verabredung gingen. Wahrscheinlich hat sie als Kind allerlei Kleinkram in allen möglichen Ecken des Hauses versteckt, Federn, gepreßte Blumen, alte Modeseiten aus *Harper's Bazar*, Bilder von Frauen mit Turnüren und so was. Von kleinen Mädchen wußte er eigentlich herzlich wenig. Wäre anders, wenn er Schwestern hätte. Aber so kriegte man eine Frau, die ebensogut aus den Bergen von Tibet oder aus einer französischen Klosterschule kommen konnte. Während er seine ersten Zigaretten unter dem Dach von Oberst Drurys Militärschule rauchte – Geben Sie uns Ihren Jungen, wir geben Ihnen einen Mann –, was hat da die kleine Hope gemacht? Ging sie andächtig an dem Friedhof vorbei, unter dessen Rasen die Vorfahren der Plowmans ruhten? Wenn es so etwas wie einen göttlichen Plan in allen Dingen gab, dann bereitete sie sich schon damals auf ihn vor, auf diesen Morgen zum Beispiel, an dem sie friedlich neben ihm schlief. Und er hatte sich auf sie vorbereitet. Wenn es einen göttlichen Plan gab. Man konnte es eigentlich nicht glauben. Wenn Roger sie nicht kennengelernt hätte... (Wie hat er sie überhaupt kennengelernt? Muß sie fragen.) Wenn Roger nicht aus halbem Scherz beschlossen hätte, eine Party zu geben, um ihm ein Mädchen zu verschaffen. Wenn Roger ein anderes aus dem Dutzend Mädchen, das er kannte, gebracht hätte, dann läge er jetzt nicht mit Hope im Bett. Zufall, das einzige Lebensgesetz. Roger. »You make time und you make love dandy. You make swell molasses candy. But honey, are you makin' any money? That's all I want to know.« Wahrscheinlich war er jetzt irgendwo auf den Philippinen, in Bataan, wenn er noch lebte. Und jetzt lagen sie in Rogers Zimmer, in Rogers Bett, weil es bequemer war. Noahs altes Bett war auf der einen Seite durchgelegen. Komisch: Es fing damit an, daß er den Band Yeats vom Bücherregal herunternahm. Wenn er nach einem anderen Buch gegriffen hätte, wäre er nicht mit Roger zusammengestoßen, würde hier nicht wohnen, hätte Hope nicht kennengelernt, und Hope würde wahrscheinlich jetzt in einem anderen Bett liegen, mit einem anderen Mann daneben, der sie betrachten und denken würde: Ich liebe sie, ich liebe sie, ich liebe sie. Wenn man sich über diese Zusammenhänge Gedanken machte, geriet man in undurchdringliches Gestrüpp. Nirgendwo war Plan, Bestimmung, Sinn; ob man lebte, liebte, kämpfte oder starb. Das Leben eine Gleichung? Mann plus Absicht gleich Zufall? Unmöglich. Der göttliche Plan muß existieren, aber er ist raffiniert verborgen. So ähnlich wie ein guter Stückeschreiber den Höhepunkt für den letzten Akt aufhebt. Manche sagen, daß im Augenblick des Sterbens alles klar und durchsichtig werde, so daß man wie von einem Blitz durchzuckt sagen könne: Ah, jetzt verstehe ich, warum diese Figur schon im ersten Akt auftreten mußte!

Bataan. Schwer, sich Roger als Soldat vorzustellen. Sich vorzustellen, wie er strammstand und »Jawohl, Sir!« sagte. Schwer, sich Roger im Helm vorzustellen. Wenn er an ihn dachte, hatte er immer das Bild des verbogenen, abgetragenen braunen Filzhutes vor sich. Schwer auch, an Roger in einem Schützenloch zu denken, an einen Mann, der Klaviersonaten von Beethoven spielte und im Dschungel eine Kugel in den Bauch bekam. Und noch schwerer, sich Roger als Verlierer vorzustellen, selbst in einem Krieg. Roger war der geborene Sieger, schon deshalb, weil der Sieg als solcher ihn nie sonderlich interessierte; es machte ihm Spaß, mehr nicht. Und dann: Roger von einer Mine zerrissen, schreiend, oder von Maschinengewehrkugeln in die Brust getroffen irgendwo auf einem fremden Strand sterbend. Oder Roger sich ergebend? Haha, er sah ihn direkt vor sich, wie er spöttisch lächelnd zu dem Japsen, der ihn gefangennehmen möchte, sagen würde: »Mein Lieber, Sie scherzen wohl?« Er konnte sich auch nicht Rogers Grab unter Palmen vorstellen, und seinen Schädel freigelegt und von den tropischen Regengüssen weißgewaschen. Ob Roger Hope je geküßt hatte? Wahrscheinlich. Wen hat sie sonst noch geküßt? Geheimnisvolles Gesicht auf dem Kissen. Verschlossene Vergangenheit. Wie viele Männer hatte sie begehrt, und was für Männer hatte sie sich zusammenfantasiert, wenn sie in ihrem jungfräulichen Bett in Vermont oder Brooklyn lag? Wie viele von ihnen lagen heute tot auf dem Grunde des Pazifiks? Und wie viele der anderen, die sie berührt hatte, nach denen sie sich gesehnt und von denen sie geträumt hatte, lebten heute noch oder würden in diesem Jahr oder im nächsten Jahr irgendwo in der Welt umkommen?

Wie spät war es? Sechs Uhr fünfzehn. Noch fünf Minuten konnte er im Bett bleiben. Heute war eine Art Feiertag. Kein ohrenbetäubendes Hämmern an den Nieten, kein Wind im Gerüst, kein Zischen der Schweißapparate auf der Werft in Passaic. Heute mußte er wieder zur

Rekrutierungskommission auf Governor's Island, um nochmals untersucht zu werden. Die Prozedur wiederholte sich wie bei einem Bankkassierer, der an Gedächtnisschwund leidet und die gleiche Zahlenreihe immer von neuem addiert. Nochmals die Wassermannprobe, noch einmal drücken fremde Finger an den Hoden herum, und gleichgültige Lippen sagen: »Husten!« Kein Nabelbruch. Und schließlich der Psychiater: »Haben Sie jemals Beziehungen zu Männern gehabt?« Besser konnten die Burschen diese Frage auch nicht formulieren! Offenbar war man in der Armee der Meinung, daß es unter Männern keine Freundschaften, sondern nur unnatürliche Beziehungen gäbe. Zum Beispiel seine Beziehungen zu Roger oder zu Vincent Moriarity, dem Vormann seiner Kolonne auf der Werft, der gelegentlich eine Runde Bier ausgab und sich rühmte, in der Osterwoche 1916 die über dem Dubliner Postgebäude wehende britische Flagge heruntergerissen zu haben. Was war's damit? Oder seine Beziehungen zu Hopes Vater, der ihm die Gesamtausgabe der Werke Emersons zur Hochzeit geschenkt hatte? Oder seine Beziehungen zu seinem eigenen Vater, der, von Odessa kommend, um die halbe Welt gewandert war, voll von Begierden, Lügen, Prophezeiungen, und der jetzt als Aschenhäufchen unbeachtet im Fach eines kalifornischen Mausoleums lag? Und wie stand's mit seinen Beziehungen zu Hitler und Roosevelt, zu Thomas Jefferson und Shakespeare, zu Oberst Drury in dem verwitterten alten Gebäude von Detroit, der jeden Nachmittag seine Flasche Bourbon trank und einmal der Klasse erklärt hatte: »Es gibt überhaupt nur eine Tugend – Mut. Ich kann keine Achtung vor einem Mann haben, der sich ungestraft beleidigen läßt.« Und seine Beziehungen zu seinem eigenen Sohn, der zwar noch nicht gezeugt war, dessen Erscheinen aber immerhin im Bereich des Möglichen lag? Würde der sich beleidigen lassen? Wieso beleidigen? Wer würde ihn beleidigen und wodurch, und wo wäre die Instanz, die über die Beleidigung zu entscheiden hätte? Wartete etwa auf ihn schon ein Grab irgendwo auf einer fernen Insel? Gab es eine noch nicht gegossene Kugel, für ihn bestimmt, der noch nicht gezeugt war? Gab es eine freie Seele irgendwo auf einem anderen Erdteil, die im Laufe dieses Jahrhunderts auf das Herz seines Sohnes zielen würde? Und welchen Gott würde der Pfarrer bei der Beerdigung anrufen? Christus, Jehova, wen? Vielleicht eine Art Doppeladresse, gleich einem vorsichtigen Spieler, der auf zwei Nummern setzt: »Lieber Gott, wer immer Du seist, nimm Dich dieses armen Jungen an.« Lächerlich, neben dem Mädchen zu liegen, das man kaum erst geheiratet hat, und sich den Kopf über die Beerdigung eines Sohnes zu zerbrechen, der sich noch nicht einmal angekündigt hat. Aber es gab noch andere Probleme, vor diesen. Sollte man ihn taufen lassen? Sollte man ihn beschneiden lassen? »Du beschnittener Hund!« In *Ivanhoe* von Walter Scott, in der ersten Klasse der Oberschule hatten sie's gelesen. Und in den Pogromen von Budapest, als die Revolutionsregierung im Jahr 1920 gestürzt wurde, riß die Menge jedem vermeintlichen Juden auf der Straße die Hosen herunter und tötete jeden, der beschnitten war. Die armen Christen, die sich aus hygienischen Gründen hatten beschneiden lassen! Wahrscheinlich haßten sie die Juden ebenso tief wie ihre Mörder; was ihnen aber nichts nützte, sie mußten mit ihnen sterben. Ich muß endlich aufhören, über die Juden nachzudenken. Wenn man anfing, sich in solche Träumereien hineinzusteigern, kam man in die Enge. Ob es je eine Zeit gegeben hatte, in der die Juden nicht verfolgt wurden? In welchem Jahrhundert? Im fünften vor Christi Geburt vielleicht.

Sechs Uhr zwanzig. Aufstehen. Die Ärzte auf der grünen Insel warteten, die Fähre mit dem Generalsnamen, die Röntgenanlage, der Gummistempel mit UNTAUGLICH drauf. Wie hatte man das eigentlich in früheren Kriegen gehandhabt? Ehe es Röntgendurchleuchtung gab. Wie viele Männer kämpften zum Beispiel bei Shiloh mit Narben in der Lunge, ohne es zu wissen? Wie viele waren in der Schlacht von Borodino mit Magengeschwüren? Und wie viele wären vor der Schlacht bei den Thermopylen von den Rekrutierungskommissionen wegen Rückgratverkrümmung abgelehnt worden? Wie viele GVs kamen vor den Mauern Trojas um? Nun aber raus aus dem Bett!

Hope neben ihm bewegte sich. Sie drehte sich zu Noah um und legte ihren Arm auf seine Brust. Noch im Halbschlaf strich sie ihm mit der Hand über Rippen und Magen.

»Bett«, murmelte sie noch in den Fängen ihres letzten Traumes, und er grinste und drückte sie zärtlich an sich.

»Wie spät ist es?« fragte sie leise, ihre Lippen dicht an seinem Ohr. »Ist es schon Morgen? Mußt du gehen?«

»Es ist Morgen«, sagte er, »und ich muß gehen. Aber –« und er umschlang lächelnd ihren schlanken, süßen Körper, »ich glaube, die Regierung kann noch 'ne Viertelstunde warten.«

Hope wusch sich die Haare, als sie den Schlüssel in der Tür hörte. Als sie von der Arbeit nach Hause gekommen war, war Noah noch nicht von Governor's Island zurück. Sie hatte ein bißchen in der Wohnung herumgewirtschaftet; solange die sommerliche Dämmerung es zuließ, ohne Licht zu machen. Mit dem Kopf über dem Waschbecken, während ihr das Seifenwasser über die geschlossenen Augen tropfte, hörte sie Noah in das große Zimmer kommen.

»Noah!« rief sie, »ich bin hier.« Sie schlang schnell das Handtuch um den Kopf. Sonst war sie splitternackt. Sein Gesicht verriet nichts. Er umarmte sie und küßte sie zart auf den Nacken, der vom Abspülen noch naß war. »Angenommen?« fragte sie.

»Ja.«

»Und das Röntgenbild?«

»Hat höchstwahrscheinlich nichts gezeigt«, antwortete er mit ruhiger Stimme.

»Hast du ihnen nichts gesagt, vom erstenmal?« fragte sie.

»Nein.«

»Ich werde es ihnen sagen!« rief sie laut. »Ich gehe selbst hin. Ein Mann mit Narben in beiden Lungenflügeln kann unmöglich...«

»Pst, still«, unterbrach er sie.

»Was für ein Unsinn«, sagte sie und zwang sich zur Ruhe, »das ist Unfug, einen kranken Mann zum Heeresdienst einzuziehen. Du wirst nur zusammenklappen. Aus dir kann man ja doch keinen Soldaten machen...«

Noah lächelte still: »Sie können es wenigstens versuchen. Zum mindesten kann ich ihnen eine Chance geben. Übrigens ist schon alles erledigt.« Er küßte sie hinters Ohr. »Sie haben mich heute abend um acht Uhr vereidigt.«

Sie trat zurück: »Was tust du dann noch hier?«

»Noch zwei Wochen. Jeder bekommt zwei Wochen Urlaub, um seine Angelegenheiten zu regeln«, erklärte er ihr.

»Hat es dann überhaupt noch einen Zweck, dich umzustimmen?« fragte sie.

»Nein«, sagte er sehr leise.

»Der Teufel soll sie holen!« sagte Hope. »Warum haben sie dich nicht gleich geholt, beim erstenmal? Warum nicht?« schrie sie. Der Schrei galt dem Rekrutierungsbüro, den Militärärzten, den Soldaten im Feld und den Politikern in allen Hauptstädten der Welt, dem Krieg und der Zeit und der ganzen Qual, die vor ihr lag. »Warum können sie sich nicht benehmen wie vernünftige Menschen?«

»Pst«, sagte er wieder. »Wir haben nur noch vierzehn Tage. Wir wollen sie nicht mit unnützem Jammern vergeuden. Hast du schon gegessen?«

»Nein, ich wasche mir das Haar.«

Er setzte sich auf den Rand der Badewanne und lächelte müde. »Mach dein Haar fertig«, sagte er, »und dann gehen wir zum Abendessen. Auf der Second Avenue soll es ein Restaurant geben, das die besten Steaks der Welt hat. Drei Dollar das Stück, aber sie sind...«

Sie setzte sich auf seinen Schoß und umklammerte ihn: »O Darling, o mein Liebster...« sagte sie.

Er streichelte ihre nackten Schultern, als wollte er sich ihre Linien einprägen. »In den vierzehn Tagen, die uns noch bleiben«, sagte er, und seine Stimme war beinahe ruhig, »nehmen wir Ferien. So werden wir unsere Angelegenheiten regeln.« Er grinste. »Wir fahren nach Cape Cod und gehen schwimmen. Wir werden uns Fahrräder mieten und zu jeder Mahlzeit nur Steaks für drei Dollar essen. Bitte, Darling, bitte weine nicht.«

Schluckend stand Hope auf: »Gut, ich werde mich beherrschen. Ich weine nicht«, sagte sie. »In einer Viertelstunde bin ich fertig. Kannst du solange warten?«

»Natürlich, aber beeile dich, ich bin halb verhungert«, sagte er.

Sie nahm das Handtuch vom Kopf und beendete ihre Haarwäsche. Noah blieb auf dem Rand der Badewanne sitzen und beobachtete sie. Von Zeit zu Zeit warf sie einen Blick in den Spiegel und sah sein langes, hageres Gesicht. Nie würde sie dieses Gesicht vergessen. Es sah so verloren und so voll Liebe aus, wie er da auf dem Porzellanrand der Wanne saß, in dem abgenutzten, grell erleuchteten kleinen Badezimmer. Nie würde sie es vergessen, nie, nie.

Sie verbrachten vierzehn Tage in Cape Cod. Sie wohnten in einem übertrieben sauberen Touristenhotel, mit einem Fahnenmast auf dem Rasen davor, an dem die amerikanische Flagge im Winde wehte. Sie aßen Muschelsuppe und gebratenen Hummer zum Abendessen, lagen im Sand oder schwammen in dem schäumenden kalten Wasser, und Abend für Abend gingen sie in ein Kino. Sie verloren kein Wort über die Wochenschau und die pathetischen Stimmen, die die flimmernden Bilder erklärten und von Tod, Niederlage und Sieg sprachen. Sie mieteten sich Räder und fuhren die Uferstraße entlang. Sie lachten, wenn ein Lastwagen voll Soldaten an ihnen vorüberfuhr und die Soldaten Hopes schönen Beinen nachpfiffen und Noah zuriefen: »Dir geht's gut, Kamerad! Was hast du für eine Nummer? Auf baldiges Wiedersehen, Kamerad!«

Die Haut auf ihren Nasen schälte sich, und das Salzwasser klebte in ihrem Haar. Nachts, wenn sie unter dem strohgedeckten Dach des Häuschens, in dem sie wohnten, zu Bett gingen, rochen ihre Körper in den blütenweißen Laken nach dem Wasser des Ozeans und nach Sonne. Fast nie sprachen sie mit anderen Leuten, und die beiden Wochen schienen sich über den ganzen Sommer auszudehnen, über das Jahr, über alle Sommer, die sie je erlebt hatten, und die Zeit schien langsam zu verrinnen zwischen Sandwegen und Büschen, in einem Sonnenstrahl, der auf den Wellen tanzte, und unter den Sternen der kühlen Nächte, nur von der sanften Brise unterbrochen, die von der Höhe des Vineyard und von Nantucket, vom sonnigen Ozean her wehte; unterbrochen nur von dem Schrei der Möwen und von den Segeln kleiner Fischerboote und dem klatschenden Geräusch spielender Fische.

Dann, eines Tages, waren die vierzehn Tage um, und sie fuhren in die Stadt zurück. Sie wunderten sich über die blassen und müden Gesichter der Städter und fühlten sich kraftvoll und gesund.

Es kam der letzte Morgen. Hope machte um sechs Kaffee. Sie saßen einander gegenüber und tranken das heiße, bittere Getränk aus den großen Tassen, die sie sich als erste Anschaffung für den neuen Haushalt gekauft hatten. Hope ging mit Noah durch die ruhigen Straßen, über denen noch die Kühle der Nacht lagerte, zu dem unansehnlichen Geschäftshaus, das die Rekrutierungsbehörde beschlagnahmt hatte.

Sie küßten sich zum Abschied, gedankenvoll, schon voneinander entfernt, und Noah ging hinein zu der schweigsamen Gruppe von Jünglingen und Männern, die um den Schreibtisch eines älteren Mannes herumstand. Der Mann diente seinem Lande dadurch, daß er zweimal im Monat früh aufstand, um den Rekruten letzte Anweisungen und eine Freifahrkarte für die Bahn zu geben, mit der sie in die Kaserne fuhren.

Noah trat aus dem Haus und schloß sich den fünfzig verlegenen, hin und her trampelnden Männern an, die in geschlossener Abteilung drei Blocks entlang zur nächsten U-Bahn-Station marschierten. Die Leute auf der Straße, die ihren Geschäften nachgingen, in die Läden und Büros, auf den Markt und zum Kochen und zum Geldverdienen, blickten ihnen neugierig und ein wenig ehrfürchtig nach, wie Bürger einer kleinen Stadt etwa beim Anblick fremder Pilger, die aus fernen Ländern gekommen sind, um zu einem unbekannten und erregenden religiösen Fest zu wallfahrten.

Am Eingang der U-Bahn erblickte Noah Hope auf der gegenüberliegenden Seite der Straße. Sie stand vor einem Blumenladen. Der Ladenbesitzer war ein alter Mann, der langsam und bedächtig seine Geranientöpfe und große blaue Vasen mit Gladiolen ins Fenster stellte. Hope trug ein blaues Kleid mit einem weißen Blumenmuster. Der Morgenwind drückte es sanft gegen ihren Körper, und hinter ihr leuchteten die Blüten im Fenster des Ladens. Die Sonne spiegelte sich im Glas, und Noah konnte ihren Gesichtsausdruck nicht erkennen. Er wollte die Straße überqueren, aber der Führer des Trupps rief ängstlich: »Bitte, Jungens, bleibt beisammen, immer beisammenbleiben!« Und Noah dachte: Was könnte ich ihr jetzt noch sagen, was könnte sie zu mir sagen? Er winkte ihr, und sie winkte zurück, ein einmaliges, wehmütiges Heben des braunen Armes, und im Schatten, der über ihr Gesicht huschte, konnte Noah sehen, daß sie nicht weinte.

Schau mal einer an, dachte er erstaunt, sie weint nicht! Und dann marschierte er die Stufen zur U-Bahn hinunter, zwischen einem Jungen namens Tempesta und einem fünfunddreißigjährigen Spanier mit Namen Nuncio Aguilar.

14. Kapitel

Die rothaarige Frau, die sich vor vier Jahren nicht von ihm hatte küssen lassen, beugte sich jetzt lächelnd über ihn und küßte ihn. Michael erwachte und sann mit warmem Behagen seinem Traum mit der rothaarigen Frau nach.

Golden schien die Morgensonne durch die Ritzen der Jalousien ins Zimmer. Michael reckte sich und gähnte. Von draußen klang das Summen der sieben Millionen Menschen herein, die durch die Straßen der City hasteten. Michael stand auf, lief mit nackten Sohlen über den Teppich zum Fenster und zog die Jalousien hoch.

Die Sonne beschien mit sommerlicher Glut die Hinterhofgärten, glitt zärtlich über das verwitterte Gestein der alten Häuser, über die staubigen Efeuranken, die verschossenen gestreiften Markisen auf den kleinen Terrassen mit ihren Korbmöbeln und Topfpflanzen. Auf der Terrasse gegenüber stand eine kleine, dicke Frau in einem großen orangefarbenen Hut und alten Slacks, die sich lustig um ihr wohlgerundetes Gesäß spannten, und machte sich an einem Geranientopf zu schaffen. Gedankenvoll beugte sie sich darüber und knipste eine Blüte ab. Ihr Hut zitterte traurig auf die verwelkte Blüte hinunter. Dann drehte sie sich um und verschwand hinter den Vorhängen der Balkontür. Ihr Hinterteil wackelte fröhlich und gesund, als sie von ihrer leichten Arbeit auf dem Dachgarten wieder in die Wohnung zurückging.

Michael lächelte und war guter Laune, denn es war sonnig, die rothaarige Frau hatte ihn nun doch geküßt, und da drüben auf der Terrasse war eine kleine, dicke Frau mit einem komischen Popo, die die verwelkten Blüten ihrer Geranien bedauerte.

Er erfrischte sich mit kaltem Wasser, ging barfuß im Schlafanzug über den Teppich zur Tür des Wohnzimmers und hob die Times vom Boden auf.

Die Times in ihrem altmodisch-höflichen Stil, der ihn immer an die Schriftsätze erfolgreicher Genossenschaftsanwälte erinnerte, berichtete, daß die Russen schwere Verluste hatten, aber ihre Linien hielten, daß die französische Küste von englischen Bombern angegriffen worden sei, jemand habe ein Verfahren erfunden, Gummi in sieben Minuten zu fabrizieren, im Atlantik seien drei Schiffe gesunken, der Bürgermeister von New York wende sich gegen übermäßigen Fleischverbrauch. Verheiratete hätten jetzt auch mit Gestellungsbefehlen zu rechnen, und an den japanischen Fronten herrsche verhältnismäßige Ruhe.

Michael schloß die Tür und warf sich auf die Couch. Er wandte sich von dem an der Wolga vergossenen Blut ab, von den im Atlantik umgekommenen Schiffsbesatzungen, den im Sandsturm kämpfenden Truppen in Ägypten und dem Gerücht über das Gummifabrikationsverfahren, auch die bombardierte französische Küste und die Rationierung von Roastbeef interessierten ihn nicht. Er schlug die Sportseite auf. Aha, die Dodgers hielten sich gut! Waren müde und hatten ziemlich viel Fehler gemacht. Trotzdem hatten sie in Pittsburgh gewonnen. Hurra!

Das Telefon läutete. Er ging ins Schlafzimmer hinüber und nahm den Hörer ab.

»Im Kühlschrank ist ein Glas Orangensaft«, sagte die Stimme Peggys. »Ich dachte mir, es wird dir guttun.«

»Danke«, sagte Michael. »Aber Sie haben vergessen, die Bücher auf der rechten Seite des Regals abzustauben, Miß Freemantle...«

»Quatsch«, sagte Peggy.

»Deine Worte zeugen von großem Tiefsinn«, erwiderte Michael. Er freute sich, Peggys Stimme zu hören, die so vertraut und vergnügt durch den Apparat zu ihm kam. »Bist du voll ausgelastet?«

»Bin am Zusammenbrechen. Übrigens, du hast mich heute morgen nicht mal gehen hören. Lagst auf dem Rücken und hattest alles Zeug von dir geworfen. Ich hatte dich zum Abschied geküßt.«

»Was für ein süßes Mädchen du bist! Und was habe ich gemacht?«

Eine kleine Pause entstand. Dann klang Peggys Stimme wieder, etwas ernst und besorgt: »Du hast die Hände übers Gesicht geschlagen und gemurmelt: ›Nicht, bitte nicht! Ich tu's nicht, ich tu's nicht...‹«

Das kleine Lächeln auf Michaels Gesicht erstarb. Gedankenvoll rieb er sich das Ohr. »Ja, ja, im Schlaf verrät man sich.«

»Aber es klang, als ob du Angst gehabt hättest. Du hast mich ordentlich erschreckt«, sagte Peggy.

»Ich tu's nicht, ich tu's nicht...« Michael sann seinen eigenen Worten nach. »Ich kann mir nicht denken, was ich nicht tun wollte. Ach was, jetzt habe ich jedenfalls keine Angst. Der Morgen ist herrlich, die Dodgers haben gewonnen, mein Mädchen hat mir Orangensaft aufgehoben...«

»Was machst du heute?« fragte Peggy.

»Nicht viel, 'n bißchen herumstrolchen, den Himmel und die Mädchen angucken, 'n bißchen was trinken, Testament machen...«

»Ach hör auf!« sagte Peggy böse.

»Verzeihung«, sagte Michael.

»Freust du dich, daß ich angerufen habe?« fragte Peggy absichtlich etwas kokett.

»Ließ sich wahrscheinlich nicht vermeiden«, meinte Michael träge.

»Weißt du, was du mich kannst?«

»Aber Peggy!«

Sie lachte: »Lädst du mich zum Abendessen ein?«

»Was denkst du?«

»Ich denke, ja. Zieh deinen grauen Anzug an.«

»Der ist doch schon ganz abgetragen.«

»Zieh deinen grauen Anzug an. Mir gefällt er.«

»Okay.«

»Und was soll ich anziehen?« Zum erstenmal während dieses Gesprächs klang Peggys Stimme unsicher, kleinmädchenhaft, besorgt. Michael lachte leise.

»Warum lachst du denn?« fragte Peggy scharf.

»Sag's noch mal. Bitte sag noch mal ›Was soll ich anziehen?‹ – für mich.«

»Warum?«

»Weil ich lachen muß, wenn ich es höre. Weil es mich immer an dich erinnern wird, weil du mir ein bißchen leid tust und ich dich und alle Frauen süß finde, die diese ewig weibliche Frage stellen.«

»Du scheinst heute mit dem rechten Bein zuerst aus dem Bett gestiegen zu sein«, meinte Peggy erfreut.

»Klar.«

»Nein, aber im Ernst: Was soll ich anziehen? Das Blaugemusterte oder das Beige-Kostüm mit der Cremebluse oder das...?«

»Das Blaugemusterte.«

»Ist doch *so* alt.«

»Das Blaugemusterte!«

»Na schön. Haar rauf oder runter?«

»Runter.«

»Aber...«

»Runter!«

»Gottes willen«, sagte Peggy. »Ich werde aussehen, als ob man mich eben aus dem Harlem-Fluß gezogen hätte. Hast du gar keine Angst, daß uns von deinen Freunden jemand sehen könnte?«

»Ist mir völlig Wurscht«, sagte Michael.

»Und trink nicht soviel...«

»Peggy, mein Liebling! Fängst du schon wieder an?«

»Na ja, du wirst von einem Freund zum andern gehen, um dich zu verabschieden, und bei jedem gibt's was zu trinken...«

»Peggy, ich schwöre dir...«

»Wenn du nicht aufpaßt, müssen sie dich aus der Whiskyflasche direkt in die Armee gießen.«

»Ich paß schon auf.«

»Froh, daß ich angerufen habe?« Jetzt tat sie wieder wie ein neckisches Pensionatsmädchen auf dem ersten Ball.

»Sehr froh«, sagte Michael ernst.

»Das wollte ich bloß wissen. Trink jetzt den Orangensaft.« Und damit hängte sie ein.

Michael legte langsam den Hörer auf, lächelte und stellte sich Peggy am anderen Ende der Leitung vor. Er setzte sich und dachte einen Augenblick über sie nach.

Dann stand er auf und ging in die Küche. Er setzte Wasser auf, nahm drei halbe Löffel Kaffee und sog genießerisch den der Dose entsteigenden starken Kaffeeduft ein. Inzwischen trank er den Orangensaft in langen Schlucken, holte den Speck und die Eier und schnitt sich Brot für den Toast. Während er sein Frühstück bereitete, summte er ein Lied ohne Worte. Er machte sich gern sein Frühstück selbst, in der Ungestörtheit seiner eigenen Wohnung, in Schlafanzug und ohne Pantoffeln, so daß er den kühlen Boden unter den Füßen fühlen konnte. Er legte fünf Scheiben Speck in eine große Pfanne und stellte die Gasflamme auf klein.

Im Schlafzimmer läutete wieder das Telefon. »Zum Donnerwetter!« fluchte er, nahm die Pfanne vom Feuer und ging durch das Wohnzimmer, wobei er beinahe unbewußt, wie schon so oft, feststellte, was für ein entzückender Raum es war, mit seiner hohen Decke und den breiten Fenstern, mit den vielen Regalen voller Bücher, deren verblichene, verschiedenfarbige Einbände dem Zimmer eine ganz besondere Note gaben.

Er nahm den Hörer ab und meldete sich: »Hallo!«

»Hollywood, Kalifornien, ruft Mr. Whitacre.«

»Ja, selbst am Apparat.«

Dann kam von der anderen Seite des Kontinents Lauras tiefe und trotz der Entfernung gekünstelte Stimme: »Michael? Michael, Liebling?«

Michael seufzte in sich hinein und sagte: »Hallo, Laura.«

»Bei uns ist es jetzt sieben Uhr morgens«, sagte Laura ein bißchen vorwurfsvoll. »Ich bin extra so früh aufgestanden, um mit dir zu sprechen.«

»Danke sehr«, sagte Michael.

»Ich habe schon gehört, sie ziehen dich als einfachen Soldaten ein. Das ist ja furchtbar«, sagte sie aufgeregt.

Er grinste: »Ist gar nicht so furchtbar. Es sind noch 'ne ganze Masse Leute im selben Boot.«

»Hier in Kalifornien sind sie beinahe alle Major«, meinte Laura.

»Eben«, sagte Michael. »Vielleicht mit ein Grund, Pfc zu bleiben.«

»Hör mit dem dummen Geschwätz auf«, fuhr Laura ihn an. »Ich weiß genau, daß du's nie aushalten wirst, mit deinem Magen.«

»Meinem Magen, liebste Laura, wird nichts anderes übrigbleiben, als zusammen mit mir in die Armee einzutreten«, sagte Michael ernst.

»Übermorgen wirst du's bereuen.«

»Sehr gut möglich.«

»Es vergehen keine zwei Tage, und sie haben dich eingesperrt. Braucht dich bloß ein Feldwebel anzuschnauzen, dann haust du ihm eine runter, und schon sitzt du drin. Ich kenne dich«, sagte Laura besonders laut.

»Paß auf«, erklärte ihr Michael geduldig, »niemand haut einem Feldwebel eine runter. Weder ich noch sonst jemand.«

»Ach was, du hast dir noch nie in deinem Leben von irgend jemand etwas sagen lassen. Darum war es auch ganz unmöglich, mit dir zusammenzuleben. Schließlich war ich drei Jahre mit dir verheiratet, und ich kenne dich besser als...«

»Ja, Laura, Liebling?« sagte Michael gefaßt.

»Und wenn wir zehnmal geschieden sind«, fuhr Laura sich überstürzend fort, »gibt es doch niemand in der ganzen Welt, den ich lieber habe als dich. Das weißt du.«

»Ja, ich weiß«, sagte Michael und glaubte ihr.

»Und ich will nicht, daß sie dich totschießen«, sagte sie und fing an zu weinen.

»Sie werden mich schon nicht totschießen«, sagte Michael sanft.

»Und ich kann es nicht ertragen, daß man dich herumkommandiert. Das paßt nicht zu dir...«

Michael schüttelte den Kopf und wunderte sich wieder einmal über die Kluft zwischen der Wirklichkeit und der weiblichen Vorstellung von der Wirklichkeit. Er sagte: »Mach dir keine Sorgen um mich, Laura, Darling, und es war sehr lieb von dir, mich anzurufen.«

»Ich habe mich entschlossen«, sagte sie fest, »von jetzt ab kein Geld mehr von dir zu nehmen.«

Michael atmete auf: »Hast du einen Job?«

»Nein, aber ich bin auf heute nachmittag zu MacDonald von der Metro-Goldwyn-Meyer bestellt und...«

»Okay. Wenn du einen Job hast, brauchst du kein Geld mehr von mir. Das ist nett von dir.« Er sprach rasch weiter, um ihr keine Gelegenheit zu einem Einwand zu geben: »Wie ich in der Zeitung lese, willst du wieder heiraten, stimmt das?«

»Nein. Vielleicht nach dem Krieg. Er geht in die Marine, arbeitet in Washington.«

»Viel Glück«, murmelte Michael.

»Ein Vize-Direktor von der Republic-Film ist als Oberleutnant in die Luftwaffe übernommen worden. Bleibt den ganzen Krieg über in Santa Anita Presseverbindungsoffizier. Und du gehst als Pfc...«

»Bitte, Laura, Darling«, flehte Michael, »der Anruf wird dich fünfhundert Dollar kosten.«

»Du bist und bleibst ein komischer, dummer Kerl.«

»Ja, Liebling.«

»Wirst du mir aus dem Ausbildungslager schreiben?«

»Ja.«

»Dann besuche ich dich.«

»Das wäre wunderbar.« Und im Geist sah Michael seine schöne Ex-Frau im Nerz und mit ihrem beinahe berühmten Gesicht und ihrer Figur vor der Wache von Fort Sill, Oklahoma, warten. Die Soldaten würden ihr nachpfeifen, und er würde krampfhaft versuchen, fünf Minuten von seiner Abteilung loszukommen, um sie zu begrüßen.

»Du bringst mich zur Verzweiflung«, sagte Laura leise und schluchzend, und sie meinte es ehrlich. »Du hast mich immer außer Rand und Band gebracht, und es wird auch in Zukunft so sein.«

»Ich weiß, ich weiß.« Michael entsann sich der Art, wie Laura vor dem Spiegel ihr Haar in Ordnung brachte, wie sie aussah, wenn sie tanzte, und er erinnerte sich an die Ferien, die sie gemeinsam verbracht hatten. Einen Augenblick rührten ihn die Tränen, die seinetwegen im fernen Kalifornien geweint wurden. Einen Augenblick dachte er mit Wehmut an die vergangenen Jahre, die Jahre ohne Krieg, ohne Trennungen...

»Ach was«, sagte er leise, »die werden mich wahrscheinlich irgendwo in eine Schreibstube stecken.«

»Wenn du dich stecken läßt«, sagte sie schluchzend. »Aber du läßt dich nicht. Ich kenne dich.«

»Der Armee kann man keine Vorschriften machen. Sie tut, was sie will, und man hat zu gehorchen. Die Armee, mein Liebling, ist nicht Warner Brothers...«

»Versprich mir... versprich mir...« Die Stimme wurde lauter, dann leise, und dann gab es einen Knacks im Apparat, und die Stimme blieb ganz weg. Sie waren getrennt. Michael wartete noch eine Weile, dann legte er den Hörer auf.

Er stand auf, ging in die Küche und machte sein Frühstück fertig. Er trug den Speck und die Eier, Toast und Kaffee, schwarz und stark, wie er ihn liebte, ins Wohnzimmer und stellte alles auf den großen Tisch am Fenster. Dann drehte er das Radio an. Man spielte ein Klavierkonzert von Brahms. Die Musik tönte voll, weich und melancholisch aus dem Lautsprecher.

Er aß langsam, bestrich den Toast dick mit Marmelade und ließ sich, stolz auf seine Kochkünste, die Eier und den starken Kaffee schmekken. Dabei lauschte er mit Genuß der traurig-süßen Musik im Radio.

Er vertiefte sich in die Theaternachrichten der Times. Spaltenlange Besprechungen unzähliger Stücke und unzähliger Schauspieler. Jeden Morgen las er die Theaterberichte mit größerem Unbehagen. Jeden Morgen schien ihm seine berufliche Lage dumm und unsicher, wenn er dieses Geschreibsel über die enttäuschten Hoffnungen und das verpulverte Geld und die abfälligen Kritiken las.

Er schob die Zeitung beiseite, zündete sich die erste Zigarette an und trank den letzten Schluck Kaffee. Dann drehte er das Radio ab. Es wurde gerade Respighi gespielt. In der Morgenluft verhallten die letzten Klänge, und das Haus lag still im Sonnenlicht da. Michael saß rauchend am Frühstückstisch und blickte träumerisch auf die Dachgärten und den kleinen Ausschnitt der Straße mit den vorbeieilenden Leuten, den er vom Fenster aus sehen konnte.

Nach einer Weile stand er auf, rasierte sich und badete. Dann zog er ein Paar alte Flanellhosen und ein weiches, altes blaues Hemd an, das vom vielen Waschen wundervoll verblaßt war. Die meisten seiner Anzüge hatte er bereits gepackt, nur noch zwei Jacketts hingen im Schrank. Nachdenklich stand er davor, unschlüssig, welches er anziehen sollte. Dann wählte er das graue. Es war alt und abgetragen, saß aber gut und war bequem.

Vor der Tür am Straßenrand stand sein Wagen, Lack und Chrom

glänzten noch von der Reinigung in der Garage. Er ließ den Motor an und drückte auf den Knopf für das Verdeck. Das Verdeck rollte langsam und reibungslos zurück. Jedesmal freute er sich wie ein kleiner Junge, wenn es so wunderbar klappte.

Er fuhr langsam die Fifth Avenue hinauf. Wenn er an einem Werktag durch die City fuhr, empfand er dieselbe kleine Schadenfreude wie damals, als er mit seinem ersten neuen Wagen, das Verdeck offen, mittags die Avenue entlanggefahren war und vom Steuer aus die Menge der berufstätigen Männer und Frauen auf dem Wege zum Lunch gesehen hatte und sich reich, erhaben und frei vorgekommen war.

Michael fuhr die breite Straße hinauf, an den üppig dekorierten Schaufenstern, an dem Reichtum, der Eleganz und dem Leichtsinn vorbei, die sie alle ausstrahlten.

Vor dem Haus, in dem Cahoon wohnte, ließ er den Wagen stehen und gab dem Portier die Schlüssel. Er hatte mit Cahoon verabredet, daß er den Wagen benutzen und in Ordnung halten sollte, bis er selbst aus dem Krieg zurückkehrte. An sich wäre es vernünftiger gewesen, den Wagen zu verkaufen, aber für Michael war die kleine blitzende Maschine ein Erinnerungsstück an seine schönsten Jahre, an lange Fahrten in den Frühling und an sorgenlose Ferientage. Er bildete sich ein, er müsse ihn als Talisman für seine glückliche Rückkehr behalten.

Er ging zu Fuß weiter und kam sich ein bißchen unbeholfen vor. Vor ihm lag plötzlich ein unausgefüllter Tag. Kurz entschlossen ging er in einen Drugstore und rief Peggy an.

»Niemand kann mir vorschreiben«, sagte er, als er ihre Stimme am Apparat hörte, »dich nur einmal täglich zu sehen.«

Peggy kicherte: »Gegen ein Uhr habe ich gewöhnlich Hunger.«

»Sehr schön, ich lade dich also zum Lunch ein«, sagte er.

»Das wollte ich hören.« Dann langsamer, überlegt: »Gut, daß du anrufst, ich muß dir nämlich etwas sehr Ernstes sagen.«

»All right«, sagte Michael, »ich bin gerade in ernster Stimmung. Ein Uhr also.«

Er hing ab und freute sich auf sie. Im Sonnenschein ging er stadtabwärts, dem Büro seines Rechtsanwalts zu, und dachte über Peggys Ankündigung nach, sie müsse ihm etwas Ernstes sagen. Er wußte, was sie damit meinte. Sie kannten sich jetzt zwei Jahre, und es waren schöne, reiche Jahre gewesen; etwas leichtsinnig und hektisch vielleicht, weil der Krieg von Tag zu Tag nähergerückt war. Heiraten in diesem verfluchten Krieg wäre die unsicherste und herzzerbrechendste Angelegenheit der Welt gewesen. Heiraten und sterben, Gräber und Witwen; der kriegsgetraute Soldat mit dem Bild seiner jungen Frau in der Brusttasche, einem Extragewicht, das ihn wie hundert Pfund Blei belastet; der Unverheiratete mit seinen wilden Träumen im nächtlichen Dschungel, mit seiner Reue, sich nicht auch eine Kriegsbraut angeschafft zu haben; und der blinde Veteran nach dem Krieg, der schuldbewußt auf die angeketteten Schritte seiner Frau neben sich lauscht...

»Hallo Michael!« Eine Hand schlug ihm auf die Schulter, und vor ihm stand Johnson in einem Rauhhaarfilzhut mit farbigem Band, mit Strickkrawatte und in einem schönen cremefarbigen Hemd unter dem blauen Jackett. »Ich wollte dich schon lange sprechen, bist du denn nie zu Hause?«

»In letzter Zeit wenig. Ich war ein bißchen zur Erholung weg«, sagte Michael. Von Zeit zu Zeit war Michael ganz gern mit Johnson zusammen. Er ging dann mit ihm zum Abendessen und hörte sich mit geheimem Vergnügen die tiefe, rollende Schauspielerstimme an. Aber seit den wütenden Streitgesprächen, die sie über den Nazi-Sowjet-Pakt gehabt hatten, fand Michael es zunehmend schwieriger, mit Johnson oder seinen Freunden einen Abend lang ruhig zu diskutieren.

»...und ich habe dir also diese Eingabe zur Unterschrift zugeschickt«, sagte Johnson und drückte Michaels Arm, während sie rasch im Gedränge weitergingen, weil Johnson nie etwas langsam tun konnte. »Und es ist so wichtig, und deshalb darf dein Name nicht darauf fehlen.«

»Was für eine Eingabe?« fragte Michael.

»An den Präsidenten, wegen der zweiten Front. Alle haben unterschrieben.« Johnsons Gesicht wurde rot vor Aufregung. »Es ist ein Verbrechen, wie wir die Russen im Stich lassen...«

Michael schwieg.

»Glaubst du etwa nicht an die zweite Front?« fragte Johnson.

»O doch«, nickte Michael, »wenn wir's schaffen.«

»Wir schaffen's ohne weiteres.«

»Möglich. Aber vielleicht haben sie Angst vor zu großen Verlusten«, meinte Michael und machte sich in diesem Augenblick klar, daß er morgen in Uniform und damit einer von denen sein würde, die eines Tages an irgendeinem Strand Europas an Land geworfen würden. »Kann sein, daß uns eine Landung eine Million, anderthalb Millionen Menschen kostet...«

»Na, wenn schon, dann kostet es eben eine Million, anderthalb Millionen Menschenleben«, rief Johnson laut und schlug ein noch rascheres Tempo an. »Das lohnt sich... Ein großes Ablenkungsmanöver. Selbst zwei Millionen sind nicht zuviel...«

Michael sah seinen Freund befremdet von der Seite an. Der hatte gut reden, mit seiner sonoren Bühnenstimme und seiner UK-Stellung in der Tasche! Da konnte man so leichthin über das Blut der anderen verfügen und sich sogar noch einen Stiefel einbilden, daß man das seine tat, den tapferen Russen auf einem fernen Kontinent mit Rat und Tat beizustehen. Was würde ein russischer Soldat, der in Stalingrad hinter Trümmern hockte und mit der Handgranate auf den anrollenden deutschen Panzer lauerte, von diesem phrasendreschenden Patrioten mit seinem Angeberhut auf dem Kopf halten, der ihn Waffenbruder nannte und seine wilden Kriegsgesänge in den unzerstörten Straßen einer unzerstörten Stadt Amerikas hinausposaunte?

»Tut mir leid«, sagte Michael, »ich bin bereit, alles zu tun, um den Russen zu helfen, aber ich glaube, wir überlassen das lieber den berufenen Männern.«

Johnson blieb jäh stehen. Er ließ Michaels Arm fahren. Auf seinem roten Gesicht bildeten sich böse Falten. »Ich will dir mal was sagen, Michael«, zischte er, »ich fange an, mich für dich zu schämen.«

Michael nickte ruhig. Er war in Verlegenheit, weil er Johnson nicht sagen konnte, was er von ihm dachte, ohne ihn zu verletzen.

»Das habe ich schon lange kommen sehen«, sagte Johnson, »du hast dich in letzter Zeit sehr zu deinem Nachteil verändert...«

»Bedaure«, sagte Michael, »ich bin vereidigter Soldat der Union, und Soldaten der Vereinigten Staaten machen über strategische Fragen keine Eingaben an ihren obersten Kriegsherrn.«

»Das sind alles Ausflüchte.«

»Vielleicht. Wiedersehen...« Und Michael drehte sich um und entfernte sich. Nachdem er einige Schritte gegangen war, rief ihm Johnson kühl nach: »Viel Glück, Michael!«

Michael winkte, ohne sich umzublicken.

Mit Unbehagen dachte er an Johnson und seine anderen Freunde. Entweder waren sie blödsinnig militaristisch wie Johnson, keine Kunst in ihren unangreifbaren zivilen Stellungen; oder sie waren unter einer dünnen Schicht von Patriotismus zynisch und gleichgültig. Aber die Zeit, fühlte Michael, hatte keinen Raum für Gleichgültigkeit. Jetzt galt kein Nein oder Vielleicht. Jetzt galt nur Ja. Soldat werden hatte auch sein Gutes. Wenigstens würde er diese verfeinerten Salonlöwen, diese poetischen Zweifler und weibischen Selbstmörder eine Weile nicht mehr sehen. Er war in einer Zeit und in einem Land aufgewachsen, in denen das Wort KRITIK großgeschrieben wurde. Alles wurde kritisiert, Bücher, Dichtkunst, Theaterstücke, die Regierung, die Politik Englands, Frankreichs, Rußlands. In den letzten zwanzig Jahren war Amerika mit Kritik überfüttert worden. »Ja, ich weiß«, konnte man hören, »in Barcelona kamen an die dreitausend um, aber wie ungeschickt der zweite Akt gemacht wurde...« Zeitalter der Kritiker, Land der Kritiker. Es begann sich in ihm die Überzeugung durchzusetzen, daß es ein säuerliches Zeitalter und ein unfruchtbares Land war, wegen der vielen Kritiker. Jetzt war nicht die Zeit für Kritiker, sondern für brüllende Volksredner, für wildes Rachegeschrei, himmelstürmende Prahlerei und Versprechungen, die man der nationalen Unwissenheit ins Gesicht schreien mußte. Es war die Zeit der Tobsüchtigen, der kampfbegeisterten Landsknechte, die auf ihr Glück vertrauen und gelassen dem Tod ins Auge schauen. Aber davon war weit und breit nichts zu spüren. Die Zivilisten sahen in diesem Krieg nur die Kehrseite der Medaille, Intrigen und Kampf um sechsprozentige Dividenden, um Farmerverbände, Industrieverbände, Gewerkschaften. Man brauchte nur in die teuren Restaurants zu gehen und zu sehen, wie sie mit Fressern überfüllt waren, mit Kriegsgewinnlern beiderlei Geschlechts, die sich beeilten, so viel wie möglich von ihrem so leicht verdienten Geld zu verpulvern oder in Luxus anzulegen, ehe die Finanzämter dahinterkamen und ihnen einen Teil wieder abjagten. Es war klar: Wer nicht Soldat wurde, war Kritiker. Was ihn betraf, so wollte er für die nächste Zeit Kritiker des Feindes sein und sonst nichts. Er kam sich albern vor, seinem Anwalt am Schreibtisch gegenüberzusitzen und seinen Testamentsentwurf durchzulesen. Von hoch oben sah er draußen die Stadt im Sonnenglanz liegen, sah die steinernen Riesen in den blauen Äther ragen, sah die Rauchschwaden der Schiffe vom Fluß aufsteigen, sah dieselbe Stadt, wie er sie immer gesehen hatte. Und nun saß er hier mit der Brille auf der Nase und las: »...ein Drittel meines Besitzes erhält meine ehemalige Frau, Laura Roberts. Diese Bestimmung ist hinfällig im Falle ihrer Wiederverheiratung. Der Vollstrecker wird dann ermächtigt, den Betrag folgendermaßen zu verteilen...«

Er fühlte sich gesund und jung, wozu ein Testament? Außerdem war diese Juristensprache geschwollen und häßlich. Er schaute zu dem Anwalt, Mr. Piper, hinüber. Der fing auch schon an, eine Glatze zu kriegen, dazu hatte er eine ungesunde, gelbliche Gesichtsfarbe und war aufgedunsen. Er unterschrieb, während Michael las, einen Haufen Briefe, die Lippen aufgeworfen und glücklich, daß er Geld verdienen konnte, glücklich, daß er drei Kinder hatte und an Gicht litt und daß sie ihn deshalb nicht einziehen konnten. Michael bedauerte jetzt, daß er das Testament nicht selbst entworfen hatte, in seinem eigenen Stil. Irgendwie war es entwürdigend, der Nachwelt durch diese trockenen, geldgierigen Worte des kahlköpfigen Anwalts in Erinnerung zu bleiben. Ein Testament sollte ein kurzes, deutliches, persönliches Dokument sein, das das

Leben des Erblassers widerspiegelt und seine letzten Wünsche bezüglich seines Besitzes wie ein Denkmal seinen Nachkommen überliefert. Zum Beispiel: »An meine Mutter, zum Zeichen meiner Liebe und für die Schmerzen, die sie meinetwegen ertrug und noch ertragen muß...«

»An meine geschiedene Frau, der ich demütig verzeihe in der Hoffnung, daß auch sie mir verzeihen möge und daß sie sich der schönen Tage erinnere, die wir gemeinsam verlebten...«

»An meinen Vater, der ein hartes und bitteres Leben hinter sich hat und sich so tapfer im Kampf ums Dasein zeigte und den ich vor seinem Hinscheiden noch einmal zu sehen hoffe...«

Statt dessen hatte Piper elf eng beschriebene Seiten vollgeschmiert, die von ›wenn‹ und ›aber‹, ›wohingegen‹ und ›obengenannt‹ nur so wimmelten. Sollte Michael in diesem Krieg fallen, so würde er seinen Erben als Beispiel für ein Sammelsurium einsilbiger Einschränkungen und vorsichtiger Verklausulierungen in Erinnerung bleiben.

Später vielleicht, dachte Michael, wenn ich fühle, daß ich *wirklich* fallen werde, schreibe ich ein neues, besseres als dieses hier. Und er unterschrieb die vier Durchschläge.

Piper drückte auf einen Knopf an der Seite seines Schreibtisches, und herein kamen zwei Sekretärinnen. Die eine war Notarin und brachte ihr Amtssiegel gleich mit. Sie stempelte die Papiere mechanisch, und beide Frauen unterschrieben das Testament als Zeugen. Michael konnte sich nicht helfen, aber das war auch alles falsch. Ein Testament gehörte von guten alten Freunden unterschrieben, die ihn schon lange kannten und seinen Tod wirklich betrauern würden.

Michael blickte auf den Kalender: der dreizehnte. Er lächelte säuerlich. Er war zwar nicht abergläubisch, aber das ging nun doch ein bißchen zu weit. Die Sekretärinnen verschwanden wieder, und Piper erhob sich. Sie schüttelten sich die Hände, und er sagte: »Ich werde Ihre Angelegenheiten in Ordnung halten und Ihnen monatlich eine Aufstellung über Einnahmen und Ausgaben schicken.«

Sleepers Stück, an dem Cahoon Michael einen fünfprozentigen Gewinnanteil eingeräumt hatte, ging großartig. Es war auch kein Zweifel, daß es später verfilmt werden würde, so daß sich im Laufe der Jahre ein Haufen Geld auf seinem Konto ansammeln mußte. »Ich werde der reichste GI in der amerikanischen Armee sein«, meinte Michael lächelnd.

»Trotzdem«, sagte Piper, »ich finde, Sie sollten mir Vollmacht geben, das Geld anzulegen.«

»Nein, danke schön.« Michael lehnte ab. Piper hatte schon oft über diese Frage mit ihm gesprochen und verstand immer noch nicht, weshalb Michael nicht wollte. Piper war Besitzer eines Paketes sehr guter Stahlaktien und wollte Michael überreden, auch einige zu kaufen. Aber Michael hatte eine dickköpfige und abergläubische Abneigung dagegen, aus Geld Geld zu machen, am Schweiß anderer zu verdienen. Er hatte seine Einstellung Piper zu erklären versucht, aber dem Anwalt ging das nicht ein. Daher lächelte Michael jetzt nur und schüttelte verneinend den Kopf. Piper zuckte bedauernd die Schultern und reichte ihm die Hand: »Viel Glück. Sicher ist der Krieg bald aus.«

»Bestimmt«, sagte Michael, »und vielen Dank.«

Schnell verließ er das Büro. Er war froh, diese Sache hinter sich zu haben. Immer fühlte er sich beklommen und unsicher, wenn er mit Anwälten zu tun hatte. Und diesmal war es schlimmer als je gewesen.

Er klingelte nach dem Aufzug. Als er herunterkam, war er voll von Sekretärinnen, die zum Lunch unterwegs waren. Es roch nach Puder, und alles plapperte durcheinander. Während der Aufzug die vierzig Stockwerke des Wolkenkratzers hinunterfegte, fragte sich Michael, wie es möglich war, daß diese jungen, intelligenten Frauen es hinter Schreibmaschinen, Akten, Notariatssiegeln, Pipers und ihrer blödsinnigen Juristensprache ein Leben lang aushielten. Er atmete auf, als er die Fifth Avenue hinauf dem Restaurant zuging, wo er sich mit Peggy verabredet hatte. So, jetzt war Schluß mit dem geschäftlichen Teil. Der Nachmittag und die ganze Nacht bis um halb sieben am nächsten Morgen, wo er sich im Rekrutierungsbüro zu melden hatte, gehörten ihm. Niemand hatte auch nur eine Minute dieser kostbaren Zeit von ihm zu beanspruchen. Die Zivilbehörden hatten ihn freigegeben, und die Militärbehörde hatte noch keine Gewalt über ihn. Jetzt war es ein Uhr. Siebzehneinhalb Stunden im Niemandsland zwischen einem Leben und dem nächsten.

Er fühlte sich wohl und munter und schaute gutgelaunt auf die breite, sonnige Straße mit ihren vorbeieilenden Menschen, wie ein Plantagenbesitzer nach einem guten Frühstück, der über die weiten Felder und fetten Äcker seines Besitzes schlendert. Die Fifth Avenue war sein Feld, die City seine Plantage, die Schaufenster seine Kornkammern, der Central Park sein Treibhaus, die Theater seine Werkstatt, und alles war in vollem Betrieb und tadellos in Schuß.

Was würde wohl geschehen, wenn zwischen der Kathedrale und dem Rockefeller Center plötzlich eine Bombe heruntersauste? Er prüfte etwas zweifelnd die Gesichter der umherwimmelnden Menschen. Aber niemand schien mit einer derartigen Möglichkeit zu rechnen, jeder schien vollauf mit sich selbst und seinen Angelegenheiten beschäftigt zu sein. Wenn schon Bomben, dann in die Londoner Saville Row, auf den Place Vendôme, Unter den Linden, auf die Piazza Vittore Emanuele, auf den Roten Platz in Moskau vielleicht, aber die Welt würde niemals so weit von ihren vorgeschriebenen Normen abweichen, auch nur ein Schaufenster bei Saks zertrümmern zu lassen.

An der grauen Kathedrale vorbei schritt er zur Madison Avenue. Auch hier machte keiner den Eindruck, als ob ihm der Gedanke eines möglichen Bombenangriffs je in den Kopf gekommen wäre. Am Columbia-Broadcasting-Gebäude vorbei spazierten zwei Leutnants der Luftwaffe in ihren Sommeruniformen mit dem deutlichen Bewußtsein ihrer neuerworbenen militärischen Würde. In ihren Gesichtern wenigstens müßte man doch die Erkenntnis entdecken können, daß nichts in der Welt unverletzlich ist, nicht einmal der Stein- und Blumenhof des Rockefeller-Wolkenkratzers oder die moderne Funkburg von Radio City. Aber die beiden Leutnants gingen eilig vorbei, und wenn er etwas in ihren Gesichtern lesen konnte, so war es die Sorge, daß die Mädchen, mit denen sie sich verabredet hatten, den teuersten Lunch auf der Karte bestellen würden.

Vor einem Hutgeschäft blieb Michael stehen. Es war ein guter Laden, die Hüte kosteten von fünfzehn bis fünfundzwanzig Dollar, weicher, leichter Filz in Braun und Grau mit unauffälligen Bändern. Aber keine Helme, keine häßlichen, zerdrückten Mützen zu noch so billigem Preis, keine Garnisonsausrüstung, keine Abzeichen für die Luftwaffe oder Infanterie, oder das Sanitätskorps. Das war übrigens auch ein Problem. Als Soldat hatte man eine Kopfbedeckung zu tragen, Helm oder Mütze oder weiß der Teufel. Auf jeden Fall mußte man etwas auf dem Kopf tragen. Und Michael trug nie einen Hut, auch nicht im Regen oder im Schnee. Er bekam sofort Kopfschmerzen. Wenn also der Krieg noch fünf Jahre dauerte, würde er fünf Jahre lang Kopfweh haben?

Er eilte weiter, um in das Restaurant zu kommen, wo er sich mit Peggy verabredet hatte. Sie würde sicherlich schon da sein. Was gab es alles für unerwartete Kriegsprobleme, wie zum Beispiel diese Hutfrage! Oder: Er hatte einen sehr leichten Schlaf, wachte beim geringsten Geräusch auf und war nicht gewohnt, mit jemand anderem im selben Zimmer zu schlafen. Mußte er also das Schlafen bis nach dem Krieg aufschieben? Und dann das Badezimmer. Ein abschließbarer Baderaum war für die meisten Amerikaner seiner Kreise im zwanzigsten Jahrhundert eine Selbstverständlichkeit. Sollten etwa alle körperlichen Funktionen, die man auf der Toilette und im Badezimmer abzumachen pflegte, ausfallen bis zum Endsieg über Hitler? Michael dachte mit Schrecken an die langen Reihen Soldaten auf den offenen Latrinen und seufzte trotz des hellen Sonnenscheins auf der schönen Avenue. Es wäre wahrscheinlich leichter, in einem blutgetränkten Schützengraben eine Kugel ins Hirn zu kriegen, als auf eine Mannschaftslatrine zu gehen. Das moderne Leben mit seinen Bequemlichkeiten, dachte er, ist eine schlechte Vorschule für den Soldatenberuf.

Und dann die Frage der Erotik. Viele Kapazitäten behaupten zwar, sie sei bloß eine Gewohnheit. Aber wenn sie eine Gewohnheit ist, dann ist sie schon sehr tief eingewurzelt. Ob er verheiratet war oder nicht, in den glücklichen Jahren zwischen 1930 und 1940, seit seinem siebzehnten Lebensjahr, hatte er immer und regelmäßig Verkehr mit Frauen gehabt. Die paarmal, die er gelegentlich eine Woche oder etwas länger keine Frau gehabt hatte, war er rastlos und unglücklich gewesen. Die aufrührerischen Säfte seiner Jugend hatten sich in seinen Lenden gesammelt und ihn nervös und reizbar gemacht; er war zum Arbeiten unfähig und hatte nur einen Gedanken im Kopf – Frauen. In dem Männerhaufen der Armee, in der strengen Ordnung der Kaserne, auf den langen Märschen und in fremden Quartieren war es sehr unwahrscheinlich, daß sich ausgerechnet für einen unbekannten Soldaten unter einem Helm, wie Millionen ihn trugen, Frauen finden würden, um seine besonderen sexuellen Bedürfnisse zu befriedigen. Der Ex-Schwergewichtler Gene Tunney war für völlige Enthaltsamkeit der Soldaten eingetreten. Er behauptete, die Ärzte hätten festgestellt, es schade niemandem. Aber was hätte Freud zu dieser Theorie des Besiegers von Jack Dempsey gesagt? Michael feixte. Heute konnte er noch feixen, aber etwas später, wenn das Jahr sich seinem Ende näherte und er auf seinem Feldbett oder Strohsack inmitten einer schnarchenden, stinkenden Soldatenhorde wachliegen würde, sah die Sache weniger lustig aus.

Dulce et decorum est pro patria mori... alles schön und gut. Aber die anderen Opfer waren vielleicht nicht so leicht zu bringen.

Er ging die beiden Stufen zum Eingang des kleinen französischen Restaurants hinunter und sah Peggy schon durchs Fenster an der Bar sitzen.

Das Lokal war brechend voll, und an der Bar saß sie neben einem leicht angesäuselten Matrosen mit feuerrotem Haar. Immer, wenn er Peggy in Lokalen traf, betrachtete er sie zuerst heimlich einige Sekunden lang. Er freute sich an der Lebensneugier, die sich in ihrem Gesicht widerspiegelte, an ihrer hohen Stirn, ihren schönen Augen. Er bewunderte die Art, wie sie ihr Haar trug, wie sie sich anzog, und ihm schien, daß dieses große, schlanke, verläßliche Mädchen das Schöne und Gute, was diese Stadt zu bieten hatte, in sich vereinte. Alles, was Michael an die Stadt fesselte, war untrennbar mit ihr verknüpft: die Straßen, die Häuser, die sie gemeinsam betreten hatten; die Theaterstücke, die Gemäldeausstellungen, die Winternachmittage in den Bars, wenn die Kälte die Fenster beschlug und der gute scharfe Cocktail so herrlich die Kehle hinunterrann, erfrischend und wärmend zugleich. Da saß sie nun, mit den vom schnellen Gehen geröteten Wangen, hell und freudig glänzten ihm die Augen entgegen. Die langen, schmalen Hände berührten nach alter Gewohnheit seinen Ärmel, und es war unmöglich, sich vorzustellen, daß das alles binnen kurzem nicht mehr sein würde, daß er einmal hierherkommen würde und sie nicht mehr da wäre...

Wie er sie ansah, verflogen die traurigen, häßlichen Gedanken, die ihn auf dem Weg durch die Stadt und im Büro des Anwalts gequält hatten. Lachend streichelte er ihre Hand und setzte sich auf den Hocker neben sie. »Was willst du heute nachmittag anfangen?« fragte er sie.

»Warten.«

»Worauf?«

»Daß ich eingeladen werde.«

»All right«, sagte Michael, »du bist hiermit eingeladen. Einen Oldfashioned«, bestellte er beim Mixer. »Ich kenne da einen Mann, der bis morgen früh um halb sieben nichts zu tun hat.«

»Und was soll ich denen im Büro sagen?«

»Sag ihnen, du seist in eine Truppenbewegung verwickelt worden«, meinte er mit ernstem Gesicht.

»Ob das wirkt?« fragte Peggy zweifelnd, »mein Chef ist gegen den Krieg.«

»Du kannst ihm ja sagen, die Truppen seien auch gegen den Krieg.«

»Vielleicht sag' ich ihm gar nichts«, sagte Peggy.

»Ich rufe ihn an«, schlug Michael vor, »und sage ihm, du seist zum letztenmal gesehen worden, wie du auf einem Martini Extra Dry in Richtung Washington Square segeltest.«

»Das versteht er auch nicht. Er trinkt nicht.«

»Dein Chef ist ein gefährlicher Ausländer«, sagte Michael.

Sie stießen leise zusammen. Dabei bemerkte Michael, daß der Matrose sich an ihn lehnte und Peggy anstarrte.

»Goldrichtig«, sagte der Matrose.

»Wenn Sie nichts dagegen haben«, sagte Michael im Bewußtsein, sich einen scharfen Ton gegen Uniformierte noch leisten zu können, »möchte ich mich mit dieser Dame ungestört unterhalten.«

»Goldrichtig«, sagte der Matrose. Er klopfte Michael auf die Schulter, und Michael fiel im gleichen Augenblick der Feldwebel ein, der beim Lunch in Hollywood am Tage nach der Kriegserklärung Laura so gierig angestarrt hatte. »Goldrichtig«, wiederholte der Matrose. »Ihr seid zu bewundern. Ihr habt's raus. Wozu die Weiber auf'm Bahnhof zum Abschied küssen und in'n Krieg ziehen. Bleib daheim und nimm sie ins Bett, dann stimmt der Laden.«

»Hören Sie mal zu«, brauste Michael auf.

»Entschuldigung«, sagte der Matrose, warf Kleingeld auf den Bartisch und setzte seine Mütze auf, sehr gerade und vorschriftsmäßig, ein weißer Punkt auf seinem roten Haarschopf, »ist mir bloß so rausgefahren. Ich muß jetzt abhauen, wir kommen nach Erie, Pennsylvania.« Sehr aufrecht verließ er das Restaurant.

Michael sah ihm nach und mußte lachen. Er lachte noch, als er sich wieder Peggy zuwandte. »Ein rauher, aber herzlicher Ton...« sagte er und wollte weitersprechen. Aber er sah, daß sie weinte. Sie saß da in ihrem hübschen Kleid und ließ die Tränen die Wangen hinunterlaufen, ohne sie abzutrocknen.

»Peggy«, redete er ihr sanft zu und warf einen Blick zum Mixer hinüber. Der beschäftigte sich angelegentlich mit seinen Gläsern und Flaschen am anderen Ende der Bar. Wahrscheinlich, dachte Michael, und streichelte Peggy tröstend, wahrscheinlich sind diese Mixer heutzutage 'ne ganze Menge Tränen gewöhnt und haben sich eine Technik angeeignet, wie man sie am besten übersieht.

»Verzeih«, sagte Peggy. »Ich fing an zu lachen, und dann kamen die Tränen von selbst.«

In diesem Augenblick kam der Ober mit italienischer Hast und sagte: »Ihr Tisch ist jetzt frei, Mr. Whitacre.«

Michael nahm die beiden Gläser und folgte Peggy und dem Ober zu einem kleinen Tisch an der Wand. Als sie sich setzten, waren Peggys Tränen versiegt, aber alles Interesse war aus ihrem Gesicht verschwunden, und Michael hatte sie noch nie so teilnahmslos gesehen.

Den ersten Gang aßen sie schweigend. Michael ließ Peggy Zeit, sich zu erholen. Er war das gar nicht an ihr gewöhnt. Er hatte sie noch nie weinen sehen. Er hatte sie immer für ein Mädchen gehalten, das unangenehmen Dingen mit ruhigem Gleichmut begegnete. Sie beklagte sich nie und geriet nicht über Nebensächlichkeiten in Aufregung wie so viele andere Frauen. Er hatte es daher nicht nötig gehabt, eine bestimmte Technik des Tröstens oder des Aufmunterns bei ihr zu erfinden. Während sie aßen, warf er ihr ab und zu einen Blick zu. Aber sie schaute nicht auf, sondern beugte sich stumm über ihren Teller.

»Tut mir leid«, sagte sie schließlich, als sie beim Kaffee waren, und ihre Stimme klang rauh. »Tut mir leid, daß ich mich so danebenbenahm. Ich sollte natürlich lustig und unbeschwert sein und mich lachend von dem jungen Helden verabschieden. Geh und laß dir eine blaue Bohne in deinen verdammten Dickschädel schießen, Liebling. Ich warte auf dich mit einem Martini in der Hand. So ähnlich, nicht?«

»Hör auf, Peggy!« sagte Michael.

»Trag meinen Handschuh in der Tasche, der wird dich beschützen.«

»Was ist eigentlich los?« fragte Michael albern, denn er wußte genau, was los war.

»Was soll schon los sein? Ich bin eben scharf auf Kriege, furchtbar scharf«, sagte sie und lachte hysterisch. »Wäre doch schrecklich, wenn irgendwo Krieg wäre und ein gewisser Jemand, den ich kenne, nicht drin umkommen würde.«

Michael seufzte. Er fühlte sich hilflos und verlegen. Trotzdem hätte er es auch nicht gerne gesehen, wenn Peggy zu den patriotischen Frauen gehört hätte, die den Ausbruch eines Krieges wie eine Hochzeit feierten.

»Was willst du, Peggy?« fragte er sie und dachte an die Armee, die ihn unwiderruflich um halb sieben am nächsten Morgen erwartete. Er dachte an die anderen Armeen auf beiden Seiten der Welt, die ebenfalls auf ihn warteten, um ihn umzubringen. »Was soll ich tun?«

»Nichts«, sagte Peggy. »Du hast mir zwei kostbare Jahre deines Lebens geschenkt. Was kann ich mehr verlangen? Und jetzt geh und laß dich totschießen. Ich werde vor der Toilette des Stork Clubs einen goldenen Gedenkstern für dich aufhängen.«

Der Ober war an den Tisch getreten. »Noch etwas?« fragte er und lächelte sein italienisches Lächeln für gut zahlende Gäste.

»Für mich einen Kognak«, sagte Michael. »Du, Peggy?«

»Nichts, danke. Ich bin vollkommen zufrieden«, sagte Peggy.

Der Ober zog sich zurück. Wenn der im Jahr 1920 nicht von Neapel hier herübergekommen wäre, dachte Michael, säße er jetzt im libyschen Sand, statt in einem eleganten Restaurant in der 56. Straße die Gäste anzulächeln.

»Willst du wissen, was ich heute tun möchte?« fragte Peggy plötzlich.

»Ja.«

»Ich möchte irgendwo hingehen und heiraten.« Dabei blickte sie ihn über das weinbefleckte Tischtuch hinweg herausfordernd an. Am Tisch nebenan sagte eine vollschlanke Blonde in einem roten Kleid zu dem weißhaarigen Mann, mit dem sie aß: »Sie müssen mich unbedingt Ihrer Frau vorstellen, Mr. Cawpowder. Sie ist sicherlich ganz entzückend.«

»Hast du gehört, was ich sagte?« fragte Peggy.

»O ja.«

Der Ober kehrte zurück und brachte den Kognak. »Nur noch drei

Flaschen davon da. Man kriegt heute einfach keinen Kognak mehr«, sagte er.

Michael betrachtete das freundlich-dumme Gesicht des Kellners. Er wußte nicht warum, aber er konnte den Mann nicht leiden. »Wetten, daß es in Rom genug Kognak gibt?« fragte er.

Der Kellner zuckte nervös, und Michael konnte sich vorstellen, daß er dachte: Ah, schon wieder einer, der mich für Mussolini verantwortlich macht. Dieser Saukrieg, porco di Madonna!

»Wahrscheinlich haben Sie recht, Sir«, sagte der Kellner und versuchte, durch die gequälten Bewegungen seiner Hände und die traurig heruntergezogenen Lippen klarzumachen, daß er jede Verantwortung für das italienische Heer, die italienische Flotte und die italienische Luftwaffe ablehnte.

»Nun?« fragte Peggy laut.

Michael trank langsam und schweigend seinen Kognak.

»Okay«, sagte Peggy. »Ich habe verstanden.«

»Ich sehe keinen Sinn darin, jetzt zu heiraten«, sagte Michael.

»Du hast ganz recht«, sagte Peggy. »Ich kam auch nur darauf, weil ich es nicht mehr ertragen kann, daß nur unverheiratete Männer totgeschossen werden.«

»Peggy«, sagte Michael leise und legte seine Hand auf die ihre, »das sieht dir gar nicht ähnlich.«

»Vielleicht sieht es mir gerade ähnlich. Vielleicht sahen mir die letzten zwei Jahre nicht ähnlich. Glaube ja nicht«, sagte sie kalt, »daß du in fünf Jahren zurückkommen kannst, die ganze Brust voll Orden, und ich mit einem Willkommensgruß auf dich warte.«

»Okay. Sprechen wir nicht darüber«, sagte Michael verdrossen.

»Doch, ich spreche davon«, sagte Peggy.

»Okay. Also sprich davon«, sagte Michael.

Er sah, daß sie mit den Tränen kämpfte. Ihre Gesichtszüge lösten sich und wurden weich. »Ich hatte mir vorgenommen, sehr lustig zu sein«, sagte sie mit zitternder Stimme. »Du ziehst in den Krieg? Fein, trinken wir einen! Und ich hätte durchgehalten, wenn der verdammte Matrose vorhin nicht gewesen wäre. Ich will dir mal was sagen: Ich werde dich vergessen. Es gab mal einen anderen Mann, in Österreich, und ich glaubte, ich würde ihn bis an mein Lebensende nicht vergessen können. Wahrscheinlich war er wertvoller als du, mutiger und sanfter, und ein Vetter von ihm schrieb mir letztes Jahr aus der Schweiz, daß die Nazis ihn in Wien umgebracht hätten. Ich hatte mich mit dir an dem Abend, an dem der Brief kam, ins Theater verabredet, und ich dachte: Du kannst heute abend nicht ausgehen. Und dann kamst du, und ich sah dich an und hatte den anderen Mann eigentlich vergessen. Er war tot, und ich erinnerte mich nicht mehr so richtig an ihn, obgleich ich ihn auch einmal bat, mich zu heiraten. Viel Glück scheine ich in dieser Hinsicht nicht zu haben, was?«

»Jetzt hör auf, Peggy! Bitte, hör auf!« sagte Michael leise und eindringlich. Aber Peggy fuhr fort, mit tränenerstickter Stimme in der Vergangenheit zu wühlen. »Ich bin blöd«, sagte sie, »ich hätte ihn wahrscheinlich vergessen, auch wenn wir verheiratet gewesen wären. Ich würde sicher auch dich vergessen, wenn du lange genug weg wärest. Wahrscheinlich ist das Ganze nur ein dummer Aberglaube von mir. Ich denke mir, wenn alles verbrieft und gesiegelt ist und du weißt, wo du hingehörst, dann wirst du eines Tages auch zurückkommen. Quatsch natürlich... Er hieß Joseph, hatte kein Heim, nichts. Und selbstverständlich haben sie ihn umgebracht.« Plötzlich stand sie auf und sagte: »Warte draußen auf mich, ich bin gleich zurück.«

Sie lief durch den kleinen dunklen Raum, vorbei an der Bar, vorbei an den alten Karten französischer Weingebiete, die überall an den verrauchten Wänden hingen. Michael ließ das Geld für die Rechnung auf dem Tisch liegen, mit einem hohen Trinkgeld für den Kellner, um ihn für seine kränkende Bemerkung zu entschädigen. Dann trat er langsam auf die Straße hinaus.

Nachdenklich rauchte er vor dem kleinen Restaurant seine Zigarette. Nein, dachte er, eine Heirat unter den jetzigen Umständen wäre eine Dummheit. Ich kann mich damit nicht auch noch belasten. Und ihr kann ich es ebensowenig zumuten. Wenn sie ihn vergessen würde, dann war das eben ein Beitrag zu den Kriegskosten, den man zahlen mußte. Er wurde zwar nicht in den Verlustlisten aufgeführt, soundso viele Tote, Verwundete, soundsoviel Eigentum zerstört, aber es war trotzdem ein Kriegsverlust. Es war sinnlos, das nicht zu erkennen.

Peggy kam heraus. Ihr Haar glänzte in der Sonne, als ob sie es kräftig gebürstet hätte. Sie hatte sich wieder gefaßt und lächelte ihn an: »Entschuldige«, sagte sie und streichelte seinen Arm, »ich bin über mein Benehmen ebenso erstaunt wie du.«

»Schon gut«, sagte Michael, »ich bin heute auch nicht in bester Form.«

»Ist alles Unsinn, was ich dir erzählt habe. Du glaubst mir doch, nicht wahr?«

»Selbstverständlich«, antwortete Michael.

»Ein andermal sollst du mehr von dem Mann in Wien hören...« sagte Peggy. »Eine interessante Geschichte übrigens, besonders für einen Soldaten.«

»Sicherlich«, sagte Michael höflich, »wird mich sehr interessieren.«

Sie blieb stehen und winkte ein Taxi heran, das langsm von der Lexington Avenue herunterfuhr, »ich glaube, es ist besser, wenn ich mich für den Rest des Nachmittags in die Arbeit stürze, meinst du nicht auch?«

»Gott, nötig ist es nicht...«

Peggy lächelte. »Aber es ist doch eine gute Idee. Heut abend treffen wir uns wieder, als ob wir nicht zum Lunch zusammengewesen wären. Es ist mir lieber so. Du wirst den Nachmittag schon irgendwie hinbringen, nicht?«

»Natürlich«, versicherte er.

»Also, Liebling, unterhalte dich gut bis heute abend«, sagte sie und küßte ihn flüchtig. »Und vergiß nicht: den grauen Anzug!«

Ohne sich umzublicken, sprang sie in das Taxi und fuhr in Richtung der Third Avenue davon. Michael sah dem Wagen nach, bis er um die Ecke bog, und ging langsam auf der schattigen Seite der Straße weiter.

Halb absichtlich, halb unbewußt gab er es auf, an Peggy zu denken. Es gab so viele andere Dinge, die ihm durch den Kopf gingen. Der Krieg machte einen Mann zum kalten Rechner; er verschlang alle seine Gefühle. Aber natürlich war das kein Entschuldigungsgrund. Ehrlich gesagt, er wollte nicht an Peggy denken. Er kannte sich zu genau, um sich einzureden, er könnte zwei, drei oder vier Jahre einer Fotografie treu bleiben, einem Brief pro Monat, einer schönen Erinnerung... Und er wollte sie auch nicht an sich binden. Sie, zwei vernünftige, aufrichtige Menschen, standen genau demselben Problem gegenüber wie viele Millionen andere Leute. Und für sie gab es auch keine bessere Lösung als die des jüngsten, dümmsten und ungebildetsten Hinterwäldlers, der in Stunden der Gefahr schon immer mit der Flinte in der Hand aus den Bergen heruntergekommen war und seine Cora Sue selbstverständlich zu Hause gelassen hatte. Er wußte genau, daß sie weder am Abend noch später wieder darüber sprechen würden, bis der Krieg zu Ende war. Aber er wußte auch, daß ihn in einsamen Nächten auf fernen Kontinenten die Erinnerung an diesen Sommernachmittag quälen und eine Stimme in seinem Innern immer wieder fragen würde: »Warum hat du's nicht getan? Warum nicht? Warum nicht?«

Er schüttelte den Kopf, gleichsam, um klar zu werden, und schritt energisch zwischen den hochragenden braunen Gebäuden dahin. Er begegnete einem alten Mann, der mühsam am Stock ging. Trotz der warmen Tage trug der Mann einen wollenen Schal und einen langen Mantel. Sein Gesicht war voller Leberflecke, und die Hände zeigten eine gelbliche Farbe. Seine wässerigen Augen starrten Michael verbittert und vorwurfsvoll an, als ob jeder junge Mann, der mit flottem Schritt durch die Straßen ging, eine Beleidigung sei für ihn, der vermummt und zitternd dem Grabe zuging.

Der Blick des Alten war so auffallend, daß Michael stehenblieb und zurückblickte, um sich zu vergewissern, ob der Greis ihn vielleicht kenne und ihn mit einem persönlichen Haß verfolge. Aber der Mann war ihm fremd, und Michael schlenderte langsam weiter. Idiot, dachte er. Du hast alles gehabt, das ganze Menü heruntergegessen, Suppe, Fisch, Weiß- und Rotwein, den Burgunder und den Bordeaux, Rehrücken, Roastbeef, Salat, Käse; und jetzt, wo's auf den Nachtisch mit Kognak zugeht, findest du die Süßspeise bitter und den Schnaps zu scharf und haßt alle, die sich später als du an den Tisch setzen. Ich würde zum Beispiel mit dir tauschen, alter Herr, dachte Michael. Du hast wenigstens die besten Jahre erlebt, die Amerika je hatte. Die Jahre voll Zuversicht, die Jahre der kurzen Kriege, der lächerlich geringen Verluste, die gesunde, kräftige Luft der Jahrhundertwende. Du hast geheiratet und dich im selben Haus zwanzig Jahre lang unter einer großen Kinderschar zu Tisch gesetzt, und wenn es Krieg gab, dann haben Ausländer ihn für dich ausgefochten. Beneide mich ja nicht! Was für ein Glück, ein Geschenk des Himmels geradezu, im Jahre 1942 siebzig zu sein und am Rande des Grabes zu stehen! Du tust mir leid, mit deinem schweren Mantel um die alten Knochen, dem dicken Wollschal um deinen faltigen Hals und der zitterigen Hand auf dem Stock... aber, eigentlich sollte ich mir selbst viel mehr leid tun. Zwar friere ich jetzt nicht, meine Hand und mein Schritt sind nicht altersschwach... aber, ich werde vielleicht nie mehr Gelegenheit haben, an einem Sommertag zu frieren oder mich aus Schwäche auf einen Stock zu stützen. Ich bin in der Pause herausgeholt worden und werde zum zweiten Akt nicht mehr erscheinen. Michael vernahm das Klappern von hohen Absätzen neben sich und blickte die Frau an, die ihn überholte. Sie trug einen Strohhut mit breiter Krempe und einem grünen Band. Das Sonnenlicht stahl sich durch das Stroh und ließ das Gesicht zart und rosig erscheinen. Ihr Kleid war hellgrün. Die Farbe wirkte kühl, aber der Stoff schmiegte sich in aufreizenden Falten um die Hüften. Sie hatte braune nackte Beine. Sie bemühte sich, Michaels bewundernden, höflichen Blick zu übersehen. Schnell überholte sie ihn und ging vor ihm her. Michaels Augen folgten genießerisch der gut angezogenen, hübschen Gestalt, und ein Lächeln huschte über sein Gesicht, als die Frau sich unwillkürlich durchs Haar strich und daran herumzupfte, eine hilflose, reizende Reaktion auf die Tatsache, daß der junge Mann sie hübsch fand.

Sein Lächeln ging in ein Grinsen über. Nein, alter Herr, dachte er, es war ein Irrtum. Ich bedaure mich nicht. Geh und leg dich ins Grab, meinen Segen hast du. Ich werde die Mahlzeit mit Genuß bis zum Ende genießen.

Er pfiff fröhlich vor sich hin, als er etwas später an diesem Nachmittag auf die Bar zuging, in der er sich mit Cahoon verabredet hatte, um sich von ihm zu verabschieden.

15. Kapitel

Das waren die Gespräche beim Dünnbier in der PX-Kantine in Fort Dix im Staat New Jersey an einem warmen Sommerabend des Jahres 1942:

»Ich hab' ein Auge, tatsächlich nur ein Auge, und ich hab' das den Halunken gesagt, und die sagten bloß kv, und hier bin ich.«

Oder: »Ich bin Vater eines zehnjährigen Mädchens. Sie leben von Ihrer Frau getrennt, sagten die – kv. In den Staaten wimmelt's bloß so von unverheirateten jungen Kerlen ohne Kinder, aber mich müssen sie haben!«

Oder: »Drüben in Europa, wenn sie dich zu den Soldaten holen wollen, biste zum Spezialisten gegangen, der hat 'n bißchen rumgefingert, und schon hatts'de 'nen wunderschönen Bruch, der für fuffzig Kriege gut war. Hier in Amerika, ein Blick und sie sagen: Junge, in zwei Tagen werden wir dir die Eier auf neu schleifen. Wirst staunen. Kv.«

Oder: »Das soll Bier sein? Es ist doch zum Kotzen! Sobald der Staat seine Finger irgendwo reinsteckt, ist's schon Mist, sogar Bier.«

Oder: »Ist alles 'ne Frage von Beziehungen, Mensch. Wenn du die richtigen Beziehungen hast, kannste Joe Louis in der zweiten Runde k. o. schlagen, und du bleibst uk wegen allgemeiner Körperschwäche.«

Oder: »Ich hab' Magengeschwüre, kann ich euch sagen. Jedesmal, wenn's Telefon läutet, krieg' ich 'ne Blutung. Was sagen die? Die Röntgenaufnahme ist tadellos, kv! Die ruhen nicht, bis ich eingehe. Bin bloß neugierig, ob sie mich auf dem Arlington-Friedhof begraben. Womöglich geben sie mir dann 'ne Auszeichnung wegen zu viel Magensäure und 'n militärisches Begräbnis. Können sie sich beides in'n Arsch stekken. Bis jetzt hab' ich den Saufraß noch nicht angerührt, aber ich bin ja kein Hungerkünstler. Einmal diese Spaghetti und Käse und Erdnußbutter, und die haben 'n toten Soldaten auf'm Hals. Ich hab' sie gewarnt, aber nein: Kv!«

Oder: »Ich hab' ja nichts dagegen, das Vaterland zu verteidigen. Aber daß sie mir zweiundzwanzig Dollar im Monat abziehen und meiner Frau schicken, dagegen hab' ich allerdings 'ne ganze Masse. Seit elf Jahren leb' ich von meiner Frau getrennt, und die hat mit jedem Mann von sechzehn bis fünfundsechzig zwischen hier und Salt Lake City gepennt, und dafür kriegt sie auch noch zweiundzwanzig Dollar im Monat!«

Oder: »Wenn ich aus diesem Scheißkrieg heimkomme, schlag' ich den Vorsitzenden des Rekrutierungsbüros tot. Ich habe ihm ausdrücklich gesagt, ich will zur Küstenwache. Ich habe mich extra freiwillig dazu gemeldet, ich bin gern am Meer, aber nein, er sagt: kv! Gewöhnen Sie sich halt ans Land.«

Oder: »Hör mal zu, Kamerad, wenn's heißt, in drei Gliedern angetreten, dann stell dich in die Mitte. Nicht vorn, nicht hinten, nicht an die Flügel. In die Mitte, verstehste? Dann holen sie dich nicht zu jedem Dreck, verstehste? Und bleib von deinem Zelt weg, außer bei Nacht! Die schnüffeln den ganzen Tag im Lager rum, und wenn sie einen im Zelt liegen sehen, den greifen sie sich und lassen ihn Lkw abladen für die Verpflegung.«

Oder: »Ich hätt' ja Offizier werden können, aber 's hätt' 'ne Weile gedauert, und die Rekrutierungskommission war scharf auf mich, jesusmäßig scharf.«

»Siehst du die beiden da drüben in feldmarschmäßiger Ausrüstung? Marschieren vorm Geschäftszimmer auf und ab, auf und ab, auf und ab seit fünf Tagen. Auf und ab, auf und ab, die müssen so ungefähr dreihundert Kilometer marschiert sein. Haben sich nach Trenton verpißt, um 'n anständiges Bier zu trinken, und der Feldwebel hat sie gesehen, und jetzt müssen sie marschieren, bis wir eingeladen werden. Wegen ein paar Bier. Und das nennt sich 'n freies Land!«

Und: »Wenn sie dich fragen, sagste, du kannst tippen. Ganz Wurscht, ob du tippen kannst oder nicht. Du kannst einfach tippen. Die sind nämlich furchtbar scharf auf Leute, die tippen können. Und eins ist klar: Wo Kugeln pfeifen, steht kein Schreiber. Wenn du sagst, du kannst nicht tippen, stecken sie dich in die Infanterie, und dann kannste deiner Mutter schreiben, sie soll langsam anfangen, 'n netten goldenen Stern fürs Fenster zu kaufen.«

Und: »In der Armee sind sie schärfer auf'n Schwanz als 'ne spanische Braut in der Hochzeitsnacht. Jetzt bin ich zwölf Stunden Soldat, und die haben schon dreimal Schwanzparade gemacht. Gegen wen sollen wir eigentlich antreten – gegen die Japsen oder die Weiberhockeymannschaft in Vassar?«

Und: »Bei der Luftwaffe bist du viel besser dran.«

Und: »In der Artillerie bist du sicher.«

Und: »Unsere ist die mieseste Kompanie in Fort Dix. Stellt euch vor, der Koch hat mit einem vom Küchenstrafdienst angebändelt, und jetzt ist er vors Kriegsgericht gekommen und zum Stabsfeldwebel degradiert worden.«

Und: »Seit 1931 ist das die erste Nacht, wo ich ohne meine Frau schlafe. Ich glaub', ich schaff's nicht.«

Und: »Mensch, hier kriegt man Fromms Akt umsonst!«

Und: »Wißt ihr schon, im PX kann man Bibeln kaufen, broschiert, für fünfundzwanzig Cents.«

Und: »Herrgottsakrament! Die machen zu!«

In der stillen, sternklaren Sommernacht von New Jersey ging Michael die bespienen Stufen der PX-Kantine hinunter. Er hatte viel Bier getrunken. In dem steifen grünen Drillichanzug, der nach dem Lagerraum eines Kurzwarenladens roch, die Füße in die neuen plumpen Stiefel eingezwängt, von denen er schon Blasen hatte, ging er zwischen den Zeltreihen entlang, an den beiden unseligen Gestalten vorbei, die mit vollem Gepäck auf und ab marschierend ihre paar Bier in Trenton bezahlten, an den Kartenspielern vorbei, die seit gestern dasaßen und da noch sitzen würden, bis sie fielen oder die Japsen kapitulierten, an den heimwehkranken, dunklen Figuren, die hinter den Zelten standen und zum Nachthimmel emporblickten, an den Männern vorbei, die ihre Zivilkleider zusammenpackten, um sie dem Roten Kreuz zu schicken, an den Gefreiten vorbei, die die wirkliche Arbeit machten, sich auch schon als halbe Offiziere aufführten und jetzt in der Gegend herumschnauzten: »In zehn Minuten Licht aus! In zehn Minuten Licht aus!«

Er ging in sein Zelt, das kahl und karg unter der einzigen elektrischen Birne dalag, zog sich langsam aus und schlüpfte in Unterhosen unter die rauhe Decke, weil er sich geschämt hatte, mit einem Schlafanzug in den Krieg zu ziehen. Der Mann aus Elmira, der neben dem Zelteingang schlief, löschte das Licht. Er war schon drei Wochen hier, weil er Tierarzt von Beruf war und das Bataillon versuchte, ihn irgendwo hinzustecken, wo er mit Maultieren umzugehen hatte. Aber es schien in einem modernen Krieg nicht genug Maultiere zu geben. Der Mann aus Elmira drehte das Licht aus, weil er als Zeltältester für solche Verrichtungen zuständig war.

Der Mann rechts von Michael schnarchte schon. Er war Sizilianer und behauptete, schreiben und lesen zu können. Vorläufig mußte er erst mal neunzig Tage im Lager warten, bis er seine amerikanischen Einbürgerungspapiere bekam. Dann erst sollte über seine weitere Verwendung entschieden werden.

Von den anderen Männern wußte Michael nichts Näheres. Sie lagen in der Dunkelheit und lauschten dem Schnarchen des Sizilianers oder den von anderen Zelten herüberdringenden Geräuschen, eine bunt zusammengewürfelte Herde von Männern, die keine Zivilisten mehr und noch keine Soldaten waren und die jetzt, ganz allmählich und unauffällig, auf den künftigen Heldentod vorbereitet werden sollten.

Jetzt ist es also soweit, dachte Michael und roch die Decke unter seinem Kinn. Ich bin Soldat. Ich hätte mich viel früher melden sollen, aber ich hab's nicht getan. Und ich hätte mich drum drücken können. Das hab' ich auch nicht getan. Hier bin ich jetzt, unter dieser steifen Decke, in diesem Zelt, und ich habe immer gewußt, daß es eines Tages so sein würde. Dieses Zelt, die Decke, die schnarchenden Männer haben auf mich dreiunddreißig Jahre gewartet, und jetzt bin ich endlich zu ihnen gestoßen. Das ist der Anfang der Sühne. Jetzt bezahle ich. Ich bezahle für meine feine Weltanschauung, für mein leichtes Leben, das gute Essen und die weichen Betten, die süßen Mädchen und das leichtverdiente Geld. Ich bezahle für die dreiunddreißig Jahre Ferien, die heute morgen zu Ende gingen, als der Feldwebel mir befahl: »Sie, heben Sie die Kippe auf!«

Er schlief schnell ein, obgleich von draußen Rufe und Pfiffe und das Gegröle Betrunkener hereindrangen. Und er schlief traumlos die ganze Nacht hindurch.

16. Kapitel

Der General war nach vorn gekommen, um die Truppe zu inspizieren. Er strahlte Vertrauen und Sicherheit aus, ein untrügliches Zeichen, daß etwas in der Luft lag. Sogar der italienische General in seinem Gefolge, das aus zehn gewichtigen Offizieren mit Augengläsern und Schutzbrillen, mit Schals und blitzenden Orden bestand, hatte Vertrauen ausgestrahlt. Daraus entnahmen sie, daß etwas Großes bevorstand. Der General hatte sich ungewöhnlich kameradschaftlich gegeben. Er lachte jovial, wenn er mit den Soldaten sprach, klopfte ihnen auf die Schulter und zwickte sogar einen jungen Achtzehnjährigen in die Wange, der vor kurzem als Ersatzmann aus der Heimat der Korporalschaft Himmlers zugeteilt worden war. Das war ein ganz sicheres Zeichen dafür, daß ein Haufen Leute fallen würde, und zwar sehr bald.

Aber es gab noch andere Anzeichen. Himmler war vor zwei Tagen im Divisions-Stabsquartier gewesen. Dort hatte er im Radio gehört, daß die Engländer wieder einmal in ihrem Hauptquartier in Kairo einen Haufen Papiere verbrannten. Die Briten schienen überhaupt unbegrenzte Mengen Papier zum Verbrennen zu haben. Im Juli haben sie Papier verbrannt, im August, und jetzt hatte man Oktober, und sie verbrannten immer noch.

Himmler hatte auch den Kommentator im Radio sagen hören, die strategischen Pläne für die nächste Zukunft bestünden in einem Durchbruch nach Alexandrien und Jerusalem, um schließlich in Indien den Japanern die Hand zu reichen. Zugegeben, es hörte sich ein bißchen übertrieben und großmäulig für Männer an, die seit Monaten auf demselben Wüstenfleck in der heißen Sonne standen, aber der Plan hatte zweifellos etwas Zuversichtliches an sich. Auf jeden Fall wurde damit bewiesen, daß der General wenigstens einen Plan hatte.

Die Nacht war vollkommen ruhig. Nur bisweilen vernahm man einige Schüsse, oder kurzes Maschinengewehrfeuer flackerte auf, um sofort wieder zu verstummen. Der Mond schien, und der blasse Himmel mit den matt schimmernden Sternen vermischte sich mit den Schatten, die über der Wüste lagerten.

Christian stand allein auf Wache. Er hielt die Maschinenpistole lokker im Arm und spähte in die Dunkelheit hinaus, in deren Schutz der Feind lag. Tiefe Stille umgab ihn, von keinem der Soldaten hörte man einen Laut.

Die Nacht hatte auch ihre Vorteile. Man konnte sich zum Beispiel frei bewegen, ohne Angst haben zu müssen, daß man einem Engländer ins Fernglas lief, der sich dann überlegte, ob man zwei oder drei Granaten wert war. Auch der Gestank war nicht so schlimm. Der Gestank war das hervorstechendste Merkmal des ganzen Wüstenkrieges. Das Wasser war knapp, nicht einmal genug zum Trinken hatte man, von Baden ganz zu schweigen. Den ganzen Tag schwitzte man, kam wochenlang nicht aus der Uniform heraus, so daß die Kleider einem buchstäblich am Leibe faulten. Man spürte Hemd und Bluse im Rücken steif werden. Fast jeder litt an Hitzepickeln, die juckten und brannten. Aber die Nase litt am meisten. Die Ausdünstungen des menschlichen Körpers waren nur zu ertragen, wenn man die Schweißkruste täglich abwusch. Seinen eigenen Gestank spürte man nicht so sehr, natürlich, denn sonst würde man sich einfach selbst umbringen. Aber sobald man sich einer Gruppe von Leuten näherte, sprang einen der Gestank an wie der Stoßkeil eines Angriffs.

Die Nacht war der einzige Trost. Es hatte sowieso verdammt wenig Tröstliches gegeben, seitdem sie in Afrika ausgeladen worden waren. Sie hatten zwar gesiegt, gewiß, und sie waren von Bardia bis hierher vorgerückt, etwa auf hundert Kilometer an Alexandrien heran. Aber irgendwie übte der Sieg auf das Leben der Soldaten an der Front keinen Einfluß aus. Für die eleganten Offiziere in den Stabsquartieren war das natürlich etwas anderes. Da bedeutete der Sieg wahrscheinlich große Festereien mit Wein und Bier, jedesmal, wenn eine Stadt genommen wurde. Aber hier, bei den Frontschweinen, hieß das nur, daß man am nächsten Morgen ebensogut tot sein konnte und auf jeden Fall in demselben sandigen Dreckloch kampieren mußte wie bisher. Und daß die Männer links und rechts von einem nach einem Sieg ebenso bestialisch stanken wie nach einer Niederlage.

Wenn er es so bedachte, so hatte er eigentlich nur vierzehn erträgliche Tage gehabt, als sie ihn wegen Malaria ins Lazarett nach Cyrene gebracht hatten. Dort war es kühl und grün gewesen, und man konnte im Meer baden.

Als Himmler von dem Plan des deutschen Generalstabes erzählt hatte, sich mit den Japanern in Indien zu vereinen, sagte Knuhlen, der kürzlich mit dem Ersatz aus der Heimat gekommen war und unwillkürlich in Himmlers Fußstapfen als Komiker der Kompanie getreten war: »Wer den Japsen in Indien die Hand reichen will, kann von mir aus gehen. Was mich anbelangt, ich bleibe lieber in Alexandrien und reiche ein paar von den italienischen Nutten die Hand, die dort haufenweise in den Straßen rumlaufen sollen.« Christian feixte in der Dunkelheit, als er an Knuhlens derbe Witze dachte. Wahrscheinlich werden heute nacht wenig Witze auf der anderen Seite des Minenfeldes erzählt, dachte er.

Dann kam der riesige Feuerschein, hundertfünfzig Kilometer breit, und eine Sekunde darauf der Knall. Christian fiel in den Sand, als die Granaten um ihn herum explodierten.

Er schlug die Augen auf. Es war noch dunkel, aber er wußte, daß er in einem fahrenden Wagen fuhr. Und er wußte, daß er nicht allein war. Denn um ihn herum war der Gestank. Es roch wie vernachlässigte Pissoirs in Paris und eiternde Wunden und ungewaschene Kinder. Dann erinnerte er sich an das Heulen der Granaten über seinem Kopf und schloß wieder die Augen.

Es war ein Lkw, kein Zweifel. Und Krieg war auch noch, denn er hörte Artilleriefeuer, mal näher, mal entfernter. Und es mußte sehr schlimm gewesen sein, denn eine Stimme in der Dunkelheit neben ihm sagte weinend: »Ich heiße Richard Knuhlen, ich heiße Richard Knuhlen«, immer wieder, immer wieder. Als ob er sich selbst beweisen wollte, daß er ein normaler Mann mit allen fünf Sinnen sei, der genau wußte, wer er war und was er tat.

Christian starrte in die schwarze Dunkelheit und auf das stark riechende Segeltuch, das über ihm hin und her schwankte und knatterte. Die Knochen seiner Arme und Beine fühlten sich an, als ob sie gebrochen wären. Seine Ohren schienen ihm gegen den Schädel geschlagen worden zu sein, und eine Zeitlang lag er auf dem Pritschenboden des Lkws und überlegte sich in der Schwärze der Nacht, ob er sterben müsse.

»Ich heiße Richard Knuhlen«, sagte die Stimme wieder, »und ich wohne in der Karl-Ludwig-Straße Nummer drei. Ich heiße Richard Knuhlen und wohne...«

»Halt die Schnauze, Mensch!« rief Christian und fühlte sich schon besser. Er versuchte sogar, sich aufzurichten, aber das war zuviel. Er legte sich wieder flach hin, schloß die Augen und wunderte sich über die farbigen Wellen hinter seinen Augenlidern, die wie Raketen durcheinanderschossen. Das Geweine neben ihm hörte endlich auf, und jemand sagte: »Wir werden uns mit den Japsen vereinen, und ich weiß auch, wo.« Und lachte wie ein Irrer. »In Rom«, sagte die Stimme immer noch lachend. »Auf Mussolinis Balkon in Rom. Das muß ich dem Kommandeur noch sagen.« Und dann erkannte Christian die Stimme. Es war Himmler. Und jetzt entsann er sich auch an vieles, was in den vergangenen zehn Tagen geschehen war.

Das Sperrfeuer in der ersten Nacht war schlimm, aber sie hatten sich alle gut eingebuddelt, und es hatte nur Meyer und Heiß erwischt. Er erinnerte sich an einen großen Feuerschein und Scheinwerfer und an einen brennenden Panzer hinter ihnen, und vor ihnen sahen sie kleine Benzinfeuer brennen, die die Engländer benutzten, um für ihre Panzer und Infanterie einen Weg durch die Minenfelder abzustecken. Und man sah kleine, dunkle Gestalten plötzlich im Scheinwerferlicht auftauchen und geschäftig hin und her springen und wieder im Dunkel verschwinden. Dann hatte die eigene Artillerie eingesetzt. Nur ein feindlicher Panzer war herangekommen, aber alle Geschütze im Umkreis von tausend Meter hatten ihr Feuer auf ihn konzentriert. Einige Minuten später öffnete sich die Luke, und sie sahen mit Entsetzen, daß der Mann, der herauskletterte, lichterloh brannte.

Der ganze Angriff an ihrem Abschnitt nach dem Sperrfeuer hatte nur zwei Stunden gedauert. In drei Wellen kamen sie, und der ganze Erfolg waren sieben steckengebliebene Panzer, verkohlt, mit gebrochenen Raupen, schief im Sand liegend, und eine große Anzahl Toter um sie herum verstreut. Ein zufriedenstellendes Ergebnis. Die Kompanie hatte nur fünf Tote verloren, und Hardenburg grinste über das ganze Gesicht, als er am anderen Morgen zum Bataillon fuhr, um Meldung zu machen.

Aber gegen Mittag setzte das Geschützfeuer von neuem ein. Ganze Schwärme von Panzern rückten in das Minenfeld vor. Im Sande unsicher schwankend kamen sie näher. Diesmal durchbrachen sie die Linien, aber die nachkommende Infanterie wurde zurückgeschlagen. Was von den Panzern übriggeblieben war, drehte sich ein paarmal um und schoß aufs Geratewohl in die Deutschen hinein, um dann außer Reichweite der Geschütze zu rollen. Sie wollten gerade aufatmen, als die britische Artillerie sie wieder zudeckte. Diesmal wurde das Feldlazarett getroffen, Sanitäter, Verwundete und alles. Alle schrien durcheinander, und niemand konnte aus seinem Schützenloch heraus, um ihnen zu helfen. Wahrscheinlich hatte Knuhlen da angefangen zu heulen und seinen Namen in die Gegend zu brüllen. Und Christian erinnerte sich noch genau, wie er gedacht hatte: Diesmal wird's ernst.

Er begann zu zittern. An beiden Seiten des engen Loches, in dem er hockte, mußte er sich mit aller Kraft stützen. Als er über den Rand des Loches spähte, schienen Tausende von Tommys direkt auf ihn zuzukommen. Einige wurden durch die hochgehenden Minen in Fetzen gerissen; dazwischen rannten wie kleine Käfer die MG-Schützen und feuerten, und am liebsten wäre er aus seinem Loch gesprungen und hätte geschrien: »Was fällt euch ein? Ich bin malariakrank. Ihr wollt doch nicht etwa einen Kranken umlegen?« So ging es viele Tage und Nächte lang. Er bekam Fieber, es stieg und ging wieder zurück, und um die Mittagszeit, wenn es am heißesten war, hatte er Schüttelfrost. Von Zeit zu Zeit sträubte sich sein Verstand gegen diese Art Krieg. Sie haben dir nie gesagt, daß es so lange dauern würde, und sie haben dir nie gesagt, daß man dabei auch noch Malariaanfälle kriegt.

Dann, ganz plötzlich, war der Spuk zu Ende, und Christian wunderte sich, daß er und die anderen noch da waren. Waren die Tommys doch Idioten, einen solchen Krach zu machen. Dann schlief er ein, in seinem Schützenloch. Eine Sekunde später schüttelte ihn Hardenburg am Arm, schaute auf ihn hinunter und sagte: »Teufel noch mal, Sie leben ja noch!« Er wollte antworten, aber seine Zähne klapperten im Schüttelfrost, und er konnte die Augen nicht länger aufhalten. Schwach lächelte er zu Hardenburg hinauf. Der packte ihn beim Kragen und schleifte ihn wie einen Kartoffelsack über den Boden, wobei Christians Kopf nach beiden Seiten den verstreut liegenden Leichen zunickte. Mit Staunen bemerkte er, daß es stockdunkel war und daß ein Lkw mit laufendem Motor dastand, und er sagte ganz laut: »Ruhe, der Mann da!« Der Mann neben ihm weinte wieder und sagte: »Ich heiße Richard Knuhlen«, und dann wieder, auf dem dunklen Holzboden unter der stinkenden Plane und unter dem schüttelnden, ratternden Geräusch des Lkws: »Ich heiße Richard Knuhlen und wohne in der Karl-Ludwig-Straße Nummer drei.« Als er endlich zu klarem Bewußtsein erwachte und sah, daß er diesmal noch durchgekommen war und daß sie auf dem Rückzug waren und daß er immer noch Malaria hatte, dachte er im Fieber: Jetzt möcht' ich den General sprechen. Ob er immer noch so viel Vertrauen hat?

Dann hielt der Lkw, und Hardenburg kam nach hinten und rief: »Alle raus! Alle!«

Langsam krochen die Männer nach hinten. Sie bewegten sich schwerfällig, als ob sie in dickem Schlamm wateten. Zwei oder drei fielen einfach auf den Boden, als sie heruntersprangen. Sie blieben liegen und rührten sich nicht, als die anderen beim Herunterklettern auf ihnen herumtrampelten. Christian war der letzte. Als er herausgeklettert war und dastand, dachte er triumphierend: Ich kann mich auf den Beinen halten! Ich kann's.

Hardenburg stand im Mondlicht da und schaute ihn nachdenklich an. In der Ferne sah man links und rechts Mündungsfeuer aufblitzen, und in der Luft war ein dauerndes Rollen. Aber die Tatsache, daß sie vorläufig davongekommen waren, machte den Geschützdonner und den Feuerschein am Horizont belanglos.

Christian sah sich die Männer genau an, die um ihn herumstanden und wie Schlafwandler wankten. Nur wenige von ihnen kamen ihm bekannt vor, aber bei Tageslicht würde sich das schon finden. »Wo ist die Kompanie?« fragte er.

»Hier, das ist die Kompanie«, sagte Hardenburg. Seine Stimme klang ganz verändert, und es schien Christian, daß jemand ihn nachmachte und es gar nicht Hardenburg war. Er sah zweifellos wie der Leutnant aus, aber Christian nahm sich vor, ihn sich später noch mal genau anzusehen.

Hardenburg streckte die Hand vor und fuhr Christian mit der Handfläche roh über das Gesicht. Seine Hand roch nach Fett und Maschinenöl und nach der verschwitzten Manschette. Christian wich etwas zurück und blinzelte. »Sind Sie in Ordnung?« fragte Hardenburg.

»Jawohl, Herr Leutnant, vollkommen«, antwortete Christian. Um den Rest der Kompanie muß er sich später noch kümmern, dachte Christian unvermittelt.

Der Motor des Lkws wurde wieder angelassen, und der Wagen fuhr langsam an. Zwei Männer taumelten hinterher.

»Hierbleiben!« befahl Hardenburg. Die Männer blieben stehen und schauten dem Lkw nach, der jetzt Gas gab und über den hellen Sand weiter nach Westen fuhr. Sie standen am Fuße einer kleine Erhebung und beobachteten schweigend, wie der Wagen an Hardenburgs Motorrad vorbei den sandigen Hang erklomm. Einen Augenblick hoben sich seine Umrisse auf dem Kamm des Hügels groß gegen den Horizont ab. Dann verschwand er auf der anderen Seite.

»Wir graben uns hier ein«, sagte Hardenburg und zeigte steif mit der Hand auf den glitzernden Sand des Hanges. Die Männer sahen ihn verständnislos an. »Sofort anfangen!« befahl Hardenburg. »Diestl, Sie bleiben bei mir!«

»Jawohl«, sagte Christian zackig. Er ging zu Hardenburg hinüber und freute sich, daß seine Beine ihm den Dienst nicht versagten.

Hardenburg kletterte auf die Anhöhe. Er bewegte sich mit beinahe übermenschlicher Lebendigkeit. Fabelhaft, dachte Christian, und kletterte hinter dem Leutnant her, so ein magerer, kleiner Kerl und nach allem, was er in den letzten zehn Tagen durchgemacht hat...

Die Soldaten befolgten unlustig den Befehl. Hardenburg gab jedem einzelnen mit einer schroffen Handbewegung die Stelle an, wo er sich eingraben sollte. Sie waren im ganzen siebenunddreißig Mann, und Christian nahm sich wieder vor, später zu fragen, was aus dem Rest der Kompanie geworden war. Hardenburg teilte die Leute so ein, daß sie in einer unregelmäßigen, dünnen Linie weit auseinandergezogen ungefähr auf der Höhe eines Drittels des Anstiegs liegen würden. Als er seine Anweisungen erteilt hatte, schaute er zusammen mit Christian auf die gebückten kleinen Gestalten herunter, die sich einbuddelten. Christian wurde plötzlich klar, daß sie im Falle eines Angriffs festgenagelt waren und keine Rückzugsmöglichkeit über den Hügel bestand. Und dann begriff er, was da geschah.

»Fertig, Diestl, kommen Sie mit!« befahl Hardenburg.

Christian folgte dem Leutnant und half ihm schweigend, das Motorrad den Hang hinaufzuschieben. Gelegentlich hörte einer der Männer auf zu graben und sah ihnen zu. Christian atmete schwer, als sie mit dem Motorrad endlich den Kamm erreicht hatten. Er blieb neben Hardenburg stehen, und sie sahen den grabenden Männern zu. Die Szene sah friedlich und unwirklich aus: Der hell scheinende Mond und die leere Wüste und die müden Bewegungen der schaufelnden Leute. Wie ein Traumbild aus der biblischen Geschichte.

»Wenn sie angegriffen werden, gibt es keinen Rückzug«, sagte Christian leise.

»Ganz recht«, erwiderte Hardenburg gleichgültig.

»Himmelfahrtskommando«, sagte Christian.

»Klar«, sagte Hardenburg. Und dann erinnerte sich Christian an etwas, was Hardenburg ihm vor langer Zeit bei El Agheila einmal gesagt hatte: »Wenn eine Stellung unter allen Umständen gehalten werden muß, stellt ein guter Offizier seine Truppe so auf, daß sie keine Möglichkeit zum Rückzug hat. Wenn sie dadurch gezwungen wird, zu siegen oder zu fallen, hat der Offizier seine Pflicht bestens getan.«

»Wie ist eigentlich alles gekommen?« fragte Christian.

Hardenburg zuckte mit den Schultern: »Sie sind an unseren beiden Flügeln durchgebrochen.«

»Und wo stehen sie jetzt?«

Hardenburg schaute matt nach dem Mündungsfeuer im Süden und dem Feuerschein im Norden hinüber. »Vielleicht wissen Sie es, ich nicht.« Er beugte sich über das Motorrad und prüfte den Benzinstand. »Reicht für hundert Kilometer«, murmelte er. »Sind Sie soweit in Ordnung, daß Sie sich auf dem Rücksitz halten können?« Christian zog die Stirn in Falten und überlegte. Ganz langsam antwortete er: »Jawohl, Herr Leutnant.« Er drehte sich um und schaute noch einmal zu den schaufelnden, stolpernden Männern am Abhang hinunter und wußte, daß sie auf verlorenem Posten standen. Einen Augenblick kam ihm der Gedanke, zu Hardenburg zu sagen: »Nein, Herr Leutnant, ich bleibe hier.« Aber damit wäre schließlich auch nichts gewonnen.

Ein Krieg hatte seine eigenen Gesetze, und Christian begriff, daß Hardenburg sich nicht aus Feigheit rettete. Ebenso wußte er, daß er selbst sich nicht absetzte, um seine Haut zu retten. Diese Männer da unten am Hang konnten vielleicht eine britische Kompanie eine Stunde lang aufhalten. Dann waren sie erledigt, und es würde nichts von ihnen mehr übrigbleiben. Wenn Hardenburg und er blieben, würden sie das Ende höchstens eine Viertelstunde verzögern. So war's. Und er wußte, das nächstemal wurde vielleicht er auf einem kahlen Hügel ohne Hoffnung zurückgelassen, und ein anderer konnte sich in fragwürdige Sicherheit bringen.

»Bleiben Sie hier, setzen Sie sich in den Sand und ruhen sich aus«, sagte Hardenburg. »Ich gehe noch mal zu den Leuten zurück und sage ihnen, wir holen eine Minenwerferabteilung zur Unterstützung heran.«

»Jawohl«, sagte Christian und ließ sich in den Sand fallen. Er sah noch, wie Hardenburg schnell den Hang hinunterschlitterte, auf die Stelle zu, wo Himmler buddelte. Dann fiel er auf die Seite und schlief ein.

Er erwachte, als Hardenburg ihn aufrüttelte. Er schlug die Augen auf und fühlte sich so kraftlos, daß er nicht glaubte, sich aufsetzen, dann aufstehen und einen Schritt um den anderen zum Motorrad hin machen zu können. Er wollte sagen: »Bitte, lassen Sie mich hier«, wollte sich auf die Seite rollen und weiterschlafen. Aber Hardenburg packte ihn am Kragen und zerrte ihn in die Höhe. Schließlich stand Christian auf den Beinen. Mechanisch ging er ein paar Schritte, seine Stiefel machten ein Geräusch wie das Bügeleisen seiner Mutter, wenn sie zu Hause steifgefrorene Wäsche plättete. Er half Hardenburg, das Motorrad anzuschieben. Hardenburg schwang sich gewandt in den Sattel und trat auf das Startpedal. Die Maschine knatterte ein paarmal, lief aber nicht an.

Christian sah zu, wie der Leutnant im sinkenden, fahlen Mondlicht wütend an der Zündung herumwirtschaftete. Plötzlich bemerkte er eine Gestalt, die sie beide beobachtete. Es war Knuhlen, der Mann, der die ganze Zeit im Lkw geheult und Namen und Adresse hinausgebrüllt hatte. Er hatte aufgehört zu graben und war dem Leutnant den Abhang hinauf gefolgt. Er sprach kein Wort und beobachtete Hardenburg, wie er immer wieder auf das Pedal trat.

Jetzt sah ihn auch Hardenburg. Er holte tief Atem, sprang von der Maschine und sagte: »Knuhlen, gehen Sie an Ihren Posten zurück!«

»Jawohl«, sagte Knuhlen, blieb aber stehen.

Hardenburg trat dicht an ihn heran und schlug ihm mit der Faust ins Gesicht. Knuhlens Nase blutete. Er zog die Nase hoch, rührte sich aber nicht von der Stelle. Schlaff hingen seine Arme herunter, als ob sie zu nichts mehr zu gebrauchen wären. Sein Gewehr und den Spaten hatte er in dem Loch liegenlassen, an dem er gegraben hatte. Hardenburg trat einen Schritt zurück und schaute den Mann ohne jede Bosheit an, als ob die Dickköpfigkeit des Mannes eine Kleinigkeit sei, die er schon zur rechten Zeit überwinden würde. Dann ging er wieder auf ihn zu und gab ihm zwei harte Faustschläge. Knuhlen sackte langsam in die Knie und blickte Hardenburg von unten herauf an.

»Aufstehen!« herrschte ihn Hardenburg an.

Knuhlen erhob sich stumm, seine Arme hingen am Körper herunter.

Christian musterte ihn gleichgültig. Warum bleibst du nicht unten? dachte er und haßte den schlappen, unförmigen Soldaten, wie er gleich einem stummen Vorwurf auf dem mondbeschienenen Kamm stand. Warum läßt du dich nicht totschießen?

»So«, sagte Leutnant Hardenburg, »und jetzt zurück, den Hügel hinunter!«

Aber Knuhlen stand da wie ein Holzklotz, als ob er taub wäre. Hin und wieder sog er das Blut ein, das von seiner Nase tropfte. Das saugende Geräusch, das von der gebeugten, schweigsamen Gestalt kam, hörte sich sonderbar an. Christian mußte an eines der modernen Gemälde denken, das er in Paris gesehen hatte. Drei abgemagerte, stille, dunkle Gestalten auf einem kahlen Hügel unter einem sinkenden Mond, und um sie herum beinahe dasselbe geheimnisvolle unirdische Glitzern.

»Schön, dann nicht«, sagte Hardenburg. »Kommen Sie mit.«

Er faßte die Maschine an der Lenkstange und schob sie die andere Seite des Hügels hinunter, aus dem Gesichtskreis der grabenden Soldaten. Christian warf einen letzten Blick auf die sechsunddreißig verlorenen Männer, die sich wie Marionetten in die Sandkruste der Wüste einbuddelten. Dann folgte er Hardenburg und Knuhlen auf dem nach unten führenden Pfad.

Knuhlen ging wie taub hinter der Maschine her. So gingen sie schweigend etwa fünfzig Meter. Dann hielt Hardenburg an. »Halten Sie«, sagte er zu Christian.

Christian lehnte die Maschine gegen seine Beine und hielt sie fest. Knuhlen war im Sand stehengeblieben und schaute Hardenburg erwartungsvoll an. Hardenburg räusperte sich, als ob er eine Rede halten wollte, ging dann auf Knuhlen zu und schlug ihn zweimal, rasch und hart, direkt in die Augen. Diesmal fiel Knuhlen auf den Rücken. Ohne einen Laut von sich zu geben, starrte er den Leutnant beharrlich an. Hardenburg blickte gedankenvoll auf ihn hinunter, nahm seine Pistole aus dem Futteral und entsicherte sie. Knuhlen bewegte sich nicht, und auf seinem blutigen, dunklen Gesicht war keine Regung in dem fahlen Licht zu bemerken.

Hardenburg schoß. Knuhlen wollte sich aufrichten und stützte sich dabei auf die Hände. »Herr Leutnant«, sagte er in höflichem Ton. Dann fiel er um und lag mit dem Gesicht nach unten im Sand.

Hardenburg steckte die Pistole weg. »Erledigt«, sagte er.

Dann kam er zu seinem Motorrad zurück und schwang sich in den Sattel. Er trat auf das Pedal, und diesmal sprang die Maschine an.

»Aufsitzen!« befahl er Christian.

Vorsichtig hob Christian ein Bein und schwang es über den Rücksitz des Motorrades. Unter ihm knatterte der Motor.

»Halten Sie sich fest, legen Sie die Arme um mich«, sagte Hardenburg. Christian umklammerte Hardenburg. Eine ungewöhnliche Lage, dachte er, einen Offizier zu umarmen wie ein Mädchen, das an einem Sonntagnachmittag mit einem Burschen des Motorradklubs in den Wald fährt. Dabei strömte Hardenburg einen so furchtbaren Geruch aus, daß Christian fürchtete, sich übergeben zu müssen.

Hardenburg schaltete den Gang ein, und die Maschine spuckte und ratterte, und Christian wollte rufen: »Aufhören!«, weil er das Gefühl hatte, so eine Absetzbewegung müßte so ruhig wie möglich vor sich gehen, statt den siebenunddreißig Mann da unten wie mit Trompeten klarzumachen, daß man sie im Dreck sitzenließ, um zu sterben, und daß andere noch am Leben sein würden, während sie schon längst im Sande lagen.

Übrigens sind es nur noch sechsunddreißig, verbesserte sich Christian und stellte sich die kleinen Schützenlöcher vor, die die britischen Tanks und Panzerwagen aufhalten sollten. Drei Dutzend. Drei Dutzend Soldaten, dachte er, klammerte sich auf der ratternden Maschine fest an den Leutnant und nahm sich vor, keinen Fieberanfall oder Schüttelfrost zu bekommen; was kostet das Dutzend?

Sie erreichten eine Ebene, und Hardenburg gab Vollgas. Sie rasten über die leere Fläche unter dem letzten Schimmer des untergehenden Mondes. Ringsum blitzten die Mündungsfeuer der Geschütze. Bei der rasenden Fahrt pfiff Christian der Wind um die Ohren und wehte ihm die Mütze vom Kopf. Es war ihm gleichgültig, weil der Wind auch sein Gutes hatte. So konnte er wenigstens Hardenburgs Gestank nicht riechen.

Sie fuhren etwa eine halbe Stunde nach Nordwesten. Das Geschützfeuer am Horizont wurde stärker. Das Motorrad schoß zwischen Sanddünen und vereinzelten Grasbüscheln dahin. Am Weg lagen einige ausgebrannte Panzer und demontierte Lastwagen, deren nackte Chassis wie Flakgeschütze in die Luft ragten. Auch ein paar frische Gräber waren zu sehen, in höchster Eile gegraben, mit einem Gewehr oder Bajonett darauf, auf den ein Stahlhelm gestülpt war; manchmal auch abgestürzte Flugzeuge mit zertrümmerten Propellern und abgebrochenen Tragflächen, in deren glitzerndem Metall sich der Mond spiegelte. Aber erst, als sie weit im Norden in einen Weg einbogen, der nach Westen lief, trafen sie auf andere Truppen. Plötzlich fanden sie sich in einem langen Konvoi von Lkws, Panzern, Spähwagen und Motorrädern, der langsam im Sand und Staub des Wüstenweges vorwärtskroch.

Hardenburg versuchte den Zug zu überholen und bog nach der Seite aus, aber nicht zu weit, weil man nie wissen konnte, wo Minen lagen, da auf diesem Boden schon viele Kämpfe stattgefunden hatten. Er hielt an, und Christian wäre beinahe vom Sitz geschleudert worden, wenn sich Hardenburg nicht umgedreht und ihn festgehalten hätte.

»Danke«, sagte Christian höflich. Er hatte gerade einen Fieberanfall, seine Zähne klapperten, und seine Zunge war geschwollen.

»Wenn Sie wollen, können Sie in einen dieser Lkws steigen«, rief Hardenburg und winkte weitausholend mit dem Arm zu der vorbeidröhnenden Karawane hin. »Aber ich rate es Ihnen nicht.«

»Wie Sie meinen, Herr Leutnant«, sagte Christian unter einem gefrorenen Lächeln wie ein Betrunkener auf einem langweiligen Gartenfest.

Hardenburg schrie: »Ich weiß nicht, wo die hinfahren. Irgendwo wenden sie vielleicht und stehen dann mitten in der Front.«

»Natürlich«, sagte Christian.

»Besser, wir verlassen uns auf unsere eigene Maschine«, meinte Hardenburg, und Christian war irgendwie dankbar, daß der Leutnant so freundlich war, ihm alles zu erklären.

»Ja«, sagte er, »das stimmt.«

»Was haben Sie gesagt?« schrie der Leutnant, als ein Panzer an ihnen vorbeiratterte.

»Ich meinte...« Christian zögerte. Er hatte vergessen, was er gesagt hatte. Schließlich antwortete er: »Ich meinte, ich bin vollkommen einverstanden.« Dabei nickte er zweideutig.

»Gut«, sagte Hardenburg und knüpfte das Taschentuch auf, das Christian um den Hals gebunden hatte. »Das binden Sie am besten vors Gesicht, gegen den Staub.« Und er begann, es fest um Christians Hinterkopf zu binden.

Christian schob vorsichtig die Hände des Leutnants beiseite. »Verzeihen Sie bitte einen Augenblick«, sagte er, bog sich nach vorn und übergab sich. Die Leute in dem vorbeifahrenden Lastwagen nahmen weder von ihm noch von dem Leutnant Notiz. Sie blickten geradeaus wie in einer Todeskarawane, ohne jedes Interesse, ohne Neugier, Ziel und Hoffnung.

Christian richtete sich wieder auf. Er fühlte sich jetzt besser, wenn auch der Geschmack im Munde scheußlicher war als zuvor. Er band das Taschentuch quer über die Nase, so daß es den unteren Teil seines Gesichts bedeckte. Seine Finger knüpften ungeschickt an dem Tuch herum, aber schließlich hatte er es soweit. »Ich bin fertig«, meldete er.

Auch Hardenburg hatte jetzt ein Taschentuch vor dem Gesicht. Christian umklammerte Hardenburg wieder, und die Maschine fuhr klappernd und dröhnend im Sande weiter und scherte hinter einem Sanitätswagen in die Kolonne ein. Aus dem Sanitätswagen baumelten hinten drei Paar Beine heraus.

Der Leutnant imponierte Christian, wie er stahlhart auf seinem Motorrad saß, das Gesicht vermummt wie ein Bandit in einem amerikanischen Wildwestfilm. Irgendwie sollte ich etwas tun, um ihm meine Hochachtung zu beweisen, dachte Christian. Fünf Minuten lang, in den Staubwolken, durch die sie fuhren, dachte Christian darüber nach, wie er sich dem Leutnant dankbar erweisen könnte. Und langsam kam ihm eine Idee. Ich werde ihm sagen, was sich zwischen seiner Frau und mir zugetragen hat, dachte er. Das ist alles, was ich ihm anbieten kann. Dann schüttelte er den Kopf. Dumm, saudumm, das Blödeste, was er tun könnte. Aber die Idee war nun einmal in seinem Kopf, und er mußte dauernd darüber nachdenken. Er schloß die Augen und versuchte, sich die sechsunddreißig Mann beim Buddeln hinter der Düne im Süden vorzustellen; er malte sich das ganze Bier und den Wein und das kalte Wasser aus, die er in den letzten fünf Jahren getrunken hatte; aber immer wieder war er nahe daran, das Dröhnen der Fahrzeuge zu überschreien und Hardenburg ins Ohr zu brüllen: »Herr Leutnant, als ich im Urlaub war, hatte ich ein Verhältnis mit Ihrer Frau.«

Die Kolonne hielt plötzlich an. Hardenburg, der sich aus Sicherheitsgründen in der Mitte hielt, trat auf die Bremse, nahm den Gang heraus und ließ den Motor im Leergang laufen. Jetzt, dachte Christian, jetzt werde ich es ihm sagen. Aber im selben Augenblick sprangen zwei Männer aus dem Sanitätswagen, zerrten einen Körper an den Beinen heraus und legten ihn an der Seite des Weges nieder. Ihre Bewegungen waren roh und müde, sie faßten den leblosen Körper an den Fußknöcheln und zogen ihn beiseite, damit er den Fahrzeugen nicht im Weg war. Christian schaute ihnen über den Saum seines Taschentuches zu. Die beiden Männer sahen schuldbewußt aus. Einer von ihnen kam zu Christian herüber und sagte: »Er lebt nicht mehr. Nur unnötiger Ballast, wenn er tot ist.«

Der Konvoi setzte sich wieder in Bewegung, und der Sanitätswagen fuhr im ersten Gang weiter. Die beiden Männer mußten ihm nachlaufen, ihre Feldflaschen baumelten um ihre Hüften, und sie wurden eine ganze Strecke mitgeschleift, ehe es ihnen gelang, über die hinten heraushängenden Beine ins Innere des Wagens zu klettern. Und dann war ein viel zu großer Krach, um Hardenburg noch etwas von seiner Frau zu erzählen.

Es war schwer, sich zu erinnern, wann das Feuer einsetzte. Zunächst hörte man nur ein undeutliches Knallen an der Spitze des Zuges, und die Fahrzeuge hielten an. Dann kam Christian darauf, daß er diesen Lärm schon lange gehört hatte, ohne sich darüber klarzuwerden, was er bedeutete.

Die Männer sprangen aus den ungepanzerten Wagen und schwärmten zu beiden Seiten des Weges in die Wüste aus. Ein Verwundeter fiel aus dem Sanitätswagen und kroch auf den Händen weiter, indem er das eine zerschossene Bein hinterherschleppte. Er kroch auf ein zehn Meter entferntes Stückchen Buschgras zu. Dort blieb er und grub mit seinen Händen rasch eine kleine Schutzwehr aus. Nun fingen die Maschinengewehre um sie herum an zu knattern, die Panzer schwärmten aus und eröffneten planlos das Feuer nach allen Richtungen. Ein Mann ohne Mütze lief an den leeren Lkws entlang, deren Motoren immer noch liefen, und schrie ununterbrochen: »Schießt, ihr Hunde, schießt!« Er hatte eine Glatze, die weißlich im Mondlicht glänzte. Er fuchtelte mit der behandschuhten Rechten wie verrückt in der Luft herum. Muß mindestens ein Oberst sein, dachte Christian. In einer Entfernung von sechzig Metern schlugen Minen ein, und einer der Lastwagen fing Feuer. In seinem Schein konnte Christian Männer erkennen, die von der Straße weggetragen wurden. Hardenburg fuhr mit seinem Motorrad seitwärts an den Sanitätswagen heran und hielt an. Er musterte scharf das Wüstengelände. Das kleine Dreieck seines Taschentuches flatterte ihm unter dem Kinn wie ein schlecht angeklebter Bart.

Die Maschinengewehre und die leichte Artillerie der Engländer schossen jetzt mit Leuchtspurmunition. Wenn die Geschosse sich dem Ziel näherten, schienen sie an Geschwindigkeit zuzunehmen. Christian konnte nicht ausmachen, von wo das Feuer kam. Alles ist durcheinander, dachte er vorwurfsvoll. Unter solchen unmöglichen Bedingungen konnte man nicht kämpfen. Er schickte sich an, vom Motorrad zu steigen und wegzulaufen, um sich irgendwo hinzulegen und abzuwarten, was noch passierte.

»Hierbleiben!« schrie Hardenburg, obgleich er nur zwanzig Zentimeter von ihm entfernt war. Noch mehr Unordnung, dachte Christian, und setzte sich wieder auf seinen Rücksitz. Er tastete nach seinem Gewehr, aber er konnte sich nicht entsinnen, wo es geblieben war. Aus dem Sanitätswagen drang ein beißender Geruch von Desinfektionsmitteln und Leichen heraus. Christian fing an zu husten. Eine Granate pfiff vorbei und schlug in der Nähe ein, und Christian drückte sich gegen die gepanzerte Seite des Sanitätswagens. Einen Augenblick später fühlte er einen Schlag auf der Schulter. Er griff nach hinten und hielt den heißen Splitter eines Schrapnells in der Hand. Dabei entdeckte er sein über dem Rücken hängendes Gewehr. Er wollte es gerade über den Kopf nach vorn holen, als Hardenburg plötzlich losfuhr. Christian wäre beinahe heruntergefallen. Der Gewehrlauf stieß ihm gegen das Kinn, und er biß sich auf die Zunge. Warm und salzig schmeckte das Blut im Mund. Er klammerte sich an Hardenburg. Das Motorrad raste im Zickzack zwischen den Wagen, den herumkriechenden Gestalten und den explodierenden Geschossen hindurch. Eine Garbe von Leuchtspurgeschossen kam in flachem Bogen auf sie zu. Aber Hardenburg hielt die knatternde Maschine auf geradem Kurs, sauste unter den tödlichen Leuchtbogen hindurch und entfernte sich rasch vom brennenden Wagen.

»Alles durcheinander«, murmelte Christian und war auf Hardenburg wütend. Wenn es ihm Spaß machte, den Briten direkt in die Arme zu fahren, dann bitte. Aber ohne ihn. Verschlagen beschloß er, sich von der Maschine fallen zu lassen. Er hob den Fuß, aber seine Hose mußte sich an irgendeinem vorstehenden Metallteil verfangen haben, denn er konnte das Knie nicht heben. Undeutlich vor ihnen und auf der anderen Seite sah er die dunklen Umrissen von Panzern. Die Panzer schwenkten ihre Geschütze herum, und ein MG in der Kuppel eines Panzers eröffnete das Feuer auf sie. Da war wieder das scheußliche Pfeifen der an ihren Köpfen vorbeisausenden Kugeln.

Christian beugte sich nach vorn, duckte sich hinter den Rücken des Leutnants und lehnte seinen Kopf gegen dessen Schulter. Wieder schoß das MG aus der Panzerkuppel auf sie. Diesmal trafen die Kugeln in den Sand vor ihnen. Sie wirbelten den Wüstensand auf und machten kleine dumpfe Geräusche beim Aufschlagen.

Dann begann Christian zu weinen, er klammerte sich an den Leutnant und hatte Angst und wußte, daß er nichts tun konnte, um sich zu retten, und daß sie unbedingt getroffen werden würden, und daß von ihm und dem Leutnant und dem Motorrad mit einem einzigen Knall nur eine rauchende Masse verkohlter Lumpen und Blut und Benzin in Form eines schwarzen Flecks auf dem Sand übrigbleiben würden. Und dann war da plötzlich jemand ganz in ihrer Nähe, der ihnen auf englisch etwas zurief und wild mit den Armen fuchtelte. Hardenburg knurrte nur unverständlich und beugte sich über seine Maschine. Dann wurden sie von hinten beschossen, und dann waren sie allein auf einem Streifen blasser Wüstenstraße, und weit hinter ihnen erstarb langsam der Lärm.

Christian hörte auf zu weinen. Als Hardenburg sich im Sattel gerade aufrichtete, setzte auch er sich gerade und brachte es sogar fertig, die freie Straße mit Interesse zu beobachten, über deren Schlaglöcher das Motorrad in schnellem Tempo dahinhüpfte. Er hatte einen ekelhaften Geschmack im Mund, eine Mischung von Erbrochenem und Blut, und seine Wange brannte und stach, als der Sand unter das Taschentuch geweht wurde. Aber er atmete erleichtert auf und fühlte sich viel besser. Im Augenblick war er nicht einmal müde.

Der Feuerschein und der Geschützdonner hinter ihm hörten rasch auf. Nach weiteren fünf Minuten schienen sie allein in der Wüste zu sein, allein in den riesigen Weiten vom Sudan bis zum Mittelmeer, von El Alamein bis Tripolis.

Er war froh, daß er sich an Hardenburg festhalten konnte. Dunkel entsann er sich, daß er ihm etwas hatte sagen wollen, ehe sie weitergefahren waren, aber im Augenblick wußte er nicht mehr, was es war. Er nahm das Taschentuch vom Gesicht und blickte sich um und spürte, wie ihm der Wind den Speichel aus den Mundwinkeln wehte, und er fühlte sich eigentlich ganz wohl und glücklich. Hardenburg war ein merkwürdiger Kerl, aber man konnte sich darauf verlassen, daß er einen in Sicherheit brachte, irgendwohin. Wohin und wann das sein würde, davon hatte Christian zwar keine Ahnung, aber es war auch nicht nötig, sich jetzt Sorgen darüber zu machen. Ein Glück, daß Hauptmann Müller, der Kompaniechef, gefallen war. Wenn er noch lebte, hätten die Herren Müller und Hardenburg auf dem Motorrad gesessen, und Christian läge mit den drei Dutzend tot im Sand auf dem Hügel da hinten...

Er atmete die trockene, scharfe Luft tief ein. Eines schien ihm sicher, er würde noch eine Weile leben, vielleicht noch eine ganze Weile. –

Hardenburg fuhr gut. Bald lag eine große Strecke hinter ihnen. Die Maschine schleuderte und hüpfte, aber unaufhaltsam kamen sie weiter nach Nordwesten. Der Himmel hinter ihnen fing an, sich in rosa Streifen zu verfärben. Morgendämmerung. Straße und Wüste waren leer, mit Ausnahme der üblichen Wracks, die die Bergungseinheiten sauber und ordentlich ausgeräumt hatten. Ganz in der Ferne verhallte das gedämpfte Geschützfeuer. Schließlich hörte man nur noch das Echo, und selbst dieses verstummte minutenlang.

Die Sonne ging auf. Hardenburg schraubte das Tempo noch mehr hinauf, nachdem er jetzt sehen konnte. Christian mußte sich zusammennehmen, daß er nicht heruntergeschleudert wurde.

»Haben Sie geschlafen?« fragte Hardenburg. Er rief laut nach hinten und drehte dabei den Kopf, daß Christian ihn trotz des Krachs der Maschine hören konnte.

»Ein bißchen«, gab Christian zu. »Aber es geht schon wieder.«

»Reden Sie einen Ton«, sagte Hardenburg, »ich wäre eben beinahe eingeschlafen.«

»Jawohl«, sagte Christian und öffnete den Mund, um etwas zu sagen, schloß ihn aber sofort wieder. Er versuchte, sich irgendeine Unterhaltung auszudenken, aber sein Kopf war vollkommen leer.

»Los, los!« rief Hardenburg ungeduldig, »reden Sie!«

»Jawohl«, sagte Christian wieder. »Aber worüber?«

»Ganz egal, übers Wetter.« Christian blickte sich nach dem Wetter um. Es war dasselbe Wetter, das sie seit sechs Wochen hatten. »Es wird ein heißer Tag werden«, sagte er schließlich.

»Lauter«, schrie Hardenburg und blickte geradeaus. »Ich verstehe kein Wort.«

»Ich sagte, es wird heiß werden«, schrie Christian ihm ins Ohr.

»Schon besser«, meinte der Leutnant. »Ja, sehr heiß.«

Christian suchte nach einem anderen Gesprächsstoff.

»Los, los, weiter«, sagte Hardenburg noch ungeduldiger.

»Was wollen Sie hören?« fragte Christian. Sein Kopf war dumpf und leer. Er fühlte sich einer solchen Denkaufgabe nicht gewachsen.

»Mein Gott! Irgendwas! Waren Sie in dem griechischen Puff in Cyrene?«

»Jawohl«, schrie Christian.

»Wie war's?«

»Ich weiß nicht«, sagte Christian. »Ich stand in der Schlange, und sie machten zu, als noch drei Mann vor mir waren.«

»War sonst noch jemand dabei, den Sie kennen?«

Christian überlegte: »Ja, ein Unteroffizier mit einem Kopfschuß.«

»Und wie hat's dem gefallen?«

Christian dachte nach, ob er noch etwas davon wußte: »Ich glaube, er sagte, die griechischen Weiber taugten nicht viel. Kein Temperament. Außerdem«, jetzt erinnerte er sich wieder, »sie betreiben es zu geschäftsmäßig. Er wurde kaum in der vorgeschriebenen Zeit fertig. Und das Mädchen hat nichts dabei gemacht. Hat sich einfach hingelegt. Er meint, die Wehrmacht sollte die Puffs auf Freiwilligenbasis organisieren, so 'ne Art Truppenbetreuung, nicht einfach jede Frau reinstekken, die sie erwischen können.«

»Ihr Bekannter ist ein Idiot«, sagte Hardenburg boshaft.

»Jawohl«, sagte Christian und war still.

»Weiter, weiter!« rief Hardenburg und winkte befehlend mit der Hand. »Weiterreden. Was haben Sie in Ihrem Urlaub in Berlin gemacht?«

»Ich bin in die Oper gegangen«, antwortete Christian prompt. »Und in Konzerte.«

»Sie sind auch ein Idiot.«

»Jawohl«, erwiderte Christian und dachte beleidigt, der reißt das Maul ganz schön auf.

»Mädels in Berlin?«

»Jawohl.« Jetzt dachte Christian scharf nach. Dann sagte er: »Ich kannte eine, die in einer Flugzeugfabrik arbeitete.«

»Haben Sie was mit ihr gehabt?«

»Ja.«

»Wie war's?«

»Prima!« rief Christian laut und blickte dabei über den Kopf des Leutnants in die sich aufhellende Weite der Wüste hinaus.

»Gut«, meinte der Leutnant. »Wie hieß sie denn?«

»Margrit«, sagte Christian nach kurzem Zögern.

»Verheiratet?«

»Nein, ich glaube nicht«, wich Christian aus. »Sie hat jedenfalls nichts davon gesagt.«

»Huren«, sagte der Leutnant und meinte damit die Berlinerinnen. »Waren Sie mal in Alexandria?«

»Nein.«

»Ich habe mich eigentlich darauf gefreut«, sagte Leutnant Hardenburg.

»Ich glaube nicht, daß wir da noch hinkommen«, meinte Christian.

»Schweigen Sie!« schrie Hardenburg. Das Motorrad neigte sich gefährlich, ehe er es wieder in der Gewalt hatte. »Wir kommen hin, verstanden? Wir kommen hin, und zwar bald, verstanden?«

»Jawohl«, rief Christian in den Wind hinein, der an ihren Köpfen vorbeibrauste.

Der Leutnant wandte sich auf seinem Sitz um. Sein Gesicht war verzerrt, die Augen glühten unter den verkrusteten Lidern. Der Mund stand offen, und die Zähne hoben sich weiß von den geschwärzten Lippen ab. »Ich befehle Ihnen, zu schweigen!« schrie er wie ein Wahnsinniger, als ob er auf einem windigen Exerzierplatz stünde und eine Kompanie Rekruten zusammenstauchen wollte. »Halten Sie Ihre verfluchte Schnauze oder ich...«

Dann rutschte die Lenkstange zur Seite, das Vorderrad schleuderte, und die Hände des Leutnants griffen ins Leere. Christian wurde vom Sitz gehoben, er griff nach vorn und klammerte sich an den Leutnant. Der Stoß warf den Leutnant über das Vorderrad hinaus, und die Maschine raste steuerlos vom Weg herunter, während der Motor noch auf vollen Touren lief. Plötzlich rutschte die Maschine seitwärts ab, und die Räder mahlten dröhnend im Sand. Christian spürte, wie er durch die Luft flog und schrie. Aber eine innere Stimme sagte ihm: ruhig. Das ist zu viel, zu viel. Dann prallte er irgendwo auf und fühlte einen Schmerz in der Schulter. Aber er setzte sich auf und stützte sich auf das eine Knie.

Der Leutnant lag still da, aus einem Schnitt an der Stirn floß Blut, und die Beine hatte er in einem komischen Winkel angezogen. Langsam ging Christian zu ihm hin und rüttelte ihn. Aber das half nichts. Darauf hob er mit aller Kraft die Maschine hoch und warf sie nach der anderen Seite, von Hardenburg weg. Dann setzte er sich erst einmal und verschnaufte. Nach ein paar Minuten zog er sein Verbandspäckchen hervor und wickelte eine Binde um Hardenburgs Kopf, um das Blut zu stillen. Zuerst sah der Verband ganz ordentlich aus, aber nach kurzer Zeit sickerte das Blut durch, und er war wie alle anderen Verbände, die er früher gesehen hatte. Ganz unerwartet setzte sich der Leutnant auf. Mit einem kurzen Blick auf die Maschine sagte er scharf: »Also werden wir laufen.« Aber als er versuchte aufzustehen, ging es nicht. Er schaute auf seine Beine: »Nichts Ernstliches«, sagte er, um sich selbst zu beruhigen. »Gar nichts von Bedeutung. Und wie steht es mit Ihnen?«

»In Ordnung, Herr Leutnant.«

»Zuerst werde ich mal zehn Minuten ausruhen, und dann wollen wir sehen.« Er legte sich zurück und preßte den Verband fest gegen die Stirn. Christian saß neben ihm und beobachtete, wie sich das Vorderrad der Maschine immer langsamer drehte. Zuerst machte es ein leises, heulendes Geräusch, das immer tiefer und tiefer im Ton wurde. Dann, als es stillstand, war auch das Geräusch vorbei. Es war überhaupt nirgends mehr ein Ton zu vernehmen, weder von der Maschine noch von den beiden Heeren, die sich irgendwo auf diesem fremden Kontinent ineinander verklammert bekämpften.

Frisch und kühl lag die Sandwüste da. Die Sonne war aufgegangen. Selbst die Wracks sahen im frühen Tageslicht harmlos und ungefährlich aus. Langsam machte Christian seine Feldflasche auf und trank einen Schluck Wasser. Vorsichtig spülte er das kostbare Naß zwischen Zunge und Zähnen hin und her, dann erst schluckte er es. Es gluckste laut und sonderbar. Hardenburg öffnete ein Auge, um zu sehen, was er machte.

»Sparen Sie Ihr Wasser«, sagte er mechanisch.

»Jawohl«, sagte Christian und dachte voll Bewunderung, dieser Kerl würde noch dem Teufel einen Befehl geben, ehe der ihn mit der Schaufel ins Fegefeuer beförderte. Hardenburg ist ein Glanzstück preußischen Soldatentums. Dem schießen die Befehle aus dem Mund wie das Blut aus der Schlagader. Noch mit dem letzten Atemzug wird er Befehle für mindestens drei Angriffe ausgeben.

Stöhnend richtete sich Hardenburg auf. Er betupfte den blutgetränkten Verband um seinen Kopf: »Haben Sie den Verband angelegt?« fragte er.

»Jawohl.«

»Wird mir bei der kleinsten Bewegung runterrutschen«, sagte Hardenburg kühl und sachlich. »Wo haben Sie das gelernt?«

»Verzeihung, ich war selbst ein bißchen benommen, als ich Sie verband«, entschuldigte sich Christian.

»Wahrscheinlich«, meinte Hardenburg. »Aber es ist schade um die gute Binde.« Er knöpfte seine Bluse auf und zog eine in Ölpapier gewickelte Kartentasche hervor. Ihr entnahm er eine zusammengefaltete Landkarte, die er auf dem Sand ausbreitete. »So«, sagte er, »jetzt wollen wir mal sehen, wo wir sind.«

Großartig, dachte Christian. Für alle Notfälle ausgerüstet.

Während Hardenburg auf der Landkarte herumsuchte, blinzelte er von Zeit zu Zeit, und sein Gesicht verzerrte sich vor Schmerzen, wenn er an den Verband faßte. Aber er rechnete schnell ihre Position aus und murmelte dabei vor sich hin. Dann faltete er die Karte zusammen und steckte sie vorsichtig wieder in die Innentasche seiner Feldbluse. »Also«, verkündete er, »dieser Weg trifft nach ungefähr acht Kilometern auf einen anderen, der nach Westen führt. Glauben Sie, Sie können's schaffen?«

»Jawohl«, sagte Christian. »Aber werden Sie durchhalten?«

Hardenburg warf ihm einen geringschätzigen Blick zu: »Meinetwegen keine Sorge. Aufstehen!« bellte er, als ob er wieder seine Fantasiekompanie vor sich hätte.

Christian erhob sich langsam. Schultern und Arme schmerzten stark, und er konnte den einen Arm nur mühsam bewegen. Aber einige der acht Kilometer würde er schon schaffen, wenn nicht alle. Er sah zu, wie sich Hardenburg mit großer Anstrengung vom Boden aufrichtete. Der Schweiß trat ihm auf die Stirn, und die Wunde unter dem Verband blutete stärker. Aber als Christian versuchte, ihm aufzuhelfen, sah ihn der Leutnant kalt an und sagte: »Lassen Sie das, Feldwebel!«

Christian trat also zurück und beobachtete, wie Hardenburg mit vieler Mühe versuchte, auf die Füße zu kommen. Er stemmte die Absätze in den Sand und beugte sich vor, als wolle er den Angriff eines Riesen abwehren. Dann streckte er den rechten Ellbogen steif nach hinten und stieß sich mit aller Kraft ab. So erhob er sich, Zentimeter um Zentimeter, bis es ihm endlich unter Schmerzen keuchend gelang, sich in Hokkestellung zu bringen. Mit einer letzten Anspannung richtete er sich auf und stand schwankend, aber aufrecht, da. Schweiß und Blut vermischten sich zu einer zäh und dick über das Gesicht rinnenden Masse. Er weinte; Christian bemerkte es mit Erstaunen. Die Tränen rannen seine verschmierten Wangen hinunter. Hart und trocken schluchzte er auf, aber er biß die Zähne zusammen, und mit einer grotesken, taumelnden Bewegung drehte er sich nach Norden.

»Fertig«, sagte er. »Ohne Tritt marsch!«

Durch den losen Sand stapfte er vor Christian her. Er hinkte und ließ den Kopf seitwärts herunterhängen, aber er setzte trotzdem seinen Weg fort, ohne zurückzublicken.

Christian folgte ihm. Er hatte schrecklichen Durst. Das Gewehr über seiner Schulter schien viel schwerer als sonst, aber er nahm sich vor, nichts zu trinken und Hardenburg auch nicht um eine Ruhepause zu bitten, bis dieser selbst daraufkam.

Hintereinander trotteten sie durch den Sand. Sie kamen an verrosteten Wracks vorbei und hielten sich nördlich in Richtung der Straße, auf der sie vielleicht andere deutsche Truppen treffen würden, die sich aus der Schlacht zurückzogen. Oder sie liefen den Briten in die Arme – wer konnte das wissen?

Christian dachte unpersönlich und ohne Haß an die Briten. Sie schienen im Augenblick weder wirklich noch gefährlich. Im Augenblick gab es nur zwei oder drei wirkliche und wichtige Dinge: den Kupfergeschmack in seinem Mund, wie saure Biermaische; den hinkenden, tierhaften Gang Hardenburgs vor ihm und die höher steigende Sonne, die immer heißer auf ihren Rücken brannte. Wenn die Briten schon auf der Straße waren, die sie erreichen wollten, war das ein Problem, das man später lösen mußte. Vorläufig wenigstens war er mit wichtigeren Dingen beschäftigt. Sie setzten sich gerade hin zur zweiten Ruhepause, geblendet, mit verschwollenen und schmerzenden Augen und müde zum Umfallen, als sie am Horizont einen Wagen auftauchen sahen. Er fuhr schnell, eine dichte Staubwolke wirbelte hinterher. Zwei Minuten später sahen sie, daß es ein offenes, elegantes Stabsauto war, und dann bemerkten sie, daß es ein italienischer Wagen war.

Hardenburg riß sich mit einem Ruck hoch. Langsam hinkte er bis in die Mitte des Weges. Dort blieb er schwer atmend stehen und wartete ruhig auf den herankommenden Wagen. Wild und drohend sah er aus mit dem blutgetränkten Verband um die Stirn und den eingesunkenen, rotumränderten Augen.

Christian stand auch auf, hielt sich aber etwas abseits.

Der Wagen raste heran und gab laut Signal. In der Leere der Wüste klang das Horn wie eine Warnung. Hardenburg rührte sich nicht von der Stelle. Fünf Männer saßen in dem offenen Wagen. Bewegungslos blieb Hardenburg auf seinem Platz stehen und sah dem Pkw entgegen. Christian hatte Angst, der Wagen würde den Leutnant überfahren, und öffnete schon den Mund, um ihn zu warnen, als die Bremsen quietschten, das Auto durch den Sand rutschte und auf Armeslänge vor dem Leutnant zum Stehen kam.

Zwei italienische Soldaten, der Fahrer und die Ordonnanz, saßen vorn. Hinten drei Offiziere. Alle drei sprangen auf und schrien auf Hardenburg in italienischer Sprache ein.

Ohne einen Schritt zurückzuweichen, sagte Hardenburg kalt auf deutsch: »Ich wünsche den dienstältesten Offizier zu sprechen.«

Die Italiener redeten wild durcheinander. Endlich sagte ein dunkler, dicker Major in gebrochenem Deutsch: »Das bin ich. Wenn Sie eine Meldung zu erstatten haben, kommen Sie her und melden Sie.«

»Wollen Sie bitte aussteigen«, sagte Hardenburg. Er stand direkt vor dem Wagen und rührte sich nicht.

Wieder redeten die Italiener aufeinander ein. Dann öffnete der Major die Tür und sprang heraus. Er sah fett und abgerissen in seiner einstmals schönen Uniform aus. Er kam angriffslustig auf Hardenburg zu. Der Leutnant grüßte stramm. Dieser Gruß einer Vogelscheuche vor dem Hintergrund der glühenden, leeren Wüste wirkte ungemein theatralisch. Der Major schlug die Hacken zusammen und erwiderte den Gruß. »Herr Leutnant«, sagte er und schaute auf Hardenburgs Schulterstücke, »wir sind in großer Eile. Was wünschen Sie?«

»Befehl von General Aigner«, sagte Hardenburg kalt. »Ich bin beauftragt, jedes Transportmittel zu requirieren.«

Der Major öffnete den Mund und klappte ihn wieder zu. Eilig sah er sich um, als ob General Aigner jeden Augenblick aus der Wüste hervorspringen könnte.

»Unsinn«, sagte er endlich, »eine Abteilung Neuseeländer ist hinter uns her. Wir müssen weiter...«

»Ich habe ganz bestimmte Befehle, Herr Major«, sagte Hardenburg mit erhobener Stimme. »Von einer Abteilung Neuseeländer ist mir nichts bekannt.«

»Wo steht General Aigner?« fragte der Major und schaute sich wieder um.

»Fünf Kilometer von hier. Sein Panzerwagen hat Motorschaden, und ich habe den ausdrücklichen Befehl...«

»Ja, ja, kennen wir! Ich habe Sie verstanden. Ausdrücklichen Befehl!« schrie der Major.

Ruhig sagte Hardenburg: »Wollen Sie bitte den anderen Herren Befehl zum Aussteigen geben. Der Fahrer kann bleiben.«

»Geben Sie den Weg frei«, sagte der Major und ging zum Wagen zurück. »Ich habe jetzt genug von diesem Unsinn.«

»Herr Major«, sagte Hardenburg in dienstlich höflichem Ton. Schwitzend blieb der Major stehen und drehte sich zu ihm um. Die anderen Italiener schauten ihn beunruhigt an. Sie verstanden kein Deutsch.

»Kommt nicht in Frage«, sagte der Major mit vor Wut bebender Stimme. »Kommt überhaupt nicht in Frage. Der Wagen gehört der italienischen Armee, und wir haben Marschbefehl nach...«

»Tut mir leid, Herr Major«, unterbrach Hardenburg. »General Aigner ist rangältester Offizier, und Sie befinden sich im deutschen Frontabschnitt. Sie werden so liebenswürdig sein, mir Ihr Fahrzeug zu übergeben.«

»Lächerlich«, antwortete der Major, aber sein Protest klang schon schwächer.

»Übrigens darf ich Sie darauf aufmerksam machen«, sprach Hardenburg weiter, »daß die Straße vor Ihnen besetzt ist und Befehl gegeben wurde, alle italienischen Transportmittel zu beschlagnahmen. Notfalls mit Gewalt. Außerdem wird man Ihnen die Frage stellen, was drei Frontoffiziere so weit von ihrer Truppe verloren haben, und das zu einem Zeitpunkt, wo jeder Mann gebraucht wird. Und schließlich wird man Sie zur Verantwortung ziehen, weil Sie dem Kommandierenden General dieses Abschnitts den Gehorsam verweigert haben.«

Mit kalter Miene sah er den Major an. Verzweifelt hob der Major die Hand. Hardenburgs Miene hatte sich nicht verändert. Er sah ruhig, arrogant und leicht gelangweilt aus. Er drehte dem Major den Rücken und ging auf den Wagen zu. Erstaunlicherweise legte er die fünf Schritte zurück, ohne zu hinken.

»Furi!« sagte er und öffnete die Vordertür des Wagens. »Raus! Der Fahrer bleibt«, sagte er auf italienisch. Fragend blickte die Ordonnanz neben dem Fahrer sich nach den Offizieren im Wagen um. Die wichen seinem Blick aus und schauten nervös auf den Major, der hinter Hardenburg stand. Hardenburg tippte der Ordonnanz auf dem Vordersitz auf die Schulter. »Furi!« wiederholte er ruhig.

Der Soldat wischte sich über das Gesicht, schaute auf seine Stiefel, kletterte aus dem Wagen und stellte sich verlegen neben den Major. Die beiden sahen sich erstaunlich ähnlich. Zwei runde, dunkle, nervöse italienische Gesichter, ratlos und völlig unsoldatisch.

»Jetzt«, Hardenburg zeigte auf die beiden Offiziere im Wagen, »Sie, meine Herren...« Er machte eine unmißverständliche Bewegung mit dem Arm.

Die beiden sahen den Major an. Der eine sprudelte hastig ein paar Worte hervor. Der Major seufzte und antwortete kurz. Darauf stiegen die beiden aus und stellten sich auch neben den Major.

»Feldwebel!« rief Hardenburg, ohne sich nach Christian umzublikken.

Christian trat heran und nahm Haltung an. »Räumen Sie den Kofferraum des Wagens, und geben Sie den Herren ihr persönliches Gepäck!« befahl er. Christian schaute in den Gepäckraum. Es standen zwei Kannen Wasser drin, drei Flaschen Chianti und zwei Proviantkisten. Er holte eine Kiste heraus, dann die andere und die drei Weinflaschen und stellte alles auf die Seite der Straße, neben die Füße des Majors. Stumm standen die drei Offiziere da und sahen zu, wie ihr Eigentum mitten in der Wüste ausgeladen wurde.

Christian hielt die Wasserkannen unschlüssig in der Hand. »Das Wasser auch, Herr Leutnant?« fragte er.

»Das Wasser auch«, sagte Hardenburg ohne Zögern.

Christian stellte die Wasserkannen neben die Proviantkisten.

Hardenburg trat hinter den Wagen an den Gepäckständer. Einige Rollen mit Bettzeug waren dort festgeschnallt. Er zog sein Taschenmesser und durchschnitt mit drei kurzen Schnitten die Riemen. Die gerollten Schlafsäcke fielen in den Sand. Einer der Offiziere sagte ärgerlich etwas auf italienisch, aber der Major brachte ihn mit einer kurzen Handbewegung zum Schweigen. Darauf trat der Major zu Hardenburg heran und sagte in schroffem Ton auf deutsch: »Ich bestehe auf einem Requisitionsschein für das Fahrzeug.«

»Selbstverständlich«, antwortete Hardenburg korrekt. Er zog einen Block heraus, riß ein Blatt ab und kritzelte etwas darauf. »Wird das genügen?« fragte er und las mit klarer Stimme vor: »Erhalten von Major Soundso... ich lasse die Stelle frei, Herr Major. Sie können sie nach Belieben ausfüllen... ein Fiat-Stabswagen mit Fahrer. Beschlagnahmt auf Befehl von General Aigner. Unterzeichnet: Leutnant Siegfried Hardenburg.«

Der Major riß ihm das Blatt aus der Hand und las es nochmals genau durch. Dann fuchtelte er damit vor Hardenburgs Gesicht herum und sagte laut: »Ich werde das an der richtigen Stelle und zur richtigen Zeit vorlegen.«

»Bitte sehr«, antwortete Hardenburg. Er stieg in den hinteren Teil des Wagens ein und rief: »Feldwebel, setzen Sie sich neben mich!«

Christian nahm neben dem Leutnant Platz. Der Sitz war aus wundervollem, braunem Leder und duftete nach Wein und Gesichtswasser. Christian blickte gleichgültig nach vorn, auf den sonnengebräunten Nacken des Fahrers. Hardenburg schlug die Tür zu und rief dem Fahrer zu: *»Avanti!«*

Christian bemerkte, wie sich die Nackenmuskeln des Fahrers einen Augenblick spannten. Ruhig schaltete er den Gang ein, und der Wagen setzte sich in Bewegung. Hardenburg grüßte die drei Offiziere, und einer nach dem anderen erwiderte den Gruß. Der Soldat, der neben dem

Fahrer gesessen hatte, schien zu verblüfft zu sein, um die Hand heben zu können. Der Wagen fuhr rascher und wirbelte etwas Staub auf, der über die kleine Gruppe der Offiziere am Straßenrand hinzog. Christian hatte den unbezähmbaren Wunsch zurückzuschauen, und schon wollte er sich umdrehen, als Hardenburg ihn am Arm packte und ihn anzischte: »Nicht umsehen!« Christian lehnte sich im Sitz zurück und wartete auf den Knall von Schüssen. Aber es erfolgte nichts. Er sah Hardenburg an. Ein ganz kleines, frostiges Lächeln spielte um des Leutnants Lippen. Hardenburg genoß offenbar die Situation. Trotz seiner Wunden, trotz der verlorenen Kompanie, trotz allem, was noch vor ihm lag, genoß Hardenburg diesen Augenblick. Er kostete ihn direkt aus, wie man eine gute Speise schmeckt. Christian brachte es nicht über sich zu lächeln. Er lehnte sich in den weichen Ledersitz zurück und streckte seine zerschlagenen Knochen mit großem Behagen in dem luxuriösen Polster aus.

Nach einer Weile fragte er: »Was wäre passiert, wenn die den Wagen nicht herausgerückt hätten?«

Mit halb geschlossenen Augen und einem zufriedenen, überlegenen Lächeln erwiderte Hardenburg: »Sie hätten mich niedergeschossen, weiter nichts.«

Christian nickte zustimmend. »Und das Wasser? Weshalb haben Sie ihnen das Wasser gelassen?« fragte er.

»Na«, sagte Hardenburg, »das wäre doch etwas zu stark gewesen.« Er lachte meckernd vor sich hin und streckte sich behaglich in seinem Sitz aus.

»Und was, glauben Sie, wird denen geschehen?« fragte Christian wieder.

Hardenburg zuckte gleichgültig mit den Schultern. »Die werden sich ergeben und kommen in ein britisches Gefangenenlager. Italiener gehen gern in britische Gefangenenlager. Und jetzt«, sagte er, »lassen Sie mich in Ruhe. Ich möchte ein bißchen schlafen.«

Eine Minute später verrieten seine gleichmäßigen Atemzüge, daß er schlief. Seine Züge entspannten sich; trotz des blutverschmierten Gesichts nahmen sie einen kindlichen Ausdruck an. Christian blieb wach. Einer mußte doch den Fahrer und die Wüste im Auge behalten, dachte er. Der Fahrer saß aufrecht vor ihm und fuhr den starken Wagen in zügigem Tempo auf der Straße nach Norden.

Marsa Matruk sah wie ein vom Erdbeben zerstörtes Irrenhaus aus. Sie versuchten, eine Dienststelle zu finden, bei der sie sich melden konnten. Aber in der Stadt herrschte ein einziges Chaos von Lastwagen und versprengten Truppen, zerstörten Geschützen und Ruinen. Während sie umherirrten, kam ein Luftangriff. Eine feindliche Staffel warf zwanzig Minuten lang Bomben. Es gab neue Ruinen, und ein Lazarettzug erhielt einen Treffer. Aus den verbogenen und zerrissenen Wagen schrien Männer wie wilde Tiere. Alles versuchte, sich nach Westen abzusetzen, worauf Hardenburg dem Fahrer befahl, sich dem langen dahinkriechenden Zug von Fahrzeugen anzuschließen, und so gelangten sie langsam an die Stadtgrenze. Dort war Kontrolle. Auf einem Podest stand ein schielender Hauptmann mit einer langen Liste in der Hand. Er schrieb Namen, Ziel und Einheit der verdreckten, ausgepumpten Männer auf, die an ihm vorbeizogen. Er sah aus wie ein verrückter Buchhalter, der seine Konten in einer von Erdbebenstößen wankenden Bank in Ordnung zu bringen versucht. Er hatte keine Ahnung, wo der Divisionsstab lag oder ob er überhaupt noch existierte. Mit monotoner, lauter Stimme rief er durch die dicke Staubschicht seines Gesichts: »Weiterfahren, weiterfahren. Zum Donnerwetter! Weiterfahren!«

Als er den italienischen Fahrer bemerkte, sagte er: »Lassen Sie den Mann hier. Den brauchen wir zur Verteidigung der Stadt. Ich gebe Ihnen einen deutschen Fahrer.«

Hardenburg sprach freundlich auf den italienischen Fahrer ein und machte ihm die Sache klar. Der begann zu weinen, stieg aber schließlich aus und stellte sich neben den Hauptmann mit der langen Liste. Sein Gewehr schleifte er, Lauf nach unten, im Sand nach. Die Waffe sah so harmlos und unkriegerisch in seiner Hand aus, wie er dastand und verzweifelt die Geschütze und Lastwagen und taumelnden Soldaten betrachtete, die vorüberzogen.

»Mit solchen Truppen werden wir Marsa Matruk nicht lange halten«, sagte Hardenburg grimmig.

»Natürlich nicht«, meinte der Hauptmann, »lächerlich, so etwas!« Dabei starrte er in die Staubwolken und schrieb Nummer um Nummer der vorbeiratternden Panzer und Geschütze auf.

Aber er gab ihnen einen Panzerfahrer, der seinen Panzer verloren hatte, und einen Piloten zur Begleitung, der mit seiner Messerschmitt über der Stadt abgeschossen worden war. Er riet ihnen, sich so rasch wie möglich nach Sollum durchzuschlagen, dort sei die Lage etwas besser.

Der Panzerfahrer war ein großer, blonder Bauernbursche, der das Steuerrad mit ruhiger Sicherheit anpackte. Er erinnerte Christian etwas an den Unteroffizier Kraus mit seinen rotgefärbten Kirschlippen, der schon lange vor Paris begraben lag. Der Flieger war jung, hatte eine Glatze und ein graues, eingefallenes Gesicht. Infolge eines Nervenschocks zuckte er mit dem rechten Mundwinkel wohl zwanzigmal in der Minute. »Heute morgen«, erklärte er immer wieder, »heute morgen hab' ich das noch nicht gehabt. Es wird immer schlimmer. Sieht ekelhaft aus, nicht?«

»Nein«, beruhigte ihn Christian. »Man merkt es kaum.«

Der Flieger erzählte: »Ich wurde von einem Amerikaner abgeschossen, stellen Sie sich das mal vor! Der erste Amerikaner, den ich je gesehen habe.« Er schüttelte den Kopf, als ob diese Tatsache die endgültige Niederlage der deutschen Waffen im afrikanischen Feldzug bedeutete. »Denken Sie mal, ich wußte nicht einmal, daß Amerikaner hier sind.«

Der blonde Bauernbursche war ein guter Fahrer. Er verstand, jede Lücke auszunützen, und sie kamen auf der zerbombten Straße gut voran. Sie fuhren an der Küste des blau schimmernden Mittelmeeres entlang. Ruhig und friedlich lag es im Sonnenglanz und bespülte die Küsten von Griechenland, von Italien, von Europa...

Am nächsten Tag kam das Unglück.

Ihren Wagen hatten sie immer noch. Sie hatten aus einem am Straßenrand liegenden Lkw getankt und waren in einer langsam vorwärtskriechenden Schlange von Fahrzeugen eingekeilt. In vielen Windungen zog sich die schwer beschädigte Straße von der kleinen, ausgelöschten Siedlung Sollum nach der flachen Cyrenaica hin. Tief unten schimmerten die Mauerreste weiß und wie Spielzeuge um den Hafen herum, der die Form eines Schlüssellochs hatte. Das Meer, dunkelgrün und blau, streckte sich wie ein Arm in das verbrannte Land. Die rostigen Wracks mehrerer Schiffe sahen aus wie Überreste aus früheren Kriegen. Leicht und friedlich wiegten sie sich in den ruhigen Wellen.

Der Mund des Fliegers zuckte immer heftiger. Fortwährend schaute er in den Rückspiegel und versuchte, das Zucken im Augenblick im Spiegel festzuhalten, um es sich abzugewöhnen. Bis jetzt war ihm das noch nicht gelungen. In der Nacht hatte er jedesmal laut aufgeschrien, wenn er am Einschlafen war. Hardenburg wurde langsam ziemlich nervös.

Unten machten sich Anzeichen bemerkbar, daß wieder Ordnung in den Wirrwarr kam. Über die Stadt verteilt wurden Flakstellungen ausgebaut, und an der Ostseite sah man zwei Bataillone Infanterie sich eingraben. Und am Hafen lief ein General hin und her und erteilte wild mit den Armen herumfuchtelnd Befehle.

Einige Panzereinheiten hatte man aus dem Zuge, der sich unabsehbar hinzog, herausgenommen. Sie wurden hinter der Infanterie zusammengezogen, und von der Höhe aus konnte man kleine Gestalten erkennen, die die Tanks der Panzer mit Treibstoff füllten und Munition faßten.

Hardenburg stand aufrecht im Auto und beobachtete interessiert die Vorkehrungen. Obgleich er hohes Fieber hatte, hatte er es fertiggebracht, sich zu rasieren. Seine Lippen waren aufgesprungen und mit Blasen bedeckt, und er hatte seinen Verband erneuert. Er sah wieder wie ein Soldat aus. Er sagte: »Hier werden wir sie aufhalten. Weiter kommen sie nicht.«

Und dann kamen die Flieger. Sie kamen von See her, flogen sehr tief, und das Donnern ihrer Motoren übertönte das Dröhnen der Panzer auf der kurvenreichen Straße. Sie näherten sich in V-Formation wie Kunstflieger bei einer Sondervorstellung. Sie machten einen zierlichen und verletzlichen Eindruck. Aber merkwürdig, kein Geschütz feuerte auf sie. Christian konnte die abgeworfenen Bomben erkennen, die in kühnem Bogen zur Erde sausten. Dann schien der ganze Höhenrücken zu explodieren. Über ihnen stürzte ein Lastwagen um und fiel hundert Meter tief in eine Schlucht. Ein Stiefel flog in hohem Bogen heraus, als ob er von jemandem hinausgeworfen worden wäre, der den nächstbesten Gegenstand in seiner Reichweite retten wollte.

Dann krepierte eine Bombe ganz in ihrer Nähe. Christian fühlte sich emporgehoben und dachte: Das ist eine Unverschämtheit. Nachdem wir nun so weit gekommen sind und nach all den Anstrengungen... Er merkte, daß er verwundet war, aber er spürte keine Schmerzen. Er wußte, daß er gleich ohnmächtig werden würde, und es war friedlich und wohltuend, sich in diesem wirbelnden vielfarbigen Chaos eine Weile auszuruhen. Dann verlor er die Besinnung.

Als er später die Augen öffnete, merkte er, daß etwas Schweres auf ihm lag. Er drückte dagegen, aber es hatte keinen Zweck. Ein Geruch von Schwefel, brennender Erde und brennenden Wagen, von versengtem Gummi, von Leder und Farbe stieg ihm in die Nase. Dann erblickte er eine Uniform und einen Verband, und es wurde ihm klar, daß Hardenburg über ihm liegen mußte. Hardenburg sagte ruhig: »Suchen Sie mir einen Arzt.« Aber nur die Stimme und die Schulterstücke waren Leutnant Hardenburg, das Gesicht fehlte. Nur eine rote und weiße zermalmte Masse mit der Stimme, die irgendwo aus den roten Blasen und den weißen Striemen hervordrang, aus dem, was Leutnant Hardenburgs Gesicht einmal zusammengehalten hatte, war da. Christian grübelte, wo er so etwas schon einmal gesehen hatte. Es war schwer nachzudenken, denn es war ihm so schlecht, daß er jeden Augenblick wieder in Ohnmacht fallen konnte. Endlich erinnerte er sich: ein aufgebrochener Granatapfel, dessen roter Saft reif und glitschig am Messerrücken entlang auf den elfenbeinfarbenen Teller tropfte. Dann kam wieder dieser scharfe Schmerz, und eine lange Zeit dachte er überhaupt nichts mehr.

17. Kapitel

»Man hat mir versichert«, sagte die Stimme hinter dem dicken Verband, »daß man mir in zwei Jahren wieder ein Gesicht machen kann. Ich gebe mich keinen Illusionen hin, daß ich wie ein Filmstar aussehen werde, aber ich hoffe doch, daß es ein ganz brauchbares Gesicht sein wird.«

Christian hatte schon solche brauchbaren Gesichter gesehen, die die Chirurgen den zusammengeschlagenen Köpfen auf den Operationstischen anklebten, und war daher nicht so optimistisch wie Hardenburg. Aber er sagte nur: »Natürlich, Herr Leutnant.«

Die Stimme hinter dem Verband fuhr fort: »Es ist zum Beispiel ziemlich sicher, daß ich im Verlauf eines Monats auf dem rechten Auge sehen kann. Das wäre an sich nicht schlecht.«

»Prima, Herr Leutnant«, antwortete Christian in dem verdunkelten Zimmer einer Villa auf der schönen Insel Capri, über der die Wintersonne der Bucht von Neapel lag. Er saß zwischen zwei Betten. Das rechte verbundene Bein streckte er steif von sich. Seine Krücken standen an die Wand gelehnt. Der Mann im anderen Bett hatte eine schwere Verbrennung. Er war bei der Panzertruppe. Er lag still in seinen meterlangen Bandagen, und ein übler Geruch erfüllte den hohen, kühlen Raum. Es roch schlimmer als Leichen, was Hardenburg nicht riechen konnte, denn er hatte keine Nase mehr zum Riechen. Eine praktische Schwester hatte aus der Not eine Tugend gemacht und die beiden Schwerverwundeten in das gleiche Zimmer gelegt. Das Lazarett, das einst einem reichen Seidenfabrikanten aus Lyon zum Erholungsaufenthalt gedient hatte, füllte sich von Tag zu Tag mehr mit den chirurgisch interessantesten Fällen aus dem Afrikafeldzug. Christian war in einem größeren Lazarett, weiter unten am Berg, untergebracht, das für die einfachen Soldaten eingerichtet war. Seit einer Woche hatte man ihm Krücken gegeben, und er fühlte sich wohl und beinahe frei.

»Nett von Ihnen, Diestl«, murmelte Hardenburg aus seinen Binden heraus, »daß Sie mich besuchen. Wenn es einem schlecht geht, wird man meistens wie ein achtjähriges Kind behandelt. Zum Schluß trocknet noch der Verstand ein, wie alles andere.«

»Ich wollte mich schon lange mit Ihnen in Verbindung setzen«, sagte Christian, »um Ihnen zu danken für alles, was Sie für mich getan haben. Als ich hörte, daß Sie auch auf der Insel sind, bin ich gleich…«

»Quatsch!« Erstaunlich, daß die Stimme immer noch den kurzen, präzisen, bellenden Klang hatte, obgleich ihr jetzt die Resonanz des Gesichts fehlte. »Dankbarkeit gibt es nicht. Ich habe Sie nicht aus Zuneigung gerettet, können Sie mir glauben.«

»Jawohl«, sagte Christian.

»Das Motorrad hatte zwei Plätze, zwei Leben, die in Zukunft noch etwas leisten konnten, waren zu retten. Wenn jemand anderer dagewesen wäre, den ich für wertvoller als Sie gehalten hätte, dann garantiere ich Ihnen, daß ich Sie zurückgelassen hätte.«

»Jawohl«, sagte Christian und starrte auf den weißen Verband, der so ordentlich um den Kopf gebunden war. Damals, auf der Höhe von Sollum, hatte er ihn rot und von Blut triefend gesehen, während die Motoren der britischen Flugzeuge über ihnen dröhnten.

Die Krankenschwester kam herein. Sie war ungefähr vierzig und sah freundlich und mütterlich aus mit ihrem runden Gesicht. Aber ihre Stimme klang nicht mütterlich, eher gelangweilt und geschäftsmäßig, als sie sagte: »Genug für heute. Die Besuchszeit ist vorüber.«

Sie blieb an der Tür stehen, um sicher zu sein, daß Christian auch ging. Er erhob sich mühsam und griff nach seinen Krücken. Die Krükken klapperten auf dem Marmorboden.

»Na, wenigstens werde ich auf meinen beiden eigenen Beinen gehen können«, sagte Hardenburg.

»Jawohl, Herr Leutnant«, sagte Christian. »Ich komme wieder, wenn es Ihnen recht ist.«

»Wenn Sie Lust haben«, antwortete die Stimme unter dem Verband.

»Hier ist der Ausgang, Herr Feldwebel«, sagte die Schwester, und Christian humpelte etwas unbeholfen hinaus, weil er erst vor kurzem gelernt hatte, mit Krücken umzugehen. Es war eine Erleichterung, im Gang nicht mehr länger den Gestank der Brandwunden einatmen zu müssen.

»Die Veränderung meines Aussehens wird sie nicht sehr stören«, sagte Hardenburg hinter dem Mullbindenwall seines Verbandes. Er meinte seine Frau. »Ich habe ihr schreiben lassen, daß ich eine schwere Gesichtsverwundung habe, und sie schrieb mir zurück, sie sei stolz auf mich, und es würde nichts zwischen uns ändern.«

Kein Gesicht, dachte Christian, ist immerhin eine ziemliche Veränderung im Aussehen. Aber er sagte nichts. Er saß wieder zwischen den beiden Betten, sein Bein ausgestreckt, und die Krücken standen an ihrem gewohnten Platz an der Wand.

Er besuchte den Leutnant fast jeden Tag. Hardenburg sprach eine Stunde nach der anderen durch die weiße Finsternis seiner Verbände, und Christian sagte nur: »Jawohl, Herr Leutnant« und »Nein, Herr Leutnant«. Im übrigen hörte er zu. Der Schwerverletzte mit den Brandwunden roch so unerträglich wie je, aber nach wenigen Minuten gewöhnte sich Christian an den Gestank und vergaß ihn sogar nach einer Weile. In seine Blindheit eingesperrt, sprach Hardenburg stundenlang ruhig und nachdenklich über alles mögliche. Er beleuchtete die Vergangenheit und zog Lehren daraus zu seinem und Christians Vorteil, als ob er jetzt, in dieser zwangsläufigen Erholungspause, am besten Inventur machen könnte. Inventur von sich, seinen Erfolgen und Irrtümern, um daraus Schlüsse für die Zukunft zu ziehen. Diese Selbstgespräche beeindruckten Christian immer mehr, und er verbrachte halbe Tage in dem übelriechenden Zimmer, um den versteckten Enthüllungen eines Lebens zu lauschen, das auf geheimnisvolle Weise, so fühlte er, mit seinem eigenen verbunden war. Das Krankenzimmer wurde zu einer Mischung von Beichtstuhl und Vorlesungssaal, ein Ort, wo Christians Irrtümer aufgeklärt, seine verschwommenen Ziele und Hoffnungen beim Namen genannt und auf ihre Verwirklichungsmöglichkeit geprüft wurden. Der Krieg erschien ihm als ein Traum auf einem anderen Kontinent, ein unwirkliches Ringen von Schatten, gedämpfte Trompeten in einem fernen Sturm, und nur die beiden vermummten und stinkenden Gestalten in dem Zimmer über dem sonnigen blauen Hafen waren wichtig, wirklich und wahr.

»Greta wird mir nach dem Krieg noch einmal sehr nützlich sein«, sagte Hardenburg. »Greta, so heißt meine Frau.«

»Ja, ich weiß«, sagte Christian.

»Woher wissen Sie? Ach so, Sie haben ja damals das Päckchen abgegeben.«

»Jawohl.«

»Sieht gut aus, Greta, nicht?«

»O ja, sehr.«

»Das ist wichtig«, sagte Hardenburg. »Wenn Sie wüßten, wie viele Karrieren in der Wehrmacht durch reizlose Frauen verhunzt worden sind! Außerdem ist sie tüchtig. Sie hat Talent, mit Menschen umzugehen...«

»Jawohl.«

»Hatten Sie Gelegenheit, mit ihr zu sprechen?«

»Ungefähr zehn Minuten. Sie fragte nach Ihnen.«

»Ja, sie hängt sehr an mir«, meinte Hardenburg.

»Jawohl.«

»Ich habe die Absicht, in eineinhalb Jahren auf Urlaub zu gehen. Bis dahin wird mein Gesicht einigermaßen verheilt sein. Ich möchte sie nicht unnötig erschrecken. Ja, sie ist sehr tüchtig. Fühlt sich überall zu Hause, wo immer man sie hinstellt. Kann sich benehmen...«

»Jawohl.«

»Wenn ich ehrlich sein will, war ich gar nicht in sie verliebt, als ich sie heiratete. Ich war eng verbunden mit einer älteren Frau. Geschieden. Zwei Kinder. Sehr eng verbunden. Hätte sie beinahe geheiratet. Ihr Vater war Arbeiter in einer Metallwarenfabrik, und sie neigte zum Dickwerden. In zehn Jahren wird sie ein Fettkloß sein. Ich mußte mir immer vor Augen halten, daß in zehn Jahren vielleicht Minister und Generäle bei mir verkehren würden und meine Frau als Gastgeberin aufzutreten hätte. Sie hatte auch eine vulgäre Note, und die Kinder waren unmöglich erzogen. Trotz allem, wenn ich heute noch an sie denke, überkommt mich ein Gefühl der Sehnsucht. Haben Sie das auch schon bei einer Frau erlebt?«

»O ja«, erwiderte Christian.

Die Stimme unter dem Verband fuhr fort: »Wäre natürlich Wahnsinn gewesen. Eine Frau kann die größte Falle im Leben sein. Ein Mann muß darin seine Vernunft bewahren, mehr als in allen anderen Dingen. Ich verachte Männer, die sich für eine Frau opfern. Das ist die erbärmlichste Form von Nachgiebigkeit. Wenn es nach mir ginge, würde ich alle Liebesromane verbrennen lassen, alle, zusammen mit dem *Kapital* von Karl Marx und Heines Gedichten.« –

Ein andermal, an einem Regentag, der Golf lag grau und von Regenschauern verhüllt unter dem Fenster...

»Nach diesem Krieg müssen wir uns in einen neuen stürzen. Gegen die Japaner zum Beispiel. Das wurde in *Mein Kampf* vergessen. Vielleicht aus Klugheit auf seiten des Autors. Und dann wird es nötig werden, ein anderes Volk irgendwo hochkommen zu lassen, so daß man immer einen Feind bereit hat, dessen Niederringung große Anstrengungen kostet. Um groß zu sein, muß eine Nation immer bis zu den äußersten Grenzen ihrer Fähigkeiten angespannt bleiben. Eine große Nation ist immer in Gefahr unterzugehen und muß stets bereit zum Angriff sein. Wenn sie diese Angriffslust verliert, kommt die Geschichte und meißelt ihren Namen auf den nächsten Grabstein. Das römische

Reich ist ein ausgezeichnetes Beispiel dafür. In dem Augenblick, wo ein Volk von der Parole: ›Wen müssen wir jetzt schlagen?‹ zu der Angstfrage ›Wer wird uns jetzt angreifen?‹ wechselt, ist es schon auf dem Weg zum Schutthaufen. Das Wort Verteidigung ist der Einsatz des Feiglings für den Begriff der Niederlage. Es gibt überhaupt keine wirkungsvolle Verteidigung, in nichts. Unsere sogenannte Zivilisation ist weiter nichts als Faulheit und Angst vor dem Sterben. England ist gleichsam der Nachtisch zur römischen Mahlzeit. Man kann die Früchte des Krieges niemals in Frieden genießen. An den Früchten eines Krieges kann man sich nur durch weitere Kriege erfreuen oder man verliert alles. Als die Briten um sich blickten und sagten: ›Schaut mal, was wir gewonnen haben. Jetzt wollen wir es aber auch behalten!‹, fing ihr Reich schon an, ihnen aus der Hand zu gleiten. Man muß Barbar bleiben, denn nur die Barbaren gewinnen.

Wir Deutschen haben die besten Aussichten. Wir werden von einer Schar wagemutiger und gescheiter Männer geführt, und wir sind ein großes, tüchtiges Volk. Stimmt zwar, daß andere Völker, zum Beispiel die Amerikaner, ebensoviel mutige und intelligente Männer haben, und ihr Volk ist mindestens ebenso tüchtig. Aber wir sind ihnen in einer Hinsicht überlegen, und das ist auch der Grund, weshalb wir letzten Endes siegen werden. Wir können gehorchen, und die können es nicht und werden es wahrscheinlich nie lernen. Wir tun, was man uns befiehlt, und werden so zum vollkommensten Werkzeug in den Händen unserer Führer, die unsere gesammelte Kraft für die entscheidenden Schläge einsetzen können. Die Amerikaner lassen sich vielleicht als Werkzeug benutzen, von mir aus fünf Jahre, aber dann ist Schluß. Die Russen sind nur durch ihre große Zahl gefährlich. Ihre Führung ist blöd, wie sie's immer war, und die Tüchtigkeit und Anstrengungen des Volkes werden mehr als wettgemacht durch die Dummheit seiner Führer. Das Riesenland ist nur als Fläche gefährlich, aber das allein entscheidet nicht.« Die Stimme sprach weiter wie die Stimme eines Universitätslehrers im Seminar, der aus einem Werk vorliest, das er ohnehin auswendig kann. Die Regentropfen schlugen sanft gegen das Fenster. Der Golf lag im Dunst. Bewegungslos lag der Mann mit den Brandwunden im nächsten Bett, in seinen furchtbaren Geruch gehüllt und jenseits der Welt der Sinne, die hört, riecht, denkt.

»In mancher Beziehung«, sagte Hardenburg, »ist meine Verwundung ein Vorteil für mich.« Es war ein anderer Nachmittag, still und träumerisch, die Sonne stand hoch am Himmel, und die Landschaft vor dem Fenster war tiefblau; Wasser, Luft und Berge durchsichtig und lichtdurchtränkt.

»Irgendwie hatte ich beim Militär kein Glück. Und diese Verwundung bedeutet, daß ich nicht mehr an die Wehrmacht gebunden sein werde. Ich war fehl am Platz. Sie wissen ja, daß ich nur einmal befördert worden bin, während Männer, die mit mir zur Schule gingen, fünfmal befördert wurden. Es hat keinen Zweck, sich zu beklagen. Hat nichts mit Verdienst oder Beziehungen zu tun. Es kommt einfach darauf an, wo man sich in einem bestimmten Augenblick befindet. Im Hauptquartier, dessen General ein glückliches Kommando erhält, oder in einer bestimmten Linie, wo gerade der Feind angreift. Es kommt auf die Formulierung der Berichte an, die irgend jemand in die Hände fallen. Und es kommt auf die Laune an, die dieser Jemand gerade hat...

Nun, es wurde mir bald klar, daß ich in dieser Hinsicht kein Glück hatte. Zum Wehrdienst bin ich untauglich geworden. Es ist nicht gut für die Moral der Truppe, von einem Offizier mit einem verstümmelten Gesicht befehligt zu werden. Ist auch ganz vernünftig. Wenn man es vermeiden kann, führt man schließlich die Kompanie vor einem Angriff nicht gerade durch einen Militärfriedhof. Trotzdem, ein verstümmeltes Gesicht kann später einmal von Nutzen sein. Ich habe zum Beispiel die Absicht, in den diplomatischen Dienst zu gehen. An sich hatte ich es sowieso vor, auf dem Umweg über die Wehrmacht; aber jetzt werde ich mir zwanzig Jahre sparen. Führungsstellungen werden nach dem Krieg nur Männern offen sein, die beweisen können, daß sie dem Vaterland auf dem Schlachtfeld gedient haben. Ich werde keine Orden auf der Brust zu tragen brauchen. Mein Gesicht wird mein Orden sein. Mitleid, Respekt, Dankbarkeit, Angst – mein Gesicht wird das alles hervorrufen. Wenn alles vorbei ist, wird eine Welt zu regieren sein, und die Partei wird sich meines Gesichtes als eines sehr geeigneten Symbols für unsere Vertretung im Ausland erinnern. Der Gedanke an mein zerstörtes Gesicht beunruhigt mich nicht. Wenn sie mir die Verbände abnehmen, gehe ich ruhig zum Spiegel und schaue es mir an. Ich weiß sehr wohl, daß es furchtbar aussehen wird. Aber so etwas sollte einen Soldaten ebensowenig aus der Fassung bringen wie der Anblick eines Hammers den Schmied. Es ist einfach Gefühlsduselei zu behaupten, daß der Schrecken nicht das Werkzeug des Soldaten sei, so wie der Hammer das Werkzeug des Schmiedes ist. Wir leben vom Tod und der Todesdrohung, und wir müssen diese Tatsache mit Ruhe hinnehmen und sie zu unserem Vorteil benutzen. Im Interesse unseres Landes brauchen wir ein leeres Europa. Das ist eine mathematische Gleichung, und damit sie aufgeht, heißt es Töten. Wenn wir von der Richtigkeit der Gleichung überzeugt sind, dürfen wir auch nicht vor ihrer Aufstellung zurückschrecken.

Wo immer wir hinkommen, müssen wir jedem sofort klarmachen, daß wir mit dem Töten rasch bei der Hand sind. Es ist der Schlüssel zur Macht. Mit der Zeit habe ich gelernt, mich ans Töten zu gewöhnen, wie ein Pianist sich an Czerny gewöhnt, der seine Finger geschmeidig für Beethoven macht. Es gehört zur Grundausbildung des Soldaten, und wenn ein Offizier davor zurückschreckt, sollte er sein Handwerk an den Nagel hängen und Buchhalter werden.

Ich habe einige Ihrer Briefe an Ihre Freunde zu Hause gelesen und war sehr enttäuscht. Sie sind natürlich viel älter als ich und waren länger all dem europäischen Blödsinn ausgesetzt, und Ihre Briefe sind voll von dem Gerede über die großen Zeiten des Friedens und Wohlstands, die nach dem Krieg in der Welt einziehen werden. Das lasse ich mir bei Weibern und Politikern gefallen, aber ein Soldat sollte es besser wissen. Er sollte gar keinen Frieden wünschen, denn Frieden ist für ihn gleichbedeutend mit Arbeitslosigkeit. Er sollte wissen, daß Wohlstand einseitig ist. Wir können nur Wohlstand haben, wenn's dem übrigen Europa schlecht geht, und ein Soldat sollte das mit Befriedigung zur Kenntnis nehmen. Will ich zum Beispiel, daß ein ungebildeter, vom Kartoffelschnaps im Winterdreck seines Dorfes besoffener Pole wohlhabend ist? Will ich einen stinkenden Ziegenhirten in den Dolomiten reich sehen? Soll ein dicker, homosexueller Grieche etwa in Heidelberg über vergleichende Rechtswissenschaft lesen? Wieso eigentlich? Was ich will, sind Untergebene, nicht Konkurrenten. Und wenn sie nicht dazu bereit sind, dann Leichen! Nur weil wir Deutschen noch immer halbe Politiker sind und mit einem Auge nach der Meinung der Welt schielen, reden wir so einen Blödsinn. In zehn Jahren können wir die Maske abwerfen und zeigen, was wir wirklich sind – Soldaten und nichts sonst. Und dann können wir mit dem ganzen Unsinn aufräumen. Die Welt des Soldaten ist die einzig wirkliche Welt. Alles übrige ist aus dem Bücherschrank geholt, Geschwätz und vergilbtes Papier. Schlappe Wunschbilder von Festrednern für ein Publikum, das längst eingeschlafen ist. Zehntausend Bücherregale wiegen keinen einzigen Panzer auf. Die Bibel ist in Milliarden Ausgaben gedruckt worden, nehme ich an; aber eine einzige Patrouille von fünf Mann, die mit ihrem Spähwagen in ein ukrainisches Dorf fährt, kann die Zehn Gebote fünfzigmal in einer halben Stunde brechen, und es passiert ihr nicht nur nichts, sondern sie kann sich auch noch die ganze Nacht an den zwei Kisten Wein besaufen, die sie dabei erbeutet.

Krieg ist die aufregendste Tätigkeit, die es für einen Mann gibt, denn sie entspricht seiner Natur, die räuberisch und selbstsüchtig ist. Wenn ich das sage, so habe ich ein Recht dazu, denn ich habe für diese Theorie mein Gesicht hergegeben, und niemand kann sagen, daß ich den Krieg nur aus sicherer Entfernung und wegen persönlicher Vorteile liebe.

»Diesen Krieg werden wir nicht verlieren, ich glaube es schon deswegen nicht, weil wir uns eine Niederlage nicht leisten können. Wenn wir ihn aber verlieren, dann nur, weil wir nicht hart genug waren. Wenn wir der Welt verkünden würden, daß wir von jetzt ab für jeden Tag Krieg hunderttausend Europäer töten und diese Drohung auch wahrmachten, was glauben Sie wohl, wie lange der Krieg noch dauern würde? Und zwar nicht bloß Juden, denn an das Umbringen von Juden hat sich die Welt gewöhnt und bewundert im geheimen sogar noch unsere Leistungsfähigkeit auf dem Gebiet. Außerdem ist der Vorrat an Juden schließlich auch nicht unerschöpflich, und wenn wir noch so viele jüdische Großmütter entdecken. Nein: Europäer, Franzosen, Polen, Russen, Holländer, englische Kriegsgefangene! Wir sollten Listen drucken mit ihren Namen und Fotografien, auf gutem Papier, und sie dann über London abwerfen. Statt Bomben. Wir kommen nicht richtig zum Zug, weil wir nicht den Mut haben, aus unserer Weltanschauung die letzten Folgerungen zu ziehen. Wir bringen zwar Moses um, aber dulden Christus und setzen alles aufs Spiel für diese hirnverbrannte Idee.

Wenn wir endlich unsere Gewissensbisse zum Schweigen bringen werden, sind wir das größte Volk der Geschichte. Wir schaffen's vielleicht auch so, aber es ist viel schwerer. Wir schleppen die ganze Zeit einen unsichtbaren Anker hinter uns her.

Ich sage Ihnen das alles, denn Sie gehen zur Wehrmacht zurück und ich nicht. Ich hatte in den letzten Wochen genügend Gelegenheit, mir diese Dinge zu überlegen, und ich kann Jünger brauchen. Nach dem letzten Krieg hat ein verwundeter Gefreiter Deutschland vor den Folgen der Niederlage bewahrt. Vielleicht muß diesmal ein verwundeter Leutnant kommen, um es vor den Folgen des Sieges zu schützen. Schreiben Sie mir von der Front, und ich kann hier mit meinem geflickten Gesicht das Gefühl haben, doch nicht ganz unnütz zu sein. Ich bin jünger als Sie, aber ich bin viel reifer, denn ich habe seit meinem fünfzehnten Lebensjahr niemals etwas unternommen, was nicht meinen Zielen gedient hat. Sie haben geschwankt, haben Zugeständnisse gemacht, haben sich vom Gefühl leiten lassen und sind eigentlich nie ganz aus Ihrer Unreife herausgewachsen. Der vernünftige moderne Mann hat gelernt, die Dinge sofort, mit einer einzigen Handlung, ihrer logischen Schlußfolgerung zuzutreiben. Das habe ich getan und Sie nicht, und solange Sie das nicht lernen, werden Sie wie ein Kind unter Erwachsenen herumstolpern.

Töten ist eine unpersönliche objektive Handlung, und der Tod ist ein Zustand jenseits von Recht und Unrecht. Ich kann einen neunzehnjährigen Leutnant, frisch aus Oxford, mit der gleichen Berechtigung sterben lassen wie drei Dutzend Deutsche auf einer Düne in der libyschen Wüste, denn ich verstehe diese Dinge. Jeder von den siebenunddreißig trägt auf seine Weise dazu bei, zu der Zeit und auf die bestimmte Weise zu sterben, die ich für nötig und ratsam halte. Ich werde ihnen keine Träne nachweinen, außer es sähe mir eine ganze Kompanie zu, die durch meine Tränen ermutigt werden müßte, am gleichen Abend in den Tod zu gehen.

Wenn Sie etwa glauben, ich bewundere den deutschen Soldaten, so irren Sie sich. Er ist besser als andere Soldaten, denn man kann ihn härter anpacken, ohne ihn zu zerbrechen, und man kann ihn gründlicher ausbilden, weil er keine Fantasie hat. Aber sein Mut beruht auf Einbildung, die man ihm einredet, wie anderen Soldaten auch, und wenn er siegt, so wird er nicht mehr Bier kriegen als vorher und nicht weniger Arbeit, bloß er weiß das noch nicht. Ein Heer ist schließlich nichts anderes als die Summe seiner Soldaten multipliziert mit der Fähigkeit seiner Führer. Stammt von Clausewitz, und darin wenigstens hat er recht gehabt. Der deutsche Soldat kann nichts dafür, daß es zehn Millionen gibt, die genauso sind wie er, auch kann er nichts für die Tatsache, daß die begabtesten Köpfe Europas ihn führen.

Der deutsche Soldat hat das Glück, in diesem entscheidenden Augenblick der europäischen Geschichte von Männern geführt zu werden, die nicht ganz normal sind. Hitler fällt vor seinen Karten in Berchtesgaden in Tobsuchtsanfälle, Göring ist rauschgiftsüchtig. Röhm, Rosenberg und der Rest hätten den alten Dr. Siegmund Freud in Wien in hellstes Entzücken versetzt, wenn er sie in seinem Wartezimmer vorgefunden hätte. Nur die verbogene Vorstellung eines Verrückten konnte den Plan ersinnen, den Pogrom zu einer staatlichen Einrichtung zu erheben und dadurch in zehn Jahren ein Großreich zu errichten. Schließlich hat man seit zwanzig Jahrhunderten Juden umgebracht, und ohne jeden sichtbaren Erfolg. Wir kämpfen gegen starke und anständige Heere von Männern, die es einfach nicht fertigbringen, von den Regeln der Gesittung abzuweichen und wenn es um Kopf und Kragen geht. Und wir werden von Männern geführt, die im Opiumrausch handeln, von Gefreiten, die noch nicht einmal richtig Deutsch können und ihre militärische Ausbildung vor fünfundzwanzig Jahren im Ersten Weltkrieg in Flandern erhielten, als sie für ihren verwundeten Hauptmann im Schützengraben Kaffee holen durften. Können wir unter solchen Umständen den Krieg verlieren?

Wenn ich Epileptiker wäre, wenn ich an Schlaflosigkeit oder Schwachsinn litte, hätte ich in den nächsten dreißig Jahren in Europa bedeutend günstigere Aussichten, und ich könnte meinem Land viel besser dienen...«

Der Arzt war ein grauhaariger alter Herr von etwa siebzig Jahren. Unter den Augen hatte er dicke rote Tränensäcke, die wie das Fleisch von Sumpfpflanzen aussahen. Seine Hände zitterten, als er grob Christians Knie untersuchte. Er hatte den Rang eines Obersten und sah selbst dafür zu alt aus. Sein Atem roch nach Alkohol, und seine kleinen wäßrigen Augen betrachteten mißtrauisch Christians vernarbtes Knie. Übelwollen und der Verdacht, einen Simulanten vor sich zu haben, drückten sich in seiner Miene aus. Dreißig Jahre lang hatte er sich in der kaiserlichen Armee, in der Reichswehr und in der Wehrmacht des Dritten Reiches mit der Untersuchung kranker Soldaten befaßt. Nur sein Atem, dachte Christian, hat sich in diesen dreißig Jahren nicht verändert. Die Generale wechselten, die Feldwebel sind gefallen, die Ideologien sind von Norden nach Süden gewandert, aber der Atem des Oberarztes riecht nach derselben Flasche schweren dunklen Bordeaux, nach der er schon roch, als Kaiser Franz Joseph mit Wilhelm II. in Wien die Parade der sächsischen Truppen auf ihrem Vormarsch nach Serbien abnahm.

»Geht wieder«, sagte der Oberst, und der Sanitätsgefreite malte geschäftig zwei Buchstaben auf Christians Krankentafel. »Ausgezeichnet. Die Narbe sieht noch nicht so gut aus, aber fünfzig Kilometer am Tage werden Sie ohne Beschwerden marschieren können. Wie meinten Sie?«

»Ich habe nichts gesagt, Herr Oberstarzt«, antwortete Christian schnell.

»Voll diensttauglich«, sagte der Oberst und sah Christian scharf an. »Nicht wahr?«

»Jawohl.«

Ungeduldig klopfte der Arzt an das Bein. »Sie können das Hosenbein wieder herunterlassen, Feldwebel.« Er beobachtete Christian, wie er aufstand und das Hosenbein hinunterschob. »Was sind Sie im Zivilberuf?«

»Skilehrer, Herr Oberstarzt.«

»Was?« Der Oberst blickte ihn fast beleidigt an. »Was sind Sie?«

»Skilehrer, Herr Oberstarzt.«

»Soso. Na, mit dem Knie werden Sie nicht mehr Skilaufen können. Sowieso nur ein Zeitvertreib für Kinder.« Er trat an das Waschbecken und wusch sich mit gewohnter Gründlichkeit die Hände, als ob Christians Haut unaussprechlich schmutzig gewesen wäre. »Von Zeit zu Zeit werden Sie wohl etwas hinken, nicht wahr? Und warum auch nicht? Warum soll ein Mann nicht hinken?« Und er lachte und zeigte zwei Reihen falscher gelber Zähne. »Woher sollen die Leute später wissen, daß Sie überhaupt im Krieg waren?«

Als Christian hinausging, stand er immer noch an dem großen Emailbecken, das so stark nach Desinfektionsmitteln roch, und bürstete sich eifrig die Hände. –

»Sie müssen mir ein Seitengewehr besorgen«, sagte Hardenburg.

Christian saß neben seinem Bett und besah sich kritisch sein immer noch steifes Bein. Im anderen Bett lag der Brandfall, verloren wie immer in dem stillen Packeis seiner Verbände und seinem tropischen, schrecklichen Gestank. Christian hatte Hardenburg eben mitgeteilt, daß er am nächsten Tag an die Front zurück müsse. Hardenburg hatte nichts erwidert, sondern nur still und steif dagelegen. Sein glatter, umwickelter Kopf lag wie ein riesiges unheimliches Ei in den Kissen. Christian hatte einen Augenblick gewartet, in der Annahme, daß Hardenburg ihn nicht gehört habe. »Ich sagte, daß ich morgen abfahre, Herr Leutnant«, wiederholte er.

»Ja, ja, ich habe Sie verstanden«, sagte Hardenburg. »Sie müssen mir ein Seitengewehr besorgen.«

»Wie meinten Sie, Herr Leutnant?« fragte Christian und dachte: Es hört sich nur wie Seitengewehr an, wegen des Verbandes.

»Ich sagte, ich brauche ein Seitengewehr. Bringen Sie es mir morgen.«

»Mein Zug fährt um zwei Uhr nachmittags«, sagte Christian.

»Dann bringen Sie's am Vormittag.«

Christian betrachtete die sich überkreuzenden dünnen Streifen des Verbandes, wo sie sich auf der glatten, runden Oberfläche trafen. Doch da war natürlich kein Ausdruck zu sehen, der ihm einen Anhaltspunkt hätte geben können, was Hardenburg dachte, und wie üblich konnte man dem eintönigen Klang der vermummten Stimme nichts entnehmen. »Ich habe kein Seitengewehr, Herr Leutnant«, sagte er.

»Dann organisieren Sie sich heute abend eins. Kann doch nicht schwer sein, oder?«

»Nein, Herr Leutnant.«

»Die Scheide brauche ich nicht, nur das Bajonett.«

»Herr Leutnant«, sagte Christian, »ich bin Ihnen sehr dankbar, und ich möchte Ihnen gern jeden Dienst erweisen, wenn Sie aber die Absicht haben, sich um…« Er zögerte. »Wenn Sie Selbstmord begehen wollen, kann ich Ihnen nicht dabei behilflich sein.«

»Ich denke nicht daran, mich umzubringen«, sagte die eintönige vermummte Stimme. »Gott, sind Sie dumm! Jetzt haben Sie mir beinahe zwei Monate lang zugehört. Rede ich wie ein Mann, der Selbstmord begehen will?«

»Das nicht, Herr Leutnant, aber...«

»Es ist für den da drüben«, sagte Hardenburg.

Christian richtete sich in dem kleinen Holzstuhl auf: »Wie bitte, Herr Leutnant?«

»Für den da, für ihn«, sagte Hardenburg ungeduldig. »Für den Mann im anderen Bett.«

Christian drehte sich langsam um und besah sich den Mann mit den Verbrennungen. Er lag ruhig da, reglos, ohne Ausdruck oder Ausdrucksmöglichkeit, wie er seit zwei Monaten gelegen hatte. Christian drehte sich wieder zu dem dicken Verbandklumpen zurück, unter dem der Leutnant lag. »Ich verstehe nicht, Herr Leutnant.«

»Er hat mich gebeten, ihn zu töten«, sagte Hardenburg. »Der Fall ist ganz einfach. Er hat keine Hände mehr. Er hat überhaupt nichts mehr. Und er will eben sterben. Er hat den Arzt schon vor drei Wochen gebeten, ihm eine Spritze zu geben, aber der Idiot hat nur geantwortet, er solle keinen solchen Unsinn reden.«

»Ich wußte gar nicht, daß er sprechen kann«, sagte Christian verwirrt. Er schaute sich wieder nach dem Mann um, als müßte die neuentdeckte Fähigkeit in dem schrecklichen Bett irgendwie auch zu sehen sein.

»Er kann sprechen«, sagte Hardenburg. »Wir unterhalten uns lange jede Nacht. Er spricht nachts.«

Was für Gespräche mögen wohl in der kühlen Nachtluft dieses Zimmers geführt werden, zwischen dem Mann, der keine Hände und gar nichts mehr hat, und dem Mann ohne Gesicht? Ihn fröstelte. Der Schwerverletzte lag ganz still da, die Decken über die magere Gestalt geworfen. Er hört uns jetzt, dachte Christian und schaute hinüber, er versteht jedes Wort, das hier gesprochen wird.

»Er war Uhrmacher in Nürnberg«, fuhr Hardenburg fort. »Spezialist für Sportuhren. Hat drei Kinder und will sterben. Bringen Sie mir also das Seitengewehr?«

»Selbst wenn ich es bringe«, sagte Christian und wehrte sich gegen die Beteiligung an dem augenlosen, stimmlosen, fingerlosen, gesichtslosen Selbstmord, »was würde es ihm nützen? Er kann es ja doch nicht anwenden.«

»Ich wende es an«, sagte Hardenburg. »Genügt Ihnen das?«

»Wie wollen Sie das machen?«

»Ich steige aus dem Bett, gehe zu ihm hinüber und tu es. Also: Bringen Sie mir's?«

»Ich wußte nicht, daß Sie schon gehen können...« sagte Christian immer noch verwirrt. Die Schwester hatte ihm gesagt, daß Hardenburg frühestens in drei Monaten die ersten Schritte tun könne.

Mit einer langsamen, bedächtigen Bewegung warf Hardenburg die Decke ab, und während Christian ihn wie erstarrt ansah, wie man eine Leiche beobachten würde, die sich aus dem Grab erhebt, schob Hardenburg seine Beine mit einer hölzernen, mechanischen Bewegung über den Bettrand. Dann stand er aufrecht. Er hatte einen zerknüllten, schmutzigen Schlafanzug an. Seine bloßen Füße sahen blaß und gedunsen auf dem Marmorboden des Lyoner Seidenfabrikanten aus.

»Wo ist das andere Bett?« fragte Hardenburg. »Zeigen Sie mir das andere Bett.«

Christian nahm ihn vorsichtig beim Arm und führte ihn über den schmalen Zwischenraum, bis Hardenburgs Knie den Rand des anderen Bettes berührte. »Da«, sagte Hardenburg tonlos.

Christian hatte das Gefühl, sich an einen am Fenster vorbeihuschenden Geist zu wenden. Er fragte: »Warum haben Sie noch niemandem gesagt, daß Sie gehen können?«

In seinem gelben Schlafanzug dastehend und ein bißchen schwankend, kicherte Hardenburg hinter seinen Verbänden: »Es ist nie gut, den Behörden alles zu sagen, wenn man von ihnen abhängig ist.« Dann beugte er sich vor und berührte leicht die Decke auf der Brust des anderen. Dort ließ er die Hand liegen. »Hier«, sagte eine Stimme hinter den Eisverbänden auf den Kissen. Die Stimme war heiser und hatte keine Ähnlichkeit mit einer menschlichen Stimme. Sie klang wie die eines sterbenden Vogels, eines Panthers in seinem eigenen Blut, eines Affen, der sich im Sturm am Ast eines Baumes aufgespießt und die einzige Ausdrucksform seiner Leiden in dem Wort »hier« gefunden hat.

Hardenburgs Hand blieb auf der Brust des Mannes liegen, gelb, blaß und knochig, wie die verschwommene alte Röntgenaufnahme einer Hand auf der Bettdecke.

»Wo ist es?« fragte er barsch. »Wo ist meine Hand, Diestl?«

»Auf seiner Brust«, flüsterte Christian und starrte wie gebannt auf die elfenbeinernen gespreizten Finger.

»Auf seinem Herz«, sagte Hardenburg, »genau über seinem Herz. Seit zwei Wochen haben wir das jede Nacht geübt.« Er drehte sich mit der Sicherheit eines Blinden um, ging wieder zu seinem Bett, kroch hinein und zog die Decke bis zu dem Helm von Verbänden hinauf, der wie eine hellenische Rüstung auf seinen Schultern saß. »Bringen Sie mir also das Seitengewehr, und machen Sie sich keine Sorgen. Ich verstecke es hier noch zwei Tage lang, nachdem Sie abgefahren sind, so daß niemand Sie mit der Sache in Verbindung bringen kann. Und außerdem tu ich es bei Nacht, wenn acht Stunden lang niemand hereinkommt. Und er, er wird ruhig bleiben.« Er lachte meckernd: »Der Uhrmacher kann sehr still sein.«

»Gut, Herr Leutnant«, sagte Christian und stand auf, um sich zu verabschieden. »Ich bringe Ihnen das Seitengewehr.« –

Am nächsten Morgen brachte er es. Er hatte es am Abend in der Kantine gestohlen, während sein Besitzer laut Lili Marlen sang und mit zwei Kameraden von der Zahlmeisterei ein paar Runden Bier trank. Er trug es unter seiner Bluse in die Marmorvilla des Lyoner Seidenfabrikanten und schob es unter die Matratze, wie Hardenburg es ihm befahl. Nachdem er dem Leutnant Lebewohl gesagt hatte, schaute er noch einmal von der Türe auf die beiden weißen, blinden Gestalten zurück, die still in ihren Parallelbetten in dem hohen Raum lagen, während die Sonne vom Golf her durch die hohen, eleganten Fenster strahlte.

Als er den Korridor entlanghumpelte und seine groben Stiefel auf dem Marmor hallten, kam er sich vor wie ein Student, der eben sein Abschlußexamen gemacht hat und jedes Buch in der Bibliothek auswendig kennt.

18. Kapitel

»Achtung!« rief eine Stimme beunruhigend und unheilvoll von der Tür, und Noah nahm vorschriftsmäßig vor seiner Pritsche Aufstellung.

Herein kam Hauptmann Colclough, gefolgt vom Hauptfeldwebel und Feldwebel Rickett, um die Sonnabendinspektion vorzunehmen. Langsam schritt er durch den blankgescheuerten Mittelgang der Mannschaftsstube, an den strammstehenden, frisch gewaschenen und rasierten Soldaten vorbei. Er betrachtete ihren Haarschnitt und den Glanz ihrer Stiefel eingehend und mit feindseliger Sachlichkeit, als ob es sich nicht um seine Männer, sondern um feindliche Stellungen handelte. Durch die offenen Fenster schien die sengende Sonne Floridas herein.

Vor dem neuen Mann, Whitacre, blieb der Hauptmann stehen.

»Befehl Nummer acht!« sagte Colclough und starrte kalt auf Whitacres Krawatte.

»Im Falle von Feuer oder Unruhen ist Alarm zu geben«, antwortete Whitacre.

»Reißen Sie das Bett auf!« befahl Colclough, und Feldwebel Rickett zwängte sich zwischen die Pritschen und riß Whitacres Bettzeug herunter. Die Decken machten ein raschelndes Geräusch in dem stillen Raum.

»Sie sind hier nicht auf dem Broadway, Whitacre«, sagte Colclough. »Sie wohnen nicht im Astor-Hotel. Hier kommt kein Zimmermädchen und macht Ihnen das Bett. Sie haben einen vorschriftsmäßigen Bettenbau selbst zu lernen.«

»Jawohl, Sir«, sagte Whitacre.

»Halten Sie Ihr verdammtes Maul!« sagte Colclough, »wenn ich eine Antwort von Ihnen brauche, dann frage ich Sie direkt, und Sie antworten mit: Ja, Sir, oder: Nein, Sir.«

Colclough ging weiter, die Absätze knallten auf den bloßen Fußboden. Die beiden Feldwebel gingen möglichst leise hinter ihm her, als ob Geräusch ein Vorrecht des Ranges wäre.

Colclough blieb vor Noah stehen. Er starrte ihn böse an. Er hatte einen sehr schlechten Atem. Es roch in seiner Nähe, als ob irgend etwas in seinem Magen langsam und unaufhörlich faulte. Colclough war Offizier der Nationalgarde von Missouri und vor dem Krieg Angestellter eines Beerdigungsinstituts in Joplin gewesen. Seine früheren Kunden, dachte Noah, hatten wahrscheinlich nichts gegen seinen schlechten Atem einzuwenden. Er schluckte und hoffte, das wilde Lachen, das ihm im Hals steckte, unterdrücken zu können. Colclough stierte unterdessen auf sein Kinn und suchte nach Anzeichen von Bartstoppeln.

Dann sah er auf Noahs Fach hinunter, auf die sorgfältig gefalteten Socken und das schnurgerade ausgerichtete Waschzeug.

»Feldwebel, heben Sie den Einsatz hoch!« befahl er.

Rickett bückte sich und nahm das Einsatzbrett heraus. Unter den peinlich gefalteten Handtüchern, den Hemden und der wollenen Unterwäsche kamen Bücher zum Vorschein.

»Wie viele Bücher haben Sie da?« fragte Colclough.

»Drei.«

»Drei was?«

»Drei, Sir.«

»Staatsausgaben?«

Unter der wollenen Unterwäsche lagen »Ulysses« von James Joyce, die Gesammelten Gedichte von T. S. Eliot und die Dramatischen Betrachtungen von George Bernard Shaw. »Nein, Sir, es sind keine Staatsausgaben«, sagte Noah.

»Nur Staatsausgaben sind im Spind gestattet«, sagte Colclough und blies seinen stinkenden Atem in Noahs Gesicht. »Wußten Sie das?«

»Ja, Sir.«

Colclough bückte sich und schob die Unterwäsche roh auf die Seite. Dann griff er nach der zerlesenen Ausgabe des »Ulysses«. Unwillkürlich beugte sich Noah vor, um dem Hauptmann zuzusehen.

»Augen geradeaus!« brüllte Colclough.

Noah starrte auf das gegenüberliegende Kasernenfenster.

Colclough öffnete das Buch und blätterte einige Seiten um. »Das Buch kenne ich«, sagte er. »Es ist ein dreckiger, mieser Schmöker.« Er warf es auf den Boden. »Werfen Sie es weg. Werfen Sie sie alle weg. Wir sind keine Bibliothek, und Sie sind nicht zum Lesen hier.«

Das Buch lag mit zerknüllten Seiten auf dem Boden, Colclough rauschte an Noah vorbei, zwischen den Pritschen durch, zum Fenster hinüber. Noah spürte, wie er wütend hinter ihm auf und ab lief. Er hatte ein seltsames prickelndes Gefühl die Wirbelsäule hinauf. »Das Fenster ist nicht geputzt«, schrie Colclough. »Diese gottverdammte Kaserne ist ein gottverdammter Schweinestall.« Er ging wieder in die Mitte des Raumes zurück. Ohne die übrigen Männer zu inspizieren, die mit angehaltenem Atem vor ihren Pritschen standen, ging er zum Ausgang, gefolgt von seinen beiden Feldwebeln. An der Tür drehte er sich um:

»Ich werde euch beibringen, die Stuben sauberzuhalten«, sagte er. »Wenn einer von euch dreckig ist, dann ist es eure Sache, den Kerl auf Vordermann zu bringen. Die Stube hat Ausgangsverbot bis zum Wekken. Niemand kriegt Sonntagsurlaub. Morgen früh um neun ist Besichtigung. Ich rate euch, bis dahin zu sorgen, daß die Stube in Ordnung ist.«

Er wandte sich um und verließ den Raum.

»Weggetreten!« brüllte Feldwebel Rickett und folgte dem Hauptfeldwebel und dem Hauptmann.

Langsam und in dem Bewußtsein, daß alle Augen vorwurfsvoll auf ihn gerichtet waren, bückte sich Noah zu dem auf dem Boden liegenden Buch, hob es auf und glättete mechanisch die Seiten. Dann ging er an das Fenster, das an allem schuld war.

»Sonnabend abend!« hörte er in bitterem Ton von der anderen Seite der Stube. »Ausgangsverbot am Sonnabend abend! Ich hab' 'ne Verabredung mit 'ner Kellnerin. Hab' sie endlich weichgekriegt, heute hätt's geklappt. Ihr Mann kommt morgen zurück. Und ausgerechnet – ich könnte jemand umbringen!«

Noah sah sich das Fenster an. Es glänzte fleckenlos, und dahinter lag das flache, staubige, sonnverbrannte Land. Am unteren Rand war eine

Motte gegen die Scheiben geflogen und in Form eines gelben Flecks umgekommen. Gedankenverloren kratzte er die tote Motte ab.

Hinter sich, inmitten der lauten Stimmen der Stube, hörte er Schritte. Doch er blieb stehen, die tote Motte in der Hand, mit dem ekligen Gefühl der staubigen Flügel am Finger, und blickte hinaus in den grellen, blendenden Staub und auf die grünen Kiefernwälder jenseits des Lagers.

»All right, Judenjunge, dir haben wir'sch zu verdanken.« Es war Ricketts Stimme hinter ihm.

Noah wandte sich immer noch nicht um. Draußen sah er eine Gruppe von drei Soldaten auf das Ausgangstor zurennen, mit den kostbaren Urlaubsscheinen in der Tasche, zu den wartenden Autobussen, den Bars in der Stadt, den gefälligen Mädchen, dreißig Stunden Urlaub von der Armee bis Montag früh.

»Kehrt, Ackerman!« kommandierte Rickett. Die anderen wurden still, und Noah wußte, daß alle zu ihm hinsahen. Langsam wandte er sich vom Fenster weg und stand Rickett gegenüber. Rickett war ein großer, untersetzter Mann mit hellgrünen Augen und einem schmalen, farblosen Mund. Die Mittelzähne fehlten, Folgen einer längst vergessenen Prügelei. Die Lücke gab dem ausdruckslosen Mund eine strenge Note und war die Ursache für den komischen Sprachfehler, mit dem sein Texas-Dialekt durchsetzt war.

»Scho, Ackerman«, sagte Rickett und stand, die Arme links und rechts auf die Pritsche gestützt, in drohender Haltung vor ihm, »jetzt werd' ich dich unter meine perschönlichen Fittiche nehmen.« Er sprach laut, daß die andern ihn auch hören konnten, und starrte Noah mit bösem Grinsen an. »Jungsch, ich verschpreche euch, dasch ischt dasch letzte Mal, dasch der kleine Levy hier unsch den Schonnabend verschaut. Ehrenwort! Schwör bei Gott. Und wir schind hier nicht in 'ner beschischenen Schynagoge in Eascht Schide, Levy, wir schind in 'ner Kascherne der Armee der Vereinigten Schtaaten von Amerika, und allesch musch blitzschauber schein, wie bei weischen Leuten, verschtehscht mich, nich wie bei Schwarzen – bei Weischen!«

Noah starrte bewegungslos und seinen Ohren nicht trauend auf den großen, fast lippenlosen Mann, der da vor ihm zwischen den zwei Pritschen stand. Der Feldwebel war erst vorige Woche zur Kompanie gekommen und hatte ihm bis jetzt keine Beachtung geschenkt. Und in den ganzen Ausbildungsmonaten war seine jüdische Abstammung noch nie erwähnt worden. Noah sah sich verwirrt nach den anderen um. Doch die Männer rührten sich nicht, eine stille Anklage in ihrem Blick.

»Lektion einsch«, sagte Rickett mit seinem Sprachfehler, über den man bei anderer Gelegenheit hätte lachen können, »fängt jetzt prompt und schofort an! Levy, zieh deinen Drillichanzug an und hol einen Kübel. Du wirscht jedesch Fenschter in diescher gottverdammten Schtube waschen wie ein weischer gotteschfürchtiger Chrischt und dasch scho lange, bisch ich zufrieden bin. Zieh schofort den Drillich an und fang an, Levy. Und dasch schag ich dir: Ich komm' inschpizieren, und wenn die beschischenen Fenschter nich glänzen wie 'n Hurenbauch am Heiligen Abend, dann kannscht du wasch erleben.«

Rickett drehte sich langsam um und ging hinaus. Noah ging zu seiner Pritsche und begann, sich die Krawatte abzunehmen. Er spürte, daß jeder Mann in der Stube ihn beobachtete, hart und unnachgiebig, während er seinen Drillich anzog.

Bloß der Neue, Whitacre, schaute nicht zu ihm hin. Er war verzweifelt damit beschäftigt, sein Bett zu bauen, das Rickett heruntergerissen hatte. – Vor Dunkelwerden kam Rickett zurück und besichtigte die Fenster. »All right, Levy«, sagte er nach einer Weile, »dieschmal will ich'sch noch hingehen laschen. Die Fenschter schin in Ordnung. Aber denk dran, ich hab' dich auf'm Schtrich. Und ich schag' dir ein für allemal: Ich mag keine Nigger, Juden, Mexschikaner oder Schineschen, und von jetzt an muscht du schwer auf Draht schein in der Kompanie. Zieh dein Arsch ein und fall nich auf. Und wenn du schon dabei bischt, dann verbrenn die Bücher, wie der Hauptmann schagt. Ich kann dir verraten, dasch du nich gerade schehr beliebt beim Hauptmann bischt, und wenn er die Bücher wieder schieht, kann ich für nichtsch garantieren. Scho, Levy, und jetzt verpisch dich, ich hab' genug von deiner dreckigen Fresche!«

Noah ging langsam die Stufen zur Kaserne hinauf und betrat die Stube. Er machte die Tür zu und ließ das Zwielicht draußen. Drinnen schliefen die Männer, und einige spielten Poker auf zwei zusammengeschobenen Kleiderkisten in der Mitte der Stube. In der Nähe der Tür roch es nach Alkohol, und Riker, dessen Pritsche der Tür am nächsten lag, hatte ein dummes, betrunkenes Grinsen im Gesicht.

Donnelly, der in Unterhosen auf der Pritsche lag, blinzelte mit einem Auge und sagte laut: »Ackerman, daß ihr Christus umgebracht habt, ist mir Wurscht. Aber daß du das beschissene Fenster nicht geputzt hast, vergeß ich dir nie.« Dann machte er das Auge wieder zu.

Noah lächelte krampfhaft. Ein Witz, dachte er, ein roher zwar, aber immerhin ein Witz. Und solange die anderen es auch als Witz auffassen, ist es nicht schlimm. Aber der Mann im nächsten Bett, ein langer, magerer Farmer aus Süd-Karolina, setzte sich auf, den Kopf in die Hände gestützt, und sagte rasch und so, als ob er darüber nachgedacht hätte: »Ihr

Juden habt uns in den Krieg gehetzt. Warum könnt ihr euch jetzt nicht wenigstens wie Menschen benehmen?« Und Noah merkte, daß das kein Witz mehr war.

Er schlug die Augen nieder, ging auf seine Pritsche zu und vermied es, die anderen anzuschauen. Aber er spürte, daß sie ihn alle beobachteten. Die Pokerspieler unterbrachen ihr Spiel, als er an ihnen vorbeiging und sich auf seine Pritsche legte. Sogar Whitacre, der Neue, der sonst keinen üblen Eindruck machte und eben erst die rauhe Hand des Soldatenlebens zu fühlen bekommen hatte, saß auf seinem frisch gemachten Bett und schaute ihn mit einem Anflug von Vorwurf in den Augen an.

Unglaublich, dachte Noah. Einfach unglaublich! Aber es wird vorbeigehen, es wird vorbeigehen...

Er zog die grüne Pappschachtel hervor, in der er sein Briefpapier aufbewahrte, setzte sich auf und begann, einen Brief an Hope zu schreiben. »Liebste«, schrieb er, »ich habe gerade meinen Stubendienst beendet. Ich habe neunhundertundsechzig Fenster so spiegelblank poliert wie ein Juwelier, der einen fünfzigkarätigen Brillanten für die Freundin eines Alkoholschmugglers aufmöbelt. Ich weiß nicht, wie ich mich im Einsatz gegen deutsche Infanterie oder die japanische Flotte machen werde, aber im Fensterputzen kann mir keiner etwas vormachen...«

Von der Pokerkiste ließ sich plötzlich eine klare Stimme vernehmen: »Der Ackerman kann nichts dafür. Im allgemeinen sind sie eben schlauer als wir. Deswegen trifft man auch so wenig Juden in der Armee. Deswegen verdienen sie auch das ganze Geld. Nehm ich ihnen gar nicht übel. Wenn ich auch so schlau wär, wär ich nicht hier. Ich hätt' 'ne Zimmerflucht in 'nem Hotel in Washington und würde bloß zusehen, wie's Geld eintrudelt.«

Stille. Noah wußte, ohne aufzublicken, daß alle Pokerspieler in seine Richtung blickten. Über seinen Brief gebeugt, schrieb er langsam weiter: »Und wir marschieren! Wir marschieren bergauf und bergab, wir marschieren bei Tag und bei Nacht. Ich glaube, die Armee ist in zwei Hälften geteilt: die kämpfende Armee und die fensterputzende Marscharmee. Und ich bin nun mal bei den letzteren. Ich habe Muskeln bekommen, wie sie in der Familie Ackerman noch nie vorkamen.«

»Die Juden haben viel Geld in Frankreich und Deutschland angelegt«, sagte eine andere Stimme von der Pokerkiste. »Sie haben die Finger in allen Banken und Puffs von Berlin und Paris, und Roosevelt hat beschlossen, ihr Kapital zu sichern. Deshalb hat er den Krieg erklärt.« Das wurde laut und absichtlich deutlich gesagt, damit Noah es hören mußte. Aber er schaute nicht von seinem Brief auf.

»Ich habe in den Zeitungen gelesen«, schrieb Noah, »daß der Krieg ein Krieg der Maschinen sei. Aber die einzige Maschine, die ich bis jetzt hier gesehen habe, ist ein Putzlappenreiniger...«

Die Stimme des Pokerspielers fuhr fort: »Sie haben einen internationalen Geheimbund, der in Polen, in einer Stadt namens Warschau, tagt. Von da schicken sie ihre Befehle über die ganze Welt: Kauft das, verkauft das, bekämpft dieses und jenes Land. Es sind zwanzig Rabbiner mit Bärten...«

»Ackerman«, rief eine andere Stimme, »hast du das gehört?«

Noah sah schließlich über die Pritsche hinweg zu den Pokerspielern hinüber. Sie hatten sich umgedreht; mit feixenden Gesichtern, hart und spöttisch blickten sie ihn an.

»Nein«, sagte Noah, »ich habe nichts gehört.«

»Warum kommst du nicht rüber?« fragte Silichner mit übertriebener Höflichkeit. »Wir machen ein nettes kleines Spielchen und unterhalten uns über interessante Sachen.«

»Nein danke, ich bin beschäftigt«, sagte Noah.

»Was wir gern wissen möchten«, fing Silichner wieder an, der aus Milwaukee stammte und einen deutschen Akzent hatte, als ob er als Kind deutsch gesprochen hätte und nie ganz davon losgekommen wäre, »was uns interessiert, ist, wieso hat man dich eigentlich eingezogen? War denn da kein jüdischer Vetter in der Rekrutierungskommission?«

Noah blickte krampfhaft auf das Papier in seiner Hand. Ich zittere nicht, dachte er überrascht. Ich bin tatsächlich ganz ruhig.

Eine andere Stimme sagte: »Ihr werdet lachen, aber ich habe schon von einem Juden gehört, der sich tatsächlich freiwillig gemeldet hat.«

»Nein?« sagte Silichner mit gespieltem Erstaunen.

»Ich schwör's bei Gott! Sie haben ihn ausgestopft und ins Museum gestellt.«

Die anderen lachten laut und dröhnend, wie auf Verabredung.

»Der Ackerman tut mir leid«, sagte Silichner, »wirklich leid. Stellt euch vor, was der für Geld auf dem schwarzen Markt mit Autoreifen und Benzin verdienen könnte, wenn er nicht in der Infanterie wäre.«

»Ich glaube«, schrieb Noah mit fester Hand an seine Frau hoch oben im Norden, »ich habe dir noch nicht von dem neuen Feldwebel erzählt, den wir letzte Woche bekommen haben. Er hat keine Zähne und spricht schrecklich komisch. Es hört sich an wie eine Jungfernrede auf einem Jugendbundtreffen...«

»Ackerman!«

Noah schaute auf. Ein Korporal aus einer anderen Stube stand neben seiner Pritsche. »Du sollst sofort auf die Schreibstube kommen!«

Langsam und bedächtig legte Noah den angefangenen Brief in die grüne Pappschachtel zurück und verstaute sie im Kasten. Er merkte, daß die anderen ihn scharf beobachteten und auf jede Bewegung aufpaßten. Als er absichtlich langsam an ihnen vorbeiging, sagte Silichner: »Sie verpassen ihm 'nen Orden. Das Delancey-Straßen-Kreuz, weil er ein halbes Jahr lang täglich 'nen Hering gefressen hat.«

Wieder das wilde, dröhnende Gelächter auf Verabredung.

Als Noah in das blaue Zwielicht hinaustrat, das über dem Gelände lag, dachte er, mit den Burschen muß ich irgendwie ins reine kommen. So geht das nicht weiter. Irgendwie...

Die frische Luft war gut nach dem muffigen, ungelüfteten Geruch der Mannschaftsstube, und die große Stille, die in den menschenleeren Kasernenstraßen zwischen den niedrigen Gebäuden herrschte, tat dem Ohr wohl nach dem rauhen Stimmengewirr drinnen. Wahrscheinlich, dachte Noah, während er langsam an den Gebäuden entlangging, lassen sie mich nur auf die Schreibstube kommen, um mich wieder zu schikanieren. Trotzdem war er zufrieden mit dem augenblicklichen Frieden und dem Aufhören der Anrempeleien, zufrieden mit sich und der Welt.

Als er um die Ecke eines Gebäudes bog, hörte er hinter sich das scharrende Geräusch eiliger Schritte, und ehe er sich umdrehen konnte, wurde er von hinten gepackt und festgehalten.

»So, Judenjunge«, sagte leise eine Stimme, die ihm irgendwie bekannt vorkam, »jetzt kriegst du Prügel Nummer eins.«

Noah zuckte mit dem Kopf rasch zur Seite, und der Schlag traf ihn am Ohr. Aber sein Ohr schmerzte, und er konnte die Seite des Gesichts nicht mehr fühlen. Sie haben einen Gummiknüppel, dachte er und versuchte, aus der Umklammerung loszukommen. Warum einen Gummiknüppel? Dann kam der nächste Schlag, und er fiel hin.

Als er die Augen aufschlug, war es dunkel, und er lag auf dem sandigen Gras zwischen zwei Kasernengebäuden. Sein Gesicht war geschwollen und fühlte sich naß an. Er brauchte fünf Minuten, um sich zur Wand des Gebäudes zu schleppen und sich dort hochzuziehen und aufrecht zu sitzen.

Michael dachte an Bier. In der staubigen Hitze marschierte er hinter Ackerman und dachte fortwährend an Bier, Bier in Gläsern, in Seideln, in Flaschen, in Fässern, Zinnkrügen, Kristallbechern. Er dachte an Ale und Porter, an das schwere Stout, dann einfach wieder an Bier. Er dachte an die vielen Lokale, wo er früher Bier getrunken hatte. An die runde Bar in der Sixth Avenue, wo die aktiven Obersten in Zivil hingingen, um auf dem Weg von Governor's Island zur Stadt rasch einen zu trinken. Dort wurde das Bier in Gläsern ausgeschenkt, die nach unten spitz zuliefen, und der Barmann kühlte zuerst jedes Glas mit Eis, ehe er das schäumende Getränk abzapfte. An das Moderestaurant in Hollywood mit den Drucken französischer Impressionisten hinter der Bar, wo sie's in eisgekühlten Krügen servierten und wo die Flasche fünfundsiebzig Cents kostete. An sein eigenes Wohnzimmer, spät nachts, wenn er im gelblichen, freundlichen Lichtkegel der Tischlampe schon die Morgenzeitung des nächsten Tages las und, die Füße in Hausschuhen, sich im weichen Sessel räkelte. Oder an die Baseballspiele auf den Poloplätzen, an den warmen, dunstigen Sommernachmittagen, wo das Bier in Papierbechern verkauft wurde, damit man den Schiedsrichter nicht mit Flaschen bewerfen konnte.

Stumpf marschierte Michael geradeaus. Er war müde und wahnsinnig durstig. Seine Hände waren geschwollen, wie sie es schon immer nach der fünften Meile auf jeder Wanderung waren, aber er fühlte sich eigentlich nicht schlecht. Vor sich hörte er Ackermans kurzes, hartes Schnaufen und sah, wie er hin und her schwankte, während sie die leicht ansteigende Straße entlangmarschierten.

Ackerman tat ihm leid. Anscheinend war er immer etwas schwächlich gewesen, und die Märsche und das Exerzieren und der Stubendienst hatten ihn sehr mitgenommen, so daß er jetzt wie der Schatten eines Soldaten aussah, dürr und zerbrechlich. Michael kam sich ein bißchen schuldbewußt vor, wie er so den gebeugten Rücken vor sich betrachtete. Zwar hatte er in den langen Ausbildungsmonaten auch abgenommen, aber wie ein Athlet abnimmt, mit widerstandsfähigen und kräftigen Beinen und einem harten und geschmeidigen Körper. Es war eigentlich ungerecht, daß in derselben Abteilung vor ihm ein Mann marschierte, dem jeder Schritt weh tat, während er sich verhältnismäßig wohl fühlte. Dazu kamen die ekelhaften Schikanen, denen Ackerman in den letzten vierzehn Tagen ausgesetzt gewesen war. Die ewigen gemeinen Witze, die absichtlichen politischen Gespräche in Ackermans Hörweite, wie zum Beispiel: »Hitler mag ja in allem unrecht haben, aber das muß man ihm lassen, mit den Juden macht er's richtig...«

Michael hatte verschiedentlich versucht, für Ackerman einzutreten, aber weil er neu in der Kompanie war und aus New York kam, während die meisten Männer aus dem Süden stammten, hörten sie gar nicht hin und setzten ihr grausames Spiel fort.

Es gab noch einen Juden in der Kompanie, einen großen Kerl mit Namen Fein, den sie völlig in Ruhe ließen. Er war nicht gerade beliebt, aber er wurde auch nicht belästigt. Vielleicht fürchtete man seine Fäuste. Er war beides, gutherzig und gefährlich. Er hatte große, knochige

Hände und schien alles leichtzunehmen, ohne viel nachzudenken. Es war schwer, Fein in Wut zu bringen oder ihn zu beleidigen. Daher machte es keinen Spaß, ihn zu reizen. Und wenn er sich einmal beleidigt fühlen sollte, könnte er mit seinen Fäusten ziemliches Unheil anrichten. Daher wurde er von den Männern, die Ackerman anrempelten, in Ruhe gelassen. So ist die Armee, dachte Michael.

Vielleicht ist es ein Fehler gewesen, sich zur Infanterie zu melden, als man in Fort Dix nach der Truppengattung gefragt wurde. Romantisch. Aber von Romantik war da nichts zu spüren, wenn man erst einmal drin war. Blasen an den Füßen, ungebildete Kerle, Besoffenheit. »Euch Scheischkerlen werd' ich beibringen, wie man'sch Gewehr hält und um'sch Leben kämpft...«

Damals in Fort Dix hatten sie zu ihm gesagt: »Mit Ihren Fähigkeiten könnten wir Sie in einem Sonderkommando verwenden.« Das hätte wahrscheinlich bedeutet, daß man ihn für die Dauer des Krieges nach New York in irgendeine Schreibstube versetzt hätte.

Aber Michael hatte etwas verlegen geantwortet: »Nein danke, das ist nichts für mich. Ich bin nicht Soldat geworden, um im Büro zu sitzen.« Und wozu war er jetzt Soldat geworden? Um den Staat Florida kreuz und quer zu durchwandern? Um Betten neu zu machen, die ein verkrachter Beerdigungsinstitutsschreiber heruntergerissen hatte? Um zuzusehen, wie man einen Juden schikanierte? Wahrscheinlich wäre er besser am Platze gewesen, Chormädchen für die Truppenbetreuung zu engagieren. Er hätte seinem Land besser in der New Yorker Shubert Alley dienen können, als hier auf dieser heißen, blödsinnigen Straße. Aber nein, er brauchte die patriotische Geste. Ach, wenn er gewußt hätte, wie rasch Gesten sich in der Armee abnützen!

Die Armee. Woraus bestand sie eigentlich, wie würde man sie in einem Satz definieren? Das ging gar nicht. Die Armee bestand aus zehn Millionen Splittern. Splitter in Bewegung, die nie zusammenkamen. Die Armee war z. B. der Regimentspfarrer, der einen ins Gebet nahm, nachdem sie einem den Geschlechtshygiene-Film vorgeführt hatten. Zuerst die scheußlichen Nahaufnahmen eines zerfressenen Penis, dann der Mann Gottes in Hauptmannsuniform, vor derselben Leinwand stehend, auf der soeben noch alte Huren und ekelhafte Krankheiten gezeigt worden waren. »Männer, in der Armee muß man praktisch sein...« Der näselnde Singsang des Baptisten vor den stickigen Bretterwänden der Baracke: »Die Armee weiß, daß der Soldat leichtsinnig ist. Deshalb zeigen wir euch diese Bilder und führen euch vor, wie eine Sanistation funktioniert. Aber ich sage euch, Gott ist besser als eine prophylaktische Spritze, der Glaube ist gesünder als die Lust...«

Das war ein Splitter. Ein anderer: der ehemalige Lehrer an der High-School in Hartford mit dem blassen Gesicht und den wild blickenden Augen, als ob er fürchtete, jede Nacht ermordet zu werden. Der hatte Michael zugeflüstert: »Ich will dir die Wahrheit gestehen, ich bin überzeugter Gegner jedes Heeresdienstes. Ich lehne den Krieg ab, und ich weigere mich, auf meine Mitmenschen zu schießen. Deshalb haben sie mich in den Küchenstrafdienst gesteckt. Seit sechsunddreißig Tagen bin ich jetzt ununterbrochen im Küchenstrafdienst. Ich habe achtunddreißig Pfund verloren und nehme immer noch ab. Aber die werden mich nicht zwingen, meine Mitmenschen umzubringen.«

So war die Armee. Der Zwölfender in Fort Dix, der schon seine dreizehn Jahre heruntergerissen hatte. Im Frieden spielte er Fußball und Baseball in seiner Regimentsmannschaft. Ballsoldaten nannten sie die. Ein großer, zäher Kerl mit einem Bierbauch, den er sich in Fort Dix und Cavite und Panama City und Fort Riley angesoffen hatte. Eines Tages war er im Geschäftszimmer in Ungnade gefallen und ins aktive Regiment versetzt worden. Der Lkw fuhr vor, er warf seine beiden Kleidersäcke hinauf, und dann fing er an zu schreien. Er warf sich auf die Erde, heulte und jammerte, bis ihm der Schaum vor dem Mund stand, denn jetzt ging es nicht zum Fußballspiel, sondern in den Krieg. Der Hauptfeldwebel, ein Irländer von annähernd zweihundert Pfund, der seit dem Ersten Weltkrieg in der Armee diente, kam aus der Schreibstube und sah voller Verachtung auf den heulenden Kerl am Boden. Er gab ihm einen Fußtritt, um ihn zum Schweigen zu bringen, und ließ ihn von zwei Männern hochheben und auf den Wagen werfen. Dann wandte sich der Hauptfeldwebel an die schweigend herumstehenden Rekruten und sagte: »Der Kerl ist eine Schande für die Armee. Aber er ist 'ne Ausnahme, 'ne seltene Ausnahme. Ich entschuldige mich für ihn. Und nun macht, daß ihr wegkommt!«

Und dann die Schulungsvorträge. Militärische Höflichkeit. Die Kriegsgründe und »Wofür wir kämpfen«. Der Sachverständige für japanische Fragen, ein kleiner Professor aus Lehigh, der erklärt hatte, der Krieg sei eine rein wirtschaftliche Angelegenheit. Japan sei darauf angewiesen, sich auszudehnen und die Märkte Asiens und des Pazifischen Raumes zu erobern, und wir hätten die Aufgabe, es daran zu hindern und zu behalten, was wir besaßen. Es stimmte genau mit dem überein, was Michael sich schon seit fünfzehn Jahren über die Ursachen von Kriegen gedacht hatte. Und trotzdem, wenn er die trockene Stimme des Professors hörte und die große Karte mit den Einflußsphären, den Ölvorkommen und Gummiplantagen an der Wand sah, haßte er den Professor samt seinem Vortrag. Er wollte hören, daß er für die Freiheit und

Anstand und die Selbständigkeit unterdrückter Völker kämpfe, und er wollte diese Schlagworte in einem so aufwühlenden und einprägsamen Ton hören, daß er mit frohem Mut wieder in seine Kaserne und am nächsten Morgen zum Scheibenstand gehen konnte. Michael besah sich die Männer, die müde und gleichgültig neben ihm saßen. Nirgends sah er Zeichen von Zustimmung, stumpfsinnig starrten sie vor sich hin. Wer wollte schon etwas von Öl und Weltmärkten wissen? Das einzige, woran sie interessiert waren: auf ihre Pritschen zurückzukehren und zu schlafen.

Mitten im Vortrag beschloß Michael, nach Schluß aufzustehen und sich zur Diskussion zu melden. Aber als der Professor zum Schluß kam: »Wir befinden uns in einem Zeitalter der Erschließung sämtlicher Hilfsquellen, an denen... äh... große Kapitalgruppen und nationale Belange beteiligt sind... äh... wir sind in einen unvermeidlichen Konflikt mit anderen Völkern hineingeraten. Um den hohen amerikanischen Lebensstandard zu erhalten, sehen wir uns gezwungen... äh... den freien und ungehinderten Zugang zu den Rohstoffen und der Kaufkraft Chinas und Indonesiens...« Als er soweit gekommen war, war Michael schon von seiner Absicht abgekommen. An sich wollte er sagen: »Das ist scheußlich, das ist kein Kriegsziel, für das es sich zu sterben lohnt«, aber er war zu müde, und wie die anderen um ihn herum wollte er auf die Stube zurückgehen und schlafen.

Es gab auch angenehme Dinge in der Armee.

Das Niederholen der Flagge am Abend mit der Nationalhymne aus den Lautsprechern, unwillkürliche Erinnerung an Trompetensignale, die vor hundert Jahren bei ähnlichen Gelegenheiten von längst verstorbenen Amerikanern gehört wurden.

Die weichen, singenden Stimmen der Südländer auf den Kasernentreppen nach dem Zapfenstreich, die glühenden Zigaretten in der warmen Nacht, die Stimmen, die aus dem Zivilleben erzählten, die Namen ihrer Kinder nannten und die Haarfarbe ihrer Frau, das Aussehen ihres Hauses beschrieben... In solchen Stunden fühlte man sich nicht mehr einsam oder nicht dazugehörig, nicht mehr als Richter oder Kritiker, man legte nicht mehr jedes Wort oder jeden Beweggrund auf die Waage, sondern man döste in einem angenehmen Dämmerzustand friedlich dahin.

Ackerman stolperte plötzlich vor Michael. Michael lief schneller und stützte Ackerman am Arm. Ackerman sah ihn unfreundlich an.

»Laß mich los«, sagte er, »ich brauche von niemandem Hilfe.«

Michael zog seine Hand zurück und reihte sich wieder ins Glied ein. Aha, dachte er wütend, einer von den stolzen Juden. Und von da ab hatte er kein Bedauern mehr mit Ackermans schwerfälligem, stolperndem Gang.

»Herr Feldwebel«, sagte Noah in strammer Haltung vor dem Tisch, hinter dem der Feldwebel saß und *Superman* las, »ich bitte um die Erlaubnis, den Kompanieführer sprechen zu dürfen.«

Der Feldwebel schaute nicht auf. Noah stand stramm in seinem von dem Tagesmarsch verstaubten und verschwitzten Drillich. Er blickte zu dem Hauptmann hinüber, der einen Meter entfernt am anderen Schreibtisch saß und die Sportseite einer Zeitung aus Jacksonville las. Der Hauptmann schaute nicht auf.

Endlich warf der Feldwebel Noah einen Blick zu: »Was wollen Sie?« fragte er.

»Ich bitte um die Erlaubnis«, wiederholte Noah und bemühte sich, nach dem anstrengenden Tagesmarsch so deutlich wie möglich zu sprechen, »den Kompanieführer sprechen zu dürfen.«

Der Feldwebel musterte ihn gleichgültig: »Machen Sie, daß Sie rauskommen!« sagte er.

Noah schluckte trocken. Hartnäckig fing er wieder an: »Ich bitte um die Erlaubnis ...«

»Sie sollen sich zum Teufel scheren!« unterbrach ihn der Feldwebel. »Und wenn Sie wieder hier hereinkommen, dann im Ordonnanzanzug, verstanden? Jetzt aber raus!«

»Jawohl, Herr Feldwebel«, sagte Noah.

Der Kompanieführer hob die Augen nicht von seiner Sportseite. Noah machte kehrt und trat aus dem kleinen, heißen Zimmer in die beginnende Dämmerung hinaus. Wie sollte man das mit der Uniform wissen? Manchmal ließ der Kompanieführer Leute im Drillich vor, manchmal nicht. Die Vorschriften schienen sich alle halbe Stunde zu ändern. Langsam ging er zu seiner Unterkunft zurück, an den umherlungernden Männern und dem Geplärr der Kofferradios vorbei, aus denen Jazzmusik und Kriminalhörfolgen tönten.

Als er im vorschriftsmäßigen Ordonnanzanzug zurückkam, war der Hauptmann nicht mehr da. Noah setzte sich daher draußen vor den Eingang zum Geschäftszimmer auf den Rasen und wartete. In der Kaserne hinter ihm sang ein Mann leise: »I didn't raise my boy to be a soldier, the dying mother said ...«, und zwei andere stritten sich laut darüber, wann der Krieg zu Ende gehen würde.

»1950«, sagte der eine immer wieder, »im Herbst 1950. Kriege hören immer auf, wenn der Winter kommt.«

»Vielleicht der Krieg gegen die Deutschen«, sagte der andere, »aber dann kommen die Japsen dran. Mit denen müssen wir auch noch ins reine kommen.«

»Ich komme mit allen ins reine«, sagte eine dritte Stimme. »Ich komme mit den Bulgaren oder Ägyptern oder Mexikanern, oder wen ihr wollt, ins reine.«

»1950«, sagte laut der erste wieder. »Könnt euch drauf verlassen. Und vorher kriegen wir noch 'ne Kugel in'n Arsch.«

Noah hörte nicht mehr hin. Er hockte in der Dunkelheit im Gras und lehnte mit dem Rücken gegen die Treppenstufen, döste vor sich hin und wartete auf den Hauptmann und dachte an Hope. Nächste Woche war ihr Geburtstag. Dienstag. Zehn Dollar hatte er für ein Geschenk gespart und das Geld unten in seinem Kleidersack versteckt. Was konnte man in der Stadt für zehn Dollar kaufen, ohne sich bei einer Frau zu blamieren? Ein Seidentuch, eine Bluse... Er stellte sich vor, wie sie mit dem Seidentuch aussehen würde. Dann stellte er sie sich in einer Bluse vor, es müßte eine weiße sein, von der sich ihr schlanker Hals und das dunkle Haar wunderbar abheben würden. Das wäre eigentlich gar nicht übel. Man müßte schon eine hübsche Bluse für zehn Dollar bekommen, sogar in Florida.

Colclough kam zurück. Schwerfällig schritt er die Treppe zum Geschäftszimmer hinauf. Man konnte ihn aus fünfzig Meter Entfernung daran als Offizier erkennen, wie er seinen Hintern schwenkte.

Noah stand auf und folgte Colclough ins Geschäftszimmer. Der Hauptmann saß mit Mütze am Schreibtisch und überflog stirnrunzelnd einige Papiere in seiner Hand.

»Herr Feldwebel«, sagte Noah ruhig, »ich bitte um die Erlaubnis, den Herrn Hauptmann sprechen zu dürfen.«

Der Feldwebel musterte Noah mit ausdruckslosem Gesicht. Dann stand er auf und ging drei Schritte zum Schreibtisch Colcloughs hinüber. »Sir«, sagte er, »Pfc Ackerman möchte Sie sprechen.«

»Soll warten«, erwiderte der Hauptmann, ohne aufzublicken.

Der Feldwebel wandte sich wieder an Noah: »Sie sollen warten, sagt der Herr Hauptmann.«

Noah setzte sich und beobachtete den Hauptmann. Nach einer halben Stunde nickte er dem Feldwebel zu.

»All right«, sagte der Feldwebel, »fassen Sie sich kurz.«

Noah stand schnell auf, nahm Haltung an und meldete: »Pfc Ackerman hat vom Feldwebel Erlaubnis, mit dem Herrn Hauptmann zu sprechen.«

»Ja?« sagte der Hauptmann und sah nicht auf.

»Sir«, begann Noah nervös, »meine Frau kommt Freitagabend hier an und hat mich gebeten, sie in der Hotelhalle zu treffen, und ich möchte für Freitagabend um Stadturlaub bitten.«

Colclough schwieg eine ganze Weile. Schließlich sagte er: »Ackerman, Sie kennen die Dienstvorschriften. Die gesamte Kompanie bleibt Freitagabend in der Kaserne, um sich auf die Besichtigung vorzubereiten...«

»Ich weiß, Sir«, sagte Noah, »aber meine Frau konnte nur in diesem Zug Platz bekommen, daher erwartet sie mich am Freitagabend, und ich dachte, nur dieses eine Mal...«

»Ackerman«, und jetzt sah der Hauptmann ihn an, der blasse Fleck auf seiner Nasenspitze zuckte, »der Dienst geht vor. Ich weiß nicht, ob ich das euch Kerlen je klarmachen kann, aber verdammt noch mal, ich werde es wenigstens versuchen. Der Armee ist es vollkommen Wurscht, ob Sie Ihre Frau sehen oder nicht. Wenn Sie dienstfrei sind, können Sie tun, was Sie wollen. Wenn Sie Dienst haben, dann machen Sie eben Dienst. Und jetzt verschwinden Sie!«

»Jawohl, Sir«, sagte Noah.

»Wie heißt das?« fragte Colclough.

»Jawohl, Sir; danke, Sir«, sagte Noah und erinnerte sich an die Instruktionsstunde über militärische Höflichkeit. Er grüßte und verließ das Geschäftszimmer.

Er schickte Hope ein Telegramm, obgleich es fünfundachtzig Cents kostete. Aber im Verlauf der nächsten zwei Tage kam keine Antwort, und er wußte daher nicht, ob sie das Telegramm erhalten hatte. Am Freitag schlief er die ganze Nacht nicht. Er lag in seinem Bett, in der sauber geschrubbten Stube, und der Gedanke quälte ihn, daß nach all den Monaten Hope nur sieben Kilometer entfernt in einer Hotelhalle auf ihn wartete, ohne zu wissen, was mit ihm war, ohne zu wissen, daß es in der Armee einen Hauptmann Colclough gab und blinden Gehorsam und Gleichgültigkeit gegenüber jeder Art Liebe und Zärtlichkeit. Auf jeden Fall, dachte er, als er kurz vor dem Wecken einschlief, heute nachmittag werde ich sie sehen. Und vielleicht war es gut so. Vielleicht war bis dahin sein blaues Auge nicht mehr zu erkennen, und er brauchte ihr keine Erklärungen darüber zu geben, woher er es hatte...–

In fünf Minuten mußte der Hauptmann erscheinen. Nervös prüfte Noah noch mal die Pritsche, den Bettenbau, die Handtücher im Fach, das blank polierte Fenster hinter seiner Pritsche. Er bemerkte, wie Silichner neben ihm den obersten Knopf seines Regenmantels schloß und ihn sorgfältig zwischen den anderen Uniformstücken aufhängte. Noch vor dem Frühstück hatte Noah sich überzeugt, daß alle seine Sachen tadellos zugeknöpft für die Besichtigung bereithingen, aber er sah vorsichtshalber noch einmal nach. Er schob den Mantel zur Seite und wurde blaß. Die Bluse, die er erst vor einer Stunde nachgesehen hatte, war von oben bis unten aufgeknöpft. Hastig schloß er die Knöpfe. Wenn Colclough die offene Bluse entdeckt hätte, dann wäre es mit dem Wochenendurlaub aus gewesen. Er hatte andere schon aus geringfügigeren Gründen härter bestraft. Außerdem hatte er Noah deutlich fühlen lassen, daß er ihn nicht mochte. Auch am Regenmantel waren zwei Knöpfe offen. O Gott, dachte Noah, laß bloß den Hauptmann nicht kommen, bis ich die Knöpfe zu habe!

Plötzlich drehte er sich um. Riker und Donnelly beobachteten ihn und grinsten. Dann bückten sie sich schnell und taten so, als ob sie von ihren Schuhen das letzte Stäubchen putzten. Die sind's, dachte Noah bitter, die haben's getan. Sie wissen, was mir geschieht, wenn Colclough dahinterkommt. Wahrscheinlich sind sie nach dem Frühstück rasch auf die Stube geschlichen und haben die Knöpfe aufgemacht.

Er prüfte nochmals genauestens jedes Kleidungsstück und stand gerade am Fußende seiner Pritsche, als der Feldwebel »Achtung!« brüllte.

Colclough musterte ihn kalt und argwöhnisch und starrte lange auf sein tadellos angeordnetes Wäschefach. Auch die Uniform und den Drillich, die hinter Noah an der Stange hingen, überprüfte er mit peinlichster Sorgfalt. Noah hörte, wie der Stoff durch Colcloughs Finger glitt, während er ein Stück nach dem anderen vornahm. Dann ging Colclough weiter, und endlich wußte Noah, daß alles in Ordnung war.

Fünf Minuten später war die Besichtigung vorüber, und die Soldaten stürzten an der Wache vorbei der Autobushaltestelle zu. Noah griff in seinen Kleidersack und holte den kleinen Beutel aus Ölzeug, in dem er sein Geld aufbewahrte, hervor. Er öffnete den Beutel und fand ihn leer. Der Zehndollarschein war verschwunden. Statt dessen lag ein Zettel im Beutel mit dem hingekritzelten Wort »Pech«.

Noah schob den Zettel in die Tasche und hängte den Kleidersack wieder auf. Ich bringe den Kerl um, dachte er zähneknirschend; wer das getan hat, den bringe ich um! Kein Seidentuch, keine Bluse, nichts. Ich bring' ihn um.

Ganz benommen ging er zur Haltestelle. Er wollte nicht mit den Leuten seiner Kaserne im selben Bus fahren. Er konnte sie an diesem Morgen nicht sehen. Er wußte, daß es Krach geben würde, und an diesem Morgen konnte er keinen Krach brauchen.

Zwanzig Minuten wartete er in der langen Schlange ungeduldiger Soldaten, um endlich in den nach Benzin riechenden Omnibus zu steigen. Er bemerkte niemand aus seiner Kompanie in dem Bus, und plötzlich schienen ihm die fremden Gesichter, frisch rasiert und gewaschen und urlaubsfroh, die Gesichter von Freunden zu sein. Der, der neben ihm stand, war ein Riesenkerl mit einem breiten, lächelnden Gesicht, der ihm sogar Whisky aus seiner Flasche anbot, die er in der hinteren Hosentasche verstaut hatte.

Noah lehnte lächelnd ab: »Nein, danke«, sagte er. »Meine Frau ist eben angekommen, und ich habe sie noch nicht begrüßt, und ich will nicht nach Alkohol riechen.«

Der Große grinste übers ganze Gesicht, als ob Noah soeben etwas sehr Angenehmes und Schmeichelhaftes gesagt hätte. »Deine Frau«, sagte er, »na, was sagt man dazu? Wann hast du sie denn zum letztenmal gesehen?«

»Vor sieben Monaten«, antwortete Noah.

»Vor sieben Monaten!« Nachdenklich sah der Mann Noah an. Er war noch sehr jung, und sein Gesicht hatte eine ganz zarte Haut, wie die eines jungen Mädchens. »Nach sieben Monaten seht ihr euch das erstemal wieder!« Er beugte sich zu dem Mann nieder, der den Sitzplatz hinter Noah hatte. »Kamerad, steh auf, und laß diesen verheirateten Mann sitzen. Sieben Monate ist er von seiner Frau getrennt gewesen, und sie wartet in der Stadt auf ihn. Er braucht seine Kräfte nötiger als du.«

Der andere grinste und stand auf. »Warum hast du mir das nicht gleich gesagt?« meinte er.

»Nein«, protestierte Noah verlegen und lachend. »Bleib doch sitzen. Es geht gut so. Ich brauche keinen Sitzplatz.«

Der Mann mit der Flasche aber drückte Noah auf den Sitz. »Ich gebe dir den dienstlichen Befehl, dich hinzusetzen und dich auszuruhen«, sagte er feierlich.

Noah nahm Platz, und alle lachten ihn an.

»Hast du vielleicht zufällig ein Foto von deiner Frau bei dir?« fragte der große Soldat.

»Ja«, sagte Noah, »ich glaube, ich habe...« und er zog seine Brieftasche heraus und zeigte dem großen Soldaten Hopes Bild. Der Soldat betrachtete es ernst.

»Wie ein Garten an einem Maimorgen«, erklärte er. »Bei Gott, ich werde auch heiraten, ehe ich mich totschießen lasse.«

Noah steckte seine Brieftasche lächelnd wieder ein und fühlte, daß dies vielleicht ein gutes Vorzeichen sei, daß von jetzt ab alles besser werden würde und er den tiefsten Punkt überschritten habe.

Als der Bus vor dem Postamt der Stadt hielt, half ihm der große Soldat beim Aussteigen auf die schäbige Straße und klopfte ihm zart und ermutigend auf die Schulter: »So, mein Junge, jetzt geh, und ich wünsche dir ein vergnügtes Wochenende. Und vergiß bis zum Wecken am Montagmorgen, daß es eine US-Armee gibt.«

Fröhlich winkte Noah ihm zu und rannte zu dem Hotel, in dem Hope auf ihn wartete.

Sie stand in der überfüllten Halle, zwischen Uniformen und anderen Frauen. Noah sah sie, ehe sie ihn sah. Sie schaute sich etwas kurzsichtig unter den Soldaten und Frauen und Topfpalmen um. Sie sah blaß und nervös aus. Das Lächeln, das über ihr Gesicht huschte, als er hinter sie trat und leicht ihren Arm berührte, »Mrs. Ackerman, wenn ich mich nicht irre«, ging beinahe in Tränen über.

Sie umarmten sich, als ob sie allein wären.

»Na, na, na«, beschwichtigte Noah sie leise.

»Keine Angst«, sagte sie, »ich weine nicht.«

Sie hielt ihn von sich ab und betrachtete ihn. »Das ist das erste Mal«, meinte sie, »daß ich dich in Uniform sehe.«

»Und wie sehe ich aus?«

Ihre Lippen zitterten ein wenig. »Schrecklich«, sagte sie.

Dann lachten sie beide.

»Gehen wir nach oben«, sagte er.

»Geht nicht.«

»Warum nicht?« fragte Noah und fühlte neues Unheil.

»Ich habe hier kein Zimmer bekommen. Alles überfüllt.« Sie streichelte zart sein Gesicht und kicherte, als sie seine Verzweiflung sah. »Aber ich habe etwas gefunden, eine Pension weiter unten in der Stadt. Schau nicht so traurig drein!«

Sie nahmen sich an der Hand und verließen die Hotelhalle. Schweigend gingen sie die Straße hinunter. Hin und wieder sahen sie sich verstohlen an. Noah merkte, wie die vorübergehenden Soldaten sie freundlich und wohlwollend musterten. Sie hatten keine Frau, kein Mädchen, sie verbrachten den Nachmittag mit Saufen.

Die Pension war ungepflegt. Es fehlte ein neuer Anstrich, die Veranda war mit Weinranken zugewachsen, und die unterste Treppenstufe war kaputt. »Vorsicht«, warnte Hope, »fall nicht. Das wäre gerade die richtige Gelegenheit, sich das Bein zu brechen.«

Die Besitzerin öffnete die Tür. Sie war eine dürre alte Frau in einer schmutziggrauen Schürze. Sie musterte Noah kalt und roch nach Schweiß, Alter und Spülwasser. »Ihr Mann?« fragte sie, die knochige Hand auf der Türklinke.

»Ja«, antwortete Hope, »das ist mein Mann.«

»Hm«, machte die alte Frau und lächelte nicht, als Noah sich höflich verbeugte. Sie blickte ihnen nach, als sie die Treppe hinaufgingen.

»Das ist schlimmer als Inspektion«, sagte Noah leise, während er Hope zur Tür des Zimmers folgte.

»Was ist Inspektion?« wollte Hope wissen.

»Das erzähle ich dir ein andermal«, sagte Noah.

Sie schlossen die Tür hinter sich und standen in einem kleinen Raum, der nur ein Fenster mit einem zerbrochenen Rahmen hatte. Die Tapete war so alt und verblichen, daß das Muster ein Teil der Mauer zu sein schien. Das Bett war aus Eisen, mit einem abgebröckelten Emailanstrich, und die graue Bettdecke hatte Löcher. Aber Hope hatte es fertiggebracht, das Zimmer wohnlich zu gestalten. Auf den Toilettentisch hatte sie ein Glas mit Blumen gestellt, neben ihre Haarbürste, dem Zeichen des Verheiratetseins und der Zivilisation. Dazu eine kleine Fotografie Noahs, lachend, im Sweater, eine Aufnahme von einem Sommerausflug.

Sie waren verlegen und vermieden es, sich anzusehen.

»Sie wollte unseren Trauschein sehen«, sagte Hope, »die Alte.«

»Was?« fragte Noah.

»Unseren Trauschein. Sie behauptete, bei den hunderttausend losgelassenen versoffenen Soldaten in der Stadt müsse man alles aufbieten, um seinen guten Namen zu erhalten.«

Noah grinste und schüttelte verwundert den Kopf. »Wie kamst du überhaupt darauf, die Heiratsurkunde mitzunehmen?«

Hope machte sich an den Blumen zu schaffen. »Ich trage sie immer bei mir. Immer in der Handtasche. Ich will mich daran erinnern...«

Langsam ging Noah zur Tür. Im Schlüsselloch steckte ein eiserner Schlüssel. Er drehte ihn um. Er quietschte in dem altmodischen Schloß. »So«, sagte er. »Das habe ich in den sieben Monaten schon lange tun wollen. Die Tür abschließen.«

Plötzlich bückte sich Hope und brachte eine kleine Schachtel zum Vorschein.

»Da«, sagte sie, »ich habe dir etwas mitgebracht.«

Noah nahm die Schachtel, und dabei dachte er an den Zehndollarschein und den Zettel unten im Kleidersack, das Stück Papier mit dem Wort »Pech« darauf. Aber als er die Schachtel öffnete, zwang er sich, nicht mehr an die zehn Dollar zu denken. Montag war auch noch Zeit.

Es waren Schokoladenplätzchen drin.

»Versuch sie mal«, sagte Hope. »Glücklicherweise habe ich sie nicht selbst gemacht. Meine Mutter hat sie gebacken und geschickt.«

Noah biß in ein Plätzchen, und es schmeckte wie zu Hause. Er aß noch eines. »Großartige Idee«, sagte er.

Plötzlich sagte Hope: »Zieh das Zeug aus. Zieh die schreckliche Uniform aus!« ––

Am anderen Morgen frühstückten sie spät in einer Cafeteria. Nach dem Frühstück bummelten sie durch die wenigen Straßen der kleinen Stadt. Die Einwohner kamen aus der Kirche, und Kinder spazierten ruhelos und mit gelangweilter Wohlerzogenheit in den verdorrten Anlagen umher. Da es im Lager keine Kinder gab, freute sich Noah an ihrem Anblick. Sie sahen freundlich und nach Zivilleben aus.

Ein betrunkener Soldat kam daher und achtete krampfhaft auf seine Füße. Die vorübergehenden Kirchgänger schaute er böse an, als ob sie ihm sein Recht, am Sonntagvormittag betrunken zu sein, streitig zu machen wagten. Als er an Hope und Noah vorbeikam, grüßte er mit großartiger Geste und sagte: »Scht! Nicht der MP melden!« und marschierte steif weiter.

»Gestern, im Bus, sah einer von denen dein Bild«, sagte Noah.

»Und, was hat er gemeint?« fragte Hope und zwickte ihn leise am Arm. »Gefallen oder nicht?«

»Ein Garten an einem Maimorgen, hat er gesagt.«

Hope kicherte. »Ich glaube, mit solchen Männern werdet ihr nie gewinnen.«

»Und dann hat er gesagt: Bei Gott, ich werde noch heiraten, ehe sie mich totschießen.«

Hope kicherte wieder und wurde dann ernst, als sie über die letzten Worte nachdachte. Aber sie schwieg. Sie konnte nur eine Woche bleiben, keine Zeit, sich bei solchen Dingen aufzuhalten.

»Wirst du jeden Abend hereinkommen können?« fragte sie.

Noah nickte. »Und wenn ich jeden MP im Lager erstechen muß«, sagte er. »Freitagabend wird es wohl nicht gehen, aber sonst jeden Abend...« Er schaute sich um und betrachtete die kümmerliche Kleinstadt im Staub und in der stechenden Sonne, mit den zehn Kneipen und ihrer unsoliden Neonleuchtreklame. »Schade, daß wir die Tage nicht an einem schöneren Ort verbringen können...«

»Quatsch«, sagte Hope. »Mir gefällt die Stadt großartig. Erinnert mich an die Riviera.«

»Kennst du die Riviera?«

»Nein.«

Noah schielte über die Bahngleise zum Negerviertel hinüber, schiefe Hütten ohne Anstrich in schmutzigen Straßen. »Du hast recht«, sagte er, »mich erinnert sie auch an die Riviera.«

»Kennst du denn die Riviera?« fragte sie.

»Nein.«

Und beide lachten. Dann gingen sie schweigend weiter. Hope schmiegte ihren Kopf an seine Schulter. »Was denkst du, wie lange wird es dauern?« fragte er.

Er wußte, was sie meinte, aber er fragte: »Wie lange wird was dauern?«

»Der Krieg...«

Ein kleiner Negerjunge hockte im Staub auf der Straße und streichelte einen Hahn. Der Hahn schien zu schlafen, halb hypnotisiert von der zarten schwarzen Hand.

»Nicht lang«, sagte Noah. »Gar nicht lang. Das sagen alle.«

»Du würdest deine Frau nicht anlügen, oder?«

»Auf keinen Fall«, antwortete Noah. »Ich kenne einen Feldwebel im Regimentsstab, und der sagt, man glaubt im Stab nicht, daß unsere Division überhaupt noch zum Einsatz kommt. Er sagt, der Oberst habe eine Mordswut, weil er auf den BG aus ist.«

»Was ist BG?«

»Brigade-General.«

»Bin ich eigentlich sehr dumm, daß ich darüber nicht Bescheid weiß?«

Noah schmunzelte. »Klar«, sagte er. »Ich bin besonders scharf auf dumme Frauen.«

»Gott sei Dank«, sagte Hope. »Das freut mich.« Wie auf Verabredung kehrten sie um und schlugen die Richtung zur Pension ein.

»Hoffentlich wird's der Schweinehund nie«, sagte Hope träumerisch nach einer Weile.

»Was?« fragte Noah verwundert.

»BG.«

Einige Minuten schritten sie schweigend nebeneinander her. Dann sagte Hope: »Ich habe eine wunderbare Idee.«

»Nun?«

»Gehn wir ins Zimmer zurück und schließen ab.« Sie lachte ihn an, und sie gingen schneller in die Pension zurück.

Es klopfte an die Tür, und durch das dünne Holz klang die Stimme der Pensionsinhaberin. »Mrs. Ackerman, Mrs. Ackerman! Kann ich Sie einen Augenblick sprechen?«

Hope runzelte die Stirn und zuckte mit den Schultern. »Ich komme gleich«, rief sie.

Sie drehte sich zu Noah um. »Bleib hier. Ich komme gleich wieder«, sagte sie.

Sie küßte sein Ohr, schloß die Tür auf und ging hinaus. Noah lag auf dem Bett und starrte durch halbgeschlossene Lider auf die unsaubere

Zimmerdecke. Er döste vor sich hin, der Sonntagnachmittag vor dem Fenster ging warm und schläfrig zur Neige, eine Lokomotive pfiff aus der Ferne, und unten auf der Straße sangen ein paar Soldatenstimmen: »You make time and you make love dandy. You make swell molasses candy. But, honey, are you makin' any money? That's all I want to know.« Irgendwie kam ihm das Lied bekannt vor. Wo war das gleich, fragte er sich im Halbschlaf. Richtig, sein Freund Roger hatte es immer gesungen, und Roger war tot. Aber ehe er noch darüber nachdenken konnte, schlief er ein.

Das langsame Schließen der Tür weckte ihn auf. Er öffnete halb die Augen und lächelte, als Hope sich über ihn beugte.

»Noah«, sagte sie, »du mußt aufstehen.«

»Später«, murmelte er, »viel später. Komm ins Bett.«

»Nein«, sagte sie wieder, und ihre Stimme klang hart, »du mußt jetzt aufstehen.«

Noah richtete sich auf. »Was ist los?«

»Die Alte«, sagte Hope. »Die Inhaberin sagt, wir müßten sofort ausziehen.«

Noah schüttelte den Kopf, er glaubte, nicht richtig verstanden zu haben. »Sag das noch mal, Darling, ich habe dich nicht verstanden.«

»O doch, du hast schon richtig verstanden.« Hopes Gesicht hatte einen gespannten Ausdruck. »Es stimmt, wir müssen ausziehen.«

»Warum? Du hast doch das Zimmer für eine Woche gemietet?«

»Natürlich«, sagte Hope. »Ich habe es für die Woche gemietet. Aber die Alte sagt, ich hätte es unter falschen Angaben gemietet. Ich hätte ihr verschwiegen, daß wir Juden sind.«

Noah stand auf und ging langsam zum Toilettentisch. Er betrachtete nachdenklich sein Bild unter den bereits welkenden Blumen.

»Sie sagte«, fuhr Hope fort, »sie hätte schon wegen des Namens Verdacht geschöpft. Aber da ich nicht jüdisch aussehe... Aber als sie dich sah, kamen ihr Zweifel. Dann fragte sie mich direkt, ob wir Juden wären, und ich habe gesagt, natürlich sind wir Juden.«

»Arme Hope«, sagte Noah leise, »verzeih mir.«

»Hör auf damit«, sagte Hope. »Ich will so etwas nie wieder hören! Du hast mich für nichts um Verzeihung zu bitten.«

»All right«, sagte Noah. Mit einer schnellen, oberflächlichen Bewegung der Finger strich er über die welken Blumen, die sich weich und tot anfühlten. »Ich glaube, wir sollten packen«, sagte er.

»Ja«, sagte Hope. Sie warf ihren Koffer auf das Bett und öffnete ihn. »Es sei nicht persönlich gemeint, sagte die Inhaberin, es sei die Hausordnung.«

»Freut mich, daß es nicht persönlich gemeint ist«, sagte Noah grimmig.

»Es ist nicht so schlimm.« Sorgfältig begann Hope, ihre rosaseidene Wäsche in den Koffer zu legen, mit ein paar raschen Bewegungen faltete sie die Sachen, wie das beim Packen ihre Art war. »Wir gehen die Straße weiter hinunter und suchen ein anderes Zimmer.«

Noah fuhr mit der Hand über die Haarbürste auf dem Toilettentisch. Sie hatte einen abgegriffenen Silberrücken mit einem altmodischen viktorianischen Blattmuster. Sie glänzte matt im Dämmerlicht des Zimmers.

»Nein«, sagte er bestimmt, »wir werden kein anderes Zimmer suchen.«

»Aber hier können wir nicht bleiben...«

»Wir bleiben nicht hier, und wir suchen auch kein anderes Zimmer«, sagte Noah tonlos.

»Ich verstehe dich nicht«, sagte Hope, hörte auf zu packen und sah ihn fragend an.

»Ich meine, wir gehen jetzt zur Fernbus-Haltestelle und stellen fest, wann der nächste Greyhound nach New York fährt. Und den wirst du nehmen.«

Es war still im Zimmer. Hope stand vor dem Koffer und überlegte, während sie wie abwesend auf die rosaseidene Wäsche im Koffer starrte. Sie flüsterte: »Es ist dir doch klar, daß dies auf lange Zeit die einzige freie Woche ist, die ich bekomme. Und niemand weiß, was mit dir noch geschieht. Vielleicht schicken sie dich schon nächste Woche nach Afrika, nach Guadalcanal, oder sonstwohin und...«

»Soviel ich weiß, geht um fünf ein Bus nach New York«, sagte Noah.

»Darling...« Hope stand immer noch vor dem Bett. »Wir werden sicherlich in der Stadt noch eine Unterkunft finden...«

»Schon möglich«, sagte Noah. »Aber wir werden's gar nicht mehr versuchen. Ich will nicht, daß du in dieser Stadt bleibst. Ich will hier allein sein, das ist alles. Ich kann dich in dieser Saustadt nicht lieben. Ich will, daß du hier wegkommst und wegbleibst. Und zwar je eher, desto besser. Ich könnte diese Stadt anzünden oder bombardieren, aber ich weigere mich, dich hier zu lieben!«

Hope kam schnell auf ihn zu und preßte ihn an sich: »Liebster!« Sie schüttelte ihn wild, »was ist geschehen? Was haben sie dir bloß angetan?«

»Nichts«, schrie Noah. »Nichts! Nach dem Krieg werde ich es dir erzählen. Jetzt pack schnell, daß wir hier rauskommen.«

Hopes Arme sanken herunter. »Natürlich«, sagte sie leise, ging zum

Koffer zurück, faltete ihre Kleider zusammen und legte sie ordentlich in den Koffer.

In zehn Minuten waren sie fertig. Noah ging voran und trug den Koffer und die kleine Segeltuchtasche, in der er ein zweites Hemd und das Rasierzeug aufbewahrte. Er blickte sich nicht um, als er ins Treppenhaus trat. Hope jedoch blieb einen Augenblick an der Tür stehen. Die Strahlen der untergehenden Sonne stahlen sich durch die Ritzen der geschlossenen Fensterläden in dünnen, goldenen Streifen. Die Blumen auf dem Toilettentisch neigten sich über den Rand des Glases, als ob das Gewicht des Todes ihre Blüten herunterdrückte. Sonst sah das Zimmer aus wie an dem Tag, an dem sie es zum erstenmal betreten hatte. Leise schloß sie die Tür und folgte Noah die Treppe hinunter.

Die Inhaberin stand auf der Veranda, immer noch in der grauen Schürze. Sie sagte nichts, als Noah bezahlte, stand nur da in ihrem Geruch von Schweiß, Alter und Spülwasser und blickte in strammer Rechtschaffenheit dem Soldaten und seinem Mädchen nach.

Als Noah die Stube betrat, schliefen einige Männer schon. Donnelly schnarchte betrunken nahe der Tür, aber niemand nahm Notiz davon. Noah nahm seinen Kleidersack vom Haken und stöberte sorgfältig, Stück für Stück, alles durch: das zweite Paar Schuhe, die wollenen Hemden, den extra Drillich, die grünen wollenen Handschuhe, die Dose Schuhkrem. Aber das Geld war nicht da. Dann holte er den anderen Sack herunter und durchsuchte ihn. Das Geld war nirgends. Von Zeit zu Zeit schaute er rasch auf, um festzustellen, ob einer von den anderen ihn beobachtete. Aber die schliefen und schnarchten in ihrem verhaßten Kasernenbenehmen weiter. Ein Glück, dachte er, wenn ich einen von ihnen erwischen würde, brächte ich ihn um.

Er stopfte die herumliegenden Sachen wieder in die Säcke, nahm seine Schachtel mit dem Briefpapier heraus und schrieb ein paar Worte. Die Schachtel legte er auf die Pritsche und ging zum Geschäftszimmer hinüber. Am Schwarzen Brett draußen, unter den Adressen von Bordellen, deren Betreten verboten war, unter Vorschriften über die entsprechende Uniform bei entsprechenden Anlässen und einer Liste der Beförderungen der letzten Woche, war eine Ecke den Bekanntmachungen über verlorene und gefundene Gegenstände vorbehalten. Noah befestigte einen Zettel neben dem Anschlag eines Pfc O'Reilly, der um Rückgabe seines sechsklingigen Taschenmessers bat, das ihm gestohlen worden war. Im spärlichen Licht der vor dem Geschäftszimmer hängenden Lampe las Noah nochmals seinen Zettel durch.

An die Kameraden der C-Kompanie…
Aus dem Kleidersack des Pfc Ackerman vom 2. Zug sind zehn Dollar gestohlen worden. Ich bin nicht an einer Rückgabe des Geldes interessiert und werde keine Anzeige erstatten. Ich wünsche den Dieb mit meinen eigenen Händen zur Rechenschaft zu ziehen und ersuche daher den oder die Kameraden, die mit dem Diebstahl in Zusammenhang stehen, sich sofort mit mir in Verbindung zu setzen.
gezeichnet: Pfc Noah Ackerman

Mit Genugtuung las Noah, was er geschrieben hatte. Als er sich abwandte, hatte er das Gefühl, das einzig Mögliche getan zu haben, um nicht den Verstand zu verlieren.

Am Abend darauf, als er in den Eßraum zum Abendessen ging, blieb er vor dem Schwarzen Brett stehen. Sein Zettel hing noch da. Und darunter ein kleines Stück Papier, auf dem in sauberer Maschinenschrift zwei kurze Sätze standen.

Wir nehmen deine Aufforderung an, Levy! Wir warten auf dich!
gezeichnet:

P. Donnelly	B. Cowley
J. Wright	W. Demuth
L. Jackson	E. Riker
M. Silichner	R. Henkel
P. Sanders	T. Brailsford

Michael reinigte gerade sein Gewehr, als Noah zu ihm kam.

»Kann ich dich einen Augenblick sprechen?« fragte er.

Ärgerlich schaute Michael auf. Er war müde und fühlte sich dem verzwickten Mechanismus des alten Springfield-Gewehres gegenüber ziemlich hilflos.

»Was willst du?« fragte er.

Ackerman hatte seit dem Tagesmarsch damals nicht mehr mit ihm gesprochen.

»Hier können wir nicht ungestört sprechen«, sagte Noah und blickte um sich. Es war nach dem Abendessen, und es waren dreißig, vierzig Mann in der Stube, die lasen, Briefe schrieben, sich mit ihren Siebensachen beschäftigten oder Radio hörten.

»Muß es gleich sein?« fragte Michael kalt. »Du siehst, ich bin beschäftigt.«

»Ja, bitte«, sagte Noah. Michael sah sich Ackerman genauer an. Sein Gesicht sah faltig aus, und seine Augen schienen größer und dunkler als sonst. »Bitte«, wiederholte er, »ich muß dich sprechen. Ich warte draußen auf dich.«

Michael seufzte. »Okay«, sagte er. Er setzte das Gewehr zusammen, steckte mühsam den Bolzen ein und ärgerte sich wie immer, daß es für ihn so schwierig war. Verdammt noch mal, dachte er, während er mit seinen fettigen Händen über die ölige Oberfläche des Laufes strich, ich kann ein Theaterstück inszenieren und über Thomas Mann diskutieren. Aber jeder Bauernjunge kriegt das hier besser fertig als ich...

Er hängte das Gewehr auf und ging, indem er das Öl von seinen Händen wischte, hinaus. Ackerman stand im Dunkeln auf der gegenüberliegenden Seite der Lagerstraße. Seine kleine, hagere Gestalt hob sich im Licht einer entfernt hängenden Lampe ab. Er winkte ihm mit verschwörerhafter Geste zu, und Michael ging langsam zu ihm hinüber und dachte, mir passiert immer so etwas...

»Lies das«, sagte Noah, sobald Michael neben ihm stand. Er schob ihm zwei Zettel hin.

Michael drehte sich dem Licht zu. Er blinzelte und las zuerst den Zettel, den Noah ans Schwarze Brett geheftet hatte. Er kannte ihn noch nicht. Dann las er die Antwort der anderen, mit den zehn Unterschriften. Michael schüttelte den Kopf und las beide Zettel nochmals durch.

»Was zum Teufel bedeutet das?« fragte er erstaunt.

»Ich möchte dich bitten, mein Sekundant zu sein«, sagte Noah. Seine Stimme klang dumpf und gedrückt. Trotzdem konnte Michael über die komisch-ernste Bitte kaum das Lachen verbeißen.

»Sekundant?« fragte er ungläubig.

»Ja«, sagte Noah. »Ich werde mit diesen Männern boxen. Aber ich selbst kenne mich schlecht aus. Ich verliere rasch die Nerven und mache vielleicht Unfug. Ich möchte, daß alles vorschriftsmäßig vor sich geht.«

Michael blinzelte. Er hatte sich ja viel vorgestellt, was ihm in der Armee alles geschehen würde, aber daran hatte er doch nicht gedacht. »Du bist verrückt«, sagte er. »Das ist doch nur ein Witz.«

»Kann sein«, erwiderte Noah trocken. »Aber möglicherweise habe ich genug von Witzen.«

»Wie bist du denn gerade auf mich verfallen?« fragte Michael.

Noah holte tief Atem, und Michael hörte, wie er die Luft durch die Nase zog. Er sah straff und in einer rauhen, biblisch-tragischen Art gut aus, wie er so unter dem Licht- und Schattenspiel der Hängelampe stand, die über der Straße schaukelte. »Du bist der einzige, zu dem ich Vertrauen habe«, sagte er. Dann griff er plötzlich nach den beiden Papieren und sagte: »Okay. Wenn du mir den Gefallen nicht tun willst, dann hau ab!«

»Augenblick mal!« rief Michael und fühlte dumpf, daß er diesen wilden und lächerlichen Plan nicht ins Uferlose gehen lassen dürfte. »Ich habe ja nicht gesagt, daß ich dir den Gefallen nicht tun will.«

»Na also«, sagte Noah rauh. »Geh rein und bestimme die Reihenfolge.«

»Was für eine Reihenfolge?«

»Es sind doch zehn. Was soll ich tun? Sie alle in einer Nacht vornehmen? Man muß sie einteilen, muß rausfinden, wer zuerst gegen mich antreten will und so weiter. Mir ist es gleich, wie sie kommen.«

Schweigend nahm Michael die beiden Zettel wieder an sich und sah sich nochmals die Namen der Liste durch. »Bist du dir klar«, fragte er, »daß das die zehn stärksten Männer der Kompanie sind?«

»Ja, ich weiß.«

»Keiner wiegt unter hundertachtzig Pfund.«

»Weiß ich.«

»Wieviel wiegst du?«

»Hundertfünfunddreißig.«

»Die bringen dich um.«

»Ich habe dich nicht um Rat gefragt«, sagte Noah gleichmütig. »Ich habe dich gebeten, die Reihenfolge anzuordnen. Mehr nicht. Der Rest ist meine Angelegenheit.«

»Das wird der Hauptmann nicht erlauben«, sagte Michael.

»Er wird's erlauben«, sagte Noah. »Der Schweinehund wird's erlauben, verlaß dich drauf.«

Michael zuckte die Schultern. »Wie soll ich es machen?« fragte er. »Boxhandschuhe und Zwei-Minuten-Runden und einen Schiedsrichter und...?«

»Keine Runden und keinen Schiedsrichter«, unterbrach Noah. »Wenn einer von beiden nicht mehr aufsteht, ist der Kampf aus.«

Michael zuckte wieder mit den Schultern. »Und Handschuhe?«

»Ohne Handschuhe. Nur Fäuste. Noch was?«

»Nein, das ist alles«, antwortete Michael.

»Danke«, sagte Noah, »und laß mich wissen, was du ausgerichtet hast.«

Ohne zu grüßen, lief er steif die Kasernenstraße hinunter. Michael schaute ihm nach, wie er kerzengerade in der Dunkelheit verschwand. Dann schüttelte er den Kopf und ging langsam zur Tür der Kaserne zurück, um sich Nummer eins vorzuknöpfen, Peter Donnelly, hundertfünfundachtzig groß, Gewicht hundertsechsundsiebzig Pfund, Schwergewichtler bei den Goldenen-Handschuh-Kämpfen in Miami 1941 und erst in der vorletzten Runde k. o. geschlagen.

Donnelly schlug Noah nieder. Noah schnellte in die Höhe, sprang Donnelly an und schlug ihm ins Gesicht. Donnelly blutete aus der Nase. Mit einem Blick des Erstaunens und des Ärgers, der seinen bisher aufgesetzten Berufsblick ablöste, sog er das Blut aus den Mundwinkeln. Er packte Noah mit einer Hand und schenkte dem wütenden Hämmern von Noahs Fäusten gegen sein Gesicht keine Beachtung. Langsam zog er ihn an sich. Dann schlug er kurz und hart zu. Die herumstehenden Zuschauer riefen »Ah«. Als Noah zu Boden sank, schlug Donnelly nochmals zu, bis er schließlich zu seinen Füßen im Gras lag.

Michael trat zwischen die Kämpfenden und sagte: »Ich denke, das ist genug für heute.«

»Scher dich zum Teufel!« sagte Noah mit dicker Zunge und stieß sich mit seinen Händen wieder hoch.

Taumelnd stand er vor Donnelly, seine rechte Augenhöhle füllte sich mit Blut. Donnelly trat einen Schritt vor und schlug zu, als ob er einen Baseball würfe. Es klatschte auf Noahs Mund, und wieder sagten die Zuschauer »Ah«. Noah stolperte und fiel rückwärts in die Zuschauer, die dicht gedrängt und mit mitleidslosen Augen herumstanden. Dann glitt er zu Boden und blieb liegen. Michael trat zu ihm und kniete nieder. Noahs Augen waren geschlossen, und er atmete gleichmäßig.

»All right«, sagte Michael und sah Donnelly an, »du bist der Sieger.« Er drehte Noah auf den Rücken, und Noah öffnete die Augen. Aber es war kein Bewußtsein in ihnen, als sie in den Abendhimmel starrten.

Schweigend ging der Kreis der Zuschauer auseinander und zerstreute sich. »Was sagt ihr dazu?« hörte Michael Donnelly sagen, während er Noah hochzog und ihn unter dem Arm stützte, »was sagt ihr dazu? Der kleine Scheißkerl hat mir die Nase blutig geschlagen!« –

Michael stand am Fenster der Latrine und rauchte eine Zigarette. Dabei sah er Noah zu, wie er, über das Waschbecken gebeugt, sein Gesicht mit kaltem Wasser wusch. Noahs Oberkörper war nackt, und er hatte große rote Flecken auf der Haut. Noah hob den Kopf. Sein rechtes Auge war verschwollen, und aus dem Mund lief ihm immer noch Blut. Er spuckte und spie mit einem Klumpen Blut zwei Zähne aus.

Noah beachtete die Zähne im Waschbecken nicht. Nachdenklich trocknete er sein Gesicht mit dem Handtuch, das sich schnell rot färbte.

»So«, sagte Michael, »das wär's. Auf den Rest kannst du verzichten.«

»Wer ist der nächste auf der Liste?«

»Jetzt hör mal zu«, sagte Michael, »nimm doch Vernunft an. Die bringen dich zum Schluß noch um.«

»Der nächste ist Wright«, sagte Noah ruhig. »Sag ihm, daß ich in drei Tagen wieder bereit bin.« Ohne auf Michaels Antwort zu warten, wickelte Noah sein Handtuch um die Schultern und ging hinaus. Michael sah ihm schulterzuckend nach, zog an seiner Zigarette, warf sie weg und ging in den milden Abend hinaus. Er ging nicht auf die Stube, weil er Noah an diesem Abend nicht mehr sehen wollte.

Wright war der schwerste Mann in der Kompanie. Noah versuchte nicht, ihm auszuweichen. In der üblichen Boxerstellung stand er ihm gegenüber. Geschickt tanzte er zwischen Wrights Fäusten hin und her und entlockte seinem Gegner ein Grunzen, wenn er ihm einen Magenschlag versetzte.

Erstaunlich, dachte Michael und beobachtete Noah mit widerwilliger Bewunderung. Der Kerl kann boxen. Wo er das bloß gelernt hat? »Schlag ihm in den Bauch!« rief Rickett aus dem inneren Zuschauerkreis. »In den Bauch, du blöder Scheischkerl!« Einen Augenblick später war alles entschieden. Wright hatte seitwärts ausgeschwungen und sein ganzes Gewicht in einen vernichtenden Schlag gelegt. Gleich einem Vorschlaghammer krachte seine Faust in Noahs Rippen. Die dick geschwollene Zunge hing ihm aus dem Mund, und er schnappte hilflos nach Luft.

Die umherstehenden Männer sahen schweigend zu.

»Na?« fragte Wright und sah kampflustig auf Noah herunter. »Hast du genug?«

»Hau ab«, sagte Michael zu ihm, »du warst großartig.«

Allmählich konnte Noah wieder atmen. Die Luft zog in seine Lungen mit einem pfeifenden, heiseren Ton ein. Verächtlich stieß Wright Noah mit dem Fuß an und wandte sich ab. »Wer gibt mir jetzt 'n Bier aus?« fragte er.

Der Arzt sah sich das Röntgenbild an und stellte fest, daß zwei Rippen gebrochen waren. Er umwickelte Noahs Brust mit Binden und Leukoplaststreifen und befahl ihm, ruhig zu liegen.

»Und jetzt«, fragte Michael an Noahs Bett im Revier, »willst du jetzt endlich aufgeben?«

»Der Doktor sagt, in drei Wochen sei ich wieder in Ordnung«, gurgelte Noah zwischen dicken Lippen hervor. »Bestell den nächsten dann für mich.«

»Du bist wahnsinnig. Ich weigere mich, das noch weiter mitzumachen«, sagte Michael.

»Verschon mich mit deinen gottverfluchten Ratschlägen«, sagte Noah leise. »Wenn du nicht willst, dann tu' ich's selber.«

»Was denkst du dir eigentlich dabei?« fragte Michael. »Was willst du damit beweisen?«

Noah antwortete nicht. Wild starrte er durchs Zimmer zu einem

Mann hinüber, der vor zwei Tagen von einem Lkw gefallen war und sich das Bein gebrochen hatte.

»Was willst du beweisen?« rief Michael wieder.

»Nichts«, sagte Noah. »Mir macht das Boxen Spaß. Sonst noch was?«

»Nein«, erwiderte Michael. »Nichts.«

Und er ging hinaus. --

»Herr Hauptmann«, sagte Michael, »es ist wegen Pfc Ackerman.«

Colclough saß sehr aufrecht da, sein fettes Doppelkinn quoll über den engen Kragen und gab ihm das Aussehen eines Mannes, der gewürgt wird. »Nun«, fragte Colclough, »was ist mit Pfc Ackerman?«

»Vielleicht haben Sie von der... äh... Meinungsverschiedenheit gehört, die Pfc Ackerman mit zehn Mann der Kompanie hat?«

Colclough zog die Lippe zu einem spöttischen Grinsen hoch. »Ja, ich habe einiges davon gehört«, sagte er.

»Ich meine, Pfc Ackerman ist zur Zeit nicht ganz zurechnungsfähig«, sagte Michael. »Es besteht die Gefahr, daß er sehr schwere Verletzungen davonträgt, und ich glaube, wenn Sie auch meiner Meinung sind, man sollte ihn daran hindern, weiterzuboxen...«

Colclough bohrte nachdenklich in der Nase. Er holte etwas heraus und betrachtete nachdenklich seinen Finger. »Whitacre«, sagte er in dem sachlichen, gleichmütigen Ton, den er bei Leichenreden auf Beerdigungen in Joplin gehört haben mußte, »beim Militär sind gewisse Reibereien unter den Leuten unvermeidlich. Um solche Gegensätze zu bereinigen, halte ich einen fairen und offenen Kampf für das beste. Sie, Whitacre, und die anderen Männer werden später viel härtere Kämpfe zu bestehen haben als mit der Faust. Viel härter, Kugeln und Granaten, Whitacre«, sagte er und schien sich förmlich über das Zukunftsbild zu freuen. »Kugeln und Granaten. Es wäre unsoldatisch, den Männern die Bereinigung ihrer Meinungsverschiedenheiten in dieser Form zu verbieten, unsoldatisch. Außerdem ist es mein Grundsatz, den Leuten meiner Kompanie so viel Freiheit wie möglich in ihren eigenen Angelegenheiten zu lassen, und ich denke nicht daran, mich hier einzumischen.«

»Jawohl, Sir«, sagte Michael. »Danke, Sir.«

Er stand stramm und ging hinaus.

Als Michael die Lagerstraße entlangging, faßte er einen plötzlichen Entschluß. Er konnte hier nicht länger bleiben. Er nahm sich vor, sich um Aufnahme in einen Offizierslehrgang zu bewerben. Als er zuerst in die Armee eingetreten war, wollte er gewöhnlicher Soldat bleiben. Erstens glaubte er, zu alt zu sein im Vergleich mit den zwanzigjährigen

Athleten, die im allgemeinen diese Lehrgänge besuchten. Sein Hirn war zu eingefahren, um noch viel umlernen zu können. Und zweitens hatte er sich absichtlich von einer Stellung ferngehalten, in der das Leben anderer Männer, vielleicht vieler Männer, von seinem Urteil abhing. Er hatte in sich noch nie Talent zum Offizier gespürt. Der Krieg in all seinen winzigen tödlichen Einzelheiten war ihm selbst nach den langen Ausbildungsmonaten immer noch ein Rätsel. Und an einem Rätsel konnte man als unbekannte, unbeachtete Einzelfigur, die von jemand anderem befehligt wird, herumraten. Aber eigene Initiative, eigenes Anpacken... vierzig Männer befehligen und durch einen kleinen Fehler vierzig Gräber füllen... Aber jetzt ging es eben nicht mehr anders. Wenn die Armee Männern wie Colclough zweihundertfünfzig Leben anvertraute, dann durfte man sich nicht durch zu große Anständigkeit, durch Verantwortungsgefühl oder Bescheidenheit zurückhalten lassen. Morgen, nahm sich Michael vor, fülle ich das Formblatt aus und gebe es im Geschäftszimmer ab. Und in meiner Kompanie, dachte er grimmig, wird kein Ackerman ins Revier geschickt, weil seine Kameraden ihm die Rippen brachen...

Fünf Wochen später lag Noah wieder im Revier. Zwei weitere Zähne waren ihm ausgeschlagen worden, und das Nasenbein war gebrochen. Der Zahnarzt machte ihm eine Brücke, daß er wenigstens essen konnte, und der Chirurg holte ihm bei jeder Visite kleine Knochenstückchen aus der Nase.

Zu diesem Zeitpunkt konnte Michael kaum noch mit Noah sprechen. Er besuchte ihn im Revier, setzte sich auf seinen Bettrand, und beide vermieden es, sich anzusehen, und waren froh, wenn der Gefreite durchkam und rief: »Besuchszeit vorbei!«

Bisher hatte Noah fünf Kämpfe durchgestanden. Sein Gesicht war schief und voll Beulen. Das eine Ohr war für immer zerquetscht und sah wie ein zertretener Blumenkohl aus. Quer durch die zerplatzte rechte Augenbraue zog sich eine weiße Narbe und verschob sie wie fragend nach oben. Der Anblick des ganzen Gesichts mit den starren, wilden Augen war außerordentlich beunruhigend.

Nach dem achten Kampf war Noah wieder im Revier. Man hatte ihn auf den Hals geschlagen, und die Muskeln waren vorübergehend gelähmt und eine Drüse verletzt. Zwei Tage lang fürchtete der Arzt, daß er nie wieder sprechen könne.

»Soldat«, sagte der Doktor und beugte sich über ihn, einen erstaunten Ausdruck auf seinem einfachen Medizinstudentengesicht, »ich weiß zwar nicht, um was es geht. Aber das eine steht fest: Es lohnt sich nicht. Ich muß Sie warnen, es ist unmöglich, die Armee der Vereinigten Staaten Mann um Mann in den Ring zu fordern...« Er beugte sich noch mehr zu Noah hinunter, schaute ihn sorgenvoll an und fragte: »Können Sie antworten?«

Noahs Lippen bewegten sich eine Weile, ohne daß man einen Ton vernahm. Endlich kam ein rauhes, krächzendes Geräusch zwischen den geschwollenen Lippen hervor. Der Doktor beugte sich ganz nahe herunter: »Was sagten Sie?«

»Gehen Sie Ihre Pillen verschreiben, Doc, und lassen Sie mich in Ruhe«, sagte er.

Der Doktor wurde rot. Er war ein netter Kerl, aber natürlich nicht mehr gewohnt, daß man so mit ihm redete. Er war im Hauptmannsrang.

Er richtete sich auf. »Freut mich«, sagte er frostig, »daß Sie Ihre Sprache wiedergewonnen haben.« Drehte sich um und ging hinaus.

Fein, der andere Jude in der Kompanie, kam auch ins Revier, um Noah zu besuchen. Er stand verlegen an Noahs Bett und drehte die Mütze in seinen großen Händen.

»Hör mal, Kamerad«, sagte er, »ich wollte mich nicht einmischen, aber was genug ist, ist genug. Du fängst das ganz falsch an. Du kannst nicht jedesmal 'ne Runde boxen, wenn einer Judenjunge zu dir sagt...«

»Warum nicht?« fragte Noah und verzog schmerzhaft das Gesicht.

»Weil's sinnlos ist«, meinte Fein. »Darum. Zuerst bist du mal nicht stark genug. Zweitens, selbst wenn du so groß wie'n Haus wärst und 'ne Rechte wie Joe Louis hättest, hätt's auch kein' Zweck. Es gibt nu mal Leute auf dieser Welt, die ganz mechanisch Judenjunge sagen, und du kannst nichts dagegen machen und ich nicht und niemand kann. So, wie du's machst, bringst du die ganze Kompanie langsam auf den Gedanken, daß alle Juden verrückt sind. Paß auf, die sind nicht so schlimm, hört sich bloß so an, weil sie's nicht besser wissen. Am Anfang hast du ihnen leid getan, aber jetzt nach den verdammten Schlägereien denken sie, die Juden seien 'ne Art wilde Tiere. Sie fangen schon an, *mich* komisch anzusehen...«

»Gut«, sagte Noah heiser, »freut mich.«

»Hör zu«, fing Fein geduldig von vorn an, »ich bin älter als du, und ich bin ein friedliebender Mann. Ich bring' Deutsche um, wenn ich den Befehl krieg', aber mit meinen Kameraden in der Kompanie will ich in Frieden leben. Die beste Ausrüstung für'n Juden beim Militär ist ein taubes Ohr. Wenn einer von den Scheißkerlen 's Maul aufmacht und auf die Juden schimpft, dann drehste das Ohr zu ihm hin, das taube... Laß sie in Ruh, und vielleicht lassen sie dich auch in Ruh. Der Krieg dauert nicht ewig, und dann kannst du dich in 'ne andere Kompanie versetzen lassen. So wie's jetzt steht, müssen wir mit diesen elenden Kukluxern auskommen. Also, was willste da machen? Was glaubste wohl, Kamerad, wenn alle Juden sich wie du geprügelt hätten, wär'n wir schon vor zweitausend Jahren ausgelöscht worden...«

»Gut«, krächzte Noah.

»Ach«, rief Fein, angewidert, »vielleicht haben die anderen doch recht, vielleicht biste doch verrückt. Paß auf, ich wiege zweihundert Pfund, und ich könnt' jeden in der Kompanie k. o. schlagen, mit einer Hand auf den Rücken gebunden. Aber hast du mich schon mal boxen sehen? Nein, mein Lieber, ich hab' nicht geboxt, seitdem ich die Uniform angezogen habe. Weil ich Vernunft hab'!«

Noah seufzte gelangweilt. »Der Patient ist müde, Fein«, sagte er. »Er ist nicht aufnahmefähig für Ratschläge von vernünftigen Männern.«

Fein schaute ihn nachdenklich an und wälzte verzweifelt das Problem in seinem Schädel. »Was ich mich immer wieder frage«, sagte er, »was willst du eigentlich, zum Donnerwetter, erreichen?«

Noah grinste unter Schmerzen: »Ich will, daß man jeden Juden so behandelt, als wäre er zweihundert Pfund schwer.«

»Nichts zu machen«, sagte Fein. »Ach, zum Teufel mit dir, wenn du boxen willst, dann box'. Ich will dir mal was sagen: Ich glaub', ich versteh' diese Hinterwäldler aus Georgia, die zum erstenmal 'nen Schuh angezogen haben, als sie aus der Kammer 'n Paar kriegten, besser als dich.« Entschlossen setzte er seine Mütze auf. »Ihr Kleinen«, sagte er, »seid 'ne besondere Rasse. Versteh' euch nicht.«

Dann ging er. Jede Bewegung seiner breiten Schultern, seines starken Genicks und seines dicken Schädels drückte äußerste Ablehnung gegen den zusammengeschlagenen Jungen im Bett aus, mit dem er durch einen Witz des Schicksals und den Zufall der Rekrutierung irgendwie verbunden war. –

Das war der letzte Kampf, und wenn er unten blieb, würde alles vorbei sein. Ackerman lag blutend am Boden und blickte zu Brailsford hinauf, der in kurzen Unterhosen und Unterhemd vor ihm stand. Verschwommen erblickte er ihn in dem hellen Ring von Gesichtern und dem verwaschenen Blau des Himmels. Schon zum zweitenmal hatte Brailsford ihn niedergeschlagen. Aber Brailsfords eines Auge war geschlossen, und er hatte vor Schmerz aufgestöhnt, als Noah ihm in den Bauch hieb. Wenn er unten blieb, wie er war, auf ein Knie gestützt und den Kopf schüttelnd, um seine Benommenheit zu überwinden, nur noch fünf Sekunden, dann war alles vorüber. Hinter ihm lagen dann die Kämpfe mit den zehn Männern, hinter ihm die zerbrochenen Knochen, die langen Tage im Revier, das nervöse Erbrechen am Tage vor dem nächsten Kampf, das dumpfe Rauschen des Blutes in den Ohren, wenn er sich wieder erheben wollte, um nochmals den verhaßten Fäusten und selbstgerechten Gesichtern gegenüberzustehen. Fünf Sekunden nur, und alles wäre überstanden. Er hätte seine Genugtuung gehabt. Was immer er beweisen wollte, es war ihm im Augenblick nicht mehr so ganz klar, hätte er dann bewiesen. Sie würden zugeben müssen, daß er der Sieger war. Neun Niederlagen und ein Unentschieden besagten nichts. Mit schweren Opfern und Schmerzen hätte er einen moralischen Sieg errungen. Sogar diese beschränkten rohen Männer, mit denen er auf den Straßen Floridas marschiert war und später im Geschützfeuer marschieren würde, selbst diese Männer würden zugeben müssen, daß er niemand an Willen und Mut nachstand, auch nicht dem besten Mann...

Er brauchte also nur auf dem Knie liegen zu bleiben.

Aber er stand auf.

Mit geballten Fäusten erwartete er Brailsford. Langsam sah er Brailsfords Gesicht deutlicher werden und näher kommen. Es war weiß und voller roter Flecken, und Brailsford schien sehr nervös zu sein. Noah ging seinem Gegner über das Gras entgegen und schlug mit aller Kraft in das weiße Gesicht, und Brailsford ging zu Boden. Noah blickte teilnahmslos auf die ausgebreitete Gestalt zu seinen Füßen. Brailsford keuchte schwer, und seine Finger krallten sich ins Gras.

»Steh auf, du feiger Hund!« schrie einer aus dem Zuschauerkreis.

Noah traute seinen Ohren nicht. Zum erstenmal hörte er, daß jemand anders außer ihm beschimpft wurde.

Brailsford erhob sich. Er war dick und untrainiert, weil er Kompanieschreiber war und sich immer vor schwerer Arbeit drückte. Er rang nach Luft. Als Noah wieder auf ihn zuging, schaute er in ein angstverzerrtes Gesicht. Er fuchtelte unsicher mit den Fäusten vor dem Gesicht herum.

»Nicht, nicht...« bat er.

Noah blieb stehen und schaute ihn erstaunt an. Er schüttelte den Kopf und drang auf ihn ein. Beide schlugen gleichzeitig zu, und Noah ging zu Boden. Da Brailsford groß war, hatte er Noahs Schläfe getroffen. Noah saß auf seinen zusammengesunkenen Beinen am Boden und holte tief Atem. Er musterte Brailsford.

Der große Kerl stand über ihm und hielt die Fäuste eng an den Leib. Er atmete schwer und flüsterte: »Bitte, bitte...« Noah, dem das Blut in den Schläfen hämmerte, grinste, weil er wußte, was Brailsford meinte. Er wollte, daß Noah unten blieb.

»Du niederträchtiger Schweinehund«, sagte Noah mit klarer Stimme, »ich schlag' dich zusammen.« Er stand auf und grinste und sah die Angst in Brailsfords Augen und schlug zu.

Brailsford klammerte sich schwer an ihn, er clinchte und tat so, als ob er sich wehrte. Aber seine Schläge waren schwach und ziellos, und Noah fühlte sie gar nicht. In seiner Umklammerung und mit dem Schweißgeruch des schweren Mannes in der Nase wußte er, daß er Brailsford nur besiegt hatte, weil er aufgestanden war. Danach war es nur eine Frage, wer den längeren Atem hatte. Brailsfords Nerven hatten nicht standgehalten.

Noah duckte sich und landete einen Treffer gegen Brailsfords Magen, er fühlte das wabblige Fleisch des Kompanieschreibers, als seine Faust sich hineingrub.

Brailsford ließ die Arme sinken und stand schwankend da, eine stumme Bitte um Gnade in den Augen. Noah lachte leise. »Jetzt kommt's, Korporal«, sagte er und schlug in das weiße, blutende Gesicht. Brailsford blieb immer noch stehen. Er fiel nicht und kämpfte nicht, und Noah tanzte nur auf den Fußspitzen und hämmerte auf sein Gesicht ein. »Jetzt«, sagte er und schwang mit seinem ganzen Gewicht, seiner Schulter, seinem Körper den wohlgezielten, wuchtigen Schlag, »so und so.« Seine Kraft kehrte zurück. Er spürte sie wie elektrische Funken seine Arme hinunterrieseln und in die Fäuste hinein. Alle diese Schweinehunde, die sein Geld gestohlen, ihn auf dem Marsch schikaniert und seine Frau verjagt hatten, da standen sie vor ihm verkörpert in Brailsford, zusammenbrechend und blutend. Jedesmal, wenn seine Faust in Brailsfords zerschlagenes Gesicht krachte, spritzte Blut von seinen Knöcheln. »Bleib stehen, Korporal«, sagte er, »bleib um Gottes willen stehen«, und er schlug zu, immer wieder, immer schneller. Seine Fäuste machten ein Geräusch wie in nasse Tücher gewickelte Trommelschlegel. Und als er sah, daß Brailsford endlich wankte, packte er ihn mit einer Hand, um ihm noch zwei Schläge zu versetzen, noch drei, ein Dutzend, und er schluchzte, als er die glitschige, blutige Masse nicht mehr hochhalten konnte und Brailsford zu Boden sank.

Noah drehte sich zu den Zuschauern um und ließ die Arme sinken. Alle schlugen die Augen nieder. »So«, sagte er laut, »das wäre erledigt.«

Aber keiner sagte etwas. Wie auf ein Zeichen drehten sie sich um und gingen weg. Noah sah den Gestalten nach, wie sie im Schatten der Kasernengebäude verschwanden. Brailsford lag noch immer am Boden, niemand war dageblieben, um sich um ihn zu kümmern.

Michael berührte Noahs Arm und sagte: »So, jetzt kann die deutsche Wehrmacht kommen.«

Noah stieß Michaels Hand zurück. »Laufen einfach weg«, sagte er, »die Hunde laufen einfach weg.« Er schaute auf Brailsford hinunter. Der Schreiber war wieder zu sich gekommen, obgleich er immer noch mit dem Gesicht auf dem Gras lag. Er weinte. Langsam und unsicher wischte er sich mit der Hand die Augen. Noah kniete sich neben ihm nieder.

»Laß die Augen in Ruhe«, befahl er. »Du reibst nur Dreck hinein.« Er versuchte, Brailsford auf die Beine zu stellen, und Michael half ihm. Sie mußten ihn den ganzen Weg zur Kaserne stützen und ihm dann das Gesicht waschen und die Wunden reinigen, denn Brailsford stand nur vor dem Spiegel, ließ die Arme schlapp herunterhängen und weinte hilflos. –

Am nächsten Tag desertierte Noah. Michael wurde gerufen.

»Wo ist er?« schrie Colclough.

»Wo ist wer, Sir?« fragte Michael in strammer Haltung.

»Sie wissen verflucht gut, wen ich meine«, sagte Colclough. »Ihr Freund, wo ist er?«

»Ich weiß nicht, Sir«, antwortete Michael.

»Das können Sie mir nicht erzählen!« schrie Colclough. Alle Feldwebel standen hinter Michael und starrten ihren Hauptmann an. »Sie waren doch sein Freund, oder nicht?«

Michael zögerte. Sein Verhältnis zu Ackerman ließ sich schwerlich als Freundschaft bezeichnen.

»Los, los, los! Waren Sie sein Freund?«

»Ich glaube, ja, Sir.«

»Was heißt, ich glaube? Sagen Sie ›Ja, Sir‹, oder ›Nein, Sir‹, sonst nichts, Whitacre! Waren Sie sein Freund oder waren Sie es nicht?«

»Ja, Sir.«

»Wo ist er hingegangen?«

»Ich weiß nicht, Sir.«

»Sie lügen!« Colcloughs Gesicht war blaß geworden, und seine Nasenflügel bebten. »Sie haben ihm geholfen, aus dem Lager zu kommen. Passen Sie mal auf, Whitacre, falls Sie die Kriegsartikel vergessen haben sollten: Unterstützung eines Deserteurs oder das Unterlassen der Meldung wird genauso streng bestraft wie Desertion selbst. Ist Ihnen bekannt, welche Strafe darauf im Kriege steht?«

»Ja, Sir.«

»Nun?« Colcloughs Stimme war plötzlich ruhiger und beinahe leise geworden. Er setzte sich auf seinen Stuhl und schaute Michael fragend an.

»Unter Umständen die Todesstrafe, Sir.«

»Tod«, sagte Colclough leise. »Tod. Hören Sie zu, Whitacre: Ihr Freund ist schon so gut wie festgenommen. Wenn wir ihn kriegen, fragen wir ihn, ob Sie ihm geholfen haben. Oder ob er Ihnen gesagt hat, daß er desertieren *werde*. Das ist alles, mehr brauchen wir nicht. Wenn er es Ihnen gesagt hat, und Sie haben keine Meldung gemacht, ist das dasselbe, wie wenn Sie ihm beim Desertieren geholfen hätten. Wußten Sie das, Whitacre?«

»Ja, Sir«, antwortete Michael und dachte, das ist doch unmöglich, das kann mir doch nicht geschehen. Ich träume von einer komischen Anekdote, die ich auf einer Cocktail-Party über die verrückten Kerle in der US-Armee gehört habe.

»Ich will mal annehmen, Whitacre«, sagte Colclough bedächtig, »daß ein Kriegsgericht Sie nicht zum Tode verurteilt, weil Sie keine Meldung gemacht haben. Aber Sie können sehr gut zwanzig Jahre kriegen, oder dreißig Jahre, oder lebenslänglich. Und die Bundesgefängnisse, Whitacre, sind nicht Hollywood. Auch nicht der Broadway. In den Zeitungen von Leavenworth werden Sie Ihren Namen nicht oft unterm Strich lesen. Wenn Ihr Freund nur zugibt, daß er Ihnen so nebenbei gesagt habe, er verschwinde, dann sind Sie schon reingefallen. Und er wird viel Gelegenheit bekommen, sich auszusprechen, darauf können Sie sich verlassen. Viel Gelegenheit... Jedoch«, Colclough spreizte seine Finger auf dem Schreibtisch, »ich will keine große Geschichte aus der Sache machen. Meine Aufgabe ist es, die Kompanie zu einer Kampftruppe auszubilden, und dieses Zwischenspiel wird mich nicht hindern, meine Aufgabe durchzuführen. Sie brauchen mir nur zu sagen, wo Ackerman sich aufhält, und alles soll vergessen sein. Das ist alles. Oder sagen Sie mir wenigstens, wo er Ihrer Meinung nach sein *könnte*... Das ist ja wohl nicht viel verlangt, oder?«

»Nein, Sir«, antwortete Michael.

»Schön«, sagte Colclough erleichtert. »Also, wo ist er hingegangen?«

»Ich weiß nicht, Sir.«

Colcloughs Nase zuckte wieder, und er gähnte nervös. »Hören Sie zu, Whitacre«, fing er wieder an. »Sie brauchen einem Mann wie Ackerman keine falsch verstandenen Kameradschaftsgefühle entgegenzubringen. Er paßte sowieso nicht in unsere Kompanie. Als Soldat taugt er nichts, von seinen Kameraden traute ihm keiner, und er gab dauernd Anlaß zu Streitereien. Sie müßten ja wahnsinnig sein, wenn Sie lebenslängliche Zuchthausstrafe wegen eines solchen Mannes riskieren wollten. Sie würden mir leid tun, Whitacre. Sie sind gescheit, haben's im Zivilleben zu etwas gebracht, haben auch das Zeug zum Soldaten,

Whitacre, und ich will Ihnen helfen... Also...«, und sein Gesicht verzog sich zu einem gewinnenden Lächeln: »Wo ist Pfc Ackerman?«

»Tut mir leid, Sir, ich weiß es nicht«, sagte Michael.

Colclough stand auf. »All right«, sagte er ruhig. »Scheren Sie sich raus, Judenknecht!«

»Ja, Sir«, antwortete Michael, »danke, Sir.«

Er grüßte und verließ das Geschäftszimmer.

Vor dem Eßsaal wartete Brailsford auf Michael. Er lehnte an der Wand, stocherte in den Zähnen und spuckte. Er war noch dicker geworden, aber sein Gesicht hatte einen unsicheren, grämlichen Ausdruck angenommen, und seine Stimme klang seit seiner Niederlage gegen Noah wehleidig. Er winkte Michael, als dieser aus der Tür trat, den Magen voll mit Schweinekotelett und Kartoffeln und Spaghetti und Pfirsichkuchen, die es zum Mittagessen gegeben hatte. Michael tat so, als habe er den Kompanieschreiber nicht gesehen. Aber Brailsford lief ihm nach und rief: »Whitacre, wart doch mal, Menschenskind!« Michael wandte sich um und sah ihn fragend an.

»Hallo, Whitacre«, sagte Brailsford, »ich hab' auf dich gewartet.«

»Was gibt's?« fragte Michael.

Brailsford sah sich unruhig um. Mehrere Soldaten kamen aus dem Eßraum heraus und gingen langsam an ihnen vorüber. »Hier können wir nicht reden«, sagte er. »Gehn wir ein Stück weiter.«

»Ich hab' noch allerlei zu tun«, sagte Michael, »vor dem Antreten.«

»Nur ein paar Minuten«, sagte Brailsford bedeutungsvoll, »es wird dich interessieren.«

»Okay«, sagte Michael schulterzuckend und ging neben dem Kompanieschreiber in Richtung des Exerzierplatzes weiter.

»Diese verdammte Kompanie«, fing Brailsford an, »hängt mir langsam zum Hals raus. Ich habe meine Versetzung eingereicht. Im Regimentsstab ist ein Feldwebel, den sie wegen Gelenkentzündung nach Hause geschickt haben, und ich hab' mich mit 'n paar Leuten im Stab in Verbindung gesetzt. Diese Kompanie kotzt mich an...« Michael seufzte. Er hätte gern die Freizeit nach Tisch benutzt, um sich noch zwanzig Minuten aufs Ohr zu legen.

»Also«, sagte er ungeduldig, »was ist los?«

»Seit dem Kampf mit Ackerman schikanieren mich diese Hunde«, sagte Brailsford. »Ich wollte die Liste ja gar nicht unterschreiben. Aber sie sagten mir, es sei nur 'n Witz, sagten sie. Die zehn stärksten Männer der Kompanie wollten sie zusammen auf der Liste haben, und ich sei einer davon. Ich hab' nichts gegen den Juden gehabt. Außerdem haben sie mir gesagt, er würde sich nicht zum Kampf stellen. Und ich bin kein

Boxer. Jeder kleine Junge in unserer Stadt hat mich früher fertiggemacht, wenn ich noch so groß war. Zum Donnerwetter, ist es vielleicht ein Verbrechen, kein Boxer zu sein?«

»Nein«, bestätigte Michael.

»Außerdem«, fuhr Brailsford fort, »hab' ich kein' Atem. Mit vierzehn Jahren hatte ich 'ne Lungenentzündung, und seit damals hab' ich kein' Atem. Der Doktor hat mich sogar vom Marschieren befreit. Aber sag das mal dem Schweinehund Rickett«, meinte er bitter, »oder einem von den anderen. Die fahren mit mir Schlitten, als ob ich militärische Geheimnisse an die Deutschen verraten hätt', seit mich Ackerman zusammenhaute. Ich hab' standgehalten, solang ich konnte, oder nicht? Ich bin dagestanden, und er schlug zu und schlug zu, und 's hat 'ne ganze Weile gedauert, bis ich niederging. Stimmt's oder nicht?«

»Doch, 's stimmt«, sagte Michael.

»Der Ackerman ist ein gefährlicher Kerl«, sprach Brailsford weiter, »klein, aber oho! Mit solchen Burschen leg' ich mich nicht gern an. Schließlich hat er sogar Donnelly die Nase zerschlagen, und Donnelly war im Goldenen-Handschuh-Ring. Was zum Teufel erwarten die eigentlich von mir?«

»Schön und gut«, unterbrach Michael, »das weiß ich alles. Aber was willst du nun von mir?«

»In dieser Kompanie ist für mich nichts mehr zu machen, gar nichts mehr.« Brailsford warf seinen Zahnstocher weg und blickte sorgenvoll über den staubigen Exerzierplatz. »Und was ich dir sagen wollte – für dich auch nicht!«

Michael blieb stehen. »Wieso?« fragte er scharf.

»Du und der Jude waren die einzigen, die mich anständig behandelt haben, an dem Abend damals«, sagte Brailsford. »Ich möchte dir helfen, auch ihm, wenn ich könnte. Bei Gott, ich würde ihm helfen...«

»Hast du was gehört?« fragte Michael.

»Ja«, erwiderte Brailsford. »Gestern abend haben sie ihn in New York, auf Governor's Island, geschnappt. Behalt das ja für dich, 's ist streng geheim. Ich weiß es auch bloß, weil ich den ganzen Tag im Geschäftszimmer sitze...«

»Ich sag's niemand.« Michael stellte sich kopfschüttelnd Noah in den Händen der Militärpolizei vor, im blauen Sträflingsdrillich mit dem Buchstaben »P« auf dem Rücken und den Posten mit dem Gewehr hinter ihm. »Wie geht's ihm?«

»Ich weiß nicht, 's hat keiner was gesagt. Colclough hat uns allen auf die Nachricht hin 'ne Lage Whisky ausgegeben. Mehr weiß ich nicht. Aber ich möchte etwas anderes mit dir besprechen, was dich angeht.«

Brailsford hielt einen Augenblick inne, im voraus schadenfroh über die Wirkung seiner nächsten Worte. »Deine Eingabe für den Offizierslehrgang«, sagte er, »die du schon lang abgegeben hast...«

»Ja, und?« fragte Michael.

»Kam gestern zurück. Abgelehnt«, sagte Brailsford.

»Abgelehnt?« fragte Michael ungläubig. »Aber ich habe doch die Vorbedingungen erfüllt und...«

»Ist aus Washington zurückgekommen, abgelehnt. Die anderen zwei in der Kompanie wurden angenommen, aber du bist abgelehnt. Das Federal Bureau of Investigation hat nein gesagt.«

»Federal Bureau of Investigation?« Michael musterte Brailsfords Gesicht, ob er ihn vielleicht zum Narren hielt. »Was hat das Federal Bureau of Investigation damit zu tun?«

»Die prüfen alles nach, über jeden. Und sie haben auch bei dir nachgeprüft. Du seist kein guter Offiziersanwärter, haben sie gesagt. Du seist nicht zuverlässig.«

»Mach keine Witze, Brailsford«, sagte Michael.

»Warum, zum Teufel, sollt' ich Witze machen?« fragte Brailsford beleidigt. »Mir ist das Witzemachen vergangen. Du bist nicht zuverlässig, haben sie gesagt, und das ist alles.«

»Nicht zuverlässig!« Michael schüttelte verblüfft den Kopf. »Und was haben sie gegen mich?«

»Du bist 'n Roter«, sagte Brailsford. »Sie haben's in den Akten. Dossier nennen sie's. Man kann dir keine militärischen Sachen anvertrauen, die für den Feind wertvoll sein könnten.«

Michael schaute über den Exerzierplatz hin. Auf dem verstaubten Gras lagen einige Männer, und zwei Soldaten warfen sich gelangweilt einen Baseball zu. Über dem verbrannten braunen Gras wehte an einem Mast die amerikanische Flagge. Irgendwo in Washington saß in diesem Augenblick ein Mann hinter seinem Schreibtisch und blickte wahrscheinlich auf diese Flagge an der Wand seines Büros. Der hatte ganz ruhig und ohne Gewissensbisse auf seine Personalakte geschrieben: »Unzuverlässig. Kommunistischer Anschauungen verdächtig. Nicht zu empfehlen.«

»Spanien«, sagte Brailsford, »'s hat was mit Spanien zu tun. Ich hab' einen Blick in den Bericht geworfen. Ist Spanien kommunistisch?«

»Nicht daß ich wüßte.«

»Warst du mal in Spanien?«

»Nein. Ich hab' geholfen, einen Ausschuß zu organisieren, der Krankenwagen und Blutspenden rüberschickte.«

»Sie haben dich erwischt«, sagte Brailsford. »Sie stellen dich kalt. Sie werden dir auch nichts sagen. Sie werden dir bloß was vorerzählen, du hättest nicht die richtigen Führereigenschaften oder so. Aber ich sag's dir.«

»Danke«, antwortete Michael. »Bin dir sehr dankbar.«

»Ach Quatsch«, meinte Brailsford. »Wenigstens behandelst du mich anständig. Nu paß auf: Versuch, hier wegzukommen. Laß dich versetzen. Für mich ist in dieser Kompanie nichts mehr zu holen, aber für dich noch viel weniger. Colclough wird verrückt, wenn er was von Roten hört. Er wird dich von jetzt ab Küchenstrafdienst machen lassen, bis wir eingeschifft werden, und er wird dich als Meldegänger bei jedem Himmelfahrtskommando einsetzen, wenn wir drüben sind, und ich gebe kein gebrauchtes Präservativ für die Aussicht, daß du je lebend aus dem Krieg heimkommst.«

»Danke, Brailsford«, sagte Michael, »ich glaube, ich werde deinen Rat befolgen.«

»Klar«, meinte Brailsford, »beim Militär muß man auf seinen Arsch aufpassen. Wenn man's nicht selbst tut, die tun's nicht.« Er zog einen neuen Zahnstocher hervor und begann wieder in den Zähnen herumzustochern. Dann spuckte er gedankenvoll aus und sagte: »Vergiß nicht, ich hab' kein Wort gesagt!«

Michael nickte und sah Brailsford nach, der langsam am Rand des Exerzierplatzes entlangschlenderte, ins Geschäftszimmer zurück, wo nichts mehr für ihn zu holen war.

Weit weg, dünn und wie aus einer Sprechmaschine, hörte Michael Cahoons Stimme über den tausend Meilen langen Draht: »Ja, hier ist Thomas Cahoon«, und seine Stimme klang etwas enttäuscht und vorwurfsvoll, Michael schloß die Tür der Telefonzelle im Hotel Rawling. Er war den langen Weg in die Stadt gefahren, weil er nicht von der Kaserne aus telefonieren wollte, wo man ihn abhören konnte. »Bitte beschränken Sie sich auf fünf Minuten«, sagte das Amt. »Die Leitung ist überlastet.«

»Hallo, Tom«, sagte er. »Ich bin nicht pleite. Ich hab' bloß nicht das viele Kleingeld für'n Ferngespräch.«

»Hallo, Michael«, antwortete Cahoon hörbar erfreut, »macht nichts. Ich verbuch' es auf Unkosten und zieh's von der Einkommensteuer ab.«

»Paß auf, Tom«, sagte Michael. »Kennst du jemand in der Sonderdienst-Abteilung in New York? Weißt du, das sind die Leute, die Truppenbetreuung und so was organisieren?«

»Ja, kenn' ich«, sagte Cahoon, »'ne ganze Menge von ihnen. Habe dauernd mit ihnen zu tun.«

»Ich habe die Nase voll von der Infanterie«, sagte Michael. »Könntest du versuchen, eine Versetzung für mich zu erreichen? Ich will hier raus. Jeden Tag werden Sonderdienst-Einheiten nach Übersee verschifft. Kannst du mich da nicht irgendwo einschieben?«

Am anderen Ende des Drahtes entstand eine kurze Pause. »Oh«, sagte Cahoon dann, und seine Stimme klang etwas enttäuscht und vorwurfsvoll, »natürlich, wenn du willst.«

»Ich schicke dir noch heute abend einen Eilbrief«, sagte Michael. »Du findest alles drin: Feldpostnummer, Rang, Truppenteil.«

»Gut«, antwortete Cahoon. »Ich werde mich gleich dahintermachen.« Immer noch ein leiser Anklang von Kälte in der Stimme.

»Tut mir leid, Tom«, sagte Michael, »ich kann dir nicht erklären, warum ich weg will. Ich sage dir's, wenn wir uns wiedersehen.«

»Du brauchst mir nichts zu erklären«, erwiderte Cahoon. »Das weißt du. Sicher hast du deine Gründe.«

»Ja, ich habe meine Gründe«, sagte Michael. »Vorläufig danke ich dir vielmals. Jetzt muß ich Schluß machen. Draußen wartet ein Feldwebel, der will die Entbindungsabteilung vom Dallas-City-Krankenhaus anrufen.«

»Alles Gute, Michael«, sagte Cahoon, und Michael merkte, wie er sich anstrengte, Wärme in seine Worte zu legen. Es klang beinahe überzeugend.

»Wiedersehen, hoffentlich bald!«

»Natürlich«, sagte Cahoon, »auf bald!«

Michael legte den Hörer auf, öffnete die Tür und verließ die Zelle. Nach ihm kam ein großer, traurig aussehender Feldwebel, einen Haufen Fünfundzwanzig-Cents-Stücke in der Hand, der sich auf die schmale Bank unter dem Apparat fallen ließ.

Michael ging auf die Straße hinaus, an den vielen neonbeleuchteten Lokalen vorbei auf das Soldatenheim am Ende des Blocks zu. Dort setzte er sich an einen der wackligen Schreibtische. Um ihn herum saßen Soldaten, einige schliefen in verkrümmten Stellungen in den heruntergesessenen Stühlen. Andere schrieben mit peinlicher Sorgfalt Briefe an den Schreibtischen.

Jetzt, dachte Michael, nahm einen Bogen Briefpapier und schraubte seinen Füllfederhalter auf, jetzt tue ich das, was ich mir geschworen habe, nie zu tun. Was keiner von diesen ausgepumpten einfachen Burschen tun könnte. Ich benütze den Einfluß meiner Freunde und meine zivilen Vorrechte. Vielleicht ist Cahoon mit Recht enttäuscht. Ich kann mir leicht vorstellen, was er sich gedacht hat an seinem Telefon in seiner Wohnung, als er mit mir sprach. Intellektuelle, dachte er wahrscheinlich, sind alle gleich, ganz egal, was sie sagen. Wenn's brenzlig wird, drücken sie sich. Wenn der Kanonendonner näher kommt, entdecken sie plötzlich, daß sie anderswo was Wichtiges zu erledigen haben...

Er mußte Cahoon von Colclough schreiben, von dem Mann im Federal Bureau of Investigation, der mit Franco sympathisierte und nicht mit Roosevelt, und der Michaels Schicksal in der Hand hatte, und gegen den es keine Beschwerde und keinen Revisionsantrag gab. Er mußte ihm von Ackerman schreiben und von den zehn blutigen Kämpfen vor den mitleidslosen Augen der Kompanie. Er mußte ihm klarmachen, was es hieß, unter dem Befehl eines Mannes zu stehen, der einen am liebsten tot sehen würde. Natürlich konnten Zivilisten solche Sachen nicht verstehen, aber er würde zum mindesten versuchen, sie zu erklären. Es war eben ein gewaltiger Unterschied zwischen dem Leben eines Zivilisten und dem eines Soldaten. Ein amerikanischer Zivilist lebte immer in der Sicherheit, seinen Fall einer Behörde vortragen zu können, die verpflichtet war, ihm Gerechtigkeit widerfahren zu lassen. Aber ein Soldat... Mit dem Augenblick, wo man sein erstes Paar Militärschuhe anzog, verlor man jede Hoffnung, sich irgendwo beschweren zu können. »Sag's dem Kaplan, Kamerad, dann biste schon beschissen.«

Das alles würde er Cahoon auseinandersetzen, und er wußte, daß Cahoon versuchen würde, ihn zu verstehen. Aber selbst dann würde die kleine Enttäuschung in Cahoons Stimme haften bleiben. Und wenn Michael ehrlich mit sich selbst war, dann konnte er es ihm nicht einmal übelnehmen. Denn den kleinen Widerhall von Enttäuschung, den er selbst fühlte, würde er auch nie wieder loswerden.

Er begann seinen Brief an Cahoon. Sauber schrieb er seine Feldpostnummer und seine Einheit in Blockschrift und hatte das Gefühl, während er die ihm so bekannten Zahlen und Buchstaben nebeneinandersetzte, daß er einen Brief an einen Fremden schrieb.

19. Kapitel

Hauptmann Lewis las: »Ich fürchte, daß man mich für verrückt hält. Aber ich bin nicht verrückt, und ich möchte auch nicht, daß mich jemand dafür hält. Ich schreibe dies im Lesezimmer der New Yorker öffentlichen Bibliothek an der Ecke der Fifth Avenue und der 42. Straße um fünf Uhr nachmittags. Vor mir auf dem Tisch liegt eine Abschrift der Kriegsartikel, ein Exemplar von Winston Churchills Lebensgeschichte des Herzogs von Marlborough, und der Mann neben mir macht sich Notizen aus Spinozas *Lehre von der Ethik*. Ich führe das an, um zu zeigen, daß ich weiß, was ich tue und daß meine Vernunft und meine Beobachtungsgabe völlig klar sind und in keiner Weise gelitten haben...«

»Seitdem ich in der Armee diene, habe ich so etwas noch nicht zu Gesicht bekommen«, sagte Hauptmann Lewis zu der Frauenkorps-Sekretärin am nächsten Schreibtisch. »Wo haben Sie das her?«

»Das Militärpolizeibüro hat es rübergeschickt«, antwortete die Sekretärin. »Sie sollen sich den Gefangenen ansehen und feststellen, ob er auf verrückt simuliert oder nicht.«

»Wenn ich diesen Brief zu Ende geschrieben habe«, las Hauptmann Lewis weiter, »nehme ich die Untergrundbahn nach der Battery, dann die Fähre nach Governor's Island und stelle mich.«

Hauptmann Lewis seufzte und bereute einen Augenblick, daß er Psychiatrie studiert hatte. Jede andere Tätigkeit in der Armee wäre einfacher und lohnender gewesen.

»Vor allem«, ging es in der nervösen, ungleichmäßigen Schrift auf dem schlechten Papier weiter, »möchte ich ganz klarmachen, daß mir niemand bei der Flucht aus dem Lager half oder überhaupt davon wußte. Ich bitte auch, meine Frau damit nicht zu behelligen. Seit meiner Ankunft in New York habe ich es bewußt vermieden, sie aufzusuchen oder in irgendeiner Form mit ihr in Verbindung zu treten. Ich mußte mich zu dieser Entscheidung allein durchringen und wollte mich nicht von Gefühlsmomenten beeinflussen lassen. Niemand in New York hat mich aufgenommen oder mit mir gesprochen, seitdem ich vor vierzehn Tagen hier angekommen bin, und ich habe in dieser Zeit keinen Bekannten getroffen, auch nicht zufällig. Tagsüber bin ich meist umhergelaufen, und die Nächte verbrachte ich in verschiedenen Hotels. Ich besitze noch sieben Dollar, mit denen ich noch drei oder vier Tage hätte leben können, aber langsam bin ich über die zu verfolgenden Schritte ins reine gekommen, und ich möchte daher nichts mehr aufschieben.«

Hauptmann Lewis sah auf seine Armbanduhr. Er war zum Lunch in der Stadt verabredet und wollte sich nicht verspäten. Er stand auf, zog seinen Mantel an und steckte den Brief in die Tasche, um ihn auf der Fähre zu Ende zu lesen.

»Falls nach mir gefragt wird«, sagte Hauptmann Lewis zu der Sekretärin, »ich besuche das Krankenhaus.«

»Ja, Sir«, antwortete das Mädchen mit ernster Miene.

Hauptmann Lewis setzte seine Mütze auf und ging hinaus. Es war ein sonniger, windiger Tag, und New York City spiegelte sich wohlverankert im grünlichen Wasser des Hafens. Wie immer empfand er eine Erregung, als er die Stadt vor sich sah, friedlich, prunkvoll und zum Himmel ragend und so gar nicht als Kriegsgarnison für einen Soldaten geeignet. Aber er erwiderte zackig und korrekt den Gruß der Soldaten, die auf seinem Weg zur Fähre an ihm vorübergingen, und das Bewußtsein, Soldat zu sein, verstärkte sich, als er das Oberdeck der Fähre betrat, das für Offiziere und deren Familien reserviert war. Hauptmann Lewis war kein schlechter Mann. Oft genug empfand er Gewissensbisse und anerkannte sie auch pflichtschuldigst. Ohne Zweifel hätte er sich im Felde auf einem gefährlichen und verantwortungsvollen Posten tapfer und nützlich gezeigt. Aber so verbrachte er eben seine Zeit so angenehm wie möglich in New York. Er hatte ein Zimmer in einem guten Hotel zum Militärstoppreis; seine Frau wohnte mit den beiden Kindern in Kansas City, und er schlief mit zwei Mädchen, Malermodellen, die gelegentlich beim Roten Kreuz beschäftigt waren, beide hübscher und in Liebesangelegenheiten bewanderter als alle seine früheren Freundinnen. Hin und wieder wachte er morgens in schlechter Stimmung auf und faßte den festen Entschluß, sein Luderleben aufzugeben, sich an die Front zu melden oder wenigstens etwas mehr Energie in seine Arbeit auf Governor's Island zu legen. Aber nachdem er zwei oder drei Vormittage lang herumgequengelt, seinen Schreibtisch aufgeräumt und sich bei Oberst Bruce über alles mögliche beschwert hatte, siegte seine Bequemlichkeit, und er sank in den alten Schlendrian zurück. »Ich habe versucht, mir über die Gründe meiner Handlungsweise klarzuwerden«, las Hauptmann Lewis in der Offizierskabine der Fähre, die vibrierend am Ankerplatz lag. »Und ich glaube, daß ich imstande bin, sie ehrlich und verständlich darzulegen. Hauptgrund meiner Handlung ist die Tatsache, daß ich Jude bin. Die Männer meiner Kompanie stammen meist aus dem Süden und sind in ihrer Mehrzahl vollkommen ungebildet. Ihre anfängliche leichte Abneigung gegen mich, die im Begriff war, sich zu legen, wurde wieder neu angefacht durch einen Feldwebel, dem mein Zug unterstellt wurde. Trotzdem hätte ich diesen Schritt unternommen, auch wenn ich nicht Jude wäre, obgleich dies die Krisis heraufbeschwor und es mir unmöglich machte, weiter unter den anderen zu leben.«

Hauptmann Lewis seufzte und schaute auf. Die Fähre bewegte sich auf das untere Ende von Manhattan zu. Die City sah sauber, alltäglich und verläßlich aus, und es fiel ihm schwer, sich einen Jungen vorzustellen, der gequält in ihren Straßen herumirrte, um schließlich das Lesezimmer der Bibliothek aufzusuchen und alles zu Papier zu bringen, damit die Militärpolizei es lese. Was wohl die MP mit einem derartigen Schriftstück anfing? »Ich bin überzeugt, daß es meine Pflicht ist, für mein Land zu kämpfen«, hieß es in dem Brief weiter. »Als ich das Lager verließ, war ich davon nicht überzeugt, aber ich sehe heute, daß ich im Irrtum war, daß ich die Sachlage nicht klar überblickte, weil ich mit meinen eigenen Schwierigkeiten und dem bitteren Gefühl, ungerecht behandelt worden zu sein, belastet war. Dieses Gefühl war durch ein Ereignis, das sich am letzten Abend im Lager zutrug, bis zur Unerträglichkeit angewachsen. Die Feindschaft der Kompanie hatte sich schließlich zu einer Reihe von Boxkämpfen mit mir verdichtet. Die zehn stärksten Männer der Kompanie hatten mich zum Kampf herausgefordert, und ich fühlte, daß ich die Forderung annehmen mußte.

Neun Kämpfe bestand ich ehrenhaft, ohne um Gnade zu bitten. Im letzten Kampf gelang es mir, meinen Gegner zu schlagen. Zwar mußte ich mehrere Male niedergehen, aber zum Schluß schlug ich ihn k. o. Das war der Höhepunkt der mehrere Wochen dauernden Kämpfe. Früher, wenn ich unterlegen war, kümmerte sich die Kompanie, die bei allen Kämpfen zusah, nicht im geringsten um mich, sondern beglückwünschte den Sieger. Jetzt aber, als ich selbst gesiegt hatte und vielleicht etwas naiv auf ein Wort der Anerkennung oder einen Funken Bewunderung für das, was ich geleistet hatte, wartete, drehten sie sich einfach um und gingen wie ein Mann davon. Es schien mir, als ich dastand, ich könne den Gedanken nicht mehr ertragen, daß alle meine Anstrengungen, mir einen ehrenvollen Platz in der Kompanie zu erringen, völlig umsonst gewesen sein sollten. In diesem Augenblick, als die Männer mir den Rücken kehrten, an deren Seite ich an der Front kämpfen und vielleicht sterben sollte, beschloß ich, zu desertieren.

Heute bin ich überzeugt, daß ich falsch gehandelt habe. Heute glaube ich an mein Land und an die Kriegsziele. Eine Einzelhandlung wie die meinige kann nicht geduldet werden. Ich muß kämpfen. Aber ich glaube, das Recht auf eine Versetzung in eine andere Division zu haben, wo ich unter Männern dienen kann, die nicht darauf ausgehen, mich zu töten, sondern den Feind.

Ergebenst

Noah Ackerman, Pfc, US-Armee.«

Die Fähre legte an, und Hauptmann Lewis stand langsam auf. Nachdenklich faltete er den Brief zusammen und steckte ihn in die Tasche, während er über den Laufsteg zum Pier hinunterschritt. Armer Junge, dachte er und überlegte, ob er seine Lunch-Verabredung nicht absagen, zur Insel zurückfahren und sich diesen Noah Ackerman vorführen lassen sollte. Na ja, dachte er, nun bin ich schon mal hier, dann kann ich ebensogut zuerst zum Essen gehen und die Sache später erledigen. Aber ich werde mich beeilen und früh zurückfahren.

Aber das Mädchen, mit dem er sich zum Lunch traf, hatte an diesem Tag ihren freien Nachmittag, und sie tranken drei Old-Fashioneds, während sie auf einen freien Tisch warteten, und nachher wollte das Mädchen mit ihm nach Hause gehen. Sie war ein bißchen kühl zu ihm gewesen die letzten drei Male, die er mit ihr ausgegangen war, und daher wagte er nicht, nein zu sagen. Außerdem fühlte er sich leicht beschwipst und tröstete sich damit, daß er einen klaren Kopf haben müsse, wenn er mit Noah spräche, das schulde er ihm. Es war das wenigste, was er für den Jungen tun konnte. Er ging also mit dem Mädchen in sein Hotel, rief das Büro an und bat Leutnant Klauser, ihn für den Nachmittag als beurlaubt einzutragen.

Und der Nachmittag lohnte sich. Das Mädchen war entzückend, und gegen fünf Uhr wußte er, daß er sich geirrt hatte, wenn er sie für kühl gehalten hatte. Sehr geirrt.

Die Besucherin war sehr hübsch, trotz des sorgenvollen Ausdrucks in ihren ruhigen dunklen Augen. Außerdem sah Lewis, daß sie schwanger war. Ihre Kleidung wirkte ärmlich. Lewis seufzte. Die Unterredung würde noch schwieriger werden, als er ohnehin erwartet hatte.

»Es war sehr liebenswürdig von Ihnen«, begann Hope, »sich mit mir in Verbindung zu setzen. Man hat mir die ganze Zeit über nicht erlaubt, Noah zu besuchen. Er darf mir nicht schreiben, und meine Briefe an ihn werden ihm nicht ausgehändigt.« Ihre Stimme klang kühl, beherrscht und ohne den Unterton eines Vorwurfs.

»Bitte, verstehen Sie mich recht, Mrs. Ackerman«, antwortete Lewis und schämte sich für die Armee, die Uniformen, Geschütze, Kasernen. »Die Armee hat eben ihre eigene Verfahrensweise.«

»Ja, anscheinend«, sagte Hope. »Wie geht es Noah?«

»Ganz gut«, erwiderte Lewis diplomatisch.

»Wird man mir erlauben, ihn zu besuchen?«

»Ich glaube, ja«, sagte Lewis. »Darüber wollte ich mit Ihnen reden.« Er runzelte die Stirn, als er bemerkte, daß die Frauenkorps-Sekretärin am nächsten Schreibtisch neugierig zuhörte. »Bitte, Korporalin!« sagte er.

»Ja, Sir.« Die Sekretärin stand widerwillig auf und verließ zögernd das Zimmer. Sie hatte dicke Beine, und die Nähte ihrer Strümpfe saßen wie gewöhnlich schief. Unwillkürlich dachte Lewis, warum eigentlich immer nur die häßlichen Weiber die Uniform anzögen. Er zog die Augenbrauen zusammen, als ihm bewußt wurde, was er da eben gedacht hatte, und daß die ernste Frau mit den ruhigen Augen, die aufrecht in dem Stuhl neben seinem Schreibtisch saß, inmitten ihrer eigenen Probleme seine Gedanken lesen und von ihnen abgestoßen werden könnte.

»Ich nehme an«, fuhr Lewis fort, »daß Sie einigermaßen über die Angelegenheit unterrichtet sind, obgleich Sie keine Gelegenheit hatten, mit Ihrem Mann zu sprechen.«

»Ja«, sagte Hope. »Ein Freund meines Mannes, Pfc Whitacre, der mit ihm zusammen in Florida war, hat mich auf seiner Durchreise in New York besucht.«

»Eine mißliche Sache«, sagte Lewis, »höchst mißlich.« Dann errötete er, denn er bemerkte die leise Andeutung eines ironischen Lächelns in den Mundwinkeln der jungen Frau. Er raffte sich zusammen und fuhr fort: »Also, es verhält sich folgendermaßen: Ihr Mann hat um seine Versetzung in ein anderes Regiment gebeten... An sich könnte man ihn wegen Fahnenflucht vor ein Kriegsgericht stellen...«

»Aber er ist nicht fahnenflüchtig«, wandte Hope ein, »er hat sich gestellt.«

»Nach dem Gesetz liegt Fahnenflucht vor«, sagte Lewis, »denn als er seinen Posten verließ, hatte er ja nicht die Absicht zurückzukehren.«

»Aha«, sagte Hope, »es gibt für alles einen Paragraphen, nicht wahr?«

»Ich fürchte, ja«, sagte Lewis unbehaglich. Unter ihrem festen Blick wurde er nervös. Es wäre leichter gewesen, wenn sie geweint hätte. »Jedoch«, fuhr er steif fort, »das Militärgericht erkennt an, daß besondere Umstände...«

»O Gott«, sagte Hope trocken lachend, »besondere Umstände...«

»... Und in Würdigung dieser Umstände ist man bereit, nicht auf einem Kriegsgerichtsverfahren zu bestehen und Ihren Mann zur Wiederaufnahme seines Dienstes zurückzuschicken.«

Hope lächelte ernst und befreit. Wie hübsch sie ist, dachte Lewis, viel hübscher als die beiden Modelle...

»Dann wäre ja alles in schönster Ordnung«, sagte Hope, »Noah will wieder Dienst tun, und die Armee ist einverstanden...«

»So einfach ist es wieder nicht. Der General des Wehrkreises, aus dem Ihr Mann desertiert ist, besteht darauf, daß er seiner alten Kompanie zugeteilt wird. Und meine Dienststelle kann sich da nicht einmischen.«

»Ach so«, sagte Hope tonlos.

»Ihr Mann aber lehnt ab. Er will sich lieber vor dem Kriegsgericht verantworten, als in seine alte Kompanie zurückkehren.«

»Sie werden ihn umbringen«, sagte Hope traurig, »wenn er zurückkommt. Will man das?«

»Na, na«, sagte Lewis besänftigend und hatte das Gefühl, daß er die Armee verteidigen müsse, wenn er schon Rangabzeichen eines Hauptmanns trug. »Es wird schon nicht so schlimm werden.«

»Nein?« fragte Hope bitter. »Wie schlimm würde es werden?«

Höflich sagte Lewis: »Sie tun mir leid, Mrs. Ackerman. Ich begreife Ihre Gefühle. Vergessen Sie nicht, daß ich Ihnen helfen will...«

»Natürlich«, sagte Hope rasch und berührte impulsiv seinen Arm. »Verzeihen Sie.«

»Wenn er vors Kriegsgericht kommt, wird er ganz sicher zu Gefängnis verurteilt werden.« Lewis machte eine Pause. »Zu einer langen Gefängnisstrafe. Einer sehr langen.« Er verschwieg, daß er in dieser Angelegenheit einen groben Brief an das Büro des Generalinspekteurs geschrieben hatte. Er hatte den Brief in seine Schreibtischschublade gelegt, um ihn am nächsten Morgen nochmals zu überarbeiten. Er wußte, daß er sich mit dem Brief ziemlich mausig machte und daß die Armee über besondere Kniffe verfügte, Offiziere, die sich über ihre Vorgesetzten beschwerten, kaltzustellen und sie auf unangenehme Außenstellen wie Assam oder Island oder Neuguinea zu versetzen. Er verschwieg, daß er den Brief aus der Schublade genommen, in die Tasche gesteckt und im Laufe des Tages viermal durchgelesen hatte, um ihn schließlich um fünf Uhr nachmittags zu zerreißen und sich abends zu betrinken. »Zwanzig Jahre, Mrs. Ackerman«, sagte er so rücksichtsvoll wie möglich, »oder fünfundzwanzig Jahre. Kriegsgerichte fällen harte Urteile...«

»Ich weiß jetzt, warum Sie mich zu sich bestellt haben«, sagte Hope mit tonloser Stimme. »Ich soll Noah überreden, zu seiner Kompanie zurückzugehen.«

Lewis schluckte: »Ungefähr so verhält es sich, Mrs. Ackerman.«

Hope blicke zum Fenster hinaus. Drei Gefangene in blauen Arbeitsanzügen beluden einen Lastwagen mit Müll. Hinter ihnen standen zwei Posten mit dem Gewehr im Arm.

»Sind Sie im Zivilleben auch Psychiater, Herr Hauptmann?« fragte sie unvermittelt.

»Äh... ja«, entgegnete Lewis etwas verwirrt.

Hope lachte scharf: »Und schämen Sie sich heute nicht ein bißchen?«

»Bitte?« sagte Lewis steif. »Bitte, ich tue hier meine Pflicht, so gut ich kann.«

Hope erhob sich. Die Schwangerschaft machte sie unbeholfen. Ihr Kleid war zu eng und spannte über den Leib. Lewis stellte sich vor, wie sie versuchte, ihre Kleider zu ändern, weil sie sich kein Umstandskleid leisten konnte.

»Gut«, sagte sie. »Ich bin bereit.«

»Fein«, sagte Lewis und strahlte sie an. Schließlich ließ sich die Sache so am besten regeln, und dem Jungen würde nicht viel geschehen. Beinahe glaubte er selbst daran, als er den Hörer abnahm, um Hauptmann Mason von der Militärpolizei anzurufen und ihm zu sagen, daß Ackerman Besuch bekomme.

Er nannte der Zentrale Masons Apparatnummer und hörte das Rufzeichen in der Muschel. »Übrigens«, sagte er zu Hope, »weiß Ihr Mann schon... von dem Kind?« Dabei vermied er es, sie anzusehen.

»Nein«, sagte Hope, »er hat keine Ahnung.«

»Vielleicht könnten Sie das als Argument benützen«, schlug Lewis vor, während er den summenden Hörer am Ohr hielt. »Falls er auf seiner Absicht beharren sollte. Um des Kindes willen... Der Vater im Gefängnis, entehrt...«

»Wie schön, ein Psychiater zu sein. Das macht so praktisch«, sagte Hope. Lewis fühlte, wie sein Gesicht vor Verlegenheit starr wurde.

»Ich will Ihnen natürlich nichts nahelegen, was...«

»Bitte, Herr Hauptmann«, unterbrach Hope, »halten Sie Ihren Mund.«

O Gott, dachte Lewis und schämte sich. Die Armee macht doch aus jedem Mann einen Idioten. Im grauen Anzug hätte ich mich nicht so ungeschickt benommen. »Hauptmann Mason«, meldete sich eine Stimme im Hörer.

»Hallo, Mason!« sagte Lewis und war froh über die Ablenkung, »Frau Ackerman ist bei mir. Wollen Sie bitte Pfc Ackerman gleich ins Besuchszimmer hinunterführen lassen?« –

»Fünf Minuten«, sagte der MP. Er stand an der Tür des kahlen Raumes, dessen Fenster vergittert waren. In der Mitte standen zwei Holzstühle.

Es kam jetzt darauf an, nicht zu weinen. Wie klein er aussah! Das andere, die komische Form der zerschlagenen Nase, das blumenkohlförmige Ohr, die Narbe an der Augenbraue, war schlimm genug. Aber das Schlimmste war, daß er so bemitleidenswert klein aussah. Der steife blaue Drillich war ihm viel zu groß, er schlotterte um seine Glieder und gab ihm ein herzzerbrechend demütiges Aussehen. Alles an ihm war demütig. Mit Ausnahme seiner Augen. Und dann die leise Art, wie er eintrat, das sanfte, zögernde Lächeln, als er sie sah. Der verlegene, flüchtige Kuß, weil der MP zusah. Seine tiefe, zärtliche Stimme, als er Hallo sagte. Furchtbar, sich die schmerzhaften Erfahrungen vorzustellen, die ihren Mann zu solcher Demut erzogen hatten. Aber seine Augen! Seine Augen strahlten wild und standhaft.

Sie saßen sich Knie an Knie auf den beiden steifen Stühlen gegenüber, wie zwei alte Damen beim Nachmittagstee.

»Na also«, sagte Noah leise, »da bist du ja.« Und er lächelte sie zart an. Zwischen dem verheilten Zahnfleisch, wo die Zähne ausgeschlagen worden waren, waren zwei böse aussehende Lücken. Sie gaben dem zerschlagenen Gesicht einen schrecklichen Ausdruck von Dummheit und versteckter Hinterhältigkeit. Aber da Whitacre sie auf die Zahnlücken vorbereitet hatte, ließ sie sich nichts anmerken.

»Weißt du, an was ich schon die ganze Zeit hier denken muß?«

»An was?« fragte Hope. »An was mußt du denken?«

»Was du einmal gesagt hast.«

»Und was war das?«

»Siehst du, es war doch nicht zu heiß, gar nicht zu heiß.« Er grinste sie an, und sie mußte mit aller Gewalt die Tränen zurückhalten.

»Ich weiß noch ganz genau, wie du's gesagt hast.«

»Wie kann man sich nur an so etwas erinnern!« sagte Hope und versuchte zu lächeln.

Dann sahen sie sich schweigend an, als ob es ihnen an Gesprächsstoff mangelte.

»Dein Onkel und deine Tante«, fragte Noah, »wohnen sie immer noch in Brooklyn? Und derselbe Garten...«

»Ja«, sagte Hope. Der MP an der Tür bewegte sich ein bißchen. Er scheuerte seinen Rücken am Türrahmen. Das rauhe Tuch seiner Uniform wischte hörbar an dem Holz herunter. »Hör zu«, sagte Hope, »ich habe mit Hauptmann Lewis gesprochen. Du weißt natürlich, was er von mir will...«

»Ja, ich weiß«, sagte Noah.

»Ich werde gar nicht erst versuchen, dich zu beeinflussen, so oder so«, sagte Hope. »Du mußt tun, was du für richtig hältst!«

Dann bemerkte sie, wie Noah sie anstarrte und wie seine Augen langsam an ihrem Leib herunterglitten und an dem Gürtel des alten engen Kleides haften blieben. »Ich habe ihm nichts versprochen«, fuhr sie fort, »gar nichts...«

»Hope«, sagte Noah und starrte auf ihren gesegneten Leib, »sag mir die Wahrheit.«

Hope seufzte: »Ja, in fünf Monaten«, sagte sie. »Ich weiß gar nicht, weshalb ich es dir nicht mitgeteilt habe, als es noch ging. Ich muß die meiste Zeit im Bett liegen und habe natürlich meinen Job aufgegeben. Der Arzt meinte, es würde eine Fehlgeburt werden, wenn ich weiterarbeite. Wahrscheinlich habe ich dir deswegen nichts davon geschrieben. Ich wollte ganz sicher sein, daß alles gutging.«

Noah sah sie ernst an. »Freust du dich?« fragte er.

»Ich weiß nicht«, sagte Hope und wünschte den MP zum Teufel. »Ich weiß überhaupt nichts. Jedenfalls laß dich durch meinen Zustand in keiner Weise beeinflussen.«

Noah seufzte, beugte sich vor und küßte sie auf die Stirn. »Wundervoll«, sagte er. »Einfach wundervoll!«

Hope musterte den MP, den kahlen Raum, die vergitterten Fenster. »Und an so einem Ort muß ich dir das erzählen«, sagte sie.

Der MP scheuerte seinen Rücken am Türrahmen und sagte: »Noch eine Minute.«

Hastig sagte Hope, stotternd vor Erregung: »Mach dir um mich keine Sorgen. Es wird alles gutgehen. Ich fahre zu meinen Eltern, da bin ich gut aufgehoben. Meinetwegen brauchst du dir keine Sorgen zu machen.« Noah stand auf. »Ich mache mir keine Sorgen«, sagte er. »Ein Kind...« Er machte eine hilflose unbestimmte Handbewegung, und Hope mußte, selbst in diesem ekelhaften Raum, unwillkürlich über die vertraute Bewegung kichern. »Na«, sagte Noah, »wer hätte das gedacht?« Er trat ans Fenster und blickte durch das Gitter hinaus auf den Hof. Als er sich wieder umwandte, waren seine Augen leer und ohne Leben. »Bitte geh zu Hauptmann Lewis und bestelle ihm, daß ich gehen werde, wohin sie mich schicken«, sagte er.

»Noah...« Hope sprang auf, halb protestierend, halb erleichtert.

»Schluß«, sagte der MP. »Die Zeit ist um.« Und er öffnete die Tür. Noah ging auf sie zu, und sie küßten sich. Sie ergriff seine Hand und preßte sie einen Augenblick an ihre Wange. Aber der MP sagte: »Bitte, meine Dame.« Und sie ging hinaus. Ehe der MP die Tür schließen konnte, drehte sie sich um und sah Noah, wie er dastand und ihr gedankenvoll nachschaute. Er versuchte zu lächeln, aber es gelang ihm nicht. Dann warf der MP die Tür zu, und sie sah ihn nicht mehr wieder.

20. Kapitel

»Ich will Ihnen die Wahrheit sagen«, sagte Colclough. »Ich bedaure, daß Sie wieder hier sind. Sie sind eine Schande für die Kompanie, und ich bezweifle, ob wir in hundert Jahren aus Ihnen einen Soldaten machen können. Aber, das kann ich Ihnen versichern: Versuchen werd' ich's und wenn ich Sie dabei zerbrechen muß.«

Noah beobachtete den zuckenden weißen Fleck auf der Nasenspitze des Hauptmanns. Es hatte sich nichts geändert, dasselbe kalte Licht im Geschäftszimmer, über dem Tisch des Hauptfeldwebels hing genau derselbe alte Spruch: »Der Kaplan führt die Nummer 145, beschwert euch bei ihm.« Auch Colcloughs Stimme war dieselbe, er benutzte dieselben Worte. Sogar der Geruch nach schlecht gelagertem Holz, staubigem Papier, verschwitzten Uniformen, Gewehrfett und Bier hing wie immer im Geschäftszimmer. Nur schwer konnte sich Noah vorstellen, daß er überhaupt weggewesen war oder daß sich inzwischen einiges ereignet und verändert hatte.

»Es ist klar, daß Sie keinerlei Vergünstigungen genießen«, sagte Colclough langsam und mit hörbarer Befriedigung. »Sie bekommen keinen Ausgang und keinen Urlaub. In den nächsten vierzehn Tagen haben Sie täglich Küchenstrafdienst und danach jeden Sonnabend und Sonntag. Verstanden?«

»Ja, Sir«, sagte Noah.

»Sie nehmen dieselbe Pritsche wie vorher. Ich warne Sie, Ackerman! Sie werden fünfmal mehr Soldat sein müssen als jeder andere in dieser Kompanie, um überhaupt am Leben zu bleiben. Ist das klar?«

»Ja, Sir.«

»Und nun scheren Sie sich raus. Ich will Sie hier nicht mehr sehen.«

»Ja, Sir, danke Sir.« Noah salutierte und ging hinaus. Er ging die wohlbekannte Lagerstraße entlang zu seiner alten Kaserne. Es würgte ihn im Hals, als er von fern die erleuchteten Fenster sah, hinter denen sich die bekannten Gestalten der Kameraden bewegten.

Plötzlich drehte er sich um. Die drei Männer hinter ihm blieben in der Dunkelheit stehen. Aber er hatte sie schon erkannt. Donnelly, Wright, Henkel. Er sah, wie sie ihn anfeixten. Leise und beinahe unmerklich kamen sie näher, in einer gefährlichen, auseinandergezogenen Linie.

»Wir sind der Begrüßungsausschuß«, sagte Donnelly. »Die Kompanie hat beschlossen, dir bei deiner Rückkehr ein feines Willkommen zu bereiten. Jetzt sollst du es haben.«

Noah griff in die Tasche und zog ein Messer heraus, das er in der Stadt auf dem Wege zur Kaserne gekauft hatte. Mit einem Druck auf den Rücken sprang die fünfzehn Zentimeter lange Klinge heraus. Das Licht spielte auf dem blanken Stahl in seiner Hand, gefährlich und tödlich. Als die drei Männer das Messer erblickten, blieben sie stehen.

Ruhig sagte Noah: »Der erste Mann, der mich anrührt, kriegt das Messer zwischen die Rippen. Wenn einer aus dieser Kompanie sich noch einmal an mir vergreift, stech ich ihn nieder. Sagt das den anderen.«

Er stand aufgerichtet da und hielt das Messer in Hüfthöhe vor sich. Donnelly schielte auf das Messer und dann auf seine beiden Begleiter. »Na schön«, sagte er. »Wollen wir ihn in Ruhe lassen. Vorläufig mal. Der Kerl ist verrückt.« Langsam entfernten sie sich. Noah blieb stehen, mit dem Messer in der Faust.

»Vorläufig mal«, rief Donnelly zurück. »Vergiß nicht, vorläufig!«

Noah grinste und beobachtete sie, bis sie um die Ecke bogen und verschwunden waren. Dann blickte er auf die lange, gefährliche Klinge hinunter. Zuversichtlich ließ er sie einschnappen und steckte das Messer in die Tasche. Als er weiterging, wurde ihm plötzlich klar, daß er das richtige Verfahren entdeckt hatte, sich zu behaupten.

Trotzdem zögerte er eine ganze Weile an der Stubentür. Drinnen hörte er einen Mann singen: »And then I hold your hand. And then you understand...«

Noah öffnete die Tür und trat ein. Riker neben der Tür sah ihn und rief: »Großer Gott! Guckt mal, wer da kommt!«

Noah schob die Hand in die Tasche und fühlte den kalten Horngriff seines Messers.

»Mensch, 's is Ackerman«, sagte Collins von der anderen Seite der Stube. »Was sagt ihr dazu?«

Plötzlich standen sie alle um ihn herum. Noah stellte sich unauffällig mit dem Rücken zur Wand, so daß niemand von hinten an ihn heran konnte. In der Tasche hielt er den Finger auf der Feder, die die Klinge aufspringen ließ.

»Na, wie war's, Ackerman?« fragte Maynard. »Hast du dich gut erholt? Warst du auch in den Nachtclubs?«

Die anderen lachten, und Noah wurde rot vor Zorn, bis er sich ihr Lachen eine Weile angehört und gemerkt hatte, daß es nicht böse gemeint war.

»Himmel, Ackerman«, sagte Collins wieder, »Colcloughs Gesicht hätt's de sehen sollen, als du getürmt bist! Allein schon dafür lohnt sich der Dienst hier. Und wie der den Rickett angeschissen hat!«

Und alle brüllten vor Lachen in der Erinnerung an diesen ruhmreichen Tag.

»Wie lange biste jetzt weggewesen, Ackerman?« fragte Maynard. »Zwei Monate?«

»Vier Wochen«, sagte Noah.

»Vier Wochen!« sagte Collins verwundert. »Ich wünsch' bloß, ich hätt' den Mut, es auch so zu machen. Ich schwör' bei Gott...«

»Siehst gut aus, Junge«, sagte Riker und klopfte ihm auf die Schulter. »Hat dir mächtig gutgetan.«

Noah sah ihn ungläubig an. Sicher war das wieder eine neue Teufelei. Auf jeden Fall hielt er das Messer fest in der Hand.

»Kaum warst du getürmt«, erzählte Maynard, »sind drei andere auf den Geschmack gekommen und türmten auch. Du hast 'ne richtige Mode eingeführt, 'ne richtige Mode. Eines Tages kam der Oberst an und hat Colclough vielleicht zusammengestaucht, vor der gesamten Mannschaft. Wollte wissen, was für 'ne gottverdammte Kompanie er führe, in der jeder abhaut. Wir hätten den schlechtesten Ruf aller Kompanien hier und so 'n Mist. Colclough sah aus, als ob er ihm an den Hals springen wollte.«

»Hier«, sagte Burnecker, »das haben wir unter deinem Bett gefunden und haben's aufgehoben.« Er hielt Noah ein kleines eingewickeltes Paket hin. Langsam öffnete Noah es und starrte dabei in Burneckers breit grinsendes Kindergesicht. Seine drei Bücher waren drin, ein bißchen verdreckt, aber noch lesbar.

Noah schüttelte den Kopf. »Danke«, sagte er. »Danke, Jungs«, und legte die Bücher beiseite. Er wagte nicht, sich umzudrehen und den herumstehenden Männern zu zeigen, was auf seinem Gesicht vorging. Unklar ahnte er, daß heute sein persönlicher Waffenstillstand mit der Armee geschlossen worden war. Unter verrückten Bedingungen zwar, unter der Drohung mit dem Messer und weil er es gewagt hatte, gegen die Militärgewalt zu rebellieren. Aber immerhin, der Waffenstillstand war die Wirklichkeit, und während er so dastand und mit gerunzelter Stirn die zerfetzten Bücher auf seinem Bett ansah und die Stimmen der anderen undeutlich hinter sich hörte, dämmerte es ihm, daß der Waffenstillstand sich halten und sich vielleicht eines Tages zu einem Bündnis entwickeln würde.

21. Kapitel

Der Leutnant war morgens gefallen, und Christian war Zugführer, als der Befehl kam, sich abzusetzen. Die Amerikaner waren nicht sofort nachgerückt, und das Bataillon lag auf einem Hügel in einer ausgezeichneten Stellung, von wo aus man ein zerschossenes Dorf mit zwei Dutzend Häusern überblicken konnte, in denen noch drei italienische Familien verbissen weiterlebten.

»Ich weiß jetzt allmählich, wie's bei der Wehrmacht zugeht«, hörte Christian eine Stimme im Dunkeln hinter sich, während der Zug im Staub dahintrottete. »Zuerst kommt ein Oberst zur Besichtigung. Dann fährt er ins Hauptquartier zurück und berichtet: ›Herr General‹, sagt er, ›ich freue mich, melden zu können, daß die Männer in guten, trockenen Quartieren und in Stellungen liegen, die nur im direkten Beschuß zerstört werden können. Die Verpflegung hat sich auch eingespielt, die Mahlzeiten werden pünktlich ausgegeben, und die Post wird dreimal wöchentlich verteilt. Die Amerikaner haben sich offenbar überzeugt, daß die Stellungen uneinnehmbar sind. Gefechtstätigkeit an diesem Abschnitt ist keine gemeldet.‹ – ›Ah, gut‹, sagt der General. ›Dann werden wir uns zurückziehen.‹«

Christian erkannte diese Stimme. Schütze Dehn. Er merkte sich den Namen für die Zukunft.

Er marschierte dumpf dahin. Das Gewehr am Riemen über seiner Schulter fing an, eine unerträgliche Last zu werden. Er fühlte sich immer müde, die Kopfschmerzen und Schüttelfröste von der Malaria kamen regelmäßig wieder, aber sie traten nicht stark genug auf, um einen Aufenthalt im Krankenhaus zu rechtfertigen. Doch machten sie ihn schlapp und launisch. Rückzug, Rückzug, schienen seine Stiefel mit jedem Schritt im Sand zu quietschen, Rückzug, Rückzug...

Wenigstens, dachte er befriedigt, brauchen wir uns im Dunkeln nicht um die Flieger zu kümmern. Dieses Vergnügen würde später kommen, wenn die Sonne aufging. Wahrscheinlich saß jetzt da hinten bei Foggia ein junger amerikanischer Leutnant in einem warmen Zimmer und verzehrte sein Frühstück: Grapefruit-Saft, Haferflocken, Schinken mit Ei und Bohnenkaffee mit Sahne, um kurz danach in sein Flugzeug zu klettern und über die Hügel gejagt zu kommen und mit seinen MGs auf die Soldaten zu feuern, die sich in die kleinen Löcher am Straßenrand duckten. Und diese Soldaten, das würden sie sein, er und sein Zug.

Christian trottete dahin und haßte die Amerikaner. Er haßte sie mehr wegen des Schinkens, der Eier und des Bohnenkaffees als wegen ihrer Kugeln und Flugzeuge. Wegen ihrer Zigaretten übrigens auch, dachte er. Außer allem anderen hatten sie auch noch so viel Zigaretten, wie sie wollten. Wer sollte ein Land besiegen, das soviel Zigaretten hatte?

Sein Gaumen lechzte nach dem beruhigenden Rauch einer Zigarette. Er hatte nur zwei in der Tasche, und er erlaubte sich täglich nur eine.

Christian stellte sich die Gesichter der amerikanischen Flieger vor, die er gesehen hatte. Sie waren hinter den deutschen Linien heruntergeholt worden und warteten auf ihre Gefangennahme. Dabei rauchten sie unbekümmert mit einem überheblichen Lächeln auf ihren nichtssagenden Gesichtern ihre Zigaretten. Das nächste Mal, dachte er, wenn ich wieder einen treffe, schieße ich ihn über den Haufen, ganz gleich, wie die Befehle lauten.

Dann stolperte er in eine ausgefahrene Wagenspur. Er schrie auf, als der Schmerz ihm das Knie und die Hüfte hinauffuhr.

Der Mann hinter ihm fragte: »Ist was los, Herr Feldwebel?«

»Kümmern Sie sich nicht um mich«, sagte Christian. »Bleiben Sie am Straßenrand.«

Er humpelte weiter und dachte an gar nichts mehr, nur noch an die Straße vor ihm.

An der Brücke wartete, wie man Christian gesagt hatte, der Meldegänger des Bataillons.

Der Zug war zwei Stunden marschiert, und es war heller Tag geworden. Sie hatten zwar Flugzeuge gehört, von der anderen Seite der kleinen Hügelkette, die sie entlanggezogen waren, aber sie waren nicht angegriffen worden.

Der Meldegänger war ein Unteroffizier, der sich vorsichtig und ängstlich im Straßengraben verkrochen hatte. Im Graben stand das Wasser fünfzehn Zentimeter hoch, aber der Unteroffizier hatte die Sicherheit der Bequemlichkeit vorgezogen. Als er aufstand, war er naß und schmutzig. Auf der anderen Seite der Brücke lagen Pioniere, die die Brücke sprengen sollten, sobald Christian mit seinem Zug durch war. Es war eine unansehnliche Brücke, und der Hohlweg, über den sie führte, war trocken und flach. Die Sprengung der Brücke würde nicht länger als eine oder zwei Minuten dauern, aber die Pioniere legten stur unter alles, was zu sprengen war, ihre Ladungen, als ob sie eine alte religiöse Kulthandlung vornehmen wollten.

»Sie kommen spät«, sagte der Unteroffizier. »Ich hatte schon Angst, es sei Ihnen etwas zugestoßen.«

»Uns ist nichts zugestoßen«, antwortet Christian mürrisch.

»Gut«, sagte der Unteroffizier. »Es sind nur noch drei Kilometer, wo der Hauptmann auf uns wartet. Er wird Ihnen zeigen, wo Sie sich eingraben sollen.« Dabei schaute er sich unsicher um. Er machte den Eindruck eines Mannes, der dauernd in der Furcht lebt, von einem Scharfschützen niedergeknallt oder von einer Fliegerbombe oder einer Granate getroffen zu werden. Christian musterte ihn und hatte das Gefühl, daß er sehr bald fallen würde.

Christian winkte seinen Leuten, die sich anschickten, hinter dem Unteroffizier die Brücke zu überschreiten. Gut, dachte Christian dumpf, noch drei Kilometer, und dann kann der Hauptmann die Entscheidungen fällen. Der Zug Pioniere sah ihnen vom Graben aus zu, ohne jede Gefühlsregung.

Christian überquerte die Brücke und blieb stehen. Die Leute hinter ihm blieben ebenfalls automatisch stehen. Beinahe unabsichtlich, zum mindesten, ohne sich eines Tuns bewußt zu werden, begann er, gewisse Entfernungen zwischen Brücke und Umgebung mit dem Auge abzumessen, mögliche Feindannäherung und Geschützstellungen im Gelände auszumachen.

»Der Hauptmann wartet«, sagte der Unteroffizier und blickte an Christians Zug vorbei unruhig die Straße zurück, auf der später die Amerikaner auftauchen mußten. »Warum lassen Sie halten?«

»Seien Sie still«, sagte Christian. Er ging über die Brücke zurück, stellte sich in die Mitte der Straße und blickte um sich. Hundert Meter etwa verlief die Straße gerade, dann schlängelte sie sich um einen Hügel und wurde unübersichtlich. Christian wandte sich um und prüfte durch den Morgendunst die Straße und die dahinterliegende Hügelkette. In überhöhten Kurven zog sie sich zwischen den steinigen, spärlich mit Buschwerk bestandenen Hügeln entlang. Weit weg, in einer Entfernung von achthundert, tausend Metern ragten einige Felsblöcke schroff heraus. Zwischen diesen Blöcken, dachte er mechanisch, könnte man ein MG aufstellen und von da die Brücke und ihre nächste Umgebung unter Feuer nehmen. Der Unteroffizier stand neben ihm. »Ich will keine Vorschriften machen, Feldwebel«, sagte er, und seine Stimme zitterte, »aber der Befehl des Hauptmanns war sehr deutlich. Keine Verzögerung, hat er gesagt, es gibt keine Entschuldigung.«

»Seien Sie schon still«, sagte Christian.

Der Unteroffizier wollte etwas entgegnen, dann ließ er es. Er schluckte und rieb sich den Mund mit der Hand. Er stand auf dem ersten Stein der Brücke und schaute sehnsüchtig nach Süden.

Christian stieg langsam die Böschung in das ausgetrocknete Flußbett hinunter. Etwa zehn Meter hinter der Brücke, stellte er fest, senkte sich die Böschung ganz sanft von der Straße hinunter, ohne tiefe Löcher oder Felsblöcke. Das Flußbett unter der Brücke war sandig und eben, dazwischen vereinzelte Steine und niedriges Buschwerk.

Es wäre zu machen, dachte Christian; es wäre ganz einfach. Langsam stieg er wieder zur Straße hinauf. Sein Zug hatte sich inzwischen vorsichtig von der Brücke zurückgezogen und stand am Straßenrand auf der anderen Seite der Brücke, jederzeit bereit, bei Annäherung eines Flugzeugs in die Löcher der Pioniere zu springen. Wie Karnickel, dachte Christian böse. Wir leben schon gar nicht mehr wie Menschen.

Der Unteroffizier rannte nervös am Ende der Brücke hin und her. »Feldwebel, können wir jetzt weitermarschieren?« fragte er.

Christian beachtete ihn nicht. Wieder prüfte er den Verlauf der Straße bis zur Krümmung. Er schloß halb die Augen und konnte sich beinahe plastisch vorstellen, wie der erste Amerikaner, auf dem Bauch kriechend, um die Biegung spähen würde, um festzustellen, ob die Luft rein war. Dann würde der Kopf wieder verschwinden. Dann käme ein anderer Kopf, wahrscheinlich der eines Leutnants (die Amerikaner schienen über eine unendliche Zahl von Leutnants zu verfügen, die sie bedenkenlos opferten). Und dann würde der Zug oder die Kompanie oder vielleicht sogar die Abteilung um die Ecke biegen, mit Bedacht im Schutz der Hügel bleibend und vorsichtig den Boden nach Minen absuchend. So würde sie sich der Brücke nähern.

Langsam nickte er, als der Plan, voll ausgereift und genauestens bedacht, als ob er von einem anderen stammte, in seinem Kopf Gestalt annahm. Rasch schritt er zu dem Feldwebel, der die Pioniere befehligte.

Der Pionierfeldwebel sah ihn fragend an. »Willst du auf dieser Brücke überwintern?« fragte er Christian.

»Sind die Sprengladungen schon unter die Brücke gelegt?« fragte Christian.

»Alles fix und fertig«, sagte der Pionier. »Eine Minute, nachdem ihr abmarschiert seid, sprengen wir. Ich weiß nicht, was du vorhast, aber ich muß schon sagen, daß du mich nervös machst mit deinem ewigen Auf- und Abgelaufe. Die Amerikaner können jeden Augenblick um die Ecke biegen, und dann...«

»Hast du eine lange Zündschnur?« fragte Christian. »Ich meine eine, die, sagen wir, fünfzehn Minuten reicht?«

»Habe ich«, antwortete der Pionier. »Aber die verwenden wir nicht. Unsere Zündschnüre brennen eine Minute, so daß der Mann, der sie ansteckt, gerade Zeit hat, in Deckung zu gehen.«

»Nimm sie ab und nimm die lange«, sagte Christian.

»Hör zu«, sagte der Pionier. »Du hast diese Vogelscheuchen da über die Brücke zurückzunehmen, und meine Aufgabe ist es, die Brücke zu sprengen. Mich geht dein Zug nichts an, und dich geht meine Brücke nichts an.« Christian musterte schweigend den Feldwebel. Er war ein kleiner Kerl, der sich erstaunlicherweise seinen dicken Bauch erhalten hatte. Er sah wie die gewisse Sorte dicker Männer aus, die magenkrank sind. Er sprach anmaßend und von oben herab. »Außerdem brauche ich zehn von den Minen da«, sagte Christian und wies auf den Haufen Minen, die unordentlich am Straßenrand aufgehäuft lagen.

»Die Minen kommen unter die Straße auf der anderen Seite der Brücke«, entgegnete der Pionier.

»Die Amerikaner haben Minensucher und werden eine nach der anderen aufstöbern«, sagte Christian.

»Das ist nicht meine Sache«, sagte der Pionier mürrisch. »Ich habe den Befehl, sie hier einzugraben, und ich grabe sie hier ein.«

»Ich bleibe mit meinem Zug hier, und du wirst dich nicht unterstehen, die Straße zu verminen«, sagte Christian.

»Kamerad«, sagte der Pionier mit vor Erregung zitternder Stimme, »jetzt ist keine Zeit für einen Streit. Die Amerikaner...«

»Heben Sie die Minen auf und folgen Sie mir«, sagte Christian zu den Pionieren.

»Hör mal zu«, rief der Pionier mit hoher, schriller Stimme, »die Leute befehlige ich, nicht du!«

»Dann sag ihnen, sie sollen die Minen aufheben und mir folgen«, sagte Christian kalt und bemühte sich, Leutnant Hardenburgs Ton nachzuahmen. »Na, wird's bald? Ich warte...«

Der Pionier kochte vor Wut und Angst. Er spähte genau wie der Unteroffizier alle paar Sekunden nach der Straßenbiegung, um zu sehen, ob die Amerikaner auftauchten. »Schön, schön«, sagte er. »Mir ist es gleich. Wie viele Minen, hast du gesagt, brauchst du?«

»Zehn.«

»Der Fehler unserer Wehrmacht ist, daß viel zu viele Leute glauben, herumkommandieren zu können«, murrte der Pionier. Aber er fuhr seine Männer an, die Minen aufzuheben, und Christian führte sie den Hohlweg hinunter und zeigte ihnen, wo er sie angebracht haben wollte. Die Löcher ließ er sorgfältig mit Strauchwerk tarnen, und den ausgegrabenen Sand mußten die Pioniere in ihren Helmen fortschleppen.

Während Christian den Männern unten zusah, bemerkte er mit grimmigem Lächeln, daß der Pionierfeldwebel persönlich die lange Zündschnur an den kleinen, unschuldig aussehenden Zündkapseln unter dem Brückenbogen anbrachte.

»Fertig«, sagte der Pionier düster, als Christian wieder zur Straße heraufkam, nachdem die Minen zu seiner Zufriedenheit angelegt worden waren. »Die Zündschnur ist angeschlossen. Ich weiß nicht, was du vorhast, aber ich hab's nach deinen Wünschen gemacht. Soll ich sie jetzt anstecken?«

»Nein«, sagte Christian. »Du kannst abhauen.«

Der Pionier warf sich in die Brust: »Mein Befehl lautet, diese Brücke zu sprengen, und ich werde die Sprengung persönlich überwachen.«

»Ich wünsche aber nicht, daß die Zündung angeschlagen wird«, sagte Christian ganz freundlich. »Auf keinen Fall, bevor die Amerikaner beinahe hier sind. Wenn du allerdings solange unter der Brücke bleiben willst, ist das deine persönliche Angelegenheit.«

»Das ist jetzt keine Zeit für Scherze«, sagte der Pionier würdevoll.

»Dann mach, daß du wegkommst«, brüllte Christian ihn an. Seine Stimme klang drohend und scharf. Er entsann sich, welch guten Erfolg Hardenburg mit dieser Art Befehlen erzielt hatte. »In einer Minute will ich dich nicht mehr hier sehen. Verschwinde also oder es passiert was!« Er stand dicht neben dem Pionier und überragte ihn drohend. Seine Hände zuckten ungeduldig, als ob er sich kaum zurückhalten könnte, den Pionier auf der Stelle niederzuschlagen.

Der Pionier trat einen Schritt zurück. Sein aufgedunsenes Gesicht unter dem Helm wurde blaß. »Übergeschnappt«, sagte er heiser. »Du bist übergeschnappt. Die Anstrengungen in der vordersten Front haben dich zu sehr mitgenommen. Du bist nicht mehr zurechnungsfähig.«

»Los!« rief Christian.

Eilig drehte sich der Pionier um und rannte zu seinen Leuten hinüber, die sich wieder auf der anderen Seite der Brücke gesammelt hatten. Kurz und mit gedämpfter Stimme sprach er zu ihnen, worauf der Zug aus seinem Graben heraufkletterte.

Ohne sich umzublicken, marschierten sie davon. Christian sah ihnen nach, lächelte aber nicht, wie er eigentlich wollte. Denn das hätte seine Autorität bei seinen eigenen Leuten untergraben können.

»Feldwebel!« Es war der Unteroffizier, der Bataillons-Meldegänger. Seine Stimme klang schriller und trockener als je. »Der Hauptmann wartet...« Christian sprang auf den Unteroffizier zu, packte ihn am Kragen und hielt ihn fest. Die Augen des Mannes flackerten vor Angst.

»Noch ein Wort von Ihnen«, drohte Christian und schüttelte ihn, daß der Helm des Mannes ihm bis zur Nase herunterrutschte. »Noch ein Wort, und ich schieße Sie über den Haufen!« Dann stieß er ihn beiseite.

»Dehn!« rief Christian. Ein einzelner Mann löste sich aus dem Zug von der anderen Seite der Brücke und kam auf Christian zu. »Kommen Sie mit«, befahl Christian, als Dehn sich vor ihm aufgebaut hatte. Halb rutschte und halb ging Christian an der Seite des Hohlweges hinunter, wobei er vorsichtig dem kleinen Minenfeld auswich, das er und die Pioniere angelegt hatten. Er zeigte auf die lange Zündschnur, die von der Dynamitladung an der nördlichen Seite des Brückenbogens entlanglief.

»Sie bleiben hier stehen«, sagte er zu dem schweigsamen Soldaten an seiner Seite. »Wenn ich das Zeichen gebe, stecken Sie die Schnur an.«

Christian hörte, wie Dehn tief Atem holte, als er die Zündschnur sah. »Und wo werden Sie stehen, Herr Feldwebel?« fragte er.

Christian deutete den Hügel hinauf, auf den etwa achthundert Meter entfernten Felsvorsprung. »Dort oben. Die Vorsprünge unter dem Punkt, wo die Straße eine Biegung macht. Können Sie die Stelle erkennen?«

Nach einer langen Pause antwortete Dehn leise: »Ja, ich erkenne sie.«

Das Felsgestein glitzerte in der Entfernung undeutlich im Sonnenlicht und hob sich von dem stumpfen Grün der Klippe ab. »Ich winke mit meiner Bluse«, erklärte Christian weiter. »Sie müssen also genau aufpassen. Sobald Sie das Zeichen bemerkt haben, zünden Sie die Schnur an und vergewissern sich auch, daß sie brennt. Dann gehen Sie auf die Straße zurück und laufen, was das Zeug hält, bis zur nächsten Biegung. Dort warten Sie, bis Sie die Explosion hier hören. Darauf gehen Sie auf der Straße weiter, bis Sie wieder bei uns sind.«

Dehn nickte stumpfsinnig. »Jawohl, Herr Feldwebel. Und ich soll hier unten ganz allein bleiben?«

»Nein«, erwiderte Christian spöttisch. »Sie kriegen zwei Ballettänzerinnen und einen Gitarrenspieler zur Unterhaltung.«

Dehn fand das offenbar nicht komisch. Er lachte nicht.

»Ist nun alles klar?« fragte Christian.

»Jawohl, Herr Feldwebel.«

»Gut. Wenn Sie die Zündung anschlagen, ehe Sie mich mit der Bluse winken sehen, brauchen Sie sich nicht mehr zu überlegen, wie Sie hier wegkommen.«

Dehn gab keine Antwort. Er war ein großer junger Mann mit trägen Bewegungen, Packer von Beruf, und Christian hatte ihn im Verdacht, daß er früher Mitglied der kommunistischen Partei gewesen war.

Nach einem letzten Blick auf die Brücke und auf Dehn, der gleichmütig an dem feuchten Stein des Pfeilers lehnte, kletterte Christian wieder zur Straße hinauf. Das nächste Mal, dachte Christian grimmig, wird der Kerl sein Maul nicht so weit aufreißen.

Nach einem beschleunigten Marsch von fünfzehn Minuten erreichten sie die Felsblöcke, von denen aus man die Straße einsehen konnte. Als Christian den Punkt erreicht hatte, keuchte er heiser. Die Männer hinter ihm marschierten gedankenlos vorwärts, als ob sie sich mit ihrem Schicksal abgefunden hätten, unter dem Gewicht von Stahl und Gepäck bis an das Ende ihrer Tage zu marschieren. Nachzügler gab es keine, denn es war dem Dümmsten im Zug klar, daß sie den Amerikanern selbst auf weite Entfernung ein deutliches Ziel bieten würden, falls diese an der Brücke ankämen und sie noch nicht hinter den Felsvorsprüngen verschwunden wären.

Christian ließ halten, horchte auf seinen schweren, heiseren Atem und blickte ins Tal hinunter. Die Brücke sah im Straßenstaub klein, friedlich und bedeutungslos aus. Nirgends regte sich etwas; die vielen Kilometer des Tales schienen menschenleer und vergessen.

Ein Lächeln huschte über Christians Gesicht, als er sah, daß er recht gehabt hatte mit dieser Schlüsselstellung hinter dem Felsvorsprung. Durch einen Einschnitt des Hügels konnte man einen Teil der Straße vor der Brücke überblicken. Diese ungeschützte Strecke mußten die Amerikaner zuerst hinter sich haben, ehe sie einen kurzen Augenblick hinter Felsgeröll außer Sicht kommen würden, um sich dann der Brücke zuzuwenden, wo sie wieder ins Schußfeld kamen. Selbst wenn sie sehr vorsichtig und langsam vorgingen, würden sie nicht länger als zehn bis zwölf Minuten brauchen, um die Strecke zurückzulegen, von dem Punkt ab, wo sie zuerst ins Schußfeld traten, bis zur Brücke selbst.

»Heims und Richter!« rief Christian. »Sie bleiben bei mir. Der Rest des Zuges zieht sich mit dem Unteroffizier zurück.« Er wandte sich dem Unteroffizier zu. Der sah wie ein Mann aus, der seinen Tod erwartet, aber an eine zehnprozentige Möglichkeit glaubt, ihn bis zum nächsten Morgen aufschieben zu können. »Melden Sie dem Hauptmann«, sagte Christian, »daß wir so bald wie möglich folgen werden.«

»Jawohl, Herr Feldwebel«, antwortete der Unteroffizier aufgeregt und glücklich zugleich. Er setzte sich sofort in Bewegung und rannte beinahe auf die kostbare Deckung der Straßenbiegung zu. Christian beobachtete seine Leute, wie sie in Linie dem Unteroffizier folgten. Die Straße lief jetzt hoch oben an der Seite des Hügels entlang. Die Umrisse der Männer hoben sich von den Wolkenfetzen und dem winterlich blauen Himmel merkwürdig einsam ab. Wenn sie in einer Biegung marschierten, dem Hügel zu, sah es aus, als ob sie in ein windiges blaues Nichts liefen.

Heims und Richter waren die beiden MG-Schützen. Sie standen schwer atmend da und lehnten sich gegen den Felsen am Wegrand. Heims trug den Lauf und einen Munitionskasten, während Richter unter dem Gestell und weiterer Munition schwitzte. Es waren verläßliche Leute, aber als Christian sie betrachtete, wie sie dastanden, trotz der Kälte schwitzend und mit aufmerksamen, aber unzugänglichen Gesichtern, wünschte er, in diesem Augenblick seine alten Leute um sich zu haben. Aber die lagen seit vielen Monaten tot in der afrikanischen Wüste. Er hatte eigentlich schon lange nicht mehr an seinen alten Zug gedacht, aber irgendwie riefen ihm die beiden MG-Schützen, die jetzt auch allein auf einem Hügel standen, jene Nacht vor mehr als einem Jahr ins Gedächtnis zurück, in der die sechsunddreißig Mann sorgenvoll und gehorsam ihre Löcher in den Sand gebuddelt hatten, die später ihre Gräber werden sollten.

So zuverlässig wie jene, dachte Christian, während er Heims und Richter musterte, waren die beiden nicht. Sie gehörten mit ihrer leichten, unmerklichen Qualitätsverschlechterung zu einer anderen Wehrmacht, einer ohne jugendliches Feuer, die trotz ihrer Fronterfahrung einen mehr zivilen Charakter hatte und nicht so ohne weiteres bereit war zu sterben. Wenn er sie jetzt allein ließe, dachte Christian, würden sie nicht lange auf ihrem Posten bleiben. Er schüttelte den Kopf. Ach Quatsch, ich fange an, kindisch zu werden. Wahrscheinlich sind sie erstklassige Soldaten und außerdem: Wer weiß, was sie von mir denken?

Die beiden Männer lehnten an dem Felsen und verschnauften. Ihre Augen ruhten unfreundlich auf Christian, wie um aus ihm herauszukriegen, ob er sie noch an diesem Morgen in den Tod schicken wolle.

»Hier bauen Sie das MG auf«, befahl Christian und deutete auf eine platte Stelle zwischen zwei Felsbrocken, die im Winkel eines V zueinander standen. Langsam, aber mit Sachkenntnis machten sich die Männer daran, das MG aufzustellen.

Als es aufgebaut war, duckte Christian sich dahinter und richtete es. Er schob es ein klein wenig nach rechts und visierte. Er stellte die Entfernung unter Berücksichtigung der Abwärtsrichtung ein. Weit unten sah er durch das Visier die Brücke im Sonnenlicht, das hin und wieder durch vereinzelte Wolkenfetzen verdunkelt wurde. »Lassen Sie sich Zeit, daß die Amerikaner in einem möglichst großen Haufen an die Brücke herankommen«, sagte Christian. »Sie werden nicht rasch über die Brücke laufen, weil sie glauben, sie sei vermint. Wenn ich Befehl zum Feuern gebe, halten Sie auf die Leute am Schluß, nicht auf die bei der Brücke. Verstanden?«

»Jawohl, die am Schluß«, wiederholte Heims. »Nicht die bei der Brücke.« Er schwenkte den Lauf des MGs auf und nieder und sog dabei nachdenklich an seinem Zahn. »Sie sollen vorwärtsrennen, nicht zurücklaufen, nicht wahr?«

Christian nickte.

»Über die Brücke werden sie nicht rennen. Dort ist keine Deckung«, sagte Heims überlegend. »Sie werden unter die Brücke, ins Flußbett laufen, weil sie da aus der Schußlinie herauskommen.«

Christian lächelte. Vielleicht hatte er Heims doch unterschätzt. Auf jeden Fall wußte er, auf was es ankam.

»Aber dann rennen sie direkt in die Minen da unten«, fuhr Heims fort. »Ich verstehe.«

Heims und Richter nickten sich zu, ohne ein Zeichen von Zustimmung oder Ablehnung.

Christian zog seine Bluse aus, um damit Dehn unter der Brücke zuzuwinken, sobald er die Amerikaner auftauchen sah. Dann setzte er sich auf einen Stein hinter Heims, der hinter dem MG im Anschlag lag. Richter kauerte auf einem Knie daneben mit einem zweiten Patronengurt. Christian hob das Glas, das er am Abend vorher dem gefallenen Leutnant abgenommen hatte. Er stellte es auf den Einschnitt in der Hügelkette ein. Es ließ sich sehr genau einstellen, es war ein vorzügliches Glas.

Wo die Straße eine Biegung machte, standen zwei Pappeln, dunkelgrün und düster. Schimmernd schwankten sie im Wind.

Auf dieser freien Seite des Hügels war es kalt, und Christian bereute, daß er mit Dehn ausgemacht hatte, seine Bluse zu schwenken. Er hätte sie jetzt sehr gut gebrauchen können. Ein Taschentuch würde wahrscheinlich auch genügen. Er fühlte, wie sich seine Haut vor Kälte zusammenzog, und schauderte ungemütlich in dem steifen Unterzeug.

»Dürfen wir rauchen, Herr Feldwebel?« fragte Richter.

»Nein«, sagte Christian, ohne das Glas von den Augen zu nehmen. Die Männer sagten nichts. Zigaretten, dachte Christian wieder voll Verlangen. Ich mache 'ne Wette, er hat 'ne Schachtel, zwei Schachteln. Wenn er fällt oder schwer verwundet wird, darf ich nicht vergessen, seine Taschen zu durchsuchen.

Sie warteten. Der Wind brauste vom Tal herauf, pfiff um Christians Ohren und drang ihm durch Mund und Nase. Der Kopf tat ihm weh, besonders um die Augen herum. Er wurde sehr schläfrig. Es kam ihm vor, als ob er seit drei Jahren nicht genug Schlaf gehabt hätte.

Heims, der vor Christian auf dem steinigen Boden auf dem Bauch lag, räkelte sich. Christian ließ das Glas einen Augenblick sinken, und seine Augen blieben an Heims' Hose haften, die schwarz von Schmutz, mit groben Flicken, zu weit und unförmig aussah. Was für ein Anblick, dachte Christian einfältig und unterdrückte ein Kichern. Ein Anblick, der jeglicher Schönheit entbehrte. Die göttliche Menschengestalt!

Christians Stirn glühte. Die Malaria. Nicht genug, daß man sich mit Engländern, Franzosen, Polen, Russen und Amerikanern herumschlagen mußte. Sogar die Moskitos waren Feinde. Vielleicht, dachte er im Fieber, wenn das hier vorbei ist, kriege ich mal einen richtigen schweren Anfall, den sie nicht übersehen können. Dann müssen sie mich ins Lazarett schicken. Er hob wieder das Glas und wartete auf den Schüttelfrost, der sich einstellen würde, wenn das Gift in seinem Körper die Oberhand gewann.

Dann sah er die kleinen erdfarbenen Gestalten langsam an den beiden Pappeln vorbeitrotten. »Ruhe«, warnte er Heims und Richter, als ob die Amerikaner die beiden Männer aus dieser Entfernung hören könnten, wenn sie sprechen sollten.

Die erdfarbenen Gestalten sahen aus wie irgendein Zug in irgendeiner Armee der Welt. Ihre müden Bewegungen waren selbst aus der Entfernung wahrzunehmen. Sie marschierten in zwei Kolonnen links und rechts der Straße und kamen so in das Gesichtsfeld von Christians Glas. Siebenunddreißig, achtunddreißig, zweiundvierzig, dreiundvierzig zählte Christian. Dann waren sie verschwunden. Die Pappeln bogen sich im Wind wie vorher, und die Straße daneben sah genau aus wie vordem. Christian setzte das Glas ab und fühlte sich hellwach und aufgeregt.

Er stand auf und schwenkte seine Bluse in weiten, ausladenden Kreisen. Er stellte sich vor, wie die Amerikaner langsam und vorsichtig am Rande des Hügels vorgingen, die Augen auf den Boden geheftet, auf der Suche nach Minen.

Kurz darauf sah er Dehn eilig unter der Brücke hervorkriechen und die Straße hinaufklettern. Auf der Straße rannte er los und verlangsamte seine Schritte erst, als er müde wurde. Seine Stiefel wirbelten kleine Staubwolken auf. Dann erreichte er die Biegung und verschwand.

Die Zündschnur war also angerissen, und es kam nur noch auf das Verhalten der Amerikaner an.

Mit Behagen zog Christian seine Bluse wieder an. Er steckte die Hände in die Taschen und fühlte sich warm und zufrieden.

Die beiden Männer am MG lagen vollkommen still.

Aus weiter Ferne drang das Dröhnen von Flugzeugmotoren. Hoch oben sah Christian in südwestlicher Richtung eine Bomberstaffel, die langsam, wie kleine Flecke am Himmel, nordwärts zum Einsatz flog. Ein Spatzenpaar flatterte piepsend über den Felsen hin, ihr Schatten huschte über das Visier des MGs.

Heims rülpste zweimal. »Entschuldigung!« sagte er höflich.

Sie warteten. Zu lange, dachte Christian ungeduldig, sie brauchen zu lange. Was machen sie denn da unten? Die Brücke fliegt noch in die Luft, bevor sie an die Biegung kommen. Dann war alles umsonst.

Heims rülpste wieder. »Mein verdammter Magen«, sagte er bekümmert zu Richter. Der nickte stumm und starrte auf das Magazin des Gewehres, als kenne er die Klage über Heims' Magen schon seit Jahren.

Hardenburg hätte das besser organisiert, dachte Christian. Er hätte sich nicht so auf den Zufall verlassen. Irgendwie wäre er auf Nummer Sicher gegangen, so oder so. Wenn die Mine nicht losging und die Brücke nicht gesprengt wurde und die Division hinten davon erfahren und diesen elenden Pionierfeldwebel ausfragen würde, und der würde ihnen natürlich alles über Christian erzählen... Bitte, um Gottes willen! Christian betete im stillen zu den Amerikanern, kommt schon, kommt...

Ununterbrochen beobachtete er durch das Glas das Gelände vor der Brücke. Das Glas begann zu zittern, und er wußte, daß jetzt der Schüttelfrost kam, obgleich er ihn im Augenblick nicht fühlte. Ein kleines raschelndes Geräusch neben ihm ließ ihn unwillkürlich sein Glas absetzen. Es war ein Eichhörnchen, das vier Meter entfernt einen Felsen hochkletterte, sich aufsetzte und mit seinen dunklen Glasperlenaugen die drei Männer anstarrte. Christian erinnerte sich an einen anderen Ort zu einer anderen Zeit: Auf einer Straße in den Wäldern vor Paris hüpfte damals ein Vogel, vor der französischen Straßensperre, dem umgeworfenen Bauernwagen und den Matratzen. Reich der Tiere, nur vorübergehend auf den Krieg neugierig, um gleich wieder zu Wichtigerem zurückzukehren.

Christian blinzelte und hob das Glas vor die Augen. Die Amerikaner waren jetzt wieder auf der Straße zu sehen. Sie marschierten langsam, über ihre schußfertigen Gewehre gebeugt, und ihre gespannten Bewegungen zeigten deutlich, daß die Körper unter den verletzlichen Uniformen sich unbewußt als Zielscheiben fühlten.

Sie bewegten sich unausstehlich langsam vorwärts, mit ganz kurzen Schritten, alle fünf Schritt hielten sie an. Das also waren die kühnen, leichtsinnigen jungen Männer der Neuen Welt! Christian hatte auf erbeuteten Wochenschaufilmen Bilder von ihrer Ausbildung gesehen, wie sie todesmutig aus den Landungsbooten in die rollende Brandung sprangen und den feindlichen Strand überfluteten wie eine Armee von Kurzstreckenläufern. Jetzt sahen sie nicht nach Kurzstreckenläufern aus. Unbewußt zischte er zwischen den Zähnen: »Schneller, schneller, schneller...« Was dem amerikanischen Volk für Lügen aufgetischt wurden über seine Soldaten!

Heims rülpste wieder. Es klang krächzend und häßlich, als ob das

Geräusch von einem alten Mann käme. Jeder hatte seine besondere Art, auf den Krieg zu reagieren. Bei Heims war es der Magen. Was für Lügen den Deutschen zu Hause über Heims und seine Kameraden aufgetischt wurden! *Was hast du gemacht, als du das Eiserne Kreuz bekamst? Ich habe gerülpst, Mutter.* Nur Heims und er und Richter kannten die Wahrheit; nur sie und die dreiundvierzig Männer, die da unten vorsichtig auf die von italienischen Arbeitern unter den heißen Sonnenstrahlen des Jahres 1840 errichtete alte Steinbrücke zuschlichen. Sie kannten die Wahrheit, die MG-Schützen, er selbst und die dreiundvierzig Mann, die jetzt durch den Staub trotteten, mitten im Visier des MGs, das achthundert Meter entfernt auf sie lauerte. Und sie waren durch diese Wahrheit mehr miteinander verbunden als mit irgend jemand anderem. Sie wußten voneinander, daß sich ihr Magen sauer zusammenzog und daß man sich allen Brücken mit Furcht und Todesahnung nähert…

Christian leckte sich über die Lippen. Jetzt hatte der letzte Amerikaner die Krümmung der Straße hinter sich, und der Zugführer, wie üblich natürlich ein blutjunger Leutnant, winkte dem Mann mit dem Minensucher, der sich zögernd an die Spitze des Zuges setzte. Langsam und unvernünftig drängten sie sich dichter zusammen. Sie fühlten sich sicherer im Haufen und dachten wahrscheinlich, da sie bis jetzt noch kein Feuer bekommen hatten, würden sie durchkommen.

Der Mann mit dem Minensucher hatte sich bis auf zwanzig Meter an die Brücke herangearbeitet. Er ging langsam und sehr vorsichtig mit seinem Gerät um, und Christian sah den Leutnant inzwischen mitten auf der Straße stehend, sein Glas an den Augen führen und das umliegende Gelände absuchen. Wahrscheinlich ein Zeißglas, dachte Christian mechanisch, made in Germany. Er sah, wie das Glas sich hob und sich beinahe auf ihre Felsvorsprünge richtete, als ob ein nervöser, immer vorhandener Instinkt dem Leutnant sagte, daß, wenn Gefahr drohte, sie nur von da oben kommen konnte. Christian duckte sich etwas tiefer, obgleich er sicher war, daß sie gut versteckt waren. Das Glas wanderte über ihre Stellung hinweg nach rückwärts.

»Feuer!« befahl Christian leise. »Auf die letzten halten, auf die letzten!« Das MG ballerte los. Die Schüsse unterbrachen mit einem wahnsinnigen Lärm die große Stille zwischen den Felsen. Christians Augenlider zuckten vor Erregung. Unten auf der Straße waren zwei Mann getroffen zu Boden gesunken. Die anderen standen noch verdutzt herum und blickten ungläubig auf die beiden Toten am Boden. Darauf wurden weitere drei Mann getroffen. Und nun spritzte die Kolonne auseinander und lief den Abhang zur Schlucht hinab, um Deckung unter der

Brücke zu suchen. Jetzt laufen sie, dachte Christian, wo bleibt der Kameramann? Einige Amerikaner trugen und schleppten die Getroffenen mit. Sie stolperten und fielen die Böschung des Flußbettes hinunter. Sie warfen die Gewehre weg, und ihre Beine und Arme machten die unmöglichsten Bewegungen. Alles spielte sich so entfernt und beziehungslos ab, daß Christian beinahe uninteressiert zusah, als ob es sich um einen sich verzweifelt wehrenden Käfer handelte, den die Ameisen in ihren Bau schleppten.

Dann ging die erste Mine hoch. Ein Helm flog, sich um sich selbst drehend, kerzengerade zwanzig Meter hoch in die Luft; er blinkte im Sonnenlicht, und seine Kinnriemen flatterten im Flug.

Heims stellte das Feuer ein. Darauf folgten die Explosionen, eine nach der anderen, und ihr Echo hallte von den Felswänden wider. Eine gewaltige schmutzige Wolke von Staub und Rauch erhob sich über der Brücke. Langsam verhallte der Knall der Explosionen, als ob er sich durchs Gelände zöge, um an anderer Stelle wieder anzuschwellen. Die Stille, die daraufhin eintrat, war unheimlich und gefahrdrohend. Die beiden Spatzen flatterten erregt, aufgestört und schimpfend über das MG hinweg. Unten, unter dem Brückenbogen, löste sich eine einzelne Gestalt und schritt langsam und würdevoll, wie ein Arzt, der von einem Sterbenden kommt, fünf oder sechs Meter auf einen Felsblock zu. Dort setzte sie sich hin. Durch sein Glas beobachtete Christian den Amerikaner. Von der Explosion war ihm das Hemd weggerissen worden; seine Haut schimmerte blaß und weiß wie Milch. Sein Gewehr hatte er bei sich. Während Christian ihn im Glas hatte, hob der Amerikaner das Gewehr mit der Ruhe und Entschlossenheit eines Verrückten. Wahrhaftig, dachte Christian, der zielt auf uns! Der Widerhall des Schusses klang leer und kraftlos, und die Kugel pfiff erstaunlich nahe über ihre Köpfe weg. Christian grinste. »Legen Sie ihn um!« sagte er.

Heims drückte auf den Abzug des MGs. Durch das Glas konnte Christian erkennen, wie die Aufschläge in einem Bogen um den Amerikaner herum kleine Staubwolken aufwirbelten. Der Amerikaner rührte sich nicht von der Stelle. Ruhig und sorgfältig, wie ein Tischler an seiner Hobelbank, schob er einen neuen Patronenrahmen ins Magazin. Heims drehte sein MG, und der kreisförmige Staubwirkel rückte näher an den Amerikaner heran; aber ihn schien das nicht zu stören. Sobald der Rahmen im Magazin steckte, hob er das Gewehr an die nackte Schulter und schoß. Es lag etwas Unheimliches, Wahnsinniges in dem hemdlosen, weißhäutigen Mann, der sich wie ein elfenbeinerner Fleck vom Grün und Braun der Schlucht abhob und ganz gemütlich auf einem Stein hockte, seine Kameraden tot um ihn herum, und in aller Ruhe und Gemächlichkeit nach dem MG schoß, das er mit bloßem Auge nicht einmal richtig wahrnehmen konnte. Dabei kümmerte er sich nicht im geringsten um den dauernden Kugelregen, der rings um ihn einschlug und ihn jeden Augenblick treffen mußte.

»Machen Sie ihn endlich fertig!« murmelte Christian aufgeregt. »Los, fertigmachen!«

Heims hielt einen Augenblick inne, blickte sorgfältig durchs Visier und machte sich am MG zu schaffen. Es gab ein scharfes, knarrendes Geräusch. Dann wieder ein Knall von dem Gewehr da unten im Tal, gefahrlos und ohne Bedeutung, aber ununterbrochen hörte Christian das Pfeifen der Geschosse über seinem Kopf oder ihren Aufschlag auf dem harten Boden neben sich.

Endlich hatte Heims die richtige Entfernung eingestellt und feuerte einen kurzen Stoß. Wie ein Betrunkener ließ der Amerikaner sein Gewehr los, stand langsam auf und wankte zwei oder drei Schritte in der Richtung der Brücke. Dann legte er sich nieder, als ob er müde geworden sei.

In diesem Augenblick flog die Brücke in die Luft. Steinbrocken wurden in die Bäume an den Straßenrändern geschleudert, schlitzten weiße Stücke heraus und rissen Zweige herunter. Diesmal dauerte es lange, bis Staub und Rauch sich verzogen hatten, und als die Sicht endlich frei war, konnte Christian die verstreuten Klumpen dreckbesudelter Uniformen hier und da in den komischsten Winkeln aus dem Geröll herausragen sehen. Der halbnackte Amerikaner war unter einer kleiner Lawine von Erde und Steinen verschwunden.

Mit einem Seufzer setzte Christian das Glas ab und dachte: Stümper, was haben die in 'nem Krieg verloren?

Heims erhob sich und drehte sich Christian zu. »Können wir jetzt rauchen?« fragte er.

»Ja, jetzt können Sie rauchen«, sagte Christian.

Er sah, wie Heims eine Schachtel Zigaretten herauszog. Er bot Richter an, der schweigend eine nahm. Christian bot er keine an. Geiziger Hund, dachte Christian bitter, griff in die Tasche und holte eine der beiden letzten Zigaretten hervor.

Er steckte sie zwischen die Lippen und labte sich an der runden Form und dem Geschmack des Tabaks, ohne sie in Brand zu setzen. Dann, mit einem Seufzer und in dem Gefühl, sie verdient zu haben, zündete er sie an. Er nahm einen tiefen Zug und behielt den Rauch so lange wie möglich in der Lunge. Dabei fühlte er sich etwas schwindlig, aber entspannt. Ich muß Hardenburg von der Sache berichten, dachte er und nahm noch einen Zug, er wird sich freuen, und besser hätte er es auch nicht machen können. Er lehnte sich bequem zurück, holte tief Atem und lächelte über den klaren blauen Himmel und die hübschen kleinen Wolken, die darüber hinzogen und im Winde verwehten. Es würden ihm noch mindestens zehn Minuten bleiben zum Ausruhen, bis Dehn eintreffen konnte. Was für ein schöner Morgen, dachte er.

Plötzlich fühlte er, wie der Schüttelfrost seinen Körper packte. Aha, dachte er voll geheimer Freude, die Malaria! Diesmal wird es ein richtiger Anfall. Diesmal müssen sie mich nach hinten schicken. Großartiger Morgen. Seine Glieder begannen zu schlottern, er zog noch einmal an der Zigarette. Dann lehnte er sich glücklich an den Felsen in seinem Rücken, wartete auf Dehn und hoffte im stillen, daß es recht lange dauern würde, bis er heraufgeklettert kam.

22. Kapitel

»Whitacre, aufstehen!« sagte der Feldwebel, und Michael erhob sich und folgte ihm. Sie gingen in ein großes Zimmer mit hohen, dunkel getäfelten Türen. Das Zimmer war von langen, schlanken Kerzen erleuchtet, die tausendfach wie eine seltene Art gelber Knospen von den blaßgrünen Spiegeln zurückgeworfen wurden, mit denen das Zimmer ausgestattet war.

Ein langer, glatt polierter Tisch mit einem Stuhl stand in der Mitte, genau so, wie Michael es sich immer gedacht hatte. Er setzte sich auf den Stuhl nieder, und der Feldwebel nahm hinter ihm Aufstellung. Vor ihm auf dem Tisch stand ein Tintenfaß und daneben lag ein einfacher Federhalter aus Holz.

Durch eine andere Tür traten zwei Deutsche ein. Es waren richtige Generäle in prunkvollen Uniformen. Ihre Orden, Reitstiefel, Sporen und Monokel glänzten sanft im Kerzenlicht. Stramm marschierten sie auf den Tisch zu, blieben stehen, schlugen die Hacken zusammen und salutierten. Ernst erwiderte Michael von seinem Stuhl aus den Gruß. Einer der Generäle knöpfte seinen Waffenrock auf und zog langsam eine steife Rolle Pergament heraus. Er reichte sie dem Feldwebel. Der Feldwebel rollte sie auf. In dem totenstillen Raum knisterte es trocken. Der Feldwebel legte das Dokument vor Michael auf den Tisch.

»Das ist die Kapitulationsurkunde«, sagte der Feldwebel. »Sie sind von den Alliierten ausersehen, die Kapitulation entgegenzunehmen.«

Michael nickte ernst und warf einen oberflächlichen Blick auf die Urkunde. Sie schien in Ordnung zu sein. Er griff zum Federhalter, tauchte ihn ins Tintenfaß und schrieb in großen, weit auseinandergezogenen Buchstaben auf den unteren Teil der Seite unter den Namen der beiden Deutschen: »Michael Whitacre, 32403008, Pfc, USA.« Die Feder kratzte unangenehm in der Stille. Michael legte den Federhalter wieder hin und stand auf.

»Das ist alles, meine Herren«, sagte er herablassend.

Die beiden Generäle salutierten. Dabei zitterten sie. Michael erwiderte ihren Gruß nicht. Über ihre Köpfe hinweg blickte er in die seegrünen Spiegel hinter ihnen.

Die Generäle machten zackig kehrt und marschierten hinaus. Auf dem glatten, blanken Parkett knallten ihre Stiefel nach Preußenart, und die Sporen klirrten ironisch. Die schwere Tür öffnete sich, und die Generäle schritten hinaus. Dann schloß sich die Tür. Der Feldwebel verschwand. Michael blieb in dem kerzenbeleuchteten Zimmer mit dem einzelnen Stuhl und dem langen, blank polierten Tisch, dem Tintenfaß und dem steifen, gelblichen viereckigen Pergament mit seiner Unterschrift allein.

»Runter mit dem Arsch und rin in die Hosen!« schrie eine rauhe Stimme. »Aufstehen und fertig machen! Aufstehen und fertig machen!«

Pfeifen schrillten durch das ganze alte Haus und durch die anderen Häuser der Straße, und erwachende Soldaten ächzten und stöhnten in der Dunkelheit.

Michael schlug die Augen auf. Er lag auf der unteren Pritsche und stierte zu den Latten und dem Strohsack des oberen Bettes hinauf. Der Mann über ihm war ein unruhiger Schläfer. Jede Nacht regnete eine kleine Wolke Staub und Häcksel auf Michael herunter.

Michael schwang seine Beine über die Pritsche. Einen Augenblick blieb er auf der Kante sitzen. Er spürte einen sauren Geschmack im Mund und roch den scheußlichen Geruch nach kaltem Schweiß und feuchter Wolle von zwanzig ungewaschenen Männern in einem Raum. Es war fünf Uhr dreißig früh, und die Verdunkelungsrouleaus an den nie geöffneten Fenstern waren noch heruntergelassen. Frierend zog Michael sich an und achtete nicht auf das Murren und Fluchen und die widerwärtigen Geräusche der Soldaten um ihn, die sich für den Tag fertig machten.

Blinzelnd zog er seine Uniformbluse an und stolperte die ausgetretenen Stufen des alten Hauses hinunter, das als Mannschaftsquartier beschlagnahmt worden war. Dann trat er in die beißende Kälte des Londoner Morgens hinaus. Die ganze Straße entlang waren Soldaten stumpfsinnig in Reih und Glied zum Morgenappell angetreten. Nicht weit von Michael war ein Haus mit einer Bronzetafel, auf der stand, daß William Blake hier im neunzehnten Jahrhundert gelebt und gearbeitet habe. Was hätte William Blake wohl zu diesem Morgenappell gesagt? Was hätte er gedacht, wenn er aus dem Fenster geschaut und diese zusammengetriebenen, fluchenden, bierverkaterten Männer von der anderen Seite des Ozeans gesehen hätte, die da frierend unter den unsichtbar im dicken braunen Nebel schwebenden Sperrballons herumstanden? Was hätte William Blake zu dem Feldwebel gesagt, der den jungen Morgen eines neuen Tages auf dem langen Weg der Menschheit zur Vollkommenheit mit den Worten begrüßte: »Runter mit dem Arsch und rin in die Hosen!«

»Galiani.«

»Hier.«

»Abernathy.«

»Hier.«

»Tatnell.«

»Hier.«

»Kammergaard.«

»Hier.«

»Whitacre.«

»Hier.«

William Blake, hier bin ich. John Keats, hier bin ich. Samuel Taylor Coleridge, hier bin ich. König Georg, hier bin ich. General Wellington, hier bin ich. Lady Hamilton, hier bin ich. Wie wunderbar, in England zu sein, nachdem Whitacre auch hier ist! Lawrence Sterne, hier bin ich. Prinz Hal, hier bin ich. Oscar Wilde, hier bin ich. Hier mit Helm, Gasmaske und PX-Verpflegungskarte, hier geimpft gegen Tetanus, Typhus, Fieber und Pocken, hier nach genauen Instruktionsstunden, wie man sich als Gast in einem englischen Heim zu benehmen hat (Essen knapp, nicht zweimal auflegen lassen), hier gewarnt vor Syphilis-Ansteckung bei den süßen Nymphen in Piccadilly, hier mit Messingknöpfen, vom Tarnanstrich verdorben und dauernd neu poliert, damit man mit der britischen Armee konkurrieren kann. Hier, Paddy Finucane, tot im Kanal, aus der brennenden Spitfire abgestürzt, hier Montgomery, hier Eisenhower, hier Rommel, hier bin ich, klar zum Gefecht an der Schreibmaschine, mit Kohlepapier, hier, hier, hier, England, über Washington und den Local Board Nummer siebzehn, hier über Miami und Puerto Rico und Trinidad und Guyana und Brasilien und Himmelfahrtsinsel, hier über dem Ozean, in dem in dunkler Nacht die U-Boote auftauchen und wie Haie im Traum nach den Flugzeugen feuern, die abgedunkelt in der undurchdringlichen Finsternis dreitausend Meter hoch vorbeiziehen. Hier ist meine Geschichte, hier ist meine Vergangenheit, hier bin ich zwischen den Ruinen und unter den Kerlen aus dem Mittleren Westen, die »Taxe, Taxe« in den verdunkelten mitternächtlichen Straßen brüllen. Hier, Herr Nachbar William Blake, hier ist ein Amerikaner. Gott helfe uns!

»Weggetreten!«

Michael ging ins Haus zurück und machte sein Bett. Er rasierte sich, reinigte die Latrine, griff nach seinem Eßgeschirr und schlenderte, das scheppernde Aluminium an der Seite, durch die erwachenden grauen Straßen im ersten nüchternen Licht des Londoner Morgens zum Frühstück in ein großes rotes Backsteinhaus, in dem früher einmal die Familie eines Earl gewohnt hatte. Über ihm dröhnte das gleichmäßige Mahlen von tausend Lancastermaschinen, die auf ihrem Rückflug von Berlin die Themse überflogen. Zum Frühstück gab es Grapefruit-Saft, Haferflocken, Eipulver und eine dicke Scheibe Speck, nicht durchgebraten und im Fett schwimmend. Warum, zum Donnerwetter, dachte Michael kauend, kann man einem Armeekoch nie beibringen, anständigen Kaffee zu machen? Wie kann man bei so einem schlechten Kaffee überhaupt leben?

»Die ...te Kampfgruppe fordert einen Schauspieler und ein paar Tänzer an«, sagte Michael zu Hauptmann Mincey, seinem vorgesetzten Offizier, der an seinem Schreibtisch saß. An den Wänden des Zimmers hingen die Bilder aller berühmten Künstler, die für die Truppenbetreuung nach London gekommen waren. »Und Säufer wollen sie keine mehr. Johnny Sutter war letzten Monat total besoffen, hat im Künstlerzimmer einen Flieger beleidigt und ist zweimal zusammengeschlagen worden.«

»Schicken Sie Flanner hin«, sagte Mincey gleichgültig. Mincey hatte Asthma und trank zuviel, und die Mischung von schottischem Whisky und Londoner Klima bekam ihm nicht.

»Flanner hat Durchfall und lehnt es ab, aus dem Dorchester-Hotel rauszugehen.«

Mincey seufzte. »Dann schicken Sie ihnen die Akkordeonspielerin«, meinte er. »Wie heißt sie gleich? Die mit dem blonden Haar.«

»Aber sie wollen einen Komiker.«

»Dann sagen Sie ihnen, wir hätten nur Akkordeonspielerinnen.«

Mincey schnüffelte und schob ein Glasröhrchen mit Medizin in die

Nase. »Ja, Sir«, sagte Michael. »Miß Roberta Finch kann die Tournee nach Schottland nicht zu Ende machen. Sie hat in Salisbury einen Nervenzusammenbruch gehabt. Sie zieht sich dauernd die Kleider im Eßraum des Soldatenheims aus und will Selbstmord begehen.«

»Dann schicken Sie eben den Schlagersänger nach Schottland«, sagte Mincey seufzend, »schreiben Sie einen genauen Bericht über die Finch, und schicken Sie ihn ins Hauptquartier nach New York, damit wir gedeckt sind.«

»Die MacLean-Truppe ist im Hafen von Liverpool eingetroffen«, meldete Michael weiter, »aber ihr Schiff ist in Quarantäne. Einer der Matrosen hat Gehirnhautentzündung, und sie dürfen vor zehn Tagen nicht an Land.«

»Ist bald nicht mehr auszuhalten«, sagte Hauptmann Mincey.

»Dann ist hier ein vertraulicher Bericht von der ...ten schweren Bombergruppe eingegangen. Die Larry-Crosett-Band hat letzten Sonnabend dort gespielt und hat sich Sonntagabend an einem Pokerspiel beteiligt. Sie haben der Bombergruppe elftausend Dollar abgenommen, und Oberst Coker sagt, er habe Beweise, daß sie gezinkte Karten verwendeten. Er will das Geld zurück oder er wird den Fall anzeigen.«

Mincey seufzte nur und schob die Glasröhre in das andere Nasenloch. Vor dem Krieg war er Besitzer eines Nachtklubs in Cincinnati gewesen, und oft schon hatte er sich zu seinen Komikern und Nackttänzerinnen nach Ohio zurückgesehnt. »Teilen Sie Oberst Coker mit, daß ich die Sache untersuchen werde«, sagte er.

»Ein Kaplan vom Lastensegler-Kommando«, fuhr Michael fort, »beschwerte sich über die unflätigen Ausdrücke in unserem Stück ›*Folly of Youth*‹. Er sagt, der Hauptdarsteller sage siebenmal verflucht, und die Heldin nenne ihren Partner im zweiten Akt einen Schweinehund.«

Mincey schüttelte den Kopf. »Ich habe doch dem Schmierenkomödianten gesagt, er soll alle Schimpfwörter in unseren Vorstellungen streichen«, sagte Mincey. »Und er hat mir auch geschworen, es zu tun. Ach, Schauspieler.« Er stöhnte. »Sagen Sie dem Kaplan, er habe vollständig recht, und ich werde jeden einzelnen zur Verantwortung ziehen.«

»Das wäre soweit alles, Herr Hauptmann«, sagte Michael.

Mincey seufzte und steckte seine Medizin in die Tasche. Michael wandte sich zur Tür.

»Einen Augenblick, Whitacre«, sagte Mincey.

Michael drehte sich um. Mincey musterte ihn mürrisch, seine asthmaverquollenen Augen und die Nase waren rot und wässerig. »Jesus, Whitacre, Sie sehen schrecklich aus!« sagte er.

Michael sah gleichgültig an sich herunter, an der verknüllten Bluse und an seinen ausgebeulten Hosen. »Ja, Herr Hauptmann«, sagte Michael.

»Mir ist es ja ganz egal«, sagte Mincey. »Von mir aus können Sie mit kohlschwarzem Gesicht und in einem Hemd aus Gras herumlaufen. Aber wenn Offiziere anderer Waffengattungen Sie so sehen, macht das einen schlechten Eindruck.«

»Ja, Sir«, sagte Michael.

»Eine Einheit wie die unsere«, sagte Mincey, »muß zackiger aussehen als die Fallschirmtruppen. Bei uns muß alles auf Hochglanz, alles tipptopp sein. Wenn man Sie so ansieht, denkt man, Sie seien ein Küchenstrafdienstler in der bulgarischen Armee!«

»Ja, Sir«, sagte Michael.

»Können Sie sich nicht wenigstens 'ne andere Bluse beschaffen?«

»Seit acht Wochen habe ich eine beantragt«, antwortete Michael. »Der Kammerbulle redet schon gar nicht mehr mit mir.«

»Zum mindesten könnten Sie Ihre Knöpfe polieren«, meinte Mincey. »Das ist nicht zuviel verlangt, nicht?«

»Nein, Sir.«

»Außerdem«, fuhr Mincey fort, »liegt auf Ihrem Schreibtisch immer viel zu viel Papier herum. Das macht einen schlechten Eindruck. Legen Sie das Zeug in die Schubfächer, und lassen Sie immer nur einen einzigen Bogen Papier auf dem Schreibtisch.«

»Ja, Sir.«

»Und noch etwas«, sagte Mincey leiser. »Sind Sie einigermaßen bei Kasse? Gestern abend im Ambassadeurs mußte ich die Runde bezahlen, und ich kann meine Tagegelder nicht vor Montag abheben.«

»Würde Ihnen ein Pfund genügen?«

»Ist das alles, was Sie haben?«

»Ja, Sir«, sagte Michael.

»Okay.« Mincey nahm das Pfund. »Danke. Ich bin froh, daß Sie bei uns sind, Whitacre. Das Büro war ein Saustall, bevor Sie kamen. Wenn Sie bloß mehr wie 'n Soldat aussehen würden.«

»Ja, Sir.«

»Schicken Sie mir Feldwebel Moscowitz«, sagte Mincey. »Der Scheißkerl stinkt vor Geld.«

»Jawohl, Sir«, sagte Michael. Er ging ins Vorzimmer und schickte Feldwebel Moscowitz zum Hauptmann hinein.

So vergingen die Tage in London im Winter des Jahres 1943/44.

»*O meine Tat ist faul, sie stinkt zum Himmel*«, sagte der König, als Polonius abgetreten war.

»*Sie trägt den ersten, ältesten der Flüche –*
Mord eines Bruders!«

In den kleinen, dunklen Logen seitlich der Bühne leuchteten die Warnungstafeln mit der Aufschrift »Achtung! Vorwarnung!« auf, und einen Augenblick später heulten die Sirenen, und gleich darauf donnerten von der Küste her die Flakbatterien.

»*Beten kann ich nicht*«, sagte der König.

»*Ist gleich die Neigung dringend wie der Wille:*
Die stärkre Schuld besiegt den starken Vorsatz...«

Das Donnern des Geschützfeuers kam rasch näher, als die Flugzeuge über die Vororte flogen. Michael sah sich um. Es war eine Neuinszenierung, ein gesellschaftliches Ereignis, mit einem neuen Hamlet. Trotz der Kriegszeit waren die obersten Zehntausend im Parkett versammelt. Man bemerkte eine Menge alter Damen, die den Eindruck machten, als hätten sie jede Hamlet-Vorstellung seit Sir Henry Irving gesehen. Das glänzende Bühnenlicht, das von oben kam, mischte sich mit dem Glanz der hoch aufgetürmten weißhaarigen Frisuren und der schwarzglitzernden Netze im Parkett. Die alten Damen und alle anderen saßen atemlos und still, als der König mit sorgenvollem, vergrämtem Gesicht in dem dunklen Saal von Helsingör auf und ab schritt.

»*Vergib mir meinen schnöden Mord!*« rief der König laut.

»*Dies kann nicht sein. Mir bleibt ja stets noch alles,*
Was mich zum Mord getrieben: Meine Krone,
Mein eigener Ehrgeiz, meine Königin.«

Es war die große Szene des Königs, und er hatte sie genauestens ausgefeilt. Die ganze Bühne gehörte ihm, und er hatte einen langen, großartigen Monolog, um sich einzuspielen. Er machte es sehr gut, intelligent, ränkevoll, gequält, während Hamlet in der Kulisse wartete, im Zweifel, ob er den König niederstoßen sollte oder nicht.

Inzwischen feuerten die Flakgeschütze, und der Donner näherte sich dem Theater. Man vernahm das unregelmäßige Brummen der deutschen Maschinen, die die goldene Domkuppel anflogen. Lauter und lauter sprach der König; er sprach seinen Monolog über dreihundert Jahre englischer Geschichte hinweg und forderte die Bomben heraus, die Flugzeuge, die Geschütze. Niemand im Publikum regte sich. Angestrengt und begierig hörten sie alle zu, als ob sie in der Nachmittags-Uraufführung von Mr. Shakespeares neuer Tragödie im Globe-Theater säßen.

»*In den verderbten Weltlauf kann die Hand*

Der Missetat, wenn sie vergoldet ist,
Das Recht verstoßen, und ein schnöder Preis
Erkauft oft das Gesetz. Nicht so dort oben!
Da gilt kein Kunstgriff –«

Unmittelbar hinter dem Theater begann eine Flakbatterie zu feuern, und ganz in der Nähe explodierten zwei Bomben. Die Wände des Theaters wankten leise. »*...Die Tat erscheint in ihrer wahren Art*«, sagte der König laut und rang mit tragischer Gebärde die Hände, wie er es geübt hatte. Er sprach langsam und schob seine Worte in die Stille ein, die zwischen den explodierenden Bomben lag. »*...und wir sind selbst genötigt*«, sagte der König in die plötzlich eingetretene Pause hinein, während draußen die Soldaten neue Granaten in die Geschütze schoben, »*Unseren Fehlern in die Stirn ein Zeugnis abzulegen...*« Dann eröffneten Vierlingsabwehrgeschütze das Feuer in ihrem scheußlichen, pfeifenden Ton, der immer wie fallende Bomben klang, und der König schritt schweigend auf und ab und wartete auf die nächste Pause. Das Heulen und Donnern draußen sank einen Augenblick zu einem wilden Brummen herab. Worauf der König schnell weitersprach: »*Nun, was bleibt? Sehn, was die Reue kann. Was kann sie nicht?*«

Dann wurde er wieder von dem Donner draußen übertönt, und das Theater bebte und wankte in dem Höllenlärm der Geschütze.

Armer Kerl, dachte Michael und entsann sich all der Neuinszenierungen, die er herausgebracht hatte. Armer Kerl! Das ist sein großer Augenblick, vielleicht nach Jahren der erste große Augenblick. Wie er die Deutschen hassen mußte!

»*...O Jammerstand! O Busen, schwarz wie Tod!*« Dünn klang die Stimme inmitten des Krachens und Wankens.

Die Flugzeuge entfernten sich donnernd. Die Batterie feuerte ihnen noch eine letzte Vergeltungssalve nach. Dann hörte man, wie das Feuer von anderen entfernten Batterien, in Richtung Hampstead, aufgenommen wurde. Gegen diese Geräuschkulisse, die sich wie Trommelwirbel bei der Beisetzung eines Generals in einer benachbarten Straße anhörte, fuhr der König zu sprechen fort, langsam, selbstsicher und königlich, wie nur ein Schauspieler königlich sein kann.

»*O Seele, die, sich frei zu machen ringend,*
Noch mehr verstrickt wird. – Engel, helft! Versucht!
Beugt euch, ihr starren Knie! Gestähltes Herz,
Sei weich wie Sehnen neugeborener Kinder!
Vielleicht wird alles gut.«

Er kniete vor dem Altar nieder, und Hamlet trat auf, schlank und düster in seinem eng anliegenden schwarzen Trikot. Michael beobachtete seine Umgebung. Alle Gesichter waren mit ruhigem Interesse der Bühne zugewandt; die alten Damen und die Uniformen rührten sich nicht.

Wie ich euch liebe, wollte Michael ihnen sagen. Wie ich euch alle liebe! Ihr seid das beste, stärkste und unvernünftigste Volk auf der Welt, und ich will mit Freuden mein Leben für euch opfern.

Er fühlte, wie ihm die Tränen herunterliefen, wirkliche Tränen, die ihn verblüfften, und er wandte sich wieder Hamlet zu, der von Zweifeln geplagt sein Schwert hob und zögerte, seinen Oheim während des Gebets zu töten.

In der Ferne krachte noch ein Schuß eines einzelnen Geschützes. Wahrscheinlich eine Frauenbatterie, dachte Michael, die wie jede Frau nicht pünktlich sein kann, aber wenigstens ihren guten Willen zeigt.

Als Michael das Theater verließ, brannte London in einem hellen Kreis von Einzelfeuern. Er schlug den Weg über den Hyde Park ein. Der Himmel flackerte, und da und dort zeichnete sich ein orangeroter Widerschein in den Wolken ab. Hamlet war jetzt tot.

»Gute Nacht, mein Fürst! Und Engelscharen singen dich zur Ruh!«

Horatio hatte inzwischen seine Schlußworte gesprochen, von Taten, fleischlich, blutig, unnatürlich, zufälligen Gerichten, blindem Mord; während die letzten deutschen Maschinen über Dover jagten und die letzten Engländer in ihren brennenden Häusern umkamen.

Langsam fiel der Vorhang, und die Logenschließer liefen seitwärts zur Bühne hinauf, mit Blumen für Ophelia und die übrigen Mitwirkenden. In Piccadilly strichen die Huren in Schwärmen durch die Straßen, leuchteten den Passanten mit Taschenlampen ins Gesicht, kicherten roh und riefen: »Hello, Yank, zwei Pfund, Yank!«

Gemächlich schlenderte Michael zwischen der sich schiebenden Menge von Huren, MPs und Soldaten einher. Dabei fiel ihm ein, was Hamlet von Fortinbras und seinen Männern gesagt hatte:

»So dieses Heer von solcher Zahl und Stärke,
Von einem zarten Prinzen angeführt,
Des Mut, von hoher Ehrbegier geschwellt,
Die Stirn dem unsichtbaren Ausgang beut.
Und gibt sein sterblich und verletzbar Teil
Dem Glück, dem Tode, den Gefahren preis
Für eine Nußschal!«

Wie wir das Maul vollnehmen über diesen unsichtbaren Ausgang, dachte Michael grinsend und betrachtete sich die in der Dunkelheit mit den Huren handelnden Soldaten. Wie beschämend! Wir geben unser sterblich und verletzbar Teil den Gefahren preis, und für mehr als nur eine Nußschale, für zwei Pfund zum Beispiel. Verdammt anders als bei Fortinbras und seinem Zwanzigtausend-Mann-Heer! Na, wahrscheinlich hat Shakespeare ein bißchen übertrieben. Wahrscheinlich ist noch nie ein Heer aus dem Krieg zurückgekehrt, auch die aus dem Polackenkrieg heimkehrenden Männer des guten alten Fortinbras nicht, in der munteren und zuversichtlichen Stimmung, die der Tragödiendichter in seinem Überschwang schildert. Es machte sich gut und paßte herrlich in Hamlets kitzlige Situation. Da hat Shakespeare es eben reingeschrieben, obwohl er wissen mußte, daß er log. Noch nie hat man gehört, was wohl ein Pfc in der Infanterie des alten Fortinbras von seinem zarten Prinzen und der hohen Ehrbegier, die ihn schwellte, gehalten hat. Das wäre auch mal ein interessantes Thema!

Wie hieß es gleich: *»Ich seh' indes beschämt den nahen Tod von zwanzigtausend Mann, die für 'ne Grille, ein Phantom des Ruhms, zum Grab gehn wie ins Bett.«* Nicht weit von hier warteten genügend Gräber für viel mehr als zwanzigtausend Mann, dachte Michael. Und vielleicht war auch eines für ihn darunter. Andererseits war es schon möglich, daß in den vergangenen dreihundert Jahren die Grille und das Phantom allmählich ihre Wirkung verloren hatten. Und trotzdem gehen wir, wir gehen. Nicht im schönen Versmaß, das der Mann im schwarzen Trikot so wundervoll sprach; aber immerhin, wir gehen. Heute erfolgt die Aufforderung zum Heldentod in einer hinkenden, unehrlichen Bürokratensprache. In einem Juristen-Kauderwelsch, das kein Mensch versteht, verkündet von einer Instanz, die weder unser Freund noch unser Feind ist; ein Gestellungsbefehl, ausgestellt von einem nicht ganz ehrlichen Beamten, gegengezeichnet von einem Gremium nicht ganz wohlmeinender Leute, die über eine Sache zu entscheiden haben, von der sie nicht genug verstehen. »Geh«, sagen sie zu einem. »Geh und stirb ein bißchen. Wir wissen schon, warum.« Und wir trauen ihnen zwar nicht ganz, aber wir mißtrauen ihnen auch nicht genug. Wir gehen. »Na, geh schon«, sagen sie. »Stirb ein bißchen. Es wird zwar dadurch nicht besser werden, aber auch nicht schlechter.« Wo bleibt da ein Fortinbras, der mit vornehmer Gebärde und großartiger Rede uns die Gründe für unseren Tod erklärt und sie der Nachwelt überliefert? *N' existe pas,* wie die Franzosen sagen. Haben wir nicht mehr. Kommt auch nicht mehr rein. Weder in Amerika noch in England, noch in Frankreich, und schon gar nicht in Rußland. Fortinbras war von der Erde verschwunden. Churchill ähnelte ihm vielleicht ein bißchen. Aber wenn man näher hinhorchte, dann klang er hohl und altmodisch wie das Trompetensignal aus einem Krieg vor drei Jahren. Das Maul, das wir heute so vollnehmen über den unsichtbaren Ausgang, ist zu einem zweifelnden Grinsen verzogen. Dies ist der Krieg der bitter verzogenen Mäuler, dachte Michael. Und trotzdem werden genug von uns fallen, um ein blutdürstiges Publikum im Globe-Theater anfangs des sechzehnten Jahrhunderts zufriedenzustellen.

Michael ging langsam den Park entlang und dachte an die Schwäne, die sich in der Serpentine wieder beruhigen, und an die Redner, die am Sonntag wieder erscheinen würden, und die teekochenden Flakschützen, die jetzt eine Pause einlegen würden, nachdem die feindlichen Flugzeuge England verlassen hatten. Dabei erinnerte er sich an den irischen Hauptmann einer Flakbatterie mit vierzig Abschüssen in Dover, der auf Urlaub in London war. Was hatte der über die Londoner Luftabwehrbatterien gesagt? »Ein Wunder, daß London nicht völlig zerstört ist. Sie sind so beschäftigt, Rhododendron um ihre Geschütze zu pflanzen und die Geschütze zu polieren, daß sie schön glänzen, wenn Miß Churchill vorbeikommen sollte, daß sie sich einen Scheißdreck ums Schießen kümmern.«

Der Mond kam jetzt über den Bäumen und den zerstörten Gebäuden heraus, und es klang nach zertretenem Glas, als ein paar Soldaten mit ihren Mädchen über ein von den Bomben herausgeblasenes Fenster auf dem Trottoir schritten.

»Scheißdreck mit der ganzen Schießerei«, sagte Michael leise vor sich hin und ging auf den Eingang des Dorchester-Hotels zu, an dem riesigen Portier vorbei, dessen Uniform über und über mit den Orden des letzten Krieges besät war. »Scheißdreck mit der ganzen Schießerei«, wiederholte er, von seinen eigenen Worten begeistert.

In der Halle hörte man Swingmusik, und alte Ladies und ihre Neffen tranken feierlich Tee, und hübsche Mädchen rauschten am Arm amerikanischer Fliegeroffiziere auf dem Weg zur amerikanischen Bar vorüber, und Michael hatte das dumpfe Gefühl, daß er das alles schon einmal gelesen hatte, in Verbindung mit dem Ersten Weltkrieg. Die Charaktere, die Kulissen, die Handlungen waren genau dieselben. Die Kostüme waren vielleicht ein bißchen anders, aber nicht viel. So spielt die Zeit uns einen Streich, dachte er. Wir sind plötzlich die Helden unserer romantischen Jugendträume, aber wir kommen zu spät, um selbst romantisch zu sein. Er ging hinauf, in den großen Raum, wo die Gesellschaft noch in vollem Schwung war, und wo Luise auf ihn warten wollte.

»Schau mal«, sagte ein großes, schlankes Mädchen in der Nähe der Tür, »ein Pfc.« Dabei wandte sie sich zu dem Oberst an ihrer Seite. »Ich habe dir doch gesagt, daß es einen in London gibt.« Dann drehte sie sich zu Michael um. »Wollen Sie Dienstag zum Abendessen kommen?« fragte sie ihn. »Sie werden Hahn im Korb bei uns sein. Rückgrat der Armee!«

Michael lächelte sie an. Der Oberst daneben schien von Michael nicht sonderlich entzückt zu sein. »Komm, meine Liebe«, sagte er und nahm sie fest am Arm. »Sie kriegen sogar eine Zitrone, wenn Sie kommen«, rief das Mädchen über die Schulter zurück, während sie in einer Welle von Seide und Parfüm mit dem Oberst verschwand. »Eine richtige ganze Zitrone!«

Michael sah sich in dem Raum um. Er zählte sechs Generäle und fühlte sich sehr unbehaglich. Er hatte noch nie einem General gegenübergestanden. Verlegen schaute er an seiner schlecht sitzenden Uniform und den nicht ganz glänzend polierten Knöpfen hinunter. Es hätte ihn nicht gewundert, wenn einer der Generäle auf ihn zugekommen und Namen, Rang und Kompanie aufgeschrieben hätte, weil er ungeputzte Knöpfe hatte.

Luise hatte er noch nicht entdeckt, und er war zu verlegen, unter diesen wichtig aussehenden Fremden an das andere Ende des Raumes zur Bar zu gehen und einen Drink zu bestellen. Als er seinen sechzehnten Geburtstag gefeiert hatte, war er der Meinung gewesen, daß er nun das Alter der Schüchternheit hinter sich habe. Und seit damals hatte er sich überall zu Hause gefühlt, hatte seine Meinung frei geäußert, hatte den Eindruck gehabt, sich überall sehen lassen zu können. Aber seitdem er Soldat war, hatte sich in ihm eine späte Schüchternheit entwickelt, überwältigender und lähmender als alles, was er als Junge gekannt hatte; Schüchternheit gegenüber Offizieren, gegenüber Männern, die an der Front gewesen waren, Schüchternheit gegenüber Frauen, mit denen er normalerweise vollkommen ungeniert verkehrt hätte.

Er stand zögernd an der Tür und starrte auf die Generäle. Ihre Gesichter gefielen ihm nicht. Sie sahen zu sehr nach Geschäftsleuten aus, Kleinstadthändlern, Fabrikbesitzern, schon ein wenig dick und überfressen, auf der Lauer nach neuen lohnenden Geschäften. Deutsche Generäle sehen besser aus, dachte er. Nicht besser als Gesichter, aber besser als Generalsgesichter. Härter, grausamer, entschlossener. Ein General hat die Wahl zwischen zwei Arten von Gesichtern, dachte er. Entweder sollte er wie ein Schwergewichtspreisboxer aussehen, mit einem tierisch stumpfen Blick auf die Umwelt aus zusammengekniffenen Schlitzaugen, oder er sollte wie ein Gehetzter aus einem Dostojewski-Roman aussehen, bösartig, fast verrückt, mit einem von krankhaften Leidenschaften und Todesahnungen gezeichneten Gesicht. Unsere Generäle, dachte er weiter, sehen aus, als ob sie dir ein Grundstück oder einen Staubsauber verkaufen wollten, nie, als ob sie das Zeug hätten, dich gegen eine feindliche Stellung zu führen. Fortinbras, Fortinbras, bist du nie aus Europa hinausgekommen?

»Woran denkst du?« fragte Luise.

Er blickte auf. Sie stand neben ihm. »An die Gesichter unserer Generäle«, sagte er. »Gefallen mir nicht.«

»Das Schlimme mit dir ist«, sagte sie, »daß du wie die einfachen Soldaten denkst.«

»Wie recht du hast.« Er schaute sie an. Sie trug ein grünkariertes Kostüm mit einer schwarzen Bluse. Ihr rotes Haar, hell und streng über der kleinen eleganten Figur, leuchtete unter den Uniformen. Er war sich nie ganz klar, ob er Luise liebte oder sich über sie ärgerte. Irgendwo im Pazifik hatte sie einen Gatten, von dem sie selten sprach, und sie hatte einen halb geheimen Job in der Abwehr, und sie kannte natürlich jedes große Tier auf den Britischen Inseln. Sie hatte eine eigene verschlagene Art, mit Männern umzugehen, und wurde immer in berühmten Häusern zum Wochenende eingeladen, wo schwatzhafte Militärs von hohem Rang irgendwelche gefährlichen Geheimnisse ausplauderten. Michael war zum Beispiel sicher, daß sie genau wußte, auf wann der D-Day festgesetzt war und welche Ziele in Deutschland im nächsten Monat bombardiert würden und wann Roosevelt, Stalin und Churchill sich wieder treffen würden. Sie war weit über dreißig, wenn sie auch jünger aussah, und hatte vor dem Krieg in St. Louis gewohnt, wo ihr Mann Vorlesungen an einem College gehalten hatte. Nach dem Krieg würde sie sich sicherlich in den Senat wählen lassen oder zur Gesandtin irgendwo ernannt werden, und wenn Michael daran dachte, bedauerte er den Mann, der in Bougainville oder Neukaledonien festsaß und davon träumte, zu seinem bescheidenen Heim und seiner ruhigen Frau nach St. Louis zurückkehren zu können.

»Warum eigentlich«, fragte Michael und lächelte sie nüchtern an, während zwei oder drei hohe Offiziere steinern zu ihm herübersahen, »warum gibst du dich eigentlich mit mir ab?«

»Weil ich mit dem Truppengeist in Fühlung bleiben will«, sagte Luise. »›Der einfache Soldat und wie er sich entwickelt.‹ Vielleicht schreibe ich einen Artikel für das *Ladies' Home Journal* darüber.«

»Wer bezahlt diese Party hier?« fragte Michael.

»Die Abwehr«, antwortete Luise und hielt besitzergreifend seinen Arm. »Besseren Kontakt mit unseren Truppen und unseren edlen Verbündeten, den Engländern.«

»Dafür werden alle meine Steuern verpulvert«, sagte Michael. »Schottischen Whisky für die Herren Generäle.«

»Die armen Guten«, sagte Luise, »gönn es ihnen doch. Ihre guten Tage sind sowieso bald vorüber.«

»Gehn wir hier raus, ich kann kaum atmen«, schlug Michael vor.

»Aber willst du nicht einen Drink?«

»Nein, danke. Was würde die Abwehr dazu sagen?«

»Was ich bei euch GIs nicht ausstehen kann, ist eure Miene verletzter moralischer Überlegenheit«, sagte Luise.

»Gehn wir schon«, wiederholte Michael und sah einen grauhaarigen britischen Oberst auf sie zukommen. Er versuchte, Luise zur Tür zu steuern, aber es war schon zu spät.

»Luise!« rief der Oberst. »Wir gehen zum Dinner in den Klub, und ich dachte, wenn du nichts Besseres vorhättest...«

»Tut mir leid«, entgegnete Luise und hielt leicht Michaels Arm. »Meine Verabredung ist eingetrudelt. Oberst Treanor, Pfc Whitacre.«

»Sehr angenehm, Sir«, sagte Michael und wäre beinahe strammgestanden, während er dem Oberst die Hand reichte.

Er stellte fest, daß der Oberst ein gut aussehender schlanker Mann mit kalten, blassen Augen und den roten Generalstabsabzeichen am Revers war. Der Oberst lächelte nicht bei der Vorstellung.

»Bist du ganz sicher, daß du nicht kommen kannst?« fragte er rüde. Er starrte sie an, mit seltsam blassem Gesicht, und wippte dabei ein wenig auf den Absätzen. Dann erinnerte sich Michael an seinen Namen. Vor langer Zeit hatte er einmal gehört, daß er mit Luise ein Verhältnis habe, und Mincey hatte Michael geraten, etwas vorsichtiger zu sein, als er Michael mit Luise an der Bar gesehen hatte. Der Oberst hatte augenblicklich kein Truppenkommando. Er saß in einem der Planungsausschüsse des Obersten Hauptquartiers und war, wie Mincey sagte, ein mächtiger Mann in der Politik der Alliierten.

»Ich sagte dir doch, Charles, daß ich verabredet bin«, sagte Luise.

»Natürlich«, antwortete der Oberst in schnoddrigem, leicht betrunkenem Ton. Er drehte sich um und ging zur Bar zurück.

»Wiedersehen, Pfc Whitacre«, sagte Michael leise, »auf 'm Landungsboot Nummer eins.«

»Quatsch!« sagte Luise böse.

»Bloß 'n Scherz.«

»'n dummer Scherz.«

»Schön, 'n dummer Scherz.« Er grinste Luise an, um ihr zu zeigen, daß er nicht eingeschnappt war. »Und jetzt, nachdem du mir meine Karriere in der amerikanischen Armee verdorben hast, können wir gehen?«

»Willst du nicht 'n paar Generäle kennenlernen?«

»Ein andermal«, sagte Michael. »So um 1960 rum. Hol bitte deinen Mantel.«

»Okay«, sagte Luise. »Aber bleib da. Ich könnte es nicht ertragen, wenn du ohne mich gingest.«

Michael sah sie forschend an. Sie stand dicht bei ihm, alle anderen Männer um sie herum vergessend, den Kopf ein wenig zur Seite geneigt, und sah ihn sehr ernst an. Sie meint es im Ernst, dachte Michael, in vollem Ernst. Er fühlte sich verwirrt, zärtlich und verärgert, alles gleichzeitig. Was will sie von mir? Die Frage lauerte am Rande seines Bewußtseins, als er auf das geschickt zurechtgemachte helle Haar hinunterblickte, auf die klaren, willigen Augen. Was will sie? Was es auch sei, dachte er trotzig, ich will es nicht.

»Warum heiratest du mich nicht?« fragte sie.

Michael blinzelte und sah sich unter den Uniformen und Orden und dem matt glänzenden Lametta um. Was für ein Ort, dachte er, was für eine Situation für eine solche Frage!

»Warum heiratest du mich nicht?« wiederholte sie ruhig.

»Bitte, Luise, hol jetzt deinen Mantel«, sagte er. Und plötzlich mochte er sie gar nicht mehr. Plötzlich bedauerte er den Schulmeister-Gatten in der Marineuniform weit weg im Dschungel. Sicherlich ist er ein netter, einfacher, sorgsamer Mann, der wahrscheinlich noch fallen wird, bloß weil er Pech hat.

»Glaub ja nicht, daß ich betrunken bin«, sagte Luise. »Ich wußte, daß ich dich fragen würde, als du heute abend hereinkamst. Ich habe dich fünf Minuten lang beobachtet, bevor du mich sahst. Ich wußte, daß ich das wollte.«

»Ich werde die Eingabe durch die entsprechenden Kanäle leiten«, sagte Michael so leichthin wie möglich, »um von meinem vorgesetzten Offizier Heiratsurlaub zu bekommen...«

»Mach keine dummen Witze, verdammt noch mal!« herrschte Luise ihn an, drehte sich brüsk um und holte ihren Mantel.

Er sah ihr nach, wie sie durch den Raum schritt. Oberst Treanor hielt sie auf, und Michael sah, daß er schnell und geheimnisvoll auf sie einredete und sie am Arm festhielt. Sie machte sich von ihm los und ging weiter zur Garderobe. Sie hat einen leichten Gang, stellte Michael fest, mit verhaltener Grazie, ihre hübschen Beine und kleinen Füße sind bestimmt und sehr fraulich in ihren Bewegungen. Michael war immer noch verblüfft und wünschte, er hätte den Mut, zu einem Drink an die Bar zu gehen. Es war alles so leicht und kameradschaftlich gewesen, so untief und ohne Verpflichtung, gerade das Richtige für diese Zeit, eine Zeit des Wartens an der Schwelle zum wirklichen Krieg, Zeit der Lächerlichkeit und geheimer Scham in Minceys blödem Büro. Es war oberflächlich und schmeichelte der Eitelkeit, hielt sich genau in den richtigen Grenzen, und Luise hatte geschickt einen dünnen Schild von etwas errichtet, was weniger und doch besser als Liebe war und ihn vor dem komischen unaufhörlichen Mißbrauch des Soldatenlebens bewahrte. Und jetzt war es wahrscheinlich aus. Frauen können sich doch nie damit abfinden, etwas Vorübergehendes zu sein, dachte Michael vorwurfsvoll. Im Herzen sind sie alle für ewiges Niederlassen und fürs Heimegründen, mit ihrer sturen, triebhaften Zähigkeit in Ebbe und Flut, in Kriegszeiten, vor einer Invasion oder mitten im Zusammenbruch ganzer Staaten. Nein, dachte er, das ist nichts für mich. Zu meinem eigenen Schutz werde ich diese Zeit allein durchstehen...

Zum Teufel! Generäle oder keine Generäle, dachte er. Aufrecht und entschlossen schritt er schnell durch den Raum zur Bar.

»Whisky und Soda, bitte!« bestellte er beim Mixer und trank den ersten Schluck in einem dankbaren langen Zug hinunter.

Ein Oberst des britischen Nachschubs sprach mit einem RAF-Geschwaderführer neben ihm. Die beiden nahmen von ihm keine Notiz. Der Oberst war ein bißchen betrunken. »Herbert, alter Junge«, sagte er, »ich war in Afrika, und ich spreche aus Erfahrung. Die Amerikaner sind in einer Sache großartig. Großartig, will ich gar nicht leugnen. Aber seien wir doch ehrlich, Herbert, kämpfen können sie nicht. Wenn Montgomery den Schneid hätte, würde er zu ihnen sagen: ›Jungs, wir geben euch unseren ganzen Wagenpark, und ihr gebt uns alle eure Panzer und Geschütze. Ihr ladet auf und fahrt, Jungs, weil ihr das aus'm Effeff versteht, und wir schlagen gottverdammt noch mal die Schlachten, und bis Weihnachten sind wir alle wieder zu Hause.‹«

Der Geschwaderführer nickte feierlich, und beide Offiziere Seiner Britischen Majestät bestellten sich noch zwei Whiskys. Die Abwehr, dachte Michael grimmig und starrte den Oberst an, dessen rosa Schädel durch das dünne weiße Haar an seinem Hinterkopf schimmerte. Bei diesen Alliierten ist das Geld des Steuerzahlers entschieden zum Fenster hinausgeworfen.

Dann sah er Luise in einem losen grauen Mantel aus der Garderobe hereinkommen. Er stellte sein Glas hin und eilte zu ihr. Ihr Gesicht war nicht mehr ernst, sondern zeigte das gewohnte, leise zweifelnde Lächeln, als ob sie nicht die Hälfte von all dem glaubte, was man ihr erzählte. In der Garderobe, dachte Michael und nahm ihren Arm, hat sie wahrscheinlich in den Spiegel gesehen und sich vorgenommen, sich heute abend nichts mehr anmerken zu lassen und das alte Gesicht aufzusetzen.

»Joi!« sagte Michael grinsend und steuerte sie durchs Gewühl dem Ausgang zu, »bin ich heute abend aber in Gefahr!«

Luise sah ihn kurz an und verstand ihn halbwegs. Sie lächelte nachdenklich. »Worauf du dich verlassen kannst«, sagte sie.

»Tu' ich«, sagte Michael, und sie lachten beide und schritten durch die Halle des Dorchester, an den alten teetrinkenden Damen mit ihren Neffen und den jungen RAF-Hauptleuten mit ihren hübschen Mädchen vorbei, durch die traurigen, langweiligen Klänge englischer Jazzmusik hindurch, die an dem Mangel an Negern litt, die sie hätten aufpfeffern können. »O Mistuh, du spielen falsch!« würde der farbige Bursche aus Louisiana oder New Orleans zu dem Saxophonisten oder Trommler sagen, »Mistuh, hören du doch, so muß machen, Mistuh, lassen du diese arme gefangene Horn in deine Hände frei!«

Michael und Luise schlenderten wieder sorglos Arm in Arm, vielleicht nur für einen Augenblick, in ihrer alten Liebe am Rande geborgen dahin. Drüben, auf der anderen Seite des Parks, warfen die langsam erlöschenden Feuer, die die Deutschen in der frischen, kalten Morgenluft angezündet hatten, einen roten Schein in die Wolken. –

Sie näherten sich Piccadilly.

»Ich habe mir heute abend etwas vorgenommen«, sagte Luise.

»Was?« fragte Michael.

»Ich muß dich zum Offizier machen lassen. Mindestens zum Leutnant. Du kannst doch nicht dein ganzes Leben als Pfc rumlaufen. Ich spreche mit ein paar Freunden von mir.«

Michael lachte. »Spar dir die Mühe«, sagte er.

»Möchtest du nicht Offizier werden?«

Michael zuckte die Schultern. »Warum nicht? Ich hab' noch nicht darüber nachgedacht. Trotzdem – spar dir die Mühe.«

»Warum?«

»Geht nicht.«

»'s geht alles«, sagte Luise. »Wenn ich darum bitte...«

»Nichts zu machen. Es geht nach Washington, und die lehnen's ab.«

»Warum?«

»Weil in Washington ein Mann sitzt, der behauptet, ich sei Kommunist.«

»Unsinn.«

»Natürlich Unsinn«, sagte Michael. »Aber nicht zu ändern.«

»*Bist* du denn ein Kommunist?«

»Ungefähr so wie Roosevelt«, sagte Michael. »Den würden sie auch nicht Offizier werden lassen.«

»Hast du schon mal eine Eingabe gemacht?«

»Ja.«

»O Gott!« seufzte Luise, »was für eine blöde Welt.«

»Ist nicht so wichtig, wir gewinnen den Krieg auch so.«

»Hast du dich nicht geärgert, als du das erfahren hast?« fragte Luise.

»'n bißchen schon«, meinte Michael, »ich war eher traurig als wütend.«

»Hattest große Lust, den Bettel hinzuschmeißen, wie?«

»Ein paar Stunden lang vielleicht«, sagte Michael. »Aber dann dachte ich mir, wie kindisch das wäre.«

»Du bist zu verdammt vernünftig.«

»Möglich. Eigentlich bin ich nicht wirklich vernünftig, nicht so schrecklich vernünftig«, meinte Michael. »Sowieso tauge ich nicht viel als Soldat. Die Armee verliert an mir nichts. Als ich mich einziehen ließ, nahm ich mir vor, mich ganz dem Heeresdienst zu widmen. Ich glaube an den Krieg. Das heißt aber nicht, daß ich an die Armee glaube. Ich glaube überhaupt an keine Armee. Von einer Armee kann man nicht Gerechtigkeit verlangen, wenn man ein verständiger erwachsener Mensch ist, sondern Sieg. Und im Vergleich mit anderen ist unsere Armee immer noch die gerechteste, die's je gegeben hat. Ich glaube also, daß ich in der Armee ganz gut aufgehoben bin, daß sie sich sogar bemüht, mein Leben nicht leichtfertig aufs Spiel zu setzen, und daß sie schließlich siegen wird, und zwar unter den geringsten Opfern, die menschliche Voraussicht und die Kriegskunst gewährleisten können. Das genügt mir bis zum Tag des Endsiegs.«

»Das ist eine sehr zynische Einstellung«, sagte Luise. »Der Abwehr würde das gar nicht gefallen.«

»Schon möglich«, sagte Michael. »Ich habe mir die Armee korrupt, untüchtig, grausam, verschwenderisch vorgestellt und als das alles hat sie sich auch erwiesen, wie alle Armeen, nur viel weniger, als ich erwartet habe, ehe ich Soldat wurde. Sie ist zum Beispiel viel weniger korrupt als die deutsche Armee. Eins zu null für uns. Der Sieg wird nicht so gut ausfallen, wie er sein könnte, wenn unsere Armee besser wäre. Aber immerhin wird es der beste Sieg sein, den man heute in unserem Zeitalter erwarten kann, und dafür bin ich dankbar.«

»Und was willst du solange machen?« fragte Luise. »In deinem dummen Büro sitzen und für den Rest des Krieges den Chor-Girls den Popo streicheln?«

Michael grinste. »'s gibt schlimmere Methoden, übrigzubleiben«, sagte er. »Aber ich glaube, es wird nicht immer dabei bleiben. Irgendwann einmal«, sagte er nachdenklich, »wird mich die Armee woanders hinstellen, wo ich kämpfen muß und vielleicht falle.«

»Und was hältst du davon?«

»Bißchen Angst.«

»Warum glaubst du sicher, daß es so kommt?«

Michael zuckte die Schultern. »Ich weiß nicht«, sagte er. »Eine Vorahnung vielleicht. Eine Art mystischer Glaube an einen Akt ausgleichender Gerechtigkeit. Seit 1936, seit dem Spanienkrieg, habe ich das Gefühl, daß ich eines Tages bezahlen muß. Ich habe mich gedrückt, Jahr für Jahr. Aber jeden Tag wurde das Gefühl stärker: Eines Tages mußt du bezahlen, unbarmherzig.«

»Na, und hast du jetzt bezahlt?«

»Ein bißchen«, sagte Michael lächelnd. »Die Schuldzinsen, sagen wir mal. Das Kapital ist noch nicht getilgt. Eines Tages werden sie auch das Kapital von mir zurückfordern, und nicht im Soldatenheim, darauf kann ich mich verlassen.« Sie bogen in die St. James Street ein, an deren Ende dunkel und mittelalterlich der Palast lag. Die Uhr über dem Eingang schimmerte fahl, ein milder, grauer Glanz inmitten der Zinnen.

»Vielleicht«, sagte Luise in der Dunkelheit vor sich hinlächelnd, »vielleicht bist du doch nicht zum Offizier geschaffen.«

»Vielleicht bin ich's nicht«, stimmte Michael ernst zu.

»Aber du könntest wenigstens Feldwebel werden«, schlug Luise vor.

Michael lachte. »Wie sich die Zeiten verschlechtert haben«, sagte er. »Madame Pompadour in Paris überreicht ihrem Geliebten den Marschallstab. Und Luise M'Kimber schlüpft in des Königs Bett, um drei Streifen für ihren Pfc herauszuschlagen.«

»Sei nicht gemein«, sagte Luise würdevoll. »Du bist nicht in Hollywood.«

»Roll me over«, sangen drei junge britische Matrosen, die eingehakt über die breite Straße gingen, *»in the clover, lay me down, and do it again.«*

»Bevor ich dich heute abend traf, dachte ich an Dostojewski«, sagte Michael.

»Ich mag gebildete Männer nicht«, sagte Luise mit Überzeugung.

»Bei Dostojewski kommt ein Prinz Mischkin vor, der eine Hure heiraten wollte, aus Schuldgefühl und um seine Sünden zu büßen...«

»Ich lese den *Daily Express*«, sagte Luise trocken.

»Die Zeiten sind weniger dramatisch geworden«, sagte Michael. »Ich heirate niemand. Ich büße meine Schuld als Pfc. Das ist nicht so schwer. Schließlich gibt es noch acht Millionen wie mich.«

»Oh, this is number four«, sangen die Matrosen und schwankten zum Palast hinunter, *»and she asked him for more. Oh, roll me over and do it again.«*

Michael und Luise bogen in eine Seitenstraße ein, in der nur ein Haus zerstört war. Die jungen Stimmen, frisch und rauh, klangen trotz des Textes gedämpfter und verlassener, je weiter sich die Matrosen entfernten.

Die Kantine der Alliierten bestand trotz ihrer hochtrabenden Bezeichnung bloß aus drei kleinen Zimmern im Kellergeschoß, mit schmutzigem Fahnentuch an den Wänden und einem langen Brett, das über ein paar Fässer genagelt war, um als Bar zu dienen. Gelegentlich konnte man hier Wildkotelett und schottischen Lachs und kaltes Bier aus einem Waschzuber bekommen, in dem die Inhaberin aus Rücksicht auf den amerikanischen Geschmack Eis liegen hatte. Wenn Franzosen hinkamen, konnten sie in der Regel eine Flasche algerischen Wein zum Stoppreis erstehen. Jeder konnte Kredit haben, wenn er wollte, und ein Mädchen, auch wenn er nicht wollte. Vier oder fünf Damen mittleren Alters und mit hungrigen Augen, deren Männer alle in der Achten Armee in Italien zu dienen schienen, bedienten im Geschäft auf freiwilliger Grundlage. Nach der Sperrstunde gab es sogar auch Schwarzmarktschnaps.

Als Michael und Luise eintraten, spielte im Hinterzimmer jemand Klavier. Zwei englische Fliegerfeldwebel sangen leise an der Bar. Einer betrunkenen amerikanischen WAC-Korporalin half man gerade auf die Toilette. Ein amerikanischer Oberst namens Pavone hielt an einem langen Tisch vier Kriegskorrespondenten einen Vortrag. Er sah wie ein Komiker in einer Nacktrevue aus, war in Brooklyn geboren und hatte in den dreißiger Jahren in Frankreich mal einen Zirkus geleitet. Zu Beginn des Krieges hatte er in der französischen Kavallerie gedient und rauchte seitdem lange teure Zigarren am laufenden Band. In einer Ecke saß beinahe unbemerkt ein riesiger dunkler Franzose, von dem es hieß, daß er für den britischen Intelligence Service zwei- bis dreimal im Monat mit Fallschirm über Frankreich absprang. Er saß da und zerkaute Martinigläser, was er immer dann tat, wenn er sich betrank und melancholisch wurde. In der kleinen Küche, die vom Hinterzimmer abging, briet sich ein großer, dicker Hauptfeldwebel von der MP, der mit einer der Bedienungen ein Verhältnis hatte, eine Pfanne voll Fisch. An einem kleinen Tisch in der Nähe der Küche spielten ein Kriegskorrespondent und ein dreiundzwanzigjähriger RAF-Major Poker. Der Major hatte am Nachmittag Kiel bombardiert. Michael hörte ihn gerade sagen: »Ich erhöhe auf hundertfünfzig Pfund.« Michael sah, wie er ernst einen Schuldschein über hundertfünfzig Pfund ausschrieb und ihn in die Mitte des Tisches legte. »Gemacht. Ich erhöhe um hundertfünfzig

Pfund«, sagte sein Gegner, der die Uniform eines amerikanischen Kriegskorrespondenten trug, aber wie ein Ungar englisch sprach. Dann schrieb er auch einen Schuldschein aus und warf ihn auf den kleinen Haufen in der Mitte des Tisches.

»Zwei Whiskys, bitte«, sagte Michael zu dem britischen Unteroffizier, der hinter der Bar stand, wenn er auf Urlaub in London war.

»Gibt keinen Whisky mehr, Herr Oberst. Tut mir leid«, sagte der Unteroffizier, der keine Zähne hatte und dessen Zahnfleisch durch die schlechte britische Armeekost schwer gelitten haben mußte.

»Dann zwei Gins.«

Der Unteroffizier, der eine weite, schmutziggraue Schürze über seine Uniform gebunden hatte, füllte die beiden Gläser mit liebevoller Sorgfalt. Aus dem Zimmer mit dem Klavier klang gefühlsseliger Männergesang:

»My father 's a black market grocer,
My mother makes illegal gin,
My sister sells sin on the corner,
Kee-rist, how the money rolls in!«

Michael trank Luise zu: »Prost«, sagte er, und sie tranken.

»Sechs Shilling, Herr Oberst«, sagte der Unteroffizier.

»Schreiben Sie's auf«, sagte Michael. »Ich bin pleite heute abend. Erwarte einen großen Scheck aus Australien. Ich hab' einen Bruder drüben, Major im Fliegerkorps, kriegt dicke Fluggelder und Tagesspesen.«

Schwerfällig kritzelte der Unteroffizier Michaels Namen in ein soßenverschmiertes Heft und machte zwei Flaschen warmes Bier für die Fliegerfeldwebel auf, die, von der Melodie im Nebenzimmer angezogen, mit ihren Gläsern in der Hand hinübergingen.

»Im Namen des Generals Charles de Gaulle!« sagte der Franzose und hörte für den Augenblick auf, Martinigläser zu kauen. »Ich bitte alle Anwesenden, sich für General de Gaulle und die französische Armee zu erheben!«

Alles stand zerstreut für den General der französischen Armee auf. »Meine lieben Freunde«, sagte der Franzose laut und mit starkem russischen Akzent. »Ich glaube den Zeitungen kein Wort. Ich hasse Zeitungen, und ich hasse alle Zeitungsleute.« Dabei schaute er wütend zu den vier Kriegskorrespondenten bei Oberst Pavone hinüber. »General Charles de Gaulle ist ein Demokrat und Ehrenmann.« Er setzte sich und schaute träumerisch auf sein angekautes Martiniglas.

Alle setzten sich wieder. Aus dem Hinterzimmer klangen die grölenden Stimmen der RAF-Leute heraus. *»There's a Lancaster leaving the*

Ruhr«, sangen sie, *»bound for old Blighty's shore, heavily laden with terrified men, Shitscared and prone on the floor...«*

»Gentlemen«, sagte die Inhaberin. Sie war auf einem Stuhl an der Wand eingenickt. Die Brille hing ihr übers Ohr. Sie öffnete die Augen, lächelte die Gesellschaft an und sagte, indem sie auf die WAC-Korporalin deutete, die eben aus der Toilette zurückkam: »Die Frau da hat meinen Schal geklaut.« Dann schlief sie wieder ein, und einen Augenblick später schnarchte sie laut.

»Was mir an dieser Bude gefällt«, sagte Michael, »ist die auffallend starke Atmosphäre des verschlafenen alten England. Cricket«, sagte er, »Tea-Party im Pfarrgarten, Musik von Delius.«

»...oh, they've shot off my ballocks«, sang die RAF im Nebenzimmer, *»and screwed my hydraulics. Oh, bless them, lads, bless them all...«*

Ein dicker Generalmajor vom Nachschubdienst, der erst am Nachmittag von Washington in England angekommen war, betrat die Bar. Am Arm hatte er eine große junge Frau mit vorstehenden Zähnen und einem flatternden schwarzen Schleier. Ein betrunkener Hauptmann mit starkem Schnurrbart folgte ihm unsicher.

»Ah«, rief der Generalmajor und ging direkt auf Luise zu und lächelte liebenswürdig, »meine liebe Mrs. M'Kimber.« Er küßte Luise. Die Frau mit den vorstehenden Zähnen lächelte jeden verführerisch an. Irgend etwas mit ihren Augen stimmte nicht, denn sie blinzelte fortwährend, immer wieder. Später erfuhr Michael, daß sie Kearney hieß und daß ihr Mann in der RAF gewesen und 1941 über London abgeschossen worden war.

»General Rockland«, sagte Luise, »ich möchte Sie mit Pfc Whitacre bekannt machen. Er ist scharf auf Generäle.«

Der General schüttelte Michael herzlich die Hand. Er zerquetschte sie fast, so daß Michael annahm, daß der General früher einmal in West Point Rugby gespielt hatte. »Freut mich, Junge«, sagte der General. »Ich habe Sie auf der Party bemerkt, wie Sie mit dieser hübschen jungen Frau verduftet sind.«

»Er will unbedingt Pfc bleiben«, sagte Luise. »Was kann man da tun?«

»Ich mag keine ewigen Pfcs«, sagte der General, und der Hauptmann hinter ihm nickte zustimmend.

»Ich auch nicht«, sagte Michael. »Ich wäre viel lieber Leutnant.«

»Ich mag auch keine ewigen Leutnants«, sagte der General wieder.

»Gut, Sir«, sagte Michael, »wenn Sie wollen, können Sie mich gleich zum Oberstleutnant befördern.«

»Vielleicht«, meinte der General, »vielleicht tu' ich's. Jimmy, schreiben Sie sich den Namen auf.«

Der Hauptmann, der mit dem General gekommen war, kramte in seiner Tasche und holte eine Karte hervor, eine Reklame eines Schwarzmarkt-Taxendienstes. »Name, Rang und Feldpostnummer?« fragte er mechanisch. Michael gab ihm Namen, Rang und Nummer, und der Hauptmann steckte die Karte vorsichtig in eine Innentasche. Als er seine Uniform wieder zuknöpfte, bemerkte Michael, daß er hellrote Hosenträger trug.

Inzwischen hatte der General Luise in eine Ecke an die Wand gelotst, sein Gesicht berührte fast das ihre. Michael machte Anstalten, hinüberzugehen, aber die Frau mit dem Pferdegebiß vertrat ihm den Weg, lächelte vertraulich und blinzelte. Sie reichte ihm eine schmale, steife weiße Karte. Michael las: Mrs. Ottilie Munsell Kearney, Telephone Regent 4027.

»Bis elf Uhr vormittags bin ich immer zu Hause«, sagte Mrs. Kearney und lächelte ihn ganz eindeutig an. Dann ging sie weiter mit flatterndem Schleier von Tisch zu Tisch und verteilte ihre Karten.

Michael bestellte sich noch einen Gin und ging an den Tisch, wo Pavone mit den Korrespondenten saß. Zwei von ihnen kannte Michael.

»...nach dem Krieg«, sagte Pavone gerade, »wird Frankreich eine Linksregierung haben, und dagegen kann man gar nichts machen. Auch England nicht und Rußland nicht. Setzen Sie sich, Whitacre, 's gibt Whisky.«

Michael leerte sein Glas, setzte sich und sah einem der Korrespondenten zu, wie er ihm vier Finger hoch Whisky einschenkte.

»Ich bin im Zivilverbindungsstab«, sagte Pavone, »und ich habe keine Ahnung, wohin sie mich später versetzen. Aber eins kann ich Ihnen sagen: Wenn sie mich nach Frankreich schicken, wird das ein großer Witz. Seit hundertfünfzig Jahren sind die Franzosen gewöhnt, sich selbst zu regieren. Die würden jeden Amerikaner glatt auslachen, der ihnen nur erzählen wollte, wie man die Wasserleitung im Rathaus anlegen muß.«

»Ich erhöhe auf fünfhundert Pfund«, sagte der ungarische Korrespondent am anderen Tisch.

»Gemacht«, antwortete der RAF-Major. Beide schrieben Schuldscheine aus.

»Was ist los, Whitacre?« fragte Pavone. »Hat Ihnen der General Ihr Mädchen weggeschnappt?«

»Nur auf Zeit«, sagte Michael und blickte zur Bar, wo der General sich schwer an Luise lehnte und schallend lachte.

»Ja, ja«, meinte Pavone, »die Vorrechte des hohen Ranges.«

»Der General ist immer scharf auf Mädchen«, sagte einer der vier Korrespondenten. »Er war vierzehn Tage in Kairo und hatte vier Rote-Kreuz-Schwestern. Als er nach Washington zurückkehrte, gab man ihm das Verdienstkreuz.«

»Haben Sie auch so was bekommen?« fragte Pavone und schwenkte eine von Mrs. Kearneys Visitenkarten.

»Eines meiner wertvollsten Andenken«, meinte Michael mit gemachtem Ernst.

»Die junge Frau muß allerhand Druckkosten haben«, sagte Pavone.

»Ihr Vater hat was mit Brauereien zu tun«, berichtete einer der Korrespondenten. »Geld spielt keine Rolle.«

»I don't want to join the Air Force«, sang die RAF im Nebenzimmer, *»I don't want to go to war. I'd rather hang around the Piccadilly Underground, living off the earnings of a high born – ladeeee...«*

Draußen heulten wieder die Sirenen.

»Die Fritzen übernehmen sich entschieden«, sagte einer der Korrespondenten. »Erst gestern bewies ich bündig in einem Artikel, daß die Luftwaffe erledigt ist. Ich habe die gesamte Flugzeugproduktion der Deutschen, die von der Achten Luftflotte, der Neunten Luftflotte, der RAF und allen unseren Jägern als vernichtet gemeldet wurde, zusammengezählt, und dabei kam heraus, daß die Luftwaffe mit einem Defizit von hundertachtundsechzig Prozent ihrer Sollstärke Krieg führt. Dreitausend Wörter. Eine Schweinerei.«

»Haben Sie Angst bei Luftangriffen?« wurde Michael von einem kleinen, dicken Korrespondenten namens Ahearn gefragt. Sein sehr ernstes, rundes Gesicht war vom vielen Trinken aufgedunsen. »Ich frage nicht aus reiner Neugierde. Ich sammle Unterlagen für einen ausführlichen Artikel über die Angst, der in *Collier's* erscheinen wird. Angst ist ein entscheidender Faktor in diesem Krieg, für Freund und Feind. Es ist hochinteressant, das Problem näher zu untersuchen.«

»Ja«, sagte Michael überlegend. »Wie reagiere ich eigentlich...?«

»Ich zum Beispiel«, sagte Ahearn und beugte sich zu Michael herüber, und sein Atem roch wie das Sudhaus einer Brauerei, »ich habe gefunden, daß mir der Schweiß ausbricht und daß ich alles klarer sehe, als wenn ich keine Angst habe, bis in die kleinsten Einzelheiten. Ich war mal auf einem Schiff, seinen Namen kann ich heute noch nicht nennen, auf der Höhe von Guadalcanal, und ein japanisches Flugzeug kam drei Meter über dem Wasserspiegel direkt auf das Geschütz zugeschossen, neben dem ich stand. In diesem Augenblick bemerkte ich die rechte Schulter eines Mannes unmittelbar neben mir, den ich drei Wochen lang täglich halb und ganz ausgezogen gesehen hatte, und ich sah etwas, was mir noch nie an ihm aufgefallen war. Ich sah die Tätowierung eines purpurroten Vorhängeschlosses mit grünen Weinblättern verziert, und darüber in lateinischer Schnörkelschrift *Amor Omnia Vincit.* Ich erinnere mich heute noch so deutlich daran, daß ich, wenn man es von mir verlangte, Strich für Strich und die genaue Farbe auf dieses Tischtuch malen könnte. Und wie ist es mit Ihnen? Sehen Sie klarer oder undeutlicher, wenn Sie in Lebensgefahr sind?«

»Well«, sagte Michael zögernd, »um die Wahrheit zu sagen, ich habe noch nicht...«

»Ich habe auch Atembeschwerden«, unterbrach Ahearn wieder und starrte Michael an. »Es ist, als ob ich ohne Sauerstoffmaske in einem Flugzeug säße, das sehr hoch fliegt.« Ganz plötzlich verstummte er und wandte sich ab. »Noch einen Whisky bitte«, sagte er.

»Mich interessiert der Krieg nicht«, sagte Pavone. In der Ferne begannen die Flakgeschütze zu bellen. »Ich bin Zivilist, ganz egal, ob ich Uniform trage oder nicht. Ich bin mehr am Frieden hinterher interessiert.«

Die Maschinen brummten jetzt über dem Viertel, und die Geschütze draußen donnerten laut. Es hörte sich an, als ob die Flugzeuge einzeln oder zu zweit im Tiefflug über die Straßen hinwegstrichen. Mrs. Kearney überreichte dem Hauptfeldwebel der MP, der gerade mit seinem gebratenen Fisch aus der Küche kam, eine ihrer Visitenkarten.

»Dieser Krieg ist längst entschieden«, sagte Oberst Pavone. »Deshalb interessiert er mich auch nicht mehr. Als ich von dem Angriff der Japaner auf Pearl Harbor hörte, wußte ich genau, daß wir gewinnen würden...«

»Oh, what a beautyful mornin'«, sang ein Amerikaner am Klavier, *»Oh, what a beautyful day. I got a beautyful feelin', everything's goin' my way...«*

»Amerika kann den Krieg nicht verlieren«, sagte Pavone. »Das wissen Sie, das weiß ich, und allmählich werden's die Japsen und die Deutschen wohl auch spitzgekriegt haben.« Er verzog sein Gesicht zu einer Grimasse und zog heftig an seiner Zigarre. »Ich wiederhole: Ich bin nicht am Krieg interessiert. Mich interessiert nur der Frieden. Denn wie der ausfällt, das ist noch völlig unklar.«

Zwei polnische Hauptleute traten ein. Ihre spitzen Mützen erinnerten Michael immer an Stacheldraht und Sporen. Sie gingen mit gefrorenen, vorwurfsvollen Gesichtern zur Bar.

»Überall in der Welt wird es einen Linksruck geben«, fuhr Pavone fort. »Überall, außer in Amerika. Und zwar nicht, weil die Leute Karl

Marx gelesen haben oder weil die russische Propaganda Erfolg hätte, sondern weil nach dem Krieg nichts anderes mehr übrigbleibt. Alles andere ist ausprobiert worden und hat zu nichts geführt. Deshalb fürchte ich, daß Amerika sich in die Isolierung drängen lassen wird, daß es verhaßt und rückständig sein wird. Wir werden wie alte Jungfern in einem einsamen Haus im Wald leben, die Türen verriegeln, unter die Betten gucken, unser Geld unter der Matratze verstecken und nicht schlafen können, weil wir bei jedem Windstoß draußen oder dem Knarren der Diele Angst vor Einbrechern haben, die uns umbringen und unser Geld stehlen könnten...«

Der ungarische Korrespondent kam herüber und füllte sich sein Wasserglas mit Whisky. Er sagte: »Ich habe meine eigene Theorie. Ich werde sie später im *Life* veröffentlichen. ›Wie ist das kapitalistische System in Amerika zu retten? von Laszlo Zzigly.‹« Ganz in der Nähe, im Green Park, machte eine Flakbatterie gewaltigen Lärm. Der Ungar nahm einen Schluck und schaute dabei vorwurfsvoll zur Decke. »Ich nenne es ›Die Planlenkung der Demokratie‹«, fuhr er fort, als es etwas ruhiger geworden war. »Schauen Sie sich um...« und dabei breitete er weit seine Arme aus. »Was sehen Sie? Eine noch nie dagewesene Blüte der Wirtschaft. Jeder, der arbeiten will, hat einen guten Job. Frauen, die man in normalen Zeiten noch nicht einmal zur Reinigung von Schnullern brauchen konnte, verrichten jetzt Präzisionsarbeit und verdienen siebenundachtzig Dollar die Woche. Verkehrsschutzleute vom Mississippi mit einem Jahresgehalt von elfhundert Dollar im Frieden sind heute Oberst mit sechshundertzwanzig Anfangsgehalt im Monat. College-Boys, die ihrem Vater bloß auf der Tasche lagen, sind Major der Luftwaffe mit fünfhundertsiebzig im Monat. Die Fabriken laufen Tag und Nacht, es gibt keine Arbeitslosigkeit, es wird mehr Fleisch gegessen, mehr ins Kino gegangen, und es werden mehr Kinder gemacht denn je. Alles läuft auf Touren, ist glücklich und in guter körperlicher Verfassung. Und was ist die Quelle dieses Hochstandes? Der Krieg. Aber, werden Sie sagen, der Krieg kann nicht ewig dauern. Stimmt. Eines Tages werden die Deutschen uns im Stich lassen und zusammenbrechen, und wir werden vor unseren geschlossenen Fabriktoren stehen, werden wieder Arbeitslosigkeit, schlechte Löhne und überall nur Unglück haben. Und da gibt es nun zwei Auswege aus der Sackgasse. Entweder man zwingt die Deutschen, ewig weiterzukämpfen, und das wird schwer halten... oder...« Er nahm einen großen Schluck Whisky und grinste breit, »...oder man tut so, als ob immer noch Krieg wäre. Man stellt ruhig weiter fünfzigtausend Flugzeuge im Jahr her, zahlt weiter jedem zwei Dollar fünfzig, der nur einen Schraubenschlüssel anfaßt, stellt Panzer das Stück für hunderttausend Dollar her, Flugzeugträger zu sieben Millionen Dollar das Stück und so weiter. Ah, werden Sie einwenden, dann haben Sie das Problem der Überproduktion. Meine Herrschaften, das Zzigly-System hat auch das bedacht. Augenblicklich nehmen die Deutschen und Japaner unsere Produktion restlos ab. Sie verhindern eine Überflutung unserer Märkte. Sie schießen unsere Flugzeuge herunter, versenken unsere Flugzeugträger, reißen Löcher in unsere Kleider. Die ganze Sache ist sehr einfach: Wir müssen unsere eigenen Japsen und unsere eigenen Deutschen sein. Jeden Monat sammeln wir die nötige Menge B-17-Bomber, eine entsprechende Anzahl Flugzeugträger, Panzer an… und was machen wir damit?« Stolz und betrunken blickte er sich in der Runde der Zuhörer um. »Wir versenken sie im Meer und bestellen sofort neue! Und nun«, sagte er ernst, »kommt das schwierigste Problem – der menschliche Faktor. Wie Sie gesehen haben, ist die Überproduktion von Gütern kein unlösbares Problem. Aber die Überproduktion von Menschen – das ist schon gefährlicherer Boden. Der augenblickliche Verschleiß an Menschen beläuft sich, sagen wir, auf hunderttausend im Monat, zweihunderttausend, ich weiß es nicht. In Friedenszeiten aber ist es nicht so ohne weiteres möglich, sie umzubringen, selbst wenn dadurch die Planwirtschaft tadellos funktionieren würde. Es würde immer gewisse Körperschaften geben, die dagegen protestierten. Die Kirche zum Beispiel; ich kann mir die Schwierigkeiten schon vorstellen. Daher sage ich nein! Seien wir human; erinnern wir uns, daß wir zivilisierte Menschen sind. Wir wollen sie nicht töten. Wir wollen sie einfach in der Armee behalten. Wir zahlen ihnen ihren Sold, befördern sie, verleihen den Generälen die gewohnten Orden, zahlen Unterstützung an ihre Frauen, aber wir lassen sie nicht nach Amerika hinein. Am besten schickt man sie in Massen und unter guter Führung von einem Land ins andere. Sie werden uns beliebt machen, kurbeln die Wirtschaft an, bringen unser gutes amerikanisches Geld unter die Leute, schwängern einen Haufen einsame Frauen mit erstklassigem demokratischen Samen aus der Neuen Welt und geben der fremden Jugend ein leuchtendes Beispiel an Manneskraft und Zielsicherheit. Und vor allem, sie treten nicht mit dem amerikanischen Arbeiter auf dem Binnenmarkt in Konkurrenz. Von Zeit zu Zeit kann man größere Einheiten abmustern und nach Hause schicken. Dann können sie ihr altes Leben mit Frau, Schwiegermutter und Arbeitgeber wieder aufnehmen. Sie werden's bald bereuen. Sie werden händeringend bitten, wieder eingezogen zu werden. Aber wir ziehen nur die Besten wieder ein, und schließlich werden wir eine Armee von zehn oder zwölf Millionen Prachtstücken haben, die in der

Welt herumreisen, während in Amerika nur die Langsamen, die nicht ganz Tüchtigen, nicht ganz Gescheiten zurückbleiben, die sich gegenseitig nicht weh tun werden, und schließlich wird das nervöse Gejage und Gehaste, das man uns Amerikanern immer vorwirft, langsam abklingen, langsam verschwinden...«

Draußen ertönte ein hohes Pfeifen und darauf ein Heulen, Donnern und Krachen, das aus der Dunkelheit heranschwoll wie ein Eisenbahnzusammenstoß in einem Sturm. Alles warf sich auf den Boden.

Die Explosion brachte das Trommelfell beinahe zum Platzen. Der Fußboden schwankte. Es hörte sich an, als flögen tausend Fensterrahmen auf die Straße. Das elektrische Licht flackerte in den Birnen, und kurz, ehe es ganz erlosch, sah Michael noch die schlafende Inhaberin vom Stuhl gleiten, ihre Brille immer noch am Ohr. Die Explosion setzte sich in wellenförmigen Erschütterungen fort, bis sie allmählich schwächer wurde. Häuser stürzten ein, Mauern wurden aufgerissen, Ziegelsteine flogen in Zimmer und Höfe. Das Klavier im Hinterzimmer klirrte, als ob zehn Männer gleichzeitig darauf herumhämmerten.

»Ich erhöhe auf fünfhundert«, kam die Stimme des Ungarn vom Fußboden, und Michael mußte lachen; denn das bewies ihm, daß sie noch mal davongekommen waren.

Das Licht in den Birnen ging wieder an, und alles stand auf. Jemand hob die Inhaberin auf und setzte die immer noch Schlafende auf ihren Stuhl. Sie öffnete die Augen, blickte starr vor sich hin und sagte: »Unverschämtheit! Einer Frau, während sie schläft, den Schal zu klauen!«

»Verdammter Mist!« sagte der Ungar, »wo ist denn mein Whisky?« Er goß sich noch ein Wasserglas voll Whisky ein.

Ahearn, der neben Michael stand, sagte: »Merken Sie, wie stark ich schwitze?«

Die beiden polnischen Hauptleute setzten ihre eckigen Mützen auf, blickten geringschätzig um sich und gingen zur Tür. An der Tür blieben sie stehen. An der Wand war ein Bild mit Roosevelt, Churchill, Tschiangkaischek und Stalin. Sie rissen es herunter, zerfetzten es in kleine Stücke und warfen sie wie Konfetti ins Zimmer zurück. »Bolschewikenschweine!« riefen sie.

Der Franzose, der Martinigläser aß, stand vom Boden auf und schleuderte einen Stuhl nach den Polen. Er krachte gegen die Wand, neben die eckigen Mützen, die Polen drehten sich um und verschwanden.

»Salauds!« brüllte der Franzose und hielt sich schwankend am Tisch fest. »Kommt her, ihr Hunde, und ich schneide euch die Eier ab!«

»Diesen Herren«, murmelte die Inhaberin leise, ohne die Augen aufzuschlagen, »ist von jetzt ab der Zutritt zur Kantine untersagt.«

Michael sah zur Bar hinüber. Dort stand der General, hatte behaglich seinen Arm um Luises Hüfte gelegt und streichelte sanft ihren Popo.

»Nur ruhig, kleines Mädchen«, sagte er.

»Schon gut, General«, sagte Luise mit eisigem Lächeln. »Der Angriff ist vorbei, Sie können sich absetzen.«

»Diese Polen«, sagte der Ungar. »Die reinsten Naturkinder. Aber eins muß man ihnen lassen, sie sind tapfer wie Löwen.« Darauf verbeugte er sich und ging festen Schrittes an den Tisch des Fliegermajors zurück. Er setzte sich und schrieb einen Schuldschein über tausend Pfund aus und mischte dreimal die Karten.

Draußen ertönte die Sirene, ein einziger heulender Ton, das Zeichen der Entwarnung.

Jetzt erst fing Michael an zu zittern. Er hielt sich mit den Händen am Stuhl fest und biß die Zähne zusammen, aber sie klapperten trotzdem bei geschlossenem Mund. Verkrampft lächelte er Pavone zu, der seine Zigarre wieder in Brand setzte.

»Whitacre«, sagte Pavone, »was zum Teufel tun Sie eigentlich in der Armee? Jedesmal, wenn ich Sie sehe, ist es an irgendeiner Bar.«

»Ich tu' nicht viel, Herr Oberst«, antwortete Michael und schwieg, denn er merkte, daß seine Zähne beim nächsten Wort laut aufeinanderschlagen würden.

»Sprechen Sie französisch?«

»Ein bißchen.«

»Können Sie Auto fahren?«

»Ja, Sir.«

»Hätten Sie Lust, zu mir zu kommen?«

»Gern, Sir«, sagte Michael erfreut, weil Pavone Oberst war.

»Mal sehen, was sich tun läßt«, sagte Pavone. »Der Mann, den ich bis jetzt hatte, steht vorm Kriegsgericht wegen Sittlichkeitsverbrechen, und wie ich ihn kenne, wird er verurteilt werden.«

»Ja, Sir.«

»Rufen Sie mich in ein paar Wochen mal an«, meinte Pavone. »Vielleicht kommt was dabei heraus.«

»Danke, Sir«, sagte Michael.

»Rauchen Sie Zigarren?«

»Ja, Sir.«

»Da, nehmen Sie.« Er hielt ihm drei Zigarren hin, und Michael nahm sie.

»Ich weiß nicht, warum, aber Sie machen einen gescheiten Eindruck auf mich.«

»Danke sehr.«

Pavone blickte zu General Rockland hinüber. »Ich glaube, es wird Zeit, daß Sie sich um Ihr Mädchen kümmern, ehe der General es vergewaltigt.«

Michael steckte die Zigarren in die Tasche. Dabei hatte er große Schwierigkeiten, die Tasche wieder zuzuknöpfen, denn seine Hände zitterten wie Espenlaub.

»Ich schwitze immer noch«, sagte Ahearn, als Michael sich vom Tisch entfernte. »Aber alles andere ist wundervoll klar.«

Michael stand respektvoll, aber entschlossen neben dem General. Er hüstelte diskret. »Verzeihung, Sir, ich fürchte, ich muß die Dame jetzt nach Hause bringen. Ich habe ihrer Mutter versprochen, sie bis spätestens zwölf Uhr wieder abzuliefern.«

»Ist Ihre Mutter in London?« wollte der General von Luise wissen.

»Nein«, antwortete Luise. »Pfc Whitacre kennt sie von St. Louis her.«

Der General lachte laut, er war nicht beleidigt. »Wink mit dem Zaunpfahl, was?« sagte er. »Ihre Mutter, so, so.« Er klopfte Michael wohlwollend auf die Schulter: »Viel Glück, mein Sohn. Hat mich gefreut, Sie kennenzulernen.« Dann schaute er sich im Raum um. »Wo ist eigentlich Ottilie?« fragte er. »Hat sie hier etwa auch ihre verdammten Karten verteilt?« Er entfernte sich mit dem schnurrbärtigen Hauptmann, um Mrs. Kearney zu suchen, die sich inzwischen mit einem Fliegerfeldwebel in der Toilette eingeschlossen hatte.

Luise lächelte Michael an.

»Gut amüsiert?« fragte Michael.

»Großartig«, meinte Luise. »Als die Bombe runterkam, fiel der General prompt auf mich. Ich hatte schon Angst, er würde den ganzen Sommer über liegenbleiben. Wollen wir gehen?«

»Ja.«

Er nahm sie an der Hand, und sie gingen hinaus.

»Und noch fünfhundert!« sagte der Ungar, als sie die Tür hinter sich schlossen. –

In der Luft draußen lag ein muffiger Geruch nach Rauch, abgestanden und drohend. Einen Augenblick blieb Michael stehen, der Schreck fing wieder an, ihm in Nerven und Zähne zu fahren, und am liebsten wäre er ins Lokal zurückgegangen. Aber er nahm sich zusammen und ging mit Luise durch die finstere, von Rauchschwaden bedeckte Straße.

Von der St. James Street her klang das Klirren von zertrümmertem Glas. Aus Rauchwolken zuckten gelbrote Flammen auf, und in der Luft war ein schweres und gurgelndes Brausen, wie er es noch nie gehört hatte. Sie bogen um die Ecke und schauten zum Palast hin. Die Straße spiegelte das tanzende, orangefarbene Feuer des in Millionen Splitterchen zerbrochenen Glases wider. Vor dem Palast wurden die Flammen von einem kleinen See zurückgeworfen. Das Gurgeln kam von den Krankenwagen und Löschzügen, die im zweiten Gang durch das Wasser fuhren. Schweigend und eilig schritten Luise und Michael weiter, unter ihren Sohlen knirschte das Glas, als gingen sie über eine vereiste Wiese. Sie kamen an die Stelle, wo die Bombe eingeschlagen hatte.

Ein kleiner Wagen vor dem Palast war getroffen worden. Er lag da, gegen eine Wand gepreßt wie zerknülltes Zeitungspapier. Vom Fahrer oder den Insassen war nichts übriggeblieben, außer es wäre vielleicht das gewesen, was ein alter Mann auf der rechten Straßenseite zu einem kleinen Haufen zusammenkehrte. Eine Damenbaskenmütze, dunkelblau und schick, lag beinahe unberührt von der Katastrophe neben dem zerstörten Wagen.

Die dem Palast gegenüberliegenden Häuser standen noch, aber ihre Fassaden waren zusammengestürzt. Es war der übliche, schmerzliche Anblick aufgerissener Wohnräume. Hier lag noch das Tischtuch auf dem Tisch, dort war eine Bettdecke zurückgeschlagen, die Uhren hingen noch, und das ganze Familienleben war durch die messerscharfe Wirkung der Explosion dem Auge der Nacht bloßgelegt worden. So wird eine Theaterdekoration aufgebaut, dachte Michael. Man entfernt die vierte Wand eines Zimmers, um den Zuschauern einen Blick in die Vorgänge des Raumes zu ermöglichen.

Nichts regte sich in den zerstörten Häusern. Anscheinend, dachte Michael, sind sehr wenig Leute den Bomben zum Opfer gefallen. Es gab in der Gegend eine Reihe gutangelegter Luftschutzkeller, in denen die meisten Einwohner Zuflucht gefunden haben mußten. Niemand schien den geringsten Versuch zu machen, in die zerbombten Häuser einzudringen, um etwaige dort verbliebene Bewohner zu retten. Feuerwehrleute platschten methodisch durch die großen Pfützen, die sich überall aus der undicht gewordenen Hauptleitung gebildet hatten. Die Bergungsmannschaften rückten mürrisch an den größeren Möbelstükken herum, die übriggeblieben waren. Das war alles.

An der Mauer vor dem Palast, wo früher immer die Schilderhäuschen gestanden hatten, die Wache auf und ab marschiert war und gleich hölzernen Spielzeugsoldaten vor jedem Offizier salutiert hatte, der einen halben Häuserblock entfernt auftauchte, war nichts mehr zu sehen. Michael wußte, daß es der Wache nicht gestattet war, ihren Posten zu verlassen. Sie mußte also da gestanden haben, in ihrer altmodischen, steifen Soldatenhaltung, hatte das Heulen der Bomben und die Explosion gehört und war in vorschriftsmäßiger Haltung gestorben, während hinter ihr die Mauern barsten und die alte Uhr aus ihren Scharnieren gerissen wurde. Während er, Michael, hundert Meter weiter mit seinem Glas Whisky in der Hand lächelnd dagesessen und dem Ungarn zugehört hatte, der den Kantinengästen sein blödsinniges System für die demokratische Planlenkung erklärt hatte. Und zur gleichen Zeit hatte oben in seinem schwankenden Flugzeug ein verzweifelter Junge gesessen, geblendet von den Scheinwerfern der Abwehr, unter ihm die Themse, das Parlamentsgebäude, der Hyde Park und Marble Arch, unter ihm die Feuergarben der explodierenden Bomben. Die Flaksplitter schwirrten um seinen Kopf und durchschlugen die Tragflächen seiner Maschine, und er hatte dagehockt und aufgeregt hinuntergeblickt, um schließlich nur auf den Knopf zu drücken, durch den die Bombe ausgelöst wurde, oder was immer die deutsche Luftwaffe für eine Vorrichtung an ihren Flugzeugen hatte, um Engländer zu töten. Und die Bombe war hinuntergesaust, auf das Auto und das Mädchen mit der Baskenmütze und auf die hundertjährigen Häuser und auf die beiden Posten, die extra von ihren anderen Pflichten entbunden worden waren, um den ehrenvollen Wachdienst vor dem Palast zu übernehmen, in dem früher der Prinz von Wales seine ruhigen, stadtbekannten Parties gegeben hatte. Und wenn der Junge oben im Flugzeug eine halbe Sekunde früher auf den Knopf gedrückt hätte, oder eine halbe Sekunde später, wenn die Maschine in diesem Augenblick sich unter einer plötzlichen Böe nicht ein bißchen zur Seite geneigt hätte, wenn die Scheinwerfer den Piloten nicht kurz vorher geblendet hätten, wenn, wenn, wenn... dann würde er, Michael, jetzt in seinem Blut neben der Kantine der Alliierten liegen, und die Wachtposten und das Mädchen mit der Baskenmütze würden noch leben, und die Häuser würden stehen, und die Uhr am St.-James-Palast würde noch gehen...

Das war das Unromantischste am ganzen Krieg, dachte Michael, dieses Wörtchen *wenn,* aber man mußte immer wieder daran denken. Man mußte an die lächerlichen Zufallsgefahren denken, denen man entrinnt, um am anderen Tag dem nächsten *Wenn* zu begegnen.

»Komm weiter, Liebling«, sagte Luise. Er merkte, daß sie zitterte, und das erstaunte ihn, denn sie war immer so kühl und gefaßt. »Hier können wir nichts mehr nützen. Gehen wir nach Hause.«

Schweigend setzten sie ihren Weg fort. Die Feuerwehrleute hinter ihnen hatten es fertiggebracht, den Rohrbruch abzudichten, so daß das Wasser langsamer strömte und schließlich ganz versiegte. Die Pfütze vor dem Palast war ruhig und schwarz.

Am gleichen Tag ereigneten sich in London eine Menge anderer Dinge: Ein Generalmajor, der gerade die Pläne für die Invasion von Frankreich erhalten hatte, beantragte die Zuteilung einer weiteren Infanteriedivision, die innerhalb der ersten beiden Tage gelandet werden sollte.

Der Pilot einer Spitfire, der in zwei Einsätzen sechs Feindmaschinen abgeschossen hatte, wurde wegen Trunkenheit angezeigt und erschoß sich im Schlafzimmer seiner Mutter.

In einem neu einstudierten Ballett mußte der führende Tänzer, um Wollust im Unterbewußtsein darzustellen, auf dem Bauch über die Bühne kriechen. In einer Operette sang ein Mädchen in Zylinder und Seidenstrümpfen: »*I'm going to get lit up when the lights go up again*«, und das ganze Publikum sang den Refrain mit. Dreiviertel davon waren Amerikaner.

Bei einem Major des Nachschubdienstes in Grosvenor Square, der während der letzten zwei Jahre wöchentlich sieben Tage zu je achtzehn Stunden gearbeitet hatte, brach ein Magengeschwür durch die Magenwand. Das geschah in dem Augenblick, als er auf seinem Schreibtisch eine Nachricht mit der Aufschrift GEHEIM öffnete und erfuhr, daß einhundertzwanzig Tonnen Zehnkommafünf-Zentimeter-Munition, für Southampton bestimmt, verloren waren, weil das Liberty-Schiff, das sie herüberbrachte, in einer Böe mitten im Ozean abgesackt war.

Ein B-17-Pilot aus Utah, der vor drei Monaten über Lorient als vermißt gemeldet worden war, erschien fröhlich lachend im Claridge Hotel, sprach vierzig Worte französisch und mietete die Staatszimmer. Im Verlauf der ersten zwanzig Minuten erledigte er sechzehn Telefonanrufe, deren Nummern er einem kleinen Notizbuch entnahm, das er glücklich durch alle Gefahren gebracht hatte.

Ein zwanzigjähriger Farmer aus Kansas verbrachte acht Stunden in einem eiskalten Teich, um das Schwimmen unter Wasser zu lernen und am Tag der Invasion Unterwasserhindernisse an der europäischen Küste sprengen zu können.

Im Unterhaus war dem Innenminister die Frage vorgelegt worden, warum amerikanische Soldaten, die von amerikanischen Kriegsgerichten wegen Vergewaltigung von Frauen verurteilt worden waren, gehängt wurden, obwohl das englische Gesetz für Vergewaltigung keine Todesstrafe vorsah und das Verbrechen auf britischem Boden unter der Oberhoheit des Königs und an britischen Untertanen begangen worden war.

Ein Doktor der Philosophie der Universität Heidelberg, jetzt Soldat in einem Pionierkorps Seiner Majestät, verbrachte den Tag damit, Persenninge wasserdicht anzustreichen. In der Lunchpause sprach er deutsch, zitierte Kant und Spengler und tauschte mit einem jüngst eingetroffenen Kameraden Erinnerungen an das Konzentrationslager Dachau aus.

Mittags bemerkte ein Hausmädchen in einer Pension in Chelsea Gasgeruch, der aus einem Zimmer kam. Sie schloß die Tür auf und fand die nackten Körper eines amerikanischen Feldwebels und einer britischen Frau auf dem Bett. Als sie ins Bett gingen, hatten sie vergessen, den Gasofen auszumachen. Der Mann der Frau stand in Indien, und die Frau des Feldwebels wohnte in Montana. Die amerikanische Armee benachrichtigte schließlich die Frau, daß ihr Mann an einem Herzschlag gestorben sei. Er war einundzwanzig Jahre alt.

Ein Leutnant des Küstenkommandos war zum Lunch im Klub und fuhr mit dem Wagen zum Flugplatz, wo er in seiner Liberator-Maschine zum üblichen Sicherungsflug gegen U-Boote aufstieg. Die Maschine hob sich in die Luft, drehte später nach Süden in Richtung Biskayabucht ab und wurde nie mehr gesehen.

Ein Mann der Bergungskolonnen grub ein siebenjähriges Mädchen mit schwarzen Haaren aus den Ruinen eines Kellers aus, wo es bei einem Angriff vor acht Tagen verschüttet worden war.

Ein Unteroffizier der amerikanischen Armee leistete auf seinem Weg zum Lunch hundertelfmal die Ehrenbezeigung, als er den Grosvenor Square überquerte.

Bei einer Bombenentschärfungsabteilung griff ein Schotte vorsichtig hinter zwei übereinanderliegende Balken und entfernte die Zündung einer Zweitausendpfundbombe, die in der vergangenen Nacht nicht explodiert war. Das Uhrwerk in der Bombe hatte fünfundvierzig Minuten getickt.

Ein amerikanischer Dichter, fünfundzwanzig Jahre alt, zur Zeit Feldwebel bei den Pionieren, besichtigte während eines dreitägigen Urlaubs in London die Westminster-Abtei. Dabei fiel ihm auf, daß den völlig unbekannten Angehörigen der Aristokratie mehr Platz zur Verfügung gestellt wurde als allen großen Dichtern wie Keats, Byron, Shelley und so weiter zusammen. Er kam zu dem Schluß, daß, falls es in Washington eine Westminster-Abtei gäbe, man dort mehr Goulds als Whitmans, mehr Harrimans als Thoreaus begraben fände.

Es kursierte ein vielbelachter Witz über die Amerikaner: »Was fehlt den Yankees? Nichts. Sie sind nur überbezahlt, überfüttert, übermäßig warm angezogen, übermäßig mit Weibern versorgt und über uns hereingebrochen.« Der Witz wurde zwölfhundertmal am Tag erzählt.

Eine Mutter von drei Kindern, deren Mann in diesem Augenblick in einem Schützengraben südlich von Anzio hockte und unter dem Feuer eines deutschen Minenwerfers lag, stand wegen eines Pfundes Schellfisch mit Gräten eindreiviertel Stunden Schlange. Als sie nach Hause kam, betrachtete sie ihre Kinder und überlegte sich, ob sie sie töten solle, entschloß sich aber dann, aus dem Fisch, einer Kartoffel und etwas Sojabohnenmehl ein Mittagessen zu kochen.

Auf einer Zusammenkunft hoher Offiziere beider Armeen wurde die Herstellung eines Filmes von der Landung in Europa besprochen. In der Hauptsache sollte die reibungslose Zusammenarbeit der Alliierten dargestellt werden. Der Vertreter der RAF stritt mit dem Vertreter der britischen Bodentruppen, der Offizier in Vertretung der Achten Luftflotte stritt mit dem Vertreter der amerikanischen Marine, der Vertreter des amerikanischen Nachschubdienstes bekam Krach mit dem britischen Hauptmann vom Küstenkommando, und man einigte sich schließlich, daß die Frage höheren Orts entschieden werden sollte.

Mittags übte eine Abteilung britischer Soldaten, die in den Schreibstuben am Berkeley Square Dienst taten, Bajonettangriffe zwischen den Luftschutzunterständen und kahlen Bäumen, während andere auf kalten Bänken ihr Lunchbrot im verschleierten Sonnenlicht aßen und zuschauten.

Ein britischer Ausschuß beendete einen vorsichtig abgefaßten Bericht, in dem nachgewiesen wurde, daß die Tagesangriffe der amerikanischen Luftwaffe unpraktisch und kostspielig seien.

An den Straßenecken wurden die ersten Narzissen feilgeboten. Schäbig gekleidete Leute blieben vor Rührung stehen, kauften sich die Sträußchen und trugen sie zufrieden in ihre Arbeitsstätten oder nach Hause.

In einem Mittagskonzert in der Nationalgalerie spielte ein Trio Werke von Schubert, Walton und Bach.

In der Nähe von Whitechapel entdeckte man an einem Zaun eine Aufschrift in großen weißen Buchstaben aus dem Jahre 1942: »JETZT IST ES ZEIT FÜR DIE ZWEITE FRONT!« Man riß den Zaun ab und verbrannte ihn als Feuerholz.

In der Themsemündung beim Indiendock betete ein Matrose der Handelsmarine aus Seattle um einen Nachtangriff, weil seine Frau in zwei Monaten schon wieder ein Kind erwartete und er für jeden Angriff auf sein Schiff, solange es im Hafen lag, eine Gefahrenzulage erhielt.

Ferner: Vier Millionen Menschen gingen täglich in Büros, Fabriken und Warenhäuser und arbeiteten dort ununterbrochen und langsam und gleichmäßig, nahmen sich Zeit zum Teetrinken um zehn und um sechzehn Uhr, addierten und subtrahierten, flickten, polierten, stichelten und schleppten, ordneten und tippten, gewannen und verloren. Das alles verrichteten sie auf eine langweilige, vernünftige, tüchtige Art, die allen Amerikanern, die mit ihnen in Berührung kamen, auf die Nerven fiel. Später gingen sie nach Hause, und einige von ihnen kamen in den folgenden Nachtangriffen auf dieselbe langsame, würdige und vernünftige Art um.

Vier Tage nach der Erstaufführung des *Hamlet* wurde Michael in die Schreibstube der Sonderdienst-Kompanie gerufen, zu der er verpflegungsmäßig gehörte, und es wurde ihm eröffnet, daß er zum Infanterie-Ersatzdepot nach Litchfield abkommandiert sei. Man ließ ihm zwei Stunden Zeit, seine Sachen zu packen.

23. Kapitel

Das Landungsboot fuhr ununterbrochen im Kreis herum. Es nahm Spritzer über, die auf dem schlüpfrigen Deck Pfützen bildeten. Die Männer beugten sich über ihre Waffen und bemühten sich, sie trockenzuhalten. Seit drei Uhr früh hielten sich die Boote eine Meile von der Küste ab auf See. Jetzt war es sieben Uhr dreißig, und jedes Gespräch war längst verstummt. Das vorbereitete Sperrfeuer der Schiffe und die Scheinangriffe der Luftwaffe hatten beinahe aufgehört. Der Nebelvorhang, den ein niedrig fliegender Cub über die Bucht gelegt hatte, begann langsam auf den Wasserspiegel niederzusinken. Alle waren durchnäßt, alle außer denen, denen vor Seekrankheit alles gleichgültig war, hatten Hunger und froren. Noah machte die Übung Spaß.

Zusammengekauert hockte er im Bug des Landungsbootes und versuchte, die TNT-Munition trockenzuhalten, die man ihm anvertraut hatte. Er fühlte, wie die Spritzer der Nordsee gegen seinen Helm klatschten und atmete mit Wohlbehagen die scharfe, kalte Morgenluft ein. Noah war bester Stimmung.

Dies war die letzte Übung des Regimentes für die bevorstehende Invasion. Sie wurde vollständig kriegsmäßig durchgeführt, unter Einsatz der Marine, der Luftwaffe und mit scharfer Munition. Seit drei Wochen hatten sie in Zügen von dreißig Mann geübt, jeder Zug hatte einen Bunker zu erstürmen mit Scharfschützen, Panzerfaust-Spezialisten, Flammenwerfern, Sprengkommandos. Dies war die letzte Übung vor dem Ernstfall. Und in der Schreibstube gab es einen Urlaubsschein auf drei

Tage, der dort wie ein Geschenk des Himmels für Noah bereitlag. Burnecker war käseweiß im Gesicht vor Seekrankheit. Seine riesigen Farmerhände umkrampften das Gewehr, als wäre es der einzige feststehende Gegenstand in dieser schwankenden Welt. Hilflos grinste er Noah an.

»Heiliger, springender Maulesel!« sagte er, »ich bin ein kranker Mann.«

Noah lachte beruhigend. Während der vergangenen drei Wochen des gemeinsamen Dienstes hatte er Burnecker gut kennengelernt.

»Es dauert nicht mehr lange«, sagte er.

»Wie fühlst du dich denn?« fragte Burnecker.

»Okay«, sagte Noah.

»Für deinen Magen würde ich die Hypothek auf die achtzig Morgen Land meines Vaters eintauschen«, meinte Burnecker.

Stimmengewirr klang über die bewegte See. Das Landungsboot drehte scharf bei und fuhr schneller auf den Strand zu. Noah kauerte sich gegen die feuchte stählerne Bordwand, fertig zum Absprung, wenn die Rampe hinunterklappte. Vielleicht, dachte er, während die Wellen mit zunehmender Stärke gegen den rasch dahingleitenden Bootsrumpf klatschten, vielleicht liegt schon ein Telegramm da, wenn ich zurückkomme, daß alles vorüber sei. Und später, fantasierte er weiter, werde ich mich im Sessel zurücklehnen und meinem Sohn erzählen: »An dem Tag, an dem du geboren wurdest, bin ich an der englischen Küste mit zwanzig Pfund Dynamit gelandet.« Er grinste. Es wäre natürlich viel besser gewesen, in der Stunde der Geburt in Hopes Nähe zu sein. Aber andererseits hatte auch das hier seine Vorzüge. Man war zu beschäftigt, sich Sorgen zu machen. Man hatte keine Gelegenheit, wie ein Halbverrückter in einem Krankenhaus-Korridor auf und ab zu laufen, zu viel Zigaretten zu rauchen oder auf Babygeschrei zu lauschen. Egoistisch natürlich, aber es hatte seine Vorteile.

Das Landungsboot knirschte auf dem weichen Sand des Strandes, eine Sekunde später fiel die Rampe hinunter. Noah sprang aus dem Boot; schwer schlug seine Ausrüstung gegen Rücken und Seiten. Das kalte Seewasser drang durch seine Gamaschen. Er rannte auf eine niedrige Düne los und warf sich hinter ihr zu Boden. Die anderen Männer kletterten heraus und schwärmten schnell aus und suchten wie Noah hinter Grasbüscheln und in kleinen Mulden Deckung. Die Scharfschützen eröffneten das Feuer auf einen fünfzig Meter entfernt liegenden Bunker, der auf einer den Strand beherrschenden Anhöhe lag. Das Sprengkommando arbeitete sich vorsichtig an den Stacheldraht heran, legte seine Ladung und rannte zurück. Gleich darauf erfolgten die Explosionen, und ihr scharfer Qualm vermischte sich mit dem dichten Rauchvorhang, den das Flugzeug gelegt hatte.

Noah sprang auf, und Burnecker deckte ihn. Er rannte vorwärts auf ein Loch zu, das dicht bei dem Stacheldraht lag. Burnecker fiel auf ihn.

Burnecker keuchte schwer. »Ach«, sagte er, »ist das schön, wieder auf festem Boden zu liegen!«

Sie lachten beide und hoben spähend die Köpfe. Die anderen Männer arbeiteten so genau wie eine Fußballmannschaft nach ihren Signalen. Sie krochen vorwärts, wie man es ihnen eingedrillt hatte, auf die blaßgrauen Seiten des Bunkers zu.

Die Panzerfaust schoß ununterbrochen, ihre sausende, laute Explosion erfüllte die Luft, und große Betonstücke des Bunkers flogen in die Luft.

Burnecker flüsterte: »Bei so einer Übung frage ich mich immer nur eines: Was tun eigentlich die Deutschen, während wir hier Theater spielen?«

Noah sprang aus seinem Loch heraus und rannte gebückt, das Dynamit fest im Arm, durch eine Lücke im Drahtverhau. Die Panzerfaust schoß wieder, und Noah warf sich auf den Sand, damit er nicht von den herumfliegenden Betonstücken getroffen würde. Burnecker lag neben ihm und rang schwer nach Atem.

»Und ich Rindvieh hab' geglaubt, Pflügen sei 'ne schwere Arbeit«, sagte er.

»Los, Farmer«, sagte Noah, »auf jetzt!« Er stand auf, und Burnecker folgte ihm seufzend.

Sie rannten nach rechts und warfen sich hinter einer zwei Meter hohen Düne nieder. Das Schilfgras auf der Düne raschelte in dem feuchten Wind. Sie sahen zu, wie der Mann mit dem Flammenwerfer sich vorsichtig an den Bunker heranarbeitete. Das Unterstützungsfeuer der Scharfschützen pfiff über ihre Köpfe hinweg, und die Geschosse prallten an dem Beton ab. Wenn Hope mich jetzt sehen könnte, dachte Noah.

Der Mann mit dem Flammenwerfer hatte jetzt seine Stellung erreicht. Sein Begleiter öffnete die Hähne an den Flaschen auf seinem Rücken. Donnelly trug die sehr schweren Flaschen. Er war dazu ausersehen worden, weil er der stärkste Mann des Zuges war. Donnelly setzte den Flammenwerfer in Betrieb. Eine Stichflamme schoß hervor, die in dem starken Wind unruhig zischte und nach Öl stank. Donnelly belegte den Bunker und die Sehschlitze mit wilden Feuergarben.

»So, Noah«, sagte Burnecker, »jetzt bist du dran.«

Noah sprang auf und rannte behende und rasch auf der vom Wind abgekehrten Seite Donnellys auf den Bunker los. Die Besatzung des Bunkers war theoretisch jetzt tot, verwundet, verbrannt oder besinnungslos. Noah lief wie ein Wiesel, selbst im tiefen Sand. Er sah alles deutlich, den geschwärzten, angeschlagenen Beton, die gefährlichen schmalen Sehschlitze, die Klippen, die sich grün und steil hinter dem Strand vom grauen Himmel abhoben. Er fühlte sich stark und fähig, seine schwere Ladung noch meilenweit zu tragen. Er atmete gleichmäßig und tief, während er lief, und kannte sein Ziel und seine Aufgabe genau. Er lächelte, als er den Bunker erreichte. Rasch und sicher warf er den Sack mit der Sprengladung am Sockel des Bunkers nieder. Dann schob er die andere Ladung auf einem langen Stock in die Entlüftungsklappe. Er wußte, daß die Augen des ganzen Zuges auf ihn gerichtet waren, während er fachmännisch seine Aufgabe erledigte. Die Zündschnüre brannten gut und zischten schon, und Noah drehte sich um und rannte auf einen zehn Meter entfernten Fuchsbau zu. Mit einem langen Satz warf er sich in die Höhlung und zog den Kopf ein. Einen Augenblick herrschte auf dem Strand Stille. Außer dem Rascheln des Windes im Dünengras war nichts zu hören. Dann erfolgten die Detonationen, eine nach der anderen. Betonstücke wurden in die Luft geschleudert und landeten ganz in Noahs Nähe im Sand. Er blickte auf. Der Bunker war aufgerissen, er war schwarz und qualmte. Noah stand auf und lächelte stolz.

Der Leutnant, der im Lager die Übungen geleitet hatte und jetzt als Beobachter dabei war, kam auf Noah zu und sagte: »Gut, Ackerman!«

Noah deutete auf Burnecker, und Burnecker, auf sein Gewehr gestützt, winkte zurück.

Bei der Postverteilung erhielt er einen Brief von Hope. Noah öffnete ihn ernst und langsam.

»Darling«, hieß es in dem Brief, »es ist noch nicht soweit. Ich bin schrecklich DICK. Hier prophezeit man mir, daß das Kind bei der Geburt hundertfünfzig Pfund wiegen wird. Ich esse ununterbrochen. Ich liebe Dich.« Noah las den Brief dreimal und kam sich erwachsen und schon als Vater vor. Sorgfältig faltete er den Brief zusammen, schob ihn in die Tasche und ging in sein Zelt, um sich für den dreitägigen Urlaub fertig zu machen. Als er in seinem Zeugsack nach einem sauberen Hemd suchte, tastete er verstohlen nach der Schachtel, die er dort versteckt hatte. Sie war noch da, vorsichtig in lange Unterhosen eingewickelt. Es war eine Kiste mit fünfundzwanzig Zigarren. Er hatte sie noch in den Staaten gekauft und übers Meer mitgebracht, für das Ereignis, das jetzt bevorstand. Der größte Teil seines Lebens war so sehr ohne Feste und Zeremonien verlaufen, daß die einfache, rührende Sitte, die

Geburt eines Stammhalters durch die Verteilung von Zigarren anzuzeigen, wie eine feierliche Verpflichtung in seinem Kopf festsaß. Er hatte viel Geld für die Zigarren in Newport News, Virginia, zahlen müssen, acht Dollar und fünfundsiebzig Cents. Und die Kiste hatte in seinem Zeugsack kostbaren Platz weggenommen, aber er hatte weder die Kosten noch den Transport bereut. Unklar dachte Noah sich, daß der Schenkungsakt, das einfache, plumpe Wahrzeichen der Feier, ihn das Vorhandensein des Kindes dreitausend Meilen entfernt spüren ließe, daß er das Kind und ihn in seiner eigenen Vorstellung in die regelrechte Vater-Sohn- oder Vater-Tochter-Beziehung rücken würde, auch in den Augen seiner Kameraden. Sonst, in dem gleichförmigen Fluß des Soldatenlebens, wäre es natürlich leicht gewesen, den Tag genauso zu verleben wie jeden anderen Tag; ein Soldat war wie der andere... Aber wenn der Rauch des Sühneopfers in die Luft kräuselte, würde er mehr als ein Soldat sein, mehr als einer unter zehn Millionen, mehr als ein Fremder, nicht bloß ein Gewehr und eine Ehrenbezeigung, ein Helm und ein Paar Dackeldecken... er würde Vater sein, schöpferisches Zwischenglied der Liebe in der Kette der Generationen.

»Schaut euch mal den Ackerman an«, rief Burnecker, der ohne Schuhe, aber im Mantel, auf seinem Bett lag. »Geschniegelt wie in einer mexikanischen Tanzdiele am Sonnabendabend. Die Londoner Mädels werden glatt umfallen und sich in den Straßengraben legen, wenn sie die Haartolle sehen.«

Noah grinste und freute sich über Burneckers bekannten Witz. Wie sich die Zeiten seit Florida geändert hatten! Je näher der Tag heranrückte, an dem es ernst mit dem Krieg wurde und das Leben jedes einzelnen von dem Zusammenhalten der Kameraden abhängig war, desto mehr verschwanden die Meinungsverschiedenheiten, um so mehr schlossen sie sich freundschaftlich zusammen. »Ich fahre gar nicht nach London«, sagte er und band sorgfältig seine Krawatte.

»Er hat 'ne Herzogin in Sussex«, sagte Burnecker zu Unteroffizier Unger, der sich am Ofen die Fußnägel schnitt. »Ganz geheim.«

»Auch keine Herzogin in Sussex«, sagte Noah. Er zog seine Bluse an und knöpfte sie zu.

»Wo gehst du dann hin?«

»Dover«, sagte Noah.

»Dover?« Burnecker setzte sich erstaunt auf. »Drei Tage Urlaub und nach Dover?«

»Mhmmmm.«

»Die Deutschen schmeißen dauernd Bomben auf Dover«, sagte Burnecker.

»Ausgerechnet da willst du hin?«

»Mhmmmm.« Noah winkte ihnen zu und verließ das Zelt. »Bis Montag...«

Verwundert schaute ihm Burnecker nach. Dann zuckte er die Schultern. »Der Kerl hat 'n Sparren zuviel.« Er legte sich zurück, und nach eineinhalb Minuten schlief er fest.

Als die Sonne über der französischen Küste aufging, trat Noah aus dem sauberen, aus Holz und Ziegeln erbauten Hotel.

Er ging die gepflasterte Straße hinunter, dem Kanal zu. Eine stille, ungestörte Nacht mit etwas Nebel lag hinter ihm. Am Abend war er in ein Restaurant im Zentrum der Stadt gegangen, wo eine dreiköpfige Kapelle gespielt und englische Soldaten mit ihren Mädchen in dem geräumigen Saal getanzt hatten. Noah hatte nicht getanzt. Er hatte an seinem Tisch gesessen, ungesüßten Tee getrunken und schüchtern gelächelt und den Kopf gesenkt, wenn sich die einladenden Blicke der Mädchen auf ihn richteten. Er tanzte ganz gerne, aber er fand es nicht anständig, hier mit einem Mädchen im Arm herumzuwirbeln, während zur gleichen Zeit seine Frau vielleicht ihre schwere Stunde hatte und sein Kind die ersten Schreie tat. Er war bald ins Hotel zurückgegangen, und als er an der Kapelle vorbei zum Ausgang des Restaurants ging, hatte er eine Tafel mit der Aufschrift bemerkt: »KEIN TANZ BEI LUFTANGRIFFEN.« Er war in sein kaltes, kahles Zimmer gegangen und hatte sich mit dem wunderbaren Gefühl, allein zu sein und von niemandem bis Montagmorgen herumkommandiert zu werden, ins Bett gelegt. Dann hatte er noch einen Brief an Hope geschrieben. Dabei waren ihm die Hunderte von Briefen eingefallen, die er ihr in der ersten Zeit ihrer Bekanntschaft geschrieben hatte. »Ich sitze im Bett«, schrieb er, »in einem richtigen Bett, in einem richtigen Hotel und bin drei Tage lang mein eigener Herr. Während ich dies schreibe, denke ich an Dich. Ich darf Dir wegen der Zensur nicht mitteilen, wo ich bin. Aber ich glaube, ich darf Dir erzählen, daß heute abend Nebel über dem Land liegt, daß ich eben aus einem Restaurant kam, wo eine Tanzkapelle ›Among my Souvenirs‹ spielte und wo eine Tafel angebracht war, die das Tanzen während eines Luftangriffes untersagte. Und ich glaube, ich darf auch sagen, daß ich Dich liebe.

Es geht mir sehr gut. Trotz des schweren Dienstes während der vergangenen drei Wochen habe ich vier Pfund zugenommen. Wenn ich nach Hause komme, werde ich wahrscheinlich so dick sein, daß weder Du noch das Kind mich erkennen werden.

Wenn es ein Mädchen werden sollte, so mache Dir darüber bitte keine Sorgen. Ich würde mich über ein Mädchen ungeheuer freuen. Im Ernst! Ich habe schon viel über die Erziehung unseres Kindes nachgedacht«, schrieb er emsig weiter, über seinen Schreibblock unter dem schwachen Licht gebeugt, »und ich bin zu folgendem Schluß gekommen: Ich mag die neumodischen Erziehungsmethoden nicht, mit denen die Kinder heutzutage bedacht werden. Ich habe genügend Beispiele gesehen, welchen Schaden man damit anrichten kann und möchte unser Kind davor bewahren. Den Gedanken, ein Kind alles tun zu lassen, was ihm in den Kopf kommt, um sein Bewußtsein von der Freiheit des Ausdrucks zu stärken, halte ich für einen ausgemachten Unsinn. Dabei kommen nur verwöhnte, respektlose Heulsusen heraus«, schrieb Noah in der Weisheit seiner dreiundzwanzig Jahre. »Eine derartige Erziehung beruht auf falschen Voraussetzungen. Die Umwelt wird es weder unserem noch einem anderen Kind erlauben zu leben, wie es ihm paßt, und ein Kind in diesem Glauben zu erziehen, wäre ein grausamer Trugschluß, den es schwer zu büßen hätte. Ich bin auch gegen Kleinkinderschulen und Kindergärten und glaube, daß wir dem Kind in den ersten acht Jahren alles, was es wissen muß, besser beibringen können als sonst jemand. Es ist auch nicht gut, wenn man ein Kind zwingt, zu früh mit Lesen und Schreiben anzufangen. Ich hoffe, Du faßt meine Ansichten nicht als Vorschriften auf. Leider fehlt uns die Zeit, uns über diese Dinge eingehend zu unterhalten und im Für und Wider eine Einigung zu erzielen.

Bitte, Liebling, lache mich nicht aus, weil ich in solch feierlicher Weise über ein armes kleines Wesen schreibe, das noch gar nicht vorhanden ist oder in diesem Augenblick erst das Licht der Welt erblickt. Aber mein jetziger Urlaub wird auf lange Zeit wahrscheinlich der letzte sein, und ich werde lange keine Gelegenheit mehr haben, über diese Probleme in Ruhe und Frieden nachzudenken.

Ich bin sicher, Liebste«, schrieb Noah langsam und sorgfältig weiter, »daß es ein feines Kind wird, mit geraden Gliedmaßen und schneller Auffassungsgabe. Wir werden es sehr lieben. Und ich verspreche Dir, zu ihm und zu Dir gesund an Leib und Seele zurückzukehren. Ich weiß, ich komme zurück, was immer passiert. Ich komme, um Dir beim Waschen der Windeln zu helfen, am Bett des Kindes zu sitzen und ihm Märchen zu erzählen. Ich werde es mit Spinat füttern und es lehren, Milch aus dem Glas zu trinken. Ich werde es sonntags im Park spazierenführen, ihm die Tiere im Zoologischen Garten zeigen und ihm auseinandersetzen, weshalb man kleine Mädchen nicht verprügeln darf und warum es seine Mutter ebenso lieben soll, wie sein Vater sie liebt.

In Deinem letzten Brief schriebst Du, daß das Kind, falls es ein Junge würde, den Namen meines Vaters tragen soll. Bitte nicht, Liebste! Ich habe meinen Vater nie sehr gemocht, obgleich er natürlich auch seine guten Seiten hatte. Mein ganzes Leben lang habe ich versucht, von ihm davonzulaufen. Nenne ihn Jonathan, nach Deinem Vater, wenn es Dir recht ist. Ich habe zwar immer ein bißchen Angst vor Deinem Vater, aber seit dem Weihnachtsmorgen in Vermont fühle ich eine große Bewunderung für ihn.

Ich mache mir keine Sorgen um Dich. Ich weiß, Du wirst alles gut überstehen. Und um mich brauchst Du Dich auch nicht zu sorgen. Mir wird nichts zustoßen.

In großer Liebe Noah.

P.S. Heute abend vor dem Essen habe ich ein Gedicht geschrieben. Mein erstes Gedicht. Es ist die verspätete Nachwirkung einer Angriffsübung auf eine befestigte Stellung. Hier ist es. Zeige es ja niemand. Ich schäme mich.

Halte fest dein Herz,
Denn nicht für Kriege ist's geschaffen:
Nimm dich in acht, daß es nicht bricht,
Wenn es an eh'rne Türen pocht.

So lautet die erste Strophe. Ich schreibe noch zwei und schicke sie Dir dann. Schreib mir, Darling, schreib, schreib, schreib...«

Noah faltete den Brief ordentlich zusammen, stieg aus dem Bett und steckte ihn in seine Uniformtasche. Dann drehte er das Licht aus und kroch schnell unter die warmen Decken.

In der Nacht erfolgte kein Angriff. Gegen ein Uhr allerdings hatten die Sirenen geheult, aber es handelte sich nur um Maschinen, die sich auf dem Rückflug von einem Angriff auf London befanden und die Küste zehn Meilen weiter westlich überflogen. Die Flakgeschütze schwiegen.

Noah befühlte den dicken Brief in seiner Tasche, als er die Straße hinunterging. Er überlegte sich, ob es wohl in der Stadt eine amerikanische Einheit gäbe, bei der er den Brief zensieren lassen könnte. Es war ihm jedesmal widerlich, wenn die Offiziere seiner eigenen Kompanie, die er nicht mochte, ihre Nase in seine Briefe an Hope steckten.

Die Sonne war jetzt aufgegangen und schimmerte durch einen dünnen Nebelschleier. Aus dem Dunst tauchten die Häuser auf und ragten in den Morgen hinein. Noah ging an den ordentlich aufgeräumten Grundmauern von vier Häusern vorüber, die durch Bomben vernichtet worden waren. Jetzt endlich, dachte er beim Betrachten der Ruinen, bin ich in einer Stadt im Kriegsgebiet.

Kalt und grau lag unter ihm der Kanal. Die Küste von Frankreich konnte er wegen des ziehenden Dunstes über dem Wasser nicht erkennen. Drei flinke, kleine britische Torpedoboote liefen in den Hafen ein und verholten zu ihren Liegeplätzen. Sie waren in der vergangenen Nacht an der feindlichen Küste entlanggefahren, mit schäumendem Kielwasser, unter den Strahlenbündeln der Scheinwerfer, unter Garben von Leuchtspurmunition, zwischen den Explosionen von Unterwasserminen hindurch, die hundertmeterhohe Wassersäulen in die Luft jagten. Nun kamen sie bei kleiner Fahrt im morgendlichen Sonnenlicht zurück und sahen spielerisch und erholsam aus wie Rennboote in einem sommerlichen Badeort.

Eine Stadt im Kriegsgebiet, dachte Noah wieder.

Am Ende der Straße erblickte er ein dunkles, von den Kanalstürmen verwittertes Denkmal aus Bronze. Noah las die Inschrift, die feierlich verkündete, daß die britischen Soldaten auf ihrem Transport nach Frankreich hier in den Jahren 1914 bis 1918 vorbeigekommen seien.

Und 1939 auch, dachte Noah. Und noch auf dem Rückzug von Dünkirchen 1940. Welche Denkmäler würde ein Soldat nach zwanzig Jahren in Dover betrachten können? An welche Schlachten würden sie ihn erinnern?

Noah ging auf der menschenleeren Straße weiter. Der Weg führte zu den bekannten Klippen hinauf, an windzerzausten Wiesen vorbei, die Noah wie so vieles in England an einen alten Park erinnerten, der von einem Gärtner mit viel Liebe und Sorgfalt in tadelloser Ordnung gehalten wird.

Schnell schritt Noah vorwärts, und seine Arme schwangen im Marschtakt. Heute, ohne Gewehr, ohne Tornister, ohne Helm und Feldflasche und Bajonett schien das Marschieren eine leichte, mühelose Bewegung zu sein, die frohe, unwillkürliche Ausdrucksform körperlicher Gesundheit an einem frischen Wintermorgen.

Als Noah oben auf den Klippen stand, hatte sich der Nebel verzogen, und glitzernd wie ein Spiegel lag der Kanal da, weit und blau bis nach Frankreich hinüber. In der Ferne ragten die Klippen von Calais über den Horizont. Noah starrte über das Wasser. Unglaublich nahe war Frankreich. Während er hinüberblickte, glaubte er drüben einen Lastwagen langsam die ansteigende Straße hinauffahren zu sehen, an einer Kirche vorbei, deren Turm in die klare Luft ragte. Wahrscheinlich war es ein Fahrzeug der deutschen Wehrmacht, dachte er, mit Soldaten drin. Vielleicht auf dem Weg zur Kirche. Ein sonderbares Gefühl, Feindesland zu sehen, selbst aus dieser Entfernung, und zu wissen, daß die drüben ihn vielleicht durch ihre Gläser auch sehen konnten und das alles wie in einem Traum, in einem Waffenstillstand auf Distanz. Irgendwie hatte man doch das Gefühl, daß in einem Krieg, wo man den Feind und der Feind einen selbst sehen konnte, sofort geschossen werden müßte. Es war etwas Künstliches, raffiniert Ausgeklügeltes in der Tatsache, daß beide Seiten sich friedlich beobachten konnten; eine Seite des Krieges, die einen unsicher und unbefriedigt machte. Auf eine komische Art, dachte Noah, wird es einem so schwererfallen, später auf den Feind zu schießen.

Er stand oben auf der Klippe und blickte gedankenvoll zur europäischen Küste hinüber. Die Stadt Calais mit ihren Docks, Kirchtürmen, Dächern und kahlen Bäumen, die ihre Äste in den Kriegshimmel reckten, lag still im Sonntagmorgen vor ihm, genau wie die Stadt Dover unter ihm. Wenn Roger heute dabei wäre, hätte er sicher mancherlei zu sagen, irgendeine dunkle, bedeutungsvolle Bemerkung über die Beziehungen dieser beiden Städte, Zwillinge in der Geschichte, die sich in den vergangenen Jahrhunderten gegenseitig Fischerboote, Vergnügungsreisende, Gesandte, Soldaten, Seeräuber und Bomben über die schmale Wasserfläche zugeschickt hatten. Wie traurig, daß Roger zwischen Palmen und im Dschungel des philippinischen Urwaldes den Tod finden mußte. Es wäre viel passender gewesen, falls er überhaupt sterben mußte, wenn ihn die Kugel beim Sturm auf die Küste von Frankreich getroffen hätte, Frankreich, das er so sehr geliebt hatte. Oder in einem Dorf in der Nähe von Paris, während er sich lachend nach dem Besitzer eines Cafés erkundigte, mit dem er einen Sommer lang gezecht hatte. Oder wenn ihn der Tod in Italien ereilt hätte, etwa in demselben Fischerdorf, durch das er im Herbst 1936 auf dem Weg von Neapel nach Rom gekommen war. Er hätte die Kirche wiedererkannt, das Rathaus, das Gesicht eines Mädchens, in dem Augenblick, als er fiel... Der Tod, erkannte Noah, hatte besondere Grade der Gerechtigkeit, und Rogers Tod stand sehr tief auf diesem unverrückbaren Gradmesser. »*You make time and you make love dandy. You make swell molasses candy. But, honey, are you makin' any money? That's all I want to know...*«

Später, nahm sich Noah vor, nach dem Krieg würde er mit Hope zusammen diese Stelle besuchen. *Hier stand ich, auf diesem Fleck, und alles war vollkommen ruhig, und da drüben lag Frankreich und sah genauso aus wie jetzt. Ich bin mir bis heute noch nicht klar, warum ich gerade nach Dover gefahren bin, zumal es der letzte Urlaub meines Lebens gewesen sein konnte. Ich weiß nicht... Neugier vielleicht, ich wollte sehen, wie es aussieht. Eine Stadt im Krieg, wirklich im Krieg, ein Blick hinüber, wo der Feind lag... Man hatte mir so viel von ihm erzählt, wie er kämpfte, was er für Waffen hatte, was für Greueltaten er begangen hatte – ich wollte wenigstens den Ort sehen, wo er war. Und manchmal hörte man Kanonendonner, und da ich noch nie eine Kanone in Wut gesehen hatte, wie man bei uns in der Armee sagte…*

Nein, dachte Noah, wir werden nicht vom Krieg sprechen. Wir werden Hand in Hand hier spazierengehen und uns nebeneinander auf das kurze Gras setzen und über den Kanal blicken und sagen: »Schau mal, man kann beinahe den Kirchturm in Frankreich sehen. Was für ein schöner Nachmittag…«

Ein Krachen unterbrach die Stille. Noah sah zum Hafen hinunter. Eine dicke, träge Rauchwolke, klein und spielzeughaft, quoll an der Stelle auf, wo die Granate zwischen einigen Lagerhäusern eingeschlagen hatte. Dann kam ein zweiter Einschlag und dann ein dritter. In unregelmäßigen Mustern stiegen die Rauchschwaden über den Dächern der Stadt empor. Ein Schornstein stürzte langsam zusammen, zu weit entfernt, als daß man etwas hätte hören können. Er knickte ganz weich ein, als wären die Ziegel nicht aus Stein, sondern aus Schokolade. Sieben Explosionen gab es. Dann herrschte wieder Stille. Die Stadt schien in ihren Sonntagsschlaf zurückzufallen. Die Deutschen auf der anderen Seite des Wassers hatten nun ihr Mütchen gekühlt oder ihren niederträchtigen Wunsch befriedigt und gingen wahrscheinlich daran, die Geschütze zu putzen und im übrigen zu warten.

Von den britischen Batterien kam keine Antwort. Die von den Granaten in die Luft gewirbelten Rauchwolken verzogen sich, und fünf Minuten später konnte man kaum noch begreifen, daß sich hier vor kurzem etwas ereignet hatte.

Langsam versuchte Noah, sich über den Eindruck des soeben Erlebten klarzuwerden, während er sich anschickte, in die Stadt hinabzusteigen. Es hatte alles so entfernt ausgesehen, so kindisch rachsüchtig, ohne Plan… Sieht es so aus? dachte er, während er sich gegen den abschüssigen Weg stemmte. Sieht so der Krieg aus?

Inzwischen war die Stadt erwacht. Zwei alte Damen mit schwarzen Federhüten, mit Netzhandschuhen und Gebetbüchern in der Hand, begaben sich würdevoll zur Kirche. Ein langer Marineleutnant in tadelloser Uniform, den Arm in einer weißen Schlinge, radelte an Noah vorüber. Ein kleines Mädchen, das an der Hand seiner Tante zur Kirche geführt wurde, begrüßte Noah mit der kindlichen Frage an die amerikanische Armee: »Hast du Kaugummi, Soldat?«

»Aber Harriet!« sagte die Tante tadelnd.

Noah grinste und schüttelte verneinend den Kopf hinter dem kleinen blonden Ding her, das von strenger Tantenhand zum Gottesdienst gezogen wurde.

Aus einer hohen, schwarzen Tür trat eine Familie auf die Straße, Vater, Mutter und eine Schar vier- bis zehnjähriger Kinder, das kleinste an Vaters Hand. Der wohlgerundete Bauch des Vaters steckte in einem anständigen Sonntagsanzug, und sein Gesicht sah unter dem altmodischen, auf Hochglanz gebürsteten Hut schläfrig und zufrieden aus. Die Mutter behütete gleich einer schottischen Schäferhündin die Herde der Kinder und führte sie die Straße hinab zur Kirche.

Ein sehr hübsches Mädchen mit nackten Beinen und den Mantel lose über die Schultern gehängt kam vorbei. Sie las im Gehen die *Sunday Times* und ging ganz in ihre Lektüre versunken mitten durch die Gruppe hindurch.

Ein britischer Feldwebel mit dem typischen britischen Feldwebelgesicht, kühl, zurückhaltend, steif vor lauter Autorität und Tüchtigkeit, schritt aufrecht auf der anderen Seite der Straße mit seiner Frau am Arm vorüber. Die Frau war jung, und Noah sah ihr an, daß sie versuchte, sich dem Portepeeträger-Gehabe ihres Mannes anzupassen. Aber es gelang ihr nicht ganz. Denn während sie ihn bewundernd von der Seite anblickte, huschte ein lebensfrohes Lächeln über ihr Gesicht. Die Wirkung war uneinheitlich und rührend zugleich wie bei einem Kind mit langen, bebänderten Zöpfen, das unversehens auf seinem zottigen Shetland-Pony in eine Parade von Panzern hineingerät.

»Guten Morgen, guten Morgen«, sagten die Bürger der Stadt zueinander, wenn sie sich an den Straßenkreuzungen trafen. »Ist das nicht ein herrlicher Morgen? Denken Sie nur, Frau Finchleys Fischstand ist wieder getroffen worden. Wie nett, daß Ihr Albert Sie übers Wochenende besuchen durfte. Ist es nicht wundervoll, daß der Nebel sich verzogen hat? Heute kann man Frankreich sehen. Nach dem Mittagessen gehen wir auf die Klippen und schauen hinüber. Ja, ich habe Post aus Sydney. Ganz gut, danke der Nachfrage, ganz gut. Vor drei Wochen haben sie die letzten Fäden aus der Wunde gezogen, und er wird nach Kalkutta auf Erholungsurlaub geschickt... Unsere Roberta hat wieder Wochenendbesuch von ihrem amerikanischen Feldwebel, und er hat eine große Dose von dem fabelhaften amerikanischen Obstsalat mitgebracht und eine ganze Stange Chesterfields. Ein lieber Junge, ein ganz reizender Junge, und er sagt, die Heiratserlaubnis müßte in ungefähr einem Monat da sein. Aber Sie wissen ja, wie langsam die beim Militär sind. Auf jeden Fall wollen sie noch vor der Invasion heiraten. Ich habe schon mit Pfarrer Redwine gesprochen. Guten Morgen, guten Morgen, guten Morgen...«

Noah blieb vor der Kirche stehen. Es war ein breiter, niederer Steinbau mit einem schweren viereckigen Turm. Er sah aus, als ob der Gott, zu dem drinnen gebetet wurde, ein strenger Gott des Alten Testaments sei, ein Gott, der seine Gebote unzweideutig festlegte und keine Wenn und Aber bei den vielen Generationen der Kanalbewohner duldete, die vor ihm knieten. Ein Küsten- und Klippengott, ein Kaltwasser- und ein Sturmgott voll erbarmungsloser Gerechtigkeit und sparsam in der Gnade. Auf dem Rasenplatz vor der Kirche war ein Bunker, und hinten am Pfarrhaus war ein Drahtverhau gezogen. An den Ecken des Rasenplatzes waren drohend aussehende Betonblöcke gegen Panzer in die Erde gerammt, um die Deutschen aufzuhalten, die ihr Landungsversprechen vom Jahr 1940 nie gehalten hatten.

Die Andacht hatte bereits begonnen. Ein Choral mit Orgelbegleitung drang heraus. Der Sopran der Frauen und Kinder, der über dem tiefen Brummen der Orgel und der Männerstimmen lag, klang erstaunlich zart und leicht. Offenbar war die Akustik der eckigen grauen Steinwände ausgezeichnet. Auf einen plötzlichen Einfall hin, ohne weiter zu überlegen, ging Noah hinein.

Es war eine kleine Gemeinde, und Noah nahm auf einer der leeren Eichenbänke in den hinteren Reihen Platz. Viele Fensterscheiben waren zerbrochen, einige davon waren mit Pappe geflickt, andere hatten nur noch ein paar glitzernde Glasstücke in den schweren Bleifassungen. Durch die Öffnungen blies der salzige Wind vom Kanal und wehte Schleier und Gesangbuchblätter durcheinander und strich über das lange, weiße Haar des Pfarrers, der traumverloren auf der Kanzel stand und sich leise auf den Absätzen nach den Klängen des Chorals wiegte. Mit seinem mageren, ledernen Gesicht und seinem flatternden weißen Haar ähnelte er einem altertümlichen Pianisten oder Astronomen, der zu sehr in seine Fugen oder Sterne vertieft ist, um ans Haareschneiden zu denken.

Noah hatte noch nie eine Synagoge betreten. Seines Vaters pathetische Kenntnis der religiösen Schriften war verhängnisvoll für sein religiöses Denken gewesen und hatte seine Vorstellung von Gott verdüstert. Und er war nie auf den Gedanken gekommen, mit einem Feldkaplan jüdischer oder christlicher Konfession während seiner Militärzeit zu sprechen. Sie waren ihm viel zu derb und gewollt herzhaft, zu soldatisch und weltlich, wie irgendein Hauptmann oder Truppenführer, als daß er sich um geistige Erbauung an sie gewandt hätte. Er hatte immer den Eindruck, daß, wenn er zu einem dieser Herren mit den Worten gekommen wäre: »Vater, ich habe gesündigt« oder »Vater, ich fürchte mich vor der ewigen Verdammnis«, der ihm auf die Schulter geklopft, ihn auf irgendeinen Armeebefehl verwiesen und zum Gewehrreinigen kommandiert hätte.

Noah hörte dem Gottesdienst kaum zu. Er richtete sich nach den anderen Kirchenbesuchern, stand auf, wenn sie sich erhoben, setzte sich, wenn sie sich setzten; lauschte, ohne sich um den Text zu kümmern, auf die erregende, süße Melodie des Chorals und heftete seine Augen auf das müde, zarte Gesicht des Pfarrers, das blaß unter der durch die zerbrochenen Scheiben hereinströmenden Wintersonne leuchtete.

Schließlich war eine leise Unruhe unter der Gemeinde zu spüren; Gesangbücher wurden geschlossen, man scharrte mit den Füßen, die Kinder flüsterten untereinander, und der Pfarrer beugte sich nachdenklich über die Brüstung der Kanzel, seine bleichen Hände umspannten das dunkelpolierte Holz, und die Predigt begann.

Zunächst folgte Noah den Worten nicht. Er befand sich in einem Zustand, der ihn bisweilen befiel, wenn er einer Musik lauschte, ohne auf die Melodie oder die sich abzeichnende Absicht des Komponisten zu achten. Doch bewirkte die Musik dann meistens, daß seine Fantasie durch die Tonfülle angeregt wurde, eigene Bilder in seinem Innern zu formen. So auch hier. Der Pfarrer sprach mit sanfter Stimme, der Stimme eines alten Mannes, leise und vertraut und manchmal auch durch die Windstöße unterbrochen, die durch die zerstörten Fenster hereinwehten. Es war nicht die beruflich geschulte Stimme eines Kanzelredners, sondern eine Stimme, die zu Gott und der Gemeinde aus einem neuen Erkenntnisquell sprach, ohne Wiederholungen vergangener Predigten, frei von abgegriffenen Formulierungen, eine wahrhaft fromme und unkirchliche Stimme. »... Liebe«, sagte der alte Mann, »ist ein Wort Christi, an dem man nicht drehen und deuteln darf. Es heißt ganz einfach, daß wir unseren Nächsten lieben sollen wie uns selbst und unsere Feinde wie unsere Brüder. Und diese Worte sind so eindeutig wie die Gewichte auf einer Waage. Nach dem Grade, wie wir anderen Liebe erweisen, werden wir beurteilt.«

Wir sind Kanalbewohner, aber wir leben nicht am Ufer des Kanals, sondern zwischen dem Seegras und den vermorschten Wracks, zwischen den wogenden Salzfarnen und den gebleichten Gebeinen der Ertrunkenen auf dem Grunde des Meeres, und über uns rast der Sturm des Hasses unter den Menschen und gegen Gott. Die Woge des Hasses erfüllt uns mit dem eisigen Hauch der Verzweiflung. Kanonendonner umgibt uns, und sein eherner Klang übertönt die Stimme Gottes. Und das wilde Geschrei nach Rache übertönt noch das Donnern der Kanonen. Vor unseren Augen stürzen unsere Städte unter den Bomben des Feindes zusammen, und wir trauern um unsere Kinder, die in ihrer Jugendblüte ihr Leben auf dem Schlachtfeld lassen. Grausam und wild schlagen wir von der Insel unseres Hasses auf den Feind zurück, auf seine Städte und seine Kinder. Der Feind ist so blutgierig wie der Tiger, gefräßig wie der Hai, grausam wie der Wolf. Es ist nicht unehrenhaft, wenn wir uns gegen ihn mit aller Kraft wehren. Wir verteidigen uns und bekämpfen ihn, allein wir tun dies, indem wir ihn noch überbieten an Wildheit und Grausamkeit. Wir sind blutgieriger als der Tiger, gefräßiger als der Hai und wölfischer als der Wolf. Dürfen wir am Ende dieses Kampfes etwa behaupten, wir hätten gesiegt? Denn was wir verteidigen, zerstört unser Sieg gründlicher, als es durch unsere Niederlage zerstört worden wäre. Dürfen wir hier sitzen mit unseren verhärteten Herzen und uns einbilden, daß unsere sonntäglichen Gebete von Gott erhört werden, nachdem wir während der Woche Unschuldige töteten, Bomben auf Kirchen und Museen warfen, Bibliotheken verbrannten und Mütter mit ihren Kindern unter den Trümmern ihrer Wohnungen begruben, eine ganz besonders niederträchtige Art der Müllabfuhr unseres Jahrhunderts?

Brüstet euch nicht in den Zeitungen mit der gewaltigen Bombenlast, die ihr wahllos auf das unglückselige Land der Deutschen abwerft, denn ich sage euch, diese Bomben werft ihr auf mich, auf unsere Kirche, auf euch selbst und auf euren Gott herab. Erklärt mir lieber, daß ihr über jeden deutschen Soldaten, der euch mit der Waffe in der Hand bedrohte und den zu töten ihr gezwungen wart, geweint habt. Dann erst sage ich euch: Ihr seid unsere Verteidiger, die Verteidiger unserer Kirche und unseres England.

Ich sehe unter der Gemeinde mehrere Soldaten, und ich weiß, daß sie ein Recht auf die Frage haben: Was bedeutet Liebe für den Soldaten? Wie kann ein Soldat Christi Wort überhaupt befolgen? Wie liebt der Soldat seinen Feind? Ich will es euch erklären: Wenn ihr unbedingt töten müßt, so tötet. Und vergeßt nie, daß es ein trauriges Tun und eine Sünde ist. Es ist genauso sündhaft, wie das Tun des Mannes war, den ihr tötet. Denn war es nicht eure Gleichgültigkeit, eure Beschränktheit und Verständnislosigkeit für seine Eigenart, die ihn dazu trieb, seine Waffe gegen euch zu erheben? Er bemühte sich um euch, er weinte, er flehte euch an, und ihr habt bloß geantwortet: Wir hören nichts. Seine Stimme dringt nicht über das Wasser. Erst dann griff er in der Verzweiflung zur Waffe, und erst dann sagtet ihr auf einmal: Seine Stimme ist deutlich zu verstehen. Töten wir ihn.

Die Stimme des alten Mannes wurde schwächer, als er fortfuhr:

»Fühlt euch nicht gerecht und erhaben im Herzen, weil ihr endlich die Stimme eures Feindes hört. Tötet, wenn ihr müßt, aber bereut, daß ihr töten müßt. Tragt Barmherzigkeit und Vergebung in euren Patronengürteln und Tornistern, denn es sind unsterbliche Seelen, die durch eure Gewalttat dieses Leben des Kampfes verlassen. Denn euch ziemt es nicht, Rache und Vergeltung zu üben, sondern nur Gott, dem Herrn. Tötet und denkt daran, daß jedes Leben, das ihr vernichtet, euer eigenes Leben ärmer macht.

Kommt, Kinder des Kanalbettes, macht euch frei von den Wracks in der Tiefe, löst euch aus dem Gewirr der Schlingpflanzen auf dem Grund und wärmt euch an einem milderen Feuer. Wenn wir auch gegen die Menschenschlächterei kämpfen, so wollen wir doch nicht die eigenen Hände besudeln. Laßt uns unsere Feinde nicht zu Rachegeistern werden, sondern zu Brüdern. Wenn wir das Schwert Gottes in unseren Händen tragen, wie wir uns brüsten, dann wollen wir nie vergessen, daß es eine edle Waffe ist und daß wir die Verpflichtung haben, es in unseren englischen Händen nicht zum Schlächtermesser werden zu lassen.«

Der alte Mann seufzte und zitterte ein wenig. Sein Haar war vom Wind zerzaust. Wie ein Träumender schaute er über die Köpfe seiner Gemeinde hinweg, als ob er in seinem brüchigen, alten Männergedächtnis vergessen hätte, daß sie überhaupt noch da war. Dann lächelte er freundlich auf die halbleeren Bänke hinunter.

Er schloß die Predigt mit einem Gebet ab und stimmte einen Choral an, in den die Gemeinde einfiel. Aber Noah hörte kaum hin. Die Predigt hatte eine starke Erregung in ihm ausgelöst, ein Gefühl der Liebe zu dem alten Mann und allen, die seinen Worten lauschten; auch zu den Soldaten, zu allen Soldaten, die diesseits und jenseits des Kanals an ihren Geschützen standen; alle Lebenden und dem Tod Geweihten schienen ihm liebenswert. Sie erfüllte ihn mit einer geheimnisvollen Hoffnung. Nach den Gesetzen der Logik konnte er sich nicht mit allem, was der alte Mann gesagt hatte, einverstanden erklären. Selbst zum Töten befohlen und gleichzeitig ein Todesziel für die anderen, kannte er aus eigener Erfahrung die Wirrnis der Kriegstechnik, in die er eingespannt war. Er fühlte, daß es beinahe unmöglich war, so gewissenhaft und peinlich genau zu verfahren, wie der alte Mann es wünschte, fühlte, daß selbst der Versuch eine zu große Last für seine eigenen schwachen Soldatenschultern wäre. Außerdem würde ein solches Verfahren dem Feind Erleichterungen gewähren, die er zu seinem Vorteil benützen würde und die Noah das Leben kosten könnten. Trotzdem erfüllte ihn die Predigt des Pfarrers mit Hoffnung. Wenn es möglich war, daß in solch einer Zeit und an diesem Ort, wo der Rauch der letzten sieben hinterhältig herübergeschossenen Granaten sich kaum verzogen hatte, in einer vom Krieg halb zerstörten Kirche und unter verwundeten Soldaten und Zivilisten, die um ihre Angehörigen trauerten, wenn zu dieser Zeit und an diesem Ort ein Mann aufstehen konnte, um so leidenschaftlich für Verbrüderung und Liebe unter den Menschen einzutreten, und wenn er das ohne Einschränkung oder Furcht vor Vergeltung tun konnte, dann war wirklich noch nicht alles verloren! Jenseits des Kanals, das wußte Noah, durfte sich niemand dergleichen erlauben, und jenseits des Kanals waren die Menschen, die schließlich unterliegen mußten. Die Welt würde nicht in ihre Hände fallen, sondern in die Hände der Leute, die hier herumsaßen, nickten, ein bißchen mit dem Schlaf kämpften und nicht so genau hinhörten, was ihr alter Pfarrer da oben sagte. Solange solche Stimmen sich in der Welt vernehmen lassen konnten, dachte Noah beruhigt, streng, unlogisch und voll Liebe, solange konnte sein eigenes Kind mit Vertrauen und Hoffnung die ersten Schritte ins Leben tun.

»Amen«, sagte der Pfarrer. »Amen«, antwortete die Gemeinde.

Langsam erhob sich Noah und ging hinaus. Vor der Kirchentür blieb er stehen und wartete.

Der Pfarrer kam zur Tür, stand da und drückte ernst die Hände der vorbeigehenden Gemeindemitglieder, die zu ihrem rationierten Sonntagsbraten eilten. Seine Haare flatterten unordentlicher denn je im Wind, und Noah bemerkte, wie seine Hände zitterten. Er sah sehr alt und gebrechlich aus.

Noah wartete, bis sich die Gemeinde zerstreut hatte, und als der Pfarrer sich anschickte, in die Kirche zurückzugehen, trat Noah auf ihn zu.

»Sir«, sagte er leise und wußte nicht, wie er sich ausdrücken sollte. Er fand keine Worte für das Gefühl der Verwirrung und Dankbarkeit und Hoffnung, das in ihm war. »Sir, ich... ich wollte auf Sie warten und... es tut mir leid, daß ich es nicht besser sagen kann... ich wollte Ihnen danken...«

Der Greis schaute Noah ruhig an. Seine dunklen, von vielen Fältchen umrahmten Augen hatten einen seherischen, schwermütigen Ausdruck. Langsam nickte er und reichte Noah die Hand. Seine Hand fühlte sich trocken und zerbrechlich an, daß Noah kaum wagte, sie zu schütteln.

»Ah, gut«, sagte der Pfarrer, »danke schön. Ich spreche hauptsächlich zu euch jungen Männern, denn auf euren Schultern ruht die Entscheidung.« Dabei schaute er fragend Noahs Uniform an. »Äh... Sie sind Kanadier?«

Lächelnd erwiderte Noah: »Nein, Sir, Amerikaner.«

»Amerikaner? Ach«, sagte der alte Mann erstaunt, »ach so.« Noah hatte irgendwie das Gefühl, der alte Mann habe noch nicht ganz begriffen, daß Amerika im Kriege stand. Man hatte es ihm zwar sicherlich Dutzende Male gesagt, aber er hatte es wahrscheinlich längst vergessen.

Für ihn waren alle Uniformen gleich, gleich unansehnlich, unverständlich. »Willkommen, willkommen«, sagte der alte Mann schließlich berufsmäßig freundlich, »herzlich willkommen!« Dabei streiften seine Augen über die zertrümmerten Fenster der Kirche hinter ihm. »Wir müssen unbedingt neue Fenster beschaffen, es muß drinnen furchtbar gezogen haben.«

»Nein, Sir«, sagte Noah und mußte wieder lächeln, »ich habe gar nichts gemerkt.«

»Nett von Ihnen«, sagte der Pfarrer, »sehr nett. Also Amerikaner sind Sie?« Wieder dieses leichte Erstaunen. »Gott segne Sie, mein Sohn, und geleite Sie gesund nach Hause zu Ihren Angehörigen, nach den schlimmen Tagen, die Ihnen noch bevorstehen.« Er wandte sich ab, kehrte jedoch noch einmal um und kam zurück. Beinahe böse blickte er Noah an: »Sagen Sie mir ehrlich, mein Sohn«, und seine Frage klang scharf und energisch, »sagen Sie mir, halten Sie mich für einen geschwätzigen alten Narren?« Dabei packte er Noah mit erstaunlicher Kraft am Arm.

»Nein, Sir«, sagte Noah leise. »Ich halte Sie im Gegenteil für einen großen Mann.«

Prüfend musterte der Pfarrer Noahs Gesicht, als suche er darin einen versteckten Spott über sein Alter und seine altmodischen, überholten Ansichten. Aber er schien befriedigt von seiner Musterung zu sein und ließ Noahs Arm fahren. Er versuchte zu lächeln, aber sein Blick umwölkte sich, und es zuckte in seinem Gesicht.

»Sohn, Sohn, zuweilen weiß ein alter Mann nicht mehr, in welcher Welt er lebt, ob er für die Gräber oder für die Wiegen predigt. Ich schaue auf meine Gemeinde hinunter und glaube Gesichter zu sehen, die schon fünfzig Jahre tot sind, und ich rede eine Zeitlang zu ihnen, bis ich begreife, daß ich zu den Verstorbenen gesprochen habe. Wie alt sind Sie, mein Sohn?«

»Dreiundzwanzig, Sir«, sagte Noah.

»Dreiundzwanzig«, wiederholte der Pfarrer nachdenklich, »dreiundzwanzig.« Er streckte langsam die Hand aus und berührte Noahs Wange. »Ein lebendiges Gesicht, ein lebendiges Gesicht. Ich werde für deine glückliche Heimkehr beten.«

»Danke, Sir«, sagte Noah.

»Sir?« fragte der Pfarrer, »Sir? Diese Anrede bringt man Ihnen wohl in der Armee bei?«

»Ja, Sir.«

»Wie häßlich«, sagte der Pfarrer. »Gott, wie ich die Armeen hasse!« Er blinzelte und schien einen Augenblick vergessen zu haben, mit wem er sprach. Er blickte unsicher um sich und sagte: »Kommen Sie an einem anderen Sonntag wieder.« Seine Stimme klang sehr müde. »Hoffentlich sind dann neue Fenster eingesetzt.« Dann drehte er sich schnell um und schlurfte durch die dunkle Tür der Kirche.

Als Noah ins Lager zurückkam, fand er ein Überseetelegramm vor, das sieben Tage unterwegs gewesen war. Er riß es zitternd auf und fühlte ein Kribbeln in den Handgelenken und Fingerspitzen. Er las: »Ein Junge, sechseinhalb Pfund, fühle mich ausgezeichnet, ich liebe Dich, liebe Dich, Hope.«

Ganz benommen verließ er die Schreibstube.

Nach dem Abendessen verteilte er seine Zigarren. Er ließ es sich besonders angelegen sein, auch den Männern, mit denen er in Florida geboxt hatte, eine zu geben. Brailsford konnte er keine anbieten, denn der war in die Heimat versetzt worden. Aber alle anderen Kameraden nahmen etwas erstaunt und fast beschämt die Zigarren an, schüttelten Noah die Hand und wünschten ihm herzlich Glück zur Geburt seines Sohnes. Es schien, als fühlten sie sich selbst an diesem Wunder der Vaterschaft beteiligt, das sich in weiter Ferne ereignet hatte, weitab von dem feinen englischen Sprühregen, weitab von den Geschützen und Kriegswerkzeugen ihres rauhen Soldatendaseins.

»Ein Junge!« sagte Donnelly, der Flammenwerfer, der Schwergewichtler, der um die Goldenen Handschuhe gekämpft hatte, und er schüttelte Noahs Hand so kräftig, daß sie schmerzte. »Ein Junge! Sollte man's für möglich halten? Ein Junge. Hoffentlich braucht der arme kleine Scheißer nie 'ne Uniform anziehen, wie sein Vater. Dank dir schön«, sagte er und roch genießerisch an der Zigarre. »Vielen Dank. Ist 'ne großartige Zigarre.«

Aber im letzten Augenblick konnte sich Noah nicht überwinden, Feldwebel Rickett oder Hauptmann Colclough eine Zigarre anzubieten. Dafür gab er Burnecker drei Stück. Eine, die erste in seinem Leben, zündete er selbst an. Etwas schwindlig stieg er ins Bett und machte sich allerlei unbestimmte Vorstellungen von seinem neugeborenen Söhnchen.

24. Kapitel

Die Tür ging einen Spaltbreit auf, und Greta Hardenburg stand in einem grauen Morgenrock da.

»Ja?« sagte sie und öffnete die Tür ein bißchen weiter. »Was ist los?«

»Hallo«, sagte Christian lächelnd. »Ich bin's. Gerade in Berlin angekommen.«

Greta öffnete die Tür noch etwas mehr und sah ihn durchdringend an. Nach ein paar Sekunden und einem Blick auf seine Schulterstücke schien sie sich undeutlich an ihn zu erinnern. »Ach so, der Feldwebel«, sagte sie, »willkommen.« Sie öffnete die Tür ganz, aber ehe Christian sie küssen konnte, hielt sie ihm die Hand hin, die er schüttelte. Die Hand fühlte sich knochig an und schien aus irgendeinem Grunde zu zittern.

»Im Augenblick... man kann so schlecht sehen... das Licht in der Diele...« entschuldigte sie sich. »Und wie du dich verändert hast!« Sie trat einen Schritt zurück und betrachtete ihn kritisch. »Bist sehr mager geworden, und deine Gesichtsfarbe...«

»Ich hatte Gelbsucht«, sagte Christian kurz. Er mochte sein Gesicht selbst nicht und hatte es gar nicht gern, wenn man ihn darauf aufmerksam machte. Er hatte sich die ersten Minuten seines Wiedersehens mit Greta anders vorgestellt. Gleich an der Tür war ihr seine gelbe Gesichtsfarbe aufgefallen. Er sagte: »Malaria und Gelbsucht. Deswegen bin ich auf Krankenurlaub in Berlin. Komme geradewegs vom Bahnhof.«

»Wie schmeichelhaft«, sagte Greta. Sie leierte die Worte wie ein Uhrwerk herunter und strich sich ihr ungekämmtes Haar aus der Stirn. »Nett von dir, mich zu besuchen.«

»Darf ich nicht hereinkommen?« fragte Christian. Kaum sehe ich sie, bettle ich schon wieder, dachte er bitter.

»Oh, Verzeihung!« sagte Greta und lachte schrill. »Ich bin etwas eingenickt und noch gar nicht ganz wach. Natürlich, natürlich, tritt näher...« Sie machte die Tür hinter ihm zu, legte ihre Hand vertraulich auf seinen Arm und drückte ihn. Es kann immer noch ganz nett werden, dachte Christian, als er in das wohlbekannte Zimmer trat. Vielleicht war sie nur zu überrascht über mein unvermutetes Auftauchen. Aber jetzt gewöhnt sie sich wieder an meinen Anblick.

Im Wohnzimmer versuchte er, sie zu umarmen, aber sie wich aus, zündete sich eine Zigarette an und setzte sich.

»Nimm Platz, nimm Platz, mein hübscher Feldwebel«, sagte sie. »Ich habe viel an dich gedacht und was wohl aus dir geworden sein mochte.«

Er setzte sich steif und erwiderte: »Ich habe dir oft geschrieben, aber du hast mir nie geantwortet.«

»Ach, Briefe...« Greta verzog das Gesicht und zeichnete mit der Zigarette Figuren in die Luft. »Man hat einfach keine Zeit zum Briefschreiben. Ich wollte dir immer antworten... und dann habe ich sie einfach verbrannt. Ich habe deine Briefe sehr gerne gelesen, wirklich sehr gerne. Schrecklich, was sie mit dir in der Ukraine angestellt haben.«

»Ich war nicht in der Ukraine«, sagte Christian trocken. »Ich war in Afrika und Italien.«

»Oh, natürlich, natürlich«, sagte Greta ohne jede Verlegenheit. »Es steht gut in Italien, nicht wahr? Wirklich gut. Der einzige Lichtblick in diesen Tagen.«

Christian konnte sich beim besten Willen nicht vorstellen, was sie mit Lichtblick meinte. Aber er sagte nichts. Er betrachtete sie nur genau, während sie sprach. Sie sah viel älter aus, besonders in dem zerknitterten grauen Morgenrock. Ihre Augen waren gelblich und hatten dunkle Ränder; ihr Haar glänzte nicht mehr, und ihre Bewegungen, die früher mit jugendlicher Energie geladen waren, hatten etwas Nervöses, Zitterndes.

»Ich beneide dich um deinen Aufenthalt in Italien«, fuhr sie fort. »Das Leben hier ist einfach unmöglich geworden. Keine richtige Heizung mehr, jede Nacht in den Keller, und die Verkehrsmittel liegen dauernd still. Nur um mich aufzuwärmen, habe ich meine Versetzung nach Italien beantragt.« Sie lachte kläglich. »Ich brauche dringend Erholung«, ging es weiter, »du ahnst nicht, wie schwer wir arbeiten müssen. Oft genug habe ich meinem Chef erklärt, daß die Soldaten einfach streiken würden, wenn sie unter solchen Umständen kämpfen müßten. Ich habe es ihm glatt ins Gesicht gesagt...«

Herrlich, dachte Christian, sie fängt schon an, mich zu langweilen.

»Oh«, sagte Greta, »jetzt entsinne ich mich wirklich! Die Kompanie meines Mannes! Natürlich, und die schwarze Spitze! Man hat sie mir gestohlen. Du hast keine Ahnung, wie unehrlich die Leute geworden sind. Jede Putzfrau muß man mit Argusaugen bewachen...«

Schwatzhaft ist sie auch, dachte Christian und addierte kalt ihre schlechten Eigenschaften.

»Ich weiß, so sollte ich eigentlich zu einem Frontsoldaten auf Heimaturlaub nicht reden«, sagte sie. »Die Zeitungen können sich nicht genugtun mit Lobreden, wie tapfer hier alle sind, wie sie ohne Murren Opfer bringen, aber dir brauche ich nichts vorzumachen. Du brauchst nur auf die Straße zu gehen, dann hörst du, wie alle klagen. Hast du mir aus Italien etwas mitgebracht?«

»Was sollte ich mitbringen?« fragte Christian erstaunt.

»Lebensmittel«, sagte Greta. »Viele Soldaten bringen Käse und herrlichen Schinken mit. Ich dachte, vielleicht...« Sie lachte kokett und beugte sich vor, wobei sich ihr Morgenrock öffnete und sich die Linien ihrer Brüste zeigten.

»Nein«, sagte Christian kurz, »außer meiner Gelbsucht habe ich nichts mitgebracht.«

Er fühlte sich abgespannt und enttäuscht. Alle Pläne, die er für diese Urlaubswoche in Berlin geschmiedet hatte, hatten sich um Greta gedreht. Und jetzt...

»Nicht daß wir nicht genug zu essen hätten«, sagte sie im Propagandaton, »aber es fehlt die Abwechslung.«

O Gott, dachte Christian angewidert, kaum zwei Minuten hier, und schon reden wir vom Essen.

»Sag mal«, fragte er plötzlich, »hast du etwas von deinem Mann gehört?«

»Mein Mann?« sagte Greta und ließ ungern das Thema Essen fallen. »Oh, der hat sich umgebracht.«

»Was?«

»Hat sich umgebracht«, wiederholte Greta leichthin, »mit einem Taschenmesser.«

»Das ist doch nicht möglich!« sagte Christian. Er konnte es nicht fassen, daß diese wilde, geordnete Energie, diese kalte, vernünftige Kraft sich selbst vernichtet haben sollte. »Er hatte doch noch so große Pläne...«

»Ja, ja, seine Pläne«, sagte Greta bedrückt. »Er wollte zurückkommen und schickte mir sein Bild. Ein Wunder, daß sich überhaupt jemand fand, dieses Gesicht zu fotografieren. Das eine Auge wurde wieder geheilt, und darauf beschloß er, hierherzukommen und mit mir zusammenzuleben. Du kannst dir nicht vorstellen, wie er aussah.« Sie schauderte in der Erinnerung daran. »Der Mann, der seiner Frau ein solches Bild schickt, muß verrückt sein. Er schrieb mir, er sei überzeugt, daß ich stark genug sein und Verständnis für ihn aufbringen werde. Dabei war er schon sehr merkwürdig vor seiner Verwundung. Und jetzt noch mit diesem Gesicht... Nein, nein, es gibt schließlich Grenzen der Zumutung, selbst im Krieg. Das Grauen sei ein notwendiger Bestandteil des Lebens, schrieb er, und wir müßten stark genug sein, es zu ertragen...«

»Ja«, sagte Christian, »ich erinnere mich.«

»Ach, hat er mit dir auch darüber gesprochen?« fragte sie.

»Ja.«

»Na«, fuhr Greta verdrießlich fort, »ich habe ihm einen sehr taktvollen Brief geschrieben. Habe einen ganzen Abend lang darüber gebrütet. Ich erklärte ihm, daß ihn hier kein angenehmes Leben erwarten würde und daß er in einem Wehrmachtslazarett besser aufgehoben sei. Wenigstens, bis sich sein Gesicht noch etwas gebessert hätte. Tatsächlich war da aber gar nichts mehr zu bessern. Es war kein Gesicht, es war einfach eine Zumutung. Aber mein Brief war sehr taktvoll...«

»Hast du das Bild noch?« fragte Christian plötzlich.

Greta zupfte ihren Morgenrock zurecht und schaute ihn befremdet an. »Ja, es ist noch da«, sagte sie.

Sie stand auf und ging zum Schreibtisch. »Ich begreife nicht, wie jemand so ein Bild überhaupt sehen will«, sagte sie. Hastig kramte sie in zwei Schubladen und brachte schließlich ein kleines Foto zum Vorschein. Sie warf einen kurzen Blick darauf und reichte es Christian. »Als ob es heutzutage nicht genug Schreckliches gäbe...«

Christian betrachtete das Bild. Ein helles, schiefes Auge starrte kalt und befehlend aus einer unbeschreiblichen Fleischmasse über dem engen Uniformkragen.

»Darf ich es behalten?« fragte Christian.

»Ihr werdet von Tag zu Tag sonderbarer«, rief Greta mit schriller Stimme. »Manchmal scheint es mir, als ob man euch allesamt einsperren sollte, wirklich, das wäre das beste!«

»Darf ich es behalten?« wiederholte Christian.

»Von mir aus«, sagte Greta und zuckte die Schultern. »Ich kann sowieso nichts damit anfangen.«

»Ich war ihm sehr verbunden«, sagte Christian. »Ich schulde ihm viel. Er hat mir mehr beigebracht als irgend jemand anders in meinem Leben. Er war ein ganzer Kerl, wahrhaftig ein ganzer Kerl!«

Greta sagte rasch: »Du kannst mir glauben, daß ich ihn sehr gern gehabt habe, wirklich gern. Aber ich möchte mich seiner doch so erinnern, wie er früher war.« Mit diesen Worten nahm sie Hardenburgs Foto, das in einem Silberrahmen auf dem Tisch stand, und fuhr gefühlvoll mit der Hand einmal darüber. Auf dem Bild sah Hardenburg gut und streng in seiner Mütze aus. »Es wurde einen Monat nach unserer Verheiratung aufgenommen, und ich glaube, auch er würde wünschen, daß ich ihn so in Erinnerung behalte.«

Man hörte, wie die Wohnungstür aufgeschlossen wurde, und Greta zog mit hastiger Gebärde den Morgenrock fester. »Es tut mir leid, Feldwebel, aber ich glaube, Sie müssen jetzt gehen. Ich bin sehr beschäftigt, und...«

Eine große, korpulente Frau in einem schwarzen Mantel trat ins Zimmer. Ihr glattes Haar war aus der Stirn gekämmt, und kleine, kalte Augen funkelten hinter Brillengläsern. Sie warf einen kurzen Blick auf Christian und sagte:

»Guten Abend, Greta. Du bist noch nicht angezogen? Du weißt doch, daß wir zum Essen eingeladen sind.«

»Ich habe Besuch bekommen«, sagte Greta. »Ein Feldwebel aus der früheren Kompanie meines Mannes.«

»So?« Die Stimme der Frau klang mißtrauisch. Sie musterte Christian kalt.

»Feldwebel... Feldwebel...« Greta zögerte. »Es tut mir furchtbar leid, aber ich habe Ihren Namen vergessen.«

Ich könnte sie umbringen, dachte Christian, während er vor der Frau im schwarzen Mantel stand, Hardenburgs Bild immer noch in der Hand.

»Diestl«, sagte er kühl, »Christian Diestl.«

»Feldwebel Diestl, Mademoiselle Giguet.«

Christian verbeugte sich kurz. Die Frau nahm von der Vorstellung mit einem einmaligen Senken der Augenlider Notiz.

»Mademoiselle Giguet kommt aus Paris«, sagte Greta nervös. »Sie arbeitet bei uns im Ministerium und wohnt bei mir, bis sie eine Wohnung gefunden hat. Sie ist eine sehr wichtige Persönlichkeit, nicht wahr, Liebling?« Greta kicherte verlegen.

Die Frau tat, als hätte sie die Frage nicht gehört. Sie streifte die Handschuhe von den breiten, kräftigen Händen. »Sag mal«, fragte sie, »kann man baden? Gibt es heute heißes Wasser?«

»Lauwarm«, sagte Greta.

»Das genügt.« Die vierschrötige Gestalt verschwand im Schlafzimmer.

»Sie ist sehr intelligent«, sagte Greta, ohne Christian anzublicken. »Sie würden staunen, wie viele Leute im Ministerium sich von ihr Rat holen.«

Christian ergriff seine Mütze. »Ich muß jetzt gehen«, sagte er. »Vielen Dank für das Bild. Auf Wiedersehen.«

»Auf Wiedersehen«, sagte Greta und zupfte nervös am Kragen ihres Morgenrocks. »Schlagen Sie die Tür einfach zu. Sie schließt automatisch.«

25. Kapitel

»Manchmal habe ich Gesichte«, sagte Behr, als sie langsam mit nackten Füßen im kühlen Sand am Strand entlang zu ihren Stiefeln zurückliefen. Die von dem dreitausend Meilen entfernt liegenden Amerika träge heranrollende Dünung des Ozeans erfüllt die stille Luft mit einem Frühlingsahnen. »Ich stelle mir Deutschland vor, wie es in einem Jahr aussehen wird.« Behr blieb stehen und zündete sich eine Zigarette an. Seine ruhigen, verarbeiteten Hände sahen riesig aus, während sie die kleine Zigarette hielten. »Ruinen, Ruinen, wohin man blickt. Um ein Kilo Mehl zu stehlen, werfen zwölfjährige Kinder mit Handgranaten. Man wird keine jungen Männer mehr auf der Straße sehen, außer auf Krücken, weil alle in russischen, französischen und englischen Gefangenenlagern sind. Alte Frauen mit Kartoffelsäcken bekleidet, fallen auf der Straße plötzlich vor Hunger tot um. Die Fabriken arbeiten nicht mehr, weil sie von Grund auf zerstört sind. Keine Regierung mehr, nur noch Militärgesetze, die von den Russen und Amerikanern erlassen werden. Keine Schulen, keine Wohnungen, keine Zukunft...«

Behr schwieg und starrte aufs Meer hinaus. Es war später Nachmittag und für die frühe Jahreszeit schon erstaunlich warm und mild an der Normandieküste. Die Sonne ging als schöner goldroter Ball friedlich hinter dem Wasserspiegel unter. Das Dünengras raschelte kaum in der Windstille; ausgestorben lag die dunkle Straße, die sich am Strand entlangzog, und die hellen, aus Stein gebauten Bauernhäuser im Hintergrund schienen seit langem verlassen zu sein.

»Keine Zukunft«, wiederholte Behr nachdenklich und starrte über den Stacheldraht auf die See hinaus. »Keine Zukunft.«

Behr war Feldwebel in Christians neuer Kompanie: ein ruhiger, kräftig gebauter Mann von etwa dreißig Jahren, dessen Frau und zwei Kinder im Januar bei den Bombenangriffen in Berlin umgekommen waren. Im Herbst war er an der russischen Front verwundet worden. Er sprach aber nicht gern davon. Man hatte ihn nach Frankreich versetzt, ein paar Wochen, ehe Christian von seinem Berliner Urlaub zurückgekehrt war.

Christian kannte Behr einen knappen Monat und hatte ihn sehr gerne. Auch Behr schien Christian zu mögen. So hatte es sich ergeben, daß sie ihre freie Zeit zusammen verbrachten, auf langen Spaziergängen durch die Vorfrühlingslandschaft, in den kleinen Cafés des Dorfes, wo das Bataillon lag, bei Calvados und Apfelwein. Auf diesen Gängen trugen sie immer ihre Pistolen an der Seite, weil sie von ihren vorgesetzten Offizieren dauernd vor den französischen Maquis-Banden gewarnt wurden. Bis jetzt war aber in der Gegend nichts vorgekommen, und Christian und Behr waren sich darüber klar, daß die ewigen Warnungen lediglich Anzeichen zunehmender Nervosität und Unsicherheit bei den höheren Befehlsstellen waren. So wanderten sie unbekümmert auf den Dorfstraßen und am Strand umher und benahmen sich den ihnen begegnenden Franzosen gegenüber höflich. Die ihrerseits verhielten sich auf ihre zurückhaltende, stille Bauernart durchaus freundlich.

Am meisten gefiel Christian Behrs Gefaßtheit und Ruhe. Alle, mit denen er seit jener furchtbaren Nacht bei Alexandrien zusammengewesen war, schienen wirr, sprunghaft, verbittert, hysterisch, übermüdet. Behr glich der Landschaft, kühl, selbstgenügsam, ordentlich, gesund. Christian fühlte sich in seiner Gesellschaft wohl, seine von der Malaria und dem steten Dröhnen der Geschütze verbrauchten Nerven beruhigten und kräftigten sich.

Als man ihn in das Bataillon nach der Normandie versetzt hatte, war Christian böse gewesen. Ich habe genug, hatte er bitter gedacht, gerade genug. Mehr kann ich nicht tun. In Berlin fühlte er sich krank und alt. Er hatte sechzehn bis achtzehn Stunden schlafend im Bett gelegen und war nicht einmal aufgestanden, als nachts die Alarmsirenen heulten. Afrika, dachte er, Italien, das verwundete und nie ganz geheilte Bein, die wiederkehrenden Malariaanfälle! Das reicht. Was wollen sie eigentlich noch von mir? Nun, augenscheinlich wollten sie, daß er gegen die Amerikaner kämpfen sollte, wenn sie landeten. Das ist zuviel, dachte er wütend, indem er sich selbst bemitleidete. Man hat kein Recht, von mir auch noch das zu verlangen. Es gibt sicherlich Millionen, die noch kaum ein Gewehr gesehen haben. Warum sind die nicht an der Reihe?

Aber dann lernte er Behr kennen, und des Mannes ruhige und unaufdringliche Kraft hatte ihn langsam geheilt. In dem friedlichen, gesunden Frühjahrsmonat hatte er an Gewicht zugenommen und bekam wieder Farbe. Nicht ein einziges Mal hatte er Kopfschmerzen gehabt, und es schien sogar, als ob die schlecht verheilte Verwundung an seinem Bein sich erheblich gebessert hätte.

Und nun ging Behr neben ihm im kühlen Sand am Strand und sagte beunruhigend: »Keine Zukunft, keine Zukunft. Sie wollen uns weismachen, die Amerikaner würden niemals in Europa landen. Unsinn. Die pfeifen bloß auf dem Friedhof, um sich Mut zu machen. Leider wird es nicht ihr Friedhof sein, sondern unserer. Die Amerikaner werden landen, weil sie zu einer Landung entschlossen sind. Mein Tod ist mir ziemlich gleich, aber ich will wenigstens wissen, wofür ich sterbe«, sagte Behr. »Sie werden landen, verlaß dich drauf, ganz gleich, was wir beide tun. Sie werden nach Deutschland vordringen und sich dort mit den Russen vereinigen, und dann ist Deutschland erledigt, ein für allemal!«

Eine Weile schritten sie schweigend nebeneinander her. Christian fühlte den Sand zwischen seinen Zehen und erinnerte sich an seine Jugend, als er im Sommer immer barfuß gelaufen war. Diese Jugenderinnerung, der hübsche Strand und der faule, frohe Nachmittag machten es ihm schwer, so nüchtern und nachdenklich zu sein, wie Behr es jetzt von ihm erwartete. Behr fuhr fort: »Ich höre mir immer den Berliner Rundfunk an. Da wird geprahlt, und die Amerikaner werden höhnisch eingeladen, doch zu kommen, von Geheimwaffen wird gefaselt und die dämliche Behauptung aufgestellt, die Russen würden sich auf unsere Seite stellen und gegen die Briten und Amerikaner kämpfen. Ich könnte mit dem Kopf gegen die Wand schlagen und heulen vor Wut. Und weißt du, warum? Nicht weil sie lügen, sondern weil sie so dumm lügen, so primitiv und verächtlich. Das ist das richtige Wort: verächtlich. Da sitzt das Pack und erzählt uns irgend etwas, was ihm gerade einfällt. Denn die da oben verachten uns, verachten alle Deutschen. Sie wissen, was für Dummköpfe wir sind, die alles glauben, was sie uns vorsetzen. Sie wissen, daß wir für jeden Mist, den sie sich ausdenken, jederzeit bereit sind, unser Leben einzusetzen.

»Paß auf«, sagte Behr weiter, »mein Vater war im Ersten Weltkrieg vier Jahre Soldat. Polen, Rußland, Italien, Frankreich. Er wurde dreimal verwundet und starb 1926 an den Folgen einer Gasvergiftung, die er sich im Argonnerwald 1918 zugezogen hatte. Mein Gott! Wir sind so blöd, daß wir uns noch mal in dieselben Schlachten schicken lassen, wie bei der Wiederholung in einem Film. Dieselben Lieder, dieselben Uniformen, die gleichen Feinde und haargenau dieselben Niederlagen. Das einzige, was neu ist, sind die Gräber. Und das Ende wird diesmal auch anders sein. Die Deutschen lernen ja nie aus ihren Fehlern, aber die Feinde werden etwas gelernt haben. Es wird verdammt anders sein; es wird viel schlimmer sein, diesen Krieg zu verlieren. Das letztemal war es so eine Art europäischer Hauskrieg, nett, gesittet, übersichtlich. Er war für jeden verständlich und entschuldbar, weil es die Sorte Krieg war, wie ihn die Europäer seit tausend Jahren geführt hatten. Ein Krieg innerhalb eines gleichgearteten Kulturkreises, ein zivilisiertes christliches Volk bekämpfte ein anderes zivilisiertes christliches Volk nach allgemein anerkannten und schon im voraus festgelegten Spielregeln. Als der Erste Weltkrieg aus war, marschierte mein Vater mit seinem Regiment nach Berlin zurück, und man warf den heimkehrenden Truppen

Blumen zu. Er zog seine Uniform aus, ging wieder in sein Anwaltsbüro und vertrat seine Mandanten vor Gericht, als ob nichts gewesen wäre. Diesmal, mein Lieber, wird uns niemand Blumen zuwerfen«, sagte Behr. »Wenn überhaupt noch einer von uns übrigbleibt, um nach Berlin zurückzumarschieren. Dieses Mal handelt es sich nicht um einen einfachen, überschaubaren Krieg innerhalb der gleichen Kultur. Diesmal ist es ein Überfall der tierischen Welt auf die Behausungen menschlicher Wesen. Ich weiß nicht, wie deine Erfahrungen in Afrika und Italien gewesen sind, aber ich weiß, was ich in Polen und Rußland gesehen habe. Wir haben einen Friedhof zurückgelassen, tausend Kilometer lang und tausend Kilometer breit. Männer, Frauen, Kinder, Polen, Russen, Juden, es war alles eins. Es war mit menschlichen Handlungen überhaupt nicht mehr zu vergleichen. Es war, als ob ein Wiesel in einem Hühnerstall gewütet hätte; als ob wir Angst hätten, auch nur einen Zeugen unserer Schandtaten im Osten am Leben zu lassen. Und jetzt«, sagte Behr mit leiser, gleichmütiger Stimme, »jetzt, nach diesen Schweinereien machen wir den letzten und größten Fehler. Wir verlieren den Krieg. Das Raubtier wird langsam in seine Höhle zurückgetrieben, und der Mensch holt zum letzten Schlag aus. Und, was denkst du wohl, wird mit uns geschehen? Ich kann dir versichern, nachts, wenn ich manchmal nicht schlafen kann, danke ich Gott auf den Knien, daß meine Frau und meine Kinder tot sind und nach diesem Krieg nicht in Deutschland leben müssen. Manchmal«, fuhr er fort und starrte über das Wasser des Kanals, »schaue ich da hinüber und sage mir, spring rein! Versuch zu schwimmen! Schwimm nach England, schwimm nach Amerika, schwimm fünftausend Meilen weit, bloß um von hier wegzukommen.«

Inzwischen waren sie an dem Platz angekommen, wo sie ihre Stiefel hingelegt hatten. Sie blickten nachdenklich auf das Schuhwerk hinunter, als wären diese Knobelbecher der Ausdruck ihrer Lage.

»Aber ich kann nicht nach Amerika schwimmen«, sagte Behr. »Ich kann auch nicht nach England schwimmen. Ich muß hierbleiben. Ich bin Deutscher, und was Deutschland geschieht, geschieht mir. Und deshalb rede ich so offen mit dir. Du weißt übrigens«, sagte er warnend, »wenn du nur ein Wort von dem, was ich sagte, weitererzählst, daß sie mich in derselben Nacht abholen und an die Wand stellen...«

»Ich sage nichts«, antwortete Christian.

»Ich habe dich jetzt vier Wochen lang beobachtet«, sagte Behr. »Und zwar sehr genau. Wenn ich mich in dir getäuscht haben sollte, wenn du nicht der bist, für den ich dich halte, würde es mich das Leben kosten. Ich hätte dich gern noch etwas länger geprüft, aber wir haben ja nicht mehr viel Zeit...«

»Mach dir über mich keine Sorgen«, sagte Christian.

»Es gibt für uns nur noch eine Hoffnung«, fuhr Behr fort und starrte auf seine Stiefel im Sand hinunter. »Eine Hoffnung für Deutschland. Wir müssen der Welt zeigen, daß es in Deutschland nicht nur wilde Tiere, sondern auch Menschen gibt. Und wir müssen beweisen, daß die Menschen bei uns noch zu einer anständigen Tat fähig sind.« Er schaute von seinen Stiefeln auf und nickte Christian ruhig und prüfend an, und Christian wußte, daß Behr ihn immer noch abschätzte. Er sagte nichts. Er war verwirrt und machte sich Vorwürfe, Behr zugehört zu haben. Andererseits reizten ihn seine Worte, er mußte einfach zuhören.

»Niemand«, fuhr Behr fort, »weder der Engländer noch der Russe oder der Amerikaner wird bereit sein, mit Deutschland Frieden zu machen, solange Hitler und seine Kreaturen an der Macht sind, denn Menschen schließen mit Tigern keinen Frieden. Andererseits, wenn noch etwas in Deutschland gerettet werden soll, müssen wir einen Waffenstillstand abschließen, und zwar sofort. Was heißt das aber?« Behr stellte die Frage wie ein Universitätsprofessor. »Das heißt, daß die Deutschen aus eigener Kraft ihre Tiger absetzen müssen. Die Deutschen selbst müssen das Risiko eingehen, unter Umständen ihr eigenes Blut für dieses Ziel zu vergießen. Wir können nicht warten, bis unsere Feinde uns besiegt haben und uns dann mit einer neuen Regierungsform als eine Art Geschenk beehren, denn bis dahin wird es nichts mehr zu regieren geben, falls überhaupt noch jemand bereit sein sollte, die Regierung zu übernehmen. Das bedeutet, daß du und ich bereit sein müssen, auf Deutsche zu schießen, um der Welt zu beweisen, daß es noch Hoffnung für Deutschland gibt.«

Wieder blickte Behr Christian prüfend an. Er nagelt mich fest, dachte Christian ablehnend. Ein Stück Vertrauen um das andere. Trotzdem, er mußte zuhören.

»Glaube ja nicht«, fuhr Behr fort, »daß das meine eigene Fantasie ist oder daß ich allein mit meiner Meinung stehe. Überall in der Wehrmacht, in ganz Deutschland nimmt der Plan langsam Gestalt an, und die Anhängerzahl wächst. Damit will ich nicht behaupten, daß wir Erfolg haben werden. Ich sage lediglich, daß uns noch zwei Möglichkeiten übrigbleiben: auf der einen Seite sicherer Tod und sichere Vernichtung, und auf der anderen Seite...« Er zuckte mit den Schultern. »Eine kleine Hoffnung. Außerdem«, fuhr er fort, »ist natürlich nur eine Regierungsform möglich. Wenn wir den Umschwung selbst zustande bringen, können wir diese Regierung selbst einsetzen. Wenn wir darauf warten, bis der Feind es für uns tut, dann werden wir ein halbes Dutzend Regierungen haben, jede einzelne bedeutungslos, alle zusammen nutzlos, und letzten Endes werden wir ohne Regierung dastehen. Im Vergleich damit werden die Zustände von 1920 ein Kinderspiel sein. Wenn wir also stark genug sind, unsere Tiger zum Teufel zu jagen, können wir eine kommunistische Regierung einsetzen, und wir werden über Nacht der Mittelpunkt eines kommunistischen Europas werden. Jede andere Nation auf dem Kontinent wird verpflichtet sein, uns zu unterstützen und uns zu ernähren. Es gibt für uns keine andere Regierungsform als die kommunistische, gleichgültig, was die Engländer und Amerikaner sagen. Denn der demokratische Versuch, die Deutschen davon abzuhalten, daß sie sich selbst an die Kehle springen, ist ungefähr dasselbe, wie wenn man Wölfen das Ehrenwort abnehmen wollte, nicht in eine Schafherde einzubrechen. Ein verfallenes Gebäude erhält man nicht dadurch, daß man seine Vorderseite neu anpinselt, man muß die Wände stützen und das Fundament, man muß eiserne Klammern und Träger einziehen. Die harmlosen Amerikaner, gut ernährt, wie sie sind, können sich den Luxus und die Verschwendung einer Demokratie erlauben. Sie wissen nicht, daß ihr politisches System auf den Fettpolstern beruht, die sie unter der Haut tragen, und nicht auf den schönen Worten in ihren Gesetzbüchern...«

Woher kenne ich das? dachte Christian unbestimmt. Wo habe ich das schon einmal gehört? Dann erinnerte er sich plötzlich an den Neujahrsmorgen auf dem Skihügel mit Margret Freemantle. Wie lange lag das zurück? Er erinnerte sich an seine eigene Stimme, die genau dieselben Worte gesagt hatte, wenn auch aus einem anderen Anlaß. Wie verwirrend und ermüdend ist das alles, dachte er. Es sind immer dieselben Argumente. Wir mischen sie ganz nach Bedarf wie Spielkarten, um die jeweilige Antwort zu bekommen, die wir brauchen.

»...wir können hier schon anfangen«, sagte Behr. »Wir haben mit vielen Franzosen Verbindung. Noch sind sie unsere Feinde, aber über Nacht werden sie unsere verläßlichsten Verbündeten sein. Dasselbe gilt für Polen, Rußland, Norwegen, Holland, für alle Länder. Über Nacht würde den Amerikanern ein einziges vereintes Europa mit Deutschland als Mittelpunkt gegenüberstehen, und sie könnten nichts machen, sie würden sich damit abfinden müssen, ob es ihnen paßte oder nicht. Sonst...« er zuckte wieder die Schultern, »sonst, mein Lieber, kann ich dir nur raten, bete, daß du noch frühzeitig eine Kugel bekommst. Aber jetzt«, sagte Behr, »gibt es gewisse Aufgaben, die sofort in Angriff genommen werden müssen. Kann ich meinen Leuten sagen, daß du bereit bist, dich zu beteiligen?« Behr setzte sich plötzlich in den Sand und fing an, seine Socken anzuziehen. Er tat es mit großer Sorgfalt, indem er mit ruhiger Hand jede Falte glättete und den Sand daraus entfernte.

Christian blickte auf das Meer hinaus. Er war müde und beunruhigt. Im Unterbewußtsein hatte er eine nagende Wut auf seinen Freund. Was man in diesen Tagen alles entscheiden muß! dachte er aufgebracht. Man hatte bloß noch die Wahl zwischen einer Todesart und der anderen, zwischen Strick und Kugel, Gift oder Messer. Wenn ich mich nur frischer fühlen würde, dachte er. Wenn ich einen langen, ruhigen Erholungsurlaub gehabt hätte, nie verwundet und krank gewesen wäre. Dann könnte man die Sache vielleicht mit Ruhe und Vernunft betrachten und zum richtigen Schluß kommen.

»Willst du nicht deine Stiefel anziehen?« fragte Behr. »Wir müssen zurückgehen. Du brauchst mir übrigens jetzt noch keine Antwort zu geben. Überleg dir's.«

Überlegen, dachte Christian und grinste verächtlich. Als ob Überlegen bei einem Krebskranken den geringsten Wert hätte! Oder bei einem, der zum Tode verurteilt wurde, oder bei einer Schießscheibe, die von der Kugel getroffen wird.

»Ich mache dich übrigens darauf aufmerksam«, sagte Behr, einen Stiefel in der Hand, und blickte nachdenklich vom Sand auf, »daß, wenn du ein Wort darüber verlauten läßt, du eines schönen Morgens mit einem Messer im Rücken aufgefunden wirst. Ganz gleich, was mit mir geschieht. Du bist mir wirklich sehr sympathisch, im Ernst, aber ich mußte mich natürlich decken. Ich habe meinen Leuten gesagt, daß ich mit dir sprechen würde...«

Christian blickte auf das ruhige, gesunde, ehrliche Gesicht hinunter, das Gesicht eines Mannes etwa, der vor dem Krieg zur Reparatur des Radioapparates in die Wohnung gekommen war, oder das Gesicht eines Verkehrsschutzmannes, der zwei kleine Kinder auf dem Schulweg freundlich über die Straße führt.

»Ich habe dir schon einmal erklärt, daß du dir über mich nicht den Kopf zu zerbrechen brauchst«, sagte Christian störrisch. »Ich brauche mir auch nichts zu überlegen. Ich kann dir gleich und hier sagen, daß ich...«

Dann kamen die MG-Stöße, und Christian ließ sich sofort in den Sand fallen. Mit einem kurzen, gedämpften Knall spritzten die Geschosse an Christians Kopf vorbei in den Sand, und er fühlte den jähen schmerzhaften Schlag eines Eisenteils an seinem Arm. Er schaute auf. Etwa fünfundzwanzig Meter über ihm schwebte, den Motor eben wieder auf Touren bringend, eine Spitfire, die aus dem Nichts im Gleitflug herangekommen war. Sie tanzte in der Luft, die blauweißroten Erkennungskreise schimmerten unter den Flügeln, und das Schwanzende glitzerte wie Silber in den langen Strahlen der untergehenden Sonne.

Dröhnend stieg die Maschine über der See auf und wurde schnell kleiner, wie eine Möwe in ihrem graziösen Flug. Jetzt stand sie vor der roten Sonne und kletterte hinauf in den grün und golden leuchtenden Frühlingshimmel, um sich mit einem anderen Flugzeug, das über dem flimmernden Ozean seine Kreise zog, zu vereinigen.

Jetzt erst blickte sich Christian nach Behr um. Er saß mit über dem Leib gefalteten Händen aufrecht da und schaute auf seine Hände. Zwischen seinen Fingern sickerte Blut hervor, und als er die Hände einen Augenblick fortnahm, schoß das Blut in unregelmäßigen Stößen aus der Wunde. Behr preßte die Hände wieder auf den Einschuß, als ob ihn das Experiment befriedigt hätte.

Er sah Christian an, und später glaubte Christian sich zu erinnern, daß ein sanftes Lächeln über seine Züge geglitten war.

»Ich fürchte, das wird sehr weh tun?« sagte Behr ruhig. »Kannst du mich nicht zu einem Arzt schaffen?«

»Sie sind mit abgestelltem Motor heruntergekommen«, sagte Christian noch verwirrt, indem er den beiden verschwindenden Punkten am Himmel nachblickte. »Die Hunde hatten sich auf dem Heimflug noch nicht ganz verschossen und mußten die paar Streifen Munition unbedingt loswerden…«

Behr versuchte aufzustehen. Es gelang ihm, sich auf ein Knie zu setzen, doch er fiel wieder zurück und saß im Sand, mit demselben nachdenklichen, träumerischen Ausdruck im Gesicht. »Ich kann mich nicht bewegen. Kannst du mich tragen?« fragte er.

Christian ging zu ihm und versuchte, ihn anzuheben. Jetzt erst merkte er, daß er seinen rechten Arm nicht gebrauchen konnte. Er betrachtete ihn näher, und es fiel ihm ein, daß er ja auch getroffen war. Sein Ärmel war blutgetränkt, und der Arm war geschwollen. Aber das Blut der Wunde schien schon an dem Uniformtuch festzukleben. Es war unmöglich, Behr mit dem einen gesunden Arm hochzuheben. Er hielt ihn halb aufgerichtet unter den Armen fest, keuchte und kam nicht weiter. Behr gab ganz sonderbare Töne von sich. Es hörte sich wie ein gleichzeitiges Ticken und Sprudeln an.

»Es geht nicht«, sagte Christian.

»Leg mich hin«, bat Behr. »In Gottes Namen, leg mich hin!«

So vorsichtig wie möglich bettete Christian den Verwundeten auf den Sand. Behr lag mit ausgestreckten Beinen da und preßte seine Hände auf die Mitte des Unterleibs, von wo die komischen, sprudelnden, kolbenartigen Geräusche kamen.

»Ich hole Hilfe«, sagte Christian.

Behr wollte antworten, aber er brachte keinen Laut hervor. Er nickte stumm. Er sah immer noch ruhig, zufrieden und gesund aus. Sein dikkes blondes Haar lag ordentlich über seinem sonnengebräunten Gesicht. Christian ließ sich vorsichtig nieder und machte Anstalten, seine Stiefel anzuziehen. Aber es ging nicht mit der linken Hand. Schließlich gab er es auf. Nachdem er Behr auf die Schulter geklopft und ihm etwas unsicher Mut zugesprochen hatte, lief er schwerfällig trottend barfuß der Straße zu. Als er noch ungefähr fünfzig Meter von der Straße entfernt war, sah er die beiden Franzosen auf ihren Fahrrädern. Sie fuhren schnell, und die letzten Strahlen der sinkenden Sonne warfen ihre langen Schatten auf die sumpfigen Felder.

Christian blieb stehen, rief sie an und winkte dabei mit der gesunden Hand. *»Mes amis! Camerades! Arrêtez!«* Die Fahrräder fuhren langsamer, und Christian sah, wie die beiden Männer ihn unter ihren Mützen fragend beäugten. *Blessé! Blessé!«* rief Christian und winkte in der Richtung Behrs, der jetzt wie ein kleines, zusammengesunkenes dunkles Bündel am Rande des flimmernden Meeres aussah. *»Aidez-moi! Aidez-moi!«*

Die Fahrräder hielten beinahe an, und Christian bemerkte, wie die Männer sich fragend anblickten. Dann beugten sie sich tiefer über ihre Lenkstangen und traten kräftig in die Pedale. Sie fuhren dicht an Christian vorüber, keine fünfundzwanzig oder dreißig Meter von ihm entfernt. Er konnte ihre verwitterten, braunen, kalten Gesichter, die uninteressiert und gefühllos unter den dunkelblauen Mützen hervorschauten, genau sehen. Dann waren sie verschwunden. Sie bogen um eine hohe Düne, die die Straße fast zwei Kilometer verdeckte, und die ganze Landschaft um Christian war leer. Das blaue Dämmerlicht des Abends sank herab, während der Ozean noch im brennenden Rot der untergehenden Sonne leuchtete. Christian hob den Arm, als ob er es nicht fassen könnte, daß die beiden Männer davongeradelt waren, als ob sie noch da wären und es nur eine Folge seiner Verwundung wäre, die ihm vorgaukelte, sie seien davongeradelt. Er schüttelte den Kopf. Dann setzte er sich in Richtung auf die Häuser in Bewegung, die er in der Ferne schwach erkennen konnte.

Nach kurzer Zeit blieb er stehen, denn das Atmen fiel ihm schwer, und der Arm fing wieder an zu bluten. Plötzlich hörte er einen Schrei. Er wandte sich um und starrte durch das Zwielicht nach der Stelle hin, wo er Behr zurückgelassen hatte. Im Dämmerlicht sah er den Schattenriß eines Mannes, der sich über Behr beugte. Behr versuchte offenbar, mit langsamen Bewegungen und durch seine schwere Verwundung gehemmt fortzukriechen. Dann schrie Behr wieder auf, und der Mann über ihm packte ihn am Kragen und drehte ihn herum. Christian sah ein

Messer in der Hand des Mannes aufblitzen, ganz deutlich konnte er den scharfen, blitzenden Stahl gegen das stumpf scheinende Silber des Meeres erkennen. Behr wollte noch einmal schreien, aber der Schrei erstickte im Ansatz.

Christian zerrt mit seiner linken Hand am Koppel, um die Pistole herauszuziehen. Aber darüber verging eine Zeit. Er bemerkte, wie der Mann das Messer wegsteckte und an Behrs Koppel nach der Pistole suchte. Er nahm sie an sich und schob sie in die Tasche. Dann griff er nach Christians Stiefel, die daneben lagen. Endlich hatte Christian seine Pistole freibekommen und drückte mit der Linken schwerfällig die Sicherung herunter. Dann schoß er. Er hatte noch nie mit der linken Hand geschossen, und die Schüsse streuten unsicher. Der Franzose flüchtete in Richtung der hohen Düne. Christian arbeitete sich durch den tiefen Sand des Strandes auf den leblos daliegenden Körper Behrs zu. Dabei blieb er von Zeit zu Zeit stehen und feuerte auf den schnell davonlaufenden Franzosen.

Bis Christian die Stelle erreichte, wo Behr ausgestreckt, Gesicht nach oben, die Arme weit ausgebreitet, still lag, war der Mann, dem er nachgeschossen hatte, auf seinem Fahrrad und jagte mit dem anderen Mann hinter der schützenden Düne hervor und auf der schwarzen, höckerigen Straße davon. Christian feuerte ihnen noch einen letzten Schuß nach. Die Kugel mußte knapp am Ziel vorbeigegangen sein, denn Christians Stiefel, die an der Lenkstange des zweiten Rades gehangen hatten, fielen herab, als ob der Franzose von dem Pfeifen der Kugel erschreckt worden wäre. Die Franzosen hielten nicht an. Sie beugten sich tief über die Lenkstangen ihrer Räder und verschwanden in dem grünlichen Dunst, der langsam die Straße, den fahlen Sand des Strandes, das Stacheldrahtgewirr und die kleinen gelben Warnungstafeln mit den Totenköpfen: Achtung Minen! einhüllte.

Dann blickte Christian auf seinen Freund hinunter.

Behr lag auf dem Rücken. Mit dem Ausdruck des letzten Grauens stierten seine Augen gen Himmel. Geronnenes Blut lag in einem Klumpen unter seinem Kinn, wo der Franzose mit seinem Messer den überflüssig langen Schnitt gemacht hatte. Christian sah verstört auf Behr hinunter und dachte: Nein, das ist unmöglich! Noch vor fünf Minuten saß er da, zog seine Schuhe an und sprach über die Zukunft Deutschlands wie ein Professor der politischen Wissenschaften... Der Engländer in seiner hinterlistig abgedrosselten Spitfire und der französische Bauer auf dem Fahrrad mit seinem versteckten Messer hatten offenbar ihre eigenen Ansichten über politische Wissenschaften.

Christian blickte sich um. Fahl und verlassen lag der Strand da, die

See rauschte leise, und die Schaumköpfe leuchteten schwach auf der sanften Dünung. Die Fußspuren waren auf dem Sand deutlich zu erkennen. Einen kurzen Augenblick fühlte Christian den Ansporn in sich, sofort etwas zu tun. Es kam ihm vor, daß, wenn er jetzt nur das Richtige tat, die fünf Minuten nicht gewesen wären. Die Spitfire wäre nicht auf sie heruntergestoßen, die beiden Radfahrer wären nicht vorbeigekommen, und Behr würde in der nächsten Sekunde aus dem Sand aufstehen, gesund und nachdenklich, und würde Christian fragen, wie er sich nun entschieden habe...

Christian schüttelte den Kopf. Sinnlos, dachte er, die fünf Minuten hatten sich ereignet und waren vorübergegangen. Die nebensächlichen, bedeutungslosen Vorfälle hatten sich ereignet. Der blauäugige Junge, der sich auf dem Heimflug befand und sich auf sein Glas Bier in einem Devonshire-Wirtshaus freute, nachdem er seine Tour über Frankreich abgeflogen hatte, hatte die beiden einsamen Gestalten auf dem Strand entdeckt. Der sonnenverbrannte französische Bauer hatte wirklich sein Messer zum Töten benützt, und Deutschlands Zukunft würde von nun ab ohne weitere Erläuterung von seiten Anton Behrs abrollen, Anton Behrs, des Witwers aus Deutschland, bei Rostow gewesen, Spaziergänger und Philosoph an der Küste der Normandie.

Christian bückte sich. Langsam und schweratmend zog er einen Stiefel und dann den anderen von den Füßen seines Freundes. Die verfluchten Hunde, dachte er, während er damit beschäftigt war, wenigstens kriegen sie diese Stiefel nicht.

Dann stapfte er mit den Stiefeln durch den Sand auf die Straße zurück. Er hob seine eigenen Stiefel auf, die der Franzose weggeworfen hatte. Und mit den zwei Paar Stiefeln in der Krümmung seines verwundeten Armes machte er sich auf den Weg zu der fünf Kilometer entfernt liegenden Dienststelle seines Bataillons. Glatt und kühle fühlten seine nackten Füße die Straße, auf der er entlangwanderte.

Mit dem verwundeten Arm in der Binde und ohne große Schmerzen beobachtete Christian am nächsten Tag die Beerdigung Behrs. Die ganze Kompanie war mit blank geputzten Stiefeln und frisch geölten Gewehren angetreten. Der Hauptmann hielt die Grabrede. »Ich verspreche euch«, sagte der Hauptmann, zog den Bauch ein und stand stramm in dem dichten Regen, der von der Nordküste her peitschte, »ich verspreche euch, daß der Mord an diesem Kameraden gerächt wird.« Er hatte eine schrille und krächzende Stimme. Die meiste Zeit verbrachte er in einem Bauernhaus, in dem er mit einer fettbeinigen Französin einquartiert war, die er aus Dijon mitgebracht hatte. Die Französin war schwanger und bestand darauf, aufgrund ihres Zustandes mindestens fünfmal am Tag eine ausgiebige Mahlzeit einzunehmen.

»Gerächt«, wiederholte der Hauptmann. »Gerächt.« Der Regen tropfte ihm auf die Nase hinunter. »Die Leute dieser Gegend sollen erfahren, daß wir zwar gute Freunde, aber auch furchtbare Feinde sein können und daß das Leben jedes einzelnen Soldaten wertvoll für mich und unseren Führer ist. Die Verhaftung des Mörders steht unmittelbar bevor...«

Christian dachte dabei an den englischen Flieger, der in diesem Augenblick wahrscheinlich ganz gemütlich in der warmen Ecke eines Gasthofes saß, sein Mädchen neben sich und sein Glas Bier mit den Händen anwärmend und der in seiner aufreizenden englischen Art lachte, während er ihr von seinem raffinierten Gleitflug über der normannischen Küste erzählte und wie er zwei barfüßige Hunnen auf ihrem Nachmittagsspaziergang abgeknallt hatte.

»Wir werden diesen Leuten beibringen«, donnerte der Hauptmann weiter, »daß sich solche Akte der Barbarei nicht bezahlt machen. Wir haben ihnen die Freundschaftshand hingehalten. Wenn sie sie aber zurückstoßen und uns statt dessen mit Mord bedrohen, wissen wir, wie wir uns zu verhalten haben. Diese Gewalttaten und Verrätereien geschehen nicht von ungefähr. Die Anstifter zu derartigen Greueltaten sitzen jenseits des Kanals. Selbst auf den Schlachtfeldern geschlagen, mieten sich diese Wilden, die sich englische und amerikanische Soldaten nennen, die französische Zivilbevölkerung, die uns mit den Methoden von Taschendieben und Einbrechern bekämpfen soll. Noch niemals in der Kriegsgeschichte«, und des Hauptmanns Stimme donnerte in dem strömenden Regen, »sind die Gesetze der Menschlichkeit so vollkommen verletzt worden wie von unseren Feinden heute. Bomben auf unschuldige Frauen und Kinder in der Heimat, feiger Meuchelmord an unseren Soldaten im Dunkel der Nacht«, die Stimme des Hauptmanns überschlug sich, »aber es wird ihnen nichts nützen! Nichts! Ich weiß, welche Wirkung solche Taten auf mich und jeden Deutschen haben: Wir werden nur stärker, härter, und unsere Entschlossenheit steigert sich zur Wildheit!«

Christian schaute sich um. Traurig standen die Männer im Regen, und ihre Gesichter sahen nicht hart, nicht entschlossen und wild aus, sondern auf eine versteckte Art ängstlich und gelangweilt. Das Bataillon bestand aus einem zusammengewürfelten Haufen von verwundeten Frontsoldaten, älteren Jahrgängen, leicht zersetzten Zivilisten und einer Anzahl ganz junger Leute, die kaum das achtzehnte Lebensjahr erreicht hatten. Plötzlich bedauerte Christian den Hauptmann. Er sprach zu einer Armee, die es nicht mehr gab, weil sie in hundert

Schlachten aufgerieben worden war. Er sprach zu den Schatten von Soldaten, die längst nicht mehr lebten, zu einer Million entschlossener und wilder Männer, die still in den Gräbern von Afrika und Rußland lagen.

Der Hauptmann schrie weiter: »Schließlich aber müssen sie aus ihren Löchern herauskriechen, herausklettern aus ihren weichen englischen Betten, und sie werden sich uns auf dem Schlachtfeld stellen müssen. Ich sehne den Tag herbei, der Gedanke daran hält mich aufrecht, und ich rufe ihnen zu: Kommt und spürt, was es bedeutet, mit deutschen Soldaten zu kämpfen! Diesem Tag sehe ich mit unerschütterlichem Vertrauen entgegen«, sagte der Hauptmann feierlich. »Voll Ungeduld und im Gefühl unserer Überlegenheit sehe ich ihm entgegen, und ich weiß, daß jeder einzelne von euch das gleiche Feuer in sich lodern fühlt.«

Wieder sah Christian sich unter den Kameraden um. Stumpfsinnig standen sie da, der Regen drang durch ihre Bunagummimäntel, und ihre Stiefel bohrten sich langsam in den französischen Schlamm.

»Dieser Feldwebel«, rief der Hauptmann und deutete mit theatralischer Gebärde auf das offene Grab, »wird am Tage der Abrechnung nicht unter uns weilen. Aber sein Geist wird bei uns sein und uns aufrütteln und uns zurufen, fest zu bleiben, falls wir kleinmütig werden sollten.«

Der Hauptmann wischte sich über das Gesicht und machte dem Pfarrer Platz, der hastig ein Gebet sprach. Der Pfarrer war schwer erkältet und wollte so rasch wie möglich ins Trockene kommen, bevor er sich eine Lungenentzündung zuzog.

Danach traten zwei Soldaten mit Schaufeln an und begannen, den triefenden frischen Schlamm, der auf der Seite aufgehäuft war, auf den Sarg zu werfen.

Der Hauptmann brüllte einen Befehl in die Luft und setzte sich an die Spitze der Kompanie. Dann marschierte die Kompanie aus dem kleinen Friedhof, in dem sich vorläufig nur noch acht andere Gräber befanden, auf die gepflasterte Hauptstraße des Dorfes hinaus. Auf der Straße waren keine Zivilisten zu sehen, und die Läden der angrenzenden Häuser waren gegen den Regen, die Deutschen und den Krieg gleichermaßen geschlossen.

Der Untersturmführer von der SS war sehr jovial. Er kam in einem schweren Stabswagen vom Hauptquartier angefahren. Er rauchte ununterbrochen kleine Kuba-Zigarren und lächelte freundlich und mechanisch wie ein Brauereivertreter beim Betreten eines Ratskellers. Außerdem umschwebte ihn ein Duft von Kognak. Er setzte sich bequem auf seinem Rücksitz zurecht, Christian saß neben ihm, und sie fuhren in raschem Tempo auf der Küstenstraße entlang zum nächsten Dorf, wo man einen Verdächtigen verhaftet hatte, den Christian identifizieren sollte.

»Haben Sie sich die beiden Männer genau angesehen, Feldwebel?« fragte der Untersturmführer, kaute an seiner Zigarre und lächelte verbindlich, als er Christian fragend von der Seite ansah. »Ich meine, Sie werden sie ohne weiteres wiedererkennen, nicht wahr?«

»Jawohl«, antwortete Christian.

»Gut«, sagte der Untersturmführer befriedigt. »Dann liegt die Sache einfach. Einfache Sachen sind mir immer recht. Kameraden von mir neigen zum Trübsinn, wenn man ihnen einfache Fälle überträgt. Sie spielen sich gern als ausgekochte Detektive auf, machen alles schwierig, undurchsichtig, um zu zeigen, was sie für Kerle sind. Das ist nichts für mich. Ganz und gar nicht.« Er lächelte freundlich zu Christian herüber. »Ja oder nein, das ist der Mann oder das ist der Mann nicht. Klipp und klar, so will ich's haben. Die andere Methode überlasse ich den Intellektuellen. Ich war vor dem Krieg in Regensburg als Maschinenarbeiter in einer Lederwarenfabrik beschäftigt und bilde mir nicht ein, ein besonderes Licht zu sein. Bei den Franzosen habe ich ein ganz einfaches Verfahren. Ich rede offen mit ihnen und erwarte von ihnen das gleiche.« Er sah auf seine Armbanduhr. »Wir haben jetzt drei Uhr dreißig. Bis fünf Uhr sind Sie wieder bei Ihrer Kompanie. Verspreche ich Ihnen. Das werden wir rasch haben. Ja oder nein. So oder so. Erledigt. Wollen Sie 'ne Zigarre?«

»Nein, danke, Untersturmführer.«

»Andere Offiziere würden sich nicht mit einem Feldwebel zusammensetzen und ihm eine Zigarre anbieten. Bei mir ist das anders. Ich vergesse nie, daß ich mal Arbeiter in einer Lederwarenfabrik war. Das ist einer der Fehler in der deutschen Wehrmacht. Die vergessen immer, daß sie mal Zivilisten waren und vielleicht wieder Zivilisten werden könnten. Wenn man die hört, könnte man meinen, man hätte es mit lauter Cäsaren und Bismarcks zu tun. Nichts für mich. Gerade, offen und ohne Umschweife. Sag mir, was du willst, und ich sage dir, was ich will.«

Als der große Wagen vor dem Rathaus vorfuhr, in dessen Kellergeschoß der Verdächtige eingesperrt war, hatte Christian die Überzeugung gewonnen, daß der Untersturmführer, der Reichenburger hieß, ein vollkommener Idiot war. Christian hätte ihm nicht einmal die Nachforschung nach einem verlorenen Füllfederhalter anvertraut.

Der Untersturmführer sprang aus dem Wagen und betrat flott und mit seinem Brauereivertreterlächeln das häßliche Steingebäude. Christian folgte ihm in ein kahles, schmutziges Zimmer, dessen einzige Ausstattung außer einem Schreiber und drei wackligen Caféhausstühlen eine Karikatur Winston Churchills war. Die Zeichnung zeigte ihn nackt und war auf einem Pappschild an die Wand genagelt, wo sie von der SS-Wache als Zielscheibe für irgendein Wurfspiel benutzt wurde.

»Setzen Sie sich, setzen Sie sich«, sagte der Untersturmführer und wies auf die Stühle. »Schließlich sind Sie erst kürzlich verwundet worden.«

»Jawohl«, sagte Christian und nahm Platz. Er bedauerte seine voreilige Bemerkung, daß er die beiden Franzosen wiedererkennen würde. Der Untersturmführer war ihm unsympathisch, und er wollte mit der ganzen Sache nichts mehr zu tun haben.

»Schon mal früher verwundet worden?« fragte der Untersturmführer freundlich lächelnd.

»Jawohl«, antwortete Christian. »Einmal, oder eigentlich zweimal. Einmal schwer, in Afrika. Außerdem bekam ich einen Streifschuß am Kopf beim Vormarsch auf Paris 1940.«

»Dreimal verwundet«, sagte der Untersturmführer und war auf einmal ernst. »Sie haben Glück, Ihnen wird nichts geschehen. Offenbar haben Sie einen Schutzengel. Ich sehe zwar nicht so aus, ich weiß, aber ich bin Fatalist. Manche Leute haben das Glück, nur verwundet zu werden, andere das Unglück, zu fallen. Vorläufig hat es mich noch nicht erwischt. Aber ich weiß, ich kriege noch meine Kugel, ehe der Krieg zu Ende ist.« Er zuckte die Schultern und lächelte breit. »Ich bin eben der Typ dafür. Deshalb genieße ich das Leben. Ich habe mir eine Frau angelacht, die eine der besten Köchinnen Frankreichs ist, und außerdem hat sie zwei Schwestern, Sie verstehen.« Dabei zwinkerte er Christian zu und lachte meckernd. »Wenn mich die Kugel erwischt, dann erwischt sie einen zufriedenen Mann.«

Die Tür ging auf, und ein SS-Mann führte einen gefesselten Mann herein. Der Mann war hochgewachsen, mit verwitterten Zügen, und gab sich große Mühe, keine Angst zu zeigen. Er stand an der Tür, die Hände auf dem Rücken gefesselt, und es gelang ihm, seine Gesichtsmuskeln zu einem verächtlichen Ausdruck zu verzerren.

Der Untersturmführer lächelte ihn liebenswürdig an und sagte in schlechtem Französisch zu ihm: »Wir wollen Sie nicht lange aufhalten.« Dann wandte er sich an Christian: »Ist das einer der beiden, Feldwebel?«

Christian sah den Mann an. Der Franzose holte tief Atem, und sein

Gesicht drückte Verwunderung und versteckten Haß aus. Christian fühlte einen leisen Stich von Unwillen in seinem Inneren. In diesem Gesicht da mit seiner Mischung von Dummheit und Mut stand die ganze Geschichte der Franzosen, ihre Verschlagenheit, Niedertracht und Dickköpfigkeit geschrieben. Es erinnerte ihn an das höhnische Schweigen, wenn man mit ihnen im selben Eisenbahnabteil fuhr; an das unterdrückte Lachen, wenn man ein Café verließ, in dem mehrere von ihnen in einer Ecke zusammensaßen; an die Jahreszahl 1918, die sie so unverschämt an die Kirchenmauer geschrieben hatten, damals, in der ersten Nacht in Paris... Der Verhaftete blickte böse auf Christian, und trotz seines finsteren Gesichtes schlich sich ein verstecktes Hohnlächeln in die Mundwinkel. Wie wohltuend es wäre, dachte Christian, diesem Kerl die Zähne mit dem Gewehrkolben einzuschlagen! Er dachte an Behr, den vernünftigen und anständigen Behr, der mit diesen Leuten zusammenarbeiten wollte. Aber Behr war tot, und der Kerl da lebte noch, grinsend und triumphierend.

»Jawohl«, sagte er. »Das ist der Mann.«

»Was?« sagte der Mann verblüfft. »Was? Der ist verrückt.«

Mit einer Beweglichkeit, die man ihm nicht zugetraut hätte, versetzte der Untersturmführer dem Franzosen einen Faustschlag aufs Kinn und sagte: »Lieber Freund, sprechen Sie gefälligst, wenn Sie gefragt werden.« Er stand vor ihm, und der Franzose sah noch verblüffter aus als vorher und leckte mit der Zunge die Blutstropfen von den aufgeschlagenen Lippen. »Also«, sagte der Untersturmführer auf französisch, »es ist festgestellt worden, daß Sie gestern nachmittag einem deutschen Soldaten am Strand sechs Kilometer nördlich von hier die Kehle durchgeschnitten haben.«

»Bitte?« fragte der Franzose verständnislos.

»Wir brauchen jetzt nur noch eine Angabe...« hier machte der Untersturmführer eine Pause, »den Namen Ihres Begleiters.«

»Bitte?« fragte der Mann wieder. »Ich kann beweisen, daß ich das Dorf den ganzen Nachmittag nicht verlassen habe.«

»Aber natürlich«, sagte der Untersturmführer mit gemachter Freundlichkeit. »Selbstverständlich können Sie alles beweisen, mit hundert Unterschriften in der Stunde. Daran sind wir nicht interessiert.«

»Bitte?« fragte der Franzose.

»Uns interessiert nur eines«, sagte der Untersturmführer. »Der Name des Mannes, der bei Ihnen war, als Sie vom Fahrrad stiegen, um einen hilflosen deutschen Soldaten zu ermorden.«

»Bitte«, sagte der Franzose, »ich besitze kein Fahrrad.«

Auf ein Zeichen des Untersturmführers band der SS-Mann den Franzosen auf einen der Stühle, nicht allzu fest.

»Wir haben nicht viel Zeit«, sagte der Untersturmführer zu dem Franzosen. »Ich habe dem Feldwebel versprochen, daß er zum Abendessen wieder bei seiner Kompanie sein kann, und ich möchte mein Versprechen halten. Sie werden es schwer bereuen, wenn Sie mir den Namen Ihres Begleiters nicht nennen. Also...«

»Ich habe gar kein Fahrrad«, wiederholte der Franzose kleinlaut.

Der Untersturmführer trat an den Schreibtisch, zog eine Schublade auf, entnahm ihr eine Zange und ging, indem er sie quietschend auf- und zuklappte, hinter den Stuhl, auf dem der Franzose festgebunden war. Er beugte sich rasch herunter und nahm die rechte Hand des Franzosen in seine eigene Hand. Ganz kurz und unbekümmert, mit einem scharfen, geübten Ruck, riß er den Nagel vom Daumen des Mannes herunter.

Christian hatte noch nie in seinem Leben solch einen Schrei gehört.

»Ich habe Sie gewarnt«, sagte der Untersturmführer, während er hinter dem Franzosen stand. »Ich gehe aufs Ganze. Der Krieg dauert noch eine gute Weile, und wir können keine Zeit verlieren.«

»Bitte...« stöhnte der Franzose.

Der Untersturmführer beugte sich wieder über ihn, und es folgte der zweite Schrei. Das Gesicht des Untersturmführers war ruhig und gelangweilt, als ob er an seiner Maschine in der Regensburger Lederwarenfabrik stünde.

Der Franzose sank nach vorn gegen die Stricke, die ihn an den Stuhl fesselten. Er war noch bei voller Besinnung.

»Das ist zunächst mal die Normalbehandlung, mein Freund«, sagte der Untersturmführer und trat hinter dem Stuhl hervor. »Bloß um Ihnen klarzumachen, daß wir nicht mit uns spaßen lassen. Wollen Sie nun so freundlich sein, den Namen Ihres Begleiters zu nennen?«

»Ich weiß von nichts, ich weiß von nichts«, stöhnte der Mann. Von seinem Gesicht rann der Schweiß; es war schmerzlich verzerrt und ausdruckslos.

Christian sah zu, und es wurde ihm allmählich übel, er fühlte sich schwach in den Knien. Die Schreie in dem kleinen, kahlen Zimmer mit der nackten, schweinischen Karikatur Winston Churchills an der Wand wurden unerträglich.

»Passen Sie mal auf«, sagte der Untersturmführer etwas lauter, als ob er durch die Mauer von Schmerzensschreien, die der Franzose um sich gebaut hatte, dringen wollte. »Ich sage Ihnen jetzt etwas, was Sie vielleicht nicht glauben. Aber ich wiederhole: Ich gehe aufs Ganze, und ich werde es Ihnen beweisen. Mir fehlt die Geduld für langweilige Untersuchungen. Bei mir geht es eins-zwei, eins-zwei. Wie gesagt, Sie werden mir nicht glauben, aber – wenn Sie mir den Namen Ihres Begleiters jetzt nicht nennen, dann schicke ich die anderen hier aus dem Zimmer und bleibe mit Ihnen fünf Minuten allein. Fünf Minuten! Und ich garantiere Ihnen, dann habe ich den Namen. Also?«

Unwillkürlich schloß der Franzose die Augen, und durch seine trokkenen Lippen fuhr ein schwerer, keuchender Atemzug.

»Nein«, flüsterte er. »Es muß eine furchtbare Verwechslung sein. Ich weiß nichts.« Dann mit schauriger Logik: »Ich habe ja noch nicht einmal ein Fahrrad.«

Der Untersturmführer nickte dem SS-Mann und dem Schreiber kurz zu, und beide verließen das Zimmer.

»Feldwebel«, sagte er zu Christian, »es ist nicht nötig, daß Sie weiter zugegen sind.«

»Jawohl, Untersturmführer«, antwortete Christian mit unsicherer Stimme. Er ging hinaus, schloß vorsichtig die Tür hinter sich und lehnte sich gegen die Wand. In der Nähe der Tür stand mit gleichgültigem Gesicht ein SS-Mann mit Gewehr.

Nach einer halben Minute hörte Christian einen Schrei, der ihm durch das Mark schnitt. Er schloß die Augen und preßte den Kopf gegen die Wand.

Nach einiger Zeit öffnete sich die Tür, und der Untersturmführer erschien. Er lächelte: »Es hat geholfen«, sagte er. »Die direkte Methode ist immer die beste. Bleiben Sie hier, ich komme gleich wieder.« Und er verschwand in einem anderen Zimmer.

Christian und der SS-Mann lehnten an der Wand. Der SS-Mann zündete sich eine Zigarette an, ohne Christian eine anzubieten. Er rauchte mit geschlossenen Augen, als schliefe er, an die rissige Steinwand des alten Rathauses gelehnt. Christian sah zwei Soldaten aus dem Zimmer, in das der Untersturmführer gegangen war, herauskommen und auf die Straße gehen. Hinter der Tür, neben der er lehnte, vernahm er ein Flüstern und Schluchzen und das eintönige Murmeln eines Gebetes.

Fünf Minuten später kehrten die beiden Soldaten ins Rathaus zurück und brachten einen kleinen, wohlgenährten, kahlköpfigen Mann ohne Hut, dessen Augen ängstlich hin und her streiften. Die Soldaten zogen ihn, indem sie ihn am Ellbogen festhielten, in das Zimmer, wo der Leutnant wartete. Einen Augenblick später trat einer der Männer heraus und sagte zu Christian: »Sie sollen reinkommen.«

Christian ging langsam den Gang entlang in das andere Zimmer. Der kleine, dicke Franzose saß auf dem Boden, den Kopf in der Hand, und weinte. Eine dunkle Pfütze um ihn herum zeigte, daß seine Blase sich infolge der Angst entleert hatte. Der Untersturmführer saß an seinem Schreibtisch und tippte einen Brief. Im Zimmer befand sich noch ein Schreiber und fertigte ein Soldbuch aus. Ein anderer SS-Mann beobachtete durchs Fenster eine junge Mutter, die, ein blondes Kind auf dem Arm, einen Krämerladen betrat.

Der Untersturmführer sah auf, als Christian eintrat. Er nickte nach dem auf dem Boden sitzenden Franzosen hin und fragte: »Ist das der andere?«

Christian musterte den Mann, der auf der schmutzigen Holzdiele in seinem eigenen Urin hockte. »Ja«, sagte er.

»Abführen!« befahl der Untersturmführer.

Der SS-Mann am Fenster trat zu dem Franzosen, der verständnislos zu Christian hinaufblickte. »Ich habe diesen Mann nie gesehen«, sagte er, während der SS-Mann ihn am Kragen packte und ihn hochzog. »Gott ist mein Zeuge, ich habe ihn noch nie gesehen.« Der SS-Mann schleppte den Franzosen hinaus.

»Also«, sagte der Untersturmführer zufrieden lächelnd, »das hätten wir. Die Papiere werden im Laufe einer halben Stunde dem Standartenführer zugehen, und dann bin ich hier fertig. Nun... wollen Sie gleich zu Ihrer Kompanie zurückfahren, oder möchten Sie lieber hier übernachten? Es gibt hier eine gute Unteroffiziersmesse. Sie könnten sich dann morgen die Vollstreckung des Urteils ansehen. Sechs Uhr morgen früh. Na?«

»Ich würde gerne hierbleiben«, entschied Christian.

»Gut«, sagte der Untersturmführer. »Im Nebenzimmer sitzt Oberscharführer Decher. Gehen Sie hinüber, und sagen Sie ihm, ich hätte Sie geschickt. Er soll das Erforderliche veranlassen. Wir sehen uns morgen früh um fünf Uhr fünfundvierzig.« Dann beschäftigte er sich wieder mit seinem Brief, und Christian verließ das Zimmer. –

Die Hinrichtung fand im Keller des Rathauses statt. Es war ein langer, feuchter Raum, den zwei schirmlose helle Birnen erleuchteten. Der Boden bestand aus festgestampfter Erde, und in der Nähe der Wand hatte man zwei Pfähle eingerammt. Zwei Särge aus rohen Brettern standen in dem grellen Licht hinter den Pfählen. Der Keller wurde auch als Gefängnis verwendet, und andere Verurteilte hatten ihre letzten Worte in die feuchten Wände gekritzelt.

»Es gibt keinen Gott«, las Christian, der sich hinter den SS-Männern, die das Urteil vollstrecken sollten, aufgestellt hatte. *»Merde, Merde, Merde!«* und »Ich heiße Jacques. Mein Vater hieß Raoul. Meine Mutter hieß Clarisse. Meine Schwester hieß Simone. Mein Onkel hieß Etienne.

Mein Sohn hieß...« Weiter war der Mann nicht gekommen.

Die beiden Verurteilten schlurften herein, jeder zwischen zwei Soldaten. Ihr Gang war unbeholfen, als ob sie ihre Beine lange nicht bewegt hätten. Als der kleinere der beiden die Pfähle sah, begann er zu wimmern, aber der andere versuchte, sein Gesicht in Verachtung zu verziehen, obwohl auch er nicht fest auf den Beinen stand. Beinahe gelingt es ihm, dachte Christian, als die Soldaten ihn rasch an einen der Pfähle banden.

Der Oberscharführer, der das Kommando hatte, gab den ersten Befehl. Seine Stimme klang scharf, zu paradehaft und dienstlich für den schäbigen Keller.

»Niemals«, sagte der größere der beiden Franzosen an seinem Pfahl, »nie werden Sie...«

Aber die Salve schnitt ihm das Wort ab. Die Schüsse trafen die Stricke, mit denen der kleinere Mann angebunden war, und er sackte nach vorn. Der Oberscharführer sprang schnell hinzu und gab beiden den Gnadenschuß in den Kopf. In dem dumpfen Keller roch es nach Pulver.

Der Untersturmführer nickte Christian zu, und Christian folgte ihm nach oben, in den grauen Morgennebel. Noch hallten die Schüsse in seinen Ohren.

Der Untersturmführer lächelte unmerklich. »Wie hat es Ihnen gefallen?« fragte er.

»Ganz gut«, antwortete Christian. »Es hat mir nichts ausgemacht.«

»Ausgezeichnet«, sagte der Untersturmführer. »Haben Sie schon gefrühstückt?«

»Nein.«

»Kommen Sie mit«, sagte der Untersturmführer. »Ich gehe jetzt frühstücken. Es ist nur fünf Häuser weiter.«

Sie gingen nebeneinander her, und ihre Schritte klangen gedämpft in dem perlgrauen Nebel, der vom Meer hinaufzog.

»Der erste, der größere«, sagte der Untersturmführer, »war nicht gerade ein Freund der deutschen Wehrmacht, was?«

»Nein, Untersturmführer«, sagte Christian. »An dem haben wir nichts verloren.«

»Nein, gar nichts.«

Der Untersturmführer blieb stehen, schaute Christian an und lächelte ein bißchen: »Es waren gar nicht die Richtigen, nicht?« fragte er.

Einen Augenblick zögerte Christian. Dann antwortete er: »Offengestanden, Untersturmführer, ich bin nicht ganz sicher.«

Das Lächeln auf dem Gesicht des Untersturmführers verbreiterte sich zu einem Grinsen. »Sie sind intelligent genug«, sagte er. »Sie werden also verstehen, daß die Wirkung dieselbe ist. Es zeigt ihnen, daß wir nicht mit uns Schindluder treiben lassen.« Damit klopfte er Christian auf die Schulter. »Gehen Sie nach hinten in die Küche, und bestellen Sie Renée, sie soll Ihnen dasselbe Frühstück vorsetzen, das ich bekomme. Sie sprechen doch genügend französisch, um sich verständlich zu machen?«

»Jawohl.«

»Gut.« Der Untersturmführer klopfte Christian noch einmal auf die Schulter und trat durch die große, massige Vordertür des grauen Hauses mit den Geranientöpfen an den Fenstern und im Garten. Christian ging um das Haus herum zur Hintertür. Er bekam ein ausgiebiges Frühstück mit Eiern, Wurst und dicker Sahne.

26. Kapitel

Der Rauch brennender und abgestürzter Lastensegler färbte den fahlen Morgenhimmel im Osten. Aus allen Windrichtungen knatterte Gewehrfeuer, und immer mehr Flugzeuge mit Lastenseglern im Schlepptau kamen herüber, und alles schoß nach ihnen mit allen erdenklichen Waffen, mit Flak-Geschützen, MGs, Gewehren. Christian erinnerte sich dunkel, Hauptmann Penschwitz an einem Zaun stehen gesehen zu haben, wie er mit seiner Pistole auf einen Segler feuerte, der sich unmittelbar vor der Kompanie in einer Pappel verfing und in Flammen aufging. Die Besatzung schrie und sprang brennend durch die Segeltuchlöcher auf den Boden.

Es herrschte große Verwirrung; jeder schoß auf jeden. Vier Stunden dauerte der Kampf schon, und Penschwitz, von einer Panik ergriffen, war mit der Kompanie drei Kilometer auf einer Straße der Küste zu marschiert. Dort bekamen sie Feuer und verloren acht Mann. Dann marschierte man wieder zurück, mußte die Leute in der Dunkelheit zusammensuchen und verlor trotzdem einige, die sich in die Bauernhäuser am Weg verkrochen. Gegen sieben Uhr morgens wurde Penschwitz von einem nervösen Posten einer Flak-Batterie erschossen, und das war das Zeichen für die Kompanie, auseinanderzulaufen, bis Christian hinter einem alten Stall, zwischen einer Anzahl schwarz-weißer Kühe, die erstaunt die Soldaten beäugten, die paar Leute um sich herum zählte und feststellte, daß es zwölf waren und alle Offiziere gefallen waren.

Großartig, dachte Christian grimmig und starrte abwesend die Kühe an, fünf Stunden Gefecht und die Kompanie aufgerieben. Wenn die anderen Einheiten auch so sind, ist der Krieg bis zum Mittagessen vorbei.

Aber, nach allem, was er hörte, hielten sich die anderen Einheiten besser. Das Gewehrfeuer riß nicht ab, und es klang nach straffer Führung. Dazwischen dröhnten in gleichmäßigen Abständen die Salven der Artillerie. Nachdenklich betrachtete Christian den Rest der Kompanie. Es war ihm klar, daß er nicht viel taugte. Ein Mann hatte schon angefangen, sich ein Schützenloch zu graben, und die anderen folgten seinem Beispiel. Sie arbeiteten fieberhaft, an der Seite der Stallwand, in der lockeren Erde des Bauernhofes, und fünf oder sechs von ihnen waren schon bis zu den Hüften verschwunden, die fette braune Erde in lockeren Haufen um sich herum.

Taugen nichts, dachte Christian, vollkommen nichts. Er hatte schon zu viele Männer in panischer Furcht gesehen, um sich über diesen Haufen irgendwelchen Täuschungen hinzugeben. Verglichen mit denen hier waren Heims und Richter und Dehn damals in Italien Helden erster Ordnung gewesen. Einen Augenblick überlegte er sich, ob er sich nicht verdrücken, diese Herde sich selbst überlassen und eine andere Kompanie ausfindig machen sollte, die noch Kampfkraft bewies. Dann verwarf er den Gedanken. Die Kerls werden sich heute noch zum Kampf stellen, dachte er voll Groll, und wenn ich sie mit der Maschinenpistole über die Äcker treiben muß. Er trat auf den Mann zu, der ihm am nächsten stand.

Der Mann arbeitete gebückt und bemühte sich, eine Wurzel herauszureißen, auf die er beim Eingraben gestoßen war. Christian gab ihm einen Fußtritt, und der Mann fiel vornüber in den Dreck.

»Raus aus euren verfluchten Löchern!« schrie Christian. »Ihr habt hier nicht herumzuliegen und auf die Amerikaner zu warten, bis sie euch endlich gefangennehmen. Raus mit euch!« Er trat dem nächsten in der Reihe in die Rippen. Der Mann hatte nicht aufgehört zu graben und offenbar gar nicht hingehört, was Christian gesagt hatte. Er hatte das tiefste Loch von allen auf dem Gelände des Bauernhofes gegraben. Er seufzte und kroch aus seinem Loch. Dabei sah er Christian nicht an.

»Sie«, befahl Christian, »kommen mit mir! Die anderen bleiben hier. Eßt etwas. Vorläufig wird sich sobald keine Gelegenheit zum Essen mehr bieten. Ich bin gleich wieder zurück.«

Er packte den Mann, den er eben getreten hatte, an der Schulter und schob ihn auf das Haus zu, an den schweigenden, blassen Soldaten und den mißtrauischen Kühen vorüber.

Die Hintertür war verschlossen. Christian stieß laut mit dem Kolben dagegen. Sein Begleiter, der, wie er sich jetzt erinnerte, Buschfelder hieß, zuckte bei dem Geräusch zusammen. Taugt nichts, dachte Christian, als er das verängstigte Gesicht sah, taugt keinen Schuß Pulver. Christian hämmerte wieder gegen die Tür. Endlich hörte er, wie ein Riegel zurückgeschoben wurde, und einen Augenblick später öffnete sich die Tür, und eine kleine, dicke alte Frau in einer verwaschenen Schürze stand vor ihm. Sie war zahnlos, und ihre verrunzelten Lippen rieben sich trocken aneinander.

»Wir können nichts dafür«, begann die Frau.

Ohne sie zu beachten, ging Christian an ihr vorüber, Buschfelder hinterher. Buschfelder war ein riesiger, stattlicher Mann, der die ganze Küche auszufüllen schien, als er mit dem Gewehr in der Hand am Herd stand.

Christian sah sich in der Küche um. Decke und Wände waren von Rauch und Alter geschwärzt. Auf dem Fenstersims lag ein Stück in Kohlblätter eingeschlagene Butter und auf dem Tisch ein großer Laib Brot.

»Nehmen Sie die Butter und das Brot«, befahl Christian Buschfelder. Dann sagte er auf französisch zu der Frau: »Ich will den ganzen Alkohol, den Sie im Haus haben, Mutter. Wein, Calvados, was da ist. Und wenn Sie auch nur einen Tropfen behalten, zünden wir das Haus an und schlachten alle Ihre Kühe.«

Die alte Frau beobachtete Buschfelder, wie er die Butter und das Brot an sich nahm, und ihre Lippen zitterten aus Protest. Sie wandte sich an Christian. »Das ist unerhört«, sagte sie. »Ich werde Sie dem Ortskommandanten melden. Er kennt uns gut, und meine Tochter arbeitet bei ihm.«

»Den ganzen Alkohol, Mutter«, wiederholte Christian rauh, »und zwar sofort!«

Dabei erhob er drohend sein Gewehr.

Die Frau ging in eine Ecke der Küche, hob eine Falltür auf und rief hinunter: »Alois!« Ihre Stimme klang hohl aus dem Keller wider. »Die Soldaten sind da. Sie wollen unseren Calvados. Bring ihn rauf. Bring alles, sonst schlachten sie unsere Kühe.«

Christian grinste in sich hinein. Er blickte zum Fenster hinaus. Alle seine Leute waren noch da. Zwei Neuankömmlinge waren dabei, ohne Gewehre. Sie redeten aufgeregt auf die anderen ein und fuchtelten dabei mit den Händen. Seine Leute standen im Kreis herum.

Auf der Kellertreppe ließ sich ein Geräusch vernehmen, und Alois kletterte herauf. Er schleppte einen Krug mit zehn Liter Inhalt herauf.

Er war über sechzig, sah abgearbeitet und verbraucht von der jahrelangen Arbeit auf seinem alten Hof aus. Seine großen, unförmigen Hände zitterten, während er den Krug hielt.

»Hier ist mein bester Apfelschnaps«, sagte er. »Mehr habe ich nicht.«

»Gut«, sagte Christian und nahm den Krug. »Ich danke Ihnen.«

»Er dankt uns«, sagte die Frau bitter. »Aber von Bezahlen ist keine Rede.«

»Reichen Sie die Rechnung Ihrem Freund, dem Ortskommandanten, ein«, sagte Christian grinsend und freute sich über den albernen Auftritt. Dann tippte er Buschfelder auf die Schulter und sagte: »Vorwärts, kommen Sie!« Buschfelder ging zur Tür hinaus. Ganz nahe klang das Geknatter von Kleinwaffen und das Motorengeräusch niedrig fliegender Maschinen.

»Was ist los?« fragte Alois und steckte den Kopf zur Tür hinaus. »Die Invasion?«

»Nein«, antwortete Christian, während er den Krug hinaustrug. »Nur Manöver.«

»Was geschieht mit unseren Kühen?« rief Alois ihm nach. »Wo sollen wir die Kühe hintun?«

Christian gab keine Antwort. Er ging zu der Stallmauer und stellte den Krug auf den Boden.

»Alles herkommen«, sagte er. »Trinkt, trinkt, soviel ihr könnt. Jeder Mann soll seine Feldflasche damit füllen. In zehn Minuten fühlt ihr euch stark genug, ein ganzes Regiment aufzuhalten.« Er grinste, aber die Männer lachten nicht mit. Einer nach dem anderen kam heran, nahm einen großen Schluck und füllte seine Feldflasche.

»Nur keine falsche Scham«, sagte Christian. »Das geht auf Rechnung des Reichs.«

Die beiden Neuankömmlinge traten zuletzt heran und tranken gierig. Ihre Augen waren blutunterlaufen und flackerten, und beim Trinken lief ihnen der Schnaps übers Kinn.

»Was ist mit euch beiden los?« fragte Christian, als sie den Krug abgesetzt hatten.

Die beiden Männer sahen sich an und antworteten nicht.

»Sie lagen zwei Kilometer von hier entfernt«, sagte einer der anderen namens Stauch. Er stand neben Christian, biß gierig von einem großen Stück Butter in seiner Hand ab und spülte es mit einem Schluck Calvados aus seiner Feldflasche hinunter. »Zwei Kilometer, ein ganzes Bataillon, sind überrascht worden, und die beiden sind als einzige übriggeblieben. Amerikanische Fallschirmtruppen. Die machen kurzen Prozeß, Gefangene gibt's bei denen nicht. Haben alle erschossen. Sind meistens besoffen. Sie haben Panzer und schwere Artillerie...« Stauchs Stimme redete weiter, schrill und vom Butterkauen und Schnapstrinken unterbrochen. »Es sind Tausende, von hier bis zur Küste, und organisierten Widerstand gibt es nicht mehr...«

Die beiden Überlebenden nickten zustimmend, ihre Augen flackerten zwischen Christian und Stauch hin und her.

»Hier sind wir auch abgeschnitten, sagen sie«, fuhr Stauch fort. »Ein Meldegänger vom Divisionsstab ist durchgekommen und sagte, es sei niemand mehr da. Der General ist gefallen, und zwei Obersten wurden niedergestochen...«

»Halten Sie's Maul!« sagte Christian zu Stauch. Dann wandte er sich an die beiden Versprengten: »Schert euch zum Teufel!«

»Aber wohin?« fragte der eine, »die Fallschirmtruppen sind überall...«

»Ich habe gesagt, ihr sollt euch zum Teufel scheren!« brüllte Christian sie an und verfluchte den Zufall, der die beiden hergeführt hatte. »Wenn ihr in einer Minute noch da seid, lasse ich auf euch schießen. Und wenn ihr euch wieder blicken laßt, bringe ich euch vors Kriegsgericht, und ihr werdet als Deserteure erschossen.«

»Aber Herr Feldwebel...«

»In einer Minute!« wiederholte Christian.

Die beiden Männer sahen sich unschlüssig um, machten kehrt und liefen los. Dann bekamen sie Angst und fingen an zu rennen. Sie rannten und verschwanden hinter der Hecke eines Nachbarfeldes. Christian nahm einen großen Schluck Calvados. Der Schnaps war stark und lief beißend seine Kehle hinunter. Aber danach fühlte er Selbstvertrauen und Kraft, und während er die Männer seiner Gruppe musterte, dachte er, ich werde euch schon das Kämpfen beibringen, ihr sollt euch schlagen wie die kriegsstarke Kompanie einer Elitetruppe.

»Noch einen Schluck!« rief er. »Noch einen Schluck, und dann geht's los.« Alle tranken. Dann marschierten sie, einer hinter dem anderen, in einem Graben neben einer dichten Hecke, wie sie die Felder hier einsäumten, mit Christian an der Spitze, auf den Kanonendonner in östlicher Richtung zu. Zehn Minuten lang marschierten sie sehr schnell und hielten sich nur auf, wenn sie das Ende eines Feldes oder eines mit Hecken eingesäumten Weges erreichten. Dann kroch Christian oder einer der Leute voran, um zu sichern, und wenn alles klar war, den anderen zu winken. Die Leute hielten sich ausgezeichnet. Der Calvados, stellte Christian mit grimmiger Befriedigung fest, tat seine Schuldigkeit. Die Leute waren wachsam, vorsichtig, ohne ängstlich zu sein, und ihre schlampige Müdigkeit war verschwunden. Sie befolgten schnell alle Befehle, stellten sich prompt auf gefährliche Lagen ein und schossen nicht wild in die Gegend, wenn ein MG aus einem benachbarten Feld eine Garbe in die Bäume über ihren Köpfen jagte.

Wenn er die Gruppe in einer Stunde zum Regimentsstab zurückführen könnte, dachte Christian, sofern es überhaupt noch einen Regimentsstab gab, wo sie einer größeren Einheit unter dem Befehl von Offizieren mit einem klaren Operationsplan eingegliedert werden könnte, dann wäre sie schließlich noch zu etwas nütze gewesen.

Aber dann wurde ihre Lage brenzlig. Ein Maschinengewehr, das in einem Graben hinter der dichten Hecke einer Wiesenecke gut getarnt war, eröffnete das Feuer auf sie. Ehe sie in Deckung gehen konnten, wurden zwei Mann getroffen. Der eine, ein kleiner, traurig aussehender Mann mittleren Alters, erhielt einen Schuß in den Unterkiefer, so daß seine untere Gesichtshälfte nur einzige blutende Masse war. Christian half, ihm einen Notverband anzulegen, aber der Mann blutete so stark, daß man nicht viel für ihn tun konnte.

»Bleiben Sie hier in Deckung liegen«, sagte Christian zu den beiden Verwundeten. »Wir kommen zurück und bringen Hilfe, sobald wir das Regiment erreicht haben.« Er gab sich den Anschein von Sicherheit und Vertrauen, obgleich er genau wußte, daß er keinen der beiden lebend wiedersehen würde.

Der Mann mit dem zerschossenen Unterkiefer gab einen glucksenden, bittenden Laut hinter seinem Verband von sich, aber Christian tat, als ob er nichts gehört hatte. Er gab ein Zeichen weiterzumarschieren, aber niemand rührte sich.

»Vorwärts«, sagte Christian. »Je schneller ihr euch bewegt, desto eher kommt ihr durch. Wenn ihr stehenbleibt, erwischt's euch.«

»Hören Sie, Herr Feldwebel«, sagte Stauch aus seiner geduckten Stellung im Graben herauf, »wir wollen uns doch nichts vormachen. Wir sind abgeschnitten und haben nicht die geringste Aussicht durchzukommen. Wir stecken mitten in einer gottverdammten amerikanischen Division. Außerdem werden die beiden Verwundeten sterben, wenn nicht bald Hilfe kommt. Ich melde mich freiwillig, mit einer weißen Flagge am Gewehr durch die Hecke zu kriechen und unsere Übergabe anzubieten...« Er hielt inne und sah Christian nicht an.

Christian musterte die anderen. Die blassen Gesichter, die da über den Grabenrand schauten, zeigten deutlich, daß der durch den Calvados vorübergehend angesammelte Mut endgültig verraucht war.

»Der erste Mann, der es wagt, durch die Hecke zu kriechen, wird von mir erschossen. Sonst noch etwas?«

Niemand antwortete.

Christian sprach weiter: »Wir werden das Regiment finden. Stauch, Sie nehmen die Spitze, ich bleibe am Schluß der Gruppe und passe auf, daß keiner sich drückt. Bleibt in den Gräben auf dieser Seite der Hecke. Tief ducken und schnell voran. Los!«

Christian, das Gewehr schußbereit, sah zu, wie die zehn Männer, einer hinter dem anderen, den Graben entlangkrochen. Der Mann mit dem zerschossenen Kiefer machte immer noch dieselben glucksenden Geräusche, als Christian an ihm vorbeikroch, aber es schien ihm schwächer und unregelmäßiger zu klingen.

Zweimal hielten sie an und beobachteten deutsche Panzer, die auf der Straße in Richtung zur Küste rollten. Ihr Anblick erweckte in ihnen eine gewisse Zuversicht. Einmal sahen sie einen Jeep mit drei Amerikanern um die Ecke eines Bauernhauses flitzen. Christian spürte den sehnlichen Wunsch fortzulaufen, sich hinzulegen, zu weinen, zu sterben und mit dem ganzen Rummel Schluß zu machen. Sie kamen an zwei toten Kühen vorbei, die von Granaten zerrissen waren. Ihre Kadaver lagen mit emporgestreckten Beinen in der Ecke eines Feldes. Ein Pferd galoppierte wild weiter, seine Hufe schlugen dumpf auf den feuchten Lehm. Tote Deutsche und tote Amerikaner lagen, wie sie die Kugel getroffen hatte, auf dem Feld verstreut, und man konnte aus ihrer Lage oder der Richtung ihrer Waffen unmöglich erkennen, wie die Front verlief oder wie die Schlacht sich entwickelt hatte. Von Zeit zu Zeit heulten Granaten in der Luft über ihren Köpfen. In einem Feld lagen schnurgerade nebeneinander die Körper von fünf Amerikanern, deren Fallschirme sich nicht geöffnet hatten. Sie waren mit solcher Gewalt aufgeprallt, daß sie in den Boden hineingepreßt worden und ihre Gurte gerissen waren und die ganze Ausrüstung um sie herum verstreut lag, als hätten sie sich in betrunkenem Zustand zum Appell melden wollen.

Dann sah Christian, wie Stauch am Ende des Grabens, dreißig Meter vor ihm, vorsichtig winkte. Christian rannte gebückt an den anderen vorbei nach vorn. Als er bei Stauch angelangt war, deutete dieser durch eine kleine Lücke in der Hecke. Zwanzig Meter jenseits der Hecke versuchten zwei amerikanische Fallschirmjäger einen dritten von einem Baum zu befreien, der sich, hilflos zwei Meter über dem Boden hängend, dort verfangen hatte. Christian schoß zweimal, und die beiden Amerikaner stürzten zu Boden. Einer von ihnen bewegte sich wieder und versuchte, sich auf einen Ellbogen aufzurichten. Christian feuerte nochmals, und der Mann fiel auf den Rücken und blieb still liegen.

Der Mann im Baum arbeitete verzweifelt an seinen Leinen, aber er konnte nicht freikommen.

Christian hörte, wie Stauch neben ihm geräuschvoll schmatzte. Er gab den ersten drei seiner Leute ein Zeichen, ihm zu folgen, und alle vier näherten sich vorsichtig dem Amerikaner, der am Baum über seinen beiden toten Kameraden hing.

Christian grinste zu dem Amerikaner hinauf. »Na, wie gefällt dir Frankreich, Sam?« fragte er.

»Ich scheiß auf dich, Kamerad«, sagte der Fallschirmspringer. Er hatte ein zähes Athletengesicht, eine zerschlagene Nase und kalte Augen. Er hörte auf, an den Riemen herumzufummeln, hing ruhig herunter und starrte Christian an. »Paß auf, Krautgesicht«, sagte er, »schneide mich ab, und dann kannst du dich ergeben.«

Christian lächelte. Er dachte: Wenn ich nur ein paar solcher Kerle hätte anstatt meiner Knalltüten... Er erschoß ihn.

Dann strich er über die Beine des toten Mannes. Er wußte selbst nicht, warum. Eine Mischung von Mitleid, Hochachtung und Spott.

Während er seine Leute zur Gruppe zurückführte, dachte er niedergeschlagen, wenn die Amis alle so sind, dann werden wir nicht viel gegen sie ausrichten.

Gegen zehn Uhr vormittags stießen sie auf einen Oberst, der mit den wenigen Überlebenden seines Regimentsstabs versuchte, sich nach Osten durchzuschlagen. Sie hatten noch zweimal schwere Gefechte zu bestehen, aber der Oberst kannte sein Handwerk, sie blieben zusammen und kamen vorwärts. Christians Leute schlugen sich nicht besser und nicht schlechter als die anderen unter dem Befehl des Obersten. Bis zum Abend waren vier gefallen, und Stauch hatte sich eine Kugel in den Kopf geschossen, als sein Bein von einer MG-Kugel zerschmettert wurde und man ihn zurücklassen wollte. Aber sie hielten sich tapfer, und niemand machte Anstalten, sich zu ergeben, obgleich es an jenem Tag genügend Gelegenheit dazu gab.

27. Kapitel

»Zu Hause in Tulsa, als ich zur Schule ging«, sagte Fahnstock zwischen zwei Hammerschlägen, »haben sie mich Stud genannt. Von meinem dreizehnten Jahr ab hatte ich hauptsächlich Mädchen im Kopf. Wenn ich hier 'ne englische Puppe finden könnte, hätte ich noch nicht einmal was gegen das Nest einzuwenden.« Nachdenklich zog er einen Nagel aus einem verwitterten Stück Bohle, an dem er arbeitete, und warf den Nagel in eine Büchse, die neben ihm stand. Dann spuckte er in hohem Bogen Tabaksaft aus, von dem Priem, der ewig an seinem Gaumen zu kleben schien.

Michael zog eine Flasche Gin aus der Gesäßtasche seines Drillichs und nahm einen langen Schluck. Er steckte die Flasche zurück, ohne Fahnstock einen Schluck anzubieten. Fahnstock, der sich jeden Sonnabendabend einen Rausch antrank, rührte wochentags vor dem Zapfenstreich keinen Alkohol an, und jetzt war es erst zehn Uhr morgens. Außerdem hatte Michael Fahnstock langsam satt. Sie waren jetzt über acht Wochen zusammen in demselben Ersatzbataillon. Umschichtig arbeiteten sie an den alten Bohlen, zogen Nägel heraus und klopften sie gerade, oder sie hatten Küchenstrafdienst. Der Küchenbulle mochte sie alle beide nicht und gab ihnen immer die schmutzigsten Arbeiten. Sie mußten die fettigen Kessel schrubben und täglich nach dem Abkochen die Öfen fegen. Wenn das so weiterging, dachte Michael, würden sie bis zum Kriegsende oder sogar bis zum Ende ihres Lebens zwischen den Bohlenhaufen und den dreckigen Kochtöpfen hin und her wandern. Fahnstock war ohnehin zu dumm für etwas anderes. Als Michael sich zum erstenmal darüber klargeworden war, hatte er mit dem Gedanken gespielt, zu desertieren, aber schließlich hatte er Trost im Gin gefunden. Es war zwar gefährlich, denn das Lager wurde nach den strengen Regeln einer Strafkolonie geleitet, und es war schon mancher wegen geringfügiger Vergehen zu mehreren Jahren Gefängnis verurteilt worden, aber die aufpulvernde ununterbrochene Betäubung, die der Alkohol in seinem Hirn hervorrief, ermöglichte es ihm, das Leben zu ertragen, und daher nahm er das Risiko auf sich.

Gleich nachdem man ihn zu diesem Arbeitsdienst kommandiert hatte, hatte er an Oberst Pavone geschrieben und um Versetzung gebeten, aber es war keine Antwort gekommen, und inzwischen war Michael zu abgestumpft geworden, um nochmals zu schreiben oder sonst einen Ausweg aus seiner Lage zu suchen.

»Meine beste Zeit in der Armee hatte ich in der Jefferson-Kaserne in St. Louis«, schwatzte Fahnstock weiter. »Da lernte ich in einer Bar drei Schwestern kennen. Sie arbeiteten in einer Brauerei in St. Louis abwechselnd in verschiedenen Schichten. Eine war sechzehn, eine fünfzehn und eine vierzehn. Richtige Bauerntrampel, frisch aus dem Ozark-Gebirge. Von Strümpfen hatten die, bis sie in der Brauerei angestellt waren, noch nie etwas gehört. Ich hatte eine Mordswut, als ich meinen Marschbefehl nach Übersee bekam.«

»Hör mal«, sagte Michael und klopfte langsam an einem krummen

Nagel herum, »kannst du nicht endlich von was anderem reden?«
»Ich will bloß die Zeit totschlagen«, sagte Fahnstock beleidigt.
»Schlag sie anders tot«, meinte Michael und fühlte den Gin stark und sauer in seinem Magen.
Schweigend hämmerten sie weiter an den Bohlen herum. Ein Posten mit Gewehr kam heran. Vor ihm her schoben zwei Sträflinge einen mit Kleinholz beladenen Schubkarren. Die Sträflinge kippten den Schubkarren auf den Bohlenhaufen um. Sie verrichteten ihre Arbeit mit absichtlich langsamen Bewegungen, als ob es in aller Zukunft nichts Wichtigeres für sie zu tun gäbe.
»Los, bewegt eure Ärsche ein bißchen!« sagte der Posten faul und lehnte sich an sein Gewehr. Die Sträflinge hörten gar nicht hin.
»Whitacre«, sagte der Posten, »raus mit der Flasche!«
Mißmutig schaute Michael ihn an. Polizei, dachte er, immer dieselben Schweine. Wollen bestochen sein, daß sie ein Auge zudrücken. Er holte die Flasche heraus, wischte den Hals ab und gab sie dem Posten. Eifersüchtig beobachtete er den Mann, wie er einen langen Schluck nahm.
»Ich trinke nur an Feiertagen«, sagte der Posten grinsend und gab Michael die Flasche zurück.
Michael steckte sie weg. »Und was für ein Feiertag ist heute?« fragte er. »Weihnachten?«
»Hast du nichts gehört?«
»Was gehört?«
»Wir sind heute morgen gelandet. Heute ist D-Day, mein Lieber. Bist du nicht froh, daß du hier bist?«
»Und woher weißt du das alles?« fragte Michael ungläubig.
»Eisenhower hat im Radio gesprochen. Ich hab's gehört«, sagte der Posten. »Wir befreien die französischen Frösche, hat er gesagt.«
»Ich hab' schon gestern gewußt, daß etwas in der Luft lag«, sagte einer der Sträflinge, ein kleiner, nachdenklich aussehender Mann, der dreißig Jahre bekommen hatte, weil er seinen Leutnant in der Schreibstube verhauen hatte. »Sie sind zu mir gekommen und haben mir Straferlaß angeboten, wenn ich mich wieder zur Infanterie melde.«
»Und was hast du gesagt?« fragte Fahnstock neugierig.
»Seid wohl verrückt, habe ich gesagt«, antwortete der Sträfling. »Straferlaß direkt ins Massengrab.«
»Halt deine gottverdammte Schnauze«, sagte der Posten faul, »und faß den Karren an. Whitacre, noch einen Schluck, wegen D-Day.«
»Geht mich einen Dreck an«, sagte Michael und versuchte, seinen Gin zu retten.

»Sei nicht undankbar«, meinte der Posten. »Du sitzt hier schön im trockenen und brauchst dir am Strand nicht einen Haufen MG-Geschosse in den Arsch jagen zu lassen. Außerdem hast du 'ne Menge Schnaps zum Feiern. Los!« Er hielt seine Hand hin, und Michael reichte ihm schließlich die Flasche.

»Der Gin hat mich zwei Pfund das Fünftel gekostet«, sagte Michael.

Der Posten grinste. »Hast dich bescheißen lassen«, sagte er und nahm einen ausgiebigen Schluck. Die beiden Sträflinge sahen gierig zu. Der Posten gab Michael die Flasche zurück, und Michael trank auch, weil es D-Day war. Er spürte, wie eine süße Welle des Selbstbedauerns durch sein Inneres zog. Er starrte die Sträflinge kalt an, während er die Flasche wegsteckte.

»Well«, meinte Fahnstock, »der alte Roosevelt wird sich freuen. Endlich hat er es erreicht, einen Haufen Amerikaner umbringen zu lassen.«

»Ich mach' 'ne Wette, der ist aus seinem Krankenstuhl aufgesprungen«, sagte der Posten, »und tanzt jetzt im Weißen Haus auf und ab.«

»Ich habe gehört«, sagte Fahnstock, »am Tag, wo er Deutschland den Krieg erklärte, hat er ein großes Essen im Weißen Haus gegeben, mit Truthahn und französischen Weinen, und hinterher haben sie sich alle auf den Tischen gefickt.«

Michael holte tief Atem. »Deutschland hat den Vereinigten Staaten den Krieg erklärt«, sagte er. »Mir ist's zwar Wurscht, aber so war's.«

»Whitacre ist 'n Kommunist aus New York«, sagte Fahnstock zu dem Posten. »Er ist ganz scharf auf Roosevelt.«

»Ich bin auf niemand scharf«, sagte Michael. »Bloß: Deutschland hat uns den Krieg erklärt und Italien auch. Genau zwei Tage nach Pearl Harbor.«

»Wollen wir mal die anderen fragen«, meinte Fahnstock. Er wandte sich an den Posten und die Sträflinge. »Also, wie war's?«

»Wir haben angefangen«, sagte der Posten. »Wir haben den Krieg erklärt. Ich erinnere mich so genau, als ob es heute wäre.«

»Und was sagt ihr?« fragte Fahnstock die Sträflinge.

Beide nickten. »Wir haben ihnen den Krieg erklärt«, sagte der Mann, dem sie Straferlaß versprochen hatten, wenn er wieder in die Infanterie eintreten würde.

»Klar«, sagte der andere Sträfling, der früher in der Luftwaffe gewesen war, bevor sie ihn beim Scheckfälschen in Wales erwischt hatten.

»Siehste?« sagte Fahnstock. »Vier zu eins, Whitacre. Die Mehrheit entscheidet.«

Michael sah Fahnstock in seiner Trunkenheit wütend an. Dieses dumme, selbstgefällige Gesicht konnte er nicht mehr ertragen. Nicht an einem solchen Tag. »Du blöder, dämlicher Scheißkerl«, sagte er laut und deutlich. »Wenn du deine Fresse noch einmal aufmachst, schlag' ich dich tot.«

Fahnstock bewegte seine Lippen unmerklich. Dann spuckte er einen Strahl braunen Tabaksaftes mitten in Michaels Gesicht. Michael stürzte sich auf Fahnstock und versetzte ihm zwei Schläge unter das Kinn. Fahnstock knickte zusammen, richtete sich aber sofort wieder auf und hatte eine große Latte mit drei lang herausstehenden Nägeln in der Hand. Er holte zum Schlag aus, und Michael rannte los.

Der Posten und die Sträflinge traten zurück und sahen interessiert zu.

Fahnstock entwickelte eine große Schnelligkeit, obwohl er dick war. Er kam Michael so nah, daß er seine Schulter traf. Michael fühlte den scharfen Hieb der Nägel in seiner Schulter und machte sich los. Er blieb stehen, bückte sich und ergriff ein Brett. Aber ehe er sich aufrichten konnte, schlug Fahnstock ihm auf den Kopf. Michael fühlte den kratzenden, reißenden Schmerz der Nägel an seinen Backenknochen. Dann holte er aus. Er traf Fahnstock am Kopf, und Fahnstock fing an, in einem komischen Halbkreis um ihn herumzutaumeln. Fahnstock holte nochmals aus, diesmal schwächer, so daß Michael leicht ausweichen konnte, obgleich es zunehmend schwieriger wurde, den Abstand zu berechnen, weil ihm das Blut über das Auge lief. Er erwartete den Schlag von Fahnstock, und genau in dem Augenblick, wo Fahnstock seinen Arm wieder hob, stieß Michael zu und schlug dabei Fahnstocks Latte auf die Seite wie bei einem Baseballspiel. Die Latte traf Fahnstock am Hals und am Kinn, und er stürzte zu Boden und lag da auf Händen und Knien. So blieb er eine Weile und stierte dumm in den feinen Staub des Sägemehls, das sich um den Holzstapel angesammelt hatte.

»Genug jetzt«, sagte der Posten, »das war eine nette kleine Prügelei. Ihr«, sagte er zu den Sträflingen, »helft dem Scheißkerl auf.«

Die beiden Sträflinge packten Fahnstock und lehnten ihn gegen eine Kiste. Er saß da und stierte über den sonnigen leeren Platz, streckte die Beine von sich und keuchte. Das war alles.

Michael schleuderte die Latte fort und zog sein Taschentuch heraus. Er fuhr sich damit übers Gesicht und stellte mit Verwunderung fest, daß es voller Blut war.

Verwundet, dachte er grinsend, verwundet am D-Day.

Da sah der Posten ungefähr hundert Meter entfernt einen Offizier um die Ecke einer Baracke biegen. »Los, los«, sagte er hastig. »Bewegt euch.« Und zu Michael und Fahnstock: »Macht euch an die Arbeit. Da kommt Lachhans.«

Der Posten und die Sträflinge entfernten sich eilig. Michael schielte nach dem näherkommenden Offizier, den sie Lachhans nannten, weil er nie lachte.

Michael packte Fahnstock und stellte ihn auf die Beine. Er drückte ihm den Hammer in die Hand, und Fahnstock begann mechanisch, die Nägel aus den Bohlen zu schlagen. Michael lud sich ein paar Bretter auf, trug sie geschäftig auf die andere Seite des Haufens und legte sie dort nieder.

Er ging zu Fahnstock zurück und griff nach seinem eigenen Hammer. Beide Männer überboten sich gegenseitig im Lärmmachen, als der Offizier sich ihnen näherte. Kriegsgericht, dachte Michael, Kriegsgericht, fünf Jahre wegen Trunkenheit im Dienst, wegen Schlägerei mit Kameraden, wegen Widersetzlichkeit und so weiter.

»Was ist hier los?« fragte Lachhans.

Michael hörte mit Hämmern auf, auch Fahnstock. Sie drehten sich um und blickten den Leutnant an.

»Nichts, Sir«, sagte Michael mit zusammengepreßten Lippen, damit der Leutnant seinen Schnapsatem nicht riechen konnte.

»Habt ihr gerauft?«

»Nein, Sir«, sagte Fahnstock, mit Michael einig gegen den gemeinsamen Feind.

»Wo haben Sie die Wunde her?« fragte der Leutnant und deutete auf die drei roten Striemen auf Michaels Wange.

»Ich bin ausgerutscht, Sir«, antwortete Michael unschuldig.

Spöttisch zog Lachhans die Lippe herunter, und Michael wußte, was er dachte. Sie sind alle gleich, dachte der Leutnant, sie halten einen nur zum Narren. Kein wahres Wort ist aus diesen Kerlen in der ganzen verdammten Armee herauszubringen.

»Fahnstock!« sagte Lachhans.

»Ja, Sir?«

»Spricht der Mann die Wahrheit?«

»Jawohl, Sir. Er ist ausgerutscht.«

Lachhans sah sich hilflos und wütend um. »Wenn ich herausfinde, daß Sie mich belügen...« Er vollendete den Satz nicht. »Gut, Whitacre. Machen Sie Schluß hier. In der Schreibstube liegt ein Marschbefehl für Sie. Sie sind versetzt. Kommen Sie rüber.«

Er warf den beiden Männern einen bösen Blick zu und entfernte sich, nachdem er sich vergewissert hatte, daß sie ihn ordnungsgemäß gegrüßt hatten.

Michael sah ihm nach.

»Du Scheißkerl«, sagte Fahnstock, »wenn ich dich erwische, schneide ich dir die Kehle durch.«

»Hat mich gefreut, deine Bekanntschaft zu machen«, sagte Michael von oben herunter. »Daß mir keine Klagen kommen! Putz die Töpfe sauber.« Er warf den Hammer hin, schritt fröhlich auf die Schreibstube zu und griff dabei nach seiner Gesäßtasche, um sich zu vergewissern, daß die Ginflasche noch da war. –

Den Marschbefehl in der Tasche und mit sauber verbundener Wange packte Michael seinen Kleidersack. Seine Versetzung zu Oberst Pavone war durchgekommen, und Michael hatte Befehl, sich sofort in London bei ihm zu melden. Während er packte und ab und zu einen Schluck aus der Flasche nahm, nahm er sich vor, nichts mehr ernst zu nehmen, sich für nichts freiwillig zu melden und keinerlei Risiken einzugehen. Übrigbleiben, dachte er, übrigbleiben. Das ist das einzig Wichtige, und das habe ich hier gelernt.

Am andern Morgen fuhr er in einem Lkw nach London. Die Leute in den Dörfern, durch die sie kamen, jubelten ihnen zu und machten mit den Fingern das V-Zeichen, weil sie glaubten, daß jeder durchfahrende Lkw auf dem Wege nach Frankreich war. Michael und die anderen Soldaten in dem Wagen winkten spöttisch zurück, grinsten und lachten.

Kurz vor London überholten sie einen britischen Konvoi, lauter Infanterie. An die Rückwand des letzten Wagens war mit Kreide geschrieben: »Jubelt nicht, Mädchen, wir sind bloß Landsleute, Engländer.«

Die englischen Infanteristen schauten nicht einmal auf, als der amerikanische Lkw an ihnen vorbeifuhr.

28. Kapitel

Eine Schlacht hat viele ganz verschiedene Seiten. Da ist zunächst die moralische. Im Obersten Hauptquartier, das vielleicht an die hundertzwanzig Kilometer vom Kanonendonner entfernt liegt, sind am Morgen wie immer die Aktenregale abgestaubt worden, und es herrscht eine Atmosphäre der Stille und Tüchtigkeit. Soldaten gehen geschäftig aus und ein, die niemals einen Schuß abfeuern und auf die niemals geschossen wird. Hohe Generäle sitzen in ihren schönen gebügelten Uniformen an blitzblanken Schreibtischen und bereiten Berichte vor, in denen nachgewiesen wird, daß alles Menschenmögliche getan wurde und daß man den Rest Gott überlassen müsse. Gott ist an diesem Morgen natürlich besonders früh aufgestanden, um die riesige Tagesarbeit zu bewältigen: Er beobachtet parteiisch und kritisch zugleich die Schiffe und die im Wasser ertrinkenden Männer, die Flugbahn der Geschosse, die Zielsicherheit der Bomber, die Navigationskunst der Deckoffiziere, die von den hochgehenden Minen in die Luft geschleuderten Körper der Kämpfenden, das Rauschen der Brandung gegen die stählernen Unterwasserbefestigungen, das Laden der Langrohrgeschütze in den drohenden Bunkern. Und, nicht zu vergessen, das unscheinbare Gebäude weit im Hinterland, weit weg von dem schmalen Höllenstreifen, in dem die beiden Heere sich ineinander verbissen haben, wo an diesem Morgen ebenfalls die Rollschränke abgestaubt wurden, wo die feindlichen Generäle in ihren schön gebügelten Uniformen sitzen und auf ganz ähnliche Wandkarten starren, ganz ähnliche Berichte lesen und ihre moralische Stärke und Intelligenz der ihrer Kollegen und Gegner von drüben entgegensetzen. In diesen Häusern und in den Zimmern mit den cellophanüberzogenen Generalstabskarten, mit ihren roten und schwarzen Markierungen, sieht so eine Schlacht sehr rasch wie eine fein säuberlich geordnete Sache aus. Irgendein Plan wird immer gerade auf den Karten ausgearbeitet. Wenn Plan I nicht klappt, versucht man es mit Plan II. Wenn Plan II nur teilweise erfolgreich ist, wird die dafür vorgesehene Ersatzoperation von Plan III eingeschoben. Die Generäle haben alle dieselben kriegswissenschaftlichen Bücher in West Point oder Spandau oder Sandhurst studiert. Manche von ihnen haben selbst Bücher geschrieben und die Werke der Kollegen gelesen, und sie wissen genauestens Bescheid, was Cäsar in ähnlichen Fällen getan hatte und welche taktischen Fehler Napoleon in Italien unterlaufen sind und daß Ludendorff 1915 leider versäumte, in die breit aufgerissene Lücke der feindlichen Front hineinzustoßen. Alle hoffen sie, auf beiden Seiten des Kanals, daß sie nie in die gefährliche Lage kommen mögen, wo sie gezwungen sein würden, mit einem einfachen Ja oder Nein das Schicksal der Schlacht und vielleicht ihrer ganzen Nation zu entscheiden. Denn so ein Ja oder Nein kann einem Mann den letzten Funken Selbstvertrauen nehmen, kann ihn ruinieren und für den Rest seines Lebens zerbrechen, kann ihn ehrlos machen und seinen ganzen Ruf zerstören. Sie setzen sich also in ihren bequemen Sesseln zurück, in ihren Büros, die genauso aussehen wie die Büros von General Motors oder I.G. Farben, mit Sekretärinnen und Tippsen und Gelächter und Flirts in den Gängen und Vorzimmern, und starren auf ihre Wandkarten und lesen Berichte und beten im stillen, daß Plan I oder II oder III doch um Himmels willen einschlagen möge, wie man ihn in den Operationsstäben am Londoner Grosvenor Square oder in der Berliner Wilhelmstraße ausgeknobelt hatte. Kleine Änderungen könnte man immer noch anbringen. Sie würden dann von den Abschnittskommandeuren durchgeführt werden.

Die Männer an der Front sehen die Sache unter einem ganz anderen Blickwinkel. Man hat sie nicht über die Lage des Schlachtfeldes befragt, nicht über die mutmaßliche Länge des vorbereiteten Artilleriebeschusses. Kein Wettersachverständiger gab ihnen die Dauer von Ebbe und Flut im Monat Juni oder das Einsetzen etwaiger Stürme bekannt. Sie waren nicht bei den Konferenzen anwesend, auf denen die Divisionen bestimmt wurden, die von vornherein als verloren angesehen werden konnten, damit die nachfolgende Truppe gegen sechzehn Uhr die festgesetzte Linie zwei Kilometer hinter dem Strand besetzen konnte. Auf den Landungsbooten gibt es keine Aktenschränke, keine Sekretärinnen, mit denen man flirten kann, keine Wandkarten, auf denen der Einsatz von zwei Millionen Männern klar und verständlich für spätere Veröffentlichungen und Kriegsgeschichtswerke aufgezeichnet ist.

Man sieht nur Helme, übergibt sich, sieht grünes Wasser, haushohe Granateinschläge, Rauch, abgeschossene Flugzeuge, Blutgerinnsel, Unterwasserhindernisse, Geschütze, blasse, angstverzerrte Gesichter, ein wirres Durcheinander rennender, ertrinkender, fallender Männer, die keine Ähnlichkeit mehr mit den Wesen haben, die sie einst waren, als sie ihren Beruf und ihre Frauen verließen, um die Uniform anzuziehen. Bei einem General, der hundertzwanzig Kilometer hinter der Front vor seinen Stabskarten sitzt und im Unterbewußtsein den ganzen Bücherballast über Cäsar und Clausewitz und Napoleon mit sich trägt, geht das alles planmäßig oder beinahe planmäßig vor sich; aber beim Frontschwein geht alles schief. »Ogottogottogott«, seufzt das Frontschwein, wenn es sieht, wie eine Granate mitten in die Landungsgruppe seines Bootes einschlägt. Noch eineinhalb Kilometer vom Strand entfernt, und schon schreien die Verwundeten auf dem glitschigen Deck. »Ogottogottogott, alles Scheiße!«

Für die Generäle in hundertzwanzig Kilometern Entfernung sind die Verlustmeldungen nicht besorgniserregend. Für das Frontschwein sind sie es immer. Wenn es getroffen wird, oder wenn der Mann daneben getroffen wird, wenn das Boot zwanzig Meter davor in die Luft fliegt, wenn der Matrose auf der Brücke mit hoher, schriller Stimme nach seiner Mutter ruft, weil er auf einmal entdeckt, daß ihm der Unterleib weggeschossen wurde, so kann das für das Frontschwein nur bedeuten, daß es in ein furchtbares Unglück hineingeraten ist. Es nützt ihm in diesem Augenblick gar nichts, daß zur selben Zeit ein Mann hundertzwanzig Kilometer entfernt sitzt, der dieses Unglück geplant und herbeigeführt hat und der hinterher einen langen Bericht schreibt, daß alles planmäßig abgerollt sei. (Obgleich er natürlich von der einschlagenden Granate wissen müßte und von dem glitschigen Deck und dem schrill nach seiner Mutter rufenden Matrosen.)

»O Gott«, seufzt das Frontschwein und sieht einen Amphibientank in den Wellen versinken und einen Mann der gesamten Besatzung schreiend an die Oberfläche schwimmen oder vielleicht überhaupt niemand von der Besatzung an die Oberfläche schwimmen. »O Gott«, seufzt es beim Anblick des abgerissenen Beines neben seinem Gesicht und entdeckt in der nächsten Sekunde, daß es sein eigenes Bein ist. »O Gott«, stöhnt es, wenn die Landungsrampe herunterklappt und die zwölf Mann vor ihm in das metertiefe eiskalte Wasser springen und von MG-Kugeln durchsiebt werden. »O Gott«, und es sucht fieberhaft nach den Schützenlöchern am Strand, die die Luftwaffe für die Landungstruppen in den Sand bombardieren sollte und nicht bombardiert hat. Und es preßt sich vor Angst in den Sand, während über ihm die Minenwerfergeschosse krepieren.

»O Gott!« Und es sieht, wie neben ihm sein Freund, mit dem es seit 1940 in Fort Benning, Georgia, zusammen ist, von einer Mine in die Luft geschleudert wird und als zerrissenes Stück Fleisch im Stacheldraht hängenbleibt. »O Gott«, seufzt das Frontschwein, »es ist alles eine furchtbare Scheiße!«

Die Infanterie-Landungsboote schlingerten im Wasser bis vier Uhr nachmittags. Gegen Mittag holte ein anderes Boot die Verwundeten ab. Sie wurden ordentlich verbunden und bekamen Bluttransfusionen. Noah beobachtete, wie man die in Decken gehüllten Männer auf Tragbahren von Bord brachte und dachte mit einem Anflug von Neid: Die kommen zurück, in zehn Stunden sind sie in England, in zehn Tagen können sie sogar in den Vereinigten Staaten sein. Für die ist der Krieg aus.

Aber dann, als das Boot erst dreißig Meter von ihnen entfernt war, bekam es einen Treffer. Zuerst klatschte nur etwas an der Bordseite ins Wasser, und sonst ereignete sich nichts. Aber dann neigte sich das Boot langsam zur Seite, und die Decken und Verbände und Tragbahren wirbelten ein paar Minuten im grünen Wasser herum, und das war alles. Donnelly, mit einem Granatsplitter im Kopf, war einer der Verwundeten gewesen, und Noah strengte seine Augen an, Donnelly in dem aufschäumenden schmutzigen Wasser zu entdecken, aber er fand keine Spur mehr von ihm. Er würde nie mehr Gelegenheit haben, seinen Flammenwerfer im Ernstfall anzuwenden, dachte Noah. All die Übungen umsonst.

Colclough war nirgends zu sehen. Er hielt sich den ganzen Tag unter Deck auf, und die Leutnants Green und Sorenson waren die einzigen Offiziere der Kompanie an Deck. Green war ein überschlanker, mädchenhaft aussehender Mann, über den sie alle wegen seines gezierten Ganges und seiner hohen Stimme Witze gemacht hatten. Aber jetzt ging er an Deck umher, kümmerte sich um die Verwundeten und Kranken und diejenigen, die sterben mußten, und half beim Verbinden und bei den Bluttransfusionen und sprach den Männern Mut zu und sagte ihnen, daß das Boot auf keinen Fall untergehen werde, die Schiffsingenieure seien eben dabei, die Maschine wieder in Ordnung zu bringen, und in einer Viertelstunde seien sie am Strand. Er hatte immer noch seinen dummen, auffälligen Gang, und seine Fistelstimme klang nicht männlicher als früher, aber Noah war überzeugt, daß die halbe Kompanie bis zwei Uhr nachmittags über Bord gesprungen wäre, wenn Leutnant Green, der vor dem Krieg ein Kurzwarengeschäft in Süd-Carolina betrieben hatte, nicht an Deck gewesen wäre.

Man konnte vom Boot aus nicht feststellen, was am Strand vor sich ging. Burnecker machte sogar einen Witz darüber. Während des ganzen Vormittags hatte er, sich an Noahs Arm festklammernd, wenn die Granaten hart neben der Bordwand einschlugen, in einer fremdartigen, rauhen Stimme vor sich hingemurmelt: »Heute werden wir fertiggemacht, heute werden wir fertiggemacht.« Aber von Mittag ab hatte er sich gefangen. Er hörte auf, sich zu übergeben, und aß eine K-Ration und beklagte sich sogar über den trockenen Käse. Und dann schien er sich entweder in die Lage geschickt zu haben oder den Dingen mit etwas mehr Mut entgegenzusehen. Als Noah zum Strand hinüberblickte, auf dem Granaten explodierten und Männer fielen und Minen hochgingen, fragte er Burnecker: »Na, wie geht's?« Worauf Burnecker antwortete: »Keine Ahnung. Der Zeitungsjunge hat die heutige Ausgabe der *New York Times* noch nicht geliefert.« Es war nicht gerade ein blendender Witz, aber Noah lachte schallend, und Burnecker grinste, über die Wirkung seines Witzchens hoch erfreut. Und von da ab, selbst als die Kompanie schon tief in Deutschland stand, bekam einer, wenn er fragte, wie die Lage war, unweigerlich zur Antwort: »Der Zeitungsjunge hat die *New York Times* noch nicht geliefert.«

Die Stunden schleppten sich in langer, kalter, grauer Endlosigkeit für

Noah hin. Sehr viel später, wenn er an diesen Tag und seine Eindrücke zurückdachte, wie das Boot hilflos in den Wellen schlingerte und die Decks mit Schlick und Blut und Meerwasser überschwemmt waren und die Granaten auf allen Seiten krepierten, erinnerte er sich nur solch nebensächlicher Dinge wie Burneckers Witz oder wie Leutnant Green sich über einen Verwundeten beugte und ihm seinen Stahlhelm vorhielt, damit er sich hinein erbrechen konnte, oder an das Gesicht des Marineleutnants, der das Landungsboot führte und, indem er sich an der äußeren Bordwand hinunterließ, mit wütender, verblüffter Miene den Schaden des letzten Einschlags besichtigte wie ein Baseballspieler, den sich ein kurzsichtiger Schiedsrichter ungerechterweise herausgegriffen hat. Oder an Donnellys Gesicht, nachdem sein Kopf verbunden worden war. Seine üblichen rohen und rücksichtslosen Züge waren wie weggewischt, und an ihre Stelle war ein ernster und gesammelter Ausdruck getreten wie bei einer Nonne im Film – an solche Dinge erinnerte sich Noah und daran, daß er ein dutzendmal in der Stunde nachgesehen hatte, ob sein Sprengstoff noch trocken und sein Gewehr noch gesichert war, und nach zwei Minuten hatte er alles vergessen und schaute wieder nach.

In Wellen stellte sich die Angst bei ihm ein. Dann kroch er an die Reling, fühlte sich hilflos und biß sich auf die Lippen, ohne die Kraft zu einem einzigen Gedanken aufzubringen. Dann gab es wieder Stunden, wo er sich über alles erhaben dünkte, als ginge ihn das alles gar nichts an, als ob ihm gar nichts geschehen könnte, und da ihm nichts geschehen könnte, konnte er auch nicht verwundet werden, und daher brauchte er keine Angst zu haben. Einmal zog er seine Brieftasche hervor und starrte eine lange Zeit ernst auf Hopes Bild, die lächelnd dastand, auf dem Arm ein dickes Baby, das sein Mäulchen weit aufgerissen hatte und gähnte.

In den Zeitabschnitten, in denen er keine Angst hatte, schienen seine Gedanken davonzulaufen, ohne daß er ihre Richtung bestimmen konnte, als wäre sein Bewußtsein von den Geschehnissen des Tages gelangweilt und wollte sich in Erinnerungen retten, wie ein Schuljunge an einem schönen sonnigen Juninachmittag über seiner Hausarbeit brütet und den Bienen vor den Fenstern zusieht, statt zu arbeiten. Da war zum Beispiel Hauptmann Colcloughs Ansprache bei Southampton eine Woche vor der Einschiffung (war es tatsächlich erst eine Woche her, in dem frischen Maiengrün, mit den drei guten Mahlzeiten am Tag und dem Faß Bier im Mannschaftserholungszelt und mit den bekränzten Panzern und Geschützen und den Filmvorführungen zweimal am Tag, *Madame Curie*, Greer Garson als wundervoll angezogene junge Dame, die so nebenbei Radium entdeckt, und Betty Grables nackte Beine, mit denen sie weiß der Himmel was machte, um die Moral der Truppe zu heben, und die bei jedem Windstoß hin und her flappende Leinwand im Zelt... war das wirklich erst eine Woche her?): »...Jetzt, Männer, kommt die Bewährung!« (Hauptmann Colclough benutzte das Wort Männer zwanzigmal in seiner Ansprache.)

»Ihr seid so gut ausgebildet wie nur irgendein Soldat auf dieser Welt. Wenn ihr auf dem Strand da drüben landet, seid ihr besser ausgerüstet, besser ausgebildet, besser vorbereitet als die schleimigen Schweinehunde, denen ihr gegenübertretet. Alle Vorteile liegen auf eurer Seite, und es wird nur eine Frage des größeren Mutes sein, wer Sieger bleibt. Männer, ihr landet da drüben und schlagt die Sauerkrautfresser tot. Darüber gibt es gar keinen Zweifel, und das ist alles, was ihr von diesem Augenblick an zu denken habt: Umbringen die Hunde! Einige von euch werden verwundet werden, Männer, einige von euch werden fallen. Ich will euch nichts vormachen. Vielleicht werden sogar sehr viele von euch fallen...« Jetzt sprach er langsam und mit merkbarer Befriedigung. »Dazu seid ihr in der Armee, Männer, dazu seid ihr da, dazu werdet ihr an den Strand gesetzt. Wer sich bis jetzt noch nicht mit diesem Gedanken befreundet hat, fängt lieber gleich damit an. Ich will gar keine patriotischen Worte darum machen. Einige von euch werden fallen, aber ihr werdet auch einen Haufen Deutsche umbringen. Wenn einer von euch...« und seine Augen starrten kalt auf Noah, »wenn einer von euch etwa denkt, er kann sich drücken oder seine Haut retten, wenn er sich ein bißchen im Hintergrund hält, dann soll er ja nicht vergessen, daß ich da bin und dafür sorgen werde, daß jeder seine Pflicht tut. Unsere Kompanie wird die beste Kompanie in der ganzen Division sein. Ich bin entschlossen, sie herauszustellen. Wenn die Schlacht um Frankreich vorbei ist, erwarte ich, zum Major befördert zu werden. Und ihr Männer werdet mir diese Beförderung verdienen helfen. Ich habe mich für euch aufgeopfert, und jetzt werdet ihr auch etwas für mich tun. Ich kann mir denken, daß die Dickärsche im Sonderdienst drüben in Washington von meiner Rede nicht besonders begeistert sein würden. Aber das ist mir ganz egal. Ich sage, ich scheiße drauf, was sie denken. Die hatten genug Gelegenheit, euch mit ihrem ganzen Propagandamaterial vollzustopfen, mit ihren Vorträgen über die Ritterlichkeit des Soldaten, mit Pingpong und was weiß ich noch alles. Ich habe mich nicht eingemischt und sie quatschen lassen. Ich habe zugesehen, wie sie euch wie Babies behandelten, euch den Schnuller ins Maul steckten und den Hintern puderten und euch einredeten, ihr würdet ewig leben und die Armee sorge für euch wie 'ne Mutter. Damit ist jetzt

Schluß. Jetzt befehle nur noch ich. Und hier ist das Evangelium für euch alle von heute ab, direkt aus dem Scheißhaus: Unsere Kompanie wird mehr Sauerkrautfresser umbringen als jede andere Kompanie in der Division, und ich werde bis zum 4. Juli zum Major befördert sein! Und wenn das bedeutet, daß wir mehr Verluste als jede andere Kompanie haben werden, dann kann ich nur sagen: Geht zum Kaplan, Jungens, ihr seid nicht nach Europa gekommen, um Denkmäler zu besichtigen. Feldwebel, wegtreten lassen!«

»ACHTUNG! WEGGETRETEN!« –

Hauptmann Colclough hatte sich den ganzen Tag noch nicht sehen lassen. Vielleicht war er unter Deck und bereitete eine Ansprache für den denkwürdigen Augenblick vor, wo sie französischen Boden betreten würden. Vielleicht war er auch tot. Und Leutnant Green, der noch nie in seinem Leben eine Rede gehalten hatte, träufelte Sulfonamide in die Wunden und deckte die Toten zu und grinste die Lebenden an und machte sie darauf aufmerksam, die Mündungsschoner auf ihren Gewehren zu lassen, wegen des Wassers, das über die Reling spritzte.

Um halb fünf nachmittags gelang es den Marineingenieuren endlich, die Maschine wieder anzukurbeln, wie Leutnant Green es versprochen hatte, und fünfzehn Minuten später glitt das Landungsboot auf den Strand. Auf dem Strand herrschte Geschäftigkeit, und es sah sicher aus. Hunderte von Männern rannten hin und her, trugen Munitionskisten, stapelten Proviantkästen, rollten Drahtverhaue, brachten Verwundete zurück, gruben sich unter den verkohlten Bootswracks und Bulldozers und zerschossenen Feldgeschützen für die Nacht ein. Das Gewehrgeknatter klang ziemlich entfernt, von jenseits der Düne, die den Strand beherrschte. Gelegentlich ging eine Mine hoch, oder eine Granate verirrte sich auf den Strand, aber es war klar, daß der Strandstreifen einstweilen gesichert war.

Hauptmann Colclough erschien auf Deck, als das Boot in das flache Uferwasser fuhr. Er trug einen fünfundvierziger Colt mit perlmutteingelegtem Kolben in einem reich verzierten Lederfutteral an seiner Seite. Der Revolver war ein Geschenk seiner Frau, wie er einmal einem von der Kompanie erzählt hatte. Er gab furchtbar damit an und trug ihn tief am Schenkel wie ein Sheriff auf dem Umschlagbild eines Cowboy-Magazins.

Ein Unteroffizier der Amphibienpioniere dirigierte das Boot an die Landungsstelle des überfüllten Strandes. Er wirkte müde, aber so ruhig, als hätte er den Hauptteil seines Lebens an der französischen Küste unter Kanonendonner und MG-Feuer verbracht.

Die Rampe auf der einen Seite des Bootes wurde heruntergelassen, und Colclough schickte sich an, seine Kompanie auf den Strand zu führen. Nur eine Rampe funktionierte, die zweite war von einer Granate weggerissen worden.

Colclough schritt bis zum Ende der Rampe. Sie führte direkt in den weichen Sand, wenn aber die Brandung auflief, lag die Stelle einen Meter unter Wasser. Colclough blieb stehen, einen Fuß in der Luft, blickte nach unten und trat schnell wieder auf die Rampe zurück.

»Weiter, weiter, Herr Hauptmann«, rief der Pionier-Unteroffizier.

»Da unten liegt eine Mine«, sagte Colclough. »Holen Sie die Leute da...«, dabei deutete er auf einen Pionier-Trupp, der mit einem Bulldozer eine Fahrbahn quer über die Düne walzte, »...sie sollen den Strand hier entminen.«

»Hier gibt's keine Minen, Herr Hauptmann«, sagte der Unteroffizier unwirsch.

»Ich sage doch, ich habe eine Mine gesehen!« brüllte Colclough.

Der Marineleutnant, der das Landungsboot kommandierte, kam auf die Rampe gelaufen. »Herr Hauptmann, sorgen Sie bitte dafür, daß Ihre Leute das Schiff verlassen. Ich muß sofort wieder zurück. Ich habe keine Lust, die Nacht hier auf dem Strand zu verbringen, und meine Maschinen haben nicht mal mehr soviel Kraft, 'ne kranke Hure vom Nachttopf herunterzuholen. Wir kommen überhaupt nicht mehr hier weg, wenn wir auch nur noch zehn Minuten länger bleiben.«

»Unter der Rampe liegt eine Mine«, sagte Colclough laut.

»Herr Hauptmann, an derselben Stelle sind drei Kompanien vor Ihnen ausgeladen worden, und niemand ist in die Luft geflogen«, widersprach der Pionier-Unteroffizier.

»Ich habe Ihnen den dienstlichen Befehl gegeben«, sagte Colclough, »diese Männer herüberzuholen und den Strand entminen zu lassen.«

»Ja, Sir«, sagte der Pionier und zuckte mit den Schultern. Er ging zu dem Bulldozer hinüber, an einer Reihe von sechzehn Leichen vorbei, die in Decken gehüllt ordentlich ausgerichtet auf dem Strand lagen.

»Wenn Sie nicht sofort das Schiff verlassen«, sagte der Marineleutnant, »verliert die US-Marine ein ganzes Infanterielandungsboot.«

»Herr Leutnant«, sagte Colclough kalt, »kümmern Sie sich um Ihre eigenen Angelegenheiten. Ich kümmere mich um die meinen.«

»Wenn Sie nicht in zehn Minuten runter sind«, sagte der Leutnant und ging die Rampe wieder hinauf, »nehme ich Sie und Ihre verfluchte Kompanie wieder auf See. Sie müssen sich dann schon bei der Marineinfanterie melden, wenn Sie je wieder Land sehen wollen.«

»Ich werde die ganze Sache höheren Orts zur Meldung bringen«, sagte Colclough.

»Zehn Minuten«, schrie der Leutnant über die Schulter und ging auf die angeschossene Brücke zurück.

»Herr Hauptmann«, rief Leutnant Green mit seiner hohen Stimme vom hinteren Teil der Rampe her, wo er zwischen den Männern eingepfercht stand, die unschlüssig in das schmutziggrüne Wasser starrten, in dem Pin-up-Bilder von Mae West, MG-Munitionskisten und K-Rationenschachteln durcheinanderschwammen, »ich bin gern bereit, vorauszugehen, da der Unteroffizier sagt, es sei keine Gefahr, die Männer können dann in meine Fußstapfen treten...«

»Ich denke nicht daran, auch nur einen einzigen Mann auf dem Strand hier zu verlieren«, sagte Colclough. »Bleiben Sie, wo Sie sind.« Er schlug dabei auf den perlmuttbeschlagenen Revolver, den ihm seine Frau geschenkt hatte. Noah bemerkte, daß das Futteral mit ledernen Fransen besetzt war, wie bei den Cowboy-Anzügen, die die Söhne wohlhabender Väter in Amerika zu Weihnachten geschenkt erhalten.

Der Pionier-Unteroffizier kam jetzt in Begleitung seines Leutnants zum Strand zurück. Der Leutnant war ein Riesenkerl mit Helm. Er hatte keine Waffe bei sich. Mit seinem windgedörrten, roten und schwitzenden Gesicht und seinen großen, schmutzstarrenden Händen und den aufgerollten Ärmeln seines Drillichs sah er nicht wie ein Soldat, sondern eher wie der Vorarbeiter eines Straßenausbesserungstrupps aus.

»Kommen Sie, Herr Hauptmann«, sagte der Pionier-Leutnant, »kommen Sie unbesorgt an Land.«

»Hier unten liegt eine Mine«, sagte Colclough. »Lassen Sie den Streifen von Ihren Leuten entminen.«

»Hier ist keine Mine«, sagte der Leutnant.

»Ich sage Ihnen doch, ich habe eine Mine gesehen.«

Die Männer hinter dem Hauptmann hörten unruhig zu. Nachdem sie jetzt so nahe am Strand waren, wurde ihnen das Verbleiben auf dem Boot unerträglich, auf dem sie den ganzen Tag so viel ausgestanden hatten. Außerdem bildete es immer noch ein ausgezeichnetes Ziel, wie es quietschend und ächzend von der Brandung auf und ab getrieben wurde. Der Strand mit seinen Dünen, Schützenlöchern und den Bergen von Material sah sicher aus, man hatte festen Boden unter den Füßen, es war beinahe ein Stück Heimat. Auf jeden Fall war er viel besser als so ein Kasten von der Marine, der im Wasser herumtrieb, ohne daß man etwas dagegen tun konnte. Die Männer standen hinter Colclough, starrten auf seinen Rücken und haßten ihn.

Der Pionier-Leutnant wollte gerade den Mund öffnen, um Colclough zu antworten. Da fiel sein Blick auf den perlmutteingelegten

Revolver am Koppel des Hauptmanns. Sein Mund verzog sich zu einem kaum merklichen Lächeln. Dann, ohne ein Wort zu verlieren, stieg er mit Schuhen und Gamaschen ins Wasser und watete und stampfte hin und her, rings um die Rampe herum und davor, ohne sich um die Brandungswellen zu kümmern, die ihm bis zu den Hüften spritzten. So trampelte er auf jedem Quadratzentimeter Strand herum, der von den Leuten beim Ausladen betreten werden konnte. Das tat er schweigend und mit gleichmütigem Gesicht. Dann kam er aus dem Wasser heraus, drehte sich um und ging, ohne ein Wort zu Colclough zu sagen, zu seinen Leuten zurück, die mit dem Bulldozer über ein großes Stück Beton mit einer Eisenschiene in der Mitte walzten.

Colclough drehte sich plötzlich vom Ende der Rampe um und starrte seine Leute an. Aber niemand lachte. Dann betrat er vorsichtig und mit Würde den Boden Frankreichs, und seine Kompanie folgte ihm, ein Mann hinter dem anderen, durch das kalte Meerwasser und die herumschwimmenden Trümmer des ersten Tages der Schlacht um den europäischen Kontinent. Am ersten Tag wurde die Kompanie noch nicht eingesetzt. Die Leute gruben sich ein und aßen zur Abendverpflegung die K-Ration (Kalbfleisch, Kekse, vitaminangereicherte Schokolade, und das Ganze schmeckte nach Fabrik und war zäher und geschmackloser als frische Nahrung jemals sein kann). Dann reinigten sie ihre Gewehre und schauten der Landung anderer Kompanien mit der Überlegenheit von Veteranen zu, die über die Nervosität der Neulinge bei jeder Granate, die sich in die Nähe verirrte, oder über ihre übertriebene Vorsicht gegenüber Minen verächtlich lächelten. Colclough war fort, um das Regiment zu suchen, das sich irgendwo landeinwärts befinden sollte; wo genau, wußte kein Mensch.

Die Nacht war dunkel, windig, naß und kalt. Die Deutschen schickten im letzten Zwielicht ein paar Flugzeuge herüber, und die Geschütze der in der Nähe der Küste ankernden Schiffe und die Flakbatterien am Strand jagten ihre Leuchtspurmunition in den schwarzen Nachthimmel. Die Flaksplitter fielen mit dumpfem Aufschlag neben Noah in den Sand, während er hilflos nach oben blickte und sich fragte, ob er je wieder eine Zeit erleben würde, wo er nicht ständig in Lebensgefahr schwebte.

Beim Morgengrauen wurde die Kompanie geweckt, gerade als Colclough vom Regiment zurückkehrte. Er hatte sich in der Dunkelheit verirrt und war den Strand auf der Suche nach seiner Kompanie abgelaufen, bis ein nervöser Posten von den Funkern auf ihn geschossen hatte. Das hatte ihn überzeugt, daß es doch zu gefährlich war, die ganze Nacht herumzulaufen. Er grub sich ein und schlief, bis es hell genug wurde, daß ihn die Posten erkennen konnten. Er sah abgespannt und müde aus, kommandierte aber herum wie immer, ließ die Kompanie ausschwärmen und führte sie die große Düne hinauf.

Noah hatte sich einen Schnupfen geholt, er nieste dauernd, und seine Nase lief. Er trug lange wollene Unterhosen, zwei Paar warme Socken, eine Feldbluse und über allem die chemisch präparierten Kleidungsstücke, die steif waren und windabhaltend sein sollten, aber trotzdem fror er bis auf die Knochen, als er sich durch den tiefen Sand schleppte, an den rauchgeschwärzten und aufgebrochenen deutschen Bunkern und den noch nicht beerdigten feldgrauen Toten und den zerschossenen deutschen Geschützen vorbei, deren Rohre immer noch drohend gegen den Strand gerichtet waren.

Lastwagen und Jeeps mit Anhängern voll mit Munition ratterten und schwankten an der Kompanie vorüber, und eine eben ausgeladene Panzerabteilung donnerte die Böschung hinauf, gefährlich und unbesiegbar. Die MP regelte den Verkehr, Pioniere bauten Straßen, ein Bulldozer baggerte eine Startbahn für einen Flugplatz aus, Kranken-Jeeps mit Verwundeten auf Tragbahren rutschten die Düne zwischen den geräumten Minenfeldern nach dem Verbandsplatz hinunter. Auf einer weiten Strecke, die mit Granatlöchern übersät war, beerdigten rückwärtige Einheiten amerikanische Gefallene. Das Ganze machte den Eindruck eines energischen und geordneten Wirrwarrs. Es erinnerte Noah an seine Kindheit in Chicago, wo er oft zugesehen hatte, wie ein Zirkus seine Zelte, Käfige und Wohnwagen aufbaute.

Als Noah den Kamm der Düne erreichte, drehte er sich um und blickte auf den Strand zurück, um sich das Bild einzuprägen. Hope wird genau wissen wollen, wie es ausgesehen hat, und ihr Vater natürlich auch, dachte er. Irgendwie schien ihm der Gedanke, was er ihnen an einem fernen, schönen, friedlichen Tag einmal von dieser Kriegszeit erzählen würde, märchenhaft und unwirklich; die Vorstellung, einmal wieder in weichen grauen Flanellhosen und einem blauen Sporthemd, mit einem Glas Bier in der Hand am Sonntagnachmittag unter einem Ahornbaum zu sitzen und seine Verwandten mit seinen langatmigen Erinnerungen aus dem großen Krieg zu langweilen, war einfach vermessen.

Der Strand, der mit dem ganzen Produktionsüberfluß der heimatlichen Stahlfabriken übersät war, sah aus wie ein Warenhaus für Riesen nach einem Sommerausverkauf. Ganz in der Nähe der Küste, direkt hinter den alten Frachtern, die sie jetzt versenkten, um Wellenbrecher zu errichten, lagen Zerstörer, die im Steilfeuer über ihre Köpfe hinweg feste Ziele landeinwärts unter Beschuß nahmen.

»So wird heute Krieg geführt«, sagte Burnecker neben Noah. »Tadellose Betten, Kaffee wird unter Deck serviert, Sir. Wenn Sie soweit sind, können Sie mal einen Schuß abgeben, Sir. Ackerman, wenn wir keine solchen Idioten wären, wären wir zur Marine gegangen.«

»Losch, losch, *losch!*« rief von hinten Feldwebel Rickett, dieselbe alte schnarrende Spießstimme, die keine stürmische Überfahrt und keine noch so hohe Verlustliste je ändern würde.

»Mit dem Kerl«, sagte Burnecker, »möcht' ich mal auf 'ner einsamen Insel sein!«

Sie wandten sich um, ließen die Küste hinter sich und trotteten weiter landeinwärts.

Sie marschierten eine halbe Stunde, und dann wurde es klar, daß Colclough sich verlaufen hatte. Er ließ die Kompanie an einer Straßenkreuzung halten, wo zwei MPs von einem tiefen Loch aus, in das sie sich eingegraben hatten, den Verkehr regelten. Gerade ihre Helme und ein Teil ihrer Schultern waren zu sehen. Noah beobachtete, wie Colclough zornig in der Luft herumfuchtelte, und er hörte, wie er die MPs anbrüllte, die verständnislos die Köpfe schüttelten.

»Das muß uns passieren«, sagte Burnecker kopfschüttelnd. »'n Hauptmann, der nicht mal 'n Pflug in 'nem Ballsaal finden würde.«

»Gehen Sie zu Ihren Leuten zurück!« hörten sie Colclough mit Leutnant Green herumschreien. »Gehen Sie, ich weiß, was ich tue!«

Er bog in einen von hohen, saftiggrünen Hecken eingesäumten Feldweg ein, und die Kompanie rückte langsam nach. Zwischen den Hekken war es dunkler und viel stiller, obgleich das Geschützfeuer nicht nachgelassen hatte und die Leute ängstlich das dichte Blättergestrüpp beäugten, das für einen Hinterhalt wie geschaffen war.

Niemand sprach. Sie marschierten auf beiden Seiten des feuchten Weges und spitzten die Ohren nach verdächtigen Geräuschen, dem Knacken eines Gewehrschlosses etwa oder dem verdächtigen Flüstern in deutscher Sprache. Dazwischen klang das gedämpfte Trampeln ihrer Infanteriestiefel in dem klebrigen Lehm des Weges.

Dann führte der Weg auf ein Feld, die Sonne brach durch die Wolken, und alles atmete befreit auf. Mitten im Feld saß eine alte Frau und molk gleichmütig ihre Kühe. Neben ihr ein junges barfüßiges Mädchen. Die alte Frau saß auf einem Melkschemel, daneben stand ein verwitterter Bauernwagen mit einem großen, abgemagerten Pferd an der Deichsel. Die alte Frau strich ruhig und ohne sich stören zu lassen das Euter der sauberen und gutgenährten Kuh. Gelegentlich heulten Granaten über ihren Kopf hinweg, und manchmal klang aus nächster Nähe Maschinengewehrgeknatter, aber die Alte blickte nicht auf. Das Mädchen neben ihr war höchstens sechzehn. Es trug einen zerrissenen grünen Sweater, hatte ein rotes Band im Haar und blickte zu den Soldaten hinüber.

»Ich glaube, ich bleibe hier und helfe ein bißchen. Schreib mir 'ne Postkarte, Ackerman, wie der Krieg ausgegangen ist«, sagte Burnecker.

»Vorwärts, Pfc Burnecker«, sagte Noah. »Im nächsten Krieg sind wir nur noch in der Etappe.«

»Ich liebe die Kleine direkt«, sagte Burnecker. »Erinnert mich an Iowa. Ackerman, kannst du 'n bißchen Französisch?«

»A votre santé«, sagte Noah. »Das ist alles.«

»A votre santé«, rief Burnecker zu dem Mädchen hinüber, grinste und schwenkte sein Gewehr. »A votre santé, Baby, und dasselbe für die Oma!«

Das Mädchen lächelte und winkte zurück.

»Siehst du, sie ist ganz verrückt nach mir«, sagte Burnecker. »Was habe ich eigentlich zu ihr gesagt?«

»Auf deine Gesundheit!«

»Zum Teufel, das ist viel zu förmlich«, meinte Burnecker. »Ich möchte ihr etwas Intimes sagen.«

»Je t'adore«, schlug Noah vor, sich noch entfernt an ein paar französische Brocken erinnernd.

»Und was heißt das?«

»Ich verehre dich.«

»Das klingt schon besser«, sagte Burnecker. Sie waren am anderen Ende der Wiese angekommen. Burnecker wandte sich um, nahm den Helm ab und verbeugte sich tief, indem er seinen großen Metalltopf weit ausladend schwenkte. *»O Baby«*, rief er mit rollender Stimme, und der Helm blitzte ritterlich in seinen großen Bauernhänden, und sein junges sonnenverbranntes Gesicht glühte: *»O Baby, je t'adore, je t'adore...«*

Das Mädchen lächelte und winkte wieder. *»Je t'adore, mon Américain«*, rief es zurück.

»Das ist das schönste Land auf Gottes Erde«, meinte Burnecker.

»Weiter, vorwärts, Hoschenscheischer«, rief Rickett und stieß ihn mit seinem knochigen, harten Daumen in die Seite.

»Wart auf mich«, schrie Burnecker über das ganze Feld und über die Kühe hinweg, die seinen eigenen in Iowa so ähnlich sahen.

»Wart auf mich, Baby. Ich kann's nicht auf französisch sagen, aber wart auf mich. Ich komme wieder...«

Die alte Frau auf dem Melkschemel unterbrach eine Sekunde ihre Arbeit und gab, ohne aufzublicken, der Kleinen einen scharfen Schlag auf den Hintern. Man konnte den Hieb über die Wiese bis zum anderen Ende hören. Die Kleine senkte den Kopf und fing an zu weinen. Sie rannte hinter den Wagen, um ihr Gesicht zu verstecken.

Burnecker seufzte. Er setzte seinen Helm wieder auf und kroch durch eine Lücke in der Hecke auf die benachbarte Wiese.

Nach drei Stunden fand Colclough endlich das Regiment, und in einer weiteren halben Stunde hatten sie Fühlung mit den Deutschen. Sechs Stunden später hatte Colclough es fertiggebracht, die Kompanie umzingeln zu lassen.

Das Bauernhaus, in das sich der Rest der Kompanie zurückgezogen hatte, schien geradezu für eine Belagerung gebaut worden zu sein. Es hatte dicke Steinmauern mit kleinen Fenstern und ein Schieferdach, das kein Feuer fangen konnte. Dielen und Decken waren von starken Eichenbalken gestützt, in der Küche war eine Wasserpumpe, und der Keller war tief und sicher für die Verwundeten.

Das Haus konnte lange verteidigt werden, sogar gegen Artilleriebeschuß. Bis jetzt hatten die Deutschen nur mit Minenwerfern geschossen, und die fünfunddreißig Mann, die sich hierher gerettet hatten, fühlten sich für den Augenblick ziemlich stark. Sie schossen aus den Fenstern in raschen Feuerstößen auf die undeutlich zwischen den Hekken und Stallgebäuden auftauchenden Gestalten.

Im Keller lagen beim Schein einer Kerze zwischen den Apfelweinfässern vier Verwundete und ein Toter. Die französische Familie, der der Bauernhof gehörte, hatte sich beim ersten Schuß in den Keller geflüchtet, saß auf Kisten herum und starrte schweigend auf die Verwundeten, die so weit über See gekommen waren, um in ihrem Keller zu sterben. Sie bestand aus einem etwa fünfzigjährigen Mann, der im Ersten Weltkrieg an der Marne verwundet worden war und hinkte, seiner Frau, einer hageren, schmächtigen Person gleichen Alters, und zwei ungewöhnlich häßlichen Töchtern von zwölf und sechzehn Jahren, die sich vor Angst hinter den zweifelhaften Schutz der Apfelweinfässer duckten.

Die Sanitäter waren im Laufe des Tages abhanden gekommen, verwundet oder gefallen. Leutnant Green kam, sobald er oben etwas Zeit fand, in Abständen die Treppe heruntergerannt und half beim Verbinden.

Der Bauer hatte Krach mit seiner Frau. »Nein«, sagte er bitter immer wieder, »o nein, Madame wollte ihr Boudoir nicht verlassen, Krieg hin, Krieg her. Ich bleibe, erklärte Madame, ich kann doch mein Haus den Soldaten nicht überlassen. Aber das jetzt, Madame, das ist jetzt besser, nicht wahr?«

Madame antwortete nicht. Sie saß stur auf ihrer Kiste, nippte an einem Glas Apfelwein und blickte neugierig auf die blassen Gesichter der Verwundeten hinab, auf denen die kalten Schweißperlen im Kerzenlicht glänzten.

Wenn das MG, mit dem die Deutschen die Wohnzimmerfenster im ersten Stock von Zeit zu Zeit bestrichen, losballerte, hörte man unten das Splittern von Glas und den Einschlag der Geschosse in den Möbeln, und Madame trank dann ihren Apfelwein etwas schneller, aber das war alles.

»Weiber«, sagte der Bauer zu dem toten Amerikaner zu seinen Füßen, »Weiber, bloß nie auf Weiber hören! Man kann ihnen einfach nicht klarmachen, daß ein Krieg keine Spielerei ist.«

Im Erdgeschoß hatten die Männer alle Möbel gegen die Fenster gestellt und feuerten durch Gucklöcher hinter Kissen und Bettzeug. Von Zeit zu Zeit schrie Leutnant Green ihnen Befehle zu, aber keiner hörte hin. Wenn sie durch die Hecken oder in einer Baumgruppe etwa siebzig Meter entfernt eine Bewegung sahen, schossen alle auf dieser Seite des Hauses drauflos und warfen sich dann auf den Boden in Deckung.

Im Eßzimmer, am oberen Ende eines schweren Eichentisches, saß Hauptmann Colclough mit dem Helm auf dem Kopf. Er stützte das Gesicht in die Hände, und an seiner Seite baumelte immer noch sein perlmuttbeschlagener Revolver in dem Fransenfutteral. Er war bleich und schien zu schlafen. Niemand sprach mit ihm, und er sprach mit niemandem. Nur einmal, als Leutnant Green hereinkam, um zu sehen, ob er noch lebte, sagte Colclough: »Ich brauche Sie für einen Bericht. Ich habe Leutnant Sorenson befohlen, Flankenverbindung mit der L-Kompanie aufrechtzuerhalten. Sie waren doch zugegen, als ich den Befehl gab, nicht wahr?«

»Ja, Sir«, sagte Leutnant Green mit seiner hohen Stimme. »Ich habe es gehört.«

»Das müssen wir schriftlich festhalten«, sagte Colclough und starrte auf die alte eichene Tischplatte, »sobald wie möglich.«

»Herr Hauptmann«, sagte Leutnant Green, »spätestens in einer Stunde wird es dunkel. Wenn wir je wieder hier herauskommen wollen, dann ist das die letzte Gelegenheit...«

Aber Hauptmann Colclough war schon wieder in seine Träumereien an dem eichenen Bauerntisch versunken und antwortete nicht. Er sah auch nicht auf, als Leutnant Green ihm vor die Füße auf den Teppich spuckte und hinausging, ins Wohnzimmer, wo Unteroffizier Fein soeben einen Lungenschuß erhalten hatte.

Oben, im ehelichen Schlafzimmer des Bauernpaares, bestrichen Rikkett, Burnecker und Noah vom Fenster aus einen Feldweg zwischen dem Heuschober und dem Schuppen, wo die Pflüge und die Wagen standen. An der Wand hingen ein kleines hölzernes Kruzifix und die übliche Fotografie des Bauern mit seiner jungen Frau im steifen Hochzeitsstaat. Gegenüber war ein eingerahmtes Plakat der Companie Transatlantique mit dem französischen Dampfer *Normandie,* dessen schnittiger Bug durch eine ruhige hellblaue See pflügte. Über dem schweren Doppelbett war eine weißbestickte Decke ausgebreitet, und kleine Spitzendeckchen lagen auf der Kommode, und eine Katze aus Porzellan stand auf dem Kaminsims.

So eine Umgebung habe ich mir für meinen ersten Einsatz auch nicht vorgestellt, dachte Noah und schob einen frischen Patronenstreifen in sein Gewehr.

Von draußen hörte man einen langen Feuerstoß. Rickett, eine Browning-Maschinenpistole in der Hand, stand in der Nähe eines der beiden Fenster und drückte sich flach an die mit einem Blumenmuster tapezierte Wand. Das Glas über der gerahmten *Normandie* splitterte in tausend Stücke, und das Bild zitterte an der Wand, ein großes Loch erschien in der Kiellinie des Luxusdampfers, aber das Bild fiel nicht herunter.

Noah warf einen Blick auf das große, ordentlich gemachte Bett. Er konnte dem geheimen Wunsch kaum widerstehen, darunterzukriechen. Er machte sogar einen Schritt von seinem Platz neben dem Fenster, wo er kauerte, darauf zu. Er zitterte. Als er seine Hände bewegen wollte, zuckten sie ohne Kontrolle und warfen eine kleine blaue Vase auf einem mit einem Spitzenschal bedeckten Tisch in der Mitte des Zimmers um.

Wenn er bloß unter das Bett kriechen könnte, dann könnte ihm nichts geschehen. Dann würde er nicht sterben müssen. Er könnte sich im Staub auf dem Holzboden verstecken. Denn es war doch Unsinn, hier aufrecht herumzustehen, um in einem kleinen blumentapezierten Zimmer niedergeschossen zu werden, um einen herum die halbe deutsche Armee. Er konnte schließlich nichts dafür, daß er hier war. Er hatte sich nicht den Feldweg zwischen den Hecken ausgesucht, er hatte nicht die Verbindung mit der L-Kompanie verloren, hatte nicht versäumt, sich einzugraben, wo man es hätte tun sollen, von ihm konnte man einfach nicht erwarten, am Fenster zu stehen, direkt neben Rickett, und sich eine Kugel in den Kopf schießen zu lassen...

»Zum anderen Fenster rüber!« schrie Rickett und deutete aufgeregt zum anderen Fenster. »Himmel, Arsch, geh! Die Hunde kommen...«

Rickett stand rücksichtslos ohne Deckung am Fenster und feuerte kurz wilde Salven aus der Hüfte, und seine Arme und Schultern zitterten unter den Rückstößen.

Jetzt, dachte Noah, wenn er nicht hersieht, kann ich rasch unter das Bett kriechen, und niemand weiß, wo ich geblieben bin.

Burnecker stand am anderen Fenster und schoß und schrie: »Noah! Noah!«

Noah warf noch einen letzten Blick auf das kühle und einladende Bett. Es war wie daheim. Das Kruzifix dahinter sprang plötzlich von der Wand, Christus in Splittern, und fiel auf die Bettdecke.

Noah sprang zum anderen Fenster und kniete neben Burnecker. Blindlings feuerte er zwei Schüsse den Feldweg hinunter. Dann schaute er näher hin und sah, wie die feldgrauen Gestalten mit wahnsinniger Schnelligkeit, gebückt, in einer Gruppe, auf das Haus zurannten.

Oh, dachte Noah, und zielte sorgfältig (das Ziel immer in der Mitte des Kreises und über dem Korn, dann muß sogar ein Blinder mit Rheumatismus treffen, hatten sie einem im Schießunterricht bis zum Erbrechen erzählt). Oh, dachte Noah und schoß auf die gebückten Gestalten, das sollten sie nicht tun, nicht in einem Haufen, daß man sie nicht verfehlen kann. Er schoß und schoß. Rickett stand am anderen Fenster und feuerte ununterbrochen, und Burnecker stand neben ihm, hielt den Atem an, ehe er abdrückte, und schoß, schoß. Noah hörte einen hohen, wimmernden Schrei und wunderte sich, wo er herkam. Es dauerte eine ganze Weile, bis er feststellte, daß der Schrei von ihm kam. Dann hörte er auf zu schreien. Auch in dem unteren Stockwerk wurde ununterbrochen gefeuert, und die feldgrauen Gestalten taumelten, fielen, standen auf und krochen hinter die Hecken. Dreien von ihnen gelang es sogar, so nahe an das Haus heranzukommen, daß sie Handgranaten werfen konnten, aber sie verfehlten das Fenster, und die Granaten explodierten ohne Schaden an der Außenwand. Rickett erledigte sie alle drei mit einem Feuerstoß aus seiner Maschinenpistole.

Die anderen feldgrauen Gestalten schienen zu stutzen. Einen Augenblick herrschte Stille, und die Gestalten regten sich nicht. Dann drehten sie sich um und rannten zurück.

Noah sah ihnen erstaunt nach. Er hätte nie geglaubt, daß sie das Haus nicht erreichen würden.

»Weiterschieschen, weiterschieschen!« schrie Rickett und lud seine Browning wie im Fieber. »Drauf auf die Hunde! Drauf!«

Noah riß sich zusammen und zielte sorgfältig auf einen Mann, der auf eine merkwürdige, gehemmte Art davonrannte; er hinkte ein bißchen, und sein Gasmaskenbehälter schepperte ihm gegen die Hüfte, und er hatte sein Gewehr weggeworfen. Noah zielte genau und zog langsam den Abzug zurück, er fühlte das heiße Metall an der Innenseite seines Fingers. Gerade als der Mann um die Ecke der Scheune biegen wollte, drückte er ab. Der Mann fiel mit einem Satz, die Arme ausgebreitet, hin und bewegte sich nicht mehr.

»Scho isch gut, Ackerman! Scho isch gut!« schrie Rickett wieder vom Fenster wie betrunken. »Scho musch man'sch machen!«

Auf einmal war der Feldweg leer, mit Ausnahme der feldgrauen Gestalten am Boden, die sich nicht mehr regten.

»Sie sind fort«, sagte Noah blöde. »Sie sind nicht mehr da.«

Er fühlte einen feuchten Druck auf seiner Wange. Burnecker gab ihm einen Kuß. Er heulte und lachte und küßte ihn.

Plötzlich schrie Rickett: »Weg vom Fenster!«

Sie bückten sich sofort und zogen die Köpfe ein, und eine Sekunde später pfiff es durch das Fenster. Die Kugeln schlugen unterhalb der *Normandie* in die Wand.

Nett von Rickett, dachte Noah kühl, eigentlich erstaunlich.

Die Tür ging auf, und Leutnant Green kam herein. Seine Augen waren rot und geschwollen, und sein Unterkiefer hing müde herunter. Langsam und mit einem Seufzer setzte er sich auf das Bett und ließ seine Hände zwischen den Knien baumeln. Er schwankte einen Augenblick vor und zurück, und Noah fürchtete schon, er würde auf das Bett zurücksinken und einschlafen.

»Denen haben wir'sch gezeigt, Leutnant«, sagte Rickett stolz. »Die haben ihre Ladung gekriegt!«

»Ja«, sagte der Leutnant mit seiner Kinderstimme, »wir haben uns gut gehalten. Jemand verwundet hier oben?«

»Nicht bei unsch«, sagte Rickett grinsend. »Wir schind 'n Meischterteam hier oben.«

»Morrison und Seeley hat's im anderen Zimmer erwischt«, sagte Green müde. »Und Fein unten hat einen Lungenschuß.«

Noah erinnerte sich, wie Fein ihn damals im Revier in Florida besucht hatte. Ein Riesenkerl mit einem Stiernacken und zäh. »Nach dem Krieg«, hatte er zu ihm gesagt, »kannst du dir jede Kompanie aussuchen...«

»Jedoch...« sagte Green plötzlich ganz lebhaft, als ob er eine Ansprache halten wollte. »Jedoch...« Dann sah er sich im Zimmer um. »Ist das nicht die *Normandie?*« fragte er.

»Doch«, antwortete Noah, »das ist sie.«

Green lächelte blöd und sagte: »Ich glaube, ich buche einen Platz für die nächste Vergnügungsreise.«

Aber niemand lachte.

»Jedoch«, fing Green wieder an und fuhr sich mit der Hand über die Augen, »wenn's dunkel ist, brechen wir aus. Unten haben wir beinahe alle Munition verschossen, und wenn sie noch mal angreifen, sitzen wir in der Tinte. Bis zum Hals in schwarzer Tinte. Sobald es dunkel ist, seid ihr selbständig. Zu zweit und dritt verkrümeln wir uns, zu zweit und dritt«, wiederholte er schrill. »Die Kompanie setzt sich zu zweit und dritt ab.«

»Leutnant«, fragte Rickett vom Fenster her, durch das er vorsichtig das Gelände beobachtete. Nur ein schmaler Streifen seines Gesichts war neben dem Fensterkreuz zu sehen. »Leutnant, ischt dasch 'n Befehl von Hauptmann Colclough?«

»Das ist ein Befehl von Leutnant Green«, sagte der Leutnant und kicherte. Dann nahm er sich zusammen und sagte in dienstlichem Ton: »Die Kompanie hört auf meinen Befehl.«

»Ischt der Hauptmann tot?« fragte Rickett.

»Nicht ganz«, antwortete Green. Er legte sich bequem auf die weiße Bettdecke zurück und schloß die Augen. Aber er redete weiter. »Der Hauptmann hat sich für die Sommersaison zurückgezogen. Er bereitet sich auf die nächste Invasion im kommenden Jahr vor.« Er kicherte wieder und lag mit geschlossenen Augen schläfrig auf dem weichen Federbett. Dann richtete er sich plötzlich auf. »Haben Sie das gehört?« fragte er aufgeregt.

»Nein«, antwortete Rickett.

»Panzer«, sagte Green. »Wenn die mit Panzern kommen, ehe es dunkel ist, dann – bis zum Hals in tiefschwarzer Tinte!«

»Wir haben eine Panzerfaust und zwei Granaten«, sagte Rickett.

»Daß ich nicht lache!« Green wälzte sich auf die andere Seite und betrachtete das Bild der *Normandie.* »Freund von mir ist mal auf dem Kasten gefahren«, sagte er. »'n Versicherungsdirektor aus New Orleans, Louisiana. Ist von drei verschiedenen Frauen verführt worden, zwischen Cherbourg und New York. Aber natürlich nehmen wir die Panzerfaust«, sagte er ernst. »Auf jeden Fall die Panzerfaust. Dazu ist sie schließlich da, nicht?« Er glitt vom Bett hinunter und kroch auf allen vieren zum Fenster. Dort hob er vorsichtig den Kopf und schaute hinaus. »Ich zähle vierzehn tote Deutsche«, sagte er. »Was glaubt ihr wohl, was die Lebenden jetzt vorhaben?« Traurig schüttelte er den Kopf und kroch wieder vom Fenster weg. Er mußte sich an Noahs Bein festhalten, um sich aufzurichten. »Die ganze Kompanie«, sagte er verzweifelt, »die ganze Kompanie ist *fini.* Ein Tag... Ein einziger Kampftag. Nicht zu glauben, einfach unmöglich, nicht? Irgend jemand hätte doch was dagegen tun müssen, nicht? Also, wenn's dunkel ist, seid ihr auf euch selbst gestellt. Versucht, euch zu unseren Linien durchzuschlagen. Viel Glück.«

Damit ging er hinunter. Die Männer im Zimmer schauten sich an.

»All right«, sagte Rickett mürrisch, »noch ischt keiner verwundet. Ran an die Fenschter!«

Unten im Eßzimmer stand Jamison vor Hauptmann Colclough und schrie ihn an. Jamison hatte neben Seeley gestanden, als der eine Kugel ins Auge bekam. Jamison und Seeley stammten aus derselben Stadt in Kentucky. Sie waren seit frühester Jugend befreundet und hatten sich zusammen freiwillig gemeldet.

»So sehen Sie aus, Sie gottverdammter Totengräber!« schrie Jamison wild auf den Hauptmann ein, der immer noch an dem dunklen Eichentisch saß, den Kopf in die Hände gestützt. Jamison hatte soeben erfahren, daß Seeley mit den Verwundeten im Keller zurückgelassen werden sollte, wenn die anderen im Dunkeln ausbrechen würden. »Sie haben uns in die Scheiße geführt, und Sie holen uns auch wieder raus! Und zwar alle!«

Drei andere Soldaten standen noch im Zimmer und starrten mißmutig auf den Hauptmann und Jamison, ohne sich einzumischen. »Los, los, Sie beschissener Sargpolierer«, brüllte Jamison und beugte sich über den großen Tisch vor und zurück. »Setzen Sie sich nicht einfach hin. Stehen Sie auf, und sagen Sie was. In England konnten Sie Ihr Maul aufmachen. Da waren Sie ein ganz großer Mann mit einem Riesenmaul, solang noch nicht dicke Luft war, Sie verfluchter Leichenfledderer. Wollten bis zum vierten Juli Major sein, was? Karnevals-Major! Nehmen Sie Ihr gottverdammtes Salonpistölchen ab, ich kann's schon nicht mehr sehen!«

Außer sich vor Wut beugte sich Jamison vor, riß den perlmutteingelegten Fünfundvierziger aus dem Futteral und schleuderte ihn in die Ecke. Dann zerrte er roh an dem Futteral. Aber er konnte es nicht losbekommen. Er zog sein Bajonett und trennte Pistolentasche und Koppel einfach mit zornigen, wilden Schnitten ab. Dann warf er die schön polierte Tasche auf den Boden und trampelte darauf herum. Hauptmann Colclough ließ alles mit sich geschehen, ohne sich zu rühren. Die anderen Soldaten standen dumm an dem schweren Eichenbüfett an der Wand herum. »Wir sollten mehr Sauerkrautfresser umlegen als jede andere Kompanie in der Division, was, Sie dreckiger Leichenbeschauer? Dafür sind wir ja bloß nach Europa gekommen, nicht wahr? Und Sie wollten ganz besonders darauf achten, daß auch jeder seine Pflicht tut. Na, und wie viele Deutsche haben Sie heute umgelegt, Sie Scheißkerl? Los, los, stehen Sie auf, stehen Sie endlich auf!« Jamison packte Colclough am Kragen und stellte ihn auf die Füße. Colclough starrte verwirrt weiter auf die Tischplatte. Als Jamison ihn losließ, glitt er zu Boden und blieb dort liegen. »So, und jetzt halten Sie 'ne Ansprache, Herr Hauptmann!« schrie Jamison, stand über ihm und stieß ihm mit dem Fuß in die Seite. »Eine Ansprache. Einen Vortrag, wie man an einem einzigen Kampftag eine Kompanie verliert. Oder wie man die Verwundeten einfach den Deutschen überläßt. Oder wie wär's mit 'ner Rede über Kartenlesen und militärische Höflichkeit? Los, los, ich kann's kaum noch erwarten! Gehen Sie in den Keller runter, und halten Sie Seeley 'nen Vortrag über Erste Hilfe bei Verwundeten, und er soll zum Kaplan gehen wegen seiner Kugel im Auge. Also, wird's bald! Erzählen Sie uns, wie 'n Hauptmann die Flankensicherung seiner Kompanie beim Vormarsch durchführt, erzählen Sie uns noch mal, wie großartig vorbereitet und ausgebildet wir sind! Die bestausgebildeten Soldaten der Welt!«

Leutnant Green kam herein. »Gehen Sie raus, Jamison«, sagte Green ruhig. »Alle zurück auf eure Posten!«

»Ich will, daß der Hauptmann uns eine Rede hält«, sagte Jamison trotzig. »Nur 'ne kleine Rede für mich und die Jungens unten im Keller.«

»Jamison«, sagte Leutnant Green mit hoher, aber achtunggebietender Stimme, »Sie gehen sofort auf Ihren Posten zurück. Ich gebe Ihnen den dienstlichen Befehl!«

Es wurde still im Zimmer. Draußen feuerte das deutsche MG ein paar Stöße, und man hörte die Kugeln gegen die Außenwand klatschen. Jamison fummelte am Abzug seines Gewehrs herum. »Benehmt euch«, sagte Green wie ein Lehrer zu einer Klasse Schulbuben. »Raus mit euch, und nehmt euch zusammen.«

Langsam wandte sich Jamison zur Tür und ging hinaus. Die anderen drei Männer folgten ihm. Leutnant Green blickte kalt auf den am Boden liegenden Hauptmann Colclough hinunter. Er machte keinerlei Anstalten, ihm vom Boden aufzuhelfen.

Es war schon beinahe dunkel, als Noah den Panzer bemerkte. Er schob sich drohend auf dem Feldweg heran, den langen Lauf seines Geschützes blind nach vorn gestreckt.

»Da kommt er«, sagte Noah, ohne sich zu rühren; seine Augen blickten gerade über den Fenstersims.

Der Panzer schien sich im Augenblick festgefahren zu haben. Die Raupen drehten sich und gruben sich in den weichen Lehm, die Läufe der Maschinengewehre schwenkten hin und her. Es war der erste deutsche Panzer, den Noah sah. Er war von seinem Anblick wie hypnotisiert. Er sah so riesig und unbesiegbar, so böse aus ... Jetzt, fühlte er, ist nichts mehr zu machen. Er war verzweifelt und erleichtert zugleich. Der Panzer nahm einem alles aus den Händen, jede Entscheidung, jede Verantwortung ...

»Mal herkommen«, rief Rickett. »Schie, Ackerman!«

Noah sprang zum Fenster, wo Rickett mit der Panzerfaust in der Hand stand. »Jetzscht woll'n wir mal schehn, ob dasch neumod'sche Zscheugsch 'nen Furzsch wert ischt.«

Noah duckte sich neben das Fenster, und Rickett legte den Lauf der Panzerfaust auf seine Schulter. Noah war am Fenster nicht gut gedeckt, aber es war ihm im Augenblick gleichgültig. Dem Panzer gegenüber, der so dicht auf dem Weg hielt, waren alle im Haus in der gleichen Gefahr. Er atmete gleichmäßig und wartete geduldig, während Rickett die Panzerfaust auf seiner Schulter zurechtschob.

»Hinter dem Panzer haben sich die Schützen versteckt«, sagte Noah ruhig. »Sind ungefähr fünfzehn.«

»Die werden schich wundern«, sagte Rickett. »Schtehen Schie schtill.«

»Ich stehe ja still«, sagte Noah ärgerlich.

Rickett fummelte immer noch an der Panzerfaust herum. Die Granate mußte eine Strecke von ungefähr fünfundzwanzig Metern durchlaufen, ehe sie auf den Panzer treffen konnte, und Rickett bereitete alles sehr sorgfältig vor. »Nicht schieschen«, befahl er Burnecker am anderen Fenster. »Die schollen glauben, esch schei niemand hier oben.« Dabei lachte er meckernd. Noah wunderte sich ein bißchen, daß Rickett in dieser Lage noch lachen konnte.

Der Panzer setzte sich wieder in Bewegung. Er rollte würdevoll heran, ohne sich vorläufig die Mühe zu machen, einen Schuß abzugeben, als ob hinter seinen Panzerplatten ein intelligentes Wesen säße und sehr wohl wüßte, daß sich der Schock auch ohne Schießen erzielen ließ. Die deutschen Schützen drängten sich deckungsuchend hinter seine schweren Raupen.

Das Maschinengewehr, das weiter entfernt aufgestellt war, eröffnete jetzt das Feuer und bestrich die ganze Front des Hauses.

»Um Gottesch willen!« rief Rickett, »bleibt jetzscht schtill schtehen!«

Noah drückte sich platt gegen den Fensterrahmen. Jeden Augenblick konnte ihn eine Kugel treffen, denn sein ganzer Körper von der Hüfte aufwärts war zu sehen. Er starrte auf die in der zunehmenden Dämmerung wie Schatten hin und her schwenkenden Geschütze des Panzers hinunter. Dann drückte Rickett ab. Die Granate pfiff scharf durch die Luft und explodierte auf der Platte des Panzers. Noah sah vom Fenster aus zu und vergaß vor Erregung, Deckung zu nehmen. Einen Augenblick schien sich nichts zu ereignen, doch dann schwang der Kanonenlauf schwer nach unten, bewegte sich nicht mehr und blieb starr gegen den Boden gerichtet. Im Innern des Panzers erfolgte eine tiefe, dumpfe Explosion. Einige Rauchfetzen drangen aus den Sehschlitzen des Führersitzes und aus den Luken. Dann folgten dicht hintereinander mehrere Explosionen, und der Panzer schwankte und zitterte auf dem Platz, wo er stand. Dann hörten auch die Explosionen auf. Zwar sah der Panzer immer noch so gefährlich und bösartig aus wie vorher, aber er bewegte sich nicht. Noah sah, wie die Schützen dahinter sich umdrehten und die Flucht ergriffen. Sie rannten den Weg hinunter, ohne daß man auf sie schoß, und verschwanden um die Ecke des Schuppens.

»Hat geklappt, schätzsch' ich«, sagte Rickett. »Ich glaube, wir haben 'nen Panzer abgeschossen.« Dabei nahm er die Panzerfaust und lehnte sie an die Wand.

Noah blickte weiter auf den Feldweg. Er sah aus, als wäre nichts geschehen und als ob der Panzer ein unverrückbarer Teil der Landschaft wäre, der schon immer dagewesen war.

»Zum Donnerwetter, Noah!« brüllte Burnecker, und erst jetzt merkte Noah, daß Burnecker seinen Namen wiederholt gerufen hatte. »Weg von dem Fenster!«

Rickett stellte sich wieder seitlich ans Fenster und schob sein automatisches Browning-Gewehr vor. »Quatsch«, sagte er böse, »wir schollten hier gar nicht weggehen. Könnten bisch Weihnachten hier bleiben. Der Windelverkäufer Green hat 'n Hirn wie 'ne Lausch.« Er feuerte einen Stoß von der Hüfte aus auf den Pfad. »Weg da!« murmelte er vor sich hin, »weg von meinem Panzer.«

Leutnant Green kam herein. »Kommt runter«, sagte er, »jetzt ist es dunkel genug. In ein paar Minuten hauen wir ab.«

»Ich bleib' noch 'ne Weile«, sagte Rickett widerwillig. »Musch die Schauerkrautfrescher in Schach halten.« Dann winkte er Noah und Burnecker zu. »Geht nur, und wenn schie euch schehen, dann fliegt mit euren dicken Ärschen durch die Luft.«

Noah und Burnecker sahen sich an. Sie hätten gern etwas zu Rickett gesagt, wie er so verächtlich am Fenster stand, das automatische Gewehr locker in seinen großen Händen, aber sie wußten nicht, was. Rikkett schaute sich nicht um, als sie mit Leutnant Green hinausgingen, ins Wohnzimmer hinunter.

Im Wohnzimmer roch es nach Schweiß und Pulver. Hunderte von

leeren Patronenhülsen lagen auf dem Boden herum, von den Füßen der Verteidiger plattgetreten. Hier sah es viel mehr nach Krieg aus als oben im Schlafzimmer. Die Möbel waren gegen die Fenster aufgetürmt, und die Holzstühle lagen zerbrochen und zersplittert herum. Die Männer hockten auf dem Boden gegen die Wand gelehnt. Im Zwielicht konnte Noah Colclough auf dem Boden im Eßzimmer liegen sehen. Er lag auf dem Rücken, die Arme steif an den Seiten, die ausdruckslosen Augen gegen die Zimmerdecke gerichtet. Seine Nase lief, und von Zeit zu Zeit schnupfte er heftig die Nase hoch; das war der einzige Laut, der von ihm kam. Sein Schnupfen erinnerte Noah daran, daß er auch erkältet war, und er putzte sich die Nase in das schweißige khakifarbige Taschentuch, das er aus seiner hinteren Hosentasche fischte.

Im Wohnzimmer war es sehr ruhig. Eine einzelne Fliege summte herum und verbreitete Nervosität. Riker versuchte zweimal, sie mit dem Helm zu erwischen, doch er verfehlte sie jedesmal.

Noah setzte sich auf den Boden und zog seine rechte Gamasche und den Stiefel aus. Sehr sorgfältig glättete er die Socke. Er empfand es als sehr wohltuend, seinen Fuß sanft mit den Fingern zu reiben und die Socke glattzuziehen. Die anderen Männer im Zimmer beobachteten ihn beinahe andächtig, als vollführe er eine schwierige und ungeheuer interessante Handlung. Noah zog seinen Stiefel wieder an, legte die Gamasche herum, schnürte sie sorgfältig zu und zog die Hose darüber. Er nieste zweimal laut und merkte, daß Riker bei dem Geräusch zusammenzuckte.

»Gesundheit«, rief Burnecker. Er grinste Noah an, und Noah grinste zurück. Was für ein netter Kerl, dachte Noah.

»Ich kann euch keine Vorschriften machen«, sagte Leutnant Green plötzlich. Er saß neben der Tür zum Eßzimmer und sprach wie jemand, der in aller Stille eine Rede vorbereitet hat, doch dann erstaunt ist, seine eigene Stimme zu hören. »Ich kann euch nicht sagen, wie man am besten zu den rückwärtigen Linien kommt. Eure Meinung ist da genauso gut wie meine. Richtet euch nachts nach dem Mündungsfeuer der Geschütze, und am Tage hört ihr ja, woher die Abschüsse kommen. Daraus könnt ihr so ungefähr entnehmen, wo unsere Truppen stehen. Landkarten werden euch wenig nützen. Haltet euch so weit wie möglich von den Straßen fern. Je kleiner der Trupp, desto größer die Wahrscheinlichkeit, durchzukommen. Tut mir leid, daß es so gekommen ist, aber ich fürchte, wenn wir einfach hier sitzenbleiben und warten, werden wir letzten Endes aufgerieben. So besteht wenigstens die Aussicht, daß einige von uns durchkommen.« Er seufzte. »Vielleicht sogar viele von uns«, sagte er mit künstlicher Heiterkeit, »vielleicht die meisten.

Die Verwundeten haben es hier so bequem, wie es unter den gegebenen Umständen möglich ist, und die Franzosen unten werden gut für sie sorgen. Wenn jemand Zweifel hat«, sagte er unsicher, »kann er ja hinuntergehen und selbst nachsehen.«

Niemand rührte sich. Von oben kam der knatternde, scharfe Ton des automatischen Gewehrs. Das ist Rickett, dachte Noah, am Fenster.

»Jedoch...« sagte Leutnant Green unbestimmt. »Jedoch... es ist wirklich furchtbar. Aber solche Dinge können vorkommen. Sie müssen sogar von Zeit zu Zeit mal vorkommen. Ich werde versuchen, den Hauptmann mit mir zu nehmen. Mit mir«, wiederholte er mit seinem müden, dünnen Stimmchen. »Wenn jemand noch etwas zu sagen hat, soll er es jetzt sagen...«

Niemand hatte etwas zu sagen. Eine tiefe Traurigkeit überfiel Noah plötzlich.

»Well«, sagte Leutnant Green, »jetzt ist es dunkel.« Er stand auf, ging zum Fenster und schaute hinaus. »Ja«, wiederholte er, »es ist dunkel.« Er wandte sich wieder an die Männer. Die meisten saßen am Boden gegen die Wand gelehnt, die Köpfe hingen ihnen müde zwischen den Schultern. Sie erinnerten Noah an eine Fußballmannschaft in der Halbzeit, wenn das Spiel schlecht steht.

»Also«, sagte Leutnant Green. »Es hat keinen Sinn, noch länger zu warten. Wer will zuerst gehen?«

Niemand rührte sich, und niemand schaute auf.

»Seid vorsichtig«, fuhr der Leutnant fort, »wenn ihr unsere Linien erreicht. Bleibt in Deckung, bis ihr ganz sicher seid, daß sie euch als Amerikaner erkannt haben. Ihr wollt schließlich nicht von euren eigenen Leuten erschossen werden. Wer will zuerst gehen?«

Niemand rührte sich.

»Ich gebe euch den Rat«, sagte Leutnant Green, »durch die Küchentür hinauszugehen. Dahinter ist ein Schuppen, der euch etwas Deckung gibt, und die Hecke ist keine zehn Meter davon entfernt. Versteht mich recht: Ich gebe jetzt keine Befehle mehr. Alles ist eure Sache. Und jetzt muß endlich einer den Anfang machen...«

Es rührte sich niemand. Das wird nachgerade unerträglich, dachte Noah, auf dem Boden sitzend, unerträglich. Er stand auf. »Gut«, sagte er, weil einer schließlich etwas sagen mußte, »ich.« Und er nieste.

Burnecker stand auf. »Ich gehe auch«, sagte er.

Riker stand auf. »Zum Teufel, ich auch«, sagte er.

Cowley und Demuth standen auf. Ihre Stiefel rutschten auf dem Steinboden. »Wo ist die gottverdammte Küche?« fragte Cowley.

Riker, Cowley, Demuth, dachte Noah. Woran erinnerten ihn die

Namen? Richtig, der Boxkampf. Na, wir können ja wieder von vorn anfangen.

»Das ist genug«, sagte Green. »Genug für den ersten Trupp.«

Die fünf Männer gingen in die Küche. Keiner der anderen sah auf, und keiner sprach ein Wort. In der Küche stand die Falltüre zum Keller offen. Das Licht der Kerze schien düster durch die staubige Luft herauf, und man hörte das erstickte, leise Stöhnen des sterbenden Fein. Noah schaute nicht in den Keller hinunter. Leutnant Green öffnete sehr vorsichtig die hintere Küchentür. Sie quietschte in den Angeln, und die Männer hielten einen Augenblick den Atem an. Von oben ballerten wieder die Feuerstöße des automatischen Gewehrs. Rickett, dachte Noah, führt Krieg auf eigene Faust. Die Nachtluft drang schwer und feucht und voll Kuhstallgeruch durch die Türspalte.

Noah erstickte ein Niesen in seiner Hand. Er blickte sich dabei entschuldigend um.

»Viel Glück«, sagte Leutnant Green. »Wer geht zuerst?«

Die Männer, zwischen den kupfernen Pfannen und den großen Milchkannen in der Küche zusammengedrängt, blickten auf den schmalen, blassen Spalt Nacht, der zwischen Türe und Rahmen sichtbar wurde. Unerträglich, dachte Noah wieder. Wir können nicht ewig hier herumstehen. Und er drängte sich an Riker vorbei zur Tür.

Er atmete tief und dachte, ich darf nicht niesen, ich darf nicht niesen. Dann bückte er sich und schlüpfte hinaus.

Er lief auf den Schuppen zu. Vorsichtig setzte er seine Füße auf und hielt das Gewehr in beiden Händen, damit es nicht gegen irgend etwas anstieße. Er hielt den Finger vom Abzugbügel weg, da er sich nicht mehr genau erinnerte, ob er das Gewehr gesichert hatte. Hoffentlich hatten die Männer hinter ihm die Gewehre gesichert, damit sie nicht aus Versehen ihn erschossen, falls sie stolperten.

Seine Stiefel machten ein saugendes Geräusch in dem feuchten Lehm, und er fühlte, wie ihm seine Helmriemen gegen die Wangen klatschten. Das Geräusch war hell und hörte sich besonders laut an seinen Ohren an. Als er in den tieferen Schatten des Schuppens glitt, lehnte er sich an die nach Kuhdung riechende Holzwand und zog die Riemen an seinem Helm fest unter das Kinn. Einer nach dem anderen bewegten sich die dicken Schatten von der Küchentür aus über den Hof. Der Atem der Männer schien Noah schrecklich laut und schwer. Aus dem Haus, vom Keller her, drang ein hoher, schriller Schrei. Noah drückte sich enger an die Holzwand, als der Schrei durch die windlose Nachtluft hallte, aber es geschah nichts. Dann legte er sich auf den Bauch und begann, auf die Hecke zuzukriechen, die sich unklar gegen den Himmel abhob.

In der Ferne, weit hinter ihnen, flackerte schwaches Artilleriefeuer auf.

An der Hecke entlang lief ein Graben. Noah glitt hinein und wartete und gab sich Mühe, leise und regelmäßig zu atmen. Der Lärm, den die Männer hinter ihm machten, schien ihm gefährlich laut, doch er wußte nicht, wie er ihnen klarmachen sollte, leiser zu sein. Einer nach dem anderen glitt neben ihm in den Graben. So aneinandergedrängt in dem nassen Gras des Grabens, schien ihr gemeinsamer Atem eine weithin hörbare Ankündigung ihrer Anwesenheit zu sein. Eine Weile rührten sie sich nicht. Sie lagen im Graben, einer fast auf dem anderen. Noah begriff, daß jeder von jedem anderen die Übernahme der Führung erwartete.

Die wollen, daß ich die Führung übernehme, dachte Noah gereizt. Warum immer ich?

Doch er riß sich zusammen und schaute durch die Hecke auf das Mündungsfeuer der Artillerie. Auf der anderen Seite war offenes Feld. Noah sah undeutlich in der Dunkelheit, wie sich Schatten hin und her bewegten, aber er konnte nicht sagen, ob es Tiere oder Menschen waren. Auf jeden Fall war es unmöglich, ganz ohne Lärm durch die Hecke zu gelangen. Noah berührte das Bein des Mannes neben ihm, um anzudeuten, daß es losging, und kroch in dem Graben weiter, an der Hecke entlang, sich vom Bauernhaus entfernend. Einer nach dem anderen krochen die Männer ihm nach.

Noah kam nur langsam vorwärts, alle drei Meter verhielt er und lauschte und fühlte, wie ihm der Schweiß am Körper herunterrann. Die Hecke war dicht, ein leises Rascheln des Blattwerks im Wind war über ihren Köpfen zu hören, und manchmal scheuchten sie ein Tier auf, das ängstlich forthuschte, und von den Ästen der Bäume klang schweres Flügelschlagen, wenn ein in seiner Ruhe gestörter Vogel aufflog. Trotzdem, von den Deutschen keine Spur. Vielleicht, dachte Noah, während er vorwärtskroch, den feuchten, fauligen Geruch des nassen Grabens in der Nase, vielleicht schaffen wir es.

Dann streckte er die Hand aus und spürte etwas Hartes. Er blieb regungslos, steif bis auf seine rechte Hand, mit der er langsam an dem Gegenstand entlangfuhr. Es ist rund, dachte er, und aus Metall, es ist... Dann fühlte er seine Hand naß und klebrig werden und begriff, daß vor ihm im Graben ein Toter lag, dessen Helm er zuerst abgetastet hatte und dann sein Gesicht, und daß der Mann ins Gesicht geschossen worden war.

»Burnecker«, flüsterte er.

»Was?« Burneckers Stimme schien von weit her zu kommen und klang, als wäre er am Ersticken.

»Vor mir«, sagte Noah leise, »ein Toter.«

»Was? Ich versteh' dich nicht.«

»Ein Toter, vor mir«, wiederholte Noah.

»Wer ist es?«

»Verdammt noch mal!« flüsterte Noah, wütend auf Burnecker wegen der blöden Frage. »Woher zum Teufel soll ich das wissen?« Dann hätte er beinahe gelacht, als ihm die Dummheit dieses Gesprächs zum Bewußtsein kam. »Sag es nach hinten durch«, flüsterte er.

»Was?«

Jetzt fing Noah an, Burnecker tief und bitter zu hassen.

»Sag's nach hinten durch«, sagte er lauter, »daß die anderen keinen Quatsch machen.«

»Okay«, sagte Burnecker. »Okay.«

Noah konnte das heisere Geflüster hinter sich hören.

»All right«, sagte Burnecker schließlich. »Sie wissen alle Bescheid.«

Langsam stieg Noah über den Toten hinweg. Seine Hände stützten sich auf die Stiefel des Toten, und Noah merkte auf einmal, daß es ein Deutscher war, denn die Amerikaner trugen nicht solche Stiefel. Fast wäre er stehengeblieben und hätte den anderen seine Entdeckung mitgeteilt. Es war ihm viel wohler bei dem Gedanken, daß es keiner der Ihren war. Dann erinnerte er sich plötzlich, daß amerikanische Fallschirmjäger auch Stiefel trugen und daß es also auch ein Fallschirmspringer sein konnte. Während er weiterkroch, dachte er darüber nach, und die geistige Anstrengung bewahrte ihn vor Müdigkeit oder Angst. Nein, sagte er sich, Fallschirmspringer haben Schnürstiefel, und diese Stiefel hatten keine Schnürsenkel. Muß also ein Deutscher sein. Ein toter Deutscher in einem Graben. Er hätte es eigentlich an der Form des Helmes merken müssen. Andererseits sind sich Helme verdammt ähnlich, und er hatte noch nie einen deutschen Stahlhelm in der Hand gehabt.

Er kam ans Ende des Feldes. Graben und Hecke bogen im rechten Winkel ab und liefen am Rande des Feldes weiter. Vorsichtig streckte Noah seine Hand vor. In der Hecke war eine kleine Lücke und auf der anderen Seite ein schmaler Weg. Den Weg mußten sie auf jeden Fall überqueren, warum nicht gleich?

Noah drehte sich zu Burnecker um. »Hör mal«, flüsterte er, »ich geh' jetzt hier durch die Hecke.«

»Okay«, flüsterte Burnecker.

»Auf der anderen Seite ist ein Weg.«

»Okay.«

Dann vernahm Noah plötzlich das Geräusch von Männern, die leise auf dem Weg entlangliefen, und das metallische Klirren von Ausrüstungsgegenständen. Noah legte seine Hand auf Burneckers Mund, und beide lauschten. Es hörte sich an, als ob drei oder vier Mann auf dem Weg liefen. Sie sprachen miteinander, als sie vorbeikamen. Es war Deutsch. Noah horchte angestrengt, als könnte alles, was er hörte, von höchstem Wert für ihn sein, obgleich er kein Deutsch verstand.

Die Deutschen gingen in gleichmäßigem, leichtem Schritt vorbei, wie Wachtposten, die in kurzer Zeit wieder zurückkommen würden. Ihre Stimmen verloren sich in der Nacht, aber Noah konnte das Geräusch ihrer genagelten Stiefel noch lange vernehmen.

Riker, Demuth und Cowley krochen zu dem Fleck hin, wo Noah sich an die Seite des Grabens lehnte.

»Los, gehen wir jetzt rüber«, sagte Noah leise.

»Zum Teufel, ich denke nicht dran«, sagte eine Stimme, und Noah erkannte Demuth. Es klang heiser und zitternd. »Wenn du gehen willst, so geh doch. Ich bleibe hier. Genau hier im Graben.«

»Am Morgen werden sie dich finden. Sobald es hell wird...« sagte Noah warnend und fühlte sich merkwürdigerweise verantwortlich für Demuth und die anderen, nachdem er sie nun bis hierher gebracht hatte. »Hier kannst du nicht bleiben.«

»Was kann ich nicht?« fragte Demuth. »Klar kann ich hier bleiben. Wer 'ne Kugel in'n Arsch haben will, kann ja gehen. Aber ohne mich.«

Dann begriff Noah, daß Demuth, als er die deutschen Stimmen so zuversichtlich und laut von der anderen Seite der Hecke gehört hatte, allen Mut verloren hatte. Für ihn war auf einmal der Krieg zu Ende. Die Kraft oder der Mut der Verzweiflung, der ihn die zweihundert Meter vom Bauernhaus bis hierher gebracht hatte, war aufgebraucht. Vielleicht hat er recht, dachte Noah, vielleicht ist es das einzig Richtige...

»Noah...« Es war Burneckers Stimme, gedämpft, begierig. »Was machst du?«

»Ich?« fragte Noah. Dann antwortete er, weil er wußte, daß Burnekker sich auf ihn verließ: »Ich gehe durch die Hecke. Und Demuth sollte auch kommen. Es ist nicht gut, hierzubleiben.« Er wartete einen Augenblick darauf, daß einer der Männer mit Demuth sprechen würde. Aber niemand flüsterte. Hinter ihm blieb alles still.

»Okay«, sagte Noah und begann, durch die Hecke zu schlüpfen. Er kam gut durch. Der Weg auf der anderen Seite schien ihm auf einmal sehr breit. Auch war er tief ausgefahren, und die Gummisohlen seiner Schuhe rutschten in der Mitte aus, und er wäre beinahe gefallen. Dabei klirrte seine Ausrüstung leise, während er sich aufrichtete. Aber das ließ sich nicht vermeiden. Er ging weiter. In einiger Entfernung konnte er die Lücke in der Hecke sehen, durch die der Panzer seinen Weg genommen hatte. Zweige und Blätterwerk waren von ihm niedergewalzt worden. Die Lücke war ungefähr fünfzehn Meter weiter unten am Weg. Geduckt schlich er sich am Rande der Hecke hin und fühlte sich jämmerlich nackt und ungeschützt. Hinter sich vernahm er das Keuchen der anderen, und er dachte an Demuth, der jetzt allein auf der anderen Seite des Weges und der Hecke saß. Wie er sich wohl in diesem Augenblick fühlte, einsam und zur Übergabe bereit, sobald das erste Morgengrauen heraufzog und der erste Deutsche auftauchte, der so aussah, als ob er schon mal etwas von der Genfer Konvention gehört hätte.

Weit hinten hörte er das Knattern des automatischen Gewehrs, Rikkett, der nie aufgab, schoß fluchend vom Fenster des oberen Schlafzimmers weiter.

Dann hörte er das Tacken eines leichten Maschinengewehrs. Es hörte sich an, als ob es nicht weiter als zwanzig Meter entfernt stünde, und das Licht des Mündungsfeuers war ganz nah und blendete. Dann riefen Leute auf deutsch, und andere Geschütze setzten ein. Noah hörte die Geschosse um seinen Kopf schwirren, während er mit viel Geräusch und so schnell er konnte auf die Öffnung in der Hecke zurannte. Dort warf er sich auf den Boden und kroch durch. Dabei hörte er die anderen Männer hinter sich laufen, ihre Sohlen klatschten laut auf dem nassen Lehm, und die Zweige krachten, als sie sich durchzwängten. Das Feuer nahm zu, und hundert Meter weiter unten auf dem Weg wurde mit Leuchtspurmunition geschossen. Aber die Lichtschlangen zogen hoch über ihren Köpfen weg. Irgendwie war es für Noah ein beruhigendes Gefühl, die verschwendete Munition leuchtend durch die Äste der Bäume fahren zu sehen.

Jetzt war er auf dem Feld draußen. Er rannte quer hinüber, und die anderen folgten dicht hinter ihm. Vor ihm schwirrten die Leuchtgeschosse im Zickzack und anscheinend ohne Ziel umher, und zur Linken hörte er laute, erstaunte Rufe in deutscher Sprache, doch von keiner Seite schien gezieltes Feuer zu kommen. Noah fühlte seinen Atem schwer und brennend in den Lungen, und es kam ihm vor, als renne er nicht schnell genug. Minen, dachte er unklar, die ganze Normandie soll voll von Minen sein. Dann sah er Gestalten im Dunkeln vor sich und hätte beinahe im Laufen darauf geschossen. Aber die Gestalten gaben tiefe, tierhafte Töne von sich, und er sah Hörner sich gegen den Nachthimmel abzeichnen. Und schon rannte er zwischen vier oder fünf Kühen und entfernte sich rasch von dem MG-Feuer. Er streifte ihre weichen, nassen Flanken und roch den schweren Milchgeruch. Dann wurde eine Kuh getroffen und stürzte zu Boden. Er stolperte über ihren schweren Körper und legte sich auf ihre andere Seite. Die Kuh schlug wild mit den

Beinen aus und wollte sich aufrichten, aber es gelang ihr nicht, und schließlich sank sie wieder zurück. Die anderen Männer rannten an Noah vorbei, und er stand auf und rannte hinter ihnen her.

Seine Lungen keuchten wieder, und seine Kräfte ließen merklich nach. Aber er rannte aufrecht weiter, ohne auf die Kugeln zu achten, denn der schneidende, wilde Schmerz in seiner Seite hinderte ihn daran, gebückt zu laufen.

Er überholte zuerst einen der Männer, dann den nächsten, dann wieder einen. Im Vorbeilaufen hörte er ihren stoßweisen Atem durch die Nasen pfeifen und wunderte sich, daß er schneller laufen und die anderen hinter sich lassen konnte.

Es kam darauf an, das Feld zu überqueren und die gegenüberliegende Heckenlinie und den Graben zu erreichen, ehe die Deutschen die Scheinwerfer auf sie richteten. Aber anscheinend hatten die Deutschen in jener Nacht überhaupt keine Lust, die Landschaft abzuleuchten. Ihr Feuer wurde schwächer und flackerte nur gelegentlich und ziellos wieder auf. Noah lief die letzten zwanzig Meter etwas langsamer bis zu der Heckenlinie, die sich dunkel am Himmel abhob und deren Bäume in regelmäßigen Abständen aus dem dichten Blätterwerk aufragten. Dann warf er sich nieder und lag keuchend und nach Atem ringend auf der Erde. Einer nach dem anderen kamen die anderen auch heran und warfen sich an seiner Seite hin. So lagen sie alle da, das Gesicht nach unten, die Finger in die nasse Erde gekrallt, nach Atem ringend und unfähig, ein Wort zu sprechen. Über ihren Köpfen heulten die in hellen Garben durch die Nacht jagenden Leuchtgeschosse. Die Bahn der Geschosse sank plötzlich nach unten und landete am anderen Ende des Feldes. Von dort erklang ein wildes Getrampel und das Donnern von Hufen und wütende, entfernte deutsche Kommandorufe, und der Maschinengewehrschütze hörte endlich auf, die Kühe zu beschießen.

Dann herrschte Stille, die nur von dem heiseren Keuchen der vier Männer unterbrochen wurde.

Nach einer langen Weile richtete sich Noah auf. Schon wieder, stellte ein unbewußter, unberührter Teil seines Hirns fest, bin ich der erste, der etwas tut. Riker, Cowley, dachte er mit kindlichem Stolz, der nichts mehr mit dem schweißtriefenden, keuchenden Mann auf der Erde zu tun hatte, Riker, Cowley, Demuth, Rickett – eigentlich müssen sie sich jetzt noch bei mir für die Schweinerei damals in Florida entschuldigen.

»Well«, sagte Noah trocken, »gehn wir weiter in den PX-Laden.«

Die Männer erhoben sich einer nach dem anderen und sahen sich um. Alles war still, bewegungslos und dunkel. Vom Bauernhof her klang das wütende, herausfordernde Knattern von Ricketts Maschinenpistole, aber Rickett ging sie jetzt nichts mehr an. In der Ferne war ein Luftangriff im Gang. Die hell aufflammenden Granaten am dunklen Nachthimmel und die gelegentlichen kurzen Explosionen sahen wie ein Feuerwerk auf einem alten Bild aus. Die Deutschen bombardieren den Strand, dachte Noah, es müssen die Deutschen sein, denn wir fliegen hier keine Nachteinsätze. Er freute sich über die Genauigkeit, mit der sein Hirn Eindrücke aufnahm und sie verarbeitete. Alles, was wir zu tun haben, ist, in der eingeschlagenen Richtung weiterzumarschieren, weitermarschieren, das ist alles, was wir müssen...

»Burnecker«, flüsterte Noah befehlend, während er aufstand, »halte dich mit einer Hand an meinem Koppel, und Cowley soll sich an deinem Koppel halten, und Riker hält sich an Cowley, dann können wir uns nicht verlieren.«

Die Männer standen gehorsam auf und bildeten nun eine Kette. Noah voran, marschierten sie in einer Linie durch die Dunkelheit auf die langen, feurigen Bleistiftstriche am Horizont zu.

Es dämmerte gerade, als sie die Gefangenen sahen. Es war schon so hell, daß sie sich nicht mehr am Koppel zu halten brauchten. Sie lagen hinter einer Hecke und machten sich fertig, eine schmale, gepflasterte Straße zu überqueren, als der gleichmäßige, unverkennbare Marschtritt sie aufhorchen ließ.

Einen Augenblick später tauchte eine Abteilung von etwa sechzig Amerikanern auf. Sie kamen langsam daher, in einer nachlässigen, sorglosen Art, von sechs Deutschen bewacht. Sie gingen ganz nahe, ungefähr drei Meter von Noah entfernt, vorbei. Noah sah sich ihre Gesichter genau an. Sie zeigten eine Mischung von Scham und Erleichterung, und eine Art Gefühllosigkeit, halb unfreiwillig, halb bewußt. Die Gefangenen schauten weder sich noch die Posten an, auch die Landschaft interessierte sie nicht. Sie trotteten durch den nassen Morgen und hingen ihren eigenen Gedanken nach. Das Schlurfen ihrer Schuhe war das einzige Begleitgeräusch. Da sie keine Gewehre und keine Ausrüstung zu schleppen brauchten, marschierten sie leichter als andere Soldaten. Während er sie aus solcher Nähe betrachtete, war Noah sich des seltsamen Eindrucks bewußt, den die sechzig Amerikaner in Marschordnung, ohne Waffen und Gepäck und die Hände in den Taschen, machten.

Sie gingen vorüber und verschwanden langsam in der Ferne, und das Geräusch der marschierenden Füße erstarb zwischen den vom Morgentau feuchten Hecken.

Noah blickte sich nach den Männern an seiner Seite um. Sie schauten dem Gefangenentrupp immer noch nach, mit erhobenen Köpfen blickten sie nach der Stelle, wo die Amerikaner untergetaucht waren. Burneckers und Cowleys Gesichter waren ausdruckslos, nur ein leiser Hauch von Erregung und Interesse war zu bemerken. Aber Riker sah komisch aus. Noah schaute ihn genau an, und einen Augenblick später merkte er, daß Rikers Gesichtsausdruck mit seinen roten, verschwollenen Augen und dem schmutzigen Stoppelbart genau dieselbe Mischung von Scham und Erleichterung aufwies, die er soeben auf den Gesichtern der vorüberziehenden Gefangenen gesehen hatte.

»Paßt mal auf, Jungs«, sagte Riker heiser, und seine Stimme klang ganz anders als sonst, »wir machen das falsch.« Er sah Noah und die anderen dabei nicht an, sondern blickte weiter die Straße hinunter. »So kommen wir nie durch, vier in einem Haufen. Wir müssen uns verteilen. Jeder muß für sich gehen, jeder für sich.« Er schwieg, niemand antwortete ihm. Riker blickte die Straße hinunter. Ganz schwach, halb erinnert, halb wahrgenommen, klang noch das Schlurfen der Gefangenen aus weiter Ferne. »Das sagt einem doch die Vernunft«, fuhr Riker mit krächzender Stimme fort. »Vier Mann bilden ein Mordsziel. Ein Mann allein kann sich immer verstecken. Ich weiß nicht, was ihr vorhabt, aber ich verkrümele mich.« Er wartete darauf, daß einer etwas sagen würde, aber keiner sprach. Sie lagen im nassen Gras hinter der Hecke, und ihre Gesichter waren ausdruckslos.

»Well«, sagte Riker, »dann will ich mal abhauen. Je früher, desto besser.« Er stand auf, zögerte einen Augenblick und kroch dann durch die Hecke. Auf der anderen Seite der Hecke stand er vornübergebeugt am Straßenrand. Er sah massig aus, bärenstark mit seinen muskulösen Armen und seinen schmutzigen, mächtigen Händen, die er auf die Knie gestützt hatte. Dann entfernte er sich auf der Straße in der Richtung, die die Gefangenen gegangen waren.

Noah und die anderen beiden Männer blickten ihm nach. Seine Haltung wurde mit jedem Schritt aufrechter. Irgend etwas stimmt bei ihm nicht, dachte Noah, und er grübelte nach, was es sein könnte. Dann, als Riker ungefähr fünfzig Meter weit gegangen war und immer schneller ging, merkte Noah, was es war. Riker war unbewaffnet. Als Noahs Blick die Stelle streifte, wo Riker gelegen hatte, sah er das Gewehr im Gras liegen. Noah sah wieder Riker nach. Die große, schlaksige Gestalt mit dem Helm auf dem Kopf und den breiten Schultern ging immer schneller, ja sie schien jetzt sogar zu laufen. Als Riker die erste Straßenbiegung erreichte, hob er zaghaft die Hände hoch, und das war das letzte, was Noah von Riker sah, wie er um die Ecke bog und seine Hände hoch über dem Kopf hielt.

»Den können wir abschreiben«, sagte Burnecker. Er griff nach Rikers Gewehr, nahm das Magazin heraus und zog das Schloß zurück, um die Patrone, die noch drinsteckte, herauszuschleudern. Er hob sie auf und steckte sie mit dem Magazin in die Tasche.

Noah stand auf, und Burnecker folgte ihm, Cowley zögerte, erhob sich aber dann mit einem Seufzer.

Noah zwängte sich durch die Hecke und sprang über die Straße, und die beiden anderen sprangen schnell hinterher.

Von der Küste her hörte man stetes Artilleriefeuer. Während Noah langsam und vorsichtig an der Hecke entlangschlich, dachte er, immerhin steht unsere Armee noch in Frankreich.

Der Heuschober und das Bauernhaus daneben schienen ausgestorben. Zwei tote, aufgedunsene Kühe lagen im Hof und streckten ihre Beine nach oben. Aber das große graue Steinhaus sah friedlich und sicher aus, als sie über den Grabenrand, wo sie lagen, hinüberspähten.

Sie fühlten sich sehr erschöpft und bewegten sich, halb gebückt, vornübergeneigt, kriechend wie im Traum. Noah war sicher, daß sie nicht mehr die Kraft aufgebracht hätten, zu laufen. Sie hatten mehrmals deutsche Soldaten gesehen und gehört, und einmal hätte Noah geschworen, von zwei Deutschen, die auf einem Krad vorüberfuhren, gesehen worden zu sein, als sie sich im letzten Augenblick auf die Erde warfen. Aber die Deutschen waren nur etwas langsamer gefahren, hatten kaum hingeschaut und wieder Gas gegeben. Schwer zu sagen, ob es Angst oder überhebliche Gleichgültigkeit bei ihnen war, was sie abgehalten hatte, sich eingehender mit ihnen zu beschäftigen.

Cowley atmete stoßweise und gequält, wenn er marschierte. Die Luft pfiff durch seine Nase, und er war zweimal gefallen, als sie über Zäune klettern mußten. Auch er wollte sein Gewehr wegwerfen, und Noah und Burnecker mußten zehn Minuten lang auf ihn einreden, um ihn umzustimmen. Burnecker hatte Cowleys Gewehr eine halbe Stunde lang getragen, bis Cowley es endlich zurückverlangte.

Sie mußten unbedingt eine Rastpause einlegen. Sie hatten zwei Tage nicht geschlafen und seit vierundzwanzig Stunden nichts zu essen gehabt. Daher blickten sie sehnsüchtig nach dem Heuschober und dem Bauernhaus hinüber.

»Nehmt eure Helme ab und laßt sie hier«, sagte Noah. »Richtet euch gerade auf und geht langsam und ruhig.«

Sie mußten ungefähr fünfzig Meter offenes Feld überqueren, bis sie zum Heuschober kamen. Sollten sie zufällig von jemandem gesehen werden, könnte man sie für Deutsche halten, wenn sie so natürlich wie möglich daherkamen. Die Dinge hatten sich nun so entwickelt, daß Noah ganz automatisch Entschlüsse faßte und Befehle gab. Die anderen gehorchten widerspruchslos.

Sie standen alle auf, die Gewehre geschultert, und gingen ganz natürlich und unauffällig auf die Scheune zu. Während in der Ferne der Geschützdonner rollte, schien das Bauernhaus noch stiller und verlassener zu sein. Das Scheunentor war offen, und sie gingen an dem süßlichen Gestank der toten Kühe vorbei ins Innere der Scheune. Noah sah sich um. Er entdeckte eine Leiter, die zum Heuboden hinaufführte.

»Hinauf«, befahl Noah.

Zuerst kletterte Cowley hinauf; es dauerte lange, bis er oben war. Dann folgte schweigend Burnecker. Noah packte eine Sprosse der Leiter und blickte nach oben. Er holte tief Atem. Es waren zwölf Sprossen. Er schüttelte den Kopf. Es sah aus, als ob er die zwölf Sprossen nie hinaufklettern könnte. Er setzte seinen Fuß auf die erste Sprosse und begann, langsam hochzuklettern. Auf jeder Sprosse hielt er an und schöpfte Atem. Das Holz der Leiter war voll Splitter und alt, und es roch staubiger und immer mehr nach muffigem Heu, je höher er kam. Er mußte niesen und wäre beinahe hinuntergefallen. Oben angekommen, wartete er eine ganze Weile und verschnaufte. Burnecker kniete neben ihm nieder und packte ihn unter den Achseln. Er zog ihn mit aller Kraft hoch, und Noah richtete sich auf und schwang sich auf den Scheunenboden. Er war überrascht und dankbar, daß Burnecker noch solche Kräfte hatte. Er kroch auf Händen und Füßen zu der kleinen Fensteröffnung, um hinauszuspähen. Von hier aus hatte er einen guten Überblick. Er sah Lastwagen und viele kleine Gestalten, die sich ungefähr vierhundert Meter entfernt rasch vorwärtsbewegten, aber alles sah sehr weit weg und daher ungefährlich aus.

Ungefähr einen halben Kilometer weiter schwelte ein Feuer. Es war ein Bauernhaus, das langsam abbrannte. Auch das schien ein durchaus normaler und nebensächlicher Anblick zu sein. Er wandte sich vom Fenster ab und blinzelte. Burnecker und Cowley sahen ihn fragend an.

»Wir haben endlich einen Unterschlupf gefunden«, sagte er und grinste albern. »Ich weiß nicht, was ihr davon haltet, aber ich muß mich jetzt erst ein bißchen ausschlafen.«

Er legte vorsichtig sein Gewehr neben sich und streckte sich auf dem Heuboden aus. Er schloß die Augen und hörte noch, wie Burnecker und Cowley es sich ebenfalls bequem machten. Dann schlief er ein.

Kurze Zeit später wachte er auf und fühlte, wie Strohhalme ihn am Hals kitzelten. Er drehte den Kopf scharf zur Seite, als ob er seine Halsmuskeln üben wollte. Ganz in der Nähe schlugen zwei Granaten ein, und er empfand deutlich, daß eigentlich einer Wache stehen müßte, während die anderen schliefen. Er nahm sich ernstlich vor, sich gleich aufzurichten und mit Burnecker darüber zu reden. Dann schlief er wieder ein.

Es war beinahe dunkel, als er aufwachte. Ein merkwürdig schweres Geklapper erfüllte Hof und Scheune, die Balken und der Boden zitterten. Eine Zeitlang rührte Noah sich nicht und genoß die wohlige Wärme des weichen Heus, atmete den trockenen Duft vergangener Ernten ein und bewegte sich nicht, dachte nicht, kümmerte sich nicht um den Lärm draußen und spürte weder Hunger noch Durst. Er wandte den Kopf zur Seite und betrachtete seine beiden Kameraden. Sie schliefen beide fest. Cowley schnarchte, aber Burnecker atmete ganz ruhig. Im Dämmerlicht der Scheune sah sein Gesicht kindlich und gelöst aus. Noah lächelte über Burneckers tiefen, vertrauensvollen Schlaf. Dann wurde er sich plötzlich bewußt, wo er war, und die Geräusche von draußen begannen, eine gefährliche Bedeutung anzunehmen. Schwere Lastwagen ratterten vorüber und quietschende Karren, die von Pferden gezogen wurden.

Langsam richtete Noah sich auf. Er kroch zum Fenster und schaute hinaus. Deutsche Lastwagen, auf denen schweigsame Soldaten saßen, fuhren durch eine Öffnung in der Hecke auf das nächste Feld. Dort wurden andere Lastwagen und Karren mit Munition beladen, und Noah wurde es klar, daß dies ein großangelegtes Munitionslager war. Jetzt, wo es dunkel wurde und die Deutschen von der Luft aus sicher waren, holten sich ihre Artillerieeinheiten die Munition für den nächsten Tag aus diesem Lager. Noah kniff die Augen zusammen und beobachtete durch den Nebel und die zunehmende Dunkelheit, wie die deutschen Soldaten eilig und still die langen Kisten mit der 8,8-cm-Munition auf die Fahrzeuge luden. Es war komisch, so viele Pferde zu sehen; es sah aus wie in früheren Kriegen, altmodisch und ungefährlich, all die großen, geduldigen Tiere, die hier von den Männern an den Zügeln gehalten wurden.

Was die im Divisionsstab wohl darum gäben, wenn sie die genaue Position dieses Munitionslagers kennen würden, dachte Noah unwillkürlich. Er durchsuchte seine Taschen und fand einen Bleistiftstummel. Er hatte ihn zum letztenmal auf dem Landungsboot benutzt – wie lange war das wohl her? Er hatte einen Brief an Hope angefangen, um sich abzulenken und nicht immer auf die Granaten zu starren, die auf der Wasseroberfläche in der Nähe des Bootes explodierten.

Aber er war mit dem Brief nicht weit gekommen. *Liebste, ich denke immer an Dich.* (Die übliche Redensart. Eigentlich müßte man annehmen, daß man im Augenblick einer solchen Gefahr viel eindringlichere und eindrucksvollere Worte finden würde.) *Wir stehen unmittelbar vor dem Einsatz, vielleicht könnte man auch sagen, daß wir schon im Gefecht stehen, wenn es nicht so unglaublich klänge, daß man sich mitten in der Schlacht hinsetzen kann, um seiner Frau einen Brief zu schreiben...* Dann konnte er den Brief nicht beenden, weil seine Hand so zitterte, daß er Papier und Bleistift wegstecken mußte. Jetzt durchsuchte er seine Taschen nach dem Brief, aber er fand ihn nicht. Er zog seine Brieftasche heraus und entnahm ihr das Bild von Hope mit dem Baby. Er drehte es um und las auf der Rückseite in Hopes Handschrift: »Bild einer sorgenvollen Mutter mit ihrem sorglosen Säugling.«

Noah blickte durchs Fenster hinaus. In gerader Linie mit dem Munitionslager, ungefähr einen Kilometer entfernt, war ein Kirchturm zu sehen. Sorgfältig zeichnete er eine kleine Landkarte auf die Rückseite von Hopes Bild, trug den Kirchturm ein und gab die Entfernung an. Fünfhundert Meter westlich lag eine Gruppe von vier Häusern, die er ebenfalls einzeichnete. Kritisch besah er sich die Karte. Sie würde genügen. Sollte er je die eigenen Linien erreichen, würde diese Karte genügen. Er beobachtete, wie die Soldaten die Munitionskisten unter dem Schutz der Bäume aufluden. Es war achthundert Meter von der Kirche und fünfhundert Meter von den vier Häusern entfernt. Auf der anderen Seite des Feldes, in dem das Munitionslager angelegt war, befand sich eine asphaltierte Straße, die er in seine Karte eintrug, wobei er die Kurve, die sie machte, ganz besonders nachzeichnete. Dann steckte er das Bild wieder in die Brieftasche. Mit neuem Interesse ließ er seine Augen über die Umgebung wandern. Einige der Lastwagen und Pferdekarren bogen in einen Feldweg ein, der die Asphaltstraße ungefähr sechshundert Meter weiter hinten kreuzte. Sie verschwanden hinter einer Baumgruppe und kamen später nicht mehr zum Vorschein. Dort muß eine Batterie in Stellung sein, dachte Noah. Später könnte er hinuntergehen und die Sache selbst auskundschaften. Das wäre auch etwas für den Divisionsstab.

Er kroch zurück, um Burnecker und Cowley zu wecken.

Sie kamen an einen Kanal, der nicht sehr breit war, aber man konnte nicht wissen, wie tief er war. Die ölige Wasseroberfläche glitzerte unheimlich im Mondlicht. Sie lagen ungefähr zwei Meter vom Ufer entfernt hinter einigen Büschen und blickten über das Wasser. Es war Ebbe, und das gegenüberliegende Ufer lag dunkel und naß über dem Wasserspiegel. Soweit sie feststellen konnten, war der größte Teil der Nacht vorüber, und die Morgendämmerung mußte bald anbrechen.

Cowley hatte gemurrt, als Noah sie auf ihrem Weg hierher nahe an der getarnten Batterie vorbeigeführt hatte, aber er war mitgegangen. »Goddammit«, hatte er wütend geflüstert, »du willst dir wohl 'ne Auszeichnung verdienen.« Aber Burnecker hatte Noah unterstützt, und so war Cowley nicht abgesprungen.

Jetzt aber, als sie auf dem nassen Gras liegend über den stillen Kanal blickten, sagte Cowley plötzlich: »Nichts für mich. Ich kann nicht schwimmen.«

»Ich auch nicht«, sagte Burnecker.

Irgendwo jenseits des Kanals ratterte ein Maschinengewehr, und die Leuchtspurgeschosse zogen hoch über ihre Köpfe hinweg.

Noah seufzte und schloß die Augen. Es mußte ein amerikanisches MG sein, weil es in ihre Richtung feuerte, und es war so nahe, zwanzig Meter Wasser und nicht viel mehr, und die beiden konnten nicht schwimmen.

»Vielleicht ist es gar nicht so tief«, sagte er. »Es ist Ebbe.«

»Ich kann nicht schwimmen«, wiederholte Cowley störrisch und voll Angst.

»Burnecker«, sagte Noah.

»Ich werd's versuchen«, sagte Burnecker zögernd.

»Cowley ...«

»Ich ersaufe«, sagte Cowley leise. »In der Nacht vor der Invasion hatte ich einen Traum, ich sei ertrunken.«

»Ich halte dich«, sagte Noah. »Ich kann gut schwimmen.«

»Ich bin ertrunken«, sagte Cowley wieder. »Ich ging im Traum unter und bin ertrunken.«

»Unsere Leute sind gleich über dem Kanal da drüben«, beruhigte ihn Noah.

»Die schießen auf uns«, sagte Cowley. »Die schießen einfach auf uns und fragen nicht, ob wir ihre Leute sind oder nicht. Sobald sie uns im Wasser sehen, knallen sie los. Und ich kann nicht schwimmen.«

Noah hätte schreien können vor Wut. Er hätte weglaufen können, von Cowley und von Burnecker, vom Kanal und seinem im Mondschein glitzernden Wasser, von den Maschinengewehr-Leuchtgarben! Einfach weglaufen und in die Nacht hinausschreien!

Das MG knatterte wieder los. Sie schauten alle den leuchtenden Geschoßbahnen über ihren Köpfen nach.

»Der Scheißkerl ist nervös«, sagte Cowley. »Das sieht man an seiner dämlichen Knallerei. Der fragt nicht erst, wer wir sind.«

»Zieht eure Klamotten aus«, sagte Noah und zwang seine Stimme zu äußerster Ruhe. »Alles runter, falls es tief ist.« Er fing an, seine Schuhe aufzuschnüren. Von rechts hörte er, daß auch Burnecker seine Sachen auszog.

»Ich zieh' gar nichts aus«, sagte Cowley. »Ich habe genug.«

»Cowley...« fing Noah wieder an.

»Mit dir rede ich nicht mehr. Ich hab' genug von dir. Ich weiß nicht, für was zum Teufel du dich hältst und was du vorhast, aber ich mache nicht mit.« Seine Stimme klang schrill und hysterisch. »Schon in Florida hab' ich dich für verrückt gehalten, und jetzt bist du noch viel verrückter. Ich kann doch nicht schwimmen...« Jetzt schrie er beinahe.

»Bist du ruhig!« sagte Noah scharf. Wenn es ohne Krach gegangen wäre, hätte er Cowley in diesem Augenblick niedergeschossen.

Cowley sagte nichts mehr. Noah hörte, wie er in der Dunkelheit neben ihm schwer atmete, aber er schwieg.

Ein Kleidungsstück nach dem anderen zog Noah aus, die Gamaschen, die Schuhe, die Bluse, die Hosen und die wollenen Unterhosen. Er zog sein Hemd aus und das wollene Unterhemd mit den langen Ärmeln. Dann zog er das Hemd wieder an und knöpfte es sorgfältig zu, weil er seine Brieftasche mit der Kartenskizzze eingeknöpft hatte.

Die kalte Nachtluft wehte um seine nackten Beine, und er begann zu frieren. Er zitterte in langen wiederkehrenden Wellen.

»Cowley«, flüsterte Noah.

»Geh zum Teufel«, erwiderte Cowley.

»Fertig«, sagte Burnecker. Seine Stimme klang ruhig und fest.

Noah stand auf und ging die Böschung zum Kanal hinunter. Hinter sich hörte er, wie Burnecker ihm folgte. Das Gras fühlte sich sehr kalt und schlüpfrig unter seinen nackten Sohlen an. Er bückte sich und ging rasch. Als er den Rand des Kanals erreicht hatte, zögerte er nicht, sondern glitt ins Wasser. Dabei fürchtete er, daß das Plätschern zu hören war. Er rutschte aus und schluckte einen Mundvoll von dem dreckigen Wasser. Das dicke Salzwasser erstickte ihn beinahe, und er bekam Kopfschmerzen, als es die Nase hochstieg. Während er mit den Füßen Grund zu finden suchte und sich aufrichtete, hielt er sich an der Böschung fest. Sein Kopf war wenigstens über Wasser. Dicht am Ufer, soviel stellte er fest, war der Kanal also eindreiviertel Meter tief.

Er blickte auf. Über ihm war der undeutliche helle Fleck von Burneckers Gesicht, das auf ihn herunterblickte. Dann glitt auch Burnecker neben ihm ins Wasser.

»Halte dich an meiner Schulter fest«, sagte Noah. Er fühlte den harten und ängstlichen Griff von Burneckers Fingern durch die nasse Wolle seines Hemdes.

Jetzt wateten sie langsam durch den Kanal. Der Grund war glitschig, und Noah hatte eine unsinnige Furcht vor Wasserschlangen. Muscheln waren auch da. Noah mußte sich sehr zusammennehmen, nicht vor Schmerz laut zu schreien, wenn er mit dem Fuß auf ihre scharfen Schalen trat. Ruhig und gleichmäßig wateten sie weiter und fühlten mit den Füßen nach Löchern oder plötzlichen Vertiefungen des Kanalbettes. Das Wasser reichte Noah bis zur Schulter. Er spürte die träge Strömung der nahenden Flut vom Meer her. Das Maschinengewehr feuerte wieder. Sie blieben stehen. Aber die Geschosse flogen hoch über ihren Köpfen nach rechts hin. Wahrscheinlich zielte der MG-Schütze in die ungefähre Richtung, wo er die Deutschen vermutete. Schritt um Schritt näherten sie sich dem anderen Ufer. Noah hoffte, daß Cowley sie beobachtete und sich überzeugte, daß es ging, daß man hinüberkam, ohne zu schwimmen... Dann wurde es tiefer. Noah mußte jetzt schwimmen, aber Burnecker, der einen Kopf größer war, hatte Mund und Nase immer noch über Wasser, und er stützte Noah, indem er ihn kräftig unter die Arme faßte. Das gegenüberliegende Ufer rückte näher heran. Es roch nach abgestandenem Wasser, Salzschlick und faulem Schellfisch, ähnlich wie auf den Fischmärkten zu Hause. Während sie sich vorsichtig weitertasteten und sich gegenseitig stützten, spähten sie nach einer Stelle, an der sie geräuschlos und rasch das Ufer erklimmen konnten. Die Böschung vor ihnen war steil und schlüpfrig.

»Nicht hier, nicht hier«, flüsterte Noah.

Sie erreichten das Ufer und lehnten sich dagegen, um auszuruhen.

»Der blöde Cowley«, murmelte Burnecker.

Noah nickte, aber er dachte nicht an Cowley. Er schaute das Ufer hinauf und hinab. Die Flut wurde stärker. Sie hörten das Wasser gurgeln. Noah tippte Burnecker auf die Schulter, und sie wateten vorsichtig in Richtung der Strömung am Ufer entlang weiter. Sie zitterten vor Kälte, und Noah biß die Zähne zusammen, daß sie nicht klapperten. Das ist nun Juni, dachte er. Ein Mondscheinbad an der französischen Küste im schönen Monat Juni... Verdammt, er hatte in seinem Leben noch nie so gefroren. Die Böschung war überall steil und schlüpfrig von Seeschlamm. Nirgends schien ein Hinaufkriechen, ehe es hell wurde, möglich zu sein. Am liebsten hätte Noah leise Burneckers Schulter losgelassen und wäre in die Mitte des Kanals geschwommen, um sich dort treiben zu lassen und in aller Ruhe unterzugehen...

»Hier«, sagte Burnecker leise.

Noah schaute auf. Ein Teil der Uferböschung war abgebröckelt, und es hatten sich Einschnitte gebildet, die zwar roh und mit Schlick überzogen waren, aber kleine runde Steine schauten dunkel aus dem Uferschlamm heraus.

Burnecker bückte sich und hielt seine Hände so, daß Noah darauf treten und sich nach oben schwingen konnte. Eine Sekunde blieb Noah auf der Böschung liegen, keuchend und frierend, dann drehte er sich um und half Burnecker herauf. Ganz in der Nähe begann eine Maschinenpistole zu feuern. Die Geschosse pfiffen dicht an ihnen vorbei. Sie schlitterten und glitten auf ihren nackten Sohlen aus und rannten auf ein etwa dreißig Meter entferntes Gebüsch zu. Jetzt begannen auch andere Waffen zu feuern, und Noah schrie: »Halt, nicht schießen! Halt, nicht schießen! Amerikaner. C-Kompanie. Von der Charley-Kompanie!«

Sie erreichten das Gebüsch und warfen sich hinter ihm in Deckung. Jetzt begannen von jenseits des Kanals die Deutschen auch zu schießen. Es blitzte überall auf, und es schien, als ob die Urheber der neu aufflakkernden Kampftätigkeit in der Hitze des Gefechts vergessen worden wären. Dann, nach fünf Minuten, verstummte das Feuer.

»Ich rufe jetzt«, sagte Noah. »Leg dich flach auf den Boden.«

»Okay«, sagte Burnecker ruhig.

»Nicht schießen«, rief Noah halblaut mit möglichst ruhiger Stimme. »Nicht schießen! Hier sind zwei Amerikaner von der C-Kompanie. C-Kompanie. Nicht schießen.«

Dann schwieg er, und beide preßten ihre Körper dicht an die Erde, horchten und zitterten.

Endlich rief eine Stimme in unverfälschtem Georgia-Dialekt: »Kommt raus da und Hände überm Kopf, und bewegt eure Ärsche hier rüber. Und das 'n bißchen plötzlich, und macht ja keine Dummheiten…«

Noah stieß Burnecker an, und beide standen auf und hoben ihre Arme über den Kopf. Dann gingen sie auf die Stimme aus dem Innersten Georgias zu.

»Jesus Christus am hellen Morgen!« sagte die Stimme, »die haben nicht mehr an als 'n gerupftes Huhn!«

Da wußte Noah, daß sie gerettet waren.

Eine Gestalt tauchte aus einem Erdloch auf und hob das Gewehr. »Hierher, Soldaten«, sagte die Gestalt.

Noah und Burnecker traten mit erhobenen Händen näher.

In dem Schützenloch war noch ein Mann, gebückt, das Gewehr auf Noah und Burnecker gerichtet.

»Was zum Donnerwetter ist mit euch los?« fragte er mißtrauisch.

»Wir sind abgeschnitten worden«, sagte Noah. »C-Kompanie. Sind schon drei Tage unterwegs. Können wir jetzt die Arme runternehmen?«

»Sieh dir die Hundemarken an, Vernon«, sagte der Mann im Schützenloch.

Der Mann mit dem Georgia-Akzent stellte vorsichtig sein Gewehr ab und rief: »Bleibt stehen, und werft mir die Marken rüber!«

»Gib sie runter, Vernon«, sagte der im Loch. »Ich guck' sie mir an.«

»Du kannst doch nichts sehen«, sagte Vernon, »finster wie im Bärenarsch dort unten.«

»Trotzdem, gib sie her«, sagte der Mann im Loch und streckte die Hand aus. Gleich darauf hörte man das Knipsen eines Feuerzeugs. Der Mann hielt die Hand vor die Flamme, so daß Noah kaum einen Lichtschein sehen konnte.

Der Wind nahm zu, und das nasse Wollhemd flatterte klatschend um Noahs durchfrorenen Körper. In dem verzweifelten Versuch, sich warm zu halten, preßte er die Arme an den Körper. Der Mann im Schützenloch ließ sich Zeit beim Prüfen der Hundemarken. Indem er auf Noah deutete, fragte er: »Name?«

Noah nannte seinen Namen.

»Feldpostnummer?«

Noah nannte die Nummer und versuchte, dabei nicht zu stottern, weil seine Kinnladen ganz steif waren.

»Was bedeutet das H hier auf der Marke?« fragte der Mann mißtrauisch.

»Hebräer«, antwortete Noah.

»Hebräer?« fragte der Mann aus Georgia. »Was zum Teufel ist das?«

»Jude«, sagte Noah.

»Warum sagst 'n das nicht gleich?« fragte der Mann aus Georgia.

»Hört mal«, sagte Noah, »wollt ihr uns hier draußen bis zum Kriegsende stehen lassen? Wir frieren uns noch tot.«

»Na, dann kommt rein«, sagte der Mann im Schützenloch. »Macht's euch bequem. In einer Viertelstunde ist es hell, und dann bringe ich euch zum Befehlsstand. Hinter mir ist 'n Graben, da könnt ihr Dekkung nehmen.«

Noah und Burnecker zwängten sich an dem Mann im Loch vorbei. Er warf ihnen ihre Hundemarken zu und schaute sie neugierig an. »Wie war's da drüben?« fragte er.

»Großartig«, erwiderte Noah.

»Mehr Spaß als in der ersten Tanzstunde«, sagte Burnecker.

»Kann ich mir denken«, sagte der Mann aus Georgia.

»Hör zu«, sagte Noah zu Burnecker, »nimm das an dich.« Er gab ihm seine Brieftasche. »Hier steckt ein Foto meiner Frau drin. Auf der Rückseite hab' ich eine Kartenskizze gemacht. Wenn ich in fünfzehn

Minuten nicht wieder da bin, dann gibst du die Karte beim IA ab.«

»Wo gehst du denn hin?« fragte Burnecker.

»Cowley holen«, sagte Noah und war selbst über seine Antwort erstaunt. Er hatte bis zu diesem Augenblick gar nicht daran gedacht, aber irgendwie hatte er sich in den letzten drei Tagen daran gewöhnt, Entscheidungen in letzter Minute zu treffen und für andere die Verantwortung zu übernehmen. Und jetzt, nachdem er gerettet war, ließ ihm der Gedanke keine Ruhe, Cowley da drüben auf der anderen Seite des Kanals hinter einem Busch zu wissen, einsam und verlassen, weil er nicht schwimmen konnte.

»Wo ist dieser Cowley?« fragte der Mann aus Georgia.

»Drüben über'm Kanal«, antwortete Noah.

»Mußt verdammt viel übrighaben für den Herrn Cowley«, meinte der Mann aus Georgia und blickte über den Kanal.

»Klar, bin ganz verrückt nach ihm«, sagte Noah. Im geheimen wünschte er, daß die anderen ihn nicht gehen lassen möchten, aber keiner sagte ein Wort.

»Wie lange, denkst du, wirst du weg sein?« fragte der Mann im Loch.

»Fünfzehn Minuten.«

»Da«, sagte der Mann, »da hast du für fünfzehn Minuten Mut.« Er brachte eine mit Grabenschlamm überzogene Flasche zum Vorschein und reichte sie Noah. Noah zog den Korken heraus und nahm einen tiefen Schluck. Seine Augen tränten, und die Kehle brannte, aber sein Magen wurde warm, als ob er ein Heizkissen aufgelegt hätte. »Was zum Teufel ist das?« fragte er und gab die Flasche zurück.

»Nationalgetränk«, erwiderte der Mann im Loch. »Apfelschnaps, glaube ich. Gut gegen kalte Bäder.« Er reichte Burnecker die Flasche, der langsam und vorsichtig trank.

Dann stellte Burnecker die Flasche hin und sagte zu Noah: »Eigentlich brauchst du dich um Cowley nicht mehr zu kümmern. Dem Scheißkerl schuldest du gar nichts. Ich an deiner Stelle würde nicht gehen. Wenn der Hund es verdient hätte, würde ich mitkommen. Aber er hat es nicht verdient.«

»Wenn ich in fünfzehn Minuten nicht zurück bin«, betonte Noah nochmals und freute sich über Burneckers ruhige, unvoreingenommene Haltung, »nicht wieder da bin, dann gib die Karte beim IA ab.«

»Wird gemacht«, sagte Burnecker.

»Ich geh' hier die Linie entlang und sag' den Kanalheinis, sie sollen dir nicht in'n Arsch schießen, wenn sie dich sehen«, sagte der Mann aus Georgia.

»Danke«, sagte Noah und ging zum Kanal zurück. Sein nasses Hemd schlug ihm um die Beine, und der Alkohol brannte ihm im Magen. An der Uferböschung blieb er stehen. Die Flut kam jetzt stärker herein, und das Wasser klatschte kalt gegen die Böschung. Wenn er jetzt zurückginge, wäre er in einer halben Stunde beim Kompaniegefechtsstand oder vielleicht sogar im Lazarett, in einem Bett mit warmen Dekken, mit etwas Warmem zu trinken und könnte schlafen, tagelang, monatelang... Er hatte seine Schuldigkeit getan, und niemand konnte ihm den Vorwurf der Nachlässigkeit machen. Er hatte sich durchgeschlagen und hatte Burnecker geholfen, sich durchzuschlagen, und er hatte die Karte gezeichnet, und er hatte sich nicht gefangennehmen lassen, als es so leicht war, sich zu ergeben. Er hatte sich eingesetzt und nach Leutnant Greens Befehl den Anschluß an die eigenen Linien gesucht und auch gefunden, und selbst wenn er jetzt Cowley noch fände, könnte der sich immer noch weigern mitzukommen. Der Kanal war jetzt tiefer als vorher, die Flut kam mächtig herein...

Unschlüssig kniete Noah vor dem gurgelnden Wasser. Dann gab er sich einen Ruck und sprang hinein.

So kalt war es vorher doch nicht gewesen. Er fühlte eine Beklemmung in der Brust. Er atmete tief ein und watete schnell, manchmal Grund verlierend, auf die andere Seite zu. Er erreichte das Ufer und arbeitete sich gegen die Strömung am Rand entlang. Er versuchte, sich zu erinnern, wie die Stelle ausgesehen hatte, wo er mit Burnecker abgesprungen war. Er watete langsamer und spürte das kalte Wasser gegen die Brust schlagen. Manchmal hielt er still, um zu lauschen. In der Ferne hörte er ein einzelnes Flugzeug und gelegentliches Flakfeuer, das der letzten heimkehrenden deutschen Maschine nachgeschossen wurde, ehe es ganz hell war. Aber in seiner unmittelbaren Nähe blieb alles still.

Er erreichte eine Stelle, die ihm bekannt vorkam, und mit vieler Mühe klomm er am Ufer empor. Er kroch von der Böschung weg auf ein Gebüsch zu. Drei Meter von diesem Gebüsch entfernt hielt er an und rief leise: »Cowley, Cowley.« Keine Antwort. Irgendwie war Noah sicher, daß sie von hier aus losgegangen waren. Er kroch näher. »Cowley«, rief er lauter. »Cowley...«

Es raschelte in den Büschen, und Cowleys Stimme antwortete: »Laß mich in Ruhe.«

Noah kroch auf die Stimme zu. Cowleys Kopf tauchte wie ein Schatten unter dem dunklen Blattwerk des Gebüsches auf. »Ich will dich holen«, flüsterte Noah. »Komm, los.«

»Laß mich in Ruhe«, wiederholte Cowley.

»Es ist nicht tief«, sagte Noah wütend. »Hol dich der Teufel, es ist nicht tief. Du brauchst gar nicht zu schwimmen.«

»Red keinen Unsinn«, sagte Cowley.

»Wenn ich dir sage! Burnecker ist drüben. Nun komm schon! Sie erwarten uns drüben. Die Posten sind alle gewarnt und passen auf uns auf. Los jetzt, ehe es hell wird.«

»Bist du ganz sicher?« fragte Cowley mißtrauisch.

»Klar bin ich sicher.«

»Zum Teufel damit! Ich geh' hier nicht weg«, sagte Cowley jammernd.

Ohne noch ein Wort zu sagen, drehte sich Noah um und kroch zum Ufer zurück. Dann hörte er auf einmal Rascheln hinter sich und wußte, daß Cowley ihm folgte. Doch unmittelbar am Wasser verlor Cowley wieder den Mut. Noah sagte nichts, sondern ließ sich einfach ins Wasser gleiten. Diesmal schien es gar nicht kalt zu sein. Vielleicht bin ich gefühllos geworden, dachte Noah. Cowley plumpste einfach in den Kanal, und Noah packte ihn, daß er nicht unterging. Er fühlte, wie der Mann unter seiner schweren, mit Wasser vollgesogenen Uniform zitterte.

»Halt dich gut an mir fest«, sagte Noah, »und sei ruhig.«

Sie begannen, durch den Kanal zu waten. Alles schien jetzt sehr schnell zu gehen. Es war bekanntes Gelände, und Noah war beinahe leichtsinnig, wie er weit ausholend dem anderen Ufer zueilte.

»O Mutter«, murmelte Cowley immer wieder vor sich hin, und seine Stimme klang zittrig und schrill, »Mutter, Mutter, Mutter.« Aber er hielt sich dicht bei Noah, und selbst als es tiefer wurde, blieb er keinen Schritt zurück. Als sie das andere Ufer erreicht hatten, blieb Noah nicht stehen. Er wandte sich um und stemmte sich gegen die Strömung auf der Suche nach der heruntergebröckelten Stelle in der Böschung, wo er und Burnecker hinaufgeklettert waren.

Unerwartet schnell fand er sie. »Hier ist es«, sagte er und drehte sich nach Cowley um. »Komm, ich helfe dir.«

»Mutter«, jammerte Cowley, »o Mutter.«

Mit Mühe wuchtete und schob er Cowley die Böschung hinauf. Cowley war schwer und unbeholfen. Ein Stein löste sich und fiel mit lautem Aufklatschen ins Wasser. Aber Cowley hatte ein Knie schon oben auf der Böschung und war gerade dabei, das andere nachzuziehen. Da knatterte eine kurze Gewehrsalve auf.

Cowley richtete sich wie ein Verrückter auf und fuchtelte mit den Armen. Er wollte sich nach vorn werfen, aber er drehte sich und fiel zurück. Dabei traf sein Schuh mit voller Wucht Noahs Kopf. Cowley stieß einen Schrei aus. Dann fiel er klatschend ins Wasser zurück. Er tauchte nicht wieder auf. Noah stand an der Böschung im Wasser und starrte auf die Stelle, wo Cowley verschwunden war. Er machte einen Schritt darauf zu, aber er konnte nichts sehen und fühlte, wie seine Knie zu zittern begannen. Er watete zum Ufer zurück. Dort kroch er langsam und ganz benommen die Böschung hinauf. Er hat es geträumt, daß er ertrinken würde, dachte Noah immer wieder, geträumt, daß er ertrinken würde...

Als er oben auf der Böschung ankam, zitterte er unbändig. Er zitterte immer noch, als Burnecker und der Mann aus Georgia ihn fanden und mit ihm von dem gefährlichen Kanalufer fortrannten.

Eine halbe Stunde später stand Noah in der um drei Nummern zu großen Uniform eines Gefallenen des Kompaniegefechtsstandes vor dem IA. Der IA war ein grauhaariger, rundlicher Oberstleutnant, dessen Gesicht und Bart über und über mit roter Farbe beschmiert waren. Der Oberstleutnant litt an einem Hautausschlag und versuchte ihn neben seinen täglichen Pflichten mit allen möglichen Salben zu heilen.

Der Divisionsgefechtsstand befand sich in einem mit Sandsäcken geschützten Schuppen, und auf dem Lehmboden lagen überall schlafende Soldaten herum. Das Tageslicht reichte noch nicht aus, um zu arbeiten, und der IA mußte eine Kerze zu Hilfe nehmen, um sich Noahs Skizze anzusehen, weil alle Generatoren und die Ausrüstung für elektrische Beleuchtung bei der Landung verlorengegangen waren.

Verschlafen stand Burnecker neben Noah.

»Gut«, sagte der IA und nickte dabei mehrmals mit dem Kopf, »sehr gut, sehr gut.« Aber Noah hörte kaum hin, was er sagte. Er wußte nur, daß ihm traurig zumute war; warum, hätte er nicht sagen können.

»Ausgezeichnet, Jungs«, sagte der Mann mit dem roten Gesicht sehr freundlich und lächelte. »Ihr habt euch eine Auszeichnung verdient. Ich schicke die Skizze sofort zum Artilleriestab hinüber. Schaut heute nachmittag wieder herein, dann kann ich euch sagen, was dabei herausgekommen ist.«

Noah überlegte sich im Halbschlaf, warum der IA eigentlich so ein rotes Gesicht hatte und was er da zusammenquatschte.

»Ich hätte gern das Bild zurück«, sagte er klar und deutlich. »Es sind meine Frau und mein Sohn.«

»Aber selbstverständlich«, antwortete der Mann und lachte. Seine gelben alten Zähne waren von dem rotgefärbten Bart eingerahmt. »Wenn ihr heute nachmittag zurückkommt. Die C-Kompanie wird neu zusammengestellt. Es sind ungefähr vierzig übriggeblieben, ihr zwei inbegriffen. Evans!« rief er einem Mann zu, der schlafend an der Wand lehnte. »Führen Sie die beiden Männer zur C-Kompanie. Keine Angst«, sagte er grinsend zu Noah, »Sie brauchen nicht weit zu gehen.

Ihre Einheit liegt auf der nächsten Wiese.« Dann beugte er sich wieder über die Kartenskizze, nickte und sagte: »Ausgezeichnet.« Evans kam und geleitete Noah und Burnecker durch den Morgennebel zur nächsten Wiese hinüber.

Der erste Mann, dem sie begegneten, war Leutnant Green. Er sah sie kurz an und sagte: »Drüben liegen Decken, rollt euch ein und schlaft euch aus. Fragen stelle ich später.«

Als sie die Decken holten, kamen sie an dem Kompanieschreiber Shields vorbei, der sich aus zwei Verpflegungskisten in einem Graben unter den Bäumen an der Hecke einen kleinen Schreibtisch eingerichtet hatte. »He«, sagte Shields zu Noah, »für dich ist Post da. Die erste Post nach der Landung. Hätt' sie beinahe zurückgehen lassen. Dachte, ihr Burschen seid vermißt.«

Er wühlte in einem Postsack herum und fischte ein paar Briefe heraus. Ein großer Umschlag, auf dem Noah Hopes Handschrift erkannte, war für ihn. Noah nahm ihn und steckte ihn in das Hemd des Gefallenen, das er trug. Dann nahm er sich drei Decken und ging langsam mit Burnecker auf eine Stelle unter einem Baum zu, wo sie die Decken ausbreiteten. Sie ließen sich nieder und zogen die Schuhe aus, die man ihnen gegeben hatte. Noah öffnete den großen Umschlag. Ein kleines Magazin kam zum Vorschein. Verblüfft sah er es an und begann, Hopes Brief zu lesen.

»Liebster«, schrieb sie, »ich will Dir gleich erklären, warum ich das Magazin schicke. Das Gedicht, das Du mir aus England sandtest, schien mir zu gut zu sein, um es für mich allein zu behalten. Ich habe mir daher erlaubt, es an...«

Noah nahm das Magazin in die Hand. Auf dem Umschlag war sein Name verzeichnet. Er schlug es auf und blätterte es langsam durch. Abermals las er seinen Namen und darunter die kleine Strophe.

»Halte fest dein Herz«, las er, »denn nicht für Kriege ist's geschaffen.«

»Du, Burnecker!« rief er.

»Ja?« fragte Burnecker. Er hatte auch versucht, seine Post zu lesen, hatte es aber dann aufgegeben. Er lag auf dem Rücken, in die Decken gehüllt, und starrte zum Himmel hinauf. »Was ist?«

»Du, Burnecker«, sagte Noah, »hier in dem Magazin steht ein Gedicht von mir. Willst du es lesen?«

Es dauerte eine ganze Weile, bis Burnecker sich aufrichtete.

»Natürlich«, sagte er, »gib's her.«

Noah gab ihm das Magazin, die Seite aufgeschlagen, auf der sein Gedicht stand. Gespannt beobachtete er das Gesicht seines Kameraden, während der las. Burnecker las langsam und bewegte die Lippen dabei. Ein- oder zweimal schloß er die Augen, und sein Kopf schwankte hin und her. Aber er las es zu Ende.

»Großartig«, sagte Burnecker und gab Noah das Magazin zurück.

»Meinst du das im Ernst?« fragte Noah.

»Großartiges Gedicht«, sagte Burnecker ernst und nickte zustimmend. Dann legte er sich wieder zurück.

Noah sah immer wieder auf seinen gedruckten Namen, das andere war im Augenblick für seine Augen zu klein gedruckt. Er schob das Magazin in sein Hemd und wickelte sich in die warmen Decken. Gerade als er seine Augen schließen wollte, sah er Rickett. Rickett stand über ihm, glattrasiert und in einer neuen Uniform. »Jeschusch Chrischtusch«, sagte Rickett, weit weg und ganz hoch über ihm, »Jeschusch Chrischtusch, der Jude ist wieder bei unsch.«

Noah schloß die Augen und wußte, daß das, was Rickett soeben gesagt hatte, in seinem künftigen Leben einiges bedeuten würde. Aber im Augenblick war es unwichtig. Schlafen. Schlafen.

29. Kapitel

An der Straßenseite war ein Schild mit der Aufschrift: »Die Nächsten Tausend Meter Liegen Unter Feindlichem Artilleriebeschuß. Fahren Sie Im Abstand Von Fünfundsiebzig Metern.«

Michael blickte Oberst Pavone von der Seite an. Der saß neben ihm auf dem Vordersitz des Jeeps und las einen Kriminalroman, den er in England aufgelesen hatte, während sie auf ihre Einschiffung warteten. Für Michael war Pavone der erste Mann, der es fertigbrachte, in einem fahrenden Jeep zu lesen.

Michael gab Gas, und der Wagen fuhr rasch auf der freien Straße dahin. Rechts war ein zerbombter Flugplatz mit herumstehenden ausgebrannten deutschen Maschinen. In der Ferne geradeaus war eine Rauchwolke, die in unbeweglichen Schichten über den Weizenfeldern in der klaren Sommernachmittagsluft lagerte. Der Jeep glitt rasch über den Asphalt der Straße auf eine Baumgruppe zu, die Deckung bot, und von da über eine kleine Anhöhe, und dann waren die gefährlichen tausend Meter überwunden.

Michael atmete erleichtert auf und fuhr etwas langsamer. Vor ihnen donnerte schweres Geschützfeuer aus der Stadt Caen, die die Engländer am Tage vorher eingenommen hatten. Was eigentlich Oberst Pavone ausgerechnet jetzt in Caen wollte, wußte Michael nicht. In seiner Eigenschaft als Berichtsoffizier hatte er Ausweise, die ihm erlaubten, an der ganzen Front herumzufahren. Mit Michael als Fahrer war er kreuz und quer durch die Normandie gezuckelt, wie ein etwas schläfriger, gutmütiger Ferienreisender, der sich alles ansah, wenn er nicht gerade einen Kriminalschmöker vorhatte, den Soldaten freundlich zulächelte und sich in rasendem Pariserisch mit der Landbevölkerung unterhielt. Dazwischen machte er sich gelegentlich ein paar Notizen. Abends verkroch er sich in einen tiefen Unterstand in der Nähe von Carentan und tippte eigenhändig seine Berichte, die er dann irgendwohin schickte, aber Michael sah sie nie und wußte auch nicht, wo sie hingingen.

»Das ist ein Drecksbuch«, sagte Pavone und warf es auf den Rücksitz des Jeeps. »Man muß schon ein Idiot sein, um an Detektivgeschichten Gefallen zu finden.« Er sah sich um, mit seiner üblichen Clownsgrimasse, und fragte: »Sind wir nahe dran?«

Eine hinter einer Reihe Bauernhäuser in Deckung stehende Batterie eröffnete das Feuer. Der nahe Krach erschütterte die Windschutzscheibe, und Michael empfand in der Magengrube ein kitzelndes Gefühl, das er immer hatte, wenn ein Geschütz in seiner Nähe abgefeuert wurde.

»Nahe genug«, sagte Michael trocken. Pavone lachte meckernd.

»Die ersten hundert Wunden sind die schlimmsten«, sagte er.

Der Scheißkerl, dachte Michael, der bringt's noch soweit, daß ich eines Tages auch 'ne Kugel kriege.

Ein vollbeladener britischer Sanitätswagen auf dem Weg nach hinten fuhr in schnellem Tempo vorbei. Er holperte rücksichtslos auf der zerschossenen Straße. Michael taten die Verwundeten leid, die innen auf ihren Tragbahren hin und her geschüttelt wurden. Auf einer Straßenseite stand ein ausgebrannter britischer Panzer, rauchgeschwärzt und aufgerissen, aus seinem Innern drang Leichengeruch. Jeder Ort, dem man sich näherte, jede eroberte Stadt, die in den Siegesmeldungen der BBC erwähnt und auf den Karten als Eroberung gekennzeichnet wurde, hatte diesen süßlichen, faulen Leichengeruch. Michael hatte den unklaren Wunsch, während er durch seine verstaubte Schutzbrille blinzelte und seine Nase in der stechenden Sonne schmerzte, wieder bei seinem Holzstapel in dem langweiligen Lager in England zu sein.

Sie erreichten den Kamm eines Hügels. Vor ihnen lag die Stadt Caen. Einen ganzen Monat lang hatten sich die Briten vergeblich angestrengt, sie einzunehmen. Doch wenn man Caen im ersten Augenblick sah, fragte man sich, warum ihnen so viel daran gelegen war. Ein paar Mauern standen noch und sehr wenige Häuser. Häuserblock um Häuserblock war von Granaten und Bomben durchpflügt worden, und wohin das Auge reichte, waren nur Ruinen. Tripe à la mode de Caen, erinnerte sich Michael. So hieß es immer auf den Speisekarten französischer Restaurants in New York. Auch die Universität von Caen war ihm ein Begriff. Er hatte mal einen Kurs in mittelalterlicher Geschichte genommen. Jetzt waren schwere britische Minenwerfer zwischen großen Bücherstapeln der Bibliothek dieser Universität aufgefahren, und kanadische Soldaten hockten hinter Maschinengewehren in den Küchen, wo früher die Delikatesse aus dem Pansenmagen der normannischen Kühe zubereitet worden war.

Sie waren jetzt in den Vorstädten angekommen und fuhren im Kreis um die Trümmerhaufen herum. Auf ein Zeichen Pavones brachte Michael den Jeep an der Seite einer langen Klostermauer, die am Straßengraben entlanglief, zum Halten. Einige im Graben liegende Kanadier schauten neugierig zu den Amerikanern hinauf. Wir müßten eigentlich britische Helme tragen, dachte Michael unbehaglich. Unsere verdammten Kochtöpfe müssen den Engländern wie deutsche Stahlhelme vorkommen. Wäre nicht verwunderlich, wenn sie zuerst schießen und dann nach den Papieren sehen würden.

»Na, wie steht's?« fragte Pavone, der aus dem Jeep gesprungen war, um sich mit den Kanadiern zu unterhalten.

»Zum Kotzen«, antwortete einer der Kanadier, ein kleiner, dunkler Mann, der wie ein Italiener aussah. Er stand auf und grinste.

»Fahren Sie in die Stadt, Oberst?«

»Vielleicht.«

»Überall Scharfschützen«, warnte der Kanadier. In diesem Augenblick heulte eine Granate über ihren Köpfen, und der Kanadier duckte sich blitzschnell in den Graben. Michael wollte dasselbe tun, aber er kam nicht schnell genug aus dem Jeep heraus. So begnügte er sich, das Gesicht mit den Händen zu bedecken. Es erfolgte keine Explosion. Blindgänger, dachte Michael dumpf, die tapferen Zwangsarbeiter aus Warschau und Prag, die den Geschoßmantel mit Sand füllten und Zettel mit aufmunternden Worten hineinlegten. »Ein Gruß von den antifaschistischen Arbeitern der Skodawerke.« Oder war das auch bloß eine Zeitungsente? Womöglich explodierte die Granate in genau sechs Stunden, wenn kein Mensch mehr daran dachte.

»Alle drei Minuten«, sagte der Kanadier wütend und stand wieder auf. »Angeblich liegen wir hier in Ruhestellung, aber alle drei gottverdammte Minuten müssen wir uns auf den Bauch werfen. Das nennt das britische Oberkommando Ruhestellung!« Er spuckte aus.

»Sind Minen hier?« fragte Pavone.

»Klar sind hier Minen«, antwortete der Kanadier schlechtgelaunt. »Warum sollten keine Minen hier sein? Was glauben Sie, wo Sie sind? Auf dem Broadway?«

Er hatte einen Akzent, wie man ihn in Brooklyn sprach. »Wo sind Sie her?« fragte Pavone.

»Toronto«, sagte der Kanadier. »Dem nächsten Mann, der mich noch mal aus Toronto rauslotsen will, schlag' ich 'nen Schraubenschlüssel um die Ohren.«

Wieder das Heulen in der Luft. Und wieder gelang es Michael nicht, schnell genug aus dem Wagen zu springen. Die Kanadier waren wie Geister im Graben verschwunden. Pavone lehnte sich an den Jeep. Diesmal explodierte die Granate, aber es mußte hundert Meter entfernt gewesen sein, denn es kamen keine Splitter. Zwei Geschütze auf der anderen Seite der Klostermauer antworteten rasch hintereinander.

Der Kanadier kam aus dem Graben wieder zum Vorschein. »Ruhestellung«, sagte er mit bitterem Spott. »Hätte in die verdammte amerikanische Armee eintreten sollen. Engländer sieht man hier überhaupt keine, nicht wahr?« Böse und mit düsteren Augen schaute er auf die zerschossene Straße und die Häuserruinen. »Bloß Kanadier. Wenn dicke Luft ist, werden die Kanadier vorgeschickt. Nicht ein einziger Engländer ist übers Bordell in Bayeau hinausgekommen.«

»Na, na«, sagte Pavone, über die fantastische Übertreibung grinsend.

»Streiten Sie nicht mit mir herum, Oberst, mit mir nicht«, sagte der Mann aus Toronto laut. »Ich bin viel zu nervös zum Streiten.«

»All right«, lachte Pavone besänftigend und schob den Helm ins Genick. Er wirkte unsoldatisch wie ein Nachttopf über seinen komischen buschigen Augenbrauen. »Ich denke nicht daran zu streiten. Auf Wiedersehen!«

»Wiedersehen. Wenn Sie dann noch leben«, sagte der Kanadier. »Oder wenn ich nicht desertiert bin.«

Pavone winkte dem Kanadier zu, drehte sich zu Michael um und sagte: »Mike, jetzt fahre ich 'n bißchen. Setzen Sie sich nach hinten, und halten Sie die Augen offen.«

Michael kletterte nach hinten und saß hoch auf dem zusammengefalteten Jeepverdeck, so daß er leicht nach allen Seiten schießen konnte. Pavone setzte sich ans Steuer. Sobald es brenzlig wurde, nahm Pavone stets den gefährlicheren Platz ein.

Pavone winkte nochmals dem Kanadier zu, der aber nicht zurückwinkte. Der Jeep fuhr die Straße entlang in die Stadt hinein.

Michael blies den Staub vom Schloß seines Karabiners und entsicherte. Er legte den Karabiner über die Knie und spähte nach vorn, während Pavone langsam die Straße entlangfuhr.

Britische Batterien, die in den Ruinen gut versteckt waren, feuerten in wilden, unaufhörlichen Salven. Pavone mußte in Schlangenwindungen die Trümmerhaufen umfahren, die die Straße sperrten. Michael beobachtete scharf die Fenster der noch unversehrten Häuser. Plötzlich kam es ihm vor, als bestehe Caen aus lauter Fenstern mit heruntergelassenen Jalousien, die wunderbarerweise die Bombenangriffe, die Panzerschlachten und den Artilleriebeschuß der Deutschen und Briten überstanden hatten. Michael fühlte sich nackt und völlig schutzlos hoch oben auf seinem Sitz, als sie so durch die leeren, zerschossenen Straßen fuhren. Hinter jedem Fensterladen konnte ein deutscher Scharfschütze sitzen, der liebkosend über seinen Karabiner mit dem Zielfernrohr strich und nur darauf wartete, daß der dumme offene Jeep nur noch ein bißchen näher kam...

Ich hätte an sich nichts dagegen, zu fallen, sagte sich Michael unglücklich und drehte sich nervös um, weil er glaubte, hinter ihm hätte sich soeben ein Fenster geöffnet. Ich hätte nichts dagegen, in einer Schlacht zu fallen, im Einsatz, wo ich selbst zu kämpfen hätte. Aber so, auf Stadtrundfahrten mit einem idiotischen Zirkusdirektor... Doch im gleichen Augenblick wußte er, daß er sich belog. Er hätte sehr viel dagegen, zu fallen, ganz gleich, unter welchen Umständen. Wer hätte schon etwas von seinem Tod? Der Krieg ging ruhig weiter, langsam und planmäßig, und wenn er fiele, würde das in keiner Hinsicht etwas ändern. Nur seine Person und vielleicht seine Familie würden davon betroffen. Sein Tod hätte keinen Einfluß auf das Geschehen, die Heere würden genau im selben Zeitpunkt des zwanzigsten Jahrhunderts marschieren, die Maschinen und Geschütze sich gegenseitig zerstören, und eines Tages würde die Kapitulation unterzeichnet werden... Übrigbleiben! Das war's. Er erinnerte sich verzweifelt seines Vorsatzes am Holzstapel im Lager: Übrigbleiben.

Ringsum krachten die Geschütze. Man konnte sich die verwickelte Organisation, die dahintersteckte, schwer vorstellen: die Geschützmannschaften am Telefon, die Entfernungen und Einschläge notierten, rechneten, verglichen und an dem komplizierten Mechanismus herumfummelten, der ein Geschützrohr in genau die Lage brachte, die nötig war, sieben Kilometer weit in dieser Minute zu schießen und zehn in der nächsten. Und das alles ging unbeachtet in den Kellern der alten

Stadt Caen vor sich, hinter altersschwachen Gartenmauern und in den Wohnräumen von Franzosen, die einmal Klempner waren oder Packer und jetzt nicht mehr lebten. Wie groß war eigentlich Caen? Wie viele Menschen hatten darin gewohnt? War es wie Buffalo, Jersey City, Pasadena?

Langsam klapperte der Jeep auf der Straße weiter. Pavone schaute sich aufmerksam um, und Michael fühlte sich auf seinem Sitz immer unsicherer. Sie bogen um eine Ecke und gelangten in eine Straße mit dreistöckigen Häusern, die schwer beschädigt waren. Berge von Trümmern stürzten an den Mauern der Häuser herunter, und Männer und Frauen bückten sich geduldig wie Beerenleser, um hier ein Stück Tuch, dort eine Lampe, ein Paar Strümpfe, einen Kochtopf aus dem Ruinenhaufen zu retten. Dieser Schutt war einmal ihr Heim gewesen, und sie achteten nicht der englischen Geschütze, die um sie herum donnerten, nicht der Scharfschützen, nicht der deutschen Geschütze von jenseits des Flusses, die die Stadt mit ihrem Feuer belegten; nichts war ihnen wichtig als der Schutt, der einmal ein eigenes Haus gewesen war und den Besitz geborgen hatte, den sie sich im Laufe eines Lebens erworben hatten.

Auf der Straße standen Karren und Kinderwagen herum. Die Schutträumer beluden sich mit den geborgenen Schätzen und kamen mit Armen voll Hausrat zu den Wagen. Sie packten ihre Habe sorgfältig darauf, und ohne sich um die Amerikaner oder den kanadischen Jeep oder Sanitätswagen zu kümmern, der gerade vorbeifuhr, kehrten sie zurück zu ihrer Maulwurfstätigkeit in den Trümmern und gruben weiter nach irgendwelchen Gegenständen, an denen ihr Herz hing.

Der Jeep fuhr langsam die Straße hinunter.

Sie kamen auf einen großen Platz, der verlassen und öde dalag. An der einen Seite gähnte eine große Lücke, weil die Häuser dort vollkommen dem Erdboden gleichgemacht worden waren. Auf der anderen Seite floß die Orne. Und dahinter lagen, wie Michael wußte, die deutschen Stellungen. Und irgendwo jenseits des Flusses, auch das wußte er, verfolgten Feindesaugen den langsam fahrenden Jeep. Auch Pavone wußte das, aber er beschleunigte sein Tempo nicht. Was zum Donnerwetter beabsichtigt der Hund eigentlich, dachte Michael. Warum fährt er nicht ohne mich spazieren? Aber es fiel kein Schuß, und sie fuhren weiter. Alles schien sehr ruhig zu sein, trotz des ziemlich regelmäßigen Geschützfeuers. Das gleichmäßige Geräusch des Jeepmotors, so vertraut nach den langen Tagen, die sie durch den Staub und an den Konvois vorbei und im Geschoßhagel gefahren waren, wurde vom Ohr kaum mehr wahrgenommen. Michael horchte gespannt auf jedes Rascheln, jedes Quietschen, das Herunterdrücken einer Türklinke, das Knacken eines Gewehrschlosses, auf alle Geräusche um ihn her in den toten und zerstörten Straßen der alten Stadt. Er würde sie wahrnehmen, selbst wenn im gleichen Augenblick ein ganzes Artillerieregiment das Feuer im Umkreis von hundert Metern eröffnen würde.

Pavone fuhr in aller Gemächlichkeit in der Stadt herum und glitt aus dem grellen Sommerlicht in die charakteristischen dunkelroten Schatten französischer Städte, wie Michael sie von den Gemälden Cézannes und Renoirs und Pissarros kannte, lange ehe er französischen Boden betreten hatte. Einmal hielt Pavone an einem Schild, das noch völlig unversehrt zwei Straßen bezeichnete, die es nicht mehr gab. Er fuhr, sich überall aufmerksam umschauend, im Schneckentempo und ziellos umher, und Michael verbrachte seine Zeit damit, abwechselnd auf Pavones gesunden fetten Nacken unter dem Helm und auf die klaffenden grauen Häuserfronten zu starren, aus denen jeden Augenblick der Tod dringen konnte.

Pavone lenkte den Jeep nachdenklich einen Trümmerweg entlang, der einmal die Hauptstraße Caens gewesen war. »Hier war ich einmal übers Wochenende im Jahr 1938«, sagte Pavone zurückblickend. »Mit einem Freund, Filmproduzent. Zwei Mädchen aus einer seiner Filmgesellschaften waren auch dabei.« Bei der Erinnerung daran schüttelte er nachdenklich den Kopf. »Es war ein reizendes Wochenende. Mein Freund, er hieß Jules, fiel gleich Anfang 1940.« Pavone betrachtete die zerschossenen Häuserfronten. »Nicht eine einzige Straße erkenne ich wieder.«

Fantastisch, dachte Michael. Er spielt mit meinem Leben in Erinnerung an ein sechs Jahre zurückliegendes Wochenende mit zwei Fratzen von der Komparserie und einem toten Filmproduzenten.

Sie bogen in eine Straße ein, in der beträchtliche Unruhe herrschte. Neben einer Kirche parkten mehrere Lastwagen, drei oder vier Franzosen mit FFI-Armbinden schritten an einem eisernen Zaun auf und ab, und einige Kanadier halfen verwundeten Zivilisten auf die Lastwagen. Pavone hielt auf einem kleinen Platz vor der Kirche. Auf dem Trottoir häuften sich Berge von alten Kleidersäcken, Waschkörben, Reisetaschen und Marktnetzen, die mit Leinen, Bettlaken und Decken vollgestopft waren, in die man alles mögliche Hausgerät eingewickelt hatte.

Ein junges Mädchen mit einem frischgestärkten hellblauen Kleid fuhr auf einem Fahrrad vorüber. Es war sehr hübsch mit seinem hochgesteckten schwarzblauen Haar, das gut zu dem Blau des Kleides paßte. Michael sah das Mädchen neugierig an. Aber es blickte kalt zurück,

Haß und Verachtung standen ihm deutlich ins Gesicht geschrieben. Sie macht mich verantwortlich, dachte er, für die Bomben, für ihr zerstörtes Haus, für den toten Vater vielleicht und dafür, daß sie von ihrem Geliebten weiß Gott wie lange nichts gehört hat. Das Mädchen flitzte weiter, ihr hüsches Kleid bauschte sich im Wind, an den Sanitätswagen und den granatengezeichneten Steinhaufen vorüber. Michael wäre ihr gerne nachgefahren, um mit ihr zu sprechen und sie zu überzeugen... Überzeugen? Wovon eigentlich? Daß er nicht nur so ein gefühlloser, verschlagener Soldat war, der bloß ein Auge für ihre hübschen Beine hatte, selbst in dieser vom Tode gezeichneten Stadt, sondern daß er ihr Unglück verstand, daß sie ihn nicht vorschnell beurteilen dürfe, nicht aufgrund dieses einen Blicks, sondern Mitleid und Verständnis für ihn haben sollte, so wie sie Mitleid und Verständnis von anderen verlangte...

Das Mädchen war verschwunden.

»Gehen wir hinein«, sagte Pavone.

Nach dem gleißenden Sonnenlicht draußen war das Innere der Kirche sehr dunkel. Michael roch sofort den sonderbaren Geruch. Vermischt mit dem scharfen Duft alter Wachskerzen und dem in vielen Jahrhunderten abgebrannten Weihrauch roch es nach Kuhstall, nach Kranken und alten Leuten, nach Medizin und Tod.

Er blinzelte, blieb an der Tür stehen und lauschte dem Scharren von Kinderfüßen auf den großen Steinfliesen, die jetzt mit Stroh bedeckt waren. Hoch oben über ihren Köpfen hatte eine Granate ein klaffendes Loch gerissen. Das Sonnenlicht strömte von dort herunter wie ein starkes gelbes Scheinwerferlicht, das die fromme Schwermut des Halbdunkels durchbohrte.

Als seine Augen sich an das Dämmerlicht gewöhnt hatten, bemerkte er, daß die Kirche voller Menschen war. Die Einwohner der Stadt, oder zum mindesten diejenigen, die noch nicht geflohen oder umgekommen waren, hatten sich hier versammelt, um im Schutze Gottes auf ihren Abtransport aus der Frontlinie zu warten. Der erste Eindruck, den die Kirche machte, war der eines riesigen Altersheimes. Auf überall herumstehenden Tragbahren ausgestreckt, auf Strohschütten und Decken lagen Dutzende runzeliger, beinahe ausgelöschter, gelbgesichtiger, zerbrechlicher Achtzigjähriger. Sie fuhren sich mit durchsichtigen, mageren Händen über das Gesicht, sie zupften zitternd und schwach an den Zipfeln der schmutzigen Decken und murmelten mit unnatürlichen, tierhaft hohen Stimmchen vor sich hin; sie starrten mit heißen, fast verlöschenden Augen auf die Männer über ihnen; sie benäßten den Boden, weil sie zu alt waren, aufzustehen oder sich noch darum zu kümmern;

sie kratzten an den schmutzigen Verbänden herum, die ihre in diesem Krieg der Jungen erhaltenen Wunden bedeckten; sie starben an Krebs, Tuberkulose, Arterienverkalkung, Nierenentzündung, Brand, Unterernährung, Senilität, und der Gestank ihrer Krankheiten und ihres Alters, verbunden mit der Hilflosigkeit in dieser von Granaten heimgesuchten Kirche, machte Michael schaudern, während er zusah, wie hie und da und dort ein Sonnenstrahl flink über ihre abgehärmten, haßerfüllten Gesichter huschte. Zwischen ihnen, zwischen den Strohschütten und den beschmutzten Decken, zwischen den Krebsfällen und dem alten Mann, der schon seit fünf Jahren bettlägerig war, zwischen den alten Frauen, deren Enkelsöhne bei Sedan und am Tschadsee und in Oran gefallen waren, zwischen diesem Wirrwarr rannten die Kinder herum, spielten, liefen schnell und kreischend hin und her, glitten einen Augenblick in den Sonnenstrahl, der von oben kam, und erinnerten an glitzernde Libellenflügel, die in der nächsten Sekunde in den purpurnen Schatten eines Teiches untertauchten. Ihr glockenreines Gelächter hallte wie flüchtiges Frohlocken über den Köpfen der dem Tode geweihten Alten auf dem Steinboden.

So war der Krieg, dachte Michael, so war der Krieg wirklich. Keine Offiziere, die heiser hinter Kanonen herumschrien, keine Bajonettkämpfe Mann gegen Mann für eine große Sache, keine Heeresberichte oder Beförderungslisten. Nur ganz einfach alte, stinkende, zahnlose, gebrechliche, kranke und geschlechtslose Männer und Frauen mit bleichen Gesichtern, aus den übelriechenden Winkeln der Stadt zusammengetragen und auf Strohschütten gelegt, damit sie sich mit ihrem eigenen Urin benäßten und zwischen den Füßen spielender Kinder starben, während draußen die Geschütze ihre energische Sprache in den Nachmittag brüllten, eine Sprache voll zweifelhafter Behauptungen und ein Echo großmäuliger Schlagworte, die fünftausend Kilometer westlich, über dem Atlantik drüben, wie einwandfreie Wahrheiten geklungen hatten. Hier lagen sie, die ganz Alten, jenseits der Einwirkung aller Schlagworte, stöhnten in ihrer tierhaft wortlosen Altersweise zwischen den tanzenden Füßen der Kinder und warteten auf den barmherzigen Hauptmann vom Nachschub, daß er drei Lastwagen vom Munitionsnachschub ein paar Tage lang auslieh, um sie und ihre Gebrechen, ihr Stöhnen und Sabbern in eine andere Stadt zu transportieren, wo man sie dann vergessen konnte und wo sie wenigstens nicht dauernd die Kampfhandlungen behinderten.

»Nun, Herr Oberst, wie finden Sie das?« fragte Michael.

Über Pavones Gesicht huschte ein feines Lächeln. Er berührte Michael leicht am Arm, als ob er in seinem erfahrenen Alter wohl wüßte, daß Michael sich irgendwie mitschuldig fühlte und er daher für seine ironische Frage nicht zu tadeln sei. »Ich glaube, wir verduften lieber«, meinte er. »Sache der Engländer, sollen die sich den Kopf darüber zerbrechen.«

Zwei Kinder kamen auf Pavone zugelaufen und stellten sich vor ihn hin. Das eine war ein zartes, vielleicht vierjährige Mädchen mit großen scheuen Augen. Es wurde von seinem Bruder an der Hand gehalten, der zwei oder drei Jahre älter sein mochte. Er sah noch scheuer aus.

»Bitte«, sagte das kleine Mädchen auf französisch, »schenken Sie uns doch eine Dose Sardinen.«

»Nein, nein!« sagte der kleine Junge ärgerlich, machte sich frei und schlug sie aufs Händchen. »Keine Sardinen. Nicht von denen da. Die haben Kekse, Sardinen haben die anderen gegeben.«

Pavone grinste Michael an, bückte sich und streichelte das kleine Mädchen, für das der Unterschied zwischen Faschismus und Demokratie lediglich eine Frage von Sardinen oder Keksen war. Die Kleine kämpfte mit den Tränen. *»Mais oui, ma petite«*, sagte er, *»naturellement.«* Er wandte sich an Michael und sagte: »Mike, gehen Sie und holen Sie doch eine K-Ration.«

Michael ging hinaus und war froh über das Sonnenlicht und die frische Luft. Er holte aus dem Jeep eine K-Ration, kam in die Kirche zurück und sah sich nach Pavone um. Während er dastand, die Pappschachtel in der Hand, und seine Augen herumwandern ließ, sprang ein siebenjähriger Junge mit wildem Haarschopf und einem frechen, altklugen Gesicht zu ihm heran und sagte bettelnd und fordernd zugleich: *»Cigarette, cigarette pour Papa?«*

Michael langte in die Tasche. Aber eine untersetzte Frau von ungefähr sechzig Jahren lief rasch auf den Jungen zu und packte ihn an den Schultern. »Nein«, sagte sie zu Michael. »Nein. Geben Sie ihm nichts.« Sie wandte sich mit großmütterlicher Entrüstung an den Jungen und sagte ärgerlich: »Nein! Du bist zu klein zum Rauchen. Du mußt noch wachsen.« In einer der anliegenden Straßen schlug eine Granate ein, so daß Michael die Antwort des Jungen nicht verstehen konnte. Er sah, wie er sich von seiner Großmutter losriß und im Seitenschiff zwischen den alten Frauen und Männern untertauchte.

Die Großmutter schüttelte den Kopf. »Wild sind die Kinder heutzutage«, sagte sie zu Michael, »einfach nicht zu bändigen.« Sie verbeugte sich ernst und ging weiter.

Michael entdeckte den Oberst, der auf dem Boden saß und mit dem kleinen Mädchen und ihrem Bruder redete. Er ging zu ihm hin und konnte sich eines kleinen Lächelns nicht erwehren. Pavone gab der

Kleinen die K-Ration und küßte sie auf die Stirn. Die beiden Kinder zogen sich mit ernsthaften Gesichtern zurück und versteckten sich in einer Nische auf der anderen Seite der Kirche, um ihren Schatz ungestört zu öffnen und sich daran gütlich zu tun. Michael und Pavone verließen dann die Kirche. Am Portal drehte sich Michael noch einmal um und warf einen letzten Blick auf das hohe, übelriechende, lavendelfarbene Innere des Domes. Ein alter Mann in der Nähe des Portals winkte mit seiner welken Hand durch die Luft, aber niemand beachtete ihn. Und weit hinten, unendlich klein und zerbrechlich unter den hohen gotischen Pfeilern, kauerten die beiden Kinder über der Rationsschachtel und knabberten abwechselnd an dem Schokoladenriegel, den sie darin gefunden hatten.

Draußen stiegen sie schweigend in den Jeep. Pavone setzte sich wieder ans Steuer. Neben dem Jeep stand ein stämmiger, etwa sechzigjähriger Franzose in blauer Bluse und abgetragenen weiten Hosen. Er grüßte Michael und Pavone militärisch. Der Oberst dankte dem Mann mit dem struppigen gelblichen Schnurrbart. Er sah ein bißchen wie Clemenceau aus, ein großer, kantiger Schädel unter seiner Arbeitermütze.

Er kam um den Wagen herum zu Pavone und schüttelte ihm die Hand, dann schüttelte er auch Michaels Hand. »Amerikaner«, sagte er in gebrochenem Englisch, »Freiheit, Gleichheit, Brüderlichkeit.«

O Gott, dachte Michael enttäuscht, ein Patriot! Nach seinen Erlebnissen in der Kirche hatte er wenig für Patrioten übrig.

»Ich bin siebenmal in Amerika gewesen«, sagte der alte Mann auf französisch. »Früher habe ich Englisch wie ein Amerikaner gesprochen. Aber ich habe das meiste vergessen.«

In der nächsten Straße explodierte eine Granate, und Michael wünschte, Pavone würde endlich weiterfahren. Aber Pavone beugte sich bequem über das Lenkrad und hörte dem Franzosen zu.

»Ich war Matrose«, erzählte der Franzose, »in der Handelsmarine. Wir waren in New York, Brooklyn, New Orleans, Baltimore, San Francisco, Seattle, North Carolina. Ich kann noch fließend Englisch lesen.«

Er schwankte ein bißchen, während er sprach, und Michael hielt ihn für betrunken. Er hatte ein merkwürdiges ängstliches Flackern in den Augen, und sein Mund zitterte unter dem feuchten herabhängenden Schnurrbart. »Im Ersten Weltkrieg«, fuhr der Franzose fort, »sind wir auf der Höhe von Bordeaux torpediert worden. Sechs Stunden bin ich im Wasser herumgetrieben.« Dabei nickte er beteuernd und wirkte immer betrunkener.

Michael scharrte ungeduldig mit den Füßen, in der Hoffnung, Pavone würde den Wink verstehen. Aber Pavone rührte sich nicht. Er hörte dem Franzosen aufmerksam zu, der den Kühler des Jeeps freundschaftlich beklopfte, als ob er ein schönes Pferd wäre.

»Im letzten Krieg«, sagte der Franzose, »habe ich mich freiwillig zur Handelsmarine gemeldet.« Das kannte Michael alles. Die alte Geschichte, von Franzosen erzählt: Die Schlachten im Jahr 1940, Frankreichs Niederlage, das war der letzte Krieg. Und das hier, von der Invasion ab, mußte dann wohl der dritte Krieg sein, dachte Michael. Ein bißchen zuviel, selbst für Europäer. »Ich sei zu alt, haben sie mir auf dem Büro erklärt«, erzählte der Franzose ärgerlich und streichelte den Kühler des Jeeps. »Man werde mich aufrufen, wenn die Lage ernst würde.« Er lachte höhnisch. »Aber die Lage wurde anscheinend nie ernst genug für die jungen Herren im Büro. Sie haben mich nie geholt.« Er blickte sich um, schaute auf die im Sonnenlicht liegende Kirche, die schäbigen Gepäckstücke davor, auf den herumliegenden Abfall und die zerbombten Häuser. »Aber mein Sohn war in der Kriegsmarine. Er ist in Oran gefallen. Gegen die Engländer. Oran in Afrika. Aber ich trage ihnen nichts nach. Krieg ist Krieg.« Pavone strich mitfühlend über den Arm des Mannes.

»Es war mein einziger Sohn«, fuhr der Franzose ruhig fort. »Als er noch ein kleiner Junge war, habe ich ihm immer von den großen Städten San Francisco und New York erzählt.« Plötzlich streifte er seinen Ärmel hoch. Auf seinem Unterarm war etwas eintätowiert. »Schauen Sie mal«, sagte er. Michael beugte sich vor und sah auf dem alten, kräftigen Arm über den starken Muskeln ein grün tätowiertes Bild vom Woolworth-Gebäude, das sich hoch über rosarote Wolken erhob. »Das Woolworth-Gebäude in New York«, sagte der Ex-Matrose stolz. »Ich war sehr beeindruckt.«

Michael lehnte sich zurück und trommelte mit dem Fuß auf den Boden des Wagens, um Pavone zu bewegen weiterzufahren. Aber Pavone tat nichts dergleichen.

»Eine schöne Wiedergabe«, sagte Pavone anerkennend zu dem Franzosen. Der Mann nickte und rollte seinen Ärmel wieder herunter. »Ich bin glücklich, daß sie endlich gekommen sind«, sagte er. »Die Amerikaner.«

»Danke schön«, sagte Pavone.

»Als die ersten amerikanischen Flugzeuge über uns auftauchten, stand ich auf dem Dach und winkte, obgleich sie Bomben abwarfen. Und jetzt sind sie tatsächlich da. Ich verstehe euch vollkommen«, sagte er taktvoll, »warum es so lange gedauert hat.«

»Danke schön«, sagte Pavone wieder.

»Ein Krieg ist keine Sache von Minuten, gleichgültig, was manche Leute für dummes Zeug reden. Und jeder Krieg dauert länger als der vergangene. Das ist das einfache Einmaleins der Geschichte.« Dabei nickte er bekräftigend. »Ich gebe zu, daß es kein Vergnügen war, so lange zu warten. Sie können sich nicht vorstellen, was es hieß, Tag für Tag unter der deutschen Besatzung zu leben.« Er zog eine alte, abgegriffene lederne Brieftasche hervor und schlug sie auf. »Während der ganzen Besatzungszeit, vom ersten Tag an, habe ich das bei mir getragen.« Er zeigte Pavone und Michael die Brieftasche, und Michael beugte sich vor, um einen Blick hineinzuwerfen. Unter dem gelben Zelluloidumschlag war eine winzige Trikolore, eine kleine französische Flagge, wie man sie früher für einen Sou kaufen konnte. »Wenn sie das bei mir gefunden hätten«, sagte der Franzose und betrachtete zärtlich das Stückchen Tuch, »hätten sie mich umgebracht. Aber ich habe es vier Jahre lang bei mir getragen.«

Er seufzte und steckte die Brieftasche wieder ein.

»Ich bin soeben von der Kampfzone zurückgekommen«, erzählte er. »Jemand sagte mir, daß an der Brücke über dem Fluß, ungefähr zwischen den deutschen und britischen Stellungen, eine alte Frau läge. Geh und sieh nach, ob es deine Frau ist, sagte er.« Er machte eine Pause und schaute zu dem halbzerstörten Kirchturm hinauf. »Es war meine Frau.«

Schweigend stand er da und streichelte den Jeep. Weder Pavone noch Michael sprachen. »Vierzig Jahre«, sagte der Franzose. »Vierzig Jahre waren wir verheiratet. Es ging auf und ab natürlich, wie in jeder Ehe. Wir wohnten drüben, auf der anderen Seite des Flusses. Wahrscheinlich hat sie den Papagei oder ein Huhn vergessen und wollte noch einmal hinüber, um nachzusehen, und die deutschen MG-Schützen haben sie niedergeknallt. Schießen mit Maschinengewehren auf sechzigjährige Frauen. Einfach nicht zu begreifen, diese Deutschen. Sie liegt da drüben, das Kleid ist über die Knie gerutscht, und der Kopf hängt herunter. Die Kanadier haben mir nicht erlaubt, hinüberzugehen und sie zu holen. Ich muß warten, bis die Kampfhandlungen hier vorbei sind, haben sie gesagt. Sie hat ihr Sonntagskleid an.« Jetzt weinte er. Die Tränen liefen ihm in den Schnurrbart, und er schluckte sie. »Vierzig Jahre. Vor einer halben Stunde habe ich sie gesehen.« Weinend holte er seine Brieftasche wieder hervor und küßte die kleine Trikolore unter dem Zelluloidumschlag, leidenschaftlich, wie ein Wahnsinniger. »Trotzdem«, sagte er trotzig, »trotzdem...« Er schüttelte den Kopf und steckte die Brieftasche wieder ein. Noch einmal streichelte er den Jeep und ging dann langsam und verloren die Straße hinunter, an den verbogenen Eisenstützen der Ladenfenster und den Steintrümmern vorbei, ohne zu grüßen oder sich zu verabschieden.

Michael sah ihm nach und fühlte, wie seine Gesichtsmuskeln starr wurden und schmerzten.

Pavone seufzte und drückte auf den Starter. Langsam fuhren sie den Vorstädten zu. Michael beobachtete wieder die Fenster, aber ohne Angst. Er fürchtete sich diesmal nicht vor Scharfschützen.

Als sie an der Klostermauer vorbeikamen, war der Mann aus Toronto nicht mehr da. Pavone gab Gas, und der Wagen raste aus der Stadt hinaus. Es war gut, daß sie an der Klostermauer nicht gehalten hatten, denn sie waren noch nicht dreihundert Meter weit gefahren, als sie hinter sich eine Explosion hörten. Eine dicke Staubwolke lag über der Stelle der Straße, wo sie auf der Herfahrt gehalten hatten.

Pavone schaute sich auch um, und beide sahen sich einen Augenblick an, ohne zu lächeln oder ein Wort zu sagen. Dann fuhr Pavone weiter.

Sie durchfuhren die gefährliche Tausendmeterstrecke, die unter Feindbeschuß lag, aber es geschah nichts. Pavone hielt an und winkte Michael, nach vorn zu kommen und zu fahren.

Als Michael auf den Vordersitz kletterte, schaute er noch einmal zurück. Am Horizont war kein Anzeichen dafür, daß dahinter eine Stadt, zerstört oder unzerstört, lag. Er schaltete den Gang ein und war zufrieden, wieder fahren zu dürfen. Sie fuhren langsam und ohne zu sprechen durch den schönen Sommernachmittag auf die amerikanischen Linien zu.

Ungefähr nach einem halben Kilometer sahen sie Truppen, die ihnen links und rechts der Straße entgegenmarschierten. Gleichzeitig hörten sie eine seltsame Musik. Einen Augenblick später sahen sie, was es war. Ein Bataillon schottischer Kanadier, jeder Zug von einem Dudelsackpfeifer angeführt. Sie marschierten langsam auf einen Feldweg zu, der sich links von der Straße zwischen Weizenfeldern verlor. Hinter ihnen kamen noch mehr Truppen, man sah nur die Köpfe und Waffen über den wogenden Weizenfeldern sich in Richtung auf den Fluß zu bewegen.

Die Dudelsackpfeifen klangen wild und komisch und feierlich in dem offenen, verlassenen Gelände. Michael fuhr sehr langsam auf die herankommenden Truppen zu. Sie marschierten schwerfällig daher und schwitzten dunkle Flecken in ihre Uniformen. Sie waren mit Handgranaten und MG-Munition schwer beladen. Vor dem ersten Zug, unmittelbar hinter dem Dudelsackpfeifer, schritt der Kommandeur, ein großer junger Hauptmann mit gerötetem Gesicht und einem roten, wehenden Schnurrbart. Er trug ein dünnes Stöckchen und schritt stramm vor seinen Leuten her, als wäre die dünne, wilde Musik der Pfeifen ein Parademarsch.

Der Offizier grinste, als er den Jeep sah, und winkte mit dem Stöckchen. Michael sah sich hinter ihm die Soldaten an. Ihre schweißtriefenden Gesichter zeugten von Übermüdung, und keiner lachte. Ihre Uniformen und Ausrüstung waren tadellos und neu. Man sah ihnen an, daß dies ihr erster Einsatz war. Sie marschierten schweigend, schon müde, schon überanstrengt, der Ausdruck ihrer Gesichter war leer und verzerrt, als lauschten sie auf etwas ganz anderes als auf die Dudelsackpfeifen oder den fernen Kanonendonner oder das Schlurfen ihrer müden Schritte auf der Landstraße. Sie schienen nach innen zu horchen, auf etwas, das tief in ihnen ruhte und dessen Stimme nur vernehmbar war, wenn sie mit äußerster Wachsamkeit lauschten.

Aber als der Jeep an dem Offizier vorbeifuhr, lachte der zwanzigjährige Athlet über das ganze Gesicht, entblößte die blendendweißen Zähne unter seinem Schnurrbart und rief mit einer Stimme, die man hundert Meter weit hören konnte, obwohl der Jeep nur zwei Meter neben ihm fuhr: »Herrlicher Tag, nicht?«

»Viel Glück!« sagte Pavone in dem nicht zu lauten, gemäßigten Ton eines Mannes, der aus der Kampffront zurückkommt und seine Stimme in der Gewalt hat. »Viel Glück, Hauptmann, Ihnen allen alles Gute.«

Als Michael erwachte, vernahm er das anschwellende Donnern der Geschütze. Er fühlte sich bedrückt. Es roch feucht und faulig nach dem Graben und dem säuerlichen, staubigen Geruch des Einmannzeltes über seinem Kopf. Er blieb ruhig in der Dunkelheit liegen, zu müde, sich zu bewegen, und warm unter seinen Decken, und lauschte dem näherkommenden Geschützfeuer. Der gewohnte allnächtliche Luftangriff, dachte er, und haßte die Deutschen. Jede gottverfluchte Nacht!

Jetzt war das Flakfeuer ganz nahe, man hörte das tödliche Zischen der Granaten und das dumpfe Aufschlagen der Stahlsplitter auf dem Boden. Michael langte nach hinten und griff seinen Helm und legte ihn auf den Unterleib. Er zog den neben ihm liegenden Kleidersack, der mit Unterhosen und Hemden und Strümpfen vollgestopft war, heran und legte ihn auf sich, auf Brust und Bauch. Dann bedeckte er Kopf und Gesicht mit den Armen und roch die warme Ausdünstung seines Körpers und den Schweißgeruch in den Ärmeln seines wollenen Unterhemdes. So, dachte er, nach den üblichen Schutzvorkehrungen, die er sich in der Normandie angewöhnt hatte, jetzt können sie kommen. Er hatte sich die verschiedenen Körperstellen ausgedacht, die am verletzlichsten und wichtigsten waren, und die waren nun geschützt. Wenn er an den Beinen oder Armen etwas abbekommen sollte, so war das nicht so schlimm. So lag er in der tiefen Finsternis und horchte auf das Krachen und Zischen über seinem Kopf. Er fühlte sich sogar ganz gemütlich und geschützt in dem tiefen Loch, in dem er schlief. Das Innere des Loches hatte er mit dem Segeltuch eines abgestürzten Lastenseglers ausgeschlagen, und als Bodenbelag hatte er ein seidenes Leuchtsignalschild verwendet, das seinem primitiven Erdloch einen Hauch von orientalischem Luxus verlieh.

Wie spät es wohl sein mochte? Aber er war zu müde, seine Taschenlampe herauszukramen und nach der Uhr zu sehen. Von drei bis vier Uhr morgens hatte er Wache. Ob es sich überhaupt noch lohnte, wieder einzuschlafen?

Der Luftangriff ging weiter. Die Maschinen müssen sehr tief fliegen, dachte er, sie schießen mit MGs nach ihnen. Er horchte auf das Maschinengewehrfeuer und das Donnern der Motoren in der Luft. Wie viele Luftangriffe hatte er nun schon mitgemacht? Zwanzig? Dreißig? Die Luftwaffe hatte dreißigmal versucht, ihn zu töten, auf eine unpersönliche, nebensächliche Art. Aber es war ihr bis jetzt nicht gelungen.

Wie wär's, wenn man einen anständigen Heimatschuß abbekäme? So ein nettes, nicht zu großes Loch im Oberschenkel, dazu eine hübsche Fraktur des Hüftknochens. Er sah sich schon den Bahnsteig des Grand Central in New York entlanghumpeln, wohl ausgestattet mit Verwundetenabzeichen, Krücken und Entlassungspapieren.

Michael regte sich ein bißchen unter seinen Decken, und der Kleidersack rollte weich auf seine Brust. Es war eine warme, beinahe menschliche Berührung, wie wenn er ein Mädchen auf sich liegen hätte. Plötzlich hatte er eine unbändige Lust nach einem Mädchen. Er stellte sich die Mädchen vor, die er schon gehabt hatte, und die Orte, wo er mit ihnen zusammengewesen war. Sein erstes Mädchen war Louise gewesen. Sie war erst sechzehn damals, aber sie wußte genau, was sie wollte. An einem Sonnabendabend, ihre Eltern waren aus, Bridgespielen, drei Häuserblocks weiter. Ihre Schulbücher auf dem Nachttischchen neben dem Bett und immer das ängstliche Ohrenspitzen, ob sich der Schlüssel in der Wohnungstür drehte. Andere Mädchen, die auch Louise hießen. Komisch, er hatte eigentlich eine ganze Menge namens Louise gekannt. Die kleine Edelkomparsin bei Warner Brothers in Hollywood, die mit noch drei Mädchen im Valley gewohnt hatte; die Kassiererin in dem Restaurant in der 60. Straße in New York; Luise in London, bei den Luftangriffen, mit dem elektrischen Heizkörper, der einen so warmen roten Schein ins Zimmer warf. Er lag da und liebte sie alle, all die Louisen und Marys und Margrets und bewegte sich unruhig unter seinen Decken auf dem harten Erdboden, wenn er daran dachte, wie sie gelacht hatten und wie glatt die Haut ihrer Schultern und Beine war und was sie gesagt hatten, wenn er sie umarmte.

Dann dachte er an alle die Mädchen, die er hätte haben können und aus irgendeinem Grunde nicht besessen hatte. Helen, vor zehn Jahren, groß und blond, die im Restaurant ihr Knie an das seine gedrängt und ihm bedeutungsvoll zugeflüstert hatte, während ihr Mann sich rasch eine Zigarre holen ging. Aber ihr Mann war Michaels bester Freund auf der Universität gewesen, und Michael hatte sich, teils entrüstet, teils edel verzichtend, zurückgezogen. Er stellte sich den großen, vollschlanken Körper der Frau seines Freundes vor und wand sich in der Dunkelheit vor Begierde. Florence, die mit einem Empfehlungsbrief seiner Mutter zu ihm gekommen war, weil sie zum Theater wollte. Michael entdeckte, daß sie noch eine Jungfrau war, und war der sentimentalen Meinung, es sei nicht recht, ein Mädchen zu entjungfern, das man nicht liebte und nie lieben würde. Er dachte an das überschlanke, noch ungelenke Geschöpf aus seiner Heimatstadt und räkelte sich bekümmert unter seinem Kleidersack.

Dann die Tänzerin, die mit dem Pianisten verheiratet war. Auf der Party in der 23. Straße. Sie hatte so getan, als ob sie betrunken wäre, und sich auf seinen Schoß fallen lassen. Aber Michael war damals gerade mit einer kleinen Lehrerin aus La Rochelle beschäftigt, und es wurde nichts daraus. Und das Mädchen aus Louisiana mit ihren drei Brüdern, einer riesiger als der andere. Er hatte ganz einfach Angst vor ihnen. Und die Frau, die sich mit offener Aufforderung im Blick nach ihm umgedreht hatte, auf der 11. Straße, an einem Winterabend in Greenwich Village draußen. Und die junge Schwester mit den breiten Hüften in Halifax, als er seinen Bruder im Krankenhaus besuchte, der sich das Bein gebrochen hatte. Und...

Voll Reue dachte Michael an all das glatte, angebotene und verschmähte Fleisch, knirschte mit den Zähnen unter seinem nassen Zelttuch und trauerte den vergangenen Zeiten nach, wo er zu wählerisch war, zu nehmen, was man ihm geben wollte. Du blöder, o du blöder, eingebildeter Scheißkerl! dachte er.

Und dann kamen die Mädchen, mit denen er *wirklich* ins Bett gegangen war, um sie dann zu vernachlässigen – Katherine, Rachel, Faith, Elisabeth. All die schönen Stunden leichtsinnigen Vergnügens, die nie wiederkehrten. Er stöhnte voll Reue und packte den Kleidersack mit einem wütenden, wilden Griff.

Aber schließlich, sagte er sich, waren da doch ein paar, die er nicht verschmäht hatte. Ja, wenn man die Sache so ansah, müßte man sich eigentlich schämen, daß es so viele gegeben hatte. Aber er war froh, daß er sich damals nicht geschämt hatte oder abhalten ließ.

Auf jeden Fall, wenn er lebend aus dem Krieg zurückkehren sollte, würde er seinen Lebenswandel ändern. Diese Episode seines Lebens war endgültig vorbei. Jetzt wollte er ein geordnetes, anständiges, treues und nutzbringendes Leben haben. Margret. Er hatte lange und bewußt vermieden, an Margret zu denken. Aber jetzt, in diesem feuchten, dumpfen Loch, mit den klirrenden Granatsplittern draußen, mußte er einfach an sie denken. Morgen, beschloß er, werde ich ihr schreiben. Es ist vollkommen Wurscht, was sie augenblicklich macht. Wenn ich zurückkomme, müssen wir heiraten. Er redete sich ohne Schwierigkeit ein, daß Margret ihn immer noch liebe und heiraten würde. Sie würden sich eine schöne, sonnige Wohnung in der Unterstadt nehmen, sie würden Kinder haben, er würde viel arbeiten und endlich aufhören, sein Leben zu vergeuden. Vielleicht würde er sogar vom Theater weggehen. Wahrscheinlich würde er es im Theater sowieso nicht so verdammt weit bringen, wenn er's bis jetzt noch nicht geschafft hatte. Wie wär's mit Politik? Vielleicht lag ihm das? Man könnte endlich etwas Nützliches tun, nützlich für sich selbst und für die armen Teufel, die heute abend an allen Fronten verreckten, für die alten Frauen und Männer auf den Strohschütten auf dem Kirchenboden in Caen, für den verzweifelten Kanadier, den schnurrbärtigen Hauptmann hinter dem Dudelsackpfeifer, der ihnen zugebrüllt hatte: »Herrlicher Tag, nicht?« Und für das kleine Mädchen, das um eine Dose Sardinen bat... Vielleicht gab es so etwas wie eine Welt, deren Hauptfaktor nicht der Tod war, in der man nicht zwischen unabsehbaren Friedhöfen dahinvegetierte, eine Welt, die letzten Endes nicht vom Hauptfeldwebel regiert wurde.

Aber wenn man erwartete, daß die Leute später auf einen hörten, so mußte man sich dieses Vorrecht auch verdienen. Man konnte den Krieg nicht einfach als Chauffeur des Oberst Pavone mitmachen. Nur die Männer, die in der vordersten Front alle Schrecknisse des Krieges durchgemacht hatten, hatten ein Wort mitzureden. Denn sie hatten für ihre Erfahrungen bezahlt. Sie waren ihr bitteres, unwiderrufliches Eigentum...

Muß Pavone morgen um Versetzung bitten, dachte Michael schläfrig. Und muß Margret schreiben, muß sie vorbereiten...

Draußen hörte das Flakfeuer auf, und die Flugzeuge entfernten sich in Richtung der deutschen Linien. Michael schob den Kleidersack beiseite und nahm den Helm vom Unterleib. O Gott, dachte er, o Gott, wie lange wird es noch dauern?

Der Posten, den er ablösen sollte, steckte den Kopf zum Zelt herein und zupfte ihn am großen Zeh.

»Aufstehen, Whitacre«, sagte der Posten. »Du bist dran.«

»Okay, okay«, antwortete Michael und wickelte sich aus den Dekken. Er fror und zog, so rasch er konnte, die Schuhe an. Dann schlüpfte er in seine Feldbluse, nahm den Karabiner und trat, jämmerlich frierend, in die Nacht hinaus. Der Himmel hatte sich bewölkt, und es nieselte. Er ging noch einmal ins Zelt zurück und holte seinen Regenmantel. Dann löste er den Posten ab, der beim Jeep stand und sich mit einem anderen Soldaten unterhielt. »Los, hau ab und leg dich aufs Ohr«, sagte er.

Er lehnte sich an den Jeep, neben den anderen Posten, zitterte und spürte den feinen Regen über das Gesicht in den Kragen rinnen. Er starrte in die nasse, kalte Dunkelheit hinaus und konnte sich von der Erinnerung an all die Frauen nicht losreißen, an die er während des soeben beendeten Luftangriffs gedacht hatte. Vor allem Margret. Er versuchte, sich den Brief zu überlegen, den er ihr schreiben wollte. Er mußte voll Zärtlichkeit und Innigkeit sein, mußte alle Liebe und Treue enthalten, die er für sie empfand, so daß sie einsehen würde, wie nötig sie sich beide hatten, und auf ihn warten würde, wenn er nach dem Krieg in das hastige, wirre Leben in Amerika zurückkehrte.

»He, Whitacre«, fragte der zweite Posten, Leroy Keane, der schon eine Stunde Wache gestanden hatte, »hast du was zu trinken?«

»Nein«, antwortete Michael, »leider nicht.« Er mochte den streitsüchtigen Schnorrer Keane nicht, der außerdem den Ruf hatte, seinen Kameraden Pech zu bringen. Das erstemal, als sie das Lager in der Normandie verließen, war sein Jeep beschossen worden und ein Mann getötet und zwei verwundet worden. Ihm selbst war nichts geschehen. Michael ging ein bißchen auf die Seite.

»Vielleicht hast du 'n Aspirin«, fragte Keane weiter. »Ich habe tolle Kopfschmerzen.«

»Augenblick«, sagte Michael, ging in sein Zelt zurück und brachte eine kleine Schachtel Aspirin. Er gab Keane das Schächtelchen. Der nahm sechs Stück in den Mund und schluckte sie. Michael sah zu und fühlte, wie sich ihm der Mund zusammenzog.

»Schluckst du die Dinger ohne Wasser?« fragte er.

»Wozu Wasser?« sagte Keane. Er war ein großer, starkknochiger Mann, dessen älterer Bruder im letzten Krieg die Kongreß-Ehrenmedaille bekommen hatte. Keane versuchte, der Familienglorie gerecht zu werden, indem er sich immer recht kriegerisch gab.

Er gab Michael das Aspirinschächtelchen zurück. »Saumäßige Kopfschmerzen«, sagte er. »Kommt von der Verstopfung. Seit fünf Tagen war ich nicht auf der Latrine.«

Seit Fort Dix habe ich diesen Ausdruck nicht mehr gehört, dachte Michael. Er ging langsam an der Reihe der Einmannzelte entlang, die am Rande des Feldes errichtet waren, und hoffte, Keane würde ihm nicht folgen. Aber schon hörte er Keanes Stiefel neben sich im Gras stapfen und wußte, daß es kein Entrinnen gab.

»Früher war meine Verdauung tadellos«, sagte Keane betrübt. »Bis ich geheiratet habe.«

Schweigend gingen sie bis zum Ende der Zeltreihe, wo die Offizierslatrine war, drehten sich um und schritten wieder zurück.

»Meine Frau hat mich auf dem Gewissen«, sagte Keane. »Fing gleich damit an, daß sie sofort drei Kinder haben wollte. Man sollte nicht glauben, daß 'ne Frau, die einen Haufen Kinder haben will, ohne jedes Temperament ist. Aber meine hat keinen Funken davon. Sie kann's nicht ausstehen, wenn ich sie nur anrühre. Sechs Wochen nach der Hochzeit hatte ich meine Verstopfung weg. Seitdem quäle ich mich damit herum. Bist du verheiratet, Whitacre?«

»Geschieden.«

»Wenn ich mir's leisten könnte, würde ich mich auch scheiden lassen«, meinte Keane. »Sie hat mich ruiniert. Ich wollte Schriftsteller werden. Kennst du Schriftsteller?«

»'n paar.«

»Aber mit drei Kindern auf'm Hals kann man nicht schreiben, das ist sicher.« Keanes Stimme klang bitter in der Dunkelheit. »Von Anfang an hat sie mich eingesperrt. Du kannst dir nicht vorstellen, was sie für ein Theater machte, als der Krieg anfing und ich mich melden wollte. Ein Mann aus einer Soldatenfamilie wie der meinen. Hab' ich dir schon mal erzählt, wie mein Bruder seine Auszeichnung bekam?«

»Ja«, sagte Michael.

»Hat elf Deutsche an einem einzigen Vormittag umgelegt. Elf Deutsche«, wiederholte Keane mit Stolz und Verwunderung in der Stimme. »Ich wollte mich zu den Fallschirmjägern melden, aber meine Frau bekam einen Schreikrampf. Paßt alles zusammen: kein Temperament und keine Achtung, dafür aber Angst und Hysterie. Und Pavone kann mich nicht leiden. Er nimmt mich nie auf seine Frontfahrten mit. Du warst heute im Kampfgebiet, nicht?«

»Ja.«

»Weißt du, was ich heute gemacht habe?« fragte der Bruder des Ordensritters bitter. »Ich habe den ganzen Tag Listen getippt, in fünffacher Ausfertigung. Beförderungen, Krankenberichte, Soldauszahlungen. Ich bin wirklich froh, daß mein Bruder das nicht mehr erlebt.«

Langsam gingen sie im Regen weiter. Das Wasser tropfte von ihren Helmen, und sie hielten die Gewehrläufe nach unten, damit das Wasser nicht eindringen konnte.

Keane fuhr fort: »Weißt du was – als es vor einigen Wochen schien, als ob die Deutschen hier durchbrechen würden und davon die Rede war, daß wir eine neue Verteidigungsstellung ausbauen müßten, habe ich gebetet, daß den Deutschen der Durchbruch gelingen möge. Jawohl, ich gebe offen zu, ich habe gebetet. Dann hätten wir endlich kämpfen müssen.«

»Du bist ein gottverdammter Idiot«, sagte Michael.

»Aber ich könnte ein guter Soldat sein«, sagte Keane mit rauher Stimme und rülpste. »Sehr gut, das weiß ich. Sieh dir meinen Bruder an. Wir waren uns sehr ähnlich, wenn er auch zwanzig Jahre älter war als ich. Und Pavone weiß das auch. Deshalb macht es ihm auch so 'ne teuflische Freude, mich an die Schreibmaschine zu setzen und andere an die Front mitzunehmen.«

»Geschähe dir verdammt recht, wenn du 'ne Kugel in den Hintern kriegtest«, sagte Michael.

»Wäre mir Wurscht«, sagte Keane. »Wär mir scheißegal. Wenn ich fallen sollte, braucht mir niemand 'ne Träne nachzuweinen.«

Michael versuchte, in Keanes Gesicht zu lesen, aber es war zu dunkel. Eine Welle von Mitleid mit diesem verstopften Bruder eines Helden und Gatten einer frigiden Frau kam über ihn.

»Ich hätte mich zum Offizierskurs melden sollen«, fuhr Keane fort. »Ich wäre ein sehr guter Offizier geworden. Hätte eine eigene Kompanie und bestimmt auch schon den Silberstern...« So brummelte er weiter, nörglerisch und krächzend, während sie nebeneinander unter den tropfenden Bäumen weiterschritten. »Ich kenne mich doch. Ich wäre ein tapferer Offizier geworden.«

Michael mußte lächeln. Im Krieg selbst, an der Front, hörte man das Wort *tapfer* nie. Immer nur in offiziellen Berichten und Festreden. Das Wort *tapfer* paßte für diesen Krieg nicht mehr, und nur ein Mann wie Keane konnte es mit solch warmer, gläubiger Betonung benutzen, weil er immer noch glaubte, daß die Wirklichkeit dahintersteckte.

»Jawohl, tapfer«, wiederholte Keane fest. »Meiner Frau würd' ich's zeigen. Ich würde nach London zurückfahren mit allen Auszeichnungen auf der Brust und durch die Straßen spazieren, und ich garantiere dir, an jeder Hand hätt' ich zehn Weiber. Ich hatte nie Glück mit ihnen, weil ich bloß Pfc war.«

Michael grinste und dachte an alle die Pfcs, die bei den englischen

Frauen so erstaunlich viel Erfolg gehabt hatten. Keane könnte sämtliche Auszeichnungen und Medaillen der Welt auf der Brust tragen und würde doch nur frigide Frauen finden, in der Bar und im Bett.

»Meine Frau wußte das genau«, klagte Keane weiter, »deshalb hat sie mir ausgeredet, Offizier zu werden. Sie war sich darüber von Anfang an im klaren, und als ich's allmählich auch merkte, war es zu spät. Da war ich schon in Übersee.«

Langsam hatte Michael seinen Spaß an dem Geschwätz, und er empfand so etwas wie eine grausame Dankbarkeit für den Mann neben ihm, daß er ihn von seinen eigenen Sorgen ablenkte.

»Wie sieht deine Frau aus?« fragte er hinterhältig.

»Ich zeig' dir morgen früh ihr Bild, hübsch«, sagte Keane. »Gut gebaut. Sieht wie die liebevollste Ehefrau der Welt aus, immer lächelnd und lebhaft, wenn andere dabeisind. Aber kaum ist die Tür zu, kaum sind wir allein, ist sie kalt wie ein Eisblock. Sie führen einen hinters Licht«, klagte Keane in der Nässe und Dunkelheit weiter, »sie führen dich hinters Licht, ehe du weißt, wo du bist... Außerdem«, fuhr er grollend fort, »außerdem nimmt sie mir mein ganzes Geld weg. Deswegen ist es hier so scheußlich. Ich sitze den ganzen Tag rum und denke an alles, was sie mir angetan hat. Im Einsatz könnte ich's vergessen, da hätt' ich Wichtigeres zu tun. Aber so. Paß auf, Whitacre«, sagte er leidenschaftlich, »du könntest mir einen Gefallen tun. Du stehst doch gut mit Pavone, dich mag er. Leg 'n Wort für mich bei ihm ein...«

»Was soll ich ihm sagen?«

»Entweder soll er mich in die Infanterie versetzen lassen«, sagte Keane, und Michael dachte: der auch und aus was für Gründen! »Oder er soll mich auf seinen Frontfahrten mitnehmen. Ich bin der richtige Mann für ihn. Ich habe keine Angst vor 'ner Kugel, meine Nerven sind von Stahl. Als der Jeep damals Feuer kriegte und die anderen getroffen wurden, habe ich ruhig wie im Kino zugesehen. So einen Mann braucht Pavone...«

Noch gar nicht so sicher, dachte Michael.

»Willst du mit ihm reden?« bat Keane. »Wirklich? Wenn ich nämlich selber davon anfange, sagt er jedesmal: Keane, sind die Listen schon abgeschrieben? Und dann lacht er mich aus. Es macht ihm einen Mordsspaß, daß ich, der Bruder von Gordon Keane, hier in der Etappe sitzen und Listen tippen muß. Whitacre, du mußt mit ihm reden! Sonst geht der Krieg zu Ende, und ich habe nicht einen einzigen Einsatz mitgemacht.«

»Okay«, sagte Michael. »Ich sprech' mit ihm.« Und dann, hart und grausam, denn Keane war einer von denen, die Grausamkeit geradezu herausforderten: »Aber eins sage ich dir, mein Lieber, wenn du je mal in vorderster Front eingesetzt wirst, möchte ich nicht in deiner Nähe sein.«

»Danke, mein Junge, dank' dir vielmals«, sagte Keane herzlich. »Großartig von dir, daß du bei Pavone ein Wort für mich einlegen willst. Das werd' ich dir nie vergessen, solange ich lebe!«

Michael ging rascher, und Keane schien den Wink zu verstehen und versuchte nicht, ihn einzuholen. Aber kurz vor seiner Ablösung kam er noch mal zu Michael her und sagte nachdenklich, als ob es ihn schon lange beschäftigt hätte: »Ich glaube, ich melde mich morgen krank und nehme 'ne anständige Dosis Epsom-Salz. Einmal richtigen Stuhlgang, und ich bin ein anderer Mann.«

»Meine herzlichsten Glückwünsche«, sagte Michael todernst.

»Und du vergißt nicht, mit Pavone zu sprechen, nein?«

»Ganz gewiß nicht. Ich werde ihm sogar vorschlagen«, meinte Michael, »daß man dich mit dem Fallschirm über Rommels Hauptquartier abspringen läßt.«

»Dir mag mein Wunsch komisch vorkommen«, sagte Keane ein bißchen beleidigt, »aber wenn man aus einer Familie stammt wie der meinen, mit so einem Vorbild...«

»Ich red' schon mit Pavone«, sagte Michael. »Und jetzt weck Stellevato und leg dich aufs Ohr. Wir sprechen uns morgen früh.«

»Es war eine große Erleichterung, sich mal aussprechen zu können. Danke, Junge«, sagte Keane.

Michael sah den Bruder des mit der Ehrenmedaille ausgezeichneten Helden schwerfällig auf das Zelt am Ende der Reihe zugehen, in dem Stellevato schlief.

Stellevato war ein kleiner, zarter Italiener, neunzehn Jahre alt, mit einem weichen, dunklen Gesicht wie ein Plüschsofakissen. Er kam aus Boston, wo er Eisverkäufer war, und sprach ein Kauderwelsch voll klangvoller italienischer Vokale und dem harten langen a, wie es in dem Straßengewirr um den Charles River herum üblich ist. Wenn er Wache hatte, stellte er sich auf einen Fleck, lehnte sich an einen Jeepkühler und rührte sich nicht von der Stelle. Drüben in den Staaten war er in der Infanterie gewesen und hatte eine derartige Abneigung gegen jede Art Laufen entwickelt, daß er jetzt sogar in seinen Jeep kletterte, um die fünfzig Meter zur Latrine zu fahren. Als sie in England lagen, hatte er einen zähen und schlauen Kampf mit dem gesamten Sanitätskorps geführt, um den Stabsarzt zu überzeugen, daß er Plattfüße habe und für den Infanteriedienst untauglich sei. Es war für ihn der größte Triumph in diesem Krieg, etwas, das er seit Pearl Harbor nie vergessen würde, daß er endlich gesiegt hatte und Pavone als Fahrer zugeteilt worden war. Michael mochte ihn sehr, und wenn sie zusammen Wache hatten, lehnten sie sich beide gegen einen Jeep, rauchten unzählige Zigaretten und tauschten alte Erinnerungen aus. Michael suchte in seinem Gedächtnis nach den Namen von Filmstars, die er schon getroffen hatte und die Stellevato inbrünstig bewunderte, und Stellevato beschrieb bis ins einzelne das Eis- und Kohlengeschäft in Boston und das Leben seiner Familie – Vater, Mutter und drei Söhne – in ihrer Wohnung in Salem Street.

»Ich hab' geträumt«, sagte Stellevato, in seinen Regenmantel geduckt, an dem alle Knöpfe fehlten, eine unförmige, unsoldatische Gestalt mit nachlässig übergehängtem Gewehr. »Ein Traum von daheim, aber da muß der Scheißkerl Keane kommen und mich wecken. Der Keane«, sagte er wütend, »mit dem stimmt was nicht. Kommt ins Zelt und haut mir übers Schienbein wie 'n Polizeibulle, wenn er 'n Penner von der Bank im Park jagt, und brüllt, daß die ganze Armee aufwacht: Wach auf, Junge, 's regnet draußen, du mußt jetzt auf und ab laufen, los, los, wach auf, und lauf im eiskalten Regen rum!« Stellevato schüttelte verständnislos den Kopf. »Mir braucht er das doch nicht zu sagen. Ich seh' allein, daß es regnet. Aber der Kerl hat Spaß daran, andere Leute zu erschrecken. Und dann der Traum da, den ich gehabt hab'. Ich wollt nicht mitten drin aufgeweckt werden...« Seine Stimme wurde leise und grüblerisch. »Ich sitz' auf dem Lastwagen mit meinem Alten. Ist ein sonniger Tag im Sommer, und mein Alter sitzt neben mir, ist 'n bißchen eingenickt und raucht eine von den krummen schwarzen Zigarren, Italo-Balbo-Zigarren, vielleicht kennst du sie?«

»Ja«, erwiderte Michael. »Fünf für zehn Cents.«

»Italo Balbo«, sagte Stellevato. »Das ist der, der von Italien nach Brasilien geflogen ist. Er war lange Zeit ein großer Held bei den Italienern, und sie haben 'ne Zigarre nach ihm benannt.«

»Ja, ich weiß. Ist in Afrika abgeschossen worden.«

»Wirklich? Das müßt' ich eigentlich meinem Alten schreiben. Er kann nicht lesen, aber meine Kleine, Angelina, kommt immer rüber und liest ihm und meiner Mutter die Briefe vor. Also, er raucht gerade so eine Zigarre«, und Stellevatos Stimme spann sich immer mehr in seinen Traum von dem Bostoner Sommertag ein, »und wir fahren langsam, weil wir vor jedem zweiten Haus halten müssen, und er wacht plötzlich auf und sagt: Nikki, nimm für fünfundzwanzig Cents zur Mrs. Schwartz rauf, aber sag ihr, sie muß bar bezahlen. Ich konnt' seine Stimme so deutlich hören, als säße ich heute wieder auf'm Wagen am Steuer«, murmelte Stellevato. »Ich also runter vom Wagen und das Eis genommen und die Treppen zu Mrs. Schwartz rauf. Und mein Alter schreit mir noch nach: Nikki, komm gleich wieder zurück und bleib mir nicht da droben bei der Mrs. Schwartz. So Sachen hat er mir immer nachgeschrien, und dann ist er eingeschlafen und hat keine Ahnung gehabt, ob ich bloß am Morgen oder bis zum Abend dageblieben bin. Mrs. Schwartz macht die Tür auf, wir hatten alle Sorten Kundschaft in der Gegend, Italiener, Iren, Polacken, Juden, und ich war bei allen beliebt. Kannst dir nicht vorstellen, was ich so an einem Tag an Whisky und Kuchen und Nudelsuppe von den Kunden gekriegt hab'. Also, Mrs. Schwartz macht die Tür auf, 'ne rassige dicke Blonde, und sie streichelt mich und sagt: Nikki, 's so heiß heute, bleib 'n bißchen, kriegst auch 'n Glas Bier. Aber ich sage: Mein Vater wartet unten im Wagen, und er schläft heut nicht. Da sagt sie: Komm um vier wieder zurück, und gibt mir die fünfundzwanzig Cents, und ich bin wieder runter, und mein Vater sah bös aus und sagt: Nikki, du mußt dich schon entscheiden, ob du 'n Geschäftsmann sein willst oder 'n Zuchtbulle. Aber dann lacht er und sagt: Na, du hast ja die fünfundzwanzig Cents, dann ist's in Ordnung. Dann sind irgendwie alle im Wagen gewesen, die ganze Familie, wie am Sonntag, und mein Mädchen Angelina und ihre Mutter und wir kommen vom Strandbad zurück, und ich halt gerade Angelinas Hand, mehr erlaubt sie mir nie, weil wir heiraten wollen, aber ihre Mutter, das ist 'ne andere Sache, und wir setzen uns an den Tisch, alle drum herum, meine zwei Brüder, der in Guadalcanal und der in Island, und mein Alter gießt selbstgekelterten Wein ein, und meine Mutter bringt 'ne Riesenplatte Spaghetti rein ... Und da hat mich dieser Hund Keane aufs Schienbein gehauen ...« Er schwieg einen Augenblick. »Ich hätte so gern den Schluß von dem Traum erfahren«, sagte er leise, und Michael merkte, daß er weinte. Michael schwieg taktvoll.

»Wir haben zwei General-Motors-Lieferwagen gehabt. Gelb lakkiert«, sagte Stellevato, und seine Stimme war schwer vor Heimweh nach den gelblackierten Wagen, nach seinem Vater, nach den Bostoner Straßen, nach dem Klima von Massachusetts, nach dem weichen Fleisch von Mrs. Schwartz, nach der Hand seiner jungen Braut, nach dem Wein seines Vaters und dem Stimmengewirr seiner Brüder bei den Sonntagsspaghetti.

»Wir haben uns vergrößert. Mein Vater hat mit einem achtzehnjährigen Pferd und einem gebrauchten Karren angefangen, als er aus Italien kam. Als der Krieg anfing, hatten wir zwei Lieferwagen und haben uns überlegt, ob wir noch 'nen dritten kaufen und 'n Fahrer einstellen sollen. Dann sind meine Brüder und ich eingezogen worden, und wir mußten die Wagen verkaufen, und mein Alter hat sich wieder 'n Pferd gekauft, weil er nicht lesen und schreiben und auch nicht Autofahren kann. Mein Mädchen schreibt mir, er ist ganz weg von dem Pferd, 's sei eins mit Flecken, noch ganz jung, bloß sieben Jahre alt, aber 's ist natürlich kein General-Motors-Wagen. Es ist uns wirklich gutgegangen. Allein auf meiner täglichen Tour hab' ich vierzehn Frauen gehabt, die konnt' ich jederzeit besuchen zwischen neun Uhr morgens und vier Uhr nachmittags. Ich mach 'ne Wette, Mike«, und seine Stimme klang richtig stolz, »so was hast du in Hollywood noch nicht erlebt.«

»Noch nie, Nikki«, sagte Michael und zwang sich, ernst zu bleiben, »so was gibt es in Hollywood nicht.«

»Aber wenn ich zurückkomme«, sagte Stellevato nüchterner, »dann wird alles anders. Dann heirate ich Angelina oder eine andere, wenn sie nicht mehr will, und dann werd' ich Kinder haben, und es wird für mich überhaupt nur eine Frau geben und sonst keine, und wenn ich rauskriege, daß sie mich betrügt, dann hau' ich ihr die Eisgabel aufs Hirn…«

Das muß ich Margret schreiben, dachte Michael lächelnd: die vierzehn Frauen auf seinem Kundendienst alle abgemeldet und nur die eine große Liebe im kriegsmüden Herzen.

Michael hörte jemanden aus einem Zelt in der Nähe kriechen und sah einen Schatten herankommen.

»Wer da?« fragte Michael.

»Pavone«, antwortete eine Stimme in der Dunkelheit, dann, sich schnell verbessernd: »Oberst Pavone.«

Er trat zu Michael und Stellevato: »Wer hat Wache?« fragte er.

»Stellevato und Whitacre«, meldete Michael.

»Hallo, Nikki«, sagte Pavone, »wie geht's?«

»Großartig, Herr Oberst«, antwortete Stellevato fröhlich und zutraulich. Er hatte Pavone sehr gern, weil der ihn mehr wie ein Kompaniehündchen als wie einen Soldaten behandelte. Außerdem erzählte er ihm gelegentlich dreckige Witze und Geschichten aus der alten Heimat auf italienisch.

»Und Sie, Whitacre, wie geht's Ihnen?« fragte Pavone Michael.

»Fein«, antwortete Michael. In der regnerischen Finsternis herrschte eine Atmosphäre der Kameradschaft und Ungezwungenheit, wie sie am hellen Tage nie zwischen dem Oberst und seinen Leuten möglich war.

»Gut«, sagte Pavone mit müder und nachdenklicher Stimme und lehnte sich zu seinen beiden Wachtposten an den Jeep. Unvorsichtig zündete er sich eine Zigarette an, ohne die Flamme des Streichholzes abzuschirmen. Seine buschigen Augenbrauen zeichneten sich schwarz und dick in dem plötzlichen Lichtschein ab.

»Wollen Sie mich ablösen, Herr Oberst?« fragte Stellevato.

»Eigentlich nicht, Nikki. Sowieso schläfst du zuviel. Du wirst es nie zu etwas bringen, wenn du die ganze Zeit pennst.«

»Ich will's gar nicht zu etwas bringen«, sagte Stellevato. »Ich will bloß wieder zu meinem Eiswagen zurück.«

»Wenn ich so'n Kundendienst hätte«, meinte Michael, »möcht' ich auch zurück.«

»Hat er Ihnen auch von seinen vierzehn Weibern vorgeschwindelt?« fragte Pavone.

»Ich schwöre bei Gott...« sagte Stellevato.

»Ich kenne keinen Italiener, der mit Weibern nicht unglaublich aufschneidet«, meinte Pavone. »Meiner Meinung nach ist Nikki noch Jungfrau.«

»Ich kann Ihnen Briefe zeigen, die sie mir geschrieben haben«, sagte Stellevato gekränkt.

»Herr Oberst«, sagte Michael, durch die Späße und die Dunkelheit ermuntert, »könnte ich Sie mal eine Minute sprechen? Vorausgesetzt, daß Sie sich nicht wieder hinlegen.«

»Ich kann nicht schlafen«, antwortete Pavone. »Klar, kommen Sie, wir gehen ein wenig auf und ab.« Als er sich mit Michael einige Schritte entfernt hatte, blieb er stehen und rief: »Nikki, paß gut auf Fallschirmjäger und Ehemänner auf, ja?«

Er nahm Michaels Arm und ging mit ihm weiter. »Wissen Sie was«, sagte er leise, »ich glaube, Nikki hat uns die reine Wahrheit von seinem Kundendienst erzählt.« Er lachte gedämpft und fragte dann ernst: »Also, was ist los, Michael?«

»Ich möchte Sie um einen Gefallen bitten«, sagte Michael und zögerte. Er fühlte, daß er vor einem schweren Entschluß stand. »Ich möchte um meine Versetzung an die Front bitten.«

Pavone schritt weiter. »Warum?« fragte er. »Grübeleien?«

»Vielleicht«, erwiderte Michael. »Die Kirche heute, die Kanadier... Ich weiß nicht. Mir fiel plötzlich ein, wozu ich in den Krieg gezogen bin.«

»Ach, Sie wissen, warum Sie in den Krieg gezogen sind?« fragte Pavone spöttisch lachend. »Glücklicher Mann!« Sie gingen schweigend zehn Schritte weiter. »Als ich so alt wie Nikki war«, begann er plötzlich, »hat mir eine Frau furchtbar zugesetzt.«

Michael biß sich auf die Lippen, wütend, daß Pavone sein Anliegen unbeachtet ließ.

»Heut nacht, wie ich so in meinem Zelt lag, während des Luftangriffs, mußte ich daran denken«, sagte Pavone nachdenklich. »Deshalb konnte ich auch nicht schlafen. Ich war neunzehn und leitete so 'ne Burlesk-Schau in New York. Ich habe dreihundert Dollar in der Woche verdient und hab' einem Mädchen 'ne Wohnung in Central Park South eingerichtet. Ein wunderschönes Mädchen...« In Pavones Stimme klang leise und erinnerungsträchtig die Sehnsucht nach der Schönheit des Mädchens in dem Appartement in Central Park South vor so vielen Jahren nach. »Ich war ganz verrückt nach ihr und habe mein ganzes Geld für sie ausgegeben, und alle meine Gedanken gehörten ihr. Wenn man neunzehn ist und so komisch aussieht wie ich, kann die Dankbarkeit einen um den Verstand bringen. Man sieht nicht mehr die einfachsten Anzeichen, die jeder Fahrstuhlführer und jedes farbige Dienstmädchen auf den ersten Blick erkennen, wenn sie einen mit einem Mädchen zusammen sehen. Sie hatte eine Freundin, aus Minneapolis, die im selben Nachtklub angestellt war. Ich habe beide beinahe jeden Abend zum Essen ausgeführt. Sie haben mir das Gefühl gegeben, ein großer Mann zu sein. Sie lachten über meine Witze, kauften mir dumme kleine Geschenke, schüttelten sorgenvoll die hübschen Köpfe über meinen Alkoholverbrauch und behaupteten, ich rauchte zu viele Zigarren. Zwei Frauen wie die können Ihnen einreden, Sie seien wichtiger als der Präsident der Vereinigten Staaten. Auf jeden Fall hielt ich mich mit meinen neunzehn Jahren für den tüchtigsten Kerl auf Manhattan Island, für einen Mann, der zu den schönsten Hoffnungen berechtigt. Dann, eines Nachmittags, kam ich früher nach Hause als sonst und fand sie zusammen im Bett liegen.« Pavone machte eine Pause und zupfte nachdenklich an einem lose von einem Wagen herabhängenden Stück Persenning. Nach einer Weile fuhr er fort: »Nie werde ich vergessen, wie die beiden mich ansahen, als ich ins Zimmer trat. Kalt, voll Haß und voll Verachtung... Dann fing die meine an zu kichern, und ich weiß noch wie heute, was ich dachte: Die lachen dich aus, weil du 'n Katzelmacher bist. Ich ging auf die beiden los und schlug sie, bis mir die Hände weh taten. Sie versuchten mir zu entwischen, aber sie gaben keinen Laut von sich und bettelten auch nicht um Verzeihung. Nackt rannten sie in der Wohnung herum, fielen hin, rannten von einem Zimmer ins andere, aber sie brachten kein Wort heraus. Bis ich schließlich aufhörte und die Wohnung verließ. Als ich auf der Straße stand, glaubte ich, daß alle Welt mir ansehen würde, wie dumm ich gewesen war, und daß ich als Mann nichts taugte... Ich habe es nicht mehr ausgehalten. Ich ging ins Büro der französischen Transatlantiklinie und buchte auf der *Champlain*, die am nächsten Tag abfuhr. Während der ganzen Überfahrt war ich betrunken und kam mit vierzig Dollar in Paris an... Dem Schlafzimmer in Central Park South bin ich mein ganzes Leben lang davongelaufen... O Gott!« sagte er und schaute zu dem dunklen, regnerischen Himmel empor, »und zwanzig Jahre später, in einem Erdloch und mitten in einem Luftangriff, wacht man auf und wird von Kopf bis Fuß rot, wenn man daran denkt. Vielen Dank fürs Zuhören«, sagte er schroff. »Nur wenn's dunkel ist oder wenn ich betrunken bin, kann ich die Geschichte erzählen. Aber es hilft 'ne Menge. So und jetzt geh' ich schlafen.«

»Herr Oberst«, begann Michael wieder, »ich habe Sie um eine Gefälligkeit gebeten.«

»Was?« Pavone blieb stehen und wandte sich zu Michael um.

»Ich bat Sie, mich in eine Fronteinheit versetzen zu lassen«, erinnerte ihn Michael und kam sich dumm vor mit seinem heldischen Anliegen.

Pavone lachte meckernd. »Aus was für einem Schlafzimmer laufen *Sie* davon?« fragte er.

»Darum handelt es sich nicht«, antwortete Michael, von der Finsternis ermutigt. »Ich möchte nur irgendwo eingesetzt werden, wo ich nützlich sein kann.«

»Wie eigensüchtig!« rief Pavone, und Michael war erstaunt über den haßerfüllten Ton in seiner Stimme. »Jesus Christus, wie ich intellektuelle Soldaten hasse! Ihr glaubt, die Armee hat nichts Besseres zu tun, als euch Gelegenheit zu einem geeigneten Opfer auf dem Altar des Vaterlandes zu geben, was? Fühlen sich nicht wohl in meiner Einheit, hä?« fragte er roh. »Denken, Jeepfahren sei eines College-Graduierten nicht würdig? Sind wahrscheinlich nicht zufrieden, bis man Ihnen eines Tages die Eier abschießt. Aber die Armee kümmert sich um Ihre Probleme einen Dreck, Mr. Whitacre. Die Armee wird Sie einsetzen, wie und wann es ihr paßt. Keine Angst, Sie kommen dran. Vielleicht nur eine Minute in vier Jahren, aber Sie kommen dran. Und vielleicht müssen Sie gerade in der Minute sterben. Aber in der Zwischenzeit kommen Sie mir ja nicht mehr mit Ihrem gottverdammten Cocktail-Party-Gewissen, und verlangen Sie nicht von mir, ich sollte Ihnen zum standesgemäßen Heldentod verhelfen. Mein Dienst füllt mich vollkommen aus, mir bleibt keine Zeit, für halbausgebackene Harvard-Studenten zu sorgen.«

»Ich habe nicht in Harvard studiert«, sagte Michael albern.

»Kommen Sie mir nie wieder mit solchen Anliegen, Pfc Whitacre«, sagte Pavone. »Gute Nacht.«

»Ja, Sir«, sagte Michael. »Danke, Sir.«

Pavone wandte sich ab und schritt auf sein Zelt zu.

Der Hund, dachte Michael wütend, zeigte wieder einmal, daß man Offizieren nicht trauen konnte. Langsam schritt er an der Reihe der Einmannzelte entlang, die wie geheimnisvolle Schatten in der regenfeuchten Nacht standen. Er fühlte sich beschämt und beleidigt. Kein Stück dieses verdammten Krieges sah so aus, wie man es sich vorgestellt hatte. Vor seinem eigenen Zelt blieb er stehen, bückte sich und holte die Flasche Calvados heraus, die er sich aufgespart hatte. Dann nahm er einen tiefen Schluck und fühlte den starken Alkohol in der Kehle und im Magen brennen. Wahrscheinlich sterbe ich eines Tages im Lazarett in Cherbourg an Magengeschwüren vom vielen Trinken. Sie werden mich dann auf demselben Friedhof begraben, wo die Männer der Ersten Division und der Neunundvierzigsten liegen, die bei der Erstürmung von Bunkern und befestigten Städten gefallen waren. Und an Sonntagen kommt dann die französische Bevölkerung heraus und legt Blumen auf mein Grab in trauernder Dankbarkeit. Er trank wieder, bis die Flasche leer war und versteckte sie unter dem Segeltuch.

Nachdenklich lief er die Reihe der Zelte ab. Alle fliehen sie vor etwas oder vor jemand, grübelte er träumerisch, von dem Calvados benebelt. Vor lesbischen Weibern, vor den Italienern und den Juden, die ihre Eltern waren; sie fliehen vor frigiden Ehefrauen und Brüdern, die die Kongreß-Ehrenmedaille bekommen hatten, sie fliehen vor der Infanterie und bedauern's hinterher; sie fliehen vor ihrem Gewissen und einem vergeudeten Leben. Und die Deutschen, acht Kilometer weiter – wäre ganz interessant zu wissen, wovor die fliehen! Zwei Armeen in verzweifelter Flucht aufeinander zukommend, auf der Flucht vor den schrecklichen Erinnerungen an die Friedenszeit.

Ach Gott, dachte Michael, während sich am Himmel, über der Front der Deutschen, das erste Morgendämmern zeigte, ach Gott! Wie schön wär's, heute noch zu fallen!

30. Kapitel

Von neun Uhr ab kamen die Flugzeuge herübergeflogen. Es waren B-17er, B-24er, Mitchells und Marauders. In seinem ganzen Leben hatte Noah noch nicht so viele Flugzeuge auf einmal gesehen. Es sah aus wie die Luftwaffe auf den Rekrutierungsplakaten, überlegen, in tadelloser Ordnung und glänzend am hellblauen Sommerhimmel, eine

Huldigung in Duralumin vor der unerschöpflichen Energie und Produktionskraft Amerikas. Noah war aus seinem Erdloch aufgesprungen, in dem er mit Burnecker eine Woche zusammen gelebt hatte, und sah mit großem Interesse zu den klar ausgerichteten Staffeln hinauf.

»Langsam Zeit«, sagte Burnecker mißvergnügt, »daß die Stinker da oben kommen. Hätten schon vor drei Tagen hier sein sollen.«

Noah sah schweigend zu, wie die deutsche Flak einsetzte und zwischen den silberglänzenden Flugzeugen hoch in den Lüften schwarze Wölkchen aufpufften. Bisweilen wurde eine Maschine getroffen, schwankte und scherte aus. Einige der getroffenen Maschinen wendeten und gingen im Gleitflug nieder, hinter sich eine Rauchfahne herziehend; andere explodierten in einer lautlosen Feuergarbe und stürzten die vielen tausend Meter als formlose Klumpen von Rauch und Flammen ab. Hier und da leuchtete ein Fallschirm auf, der erhaben über den Linien schwebte, weißseidene Sonnenschirme an einem französischen Sommermorgen.

Burnecker hatte recht. Schon vor drei Tagen hätte die Luftwaffe eingreifen sollen. Aber das Wetter war an der Verzögerung schuld. Am Tag vorher waren einige Maschinen versuchsweise eingesetzt worden, doch die dicke Wolkendecke verhinderte jede Sicht, und nach einem kurzen Bombardement flogen sie zurück und überließen es der Infanterie, ihre Löcher zu verteidigen. Aber an diesem Morgen gab es keinen Zweifel.

»Es ist so klar heute, daß man die ganze deutsche Armee von zehntausend Meter Höhe aus vernichten kann«, sagte Burnecker.

Um elf Uhr, nachdem die Luftwaffe theoretisch jeglichen Widerstand vor den Angriffskeilen der amerikanischen Bodentruppen gebrochen haben sollte, sollte die Infanterie angreifen, durchbrechen und den Weg für die heranrollenden Panzereinheiten freihalten, die bis tief in die deutschen Reservestellungen vordringen sollten. Leutnant Green, der jetzt die Kompanie führte, hatte ihnen den taktischen Plan klar auseinandergesetzt. Die Soldaten hatten den Vortrag zunächst ziemlich skeptisch aufgenommen, die Sache erschien ihnen zu einfach, um zu klappen. Aber jetzt, wie sich über ihren Köpfen die gewaltige Luftmacht entfaltete, war es kaum möglich, an dem Erfolg zu zweifeln.

Gut, dachte Noah, das wird eine richtige Parade werden. Seit seiner Rückkehr von den feindlichen Linien war er soweit wie möglich für sich geblieben, war schweigsam und zurückhaltend und hatte sich während der Ruhetage und der darauffolgenden ereignislosen Tage im Graben eine neue Haltung angewöhnt, eine Einstellung wachsamer Absonderung, um sich ein für allemal gegen den Haß zu schützen, mit dem

Rickett und vielleicht noch andere in der Kompanie ihm begegneten. Auf eine Art, während er die donnernden Maschinen über sich betrachtete, war er Rickett dankbar. Rickett hatte ihn der Notwendigkeit enthoben, sich zu bewähren, denn er hatte ihm gezeigt, daß Rickett ihn, was immer er auch tun würde – Paris ganz allein erobern oder eine ganze SS-Brigade aufreiben –, nie anerkennen würde.

Jetzt, sagte sich Noah, habe ich nichts mehr zu tun. Ich laß mich einfach treiben. Nicht schneller, nicht langsamer, nicht besser, nicht schlechter als die anderen. Wenn's vorgehen soll, gehe ich mit vor. Wenn sie auskneifen, kneife ich mit aus. Und so, während er in seinem feuchten Erdloch hinter der immergrünen Hecke stand und auf das Krachen der Bomben und das Heulen der Flakgeschosse über seinem Kopf lauschte, fühlte er eine wunderbare Ruhe und Zufriedenheit in sich aufsteigen. Es war eine düstere und künstliche Ruhe, bezahlt mit dem Zusammenbruch seiner schönsten Hoffnungen. Aber sie besänftigte, erleichterte und enthielt den kleinen bitteren Trost, heil davonzukommen.

Im Grunde, während er durch das Blattwerk der Hecke vor ihm nach den feindlichen Linien hinüberblinzelte und den Kopf schüttelte, weil das Krachen der explodierenden Bomben ihn betäubte, im Grunde taten ihm die Deutschen hinter der Grenzlinie des Bombenteppichs da hinten leid. Er selbst, in seinem Erdloch, mit einer Waffe in der Hand, mit der man gerade mal einen Kilometer weit schießen konnte, empfand einen solidarischen Haß gegen die unpersönlichen Mörder da oben in der Luft, ein doppeltes Selbstmitleid mit den armen, hilflosen Kerlen in ihren Schützenlöchern, die da von tausendpfündigen Bomben aus einer Höhe von fünf Kilometern in Stücke gerissen wurden. Er sah Burnecker an und glaubte, an dem verzerrten Grinsen des jungen Gesichtes zu sehen, daß in dem Kopf seines Freundes ähnliche Gedanken kreisten.

»Gott«, flüsterte Burnecker, »warum hören sie nicht auf? Das ist doch genug, das ist genug. Was wollen sie denn noch? Brei aus den Deutschen machen?«

Jetzt war die deutsche Flak zum Schweigen gebracht worden, so daß die amerikanischen Staffeln ruhig und ungestört ihre Kreise zogen, als ob sie über Wright Field übten.

Plötzlich war ein Pfeifen in der Luft, ein Donnern und Krachen, und die Erde um sie herum hob sich. Burnecker packte Noah und zog ihn in das Erdloch hinunter. Dort duckten sie sich und preßten sich zusammen, die Beine ineinander verwickelt, die Helme aneinander scheuernd, und Bombe um Bombe schlug rings um sie ein, daß ihnen fast das

Trommelfell platzte und sie von Steinen, Erde und abgerissenen Zweigen überschüttet wurden. »Oh, die gottverfluchten Scheißkerle«, seufzte Burnecker, »oh, diese Luftwaffen-Scheißkerle!«

Von allen Seiten hörten sie das Schreien und Jammern der Verwundeten. Aber es war ganz unmöglich, das Loch zu verlassen, solange die Bomben ununterbrochen gleich einem dichtgewobenen Teppich auf sie herunterhagelten. Über sich konnte Noah das gleichförmige, geschäftsmäßige Dröhnen der Motoren hören, die unberührt, unberührbar und stolz auf ihr Handwerk ihrer Arbeit nachgingen, von der sie wahrscheinlich diesmal hervorragende Ergebnisse erwarteten.

»Oh, diese elenden, leichtsinnigen, hochbezahlten Mörder da oben!« rief Burnecker. »Sie werden keinen von uns am Leben lassen.«

Das wird das letzte sein, was mir die Armee antut, dachte Noah. Sie wird mich selbst umbringen. Sie traut den Deutschen nicht, daß sie's schaffen. Bloß Hope dürfen sie's nachher nicht sagen. Wenn die je erfährt, daß die Amerikaner ihre eigenen Leute...

»Extra-Bezahlung für jeden Flug!« schrie Burnecker zwischen einer Explosion und der nächsten, und seine Stimme klang rasend vor Wut. »Jeder wird Feldwebel. Was heißt Feldwebel? Jeder mindestens Oberst! Das unfehlbare Norden-Zielgerät, Wunder der modernen Wissenschaft! Das hätten wir uns gleich denken können! Jesus Christus, die haben ja sogar die Schweiz bombardiert, ohne hinzugucken, was unter ihnen liegt. Präzisionsbomben! Hahaha! Die Himmelhunde können nicht mal ein Land von 'nem anderen unterscheiden. Wie zum Teufel kann man von ihnen erwarten, daß sie eine Armee von der anderen unterscheiden?«

Das schrie er alles Noah ins Gesicht, drei Zentimeter ab, und spuckte ihn dabei an vor lauter Wut. Noah wußte, daß Burnecker nur so schrie und ein solches Theater aufführte, damit sie beide in ihrem Loch nicht verrückt wurden. Beide klammerten sich an die geringe Hoffnung, trotz allem durchzukommen, in ihrem Erdloch klammerten sie sich an diese letzte Hoffnung.

»Das ist denen doch scheißegal«, schrie Burnecker weiter. »Ist denen ganz Wurscht, wen sie treffen. Hauptsache, sie treffen. Die haben ihren Befehl, pro Tag hundert Tonnen Bomben runterzuschmeißen. Also schmeißen sie, und wenn sie auf ihre eigenen Mütter fallen! Der gottverdammte Pilot da oben hat wahrscheinlich gestern nacht zuviel gesoffen und heut morgen hat er 'n Katzenjammer und will so rasch wie möglich wieder zurück und sich krank melden. Also drückt er halt 'n paar Minuten früher auf 'n Knopf. Scheiße, wieder 'n Einsatz mehr, kriegt er bezahlt. Noch fünf, und dann kann er heimfahren, Helden der

Luft! Ich schwör' dir, Noah, den nächsten Kerl mit Flügelchen auf der Uniform schlag' ich mit eigenen Händen tot, mit meinen eigenen Händen, das schwör' ich bei Gott!«

Dann, wie durch ein Wunder, hörte die Bombardierung mit einem Schlag auf. Das Donnern der Maschinen über ihnen dauerte zwar noch an, aber irgendwie schien die Luftflotte ihre Richtung geändert zu haben und auf andere Ziele loszusteuern.

Langsam richtete sich Burnecker auf und blickte umher. »O Gott«, sagte er, entsetzt über das, was er sah.

Zitternd und mit schwachen Knien versuchte auch Noah, aufzustehen. Aber Burnecker drückte ihn wieder ins Loch zurück.

»Bleib unten«, sagte er rauh. »Laß erst mal die Sanitäter an die Arbeit gehen. Ohnehin sind es ja meistens Ersatzmannschaften. Bleib, wo du bist.« Gewaltsam hielt er Noah unten. »Ich mach 'ne Wette, diese gottverfluchten Idioten kommen wieder zurück und schmeißen noch mal auf uns runter. Laß dich nicht draußen erwischen. Noah ...« Er beugte sich zu Noah hinunter und packte ihn zitternd mit wildem Griff an den Armen. »Wir müssen beieinanderbleiben, du und ich. Die ganze Zeit. Wir haben Glück zusammen. Jeder sorgt für den anderen. Keinem von uns kann was passieren, wenn wir nur zusammenhalten. Die ganze verdammte Kompanie kann umkommen, aber wir zwei kommen durch ... wir kommen durch ...«

Dabei schüttelte er Noah heftig. Seine Augen funkelten wild, seine Lippen bebten, und seine Stimme klang rauh vor lauter Eindringlichkeit. Er glaubte fest daran, sie hatten schon so viele Beweise gesehen, auf dem Kanal bei der Überfahrt, in dem belagerten Bauernhaus, in dem gurgelnden Wasser des kleinen Kanals in der Nacht, als Cowley ertrank.

»Du mußt mir versprechen, Noah«, flüsterte Burnecker, »daß sie uns nicht trennen dürfen. Nie! Ganz gleich, was geschieht. Versprich mir das!«

Noah begann zu weinen. Langsam und unwiderstehlich rannen ihm die Tränen die Wangen hinunter über seines Freundes Hilflosigkeit und kindlichen Glauben. »Klar, Johnny, klar«, sagte er. Und einen Augenblick lang glaubte er selbst daran, daß das ein Zeichen sei und sie alles überstehen würden, wenn sie nur zusammenhielten.

Zwanzig Minuten später krochen die Überreste der Kompanie aus ihren Erdlöchern und marschierten wieder zu der Stellung vor, die sie vorübergehend geräumt hatten, um etwaigen Fehlabwürfen der Flieger zu entgehen. Dann brachen sie durch die Hecken und gingen auf den von den Bombem zerwühlten Feldern vor, hinter denen die Deutschen erwartungsgemäß alle vernichtet oder demoralisiert sein sollten.

Die Männer gingen langsam und vorsichtig in einer dünnen, gelokkerten Schützenkette über das kurze, gemähte Gras, Gewehre und Maschinenpistolen schußbereit an der Hüfte. Ist das die ganze Kompanie? dachte Noah dumpf und überrascht. Ist das alles, was übrigblieb? Die Ersatzmannschaften, die erst letzte Woche gekommen sind und noch keinen Schuß abgefeuert haben, sind die schon gefallen?

Auf dem anliegenden Feld sah Noah eine zweite dünne Schützenkette genauso langsam und vorsichtig auf einen Damm mit einem Graben davor zugehen, der sich wie ein scharfer Schnitt durch die grüne Landschaft zog. Immer noch feuerte die Artillerie über ihre Köpfe hinweg, aber nirgends hörte man Kleinkaliberfeuer. Die Flugzeuge waren zu ihren Stützpunkten nach England zurückgeflogen, überall lagen die glänzenden Stanniolstreifen herum, die die Anpeilung durch die feindlichen Radargeräte unmöglich machen sollten. In den blanken Streifen auf dem satten Grün der Wiesen flimmerte die Sonne und blendete Noahs Augen, als er, Johnny Burnecker neben sich, über das Feld vorging.

Es schien lange Zeit zu dauern, bis die Schützenkette die Deckung des Dammes erreichte, aber endlich waren sie am Ziel. Ganz automatisch und ohne Befehl warfen sich alle in den flachen Graben, der von der grasbewachsenen Böschung des Dammes gut gedeckt war. Bis jetzt war noch kein Schuß auf sie abgegeben worden. Sie lagen im Graben, als ob er ihr heiß ersehntes Ziel gewesen wäre, um das sie tagelang gekämpft hatten. »Auf mit 'm Arsch!« brüllte Rickett im selben Ton und in derselben ordinären Sprache, in der er einem Mann befahl, die Latrine in Florida zu putzen oder ein MG-Nest in der Normandie anzugreifen. »Der Krieg ischt noch nicht ausch. Rausch ausch dem Graben!«

Noah und Burnecker lagen schlau mit abgewandtem Kopf im weichen Gras der Böschung und taten so, als ob sie Rickett gar nicht gehört hätten und er gar nicht da wäre.

Drei oder vier der Ersatzmannschaft standen auf, ihre Ausrüstung klapperte an ihren Hüften, und sie fingen an, schwerfällig den Damm hinaufzuklettern. Rickett ging hinter ihnen her, und oben angekommen, schrie er zur Kompanie hinunter: »Losch, losch, auf mit 'm Arsch, auf mit 'm Arsch!«

Noah und Burnecker standen zögernd auf und kletterten die schlüpfrigen zwei Meter hinauf. Die anderen um sie herum folgten ihnen langsam. Burnecker, der zuerst oben ankam, half Noah hinauf. Sie standen einen Augenblick oben und blickten nach vorn. Ein langgezogenes Feld mit vielen toten Kühen dehnte sich zu einer Reihe von Hekken hin, aus denen in der Ferne hin und wieder Bäume herausragten. Alles schien sehr ruhig zu sein. Die drei oder vier Ersatzmänner, die den Damm zuerst erklommen hatten, gingen zögernd auf der anderen Seite hinunter.

Als Noah auf dem stillen Feld hinter den anderen Männern vormarschierte, haßte er Rickett tiefer und wilder als je.

Dann erhielten sie ohne Warnung plötzlich MG-Feuer. Das hohe Pfeifen von Tausenden von Kugeln erfüllte die Luft, und die Leute stürzten zu Boden, ehe sie das ferne Rattern der Maschinengewehre hören konnten. Einen Augenblick blieb die Schützenkette zögernd stehen. Die Männer starrten verblüfft auf die Hecken vor ihnen, aus denen das Feuer kam.

»Weiter, weiter!« gellte Ricketts Stimme wie verrückt durch den Lärm des Feuers. »Weitermarschieren!«

Aber die Hälfte der Männer hatte sich schon zu Boden geworfen. Noah packte Burnecker am Arm, sie machten kehrt und rannten gebückt die paar Meter zum Damm wieder zurück. Dort warfen sie sich keuchend hin, ließen sich die grüne Grasböschung hinunter in den sicheren Graben rollen. Und einer nach dem anderen kam angekeucht und stürzte sich in die Deckung des Grabens. Dann erschien Rickett am Rand, wie ein Verrückter hin und her schwankend und mit den Armen herumfuchtelnd. Dazu schrie er etwas, das niemand verstand, weil ihm ein Blutstrom aus der Kehle quoll. Dann wurde er nochmals getroffen und stürzte mit dem Gesicht nach unten in den Graben direkt auf Noah hinunter. Noah fühlte das warme, feuchte Blut des Feldwebels in seinem Gesicht. Er kroch unter ihm hervor, obgleich Rickett sich an ihn klammerte und sich mit den Händen an Noahs Schultern und Tornister festhielt.

»O ihr Hunde!« sagte Rickett ganz deutlich, »ihr verfluchten Hunde!« Dann löste sich der Griff seiner Hände, und er schlitterte zu Noahs Füßen in den Graben.

»Tot«, sagte Burnecker, »der Sauhund ist endlich tot.«

Er zog Ricketts Körper beiseite, und Noah wischte sich das Blut ab. Das MG-Feuer hörte auf, und alles war ruhig bis auf das Schreien und Wimmern der Verwundeten auf dem Feld. Sobald aber einer den Kopf vorsichtig über den Rand des Dammes hob, um zu sehen, ob man den Verwundeten helfen könne, knatterten die MGs von neuem los, und das Gras oben auf dem Damm bewegte sich flatternd, wenn die Kugeln hindurchfegten. Die Überreste der Kompanie lagen ausgepumpt im Graben.

»Na, was sagst du zu unserer Luftwaffe?« fragte Burnecker. »Jeder Widerstand sollte im Keim erstickt sein. Vernichtet oder demoralisiert. Ganz hübsch demoralisiert sind die, was? Den nächsten Kerl mit Flügelchen, schwör' ich dir bei Gott...«

Schweigend lagen die Männer nebeneinander und erholten sich allmählich wieder. Im übrigen waren sie teilnahmslos und warteten darauf, daß jemand Entscheidungen traf.

Nach einiger Zeit tauchte Leutnant Green auf. Schon von weitem hörte Noah die hohe Stimme des Leutnants. Er kam den Graben entlanggelaufen und ermunterte die Leute, wieder vorzugehen. »...so geht's nicht«, schrie Leutnant Green mit seiner Fistelstimme. »Aufstehen! Ihr müßt weitergehen. Weitergehen! Ihr könnt nicht einfach hier liegen bleiben. Die zweite Kompanie schickt einen Spähtrupp vor, um die MG-Nester zu erledigen, aber wir müssen sie hier festnageln. Los, los, los, aufstehen...« In seiner Stimme war ein schriller, hoffnungsloser Ton, und die Männer schauten nicht einmal auf. Sie legten den Kopf in das weiche Gras und taten, als ob er gar nicht da wäre.

Plötzlich kletterte Leutnant Green die Böschung des Dammes hinauf. Oben stand er und brüllte und bat, aber keiner der Männer rührte sich. Voller Interesse beobachtete Noah den Leutnant und wartete darauf, daß er von einer MG-Kugel getroffen würde. Die feindlichen MGs knatterten wieder los, aber Green ließ sich nicht stören. Er rannte oben auf dem Damm wie ein Besessener hin und her und schrie unzusammenhängend: »...ist ganz leicht, da ist gar nichts dabei, los, kommt schon...«

Schließlich sprang er die Böschung wieder hinunter, setzte über den Graben und lief auf dem freien Feld zurück. Die Maschinengewehre schwiegen, und alle waren froh, daß er gegangen war.

So muß man's machen, dachte Noah schlau. Dann werd' ich ewig leben. Immer das tun, was die anderen auch tun. Was können die mir schon, wenn ich einfach liegen bleibe?

Rechts und links von ihnen tobte der Kampf, doch da niemand etwas sehen konnte, wußte auch keiner, wie es stand. Der Graben war ruhig und sicher. Die Deutschen konnten ihn nicht einsehen, und die Männer hatten nicht die geringste Lust, die Deutschen von ihrem Graben aus zu reizen. Diese stillschweigende Vereinbarung barg einen frohen, warmen Hauch von Dauerhaftigkeit. Vielleicht zogen sich die Deutschen später von selbst zurück, oder sie wurden von anderen Einheiten eingekesselt. Dann war immer noch Zeit zum Aufstehen und Weitermarschieren. Aber nicht vorher. Burnecker zog eine K-Ration hervor und machte die Schachtel auf. »Kalte Kalbspastete«, sagte er mißmutig und schnitt sich mit seinem Taschenmesser Scheiben davon ab. »Wer zum Donnerwetter hat eigentlich kalte Kalbspastete erfunden?« Die kleine Tüte Limonadenpulver warf er weg. »Und wenn ich vor Durst sterbe, den Dreck schluck' ich nicht«, sagte er.

Noah hatte keinen Hunger. Von Zeit zu Zeit sah er den toten Rickett an, der zwei Meter von ihm entfernt lag. Seine Augen waren weit aufgerissen, und sein Gesicht war eine blutige, vor Ärger und Brüllen verzerrte Fratze. Sein Hals unterhalb des blutigen Mundes war völlig zerfetzt. Da lag nun der Mann, den er als seinen ärgsten Feind betrachtet hatte, tot zu seinen Füßen. Noah versuchte, darüber Genugtuung zu empfinden. Aber es ging nicht. Rickett hatte sich durch seinen Tod aus einem brutalen Feldwebel, einem gemeinen Schinder und fluchenden Mörder in einen der vielen anderen gefallenen Amerikaner verwandelt. In einen verlorenen Freund, einen Verbündeten weniger...

Kopfschüttelnd wandte sich Noah ab.

Jetzt tauchte Leutnant Green wieder im Graben auf. In seiner Begleitung war ein hochgewachsener Mann, der langsam und nachdenklich den Graben entlangging und sich die herumliegenden Leute ansah. Als Green und der andere näher herankamen, sagte Burnecker: »O Jesus, zwei Sterne!«

Noah sprang auf und staunte. Solange er in der Armee war, hatte er noch nie einen Generalmajor in solcher Nähe gesehen.

»General Emerson«, flüsterte Burnecker nervös. »Was zum Teufel will der hier? Warum geht er nicht nach Hause?«

Plötzlich sprang der General mit federnder Behendigkeit die Böschung hinauf und stand oben auf dem Damm, in voller Sicht des Feindes. Langsam ging er auf dem Damm entlang und sprach zu den Leuten, die noch immer unten lagen und ihn teilnahmslos ansahen. An der Seite trug der General eine Pistole in der Ledertasche und unter dem Arm ein Stöckchen. Das kann doch nicht sein, dachte Noah. Muß jemand anders sein, als General verkleidet. Green hält uns zum Narren.

Jetzt feuerten die feindlichen MGs wieder, aber der General ließ sich nicht aus der Ruhe bringen. Leicht und federnd ging er auf und ab, wie ein gut trainierter Sportler, und redete auf die unten liegenden Leute ein.

»All right, Jungs«, hörte Noah ihn mit ruhiger, freundlicher und gar nicht lauter Stimme sagen, als er näher kam. »Los, geht jetzt, Jungs. Wir können nicht den ganzen Tag hier bleiben. Also gehn wir schon. Wir halten ja die ganze Front auf, wir müssen uns schon bewegen. Bloß bis zur nächsten Heckenreihe, Jungs, das ist alles, was ich von euch verlange. Auf, Junge, du kannst nicht ewig da unten liegen...«

Noah beobachtete gespannt den General, sah, wie plötzlich seine linke Hand zuckte und am Gelenk Blut herabtropfte. Einen Augenblick zuckten auch die Mundwinkel des Generals, und dann sprach er weiter, im selben ruhigen, eindringlichen Ton, und er packte sein Stöckchen etwas fester. Vor Noah und Burnecker blieb er stehen: »Also, Jungs«, sagte er freundlich, »kommt schon rauf...«

Noah starrte hinauf. Das Gesicht des Generals war schmal und traurig und sehr rassig. Es war die Art Gesicht, die man bei einem Wissenschaftler oder Arzt sieht, schmal, gescheit, ruhig. Der Anblick dieses Gesichtes verwirrte Noah, es kam ihm vor, als habe die Armee ihn die ganze Zeit genarrt. Und während er das sorgenvolle, mutige Gesicht betrachtete, wurde ihm plötzlich klar, daß er einem solchen Mann nicht den Gehorsam verweigern konnte.

Er stand auf und merkte im gleichen Augenblick, daß Burnecker neben ihm sich ebenfalls aufrichtete. Ein unmerkliches, trocken anerkennendes Lächeln umspielte einen Augenblick die Lippen des Generals. »So ist's recht, Jungs«, sagte er. Und dann rannten Noah und Burnekker fünfzehn Meter weiter nach vorn und warfen sich in eine Erdvertiefung in Deckung. Noah blickte zurück. Noch immer stand der General auf dem Damm, obwohl das MG-Feuer jetzt sehr heftig einsetzte, und die Männer entlang der ganzen Linie kamen über den Damm herauf und rannten in kurzen Sprüngen, dazwischen Deckung nehmend, über das Feld.

Generäle, dachte Noah und sah wieder nach vorn, dem Feind entgegen, schau mal einer an, Generäle! Er hatte bis jetzt nie gewußt, wozu Generäle eigentlich gut waren...

Noah und Burnecker sprangen aus ihrer Deckung im selben Augenblick auf, als zwei andere Männer hineinsprangen. Die Kompanie, oder was von ihr übriggeblieben war, war jetzt in Bewegung.

Nach zwanzig Minuten hatten sie die Hecke erreicht, von der aus die feindlichen Maschinengewehre gefeuert hatten. Minenwerfer hatten sich endlich eingeschossen und ein MG-Nest in einer Ecke des Feldes vernichtet. Die anderen hatten sich daraufhin zurückgezogen, ehe Noah und seine Kompanie sich herangearbeitet hatten. Todmüde kniete Noah neben der gut getarnten, durch schwere Sandsäcke geschützten MG-Stellung. Die Sandsäcke waren zerrissen, und drei tote Deutsche lagen neben ihrem zerstörten MG.

Noah wandte sich ab und trank ein paar Schluck Wasser aus seiner Feldflasche. Seine Kehle war ausgetrocknet vor Durst. Er hatte den ganzen Tag nicht einen Schuß abgegeben, aber Arme und Schultern taten ihm weh, als ob sie hundert Rückstöße auszuhalten gehabt hätten.

Er schaute durch die Hecke. Vor ihnen lag ein weites Feld voller Bombentrichter und toter Kühe, und dann kam wieder eine Hecke, aus der Maschinengewehrfeuer knatterte. Er seufzte, als er Leutnant Green ankommen und die Leute vorwärtstreiben sah. Was wohl aus dem General geworden war? Dann gingen sie wieder vor. Nach den ersten drei Metern erhielt Noah einen Schuß, und Burnecker schleppte ihn zurück hinter die schützende Hecke.

Mit erstaunlicher Schnelligkeit tauchte ein Sanitäter auf. Noah verlor gleich sehr viel Blut, er fröstelte und sah den Sanitäter, als der sich über ihn beugte, wie durch einen Nebelschleier. Der Sanitäter war ein kleiner Grieche mit Schielaugen und einem flotten Schnurrbärtchen. Seine flinken, dunklen Augen und das schmale Bärtchen schienen losgelöst in der Luft zu hängen, als er Noah mit Burneckers Hilfe eine Bluttransfusion machte. Schock, wie ist das eigentlich? erinnerte sich Noah undeutlich. Im letzten Krieg konnte ein Mann getroffen werden und sich trotzdem noch wohl fühlen und sogar noch um eine Zigarette bitten. Er hatte mal darüber in einem Magazin gelesen. Aber in zehn Minuten war er tot. In diesem Krieg war das ganz anders. Das war ein erstklassiger hochmoderner Krieg mit allen Schikanen. Der Grieche mit dem Silberblick gab ihm sogar eine Morphiumspritze. Das war sehr nett von ihm, hätte er gar nicht nötig als Sanitäter, auch noch Morphium... Komisch, wie konnte man einen schielenden Burschen so nett finden? Vor dem Krieg war er sicher Schnellküchenkoch in einem Dinnerwagen in Scranton, Pennsylvania, gewesen. Schinken mit Ei, Hamburger-Steak, Suppe in Dosen. Jetzt war's Blut in Dosen. Er hieß Markos. Ackerman, der aus Odessa stammte, und Markos aus Athen stammend, beide durch eine Blutkonserve irgendwie in der Nähe der zerbombten Stadt St. Lô in der Normandie an einem schönen Sommertag miteinander verbunden, und neben ihnen ein Farmer aus Iowa namens Burnecker, weinend, weinend...

»Noah, Noah«, schluchzte der Junge aus Iowa, »wie fühlst du dich? Geht's dir besser?«

Zuerst glaubte Noah, daß er Burnecker anlächle, wie der über ihn gebeugt neben ihm kauerte. Aber dann merkte er, daß kein Muskel in seinem Gesicht sich mehr bewegte, wie sehr er sich auch anstrengte. Und es wurde furchtbar kalt, sehr kalt für einen Sommertag, sehr kalt für die Mittagszeit, für Frankreich, für den Monat Juli und für einen jungen Mann... Schließlich konnte er nur noch flüstern: »Johnny, mach dir keine Sorgen. Paß auf dich auf. Ich komm' schon wieder in Ordnung, wirklich, Johnny, ich komme wieder...«

Komischer Krieg war das. Keiner brüllte und schnauzte einen mehr an. Kein Rickett mehr, weil Rickett sozusagen in seinen Armen gestorben war und ihn dabei über und über mit Blut bespritzt hatte. Jetzt gab es nur noch den leisen, schielenden kleinen Schnellküchenkoch mit seinen zarten Patschhänden, sanft wie ein Christus, ein schielender Christus mit 'nem Angeberbärtchen und einem fremden griechischen Namen, und dann gab es noch das schmale, traurige Gesicht des Generals, der sich sein Geld durch Spaziergänge im Feindfeuer mit dem Stöckchen in der Hand verdienen mußte, ein General mit einem Gesicht voll Tragik und Autorität, dem man nichts abschlagen konnte; und dann das stoßende Schluchzen seines Bruders Johnny Burnecker, dem er hoch und heilig versprochen hatte, ihn nicht zu verlassen, weil sie einander Glück brachten. Sie würden bestimmt am Leben bleiben, und wenn die ganze Kompanie umkommen sollte, und natürlich würde die Kompanie umkommen, denn es gab ja so viele Hecken hinter so vielen Feldern, die alle noch vor ihnen lagen. Die Armee, das ließ sich nicht leugnen, hatte sich kolossal verändert und änderte sich laufend weiter, rasch, leise, in einem dröhnenden Nebel von Glasröhrchen, Aderpressen, Morphiumspritzen und Tränen.

Sie betteten Noah auf eine Tragbahre und trugen ihn nach hinten. Noah hob den Kopf und sah Johnny Burnecker ohne Helm auf der Erde sitzen und haltlos weinen. Noah wollte ihm etwas zurufen, wollte ihm sagen, daß am Ende alles gut werden würde, aber aus seiner zugeschnürten Kehle kam kein Laut. So ließ er den Kopf wieder sinken und schloß die Augen, während sie ihn forttrugen, denn er konnte es nicht mehr ertragen, seinen Freund so einsam und verlassen dasitzen zu sehen.

31. Kapitel

Die Pferdekadaver begannen in der Sonne aufzuschwellen und zu stinken. Der Gestank vermengte sich mit dem scharfen Arzneigeruch des zusammengeschossenen Sanitätstransports, der in einem Haufen umgeworfener Wagen, ausgelaufener Desinfektionsmittel, in Bergen zerfetzten Papiers und unnützer roter Kreuze die Straße versperrte. Die Toten und Verwundeten waren weggebracht worden, aber der Konvoi lag auf der sich um einen Hügel windenden Straße da, wie er von den amerikanischen Tieffliegern angetroffen worden war, die ihn in Grund und Boden schossen.

Mit einem zusammengewürfelten Haufen von zwanzig Mann, von denen er nicht einen kannte, kam Christian, die Maschinenpistole im Arm, an der zusammengeschossenen Kanone vorbei. Er hatte die Leute früh am Morgen zusammengelesen, nachdem er von der Einheit getrennt worden war, der man ihn vor drei Tagen zugeteilt hatte. Die Gruppe war sicherlich in der Nacht zu den Amerikanern übergelaufen. Christian fühlte sich ziemlich erleichtert, daß er der Verantwortung für den Haufen ledig war. Als er den zusammengeschossenen Verwundetentransport anschaute, dem die Kennzeichnung durch die roten Kreuze nichts genützt hatte, ergriffen ihn Wut und Verzweiflung. Wut über die mit einer Geschwindigkeit von sechshundert Kilometern in der Stunde aus den Wolken schießenden Amerikaner, die sich auf den langsam den Hügel hinauffahrenden Pferdetransport mit seiner Ladung verwundeter und sterbender Männer gestürzt hatten, um Mann und Roß und Wagen mit ihren MGs und Raketengeschossen niederzumähen.

Seine Leute, das sah er mit einem Blick, teilten seine Wut nicht. Auf ihren Gesichtern lag nur noch dumpfe Verzweiflung. Sie waren jenseits aller Wut, wie sie schwer bepackt, teilweise ohne Waffen und gänzlich erschöpft an dem Gerümpel und dem Gestank des vernichteten Konvois vorbeitrotteten. Langsam marschierten sie in östlicher Richtung, mit den Augen angstvoll den gefährlichen blauen Himmel absuchend. Sie glichen todwunden Tieren, die, ohne Vernunft und Hoffnung, nur noch den Wunsch hatten, sich irgendwo zu verkriechen und zu sterben. Einige von ihnen, in unbegreiflicher Besitzgier, schleppten auf dem Wirrwarr des Rückzuges immer noch Beutestücke mit sich. Einer hatte eine Geige in der Hand, die er in der Wohnung irgendeines Musikliebhabers gestohlen hatte. Ein anderer hatte auf seinen Tornister ein paar silberne Kerzenleuchter geschnallt, ein stummer und unaufdringlicher Beweis dafür, daß dieser Soldat trotz der Untergangsstimmung die Hoffnung auf zukünftige Festlichkeiten mit weißgedeckten und feierlich beleuchteten Tischen nicht aufgegeben hatte. Ein riesengroßer Mann mit rotumränderten Augen ohne Helm, dessen langes blondes Haar verstaubt war, trug in seinem Gepäck ein Dutzend Schachteln Camembert. Als er an Christian vorbeimarschierte, denn er war ein ungewöhnlich stämmiger Kerl und hielt sich noch ziemlich straff, vermischte sich der Geruch des Käses mit dem Gestank, der den Trümmern des Konvois entströmte.

Auf dem ersten Wagen des Konvois war ein 8,8-cm-Flakgeschütz montiert. Die Pferde des Wagens lagen tot in ihrem Geschirr, in der

Stellung, in der sie wild galoppierend davonrasen wollten, und ihr Blut war über Geschütz und Wagen verspritzt. So sieht das heute mit der deutschen Wehrmacht aus, dachte Christian dumpf im Vorbeigehen, Pferde gegen Flugzeuge. Auf dem Rückzug in Afrika hatten sie wenigstens noch Motoren und Maschinen gehabt. Hardenburgs Motorrad zum Beispiel, der italienische Stabswagen, das Sanitätsflugzeug, mit dem er über das Mittelmeer nach Italien gebracht worden war. Es schien das Schicksal der deutschen Wehrmacht zu sein, sich auf immer primitivere Kampfmittel zurückziehen zu müssen, je länger ein Krieg dauerte. Ersatz, Treibstoff-Ersatz, Kaffee-Ersatz, Ersatzblut, Ersatzsoldaten...

Auch schien ihm, als hätte er sich sein ganzes Leben lang auf Rückzügen befunden. Er erinnerte sich nicht mehr, jemals vorgegangen zu sein. Rückzug war seine Lebensgrundlage, die allgemeine Wetterlage. Zurück, zurück, immer verwundet, erschöpft, immer den süßlichen Totengeruch in der Nase, immer feindliche Flugzeuge über und hinter sich, die Bordwaffen in den Flugzeugen glitzernd, die Piloten grinsend, weil sie in völliger Sicherheit Hunderte in der Minute niedermähen konnten.

Dann riß das laute Hupen eines Wagens Christian aus seinen Gedanken. Er sprang zur Seite. Ein kleiner, geschlossener Wagen fuhr vorüber und hüllte ihn in eine Staubwolke. Christian erblickte gerade noch das Gesicht eines Mannes, der eine Zigarette rauchte.

Plötzlich schrie jemand, und über Christians Kopf dröhnte eine Maschine. Schnell suchte er Deckung in einem der vielen tiefen Löcher, die die deutsche Wehrmacht vorsorglich längs der meisten französischen Landstraßen für Notfälle wie diesen hatte ausheben lassen. Er duckte sich tief in die feuchte Erde, den Kopf zwischen die Schultern gezogen. Er getraute sich nicht aufzublicken und lauschte nur auf das donnernde Heulen der zurückkehrenden Flugzeuge und das wilde Rattern der Bordwaffen. Zweimal flogen die Maschinen über ihn hinweg und verschwanden dann. Christian stand auf und kroch aus seinem Loch. Von seinen Leuten war niemand getroffen worden, aber die kleine Limousine war gegen einen Baum gefahren und lag umgekippt und brennend am Straßenrand. Zwei Männer waren herausgeschleudert worden und lagen sehr still in der Mitte der Straße. Die beiden anderen verbrannten in den Flammen des ausgelaufenen Treibstoffs, des zerplatzten Gummis und der Stoffpolsterung.

Langsam ging Christian zu den beiden Männern hin, die mit dem Gesicht nach unten auf der Straße lagen. Er brauchte sie nicht einmal anzufassen, um zu sehen, daß sie tot waren.

»Offiziere«, sagte eine Stimme hinter ihm. »Mußten natürlich fahren.« Der Mann spuckte aus.

Die anderen Männer gingen an den beiden Toten und dem brennenden Wagen vorüber. Einen Augenblick dachte Christian daran, einigen der Leute den Befehl zu geben, ihm bei der Wegräumung der Leichen zu helfen. Aber dann unterließ er es. Schließlich war es nicht so wichtig, wo in diesen Tagen zwei Tote lagen.

So setzte Christian seinen Rückmarsch nach Osten langsam fort. Sein verwundetes Bein meldete sich wieder und zitterte. Er putzte sich die Nase und spie fortwährend aus, um den unerträglichen Gestank der Pferdekadaver und der ausgelaufenen Arzneien loszuwerden.

Am nächsten Morgen hatte er Glück. Während der Nacht hatte er sich von seinem Haufen getrennt und war allmählich an den Rand eines Dorfes gekommen, das wie ausgestorben und scheinbar leblos im Mondlicht vor ihm lag. Er hatte nicht gewagt, allein in der Nacht durch den Ort zu gehen, denn die Einwohner könnten einen einzelnen deutschen Soldaten in der Finsternis abknallen, ihm Waffen, Stiefel und Uniform abnehmen und ihn hinter eine Hecke werfen, wo er verfaulen könnte. Deshalb hatte er den Rest der Nacht unter einem Baum verbracht, ein wenig von seiner Marschverpflegung gegessen und bis zum Morgengrauen geschlafen.

Dann war er durch den Ort geeilt, war beinahe über die Pflastersteine gerannt, an der grauen Kirche vorbei und dem unvermeidlichen Kriegerdenkmal vor dem Rathaus, mit seinen Palmen und Bajonetten, und vorbei an den geschlossenen Geschäften. Nichts rührte sich. Die Franzosen schienen sich während des Rückzuges der Deutschen in Luft aufgelöst zu haben. Selbst Hunde und Katzen hatten sich verkrochen, bis das geschlagene Heer durchgezogen war. Auf der anderen Seite des Dorfes hatte er eine Begegnung. Er marschierte, so rasch er konnte, denn von den letzten Häusern aus konnte man ihn noch sehen. Sein Atem pfiff in den Lungen. Als er um die letzte Ecke bog, kam ihm ein Radfahrer entgegen.

Christian blieb stehen. Der Fahrer war offenbar in großer Eile, denn er saß tief über die Lenkstange gebeugt und trat kräftig in die Pedale. So kam er Christian entgegen.

Christian stellte sich in die Mitte der Straße und wartete. Er sah, daß es ein Junge von ungefähr fünfzehn oder sechzehn Jahren war, ohne Mütze, in blauem Hemd und in einer alten französischen Militärhose. So raste er die holprige französische Straße in der kühlen, feuchten Morgendämmerung zwischen Pappelbäumen entlang. Der Junge sah Christian erst, als er auf zehn Meter herangekommen war. Er hielt plötzlich an und stieg ab. »Komm her!« rief Christian heiser auf deutsch, weil er in diesem Augenblick sein Französisch vergaß. »Lauf hier herüber.« Dabei trat er ein paar Schritte auf den Jungen zu. Einen Augenblick starrten sich beide an. Der Junge war sehr blaß, hatte lockiges schwarzes Haar und erschrockene Augen. Mit einem schnellen, tierhaften Griff packte er das Rad und riß es herum. Er rannte mit dem Rad davon, ehe Christian seine MP schußfertig machen konnte. Dann schnellte er mit einem Satz auf das Rad, beugte sich vor und trat wild auf die Pedale, so daß sein blaues Hemd sich wie ein Ballon im Wind blähte, und raste auf der Straße zurück, die er gekommen war.

Ohne weiter zu überlegen, schoß Christian. Der zweite Schuß traf. Das Fahrrad rollte in den Straßengraben, und der Junge rutschte über die Straße auf die andere Seite hinüber, wo er leblos liegenblieb.

Rasch lief Christian auf dem holprigen Pflaster der Straße auf das Fahrrad zu. Seine Stiefel machten einen klappernden Lärm in der Stille des Morgens. Er bückte sich zu dem Fahrrad hinunter und stellte es auf, dann rollte er es ein paarmal hin und her; es hatte nichts abbekommen. Darauf sah er sich den Jungen an. Sein Kopf lag seitwärts zu ihm hingedreht, das Gesicht war sehr bleich und unverletzt. Unter der schlanken Nase war der kleine Anflug eines Bärtchens. Aber ein roter Fleck verbreitete sich langsam auf dem Rücken des abgetragenen blauen Hemdes. Christian machte eine Bewegung in Richtung des Jungen, aber wandte sich dann wieder ab. Im Ort hatte man die Schüsse sicher gehört, und wenn man ihn hier finden würde, über den toten Jungen gebeugt, würde man kurzen Prozeß mit ihm machen.

Christian schwang sich auf das Rad und fuhr ostwärts. Nach den mühsamen Marschtagen schien der Boden unter ihm mit wunderbarer Schnelligkeit und Leichtigkeit dahinzurollen. Er spürte seine Beine kaum, die leichte Morgenbrise wehte ihm angenehm und kühl ins Gesicht, und das taufeuchte Grün der Felder war ein erfrischender Anblick. Man braucht nicht immer ein Offizier zu sein, um fahren zu können, dachte er.

Frankreichs Straßen waren für Radfahrer ausgezeichnet geeignet. Nicht zu holprig, die Pflasterung in ganz gutem Zustand, und große Steigungen waren nicht zu überwinden. Es müßte eigentlich leicht sein, pro Tag seine zweihundert Kilometer herunterzuradeln. Leicht...

Er war bester Stimmung, fühlte sich jung und stark, und zum erstenmal, seit er den ersten Lastensegler am Himmel über der Küste an jenem düsteren Morgen hatte herankommen sehen, fühlte er so etwas wie Hoffnung in sich aufsteigen. Nach einer halben Stunde pfiff er fröhlich vor sich hin, während er zwischen zwei blaßgrün und gelb in der Sonne wogenden, halbreifen Weizenfeldern einen sanften Hügel hinunterfuhr. Er kam sich vor wie im Urlaub und pfiff die Tonleiter hinauf und hinunter ohne eigentliche Melodie, nur aus reinem Vergnügen am Pfeifen.

Den ganzen Tag radelte er nach Osten, auf Paris zu. Er kam an Männern vorüber, die neben hochbeladenen Wagen herliefen, auf denen Hausrat, Möbel und Bilder und Apfelweinfässer gestapelt waren. Früher war er auch an Flüchtlingen in Frankreich vorbeigekommen, es war schon lange her. Aber sie sahen damals natürlicher aus. Es waren meist Frauen, Kinder und alte Männer, und man wußte, daß sie gute Gründe hatten, ihre Matratzen und Kochtöpfe und unentbehrlichen Möbelstücke mitzuführen, denn sie beabsichtigten, sich irgendwo anders eine Behelfswohnung einzurichten. Aber es war schon ein merkwürdiger Anblick, die deutsche Wehrmacht in diesem Aufzug auf den Straßen zu sehen, junge uniformierte Männer mit Gewehr, die nur hoffen konnten, durch ein Wunder wieder neu zusammengestellt zu werden und als kampfkräftige Truppe den Amerikanern entgegenzutreten oder sich den Amerikanern zu ergeben, die ihnen dicht auf den Fersen waren. In jedem Fall aber war es sinnlos, gerahmte Gemälde von normannischen Schlössern und seidene Lampenschirme auf dem Rückzug mitzuschleppen. Mit starren Augen und von allen guten Geistern verlassen wälzte sich der Strom der geschlagenen Divisionen auf den sommerlichen Straßen Paris zu, ohne Offiziere, ohne Disziplin oder Zusammenhalt, eine leichte Beute für die amerikanischen Panzer und Flugzeuge, die ihnen auf dem Fuß folgten. Manchmal keuchte ein alter französischer Omnibus mit Holzgasantrieb die Straße entlang, vollgepfropft mit staubigen Soldaten, die vor jeder Steigung aussteigen mußten, um zu schieben. Manchmal sah man auch einen Offizier, der sich aber sehr schweigsam verhielt und genauso verlassen aussah wie seine Leute.

Und dazwischen lag das Land in seiner sommerlichen Pracht, rot und rosa leuchteten die Geranien an den Bauernhäusern in der vollen Blüte der schönen heißen Tage.

Gegen Abend wurde Christian müde. Seit Jahren war er nicht mehr radgefahren, und in den ersten beiden Stunden hatte er ein zu scharfes Tempo angeschlagen. Außerdem waren ihm zweimal an diesem Tage Schüsse nachgefeuert worden. Er hatte die Kugeln gefährlich nahe vorbeipfeifen hören und seine Anstrengungen verdoppelt, um aus ihrer Reichweite zu kommen. Sein Fahrrad schwankte bedenklich von einer Straßenseite zur anderen, als er bei Sonnenuntergang auf dem Marktplatz einer mittleren Stadt ankam. Er war irgendwie froh, den Platz voll

Soldaten zu sehen. Sie saßen in den Cafés oder lagen erschöpft und schlafend auf den Steinbänken vor dem Rathaus. Einige reparierten ohne viel Hoffnung an alten Citroënmodellen herum, um sie wieder flottzubekommen und noch ein paar Kilometer fahren zu können. Hier, stellte Christian erleichtert fest, konnte er kurze Zeit Rast machen. Er stieg von seinem Fahrrad, das ihm jetzt wie eine aalglatte, harte und bösartige französische Maschine vorkam, die es mit eigener schlauer Intelligenz darauf abgesehen hatte, ihn seiner letzten Kraft zu berauben, ja ihn sogar zu ermorden, denn sie hatte ihn an diesem Tag vier- bis fünfmal in ganz harmlosen Kurven beinahe auf die Straße geschleudert.

Mit steifen und zitternden Beinen ging er neben dem Rad her. Die auf dem Platz herumsitzenden und -liegenden Männer warfen ihm einen gleichgültigen Blick zu und schauten wieder zu Boden. Mit festem Griff hielt er das Rad, denn er traute diesen müden, kaltschnäuzigen Kerlen ohne weiteres zu, ihn wegen des Besitzes zweier Räder und eines abgescheuerten Sattels glatt umzubringen, wenn sie konnten.

Er hätte sich gerne hingelegt, um ein paar Stunden zu schlafen, aber er wagte es nicht. Seitdem man unterwegs auf ihn geschossen hatte, traute er sich nicht, sich irgendwo allein aufzuhalten, selbst an einem noch so einsamen und ruhigen Ort. Die einzige Sicherheit vor den im Hinterhalt lauernden Franzosen bestand in diesen Tagen in der Schnelligkeit und Überzahl. Hier, in dieser Stadt, konnte er sich zwischen den anderen Leuten nicht hinlegen. Wenn er aufwachen würde, wäre das Fahrrad gestohlen. Er wußte von sich selbst, daß er sich die Gelegenheit nicht entgehen lassen würde, das Rad jedem schlafenden Kameraden wegzunehmen, und wenn es General Rommel höchstpersönlich wäre. Es gab daher keinen Grund anzunehmen, daß diese fußkranken, rücksichtslosen Burschen wählerischer sein würden als er.

Aber etwas zu trinken muß ich haben, dachte er. Ein guter Schluck wird mich aufmöbeln. Dann kann's wieder weitergehen.

Steifbeinig schob er sein Rad durch die offene Tür eines Cafés. Hinten im Lokal saßen ein paar Soldaten, die ihn kurz und ohne Überraschung anblickten, als ob es die natürlichste Sache der Welt wäre, daß deutsche Feldwebel mit der Hand an einer Fahrradlenkstange oder ein Pferd am Zügel oder neben einem Panzer Cafés betraten. Christian lehnte das Rad vorsichtig an die Wand und stellte sicherheitshalber noch einen Stuhl an das Hinterrad. Auf diesen Stuhl setzte er sich. Er winkte dem alten Mann hinter der Bar. »Kognak«, sagte er, »einen doppelten.«

Er blickte sich in dem halbdunklen Raum um. An den Wänden hingen die üblichen Bekanntmachungen in deutscher und französischer Sprache über den Ausschank von Alkohol. Auch das Märchen war zu lesen, daß Apéritifs nur dienstags und donnerstags ausgeschenkt werden dürften. Es war Donnerstag, wie sich Christian so nebenbei erinnerte. Aber dieser besondere Donnerstag war seiner Natur nach geeignet, selbst die Verordnungen eines Ministers der französischen Vichy-Regierung zu widerrufen. Auf jeden Fall, der Herr Minister, der diese Verordnung erlassen hatte, suchte sich in diesem Augenblick wahrscheinlich mit höchster Eile in Sicherheit zu bringen und wäre über einen Kognak sicher sehr froh. Am Abend dieses Sommertages gab es überhaupt nur ein Gesetz, dessen Befolgung erwartet werden konnte: das Gesetz der Flucht. Und was die Autorität betraf, so lag sie in diesem Augenblick bei den Kanonen der Ersten und Dritten Amerikanischen Armee, deren eherne Sprache zwar in dieser Gegend noch nicht gehört wurde, aber bereits eine vorauswirkende und nicht weniger furchteinflößende Herrschaft ausübte.

Der alte Franzose kam mit einem Gläschen Kognak angeschlurft. Er hatte einen Bart wie ein jüdischer Prophet und roch furchtbar aus dem Mund. Konnte man nicht einmal in dieser kühlen, dämmerigen Ecke den Gerüchen des Zerfalls und der Verwesung entgehen?

»Fünfzig Francs«, sagte der Alte und beugte sich über Christian, das Glas noch vorsichtig in der Hand.

Einen Augenblick kam Christian der Gedanke, den Alten wegen des Wucherpreises zur Rede zu stellen. Diese Franzosen! dachte er. Sie machen ein Geschäft aus dem Sieg, aus der Niederlage, aus Vormarsch und Rückzug, aus Freund und Feind. Ganz gut für die Amerikaner, daß sie mit ihnen für 'ne Weile zu tun bekommen. Wollen mal sehen, ob sie glücklich dabei werden. Er warf die zerknitterte Note, von der deutschen Wehrmacht ausgegeben, auf den Tisch und dachte sich, daß er ohnehin bald keine Verwendung für Francnoten mehr haben würde. Er grinste in sich hinein, als er sich vorstellte, welchen Erfolg der alte Gauner bei der Einlösung dieses deutschen Zahlungsversprechens durch die Sieger wohl haben würde.

Der alte Mann faltete den Schein sorgfältig zusammen, steckte ihn ein und ging an den ausgestreckten Beinen der Soldaten vorbei wieder zu seiner Bar zurück. Eine Zeitlang drehte Christian das Glas in den Fingern, ohne zu trinken. Er war zufrieden, sitzen zu können, die müden Glieder ausruhen zu lassen und sich still in dem schweren Stuhl zurückzulehnen. Gleichgültig musterte er die übrigen Gäste. Es war schon zu dunkel, um ihre Gesichter genau sehen zu können. Sie schwiegen und machten auch sonst keinen Lärm. Sie saßen nur erschöpft und nachdenklich da und nippten sparsam an ihren Gläsern, als ob dies für lange Zeit ihr letztes Glas wäre und sie sich so lange wie möglich an den guten Geschmack und den scharfen Alkohol erinnern wollten.

Dunkel entsann sich Christian der Bar in Rennes, es lag lange zurück, und an den Tisch mit den Soldaten, die ihre Uniformkragen nicht zugeknöpft hatten und prahlerisch und mit lautem Gehaben Champagner tranken. Jetzt trank niemand mehr Champagner, und keiner war laut, und wenn einer den Mund aufmachte, dann waren es nur ganz wenige Worte, und die Antworten waren auch recht einsilbig. Ja. Nein. Wird's uns morgen erwischen? Was werden die Amerikaner mit uns machen? Ist die Straße nach Rennes noch frei? Hast du schon gehört, was mit der Panzer-Lehrdivision los ist? Was sagt man im Bataillonsstab? Ist der Krieg aus? Ist er aus? Unwillkürlich, während er mit seinem Glas spielte, mußte Christian an den Pionier denken, den er wegen Ungehorsams und unsoldatischen Benehmens gemeldet hatte. Einen Monat Ausgangsverbot. Christian lächelte und lehnte sich gegen sein Fahrrad. Müßte wundervoll sein, jetzt einen Monat Ausgangsverbot zu bekommen. Einen Monat Ausgangsverbot für die Erste Amerikanische Armee, einen Monat Ausgangsverbot für die Achte Luftflotte, für alle Österreicher in der deutschen Wehrmacht wegen unsoldatischen Benehmens...

Langsam schlürfte er seinen Kognak. Er schmeckte scharf und war wahrscheinlich gar kein Kognak. Vielleicht vor drei Tagen gebrannt und mit Kartoffelsprit vermischt! Diese elenden Franzosen! Voller Haß blickte Christian den alten Mann hinter der Bar an. Er stand wohl nur aushilfsweise hinter der Bar, hatte sich schon längst vom Geschäftsleben zurückgezogen. Wahrscheinlich gehörte das Lokal einem dicken, gewöhnlichen Kaufmann und seiner schmierigen, fetten Frau, die das Geschäft bis vor kurzem geführt hatten. Aber als sie sahen, wie die Dinge standen, und die ersten Wellen des geschlagenen deutschen Heeres durch das Städtchen fluteten, hatten sie den alten Mann hinter die Theke gestellt, in der Hoffnung, daß nicht einmal die Deutschen sich an diesem armen Wrack von einem Menschen vergreifen würden. Der Besitzer und seine Frau saßen inzwischen wohlgeborgen in einer Bodenkammer bei Kalbsteak und Salat mit einer anständigen Flasche Wein, oder stiegen zusammen ins Bett zu ihrer schwitzenden, nach Knoblauch riechenden ehelichen Umarmung. (Corinne in Rennes, mit ihrem fetten Hintern und den Händen einer Stallmagd und dem strähnigen, gefärbten Haar.) Da lagen sie nun pausbäckig und warm in ihrem Federbett und lachten sich eins, wenn sie an Papa in ihrer dreckigen

Kneipe dachten, der den ausgepumpten deutschen Soldaten das letzte Geld für den nichtsnutzigen Schnaps abnahm; oder an die toten Deutschen auf den Straßen oder an die Amerikaner, die sie noch mehr zu schröpfen hofften als die Deutschen.

Christian starrte den alten Mann an. Der erwiderte den Blick; ruhig, verächtlich und kalt schauten die kleinen schwarzen Augen aus dem verrunzelten Gesicht. Alter Mann mit Tausenden gedruckten wertlosen Francs in der Tasche, alter Mann mit deinen verfaulten Zähnen, glaubst, du wirst über die Hälfte der jungen Burschen in der Kneipe deiner Tochter überleben, brüllst innerlich vor Lachen, wenn du an das grausame Schicksal denkst, das diesen so gut wie gefangenen und so gut wie toten Ausländern an dem schmutzigen Tisch im Halbdunkel noch blüht.

»Monsieur wünschen?« fragte der alte Mann mit dünner Stimme.

»Monsieur wünschen nichts«, antwortete Christian. Man hatte die Franzosen viel zu gut behandelt. Es gab Feinde, und es gab Freunde, aber ein Mittelding gab es nicht. Entweder liebte man, oder man griff an, und alles andere war Politik, Korruption und Schwäche, und das war nun die Quittung. Hardenburg, ohne Gesicht in Capri, in dem hohen Zimmer mit dem Verbrannten, der hatte das begriffen, aber die Politiker begriffen es immer noch nicht.

Der alte Mann schlug die Augen nieder. Gelbe, runzelige Lider senkten sich wie schmutziges, altes Papier über die wie schwarze Kiesel funkelnden, höhnischen Augen. Dann wandte er sich um, und Christian konnte sich des Gefühls nicht erwehren, daß der Alte über ihn triumphiert hatte.

Er nahm einen Schluck von seinem Kognak. Langsam fing er an, den Alkohol zu spüren. Er wurde schläfrig und tatendurstig zugleich, wie ein Riese im Traum, der ungeheure Kräfte zu entwickeln und gewaltige Schläge auszuführen vermag.

»Trinken Sie aus, Feldwebel«, sagte neben ihm eine leise Stimme, die ihm bekannt vorkam. Er sah auf und blinzelte durch das zunehmende Halbdunkel eine Gestalt an seinem Tisch an.

»Was?« fragte er erstaunt.

»Ich möchte mit Ihnen sprechen, Feldwebel«, sagte die Gestalt.

Christian schüttelte den Kopf und riß die Augen auf. Dann erkannte er den Mann. Es war Brandt. In Offiziersuniform, verstaubt, schlank und ohne Mütze stand er vor ihm und lächelte.

»Brandt...«

»Psst«, flüsterte Brandt und legte seine Hand auf Christians Arm. »Trinken Sie aus, und kommen Sie nach draußen.«

Er wandte sich um und ging hinaus. Christian konnte ihn durch das Fenster sehen, wie er mit dem Rücken zum Fenster stand, während ein zerlumpter Trupp vom Arbeitsdienst vorbeimarschierte. Christian leerte rasch sein Glas und stand auf. Der alte Mann hinter der Bar beobachtete ihn. Christian griff die Lenkstange des Rades und schob es vorsichtig zur Tür. An der Tür konnte er der Versuchung nicht widerstehen, noch einen letzten Blick auf den dunkeläugigen, höhnischen Franzosen zu werfen, ein Stück Siebzigerkrieg, Verdun und Marne in einem, wie er hinter seinem vorsintflutlichen Schanktisch stand. Der Alte sah sich ein Plakat an, das hinter der Bar hing, in französischer Sprache, aber von Deutschen entworfen. Eine Schnecke mit ausgestreckten Fühlern, an denen die amerikanische und englische Flagge angebracht war und die langsam die italienische Halbinsel hinaufkroch. Der Text besagte in ironischen Worten, daß sogar eine Schnecke jetzt in Rom angekommen wäre...

Die letzte Frechheit, dachte Christian. Wahrscheinlich hat der Alte das Plakat erst diese Woche aufgehängt, mit scheinheiliger Miene und in sich hineingrinsend, damit jeder deutsche Soldat, der auf der Flucht vorbeikam, noch einen Blick darauf werfen mußte.

»Ich hoffe«, sagte der alte Mann mit seiner brüchigen, dünnen Stimme, »daß Monsieur mit dem Kognak zufrieden war.«

Diese Franzosen, dachte Christian wütend, sind doch nicht zu schlagen.

Dann ging er zu Brandt hinaus.

»Gehen wir ein Stück«, sagte Brandt leise, »gehen wir um den Marktplatz herum. Es braucht niemand zu hören, was ich Ihnen jetzt sage.«

Sie gingen auf dem schmalen Trottoir, an den geschlossenen Geschäften vorüber. Christian bemerkte erstaunt, daß Brandt bedeutend älter aussah, seit er ihn das letztemal gesehen hatte. An seinen Schläfen schimmerten graue Haare, und um Augen und Mund hatten sich tiefe Falten gebildet. Auch war er sehr dünn geworden.

»Ich habe Sie hereinkommen sehen«, sagte Brandt, »und traute meinen Augen nicht. Mindestens fünf Minuten habe ich Sie beobachtet, weil ich mir nicht sicher war. Was um Himmels willen haben Sie durchgemacht?« Christian zuckte etwas verstimmt die Schultern, denn Brandt befand sich auch nicht gerade in glänzender Verfassung. »Gott, ich bin 'n bißchen herumgestoßen worden, da und dort an verschiedenen Fronten. Und was machen Sie hier?«

»Sie haben mich in die Normandie abgestellt«, erzählte Brandt. »Bilder von der Invasion, Bilder von gefangenen Amerikanern, Greuelberichte über französische Frauen und Kinder, von amerikanischen Bomben niedergemetzelt. Der übliche Schwindel. Nicht stehenbleiben, weitergehen. Wenn wir irgendwo stehenbleiben, laufen wir nur Gefahr, daß so ein verdammter Offizier aufkreuzt, nach Ausweisen fragt und uns in eine neu zusammengestellte Einheit steckt.«

Sie schritten also mehrmals um den Platz herum, wie Soldaten, die einen Befehl auszuführen haben. Die untergehende Sonne warf ihr purpurrotes Licht auf die grauen Steinhäuser, und die herumliegenden Männer hoben sich undeutlich und verschwommen von dem Hintergrund der Pflastersteine und der heruntergelassenen Fensterläden ab.

»Sagen Sie«, fragte Brandt, »was haben Sie vor?«

Christian lachte meckernd. Er staunte selbst über den trockenen Ton, der aus seiner Kehle stieg. Der Gedanke, daß er nach den vielen Tagen, die er auf der Flucht vor den Amerikanern verbracht hatte, auch noch etwas vorhaben könnte, kam ihm höchst belustigend vor.

»Weshalb lachen Sie?« fragte Brandt mißtrauisch, und Christian zwang sein Gesicht in ernste Falten, denn er hatte eine Ahnung, daß Brandt ihn über wichtige Neuigkeiten im ungewissen lassen würde, wenn er ihn verärgerte.

»Es ist nichts«, sagte Christian, »ehrlich gesagt: nichts. Ich bin bloß ein bißchen müde. Ich habe gerade ein europäisches Neuntagerennen per Fahrrad hinter mir, und das hat mich einigermaßen angestrengt. Aber es geht vorüber.«

»Also?« fragte Brandt wieder, und Christian merkte an dem Ton seiner Stimme, daß die Nerven des Bildberichters auch nicht in bester Verfassung waren. »Was haben Sie jetzt vor?«

»Per Fahrrad schleunigst nach Berlin zurück«, antwortete Christian. »Ich glaube, ich werde sogar den bestehenden Rekord brechen.«

»Hören Sie um Gottes willen mit Ihren Witzen auf«, sagte Brandt.

»Das Strampeln durch die historisch so interessante französische Landschaft macht mir Spaß«, meinte Christian leichtsinnig. »Dabei tiefsinnige Unterhaltungen mit den historischen Einwohnern in ihren Nationalkostümen über Handgranaten und Maschinenpistolen... Aber im Ernst: Wenn Sie etwas Besseres wissen, lasse ich mich gerne überreden.«

»Hören Sie zu«, sagte Brandt, »einen Kilometer von hier, in einer Scheune, habe ich einen englischen Zweisitzer stehen...«

Christian horchte auf, und das Lachen war ihm endgültig vergangen.

»Gehen Sie weiter!« fuhr Brandt ihn an. »Ich sagte Ihnen doch, wir dürfen nicht stehenbleiben. Ich will nach Paris zurück. Mein blöder Fahrer ist gestern abend ausgebüxt. Wir sind von Tieffliegern beschossen worden, und da hat er die Nerven verloren. Lief mitten in der Nacht zu den Amerikanern über.«

»Ja, und?« fragte Christian und gab sich den Anschein, als ob er auf das Weitere sehr gespannt sei. »Warum haben Sie sich denn den ganzen Tag hier herumgedrückt?«

»Ich kann doch nicht fahren!« sagte Brandt bitter. »Können Sie sich vorstellen: Ich habe nie Autofahren gelernt.«

Diesmal konnte Christian das Lachen nicht unterdrücken. »O Gott!« sagte er, »der moderne Mensch der Technik!«

»So komisch ist es auch wieder nicht«, sagte Brandt. »Ich bin zu nervös am Steuer. Ich habe es 1935 mal versucht, aber es hat keinen Zweck. Ich hätte mir beinahe das Hirn eingefahren.«

Was für eine Zeit, dachte Christian und genoß im stillen seine unerwartete Überlegenheit über einen Mann, der bis jetzt so gut durch den Krieg gekommen war. Konnte er sich nicht ein anderes Jahrhundert aussuchen, wenn ihn die Technik so nervös machte? »Warum haben Sie nicht einen dieser Kerls aufgegriffen, der Sie fahren könnte?« Dabei deutete er auf die auf den Rathausstufen herumliegenden Soldaten.

»Denen kann man nicht trauen«, antwortete Brandt düster und schaute sich ängstlich um. »Was meinen Sie, wie viele Offiziere in den letzten Tagen von ihren eigenen Leuten umgebracht worden sind? Jetzt sitze ich in diesem verdammten Drecknest schon an die vierundzwanzig Stunden herum und überlege, was ich tun soll, und suche nach einem vertrauenerweckenden Gesicht. Aber die marschieren alle in Trupps, haben alle Kameraden, und ich habe doch nur zwei Plätze im Wagen. Morgen können die Amerikaner schon hier sein, dann ist die Straße nach Paris gesperrt... Ich gestehe Ihnen, als ich Ihr Gesicht in dem Café da drüben erblickte, hätte ich beinahe vor Freude losgeheult. Passen Sie auf«, und er packte Christian aufgeregt am Arm, »sind Sie allein? Ist noch jemand bei Ihnen?«

»Keine Angst«, beruhigte Christian ihn, »ich bin allein.«

Und dann blieb Brandt plötzlich stehen und fuhr sich nervös übers Gesicht. »Daran habe ich ja noch gar nicht gedacht«, flüsterte er. »Können *Sie* fahren?«

Die nackte, bohrende Qual auf Brandts Gesicht, als er die einfache, alberne Frage stellte, von der in einem Augenblick, wo die ganze deutsche Wehrmacht zusammenbrach, sein letzter Halt und seine letzte Rettung abhing, flößte Christian tiefes Mitleid mit dem mageren, gealterten ehemaligen Kunstmaler ein. »Machen Sie sich keine Sorgen, Kamerad«, sagte er und klopfte Brandt beruhigend auf die Schulter, »ich kann fahren.«

»Gott sei Dank!« seufzte Brandt. »Wollen Sie sich mir anschließen?« Christian wurde es auf einmal ein bißchen schwach und schwindlig vor den Augen. Hier bot man ihm Sicherheit, Schnelligkeit, den Weg nach Hause, Überleben... »Na klar«, erwiderte er, und die beiden Männer grinsten sich unmerklich an, wie zwei Schiffbrüchige, die durch gegenseitige Hilfe doch noch Land erreicht hatten.

»Gehen wir gleich los«, sagte Brandt.

»Augenblick noch«, sagte Christian, »ich möchte mein Fahrrad jemandem schenken. Soll ein anderer wenigstens Gelegenheit bekommen, sich in Sicherheit zu bringen...« Er musterte die Gestalten vor dem Rathaus und überlegte, nach welchem Gesichtspunkt er sich jemanden auswählen sollte. »Nein«, sagte Brandt und zog ihn zurück. »Wir können das Rad sehr gut gebrauchen. Der französische Bauer, dem die Scheune gehört, tauscht es uns gegen so viel Lebensmittel ein, wie wir nur schleppen können.« Christian zögerte eine Sekunde. Dann sagte er gleichmütig: »Natürlich, daran habe ich gar nicht gedacht.«

Brandt blickte sich nochmals ängstlich um, um sicherzugehen, daß ihnen niemand folgte, Christian schob sein Fahrrad, und so gingen sie zur Stadt hinaus, auf derselben Straße, auf der Christian vor einer halben Stunde hereingekommen war. An der ersten Kreuzung, wo zwischen blühenden Hagedornbüschen, die wunderbar stark in der reinen Abendluft dufteten, ein Feldweg in die Hauptstraße einmündete, bogen sie ab. Nachdem sie eine Viertelstunde gegangen waren, erreichten sie das ansehnliche, von Geranien umrankte Bauernhaus und die große, aus Steinen gebaute Scheune, in der Brandts Zweisitzer, unter Heu versteckt, stand.

Brandt hatte mit dem Fahrrad richtig gerechnet. Als sie unter den ersten Sternen der anbrechenden Nacht auf dem schmalen Landweg von dem Bauernhaus abfuhren, besaßen sie zwei Schinken, eine große Kanne Milch, die Hälfte eines beachtlichen Käses, einen Liter Calvados und zwei Liter Apfelwein, ein halbes Dutzend schwarze Bauernbrote und einen Korb voll Eier, die die Bauersfrau schnell hartgekocht hatte, während sie den kleinen Wagen aus dem Heu hervorzogen. Das Fahrrad hatte sich also bezahlt gemacht.

Gesättigt und ausgeruht saß Christian hinter dem Lenkrad des kleinen, gut erhaltenen Wagens, und im blassen Mondlicht fuhren sie an den blühenden, duftenden Hagedornbüschen vorüber, zurück auf die Hauptstraße. Christian lächelte vor sich hin. Die morgendliche Begegnung mit dem jungen Mann im blauen Hemd auf der einsamen Straße hatte sich doch ganz vorteilhaft ausgewirkt.

Sie fuhren zur Stadt zurück und hindurch, ohne anzuhalten. Als sie in schnellem Tempo über den Marktplatz fuhren, rief jemand hinter ihnen her. Aber ob es ein Befehl war zu halten oder eine Bitte, mitgenommen zu werden, oder einfach ein Fluch, weil sie so rasch fuhren und die Leute auf der Straße gefährdeten, wurde nie geklärt. Denn Christian gab Gas und fuhr, so rasch er konnte. Einen Augenblick später glitten sie auf die vom Mond schwach beleuchtete Straße, die sich durch die französische Landschaft zweihundert Kilometer in Richtung auf Paris schlängelte.

»Deutschland ist erledigt«, sagte Brandt mit dünner, müder Stimme, aber laut genug, daß Christian ihn im Nachtwind, der um den offenen Wagen spielte, hören konnte, während sie in gleichmäßig schnellem Tempo durch die schlafende Landschaft fuhren. »Nur ein Verrückter gibt das heute noch nicht zu. Schauen Sie sich um, was passiert: Zusammenbruch. Keiner kümmert sich um den anderen. Eine Million Männer auf den Straßen, gestrandet und planlos umherziehend. Eine Million Soldaten, beinahe ohne Offiziere, einfach ohne Verpflegung, ohne Zusammenhalt, ohne Munition, einfach den Amerikanern überlassen, wenn die Zeit haben, sie gefangenzunehmen. Oder zusammenzuschießen, falls sie so wahnsinnig wären, sich ihnen entgegenzustellen. Deutschland besitzt keine kampfkräftigen Truppen mehr. Vielleicht wird man versuchen, aus zusammengerafften Mannschaften irgendwo eine Verteidigungsfront zu errichten, aber das wird nur eine Geste sein, eine vorübergehende, blutige Geste. Ein krankhaft-romantisches Wikingerbegräbnis. Clausewitz und Wagner, Generalstab und Siegfried, alle zusammengenommen für eine Theaterszene auf dem Friedhof. Ich bin ein genauso guter Patriot wie jeder andere, und ich habe, weiß Gott, Deutschland nach Kräften gedient, in Italien, in Rußland, hier in Frankreich... Aber was sie jetzt tun, können sie nicht mit mir machen. Ich glaube nicht an Wikingerhelden. Ich habe keine Lust, auf dem nationalen Scheiterhaufen des Herrn Goebbels verbrannt zu werden. Der Unterschied zwischen einem zivilisierten Menschen und einem wilden Tier besteht darin, daß der zivilisierte Mensch weiß, wenn das Spiel verloren ist, und Schritte zu seiner Rettung unternimmt... Als es damals nach Krieg aussah, lief mein Antrag zur Erwerbung der französischen Staatsangehörigkeit bereits. Aber ich habe ihn zurückgezogen, weil Deutschland mich brauchte.«

Brandt redete ununterbrochen und versuchte, sich von seiner Redlichkeit, seiner Anständigkeit und Vernunft mehr zu überzeugen als den Mann neben sich hinter dem Steuerrad. »Ich habe mich freiwillig gemeldet und habe getan, was ich konnte. Mein Gott, wieviel Bilder habe ich aufgenommen! Und was ich alles auszustehen hatte, bis ich sie vor die Linse bekam. Aber jetzt ist es aus mit dem Fotografieren. Es ist niemand mehr da zum Entwickeln, keiner glaubt mehr an Frontaufnahmen, damit lockt man keinen Hund mehr vom Ofen. Meinen Apparat habe ich bei dem Bauern da hinten gegen zehn Liter Benzin eingetauscht. Der Krieg ist keine Gelegenheit für Bildberichter mehr, weil es keinen Krieg zum Abbilden und Berichten mehr gibt. Höchstens noch den Ablauf der Demobilisierung. Aber das können wir ruhig den Amerikanern überlassen. Ein Blödsinn, eine Demobilisierung für die Leute zu fotografieren, die demobilisiert werden. Interessiert keinen Menschen. Wenn ein Soldat in ein Heer eintritt, übernehmen beide Teile Verpflichtungen. Der Soldat muß bereit sein, gegebenenfalls sein Leben einzusetzen, aber es für nichts und wieder nichts wegzuwerfen, dazu ist er nicht verpflichtet. Wenn unsere Regierung jetzt nicht kapituliert, und es bestehen keine Aussichten, daß sie es tut, hat sie ihre vertraglichen Verpflichtungen mir und jedem deutschen Soldaten gegenüber verletzt. Wir schulden ihr nichts mehr. Nicht das geringste.«

»Warum erzählen Sie mir das alles?« fragte Christian, die Augen auf die von blassem Mondschein überflutete Straße gerichtet. Er hat irgendeinen Plan, dachte er wachsam, aber ich werde mich nicht so ohne weiteres fangen lassen.

»Weil ich, sobald wir in Paris ankommen, desertieren werde«, erwiderte Brandt langsam.

Eine volle Minute fuhren sie schweigend dahin.

»So ist es eigentlich nicht richtig ausgedrückt«, sagte Brandt wieder. »Nicht ich desertiere, sondern die Wehrmacht desertiert, die Wehrmacht läßt mich im Stich. Ich möchte das ganz klar aussprechen.«

Desertieren. Das Wort hallte in Christians Ohren nach. Die Amerikaner hatten schon oft Flugblätter abgeworfen, in denen zur Übergabe aufgefordert wurde. Der Krieg sei verloren, und wer sich ergebe, werde gut behandelt... Er hatte auch schon Geschichten von deutschen Soldaten gehört, die beim Desertieren erwischt und in Gruppen zu sechs am nächsten Baum gehängt worden waren. Ihre Familien zu Hause sollten erschossen worden sein... Brandt hatte keine Familie, er hatte weniger Bindungen als die meisten anderen. Andererseits, in diesem Wirrwarr konnte niemand sagen, wer desertiert, wer gefallen, wer nach heldenhaftem Kampf gefangengenommen worden war. Erst viel später, wenn überhaupt, im Jahr 1960 vielleicht, würden Gerüchte durchsikkern, aber darüber brauchte man sich nicht den Kopf zerbrechen.

»Warum müssen Sie erst nach Paris fahren, um zu desertieren?« fragte Christian, und die von den Amerikanern abgeworfenen Zettel fielen ihm wieder ein. »Warum kehren Sie nicht um und ergeben sich der ersten amerikanischen Einheit, auf die Sie stoßen?«

»Daran habe ich schon gedacht«, entgegnete Brandt. »Glauben Sie ja nicht, daß ich das übersehen habe. Aber es ist zu gefährlich. Die amerikanischen Kampftruppen sind mir zu unsicher. Vielleicht sind sie rachsüchtig, vielleicht sind einige ihrer Kameraden gerade von deutschen Scharfschützen abgeknallt worden, vielleicht sind sie in Eile, vielleicht sind es Juden mit Verwandten im KZ Buchenwald; kann man nie wissen. Auf jeden Fall ist es mir zu gefährlich. Außerdem, in diesem Land kann es passieren, daß man nie bis zu den Amerikanern durchkommt. Jeder verdammte Franzose zwischen hier und Cherbourg hat heutzutage ein Gewehr und wartet nur darauf, noch rasch einen Deutschen umzulegen. O nein, ich will desertieren, nicht sterben, mein Lieber!«

Ein vernünftiger Mann, dachte Christian bewundernd. Einer, der alles im voraus bedenkt. Kein Wunder, daß Brandt sich in der Wehrmacht so gut bewährt hatte. Er hatte genau die Bilder aufgenommen, die das Propaganda-Ministerium haben wollte, hatte den schönen Posten an dem Pariser Magazin-Verlag bekommen, wohnte die ganzen Jahre in einem luxuriösen Appartement in Paris, hatte immer gut gegessen, sich tadellos angezogen und bei den besten Huren geschlafen.

»Sie kennen doch noch meine Freundin Simone?« fragte Brandt.

»Was, sind Sie immer noch mit ihr zusammen?« fragte Christian erstaunt. Soviel er wußte, hatte Brandt mit ihr seit 1940 zusammengelebt. Christian hatte sie auf seinem ersten Urlaub kennengelernt, als Brandt ihn ihr vorstellte. Sie waren zusammen ausgegangen, und Simone hatte sogar eine Freundin mitgebracht, wie hieß sie gleich? Françoise. Aber sie war eiskalt gewesen und hatte keinen Zweifel darüber gelassen, daß sie die Deutschen nicht mochte. Brandt hatte Glück gehabt in diesem Krieg. In der Uniform der Siegernation, dabei beinahe Franzose, der die Sprache vollkommen beherrschte, hatte er alle Vorteile dieser Zwitterstellung genossen.

»Natürlich bin ich immer noch mit Simone zusammen, warum nicht?« sagte Brandt.

»Ich weiß nicht«, Christian lächelte. »Seien Sie mir nicht böse. Aber es ist so lange her... vier Jahre... und dazu im Krieg...« Obgleich Simone eine sehr hübsche Frau war, hatte sich Christian immer vorgestellt, daß Brandt bei seinen vielen Gelegenheiten von einer schönen Frau zur anderen flattern würde.

»Wir wollen sogar heiraten«, sagte Brandt ernst. »Sobald dieser Dreckskrieg vorüber ist.«

»Natürlich«, meinte Christian, während sie an einer Kolonne Soldaten vorbeifuhren, die einer hinter dem anderen am Straßenrand marschierten und deren Waffen im Mondlicht blitzten. »Natürlich, warum auch nicht?« Brandt, dachte er voll Neid, glücklicher, vernünftiger Brandt, unverwundet, gut durch den Krieg gekommen und mit einer glänzenden, gut geplanten Zukunft vor sich.

»Ich gehe sofort zu ihr«, fuhr Brandt fort, »ziehe die verdammte Uniform aus und Zivilkleider an. Und dann bleib' ich da, bis die Amerikaner kommen. Und nachdem der erste Siegesrausch verflogen ist, geht Simone zur amerikanischen Militärpolizei und sagt ihnen, daß sie einen deutschen Offizier beherbergt, der sich ergeben möchte. Die Amerikaner sind sehr korrekt. Sie behandeln ihre Gefangenen als Gentlemen, und der Krieg ist sowieso bald zu Ende. Dann werden sie mich freilassen, ich heirate Simone und male wieder...«

Glücklicher Brandt, dachte Christian wieder. Alles bestens geordnet, Frau, Beruf, alles...

»Übrigens«, sagte Brandt eindringlich, »das ist auch Ihre Chance.«

»Was?« rief Christian. »Will Simone mich auch heiraten?«

»Machen Sie keine Witze«, sagte Brandt. »Sie hat eine große Wohnung, zwei Schlafzimmer. Sie können auch dableiben. Sie sind mir zu schade, um in diesem Krieg umzukommen...« Dabei machte er eine unbestimmte Geste zu den Soldaten am Straßenrand hin und zum Himmel hinauf. »Sie haben genug getan, haben Ihre Pflicht getan. Mehr als Ihre Pflicht. Jetzt wird es Zeit, daß jeder, wenn er nicht gerade ein Idiot ist, für sich selbst sorgt.« Brandt legte seine Hand beschwörend auf Christians Arm. »Ich will Ihnen etwas sagen, Diestl«, sagte er. »Seit dem Tag damals auf der Straße nach Paris waren Sie mir ein Vorbild, ich habe mir Sorgen um Sie gemacht. Sie waren einer der wenigen, die ich heil aus diesem Kriege herauskommen sehen wollte. Leute wie Sie brauchen wir nach dem Krieg. Und Sie schulden es Ihrem Vaterland, auch wenn Sie nicht an sich selbst denken... kurz und gut: Wollen Sie mit mir zusammenbleiben?«

»Vielleicht«, erwiderte Christian zögernd, »vielleicht bleibe ich.« Er schüttelte den Kopf, um Erschöpfung und Schlaf aus den Augen zu verscheuchen, und es gelang ihm gerade noch, einem quer über der Straße liegenden Panzer auszuweichen, an dem drei Mann im Licht ihrer Taschenlampen fieberhaft reparierten. »Vielleicht komme ich mit. Aber zuerst müssen wir mal nach Paris kommen. Dann ist immer noch Zeit, uns über die nächsten Schritte Gedanken zu machen...«

»Wir werden durchkommen«, sagte Brandt ruhig. »Sicher werden wir durchkommen. Jetzt habe ich überhaupt keinen Zweifel mehr.«

In der nächsten Nacht kamen sie in Paris an. Auf den Straßen war wenig Verkehr, und alles war verdunkelt. Es sah nicht anders aus, als Christian es von früher her kannte, aus den Tagen vor der Invasion. Deutsche Stabswagen flitzten immer noch durch die Straßen. Gelegentlich fiel ein Lichtschein auf die Straße, wenn sich die Tür eines Cafés öffnete, und bisweilen hörte man das Lachen vorübergehender Soldaten. Auch die Mädchen waren noch da, stellte Christian fest, als sie über die Place de l'Opéra fuhren. Leise riefen sie die schattenhaft vorbeigehenden Uniformen an. Geschäft, Geschäft, dachte Christian grimmig. Sie lassen sich nicht stören, ob der Feind tausend Kilometer entfernt oder schon vor den Toren der Stadt steht, ob die Amerikaner noch in Algier oder schon in Alençon stehen...

Brandt saß bis zum äußersten gespannt auf dem Rand seines Sitzes, atmete vernehmbar und wies Christian den Weg durch das verwickelte Durcheinander der verdunkelten Straßen. Christian erinnerte sich eines anderen Tages, an dem er und Brandt diese Boulevards entlanggefahren waren. Damals saß Leutnant Hardenburg vorn, und Feldwebel Himmler zeigte ihnen die Sehenswürdigkeiten der Stadt wie ein Fremdenführer. Der Spaßvogel Himmler, heute ein gebleichtes Knochenskelett; und Hardenburg, Selbstmörder in Italien... Aber Brandt und er lebten noch, fuhren in flottem Tempo über denselben Asphalt, rochen denselben säuerlichen, bekannten Geruch der alten Stadt, kamen an denselben Denkmälern und an der ewig gleichen, sanft dahinfließenden Seine vorüber.

»Hier«, flüsterte Brandt, »halten Sie hier.«

Christian trat auf die Bremsen und schaltete den Motor aus. Er war sehr müde. Sie hielten vor einer Garage mit einem großen hellen Tor, zu dem eine zementierte Einfahrt steil hinaufführte.

»Warten Sie hier«, sagte Brandt und sprang aus dem Wagen. An einer Tür seitlich der Einfahrt klopfte er, und einen Augenblick später wurde geöffnet, und Brandt verschwand nach innen. (Himmler war damals genauso hinter der Tür des Bordells verschwunden. Die halbmondförmigen maurischen Fenster und die eisgekühlten Flaschen Champagner und das geheimnisvoll-berufliche Lächeln auf den Lippen des dunklen Mädchens. »Eigentlich ein bißchen komisch, meinen Sie nicht auch?« hatten die roten Lippen mit einem Anflug von Hohn gesagt. Und Brandts barsche Antwort: »Wir sind eben ein komisches Volk. Das wirst du bald rauskriegen. Nun geh und tu was fürs Geld.« Und das grüne Seidenkleid über Himmlers Arm, und die Jahreszahl 1918 an der Kirchhofsmauer.) Die Franzosen, pochte es tief in Christians Unterbewußtsein, werden am Schluß noch Sieger bleiben.

Christian hörte einen knirschenden Ton, und das Tor der Garage öffnete sich. Über der Einfahrt leuchtete ein mattes Licht, ein gelber, verschwommener Punkt in der Tiefe des Raumes. Brandt kam eilig heraus und spähte die leere Straße hinauf und hinunter.

»Fahren Sie rasch hinein«, sagte er leise zu Christian.

Christian ließ den Motor an und fuhr den kleinen Wagen die Einfahrt hinauf auf das trübe Licht zu. Hinter sich hörte er, wie die Garagentür wieder geschlossen wurde. Vorsichtig fuhr er den engen Mittelgang entlang und hielt hinten. Dann sah er sich um. In dem trüben Licht erblickte er die Umrisse von weiteren drei oder vier mit Segeltuchplanen zugedeckten Wagen.

»Hier lassen wir den Wagen«, sagte Brandts Stimme hinter ihm.

Christian stellte den Motor ab und stieg aus. Brandt und ein anderer Mann kamen auf ihn zu. Der andere war ein kleiner Dicker mit einem steifen Hut. Er wirkte teils komisch, teils gefährlich in der Umgebung dieser düsteren Garage.

Der Mann mit dem steifen Hut ging ein paarmal um den Wagen herum und strich mit der Hand da und dort über die Karosserie. »Nicht schlecht«, sagte er auf französisch. Dann wandte er sich um und verschwand in einem dürftig beleuchteten kleinen Büro auf der Seite der Garage.

»Passen Sie auf«, sagte Brandt zu Christian. »Ich habe ihm den Wagen für fünfundsiebzigtausend Francs verkauft.« Dabei wedelte er mit einem Bündel Banknoten vor Christians Gesicht herum. Christian konnte zwar nicht viel sehen, aber er hörte das Rascheln des Papiers. »Wir werden das Geld in den nächsten paar Wochen sehr gut gebrauchen können. Und jetzt nehmen wir unsere Sachen aus dem Wagen und hauen ab. Wir gehen zu Fuß.«

Fünfundsiebzigtausend Francs, dachte Christian voll Bewunderung für Brandts Geschäftstüchtigkeit, während er ihm half, das Brot, die Schinken, den Käse und den Calvados aus dem Wagen zu laden. Der Bursche ist doch nicht zu schlagen! Überall hat er Freunde und Geschäftsverbindungen, die ihm jederzeit weiterhelfen.

Der Mann mit dem steifen Hut kam mit zwei Säcken zurück, und Christian und Brandt verstauten ihre Schätze darin. Der Franzose machte keine Anstalten, ihnen dabei zu helfen. Er stand abseits des schwachen Lichtschimmers und sah ihnen zu, eine dunkle, wachsame, gleichgültige Gestalt. Als sie alles verpackt hatten, führte sie der Franzose einige Stufen hinunter zu einer Tür, öffnete sie und sagte: »*Au revoir,* Monsieur Brandt. Viel Vergnügen in Paris.« In seiner Stimme klang ein schlauer Unterton von Hohn und Warnung durch, so daß

Christian große Lust verspürte, ihn am Kragen zu packen, unter das einsame Birnchen zu ziehen und ihn sich genau anzusehen. Aber Brandt zupfte ihn nervös am Ärmel und zog ihn auf die Straße hinaus. Hinter ihnen schlug die Tür zu, sie hörten das leise Knacken des Schlosses.

»Hier hinüber«, sagte Brandt und ging voran, den Beutesack über der Schulter. »Es ist nicht weit!« Christian folgte ihm die dunkle Straße hinunter. Er nahm sich vor, Brandt später über den Franzosen mit dem steifen Hut auszufragen und was er wohl mit dem soeben gekauften kleinen Wagen anfangen würde. Aber jetzt war er zu müde, und außerdem schritt Brandt so eilig und stumm vor ihm her, auf die Wohnung seines Mädchens zu, daß er keine Gelegenheit hatte, mit ihm zu sprechen.

Es dauerte eine ziemliche Zeit, bis sich die Tür spaltbreit öffnete. Brandt flüsterte etwas in den Türspalt hinein, und Christian hörte die Antwort einer alten Frau. Zunächst klang die Stimme ärgerlich, später dann, als sich Brandt zu erkennen gab, wurde sie herzlich und warm. Eine Sicherheitskette rasselte, und die Tür sprang weit auf. An der vermummten Concierge vorbei stiegen beide die Treppen hinauf. War wieder echt Brandt, dachte Christian. Er weiß genau, an welchen Türen man anklopfen und was man sagen muß, damit sie sich auftun. Jemand schaltete die Flurbeleuchtung ein, und Christian sah, daß es sich um ein sehr anständiges Haus handelte. Marmortreppen, sauber, gutbürgerlich, ein Haus für Vizepräsidenten und höhere Ministerialbeamte.

Nach zwanzig Sekunden ging das Licht wieder aus, und sie stiegen in der Dunkelheit weiter. Christians Maschinenpistole, die er über der Schulter trug, schlug mit einem metallischen Geräusch gegen die Wand. »Still«, flüsterte Brandt aufgeregt. »Seien Sie doch vorsichtig.« Auf dem nächsten Treppenabsatz drückte er auf den Lichtknopf, und die Beleuchtung brannte wieder zwanzig Sekunden lang; sparsame französische Art.

So erreichten sie das oberste Stockwerk, wo Brandt leise an eine Tür klopfte. Hier wurde überraschend schnell geöffnet, als hätte man hinter der Tür gestanden und nur auf das Klopfzeichen gewartet. Ein Lichtstrahl ergoß sich in das Treppenhaus, und Christian sah eine Frauengestalt in einem langen Morgenrock. Dann warf sich die Frau in Brandts Arme und stammelte schluchzend: »Du hier, *Chérie,* du bist hier... du bist hier!«

Verlegen lehnte Christian an der Wand, hielt seine MP fest, damit sie nicht klapperte, und beobachtete, wie die beiden sich umarmten. Es war eine häusliche, eheliche Begrüßungsszene, mehr Erleichterung als

Leidenschaft, unschön, ungraziös, mit viel Tränen, rührend und sehr privat. Christian hätte gewünscht, bei diesem Wiedersehen nicht Zeuge sein zu müssen.

Halb lachend, halb weinend löste sich Simone endlich aus Brandts Armen, strich sich mit der einen Hand die Haare aus dem Gesicht, während sie sich mit der anderen noch immer an Brandt klammerte, als ob sie sich versichern wollte, daß er leibhaftig vor ihr stand und sich nicht in der nächsten Minute in Luft auflösen würde.

»So, jetzt wollen wir uns wieder anständig benehmen«, sagte sie, und Christian erinnerte sich sofort an den anmutigen hellen Klang ihrer Stimme. Sie wandte sich Christian zu.

»Du erinnerst dich noch an Diestl, nicht wahr?« sagte Brandt.

»Natürlich, aber natürlich«, sagte sie und streckte Christian lebhaft die Hand entgegen, die er schüttelte. »Ich freue mich so, Sie wiederzusehen. Wir haben oft von Ihnen gesprochen... Kommen Sie herein, kommen Sie herein... Sie können doch nicht die ganze Nacht im Treppenhaus stehenbleiben.«

Sie gingen in die Wohnung hinein, und Simone schloß die Tür hinter ihnen, ein heimatliches, an Sicherheit gemahnendes Geräusch. Brandt und Christian folgten ihr ins Wohnzimmer. Dort stand am Fenster vor den zugezogenen Vorhängen eine Frau in einem gesteppten Morgenrock, ihr Gesicht lag im Schatten, außerhalb des Lichtscheins der einzigen Lampe, die auf einem Tischchen neben der Couch stand.

»Legen Sie ab, und Sie werden sich waschen wollen, und, oh, Sie müssen ja halb verhungert sein!« sprudelte Simone in hausfraulicher Sorge heraus. »Wir haben auch noch Wein, wir müssen gleich eine Flasche aufmachen, zur Feier des Tages... O Françoise, sieh mal, wer da ist. Ist das nicht wundervoll?«

Françoise, dachte Christian, richtig: Françoise, die Deutschenhasserin. Wachsam sah er zu, wie sie auf Brandt zuging und ihm die Hand schüttelte.

»Ich freue mich sehr, Sie wiederzusehen«, sagte sie.

Sie war noch hübscher, als Christian sie in Erinnerung hatte. Sie war groß, trug ihr kastanienbraunes Haar hochgesteckt und hatte eine lange, schmale Nase über einem strengen Mund. Sie wandte sich Christian zu und hielt ihm lächelnd die Hand hin: »Willkommen, Feldwebel Diestl«, sagte sie und drückte ihm warm die Hand.

»Ach«, fragte Christian zurückhaltend, »Sie erinnern sich noch an mich?«

»Aber natürlich«, sagte Françoise und blickte ihn offen an. »Ich habe oft an Sie gedacht.«

Grünliche verschleierte Augen, dachte Christian mißtrauisch. Worüber lächelt sie, und was meint sie, wenn sie sagt, sie habe oft an mich gedacht? »Françoise ist letzten Monat zu mir gezogen, *Chérie*«, sagte Simone zu Brandt. »Ihre Wohnung ist beschlagnahmt worden. Deine Wehrmacht.« Dabei schnitt sie eine entzückende kleine Grimasse, so daß Brandt lachen mußte und sie in die Arme schloß. Einen Augenblick ließ sie ihre Hände auf seinen Schultern liegen, ehe sie sich von ihm löste. Dabei fiel es Christian auf, daß sie sehr gealtert war. Sie war immer noch schlank und zierlich, aber um ihre Augen hatten sich kleine Fältchen gebildet, und ihre Haut sah leblos und trocken aus.

»Werden Sie länger bleiben?« fragte Françoise.

Einen Augenblick zögerte Christian. Dann erwiderte er gleichmütig: »Vorläufig haben wir noch keinen festen Plan, wir...«

Brandts Lachen, ein hohes, hysterisches Gelächter, Mischung von Erleichterung und Spott, unterbrach ihn. »Diestl«, rief Brandt, »seien Sie doch nicht so furchtbar korrekt. Natürlich werden wir länger bleiben, bis zum Kriegsende.«

Darauf sank Simone auf die Couch und begann zu weinen, und Brandt mußte sie trösten. Christian bemerkte, wie Françoise spöttisch und kühl auf Simone hinuntersah, ehe sie sich umwandte und ans Fenster zurückging.

»Ach«, sagte Simone und wischte sich die Tränen ab, »das ist ja lächerlich. Warum weine ich eigentlich? Ich werde schon wie meine Mutter. Die weinte, wenn sie glücklich war oder wenn sie traurig war oder wenn die Sonne schien oder wenn's regnete. Nun geht und wascht euch erst mal. Und wenn ihr zurückkommt, bin ich wieder ganz vernünftig und habe ein schönes Abendessen für euch fertig. Nun geht schon. Schaut mich nicht an mit meinen verweinten Augen. Geht jetzt ins Badezimmer!«

Brandt grinste, ein kindliches, albernes Heimkehrergrinsen, das nicht zu seinem mageren, faltigen und gescheiten, vom Straßenstaub verschmutzten Gesicht passen wollte.

»Kommen Sie, Diestl«, sagte er, »waschen wir uns den Dreck vom Gesicht.«

Sie gingen zusammen ins Badezimmer. Christian bemerkte, daß Françoise ihnen nicht nachsah, als sie das Zimmer verließen.

Im Bad gab es nur kaltes Wasser, wegen der Kohlenknappheit. Während Brandt sich wusch, redete er unter dem Seifenschaum ununterbrochen.

Christian kämmte sich sein dunkles nasses Haar mit einem fremden Kamm. »Die Frau hat etwas«, sagte Brandt, »was ich noch bei keiner anderen gefunden habe. Sie kann alles mit mir machen. Komisch, an anderen Frauen hatte ich immer etwas auszusetzen. Entweder waren sie zu dünn oder zu eitel oder zu dumm... Zwei, drei Wochen, und dann hatte ich genug von ihnen. Aber bei Simone... ich weiß, sie ist 'n bißchen sentimental. Sie wird älter, hat da und dort Fältchen, aber...« Und er grinste unter der Seife, »mir gefällt's. Sie ist nicht besonders klug, aber mir gefällt sie. Mir gefällt sie sogar, wenn sie weint...« Dann sagte er ernst: »Sie ist das einzig Gute, was ich aus dem Krieg nach Hause bringe.« Dann, als ob er sich seiner Offenheit schämte, drehte er den Wasserhahn voll auf und wusch sich kräftig die Seife vom Gesicht und Hals. Er stand mit entblößtem Oberkörper da, und Christian betrachtete spöttisch und voll Mitleid, wie die Rippen unter der Haut seines Freundes hervorstachen und wie dürr die Arme waren, wie bei einem kleinen Jungen. Was für ein Liebhaber, dachte Christian, und was für ein Soldat! Wie hat er nur die vier Kriegsjahre überstehen können?

Brandt richtete sich auf und trocknete sich ab. »Diestl«, sagte er gedämpft unter dem weichen Frottee des Handtuches. »Sie bleiben doch bei mir, nicht wahr?«

»Vor allem«, sagte Christian so leise, daß seine Stimme von dem Rauschen des Wassers übertönt wurde, »wie steht's mit der anderen?«

»Françoise?« Brandt winkte beruhigend ab. »Über die brauchen Sie sich keine Sorge zu machen. Hier ist Platz genug. Sie können auf der Couch schlafen. Oder...« und er grinste, »wenn Sie sich mit ihr verstehen, brauchen Sie nicht einmal auf der Couch zu schlafen.«

»Ich mache mir keine Sorgen wegen des Platzes«, sagte Christian. Brandt langte nach dem Hahn, um das Wasser abzudrehen. »Lassen Sie's laufen«, sagte Christian barsch und hielt Brandts Hand fest.

»Was ist denn mit Ihnen los?« fragte Brandt erstaunt.

»Sie mag die Deutschen nicht, die andere«, sagte Christian. »Sie kann uns eine Menge Scherereien machen.«

»Unsinn.« Mit schneller Bewegung drehte Brandt den Hahn zu. »Ich kenne sie, ich garantiere für sie. Sie wird sogar sehr nett zu Ihnen sein. Nun hören Sie mal zu: Versprechen Sie mir, daß Sie hierbleiben?«

»Schön«, sagte Christian langsam, »ich bleibe.« Er sah, wie Brandts Augen leuchteten, und die Hand, die Christian auf die nackte Schulter klopfte, zitterte leicht.

»Endlich sind wir in Sicherheit, Diestl«, flüsterte er. »Endlich in Sicherheit...«

Er wandte sich um, zog sich verlegen das Hemd an und ging in das anschließende Zimmer. Christian ließ sich Zeit beim Anziehen. Er musterte sich im Spiegel, studierte sein hageres Gesicht, die tiefen Linien auf seinen Wangen, die ganze Landkarte von Schmerz, Angst und Erschöpfung, die unauslöschlich und unwiderruflich auf seine Züge gezeichnet war. Er trat ganz nahe an den Spiegel heran und betrachtete sein Haar. Es war grau an den Schläfen, und die Haarspitzen auf dem Kopf glänzten auch schon silbrig. Ich werde alt, dachte er. Ich habe es gar nicht gemerkt.

Er riß sich zusammen und haßte die Welle von Selbstmitleid, der er sich einen Augenblick hingegeben hatte. In straffer Haltung betrat er das Wohnzimmer.

Das Wohnzimmer war sehr gemütlich. Die einzige, mit einem reizenden Schirm versehene Lampe verbreitete ein gedämpftes rosa Licht über die modernen Möbel, den blaßrosa Teppich, die geblümten Vorhänge, die schimmernden Gläser und über Françoise, deren schlanke Gestalt auf der weichen Couch zurückgelehnt lag.

Brandt und Simone waren zu Bett gegangen. Simone hatte ihn hausfraulich an der Hand genommen und war mit ihm hinausgegangen. Nach dem Essen und dem hastigen, oberflächlichen Bericht ihrer Erlebnisse in den letzten aufregenden Tagen war Brandt in seinem Stuhl beinahe eingeschlafen, und Simone hatte ihn liebevoll hochgezogen und ihn hinausgeführt, wobei sie Christian und Françoise in dem dämmrigen Zimmer noch ein beinahe mütterliches Lächeln geschenkt hatte.

»Der Krieg ist aus«, hatte Brandt schon im Halbschlaf gemurmelt. »Der Krieg ist aus, Herrschaften, und jetzt wird erst mal geschlafen. Leutnant Brandt von der Wehrmacht des Dritten Reiches geht schlafen. Schluß mit dem Soldatenleben. Morgen wacht wieder der dekadente Maler abstrakter Bilder in seinem Federbett an der Seite seiner Frau auf.« Und mit einer schläfrigen Bewegung deutete er auf Françoise. »Sei gut zu meinem Freund und lieb ihn. Er ist der Beste der Besten, stark, zart, im Feuer bewährt, Hoffnung des neuen Europas, wenn es ein neues Europa gibt und man darauf hoffen kann. Lieb ihn.«

Kopfschüttelnd und zärtlich hatte Simone ihn hinausgeschoben und gesagt: »Der Wein hat ihn geschwätzig gemacht.«

»Gute Nacht«, hatten sie Brandt noch in der Diele murmeln hören, »gute Nacht, meine lieben Freunde...«

Dann hatte Simone die Tür geschlossen, und es war still in dem kleinen, nach dem Geschmack seiner Bewohnerin eingerichteten Zimmer geworden. Ein matter Glanz lag auf dem Holz der Möbel, den Spiegeln, den zarten Farben der Kissen und der silbergerahmten Fotografie von Brandt in Baskenmütze und Hemd, einer Aufnahme aus der Vorkriegszeit.

Christian blickte zu Françoise hinüber. Mit hinter dem Kopf gefalteten Händen starrte sie zur Decke, ihr Gesicht lag im Schatten, und ihr Körper, in den weichen Kissen versunken, war unter dem blauen gesteppten Morgenrock völlig reglos. Hin und wieder, mit einer trägen, spielerischen Bewegung, streckte sie einen Fuß aus und wippte mit ihrem seidenen Pantöffelchen auf und ab. Dunkel erinnerte er sich an einen anderen gesteppten Morgenrock, rot, tiefrot; Greta Hardenburg hatte ihn angehabt, als er sie zum erstenmal in der Tür ihrer Wohnung in Berlin gesehen hatte. Was Frau Hardenburg wohl heute tat und ob das Haus noch stand? Ob sie noch lebte und ob die grauhaarige Französin immer noch bei ihr war?

»Er ist müde«, murmelte Françoise aus den Tiefen ihrer Kissen auf der Couch. »Er ist sehr müde, unser Leutnant Brandt.«

»Ja«, sagte Christian und beobachtete sie scharf.

»Er hat viel durchgemacht, nicht wahr?« fragte Françoise und bewegte ihre Zehen in dem Seidenpantöffelchen. »War nicht schön, die letzten paar Wochen, nicht wahr?«

»Nein, nicht sehr.«

»Die Amerikaner«, sagte Françoise mit gleichmütiger, unschuldig klingender Stimme, »die Amerikaner sind sehr stark, sehr frisch, nicht?«

»Allerdings.«

»Die hiesigen Zeitungen«, sagte Françoise und räkelte sich in ihrem Morgenrock, daß die Linien ihres Körpers sich wie Schatten abzeichneten, »die Zeitungen behaupten, es gehe alles planmäßig vor sich. Die Amerikaner würden aufgehalten werden, und dann erfolge der Gegenangriff.« Der Klang trägen Hohns war jetzt deutlich aus ihrer Stimme herauszuhören. »Die Zeitungen schreiben sehr zuversichtlich. Monsieur Brandt sollte sie öfters lesen.« Dabei kicherte sie leise. Wenn sie sich über ein anderes Thema unterhalten hätten, fand Christian, hätte das Kichern anregend und einladend geklungen. »Monsieur Brandt«, fuhr Françoise freundlich fort, »ist nicht der Meinung, daß die Amerikaner aufgehalten werden. Und einen Gegenangriff hält er für sehr unwahrscheinlich, nicht wahr?«

»Ich glaube es«, erwiderte Christian und dachte: Was will sie eigentlich?

»Und was meinen Sie?« fragte sie leichthin, in das dämmrige Zimmer hinein.

»Vielleicht bin ich auch Brandts Meinung«, sagte Christian.

»Sie sind auch sehr müde, nicht wahr?« fragte Françoise, setzte sich auf und starrte ihn an. Ihre Lippen zeigten keinen Spott, waren ganz sympathisch, aber in ihren grünlich schimmernden Augen versteckte sich ein geheimes Lächeln. »Sie wollen vielleicht auch schlafen gehen?«

»Noch nicht gleich«, antwortete er. Der Gedanke war ihm unangenehm, daß dieses schlangengliedrige, grünäugige, spöttische Geschöpf ihn jetzt allein lassen könnte. »Es hat schon Zeiten gegeben, wo ich viel erschöpfter war als jetzt.«

Françoise sank wieder in die Kissen zurück. »Oh, was für ein prachtvoller Soldat«, sagte sie. »Zäh und unüberwindlich. Wie kann eine Armee einen Krieg verlieren, wenn sie über solche Männer verfügt?«

Christian blickte sie an und haßte sie. Sie wandte ihm mit einer schläfrigen Bewegung den Kopf auf den Kissen zu und sah ihn an. Die langen Muskeln unter der blassen Haut ihres Halses gaben ein neues zartes Muster von Fleisch und Schatten in dem gedämpften Lampenlicht ab. Plötzlich wußte Christian, daß er nichts sehnlicher wünschte, als die Stelle zu küssen, wo die Haut in einer zitternden elfenbeinernen Linie von dem schlanken Hals zu den halbentblößten Schultern überging.

»Vor langer Zeit kannte ich einmal einen jungen Mann wie Sie«, sagte Françoise, sah ihm voll ins Gesicht und lächelte nicht. »Franzose. Stark, zäh, ein Patriot. Ich mochte ihn sehr, muß ich gestehen.« Ihre tiefe Stimme klang murmelnd in dem stillen Zimmer. »Er fiel 1940. Auch auf einem Rückzug. Glauben Sie, daß Sie auch fallen, Feldwebel?«

»Nein«, sagte Christian langsam, »das glaube ich nicht.«

»Gut.« Françoises volle Lippen verzogen sich zu einem Lächeln. »Der Beste der Besten, wie Ihr Freund sagte. Hoffnung des neuen Europas. Halten Sie sich für die Hoffnung des neuen Europas, Feldwebel?«

»Brandt war betrunken.«

»Meinen Sie? Vielleicht haben Sie recht. Aber, wollen Sie wirklich nicht schlafen gehen?«

»Wirklich nicht.«

»Sie sehen aber sehr müde aus, wissen Sie.«

»Ich will jetzt nicht schlafen gehen.«

Françoise nickte leicht. »Der unermüdliche Feldwebel. Will nicht schlafen gehen. Bleibt wach, um unter großen persönlichen Opfern eine einsame französische Dame zu unterhalten, die bis zur Ankunft der Amerikaner nichts mit sich anzufangen weiß...« Sie bedeckte die Augen mit der Hand, Innenfläche nach außen, der weite Ärmel fiel zurück, und ihr schmales Handgelenk mit den langen, gepflegten Fingernägeln wurde sichtbar. »Morgen«, sagte sie, »werden wir Sie für die Aufnahme in die Ehrenlegion vormerken, zweite Klasse, aufopferungsvoller Dienst an der französischen Nation.«

»Genug!« sagte Christian, ohne vom Stuhl aufzustehen. »Hören Sie endlich auf, sich über mich lustig zu machen!«

»Nichts liegt mir ferner«, sagte Françoise kühl. »Sagen Sie, Feldwebel, wie lange wird es Ihrer Meinung nach dauern, bis die Amerikaner hier sind?«

»Vierzehn Tage, vier Wochen«, meinte Christian.

»Oh«, sagte Françoise, »dann steht uns ja noch eine interessante Zeit bevor, nicht wahr?«

»Ja.«

»Soll ich Ihnen etwas verraten, Feldwebel?«

»Nun?«

»Ich erinnere mich noch sehr gut an unsere kleine Abendgesellschaft im Jahr vierzig, oder war es einundvierzig?«

»Vierzig.«

»Ich hatte ein weißes Kleid an, und Sie sahen sehr gut aus. Groß, aufrecht, intelligent, überlegen, mit tadellos sitzender Uniform. Der richtige moderne Kriegsgott.« Sie kicherte wieder.

»Sie machen sich schon wieder über mich lustig«, sagte Christian. »Das ist nicht sehr nett von Ihnen.«

»Ich war sehr von Ihnen beeindruckt.« Dabei winkte sie mit der Hand ab, als wolle sie einen Einwand abschneiden, an den er gar nicht dachte. »Wirklich, war ich. Und dabei war ich eiskalt zu Ihnen, nicht wahr?« Wieder das leise Lachen in der Erinnerung an den Abend. »Wenn Sie wüßten, wie schwer es mir fiel, gleichgültig zu bleiben. Ich bin für Männer wie Sie keineswegs unempfindlich, Feldwebel. Und Sie sahen gut aus, Feldwebel...« Die schläfrige, hypnotische Stimme, die wie zarte Musik in dem verdunkelten, geschmackvollen Zimmer flüsterte, schien unwirklich, weit entfernt zu sein. »So siegessicher, so überheblich, so gut aussehend. Ich mußte alle meine Kraft aufbieten, um nicht zu unterliegen. Jetzt sind Sie weniger überheblich, Feldwebel, nicht?«

»Ja«, antwortete Christian und fühlte sich in einem Zustand zwischen Schlafen und Wachen, weich dahingetragen auf einer duftenden, gefährlichen Flut. »Gar nicht mehr überheblich.«

»Sie sind jetzt sehr müde«, murmelte die Frau. »Ein bißchen grau an den Schläfen. Und ich habe bemerkt, daß Sie auch etwas hinken. Im Jahr 1940 sah es nicht so aus, als ob Sie je müde werden könnten. Sie hätten fallen können, ja, unter den Kugeln eines wilden Feuerstoßes, aber müde werden, nie... Sie haben sich sehr verändert, Feldwebel, sehr verändert. Alles in allem kann man nicht mehr behaupten, daß Sie noch gut aussehen, mit dem hinkenden Bein, dem grauen Haar und Ihrem hageren Gesicht... Aber, passen Sie auf, Feldwebel, was ich Ihnen jetzt sage: Ich bin eine Frau mit einem sonderbaren Geschmack. Ihre Uniform sieht nach nichts mehr aus. Ihr Gesicht ist verfallen. Niemand würde in Ihnen heute noch eine Ähnlichkeit mit dem jungen Kriegsgott von damals sehen...« Ein letzter Anflug von leisem Lachen lag in ihrer Stimme. »Aber ich finde Sie heute nacht viel anziehender, Feldwebel, bedeutend anziehender...«

Ihre betäubende Stimme erlosch in den Schatten der weichen Kissen. Christian stand auf. Er beugte sich über Françoise und schaute sie einen Augenblick an. Sie sah zu ihm auf, die Augen weit geöffnet, und lächelte ihn offen an.

Rasch kniete er nieder und küßte sie.

Er lag neben ihr in dem breiten Bett. Die zurückgezogenen Vorhänge am Fenster wehten sanft in dem leichten Wind der Sommernacht. Fahles, silbernes Mondlicht stahl sich ins Zimmer und umspielte den Schrank, den Toilettentisch und die Stühle mit den daraufgeworfenen Kleidern.

Es war ein Erlebnis voll wissender, überwältigender Leidenschaft gewesen, ein erotischer Meilenstein in seinen Beziehungen zu Frauen, eine Flut voll Begierde, die all die Stunden der Flucht weggespült hatte, die Erinnerung an den Gestank der zusammengeschossenen Sanitätskolonne, an den sterbenden französischen Jungen mit seinem Fahrrad, an die Fahrt in dem kleinen gestohlenen Zweisitzer über die von Truppen verstopften Straßen. Jeder Gedanke an den Krieg war in diesem weichen Bett und dem vom Mondschein erleuchteten Zimmer verschwunden. Zum erstenmal, seitdem er vor vielen Jahren nach Frankreich gekommen war, und doch so spät, erkannte Christian, daß seine Sehnsucht, in den wirren Ereignissen der letzten Jahre schon beinahe vergessen, seine Sehnsucht nach schönen und liebeserfahrenen Frauen endlich Erfüllung gefunden hatte.

Die Deutschenhasserin... Er lachte und wandte sein Gesicht Françoise zu. Ihr Haar lag wie eine dunkle, duftende Wolke auf dem Kissen. Sie lag neben ihm und strich zart mit den Fingern über seine Haut, ihre Augen glitzerten geheimnisvoll in dem verschwimmenden fahlen Licht.

»Siehst du«, sagte sie lächelnd, »du warst doch nicht so furchtbar müde, nicht wahr?«

Sie lachten beide. Er beugte sich hinüber und küßte die weiche, wie Silberlicht schimmernde Stelle, wo ihre Haut zwischen Hals und Schultern in den doppelten Duft ihres Körpers und Haares überging.

»Auch Rückzüge haben ihr Gutes«, meinte Françoise flüsternd.

Durch das offene Fenster klang der Marschtritt von Soldaten herauf. Hier, in dem sicheren Zimmer und in dem Duft des Haares seiner Geliebten verlor der Widerhall der schweren, genagelten Stiefel auf dem Pflaster jede Bedeutung.

»Ich habe es gewußt, sobald ich dich sah«, sagte Françoise. »Das erstemal, damals vor Jahren, wußte ich, daß es so sein könnte. Schrecklich eigentlich. Ich habe es gleich gewußt.«

»Warum hast du so lange gezögert?« fragte Christian und rückte ein bißchen von ihr ab und schaute auf das Muster, das der Mondschein, im Spiegel zurückgeworfen, ins Zimmer zauberte. »Schade um die schöne Zeit. Warum hast du nicht damals schon wollen?«

»Damals habe ich mich nicht mit Deutschen abgegeben«, antwortete Françoise kühl. »Ich hielt es nicht für richtig, *alles* dem Sieger zu Füßen zu legen. Du wirst mir vielleicht nicht glauben, und es ist mir auch gleich, ob du mir glaubst, aber du bist der erste Deutsche, dem ich erlaube, mich zu berühren.«

»Ich glaube dir«, sagte Christian. Er glaubte ihr wirklich. Was für Fehler sie auch haben mochte, Unehrlichkeit gehörte sicher nicht dazu.

»Bilde dir nicht ein, daß es leicht war«, sagte Françoise. »Ich bin keine Nonne.«

»O nein«, sagte Christian mit gespieltem Ernst. »Das kann ich dir schriftlich geben.«

Françoise lachte nicht. »Du warst nicht der einzige«, fuhr sie leise fort. »Es gab viele nette junge Männer, die verschiedensten Typen... Aber nein, nicht einer, nicht ein einziger... Die Sieger bekamen von mir nichts... Bis heute nacht...«

Christian zögerte, irgendwie mißtrauisch geworden. Dann fragte er: »Und warum hast du dich jetzt geändert?«

»Oh, jetzt ist es etwas anderes«, sagte Françoise lachend, es war ein verschlagenes, schläfriges, befriedigtes Frauenlachen. »Jetzt ist alles in Ordnung. Jetzt bist du kein Eroberer mehr, Liebling, sondern bloß ein Flüchtling...«

Sie beugte sich zu ihm, küßte ihn und sagte: »Und nun wollen wir schlafen...«

Dann rückte sie zur anderen Seite des Bettes hinüber und schlief unverzüglich ein. Sie lag flach auf dem Rücken, die Arme keusch an der Seite, ihr schlanker Körper zeichnete sich unter der weißen Decke ab. Christian hörte ihre tiefen, gleichmäßigen Atemzüge in dem stillen Zimmer.

Er konnte nicht schlafen. Er lag unbequem und steif im Bett, horchte auf den Atem der Frau an seiner Seite und starrte zu der Zimmerdecke empor, auf der das Mondlicht spielte. Von draußen drang wieder der Hall der genagelten Stiefel einer Wehrmachtsstreife an sein Ohr. Aber es klang nicht angenehm oder bedeutungslos.

Bloß ein Flüchtling, hatte sie gesagt, und er erinnerte sich an das hämische, verächtliche Lachen, mit dem sie diese Worte begleitet hatte. Er wandte ein wenig den Kopf und schaute Françoise an. Selbst im Schlaf glaubte er, ein kleines überlegenes Siegerlächeln in den Winkeln ihres sinnlichen Mundes zu bemerken. Christian Diestl, bloß ein Flüchtling, und nur, weil er ein Flüchtling war, hatte er endlich Einlaß in das Schlafzimmer einer Pariserin erhalten. Die Franzosen, so hatte er sich doch einmal gesagt, und es war noch gar nicht so lange her, die Franzosen werden letzten Endes noch die Sieger sein. Und was schlimmer ist: Sie haben es immer gewußt. Kochende Wut stieg in ihm hoch, und mit bösen Augen starrte er das schmale, schöne Gesicht auf dem Kissen neben sich an. Er kam sich mißbraucht vor, verführt, und für was für einen lächerlichen, unsinnigen Zweck! Und Brandt, betrunken, erschöpft und voll falscher Hoffnungen im Zimmer nebenan, auch er in einer Falle mit der Schutzmarke »Made in France« darauf.

Während er voll Reue dalag, begann er den schwachen Brandt zu hassen, weil er sich so leicht hatte fangen lassen. Er dachte an all die Männer, die er gekannt und die ihr Leben hergeben mußten. Hardenburg, Kraus, Behr, der tapfere kleine Franzose auf der Straße nach Paris, der Junge auf dem Fahrrad, der Bauer in dem Rathauskeller neben dem offenen gelben Sarg, die Männer seiner Abteilung in der Normandie, der Amerikaner auf der verminten Brücke in Italien, der halbnackt und todesmutig bis zur letzten Minute schoß. Es ist einfach ungerecht, dachte er mit knirschenden Zähnen, daß die Feigen übrigbleiben, während die Tapferen sterben müssen. Der Drückeberger Brandt in seinem seidenbezogenen Pariser Bett war ein trauriges Beispiel. Es gab zu viele von der Sorte, die wußten, an welche Türen sie zu klopfen und was sie zu sagen hatten, wenn man ihnen öffnete. Die Guten waren gefallen, sollten die Schwächlinge jetzt ungestört ihr Leben genießen? Die beste Medizin gegen Genußsucht war der Tod, eine Medizin, die leicht zu haben war. Er hatte schon bessere Freunde als Brandt in diesen vier Jahren verloren. Sollte Brandt am Leben bleiben und sein Dasein auf Kosten der Toten weiter genießen? Am Ende heiligt der Zweck die Mittel – sollte etwa nach dem ungeheuren Gemetzel am Ende der Zivilist Brandt stehen, der nach drei oder vier angenehm verbrachten Monaten hinter amerikanischem Stacheldraht in die Arme seiner weinerlichen französischen Frau zurückkehrt, um wieder seine dummen Bildchen zu malen und sich die nächsten zwanzig Jahre bei den Siegern für den Verrat an den tapferen Toten zu entschuldigen? Vom ersten Tag des Krieges an war Christian mit dem Tod vertraut gewesen. Sollte er vielleicht jetzt, am Schluß, bloß aus einer gefühlsseligen Anwandlung von Freundschaft heraus den Kunstmaler Brandt schonen, der Schonung am allerwenigsten verdiente? War das alles, was er aus dem vierjährigen Gemetzel gelernt hatte?

Und plötzlich war ihm der Gedanke unerträglich, den schnarchenden Brandt nebenan zu wissen. Und ebenso unerträglich war es ihm, auch nur eine Minute länger neben der hübschen Frau im Bett zu liegen, die ihn so frech und grausam mißbraucht hatte. Geräuschlos schlüpfte er aus dem Bett und ging barfuß zum Fenster. Er blickte hinaus, über die Dächer der schlafenden Stadt, über die vielen im Mondlicht glänzenden Schornsteine, auf die engen, fahlen Straßen, Zeugen einer jahrhundertealten Geschichte, und auf das Silberband des Flusses in der Ferne. Er hörte den Marschtritt der Streife von seinem Fenster aus; weit weg und tapfer klang er zu ihm herauf, und er konnte die fünf Mann sogar einen Augenblick sehen, wie sie vorsichtig und immer in Bereitschaft durch die nächtlichen Straßen der feindlichen Stadt zogen, ein Fähnlein Aufrechter, unerschütterlich, auf sich selbst gestellt, Kameraden... Schnell und leise kleidete sich Christian an. Einmal regte sich Françoise und tastete mit einem Arm träge nach der anderen Seite des Bettes, wo Christian gelegen hatte. Aber sie wachte nicht auf. Weiß und schlangengleich lag der Arm in der leeren Kuhle des Kissens.

Mit den Stiefeln in der Hand schlich sich Christian zur Tür und öffnete sie leise. Eine Sekunde blieb er stehen und warf noch einen Blick auf Françoise, wie sie dalag, den Arm in träumerischer Sattheit und Lockung ihrem besiegten Geliebten entgegengestreckt und auf ihrem Gesicht jenes triumphierende Lächeln, dessen wollüstige Niedertracht ihm bewies, daß er hier nichts zu suchen hatte.

Er stahl sich durch die Tür und schloß sie leise hinter sich.

Fünfzehn Minuten später stand er vor dem Schreibtisch eines Standartenführers der SS. Die Dienststellen der SS waren die ganze Nacht über geöffnet. Die Räume waren hell erleuchtet, SS-Leute kamen und gingen in unaufhörlicher Betriebsamkeit, Schreibmaschinen klapperten, Fernschreiber tickten, und das Ganze machte den Eindruck einer auf Hochtouren laufenden Fabrik während der Nachtschicht.

Der Standartenführer war hellwach. Gedrungen und mit einer Hornbrille auf der Nase saß er hinter seinem Schreibtisch, aber die Aufmachung täuschte: Er war alles andere als ein Bürokrat. Seine Lippen waren dünn wie ein Strich, und seine von den dicken Brillengläsern vergrößerten Augen blickten kalt und abschätzend auf sein Gegenüber. Er sah wie ein zum Sprung bereites Raubtier aus.

»Sehr gut, Feldwebel«, sagte der Standartenführer. »Sie gehen jetzt mit Sturmführer von Schlain zu dem Haus, wo der Deserteur sich versteckt hält, und identifizieren ihn und die Frauen, die ihm Unterkunft gewähren.«

»Jawohl«, sagte Christian.

»Sie hatten recht: Ihre Einheit besteht nicht mehr«, fuhr der Standartenführer gleichgültig fort. »Sie ist vor fünf Tagen überrollt und aufgerieben worden. Sie haben Mut und Umsicht gezeigt, sich bis hierher durchzuschlagen...« Christian war nicht ganz sicher, ob der Standartenführer das ironisch meinte oder nicht, und er wurde etwas verlegen. Es schien eine Eigenart des Standartenführers zu sein, andere in Verlegenheit zu bringen. Andererseits konnte man natürlich nicht wissen, wie er's gemeint hatte. »Ich lasse Ihnen einen Marschbefehl nach Deutschland ausstellen«, sagte der Standartenführer, und seine Augen glitzerten hinter den dicken Brillengläsern. »Dort nehmen Sie sich einen kurzen Erholungsurlaub und werden dann einer neu aufgestellten Einheit zugeteilt. Es wird nicht mehr lange dauern, Feldwebel«, meinte er sachlich, »und wir werden Leute wie Sie in der Heimat verdammt nötig haben. Das ist alles. Heil Hitler!«

Christian trat ab und verließ in Begleitung des Sturmführers von Schlain, der ebenfalls Brillenträger war, das Zimmer.

In dem kleinen Wagen, der vor einem Lkw mit der Begleitmannschaft herfuhr, fragte Christian den Sturmführer: »Was werden Sie mit ihm machen?«

»Oooch«, sagte von Schlain gähnend und nahm die Brille ab, »er wird morgen erschossen. Wir erschießen jeden Tag ein Dutzend Deserteure, und jetzt, bei dem Rückzug, wird das Geschäft natürlich anziehen.« Er setzte die Brille wieder auf und blickte hinaus: »Ist das die Straße?«

»Ja, das ist sie«, erwiderte Christian. »Halten Sie hier.«

Der kleine Wagen hielt vor der wohlbekannten Tür. Der Lastwagen dahinter hielt ebenfalls, und die SS-Männer sprangen heraus.

»Sie brauchen nicht mit nach oben zu kommen«, sagte von Schlain zu Christian. »Wäre nicht sehr angenehm für Sie. Sagen Sie mir nur, auf welchem Stock und welche Tür es ist, das übrige erledige ich dann schon.«

»Oberster Stock, erste Tür rechts von der Treppe«, sagte Christian.

»Schön«, sagte von Schlain. Er hatte eine überhebliche, geringschätzige Art zu sprechen, womit er offensichtlich zum Ausdruck bringen wollte, daß die Wehrmacht von seinen Talenten bisher nur schlechten Gebrauch gemacht habe. Nachlässig winkte er die vier SS-Männer heran, die auf dem Lkw mitgekommen waren, ging mit ihnen zur Tür und läutete sehr laut.

Christian stand auf dem Trottoir an den Wagen gelehnt und hörte das schrille Klingeln der Glocke in der Concierge-Wohnung. Ununterbrochen drückte der Sturmführer auf den Knopf. Christian zündete sich eine Zigarette an und zog nervös daran. Dieser Schlain ist ein Idiot, dachte er, das kann man doch bis in den obersten Stock hören.

Endlich wurde die Tür einen Spalt geöffnet, und man hörte die ärgerliche, verschlafene Stimme der Concierge. Von Schlain schnauzte die Frau in fließendem Französisch an, und sofort ging die Tür weit auf. Von Schlain und die vier SS-Männer gingen hinein und schlossen die Tür hinter sich wieder.

Langsam schritt Christian an dem Wagen auf und ab und rauchte nervös seine Zigarette. Der Tag begann zu grauen, ein perlfarbenes Licht mit geheimnisvollem Blau und silbernem Lavendel vermischt breitete sich über die Straßen und Häuser der Stadt. Es sah sehr schön aus, und doch haßte Christian diese Stimmung. Bald, vielleicht noch am selben Tag, würde er Paris verlassen, um es wahrscheinlich nie mehr im Leben wiederzusehen. Und das war gut so. Sollten die Franzosen, diese geschmeidigen, betrügerischen und immer siegreichen Franzosen hier leben. Zu denen paßte die Stadt. Zu ihm nicht. Was zuerst wie eine duftende grüne Wiese vor ihm lag, hatte sich später als schlüpfriger Morast entpuppt. Eine Stadt voll Schönheit und Verheißung, und war doch nur eine schmutzige Falle, in der ein aufrechter Mann Würde und Ehre verlor. Ihre trügerische Eleganz entwaffnete den Fremden, und ihre gleißende Sinnenlust zog alle Eroberer in die bodenlose Tiefe der Melancholie. Die zynischen Männer der Wissenschaft hatten die Wehrmacht mit der einzig richtigen Angriffswaffe gegen sie ausgerüstet – mit drei Röhrchen Salvarsan …

Die Tür ging auf, und Brandt, einen Zivilmantel über dem Schlafanzug, trat, von zwei SS-Männern geführt, heraus. Unmittelbar hinter ihm kamen Françoise und Simone in Morgenröcken und Hausschuhen. Simone schluchzte herzzerbrechend wie ein Kind, aber Françoise musterte die Soldaten mit kühlem Spott.

Christian sah Brandt an, der ihm im Morgengrauen einen schmerzerfüllten Blick zuwarf. Brandts Gesicht war ohne Ausdruck, nur dumpfe Erschöpfung zeichnete sich in seinen Zügen ab. Christian haßte dieses zerfurchte, überempfindliche Gesicht eines Schwächlings. Der Kerl sieht nicht mal wie ein Deutscher aus, dachte er erstaunt.

»Das ist er«, sagte Christian zu dem Sturmführer. »Und das sind die beiden Frauen.«

Die SS-Männer stießen Brandt in den Lkw, die in Tränen aufgelöste Simone aber faßten sie behutsam an und hoben sie hinauf. Im Wagen streckte Simone mit einer hilflosen Gebärde die Hand nach Brandt aus. Christian empfand bittere Verachtung, als er sah, wie Brandt vor den Soldaten, die er leichten Herzens hatte verraten wollen, Simones Hand ergriff und sie an die Lippen führte. Françoise wehrte ab, als die SS-Männer ihr in den Wagen helfen wollten. Festen Blickes starrte sie einen Augenblick Christian an, schüttelte dann verständnislos den Kopf und kletterte hinauf. Siehst du, dachte Christian und sah zu, wie sie in den Lkw stieg, noch ist nicht alles verloren. Vorläufig sind wir immer noch die Sieger, trotz alledem.

Der Lkw fuhr an, und Christian schwang sich in den kleinen Wagen neben Sturmführer von Schlain. Sie folgten dem Lkw durch die im lavendelfarbenen Dunst liegenden Straßen des erwachenden Paris zum Hauptquartier der SS.

32. Kapitel

Irgend etwas stimmte nicht in dieser Stadt. Aus den Fenstern der Häuser hingen keine Flaggen, wie sie das in allen Städten von Coutances bis hierher gewohnt waren. Es gab auch keine eilig aufgestellten Plakate, die die Amerikaner als Befreier willkommen hießen, und zwei Franzosen verschwanden sofort in einem Hauseingang, als sie den Jeep sahen und Michael sie anrief.

»Halt an«, sagte Michael zu Stellevato. »Hier ist's nicht ganz geheuer.«

Sie waren noch am Rande der Stadt, an einer Stelle, wo sich mehrere Straßen kreuzten. Die Straßen lagen leer und ausgestorben in der grauen Morgendämmerung vor ihnen. Nichts regte sich, nur geschlossene Fensterläden an grauen Steinhäusern und leere Straßen waren zu sehen. Nach den ereignisreichen vier Wochen, in denen beinahe jede Landstraße Frankreichs mit Panzern, Treibstoffwagen, Geschützen, marschierenden und fahrenden Truppen verstopft gewesen war, in denen sie in jedem Ort, durch den sie kamen, von jubelnden Menschenmassen begrüßt worden waren, mit Fahnenschwenken und dem Gesang der Marseillaise – nach all dem hing hier etwas Drohendes und Niederdrückendes über der unheimlichen Stille der morgendlichen Straßen.

»Was ist los, Mike?« fragte Keane, der hinten im Wagen saß. »Haben wir uns verfahren?«

»Ich weiß nicht«, antwortete Michael heftig und war wütend auf Keane.

Auf Pavones Befehl hatte er Keane vor drei Tagen holen müssen und sich nun dreimal vierundzwanzig Stunden mitangehört, daß der Krieg nicht rücksichtslos genug geführt werde und daß seine Frau ihm geschrieben habe, sie komme mit dem Geld nicht aus, weil die Preise zu Hause immer höher steigen. Nach diesen drei Tagen hatten sich die Preise für Koteletts, Butter, Brot und Kinderschuhe unauslöschlich in Michaels Gedächtnis eingegraben, und das verdankte er Keane. Wenn mich im Jahre 1970 mal jemand fragen sollte, was ein Hamburger-Steak im Sommer 1944 gekostet hat, dachte Michael schlechtgelaunt, kann ich ihm wie aus der Kanone geschossen antworten: fünfundsechzig Cents das Pfund!

Michael breitete die Karte auf seinen Knien aus. Hinter sich hörte er Keane seinen Karabiner entsichern. Ein Cowboy, dachte Michael, während er die Karte studierte, ein blödsinniger, blutdürstiger Cowboy...

Neben ihm auf dem Vordersitz lümmelte sich Stellevato und rauchte eine Zigarette. Seinen Helm hatte er tief ins Genick geschoben. »Weißt du, was mir jetzt guttäte? 'ne Flasche Wein und 'ne Französin«, sagte er faul. Stellevato war entweder zu jung und zu tapfer oder zu dumm, um sich aus der merkwürdigen Stille des gefährlichen Morgens und dem abweisenden Anblick der Häuserfronten etwas zu machen.

»Stimmt, das ist die Stadt«, sagte Michael. »Aber mir gefällt sie nicht.« Vor vier Tagen hatte Pavone ihn zur zwölften Armeegruppe mit einer Tasche voll Berichte über ein Dutzend Städte geschickt, die sie besichtigt hatten, Berichte über die Lage in der Gas- und Elektrizitätsversorgung, im Verpflegungssektor und über die Beamten, die mit den Deutschen zusammengearbeitet hatten. Danach sollte sich Michael im Hauptquartier der Infanterie-Division bei ihm zurückmelden, aber dort hatte man ihm gesagt, daß Pavone bereits am Tage zuvor abgefahren sei und er ihn heute morgen in dieser Stadt treffen sollte. Eine kombinierte Panzer- und Mot-Abteilung, der sich Pavone angeschlossen hatte, sollte die Stadt um zehn Uhr besetzen. Aber jetzt war es elf Uhr, und abgesehen von einem Schild in englischer Sprache mit der Aufschrift »Wasserstelle« deutete nichts darauf hin, daß seit 1919 hier Amerikaner vorbeigekommen wären.

»Los, weiter, Mike«, drängte Keane. »Worauf warten wir noch? Ich will nach Paris.«

»Vorläufig haben wir Paris noch nicht«, antwortete Michael und steckte die Karte weg. Dabei grübelte er darüber nach, was die Totenstille der vor ihm liegenden Straßen bedeuten konnte.

»Ich habe heute morgen im Radio gehört«, sagte Keane, »daß die Deutschen in Paris um Waffenstillstand gebeten haben.«

»Mich haben sie nicht gebeten«, sagte Michael trocken und bedauerte, daß Pavone nicht hier war, um die Last der Verantwortung zu übernehmen. Die letzten drei Tage waren nicht übel gewesen. Es hatte Spaß gemacht, durch die berühmte französische Landschaft zu fahren und sein eigener Herr zu sein. Aber an diesem Morgen lagen die Dinge anders, das war sicher. Er hatte das bestimmte Gefühl, daß sie bis Mittag alle erledigt sein könnten, wenn er in den nächsten fünfzehn Minuten die Lage falsch beurteilte.

»Ach, zum Teufel«, sage Michael und stieß Stellevato an. »Wollen mal sehen, was an der Wasserstelle los ist.«

Stellevato schaltete den Gang ein, und sie fuhren durch eine Seitenstraße langsam auf die Brücke zu, die über einen Bach führte. Dort standen wieder ein Schild und ein Tankwagen mit einer Pumpanlage. Zuerst dachte Michael, daß die Wasserstelle ebenso verlassen sei wie der übrige Teil der Stadt. Aber dann sah er einen Helm vorsichtig aus einem mit Zweigen getarnten Unterstand hervorspähen.

»Wir haben den Motor gehört«, sagte der Soldat unter dem Helm. Er sah bleich und müde aus. Er war jung und hatte, wie Michael sehen konnte, Angst. Ein zweiter Soldat kam heraus und stellte sich neben den Jeep.

»Was ist eigentlich hier los?« fragte Michael.

»Das möchten wir von euch wissen«, sagte der erste Soldat.

»Ist hier eine Mot-Abteilung heute morgen durchgekommen?«

»Hier ist nichts durchgekommen«, sagte der zweite Soldat.

Er war ein stämmiger, kleiner Mann, Ende dreißig, seit Tagen unrasiert, und sprach mit dem leichten Singsang eines Mannes, dessen Vorfahren aus Schweden kamen. »Der Stab der Vierten Panzerdivision ist gestern abend hier durchgekommen, hat uns abgesetzt und ist in südlicher Richtung weitergefahren. Seitdem ist es hier verdammt einsam. Gegen Morgen haben wir aus dem Innern der Stadt Schüsse gehört.«

»Und was war das?« fragte Michael.

»Mich mußt du da nicht fragen, Junge«, sagte der kleine Dicke.

»Mich haben sie hier abgestellt, um aus dem Bach Wasser zu pumpen, alles andere geht mich nichts an. Die Wälder sind voll von Sauerkrautfressern. Die schießen auf die Franzosen, und die Franzosen schießen zurück. Ich warte auf Verstärkung.«

»Fahren wir doch in die Stadt hinein und schauen uns um«, sagte Keane eifrig.

»Halt dein Maul!« herrschte Michael Keane barsch an, der blöd hinter seinen dicken Brillengläsern grinste.

»Ich und mein Kamerad«, sagte der kleine Dicke, »haben uns überlegt, ob wir nicht lieber abrücken sollten. Wir sitzen hier nutzlos herum wie Enten im Teich. Ein Franzose ist heute morgen vorbeigekommen, er konnte 'n bißchen Englich und hat gesagt, am anderen Ende der Stadt liegen achthundert Deutsche mit drei Panzern, und sie besetzen heute morgen die Stadt.«

»Viel Vergnügen«, sagte Michael. Deshalb also keine Fahnen.

»Achthundert Sauerkrautfresser«, sagte Stellevato. »Da können wir gleich nach Hause gehen.«

Der bleiche junge Soldat fragte Michael: »Glaubst du, daß wir hier sicher sind?«

»Wie in deinem eigenen Wohnzimmer«, antwortete Michael. »Woher zum Teufel soll ich das wissen?«

»Man wird doch noch fragen dürfen«, sagte der junge Soldat verschnupft.

»Mir gefällt die Sache nicht«, sagte der Mann mit dem schwedischen Akzent und blickte die Straße hinunter. »Gefällt mir ganz und gar nicht. Weshalb lassen sie uns auch an diesem gottverfluchten Bach mutterseelenallein sitzen?«

»Nikki«, sagte Michael zu Stellevato, »dreh den Jeep um und stell ihn auf die Straße, daß wir sofort abbrausen können, wenn dicke Luft ist.«

»Was ist los?« fragte Keane und lehnte sich nach vorn. »Habt ihr Schiß?«

»Hör zu, General Patton«, sagte Michael und unterdrückte mit Mühe seinen Ärger. »Wenn wir 'nen Held brauchen, dann holen wir dich. Nikki, dreh den Jeep um.«

»Wenn ich bloß daheim wäre«, sagte Stellevato. Aber er setzte sich ans Steuer und wendete. Dann nahm er seine Maschinenpistole, die unterhalb der Windschutzscheibe hing und über und über mit Staub bedeckt war, und versuchte, den Staub abzublasen.

»Was machen wir jetzt, Mike?« fragte Keane. Seine großen, roten Hände fummelten am Karabiner herum. Michael warf ihm einen verächtlichen Blick zu. Vielleicht hat sein Bruder die Ehrenmedaille nur für seine Dummheit bekommen, dachte er.

»Wir setzen uns hier hin und warten«, sagte Michael.

»Worauf?«

»Auf Oberst Pavone.«

»Und wenn er nicht kommt?« wollte Keane wissen.

»Dann ist immer noch Zeit, einen neuen Entschluß zu fassen. Ich hab' heut einen glücklichen Tag«, sagte Michael beißend, »drei Entschlüsse vor Sonnenuntergang.«

»Soll der Teufel Pavone holen«, sagte Keane. »Wir sollten einfach weiter nach Paris fahren. Die BBC sagt...«

»Ich weiß, was die BBC sagt«, unterbrach ihn Michael. »Und ich weiß, was du sagst, und ich sage, wir setzen uns hier hin und warten.«

Damit ließ er Keane stehen, setzte sich ins Gras und lehnte sich gegen eine niedere Mauer, die sich am Bach entlangzog. Die beiden Panzersoldaten musterten ihn zweifelnd, gingen dann in ihren Unterstand zurück und legten die Zweige wieder sorgfältig über ihre Helme. Stellevato lehnte seine Maschinenpistole an die Mauer, legte sich hin und schlief ein. Er lag auf dem Rücken, die Augen mit den Händen bedeckt und sah aus, als ob er tot wäre.

Keane setzte sich auf einen Stein, zog einen Schreibblock hervor und begann, einen Brief an seine Frau zu schreiben. Er schickte ihr bis ins einzelne gehende Berichte über alles, was er erlebte. Dabei vergaß er nicht die grauenerregendsten Beschreibungen von Toten und Verwundeten. »Sie soll wissen, was in der Welt vorgeht«, sagte er trocken. »Kann ihr nichts schaden, wenn sie weiß, was wir durchmachen.«

Michael sah an dem behelmten Kopf des Mannes vorbei, der auf einem Stein saß und seiner frigiden Frau fünftausend Kilometer weit weg einen Brief schrieb, um ihr beizubringen, was er durchgemacht hatte. Dahinter sah er die zerstörten alten Häuser der Stadt und die geschlossenen, schmucklosen Fensterläden mit ihrem ungelösten Geheimnis.

Michael schloß die Augen. Mir sollte jemand einen Brief schreiben, dachte er, um mir zu erklären, was ich durchzumachen habe.

Der vergangene Monat hatte eine derartige Fülle wilder, verschiedenartiger Erlebnisse gebracht, daß es Jahre dauern würde, sie zu verdauen und ihren Sinn zu deuten. Denn irgendwie, davon war er überzeugt, lag in dem Wirrwarr von Kämpfen und Erobern, dem Durchrasen der französischen Landschaft in staubigen Konvois, in den winkenden Händen und Küssen der Mädchen, den Scharfschützen und niedergebrannten Ortschaften ein Sinn, eine Bedeutung. Aus diesen Monaten des Triumphes, des Aufruhrs und Todes müßte man mit dem Schlüssel zur Wahrheit herauskommen, mit einem Schlüssel, der das Tor zu den Rätseln der Kriege und der Unterdrückung, zu dem geschichtlichen Wert Europas und Amerikas öffnen würde.

Seitdem Pavone ihn in jener Nacht, als er in der Normandie Wache stand, so scharf zurechtgewiesen hatte, hatte Michael beinahe alle Hoffnung aufgegeben, in diesem Krieg noch von Nutzen sein zu können. Aber jetzt, dachte er, könnte ich zumindest versuchen, ihn zu verstehen... Doch nichts klärte sich in seinem Kopf. Er konnte nicht sagen: »Die Amerikaner sind so und so und deshalb gewinnen sie«, oder »es liegt in der Natur der Franzosen, auf die Dinge so und so zu reagieren«, oder »der Fehler der Deutschen liegt in ihrer falschen Auffassung von...«

All die Kriegsgreuel und das ganze Geschrei wirbelten in seinem Hirn durcheinander in einem chaotischen, unübersichtlichen Drama, das sein ganzes Denken beherrschte, ihn nicht schlafen ließ, selbst in diesen Tagen der Hitze und Erschöpfung nicht, und das er nicht von sich abschütteln konnte, auch jetzt nicht, wo sein Leben vielleicht in diesem stillen, grauen, gefährlichen Städtchen auf der Straße nach Paris auf dem Spiel stand.

Das leise Murmeln des Baches zu seinen Füßen vermischte sich mit dem emsigen Kratzen von Keanes Bleistift. Mit geschlossenen Augen gegen die Steinmauer gelehnt, Schlaf in den Augen und trotzdem nicht schlafend, ließ Michael das Geschehen des vergangenen Monats an seinem geistigen Auge vorüberziehen.

Namen... Die Namen der sonnendurchglühten Städte, wie aus einem Buch von Marcel Proust: Marigny, Coutances, St. Jean le Thomas, Avranches, Pontorson, eine Kette von sommerlichen Küstenorten in dem wundersamen Landstrich, wo Normandie und Bretagne sich in grünsilbernem Dunst zu einem süßen Märchen verschmolzen. Was hätte der kränkelnde Proust in seinem mit Kork ausgeschlagenen Zimmer wohl über seine geliebten Küstenprovinzen während der sonnigen und blutigen Augusttage 1944 gesagt? Was hätte er in seinen glänzenden, wohlausgewogenen Formulierungen über die grausamen Veränderungen geschrieben, die die Artillerie und Tiefflieger an der Architektur der Kirchen des vierzehnten Jahrhunderts verursachten? Wie hätte er sich zu den Pferdekadavern in den Gräben unter den Hagedornbüschen und den ausgebrannten Panzern mit ihrem eigenartigen Geruch nach Metall und versengtem Fleisch geäußert? Was für elegante, gewundene und zutiefst erschrockene Worte hätten M. de Charlus und Mme. de Guermantes über die neue Art von Reisenden auf den uralten Straßen um den Mont St. Michel gefunden?

»Fünf Tage bin ich marschiert«, hatte die junge Middle-Westernstimme neben dem Jeep gesagt, »ohne einen Schuß abzugeben. Aber versteh mich nicht falsch: Ich beklage mich nicht. Zum Teufel, ich marschiere, bis es ihnen zum Hals raushängt, wenn sie das von uns Soldaten verlangen...«

Und der Hauptmann in Chartres mit dem mürrischen Gesicht, an seinen Sherman-Panzer auf dem Platz gegenüber der Kathedrale gelehnt: »Ich möchte mal wissen, warum wir uns die ganzen Jahre über dieses Land aufgeregt haben. Jesus Christus! Hier gibt's nichts, was wir in Kalifornien nicht zehnmal besser machen könnten...«

Und der schokoladenfarbene Zwerg, mit einem roten Fez auf dem Kopf, der zwischen den Pionieren mit Minenräumern herumtanzte, an der Straßenkreuzung, wo die Panzer warteten. Die Mannschaften klatschten und traktierten ihn mit Calvados, den ihnen die Bevölkerung unterwegs geschenkt hatte.

Und die beiden betrunkenen alten Kerle, die die zerschossene Straße hinuntertorkelten und Pavone und Michael Sträußchen von Stiefmütterchen überreicht, militärisch salutiert und die Amerikaner willkommen geheißen hatten. Dabei hatten sie eine wichtige Frage gehabt: Warum mußten die Amerikaner ausgerechnet am 4. Juli, wo sowieso kein einziger Deutscher mehr in der Stadt war, die Stadt in dreißig Minuten in Grund und Boden bombardieren?

Und der erste französische Bauer, der einen ganzen Morgen damit verbracht hatte, ein riesiges Schild aus Rosen mit den Worten »Willkommen USA« in seine Hecke einzuflechten, um die Soldaten auf ihrem Weg durch den Ort zu begrüßen. Und die anderen Bauern und ihre Frauen, die einen toten Amerikaner auf der Straße mit Bergen von Blumen bedeckt hatten, Rosen, Phlox, Geranien und Iris, was den Tod an jenem Sommermorgen auf den ersten Anblick wie eine fröhliche und reizvolle Angelegenheit erscheinen ließ, als die Infanterie, dem Blumenhügel vorsichtig ausweichend, vorbeifuhr.

Und die Tausende deutscher Gefangener und das schreckliche Gefühl, daß in ihren Gesichtern nichts war, was darauf schließen ließ, daß sie Europa aus den Angeln gehoben hatten, Millionen Menschen hingemordet, ganze Völker in Gasöfen verbrannt, quer durch einen Kontinent gehängt und vergast und gemordet hatten. Nichts war in ihren Gesichtern zu lesen als Schmerz und Angst und Müdigkeit, und man wußte, wenn man ehrlich mit sich selbst war, daß sie in amerikanischen Uniformen wie Leute aus Cincinnati ausgesehen hätten.

Und die Beerdigung des Maquis-Mannes in der kleinen Stadt – wie hieß sie gleich? – bei St. Malo. Unter dem Feuer der Artillerie zog der

Leichenzug hinter den schwarz behängten Pferden und dem schmalen Sarg den Hügel zum Friedhof hinauf. Die ganze Stadt im Sonntagsgewand gab dem Toten das Geleit, wartete am Eingang des Friedhofes auf der staubigen Straße, um den Angehörigen des Ermordeten die Hände zu drücken, die am Tor wie in einer feierlichen Prozession standen. Und der junge Geistliche, der in der Kirche die Leichenrede gehalten hatte und auf Michaels Frage, wer der Tote wäre, geantwortet hatte: »Ich weiß es nicht, mein Freund, ich komme aus einer anderen Stadt.«

Und der Zimmermann in Granville, der in Kanada geboren war und an den deutschen Küstenbefestigungen hatte arbeiten müssen. Der den Kopf geschüttelt und gesagt hatte: »Jetzt ist es gleichgültig, mein Freund. Sie kommen zu spät. 1942, 1943 – da hätte ich Ihnen gerne die Hand geschüttelt und Sie willkommen geheißen. Aber jetzt...« und er war schulterzuckend weitergegangen.

»Zu spät, mein Freund, zu spät.«

Und der fünfzehnjährige Junge in Cherbourg, der den Amerikanern wütend zugerufen hatte: »Ihr Idioten! Ihr pennt mit denselben Weibern, die mit den Deutschen herumgehurt haben! Demokraten, pah! Ich pfeife auf solche Demokraten! Fünf Mädchen habe ich schon die Haare abgeschnitten, weil sie die Huren von Deutschen waren. Und zwar, als es noch gefährlich war, lange vor eurer Invasion. Und ich tu's wieder, o ja, ich tu's wieder!«

Und das Bordell mit den Mädchen in kurzen Kleidchen und der Madame an der Kasse, die von den anstehenden Soldaten das Geld in Empfang nahm und jedem ein Handtuch und ein winziges Stück Seife gab. »Geht zart mit den kleinen Mädchen um«, hatte sie jedem gesagt, »seid nicht so stürmisch. Vergeßt das nicht: zart!« Und die Soldaten gingen nach oben, die MP über der Schulter.

Stellevato schnarchte, und Keanes Bleistift flog immer noch über das Papier. Aus der kleinen grauen Stadt klang kein Laut. Michael stand auf und ging zu der schmalen Brücke hinüber und starrte in das schmutzigbraune Wasser. Wenn die achthundert Deutschen wirklich einen Angriff beabsichtigten, dann wünschte er, daß sie bald kämen. Oder noch besser wäre es, wenn die Mot-Abteilung endlich eintreffen würde und Pavone mit ihr. Es führte sich besser Krieg, wenn man von Hunderten von Kameraden umgeben und einem alle Verantwortung abgenommen war, wenn man wußte, daß irgendwo Fachleute saßen, die die Probleme für einen lösten. Hier aber, auf der mit Moos überwachsenen Brücke über einem unbekannten schmutzigen Bach wurde man das Gefühl nicht los, daß man von aller Welt verlassen war und kein Hahn danach krähte, ob achthundert Deutsche kämen und einen niederknallten oder nicht. Und niemand würde sich darum kümmern, ob man sich wehren, sich gleich ergeben oder das Hasenpanier ergreifen würde. Beinahe wie im Zivilleben, dachte Michael grinsend, kein Aas gibt einem was dafür, ob man lebt oder stirbt... Wenn Pavone und die verdammte Mot-Abteilung in den nächsten dreißig Minuten nicht eintreffen, beschloß Michael, hauen wir ab. Wir fahren zurück und suchen uns 'ne amerikanische Armee als Vorspann.

Unruhig blickte er zum Himmel hinauf. Er sah nicht gut aus: grau und verhangen. Es lag etwas Drohendes in den tiefhängenden dunklen Wolken. Bisher war immer sonniges, heiteres Wetter gewesen. Die Sonne hatte einem eine Art Glücksgefühl eingeflößt. Wenn man von feindlichen Scharfschützen aufs Korn genommen wurde, hielt man es für selbstverständlich, daß sie einen nicht trafen. Als er auf der Straße hinter Avranches von Tieffliegern beschossen wurde und in den nächsten Graben auf einen toten Panzerkorporal sprang, war er sicher, daß sie ihn nicht treffen würden, und sie hatten ihn auch nicht getroffen. Und als der Regimentsgefechtsstand bei St. Malo unter feindlichem Artilleriefeuer lag und der General, der gerade vorbeigekommen war, die nervösen, an den Telefonen hängenden Männer anbrüllte: »Herrgottsakrament, was macht dieser Scheißkerl? Rufen Sie ihn an und fragen Sie ihn, warum er die feindliche Batterie noch nicht ausgemacht hat!« Selbst dann, als der Unterstand in seinen Grundfesten zitterte, hatte Michael gewußt, daß er ungeschoren davonkommen würde... Aber heute schien es anders zu sein. Es schien keine Sonne, und er glaubte nicht an sein Glück...

Die leichtsinnige Triumphfahrt durch Frankreich schien für immer vorüber zu sein. Das kleine Mädchen in der Bar in Saint James, das die Marseillaise gesungen hatte; die jubelnde Parade der Einwohner der kleinen Stadt Miniac, als die erste Infanterieeinheit durchfuhr, die unzähligen Flaschen Kognak, die man ihnen in Rennes schenkte, die Nonnen und ihre kleinen Zöglinge an der Straßenseite bei Le Mans, der Pfadfindertrupp auf seiner Sonntagswanderung bei Alençon, die Familien, die nach alter Sitte, Krieg hin, Krieg her, an einem schönen Sommertag in der Vilaine baden gingen, die V-Schilder, die lustig wehenden Fahnen, die stolzen Maquis-Leute mit ihren Gefangenen – alles vorbei, alles schien einer anderen Zeit anzugehören. Heute schien eine neue Zeit anzubrechen, grau, ohne Glück...

»Zum Teufel!« sagte Michael und wandte sich an Keane. »Wir fahren jetzt in die Stadt hinein und sehen nach, was los ist.«

Keane grinste. »Okay, Mike«, sagte er und steckte seinen Schreibblock weg. »Mit mir kannst du alles machen. Ich geh' überall hin.«

Der Quatschkopf, dachte Michael, der wäre dazu imstande. Michael ging zu Stellevato hinüber, bückte sich und klopfte ihm auf den Helm. Stellevato grunzte leise, wahrscheinlich in einen seiner unanständigen Eistourenträume versunken.

»Laß mich zufrieden«, murmelte er.

»Los, los, aufstehen!« rief Michael und klopfte etwas kräftiger auf den Helm. »Wir hauen jetzt ab, müssen den Krieg gewinnen.« Die beiden Panzersoldaten kamen auch aus ihrem Loch heraus.

»Ihr wollt uns wohl allein lassen?« fragte der Dicke mit vorwurfsvoller Stimme.

»Zwei der bestausgebildeten, bestgenährten, bestausgerüsteten Soldaten der Welt sollten im Handumdrehen mit achthundert Sauerkrautfressern fertig werden«, meinte Michael spöttisch.

»Du und deine Witze«, sagte der Dicke mürrisch. »Ihr wollt uns also im Dreck liegenlassen?«

»Keine Angst«, sagte Michael und kletterte in den Jeep. »Wir schauen uns bloß die Stadt an. Wenn ihr was versäumt habt, lassen wir's euch wissen.«

»Schau einer an, der Witzbold«, sagte der Dicke und warf einen traurigen Blick auf seinen Kameraden, während Stellevato langsam über die Brücke fuhr.

Sie erreichten, den Karabiner schußbereit in der Hand, den völlig ausgestorbenen Marktplatz. Die Schaufenster waren mit Blech zugenagelt, die Kirchentür war geschlossen, und das Hotel sah aus, als wäre seit Wochen niemand aus oder ein gegangen. Michael spürte, wie es in seinem Gesicht nervös zuckte, und selbst Keane auf dem Rücksitz war mäuschenstill.

»Well«, flüsterte Stellevato. »Was ist jetzt?«

»Halt an«, sagte Michael.

Stellevato trat auf die Bremsen, und sie blieben mitten auf dem Marktplatz stehen.

Plötzlich erhob sich großer Lärm. Michael drehte sich um und brachte seinen Karabiner in Anschlag. Die Türen des Hotels hatten sich geöffnet, und eine Menschenmenge flutete heraus. Einige trugen Waffen, Karabiner oder Handgranaten, und Frauen waren auch darunter, mit bunten Tüchern um den Kopf, die zwischen den dunklen Köpfen und Mützen der Männer hervorstachen.

»Franzosen«, sagte Keane auf seinem Rücksitz, »mit den Schlüsseln zur Stadt.«

Im nächsten Augenblick war der Jeep von der Menge umringt, die aber nicht in die üblichen Freudenrufe ausbrach. Die Leute sahen ernst und verängstigt aus. Ein Mann in Knickerbockers mit dem Rotkreuzabzeichen am Arm hatte einen Verband um den Kopf.

»Was ist hier los?« fragte Michael auf französisch.

»Wir warten auf die Deutschen«, antwortete eine der Frauen, eine kleine Person mittleren Alters. Sie sprach englisch mit irischem Akzent.

»Wie sind Sie bis hierher durchgekommen?«

»Wir sind einfach hereingefahren«, sagte Michael barsch und unvernünftigerweise auf die Leute wütend, weil sie so ängstlich waren. »Was ist denn hier los?«

»Am anderen Ausgang der Stadt liegen achthundert Deutsche«, sagte der Mann mit dem roten Kreuz am Arm.

»Mit drei Panzern«, warf Michael ein. »Wissen wir alles. Sind heute morgen Amerikaner hier durchgekommen?«

»Ein deutscher Lastwagen ist heute morgen durchgefahren«, sagte die Frau. »Sie haben André Fouret erschossen. Sieben-dreißig heute früh. Sonst war nichts.«

»Fahren Sie nach Paris?« fragte der Rotkreuzmann. Er hatte keine Mütze auf, sein blondes Haar quoll in langen Strähnen aus dem fleckigen Verband. Er trug kurze Socken, an den Waden war er nackt bis zu den weiten Knickerbockers hinauf. Michael musterte ihn und dachte: Der hat sich zu irgendeinem Zweck verkleidet. Das kann doch nicht sein richtiger Anzug sein. Der Mann beugte sich neugierig in den Jeep hinein und wiederholte seine Frage: »Sagen Sie, wollen Sie nach Paris?«

»Später, ja«, antwortete Michael.

»Dann fahren Sie hinter mir her«, sagte der Rotkreuzmann. »Ich habe ein Motorrad. Ich komme eben aus Paris. Man braucht nur eine Stunde.«

»Und was ist mit den achthundert Deutschen und ihren drei Panzern?« fragte Michael und war sicher, daß der Mann ihn irgendwie hereinlegen wollte.

»Wir fahren hintenrum«, sagte der Rotkreuzmann. »Sie haben nur zweimal auf mich geschossen. Ich weiß, wo die Minen liegen. Sie haben hier drei Gewehre, und in Paris brauchen wir jedes Gewehr, das wir auftreiben können. Seit drei Tagen liegen wir im Kampf. Wir brauchen dringend Hilfe...«

Die anderen Leute um ihn herum nickten ernst zu diesen Worten und sprachen untereinander in einem so schnellen Französisch, daß Michael nicht folgen konnte.

»Einen Augenblick, einen Augenblick«, sagte Michael und packte die Frau am Arm, die englisch gesprochen hatte. »Ich muß erst mal klarsehen. Also, Madame...«

»Ich heiße Dumoulin und bin Irländerin«, antwortete die Frau laut und herausfordernd. »Ich lebe seit dreißig Jahren in dieser Stadt. Und jetzt sagen Sie mir, junger Mann, haben Sie die Absicht, uns zu schützen oder nicht?«

Michael nickte. »Ich werde tun, was in meiner Macht steht, Madame«, sagte er und fühlte, daß er nicht mehr Herr der Lage war.

»Sie haben auch Munition mit«, sagte der Rotkreuzmann und schaute verlangend unter die Rücksitze des Jeeps, wo ein Durcheinander von Schachteln und Schlafsäcken war. »Ausgezeichnet, ausgezeichnet. Sie werden gar keine Schwierigkeiten haben, wenn Sie hinter mir herfahren. Sie brauchen bloß eine Rotkreuzbinde anzulegen wie ich, und es sollte mich sehr wundern, wenn Sie beschossen würden.«

»Was geht uns Paris an«, rief Frau Dumoulin erbost. »Wir haben unser eigenes Problem mit den achthundert Deutschen.«

»Halt, einer nach dem anderen«, sagte Michael und hob ratlos die Hände. »Vor allem«, fuhr er fort, »möchte ich wissen, ob jemand von Ihnen die Deutschen *tatsächlich* gesehen hat.«

»Jacqueline!« rief Frau Dumoulin. »Erzähle dem jungen Mann!«

»Bitte sprechen Sie langsam«, sagte Michael. »Ich kann nicht gut Französisch.«

»Ich wohne einen Kilometer außerhalb der Stadt«, begann Jacqueline, ein gedrungenes Geschöpf, dem alle Vorderzähne fehlten. »Gestern abend hat ein Boche-Panzer vor unserem Haus gehalten, und ein Leutnant ist ausgestiegen und hat Butter und Brot und Käse verlangt. Er hat gesagt, wir sollten die Amerikaner ja nicht begrüßen, weil die Amerikaner nur durch die Stadt hindurchfahren und uns dann allein lassen würden. Dann würden die Deutschen zurückkommen und alle Franzosen erschießen, die zu den Amerikanern freundlich waren. Er habe achthundert Soldaten dabei. Und er hat die Wahrheit gesagt«, sagte Jacqueline aufgeregt, »die Amerikaner sind gekommen, und nach einer Stunde waren sie wieder fort, und wir können von Glück sagen, wenn die Deutschen bis heut abend nicht die ganze Stadt niederbrennen.«

»Unerhört, so was!« sagte Frau Dumoulin empört. »Die amerikanische Armee sollte sich was schämen! Entweder soll sie kommen und hierbleiben oder sie soll sich gar nicht erst sehen lassen. Wir verlangen Schutz für die Zivilbevölkerung.«

Der Mann mit der Rotkreuzbinde fügte giftig hinzu: »Es ist ein Verbrechen, wie die Arbeiter in Paris im Stich gelassen werden. Sie werden wie die Hunde abgeknallt, weil sie keine Munition haben. Und hier sitzen drei Mann mit Gewehren und Patronen.«

»Meine Damen und Herren!« rief Michael, der aufgestanden war, mit lauter Volksrednerstimme. »Ich möchte Ihnen sagen, daß...«

»Attention, Attention!« rief eine schrille Frauenstimme aus der Menge.

Michael drehte sich blitzschnell um. In raschem Tempo fuhr ein offener Wagen auf den Marktplatz. Hinten im Wagen standen zwei Männer mit erhobenen Händen. Sie waren in feldgrauen Uniformen.

Die Leute um den Jeep standen einen Augenblick wie erstarrt.

»Boches!« rief plötzlich jemand. »Sie wollen sich ergeben.«

Dann, als der Wagen beinahe den Jeep erreicht hatte, duckten sich die beiden Feldgrauen, und der Wagen fuhr mit höchster Geschwindigkeit weiter. Gleichzeitig hob sich vom Hintersitz eine Gestalt, und das häßliche Knattern einer Maschinenpistole und die Schreie der Getroffenen erfüllten die Luft. Verwirrt blickte Michael dem davonfahrenden Wagen nach. Dann bückte er sich nach seinem Karabiner. Aber er war gesichert, und es schien Stunden zu dauern, bis er endlich den Sicherungsbügel losbekam.

Doch schon knallte es vom hinteren Sitz des Jeeps. Der Fahrer des deutschen Autos warf jäh die Arme in die Höhe, der Wagen stieß gegen die Bordschwelle, schleuderte und flog gegen die Fensterscheiben eines Kramladens an der Ecke. Klirrend brach das Glas der Scheiben, der Wagen kippte um, und zwei Gestalten krochen darunter hervor.

Endlich hatte Michael seinen Karabiner entsichert. Stellevato hinter dem Lenkrad murmelte starr vor Erstaunen: »Was ist denn geschehen? Was geht hier vor?«

Michael wandte sich um. Hinter ihm stand Keane mit dem Karabiner in der Hand, grinste und deutete auf den umgestürzten deutschen Wagen. In der Luft lag ein beißender Geruch verbrannten Pulvers. »Die merken sich das fürs nächstemal«, sagte Keane und bleckte vergnügt seine gelben Zähne.

Michael seufzte und schaute sich um. Die Franzosen, die sich bei den ersten Schüssen niedergeworfen hatten, erhoben sich langsam und schauten auf das umgestürzte Auto. Zwei Gestalten lagen verkrümmt auf dem Straßenpflaster. Eine davon war Jacqueline. Das über die Knie heraufgerutschte Kleid entblößte ihre dicken, gelblichen Schenkel. Frau Dumoulin beugte sich über sie, und irgendwo weinte verzweifelt eine Frau.

Michael und Keane stiegen aus dem Jeep. Den Karabiner im Anschlag, überschritten sie vorsichtig den Marktplatz und gingen auf den umgeworfenen Wagen zu.

Keane, dachte Michael bitter, während seine Augen auf den beiden leblosen Feldgrauen auf dem Trottoir ruhten. Natürlich Keane. Schneller als ich, verläßlicher, schon schußbereit, als ich noch an meiner verdammten Sicherung herumfummelte. Bis ich hätte abziehen können, wären die Deutschen schon in Paris gewesen.

Vier Mann hatten in dem deutschen Wagen gesessen, sah Michael. Drei davon waren Offiziere. Der Fahrer, ein Landser, lebte noch, aus seinem Mund floß Blut. Er versuchte, auf Händen und Füßen fortzukriechen, als Michael herankam. Als er Michaels Schuhe sah, blieb er liegen. Keane sah sich die drei Offiziere an.

»Tot«, meldete er und lächelte stur. »Alle drei. Dafür müßten wir wenigstens den Bronzestern kriegen. Pavone soll 'ne Eingabe für uns machen. Und was ist mit dem da?« fragte er und stieß mit dem Schuh den verwundeten Fahrer an.

»Dem geht's nicht gut«, sagte Michael, bückte sich und berührte den Mann leicht an der Schulter. »Sprechen Sie Französisch?« fragte er.

Der Mann schaute auf. Er war noch sehr jung, achtzehn oder neunzehn, und auf seinen Lippen lag blutiger Schaum. Sein Gesicht war von Schmerzen verzerrt. Er sah aus wie ein im Todeskampf liegendes Tier. Er nickte stöhnend. Als er den Kopf bewegte, tropfte Blut auf Michaels Schuhe.

»Bewegen Sie sich nicht«, sagte Michael laut und flüsterte ihm dann ins Ohr: »Wir werden versuchen, Ihnen zu helfen.«

Der Junge streckte sich auf dem Trottoir aus, legte sich auf den Rükken und blickte mit schmerzerfüllten Augen zu Michael auf.

Inzwischen waren auch die Franzosen herangekommen und umstanden den umgekippten Wagen. Der Mann mit der Rotkreuzbinde hatte zwei Maschinenpistolen in der Hand und rief laut: »Großartig! Großartig! Die können wir in Paris gebrauchen.« Er trat an den verwundeten Soldaten heran und riß ihm die Pistole aus der Seitentasche. »Gut«, sagte er. »Wir haben sogar 8,8-Munition für das da.«

Der verwundete Junge erblickte das rote Kreuz auf der Armbinde und stöhnte: »Doktor, Doktor, helfen Sie mir.«

»Mais non«, sagte der Franzose lachend und zeigte auf das rote Kreuz, »das ist bloß Tarnung, daß mich deine Kameraden nicht abschießen. Ich bin kein Arzt, alter Junge...« Er wandte sich ab und prüfte die erbeuteten Waffen auf ihren Zustand.

»Verschwenden Sie Ihre Zeit nicht mit dem Schwein«, sagte Frau Dumoulin kalt. »Machen Sie ein Ende mit ihm.«

Ungläubig sah Michael sie an. Sie stand am Kopf des Verwundeten, die Arme über ihren wabbeligen Busen gekreuzt und sprach offensichtlich ganz im Sinne der herumstehenden Männer und Frauen.

»Augenblick mal!« sagte Michael. »Der Mann ist unser Gefangener, und bei uns ist es nicht Brauch, Gefangene zu erschießen.«

»Doktor«, stöhnte der Junge auf dem Trottoir.

»Macht ihn kalt«, rief jemand hinter Frau Dumoulin.

»Wenn der Amerikaner seine Munition sparen will, schlag' ich ihm mit 'nem Stein den Schädel ein«, sagte eine andere Stimme aus der Menge.

»Was ist eigentlich mit euch los?« schrie Michael die Leute an. »Was seid ihr, Bestien?« Er sprach französisch, daß alle ihn verstehen konnten, und es war schwer für ihn, seinen ganzen Zorn und seine Enttäuschung in seinem bißchen Schulfranzösisch auszudrücken. Er starrte Frau Dumoulin an. Einfach unverständlich, dachte er, eine dicke, kleine irische Hausfrau, die in dem Krieg unter Männern ohnehin nichts zu suchen hat, ist blutdürstiger und mitleidloser als irgendein Mann. Und er sagte: »Er ist schwer verwundet, er kann sowieso nicht mehr schaden. Was für einen Sinn hat das?« Und er suchte wütend nach Worten.

»Sehen Sie sich gefälligst Jacqueline an«, erwiderte Frau Dumoulin kalt. »Und dort drüben liegt Monsieur Alexandre mit einem Lungendurchschuß. Vielleicht verstehen Sie dann, was für einen Sinn es hat.«

»Aber wir haben doch schon drei Tote«, sagte Michael. »Genügen Ihnen die noch nicht?«

»Nein, die genügen nicht!« Das Gesicht der Frau war blaß und wutverzerrt. Ihre dunklen Augen blickten stier, und sie machte den Eindruck einer Wahnsinnigen. »Ihnen mag es genügen, junger Mann. Sie brauchten nicht vier Jahre unter den Boches zu leben! Sie haben nicht gesehen, wie Ihre Söhne abgeholt und erschossen wurden. Sie waren nicht mit Jacqueline befreundet. Sie sind Amerikaner. Für Sie ist es leicht, menschenfreundlich zu sein. Für uns weniger!« Sie war in wilde Wut geraten und hielt Michael die geballten Fäuste unter die Nase. »Wir sind keine Amerikaner, und wir haben uns das Mitleid abgewöhnt. Wir werden ihn umbringen. Sie können sich umdrehen, wenn Sie's nicht mit ansehen wollen. Wir machen das schon. Sie brauchen Ihr lächerliches amerikanisches Gewissen damit nicht zu belasten.«

»Doktor«, stöhnte der Junge auf dem Trottoir.

»Bitte«, sagte Michael und schaute die erbarmungslosen Gesichter hinter Frau Dumoulin an. Er kam sich schuldig vor, daß er als Fremder, der dieses Land liebte und vor dem Mut und den Leiden seiner Bewohner Achtung hatte, es wagte, ihnen in einer solch entscheidenden Streitfrage in ihrer eigenen Stadt entgegenzutreten. »Bitte«, sagte er wieder und fing an, Zweifel zu haben, ob die Frau nicht recht hatte und ob es nicht vielleicht seine übliche Schwäche, seine unheldische Grundhaltung war, die ihn Partei für den Verwundeten ergreifen ließ. »Man kann einen Verwundeten doch nicht so ohne weiteres umbringen, ganz gleich...«

Hinter ihm knallte ein Schuß. Jäh drehte er sich um und sah Keane mit dem Finger am Abzug seines Karabiners, sein widerwärtiges Lächeln auf dem Gesicht.

»Ach Scheiße«, sagte Keane grinsend. »Der war ja schon am Abschnappen. Und warum soll man der Dame den Gefallen nicht tun.« Damit warf er seinen Karabiner über die Schulter.

»Gut«, sagte Frau Dumoulin befriedigt. »Gut. Vielen Dank.« Sie wandte sich um, und die kleine Gruppe hinter ihr machte Platz, daß sie vorbeigehen konnte. Michael sah ihr nach, eine kleine, gedrungene, fast komische Gestalt, eine Gebärmaschine, die zeitlebens am Waschtrog und in der Küche gestanden hatte. Sie watschelte über den Platz auf die Stelle zu, wo das häßliche Bauernmädchen mit den emporgerutschten Röcken lag. Die war nun ein für allemal von ihrer Häßlichkeit und ihrer groben Arbeit erlöst.

Die Franzosen zerstreuten sich einer nach dem anderen und ließen die Amerikaner bei der Leiche des erschossenen Jungen stehen. Michael sah, wie sie den Mann mit dem Lungenschuß ins Hotel trugen. Dann wandte er sich Keane zu, der über den Toten gebeugt war und seine Taschen durchsuchte. Er zog eine Brieftasche hervor, machte sie auf und nahm das Soldbuch heraus.

»Sein Soldbuch«, sagte er. »Joachim Ritter heißt er, ist neunzehn Jahre alt und hat seit drei Monaten keinen Sold erhalten.« Keane grinste. »Genau wie bei uns.« Er kramte weiter in der Brieftasche und zog eine Fotografie heraus. »Joachim und sein Mädchen«, sagte er und reichte Michael das Bild hin. »Schau dir's an. Nicht schlecht fürs Bett.«

Schweigend betrachtete Michael das Bildchen. In einem Vergnügungspark aufgenommen, stand da ein schlanker, munterer junger Mann neben einem rundlichen blonden Mädchen, das sich seine Mütze keck über den Bubikopf gestülpt hatte. Quer über das Bild war etwas in deutscher Sprache geschrieben.

»Auf immer Dein, Elsa«, meinte Keane. »So heißt es auf deutsch. Das schick ich meiner Frau. Ist 'ne interessante Kriegserinnerung.«

Michaels Hände zitterten, während er das glänzende Stück Papier hielt. Am liebsten hätte er es zerrissen. Er haßte Keane, haßte den Gedanken, daß der Kerl mit seinem Pferdekopf und den gelben Zähnen in späteren Jahren einmal dieses Bild in den Vereinigten Staaten herumzeigen und mit seiner Heldentat prahlen würde. Aber er hatte kein Recht, das Foto zu zerreißen. So sehr er Keane haßte, mußte er zugeben, daß er sich das Erinnerungsstück verdient hatte. Während Michael gezögert und an seinem Gewehr herumgefummelt hatte, hatte Keane wie ein richtiger Soldat gehandelt. Ohne Zögern oder Furcht hatte er die Lage gemeistert und den Feind vernichtet, während alle um ihn herum fassungslos und vor Überraschung untätig gewesen waren. Und was den Schuß in den Kopf des jungen Verwundeten anlangte, dachte Michael angewidert, so hatte Keane vielleicht auch hier richtig gehandelt. Sie hätten sowieso nichts mit dem Deutschen anzufangen gewußt. Sie hätten ihn hier liegenlassen müssen, und die Leute hätten ihn sofort umgebracht, sobald Michael mit seinem Jeep verschwunden war. Keane mit seiner sadistischen Natur war nur der Vollstrecker des Willens der Leute, um derentwillen sie nach Europa gekommen waren. Durch einen einzigen Schuß hatte Keane der bedrohten Bevölkerung dieser Stadt das Gefühl der ausgleichenden Gerechtigkeit wiedergegeben. Sie konnte, in diesem Fall wenigstens, sich mit eigenen Augen überzeugen, daß ihre Leiden mit gleicher Münze heimgezahlt wurden. Im Grunde, dachte Michael bitter, sollte ich froh sein, daß Keane bei uns ist. Ich hätte es nie fertiggebracht. Und getan werden mußte es.

Michael ging zu Stellevato zurück, der an dem Jeep lehnte. Er fühlte sich krank und müde. Dazu sind wir eigentlich hier, dachte er bedrückt, dazu haben wir Krieg: um Deutsche umzubringen. Ich sollte mich freuen, sollte jubeln...

Aber er freute sich nicht. Untüchtig, ungeeignet, Michael Whitacre, das bist du. Du wirst nie ein guter Soldat werden. Die Mädchenküsse an den Straßen, die Blumen der Ehrenpforten, der freigebig gespendete Kognak hatten nicht ihm gegolten. Denn er hatte diese Geschenke nicht verdient. Keane war der Mann. Leute, die einem verwundeten Feind grinsend eine Kugel in den Kopf jagen konnten, seine Brieftasche stehlen und eine Fotografie, die ihnen nicht gehörte, ihrer Frau als Erinnerungsstück nach Hause schickten, solche Leute waren von den Europäern auf ihrem Siegeszug durch die sonnigen Küstenprovinzen gefeiert worden. Nicht Michael. Keane war der siegreiche, tüchtige amerikanische Befreier, der paßte in diese Zeit...

Der Mann mit der Rotkreuzbinde am Arm raste auf seinem Motorrad vorüber. Vergnügt winkte er Michael zu, denn er brachte seinen Freunden in Paris zwei Maschinenpistolen und hundert Patronen mit. Michael schaute sich nicht nach den nackten Beinen, den lächerlichen Knickerbockers und dem schmierigen Verband um. Das Motorrad knatterte an dem umgestürzten deutschen Wagen vorbei und verschwand in der Richtung, wo angeblich die achthundert Deutschen und die verminten Straßen lagen, auf die Hauptstadt von Frankreich zu.

»Heiliger Vater«, sagte Stellevato mit seiner weichen italienischen Stimme, »was für ein Morgen! Geht's dir gut?«

»Großartig«, erwiderte Michael trocken. »Ganz großartig.«

»Nikki«, fragte Keane, »willst du nicht rübergehen und dir die Sauerkrautfresser ansehen?«

»Nein, danke. Das überlaß ich den Totengräbern«, sagte Nikki.

»Könntest dir 'ne Kriegserinnerung aussuchen und sie deinen Leuten nach Hause schicken«, schlug Keane vor.

»Meine Leute wollen keine Kriegserinnerungen«, sagte Stellevato. »Die einzige Kriegserinnerung, die sie aus Frankreich wollen, bin ich.«

»Schau mal«, sagte Keane und hielt Stellevato die Fotografie unter die Nase. »Er hieß Joachim Ritter.«

Stellevato nahm das Bild aus Keanes Hand und sah es ernst an.

»Armes kleines Mädchen«, sagte er leise.

Michael hätte ihn am liebsten umarmt.

Stellevato gab Keane die Fotografie zurück und sagte: »Ich glaube, wir sollten jetzt zur Wasserstelle zurückfahren und den beiden Jungs erzählen, was sich hier abgespielt hat. Sicherlich haben sie die Schüsse gehört und vor Angst beinahe in die Hosen gemacht.«

Michael war gerade dabei, in den Jeep zu steigen, als ein anderer Jeep langsam die Hauptstraße heruntergefahren kam. Er hörte, wie Keane seinen Karabiner lud.

»Laß das«, rief er scharf. »Ist doch einer von uns.«

Der andere Jeep fuhr neben ihnen auf und hielt. In dem Wagen saßen Kramer und Morrison, die noch vor drei Tagen bei Pavone gewesen waren. Die Franzosen vor dem Hotel blickten kühl und steinern auf die Neuankömmlinge.

»Hallo, Jungs!« rief Morrison. »Habt ihr euch gut amüsiert?«

»'s war großartig, Junge«, sagte Keane begeistert.

»Was ist denn da passiert?« fragte Kramer und deutete auf die toten Deutschen und den umgestürzten Wagen. »Verkehrsunfall?«

»Ich hab' sie umgelegt«, sagte Keane stolz grinsend. »Nicht schlecht für einen Vormittag, was?«

»Macht der Witze?« fragte Kramer zu Michael gewandt.

»Durchaus nicht«, antwortete Michael. »Gehen alle auf sein Konto.«

»Je-sus!« rief Kramer aus und sah Keane achtungsvoll von der Seite an. »Das alte Großmaul Keane... wer hätte das gedacht!«

»Wo ist Pavone?« fragte Michael. »Kommt er heute morgen noch?«

Morrison und Kramer stierten immer noch die toten Deutschen an. Wie alle Mannschaften ihrer Einheit hatten sie seit der Landung noch keinerlei Kampfhandlungen mitgemacht und waren daher stark beeindruckt. »Es ist alles geändert worden«, sagte Kramer. »Die Mot-Abteilung kommt nicht hier durch. Pavone schickt uns, um euch zu holen. Er ist in einer Stadt namens Rambouillet, 'ne Stunde von hier. Alles wartet auf eine französische Division, die an der Spitze in Paris einziehen soll. Los jetzt, wir kennen die Straßen. Nikki soll hinter uns herfahren.«

Stellevato schaute Michael fragend an. Michael war irgendwie froh, daß er die Verantwortung nun los war. »Okay, Nikki«, sagte er. »Hauen wir ab.«

»Sieht ganz nett aus, das Städtchen«, meinte Kramer. »Meinst du, die Franzosen würden uns hier was Anständiges kochen?«

»Ich bin ganz scharf auf 'n Steak mit Pommes frites«, sagte Morrison. Plötzlich konnte Michael es nicht mehr ertragen, noch länger in dieser Stadt zu bleiben. Die argwöhnischen Blicke der Bevölkerung und die vor dem Kramladen herumliegenden toten Deutschen gingen ihm auf die Nerven. »Ach was, fahren wir zu Pavone zurück. Er braucht uns vielleicht«, sagte er.

»Wenn ich etwas nicht ausstehen kann«, sagte Morrison, »dann sind's Pfcs. Whitacre, du hast einen zu hohen Rang.« Aber er wendete den Jeep und fuhr los.

Stellevato machte auch kehrt und fuhr hinter Morrison her. Michael saß steif auf dem Vordersitz und vermied es, zum Hotel hinüberzusehen, wo Frau Dumoulin mit ihren Freunden stand.

»Monsieur!« Es war Frau Dumoulins Stimme, laut und befehlend.

Michael seufzte und bedeutete Stellevato, zu halten.

Stellevato hielt und gab Signal, daß Morrison ebenfalls hielt.

Frau Dumoulin, von dem Schwarm der anderen Franzosen umgeben, kam auf die haltenden Wagen zu. Sie stellte sich vor Michael hin, die Arme wieder über ihren unförmigen Busen gekreuzt, wobei ihr Sweater sich prall um ihre dicken Hüften spannte. »Monsieur, Sie wollen uns doch nicht verlassen?« sagte sie.

»Doch, Madame, wir haben Befehl, abzufahren«, sagte Michael ruhig.

»Und was ist mit den achthundert Deutschen?« fragte Frau Dumoulin und versuchte, ihre Wut zu beherrschen.

»Ich glaube nicht, daß sie zurückkommen«, sagte Michael.

»Sie glauben nicht, daß sie zurückkommen«, äffte Frau Dumoulin ihn nach.

»Und was ist, wenn die achthundert Deutschen von Ihrem famosen Glauben nichts wissen und *doch* zurückkommen?«

»Bedaure, Madame«, sagte Michael verdrossen. »Befehl ist Befehl. Und selbst wenn sie kämen, was könnten fünf Amerikaner gegen achthundert Deutsche ausrichten?«

»Sie lassen uns also im Stich!« schrie Frau Dumoulin. »Die Deutschen werden die Stadt besetzen, die vier Toten dort drüben finden und alle Männer, Frauen und Kinder umbringen. Das können Sie mit uns nicht machen! So können Sie sich als Befreier nicht aufführen! Sie haben hierzubleiben und uns zu schützen!«

Hilflos musterte Michael die beiden Jeeps mit ihrer kleinen Mannschaft – Stellevato, Keane, Morrison, Kramer und er selbst –, wie sie auf dem häßlichen Marktplatz standen. Keane war der einzige gewesen, der wirklich geschossen hatte, und es war nicht anzunehmen, daß er an diesem Tag noch mehr Heldentaten vollbringen würde. Mein Gott! dachte Michael und wandte sich wieder Frau Dumoulin zu, die wie das rächende Gewissen vor ihm stand, mein Gott! Was für einen Schutz glaubt sie wohl von diesen fünf Soldaten gegen ein ganzes deutsches Bataillon zu bekommen?

»Madame«, sagte er, »es hat keinen Zweck. Wir können hier nichts mehr für Sie tun. Wir sind nicht die amerikanische Armee. Wir haben unseren Befehl und haben zu gehorchen.«

Er blickte an Frau Dumoulin vorbei in die ängstlichen, vorwurfsvollen Gesichter der Bewohner und versuchte, ihnen seine gute Absicht, sein Mitgefühl und seine Hilflosigkeit klarzumachen. Aber in den Gesichtern der Umstehenden war kein Verständnis für seine Handlung abzulesen. Sie waren überzeugt, daß sie noch am selben Tage in den Ruinen ihrer Häuser umkommen würden. »Verzeihen Sie, Madame«, schloß Michael, »ich kann Ihnen beim besten Willen nicht helfen...«

»Dann hatten Sie kein Recht, überhaupt herzukommen«, sagte Frau Dumoulin auf einmal merkwürdig ruhig. »Es sei denn, Sie wollten bleiben. Die Panzer gestern abend, Sie heute morgen, Krieg hin, Krieg her, Amerikaner oder nicht, Sie haben kein Recht, uns so zu behandeln...«

»Nikki«, sagte Michael leise zu Stellevato, »fort von hier, schnell!«

»Das ist niederträchtig«, rief Frau Dumoulin als Sprecherin all der zerlumpten Männer und Frauen im Halbkreis, während Stellevato Gas gab.

»Es ist eine Unverschämtheit, es ist hundsgemein...«

Das Ende der Schimpfkanonade konnte Michael nicht mehr hören. Er sah sich auch nicht um, als er mit den beiden Jeeps in raschem Tempo aus der Stadt hinausfuhr, um mit Oberst Pavone zusammenzutreffen.

Champagnerflaschen standen überall auf dem Tisch herum und warfen das Licht von Hunderten von Kerzen, der einzigen Beleuchtung des Nachtklubs, zurück. Das Lokal war brechend voll. Uniformen von einem Dutzend Nationen vermengten sich mit farbenfrohen Kleidern, entblößten Armen und hochgekämmtem, glänzendem Haar. Alle schienen gleichzeitig zu sprechen. Die Befreiung von Paris am Tage vorher und die Parade am Nachmittag, zu der übrigens ein paar Scharfschützen von den Dächern ihren Tribut beigesteuert hatten, hatten eine ungeheure Flut von Gesprächsstoff gebracht. Das meiste mußte laut geschrien werden, um die Drei-Mann-Kapelle in der Ecke zu übertönen, die so laut sie konnte *»Shuffle off to Buffalo«* spielte.

Pavone saß Michael gegenüber, über das ganze Gesicht grinsend, die unvermeidliche Zigarre im Mund und den Arm um eine blonde Dame mit langen künstlichen Augenwimpern gelegt. Ab und zu winkte er mit der Zigarre Michael zu, der zwischen dem Korrespondenten Ahearn, dem Mann mit dem Artikel über die Flucht für *Collier's*, und einem älteren, wunderbar uniformierten Piloten der französischen Luftwaffe saß.

Dann saßen noch zwei andere amerikanische Korrespondenten am Tisch, beide ein bißchen betrunken. Sie redeten mit ernsten Gesichtern den größten Unsinn in kurzen, abgerissenen Sätzen.

»Herr General«, sagte der erste Korrespondent. »Ich bin am Ufer des Flusses angekommen. Ich bitte um neue Befehle.«

»Überschreiten Sie den gottverdammten Fluß.«

»Geht nicht, Sir. Am anderen Ufer stehen acht feindliche Panzerdivisionen.«

»Sie sind zur Disposition gestellt. Wenn Sie den Fluß nicht überschreiten können, hole ich mir jemanden, der's kann.«

»Wo bist du her, Kamerad?« fragte der erste Korrespondent.

»Aus Ost-St.-Louis.«

»Gib mir die Hand.«

»Du bist zur Disposition gestellt«, sagte der zweite Korrespondent. Dann fiel ihnen nichts mehr ein. Sie tranken ihre Gläser aus und sahen nachdenklich den Tanzenden zu.

»Oh«, sagte der französische Flieger, der drei Pflichtflüge mit der RAF mitgemacht hatte und soeben als Verbindungsoffizier zur Zweiten Französischen Panzerdivision in Paris angekommen war, »oh, das waren noch Tage!« Er sprach von 1928, New York City, als er zum erstenmal nach Amerika gekommen sei und bei einer Maklerfirma in Wall Street gearbeitet hatte. Er redete etwas von oben herab, als ob es sich nicht lohne, die Dinge ernst zu nehmen. »Ich hatte ein Appartement auf der Park Avenue«, sagte er und lächelte. »Jeden Donnerstag gab ich eine Cocktail-Party für meine Freunde, und die einzige Bedingung, die ich stellte, war, daß jeder Gast ein Mädchen mitbringen mußte, das noch nie da war. Mein Gott!« rief er aus. »Hunderte von Mädchen hat man auf diese Weise kennengelernt.« Er schüttelte den Kopf in Erinnerung an seine schönen Jugendjahre während des amerikanischen Wirtschaftsaufschwunges. »Und spät abends fuhren wir nach Harlem hinaus. Diese farbigen Mädchen und die Musik! Mein Herz bebt, wenn ich daran denke.« Er leerte sein neuntes Glas Champagner und strahlte über das ganze Gesicht. »Ich kannte mich in der 135. Straße besser aus als auf dem Place Vendôme. Nach dem Krieg gehe ich vielleicht nach New York zurück«, setzte er gedankenvoll hinzu. »Und dann nehme ich mir eine Wohnung in der 135. Straße.«

Von einem anderen Tisch kam eine dunkle Frau in einem schwarzen Spitzenschal herüber und küßte den Flieger. »Mein lieber Leutnant«, sagte die dunkle Dame, »wie glücklich bin ich, wieder einen französischen Offizier zu sehen.«

Der Flieger erhob sich, verbeugte sich korrekt und bat die dunkle Dame um einen Tanz. Die Frau schmiegte sich an ihn, und beide glitten ineinander verschränkt auf der überfüllten Tanzfläche dahin. Die Kapelle spielte eine Rumba, der Pilot in seiner eleganten Uniform tanzte wie ein Kubaner und schlüpfte mit seiner Partnerin mit ernstem Gesichtsausdruck zwischen den Paaren hindurch.

»Whitacre«, rief Pavone über den Tisch. »Sie sind ein Esel, wenn Sie diese Stadt je verlassen.«

»Ich bin ganz Ihrer Meinung, Herr Oberst«, antwortete Michael. »Sobald der Krieg aus ist, werde ich um meine Entlassung auf den Champs Elysées bitten.« Und in diesem Augenblick glaubte er auch, was er sagte. Von dem Zeitpunkt an, als er aus dem mit Soldaten vollgestopften Lastwagen die Spitze des Eiffelturmes über den Dächern erblickt hatte, war ihm klargeworden, daß Paris seine eigentliche Heimat war. Noch berauscht von den Küssen, dem Händedrücken und dem jubelnden Empfang hatte er mit hungrigen Augen die ihm seit seiner Kindheit vertrauten Straßennamen gelesen: Rue de Rivoli, Place de l'Opéra, Boulevard des Capucines. Und er fühlte weder Schuld noch Verzweiflung mehr. Sogar die vereinzelten Rückzugsgefechte zwischen den Denkmälern und Parks, wo die Deutschen ihre letzte Munition verpulvert hatten, ehe sie sich ergaben, schienen eine angenehme und passende Note dieser Stadt zu sein. Und das Blut auf den Straßen und die Verwundeten und Toten, die auf den Tragbahren der Maquis-Helferinnen weggeschafft worden waren, auch sie gehörten zum Schlußakt der Befreiung der Stadt.

Ganz genau würde er sich später nicht mehr erinnern können, wie alles gewesen war. Küsse, Freudentränen, Umarmungen, Lippenstiftflecken auf seinem Hemd und das Gefühl, daß er eine sehr wichtige, sehr beliebte Persönlichkeit war.

»He, Sir!« rief der erste Korrespondent.

»Ja, Sir«, sagte der zweite Korrespondent.

»Wo geht es zum Stabsquartier der Zweiten Panzerdivision?«

»Ich weiß es nicht, Sir. Ich bin eben erst vom Camp Shanks eingetroffen.«

»Sie sind entlassen.«

»Jawohl, Sir.« Und sie hoben feierlich ihre Gläser.

»Ich erinnere mich«, sagte Ahearn zu Michael, »als ich Sie das letztemal sah, habe ich Sie über das Thema Angst ausgefragt.«

»Ja«, antwortete Michael und sah das sonnengebräunte, rote Gesicht und die ernsten grauen Augen seines Nachbarn freundlich an. »Ich glaube, das stimmt. Nun, wie sieht's unter den Verlegern heute aus mit der Angst?«

»Ich habe mich entschlossen, den Artikel aufzuschieben«, sagte Ahearn ernsthaft. »Es wird zuviel darüber geschrieben. Nach dem letzten Krieg haben sie bis zum Überdruß darüber geschrieben. Dann kamen noch die Psychoanalytiker. Und jetzt ist Angst die große Mode. Jeder Zivilist weiß mehr davon als 'ne ganze Armee. Der Soldat zerbricht sich längst nicht so sehr den Kopf darüber, wie die Schriftsteller uns glauben machen wollen. Und tatsächlich ist die Meinung, daß der Krieg eine unerträgliche Einrichtung sei, einfach falsch. Ich habe genau aufgepaßt und hatte meine Augen überall. Und ich habe gefunden, daß der Krieg im Grunde ein ganz vergnügliches Abenteuer ist. Zum Beispiel: Was ist Ihnen im letzten Monat in Frankreich am meisten aufgefallen?«

»Tja«, sagte Michael überlegend, »vielleicht...«

»Fröhlichkeit, Gelächter, Spaß!« sagte Ahearn. »Eine richtige Ferienstimmung. Wir sind fünfhundert Kilometer durch Feindesland gerückt, auf einer Welle von Gelächter. Das muß ich für *Collier's* ausarbeiten.«

»Gut«, sagte Michael ernst. »Ich freue mich schon darauf.«

»Der einzige Autor, der eine Schlacht richtig beschrieben hat«, sagte Ahearn und beugte sich ganz nahe zu Michael herüber, »war Stendhal. In der ganzen Literaturgeschichte gibt es überhaupt nur drei Schriftsteller, die es verdienen, zweimal gelesen zu werden: Stendhal, Villon und Flaubert.«

»In dreißig Tagen ist der Krieg aus«, meinte ein sehr gut aussehender britischer Korrespondent auf der anderen Seite des Tisches. »Eigentlich schade. Es müssen noch eine Menge Deutsche umgebracht werden, und wenn der Krieg weitergeht, dann bringen wir sie in Wut um. Ist er bald zu Ende, dann müssen wir sie immer noch umbringen, aber kaltblütig. Und da, glaube ich, werden die Amerikaner und Engländer nicht mitmachen. Und wir hinterlassen wieder einmal eine machtvolle Generation von Feinden in Mitteleuropa. Ich persönlich bete darum, daß wir ordentlich Hiebe kriegen und der Krieg noch sehr viel länger dauert...«

»Oh, sweet and lovely lady be good«, sang der Saxophonbläser in zu gutem Englisch. »Oh, lady be good to me...«

»Stendhal hat die unerwarteten, verrückten und komischen Seiten eines Krieges eingefangen«, sagte Ahearn. »Erinnern Sie sich, wie er in seinem Tagebuch den Oberst beschrieb, der seine Leute im russischen Feldzug zusammenhielt?«

»Ich fürchte, das habe ich vergessen«, sagte Michael.

»Wie ist die Lage?« fragte der erste Korrespondent.

»Wir sind von zwei kampfstarken Divisionen eingeschlossen.«

»Sie sind entlassen«, sagte der erste Korrespondent. »Wenn Sie nicht mal den Fluß überschreiten können, muß ich mir jemand holen, der's kann.« Und sie prosteten sich zu.

»Sie sehen wie ein netter, einsamer Soldat aus«, sagte ein großes, dunkelhaariges Mädchen in einem geblümten Kleid, dem Michael schon vor einer Viertelstunde zugelächelt hatte. Sie stand neben ihm, über ihn gebeugt und legte ihre Hand auf die seine. Ihr Kleid war tief ausgeschnitten, und Michael konnte ihren schönen, festen Brustansatz sehen. »Würden Sie nicht mit einer Dame tanzen, die dafür sehr dankbar wäre?«

Michael lächelte sie an. »In fünf Minuten«, sagte er, »wenn ich klarer im Kopf bin.«

»Gut«, sagte das Mädchen mit einem einladenden Lächeln. »Sie wissen ja, wo ich sitze...«

»O ja«, sagte Michael. Er sah ihr nach, wie sie sich zwischen den tanzenden Paaren hindurchschlängelte. Hübsch, dachte er, sehr hübsch für später. Man muß sich wirklich eine Pariserin nehmen, das gehört zum Einzug.

»Man könnte Bände schreiben«, sagte Ahearn, »über die Beziehungen der Geschlechter in Kriegszeiten.«

»Sicher«, sagte Michael unaufmerksam. Das Mädchen saß wieder an seinem Tisch und lächelte zu ihm herüber.

»Die Beziehungen zwischen Männern und Frauen sind gesund und frei, mit einem romantischen Hauch von Hast und Tragik«, fuhr Ahearn fort. »Um von einem persönlichen Fall zu reden. Ich habe eine Frau und zwei Kinder in Detroit. Offen gestanden, zwar hatte ich eine kolossale Achtung vor meiner Frau, aber sie fängt an, mich zu langweilen. Sie ist klein, nicht besonders hübsch, und ihr Haar wird schon dünn. In London habe ich mit einem fabelhaft sinnlichen Mädchen von neunzehn Jahren zusammengelebt, die im Versorgungsministerium arbeitete. Sie hat den Krieg am eigenen Leib mitgemacht und versteht mich. Ich bin sehr glücklich mit ihr. Wie kann ich ehrlich behaupten, ich möchte wieder nach Detroit zurück?«

»Jeder hat seine eigenen Probleme«, sagte Michael höflich.

Plötzlich hörte man vom anderen Ende des Lokals Rufe und Schreie. Vier junge Maquis-Leute mit Armbinden und Gewehren drängten sich durch die Tanzenden und stießen einen jungen Mann vor sich her, der aus einer klaffenden Wunde über dem Auge blutete. »Lügner!« schrie der blutende junge Mann. »Ihr seid Lügner! Wenn ich ein Kollaborateur bin, ist jeder in diesem Lokal einer.« Einer der Maquis-Männer schlug ihm ins Genick. Sein Kopf sank nach vorn, und er war still. Sein Blut tropfte auf die Tanzfläche. Die vier Maquis-Leute schleppten ihn die Stufen hinauf, an den Kerzen in gläsernen Haltern vorbei, und die Kapelle spielte absichtlich laut.

»Barbaren!« sagte eine Frauenstimme auf englisch. Neben Michael, auf dem Platz, auf dem vorher der französische Flieger gesessen hatte, saß eine Dame von vierzig, mit langen, dunkelroten Fingernägeln und in einem eleganten, einfachen schwarzen Kleid. Sie sah immer noch sehr gut aus. »Die sollte man alle einsperren. Stiften nur Unheil. Ich werde der Armeeleitung vorschlagen, die Widerstandskämpfer zu demobilisieren.«

Sie sprach ein ausgesprochen amerikanisches Englisch, und Ahearn und Michael starrten sie beide verblüfft an. Sie nickte Ahearn zu und grüßte Michael etwas kühler, nachdem sie mit einem kurzen Blick festgestellt hatte, daß er kein Offizier war. »Ich heiße Mabel Kaspar«, sagte sie, »und schaut mich nicht so erstaunt an. Ich bin aus Schenectady.«

»Freut uns, Sie kennenzulernen, Mabel«, sagte Ahearn höflich und verbeugte sich, ohne aufzustehen.

»Ich weiß, was ich sage«, fuhr die Dame aus Schenectady nervös fort. Man sah, daß sie zwei oder drei Drinks zuviel zu sich genommen hatte. »Ich wohne seit zwölf Jahren in Paris. Was ich gelitten habe! Sie sind doch Korrespondent – ich könnte Ihnen Geschichten erzählen, wie's unter der deutschen Besatzung aussah...«

»Würde mich sehr interessieren«, sagte Ahearn.

»Die Nahrungsmittel, die Rationierung«, fuhr Mabel Kaspar fort und goß ein halbes Glas Champagner mit einem Schluck hinunter. »Die Deutschen haben meine Wohnung beschlagnahmt, und ich hatte nur fünfzehn Tage Zeit, meine Möbel herauszunehmen. Gott sei Dank habe ich gleich eine andere Wohnung gefunden, gehörte einem jüdischen Ehepaar. Der Mann ist tot, aber stellen Sie sich vor, heute nachmittag, am zweiten Tag nach der Befreiung, kam die Frau zu mir und verlangte die Wohnung zurück. Dabei war nicht ein einziges Möbelstück drin, als ich einzog. Aber ich habe beim Einzug amtlich feststellen lassen, daß die Wohnung leer war, ich habe das kommen sehen. Ich sprach vorhin mit Oberst Harvey darüber. Ein sehr verständnisvoller Mann. Kennen Sie Oberst Harvey?«

»Ich fürchte, nein«, sagte Ahearn.

»Wir werden noch schwere Zeiten in Frankreich haben«, sagte Mabel Kaspar und trank ihr Glas Champagner aus. »Das Gesocks sitzt im Sattel. Taugenichtse mit dem Gewehr über der Schulter.«

»Meinen Sie die Widerstandskämpfer?« fragte Michael.

»Ja, ich meine die Widerstandskämpfer«, bestätigte Mabel Kaspar.

»Aber sie haben doch in der Untergrundbewegung gekämpft«, wandte Michael ein und versuchte, in dem Riesenlärm herauszufinden, auf was die Frau eigentlich hinauswollte.

»Die Untergrundbewegung!« schnaubte Mabel Kaspar wütend. »Kommen Sie mir bloß nicht mit der Untergrundbewegung. Alle Herumtreiber, alle Taugenichtse, alle Arbeitslosen, alle Leute, die keine Verantwortung zu tragen brauchten, waren in der Untergrundbewegung. Die anständigen Leute hatten keine Zeit für diesen Unfug. Aber jetzt müssen wir alle dafür zahlen, wenn ihr uns nicht helft.« Sie schenkte sich noch ein Glas Champagner ein und beugte sich zu Michael vor. »Ihr habt uns von den Deutschen befreit: Jetzt müßt ihr uns von den Franzosen und den Russen befreien.« Sie leerte ihr Glas, stand auf und sagte: »Ein gutgemeinter Rat.« Dann nickte sie und entfernte sich.

Michael sah ihr nach, wie sie sich in ihrem schwarzen, gutsitzenden Abendkleid durch die Tischreihen schlängelte. »Gott«, sagte er leise, »und so etwas kommt aus Schenectady.«

»Ein Krieg bietet, wie ich schon sagte«, meinte Ahearn trocken, »die erstaunlichsten Verwicklungen.«

»Wie ist die Kriegslage?« fragte der erste Korrespondent.

»Meine linke Flanke ist aufgerollt worden«, sagte der zweite Korrespondent. »Meine rechte Flanke bricht zusammen, und die Mittelfront ist eingedrückt. Ich greife an.«

»Sie sind entlassen«, sagte der erste Korrespondent.

»Nach dem Krieg«, sagte der gutaussehende britische Korrespondent, »kaufe ich mir ein Haus bei Biarritz. Und da bleib' ich. Ich kann die englische Kost nicht vertragen. Wenn ich mal nach London fahren muß, packe ich mir einen Eßkorb, fliege hinüber und esse im Hotelzimmer...«

»Der Wein taugt nichts«, bemerkte ein Public-Relations-Offizier am anderen Ende des Tisches.

»Wenn's überhaupt Hoffnung auf die Zukunft gibt«, sagte Pavone zu zwei jungen amerikanischen Infanterieoffizieren, »dann in Frankreich. Es genügt nicht, daß die Amerikaner für Frankreich kämpfen, sie müssen es auch verstehen, müssen es wieder auf die Beine stellen, müssen Geduld haben. Das ist nicht leicht, denn die Franzosen sind die aufreizendsten Leute der Welt. Sie sind chauvinistisch, überheblich, vernünftig, unabhängig im Denken und großartig. Wenn ich Präsident der Vereinigten Staaten wäre, würde ich jeden jungen Amerikaner statt aufs College zwei Jahre nach Frankreich schicken. Die Jungs würden endlich anständig essen lernen, etwas von Kunst verstehen, und die Mädchen würden etwas von der Erotik verstehen. Und in fünfzehn Jahren hätten wir unser langersehntes Utopia an den Ufern des Mississippi...«

Drüben, auf der andern Seite des Lokals, saß das Mädchen in dem geblümten Kleid und lächelte Michael jedesmal zu, wenn er hinüberblickte.

»Es gibt gewisse unfaßbare Elemente im Krieg«, sagte Ahearn, »die unsere Literatur nicht berücksichtigt hat. Ich darf Sie nochmals an den Oberst bei Stendhal erinnern...«

»Was hat der Oberst bei Stendhal gesagt?« fragte Michael träumerisch und schwamm glücklich auf einer Welle von Champagner, Zigarettenrauch, Parfüm, Kerzenlicht und Wollust dahin.

»Seine Leute«, erzählte Ahearn ernst, und sein Ton wurde auf einmal kriegerisch und befehlend, »seine Leute waren demoralisiert und standen im Begriff, vor den Russen zu fliehen. Der Oberst brüllte sie an, fuchtelte mit seinem Degen herum und schrie: ›Mein Arschloch ist so rund wie ein Apfel, mir nach, Leute!‹ Und sie gehorchten ihm und schlugen die Russen in die Flucht. Einfach unfaßbar«, bemerkte Ahearn wie ein Professor, »irgendeine geheime Feder in den Herzen seiner Soldaten wurde von seinen Worten in Gang gesetzt, und sie waren die Sieger.«

»Ach«, sagte Michael bedauernd, »solche Obersten gibt es heute nicht mehr.«

Ein betrunkener britischer Hauptmann sang sehr laut: »We're hanging up our washing on the Siegfried Line.« Seine Stimme überbrüllte die Kapelle und sofort stimmten andere mit ein. Die Kapelle gab nach, brach die Tanzmusik ab und spielte die Begleitung dazu. Der betrunkene Hauptmann, ein Riesenkerl mit rotem Gesicht und blitzenden Zähnen, packte ein Mädchen und tanzte mit ihm zwischen den Tischen herum. Andere Paare standen auf, folgten seinem Beispiel und schwankten zwischen den papiernen Tischtüchern und den Sektkühlern hin und her. In einer Minute waren zwanzig Paare in der Linie. Sie sangen, ihre Köpfe zurückgelehnt, jeder die Hand um die Hüfte seiner Partnerin vor ihm, wie bei einem feierlichen Schlangentanz im College nach einem Football-Spiel. Nur daß hier in dem kleinen Lokal mit der niederen Decke und den Kerzen an den Wänden der Gesang ohrenbetäubend war.

»Sehr nett«, sagte Ahearn, »aber zu normal, um mich zu interessieren; vom literarischen Standpunkt aus, meine ich. Schließlich, nach diesem Sieg, muß man erwarten, daß die Befreier mit den Befreiten tanzen. Aber stellen Sie sich den Zarenpalast in Sewastopol vor, als die jungen Kadetten das Schwimmbecken mit dem kaiserlichen Champagner, den sie im Keller fanden, bis zum Rande füllten und ein paar Dutzend nackte Ballettmädchen in den Schaum warfen. Inzwischen war die Rote Armee im Anmarsch, und alle wurden an die Wand gestellt. Entschuldigen Sie mich«, sagte Ahearn und stand auf. »Da mache ich mit.«

Er drängte sich durch die Tanzenden und legte seine Hand um die in Schenectady geborene Mabel Kaspar, die ihre schwarzen Tafthüften schwang und laut mitsang.

Das Mädchen in dem geblümten Kleid stand plötzlich am Tisch und sah lächelnd auf Michael hinunter. »Jetzt?« fragte sie leise und streckte ihre Hand aus.

»Ja, jetzt«, erwiderte Michael. Er stand auf und nahm sie an der Hand. Sie drängten sich in die Linie, das Mädchen vor ihm. Er fühlte ihre warmen Hüften unter der dünnen Seide ihres Kleides. Inzwischen tanzte alles in einer langen, sich windenden Schlangenlinie von Uniformen und seidenen Kleidern durch den Raum, auf der Tanzfläche, vor der Kapelle, zwischen den Tischen. »We're gonna hang out the washing on the Siegfried Line«, sangen sie alle. »Have you any dirty washing, Mother dear?«

Michael brüllte genauso laut wie die anderen, seine Stimme war schon heiser, und vor sich hielt er die aufreizend schlanke Taille des Mädchens, das ihn unter all den jungen Siegern in der jubelnden Stadt ausgesucht hatte. Im Rausch der Musik und des Triumphliedes erinnerte sich Michael, mit welchem Hohn die Deutschen seinerzeit über das Lied hergezogen waren, 1939, als die Engländer es zum erstenmal gesungen hatten. Michael hätte alle umarmen können, alle waren seine Freunde, alle Frauen seine Geliebten, alle Städte sein eigen, alle Siege waren verdient, und das Leben war unvergänglich...

»We're gonna hang out the washing on the Siegfried Line«, sang der Chor der Stimmen, »if the Siegfried Line's still there.« Ja, dachte Michael, für diese Stunde habe ich gelebt, dafür bin ich übers Meer gekommen, dafür habe ich die Waffe in die Hand genommen und mein Leben eingesetzt.

Das Lied war zu Ende. Das Mädchen in dem geblümten Kleid drehte sich um und küßte ihn. Sie schmolz förmlich in ihn hinein, hielt sich an ihm fest und machte ihn schwindlig mit ihrem Geruch nach Wein und Heliotrop-Parfüm. Die anderen sangen jetzt »Auld lang Syne«, wie von jeher auf allen New Yorker Silvester-Parties üblich war, sentimental und erregend zugleich.

Der ältere Flieger mit seiner Wohnung in der Park Avenue, der so tolle Cocktail-Parties im Jahr 1928 gegeben hatte und der in diesem Krieg mal gerade seine drei Pflichtflüge in der Lothringer Staffel abgestottert hatte, dessen Freunde alle nicht mehr lebten und der endlich wieder in seinem geliebten Paris war, der französische Pilot weinte vor Rührung, als er die Worte sang: »Should old acquaintance be forgot, and never brought to mind?« Er hatte den Arm um Pavones Schulter gelegt, und über sein gescheites, verlebtes Gesicht rollten Tränen.

Das Mädchen küßte Michael immer wilder. Er schloß die Augen und wiegte sich sanft mit ihr hin und her, das namenlose Geschenk der befreiten Stadt fest in seine Arme geschlossen.

Eine Viertelstunde später, als Michael mit dem Karabiner über der Schulter und dem Mädchen in dem geblümten Kleid und Pavone mit seiner hochblonden Dame die verdunkelten Champs Elysées hinuntergingen, in Richtung des Arc de Triomphe, wo Michaels Mädchen wohnte, gab es Fliegeralarm. Die Deutschen bombardierten die Stadt. Unter einem Baum parkte ein Lastwagen, und Michael und Pavone setzten sich auf die Stoßstange, um unter dem Schutz des Blätterdaches das Ende des Angriffs abzuwarten.

Zwei Minuten später war Pavone tot. Michael lag auf der nach Asphalt riechenden Straße und war bei voller Besinnung, aber seltsam unfähig, seine Beine unterhalb der Hüften zu bewegen.

Aus der Ferne hörte er Stimmen und überlegte, was wohl aus dem Mädchen in dem geblümten Kleid geworden war. Es war ihm schleierhaft, wie alles gekommen war, denn die Flak schoß auf der anderen Seite des Flusses, und er hatte überhaupt keine Bomben fallen hören...

Dann erinnerte er sich plötzlich, wie ein großer, dunkler Wagen aus einer Querstraße herausgeschossen war... Ein Verkehrsunfall... war doch zum Lachen! Nimm dich vor französischen Taxichauffeuren in acht, hatten seine Freunde ihn immer gewarnt. Er konnte seine Beine immer noch nicht bewegen. Das Licht einer Taschenlampe fiel auf Pavones blasses Gesicht. Es sah aus, als ob es schon immer tot gewesen wäre. Dann hörte Michael eine amerikanische Stimme sagen: »He, schaut euch das an, 'n Amerikaner, er ist tot. Mensch, 's ist ein Oberst. Nicht zu glauben. Sieht genau wie 'n GI aus.«

Michael wollte etwas sagen, um die Lage genau zu erklären. Aber er brachte kein Wort über die Lippen. Als sie ihn mit größter Vorsicht aufhoben, weil es dunkel war und große Verwirrung herrschte und die Frauen weinten, verlor er sofort das Bewußtsein.

33. Kapitel

Das Lager für die Ersatzmannschaften lag auf einem durchweichten Gelände bei Paris, ein unübersehbares Durcheinander von Zelten und alten deutschen Baracken, an deren Wänden immer noch die Bilder ihrer früheren Insassen hingen; Hitlerjungen, alte Männer mit Bierkrügen in der Hand, junge Bauernmädchen mit nackten Beinen, und darüber das Hakenkreuz und der Reichsadler. Amerikaner, die hier gelegen hatten, hatten ihre Namen an den Wänden verewigt. Dort konnte man lesen: »Sgt. Joe Zachary, Kansas City, Missouri«, oder »Meyer Greenberg, Pfc. Brooklyn, USA«.

In dem dicken Lehm bewegten sich Tausende von Männern, die in diesem Lager auf ihre Abstellung zu anderen Divisionen warteten, langsam und ohne eigentliches Ziel lagerauf, lagerab. Sie unterschieden sich sehr von den üblichen lauten, sich dauernd beklagenden amerikanischen Soldaten, wie Michael sie bis jetzt kennengelernt hatte. Dieses Lager, dachte Michael, hat eigentlich nichts Menschliches an sich. Er stand am Eingang seines Zeltes und blickte in den Regen hinaus und auf die Soldaten in ihren triefenden Regenmänteln, die auf den schmutzstarrenden Lagerstraßen hin und her fluteten. Man könnte es noch mit den Schlachthäusern Chicagos vergleichen, wo die unruhigen Tiere, in die Corrals gepfercht, den Blutgeruch des Schlachthauses in den Nüstern, irgendwie spüren, daß der Tod nicht mehr weit ist.

»Die Infanterie!« rief der junge Speer voll Verachtung im Zelt drinnen. »Dafür habe ich zwei Jahre Harvard studiert, dafür sollte ich Offizier werden, und dann wird alles umgeworfen, und was bin ich? Ein gewöhnlicher Pfc in der Infanterie, nach zwei Jahren Harvard! Sau-Armee!«

»Tja, Pech«, sagte Krenek, auf der nächsten Pritsche, mitfühlend. »Kein Zweifel, in der Armee geht's drunter und drüber. Kommt alles auf Beziehungen an.«

»Ich hab' 'n Haufen Beziehungen«, sagte Speer böse. »Was denkst du wohl, wie ich nach Harvard kam? Aber die konnten mir nicht helfen, als die Versetzung durchkam. Meine Mutter fiel fast in Ohnmacht.«

»Kann ich mir vorstellen«, sagte Krenek taktvoll, »die Enttäuschung für alle Beteiligten.«

Michael grinste höhnisch und drehte sich um, um zu sehen, ob Krenek sich über den jungen Mann aus Harvard lustig machte. Krenek war MG-Schütze bei der Ersten Division gewesen, zweimal verwundet, in Sizilien und am D-Day, und wartete jetzt auf seine dritte Frontabstellung. Kein Zweifel, dem kleinen, drahtigen, dunkelhäutigen Burschen aus den Slums von Chicago tat der junge Aristokrat aus Boston ernstlich leid.

»Ach was«, sagte Michael, »vielleicht ist der Krieg bald aus.«

»Hast du was gehört?« fragte Krenek.

»Nein«, erwiderte Michael. »Aber in *Stars and Stripes* steht, daß die Russen fünfundsiebzig Kilometer am Tag vorrücken.«

»Ach, laß mich mit den Russen in Ruhe!« meinte Krenek und schüttelte den Kopf. »Auf die ist kein Verlaß. Unsere Erste Division wird Berlin besetzen müssen, dann erst ist der Krieg aus.«

»Willst du wieder in die Erste Division zurück?« fragte Michael.

»I wo«, antwortete Krenek und sah von seiner Pritsche auf, wo er gerade seine Maschinenpistole reinigte. »Ich will aus diesem Krieg lebend nach Hause kommen. Die Erste Division ist zu tüchtig, dafür ist sie überall bekannt. Sie ist berühmt. Wenn irgendwo ein Himmelfahrtskommando zu vergeben ist, ein mit feindlicher Artillerie gespickter Küstenstrich oder ein Berg einzunehmen ist –: Erste Division. Du kannst dir genausogut 'ne Kugel durch den Kopf schießen, ehe du dich bei der Ersten Division meldest. Ich will zu einer netten, unbekannten Einheit abgestellt werden. Wenn du in der Ersten Division bist, kannst du von Glück sagen, wenn du mit einer Verwundung davonkommst. Ich habe zweimal das Verwundetenabzeichen bekommen, und die Kameraden meines Zuges haben mir alle gratuliert. Die Generäle der Ersten Division sind Draufgänger, schrecken vor nichts zurück. Mußt schon ein verdammtes Glück haben, wenn du davonkommen willst. Nun, ich bin bis jetzt davongekommen. Aber jetzt sind die anderen dran.« Und er ging daran, mit Sorgfalt seine MP zu ölen.

»Wie ist es in der Infanterie?« fragte Speer nervös. Er war ein gutaussehender, blonder Junge, mit leicht gewelltem Haar und blaßblauen Augen. Man konnte sich gut vorstellen, wie er an der Hand von Tanten und Gouvernanten in Sonnabendnachmittags-Konzerte von Kousevitzky geführt wurde. »Wie sieht's in der Infanterie aus?«

»Wie's in der Infanterie aussieht?« sagte Krenek. »Marschieren, marschieren, marschieren...«

»Nein, im Ernst«, sagte Speer. »Was machen sie? Setzen sie dich einfach irgendwo ein, und dann kannst du sehen, wie du durchkommst?«

»Wenn du's genau wissen willst, sie machen's allmählich, in Abständen«, sagte Krenek.

»Und wie war's bei dir?« fragte Speer Michael. »In welcher Division warst du?«

Michael ging zu seiner Pritsche und setzte sich. »Ich war überhaupt in keiner Division«, sagte er. »Ich war bei einem Oberst Pavone, Zivilangelegenheiten.«

»Zivilangelegenheiten?« sagte Speer. »Da hätten sie mich hinstecken sollen.«

»Zivilangelegenheiten?« fragte Krenek erstaunt. »Wie, zum Teufel, bist du zum Verwundetenabzeichen in Zivilangelegenheiten gekommen?«

»Ich bin von einer französischen Taxe in Paris überfahren worden«, erwiderte Michael, »und dabei habe ich mir das linke Bein gebrochen.«

»In der Ersten würdest du für so was nie 'n Verwundetenabzeichen bekommen«, sagte Krenek stolz.

»Ich lag im Lazarett mit zwanzig anderen zusammen«, sagte Michael. »Und eines Morgens kam ein Oberst und hat jedem so 'n Ding ausgehändigt.«

»Fünf Punkte«, sagte Krenek. »Ein Stück weiter zur Beförderung. Eines Tages wirst du noch dankbar sein für dein gebrochenes Bein.«

»Mein Gott!« sagte Speer, »wie kann man einen Mann mit 'nem gebrochenen Bein in die Infanterie stecken!«

»Jetzt ist es nicht mehr gebrochen«, sagte Michael. »Es funktioniert wieder. Die Ärzte sagen, daß ich es durchaus gebrauchen kann und keinerlei Beschwerden haben werde, besonders bei trockener Witterung.«

»Trotzdem«, sagte Speer, »warum gehst du nicht wieder zurück in deine Abteilung Zivilangelegenheiten?«

»Alles was Feldwebel ist und darunter«, sagte Krenek, »wird eingesetzt, wo gerade Bedarf ist. Du bist ein auswechselbares Ersatzteil.«

»Danke schön, Krenek«, sagte Michael, »seit Monaten hat mir niemand solche netten Sachen gesagt.«

»Was ist deine Spezialnummer?« fragte Krenek.

»745«, antwortete Michael.

»745«, sagte Krenek, »gewöhnlicher Schütze. Auch 'ne Spezialnummer. Auswechselbares Ersatzteil. Wir sind alle auswechselbare Ersatzteile.«

Michael sah, wie Speers Lippen nervös und ängstlich zuckten. Er schien wenig Gefallen an dem Gedanken zu haben, als auswechselbares Ersatzteil betrachtet zu werden. Es paßte nicht in seine Weltanschauung, die ihm von Gouvernanten und der Harvard-Universität geliefert worden war.

»Aber es muß doch Divisionen geben, die vorteilhafter sind als andere«, sagte Speer eigensinnig.

»Wenn es das Unglück will«, meinte Krenek, »kannst du in jeder amerikanischen Division fallen.«

»Ich meine eine Division, wo man langsam an den Dienst gewöhnt wird, nicht alles auf einmal«, sagte Speer.

»Den Quatsch muß man dir in Harvard erzählt haben«, sagte Krenek und beugte sich über seine MP. »Kann mir vorstellen, was die euch vom Militärdienst vorgefaselt haben.«

»Papuga!« rief Speer und wandte sich dem anderen Mann im Zelt zu, der auf seiner Pritsche lag und schweigend zu dem feuchten Zeltdach über seinem Kopf hinaufstarrte. »Papuga, in welcher Division warst du?«

Papuga rührte sich nicht. Er blickte weiter zum Zeltdach empor. »Ich war bei der Flak«, sagte er gleichgültig.

Papuga war ein dicker Mann von ungefähr fünfunddreißig Jahren mit einem mürrischen, pockennarbigen Gesicht und schwarzem Haar. Er lag den ganzen Tag auf seiner Pritsche, und Michael hatte beobachtet, daß er oft nicht zum Essenfassen ging. An seinen Uniformstücken waren die verblichenen Stellen zu sehen, wo ehemals die Abzeichen des Stabsfeldwebels angenäht waren. Papuga beteiligte sich niemals an den Unterhaltungen im Zelt. Seine Schweigsamkeit, sein Fehlen bei den Mahlzeiten und die Beweise seiner Degradierung an seinem Ärmel gaben ihm eine geheimnisvolle Note unter den Kameraden.

»Flak?« sagte Krenek nickend, »na, das ist doch ein feines Kommando.«

»Was machst du dann hier?« wollte Speer wissen. Er wollte irgendwie getröstet werden an diesem naßkalten Novembertag, mit den Gerüchen des Schlachthauses in der Nase, und er war bereit, diesen Trost von jedem anzunehmen, der gerade um ihn war. »Warum bist du nicht bei der Flak geblieben?«

»Eines Tages habe ich drei P-47er runtergeholt«, sagte Papuga, ohne Speer anzusehen.

Im Zelt trat Stille ein, und Michael hoffte, daß Papuga nicht weitererzählen würde.

»Ich bediente ein 40-mm-Geschütz«, fuhr Papuga nach einer Weile fort. »Unsere Batterie hatte ein P-47-Planquadrat zu bewachen. Es war schon beinahe dunkel und gerade die Zeit, wo die Deutschen ihre Maschinen rüberschickten. Seit acht Wochen hatte ich keinen Urlaub gehabt, schlafen kann ich sowieso nicht und dazu war noch ein Brief von meiner Frau eingetroffen, in dem sie mir mitteilte, daß sie ein Kind kriegt. Das Komische dabei war, daß ich zwei Jahre nicht mehr zu Hause war...«

Michael schloß die Augen und hoffte, daß Papuga nicht weitererzählen würde. Aber er hatte so lange geschwiegen, daß er jetzt, einmal angestoßen, unaufhaltsam fortfahren mußte: »Ich habe mich gar nicht wohl gefühlt, und ein Kamerad hat mir eine halbe Flasche Marc gegeben, das ist ein französischer Schnaps, den die Bauern selbst brauen. Schmeckt wie reiner Alkohol und brennt dir den Magen aus. Ich habe die Flasche ausgetrunken, und als ein paar Maschinen in geringer Höhe ankamen und irgend jemand zu schreien anfing, muß ich etwas verwirrt und benebelt gewesen sein. Es war schon fast dunkel, nicht zu vergessen, und gerade die Zeit, wo die Deutschen...«

Er brach ab, seufzte und legte die Hand auf die Augen. »Ich habe auf sie geschossen, ich bin 'n guter Richtschütze, und die anderen haben dann auch das Feuer eröffnet. Nun will ich euch etwas sagen: Beim dritten Flugzeug habe ich das amerikanische Abzeichen deutlich erkannt, und trotzdem konnte ich nicht aufhören.«

Er nahm die Hand von den Augen. »Zwei sind verbrannt«, fuhr er im Berichtston fort, »und das dritte stürzte ab und überschlug sich. Zehn Minuten später kam der Oberst, dem unsere Gruppe unterstand, angeflitzt, so 'n junger, na, ihr wißt schon, wie diese Luftwaffenobersten so sind, hat in England schon die ganze Brust voll Orden gehabt, als wir noch gar nicht im Einsatz waren. Er kam auf mich zu und roch an meinem Atem, daß ich getrunken hatte. Mensch, daß er mich nicht auf der Stelle erschossen hat, war 'n Wunder! Nehm' ich ihm übrigens gar nicht übel, ich hab' nichts gegen ihn.«

Krenek schob den Bolzen seiner MP mit einem scharfen Knacks ein.

»Er hat mich nicht erschossen«, erzählte Papuga weiter. »Er befahl mir, mitzukommen und mir die beiden verbrannten Piloten anzusehen. Und dann mußte ich ihm helfen, den dritten, der sich überschlagen hatte, zum Doktor zu tragen. Es war schon zu spät. Er war auch tot.«

Speer machte ein nervöses Geräusch mit der Zunge, und Michael war es nicht recht, daß der Junge diese Geschichte mitanhören mußte. Sie würde ihm nichts nützen, wenn er in nächster Zeit vor der Siegfried-Linie eingesetzt würde.

»Sie haben mich vors Kriegsgericht gestellt, und der Oberst sagte, er werde dafür sorgen, daß ich gehängt werde«, sagte Papuga. »Aber wie ich schon sagte, ich habe nichts gegen ihn, er ist halt 'n junger Mann. Doch nach 'ner Weile sind sie zu mir gekommen und haben gesagt: Papuga, wir wollen noch mal Gnade vor Recht ergehen lassen. Ihr Fall vor dem Kriegsgericht wird niedergeschlagen, und Sie werden in die Infanterie versetzt. Ich sagte: Wie ihr wollt, mir ist alles recht. Dann haben sie mir die Streifen abgenommen, und am Tag, bevor ich hierher fuhr, ist der Oberst zu mir gekommen und hat gesagt: Hoffentlich schießen sie Ihnen in der Infanterie gleich am ersten Tag die Eier ab.«

Papuga verstummte und starrte wieder zum Zeltdach empor.

»Hoffentlich stecken sie dich nicht in die Erste«, sagte Krenek.

»Ist mir ganz gleich. Sie können mich hinstecken, wo sie wollen«, sagte Papuga.

Draußen wurde zum Abendappell gepfiffen. Sie standen auf, zogen ihre Regenmäntel an, setzten die Helme auf und traten an.

Ein großer Haufen Ersatzmannschaften war soeben aus den Staaten eingetroffen. Die durch die neuen Leute unnatürlich angeschwollene Kompanie stand im Regen auf dem Platz angetreten, die Stiefel bis zu den Knöcheln im Schlamm, und wurde Name für Name aufgerufen. Schließlich meldete der Feldwebel: »Sir, L-Kompanie angetreten, alles vollständig zur Stelle.« Der Hauptmann grüßte und ging weg zum Abendessen.

Aber der Feldwebel ließ nicht wegtreten. Er schritt vor der Kompanie auf und ab und musterte die einzelnen Leute, die triefend und mit schmutzigen Schuhen vor ihm standen. Es ging das Gerücht, daß der Feldwebel vor dem Krieg im Ballett gewesen war. Er war ein schlanker, gut gewachsener Mann mit einem blassen, scharf geschnittenen Gesicht. Er trug das Band für gute Führung, das Verdienstkreuz und das Abzeichen des europäischen Kriegsschauplatzes, jedoch keine Kampfauszeichnung.

»Ich muß euch noch was sagen, Jungs«, begann der Feldwebel, »bevor ihr zu eurem Fraß geht.«

Ein leises, kaum hörbares Seufzen ging durch die Reihen der Kompanie, denn soviel war dem jüngsten Rekruten klar: Ein Feldwebel konnte einem nie etwas Gutes sagen.

»Wir haben hier einige Schwierigkeiten gehabt in den letzten Tagen«, sagte er in gehässigem Ton. »Wir liegen sehr nahe bei Paris, und 'n paar Jungs dachten sich, es wäre ganz nett, rasch mal ein, zwei Nächte zu verduften und sich 'n Mädchen zu schnappen. Falls einer von euch dieselben Gelüste verspüren sollte, möchte ich ihm sagen, daß keiner bis nach Paris hineingekommen ist. Statt dessen sind sie bereits auf dem Weg zur Front in Deutschland, und ich wette mit jedem von euch fünf zu eins, daß keiner von ihnen wieder zurückkommt.«

Der Feldwebel schritt nachdenklich auf und ab, die Hände in den Taschen, den Blick auf den Boden gerichtet. Er sieht tatsächlich wie ein Tänzer aus, graziös, dachte Michael. Und 'n guter Soldat scheint er auch zu sein, ordentlich, zackig, gut sitzende Uniform... »Zur gefälligen Kenntnisnahme«, sagte der Feldwebel mit gedämpfter, beinahe freundlicher Stimme, »für jeden, der's noch nicht weiß: Paris ist off limits für alle GIs dieses Lagers. Alle Zufahrtsstraßen nach Paris werden von MP-Streifen kontrolliert, und die sind verdammt scharf auf Urlaubsscheine, verdammt scharf, kann ich euch sagen!«

Michael entsann sich der beiden Männer, die stundenlang vor der Schreibstube in Fort Dix in feldmarschmäßiger Ausrüstung auf und ab marschieren mußten, weil sie ohne Urlaub nach Trenton gefahren waren, um ein paar Glas Bier zu trinken. Immer derselbe Druck der Armee, die Leute einzusperren, und dieselbe dumpfe Auflehnung der Gefangenen, freizukommen, eine Stunde, einen Tag, für ein Bier, für ein Mädchen. Und immer die eigensinnigen Strafen der Armee hinterher.

»Die Armee ist in Europa ziemlich großzügig«, fuhr der Feldwebel fort. »Es gibt kein Kriegsgerichtsverfahren für unerlaubte Entfernung von der Truppe wie in den Staaten. Es wird auch nichts in eure Papiere geschrieben. Man legt euch nichts in den Weg, eines Tages ehrenvoll aus der Armee entlassen zu werden, wenn ihr dann noch lebt. Was wir aber tun, wenn wir euch erwischen, ist folgendes: Wir sehen nach, welche Division am dringendsten Ersatzmannschaften braucht, und wir stellen dabei zum Beispiel fest, daß die Neunundzwanzigste Division letzten Monat die höchsten Verlustziffern gemeldet hat. Na, und da schreibe ich dann persönlich die Marschbefehle für euch aus und schicke euch genau zur Neunundzwanzigsten Division.«

»Der Scheißkerl ist auch noch Peruaner«, flüsterte eine Stimme im Glied hinter Michael. »Ich weiß es genau. Nicht mal amerikanischer Bürger und hat die Frechheit, so mit uns zu reden.«

Michael betrachtete den Feldwebel mit neuem Interesse. Es stimmte, er sah dunkel und irgendwie fremdartig aus. Michael hatte noch nie einen Peruaner gesehen, aber es belustigte ihn, hier im französischen Regen zu stehen und sich von einem peruanischen Hauptfeldwebel anschnauzen zu lassen, der vor dem Krieg Ballettänzer gewesen war. O Demokratie, dachte er, wie unerforschlich sind deine Wege...

»Ich habe schon sehr lange mit Ersatzmannschaften zu tun«, sprach der Feldwebel weiter. »Ich habe fünfzig-, ja vielleicht siebzigtausend GIs durch dieses Durchgangslager gehen sehen, und ich weiß genau, was ihr denkt. Ihr lest die Zeitungen und hört die patriotischen Reden, und alles quatscht von unseren braven Jungs in Khaki, und ihr glaubt, weil ihr brave Jungs in Khaki seid, könnt ihr tun und lassen, was euch gerade einfällt. Ihr denkt, ihr könnt ohne Urlaubsschein nach Paris spritzen, euch besaufen und euch von 'ner französischen Hure für fünfhundert Francs vor'm Rotkreuzklub 'n Fuhrmannstripper holen. Ich will euch was sagen, Jungs. Vergeßt, was ihr in den Zeitungen gelesen habt. Die sind für Zivilisten. Nicht für euch. Die sind für Kerle, die vier Dollar die Stunde in 'ner Flugzeugfabrik verdienen; die sind für Luftschutzwarte in Minneapolis mit 'ner Flasche Bier in einem Arm und der liebenden Gattin von 'nem eingezogenen Kollegen im andern. Ihr seid keine Khakihelden, Jungs, ihr seid der Ausschuß der Nation. Der Ausschuß. Deswegen seid ihr hier. Ihr seid die, die sonst niemand haben will. Ihr könnt nicht tippen und kein Radio bauen und keine Zahlen zusammenzählen, euch will keiner in seinem Büro haben, euch kann in den Staaten keiner brauchen. Ihr seid der letzte Dreck der Armee, und ich weiß das. Ich lese keine Zeitungen, aber ich weiß, was los ist. In Washington haben sie aufgeatmet, als sie euch glücklich an Bord wußten, und niemand schert sich den Teufel drum, ob ihr je wieder zurückkommt oder nicht. Ihr seid Ersatz, und in der Armee gibt es nichts Wertloseres als Ersatz, außer neuem Ersatz. Jeden Tag werden von eurer Sorte 'n paar tausend begraben, und Kerls wie ich gehen die Listen durch und schicken wieder 'n paar tausend nach. So ist es in diesem Lager hier, Jungs, und ich sag's euch zu eurem eigenen Besten, damit ihr wißt, woran ihr seid. Heute abend sind 'ne Menge neuer Jungs hier, den Bauch noch voll vom PX-Bier, und denen möcht' ich gleich Bescheid stoßen, damit sie sich keine Schwachheiten einbilden mit Paris und so. Laßt's bleiben, sag' ich euch, 's geht schief. So, und jetzt geht in eure Zelte zurück und macht eure Gewehre schön sauber und schreibt 'n netten Brief an Mutti nach Hause. Und vergeßt, daß es 'ne Stadt namens Paris gibt. Ihr könnt ja 1950 noch mal nachfragen, vielleicht ist's dann nicht mehr off limits für GIs.«

Schweigend und stramm stand die Kompanie im Regen. Der Feldwebel blieb stehen und lächelte grimmig. Sein scharfgeschnittenes Kinn machte sich gut unter seiner Mütze, die wie bei Offizieren mit einem Cellophanüberzug gegen den Regen geschützt war.

»Danke schön fürs Zuhören, Jungs«, sagte der Feldwebel. »Jetzt wissen wir wenigstens, woran wir sind. Weggetreten!«

Zackig und elastisch schritt der Feldwebel die Lagerstraße hinunter, während die Kompanie sich zerstreute.

»Das werde ich meiner Mutter schreiben«, sagte Speer erbost, als er mit Michael zum Zelt zurückging, um das Eßgeschirr zu holen. »Sie kennt den Senator von Massachusetts.«

»Unbedingt«, meinte Michael höflich, »das würde ich tun.«

»Whitacre...«

Michael drehte sich um. Eine kleine Gestalt, die ihm irgendwie bekannt vorkam, in einem viel zu großen Regenmantel, stand da. Er trat näher. Im Dämmerlicht glaubte er, ein vernarbtes Gesicht, eine Schmarre über der einen Augenbraue und einen vollen, großen Mund, der ihn anlachte, erkennen zu können.

»Ackerman!« rief Michael. Und sie schüttelten sich erfreut die Hände.

»Ich wußte nicht, ob du dich noch an mich erinnern würdest«, sagte Noah. Seine Stimme klang tiefer und gleichmäßiger und älter als früher. Sein Gesicht sah in dem matten Dämmerlicht hager, ausgeglichener und gereifter aus.

»Bei Gott!« sagte Michael, erfreut darüber, daß er unter dieser Masse fremder Leute auf ein Gesicht getroffen war, das er kannte, auf einen Mann, mit dem er einmal befreundet gewesen war. Er kam sich vor, als hätte er durch einen glücklichen Zufall in einem Meer von Feinden einen Verbündeten gefunden. »Bei Gott! Was bin ich froh, dich wiederzusehen!«

»Gehst du zum Essen?« fragte Ackerman. Er hatte sein Geschirr schon bei sich.

»Ja.« Michael nahm ihn am Arm, der sich unter dem steifen Regenmantel seltsam zart und zerbrechlich anfühlte. »Ich muß bloß rasch mein Geschirr holen. Komm mit.«

»Klar«, sagte Noah. Er lächelte ernst vor sich hin, und sie gingen nebeneinander auf Michaels Zelt zu. »War 'ne goldige kleine Rede vorhin, was?« fragte Noah.

»Großartig für die Moral der Truppen«, meinte Michael. »Ich könnte jetzt glatt noch vor dem Abendessen ein deutsches Maschinengewehrnest ausheben.«

Noah lächelte. »Ja, ja, die Armee. Wenn die nur Reden halten können in der Armee, dann sind sie ganz groß«, sagte er.

»Es ist natürlich 'ne Mordsversuchung«, sagte Michael. »Stell dir vor: Fünfhundert Männer in Reih und Glied angetreten, und keiner darf den Mund aufmachen oder weglaufen. Unter solchen Umständen würde ich wahrscheinlich auch nicht widerstehen können.«

»Was würdest du sagen?« fragte Noah.

Michael überlegte einen Augenblick. »Gott helfe uns«, sagte er dann einfach. »Gott helfe jedem Mann, jeder Frau und jedem Kind, die heute noch leben.«

Er bückte sich zum Zelteingang hinein und kam mit dem Eßgeschirr wieder. Dann gingen sie langsam auf die Schlange vor der Essensausgabe zu.

Als Noah in der Kantine seinen Regenmantel auszog, sah Michael den silbernen Stern auf seiner Uniform, und einen Augenblick schämte er sich ein bißchen. Den hat er bestimmt nicht für einen Verkehrsunfall bekommen, dachte er. Schau mal einer an. Der kleine Noah Ackerman, ist mit mir in die Armee eingetreten, hat soviel Gründe zum Davonlaufen gehabt und ist ganz offensichtlich nicht davongelaufen...

»General Montgomery hat ihn mir angesteckt«, sagte Noah, als er Michael auf die Auszeichnung blicken sah. »Mir und meinem Freund Johnny Burnecker. In der Normandie. Sie haben uns auf die Kammer geschickt, wurden ganz neu eingekleidet. Patton war da und Eisenhower. Ein netter IA im Divisionsstab hat für uns eingegeben. Es war am 4. Juli, 'ne Art britisch-amerikanische Freundschaftskundgebung.« Noah grinste. »General Montgomery gab seine Freundschaft für mich kund, mit dem Silberstern. Fünf Punkte näher an der Entlassung.«

Sie saßen dicht gedrängt in der großen Kantine um den Tisch herum und aßen aufgewärmte C-Rationen, Gemüse-Haschee mit einem dünnen Kaffee.

»Ist doch 'ne Schande«, sagte Krenek weiter unten am Tisch, »daß man den armen Zivilisten die Rumpsteaks wegnimmt für die Armee.«

Keiner lachte über den uralten Witz, den Krenek sicher schon in den Ausbildungslagern von Louisiana, Feriana, Palermo dutzendemal erzählt hatte.

Michael aß mit Appetit und unterhielt sich mit Noah über ihre Erlebnisse, die zwischen Florida und ihrem jetzigen Zusammentreffen lagen. Interessiert sah er sich das Foto von Noahs Söhnchen an (»Wieder zwölf Punkte«, sagte Noah. »Hat schon sieben Zähne.«) und ließ sich von Cowleys, Donnellys und Ricketts Tod und Hauptmann Colcloughs Nervenzusammenbruch erzählen. Er empfand seltsamerweise eine Art Heimweh nach der alten Kompanie, von der er sich damals in Florida so gerne getrennt hatte.

Noah hatte sich sehr verändert. Er war gar nicht nervös. Obgleich er sehr mager war und viel hustete, schien er innerlich gefestigt, und eine besinnliche, ruhige Reife an ihm fiel Michael auf. Noah schien in gewisser Hinsicht älter zu sein als er. Er berichtete ruhig über seine Erlebnisse, ohne Bitterkeit und ohne seine früheren Ausbrüche. Michael war überzeugt, daß, wenn Noah den Krieg überlebte, er für die Jahre danach sehr viel besser ausgerüstet sein würde als er selbst.

Sie spülten ihr Geschirr und zündeten sich eine Fünf-Cents-Zigarre aus ihrer Ration an. Dann schlenderten sie durch den dunklen Abend zu Noahs Zelt. Das Eßgeschirr klapperte an ihren Hüften.

Im Lager gab es auch ein Kino. Der Film an diesem Abend hieß *Cover Girl* mit Rita Hayworth, ein 16-mm-Streifen. Alle Männer in Noahs Zelt waren gegangen und gaben sich mit besonderem Vergnügen der Vorführung dieses Farbfilms hin. So saßen Michael und Noah ganz allein auf Noahs Pritsche, rauchten ihre Zigarren und schauten dem blauen Rauch nach, der sich in der kühlen Luft des Zeltes emporringelte.

»Morgen hau' ich hier ab«, sagte Noah nach einiger Zeit.

Michael zog ein paarmal kräftig an seiner Zigarre. »Ohne Urlaubsschein?« fragte er.

»Klar.«

Mein Gott, Michael dachte an die Zeit, die Noah wegen solcher Sachen im Gefängnis gesessen hatte. Hat er noch nicht genug?

»Paris?« fragte er.

»Nein. Interessiert mich nicht.« Noah bückte sich und nahm zwei gutverschnürte Päckchen Briefe aus seinem Kleidersack. Ein Bündel, dessen Briefumschläge deutlich eine Frauenhandschrift zeigten, legte er auf die Pritsche. »Die sind von meiner Frau«, sagte er. »Sie schreibt mir jeden Tag. Und das Päckchen hier...« und hielt es hoch, »ist von Johnny Burnecker. Schreibt mir immer, wenn er eine dienstfreie Minute hat. Und jeder Brief schließt mit dem Satz: Du mußt unbedingt zurückkommen.«

»Oh«, sagte Michael und versuchte, sich Johnny Burnecker vorzustellen. Er entsann sich dunkel eines großen, kräftigen Bauernjungen mit blondem Haar und zarter, fast mädchenhafter Haut.

»Er hat 'ne fixe Idee, der Johnny«, fuhr Noah fort. »Er denkt, wenn ich zurückkomme und er und ich zusammenbleiben, werden wir den Krieg heil überstehen. Johnny ist der beste Kamerad auf der Welt. Ich muß zurück.«

»Aber warum ohne Marschbefehl?« fragte Michael. »Warum gehst du nicht einfach ins Geschäftszimmer und bittest, daß man dich wieder deiner alten Kompanie zuteilt?«

»Hab' ich getan«, sagte Noah. »Aber der Scheißperuaner hat mich angepfiffen, ich soll mich rausscheren, er sei kein Besetzungsbüro. Ich hätte dahin zu gehen, wo sie mich hinschickten.« Er ließ Burneckers Briefe durch die Hände gleiten. Das Papier raschelte trocken. »Ich habe mich extra gut rasiert, meine Uniform gebügelt und meinen silbernen Stern angesteckt. Aber das hat alles keinen Eindruck auf ihn gemacht. Morgen nach dem Frühstück hau' ich ab.«

»Du wirst noch furchtbar reinfallen«, sagte Michael.

»I wo«, sagte Noah und schüttelte den Kopf. »Kommt jeden Tag vor. Erst gestern ist ein Hauptmann von der Vierten getürmt. Konnte es nicht mehr aushalten. Hat einfach seinen Wäschebeutel mitgenommen. Sein anderes Zeugs haben die Kerls an die Franzosen verkümmelt. Solange man nicht versucht, nach Paris zu kommen, kümmert sich die MP überhaupt nicht um einen. Hauptsache, du gehst Richtung Front. Und Leutnant Green – wie ich höre, ist er jetzt Hauptmann – hat die C-Kompanie. Er ist ein feiner Kerl. Der wird das schon für mich in Ordnung bringen. Wird sich freuen, mich wiederzusehen.«

»Weißt du überhaupt, wo die Kompanie steht?« fragte Michael.

»Werde ich schon herausfinden. Nicht schwer«, antwortete Noah.

»Hast du keine Angst, wieder in Schwierigkeiten zu kommen?« fragte Michael. »Nach allem, was du in den Staaten durchgemacht hast.«

Noah grinste verschmitzt. »Mein Lieber«, sagte er, »nach dem, was ich in der Normandie durchgemacht habe, kann mich in der Armee nichts mehr erschüttern.«

»Du riskierst den Kopf«, sagte Michael warnend.

Noah zuckte mit den Schultern. »Als ich im Lazarett lag und wußte, daß ich durchkommen würde, habe ich an Johnny Burnecker geschrieben und ihm versprochen, unbedingt zurückzukehren. Er wartet auf mich.« Seine Worte schienen keinen Widerspruch zuzulassen.

»Na, dann viel Glück!« sagte Michael. »Grüß die Jungs von mir.«

»Komm doch mit.«

»Was?«

»Komm mit«, wiederholte Noah. »Du kehrst viel eher lebend aus dem Krieg zurück, wenn du in einer Kompanie mit alten Freunden bist. Ich nehme an, daß du nichts dagegen hast, lebend aus dem Krieg zurückzukehren, was?«

»Nein«, antwortete Michael lächelnd. »Eigentlich nicht.« Es war nicht nötig, Noah von den Zeiten zu erzählen, wo es ihm gleichgültig war, ob er übrigbleiben würde oder nicht. Von den regnerischen Nächten in der Normandie, wo er sich so nutzlos vorgekommen war, wo der Krieg ihm wie ein Friedhof vorgekommen war, dessen einziger Zweck in der Verlängerung der Verlustlisten lag. Von den trostlosen Tagen im Lazarett in England, um ihn herum die Verstümmelten vom französischen Kriegsschauplatz, um ihn herum die tüchtigen, gefühllosen Ärzte und Schwestern, die ihm nicht einmal einen vierundzwanzigstündigen Urlaub nach London bewilligt hatten. Er war kein menschliches Wesen, sondern nur ein verwundetes Bein, das so rasch wie möglich in Ordnung gebracht werden mußte, damit sein Besitzer an die Front geschickt werden konnte.

»Nein«, sagte Michael, »ich habe eigentlich gar nichts dagegen, lebend nach Hause zurückzukehren. Obgleich, wenn ich ehrlich sein will, fürchte ich, daß wir fünf Jahre nach diesem Krieg mit Bedauern an jede Kugel zurückdenken werden, die uns verfehlt hat.«

»Ich nicht«, sagte Noah erregt. »Ich bestimmt nicht. Ich werde es nie bedauern.«

»Schon gut«, sagte Michael verlegen. »Tut mir leid, daß ich das gesagt habe.«

»Wenn du als Ersatzmann rausgeschickt wirst, sitzt du auf jeden Fall in der Tinte. Die Leute, die du antriffst, sind alles alte Freunde, fühlen sich füreinander verantwortlich, tun alles, um sich gegenseitig zu helfen. Das heißt, wenn irgendwo 'ne dreckige Arbeit zu machen oder 'n gefährliches Ding zu drehen ist, kommst du dran, der Ersatzmann. Die Feldwebel nehmen sich noch nicht einmal die Mühe, sich deinen Namen zu merken. Die wollen nichts von dir wissen. Der Nachschub interessiert sie nicht. Bei jedem Spähtrupp wirst du eingesetzt, bei jedem Angriff. Und wenn du irgendwo festsitzt und sie haben die Wahl, dich oder einen ihrer Leute herauszuhauen, was glaubst du wohl, was sie tun werden?«

Noah sprach leidenschaftlich, und seine dunklen Augen ruhten fest und voll Überzeugungskraft auf Michael. Michael war von seiner Sorge um ihn tief beeindruckt. Schließlich, dachte er, habe ich verdammt wenig für ihn getan, damals in Florida, und für seine Frau in New York habe ich mir auch nicht gerade ein Bein ausgerissen. Ob diese dunkle, schlanke, kleine Frau eigentlich eine Vorstellung davon hatte, was ihr Mann an diesem Abend in dem Lager auf der regendurchnäßten Ebene bei Paris sagte, irgendeine Vorstellung davon, welche untergründigen, verzweifelten Vernunftgründe so ein Mann an diesem kalten, fremden Herbstabend aufbieten mußte, um eines schönen Tages heimkehren, ihre Hand streicheln, um sein Söhnchen auf den Arm nehmen zu können... Was die in Amerika schon vom Krieg wußten! Hat je ein Kriegskorrespondent etwas von diesen traurigen, düsteren Auffüll-Lagern in den Zeitungen geschrieben, auf der ersten Seite womöglich, mit seiner vollständigen Unterschrift?

»Man muß Freunde haben«, sagte Noah mit eindringlichem Ernst. »Du darfst dich nicht einfach irgendwo hinschicken lassen, wo du ganz allein stehst...«

»Gut, gut«, sagte Michael warm und legte seine Hand auf Noahs Arm. »Ich komme mit dir.«

Aber er sagte das nicht, weil er der Meinung gewesen wäre, daß er am nötigsten Freunde brauchte.

34. Kapitel

Hinter Château-Thierry nahm ein Feldprediger sie in einem Jeep mit. Sie fuhren durch den grauen Tag an alten Friedhöfen vorüber, die verrosteten Gitter und Denkmäler aus vergangenen Kriegen sahen trostlos und vernachlässigt aus.

Der Feldprediger war noch jung, hatte einen Südstaaten-Akzent und erwies sich als sehr gesprächig. Er war Kaplan bei einer P-51er Schlachtfliegergruppe und befand sich auf dem Weg nach Reims, wo er als Zeuge in einem Kriegsgerichtsverfahren gegen einen Piloten vorgeladen war.

»Armer Kerl«, sagte der Kaplan. »War der netteste Junge, den man sich denken kann. Hat zweiundzwanzig Feindflüge hinter sich, einen sicheren Abschuß und zwei wahrscheinliche. Der Oberst hat mir zwar abgeraten, für ihn auszusagen, aber ich halte es für meine Christenpflicht, ein Wort für ihn einzulegen.«

»Weshalb steht er denn vor dem Kriegsgericht?« fragte Michael.

»Erregung öffentlichen Ärgernisses bei einem Rotkreuzball. Hat mitten im Tanz auf den Fußboden gepinkelt.«

Michael grinste.

»Sei eines Offiziers unwürdig, sagt der Oberst.« Der Kaplan sah seine beiden Mitfahrer an und achtete dabei leichtsinnigerweise nicht auf das Steuerrad. »Aber der Junge war 'n bißchen betrunken, und ich weiß nicht, was ihm sonst noch alles durch den Kopf ging. Ich nehme ein ganz persönliches Interesse an dem Fall. Ich habe einen langen Briefwechsel mit dem Verteidiger geführt, einem sehr klugen ehemaligen Rechtsanwalt aus Portland. Jawohl! Der Oberst kann mich nicht zurückhalten, das zu sagen, was ich zu sagen habe, und das weiß er. Zum Kuckuck«, sagte der Kaplan unwirsch, »Oberst Button ist so ungefähr der letzte auf dieser Welt, der den Stab über diesen Jungen brechen könnte. Ich werde dem Gericht zum Beispiel einiges über Oberst Buttons Benehmen auf einem Ball in Dallas berichten, Dallas, mitten in den Vereinigten Staaten von Amerika und vor amerikanischen Frauen! Ob Sie's glauben oder nicht, aber ich habe mit meinen eigenen Augen gesehen, wie Oberst Button in voller Uniform im Ballsaal eines Hotels in den Topf eines Gummibaumes pißte. Aber natürlich, da er ein hoher Offizier war, wurde alles vertuscht. Aber jetzt kommt's raus, ich garantiere es euch, Jungs.«

Es fing wieder an zu regnen. Ströme von Regen ergossen sich auf die alten Schützengräben und verfaulten Drahtverhaupfosten aus dem Jahr 1917. Der Kaplan fuhr langsamer und schaute angestrengt durch die beschlagene Windschutzscheibe. Noah neben ihm betätigte mit der Hand den Scheibenwischer. Sie kamen an einer eingefriedeten Stelle vorbei, wo ihm Jahr 1940 zehn Franzosen auf dem Rückzug beerdigt worden waren. Auf einigen Gräbern lagen zerknitterte künstliche Blumen, und in einem Glaskasten auf einem hölzernen Podest stand eine Heiligenfigur. Michael sah weg und dachte unbestimmt an die nicht auszumerzenden Erinnerungen an frühere Kriege.

Jetzt hielt der Kaplan mit einem Ruck, schaltete den Rückwärtsgang ein und fuhr zu dem kleinen französischen Friedhof zurück. »Das gibt ein interessantes Foto für mein Kriegsalbum«, sagte er. »Würdet ihr Jungs euch mal eben davor aufstellen?«

Michael und Noah stiegen aus und stellten sich vor die umzäunten Kreuze. Auf einem der Kreuze las Michael: Pierre Sorel, *Soldat première classe, né 1921, mort 1940.* Der künstliche Lorbeer und das dunkle Band darum waren durch die vielen Regengüsse und die brennenden Sonnenstrahlen der vergangenen Jahre in schwarz-grüne Farbstreifen zusammengeflossen.

»Ich habe mehr als tausend Aufnahmen seit Kriegsbeginn gemacht«, sagte der Kaplan, während er geschäftig seine blitzende Leica einstellte. »Das gibt mal ein wertvolles Archiv – 'n bißchen mehr nach links, Jungs, so ist's gut. Achtung! Danke. Das ist ein wundervoller kleiner Apparat«, sagte der Kaplan stolz. »Nimmt alles bei jeder Beleuchtung auf. Hab' ihn einem deutschen Gefangenen für zwei Stangen Zigaretten abgekauft. Nur die Deutschen können wirklich gute Kameras machen, da gibt's keinen Zweifel. Sie haben die nötige Geduld dazu, die uns fehlt. Und jetzt, Jungs, gebt mir die Anschrift eurer Familien in den Staaten. Ich mache zwei Extraabzüge und schick' sie rüber, damit eure Leute auch sehen, wie gut ihr ausseht.«

Noah gab dem Kaplan Hopes Anschrift bei ihrem Vater in Vermont. Der Kaplan trug sie sorgfältig in sein kleines Notizbuch ein, das in schwarzes Leder, mit einem Kreuz darauf, gebunden war.

»Machen Sie sich meinetwegen keine Mühe«, sagte Michael, weil er nicht wollte, daß seine Eltern ihn so mager und abgezehrt und in dieser schlechtsitzenden Uniform im Regen vor einem französischen Friedhof sehen sollten. »Mein Bild brauchen Sie nicht wegzuschicken.«

»Unsinn, Junge«, sagte der Kaplan. »Es muß doch drüben jemanden geben, der froh ist, wenn er von Ihnen 'n Bildchen zu sehen kriegt. Sie ahnen nicht, wie viele Familien sich bei mir bedanken, wenn ich ihnen eine Aufnahme von einem ihrer Angehörigen schicke. Sie sind doch ein strammer junger Kerl, sicher ist drüben irgendwo ein Mädchen, das sich gern ein Foto von Ihnen auf den Nachttisch stellen möchte.«

Michael überlegte einen Augenblick. »Gut«, sagte er. »Miß Margret Freemantle, 26 West 10th Street, New York City. Das ist gerade das Richtige für ihren Nachttisch.«

Während der Kaplan die Adresse in sein Büchelchen kritzelte, stellte sich Michael vor, wie Margret das Bild mit dem Begleitbrief des Kaplans erhalten würde. Vielleicht wird sie mir dann schreiben, dachte er. Obgleich ich keine Ahnung habe, was sie mir zu sagen hat oder was ich antworten soll. – Mit viel Liebe aus Frankreich! Unterschrift: Dein auswechselbarer Geliebter, Michael Whitacre, Spezialnummer 745, am Grab des Pierre Sorel, *né 1921, mort 1940*, im Regen. Mir geht es großartig. Was ich von Dir auch...

Sie stiegen wieder ein, und der Kaplan fuhr vorsichtig auf der schlüpfrigen, von den Raupen der Panzer und von Millionen schweren Militärwagenrädern ausgewalzten Straße weiter.

»Vermont«, sagte der Kaplan freundlich zu Noah, »ein ziemlich langweiliger Fleck Erde für 'n jungen Mann, nicht?«

»Nach dem Krieg werden wir nicht da wohnen«, antwortete Noah. »Wir ziehen nach Iowa.«

»Warum ziehen Sie nicht nach Texas?« schlug der Kaplan einladend vor. »Dort gibt's genug Platz. Haben Sie Verwandte in Iowa?«

»Freunde«, sagte Noah. »Ein Kamerad von mir, Johnny Burnecker wohnt da. Seine Mutter hat ein schönes Haus ausfindig gemacht, das ich für vierzig Dollar im Monat mieten kann. Und sein Onkel hat eine

Zeitung und will mich anstellen. Es ist schon alles ausgemacht.«

»Journalist, was?« fragte der Kaplan, verständnisvoll nickend. »Mit beiden Beinen fest auf der Erde. Und einen Haufen Geld verdient man auch dabei. Nicht schlecht.«

»Es ist nur ein kleines Blatt«, sagte Noah. »Erscheint einmal wöchentlich, hat 'ne Auflage von achttausendzweihundert.«

»Trotzdem, es ist wenigstens ein Anfang«, meinte der Kaplan. »Ein Sprungbrett zu größeren Sachen in der Stadt.«

»Ich brauche kein Sprungbrett«, sagte Noah ruhig. »Ich mag auch nicht in der Stadt leben. Ich habe wenig Ehrgeiz. Mir genügt's, den Rest meines Lebens in einem kleinen Ort in Iowa zu sitzen, mit meiner Frau, meinem Sohn und meinem Freund Johnny Burnecker. Und wenn mich mal das Reisefieber packt, genügt mir ein Spaziergang zum Postamt.«

»Na, man wird dieses ruhige Leben leicht über«, sagte der Kaplan. »Nachdem Sie jetzt so viel von der Welt gesehen haben, kann Ihnen eine Kleinstadt bald langweilig werden.«

»Ich glaube nicht«, antwortete Noah fest und schob den Scheibenwischer energisch hin und her. »Ich werde mich nie langweilen.«

»Na, dann sind Sie anders veranlagt als ich«, sagte der Kaplan lachend. »Ich komme aus einer kleinen Stadt, und wenn ich nur daran denke, muß ich schon gähnen. Obgleich, wenn ich ehrlich sein will, glaube ich nicht, daß man mich zu Hause mit besonderer Sehnsucht erwartet.« Er lachte gutmütig in sich hinein. »Kinder habe ich keine, und meine Frau hat zu mir gesagt, als der Krieg anfing und ich mich melden wollte: Ashton, sagte sie, du mußt dich schon entscheiden. Entweder das Kaplan-Korps oder deine Frau. Wenn du glaubst, daß ich die nächsten fünf Jahre zu Hause sitze und an dich denke, während du dich in der Welt herumtreibst und mit was weiß ich für Weibern anbändelst, dann hast du dich geschnitten. Ashton, sagte sie, mich kannst du nicht beschwindeln, nicht eine Minute. – Ich habe ihr gesagt, sie sei unvernünftig, aber das hat keinen Eindruck gemacht. Sie ist eigensinnig. Ich mach' 'ne Wette, sobald ich nach Hause komme, reicht sie die Scheidung ein. War gar nicht so leicht damals, mich zu entscheiden, kann ich euch versichern. Ach was«, und er seufzte nachdenklich, »es war ganz nett bis jetzt. Ich kenne da 'ne reizende kleine Rotkreuzschwester im 12. Armeelazarett, die hat mir geholfen, meine Sorgen zu zerstreuen.« Er grinste. »Neben meiner Rotkreuzschwester und meiner Fotografierei habe ich kaum noch Zeit, an meine Frau zu denken. Solange ich 'ne Frau habe, die mich aufheitert, und genügend Filme, um Aufnahmen zu machen, fühle ich mich ganz wohl...«

»Wo kriegen Sie denn die vielen Filme her?« fragte Michael und dachte an die tausend Aufnahmen für das Album. Außerdem wußte er, wie schwer es war, auch nur eine einzige Spule monatlich vom PX zu ergattern. Der Kaplan legte den Zeigefinger an die Nase und machte ein listiges Gesicht. »Anfänglich hatte ich Schwierigkeiten, aber jetzt läuft der Laden. Das geht nämlich so: Wenn die Jungs von ihren Feindflügen zurückkommen, bitte ich den Technischen Offizier der Gruppe, mich die nicht benutzten Filmstreifen in der Beobachtungskanzel abschneiden zu lassen. Sie würden staunen, wenn Sie wüßten, wieviel Meter Film man auf diese Weise zusammenbringt. Der letzte Technische Offizier fing an, sich furchtbar zu haben wegen dem bißchen Film. Drohte mir, mich dem Oberst wegen Diebstahls von Heeresgut zu melden und so 'n Quatsch. Er ließ einfach nicht mit sich reden...« Der Kaplan lächelte in der Erinnerung daran. »Aber jetzt habe ich keine Schwierigkeiten mehr«, sagte er.

»Und wie hat sich's eingerenkt?« fragte Michael.

»Der Offizier war zu einem Feindflug aufgestiegen. Er war ein guter Flieger, oh, ein ganz hervorragender Flieger«, sagte der Kaplan voll Bewunderung. »Er hatte eine Messerschmitt abgeschossen. Aber als er zurückkam, hat er den Funkturm gestreift. Der arme Kerl verkalkulierte sich beim Landen um einen halben Meter, und die Folge davon war, daß wir seine sterblichen Überreste auf dem ganzen Flugfeld zusammensuchen mußten. Ich kann euch sagen, Jungs, ich habe ihm die allerschönste Leichenrede gehalten. Es war die prunkvollste Beerdigung, die jemals einem abgestürzten Flieger zuteil wurde...« Der Kaplan grinste verschlagen. »Und jetzt kriege ich jede Länge Film, die ich haben will«, schloß er.

Michael blinzelte ungläubig mit den Augen und dachte einen Augenblick, der Kaplan sei vielleicht ein bißchen betrunken. Aber nein, er steuerte seinen Jeep so sicher und nüchtern wie irgendeiner. Die verdammte Armee! dachte Michael verblüfft, jeder tut doch immer wieder, was ihm paßt...

Unter einem Baum an der Straßenseite trat eine Gestalt hervor und winkte, und der Kaplan verlangsamte das Tempo und hielt. Es war ein Luftwaffen-Leutnant, vollkommen durchnäßt, in einer Marinejacke und mit einer zusammenlegbaren Maschinenpistole. »Fahren Sie nach Reims?« fragte er.

»Immer rein, mein Lieber«, sagte der Kaplan herzlich. »Klettern Sie nach hinten, da ist noch Platz. Der Kaplan-Jeep hält für jedermann auf allen Straßen.«

Der Leutnant stieg auf den Rücksitz neben Michael, und der Jeep fuhr weiter durch den strömenden Regen. Michael betrachtete den

Leutnant von der Seite. Er war noch sehr jung, schien müde zu sein, und seine Uniform paßte ihm nicht. Er merkte, daß Michael ihn musterte.

»Sie wundern sich wahrscheinlich, was ich hier auf der Landstraße tue«, sagte er.

»O nein«, beteuerte Michael, »durchaus nicht.«

»Ich bin nämlich auf der Suche nach meiner Seglergruppe«, sagte der Leutnant.

Michael wunderte sich, wie man eine ganze Gruppe Lastensegler verlieren konnte, besonders am Boden, aber er sagte nichts.

»Ich war bei der Arnheim-Luftlandung dabei und wurde in Holland hinter den deutschen Linien abgeschossen«, erklärte der Leutnant.

»Die Engländer haben natürlich wieder alles vermasselt, wie üblich«, sagte der Kaplan verächtlich.

»Wirklich?« fragte der Leutnant gleichgültig. »Ich habe noch keine Zeitungen gelesen.«

»Was ist denn geschehen?« wollte Michael wissen. Er konnte sich schwer vorstellen, daß dieser blasse junge Mann aus seinem Lastensegler heraus hinter der feindlichen Front abgeschossen worden sein sollte.

»Es war mein drittes Himmelsfahrtskommando dieser Art«, sagte der Leutnant. »Luftlandung in Sizilien, in der Normandie und jetzt bei Arnheim. Sie haben uns versprochen, das sei bestimmt die letzte.« Er grinste. »Und was mich betrifft, haben sie beinahe verdammt recht behalten.« Er zuckte mit den Schultern. »Ich glaub' denen natürlich kein Wort. Sie werden uns noch über Japan abspringen lassen, bevor der Krieg zu Ende ist...« Er fröstelte in seiner klatschnassen, viel zu großen Uniform. »Ich bin nicht scharf drauf«, fuhr er fort, »nicht im geringsten. Ich hab' immer geglaubt, ich sei ganz groß als Fallschirmer, könnte ein paar tausend Einsätze fliegen. Aber ich bin geheilt. Als ich zum erstenmal unter meiner Tragfläche feindliche Flak schießen sah, konnte ich einfach nicht hinsehen. Ich hab' den Kopf weggedreht und bin auf die Schnauze gefallen, und ich hab' mir gesagt: Francis O'Brien, du bist kein Held.«

»Francis O'Brien?« fragte der Kaplan. »Sind Sie römisch-katholisch?«

»Ja, Sir«, entgegnete der Pilot.

»Dann hätte ich gern einmal Ihre Meinung über eine Sache gehört«, sagte der Kaplan und beugte sich tiefer über das Steuerrad. »Ich habe da in einer Kirche in der Normandie, die von unserer Artillerie ganz nett zusammengeschossen wurde, eine kleine Orgel mit Fußantrieb gefunden. Ich habe sie zu unserem Flugfeld herausbringen lassen, für den

Sonntagsgottesdienst, und dann habe ich bei uns nach einem Organisten gesucht. Aber es ergab sich, daß der einzige Mann in unserer Gruppe, der mit 'ner Orgel umgehen konnte, ein Feldwebel vom Bodenpersonal war. Er war Italiener, römisch-katholisch, und spielte die Orgel, wie Horowitz Klavier spielt. Ich habe auch einen Farbigen gefunden, der das Bälgetreten besorgte. Gleich am ersten Sonntag hatten wir den schönsten Gottesdienst, den Sie sich denken können. Sogar der Oberst ist gekommen und hat die Choräle in die Luft geschmettert wie ein Ochsenfrosch im Frühling. Allen hat's gefallen, und ich war auf meine Errungenschaft ordentlich stolz. Well, am darauffolgenden Sonntag ist der italienische Junge nicht erschienen, und als ich ihn am Nachmittag fragte, warum er nicht gekommen sei, hat er mir erklärt, er könne es mit seinem religiösen Gewissen nicht vereinbaren, für Heiden die Orgel zu spielen. Nun, Francis O'Brien, Sie sind römisch-katholisch und außerdem Offizier, glauben Sie, daß der Feldwebel den wahren christlichen Geist bewiesen hat?«

Der Pilot seufzte verlegen. Es war ihm anzusehen, daß er sich in seiner augenblicklichen Verfassung nicht für besonders fähig hielt, Urteile über religiöse Gewissensfragen abzugeben. »Tja, Sir«, sagte er ausweichend, »es ist natürlich eine Frage der persönlichen Einstellung...«

»Hätten Sie die Orgel für mich gespielt?« fragte der Kaplan geradeheraus.

»O ja, Sir«, antwortete der Pilot.

»Können Sie Orgel spielen?«

»Nein, Sir«, erwiderte der Pilot.

»Da haben Sie es«, sagte der Kaplan, und man wußte nicht recht, was er damit meinte. »Der Katzelmacher war leider der einzige in unserer Gruppe, der Orgel spielte. Und seither muß ich meine Gottesdienste ohne Orgelbegleitung abhalten.«

Lange Zeit fuhren sie schweigend an Weinbergen und alten Trümmerresten aus vergangenen Kriegen vorbei durch den kalten Regen.

»Leutnant O'Brien«, sagte Michael, von dem blassen jungen Gesicht des Fallschirmpiloten seltsam angezogen. »Sie brauchen mir nicht zu antworten, wenn Sie nicht wollen, aber wie sind Sie aus Holland herausgekommen?«

»Oh, ich erzähle es Ihnen gern«, erwiderte O'Brien. »Meine rechte Tragfläche brach ab, und ich signalisierte dem Schleppflugzeug, daß ich eine Notlandung versuchen würde. Ich kam in einem Feld herunter, war 'n ziemlich harter Aufschlag, und als ich endlich aus dem Kasten herausgeklettert war, merkte ich, daß meine Männer sich in alle Windrichtungen zerstreut hatten, weil wir aus 'n paar Bauernhäusern in tausend Meter Entfernung MG-Feuer bekamen. Ich rannte so weit weg, wie ich konnte, und habe mir im Laufen die Fliegerabzeichen von der Uniform gerissen und sie weggeworfen, denn die Leute werden oft verdammt böse, wenn sie einen von der Luftwaffe erwischen. Na, Sie wissen ja, die Bombardiererei, die vielen Fehler, die leichtsinnigen Zivilisten, die zufällig ums Leben kommen – es ist nicht gut, mit Fliegerabzeichen angetroffen zu werden. Drei Tage hab' ich in einem Graben gelegen, bis mich ein Bauer fand und mir etwas zu essen gab. In der Nacht führte er mich durch die Linien zu einer britischen Vorausabteilung. Die hat mich nach der Küste geschickt, wo mich ein amerikanischer Zerstörer aufnahm. Von denen hab' ich dieses Marinejackett. Der Zerstörer kreuzte vierzehn Tage lang im Kanal herum. Gott, war ich seekrank! Schließlich haben sie mich in Southampton an Land gesetzt, von wo ich per Anhalter zum alten Standort meiner Gruppe fuhr, aber die war gerade eine Woche vorher nach Frankreich in Marsch gesetzt worden. Sie hatten mich schon als vermißt gemeldet, und meine arme Mutter muß allerhand ausgestanden haben bei der Nachricht. Meine Sachen hatten sie auch schon nach den Staaten zurückgeschickt. Niemand hatte das geringste Interesse, mir einen Marschbefehl zu geben. Ein Segelflieger scheint überall im Weg zu sein, wenn er nicht gerade 'ne Landungsoperation vorhat. Kein Mensch gab mir Löhnung oder 'n Befehl oder 'n Rat. Ich war einfach Luft.« O'Brien lachte leise, ohne Bitterkeit. »Schließlich hörte ich, daß die Gruppe in der Nähe von Reims stände. Also fuhr ich wieder per Anhalter, diesmal in einem Liberty-Schiff, das Munition und Verpflegung geladen hatte, nach Cherbourg. Von da nach Paris, wo ich mich zwei Tage aufgehalten habe. Hat sich aber nicht gelohnt, denn ein Leutnant, der zwei Monate keinen Sold erhalten hat, kann in Paris genausogut tot sein, er hat auch nicht weniger davon. So, und jetzt bin ich hier...«

»Ein Krieg«, sagte der Kaplan feierlich, »ist doch eine sehr verwikkelte Sache.«

»Och, ich beklage mich gar nicht, Sir«, sagte O'Brien. »Wirklich nicht. Solange ich keine Absprünge mehr machen muß, bin ich ganz zufrieden. Wenn ich nur weiß, daß ich eines Tages wieder zu meiner Windelfabrikation nach Green Bay zurückkehre, können sie mich inzwischen rumstoßen, soviel sie wollen.«

»Ihre was?« fragte Michael, als ob er nicht richtig gehört hätte.

»Meine Windelfabrikation«, wiederholte O'Brien etwas schüchtern und lächelte. »Mein Bruder und ich haben ein recht gutgehendes kleines Geschäft, mit zwei Lieferwagen. Mein Bruder leitet es jetzt allein, solange ich Soldat bin. Aber er schreibt mir, daß es immer schwieriger werde, Baumwolle zur Verarbeitung zu bekommen. Ich kann Ihnen sagen, die letzten fünf Briefe vor meinem Absturz bei Arnheim habe ich an amerikanische Baumwollspinnereien geschrieben, um Rohmaterial für unser Geschäft aufzutreiben...«

Sonderbare Helden gibt es, dachte Michael verdutzt, als sie die Außenbezirke von Reims erreichten.

An den Ecken standen MPs, und ein Haufen Dienstwagen parkte vor der Kathedrale. Michael bemerkte von seinem Rücksitz aus, wie Noah nervös auf seinem Platz herumrutschte bei dem Gedanken, von MP auf seiner privaten Frontfahrt erwischt zu werden. Trotzdem wurde sein Blick sofort von der mit Sandsäcken umbauten Kathedrale gefangen, deren kostbare Buntglasfenster aus Sicherheitsgründen herausgenommen worden waren. Er erinnerte sich noch dunkel, daß er als zehnjähriger Junge in der Schule in Ohio zehn Cents gestiftet hatte, um die im letzten Krieg schwer beschädigte Kathedrale mit aufbauen zu helfen. Und als er jetzt von dem Jeep des Kaplans aus die himmelanstrebenden gotischen Pfeiler bewunderte, war er froh, feststellen zu können, daß sein Geld gut angelegt worden war.

Der Jeep hielt vor der Verbindungsstelle des Zonenhauptquartiers.

»So, Leutnant, hier steigen Sie aus«, sagte der Kaplan, »melden sich und verlangen, daß man Sie zu Ihrem Truppenteil zurückschafft. Lassen Sie sich nicht einschüchtern, sagen Sie laut und deutlich, was Sie wollen. Und wenn man Ihnen keine zufriedenstellende Antwort gibt, dann warten Sie hier auf mich. In einer Viertelstunde bin ich wieder zurück und mache denen da drinnen die Hölle heiß. Ich drohe ihnen, nach Washington zu schreiben, wenn sie nicht spuren.«

O'Brien stieg aus, blieb stehen und musterte verwirrt und ängstlich die Reihe schäbiger Gebäude, von denen er offenbar nichts Gutes erwartete.

»Übrigens fällt mir noch was Besseres ein«, sagte der Kaplan vom Jeep aus. »Vorhin fuhren wir an einem Café vorüber. Sie sind durchnäßt und frieren. Gehen Sie rein und bestellen Sie sich einen doppelten Kognak. Das wird Ihre Lebensgeister auffrischen. Ich glaube, das Café heißt... *Aux Bons Amis.*«

»Vielen Dank«, erwiderte O'Brien unsicher. »Aber wenn es Ihnen recht ist, möchte ich lieber hier auf Sie warten.«

Einen Augenblick musterte der Kaplan an Noah vorbei den Leutnant. Dann steckte er die Hand in die Tasche und zog sie mit einer Fünfhundertfrancnote wieder heraus. »Hier«, sagte er und gab O'Brien das Geld. »Ich habe ganz vergessen, daß Sie seit Monaten keinen Sold bekommen haben.«

Verlegen lächelnd nahm O'Brien das Geld. »Danke«, sagte er, »danke.« Dann winkte er und machte sich auf den Weg zum Café. »Und jetzt«, rief der Kaplan munter, während er auf den Anlasser drückte, »jetzt wollen wir mal euch zwei Galgenvögel an der MP vorbeischleusen.«

»Was?« fragte Michael albern.

»Klar wie Kloßbrühe«, sagte der Kaplan. »Steht euch auf dem Gesicht geschrieben – unerlaubte Entfernung von der Truppe. Los, Junge, setz den Scheibenwischer in Bewegung.«

Schmunzelnd fuhren Michael und Noah durch die düstere alte Stadt. Sie kamen an sechs MPs vorbei. Einer grüßte sogar den Jeep, der auf der nassen Straße an ihm vorbeiglitt. Und leutselig erwiderte Michael den Gruß.

35. Kapitel

Es fiel Michael auf, daß die Leute um so freundlicher wurden, je näher sie der Front kamen. Als sie schon den ununterbrochenen Kanonendonner hören konnten, der über die herbstlichen Felder rollte, schien jedermann mit rücksichtsvoller, leiser Stimme zu reden, jeder gab einem gerne etwas von seiner Verpflegung ab, besorgte eine Unterkunft, bot einen Schluck Schnaps aus der Feldflasche an, zeigte das Bild von Frau und Kindern herum und fragte höflich nach den Bildern der eigenen Angehörigen. Es war, als ob man beim Betreten der Gefahrenzone gleichzeitig die Zone der Selbstsucht, des Mißtrauens und des ganzen schlechten Benehmens unseres Jahrhunderts hinter sich gelassen hätte.

Jeder Wagen, dem sie winkten, war sofort bereit, sie mitzunehmen. Da war zum Beispiel der Leutnant von der Beerdigungskolonne, der ihnen genau erklärte, wie man die Taschen der Gefallenen durchsuchte und wie der Inhalt sortiert wurde. Man machte zwei Haufen. Briefe aus der Heimat und Taschenbibeln und Kriegsauszeichnungen kamen auf den einen Haufen. Diese Sachen wurden den Hinterbliebenen zugeschickt. Auf den anderen Haufen kam der sozusagen übliche Musterkoffer des Soldaten, Gegenständen wie Würfel, Spielkarten, Fromms Akt, Aktfotos und offenherzige Briefe von Mädchen aus England, in denen sehr genau Bezug genommen wurde auf gemeinsam verbrachte

Nächte in einem Heuschober bei Salisbury oder in der Clarges Street. Diese Dinge waren geeignet, das Andenken der gefallenen Helden zu beflecken. Die wurden also vernichtet. Dann erzählte ihnen der Leutnant der Totengräberkolonne, der vor dem Krieg bei Magnin in San Francisco die Abteilung für Damenschuhe geleitet hatte, wie schwer es hin und wieder war, einen Gefallenen zu identifizieren, der von den Waffen der modernen Kriegstechnik in Stücke gerissen worden war. »Ich will euch einen Tip geben, Jungs«, sagte er. »Tragt immer eure Erkennungsmarke in der kleinen Uhrtasche in eurer Hose. Bei einer Explosion kann der Kopf glatt abgerissen werden. Dann ist auch die Erkennungsmarke futsch, wenn ihr sie an der Kette um den Hals tragt. Aber in neun von zehn Fällen verlieren die Gefallenen nicht ihre Hosen. Wenn euch dann etwas zustößt, findet man die Erkennungsmarke in der Hosentasche und kann eure Angehörigen benachrichtigen.«

»Vielen Dank«, sagte Michael. Als er mit Noah aus dem Jeep stieg, kam ein Hauptmann von der MP auf sie zu, der sofort sah, daß sie ohne Marschbefehl waren. Er bot ihnen an, sie in seine Kompanie mitzunehmen und die Sache in Ordnung zu bringen, weil er ohnehin zu wenig Leute habe.

Sie wurden sogar von einem General in seinem Stabswagen eine Strecke mitgenommen. Die Division des Generals lag fünf Tage in Ruhestellung hinter der Kampffront. Der General war ein väterlich-wohlwollender Mann mit kurzem Haarschnitt, einem Bäuchlein und der geröteten Gesichtsfarbe, die auf zu hohen Blutdruck schließen ließ. Er stellte seine Fragen freundlich und schlau: »Wo kommt ihr her, Jungs? Zu welcher Einheit wollt ihr?« Michael, der sein Mißtrauen höheren Rängen gegenüber nicht überwinden konnte, suchte nach einer unverfänglichen Antwort. Aber Noah erwiderte ganz offen: »Wir sind Deserteure, Sir. Wir wollen von dem Sauhaufen des Sammellagers zu unserer alten Kompanie zurück.«

Der General nickte verständnisvoll und warf einen anerkennenden Blick auf Noahs Auszeichnung. »Will euch was sagen, Jungs«, sagte er im Ton eines Möbelverkäufers, der einem Kunden eine Neuheit aufschwatzen will, »wir sind selbst ein bißchen mitgenommen in meiner Division. Bleibt doch einfach 'ne Weile bei uns, vielleicht gefällt's euch? Den Papierkrieg erledige ich selbst.« Michael mußte über diese Andeutung eines neuen zuvorkommenden Verkehrstones zwischen Generälen und GIs lächeln. »Nein, danke, Sir«, sagte Noah fest.

Der General nickte wieder. »Ich weiß schon, wie's euch zumute ist«, sagte er. »Ich war 1918 in der alten Rainbow-Division und habe den größten Krach gemacht, um wieder zurückversetzt zu werden, als ich verwundet worden war. Trotzdem, ihr könnt wenigstens zum Mittagessen dableiben. Heute ist Sonntag, und ich glaube, es gibt Huhn in der Stabsmesse.«

Als der Geschützdonner hinter den fernliegenden Gebirgszügen allmählich näher und näher kam, überkam Michael das Gefühl, daß er jetzt endlich die allumfassende Gemeinschaft, die Aufgeschlossenheit der Herzen, das Ja von Millionen Gleichgestimmter erfahren würde, von dem er geträumt hatte, als er in die Armee eingetreten war, und das er jetzt so bitter vermißt hatte. Irgendwo da hinten, wo die Geschütze donnerten, würde er das Amerika finden, das er daheim nirgends entdeckt hatte, ein gequältes und aus tausend Wunden blutendes Amerika, aber eines voll Freundschaft und guten Nachbarn, ein Amerika, in dem ein Mann guten Willens endlich alle Zweifel eines überfeinerten Lebens und seine aus Büchern gewonnene zynische Weltanschauung ablegen und sich demütig und ohne Einschränkung der großen Sache hingeben konnte... Noah war ihm in dieser Hinsicht voraus. Er besaß seinen Freund Johnny Burnecker. Ihm imponierten keine Feldwebel und kein General mehr. Er sprach mit ihnen wie mit seinesgleichen. Die Ausgestoßenen hatten im Dreck und in der Todesangst auf ihre Weise eine neue Heimat gefunden, eine bessere Heimat als die, aus der man sie gestoßen hatte, ein blutüberströmtes Utopia am Rande des deutschen Schlachtfeldes, wo keiner reich und keiner arm war, eine Demokratie des Kanonendonners, wo alles, was lebte, in der Gemeinschaft lebte, wo die Nahrung nach Bedarf und nicht nach dem Geldbeutel verteilt wurde, wo Licht, Heizung, Wohnung, Beförderung, ärztliche Betreuung und Beerdigung auf Staatskosten gingen und unter den gleichen Bedingungen zugeteilt wurden, ob man weiß oder farbig, Jude oder Arier, Arbeiter oder Unternehmer war. Das Produktionskapital, in diesem Fall von Maschinengewehren, Geschützen, Panzerfäusten, war eindeutig in den Händen der Masse, und hier war der so viel gerühmte christliche Sozialismus, in dem alle für das Gemeinwohl arbeiteten und die einzigen Schmarotzer die Toten waren.

Der Gefechtsstand Hauptmann Greens befand sich in einem kleinen Bauernhaus mit einem hohen, steil abfallenden Dach. Es sah wie die mittelalterlichen Häuser in Farbfilmen oder in Märchenbüchern aus. Es war nur einmal getroffen, und der Einschuß war mit der Tür des Schlafzimmers ausgebessert worden. Dicht an der Hauswand, an der dem Feind abgewandten Seite parkten zwei Jeeps, und zwei Soldaten mit struppigen Bärten, in ihre Decken gewickelt, die Helme über dem Gesicht, lagen darin und schliefen. Hier hörte man den Abschuß der Geschütze und das Heulen der Granaten schon viel lauter. Der kalte

Wind blies scharf durch die Äste der Bäume; Felder und Straßen waren aufgeweicht, und außer den beiden Jeeps und den schlafenden Soldaten war nichts zu entdecken, was auf die Nähe von Menschen deutete. Das Gehöft, dachte Michael, sieht nicht anders aus als alle Bauernhöfe im November. Das Land ist dem Winter preisgegeben, und der Bauer hat sich schlafen gelegt und träumt vom kommenden Frühling.

Es war eigentlich erstaunlich, wenn man sich vorstellte, daß sie einer ganzen Armee ein Schnippchen geschlagen, halb Frankreich durchquert und sich ihren Weg durch den verwickelten Verkehr der Geschütze, Panzerwagen, Truppen und Lastwagen gebahnt hatten, um nun an diesem ruhigen, verlotterten, ungefährlich aussehenden Ort zu landen. Armee-Hauptquartier, Korps-Hauptquartier, Division, Regiment, Bataillon, Gefechtsstand der C-Kompanie – die ganze lange Kette der militärischen Befehlsgewalt. Sie waren an dieser Kette herumgeklettert wie Matrosen an einer Strickleiter, und jetzt, da sie endlich angekommen waren, zögerte Michael, sah zweifelnd auf die Tür und fragte sich, ob sie richtig gehandelt hatten und nicht vielleicht in Unannehmlichkeiten geraten würden, die die ganze Argonautenfahrt nicht wert waren...

Noah schien sich jedoch von solchen Überlegungen nicht im geringsten stören zu lassen. Er war die letzten drei Kilometer in einem atemberaubenden Tempo durch den Dreck marschiert. Auf seinen Lippen lag ein gespanntes, zitterndes Lächeln, als er nun die Tür aufstieß und in das Haus trat. Langsam ging Michael hinter ihm her. Hauptmann Green, den Rücken der Tür zugewandt, telefonierte gerade. »Mein Kompanie-Abschnitt, Herr Major, ist nur noch ein Witz«, sagte er. »Sie können an jeder beliebigen Stelle mit einem Bauernwagen hindurchfahren, ohne daß wir's überhaupt merken. Ich benötige so rasch wie möglich mindestens vierzig Mann zusätzlich. Ende.« Michael hörte undeutlich die Antwort des Bataillonskommandeurs über den Draht, ärgerlich und kurz angebunden. Green erwiderte: »Ja, Sir, ich habe verstanden. Wir werden aufgefüllt, sobald es dem gottverfluchten Korpskommando einfällt, mir die Ersatzmannschaften zuzuteilen. Sollte es den Deutschen inzwischen in den Sinn kommen anzugreifen, so können sie hier so glatt durchlaufen wie ein Abführmittel durch 'n Hintern. Wie soll ich mich bei einem Angriff verhalten, Sir? Ende.« Er hörte die Antwort von drüben. Michael vernahm zwei scharfe Worte von der anderen Seite des Drahtes. »Ja, Sir, ich habe verstanden. Danke, Sir«, sagte Green, legte den Hörer auf und wandte sich an den Unteroffizier, der an einem eilig zusammengebastelten Schreibtisch saß. »Wissen Sie, was mir der Major eben sagte?« fragte er bitter. »Er sagte, wenn wir angegriffen würden, soll ich ihn benachrichtigen. Der Mann hat Nerven! Wir scheinen eine neue Einheit der amerikanischen Armee zu sein: die Benachrichtigungs-Kompanie C!« Wütend drehte er sich zu Michael und Noah um und fragte: »Ja?« Noah sagte nichts. Green blinzelte ihn an, lächelte dann müde und streckte ihm die Hand entgegen. »Ackerman«, sagte er, Noahs Hand schüttelnd, »ich dachte, Sie wären längst wieder Zivilist.«

»Nein, Sir«, erwiderte Noah. »Ich bin immer noch Soldat. Sie erinnern sich noch an Whitacre, nicht wahr?«

Green musterte Michael. »Aber natürlich«, sagte er mit seiner fast weiblich hohen, freundlichen Stimme. »Von Florida her. Was haben Sie ausgefressen, daß man Sie wieder zur C-Kompanie zurückschickt?« Und er schüttelte auch Michael die Hand.

»Man hat uns nicht zurückgeschickt, Sir«, sagte Noah. »Wir sind aus dem Sammellager getürmt.«

»Großartig«, sagte Green grinsend. »Machen Sie sich keine Sorgen. Nett von Ihnen, sehr nett von Ihnen. Ich bringe das für Sie in Ordnung. Obgleich ich nicht verstehe, wie jemand ausgerechnet zu meinem Sauhaufen zurücklaufen kann. Na ja, mir soll's recht sein. Ihr beide, Jungs, seid also nun meine Ersatzmannschaft für eine Woche...« Er war offensichtlich erfreut, ja gerührt. Er klopfte Noah immer noch mit einer beinahe mütterlichen Geste auf die Schulter.

»Sir«, fragte Noah, »ist Johnny Burnecker da?« Noah versuchte, so ruhig wie möglich zu sprechen, aber es gelang ihm nicht ganz.

Green wandte sich um, und der Unteroffizier trommelte mit den Fingerspitzen auf die Tischplatte. Michael ahnte, daß die nächsten zehn Minuten sehr schlimm sein würden.

»Ich hatte ganz vergessen«, sagte Green, »daß Sie mit Burnecker so eng befreundet waren.«

»Ja, Sir«, sagte Noah.

»Er ist Feldwebel geworden«, sagte Green. »Stabsfeldwebel und Zugführer, schon im September. Ein ausgezeichneter Soldat, Johnny Burnecker.«

»Ja, Sir«, sagte Noah.

»Gestern nacht wurde er von einem Granatsplitter getroffen, Noah«, fuhr Green fort. »Ein Zufallstreffer. Der einzige Ausfall, den die Kompanie in den letzten fünf Tagen hatte.«

»Ist er tot, Sir?« fragte Noah.

»Nein.«

Michael sah, wie sich Noahs Hände, die an seiner Hosennaht zu Fäusten geballt waren, langsam streckten.

»Nein«, sagte Green wieder. »Tot ist er nicht. Wir haben ihn gleich nach hinten geschafft.«

»Sir«, fragte Noah aufgeregt. »Dürfte ich Sie um einen Gefallen bitten, einen großen Gefallen?«

»Nun?«

»Würden Sie mir erlauben, Burnecker zu besuchen und mit ihm zu sprechen?«

»Er ist vielleicht schon in ein Feldlazarett gebracht worden«, sagte Green sanft und schonungsvoll.

»Ich muß ihn unbedingt sehen, Herr Hauptmann«, sagte Noah überstürzt. »Es ist sehr wichtig. Sie können sich nicht vorstellen, wie wichtig es für mich ist. Das Feldlazarett liegt nur achtzig Kilometer hinter der Front. Wir sind auf dem Weg hierher daran vorbeigekommen. Ich kenne es. Es dauert nur ein paar Stunden, und ich werde mich ganz bestimmt nicht lange aufhalten. Bis zum Abend melde ich mich wieder zurück. Nur fünfzehn Minuten möchte ich mit ihm reden. Es ist auch für ihn von großer Wichtigkeit, Herr Hauptmann...«

»All right«, sagte Green. Er setzte sich und schrieb etwas auf ein Papier.

»Hier ist der Marschbefehl: Wenden Sie sich draußen an Berenson und sagen Sie ihm, ich hätte Anweisung gegeben, er soll Sie hinfahren.«

»Danke«, sagte Noah so leise, daß seine Stimme in dem kahlen Zimmer kaum zu hören war. »Danke, Herr Hauptmann.«

»Aber keine Abstecher«, sagte Green und starrte dabei auf eine mit Cellophan bezogene Wandkarte, auf der die Front mit Bleistift eingezeichnet war. »Der Jeep wird heute noch nötig gebraucht.«

»Kein Abstecher«, sagte Noah, »mein Wort, Sir.« An der Tür blieb er plötzlich stehen und sagte: »Herr Hauptmann?«

»Ja.«

»Ist er schwer verwundet?«

»Sehr schwer, Noah«, sagte Green müde. »Eine sehr schwere Verwundung.«

Noah versuchte, seine Erregung nicht zu zeigen, und verließ, den Marschbefehl in der Hand, das Zimmer. Einen Augenblick später hörte Michael den Jeep durch den Matsch davonfahren.

»Whitacre«, sagte Green. »Sie können hierbleiben, bis Ackerman zurück ist.«

»Ja, Sir.«

Green musterte ihn scharf. »Was für ein Soldat ist aus Ihnen in der Zwischenzeit geworden?« fragte er.

Nach kurzer Überlegung erwiderte Michael: »Ein miserabler, Sir.« Green lächelte schwach und glich in diesem Augenblick mehr denn je einem kleinen Warenhausverkäufer nach einem anstrengenden Saisonausverkauf. »Das darf ich nicht vergessen«, sagte er, zündete sich eine Zigarette an, ging zur Tür und öffnete sie. Er stand da, im Hintergrund die grauen, verwaschenen Farben der herbstlichen Landschaft, und ganz aus der Ferne klang das leise Motorengeräusch des davonfahrenden Jeeps. »Ach«, sagte Green, »ich hätte ihn nicht fahren lassen sollen. Hat doch keinen Zweck, einen Soldaten zu seinem sterbenden Freund zu schicken. Soll froh sein, wenn er nicht dabeizusein braucht.«

Er schloß die Tür und ging an seinen Schreibtisch zurück. Kaum hatte er sich gesetzt, als das Feldtelefon läutete. Green nahm gleichgültig den Hörer ab. Michael hörte wieder die scharfe Stimme des Bataillonskommandeurs. »Nein, Sir!«, antwortete Green mit schläfriger Stimme, »seit sieben Uhr kein Gewehrfeuer. Ich werde Sie auf dem laufenden halten.« Er legte den Hörer auf, saß schweigend da und starrte dem sich an der Wandkarte emporringelnden Rauch seiner Zigarette nach.

Noah kehrte erst lange nach Eintritt der Dunkelheit zurück. Der Tag war ruhiger gewesen, es hatte keine Spähtrupptätigkeit gegeben, feindliche Granaten hatten gelegentlich hoch über ihren Köpfen geheult, aber anscheinend hatten sie nicht den Männern der C-Kompanie gegolten. Einige der Männer hatten sich bisweilen auf dem Gefechtsstand bei Hauptmann Green eingefunden, um irgendeine Meldung zu machen. Michael hatte den ganzen Nachmittag in einer Ecke gesessen und vor sich hingedöst. Dabei hatte er sich hin und wieder Gedanken gemacht über diese ihm bislang unbekannte Seite des Krieges, eine erholsame, träge, gelöste Untätigkeit, die sich sehr von der dauernden Kampfbereitschaft in der Normandie und dem unaufhaltsamen Vormarsch nach dem Durchbruch unterschied. Dieses hier war so etwas wie eine Kunstpause, dachte er; zwar ging das Konzert weiter, aber es waren andere Instrumente an der Reihe. Man hielt sich warm, möglichst sauber und achtete auf anständige Verpflegung. Michael dachte verwundert an das ungeheure Aufgebot von Menschen und Fahrzeugen, die er unterwegs überall auf den Straßen gesehen hatte; die Tausende von Männern, die geschäftigen Offiziere, die Jeeps und Lastwagen und Eisenbahnwaggons, die alle vollbeladen dem Frontgebiet zufuhren, um die paar einsamen, verschlafenen und sich langsam bewegenden Soldaten in ihrem vergessenen Abschnitt zu versorgen und zu stützen. Überall hinten waren für ein und dieselbe Art mindestens zwei bis drei Mann angesetzt:

beim Nachschub, in den Büros, in der Abteilung für Sonderdienste, in den Lazaretten, bei den Fahrkolonnen. Hier, direkt vor dem Feind, konnte der Hauptmann keine vierzig Mann Ersatz heranbekommen. Nur hier, vor dem Feind, war das Menschenmaterial anscheinend kostbar. Nur hier, in dem düsteren Herbstwetter, in den naßkalten und schlüpfrigen Gräben, sah es so aus, als vertrete die Armee eine zusammengeschmolzene, verarmte Nation von Bettlern. Ein Drittel des Volkes, hatte der Präsident einmal in einer seiner Reden gesagt, ist unterernährt und wohnt in unzulänglichen Wohnungen. Die Armee hier vorn, so schien es Michael, vertrat offenbar genau dieses Drittel der amerikanischen Bevölkerung...

Michael hörte den Jeep in der Dunkelheit draußen zurückkehren. Die Fenster waren mit Decken abgedunkelt. Auch über der Eingangstür hing eine Decke. Die Tür ging auf, und Noah, von Berenson gefolgt, kam herein. Mit ihnen drang kalte Nachtluft in das Zimmer.

Noah schloß hinter sich die Tür. Dann lehnte er sich erschöpft gegen die Wand. Green schaute auf.

»Well?« fragte Green leise. »Haben Sie ihn gesehen, Noah?«

»Ja, ich habe ihn gesehen«, antwortete Noah mit heiserer und erschöpfter Stimme.

»Wo war er?«

»Im Feldlazarett.«

»Wird man ihn weiter zurückbringen?« fragte Green.

»Nein, Sir«, erwiderte Noah. »Sie bringen ihn nicht weiter zurück.«

Berenson ging in eine Ecke des Zimmers und zog eine K-Ration aus seinem Verpflegungsbeutel. Er öffnete geräuschvoll die Schachtel und riß das Papier von den Keksen. Dann aß er schmatzend, man hörte die harten Kekse unter seinen Zähnen krachen.

»Lebt er noch?« fragte Green zögernd.

»Ja, Sir«, sagte Noah, »er lebt noch.«

Green seufzte, als er merkte, daß Noah nicht mehr sagen wollte. »Okay«, sagte er. »Take it easy. Ich teile Sie und Whitacre morgen früh dem zweiten Zug zu. Und nun schlaft gut.«

»Danke, Sir«, sagte Noah. »Danke auch für den Jeep.«

»Schon gut«, sagte Green und beugte sich über einen Bericht.

Noah sah sich unschlüssig im Zimmer um, riß dann plötzlich die Tür auf und ging hinaus. Michael stand auf. Noah hatte ihn kaum beachtet. Er ging ihm in die kalte, dunkle Nacht nach. Draußen in der Finsternis fühlte er mehr, wo Noah stand, als daß er ihn sehen konnte. Noah stand gegen die Wand des Bauernhauses gelehnt.

»Noah...«

»Ja?« klang es tonlos und erschöpft. »Michael...«

Schweigend standen sie da und blickten in das in der Ferne aufblitzende Mündungsfeuer der Geschütze. Es sah wie eine mit Nachtschicht arbeitende Fabrik aus.

»Er sah ganz gut aus«, fing Noah endlich flüsternd an zu erzählen. »Wenigstens sein Gesicht sah normal aus. Jemand hatte ihn heute morgen rasiert, er hat darum gebeten. Er hat einen Schuß in den Rücken bekommen. Der Doktor hat mich gewarnt, es sei möglich, daß er nicht mehr ganz richtig im Kopf sein würde. Aber als er mich sah, lächelte er, und dann weinte er... Er hat schon mal geweint, weißt du, damals, als ich verwundet worden bin...«

»Ich weiß«, sagte Michael. »Du hast mir's erzählt.«

»Er hat mich alles mögliche gefragt. Wie mir's im Lazarett ergangen sei, ob man Genesungsurlaub bekomme, ob ich in Paris gewesen sei und ob ich ein Bild von meinem Kleinen mit hätte. Ich habe ihm das Foto gezeigt, das Hope mir geschickt hat, und es hat ihm gut gefallen. Aber der Kleine sehe mir gar nicht ähnlich, hat er gemeint. Dann hat er gesagt, daß er einen Brief von seiner Mutter bekommen habe, sie habe alles geregelt wegen des Hauses in seiner Heimatstadt, für vierzig Dollar im Monat. Und seine Mutter wisse, wo man einen Kühlschrank aus zweiter Hand kaufen könne... Er konnte nur den Kopf bewegen, er war von der Schulter abwärts vollkommen gelähmt.«

Dann herrschte wieder Schweigen. Sie standen in der Finsternis und beobachteten das Mündungsfeuer der Geschütze.

»Das Lazarett war überfüllt«, fuhr Noah nach einer Weile fort. »Im Bett daneben lag ein Leutnant aus Kentucky, dem eine Mine die Ferse weggerissen hatte. Er sei mit seiner Verwundung ganz zufrieden, hat der Leutnant gesagt. Er habe es langsam satt, immer als erster die Nase über jede Deckung in Frankreich und Deutschland hinauszustrecken, bis er eins auf die Birne kriege.«

Wieder Schweigen.

»Ich habe in meinem Leben nur zwei Freunde gehabt«, sagte Noah. »Wirkliche Freunde. Der eine hieß Roger Cannon. Der hat immer so'n Lied gesungen: You make time und you make love dandy, You make swell molasses candy, But, honey, are you makin' any money? That's all I want to know...« Noah scharrte unruhig in dem dicken Dreck herum und rieb seinen Rücken nervös an der Hauswand. »Er ist auf den Philippinen gefallen. Mein zweiter Freund war Johnny Burnecker. Viele haben Dutzende von Freunden. Sie schließen leicht Freundschaft und bleiben auch dabei. Bei mir ist es anders. Ich weiß, daß es an mir liegt. Ich hab' ja auch nicht viel zu geben...«

In der Ferne flammte ein heller Schein auf, dann entzündete sich ein Feuer, das sich erstaunlich und gefährlich in der stockdunklen Landschaft ausbreitete, wo die eigenen Leute auf einen schießen würden, wenn man nur ein Streichholz anzündete, weil man dem Feind damit die eigene Stellung verriet.

»Ich saß da und hielt Johnny Burneckers Hand«, fuhr Noah mit gleichmäßiger Stimme fort. »Dann, nach ungefähr einer Viertelstunde, hat er mich auf einmal ganz komisch angesehen. Und dann hat er mich angefahren: Mach, daß du wegkommst, hat er gesagt. Ich laß mich von dir nicht umbringen. Ich hab' versucht, ihn zu beruhigen, aber er brüllte immer wieder, ich hätte den Auftrag, ihn zu ermorden. Ich hätte ja nichts von ihm wissen wollen, als er noch gesund war, aber jetzt, wo er gelähmt sei, jetzt wolle ich ihn erwürgen, wenn keiner es merke. Er hat gesagt, er wisse alles von mir, er habe mich von Anfang an beobachtet und ich hätte ihn verlassen, als er mich am meisten brauchte, und jetzt wolle ich ihn sogar umbringen. Er hat gebrüllt, ich hätte ein Messer versteckt, und die anderen Verwundeten fingen auch an zu brüllen, und ich konnte ihn einfach nicht mehr beruhigen. Schließlich ist ein Doktor gekommen und hat gesagt, ich solle lieber gehen. Während ich ging, hörte ich hinter mir Johnny Burnecker schreien, sie sollten mich mit meinem Messer nicht in seine Nähe kommen lassen.«

Einen Augenblick blieb Noah still. Michael schaute nach dem Feuerschein in der Ferne, wo ein deutsches Bauernhaus in Flammen aufging. Dabei dachte er an den Hausrat, an die Federbetten, das Tischleinen, das Geschirr, die Fotoalben, das Buch *Mein Kampf*, die Küchenmöbel, die Bierkrüge, die jetzt von den gierigen, heißen Flammen verzehrt wurden.

»Der Doktor war sehr nett zu mir«, hub Noahs Stimme in der Dunkelheit wieder an. »Er war ein gutaussehender alter Mann aus Tucson. Vor dem Krieg war er Lungenspezialist, hat er mir erzählt. Er hat mir auch erklärt, was mit Johnny los ist, und ich solle mir nichts daraus machen, was Johnny an mich hingeschrien habe. Johnnys Rückgrat ist durch den Granatsplitter gebrochen worden, und dadurch ist sein Nervensystem zerstört, und man kann ihm nicht mehr helfen. Sein Nervensystem ist zerstört«, wiederholte Noah, von der Vorstellung des zerstörten Nervensystems ganz fasziniert. »Es werde von Stunde zu Stunde schlimmer werden, sagte der Doktor. Bis der Tod eintritt. Paranoia nennt man das, sagte der Doktor. Macht aus einem normalen Menschen innerhalb von vierundzwanzig Stunden einen unaufhaltsam fortschreitenden Fall von Wahnsinn, eine Art Verfolgungswahn. Es kann noch drei Tage dauern, bis er stirbt, sagte der Doktor. Und er wird am

Schluß vollkommen wahnsinnig sein. Deshalb hätte es auch keinen Zweck, ihn weiter zurückzutransportieren, es wäre doch nutzlos. Ehe ich fortging, schaute ich noch einmal zu ihm hinein. Ich dachte, vielleicht hat er gerade einen lichten Augenblick. Der Doktor sagte, das sei immer noch möglich. Aber sobald er mich sah, schrie er wieder, ich wolle ihn umbringen...«

Michael und Noah standen nebeneinander an die feuchte Wand des Bauernhauses gelehnt, hinter der Hauptmann Green mit seinem Kompaniegefechtsstand saß. Das Feuer in der Ferne hatte sich ausgebreitet, das alte Holz des Gehöfts brannte jetzt licherloh.

»Ich habe dir erzählt«, sagte Noah wieder, »was für ein Gefühl Johnny Burnecker hatte. Daß uns beiden nichts geschehen könne, wenn wir nur zusammenblieben...«

»Ja«, sagte Michael.

»Wir haben soviel miteinander durchgemacht«, sagte Noah. »Wir sind abgeschnitten worden und sind doch durchgekommen. Wir sind nicht verwundet worden, als unser Landungsboot am D-Day einen schweren Treffer kriegte...«

»Ja«, sagte Michael.

»Wenn ich mich nicht verspätet hätte«, sagte Noah, »wenn ich nur einen Tag früher hier angekommen wäre, wäre Johnny Burnecker gesund aus dem Krieg heimgekehrt.«

»Ach, Unsinn«, sagte Michael scharf. Das geht nun doch zu weit, dachte er ärgerlich.

»Gar nicht Unsinn«, antwortete Noah ruhig. »Ich war nicht schnell genug, habe zu lange herumgetrödelt, allein fünf Tage in dem verdammten Sammellager. Ging zuerst zu dem Peruaner und bat ihn um meine Abstellung zur C-Kompanie. Ich wußte genau, daß er ablehnen würde, aber nein: Ich war faul und entschlußlos.«

»Noah, jetzt hör aber endlich auf!«

»Wir sind auch viel zu lange unterwegs gewesen«, fuhr Noah fort, ohne Michaels Einwand zu beachten. »Haben uns nachts hübsch aufs Ohr gelegt und einen ganzen Nachmittag mit dem Hühneressen vergeudet, zu dem der General uns eingeladen hat. Ich habe Johnny Burnecker für ein gebratenes Huhn sterben lassen.«

»Halt jetzt 's Maul!« rief Michael, packte Noah und schüttelte ihn. »Jetzt reicht mir's. Du bist wahnsinnig. Ich will das nie mehr hören!«

»Laß mich los«, sagte Noah ruhig. »Rühr mich nicht an. Entschuldige. Kein Grund, weshalb du mir zuhören solltest, ich sehe das ein.«

Langsam ließ Michael ihn los. Wieder einmal hatte er das Gefühl, bei diesem hart geprüften Jungen versagt zu haben.

Noah fröstelte. »Es ist kalt hier draußen«, sagte er mit veränderter Stimme. »Komm, gehen wir hinein.«

Am anderen Morgen schickte Green sie zu dem alten Zug zurück, in dem sie schon in Florida zusammengewesen waren. Von den vierzig Mann, die damals den Zug gebildet hatten, waren noch drei Mann übrig. Sie empfingen Michael und Noah mit großem Hallo. Aber wenn Noah dabei war, sprachen sie nur wenig von Johnny Burnecker.

36. Kapitel

»Ein GI wurde mal gefragt, was er tun würde, wenn er jetzt nach Hause käme«, erzählte Pfeiffer. Er, Noah und Michael kauerten auf einem Baumstumpf gegen eine niedere Steinmauer gelehnt und aßen Fleischklöße mit Spaghetti und eingemachte Pfirsiche aus Dosen. Es war das erste warme Essen seit drei Tagen, und die ganze Kompanie lobte den Küchenunteroffizier, daß er die Feldküche so nahe herangebracht hatte. Die Männer standen in Abständen von zehn Metern wegen des feindlichen Beschusses in einem von Artilleriefeuer zerzausten Buchenwäldchen und gingen einer nach dem anderen zur Gulaschkanone, um ihr Essen zu fassen. »Was würdest du tun, wenn du jetzt nach Hause kämest«, wiederholte Pfeiffer, mit vollen Backen kauend. »Der GI überlegte einen Augenblick... Kennt ihr den Witz schon?« fragte Pfeiffer sicherheitshalber.

»Nein«, sagte Michael höflich.

Pfeiffer nickte zufrieden. »Erstens, antwortete der GI, würde ich meine Schuhe ausziehen, zweitens würde ich meine Frau ins Bett nehmen. Und drittens würde ich meinen Kleidersack ablegen.« Pfeiffer brüllte vor Lachen über seinen Witz. Aber plötzlich hielt er inne. »Ihr kennt den Witz wirklich noch nicht?«

»Nein, wirklich nicht«, sagte Michael. Geistreiche Tischgespräche inmitten der europäischen Zivilisation, dachte er spöttisch. Die Gäste bestanden aus Vertretern der schönen Künste und aus hohen Militärs auf Kurzurlaub von der Front. (Eineinhalb Stunden.) Pfc Pfeiffer, ein wohlbekannter Literat aus Kansas und eine notorische Berühmtheit bei den Kriegsgerichten des Etappenbezirks, stellte tiefschürfende Überlegungen über Nachkriegsprobleme an... Ein anderer Gast, Vertreter unseres Nationaltheaters in Westeuropa, stocherte in seinen Büchsenpfirsichen herum, eine Spezialität unseres Landes übrigens, und rief sich ins Gedächtnis zurück, daß der Schütze Anakreon von Mazedonien im Perserkrieg schon eine ganz ähnliche Geschichte am Lagerfeuer vor den Mauern von Bagdad gehört hatte. Auch Caius Publius, Zenturio im Heer Cäsars, hat diese für die Mannschaftspsychologie so bezeichnende Begebenheit zwei Tage nach der Landung an der britannischen Küste berichtet. Und Julius St. Crique, Adjutant im Korps Murat, erregte bei seinen Kameraden wahre Lachstürme, als er am Abend vor der Schlacht bei Austerlitz eine wörtliche Übersetzung dieses Epigramms zum besten gab. Auch dem Leutnant Robinson von den Welsh Rifles bei Ypern war die Geschichte bekannt; ebenso dem Feldwebel Fugelheimer bei Tannenberg oder dem Feldwebel Vincent O'Flaherty von der Küstenmarine, als er auf dem Marsch durch den Argonnerwald einen Augenblick aus dem Glied trat, um sich mit einem Schluck aus der Feldflasche zu erfrischen.

»Eine urkomische Geschichte«, meinte Michael ernst.

»Ich dachte mir, daß sie euch gefallen würde«, sagte Pfeiffer und tunkte mit einem Stück Brot den letzten Rest von Fleischklößchen, Spaghetti und Pfirsichsauce aus seinem Eßgeschirr auf. »Scheiße, man muß auch mal was zu lachen haben.«

Dann säuberte Pfeiffer sein Geschirr mit einem Stein und einem Stück Papier, das er immer bei sich trug, stand auf und ging zu einem Knobelspiel, das hinter dem geschwärzten Rauchfang eines zerstörten Bauernhauses in der Nähe im Gang war. Die unentwegten Knobler waren ein Leutnant und zwei Feldwebel von einem Verbindungsstab des Versorgungsdienstes, die mit ihrem Jeep aus irgendeinem unbekannten Grund bei der C-Kompanie aufgetaucht waren. Sie schienen einen Haufen Geld zu haben, das nach Ansicht Pfeiffers in den Taschen eines Infanteristen besser aufgehoben war. Michael zündete sich eine Zigarette an und ruhte sich nach dem guten Essen aus. Automatisch bewegte er seine Zehen in den dicken Strümpfen, um nachzuprüfen, ob sie noch vorhanden waren. Er genoß die Ruhe nach dem Essen und die verhältnismäßige Sicherheit, in der sie sich augenblicklich befanden. »Wenn wir erst wieder in den Staaten sind«, sagte Michael zu Noah, »dann lade ich dich und deine Frau mal zu einem Steak-Essen ein. Auf der Third Avenue gibt es ein Restaurant, da sind die Steaks faustdick. Wir werden sie halb durchgebraten bestellen, da sind sie am besten.«

»Hope mag sie nicht halb durchgebraten«, sagte Noah.

»Okay. Sie kann sie so haben, wie sie sie gern ißt«, meinte Michael. »Zuerst Vorspeise, dann die Steaks, außen leicht angegrillt, und wenn du sie mit dem Messer nur streifst, seufzen sie schon. Dazu Spaghetti und grünen Salat und Rotwein aus Kalifornien, und zum Nachtisch Kuchen in Rum und *café expresso*, das ist ein ganz schwarzer, mit einer Scheibe Zitrone. Den ersten Abend nach unserer Rückkehr seid ihr meine Gäste. Kannst deinen Sohn mitbringen, wir setzen ihn in ein hohes Kinderstühlchen.«

Noah lächelte leise. »Na, den lassen wir an diesem Abend lieber zu Hause«, sagte er.

Michael war schon für das leise Lächeln dankbar, denn in den drei Monaten, seit sie wieder bei ihrer alten Kompanie waren, hatte Noah selten gelächelt. Er war sehr schweigsam gewesen. In seiner einsilbigen Art hatte er sich an Michael angeschlossen, hatte auf ihn aufgepaßt und mit den Augen des erfahrenen Frontsoldaten auch in Lagen über ihn gewacht, in denen er seine ganze Kraft brauchte, sich selbst durchzubringen. Selbst im Dezember, als es sehr schlecht stand und die ganze Kompanie plötzlich auf Lastwagen verladen und in aller Eile gegen deutsche Panzer eingesetzt wurde, die wie aus dem Nichts mit einemmal vor der amerikanischen Front aufgetaucht waren. Die Ardennenschlacht wurde sie jetzt genannt, und sie war vorbei, und das einzige, woran sich Michael immer erinnern würde, war das Loch, in dem er kauerte und das er auf Anweisung Noahs einen halben Meter tiefer gegraben hatte. Er war damals wütend auf Noah gewesen, hatte ihn einen Pedanten gescholten... Aber dann war plötzlich der riesige deutsche Panzer da. Er rollte direkt auf sie zu, die Panzerfaustmunition war ausgegangen, und das Panzerabwehrgeschütz hinter ihnen brannte lichterloh, und es blieb nur noch die eine Rettung: sich tief in das Loch dukken. Der Fahrer des Panzers mußte gesehen haben, wie Michael sich in sein Schützenloch duckte. Er fuhr kerzengrade auf ihn zu und versuchte, über ihn hinwegzurollen, weil er für die Panzergeschütze im toten Winkel lag. Die Minute dauerte eine Ewigkeit, in der das siebzig Tonnen schwere Ungetüm über seinen Kopf donnerte und die Raupen sich in die weiche Erde walzten und Dreck und Steine ihm auf Helm und Rücken prasselten. Und sein eigenes Angstgeschrei ging unter in dem wütenden Getöse der um ihn tobenden Schlacht. Wenn man zurückdachte, dann schien das Erlebnis eines jener unwägbaren Dinge zu sein, von denen Soldaten manchmal dem Psychoanalytiker im Sanitätskorps berichteten, wenn sie Richtung Heimat geschrieben werden wollten. Es schien einfach unmöglich und konnte einem Mann von über dreißig Jahren nicht passiert sein, der in New York City ein Appartement gehabt, in so vielen erstklassigen Restaurants gegessen und fünf elegante Anzüge im Schrank hängen hatte und der an einem gewissen Nachmittag in seinem Cabriolet die Fifth Avenue hinaufgefahren war, das Verdeck herunter und die Sonne im Gesicht... Und da es nun tatsächlich doch passiert war, war es ganz unglaubhaft, daß er davongekommen sein sollte, daß das krachende, stahlgepanzerte Ungeheuer nur ein paar Zentimeter über seinem Kopf hinweggerasselt war und ihn am Leben gelassen hatte. Unglaubhaft, daß der Mann, der durch eine solche Hölle gegangen war, je wieder Interesse an Steaks und Wein und Fifth Avenue haben könnte. Denn der Panzer, der so ganz unpersönlich nach seinem Leben getrachtet hatte, als er in dem Erdloch hockte, das er auf Geheiß seines Freundes hatte tiefer graben müssen, damit es besseren Schutz gewähre, dieser Panzer schien die Brücke zu seinem späteren Zivilleben endgültig zerstört zu haben. An Stelle der Brücke gähnte jetzt ein tiefer Abgrund, der nur von Fantasien überspannt war. Wenn er daran zurückdachte, wie der Panzer sich langsam vom Kampffeld zurückgezogen hatte, die Granaten um ihn herum explodierten und überall Dreckfontänen in die Höhe jagten, dann kam ihm zum Bewußtsein, daß er in diesem Augenblick erst zum richtigen Soldaten geworden war. Bis dahin war er höchstens ein Mann in Uniform gewesen, aus einem anderen Leben vorübergehend nach Europa abkommandiert.

Die Ardennenschlacht hieß sie heute in *Stars and Stripes*, und es hatte blutige Verluste gegeben. Lüttich und Antwerpen waren bedroht gewesen, und man sprach allgemein davon, wie hervorragend die Armee sich geschlagen habe, abgesehen von einigen Unstimmigkeiten mit Montgomery, der nicht mehr so sehr vom britisch-amerikanischen guten Willen erfüllt sein sollte wie am 4. Juli, als er Noah den silbernen Stern angeheftet hatte... Die Ardennenschlacht; sie brachte wieder eine bronzene Medaille ein, und das hieß weitere fünf Punkte näher an der Entlassung. Alles, woran er sich heute noch erinnerte, war, wie Noah, über ihm stehend, scharf und unfreundlich sagte: »Ist mir ganz gleich, wie müd du bist. Einen halben Meter tiefer.« Und dann das krachende, dröhnende, stählerne, unheilvolle Donnern über seinem verdreckten Helm...

Michael sah zu Noah hinüber. Der schlief jetzt, im Sitzen an die Steinmauer gelehnt. Nur im Schlaf sah sein Gesicht jung aus. Sein Bart war blond und spärlich, während Michaels Bart dick und schwarz war, wie der eines Strolches, der zwischen Vancouver und Miami herumtrampt. Noahs sonst so dunkle und ausdrucksvollen Augen waren jetzt geschlossen. Zum erstenmal bemerkte Michael, daß sein Freund leicht nach oben geschweifte, an den Spitzen blonde Augenwimpern hatte. Sie gaben dem oberen Teil seines Gesichts einen sanften Ausdruck. Michael fühlte große Dankbarkeit und Mitleid für den schlafenden Jungen, der da in seinen schweren, fleckigen Wintermantel gewickelt saß, die in wollenen Handschuhen steckenden Finger um den Gewehrlauf gespannt... Michael erkannte, welche Summe von Energie es Noah gekostet haben mußte, seine soldatischen Fähigkeiten zu entwickeln und in diesem Land am Leben zu bleiben, wo der Tod so leicht jeden Mann ansprang. Die blonden Wimpern zitterten leicht in seinem zernarbten Gesicht, und Michael dachte, wie oft wohl Noahs Frau mit Erstaunen und Freude diese merkwürdige Zusammenstellung mädchenhafter Wimpern und vernarbter Boxwunden betrachtet haben mochte. Wie alt war er jetzt? Zweiundzwanzig, vierundzwanzig? Gatte, Vater, Soldat... Zwei Freunde und beide verloren... Braucht Freunde, wie andere Männer frische Luft. Und aus dieser Notwendigkeit heraus hielt er seine Augen auf und wachte über diesen ungeschickten älteren Soldaten namens Whitacre, der, wenn man ihn allein lassen würde, wahrscheinlich schon längst auf eine Mine getreten wäre, sich auf einem Hügel in voller Sicht den feindlichen Scharfschützen dargeboten hätte oder sich aus reiner Faulheit und Unerfahrenheit von einem Panzer in einem falsch gegrabenen Loch hätte plattdrücken lassen... Steaks und roten kalifornischen Wein über dem Abgrund aus Fantasie, am ersten Abend zu Hause in den Staaten lade ich euch ein... Unmöglich, und doch wird es geschehen. Michael schloß die Augen und fühlte eine große sorgenvolle Verantwortung.

Nebenan ging das Würfelspiel weiter. »Ich wette tausend Francs... der höchste Wurf ist neun...«

Michael schlug die Augen auf, stand leise auf und ging mit dem Gewehr in der Hand hinüber, um zuzuschauen.

Pfeiffer würfelte mit viel Glück. Er hielt einen Haufen Papiergeld in der Hand. Der Leutnant spielte nicht, aber die beiden Feldwebel. Der Leutnant trug einen wundervollen Offiziersmantel, malvenfarbig und füllig. Als er das letztemal in New York gewesen war, hatte Michael so einen Mantel im Schaufenster von Abercombie & Fitch gesehen. Alle drei Männer trugen Fallschirmspringer-Schuhe, obgleich man auf den ersten Blick sah, daß keiner von ihnen je höher als von einem Barstuhl heruntergesprungen war. Sie waren alle groß, tadellos rasiert, gut angezogen und wohl ausgeruht. Die bärtigen Infanteristen neben ihnen sahen in ihren schäbigen Uniformen wie die Vertreter einer minderwertigen Rasse aus.

Die Besucher sprachen laut und voll Selbstvertrauen und bewegten sich frisch und energiegeladen, im Gegensatz zu den müden, murmelnden und abgematteten Frontkämpfern, die rasch mal aus ihrem Unterstand gekommen waren, um die erste warme Mahlzeit seit drei Tagen zu fassen. Wenn man eine Elitetruppe aufstellen müßte, ein Regiment, das Städte zu erobern und Brückenköpfe zu nehmen hätte oder feindlichen Panzern entgegentreten müßte, würde man keinen Augenblick zögern, diese drei gutaussehenden, quicklebendigen Burschen auszuwählen, dachte Michael. Aber natürlich, die Armee machte das ganz anders. Diese kräftigen, kriegstüchtigen Kerle mit ihrem lauten Gerede saßen in einem gut eingerichteten Büro siebzig Kilometer hinter der Front, füllten Formulare aus und vergaßen nicht, jede Stunde eine anständige Schütte Kohlen in den glühenden Ofen ihres Zimmers zu leeren, um die Winterkälte hübsch fernzuhalten. Michael mußte dabei an die kleine Rede denken, die Feldwebel Houlihan vom zweiten Zug immer an Ersatzmannschaften hielt, wenn sie zum erstenmal angetreten waren. »Warum bekommt die Infanterie immer die Fliegengewichte? Warum werden dem Zahlmeister immer die kräftigsten Kerle zugeteilt, die Schwergewichtler mit 'nem Rücken wie 'n Kleiderschrank? Ist vielleicht einer unter euch, der über hundertdreißig Pfund wiegt?« Es war natürlich übertriebenes Geschwätz und von Houlihan nur so hingesagt, um sich bei den neuen Leuten beliebt zu machen. Aber in der Übertreibung lag viel Wahrheit.

Während Michael dem Spiel zusah, zog der Leutnant eine Flasche aus der Tasche und trank daraus. Pfeiffer beobachtete den Leutnant mit zugekniffenen Augen, während er die Würfel in seiner schmutzigen Hand langsam hin und her rollte. »Leutnant«, sagte er, »was sehen meine entzündeten Augen?«

Der Leutnant lachte. »Französischer Kognak«, antwortete er.

»Ich weiß«, sagte Pfeiffer. »Wieviel wollen Sie für die Flasche?«

Der Leutnant warf einen abschätzenden Blick auf die Banknoten in Pfeiffers Hand. »Wieviel haben Sie da?«

Pfeiffer zählte das Geld. »Zweitausend Francs«, sagte er. »Das sind vierzig Dollar. Ich würde gern die Flasche Kognak kaufen, um meine alten Knochen aufzuwärmen.«

»Viertausend Francs«, sagte der Leutnant seelenruhig. »Für viertausend Francs können Sie die Flasche haben.«

Pfeiffer kniff wieder die Augen zusammen und warf dem Leutnant einen einzigen Blick zu. Dann spuckte er aus und begann, auf seine Würfel einzureden, als ob es menschliche Wesen wären. »Würfelchen«, sagte er, »Papa braucht etwas zu trinken. Papa braucht dringend etwas zu trinken, liebe Würfelchen.«

Er legte seine zweitausend Francs hin, und die beiden Feldwebel setzten dieselbe Summe.

»Liebe Würfelchen«, sagte Pfeiffer wieder. »Es ist ein kalter Tag, und Papa hat schrecklichen Durst.« Er schüttelte die Würfel und ließ sie langsam auf den Boden rollen, als gäbe er sie ungern her. »Zählt nach«, sagte er ohne Lächeln. »Sieben.« Dann spuckte er wieder aus. »Nehmen Sie das Geld, Leutnant. Ich nehme mir die Flasche.« Und er streckte die Hand aus.

»Mit Vergnügen«, sagte der Leutnant, gab Pfeiffer die Flasche und las das Geld zusammen. »Freut mich, daß wir hergekommen sind.« Pfeiffer nahm einen ordentlichen Schluck aus der Flasche. Die Umstehenden sahen schweigend zu, halb belustigt und halb verärgert über Pfeiffers Verschwendung. Pfeiffer korkte die Flasche wieder sorgfältig zu und steckte sie in seine Manteltasche. »Heute nacht gibt es sowieso einen Angriff«, sagte er streitsüchtig. »Was zum Teufel hätt' ich davon, durch den gottverdammten Fluß zu waten mit viertausend Francs in der Tasche. Wenn die Sauerkrautfresser mich heute umlegen, dann legen sie 'n GI um, der wenigstens den Bauch voll guten Alkohol hat.« Damit hing er sein Gewehr um und trottete davon. »Versorgungsdienst«, sagte ein Infanterist, der dem Spiel zugesehen hatte. »Jetzt weiß ich wenigstens, wo das Wort herkommt.«

Der Leutnant lachte schallend. Er war ein Mann, dem man nicht so rasch böse sein konnte. Michael hatte vergessen, daß es noch Leute gab, die so lachen konnten, ohne eigentlichen Grund, immer aus guter Laune. Wahrscheinlich konnte man solche Leute nur siebzig Kilometer hinter der Front finden. Hier gab es so etwas jedenfalls nicht. Übrigens stimmte keiner der herumstehenden Infanteristen in das Lachen des Leutnants ein.

»Ich will euch sagen, weshalb wir hier sind«, sagte der Leutnant.

»Lassen Sie mich raten«, sagte Crane, ein Mann aus Michaels Zug. »Sie kommen aus der Abteilung Nachrichten und Erziehung und haben einen Fragebogen mitgebracht. Fühlen wir uns in der Armee wohl? Sind wir mit dem Dienst zufrieden? Hat es bei uns mehr als dreimal den Tripper im letzten Jahr gegeben?«

Der Leutnant lachte wieder. Scheint ein großer Lacher vor dem Herrn zu sein, dieser Leutnant, dachte Michael und sah ihn mit gerunzelten Brauen an.

»Nein«, sagte der Leutnant. »Wir wollen 'n kleines Geschäft machen. Wir hörten, daß man in diesen Wäldern hier ein paar anständige Erinnerungsstücke auffischen könne. Ich komme zweimal im Monat dienstlich nach Paris, da kann man das Zeugs immer gut verkaufen, Zeissgläser, Fotoapparate und so was. Wir zahlen gute Preise. Na, wie wär's? Habt ihr was zu verkaufen?«

Die Leute, die um den Leutnant herumstanden, sahen sich schweigend an. »Ich hab 'n nettes Garand-Gewehr«, sagte Crane. »Können Sie für fünftausend Francs haben. Oder, wie wär's mit 'ner hübschen Uniformbluse«, meinte Crane unschuldig, »sie ist zwar 'n bißchen getragen, hat aber Erinnerungswert.«

Der Leutnant kicherte. Offenbar machte ihm sein kleiner Trip an die Front einen Heidenspaß. Michael konnte sich lebhaft vorstellen, was er seinem Mädchen in Wisconsin darüber schreiben würde. Die Burschen von der Infanterie, mein Liebling, rauhe Schale, aber herzensgut. Und Humor haben die! Die geborenen Witzbolde! »Okay«, sagte der Leutnant. »Ich werde mal selber 'n bißchen rumstöbern. Wie ich höre, ist hier in der Nähe vorige Woche gekämpft worden, da müßte doch allerhand Zeugs rumliegen.«

Die Infanteristen schauten sich kalt an. »Klar, 'n Haufen«, sagte Crane scheinheilig. »Ganze Jeeps voll. Sie werden der reichste Mann von Paris sein.«

»Wo geht's zur Front?« fragte der Leutnant munter. »Wollen mal selbst nachsehen.«

Wieder herrschte kalte, unfreundliche Stille. »Zur Front?« fragte Crane unschuldig. »Sie wollen die Front sehen?«

»Natürlich«, antwortete der Leutnant kurz und nicht mehr sehr freundlich.

»Hier rum, Herr Leutnant«, sagte Crane und zeigte mit der Hand die Richtung an. »Nicht wahr, Jungs, hier rum geht's zur Front?«

»Jawohl, das ist die Richtung«, antworteten die anderen im Chor.

»Sie können's nicht verfehlen«, sagte Crane.

Der Leutnant schien langsam Feuer zu fangen. Er wandte sich an Michael, der bis jetzt geschwiegen hatte. »Sie«, sagte er, »können Sie uns sagen, wie wir am besten hinkommen?«

»Ja, also ...« begann Michael.

»Fahren Sie auf diesem Weg weiter«, unterbrach Crane, »ungefähr zwei Kilometer oder so. Es geht 'n bißchen bergauf, im Wald. Wenn Sie den höchsten Punkt erreicht haben, sehen Sie unter sich einen Fluß. Und das ist die Front.«

»Stimmt das?« fragte der Leutnant mißtrauisch.

»Ja, Sir!« antwortete Michael.

»Gut!« Der Leutnant wandte sich an einen seiner beiden Feldwebel. »Louis«, sagte er. »Wir lassen den Jeep hier und gehen zu Fuß. Blockieren Sie den Jeep.«

»Ja, Sir«, erwiderte Louis. Er ging zu dem Jeep, hob die Motorhaube, schraubte etwas vom Verteiler ab und nahm einige Drähte heraus. Der

Leutnant machte sich unter den Rücksitzen des Jeeps zu schaffen, nahm eine leere Tasche heraus und hängte sie um.

»Mike«, rief Noah von seinem Baumstamm aus und winkte. »Mach schon, wir müssen zurück.«

Michael nickte. Beinahe wäre er zum Leutnant gegangen und hätte ihn gewarnt, nicht zum Fluß hinunterzugehen, sondern zu seinem komfortablen Büro und dem warmen Ofen zurückzufahren. Aber dann ließ er es. Langsam ging er zu Noah hinüber, und zusammen trotteten sie im knietiefen Schmutz auf der Seite des Weges zu dem zwei Kilometer entfernten Abschnitt der C-Kompanie zurück.

Michaels Zug lag genau unter dem Hügelvorsprung, von dem aus man auf den Fluß hinunterblicken konnte. Der Hügel war mit Buschwerk und dichtem Unterholz bedeckt. Selbst jetzt, wo das Blätterwerk verwelkt oder abgefallen war, gab der Buschbestand eine gute Deckung ab, so daß man sich ziemlich frei darin bewegen konnte. Von oben konnte man den sumpfigen, mit vereinzelten Büschen bestandenen Abhang und den schmalen Wiesenstreifen am Fluß einsehen. Und auf der anderen Seite des Flusses erhob sich ein ähnlicher Hügel, hinter dem die Deutschen lagen. Über der winterlichen Landschaft lag ein leichter Dunst. Träge und schwarz wälzte sich der Fluß zwischen den vereisten Ufern hin. Hier und da lag im Wasser ein verfaulter Baumstamm, um den sich kleine Wirbel bildeten. Unnatürliche Stille lagerte über den schmutzigen Schneeflecken und den gegenüberliegenden Abhängen. Manchmal flackerte nachts blitzartig Geschützfeuer auf, aber tagsüber war das Gelände für Spähtrupps nicht geeignet, so daß zwischen den beiden Fronten eine Art düsteren Waffenstillstands herrschte. Die Fronten lagen sich etwa in zwölfhundert Meter Entfernung gegenüber. So jedenfalls waren sie auf der Karte eingezeichnet, weit hinten, in den fabelhaften, sicheren Unterständen des Divisionsstabes.

Michaels Zug lag bereits vierzehn Tage in dieser Stellung.

Aber Houlihan war anderer Meinung. Houlihan hatte so etwas wie einen sechsten Sinn, was die Deutschen betraf. Es gibt Leute, die hinter einem verschmierten alten Bild sofort ein holländisches Originalgemälde wittern; andere probieren einen Wein und sagen einem nach dem ersten Schluck die genaue Lage des Weinberges bei Dijon, Jahrgang 1937. Und Houlihan hatte eine besondere Witterung für die Deutschen. Er hatte den Kopf eines irischen Intellektuellen, eine hohe, schmale Stirn, die irgendwie an die Kommilitonen von James Joyce auf der Dubliner Universität erinnerte. Er spähte immer wieder durch das Buschwerk auf dem Hügel oben zum jenseitigen Ufer hinüber und murmelte mißtrauisch: »Irgendwo ist da drüben ein MG-Nest. Ich freß 'n Besen, sie haben's gut getarnt und warten nur auf uns.«

Bis jetzt hatte es keine Rolle gespielt. Der Zug hatte sich nicht vom Fleck gerührt, der Fluß war ein zu großes Hindernis für Spähtrupps, und das Maschinengewehr, wenn eines drüben war, konnte die amerikanische Stellung unter dem Hügel nicht bestreichen. Wenn die Deutschen weiter hinten im Wald Minenwerfer aufgestellt hatten, hielten sie sie in Reserve. Eingesetzt hatten sie sie noch nicht. Aber sobald es dunkel wurde, so ging das Gerücht, sollte eine Kompanie Pioniere über den etwa fünfzig Meter breiten Fluß eine Pontonbrücke schlagen, und Michaels Kompanie sollte über die Brücke gehen und mit dem Feind drüben Fühlung aufnehmen. Am nächsten Morgen sollte eine andere Kompanie nachfolgen und weiter auf den Feind drücken... Der Plan sah im Divisionsstab zweifellos sehr gut aus.

Aber Houlihan gefiel er nicht, wie er durch sein Glas den vereisten Fluß und den verschneiten Abhang davor betrachtete. Houlihan sprach gerade mit Hauptmann Green durch das Feldtelefon, das an einem Baum hing, als Noah, Michael, Pfeiffer und Crane zurückkamen. »Hauptmann«, sagte er, »mir gefällt der Laden nicht. Ist mir zu ruhig da drüben. Die haben ein MG auf ihrem Hügel versteckt, ich weiß nicht genau wo, aber ich weiß es eben. Heute nacht werden sie Leuchtraketen hochgehen lassen, wenn sie klar zum Gefecht sind. Sie haben fünfhundert Meter freies Schußfeld und dazu die Brücke. Die können uns eindecken, wie sie wollen. Ende.«

Er horchte. Die Stimme des Hauptmanns klang krächzend im Hörer. »Ja, Sir«, erwiderte Houlihan, »ich rufe zurück, sobald ich Genaueres festgestellt habe.« Seufzend legte er den Hörer auf. Er schaute über den Fluß, nagte nervös an seinen Lippen und sah sorgenvoll aus. »Der Hauptmann will, daß wir noch heute nachmittag einen Spähtrupp aussenden«, sagte er. »Soll in voller Sicht zum Fluß hinuntergehen, und wenn nötig, Feindfeuer auf sich lenken. Dann können wir endlich das MG-Nest ausmachen, und er wird die Minenwerfer darauf einstellen und es vernichten.« Houlihan hob sein Glas wieder an die Augen und suchte den unschuldig aussehenden Hügel über dem Fluß drüben ab. »Freiwillige?« fragte er so nebenbei.

Michael sah sich um. Sieben Mann hatten die Frage vernommen, aber sie hockten alle am Grabenrand unter dem Hügel und zeigten ein ungeheuer eingehendes Interesse an ihren Gewehren oder an der Beschaffenheit des Bodens oder dem raschelnden Blätterwerk vor ihnen. Vor drei Monaten, dachte Michael, hätte ich mich vielleicht noch freiwillig gemeldet, um mich zu bewähren, um mir selbst irgend etwas zu beweisen, weiß der Teufel was. Aber inzwischen hatte Noah ihn eines Besseren belehrt. Schweigend betrachtete er seine Fingernägel.

Houlihan seufzte leise. Es verging eine volle Minute, und alle dachten an den Augenblick, wo der Führer des Spähtrupps als erster das Feuer des deutschen Maschinengewehres auf sich lenken würde. »Feldwebel«, sagte plötzlich eine höfliche Stimme, »haben Sie was dagegen, wenn wir uns Ihnen ein bißchen anschließen?«

Michael blickte auf und erkannte den Leutnant vom Versorgungsdienst und die beiden Feldwebel, die schwitzend angekeucht kamen. Die Frage des Leutnants hing über den Leuten am Grabenrand wie eine Versuchung in der Luft. Sie hatte unsinnig theatralisch geklungen, wie ein Satz aus einer Komödie.

Erstaunt und mit zusammengekniffenen Augen drehte sich Houlihan um. »Feldwebel«, sagte Crane rasch, »der Leutnant ist zu uns gekommen, um Erinnerungen zu sammeln, die er nach Paris mitnehmen will.«

Ein flüchtiges, hintergründiges Lächeln huschte über Houlihans langes, hageres Gesicht mit seinem blauschwarzen Bart. »Bitte sehr, Herr Leutnant«, sagte er herzlich und gleichzeitig mit einer bei ihm ungewohnten Note von Unterwürfigkeit. »Wird uns eine Ehre sein, wirklich eine Ehre.«

Der Leutnant keuchte schwer nach dem Aufstieg. Er ist nicht so gut in Form, wie er aussieht, dachte Michael. Wahrscheinlich hat er in der Etappe keine Möglichkeit, sein gewohntes Polo zu spielen. »Das soll also die Front sein«, sagte der Leutnant und warf einen Blick umher. »Ist sie es wirklich?«

»Gewissermaßen ja, Sir«, antwortete Houlihan. Sonst sprach niemand.

»Ist aber schrecklich ruhig«, meinte der Leutnant und schaute erstaunt über den Fluß. »Ich habe in den letzten zwei Stunden keinen Schuß gehört. Sind Sie ganz sicher?«

Houlihan lachte höflich. »Ich will Ihnen etwas sagen, Sir«, flüsterte er vertraulich. »Ich glaube, die Deutschen sind schon vor einer Woche abgezogen. Sie könnten glatt von hier bis an den Rhein spazierengehen.«

Michael sah Houlihan erstaunt an. Das Gesicht des Feldwebels war offen und beinahe kindlich freundlich. Houlihan war vor dem Krieg Schaffner in einem Fifth-Avenue-Omnibus gewesen. Aber auf der Strecke vom Washington Square kann man nicht so gut Komödie spielen lernen, dachte Michael.

»Gut«, sagte der Leutnant lächelnd. »Ich muß schon sagen, bei Ihnen scheint es bedeutend ruhiger zuzugehen als bei uns hinten im Versorgungsdienst, stimmt's, Louis?«

»Ja, Sir«, sagte Louis.

»Keine Obersten hier, die dauernd hin und her rennen und einen wegen jedem Dreck belästigen«, sagte der Leutnant freundlich. »Und zu rasieren brauchen Sie sich auch nicht jeden Tag.«

»Nein, Sir«, sagte Houlihan, »rasieren brauchen wir uns nicht jeden Tag.«

»Wie ich höre«, sagte der Leutnant vertraulich und blickte dabei den Abhang zum Fluß hinunter, »kann man da unten 'ne ganze Menge deutsche Erinnerungsstücke finden.«

»O ja, Sir«, beeilte sich Houlihan zu erwidern, »die gibt's da unten sicher. Das Feld ist mit Helmen und Feldstechern nur so besät.«

Das geht zu weit, dachte Michael, das geht entschieden zu weit. Er sah den Leutnant an, ob er etwas merkte. Aber auf seinem gesunden, rötlichen Gesicht lag nur ein Ausdruck unverhohlener Gier. Mein Gott, dachte Michael verächtlich, wie bist *du* bloß Offizier geworden?

»Louis, Steve«, rief der Leutnant, »gehen wir hinunter und schauen nach.«

»Augenblick mal, Leutnant«, sagte Louis mißtrauisch, »fragen Sie ihn erst, ob's da unten Minen gibt.«

»O nein«, fiel Houlihan sofort ein, »ich garantiere Ihnen, daß keine Minen unten sind.«

Die sieben Männer des Zuges hockten bewegungslos am Grabenrand und starrten zu Boden.

»Haben Sie was dagegen, Feldwebel«, fragte der Leutnant, »wenn wir runtergehen und uns ein bißchen umgucken?«

»Durchaus nicht, Sir, gehen Sie ruhig runter«, entgegnete Houlihan freundlich.

Jetzt, dachte Michael, muß er ihm aber sagen, daß das Ganze ein schlechter Witz ist, und ihn wieder in die Etappe zurückschicken... Aber Houlihan stand da, ohne sich zu rühren.

»Sie werden auf uns aufpassen, Feldwebel, nicht wahr?« fragte der Leutnant.

»Aber natürlich«, sagte Houlihan.

»Gut. Also los, Jungs!« rief der Leutnant munter, bahnte sich ungeschickt einen Weg durch das Buschwerk und begann, die Seite des Abhangs hinunterzusteigen. Die beiden Feldwebel folgten ihm. Michael drehte sich um und schaute Noah an. Noah erwiderte seinen Blick, die dunklen Augen fest und drohend auf ihn gerichtet. Michael wußte, daß Noah ihn mit diesem stillen Blick aufforderte, sich ruhig zu verhalten.

Nun, dachte Michael schulterzuckend, 's ist sein Zug, er kennt seine Leute länger als ich...

Er wandte sich um und sah den Abhang hinunter. Der Leutnant in seinem hellen Trenchcoat von Abercombie & Fitch und die beiden Feldwebel schlitterten den schmutzigen, glitschigen Abhang hinunter und hielten sich an Büschen und Baumstümpfen fest. Nein, dachte Michael, das kann ich nicht zulassen. Ist mir gleich, was sie von mir denken...

»Houlihan!« Michael sprang auf und trat erregt neben den Feldwebel, der mit unbeweglicher, gespannter Miene über den Fluß nach dem feindlichen Hügel hinübersah. »Houlihan, das können Sie nicht machen! Sie können die drei nicht da hinuntergehen lassen. Houlihan!«

»Halten Sie Ihr Maul!« flüsterte Houlihan heiser. »Sie haben mir nicht zu sagen, was ich zu tun habe. Diesen Zug führe ich!«

»Aber die werden bombensicher abgeknallt«, rief Michael aufgeregt und blickte zu den drei Männern hinunter, die auf dem schmutzigen Schnee weitergingen.

»Na und?« fragte Houlihan, und Michael verstummte, als er den Ausdruck von Verachtung und Haß auf dem schmalen, dünnlippigen Studentengesicht sah. »Was ist Ihnen lieber, Mann? Warum sollen zur Abwechslung nicht mal ein paar von diesen Etappenschweinen umgelegt werden? Dazu sind sie Soldaten, oder nicht? Erinnerungen sammeln für Paris, daß ich nicht lache!«

»Sie müssen sie zurückrufen. Wenn Sie sie nicht zurückholen, mache ich eine Meldung, ich schwöre Ihnen, ich melde es...«

»Halt's Maul, Whitacre«, sagte Noah.

»Meldung machen, ha?« sagte Houlihan, der keinen Augenblick das Glas von den Augen genommen hatte. »Sie wollen also selbst gehen, was? Sie wollen heut nachmittag selber abgeknallt werden da unten. Und Ackerman und Crane und Pfeiffer dazu? Sie wollen lieber, daß Ihre Kameraden ins Gras beißen, als die drei fetten Schweine vom Versorgungsdienst, hab' ich richtig verstanden?« Seine Stimme, die hart und haßerfüllt geklungen hatte, wurde plötzlich sachlich-ruhig, als er sich an die anderen wandte: »Schaut nicht auf die drei da unten«, sagte er. »Schaut immer auf den gegenüberliegenden Hügel. Es wird nur zwei, drei kurze Salven geben, ihr müßt sehr genau aufpassen. Haltet die Augen fest auf den Punkt gerichtet, wo die Schüsse herkommen, und meldet dann gleich... Wollen Sie immer noch, daß ich sie zurückrufe, Whitacre?«

»Ich...« wollte Michael beginnen. Aber dann hörte er die Feuersalve und wußte, daß es zu spät war.

Unten auf dem Feld am Ufer des Flusses sank der Falbenmantel langsam zu Boden und vermischte sich mit der schmutzigen Farbe des Schnees. Louis und der andere rannten davon, aber sie kamen nicht weit.

»Feldwebel!« Es war Noahs Stimme, die sehr ruhig und sachlich berichtete. »Ich sehe die Stelle, von wo die Schüsse kamen. Zwanzig Meter rechts von dem hohen Baum, gerade vor den beiden Büschen, die ein bißchen weiter herausschauen als die anderen... Können Sie sehen?«

»Ja, ich seh's«, sagte Houlihan.

»Genau da. Zwei oder drei Meter vom ersten Busch entfernt.«

»Sind Sie ganz sicher?« fragte Houlihan. »Ich hab's nicht genau gesehen.«

»Ganz sicher«, antwortete Noah.

Bei Gott, dachte Michael und bewunderte und verabscheute Noah in einem, der Bursche hat einiges gelernt seit Florida.

»Well«, und Houlihan drehte sich jetzt zu Michael um, »wollen Sie immer noch Meldung machen?«

»Nein«, sagte Michael, »ich mache keine Meldung.«

»Natürlich nicht«, sagte Houlihan und klopfte Michael kameradschaftlich auf die Schulter. »Hab' ich gleich gewußt.« Er ging an den Baum, wo das Feldtelefon hing, und rief den Kompaniebefehlsstand an. Michael hörte, wie er die genaue Lage des deutschen MGs für die Minenwerfer beschrieb.

Und jetzt war es wieder ganz still am Frontabschnitt der C-Kompanie. Es war schwer zu glauben, daß noch vor wenigen Minuten Maschinengewehrfeuer die Stille unterbrochen hatte und daß drei Männer gefallen waren.

Michael schaute sich nach Noah um. Noah hatte sich auf das eine Knie niedergelassen, den Kolben seines Gewehres in den Schmutz gestemmt, und die Wange gegen den Lauf gepreßt. Er sah aus wie ein Trapper auf alten Bildern aus den Indianerkriegen, weit hinten in Kentucky oder New Mexico. Er starrte Michael an, seine Augen blitzten wild und ohne Scham.

Michael setzte sich langsam und wich Noahs Blick aus. Endlich begriff er voll, was Noah meinte, als er ihm damals im Sammellager auseinandergesetzt hatte, daß man nur in eine Einheit gehen solle, wo man Freunde habe.

Kurz bevor die frühe Winterdämmerung einsetzte, eröffneten die Minenwerfer das Feuer. Die ersten zwei Schüsse lagen zu kurz, und Houlihan korrigierte durch das Telefon die Entfernung. Der dritte und vierte waren Volltreffer. Auf dem feindlichen Hügel entstand eine seltsame Aufregung, wo die Einschläge gesessen hatten. Ein plötzliches scharfes Zittern der kahlen, verschlungenen Zweige war zu bemerken, als ob jemand versucht hätte sich hindurchzuwinden und dann gefallen wäre. Dann war wieder alles still, und Houlihan meldete ins Telefon: »Hat gesessen, Sir. Jetzt jagen Sie noch einen Schuß hinterher, zur Sicherheit.«

Der Minenwerfer gab noch einen Schuß ab, gleiche Entfernung, zur Sicherheit. Aber diesmal regte sich drüben nichts mehr.

Sobald es dunkel war, tauchte die Pionierkompanie auf, mit Pontons und Holzgerüst. Michael und die anderen halfen mit, das schwere Material ans Flußufer zu schaffen. Dabei kamen sie an einem hellen Fleck auf dem Gelände vorbei, von dem Michael wußte, daß es der Falbenmantel des Leutnants war. Aber er schaute nicht genau hin. Die Pioniere, die im Dunkeln in eisiger Kälte arbeiteten, waren kaum halbwegs mit dem Brückenschlag fertig, als die erste Leuchtrakete hochging. Dann setzte schlagartig auf beiden Seiten die Artillerie ein. Verzweifeltes Gewehrfeuer, das dazwischenknatterte, verstummte sofort wieder, als die Minenwerfer in Tätigkeit traten. Die deutschen Batterien verlegten sich nur auf ein weitmaschiges Streufeuer, als hätten sie nicht viel Munition zu verschießen. Den Beobachtern drüben wurde ihre Aufgabe offenbar durch stetiges, auf das Ufer konzentriertes Feuer sehr erschwert. Keine der Granaten traf die Brücke. Drei Pioniere in der Mitte des Flusses wurden verwundet, und alle waren durch die Granaten, die in der Nähe ins Wasser platschten, bis auf die Haut durchnäßt.

Die Leuchtraketen beleuchteten die Szene mit einem grellen, unwirklichen Blau, das den Männern, die im Fluß arbeiteten, von weitem das Aussehen von Insekten gab. Die ersten paar Männer des Zuges, die an der Spitze hinübergingen, kamen gut durch, aber Lawson und Mukowski wurden getroffen und fielen ins Wasser.

Michael kauerte neben Noah. Noah hatte die Hand auf seinen Arm gelegt und hielt ihn, als sie beide die ersten Männer über die schlüpfrigen, schmalen Planken auf die andere Seite hinüberrennen sahen. Einer wurde getroffen und lag quer über der Brücke, und die anderen mußten über ihn hinwegspringen.

Nein, dachte Michael und fühlte, wie sein Arm unter Noahs eisernem Griff bebte, unmöglich, so was können sie von mir nicht verlangen, das können sie nicht...

»Jetzt«, flüsterte Noah, »geh, los!«

Michael rührte sich nicht. Zehn Meter von der Brücke entfernt explodierte eine Granate im Fluß. Das Wasser spritzte wie ein dunkler, dichter Vorhang auf, der den quer über der schwankenden Brücke liegenden Mann verdeckte.

Michael fühlte, wie eine harte Faust seinen Nacken traf. »Geh!« schrie Noah. »Geh *jetzt,* du Scheißkerl, geh!«

Michael stand auf und rannte los. Eine Granate schlug in der Nähe der anderen Seite ein, als er die ersten zehn Meter der schlüpfrigen Planken hinter sich hatte, und er wußte nicht, ob die Brücke auf der anderen Seite noch vorhanden war oder nicht. Aber er rannte stur weiter.

Einen Augenblick später war er drüben. In der Dunkelheit rief eine Stimme: »Hierher, hierher…« und er folgte gehorsam der Stimme. Dann stolperte er in ein Loch, in dem schon ein anderer lag.

»All right«, sagte eine heisere Stimme dicht an seinem Ohr, »bleib hier, bis die ganze Kompanie herüber ist.«

Michael legte sein Gesicht seitwärts auf die feuchte, kalte Erde. Sie fühlte sich erfrischend und wie eine Erholung an der verschwitzten Haut an. Langsam wurde sein Atem ruhiger. Er hob den Kopf und sah die schattenhaften Gestalten zwischen den Fontänen der ins Wasser klatschenden Granaten über die Brücke laufen. Dann holte er tief Atem. Ich hab's geschafft, dachte er, ich bin im Feuer vorgegangen. Ich kann's. Ich habe getan, was sie alle tun. Erstaunt stellte er fest, daß er lächelte. Schließlich, wenn der Krieg lange genug dauert, dachte er und blickte zu den Deutschen hinüber, werde ich noch 'n richtiger Soldat.

37. Kapitel

Es sah gar nicht schlecht aus, beinahe wie ein gewöhnliches Wehrmachtslager, ganz freundlich inmitten weiter grüner Wiesen gelegen, im Hintergrund von sanft ansteigenden, bewaldeten Hügeln begrenzt. Die barackenartigen Gebäude standen etwas zu dicht beieinander, und der doppelte Stacheldrahtzaun und die Wachtürme dazwischen sagten einem natürlich gleich, was hier los war – und der Gestank! In einem Umkreis von zweihundert Metern durchtränkte der Gestank die Luft, wie ein Gas, das durch chemische Einwirkung in einen festen Stoff verwandelt wird.

Aber Christian hielt sich nicht auf. Er humpelte eilig durch den schönen Frühlingsmorgen auf dem Weg weiter, dem Haupteingang zu. Er mußte sich Verpflegung besorgen, und außerdem wollte er wissen, wie die allgemeine Lage war. Vielleicht standen die im Lager drinnen in Telefonverbindung mit einem Wehrmachtsstab, der noch in Ordnung war. Oder vielleicht hatten sie die letzten Rundfunkmeldungen gehört... Oder vielleicht, dachte er hoffnungsvoll und erinnerte sich an den Rückzug in Frankreich, vielleicht kann ich irgendwo ein Fahrrad organisieren...

Sein Gesicht verzog sich zu einem bitteren Grinsen, als er sich dem Lager näherte. Ich bin Fachmann in der Kunst des Einzelrückzugs geworden, dachte er. Keine schlechte Fähigkeit im Frühjahr 1945. Ich bin die führende nordische Kapazität in der Taktik des Absetzens von zusammengebrochenen Truppenkörpern. Ich wittere Kapitulationsabsichten im Kopf eines Obersten, zwei Tage, bevor der Herr Oberst selbst weiß, daß er sich ergeben will.

Christian wollte sich nicht ergeben, obgleich das jetzt Mode geworden war und Millionen Männer nichts anderes im Kopf hatten, als sich die beste Methode dazu auszudenken. Während des vergangenen Monats hatte sich beinahe jedes Gespräch in der Wehrmacht nur um dieses Thema gedreht... In den zerbombten Städten, in den hoffnungslosen und hastig errichteten Widerstandsnestern an Straßenkreuzungen und Stadteinfahrten hatte man von nichts anderem gesprochen. Kein Haß auf die amerikanischen Luftflotten, die tausendjährige Städte in Schutt und Asche gelegt hatten; kein Gedanke an Vergeltung für die Tausende von Frauen und Kindern, die in den stinkenden Ruinen begraben lagen. Nur: »Am besten ergibt man sich den Amerikanern natürlich. Die behandeln ihre Gefangenen gut. Dann kommen die Briten. Dann die Franzosen, aber die nur im Notfall. Und wenn du von den Russen gefangengenommen wirst, dann sehen wir uns in Sibirien wieder...« Männer mit dem Eisernen Kreuz erster Klasse, die in Afrika gekämpft hatten und vor Leningrad gelegen und den ganzen Rückzug in Frankreich von Ste. Mère Eglise ab mitgemacht hatten. Was für eine Schande!

Christian war nicht so sehr von der amerikanischen Großzügigkeit den Gefangenen gegenüber überzeugt wie die anderen. Wahrscheinlich war es einer der vielen Wunschträume, die seine Landsleute erfunden hatten, um sich zu beruhigen.

Christian erinnerte sich an den toten Fallschirmjäger und sein brutales Gesicht, der damals an dem Baum in der Normandie hing. Und der Verwundetentransport, mit den zerfetzten Pferdekadavern, den die amerikanischen Kampfflieger zusammengeschossen hatten, obgleich sie das rote Kreuz deutlich gesehen haben mußten und sehr wohl gewußt hatten, was es bedeutete... Die angebliche Großzügigkeit der Amerikaner war auch nicht durch die gnadenlosen Bombenangriffe auf Berlin, München und Dresden bewiesen worden. Nein, nein, Christian war von solchen Märchen nicht mehr zu beeindrucken. Außerdem hatten sich die Amerikaner auch nie festgelegt. Im Gegenteil, sie hatten über den Rundfunk immer und immer wieder betont, daß jeder schuldige Deutsche, Mann oder Frau, für seine Verbrechen zur Rechenschaft gezogen werden würde. Bestenfalls würde es einige Jahre Gefangenenlager und Strafarbeitsdienst geben, während die Besatzungsgerichte von einem Ende Europas bis zum anderen nach Schuldigen suchen würden. Und wenn irgendein Franzose aus der Normandie sich noch zufällig an Christians Namen erinnerte, vielleicht aus der Zeit, als Behr ermordet worden war und er die beiden Franzosen von der Küste angezeigt hatte, die dann von dem SS-Untersturmführer gefoltert worden waren? Man konnte nie wissen, was für Aufzeichnungen die französische Widerstandsbewegung gemacht hatte, was sie wußten und was nicht. Und dann: Françoise! Wahrscheinlich war sie heute die Freundin eines amerikanischen Generals in Paris und hetzte ihn gebührend gegen die Deutschen auf. Aber selbst wenn man ihn gar nicht suchte – sobald er in Gefangenschaft geriet, brauchte es nur irgendeinem verrückten Franzosen einzufallen, ihn wegen eines Verbrechens, das er nie begangen hatte, anzuzeigen, und schon saß er drin. Dann konnte er lange seine Unschuld beteuern, wer würde ihm glauben? Und Zeugen hatte er keine. Außerdem, wer garantierte ihm, daß die Amerikaner nicht eine Million deutscher Kriegsgefangener an die Franzosen auslieferten, die sie dann erst mal ein paar Jahre in die Bergwerke stecken würden oder zerbombte Städte aufbauen ließen? Nur nicht in die Hände der Franzosen geraten! Lebendig würde er da nicht wieder herauskommen!

Und sterben wollte Christian nicht. Er hatte zuviel in den letzten fünf Jahren gelernt, um das alles jetzt einfach wegzuwerfen. Er konnte sich nach dem Krieg noch sehr nützlich machen. Zunächst galt es, die nächsten drei, vier Jahre unterzutauchen und sich bei den Siegern Liebkind zu machen. Zu Hause, in den Bergen, würden wahrscheinlich wieder die Touristen für die Skisaison eintreffen, womöglich würden die Amerikaner riesige Ferienlager einrichten, und wenn er Glück hatte, stellten sie ihn als Skilehrer an, und er hatte dann das Vergnügen, amerikanischen Leutnants den Stemmbogen beizubringen... Und später... Na ja, später würde man sehen. Für Männer, die so gut töten konnten und in der Behandlung von Soldatenhaufen Erfahrung hatten, wurde immer ein Brot gebacken. Hauptsache, er hielt sich gut bis dahin.

Er wußte nicht, wie es in seiner Heimatstadt aussah. Aber wenn es ihm gelang, noch vor den Besatzungstruppen dort einzutreffen, würde er einfach Zivil anziehen, und sein Vater würde schon irgendeine glaubhafte Geschichte erfinden ... Es war gar nicht so weit nach Tirol. Er befand sich jetzt tief im Bayerischen und konnte die Berge seiner Heimat schon am Horizont sehen. Der Krieg hat für mich einen vorteilhaften Verlauf genommen, dachte er mit einem grimmigen Lächeln. Das letzte Gefecht konnte vor der Haustür stattfinden.

Am Tor stand nur ein Posten, ein dicker, kleiner Mann von ungefähr fünfzig Jahren. Er kam sich sehr verlassen vor mit seiner Volkssturmarmbinde und seinem alten Gewehr. Der Volkssturm, dachte Christian verächtlich, das war auch so eine erbärmliche Idee. Unser Führer gibt allen Alten ein Heim, so hieß doch der Witz? Was hatten sie alles in den Zeitungen geschrieben und im Rundfunk gequasselt: Jeder Mann von fünfzehn bis siebzig werde zum Schutz seiner bedrohten Heimat jetzt wie ein rasender Löwe gegen die Eindringlinge kämpfen. Die breitarschigen, arterienverkalkten alten Herrn des Volkssturmes hatten aber offenbar noch nichts von dem rasenden Löwen gehört. Ein Schuß über ihre Köpfe hinweg, und ein ganzes Bataillon hob die Hände hoch. Auch wieder so ein Märchen – daß man fünfzigjährige Familienväter aus ihren Büros und Kinder von der Schulbank wegholen und in vierzehn Tagen Soldaten aus ihnen machen könne. Geschwätz, dachte Christian, und besah sich den dicken, kleinen Volkssturmmann in seiner schlecht sitzenden Uniform am Tor, Geschwätz hat sie alle besoffen gemacht. Mit Geschwätz und Wunschträumen gingen sie gegen Panzerdivisionen, Luftflotten und den ganzen Treibstoff der Welt, gegen Geschütze und die gesamte Munitionsproduktion der Welt an, mit Gequatsche und Märchen. Hardenburg hatte das schon lange gewußt, aber Hardenburg hatte sich umgebracht. Ja, ja, man wird wieder Verwendung finden, nach dem Krieg, für Männer, die sich nicht von Geschwätz besoffen machen lassen und die ein für allemal gegen Wunschträume unempfindlich sind.

»Heil Hitler!« sagte der Volkssturmmann verlegen.

Heil Hitler – wieder 'n Witz! Christian antwortete gar nicht.

»Was ist los hier?« fragte er.

»Wir warten«, antwortete der Volkssturmmann schulterzuckend.

»Auf was?«

Der Posten zuckte wieder die Schultern und grinste unbehaglich.

»Was gibt's Neues?« fragte er.

»Die Amerikaner haben sich ergeben«, sagte Christian. »Morgen kapitulieren die Russen.«

Einen Augenblick schien der Posten die Nachricht glauben zu wollen. Ein Hauch freudiger Überraschung glitt über sein Gesicht. Aber dann merkte er den Schwindel. »Du scheinst ja gut aufgelegt zu sein«, sagte er enttäuscht.

»Klar bin ich gut aufgelegt«, sagte Christian. »Ich komme eben aus meinem Frühjahrsurlaub zurück.«

»Glaubst du, daß die Amerikaner heute noch bis hierher kommen?« fragte der Posten ängstlich.

»Die können in zehn Minuten hier sein«, sagte Christian. »Oder in zehn Tagen, oder in zehn Wochen. Woher soll ich wissen, was die Amerikaner tun?«

»Hoffentlich kommen sie bald«, sagte der Posten. »Die sind besser als...«

Aha, der auch, dachte Christian. »Ich weiß«, sagte er kurz. »Besser als die Russen und besser als die Franzosen.«

»So sagen sie alle«, meinte der Posten.

»Mein Gott!« rief Christian und steckte die Nase in die Luft. »Wie kannst du bloß den Gestank aushalten?«

Der Posten nickte. »Schlimm, was?« sagte er. »Aber ich bin jetzt 'ne Woche hier und merke es kaum mehr.«

»Bloß 'ne Woche?« fragte Christian. »Ist das alles?«

»Vor uns lag ein ganzes SS-Bataillon hier, aber vor einer Woche sind sie abgezogen, und dafür sind wir eingesetzt worden. Wir sind nur eine Kompanie stark«, sagte der Posten sorgenvoll. »Können von Glück sagen, daß wir noch leben.«

»Was habt ihr da drin?« fragte Christian mit einer Handbewegung zum Lager hin.

»Och, das Übliche, Juden, Russen, Politische aus Jugoslawien und Griechenland und so was. Wir haben sie vor zwei Tagen in die Baracken eingeschlossen. Sie wissen, daß etwas vor sich geht, und fangen an, gefährlich zu werden. Wir sind ja nur eine einzige Kompanie; die könnten uns in 'ner Viertelstunde erledigen, wenn sie wollten. Vor 'ner Stunde haben sie noch einen Mordskrach gemacht.« Er drehte sich um und blickte zu den Baracken hinüber.

»Jetzt ist es mäuschenstill. Weiß der Teufel, was sie ausgeheckt haben.«

»Warum bleibt ihr denn hier?« fragte Christian neugierig.

Der Posten zuckte wieder die Schultern und grinste dumm. »Weiß nicht. Wir warten halt.«

»Mach's Tor auf«, sagte Christian. »Ich will rein.«

»Du willst rein?« fragte der Posten ungläubig. »Was willst 'n da?«

»Ich stelle 'ne Liste von Sommererholungsheimen für Kraft durch Freude zusammen«, sagte Christian. »Und euer Konzentrationslager ist mir ganz besonders empfohlen worden. Mach auf. Ich brauch' was zum Essen und will sehen, ob ich mir nicht 'n Fahrrad organisieren kann.«

Der Posten gab dem Mann auf dem Turm ein Zeichen, der Christian die ganze Zeit scharf beobachtet hatte. Langsam und knarrend öffnete sich das Tor.

»Mit 'nem Fahrrad wirst du kein Glück haben«, sagte der Volkssturmmann. »Die SS hat alles mitgenommen, was Räder hat.«

»Na, wollen mal sehen«, sagte Christian. Er schritt durch das doppelte Tor und ging tief in den Gestank hinein, auf das Verwaltungsgebäude zu, das im Tiroler Stil erbaut inmitten einer grünen Rasenfläche stand, von einem niederen weißen Steinmäuerchen umgeben und mit einer Fahnenstange davor, an der die Hakenkreuzflagge lustig im Morgenwind flatterte. Von den Baracken kam ein dumpfes, unverständliches Gemurmel. Die Fenster waren mit Brettern verschlagen, und auf dem Gelände war niemand zu sehen. Christian ging die sauber geschrubbten Stufen des Verwaltungsgebäudes hinauf und trat ein.

Er fand die Küche und ließ sich Wurst und Ersatzkaffee von einem mürrischen sechzigjährigen Koch geben, der ermunternd zu ihm sagte: »Iß dich nur ordentlich satt. Wer weiß, wann's wieder was zu essen gibt.«

In den Korridoren des Verwaltungsgebäudes drückte sich eine ganze Anzahl der schlecht uniformierten Volkssturmmänner herum. Sie hielten ihre Gewehre in der Hand, als ob sie heißes Eisen wären. Sie warteten auch wie der Posten am Tor und wußten nicht, worauf. Als Christian an ihnen vorüberging, schauten sie ihm nicht gerade freundlich nach. Seine Jugend gefiel ihnen nicht, und daß er den Krieg offenbar immer noch nicht verlorengab... Die Jugend, hatte Hitler immer geprahlt, sei seine große Stärke, und jetzt zeigte dieser letzte Kaffeesatz von Soldaten durch hämisches Grinsen, was sie von der großen Stärke der Jugend hielten, die sie bis hierher in den Dreck gebracht hatte.

Christian schritt sehr aufrecht und zackig, die Maschinenpistole an der Seite, das Gesicht kalt und streng, an den Männern in den Gängen vorbei. Er kam zum Büro des Kommandanten, klopfte an und trat ein. Ein Häftling in gestreiftem Anzug putzte den Fußboden, und im Vorzimmer saß ein Unteroffizier am Schreibtisch. Die Tür zum Zimmer des Lagerkommandanten stand offen, und der Kommandant winkte Christian herein, als er ihn sagen hörte: »Ich möchte den Kommandanten sprechen.«

Der Lagerkommandant war der älteste Leutnant, den Christian je in seinem Leben gesehen hatte. Er mochte weit über sechzig zählen, und sein Gesicht sah aus wie ein verschimmelter Käse.

»Nein, Fahrräder habe ich keine«, antwortete der Leutnant mit brüchiger Stimme auf Christians Frage. »Ich habe überhaupt nichts, nicht mal mehr Verpflegung. Die SS hat alles mitgenommen. Das einzige, was sie zurückgelassen hat, ist der Befehl, auszuharren. Gestern telefonierte ich mit Berlin, und irgend so ein Idiot sagte mir, wir sollten alle Häftlinge umbringen.« Der Leutnant lachte säuerlich. »Wenn es auch ein Nebenlager ist, so sind es immer noch viel zu viele. Sehr praktisch, diese Herren in Berlin.« Er starrte Christian an. »Sie kommen von der Front?«

Christian lächelte. »Front ist nicht gerade der richtige Ausdruck«, sagte er.

Der Leutnant seufzte, sein käsiges Gesicht war blaß und voller Falten. »Im letzten Krieg war alles anders«, sagte er. »Damals ging der Rückzug in tadelloser Ordnung vor sich. Meine Kompanie marschierte mit voller Ausrüstung in München ein. Es war eben doch alles viel ordentlicher.« In seiner Stimme schwang deutlich der Vorwurf gegen die jetzige Frontgeneration mit, die nicht einmal wußte, wie man einen Krieg ordentlich und geregelt verlor.

»Herr Leutnant, ich sehe, Sie können mir nicht helfen«, sagte Christian schließlich. »Ich werde also sehen, daß ich weiterkomme.«

»Sagen Sie«, fragte der Leutnant und versuchte, Christian noch ein bißchen aufzuhalten; offenbar fühlte er sich einsam in seinem hübschen Zimmer mit den sauberen Gardinen, dem schön überzogenen Sofa und dem blauen Alpenbild an der Wand. »Glauben Sie, daß die Amerikaner heute noch bis hierher kommen werden?«

»Ich habe keine Ahnung«, erwiderte Christian. »Haben Sie im Rundfunk nichts gehört?«

»Ach, der Rundfunk!« seufzte der Leutnant. »Das ist ja alles ein Durcheinander. Heute morgen kam aus Berlin das Gerücht, die Amerikaner und Russen bekämpften sich schon gegenseitig an der Elbe. Halten Sie das für möglich?« fragte er begierig. »Schließlich, wir wissen doch, es wird sich am Ende nicht vermeiden lassen...«

Der Wunschtraum wieder, dachte Christian, der ewige, selbstmörderische Wunschtraum. »Natürlich, Herr Leutnant«, sagte er, »würde mich gar nicht wundern.« Und er ging zur Tür, blieb aber stehen, als er den Lärm hörte.

Es war ein deutlich anschwellendes Gemurmel, das schnell näherkam und durch die offenen Fenster drang. Dann wurde das Murmeln von einigen scharfen Schüssen unterbrochen. Christian lief ans Fenster und sah hinaus. Zwei Männer in Uniform rannten keuchend auf das Verwaltungsgebäude zu. Christian sah, wie sie im Laufen die Gewehre wegwarfen. Es waren dicke Männer, die sich als Reklamefiguren für eine Münchner Brauerei gut geeignet hätten. Christian sah, daß ihnen das Laufen Mühe machte. Und hinter ihnen bog plötzlich ein Mann in gestreiftem Anzug um die Ecke einer Baracke, dann zwei, dann eine ganze Rotte von Häftlingen, die den beiden Volkssturmmännern nachrannten. Daher kam also das murmelnde Geräusch. Der erste Häftling bückte sich einen Augenblick und hob eines der weggeworfenen Gewehre auf. Er machte keine Anstalten, damit zu schießen, sondern trug es in der Hand, als er die Verfolgung der Posten wieder aufnahm. Es war ein großer Mann mit langen Beinen, der den fliehenden Posten rasch einholte. Er schwang das Gewehr wie einen Dreschflegel und schlug den Bierreklamemann nieder. Der zweite, als er sah, daß er das rettende Verwaltungsgebäude nicht mehr erreichen würde, legte sich einfach hin. Langsam, wie ein Elefant im Zirkus, kniete er zuerst nieder, streckte den Hintern in die Höhe und legte dann den Kopf auf die Erde. Der Häftling schwang wieder sein Gewehr und schlug ihn mit dem Kolben auf den Schädel.

»Um Gottes willen«, stöhnte der Leutnant hinter dem Vorhang am Fenster. Inzwischen war die Menge der Verfolger bei den beiden toten Posten angelangt. Sie standen um sie herum und begannen, auf den entseelten Körpern herumzutrampeln. Jeder versuchte, ihnen noch einen Tritt zu versetzen. Sie drängten sich vor und schoben einander beiseite, um an die Leichen heranzukommen. Das alles vollzog sich beinahe lautlos.

Der Leutnant trat vom Fenster zurück und lehnte sich geisterbleich an die Wand. »Um Gottes willen«, flüsterte er. »In zehn Minuten sind sie alle frei.«

Vom Tor her hörte man einige Schüsse fallen, und drei oder vier Häftlinge sanken zu Boden. Aber niemand kümmerte sich um sie. Der größte Teil der Menge bewegte sich, wie ein Bienenschwarm summend, auf das Tor zu. Aus den anderen Baracken quollen neue Haufen von Häftlingen. Es sah aus wie eine Herde Bullen in einem spanischen Stierkämpferfilm. Hin und wieder erwischten sie einen Posten und brachten ihn um.

Vom Gang draußen erklangen Schreie. Der Leutnant zog seine Pistole, und mit seinen schönen Erinnerungen an den geordneten Rückzug nach dem letzten Krieg im Herzen ging er hinaus, um seine Leute zusammenzurufen.

Christian trat vom Fenster zurück und überlegte sich, was zu tun war. Er verfluchte seinen Leichtsinn, in diese Falle gegangen zu sein. Nach allem, was er durchgemacht hatte, nach den vielen Einsätzen, den vielen Panzern, Geschützen, feindlichen Truppen, denen er gegenübergestanden hatte, mußte er ausgerechnet in diese Revolte hineinlaufen...

Er warf einen Blick ins Vorzimmer. Der Häftling, der den Fußboden geputzt hatte, war noch da. »Komm hier herein!« rief Christian im Befehlston. Der Häftling musterte ihn kalt, gehorchte aber. Christian schloß die Tür und besah sich den Häftling. Glücklicherweise hatte er ungefähr seine Größe. »Zieh deine Kluft aus!« befahl Christian kurz.

Widerspruchslos zog der Häftling die weite gestreifte Baumwolljacke aus und begann auch, die Hose auszuziehen. Draußen nahm der Lärm zu, und man hörte ununterbrochen Gewehrfeuer.

»Los, beeil dich!« schrie Christian den Mann an.

Der Häftling hatte die Hosen jetzt ausgezogen und stand in grobem, grauem Unterzeug da. »Komm her!« sagte Christian.

Langsam kam er näher und stellte sich vor Christian hin. Christian schwang seine Maschinenpistole und schlug dem Mann mit dem Lauf zwischen die Augen. Er taumelte einen Schritt zurück und fiel dann zu Boden. Auf der Stirn war beinahe keine Schramme zu sehen. Mit beiden Händen packte Christian ihn am Hals und schleppte ihn zu einem Schrank auf der anderen Seite des Zimmers. Er öffnete den Schrank und schob den Bewußtlosen hinein. Drin hingen ein Offiziersmantel und zwei Waffenröcke. Es roch ein bißchen nach Eau de Cologne.

Christian machte die Schranktür wieder zu und ging zu den am Boden liegenden Kleidern des Häftlings. Er fing schon an, seine Uniformjacke aufzuknöpfen, als der Lärm auf dem Gang draußen stärker wurde. Es blieb ihm daher keine Zeit, seine Uniform auszuziehen. Mit fliegenden Händen zog er die Häftlingshose über seine eigene, schlüpfte in die weite Jacke und knöpfte sie bis zum Hals zu. Rasch warf er einen Blick in den Spiegel an der Schranktür. Seine Uniform war nicht zu sehen. Nun blieb nur noch übrig, die MP zu verstecken. Ohne lange zu überlegen, warf er sie unter das Sofa. Dort würde man sie nicht so leicht finden. In seinem Koppel unter der gestreiften Jacke steckte für alle Fälle noch sein Grabenmesser. Die Jacke roch stark nach Chlor und Schweiß.

Christian trat ans Fenster. Unten sammelten sich immer neue Häftlinge an, die die Türen der Baracken aufgebrochen hatten. Wenn sie einen Posten fanden, töteten sie ihn, und Christian hörte Schüsse von der anderen Seite des Verwaltungsgebäudes. Auf dieser Seite jedoch, wo Christian hinschaute, war noch alles ruhig. Einige Häftlinge sprengten die Doppeltür eines scheunenartigen Gebäudes, das sich in etwa hundert Meter Entfernung befand. Als die Tür krachend aufgerissen worden war, strömte ein Haufen Häftlinge in das Gebäude hinein und kam mit rohen Kartoffeln und Mehl in den Händen wieder zum Vorschein. Sie verschlangen gierig das trockene Mehl und verschmierten sich dabei Gesicht und Hände, so daß sie wie gepudert aussahen. Christian bemerkte einen baumlangen Kerl, der einen Wachmann am Boden zwischen den Knien festhielt und würgte. Plötzlich ließ er den Mann, der noch lebte, los und rannte zu dem Proviantschuppen. Eine Minute später sah Christian ihn mit den Händen voll Kartoffeln wieder herauskommen.

Christian öffnete das Fenster und schwang sich ohne langes Besinnen hinaus. Einen Augenblick hielt er sich am Sims fest und ließ sich dann fallen. Er sackte in die Knie, stand aber sofort wieder auf den Beinen. Hunderte von Männern umringten ihn, die genauso angezogen waren wie er, und das Gebrüll und der Gestank machten ihn fast rasend.

Christian drängte sich zwischen den Häftlingen durch und ging um die Ecke des Verwaltungsgebäudes auf das Eingangstor zu. Ein hagerer Mann, dessen eine Augenhöhle leer war, lehnte an der Wand. Er blickte Christian scharf an und schickte sich an, hinter ihm herzugehen. Christian fühlte die mißtrauischen Blicke des Einäugigen in seinem Rücken und versuchte, so schnell wie möglich, ohne Aufsehen zu erregen, aus der Gefahrenzone herauszukommen. Aber das Gedränge vor dem Verwaltungsgebäude war stärker geworden, und der Einäugige ließ sich nicht abschütteln.

Die Wachmannschaften im Verwaltungsgebäude hatten inzwischen die Waffen gestreckt und kamen paarweise heraus. Einen Augenblick herrschte eine beängstigende Stille unter den befreiten Häftlingen, die ihre früheren Peiniger nur wortlos anstarrten. Dann zog ein großer, glatzköpfiger Mann plötzlich ein verrostetes Taschenmesser hervor. Er rief etwas auf polnisch, packte den nächsten Volkssturmmann und setzte ihm das Messer an die Kehle. Da das Messer sehr stumpf war, dauerte es lange. Das Opfer, das von ihm abgeschlachtet wurde, wehrte sich nicht und gab keinen Laut von sich. Folterung und Tod schienen hier als etwas ganz Selbstverständliches zu gelten. Man machte keinerlei Aufhebens davon. Außerdem war die Zwecklosigkeit, um Gnade zu bitten, in diesem Lager allen schon so oft vor Augen geführt worden, daß keiner mehr auf den Gedanken kam, es mit Flehen zu versuchen. Der Posten, ein Mann Mitte der Vierzig, der wie ein Buchhalter aussah, klammerte sich nur an den Mann, der ihm den Hals mehr durchsägte als schnitt, und starrte ihn mit weit aufgerissenen Augen an, bis das rostige

Messer endlich die Halsader durchschnitten hatte. Dann sank er zu Boden.

Das war das Signal für die Hinrichtung der anderen Wachmänner. Da die Häftlinge wenig Waffen besaßen, wurden die meisten zu Tode getrampelt. Christian sah zu und nahm sich zusammen, kein Zeichen der Erregung von sich zu geben, um sich nicht zu verraten. Denn der Einäugige stand unmittelbar hinter ihm, er lehnte sich gegen Christians Schulter.

»Du...« sagte der Einäugige. Christian fühlte, wie dessen Hand über seine Schulter streifte und durch den Stoff nach seinen Schulterstücken. »Ich muß mit dir reden...«

Plötzlich bewegte sich Christian nach vorn. Der alte Lagerkommandant lehnte an der Wand in der Nähe der Eingangstür zum Verwaltungsgebäude. Man hatte sich bis jetzt nicht an ihm vergriffen. Er stand da und bewegte seine Hände ängstlich und abwehrend. Die Männer vor ihm, verhungert und schwach, schienen im Augenblick zu erschöpft, um ihn zu töten. Christian drängte sich durch die Menge der Häftlinge und packte den Kommandanten an der Gurgel.

»O Gott«, schrie der alte Mann laut. Der Ruf klang sonderbar, weil das Töten der anderen sich bis jetzt beinahe lautlos abgespielt hatte. Christian zog sein Messer heraus. Und während er den Kommandanten mit der einen Hand gegen die Wand drückte, schnitt er ihm die Kehle durch. Der Mann gab einen gurgelnden Ton von sich, dann entrang sich ein Schrei seinen Lippen. Christian wischte sein Messer an der Uniform des Kommandanten ab und ließ ihn fallen. Jetzt schaute sich Christian vorsichtig um, ob der Einäugige ihn immer noch beobachtete. Aber der Einäugige war verschwunden. Er war offenbar zufrieden.

Christian seufzte und ging, immer noch das Messer in der Hand, durch die Halle des Verwaltungsgebäudes in den ersten Stock zum Kommandantenzimmer hinauf. Auf der Treppe lagen tote Wachmänner; Häftlinge warfen Schreibtische um, rissen die Papiere heraus und warfen sie umher. Drei oder vier Leute standen im Büro des Kommandanten. Die Schranktür war offen, und der Häftling in Unterhosen, den Christian bewußtlos geschlagen hatte, lag immer noch im Schrank. Die Häftlinge tranken umschichtig Kognak aus einer Flasche auf dem Schreibtisch des Kommandanten. Als die Flasche leer war, warf einer der Männer sie gegen das blaue Alpenbild an der Wand.

Um Christian kümmerte sich niemand. Er bückte sich und holte seine Maschinenpistole unter dem Sofa hervor.

Dann ging er in die Halle hinunter und durch das Gedränge der Häftlinge dem Ausgang des Verwaltungsgebäudes zu. Viele der Häftlinge hatten jetzt Waffen, so daß Christian es ohne weiteres wagen konnte, seine Maschinenpistole offen zu tragen. Er ließ sich langsam treiben, blieb immer in einer Gruppe, nie allein, so daß dem scharfen Auge irgendeines mißtrauischen Häftlings nicht sein langes Haar und sein besserer Gesundheitszustand auffiel.

Und so kam er glücklich zum Ausgang. Der kleine, dicke Posten, der ihn begrüßt und eingelassen hatte, hing tot zwischen dem Stacheldraht. Auf seinem Gesicht lag ein zufriedenes Lächeln. Am Tor standen viele Häftlinge, aber sehr wenige gingen hinaus. Sie schienen der Meinung zu sein, an diesem Tag genug vollbracht zu haben. Sie lungerten lediglich an dem offenen Tor herum, blickten in die frühlingsgrüne Landschaft hinaus und die Landstraße hinunter, wo die Amerikaner bald kommen mußten, um ihnen zu sagen, was weiter zu geschehen habe. Oder vielleicht waren sie gefühlsmäßig so sehr mit diesem Lager verbunden, daß sie sich an den Gedanken, frei zu sein, erst langsam gewöhnen mußten.

Christian drängte sich durch den Knäuel der Männer, die den toten Volkssturmmann umstanden. Die Maschinenpistole an der Seite, schritt er aufrecht die Straße hinunter, in Richtung der heranrückenden Amerikaner. Er wagte nicht, sich in der anderen Richtung zu entfernen, tiefer nach Deutschland hinein, weil er fürchtete, daß einer der Häftlinge am Tor Verdacht schöpfen könnte.

Christian ging schnell, ein bißchen hinkend, auf der Straße dahin. Er sog mit Behagen die frische Frühlingsluft ein, um den Gestank des Lagers aus der Nase zu bekommen. Obgleich er sehr müde war, verlangsamte er seine Schritte nicht. Sobald er außer Sicht des Lagers war, wandte er sich von der Straße ab und ging in weitem Bogen über die Felder um das Lager herum. Er gelangte durch einen Wald, roch den frischen Tannengeruch und sah die kleinen roten und rosa Waldblumen im Moos zu seinen Füßen. Und als er aus dem Dickicht herausschritt, entdeckte er vor sich eine Straße, menschenleer und von zitternden Sonnenstrahlen beschienen. Aber er war zu müde, noch weiter zu gehen. Er zog den nach Chlor und Schweiß riechenden Häftlingsanzug aus, wickelte ihn zusammen und warf ihn unter einen Busch. Dann legte er sich nieder und benützte eine Baumwurzel als Kopfkissen. Das junge Gras des Waldbodens roch frisch und grün. In den Zweigen über seinem Kopf zwitscherten zwei Vögel und flatterten im Sonnenlicht munter von Ast zu Ast. Christian seufzte tief und streckte sich aus. Bald war er eingeschlafen.

38. Kapitel

Die Männer auf den Lastwagen verstummten, als die Wagen vor dem offenen Tor auffuhren. Der Gestank allein hätte genügt, die Leute zum Schweigen zu bringen. Doch da war auch noch der Anblick der Leichen vor dem Tor und im Stacheldraht und die heranrollende Welle von Vogelscheuchen in ihren schmutzigen, gestreiften Anzügen, die die Lastwagen und Hauptmann Greens Jeep wie eine zähflüssige Masse umbrandete.

Sie machten nicht viel Lärm. Einige von ihnen schluchzten, andere versuchten zu lächeln, aber beides veränderte den Ausdruck ihrer totenkopfähnlichen Gesichter mit den starren, tiefliegenden Augen nicht viel. Es schien, als seien diese Geschöpfe schon zu tief auf die Ebene tierischer Verzweiflung gesunken, als daß sie solche menschlichen Regungen wie Willkommensgrüße, Schmerz oder Glück im Augenblick auszudrücken vermocht hätten. Michael bemerkte zwar, daß der eine oder andere zu lächeln glaubte, aber es gehörte schon eine große Portion Einfühlungsvermögen dazu, die Grimasse als Lächeln zu erkennen.

Sie sagten zuerst nichts. Sie berührten mit ihren Fingern nur die Dinge um sie herum – das Metall der Lastwagen, die Uniformen der Soldaten, die Gewehrläufe –, als könnten sie auf dem Umweg über ihre Fingerspitzen erst diese neue und ungewohnte Wirklichkeit kennenlernen.

Hauptmann Green ließ die Wagen vor dem Tor stehen, stellte Wachen davor und führte die Kompanie langsam durch das bienenstockartige Summen des befreiten Häftlingsschwarms in das Lager. Michael und Noah marschierten direkt hinter Green, als dieser durch den Eingang der ersten Baracke trat. Die Tür war aus der Füllung gerissen worden, und beinahe alle Fenster waren zerbrochen. Trotzdem war der Gestank unerträglich. In dem Halbdunkel der Baracke, das nur gelegentlich von einem vereinzelt hereindringenden Sonnenstrahl durchbrochen wurde, sah Michael die knochigen Menschenhaufen. Das schlimmste war, daß sich aus den Haufen heraus manchmal etwas regte; ein dürrer Arm winkte kraftlos, oder ein Paar Augenlider hoben sich in einem ausgemergelten Gesicht, ein Paar Lippen bewegten sich an einem Totenschädel. In der Tiefe der Baracke löste sich plötzlich eine Gestalt von ihrem Lumpenlager und kam langsam auf Händen und

Füßen auf den Eingang zugekrochen. In der Nähe stand ein Mann auf und schleppte sich, Schritt für Schritt wie eine Marionette, auf Green zu. Michael glaubte, in seinen Zügen ein verzerrtes Lächeln wahrzunehmen, als der Mann die Hand zum Gruß ausstreckte. Aber auf halbem Wege verließen ihn die Kräfte. Er sank zu Boden, die Hand immer noch ausgestreckt. Als Michael sich über ihn beugte, sah er, daß der Mann tot war.

Im Mittelpunkt der Welt, klang es immer wieder im Innern Michaels, während er über den Toten gebeugt stand, ich bin jetzt im Mittelpunkt der Welt, im Mittelpunkt der Welt.

Der Tote, der mit ausgestreckter Hand auf dem schmutzigen Boden lag, war zwei Meter groß. Er war beinahe nackt, und man konnte jeden Knochen unter seiner Haut zählen. Er konnte nicht mehr als achtzig Pfund wiegen, und da er nur noch aus Haut und Knochen bestand, wirkte er um so größer und unnatürlicher in seiner Magerkeit.

Draußen ertönten Schüsse, Green verließ die Baracke, und Michael und Noah folgten ihm auf dem Fuß. Zweiunddreißig Wachmannschaften hatten sich im Krematorium verschanzt. Als sie die Amerikaner sahen, hatten sie die Waffen gestreckt, und Crane hatte versucht, sie allesamt zu erschießen. Zwei der Volkssturmmänner hatte er verwundet, als Houlihan herbeieilte und ihm das Gewehr entriß. Einer der Verwundeten hockte weinend auf der Erde und hielt die Hand vor den Bauch, aus dem das Blut herausströmte. Er war ungeheuer dick, mit Fettrollen im Nacken, und sah wie ein rosiges, verzogenes Kind aus.

Crane stand keuchend da, zwei seiner Kameraden hielten ihm die Arme fest, er rollte die Augen wie ein Wahnsinniger. Als Green befahl, daß die Wachmannschaften vorläufig in das Verwaltungsgebäude gesperrt werden sollten, gab Crane dem Verwundeten noch einen Fußtritt. Der Dicke heulte laut auf, und vier Mann mußten ihn in das Verwaltungsgebäude tragen.

Viel konnte Green unter den Umständen nicht tun. Aber er schlug sein Hauptquartier im Zimmer des früheren Lagerkommandanten im Verwaltungsgebäude auf und erließ sofort eine Reihe klarer, einfacher Anordnungen, als ob es zu den täglichen Obliegenheiten eines amerikanischen Infanteriehauptmanns gehörte, in eine aus den Angeln gehobene Welt einzudringen und sie wieder in Ordnung zu bringen. Er schickte seinen Jeep zurück, um Sanitätspersonal und einen Lastwagen voll Verpflegung heranzuholen. Den gesamten Verpflegungsbestand der Kompanie ließ er abladen und in das Verwaltungsgebäude bringen und gab strengen Befehl, nur an die schwersten Fälle des Lagers, die dem Hungertod nahe waren, Verpflegung auszugeben. Die deutsche

Wachmannschaft ließ er in den hintersten Raum des Verwaltungsgebäudes im ersten Stock, seinem Zimmer gegenüber, sperren, so daß ihnen von seinen eigenen Leuten nichts angetan werden konnte.

Michael, der mit Noah von Green zum Meldegänger bestimmt worden war, hörte, wie sich einer der deutschen Posten in gutem Englisch bei Pfeiffer, der ihm das Gewehr vorhielt, beklagte, daß die Behandlung der Wachmannschaft durch die Amerikaner schrecklich ungerecht sei. Schließlich seien sie erst vor einer Woche zur Bewachung des Lagers eingesetzt worden und sie hätten keinem Häftling auch nur ein Haar gekrümmt, und die Männer des SS-Bataillons, die das Lager seit Jahren unter sich gehabt hätten, seien für die Folterungen und schlechte Behandlung der Häftlinge verantwortlich. Und die gingen jetzt womöglich straffrei aus, säßen in diesem Augenblick in einem amerikanischen Gefangenenlager und kriegten Orangensaft zu trinken. Sicherlich lag einige Berechtigung in der Beschwerde des Volkssturmmannes, aber Pfeiffer antwortete nur: »Halt dein Maul, oder ich schlage dir die Zähne ein.« Die befreiten Häftlinge versuchten von sich aus eine gewisse Ordnung zu schaffen. Im geheimen hatten sie schon vor einer Woche alles vorbereitet. Sie hatten einen Ausschuß und einen Vorsitzenden gewählt. Green ließ den Vorsitzenden kommen, einen kleinen, mageren Mann von etwa fünfzig Jahren, der Englisch mit einem merkwürdigen Akzent und in gestelzten Wendungen sprach. Er hieß Zoloom und war vor dem Krieg im albanischen Auswärtigen Amt tätig gewesen. Er erzählte Green, daß er dreieinhalb Jahre im Lager zugebracht hatte. Er war völlig kahl, und seine kleinen, hervorstehenden Augen saßen in einem kugelförmigen Kopf. Er besaß unter den Häftlingen Autorität und bedeutete für Green eine erhebliche Hilfe in der Aufstellung von Arbeitskolonnen unter den noch einigermaßen gesunden Lagerinsassen zur Wegräumung der Toten und zur Einteilung der Kranken in ernste, weniger ernste und leichte Fälle. Green ordnete an, daß nur die ernsten Fälle aus den Beständen der Kompanie verpflegt werden durften. Die Sterbenden bettete man im Freien auf die Seite der Lagerstraße, wo sie unter den milden Strahlen der Frühlingssonne ihr Leben aushauchen konnten.

Als der Nachmittag mit diesen Arbeiten zur Neige ging und Michael allenthalben die Ansätze von Ordnung bemerkte, die Green auf seine ruhige, unauffällige Art im Lager zustande gebracht hatte, empfand er große Achtung für den kleinen zerknitterten Hauptmann mit der hohen Mädchenstimme. Alles in Green war dehnbar, stellte Michael fest. Für ihn gab es nichts, nicht einmal die ungeheure Wüste von Verzweiflung und Verwirrung, die die Deutschen am Ende ihres tausendjährigen Reiches zurückgelassen hatten, was sich nicht mit Geduld, Tüchtigkeit und zäher Arbeit wieder einrenken ließ. Wenn Michael Green beobachtete, wie er seine kurzen und klaren Befehle an den Albaner, an Feldwebel Houlihan, an die Polen und Russen und Juden und deutschen Kommunisten ausgab, hatte er das sichere Gefühl, daß Green sich des Außerordentlichen seiner Lage nicht einmal bewußt war. Hätte man ihn darauf aufmerksam gemacht, so hätte er erstaunt geäußert, daß jeder Kadett der Infanterie-Offiziersschule von Fort Benning an seiner Stelle genauso handeln würde.

Während Michael zusah, wie Green ruhig und umsichtig die nötigen Maßnahmen traf, als ob er in einer Schreibstube in Georgia Marschbefehle ausstellte, war er froh, daß er nie einen Offizierskurs mitgemacht hatte. Ich wäre der Lage nie gewachsen gewesen, dachte er. Ich hätte einfach an meinem Schreibtisch gesessen, hätte das Gesicht in die Hände gestützt und vor Ratlosigkeit geweint, bis sie mich weggeholt hätten. Green weinte nicht. Im Gegenteil: Je mehr der Nachmittag vorschritt, desto schärfer wurde seine Stimme, die ohnehin den ganzen Tag für niemanden viel Sympathie ausgedrückt hatte, desto kürzer und militärischer und unpersönlicher lauteten seine Befehle.

Auch seinen Freund Noah beobachtete Michael genau. Der Ausdruck auf seinem Gesicht änderte sich nie. Es war ein Ausdruck nachdenklicher, kühler Zurückhaltung, und Michael merkte, daß Noah sich an diesen Ausdruck klammerte, wie ein Mann sich an ein teures Kleidungsstück klammert, das er von seinen letzten Ersparnissen gekauft hat und von dem er sich unter keinen Umständen trennen will. Nur ein einziges Mal an diesem Nachmittag, als Michael und Noah auf einem Meldegang für Hauptmann Green an der langen Reihe auf der Lagerstraße liegender Häftlinge vorüberkamen, für die es keine Hilfe mehr gab, blieb Noah einen Augenblick stehen. Er starrte die ausgemergelten, knochigen, mit Geschwüren bedeckten, halbnackten Gestalten an, und über sein Gesicht huschte ein Zucken, und die gekünstelte Ruhe war beinahe dahin... Aber es gelang ihm, sich zu beherrschen. Er schloß rasch die Augen, wischte sich mit dem Handrücken über den Mund und sagte im Weitergehen: »Los, weiter. Wozu bleiben wir hier stehen?« Wieder im Büro des Kommandanten, sahen sie, wie ein alter Mann zum Hauptmann geführt wurde. Jedenfalls sah er alt aus. Er ging gebückt, und seine langen Hände waren gelb und durchsichtig. Andererseits konnte man es nie wissen, denn beinahe alle Häftlinge im Lager sahen alt oder alterslos aus.

»Ich heiße Joseph Silverson«, sagte der alte Mann in langsamem Englisch. »Ich bin Rabbi, der einzige Rabbi im Lager...«

»Ja?« fragte Hauptmann Green kurz. Er sah nicht von dem Papier auf, auf dem er schrieb. Es war eine Liste dringend benötigter Arzneimittel.

»Ich will Sie nicht stören, Herr Offizier«, sagte der Rabbi, »aber ich möchte eine Bitte vortragen.«

»Ja?« Green schaute immer noch nicht auf. Er hatte den Helm abgenommen und seine Feldbluse ausgezogen. Er sah wie der vielbeschäftigte Büroangestellte eines Warenhauses aus, der Rechnungen nachprüft.

Langsam und schüchtern fuhr der Rabbi fort: »Viele tausend Juden sind in diesem Lager gestorben und mehrere hundert werden heute, morgen und übermorgen noch sterben.« Mit einer Handbewegung deutete der Rabbi zum Fenster hinaus, wo unten die hoffnungslosen Kranken in einer Reihe lagen.

»Das tut mir leid, Rabbi«, sagte Green. »Ich tue, was in meinen Kräften steht.«

»O ja«, der Rabbi nickte hastig. »Das weiß ich. Man kann den Armen nicht mehr helfen. Man kann nichts mehr für ihr körperliches Wohl tun, das ist klar. Wir alle verstehen das. Selbst die Sterbenden verstehen es. Sie sind bereits im Schatten des Todes, und alle unsere Anstrengungen müssen den Lebenden gelten. Sie sind dabei noch nicht einmal unglücklich. Es ist eine große Freude für sie, in Freiheit sterben zu dürfen. Ich bitte Sie um ein großes Geschenk.« Michael merkte, daß der Rabbi zu lächeln versuchte. Seine großen, tiefliegenden Augen glühten in seinem schmalen Gesicht unter der hohen Stirn. Wieder mit einer Handbewegung zum Fenster hin fuhr er fort: »Ich bitte Sie um die Erlaubnis, einen Gottesdienst für uns alle, die Lebenden und die hoffnungslos Kranken, draußen abhalten zu dürfen. Einen Gottesdienst im Namen der Toten, die hier im Lager umgekommen sind.«

Michael sah dabei Noah an. Noah musterte Hauptmann Green aufmerksam und kühl.

Hauptmann Green hatte bis jetzt noch nicht aufgesehen. Er hatte aufgehört zu schreiben, aber er saß mit gebeugtem Kopf über seinem Papier, als ob er eingeschlafen wäre.

»Noch nie ist in diesem Lager für uns ein Gottesdienst abgehalten worden«, sagte der Rabbi mit leiser Stimme. »Obwohl Tausende von uns hier gestorben sind.«

»Gestatten Sie«, mischte sich der albanische Diplomat ein, der sich bei der Ausführung der Anordnungen Greens so hilfreich erwiesen hatte. Er war an die Seite des Rabbis getreten und stand vor dem Schreibtisch des Hauptmanns und redete sehr schnell, gewandt und klar auf Green ein. »Ich möchte mich nicht einmischen, Herr Hauptmann. Ich begreife die Bitte des Rabbis vollkommen, aber ich halte den jetzigen Zeitpunkt für nicht geeignet. Ich bin Europäer und lange genug in diesem Lager gewesen, um manches vielleicht besser beurteilen zu können als der Herr Hauptmann. Wie ich sagte, ich möchte mich nicht einmischen, aber ich halte es nicht für ratsam, die Erlaubnis für einen öffentlich abzuhaltenden hebräischen Gottesdienst im Lager zu erteilen.« Der Albaner schwieg und wartete auf Greens Antwort. Aber Green sagte nichts. Er saß am Schreibtisch, nickte ein bißchen und sah aus, als wäre er gerade dabei, aufzuwachen.

»Vielleicht kennt der Herr Hauptmann die augenblickliche Stimmung nicht«, fuhr der Albaner rasch fort. »Die Stimmung in Europa. In so einem Lager. Ob nun berechtigt oder nicht«, sagte er ölig-verschlagen, »die Stimmung ist nun einmal vorhanden. Sie ist eine Tatsache, mit der man rechnen muß. Wenn Sie diesem Herrn die Erlaubnis zur Abhaltung eines Gottesdienstes geben, kann ich für die Folgen nicht einstehen. Ich muß Sie warnen. Ich fürchte, es wird ein allgemeiner Tumult entstehen, und Gewalttätigkeiten, ja Blutvergießen sind wahrscheinlich unvermeidlich. Die anderen Häftlinge werden das nicht dulden...«

»Die anderen Häftlinge werden das nicht dulden«, wiederholte Green leise und ohne Ausdruck in der Stimme.

»Nein, Herr Hauptmann«, sagte der Albaner, mutig geworden. »Ich garantiere, daß die anderen Häftlinge den Gottesdienst nicht dulden werden.«

Michael sah Noah an. Der künstliche Ausdruck von Zurückhaltung und Kühle verschwand von seinem Gesicht, und jähes Erschrecken, ja Verzweiflung malte sich auf seinen Zügen.

Green erhob sich. »Nun will ich Ihnen auch etwas garantieren«, sagte er zu dem Rabbi. »Ich garantiere Ihnen, daß Sie Ihren Gottesdienst in einer Stunde auf dem Platz da unten abhalten werden. Ich garantiere Ihnen außerdem, daß auf dem Dach dieses Gebäudes Maschinengewehre aufgestellt sein werden, und ich garantiere Ihnen weiter, daß jeder, der auch nur den geringsten Versuch unternimmt, Ihren Gottesdienst zu stören, von diesen Maschinengewehren niedergeschossen wird.« Dann wandte er sich an den Albaner. »Und schließlich garantiere ich Ihnen«, sagte er, »daß, wenn Sie sich je wieder in diesem Zimmer sehen lassen, ich Sie sofort einsperren lasse. Sie können gehen, das ist alles.«

Rasch verließ der Albaner das Zimmer. Michael hörte ihn den Gang hinuntergehen.

Der Rabbi verbeugte sich tief. »Ich danke Ihnen vielmals, Herr Hauptmann«, sagte er zu Green.

Green reichte ihm die Hand. Der Rabbi schüttelte sie, wandte sich um und ging hinaus. Green stand da und blickte abwesend zum Fenster hinaus.

Dann sah er Noah an. Noah hatte seine Fassung wiedererlangt und stand beherrscht und ruhig da.

»Ackerman«, sagte Green kurz, »ich glaube, wir brauchen Sie die nächsten paar Stunden nicht hier. Wie wär's, wenn Sie mit Whitacre einen kleinen Spaziergang machten? Außerhalb des Lagers. Wird Ihnen guttun.«

»Danke, Sir«, sagte Noah und ging hinaus.

»Whitacre«, sagte Green mit müder Stimme und starrte immer noch zum Fenster hinaus. »Passen Sie auf ihn auf.«

»Ja, Sir«, sagte Michael und ging Noah nach.

Schweigend gingen Noah und Michael durch den Spätnachmittag. Die Sonne stand schon tief und warf lange rote Schatten über das Hügelland. Sie kamen an einem Bauernhof vorüber, der etwas abseits der Straße lag. Nichts regte sich. Verträumt lag das Anwesen in den Strahlen der Abendsonne. Das Haus war anscheinend vor kurzem neu verputzt worden. Die Wand zur Straßenseite war blendend weiß. In den letzten Sonnenstrahlen waren die Mauern von einem hellen Blau übergossen. Hoch oben am Himmel zog eine Staffel Kampfflugzeuge ihrem Heimatflughafen zu. Ihre Tragflächen glänzten silbern im Abendlicht.

An die eine Seite der Straße schloß sich ein Wald an, starke, hohe Tannen und Buchen, deren Stämme sich schwarz von dem frischen Frühlingsgrün ihrer Kronen abhoben. Das Sonnenlicht stahl sich durch das Blätterwerk und fiel auf die jungen Bäume und das Gras zwischen den Bäumen. Das Lager lag hinter ihnen, und sie atmeten mit Genuß die würzige Waldluft ein. Die Gummisohlen ihrer Militärstiefel schlurften über die von Wassergräben eingefaßte schmale Asphaltstraße. Schweigend gingen sie an einem zweiten Bauernhaus vorüber. Es lag ebenfalls völlig ausgestorben und mit geschlossenen Fensterläden da, aber Michael hatte das Gefühl, daß man sie hinter den Läden beobachtete. Er empfand keinerlei Furcht. Die einzigen Überlebenden in Deutschland schienen Millionen Kinder zu sein und alte Frauen und verkrüppelte Soldaten. Eine höfliche und unkriegerische Bevölkerung, die freundlich den Jeeps und Panzern der Amerikaner wie den Lastwagen zuwinkte, auf denen deutsche Gefangene abtransportiert wurden.

Drei Gänse watschelten im Staub des Bauernhofes vorüber. Weihnachtsbraten, dachte Michael träge, mit Austernfüllung und Jam. Nicht schlecht. Dabei fiel ihm Luchows Restaurant in der 14. Straße in New York ein, mit den Szenenbildern aus Wagneropern an den Wänden. Hinter dem Bauernhaus zog sich dichter Wald an beiden Seiten der Straße entlang. Hohe Bäume standen in dem moderndem Laub vergangener Jahre, und über allem hing der Duft des Frühlings.

Bisher hatte sich Noah schweigend verhalten, und Michael wunderte sich, als Noah auf einmal zu sprechen anfing: »Wie fühlst du dich?« fragte er.

Michael überlegte einen Augenblick. »Tot«, sagte er dann, »tot, verwundet und vermißt.«

Sie gingen weiter. »Es war ziemlich schlimm, nicht?« sagte Noah.

»Sehr schlimm.«

»Man hat immer gewußt, daß es schlimm sein würde«, meinte Noah. »Aber man hat es sich nie richtig vorstellen können.«

»Nein«, sagte Michael.

»Und das sind Menschen...« Sie wanderten weiter und hörten auf das schlurfende Geräusch ihrer Gummisohlen auf der Straße tief in Deutschland, an dem Frühlingsnachmittag, zwischen den schönen, sprießenden Bäumen. »Ich hatte einen Onkel«, sagte Noah, »Bruder meines Vaters, der war in so einem Lager. Hast du die Verbrennungsöfen gesehen?«

»Ja«, sagte Michael.

»Ich habe ihn nicht gekannt; meinen Onkel, meine ich«, fuhr Noah fort. Seine Hand umspannte den Gewehrriemen, und er sah wie ein kleiner Junge aus, der von einer Kaninchenjagd kommt. »Er hat mit meinem Vater Streit gehabt, 1905, in Odessa. Mein Vater war ein Dummkopf, aber solche Sachen waren ihm bekannt. Er kam aus Europa. Hab' ich dir schon mal von meinem Vater erzählt?«

»Nein«, antwortete Michael.

»Tot, verwundet, vermißt«, sagte Noah leise. Sie gingen im gleichmäßigen Soldatentrott weiter, nicht schnell, aber stetig. »Weißt du noch«, fragte Noah, »was du damals in dem Sammellager bei Paris gesagt hast? Fünf Jahre nach dem Krieg würden wir mit Bedauern an jede Kugel zurückdenken, die uns verfehlt hat.«

»Ja«, sagte Michael. »Ich weiß noch.«

»Und wie denkst du jetzt darüber?«

Michael zögerte. »Ich weiß nicht«, erwiderte er dann ehrlich.

»Heute nachmittag«, sagte Noah, »hab' ich dir recht gegeben. Als der Albaner sprach, war ich ganz deiner Meinung. Nicht weil ich Jude bin. Wenigstens glaube ich nicht, daß das der Grund war. Als

Mensch... Als der Albaner zu reden anfing, war ich drauf und dran, hinauszugehen und mir eine Kugel durch den Kopf zu schießen.«

»Ich weiß«, sagte Michael. »Ich war auch soweit.«

»Dann sagte Green, was er sagen mußte«, fuhr Noah fort, blieb stehen und sah zu den Baumkronen empor, den golden glänzenden, grünen Baumkronen. »Ich garantiere... ich garantiere...« Und er seufzte. »Ich weiß nicht, ob du der gleichen Ansicht bist, aber ich setze auf Leute wie Hauptmann Green meine ganze Hoffnung.«

»Ich auch«, sagte Michael.

»Nach dem Krieg«, sagte Noah mit erhobener Stimme, »werden Leute wie Green die Welt regieren und nicht solche wie dieser verfluchte Albaner...«

»Hoffentlich«, sagte Michael.

»Menschen werden die Welt regieren, nicht Bestien!« schrie Noah jetzt. Er blieb mitten auf der Straße stehen und schrie zu den vom Sonnenlicht umspielten Zweigen der deutschen Tannen hinauf. »Menschen! Es gibt einen ganzen Haufen Hauptmann Greens in der Welt. Er ist keine Ausnahme, 's gibt Millionen wie ihn!« Noah stand aufrecht da, den Kopf zurückgeworfen, und schrie seine Worte in den Wald, als müßte er sich endlich Luft machen, nachdem er monatelang seine Gedanken gewaltsam unterdrückt hatte. »Menschen!« schrie er wieder, als berge dieses Wort eine Zauberformel gegen Tod und Leiden in sich, einen Schutzschild für Frau und Sohn, einen verspäteten Lohn für die Mühsal der vergangenen Jahre und eine Garantie für die Zukunft... »Die Welt ist voll Menschlichkeit!«

Dann hallten die Schüsse.

Christian hatte fünf oder sechs Minuten wach gelegen, ehe die Stimmen an sein Ohr drangen. Er hatte tief geschlafen, und als er aufwachte, sah er sofort an der Länge der Schatten, daß es später Nachmittag sein mußte. Aber er war noch zu müde, gleich aufzustehen. Er hatte weiter auf dem Rücken gelegen und zu dem grünen Baumdach über sich hinaufgeblickt, hatte den Geräuschen des Waldes gelauscht, dem Frühlingssummen der Insekten, dem Zwitschern der Vögel in den Baumkronen und dem leisen Rauschen des Windes im Blätterwerk. Eine Fliegerstaffel war vorübergedonnert. Er konnte sie zwar durch die Bäume nicht sehen, aber das Dröhnen der Motoren lenkte seine Gedanken wieder auf die technische Übermacht der Amerikaner in diesem Krieg. Kein Wunder, daß sie gesiegt hatten. Als Soldaten taugten sie nicht viel, stellte er zum hundertstenmal fest; aber was schadet das? Mit diesen Riesenmengen von Flugzeugen und Panzern könnte ein Heer alter Weiber und Veteranen aus dem Siebzigerkrieg den Krieg gewinnen. Wenn wir nur ein Drittel dieser Ausrüstung gehabt hätten, dachte er, sich selbst bemitleidend, hätten wir den Krieg schon vor drei Jahren gewonnen. Der elende Leutnant da hinten im Lager hatte sich auch noch beklagt, daß wir den Krieg nicht ordentlich und geregelt verlieren, so wie seine Klasse den letzten verloren hat! Hätt' er sich 'n bißchen weniger beklagt und sich dafür 'n bißchen mehr angestrengt, wär's vielleicht anders gekommen. Ein paar Arbeitsstunden mehr in der Fabrik und ein paar weniger bei Parteiversammlungen und Festereien, und dann wären das da oben vielleicht deutsche Flugzeuge, und der Herr Leutnant würde nicht als Leiche vor seinem Verwaltungsgebäude liegen und er, Christian, brauchte sich nicht hier im Wald zu verstecken wie ein Fuchs vor der Hundemeute.

Dann hörte er Schritte von der Straße her, sie kamen in seiner Richtung. Er lag nur zehn Meter entfernt von der Straße ab, gut versteckt, aber mit freiem Ausblick nach dem Lager, und er konnte die Amerikaner sehen, als sie noch ziemlich weit entfernt waren. Neugierig beobachtete er sie, ohne sich im Augenblick viel dabei zu denken. Sie schritten langsam vorwärts und trugen Gewehre. Der eine, der größere von beiden, trug sein Gewehr in der Hand; der andere hatte es am Riemen über die Schulter gehängt. Sie trugen diese dummen amerikanischen Helme, obgleich es in diesem Krieg bestimmt keine Granatsplitter mehr geben würde, und sie sahen beide geradeaus. Sie unterhielten sich ziemlich laut, und es war klar ersichtlich, daß sie sich völlig sicher fühlten. Sie schienen nicht in Betracht zu ziehen, daß es in diesem Wald noch Deutsche geben könnte, von denen ihnen Gefahr drohte.

Wenn sie in dieser Richtung weitergingen, würden sie in einer Entfernung von zehn Metern an Christian vorbeikommen. Er grinste über die Sorglosigkeit der beiden. Indem er jedes Geräusch vermied, brachte er seine Maschinenpistole in Anschlag. Dann änderte er seine Absicht. Wahrscheinlich trieben sich in der Gegend Hunderte von ihnen herum, und wenn er schoß, würde er sie alle auf seine Spur hetzen. Die großzügigen Amerikaner würden ihre Großzügigkeit nicht so weit treiben, Heckenschützen zu schonen.

Dann blieben die beiden Amerikaner stehen. Sie waren jetzt ungefähr sechzig Meter entfernt, und durch eine kleine Krümmung der Straße befanden sie sich in gerader Linie vor dem kleinen Busch, hinter dem Christian lag. Sie sprachen jetzt sehr laut. Einer der beiden schrie sogar, und Christian konnte verstehen, was er schrie. »Menschen!« rief er, immer wieder dasselbe Wort, unerklärlich.

Christian beobachtete sie kalt. Fühlen sich wie zu Hause in Deutschland, wie? Gehen einfach ohne Deckung im Wald spazieren und halten große Reden auf englisch mitten in Bayern. Freuen sich wahrscheinlich auf die Sommerferien in den Alpen, belegen jetzt schon Zimmer in den Berghotels und hoffen, daß ihnen die Mädchen nur so zufliegen. Zweifellos wird es von denen eine Menge geben. Gutgenährte Amerikaner, jung, kein Volkssturm, alle in bester Form, tadelloses Schuhwerk, gut sitzende Uniformen, wissenschaftlich ausgeknobelte Verpflegung, mit einer riesigen Luftflotte und einem vorbildlichen Sanitätswesen. Die brauchten sich nicht zu überlegen, wem sie sich zuerst ergeben sollten... Und nachdem alles vorbei war, heim in Gottes eigenes Land, die Taschen voll mit Erinnerungsstücken, mit Stahlhelmen und Eisernen Kreuzen von toten Deutschen, mit Bildern von den Wänden zerbombter Häuser, Fotos von Bräuten toter Soldaten... Heim in dieses Land da drüben, das noch nie einen Schuß gehört hat, in dem keine Mauer eingestürzt und kein Fensterglas zersplittert ist...

Dieses fette, unberührte, unerreichbare Land...

Christian spürte, wie sich sein Mund zu einer rohen Grimasse des Hasses verzog. Langsam nahm er die Maschinenpistole hoch. Zwei mehr oder weniger, was machte das? dachte er höhnisch. Er begann sogar, leise vor sich hinzusummen, als er den, der so laut schrie, aufs Korn nahm. Einen Augenblick, mein Freund, du wirst bald nicht mehr so laut schreien, dachte er und legte den Finger an den Abzug. Und plötzlich erinnerte er sich, daß Hardenburg damals in Afrika, als sie die britische Kolonne beim Frühstück in der Wüste zusammengeschossen hatten, auch vor sich hingesummt hatte. Komisch, daß er sich daran noch erinnerte. Ehe er abzog, dachte er noch rasch an die Möglichkeit, daß noch andere Amerikaner im Wald seine Schüsse hören und ihn aufstöbern und umlegen könnten. Einen Augenblick zögerte er. Dann schüttelte er den Kopf und verjagte den Gedanken. Zum Teufel, dachte er, das ist mir die Sache wert...

Er gab zwei Schüsse ab, dann entstand eine Ladehemmung. Er wußte, daß er einen der beiden getroffen hatte. Als er die Ladehemmung beseitigt hatte und wieder zur Straße hinblickte, waren die beiden Männer verschwunden. Er hatte noch gesehen, wie der eine zusammenbrach, aber jetzt lag nur ein Gewehr auf der Straße, das dem einen der beiden Amerikaner aus der Hand geschlagen worden war. Es lag mitten auf der Straße, sah dunkelblau aus, und ein letzter Sonnenstrahl tanzte über das blitzende Ende des Laufes. Na, dachte Christian wütend, das war nicht gerade ein Meisterschuß. Er lauschte angestrengt, aber auf der Straße und im Wald war alles still. Also waren die beiden Amerikaner allein gewesen... Und jetzt war nur noch einer übrig, das war sicher. Oder wenn der andere, den er getroffen hatte, noch lebte, war er nicht fähig, sich zu bewegen...

Aber er mußte sich bewegen, und zwar so rasch wie möglich. Wahrscheinlich hatte sich der unverwundete Amerikaner die Richtung, aus der die Schüsse gekommen waren, gemerkt. Vielleicht verfolgte er ihn, vielleicht auch nicht. Höchstwahrscheinlich nicht. Im allgemeinen waren die Amerikaner in solchen Lagen nicht besonders kampflustig. Die warteten lieber auf ihre Flugzeuge oder die Panzer oder die Artillerie. Aber jetzt, in diesem Wald, wo es in einer halben Stunde dunkel sein würde, gab es keine Panzer und keine Artillerie. Nur einen Mann mit einem Gewehr...

Christian war überzeugt, daß der andere ihn nicht verfolgen würde, es schien nicht der Mühe wert. Wenn der, den er getroffen hatte, jetzt tot war, würde der andere zu seiner Einheit zurücklaufen und Verstärkung holen. Aber wenn der getroffene Soldat nur verwundet war, würde der andere bei ihm bleiben und unter diesen Umständen ein ausgezeichnetes Ziel abgeben. Christian grinste. Nur noch einmal, dachte er, und dann soll der Krieg für mich endgültig vorbei sein. Vorsichtig blickte er zur Straße und zu dem dort liegenden Gewehr hin und tastete mit den Augen den mit Unterholz bestandenen Waldboden in dem Dämmerlicht genau ab. Nein, da war nichts, kein Anzeichen, daß sich noch jemand in der Nähe befand.

Geduckt zog er sich behutsam tiefer in den Wald zurück und machte einen Bogen um sein Versteck.

Michaels rechte Hand war gefühllos. Er merkte es erst, als er sich bückte, um Noah auf den Boden zu legen. Eine der Kugeln hatte den Kolben seines Gewehres getroffen, und als es ihm aus der Hand geschlagen wurde, verspürte er einen ruckartigen Schmerz bis hinauf zur Schulter. In der Aufregung, als er Noah packte und in den Wald schleifte, hatte er es gar nicht bemerkt. Aber jetzt, als er sich über den verwundeten Jungen beugte, spürte er die eigene Hilflosigkeit als eine neue Erschwerung seiner Lage.

Die Kugel war Noah tief unten durch den Hals gedrungen. Die Wunde blutete stark, doch Noah lebte noch. Er war bewußtlos. Michael kniete neben ihm und legte ihm einen Verband an, aber die Blutung ließ nicht nach. Noah lag auf dem Rücken, sein Helm daneben in einem Bett blaßroter Blumen, die ganz dicht auf dem Waldboden wuchsen. Sein Gesicht hatte wieder den zurückhaltenden, weltabgewandten Ausdruck. Die Augen waren geschlossen, die Wimpern mit den blonden Spitzen kräuselten sich über den blassen Wangen und gaben dem oberen Teil seines Gesichts jenes mädchenhafte, schüchterne Aussehen, das Michael an ihm kannte.

Michael blickte nicht lange auf Noah hinunter. Seine Gedanken arbeiteten fieberhaft. Ich kann ihn nicht hier lassen, dachte er. Und ich kann ihn auch nicht wegtragen, weil wir sonst beide ein ausgezeichnetes Ziel für Heckenschützen abgeben würden.

In den Zweigen über ihm raschelte es. Michael zuckte nervös zusammen und blickte nach oben. Aber dieses Mal war es nur ein Vogel, der von einem Ast zum anderen hüpfte. Das nächste Mal konnte es ein bewaffneter Mann sein, der ihm nach dem Leben trachtete.

Michael bückte sich, hob Noah etwas an und zog sein Gewehr unter der Schulter hervor. Noch einmal schaute er auf Noah hinunter, dann ging er langsam in den Wald hinein. Während der ersten Schritte konnte er noch den stoßweisen Atem des Verwundeten hören. Aber es war nicht zu ändern. Noah mußte eine Zeitlang ohne ihn atmen oder nicht atmen.

Wahrscheinlich laufe ich ihm direkt in die Flinte, dachte Michael. Aber einen anderen Weg gab es nicht. Er mußte den Mann finden, der die beiden Schüsse abgefeuert hatte, ehe dieser ihn fand. Der einzige Ausweg. Für Noah und für ihn.

Er fühlte, wie sein Herz klopfte, und er gähnte ununterbrochen vor Nervosität. Er hatte eine starke Vorahnung, daß auch er von einer Kugel getroffen würde.

Nachdenklich und vorsichtig ging er durch den Wald; gebückt spähte er von Baum zu Baum und blieb in Abständen stehen, um zu lauschen. Er hörte seinen eigenen Atem, das gelegentliche Zwitschern eines Vogels, das Summen von Insekten, das Quaken eines Frosches aus einem nahen Teich und das Rascheln der Blätter im Wind. Aber nirgends hörte er Schritte, kein Klappern von Ausrüstungsgegenständen, kein Knacken eines Gewehrschlosses.

Immer tiefer drang Michael in den Wald ein, immer weiter entfernte er sich von Noah, der mit einem Schuß im Hals auf dem Waldboden lag. Michael hatte keinen bestimmten Plan gemacht, er wußte nur, daß er sich auf der freien Straße in ständiger Gefahr befinden würde, weil er vom Wald aus ein offenes Ziel bot.

Unter seinen schweren Stiefeln raschelten dürre Blätter und trockene Äste. Er ärgerte sich über seine Ungewandtheit. Aber so sehr er sich auch bemühte, jedes Geräusch zu vermeiden, es gelang ihm nicht ganz, sich lautlos zu bewegen.

Oft blieb er stehen und lauschte. Aber er vernahm nichts als die üblichen Waldgeräusche in der Dämmerung.

Er versuchte, sich den Deutschen vorzustellen. Wie würde er aussehen? Vielleicht hatte er sich unmittelbar nach den Schüssen über die österreichische Grenze davongemacht. Zwei Schüsse, ein Amerikaner, kein schlechter Schluß für den letzten Kriegstag. Mehr konnte Hitler auch nicht verlangen. Oder vielleicht war es gar kein Soldat. Vielleicht war es einer dieser verrückten Jungen vom Werwolf, mit einem Gewehr aus dem letzten Krieg, der auf seine Weise versuchte, den Krieg im letzten Augenblick noch zu gewinnen. Womöglich würde Michael auf einen barfüßigen blonden Jungen mit einem Schießprügel stoßen, der dreimal so lang war wie er selber. Und was dann? Sollte er ihn erschießen oder nur verprügeln?

Michael hoffte, daß er einen Soldaten finden würde. Während er langsam durch das braune und grüne Dickicht vordrang und die Zweige beiseite schob, um sich hindurchzudrängen, betete er zu Gott, daß er auf kein Kind stoßen möchte, sondern auf einen erwachsenen Mann in Uniform, einen erwachsenen Mann, der auf ihn wartete, bewaffnet und zum Kampf bereit...

Er nahm das Gewehr in seine linke Hand und versuchte, die gefühllosen Finger seiner rechten Hand zu bewegen. Langsam stellte sich das Gefühl wieder ein, in prickelnden, kitzelnden Wellen, aber er fürchtete, daß seine Finger im entscheidenden Augenblick versagen würden... In der Ausbildungszeit hatte man ihnen nie beigebracht, wie sie sich in einer solchen Lage verhalten sollten. Man hatte sie gelehrt, in Korporalschaften zu exerzieren, in Zügen, beim Angriff, beim Durchschleusen durch Stacheldraht, wie man Deckung nahm, wie man kein Ziel bot... Während er so durch den Wald schlich, die Augen immer nach vorn gerichtet und jede kleinste Bewegung der Zweige und Büsche beobachtend, fragte er sich, ob er wohl durchkommen würde. Der unvorbereitete Amerikaner, für alles mögliche ausgebildet, nur nicht für das, was er jetzt vorhatte, gedrillt zum militärischen Grüßen, gedrillt zum Angriff in Stoßkeilen, gedrillt in den modernsten Methoden der Verhütung von Geschlechtskrankheiten. Und jetzt, auf dem Höhepunkt seiner Soldatenlaufbahn, stand er einer Aufgabe gegenüber, die der Drill in der Armee nicht vorgesehen hatte... Wie entdeckt und tötet man einen Deutschen, der einem den besten Freund aus dem Hinterhalt abgeschossen hat? Oder vielleicht waren es mehr als einer? Schließlich waren zwei Schüsse gefallen. Vielleicht waren es zwei, sechs, ein Dutzend, und alle lauerten ihm auf, lächelnd in Linie nebeneinanderliegend und auf seine näherkommenden Schritte lauschend...

Er blieb stehen, überlegte, ob er nicht zurückgehen sollte. Dann schüttelte er den Kopf. Er konnte nicht vernünftig denken. Er nahm nur das Gewehr wieder in die rechte Hand und ging weiter, vorsichtig und langsam.

Der Baumstamm, der quer über dem Graben lag, schien stark zu sein. Er war an einigen Stellen verfault, und das Holz war weich und schmierig, aber im großen und ganzen sah er haltbar aus. Der Graben war mindestens zwei Meter breit und sah ziemlich tief aus, beinahe zwei Meter tief. Auf dem Grund lagen moosbedeckte Steine und verfaulte Zweige und moderndes Blätterwerk. Ehe Michael auf den Baumstamm trat, horchte er nochmals. Der Wind hatte sich gelegt, und der Wald war ganz still. Es sah aus, als ob keines Menschen Fuß diesen Fleck seit Jahren betreten hätte.

Er trat auf den Baumstamm. Als er halbwegs drüben war, drehte sich der Stamm, er rutschte, fuchtelte wild mit den Händen in der Luft, um das Gleichgewicht zu halten, und fiel in den Graben hinunter. Er stieß einen unterdrückten Schmerzenslaut aus, als seine Hände gegen die spitzen Steine stießen und eine scharfe Kante seine Wange ritzte. Der morsche Stamm verursachte ein dumpfes, krachendes Geräusch, und als er unten aufschlug, knackten die alten Äste vernehmlich in der Stille. Der Helm war ihm vom Kopf geflogen und hatte mit einem metallischen Klirren gegen die Steine geschlagen. Mein Gewehr, dachte er dumpf, wo ist mein Gewehr...? Auf Händen und Füßen umherkriechend, suchte er verzweifelt nach seinem Gewehr, als er plötzlich schnelle Schritte vernahm, Schritte eines Mannes, der laut und direkt auf ihn zu durch den Wald rannte.

Er sprang hoch. Zwanzig Meter von ihm entfernt lief ein Mann krachend durch das Buschwerk, starrte ihm genau in die Augen und hatte seine Maschinenpistole auf ihn gerichtet. Der Mann hob sich wie ein dunkler Schatten von der blaßgrünen Umgebung des Buschwerkes ab. Regungslos starrte Michael den Mann an, als dieser aus der Hüfte auf ihn schoß. Der Feuerstoß war wild. Michael hörte, wie die Kugeln mit einem Geräusch in den Boden vor seinem Gesicht einschlugen und kleine Erdklumpen aufwirbelten. Der Mann rannte weiter auf Michael zu.

Michael duckte sich und riß die Handgranate aus dem Gürtel. Er zog den Stift ab und stand auf. Der Mann war jetzt viel näher herangekommen, er war nur noch einige Schritte von ihm entfernt. Michael zählte bis drei, dann schleuderte er die Handgranate und duckte sich nieder und drückte sein Gesicht in die feuchte, weiche Erde der Grabenwand. Gott sei Dank, dachte er, während er sein Gesicht in den lehmigen Waldboden grub, ich habe nicht vergessen zu zählen!

Es schien endlos zu dauern, bis die Explosion erfolgte. Michael hörte die Stahlsplitter über seinen Kopf pfeifen und in die Baumstämme schlagen. In der Luft knisterte es, als die Blätter auf ihn herunterrieselten.

Michael war nicht sicher, aber glaubte, gleichzeitig mit dem Knall einen Schrei vernommen zu haben.

Er wartete fünf Sekunden und spähte dann über den Rand des Grabens. Er konnte niemand erblicken. Ein dünnes Rauchwölkchen erhob sich unter den ausladenden Ästen eines Baumes, und ein kleines Loch, braun und feucht, zeigte sich auf dem Boden, wo Moos und Blätter durch die Explosion weggerissen worden waren. Aber das war alles. Dann sah er über der Lichtung den oberen Teil eines Busches leise schaukeln. Die Bewegung hörte langsam auf, und die Zweige des Busches hingen wieder ruhig herunter. Michael sah aufmerksam hin und wußte nun, daß der Mann sich in dieser Richtung entfernt hatte. Er bückte sich und fand endlich sein Gewehr, das zwischen zwei runden Steinen lag. Er besah sich den Lauf, er war sauber, der Schmutz war nicht eingedrungen. Dann entdeckte er mit Staunen, daß seine Hände mit Blut beschmiert waren, und als er sich über den schmerzenden Bakkenknochen strich, war seine Hand mit Schmutz und frischem Blut bedeckt.

Langsam kletterte er aus dem Graben heraus. Der rechte Arm schmerzte immer noch, und das Blut, das von der verwundeten Hand tropfte, machte den Gewehrlauf schlüpfrig. Ohne Deckung zu nehmen, ging er aufrecht über die kleine Lichtung zu der Stelle, wo die Handgranate explodiert war. Fünf Meter weiter hing auf einem Schößling etwas, das einem alten Lappen glich. Es war ein blutgetränkter Fetzen von einer Uniform.

Michael ging langsam auf den Busch zu, dessen Zweige sich bewegt hatten. Überall auf den Blättern zeigten sich Blutspuren. Danach zu urteilen, konnte der Mann nicht weit gekommen sein, dachte Michael. Sogar für einen Städter war es jetzt leicht, die Spur des geflohenen Deutschen durch den Wald zu verfolgen. Michael konnte an zertretenen Blättern und Blutflecken erkennen, daß der Mann einmal gefallen war und einen kleinen Stämmling entwurzelt hatte, um sich wieder aufzurichten und seine Flucht fortzusetzen.

Langsam, aber sicher rückte Michael an Christian Diestl heran.

Christian glitt zu Boden, lehnte sich gegen den Stamm eines großen alten Baumes und blickte in die Richtung, aus der er gekommen war. Unter dem Baum war es schattig und kühl, doch die letzten Sonnenstrahlen drangen schräg durch das dichte Blätterwerk und ließen die Spitzen der Büsche, durch die Christian sich durchgewunden hatte, golden aufleuchten. Die Rinde des Baumes hinter seinem Rücken fühlte sich rauh und fest an. Er versuchte die Hand mit der Maschinenpistole zu heben, aber das Gewicht war zu schwer. Wütend stieß er die Waffe beiseite, und sie fiel neben ihm auf die Erde. So saß er und starrte auf die Lücke im Buschwerk, durch die, wie er wußte, der Amerikaner kommen würde.

Eine Handgranate, dachte Christian, wer hätte das gedacht? Dieser ungeschickte Amerikaner stürzt zuerst wie ein Stier in den Graben, und dann aus dem Graben heraus plötzlich eine Handgranate...

Er atmete in schweren Stößen. Bis hierher, dachte er, weiter ging es nicht. Nun war die Jagd zu Ende. Erinnerungsfetzen glitten in sein Bewußtsein und entwichen ihm wieder wie die Gänge eines Wagens mit fehlerhafter Kupplung. Die frühsommerlichen Wälder bei Paris und der tote schlesische Unteroffizier mit den kirschroten Flecken auf den Lippen... Hardenburg mit seinem grauenhaft zerrissenen Gesicht, das nicht mehr zu erkennen war... Greta, Corinne, Françoise... Die Flasche Wodka neben dem Bett in Gretas Schlafzimmer... Der Likörschrank mit den glitzernden Gläsern, die schwarze Spitze, die Granatbrosche... Und »Am Ende heiligt der Zweck die Mittel«... Dies war also das Ende. Und welcher Zweck war durch die Mittel geheiligt worden? Andere Dinge... Das amerikanische Mädchen auf dem Skihügel. Nur noch einmal, und dann soll der Krieg für mich vorbei sein. Der blöde, ungeschickte, tapfere Amerikaner, der jetzt davonkam, Glück, Zufall, Gottesfügung... 1918 an der Friedhofsmauer, mit Kreide, die Franzosen wußten es, wußten es schon immer.

Die Gänge schlüpften hinein und heraus. Es wurde sehr kalt. Die Sonnenstrahlen, die wie aus schmalen grünen Fenstern in den Wald herunterschienen, wurden dünner und dünner.

Zwei Schüsse und dann Ladehemmung. Natürlich mußte er ausgerechnet in diesem Augenblick eine Ladehemmung haben. Meine ganze Kompanie ist mit voller Ausrüstung in München einmarschiert. Das war viel ordentlicher. Das Wichtigste war, daß man im Notfall immer ein Fahrrad zur Hand hatte. Wie lange glauben denn die, dachte er voll Mitleid mit sich selbst, daß ein Mann laufen kann?

Und dann sah er den Amerikaner. Der Amerikaner war nicht mehr vorsichtig. Er kam direkt auf ihn zu, durch das blasse, grüne Sonnenlicht. Er war nicht besonders jung und sah auch nicht wie ein Soldat aus... Jetzt stand er über ihm. Christian grinste. »Welcome to Germany«, sagte er in seinem besten Englisch. Er sah ruhig zu, wie der Amerikaner das Gewehr hob und abdrückte.

Michael ging zu der Stelle zurück, wo er Noah liegengelassen hatte. Das Atmen hatte aufgehört. Der Junge lag still zwischen den Waldblumen. Einen Augenblick starrte Michael auf ihn hinunter. Dann hob er ihn auf, lud ihn sich auf die Schulter und ging durch die zunehmende Dämmerung, ohne anzuhalten, zum Lager zurück.

Er erlaubte keinem der Männer der C-Kompanie, ihm tragen zu helfen, denn er wußte, daß er Noah Ackerman persönlich zu Hauptmann Green zurückzubringen hatte.